Fjodor M. Dostojewskij

Die Dämonen

Deutscher Taschenbuch Verlag

Vollständige Ausgabe. Aus dem Russischen übertragen von Marianne Kegel. Mit einem Nachwort von Horst-Jürgen Gerigk, einer Zeittafel und Literaturhinweisen.
Titel der Originalausgabe:
›Besy‹ (Petersburg 1871/72)

Von Fjodor M. Dostojewskij
sind im Deutschen Taschenbuch Verlag erschienen:
Der Idiot (2011)
Schuld und Sühne (2024)
Die Brüder Karamasow (2043)
Der Jüngling (2054)
Der Spieler (2081)
Das Gut Stepantschikowo und seine Bewohner (2104)
Erniedrigte und Beleidigte (2119)
Aufzeichnungen aus einem toten Hause (2141)
Aufzeichnungen aus dem Untergrund (2154)
Onkelchens Traum (2169)
Der Doppelgänger (2177)
Der ewige Gatte (2186)
Drei Erzählungen (dtv zweisprachig 9054)

1. Auflage Oktober 1977
Deutscher Taschenbuch Verlag GmbH & Co. KG,
München
Lizenzausgabe des Winkler Verlages, München
Umschlaggestaltung: Celestino Piatti unter
Verwendung einer Federzeichnung von
Alfred Kubin (© 1977 Spangenberg Verlag, München)
Gesamtherstellung: Friedrich Pustet,
Graphischer Großbetrieb, Regensburg
Printed in Germany · ISBN 3-423-02027-x
9 10 11 12 13 14 · 94 93 92 91 90 89

Über dieses Buch

Der Roman ›Die Dämonen‹ ist eine der machtvollsten, beziehungsreichsten Schöpfungen Dostojewskijs. Seine Romantechnik erreicht hier in der Verbindung von packender Handlung mit tiefster philosophisch-religiöser Thematik ihren Höhepunkt. Ein »Buch des großen Zorns« hat ein russischer Kritiker ›Die Dämonen‹ genannt. Das ist der Roman zweifellos in dem heftigen Angriff Dostojewskijs auf die »nihilistische« Generation der sechziger Jahre des 19. Jahrhunderts.

Wie in Turgenjews ›Väter und Söhne‹ steht sich die Welt der Väter und der Söhne gegenüber. Der Vater Stepan Trofimowitsch Werchowenskij ficht Dostojewskijs Kampf gegen den Utilitarismus der jungen Generation aus. Vor seinem Tod läßt er sich aus dem Lukas-Evangelium die Geschichte von der Austreibung der Teufel vorlesen, die dem Roman den Titel und seine religiöse Entschlüsselung gibt. Die Teufel, die Dämonen Rußlands, sind die Handlanger der Zerstörung um der Zerstörung willen, vertreten durch den Sohn und Mörder aus politischen Motiven, Pjotr Stepanowitsch, durch die Hauptfigur Nikolaj Stawrogin und seinen Kreis der Nihilisten. Stawrogin ist ein von Machtgier und Zerstörungslust Besessener, der ein Leben voller Ausschweifungen und Grausamkeiten führt und sich schließlich, innerlich gescheitert, erhängt.

War der Ausgangspunkt Dostojewskijs zunächst weltanschaulicher Natur – der Konflikt zwischen den atheistischen, westlich orientierten Revolutionären und seiner nationalen, christlich-orthodoxen Überzeugung –, so wird immer mehr zum eigentlichen Thema, was der Dichter in einem Brief über den Romanplan schrieb: »Die Hauptprobleme, durch alle Teile des Romans hin, werden die gleichen sein, von denen ich bewußt und unbewußt während meines ganzen Lebens gequält worden bin – die Existenz Gottes.«

Literatur · Philosophie · Wissenschaft

Hat der Teufel sich verschworen
Gegen uns, führt uns im Kreis,
Haben uns im Schnee verloren,
Daß ich keinen Ausgang weiß.

– – – – – – – – – – – – – – – –

Hu! Das ist ein schaurig Klingen!
Doch wer mag den Sinn verstehn?
Ob sie Hochzeitsreigen schlingen,
Ob ein Totenfest begehn?

A. Puschkin

Es war aber daselbst eine große Herde Säue an der Weide auf dem Berge. Und sie baten Ihn, daß Er ihnen erlaubte, in dieselben zu fahren. Und Er erlaubte es ihnen.

Da fuhren die Teufel aus von dem Menschen und fuhren in die Säue; und die Herde stürzte sich von dem Abhang in den See und ersoff.

Da aber die Hirten sahen, was da geschah, flohen sie und verkündeten es in der Stadt und in den Dörfern.

Da gingen sie hinaus zu sehen, was da geschehen war, und kamen zu Jesu und fanden den Menschen, von welchem die Teufel ausgefahren waren, sitzend zu den Füßen Jesu, bekleidet und vernünftig, und erschraken.

Und die es gesehen hatten, verkündigten es ihnen, wie der Besessene war gesund geworden.

Ev. Lucae 8, 32–37.

ERSTER TEIL

Erstes Kapitel

Statt einer Einleitung: einige Einzelheiten aus der Lebensgeschichte des hochgeschätzten Stepan Trofimowitsch Werchowenskij

1

Indem ich zur Schilderung der so merkwürdigen Ereignisse schreite, die sich vor kurzem in unserer bisher noch durch nichts berühmt gewordenen Stadt zugetragen haben, sehe ich mich aus Mangel an Gewandtheit gezwungen, etwas weiter auszuholen und mit einigen Einzelheiten aus der Lebensgeschichte des talentvollen, hochgeschätzten Stepan Trofimowitsch Werchowenskij zu beginnen. Diese Einzelheiten mögen nur als Einleitung zu der von mir geplanten Chronik dienen; die eigentliche Geschichte aber, die ich zu schreiben beabsichtige, steht noch bevor.

Ich möchte gleich von vornherein sagen: Stepan Trofimowitsch hat unter uns ständig sozusagen als Staatsbürger eine besondere Rolle gespielt und diese Rolle so leidenschaftlich geliebt, daß er, glaube ich, ohne sie gar nicht hätte leben können. Nicht etwa, daß ich ihn mit einem Schauspieler auf der Bühne vergleichen möchte, Gott behüte; das liegt mir um so ferner, als ich selber ihn außerordentlich schätze. Vielleicht war es bei ihm auch nur eine Sache der Gewohnheit oder, besser gesagt, eine stete, schon von Kindheit an gepflegte edle Neigung, sich angenehmen Träumereien über seine schöne staatsbürgerliche Haltung hinzugeben. Ganz außerordentlich gefiel er sich zum Beispiel in seiner Lage als »Verfolgter« und sozusagen als »Verbannter«. Diese beiden Schlagwörter umgibt nun einmal ein eigner klassischer Glorienschein, der ihn ein für allemal verblendet hatte, ihn dann im Verlauf vieler Jahre allmählich in seiner eignen Wertschätzung hob und ihn schließlich auf ein überaus hohes und für seine Eigenliebe so angenehmes Piedestal stellte. In einem englischen satirischen Roman des vorigen Jahrhunderts hat sich ein gewisser Gulliver, der aus dem Lande der Liliputaner, wo die Menschen nur vier Zoll groß sind, zurückgekehrt ist, so sehr daran gewöhnt, sich für einen Riesen zu halten, daß er nun unwillkürlich auch in den Straßen Londons den Fußgängern und Equipagen zuruft, sie möchten vor ihm ausweichen und sich vorsehen, daß er sie nicht zertrete, weil er sich immer noch für einen Riesen und alle anderen für Liliputaner hält. Man lacht ihn deshalb aus und schilt ihn, und die ungehobelten Kutscher schlagen sogar mit der Peitsche nach dem Riesen – ob aber mit Recht? Was tut nicht alles die Gewohnheit? In einen fast ebensolchen Zustand hatte nun die Gewohnheit auch unsern Stepan Trofimowitsch versetzt, was sich aber, wenn ich mich so ausdrücken darf, bei ihm in einer harmloseren, ungefährlicheren Weise äußerte, denn im Grunde genommen war er eben doch ein prächtiger Mensch.

Ich neige übrigens zu der Ansicht, daß er gegen Ende überall und von allen vergessen worden war, aber man dürfte keinesfalls sagen, daß er auch früher durchaus nicht bekannt gewesen wäre. Unstreitig hat er auch eine Zeitlang zu der berühmten Plejade unserer gefeierten Schriftsteller der vorigen Generation gehört, und während dieser Zeit – die allerdings nur einen winzigen Augenblick dauerte – wurde sein Name auch wirklich von vielen seiner damaligen, etwas voreiligen Zeitgenossen beinahe in einer Reihe mit Tschaadajew, Belinskij, Granowskij und dem damals im Auslande eben erst aufstrebenden Herzen genannt. Aber die Tätigkeit Stepan Trofimowitschs endete fast im selben Augenblick, in dem sie begonnen hatte, sozusagen »dahingerafft von einem Wirbelsturm zusammenprallender Umstände«. Und was ergab sich? Später hat sich herausgestellt, daß es damals keinerlei »Wirbelsturm« und nicht einmal irgendwelche »Umstände« gegeben hat, wenigstens nicht solche, die ihn betrafen. Erst dieser Tage habe ich zu meinem größten Erstaunen, aber aus ganz sicherer Quelle erfahren, daß Stepan Trofimowitsch immer in unserem Gouvernement, mitten unter uns, gelebt hat und nicht in der Verbannung, wie man hier überall annahm, ja, daß er überhaupt niemals unter Aufsicht gestanden hat. Wie groß muß also seine Einbildungskraft gewesen sein! Er glaubte sein ganzes Leben lang aufrichtig, daß man in gewissen Kreisen ständig vor ihm auf der Hut sei, daß alle seine Schritte immer beobachtet und notiert würden und daß jeder der drei Gouverneure, die in den letzten zwanzig Jahren einer nach dem anderen unser Gouvernement betreuten, gleich von vornherein einen besonders eifrigen Argwohn gegen ihn mitgebracht habe, der ihm bei der Übergabe des Gouvernements als erstes eingeflößt worden sei. Hätte aber jemand damals den ehrenwerten Stepan Trofimowitsch mit unwiderleglichen Beweisen überzeugen wollen, daß er überhaupt nichts zu befürchten habe, so wäre er sicherlich äußerst beleidigt gewesen. Und dabei war er doch ein sehr kluger und begabter Mensch, sogar ein Mann der Wissenschaft sozusagen, obgleich er übrigens in der Wissenschaft ... na, kurz gesagt, nicht gerade viel oder, wie es scheint, überhaupt nichts geleistet hat. Aber das pflegt ja bei uns in Rußland bei Männern der Wissenschaft öfters vorzukommen.

Aus dem Ausland zurückgekehrt, hatte er ganz am Ende der vierziger Jahre als Lektor an einer Universität auf dem Katheder geglänzt. Es kam aber nur zu einigen wenigen Vorlesungen. Er sprach, wenn ich nicht irre, über die Araber und verteidigte dann noch eine glänzende Dissertation über die im Entstehen gewesene kulturelle und hanseatische Bedeutung der deutschen Stadt Hanau in den Jahren 1413 bis 1428 sowie über die eigenartigen, etwas unklaren Gründe, warum diese Bedeutung dann aber doch nicht zustande kam. Diese Dissertation bestichelte in geschickter und treffender Weise die damaligen Slawophilen und schuf ihm unter ihnen zahlreiche erbitterte Feinde. Dann – übrigens erst, nachdem er seinen Lehrstuhl eingebüßt hatte – ließ er (gewissermaßen aus Rache, um zu zeigen, wen sie verloren hatten) in einer fortschrittlichen Monatsschrift, die Übersetzungen aus Dickens brachte und sich für George Sand einsetzte, den Anfang einer tiefgründigen Untersuchung drucken, wenn ich mich recht erinnere, über die Ursachen des hohen Seelenadels irgendwelcher Ritter. Auf jeden Fall kam darin ein außerordentlich erhabener und ungewöhnlich edler Gedanke zum Ausdruck. Späterhin hieß es, die Fortsetzung dieser Untersuchung sei verboten worden und die fortschrittliche Monatsschrift habe sogar wegen des Druckes der ersten Hälfte Unannehmlichkeiten gehabt. Das ist auch sehr wohl möglich, denn was geschah damals nicht alles? Aber im vorliegenden Falle ist es doch wahrscheinlicher, daß nichts Derartiges geschah, sondern daß vielmehr der Autor selber sich nicht der Mühe unterzogen hat, den Aufsatz zu beenden. Seine Vorlesungen über die Araber mußte er deswegen einstellen, weil ein von ihm an irgend jemanden geschriebener Brief mit Erklärungen irgendwelcher »Umstände« irgendwie und von irgendwem (augenscheinlich von einem seiner reaktionären Feinde) abgefangen worden war, worauf irgend jemand irgendwelche Erklärungen von ihm gefordert hatte. Ich weiß nicht, ob das wahr ist, aber es wurde weiterhin noch behauptet, daß man gerade zu jener Zeit in Petersburg einer gewaltigen, jeder natürlichen Ordnung und auch dem Staate feindlich gegenüberstehenden Gesellschaft* von nahezu dreizehn Mann auf die Spur gekommen sei, die beinahe das ganze Staatsgebäude erschüttert hätten. Man behauptete, sie hätten sogar die Absicht gehabt, Fourier zu übersetzen. Und ausgerechnet zur selben Zeit mußte nun auch noch in Moskau eine Dichtung Stepan Trofimowitschs aufgegriffen werden, die er bereits vor sechs Jahren in Berlin in seiner ersten Jugend verfaßt hatte und die dann in einer Abschrift zwischen zwei Freunden der Dichtkunst und einem Studenten hin und her gegangen war. Diese Dichtung liegt jetzt auch in meinem Schreibtisch; ich erhielt sie erst vor einem Jahre, von Stepan Trofimowitsch eigenhändig und ganz neu abgeschrieben, mit seiner Unterschrift, in prächtigem, rotem Saffianeinband. Sie ist übrigens nicht ohne dichterischen Schwung, ja auch nicht ohne Talent verfaßt, allerdings etwas eigentümlich, aber damals (das heißt in den dreißiger Jahren) schrieb man oft in dieser Art. Wenn ich aber den Inhalt wiedergeben sollte, so würde ich in arge Verlegenheit geraten, denn, offen gestanden, er ist mir völlig unverständlich. Es ist eine Art Allegorie in lyrisch-dramatischer Form, die an den zweiten Teil des »Faust« erinnert. Die Handlung beginnt mit einem Chor von Frauen, dann folgt ein Männerchor, dann ein Chor geheimnisvoller Kräfte und endlich ein Chor von Seelen, die noch nicht gelebt haben, aber gern einmal leben möchten. Alle diese Chöre besingen etwas ungeheuer Vages, ergehen sich größtenteils in Verwünschungen irgend jemandes, jedoch immer mit einem Anflug erhabenen Humors. Doch plötzlich wechselt die Szenerie, und eine Art »Feiertag des Lebens« bricht an, an dem sogar die Insekten singen, eine Schildkröte mit lateinischen

* Gemeint sind die 1849 in Petersburg zum Tode verurteilten und später wieder begnadigten, aber nach Sibirien verbannten »Petraschewzen«, unter denen sich auch Dostojewskij befand (Anmerkung des Übersetzers).

Bibelworten aufwartet und sogar, wenn ich mich recht erinnere, ein Mineral – also ein sonst völlig unbeseelter Gegenstand – zu singen anfängt. Überhaupt singen alle ununterbrochen, wenn sie aber einmal miteinander reden, so beschimpfen sie einander in einer unbestimmten Art und Weise, aber doch wiederum mit einer Schattierung höherer Bedeutung. Schließlich wechselt die Szenerie abermals: es zeigt sich eine öde Felsengegend, und zwischen den Felsen irrt ein zivilisierter junger Mensch, reißt irgendwelche Kräuter aus und saugt daran und antwortet auf die Frage einer Fee, warum er denn an diesen Kräutern sauge: er fühle ein Übermaß von Leben in sich, suche Vergessenheit und finde sie in dem Saft dieser Kräuter, doch sein Hauptwunsch sei – so schnell wie möglich den Verstand zu verlieren (ein Wunsch, der sicherlich gar nicht mehr nötig war). Da sprengt plötzlich auf schwarzem Roß ein Jüngling von unbeschreiblicher Schönheit herbei, gefolgt von einer schrecklichen Masse von Völkerscharen. Dieser Jüngling stellt den Tod dar, und alle Völker erwarten ihn voller Sehnsucht. Und endlich, ganz am Schluß der letzten Szene, erscheint auf einmal der Babylonische Turm, und irgendwelche Athleten bauen ihn unter Lobeshymnen auf die neue Hoffnung zu Ende. Als sie schon bis zur obersten Spitze gekommen sind, läuft der Herrscher – ich glaube allerdings, nur der des Olymps – in komischem Entsetzen davon, die Menschheit aber, die das gesehen hat, nimmt seinen Platz ein und fängt ein neues Leben mit neuen Gesichtspunkten allen Dingen gegenüber an. Dieses Gedicht also fand man seinerzeit gefährlich. Ich schlug Stepan Trofimowitsch im vorigen Jahre vor, es nun drucken zu lassen, da es in einer Zeit wie der unsrigen doch als ganz harmlos angesehen werden würde. Aber er wies meinen Vorschlag mit sichtlichem Unwillen zurück. Meine Ansicht über die völlige Harmlosigkeit seiner Dichtung mißfiel ihm außerordentlich. Dem schreibe ich auch eine gewisse Kälte seinerseits mir gegenüber zu, die ganze zwei Monate andauerte. Aber was geschah? Plötzlich und fast zur selben Zeit, als ich ihm den Vorschlag machte, seine Dichtung hier drucken zu lassen, wurde sie auf einmal *dort* gedruckt, das heißt im Ausland, und zwar in einem revolutionären Sammelband, ohne daß Stepan Trofimowitsch auch nur eine Ahnung davon hatte. Anfänglich war er sehr erschrocken, eilte sogleich zum Gouverneur und schrieb einen durchaus edlen Rechtfertigungsbrief nach Petersburg, las ihn mir zweimal vor, schickte ihn aber dann doch nicht ab, da er gar nicht wußte, an wen er ihn eigentlich adressieren sollte. Kurz, er regte sich einen ganzen Monat lang ungeheuer auf, doch ich bin überzeugt, daß er sich in den innersten Falten seines Herzens äußerst geschmeichelt fühlte. Er trennte sich sogar im Schlaf kaum von dem ihm übersandten Exemplar dieses Sammelbandes, versteckte es tags unter seiner Matratze und ließ nicht einmal mehr zu, daß die Magd ihm das Bett machte. Und obgleich er täglich auf ein Telegramm von irgendeiner Seite wartete, so schaute er doch ungeheuer hochmütig drein. Aber es kam kein Telegramm. Da söhnte er sich auch wieder mit mir aus, was abermals ein Beweis der außerordentlichen Güte seines sanften, nicht nachtragenden Herzens ist.

2

Ich will nicht etwa behaupten, daß er keinerlei Verfolgungen zu erdulden gehabt hätte. Dennoch bin ich jetzt völlig überzeugt, daß er seine Vorlesungen über die Araber ganz nach Belieben hätte fortsetzen können, wenn er nur die nötigen Erklärungen abgegeben hätte. Doch er setzte damals gewissermaßen seinen Stolz darein und suchte sich mit einem seltsamen Übereifer ein für allemal die Überzeugung einzureden, daß seine Laufbahn nun durch den »Wirbelsturm der Umstände« auf Lebenszeit vernichtet sei. Um aber die volle Wahrheit zu sagen, so war der eigentliche Grund, warum er seinen Beruf wechselte, das ihm schon früher einmal gemachte und gerade jetzt wiederholte, äußerst zarte Anerbieten Warwara Petrowna Stawroginas, der steinreichen Gattin eines Generalleutnants, in seiner Eigenschaft als höherer Pädagoge und Freund die Erziehung und gesamte geistige Ausbildung ihres einzigen Sohnes zu übernehmen, ganz zu schweigen von dem glänzenden Gehalt. Dieser Vorschlag war ihm zum erstenmal schon in Berlin gemacht worden, und zwar gerade zu jener Zeit, als er zum erstenmal Witwer wurde. Seine erste Frau war ein leichtfertiges Mädchen aus unserem Gouvernement gewesen, das er in seiner ersten Jugend völlig urteilslos geheiratet hatte. Dieses äußerst anziehende Persönchen scheint ihm doch einigen Kummer gemacht zu haben, erstens einmal, weil seine Mittel zu ihrem Unterhalt niemals ausreichten, und außerdem auch noch aus anderen, zum Teil recht delikaten Gründen. Sie starb in Paris, wo sie die drei letzten Jahre getrennt von ihm gelebt hatte, und hinterließ ihm ihren fünfjährigen Sohn, »die Frucht ihrer ersten, frohen und noch ungetrübten Liebe«, wie sich der tiefgebeugte Stepan Trofimowitsch einmal in meiner Gegenwart impulsiv äußerte. Der Kleine war übrigens gleich von Anfang an nach Rußland geschickt worden, wo er irgendwo in der Provinz von irgendwelchen entfernten Tanten erzogen wurde. Damals hatte Stepan Trofimowitsch das Anerbieten Warwara Petrownas abgelehnt und sich bald darauf, noch vor Ablauf des Trauerjahres, mit einer sehr schweigsamen Deutschen in Berlin zum zweiten Male verheiratet, und zwar, was die Hauptsache war, ohne jede besondere Notwendigkeit. Außerdem hatte er jedoch die Stelle als Erzieher auch noch aus einem anderen Grunde ausgeschlagen: ihn verführte der gerade damals weithin erschallende Ruhm eines unvergeßlichen Professors, und so schwang er sich denn damals auf das Katheder, für welches er sich vorbereitet hatte, um nun auch seinerseits seine Adlerfittiche zu erproben. Jetzt aber, nachdem er sich die Flügel versengt hatte, kam er natürlich auf dieses Anerbieten zurück, das ja auch schon vorher seinen Entschluß beinahe ins Schwanken gebracht hatte. Der plötzliche Tod auch seiner zweiten Gattin, die kaum ein Jahr mit ihm zusammengelebt hatte, bestärkte ihn endgültig in seinem Entschluß. Ich sage es geradeheraus: Das Ausschlaggebende dabei war die glühende Anteilnahme und die kostbare, sozusagen klassische Freundschaft – wenn man diesen Ausdruck von einer Freundschaft gebrauchen darf –, die ihm Warwara Petrowna entgegenbrachte. Er warf sich dieser Freundschaft in die Arme, die im Verlaufe von zwanzig Jahren immer stärker wurde. Ich sagte soeben etwas von »in die Arme werfen«, aber Gott behüte jeden davor, sich dabei etwas Unpassendes und Müßiges zu denken; diese Umarmung versteht sich selbstverständlich nur in höchst moralischem Sinne. Nur die zartesten, feinsten Bande vereinten diese beiden so merkwürdigen Persönlichkeiten auf ewig miteinander.

Stepan Trofimowitsch nahm die Stelle als Erzieher auch deshalb an, weil das allerdings sehr kleine Gut, das ihm seine erste Frau hinterlassen hatte, zufällig dicht neben Skworeschniki lag, der prächtigen Besitzung, die die Stawrogins in unmittelbarer Nähe der Stadt in unserem Gouvernement bewohnten. Zudem hatte er ja dann auch immer noch die Möglichkeit, in der Stille seines Arbeitszimmers und ohne durch die ungeheure Masse der Universitätsarbeiten abgelenkt zu werden, sich ganz den Wissenschaften zu widmen und die vaterländische Literatur durch die tiefgründigsten Untersuchungen zu bereichern. Zu diesen Untersuchungen kam es nun zwar niemals, dafür aber bot sich ihm die Gelegenheit, sein ganzes übriges Leben lang, also noch volle zwanzig Jahre, sozusagen als ein »lebendiger Vorwurf« vor dem Vaterlande dazustehen, wie ein volkstümlicher Dichter so treffend sagt:

Als liberaler Idealist
Du dem geliebten Vaterland
Nur ein lebendiger Vorwurf bist.

Vielleicht hatte jene Persönlichkeit, die der volkstümliche Dichter hier meint, auch ein Recht dazu, ihr ganzes Leben lang in dieser Pose zu verharren, wenn es ihr wirklich Spaß gemacht haben sollte, obgleich das ja auf die Dauer etwas langweilig sein muß. Doch unser Stepan Trofimowitsch war, um der Wahrheit die Ehre zu geben, im Vergleich zu solchen Persönlichkeiten nur ein Nachahmer, ja er wurde sogar vom bloßen Dastehen allein schon müde und legte sich deshalb des öfteren ein bißchen aufs Ohr. Und obgleich er also nun meistens auf dem Ohr lag, so bewahrte er sich doch – diese Gerechtigkeit muß man ihm schon widerfahren lassen – auch in dieser Lage stets den Charakter eines lebendigen Vorwurfs, um so mehr, als ja schon das für die Provinz vollkommen genügte. Man hätte ihn nur sehen sollen, wie er sich bei uns im Klub zum Kartenspiel hinsetzte! Da stand es deutlich auf seinem Gesicht zu lesen: Karten! Ich, ich setze mich mit euch zum Kartenspiel hin! Ist das etwa mit meiner Persönlichkeit vereinbar? Wer aber trägt die Verantwortung hierfür? Wer hat meine geistige Tätigkeit in Trümmer geschlagen, daß sie sich dem Kartenspiel zuwenden mußte? Pfui! Stirb und verdirb, Rußland! – Und würdevoll spielte er Cœur aus.

In Wirklichkeit aber spielte er schrecklich gern Karten und hatte deshalb, hauptsächlich in der letzten Zeit, häufige und unangenehme Plänkeleien mit Warwara Petrowna, um so mehr, als er ständig verlor. Doch davon später. Ich möchte nur noch bemerken, daß er als Mensch sogar gewissenhaft war (das heißt, manchmal) und deshalb häufig Kummer hatte. Im Verlaufe seiner zwanzigjährigen Freundschaft mit Warwara Petrowna pflegte er jedes Jahr regelmäßig drei- bis viermal in einen »bürgerlichen Weltschmerz«, wie wir es unter uns nannten, zu versinken, das heißt ganz einfach in Hypochondrie, aber der Ausdruck »bürgerlicher Weltschmerz« gefiel eben der hochgeschätzten Warwara Petrowna ganz besonders. Späterhin verfiel er außer seinem »bürgerlichen Weltschmerz« auch manchmal dem Champagnertrinken, aber seine feinsinnige Freundin wußte ihn zeitlebens vor solchen trivialen Neigungen zu bewahren. Und er bedurfte auch eines solchen Gängelbandes, denn er benahm sich mitunter recht merkwürdig: mitten in seinem Weltschmerz fing er auf einmal in einer Art und Weise zu lachen an, wie es nur das niedere Volk fertigbringt. Es gab Augenblicke, in denen er sich sogar über sich selbst in humoristischer Weise ausließ. Vor nichts aber hatte Warwara Petrowna einen so großen Abscheu wie vor jedem Einschlag ins Humoristische. Sie war eben eine klassisch gebildete Frau, eine Mäzenatin, die bei allen ihren Handlungen nur die höchsten Gesichtspunkte im Auge hatte. Geradezu überwältigend war der zwanzigjährige Einfluß dieser hohen Dame auf ihren armen Freund. Man müßte ausführlicher von ihr sprechen, was ich nun auch tun werde.

3

Es gibt seltsame Freundschaften: solche, bei denen einer den anderen vor Haß auffressen möchte, bei denen man sich zeitlebens so gegenübersteht, es aber doch nicht fertigbringt, sich zu trennen. Eine Trennung ist sogar ganz unmöglich: derjenige, dem es in den Sinn käme, die Bande zu zerreißen, würde als erster krank werden und womöglich gar sterben, wenn es wirklich geschähe. Ich weiß bestimmt, daß Stepan Trofimowitsch bisweilen, und manchmal sogar nach den intimsten Aussprachen unter vier Augen mit Warwara Petrowna, plötzlich, nachdem sie hinausgegangen war, vom Sofa aufsprang und mit den Fäusten gegen die Wände hämmerte.

Und das nicht etwa im allegorischen Sinne, sondern so, daß einmal der ganze Kalk von der Wand herunterfiel. Vielleicht wird man fragen, wie ich denn solch delikate Einzelheiten habe in Erfahrung bringen können. Bin ich aber nicht selber Zeuge davon gewesen? Hat nicht Stepan Trofimowitsch selbst zu wiederholten Malen an meiner Schulter geschluchzt und mir in grellen Farben ein Bild all seines verborgenen Herzeleids entworfen? (Und was, was hat er mir da nicht alles enthüllt!) Doch nach solchen Ergüssen ereignete sich dann fast stets folgendes: am anderen Tage war er schon wieder bereit, sich wegen seiner Undankbarkeit selber zu kreuzigen, ließ mich eiligst rufen oder kam auch selber zu mir gelaufen, einzig und allein, um mir mitzuteilen, daß Warwara Petrowna ein »Engel an Ehre und Zartgefühl und er das strikte Gegenteil davon sei«. Und er kam nicht nur zu mir gelaufen, sondern schrieb meistens auch noch an sie selber einen Brief mit vielen schönen Redensarten und gestand ihr bei Unterzeichnung dieses Briefes mit seinem vollen Namen zum Beispiel ein, daß er erst gestern jemandem erzählt habe, sie halte ihn nur aus Eitelkeit in ihrem Hause fest, beneide ihn um seine Gelehrsamkeit und seine Talente, hasse ihn und wage nur nicht, diesen Haß offen zu zeigen, aus Furcht, er könne von ihr weggehen und somit ihrem literarischen Ruf schaden. Daß er sich infolgedessen verachte und beschlossen habe, eines gewaltsamen Todes zu sterben. Von ihr aber erwarte er nur noch ein letztes Wort, das sein Schicksal entscheiden solle, und so weiter, und so weiter, immer in dieser Tonart. Nach diesem Beispiel kann man sich vorstellen, zu welchen hysterischen Ausbrüchen es manchmal bei den nervösen Anfällen dieses harmlosesten unter allen fünfzigjährigen Kindsköpfen kam! Ich selber habe einmal einen solchen Brief von ihm gelesen, der geschrieben war nach einem Streit mit nichtigem Anlaß und erbittertem Ausgang. Ich war entsetzt und flehte ihn an, diesen Brief nicht abzusenden. »Das ist unmöglich ... es ist ehrenhafter ... die Pflicht ... Ich sterbe, wenn ich ihr nicht alles, alles eingestehe!« antwortete er wie im Fieber und sandte den Brief dennoch ab.

Darin lag eben gerade der Unterschied zwischen ihnen: Warwara Petrowna hätte einen solchen Brief niemals abgesandt. Allerdings schrieb er leidenschaftlich gern, schrieb an sie, obgleich er unter einem Dach mit ihr wohnte, und wenn er seine hysterischen Anfälle bekam, sogar zweimal am Tag. Ich weiß bestimmt, daß Warwara Petrowna diese Briefe immer mit der größten Aufmerksamkeit las, auch wenn sie zwei am Tag erhielt, und sie dann, wohlgeordnet und mit dem Eingangsdatum versehen, in einer besonderen Schatulle aufhob; außerdem bewahrte sie diese Briefe auch noch in ihrem Herzen. Darauf ließ sie ihren Freund den ganzen Tag ohne Antwort, traf sich mit ihm, als wäre nicht das geringste geschehen und als hätte sich auch tags zuvor gar nichts Besonderes ereignet. Nach und nach hatte sie ihn so gezogen, daß auch er selber gar nicht mehr an das Vergangene zu erinnern wagte, sondern ihr nur eine Weile in die Augen sah. Aber sie vergaß nichts, er jedoch vergaß mitunter nur allzu schnell, und es gehörte nicht etwa zu den Seltenheiten, daß er, ermutigt durch ihre eigene Ruhe, noch am selben Tag beim Champagner wieder lachen und Schabernack treiben konnte, wenn seine Freunde zufällig zu Besuch gekommen waren. Mit welch bitterem Vorwurf sah sie ihn dann in solchen Augenblicken an, und er merkte es nicht einmal! Wenn er sich aber dann vielleicht nach acht Tagen, vielleicht nach vier Wochen, vielleicht sogar erst nach einem halben Jahr bei einer besonderen Gelegenheit plötzlich an irgendeinen Ausdruck aus solch einem Briefe und dann nach und nach an den ganzen Brief mit allen seinen Begleitumständen erinnerte, dann verging er fast vor Scham und quälte sich manchmal so, daß er seine Cholerineanfälle bekam. Diese eigentümlichen, cholerineartigen Anfälle waren in gewissen Fällen die übliche Folge seiner nervösen Erschütterungen und bildeten ein in seiner Art interessantes Kuriosum seiner physischen Konstitution.

Und in der Tat, Warwara Petrowna haßte ihn wirklich und haßte ihn oft. Er aber hat, was sie anbetrifft, immer nur das eine nicht in Betracht gezogen, nämlich, daß er mit der Zeit zu ihrem eignen Sohne, ihrem Geschöpf, ja, ich möchte fast sagen, zu ihrer Erfindung, gewissermaßen Fleisch von ihrem Fleisch geworden war und daß sie ihn durchaus nicht nur aus »Neid auf seine Talente« bei sich behielt und unterhielt. Wie sehr müssen solche Vermutungen sie also gekränkt haben! Und inmitten dieses steten Hasses, dieser Eifersucht und Verachtung lag in ihrem Herzen eine quälende Liebe zu ihm verborgen. Sie behütete ihn vor jedem Stäubchen, hegte und gängelte ihn zweiundzwanzig Jahre lang und hätte vor Sorge ganze Nächte nicht geschlafen, wenn sein Ruf als Dichter, Gelehrter und in der Öffentlichkeit tätiger Mann angetastet worden wäre. Sie hatte ihn sich gewissermaßen ausgedacht und war nun selber die erste, die an ihr Phantasiegebilde glaubte. Er war so etwas wie die Verkörperung ihrer Träume ... Dafür aber verlangte sie entschieden sehr viel, manchmal sogar sklavische Ergebenheit. Nachtragend war sie bis zur Unglaublichkeit. Dafür möchte ich gleich zwei Beispiele anführen.

4

Eines Tages, gerade als sich die ersten Gerüchte von der Befreiung der Bauern zu verbreiten begannen, als ganz Rußland plötzlich aufjubelte und alle Anstalten zu einer völligen Wiedergeburt traf, besuchte Warwara Petrowna ein durchreisender Petersburger Baron, ein Mann mit den höchsten Verbindungen, der diesen Ereignissen sehr nahestand. Warwara Petrowna wußte solche Besuche außerordentlich zu schätzen, weil ihre Beziehungen zu den höchsten Gesellschaftskreisen nach dem Tod ihres Mannes immer spärlicher geworden waren und zu guter Letzt ganz aufgehört hatten. Der Baron blieb etwa eine Stunde und nahm den Tee bei ihr ein. Andere Gäste waren nicht zugegen, nur Stepan Trofimowitsch war von Warwara Petrowna eingeladen und gewissermaßen zur Schau gestellt worden. Der Baron hatte schon früher einmal irgend etwas von ihm gehört oder tat wenigstens so, als ob dies der Fall wäre, wandte sich aber beim Tee nur selten an ihn. Selbstverständlich mußte aber Stepan Trofimowitsch trotz alledem zur Geltung kommen, zumal er ausgesucht feine gesellschaftliche Umgangsformen besaß. Denn obgleich er, soviel ich weiß, nur von geringer Herkunft war, so hatte es das Schicksal doch gewollt, daß er von frühester Kindheit an in einem vornehmen Moskauer Hause und demnach durchaus standesgemäß erzogen worden war. Französisch sprach er wie ein Pariser. Daran sollte nun der Baron gleich auf den ersten Blick erkennen, mit was für Menschen Warwara Petrowna sich umgab, wenn sie auch in der Provinz, in der Abgeschiedenheit lebte. Aber es sollte anders kommen. Als nämlich der Baron die völlige Glaubwürdigkeit der damals soeben erst in die Öffentlichkeit gedrungenen ersten Gerüchte von der großen Reform ausdrücklich bestätigte, da konnte sich Stepan Trofimowitsch auf einmal nicht mehr halten, rief: »Hurra!« und machte sogar mit der Hand eine Geste, die seine Begeisterung zum Ausdruck brachte. Er hatte das zwar nicht etwa überlaut, sondern wirklich mit Eleganz ausgerufen, sogar seine Begeisterung war vielleicht wohlüberlegt und die Geste absichtlich vor dem Spiegel einstudiert worden, eine halbe Stunde vor dem Tee, aber irgend etwas muß ihm dabei doch nicht so recht gelungen sein, denn der Baron erlaubte sich beinahe zu lächeln, obgleich er sofort in außerordentlich liebenswürdiger Weise eine schöne Redensart über die allgemeine und sehr erklärliche Rührung aller russischen Herzen angesichts dieses großen Ereignisses einschob. Bald darauf verabschiedete er sich und vergaß dabei nicht, auch Stepan Trofimowitsch zwei Finger zum Abschied zu reichen. Als Warwara Petrowna dann in den Salon zurückkehrte, schwieg sie anfänglich erst einige Minuten lang, als suche sie etwas auf dem Tisch, dann aber wandte sie sich plötzlich nach Stepan Trofimowitsch um und stieß bleich und mit funkelnden Augen, fast flüsternd, hervor: »Das werde ich Ihnen nie vergessen!«

Am nächsten Tag begegnete sie ihrem Freund, als wäre nicht das geringste vorgefallen, und erwähnte nie wieder das Geschehene. Doch dreizehn Jahre später, in einem tragischen Augenblick, erinnerte sie ihn wieder daran und warf es ihm vor. Und dabei wurde sie genauso bleich wie vor dreizehn Jahren, als sie es ihm zum erstenmal vorgeworfen hatte. Nur zweimal in ihrem Leben hat sie zu ihm gesagt: »Das werde ich Ihnen nie vergessen!« Der Vorfall mit dem Baron war eigentlich schon der zweite, aber auch der erste war an und für sich so charakteristisch und, wie mich dünkt, so bedeutsam für das ganze Schicksal Stepan Trofimowitschs, daß ich mich entschließe, auch ihn zu erzählen.

Das war im Frühling des Jahres 1855 gewesen, im Mai, kurz nachdem man in Skworeschniki die Nachricht vom Tod des Generalleutnants Stawrogin erhalten hatte, dieses leichtlebigen alten Herrn, der auf einer Reise nach der Krim, die er aus Anlaß eines Kommandos zur aktiven Armee in aller Eile unternehmen mußte, an einer Magenkrankheit gestorben war. Warwara Petrowna war also nun Witwe geworden und hüllte sich in tiefste Trauer. In Wirklichkeit aber konnte ihr Schmerz nicht allzu groß sein, denn schon die letzten vier Jahre hatte sie wegen mangelnder Übereinstimmung ihrer Charaktere von ihrem Mann vollständig getrennt gelebt und ihm nur eine Art Rente ausgezahlt. (Der Generalleutnant selber besaß nämlich nur hundertfünfzig

Seelen und sein Gehalt, außerdem noch seinen berühmten Namen und viele Verbindungen; der ganze Reichtum aber sowie Skworeschniki gehörten Warwara Petrowna, der einzigen Tochter eines steinreichen Branntweinpächters.) Trotzdem war sie durch diese unerwartete Nachricht tief erschüttert und zog sich ganz in die Einsamkeit zurück. Selbstverständlich befand sich aber Stepan Trofimowitsch immer bei ihr.

Der Mai war in vollem Aufblühen; die Abende wurden wundervoll. Es duftete der Faulbaum. Die beiden Freunde trafen sich jeden Abend im Garten, saßen bis in die Nacht hinein in einer Laube und schütteten da all ihre Gedanken und Gefühle voreinander aus. Das waren poetische Minuten. Noch ganz unter dem Einfluß dieser plötzlichen Veränderung in ihrem Schicksal sprach Warwara Petrowna mehr als gewöhnlich. Sie schmiegte sich sozusagen an das Herz ihres Freundes und setzte das mehrere Abende lang fort. Da fiel ein sonderbarer Gedanke wie ein Schatten auf Stepan Trofimowitschs Gemüt: Sollte die untröstliche Witwe vielleicht gar Absichten auf ihn haben, von ihm erwarten, daß er ihr nach Ablauf des Trauerjahres einen Heiratsantrag mache? Ein zynischer Gedanke; aber gerade die höchste Höhe der geistigen Entwicklung leistet manchmal einer Neigung zu solch zynischen Gedanken Vorschub, schon allein auf Grund der Vielseitigkeit dieser Entwicklung. Er wurde aufmerksam und fand, daß es allerdings ganz so aussah. Da wurde er nachdenklich: Ein riesiges Vermögen, ganz sicher, aber ... Und in der Tat, Warwara Petrowna war durchaus keine Schönheit: eine große, knochige Frau mit gelber Hautfarbe und übermäßig langem Gesicht, das etwas an das eines Pferdes erinnerte. Stepan Trofimowitsch geriet immer mehr und mehr ins Schwanken, quälte sich mit Bedenken aller Art und fing in seiner Unentschlossenheit sogar ein- oder zweimal an zu weinen. (Er weinte übrigens ziemlich oft.) Abends aber in der Laube nahm sein Gesicht dann immer unwillkürlich einen etwas kapriziösen und spöttischen, etwas koketten und zu gleicher Zeit hochmütigen Ausdruck an. Das geschieht meist ganz zufällig und unwillkürlich, und je edler ein Mensch ist, um so deutlicher tritt ein solcher Ausdruck bei ihm in Erscheinung. Weiß der liebe Gott, was man von alledem halten sollte, aber aller Wahrscheinlichkeit nach hat sich in Warwara Petrownas Herzen überhaupt nichts geregt, was einen solchen Verdacht Stepan Trofimowitschs voll und ganz gerechtfertigt hätte. Ja, sie, eine Stawrogina, hätte wohl kaum ihren Namen mit dem seinigen vertauschen mögen, wenn er auch noch so berühmt gewesen wäre. Vielleicht war es ihrerseits nur ein weibliches Spiel, die Begleiterscheinung eines unbewußten weiblichen Bedürfnisses, wie es in manchen außerordentlichen Lebenslagen nun eben in der Natur eines jeden Weibes liegt. Übrigens möchte ich mich auch dafür nicht verbürgen: die bodenlosen Tiefen des Frauenherzens sind ja noch unerforscht geblieben bis auf den heutigen Tag. Ich fahre also lieber in meiner Erzählung fort.

Es ist anzunehmen, daß sie aus dem merkwürdigen Gesichtsausdruck ihres Freundes im stillen bald alles erraten hatte, denn sie war feinfühlig und beobachtete scharf, er hingegen war bisweilen zu harmlos. Aber die Abende verliefen ganz wie früher, und die Gespräche waren nach wie vor poetisch und interessant. Eines Abends nun, bei Anbruch der Nacht, hatten sie sich nach einem ganz besonders lebhaften und poetischen Gespräch sehr freundschaftlich und mit einem heißen Händedruck voneinander getrennt, an der Treppe des Flügels, in dem Stepan Trofimowitsch damals wohnte. Jeden Sommer siedelte er nämlich aus dem riesengroßen Herrenhaus von Skworeschniki in diesen fast mitten im Garten stehenden Flügel über. Kaum hatte er sein Zimmer betreten und, in sorgenvollem Nachdenken, sich eine Zigarre genommen, aber noch nicht Zeit gefunden, sie anzuzünden, und sich müde, regungslos ans offene Fenster gestellt, um die weißen, daunenleichten Wölkchen zu betrachten, die über den klaren Mond huschten, als ein leichtes Geräusch ihn plötzlich zusammenfahren ließ, so daß er sich unwillkürlich umwendete. Vor ihm stand Warwara Petrowna, von der er sich erst vor wenigen Minuten getrennt hatte. Ihr gelbliches Gesicht schimmerte fast bläulich, die Lippen waren fest zusammengepreßt, ihre Mundwinkel zuckten. Sie sah ihm etwa zehn Sekunden lang schweigend mit festem, unerbittlichem Blick gerade in die Augen und flüsterte dann auf einmal hastig: »Das werde ich Ihnen niemals vergessen!«

Als mir Stepan Trofimowitsch etwa zehn Jahre später diese betrübliche Geschichte flüsternd anvertraute, nachdem er vorher alle Türen verschlossen hatte, versicherte er mir hoch und heilig, er sei damals so starr vor Schreck gewesen, daß er weder gehört noch gesehen habe, wie Warwara Petrowna wieder verschwunden sei. Und da sie auch späterhin nicht ein einziges Mal auf diesen Vorfall angespielt hat, so neigte er zeit seines Lebens zu der Annahme, daß all dies nur eine Halluzination vor seiner Krankheit gewesen sei, um so mehr, als er noch in derselben Nacht wirklich ernstlich erkrankte und ganze vierzehn Tage darniederlag, was denn nun auch in nicht unerwünschter Art und Weise den Zusammenkünften in der Laube ein Ende machte.

Obwohl er das alles nur für eine Halluzination hielt, war es doch, als ob er sein ganzes Leben lang jeden Tag auf eine Fortsetzung gewartet hätte, gewissermaßen auf eine Lösung dieses rätselhaften Ereignisses. Er glaubte nicht, daß damit nun alles zu Ende sei! Wenn dem aber so war, mit welch sonderbaren Blicken muß er da manchmal seinen »Freund« betrachtet haben.

5

Sie hatte sogar selber ein Kostüm für ihn entworfen, das er denn auch zeit seines Lebens trug. Dieses Kostüm war elegant und charakteristisch: ein langschößiger, schwarzer Überrock, fast bis oben hinauf zugeknöpft, aber von tadellosem Sitz, ein weicher Hut (im Sommer aus Stroh) mit breiter Krempe, eine Halsbinde aus weißem Batist mit großem Knoten und herabhängenden Enden, ein Stock mit silbernem Griff, dazu Haare bis zur Schulter. Er war dunkelblond, und seine Haare fingen erst in der letzten Zeit leicht zu ergrauen an. Den Bart hatte er ganz rasiert. Es hieß, daß er in jungen Jahren auffallend schön gewesen sei. Meiner Meinung nach war er auch im Alter noch eine Persönlichkeit, die größte Achtung einflößen mußte. Ja, kann man denn überhaupt bei dreiundfünfzig Jahren schon von Alter reden? Aber aus einer gewissen Koketterie, aus der Koketterie eines überzeugten »Staatsbürgers« heraus, machte er sich nicht etwa jünger, sondern brüstete sich vielmehr noch mit der Gesetztheit seiner Jahre, und in diesem seinem Kostüm, groß und hager, mit dem bis auf die Schultern herabwallenden Haar, glich er einem Patriarchen oder, besser noch, dem lithographierten Bildnis des Dichters Kukoljnik, wie es in den dreißiger Jahren anläßlich irgendeiner Ausgabe seiner Werke erschien. Dies fiel ganz besonders auf, wenn er im Sommer unter den blühenden Fliedersträuchen auf einer Bank im Garten saß, neben sich ein aufgeschlagenes Buch, und, beide Hände auf den Stock gestützt, in träumerische Gedanken versunken, den Sonnenuntergang betrachtete. Was übrigens die Bücher anbelangt, so möchte ich bemerken, daß er zu guter Letzt ganz davon abkam, sie zu lesen. Das war aber erst in seinen letzten Jahren. Zeitungen und Zeitschriften aber, die Warwara Petrowna in Mengen hielt, las er ständig. Auch an den Fortschritten der russischen Literatur nahm er den regsten Anteil, jedoch ohne sich dabei etwas von seiner eignen Würde zu vergeben. Eine Zeitlang verlockte ihn auch das Studium der inneren und äußeren Angelegenheiten unserer gegenwärtigen höheren Politik, aber bald gab er auch dieses Unterfangen als aussichtslos auf. Und es pflegte vorzukommen, daß er Tocqueville mit in den Garten nahm, während er, in seiner Rocktasche versteckt, Paul de Kock bei sich trug. Aber das sind übrigens Nebensächlichkeiten.

Zu dem Bildnis Kukoljniks möchte ich noch in Klammern hinzufügen, daß ein solches Warwara Petrowna wirklich zum erstenmal in die Hände gefallen war, als sie sich noch als junges Mädchen in einer Moskauer Erziehungsanstalt befand. Und augenblicklich verliebte sie sich denn auch in dieses Bild, nach der Gewohnheit aller jungen Damen in Pensionaten, die sich nun einmal in alles, was ihnen unter die Augen kommt, verlieben müssen, zuallererst natürlich in ihre Lehrer, mit besonderer Bevorzugung der Kalligraphie- und Zeichenlehrer. Aber nicht jene Eigenschaft junger Mädchen war das Merkwürdige in diesem Falle, sondern vielmehr, daß Warwara Petrowna sogar noch mit fünfzig Jahren dieses Bildnis in der Sammlung ihrer geheimsten Kostbarkeiten aufbewahrte und vielleicht auch nur aus dem Grund für Stepan Trofimowitsch dieses Kostüm entwarf, weil er dadurch eine gewisse Ähnlichkeit mit jenem Bildnisse bekam. Aber auch das ist natürlich nicht von Bedeutung.

In den ersten Jahren, oder, genauer gesagt, in der ersten Hälfte seines Aufenthaltes bei Warwara Petrowna, hatte sich Stepan Trofimowitsch immer noch mit dem Gedanken getragen, irgend etwas zu schreiben, und sich jeden Tag ernstlich vorgenommen, nun endlich damit zu beginnen. In der zweiten Hälfte aber fing er dann allmählich an, alles das zu vergessen, was er früher gewußt hatte. Immer häufiger sagte er zu uns: »Ich bin doch nun, wie man annehmen könnte, auf mein Werk vorbereitet, habe alles Material zusammengetragen, und doch kommt die Arbeit nicht zustande. Es wird und wird nichts!« Und trübsinnig ließ er den Kopf hängen. Ohne Zeifel mußte ihm auch das, als einem Märtyrer der Wissenschaft, in unseren Augen noch zu einer größeren Erhabenheit verhelfen, aber ihm selber stand der Sinn nach etwas ganz anderem. »Man hat mich vergessen, man braucht mich nicht!« stieß er mehr als einmal hervor. Diese immer stärker werdenden, schwermütigen Vorstellungen bemächtigten sich seiner besonders ganz am Ende der fünfziger Jahre. Warwara Petrowna kam schließlich zu der Überzeugung, daß die Sache ernst war. Außerdem konnte auch sie den Gedanken nicht ertragen, daß ihr Freund vergessen und überflüssig sei. Um ihn zu zerstreuen und zugleich seinen Ruhm wiederaufleben zu lassen, nahm sie ihn damals mit nach Moskau, wo sie unter den Literaten und Gelehrten einige tonangebende Bekannte hatte, aber es stellte sich heraus, daß auch Moskau keine Abhilfe bringen konnte.

Damals war eine merkwürdige Zeit: etwas Neues, der früheren Stille so ganz Unähnliches brach sich Bahn, etwas höchst Seltsames, das sich überall, sogar in Skworeschniki, fühlbar machte. Die verschiedensten Gerüchte drangen bis dorthin. Tatsachen waren im allgemeinen weniger bekannt, aber es war offensichtlich, daß neben den Tatsachen noch gewisse, sie begleitende Ideen auftauchten, und zwar, was die Hauptsache war, Ideen in übermäßiger Menge. Doch gerade das brachte Verwirrung hervor: es war ganz unmöglich, sich danach zu richten und genau in Erfahrung zu bringen, was diese Ideen denn nun eigentlich zu bedeuten hatten. Warwara Petrowna wollte, zufolge der Eigenart ihrer weiblichen Natur, durchaus ein Geheimnis dahinter vermuten. Sie machte sich selber an die Lektüre von Zeitungen und Zeitschriften, verbotener, im Auslande gedruckter Bücher und sogar der damals eben erst aufkommenden Proklamationen (all das wußte sie sich zu verschaffen); aber schließlich schwirrte ihr von alledem nur der Kopf. Da verlegte sie sich aufs Briefeschreiben, doch man antwortete ihr wenig und mit der Zeit immer unverständlicher. Darauf wurde Stepan Trofimowitsch feierlichst ersucht, ihr ein für allemal »diese neuen Ideen« zu erklären, aber auch mit seinen Ausführungen war sie entschieden unzufrieden. Stepan Trofimowitschs Ansicht über die allgemeine Bewegung war im höchsten Grade hochmütig, bei ihm lief alles nur immer darauf hinaus, daß er selber vergessen sei und niemand ihn mehr brauche. Endlich erinnerte man sich doch noch seiner, zuerst in ausländischen Veröffentlichungen als eines verbannten Dulders und dann sogleich auch in Petersburg als eines untergegangenen Sterns in einem bekannten Sternbild, ja man verglich ihn sogar aus irgendeinem Grunde mit Radischtschew*. Sodann schrieb einer, daß er bereits gestorben sei, und versprach, einen Nekrolog über ihn zu veröffentlichen. Im Nu war Stepan Trofimowitsch von den Toten auferstanden und nahm eine äußerst würdevolle Haltung an. All die hochmütigen Ansichten über seine Zeitgenossen waren auf einmal wie weggeblasen, und in ihm entbrannte der glühende Wunsch, sich dieser Bewegung anzuschließen und seine Kräfte zu zeigen. Warwara Petrowna glaubte auch sofort wieder an alles und war sogleich Feuer und Flamme. Man beschloß, ohne den geringsten Verzug nach Petersburg zu fahren, die ganze Bewegung an Ort und Stelle kennenzulernen, persönlich in alles einzudringen und womöglich voll und ganz in dieser neuen Tätigkeit aufzugehen. Unter anderem erklärte sie sich bereit, eine eigne Zeitschrift zu gründen und dieser von nun an ihr ganzes Leben zu widmen. Als Stepan Trofimowitsch sah, wie weit die Sache gekommen war, wurde er immer hochmütiger und fing unterwegs sogar an, Warwara Petrowna fast gönnerhaft zu behandeln, was sie ihm auch sogleich in ihrem Herzen ankreidete. Sie hatte übrigens noch einen anderen, höchst wichtigen Grund zu dieser Reise: nämlich die Wiederanknüpfung ihrer Verbindungen zu den höchsten Kreisen. Man mußte sich der großen Welt wieder in Erinnerung bringen oder wenigstens den Versuch dazu machen. Der offizielle Vorwand aber zu dieser Reise war ein Wiedersehen mit ihrem einzigen Sohn, der damals gerade sein Studium an einem Petersburger Lyzeum beendete.

6

Sie fuhren also nach Petersburg und verbrachten dort fast die ganze Wintersaison. Aber zur Zeit der Großen Fasten zerplatzte die ganze Herrlichkeit wie eine regenbogenfarbene

* Alexander Radischtschew, 1749–1802, Schriftsteller und politischer Märtyrer, wurde von Katharina II. nach Sibirien verbannt (Anmerkung des Übersetzers).

Seifenblase. Die schönen Träume verflogen, und das Chaos der Ideen klärte sich nicht etwa, sondern wurde nur noch widerwärtiger. Eine Verbindung mit den höchsten Gesellschaftskreisen kam so gut wie gar nicht zustande, es sei denn in ganz minimalem Umfang und nur durch erniedrigende Anstrengungen. Die beleidigte Warwara Petrowna stürzte sich nun mit Leib und Seele in die »neuen Ideen« und eröffnete einen Empfangsabend in ihrem eignen Hause. Sie wollte hauptsächlich Schriftsteller heranziehen, und die wurden ihr denn auch sogleich in Scharen zugeführt. Dann kamen sie sogar ganz von allein, ohne jede Aufforderung, immer brachte einer den andern mit. Niemals noch hatte sie solche Schriftsteller gesehen. Sie waren unglaublich eingebildet, aber ohne das geringste Hehl daraus zu machen, als wäre das ihre Pflicht, die sie erfüllen müßten. Manche (wenn auch bei weitem nicht alle) erschienen sogar in betrunkenem Zustand, als wären sie zu der Erkenntnis gekommen, daß dies etwas außerordentlich Schönes sei, was sie erst gestern entdeckt hätten. Sie alle waren bis zu einem solchen Grade auf irgend etwas stolz, daß es manchmal sogar sonderbar anmutete. Auf allen Gesichtern stand geschrieben, daß sie soeben erst ein ungeheuer wichtiges Geheimnis entdeckt hätten. Sie zankten sich ununterbrochen und rechneten sich das zur Ehre an. Es war ziemlich schwer dahinterzukommen, was sie denn eigentlich geschrieben hatten, aber es gab da Kritiker, Romanschriftsteller, Dramatiker, Satiriker und Polemiker. Stepan Trofimowitsch drang sogar bis in ihren höchsten Kreis vor, bis dahin, von wo aus die Bewegung geleitet wurde. Diese regierenden Häupter standen unglaublich hoch, aber sie kamen ihm herzlich entgegen, obgleich natürlich keiner von ihnen irgend etwas von ihm wußte oder auch nur gehört hatte, außer daß er »eine Idee vertrete«. Er manövrierte so geschickt um sie herum, daß er sie doch zwei- oder dreimal dazu brachte, Warwara Petrownas Salon zu besuchen, ungeachtet ihres Olympiertums. Sie waren sehr ernst und höflich, benahmen sich gut, und die anderen hatten allem Anschein nach Angst vor ihnen, aber es war offensichtlich, daß sie keine Zeit hatten. Auch zwei oder drei literarische Größen von früher, die damals gerade in Petersburg weilten und mit denen Warwara Petrowna schon seit Jahren die feinsinnigsten Beziehungen unterhielt, erschienen wieder bei ihr. Aber zu ihrem Erstaunen erwiesen sich diese wirklichen, schon über jeden Zweifel erhabenen Größen als stiller denn Wasser, niedriger denn Gras, und manche von ihnen zeigten sich dem neuen Gesindel gegenüber geradezu devot und suchten sich auf ganz schmähliche Weise bei ihm einzuschmeicheln. Anfänglich schien Stepan Trofimowitsch Glück zu haben, man griff nach ihm und stellte ihn in öffentlichen literarischen Versammlungen zur Schau. Als er zum ersten Male als Vortragender an einem literarischen Leseabend das Rednerpult betrat, ertönte ein rasendes Händeklatschen, das ganze fünf Minuten lang anhielt. Noch neun Jahre später erinnerte er sich daran mit Tränen in den Augen – übrigens mehr noch aus seiner Natur als Künstler heraus als aus Dankbarkeit. »Ich schwöre Ihnen und möchte jede Wette darauf eingehen«, sagte er dann selber, aber nur zu mir und auch nur ganz im Vertrauen, »daß unter diesem ganzen Publikum auch nicht ein Mensch gewesen ist, der das geringste von mir gewußt hätte.« Ein bemerkenswertes Geständnis: also mußte er doch einen scharfen Verstand besitzen, wenn er schon damals auf dem Rednerpult trotz seinem Freudenrausch die wahre Lage der Dinge so klar zu erkennen vermochte; und doch mußte man ihm diesen scharfen Verstand auch wieder absprechen, wenn er noch neun Jahre später ohne ein Gefühl der Kränkung an diesen Vorfall zurückdenken konnte. Man forderte ihn auf, zwei oder drei Kollektivproteste (wogegen – das wußte er freilich selber nicht) mit seinem Namen zu unterzeichnen, und er unterschrieb sie. Auch Warwara Petrowna wurde veranlaßt, einen Protest gegen irgendein »unverantwortliches Verhalten« zu unterschreiben, und auch sie unterschrieb. Übrigens hielten es die meisten dieser »neuen Menschen«, wenn sie auch Warwara Petrownas Salon besuchten, doch gewissermaßen für ihre Pflicht, mit Verachtung und unverhohlenem Spott auf sie herabzusehen. Stepan Trofimowitsch machte mir später in einem bitteren Augenblick einmal eine Andeutung, daß sie ihn seit jener Zeit beneidet habe. Sie sah natürlich ein, daß diese Leute kein passender Umgang für sie waren, aber trotzdem empfing sie sie bei sich mit einer wahren Gier, mit der ganzen hysterischen Ungeduld ihrer weiblichen Natur und, was die Hauptsache war, immer in Erwartung von irgend etwas. Sie selbst sprach an diesen Abenden wenig, obgleich sie hätte reden können, und hörte meistens nur zu. Man sprach über die Abschaffung der Zensur und des stummen Endbuchstaben Jer, über die Ersetzung der russischen Schrift durch die lateinische, über die tags zuvor erfolgte Verbannung irgend jemandes nach Sibirien, über eine Skandalgeschichte, die sich in der Passage zugetragen hatte, von der Nützlichkeit einer Teilung Rußlands nach seinen einzelnen Völkerschaften nur unter dem losen Zusammenhang eines freien Föderativbundes, von der Abrüstung des Heeres und der Flotte, von der Wiederherstellung Polens bis zum Dnjepr, von den die Leibeigenschaft betreffenden Reformen und Proklamationen, von der Abschaffung des Erbrechtes, der Familie, der Kinder und der Geistlichen, von den Rechten der Frauen, von dem Haus Krajewskijs, das kein Mensch Herrn Krajewskij jemals verzeihen werde, und so weiter, und so weiter. Es war klar, daß sich unter dieser Ansammlung neuer Menschen auch viele Gauner befanden, aber zweifellos waren auch viele ehrliche und sogar recht anziehende Leute darunter, wenn man von einigen wunderlichen Schattierungen absah. Die ehrlichen waren noch bei weitem unverständlicher als die Gauner und Grobiane, doch es war nicht herauszubekommen, wer wen in der Hand hatte. Als Warwara Petrowna ihren Gedanken an die Herausgabe einer Zeitschrift laut werden ließ, kam noch mehr Volk zu ihr geströmt, gleichzeitig wurde ihr aber auch schon der Vorwurf ins Gesicht geschleudert, daß sie eine Kapitalistin sei und die arbeitenden Kreise ausbeuten wolle. Der Dreistigkeit dieser Beschuldigung vergleichbar war nur ihre Plötzlichkeit. Der hochbetagte General Iwan Iwanowitsch Drosdow, ein ehemaliger Freund und Regimentskamerad des verstorbenen Generals Stawrogin, ein sehr ehrenwerter Herr (wenigstens in seiner Art), den wir hier alle kannten, aber ein äußerst dickköpfiger und reizbarer Mensch, der schrecklich viel aß und den Atheismus wie ein rotes Tuch scheute, dieser General geriet einmal an einem der Empfangsabende Warwara Petrownas mit einem berühmten Jüngling in Streit. Der schleuderte ihm gleich als erstes ins Gesicht: »Sie müssen ein General sein, wenn Sie so reden!« Natürlich in dem Sinn, daß er ein ärgeres Schimpfwort als »General« gar nicht finden könne. Iwan Iwanowitsch brauste wütend auf: »Ja, mein Herr, ich bin General und Generalleutnant und habe meinem Kaiser gedient, Sie aber, mein Herr, sind ein dummer Junge und Atheist!« Es kam zu einer höchst ungehörigen Skandalszene. Am anderen Tag wurde dieser Vorfall in der Presse bekanntgegeben, und man begann Unterschriften zu einem

Kollektivprotest gegen Warwara Petrownas »ungehöriges Verhalten« zu sammeln, weil sie den General nicht augenblicklich hatte vor die Tür setzen lassen. In einer illustrierten Zeitschrift erschien eine Karikatur, die in bissiger Art und Weise Warwara Petrowna, den General und Stepan Trofimowitsch als drei rückständige Freunde auf einem Bilde vereinte; dieser Zeichnung waren auch einige Verse beigefügt, die ein volkstümlicher Dichter eigens zu diesem Zweck verfaßt hatte. Dabei möchte ich meinerseits noch bemerken, daß in der Tat viele Leute im Generalsrang die lächerliche Angewohnheit haben, zu sagen: »Ich habe meinem Kaiser gedient« ... ganz als hätten sie nicht denselben Kaiser wie wir einfachen Staatsuntertanen auch, sondern einen besonderen für sich allein.

Länger in Petersburg zu bleiben war nun natürlich unmöglich, um so mehr, als auch Stepan Trofimowitsch endgültig Fiasko machte. Er hatte es sich nicht versagen können, sich über die Rechte der Kunst auszulassen, worauf er noch lauter ausgelacht wurde. In seiner letzten Vorlesung wollte er durch öffentliche Beredsamkeit einen Erfolg herausschlagen, vermeinte, damit die Herzen zu rühren, und rechnete darauf, daß man ihm als »Verbannten« Ehrerbietung bezeigen werde. Ohne jeden Widerspruch war er mit der Wertlosigkeit und Lächerlichkeit des Wortes »Vaterland« einverstanden; er pflichtete der Ansicht über den Schaden der Religion vollkommen bei, erklärte aber laut und bestimmt, daß ein Paar Stiefel geringer einzuschätzen seien als Puschkin, sogar bedeutend geringer. Daraufhin wurde er erbarmungslos ausgepfiffen, so daß er gleich auf der Stelle, ohne von dem Rednerpult herabzusteigen, vor aller Augen zu weinen anfing. Warwara Petrowna brachte ihn mehr tot als lebendig nach Hause. »On m'a traité comme un vieux bonnet de coton!« soll er noch halb besinnungslos gestammelt haben. Sie pflegte ihn die ganze Nacht, gab ihm Kirschlorbeertropfen und versicherte ihm bis zum Morgengrauen immer wieder: »Sie werden noch Nutzen stiften, es allen noch beweisen, werden noch voll gewürdigt werden ... an einem anderen Ort.«

Frühzeitig am nächsten Morgen erschienen bei Warwara Petrowna fünf Schriftsteller, von denen ihr drei ganz unbekannt waren, da sie sie niemals gesehen hatte. Mit ernster Miene teilten sie ihr mit, daß sie die Sache mit der Zeitschrift einer Begutachtung unterzogen und nun einen Beschluß gefaßt hätten. Warwara Petrowna hatte aber ganz entschieden niemals irgend jemandem den Auftrag erteilt, in Angelegenheiten ihrer Zeitschrift eine Begutachtung abzugeben oder gar einen Beschluß zu fassen. Der Beschluß bestand darin, daß sie, sobald sie die Zeitschrift gegründet habe, diese ihnen unverzüglich zusammen mit dem Kapital nach den Rechten einer freien Handelsgesellschaft zu übergeben habe; sie selbst aber sollte nach Skworeschniki zurückkehren und nicht vergessen, Stepan Trofimowitsch mitzunehmen, der doch »recht alt geworden« sei. Aus Zartgefühl erklärten sie sich bereit, ihr das Eigentumsrecht vorzubehalten und ihr jährlich ein Sechstel des Reingewinnes zukommen zu lassen. Das Rührendste dabei war, daß sicherlich vier von diesen fünf Leuten durchaus keine eigennützigen Ziele verfolgten, sondern diese ganze Mühe und Arbeit nur um der »allgemeinen Sache« willen auf sich nehmen wollten.

»Wir waren wie betäubt, als wir abfuhren«, erzählte Stepan Trofimowitsch. »Ich konnte von alledem noch gar nichts fassen und weiß nur noch, daß ich zum Rattern der Räder immer nur vor mich hinmurmelte:

‚Über das Jahrhundert Ljew Kambek sich wundert,
Ljew Kambek sich wundert über das Jahrhundert . . .‘

und der Teufel mag wissen, was alles noch für Unsinn, bis wir in Moskau ankamen. Erst hier kam ich wieder ganz zur Besinnung, als hätte ich tatsächlich hier etwas anderes finden können. Oh, meine Freunde!« rief er manchmal in edler Begeisterung aus, »Sie können sich gar nicht vorstellen, welch ein Weh und welch heiliger Zorn die ganze Seele ergreift, wenn eine große Idee, die Sie schon lange als heilig erkannt haben, plötzlich von Tölpeln aufgegriffen und zu ebensolchen Dummköpfen, wie sie selber sind, auf die Straße hinausgeschleppt wird und Sie dann plötzlich diese Ihre Idee gänzlich unkenntlich auf dem Trödelmarkt wiedertreffen, in den Schmutz gezogen und in ungeschickter Art in irgendeine Ecke ohne jede Proportion und Harmonie zur Schau gestellt, als Spielzeug für unverständige Kinder! Nein! Zu unserer Zeit war das anders, wir hatten andere Ziele! Nein, nein, nicht danach strebten wir. Ich erkenne die Welt nicht wieder . . . Aber unsere Zeit wird noch einmal anbrechen und wird alles, was jetzt vom Taumel ergriffen ist, wieder auf einen festen Pfad zurücklenken. Was sollte denn wohl auch sonst noch daraus werden? . . .«

7

Gleich nach ihrer Rückkehr aus Petersburg schickte Warwara Petrowna ihren Freund ins Ausland »zur Erholung«. Sie mußten sich einmal eine Zeitlang voneinander trennen, das fühlte sie. Stepan Trofimowitsch reiste ganz begeistert ab: »Dort werde ich neu geboren werden!« rief er aus. »Dort werde ich mich endlich der Wissenschaft widmen können!« Aber schon in seinen ersten Briefen aus Berlin fiel er wieder in den gewohnten Ton zurück: »Mein Herz ist gebrochen«, schrieb er an Warwara Petrowna, »ich kann nicht vergessen, nicht vergessen! Hier in Berlin erinnert mich alles an mein einstiges, vergangenes, erstes Glück und an meine ersten Qualen. Wo ist sie? Wo sind sie beide? Wo seid ihr, meine beiden Engel, deren ich niemals würdig war? Wo ist mein Sohn, mein geliebter Sohn? Und schließlich, wo bin ich, ich selbst, mein früheres Ich, stählern an Kraft und unerschütterlich wie ein Fels, während jetzt irgendein Andrejew, irgendein rechtgläubiger, bärtiger Hanswurst peut briser mon existence en deux« und so weiter, und so weiter. Was aber den Sohn Stepan Trofimowitschs betraf, so hatte er ihn in seinem ganzen Leben nur zweimal gesehen: das erstemal, als er geboren wurde, und das zweitemal – erst ganz kürzlich in Petersburg, wo sich der junge Mann zur Aufnahme auf die Universität vorbereitete. Wie schon gesagt, war der Knabe von Kindesbeinen an bei irgendwelchen Tanten im Gouvernement O., siebenhundert Werst von Skworeschniki entfernt, erzogen worden, und zwar auf Warwara Petrownas Kosten. Was nun Andrejew betrifft, so war das ganz einfach unser hiesiger Kaufmann und Ladenbesitzer, ein großer Sonderling, archäologischer Autodidakt und leidenschaftlicher Sammler russischer Altertümer, mit dem sich Stepan Trofimowitsch seiner Kenntnisse und vor allem seiner politischen Überzeugung wegen oft in den Haaren gelegen hatte. Dieser ehrbare Kaufmann mit grauem Bart und großer silberner Brille hatte von Stepan Trofimowitsch einige Desjatinen Wald, die zu dessen kleinem, bei Skworeschniki gelegenem Gut gehörten, zum Abholzen gekauft und schuldete ihm seit der Zeit noch vierhundert Rubel. Obgleich nun Warwara Petrowna ihren Freund, als sie ihn nach Berlin schickte, überreichlich mit Mitteln versehen hatte, schien Stepan Trofimowitsch vor seiner Abreise auf diese vierhundert Rubel doch ganz besonders gerechnet zu haben, wahrscheinlich für geheime Auslagen, und wäre beinahe in Tränen ausgebrochen, als Andrejew ihn bat, ihm diese Summe noch einen Monat zu stunden. Übrigens hatte er beinahe ein Recht auf einen solchen Aufschub, da er die ersten Raten fast ein halbes Jahr vor ihrer Fälligkeit bezahlt hatte, weil Stepan Trofimowitsch das Geld damals gerade dringend brauchte.

Warwara Petrowna las dieses erste Schreiben Stepan Trofimowitschs mit brennendem Interesse, strich die Stelle: »Wo seid ihr beide?« mit Bleistift an, versah den Brief mit dem Eingangsdatum und verschloß ihn in ihrer Schatulle. Natürlich hatte er seine beiden verstorbenen Frauen gemeint. Der zweite Brief, den sie aus Berlin bekam, enthielt schon eine Variante: »Ich arbeite zwölf Stunden am Tag« (»Wenn er nur wenigstens elf gesagt hätte!« murmelte Warwara Petrowna), »stöbere in den Bibliotheken herum, vergleiche, mache Auszüge, laufe hin und her und war auch schon bei vielen Professoren. Habe auch die Bekanntschaft mit der trefflichen Familie Dundasow erneuert. Wie reizend Nadjeschda Nikolajewna immer noch ist! Sie läßt Sie grüßen. Ihr junger Gatte und alle drei Neffen sind in Berlin. Die Abende verplaudern wir mit der Jugend bis zum Morgengrauen, feiern beinahe attische Nächte, natürlich nur in bezug auf Feinsinnigkeit und Geschmack, alles hat einen vornehmen Anstrich: viel Musik, spanische Motive, Träume von einer Wiedergeburt der Menschheit, die Ideale der ewigen Schönheit, die Sixtinische Madonna – viel Licht mit scharfen Schatten, denn auch die Sonne hat ja ihre Flecken! Oh, mein Freund, mein edler, treuer Freund! Mein Herz ist bei Ihnen und gehört Ihnen, und nur mit Ihnen möchte ich auf ewig und en tout pays zusammensein, und wäre es sogar dans le pays de Makar et de ses veaux, von welchem wir – erinnern Sie sich noch? – vor unserer Abreise aus Petersburg so oft und mit Zittern und Zagen gesprochen haben. Mit einem Lächeln denke ich jetzt daran zurück. Gleich, als ich die Grenze überschritten hatte, umflutete mich ein Gefühl der Sicherheit, ein eigenartiges, neues Gefühl, zum ersten Male wieder nach so langen Jahren ...« und so weiter, und so weiter.

»Na, alles Blödsinn!« entschied Warwara Petrowna, indem sie auch diesen Brief zu den andern legte. »Wenn er bis zum Morgengrauen attische Nächte feiert, kann er nicht zwölf Stunden täglich über den Büchern sitzen. Ist er vielleicht betrunken gewesen, als er das geschrieben hat? Und wie kann sich diese Dundasowa nur unterstehen, mich grüßen zu lassen! Übrigens, mag er sich amüsieren ...«

Der Ausdruck »dans le pays de Makar et de ses veaux« sollte bedeuten »wohin Makar seine Kälber noch nicht getrieben hat«*. Stepan Trofimowitsch übersetzte manchmal absichtlich in der dümmsten Weise russische Sprichwörter und Redensarten ins Französische, obgleich ihm ohne Zweifel ihr Sinn klar war und er sie richtiger zu übertragen verstanden hätte, aber er fand das ganz besonders schick und kam sich dabei sehr geistreich vor.

Allein er amüsierte sich nicht allzulange, keine vier Monate hielt er es aus und kam schleunigst nach Skworeschniki zurück. Seine letzten Briefe bestanden einzig und allein aus den gefühlvollsten Liebesergüssen für seinen abwesenden Freund und waren buchstäblich von Tränen der Sehnsucht benetzt. Es gibt Naturen, die sich außerordentlich an ihre vier Pfähle gewöhnen, ganz wie die Stubenhündchen. Das Wiedersehen der Freunde war ein Glück und eine Begeisterung. Doch schon nach zwei Tagen war alles wieder beim alten und sogar noch langweiliger als früher. »Mein Freund«, sagte Stepan Trofimowitsch nach etwa vierzehn Tagen unter dem Siegel der größten Verschwiegenheit zu mir, »mein Freund, ich habe eine für mich vernichtende – Neuigkeit entdeckt: Je suis ein einfacher Parasit et rien de plus! Mais r-r-rien de plus!«

8

Darauf begann bei uns eine recht stille Zeit und dauerte fast volle neun Jahre lang. Die nervösen Anfälle, bei denen sich Stepan Trofimowitsch an meinem Herzen ausweinte, setzten sich zwar regelmäßig fort, störten aber unser stilles Glück nicht im geringsten. Ich wundere mich nur, daß er in dieser Zeit nicht dick wurde. Nur seine Nase wurde ein wenig röter und seine Herzensgüte ein wenig größer. Nach und nach scharte sich um ihn ein Kreis von Freunden, der übrigens

* Eine volkstümliche Redensart in Rußland zur Bezeichnung einer abgelegenen Gegend, zum Beispiel Sibiriens (Anmerkung des Übersetzers).

immer klein blieb. Obgleich sich Warwara Petrowna nur selten in unserm Kreise zeigte, nannten wir sie doch alle unsere Patronin. Nach den Erfahrungen, die sie in Petersburg gemacht hatte, war sie nun endgültig hierher übergesiedelt, lebte im Winter in ihrem Haus in der Stadt und im Sommer auf dem in der Nähe gelegenen Gut. Noch nie hatte sie soviel Bedeutung und solchen Einfluß gehabt wie in den letzten sieben Jahren, das heißt bis zur Ernennung unseres jetzigen Gouverneurs. Der frühere Gouverneur, unser unvergeßlicher, sanfter Iwan Osipowitsch, war ein naher Verwandter von ihr gewesen, dem sie früher manche Wohltat erwiesen hatte. Seine Gemahlin zitterte bei dem bloßen Gedanken, daß sie Warwara Petrowna irgend etwas nicht recht machen könne, und die Verehrung, die diese in der Gesellschaft der Gouvernementsstadt genoß, war so groß, daß sie sogar an einen heidnischen Götzendienst erinnerte. Das mußte natürlich auch Stepan Trofimowitsch zugute kommen. Er war Mitglied des Klubs, verlor im Kartenspiel mit Grandezza und erfreute sich der allgemeinen Achtung, obgleich viele nur den »Gelehrten« in ihm sahen. Späterhin, als Warwara Petrowna ihm erlaubte, in einem anderen Hause zu wohnen, genossen wir noch mehr Freiheit. Zwei- oder dreimal in der Woche versammelten wir uns bei ihm. Da war es immer recht lustig, hauptsächlich, wenn er mit dem Champagner nicht geizte. Er bezog ihn auf Rechnung aus dem Laden ebenjenes schon erwähnten Andrejew. Diese Rechnungen wurden dann halbjährlich von Warwara Petrowna bezahlt, und der Tag der Abrechnung war fast immer auch ein Tag der Cholerine.

Das älteste Mitglied unseres Kreises war der Gouvernementsbeamte Liputin, ein Mann in schon reiferen Jahren, sehr liberal und in der Stadt als Atheist bekannt. Verheiratet war er zum zweiten Male mit einer jungen, hübschen Frau, die ihm auch eine ansehnliche Mitgift eingebracht hatte; außerdem besaß er drei halberwachsene Töchter. Seine ganze Familie hielt er zur Gottesfurcht und zu streng häuslichem Familienleben an; er selbst war maßlos geizig und hatte sich von seinem Gehalt ein Häuschen und ein Kapital erspart. Er war ein unruhiger Mensch, dazu seiner Stellung nach nur von niederem Range, in der Stadt brachte man ihm wenig Achtung entgegen, und in den höheren Kreisen hatte er keine Aufnahme gefunden. Dabei war er wegen seiner scharfen Zunge bekannt, war dafür schon öfter, und zwar recht empfindlich, bestraft worden, das eine Mal von einem Offizier und das andere Mal von einem Gutsbesitzer, einem achtbaren Familienvater. Wir aber hatten ihn wegen seines scharfen Verstandes, seiner Wißbegierde und der ihm eignen boshaften Lustigkeit sehr gern. Nur Warwara Petrowna mochte ihn nicht leiden, doch er wußte sie ausgezeichnet zu nehmen.

Sie liebte auch Schatow nicht, der erst im letzten Jahr in unsern Kreis gekommen war. Schatow war früher Student gewesen, aber dann wegen irgendeiner Studentengeschichte von der Universität verwiesen worden. Er war als Leibeigner Warwara Petrownas geboren, als Sohn ihres verstorbenen Kammerdieners Pawel Fjodorow, und hatte deshalb von ihr mancherlei Wohltaten erfahren. Als Kind war er von Stepan Trofimowitsch unterrichtet worden. Sie mochte ihn hauptsächlich wegen seines Stolzes und seiner Undankbarkeit nicht leiden und konnte es ihm durchaus nicht verzeihen, daß er, nachdem er von der Universität verwiesen worden, nicht sogleich zu ihr zurückgekommen war. Ganz im Gegenteil, auf einen Brief, den sie damals eigens an ihn schrieb, hatte er überhaupt nicht geantwortet, sondern es vorgezogen, als Hauslehrer bei irgendeinem einigermaßen gebildeten Kaufmann fremdes Brot zu essen. Mit dieser Familie zusammen war er dann ins Ausland gereist, allerdings mehr als Hüter denn als Erzieher der Kinder, aber er wollte damals eben unbedingt ins Ausland. Für die Kinder hatte man außerdem noch eine russische Gouvernante mitgenommen, ein lebhaftes junges Mädchen, das ebenfalls erst kurz vor der Abreise ins Haus gekommen und hauptsächlich wegen ihrer bescheidenen Gehaltsansprüche angenommen worden war. Nach zwei Monaten jagte sie der Kaufmann »wegen ihrer freien Anschauungen« aus dem Hause. Schatow folgte ihr auf dem Fuße und ließ sich in aller Eile in Genf mit ihr trauen. Drei Wochen etwa lebten sie zusammen, dann trennten sie sich wieder als freie, durch nichts gebundene Menschen, allerdings auch wegen ihrer Armut. Lange trieb er sich dann noch allein in Europa herum, lebte von Gott weiß was, soll auf der Straße Stiefel geputzt haben und in einem Hafen Gepäckträger gewesen sein. Vor einem Jahr endlich war er dann in sein heimatliches Nest zurückgekehrt und zu einer alten Tante gezogen, die er aber schon nach vier Wochen begraben hatte. Zu seiner Schwester Dascha, die ebenfalls von Warwara Petrowna erzogen worden war und nun als ihr

Liebling auf sehr vornehmem Fuße bei ihr lebte, hatte er nur äußerst spärliche und entfernte Beziehungen. Unter uns war er stets mürrisch und schweigsam, bisweilen aber, wenn seine Überzeugungen angetastet wurden, bemächtigte sich seiner eine krankhafte Reizbarkeit, und dann konnte er seine Zunge nicht mehr im Zaume halten. »Schatow muß man zuerst festbinden, dann kann man sich mit ihm unterhalten«, scherzte manchmal Stepan Trofimowitsch, aber er hatte ihn gern. Im Ausland hatte Schatow seine früheren sozialistischen Überzeugungen von Grund aus geändert und war in das entgegengesetzte Extrem verfallen. Er war eine jener idealen russischen Naturen, die sich von irgendeiner starken Idee plötzlich überwältigen und auch sofort gleichsam zu Boden drücken lassen, und das manchmal sogar für immer. Solche Menschen haben nicht die Kraft, sich mit dieser Idee auseinanderzusetzen, glauben aber leidenschaftlich an sie, und so verrinnt denn ihr ganzes Leben wie ein steter Todeskampf unter einem Felsblock, der auf ihnen lastet und sie schon halb zermalmt hat. Schatows Äußeres stimmte mit seinen Anschauungen vollkommen überein: er war linkisch, blond, struppig, klein und untersetzt, breitschultrig, hatte dicke Lippen, sehr dichte, überhängende hellblonde Augenbrauen, eine finstere Stirn und einen unfreundlichen, hartnäckig gesenkten Blick, als ob er sich immer über irgend etwas schämen müßte. In seinem Kopfhaar waren ein paar Strähnen, die sich durchaus nicht niederkämmen ließen und immer in die Höhe standen. Er war sieben- oder achtundzwanzig Jahre alt. »Ich wundere mich gar nicht, daß seine Frau ihm davongelaufen ist«, sagte Warwara Petrowna einmal, nachdem sie ihn aufmerksam betrachtet hatte. Trotz seiner außerordentlichen Armut war er immer bemüht, sauber gekleidet zu sein. An Warwara Petrowna wandte er sich abermals nicht um Hilfe, sondern schlug sich mit dem durch, was Gott ihm schickte, und nahm sogar bei den Kaufleuten Arbeit an. Einmal stand er hinter dem Ladentisch, ein andermal sollte er als Gehilfe des Kommis mit Waren auf einem Dampfschiff fortfahren, wurde aber noch vor der Abfahrt krank. Man kann sich kaum eine Vorstellung davon machen, was für eine grenzenlose Armut er zu ertragen imstande war, ohne es überhaupt zu merken. Nach seiner Krankheit sandte ihm Warwara Petrowna heimlich und anonym hundert Rubel. Allein er kam trotzdem hinter dieses Geheimnis, überlegte hin und her, nahm schließlich das Geld an und ging zu Warwara Petrowna hin, um sich zu bedanken. Diese empfing ihn sehr freundlich, aber er enttäuschte wiederum schmählich ihre Erwartungen: kaum fünf Minuten blieb er bei ihr sitzen, schwieg, sah stumpfsinnig zu Boden, lächelte blöde und stand plötzlich, ohne sie bis zu Ende angehört zu haben, an der interessantesten Stelle der Unterhaltung auf, verbeugte sich schief und unbeholfen, worüber er sich wiederum in Grund und Boden schämte, stieß bei der Gelegenheit an ihr kostbares, mit eingelegter Arbeit verziertes Nähtischchen, so daß es umfiel und zerbrach, und verließ halb tot vor Scham das Zimmer. Liputin machte ihm später heftige Vorwürfe darüber, daß er diese hundert Rubel, die doch von seiner ehemaligen Herrin und Despotin kamen, nicht mit Verachtung zurückgewiesen, ja sie nicht nur angenommen habe, sondern auch noch hingelaufen sei, um sich zu bedanken. Er wohnte am äußersten Ende der Stadt ganz für sich allein und liebte es nicht, wenn jemand zu ihm kam, und wenn es auch nur einer von uns war. Zu den Abenden bei Stepan Trofimowitsch erschien er regelmäßig und lieh sich von ihm Zeitschriften und Bücher.

Zu diesen Abenden erschien auch immer noch ein anderer junger Mann, ein gewisser Wirginskij, ein hiesiger Beamter, der einige Ähnlichkeit mit Schatow hatte, trotzdem er anscheinend in jeder Hinsicht das strikte Gegenteil von diesem war; aber er war auch ein guter Hausvater. Er war ein bedauernswerter, außerordentlich stiller junger Mensch, übrigens schon dreißig Jahre alt, mit beträchtlichen Kenntnissen, die er sich meistens durch Selbstunterricht angeeignet hatte. Er war arm, verheiratet, saß seine Dienststunden ab und mußte außerdem noch für den Unterhalt einer Tante und der Schwester seiner Frau sorgen. Seine Frau, sowie überhaupt alle seine Damen, verfochten die allerneuesten Anschauungen, nur daß das alles bei ihnen etwas gewöhnlich herauskam, als wäre hier »die Idee wirklich auf die Gasse gezogen«, wie sich Stepan Trofimowitsch einmal bei anderer Gelegenheit ausgedrückt hatte. Sie schöpften all ihre Weisheit aus Büchern und waren immer gleich bei dem ersten Gerücht aus irgendeinem fortschrittlichen Winkel der Großstadt bereit, jede beliebige Ansicht aus dem Fenster zu werfen, wenn ihnen das nur irgendwie angeraten wurde. Madame Wirginskaja versah in unserer Stadt das Amt einer Hebamme; als Mädchen hatte sie lange in Petersburg gelebt. Wirginskij selber war ein

Mann von seltener Herzensreinheit, und nie wieder habe ich eine Seele in ehrlicherer Begeisterung gesehen. »Niemals, niemals werde ich von diesen lichten Hoffnungen lassen!« sagte er oft zu mir mit strahlenden Augen. Und von diesen »lichten Hoffnungen« sprach er dann immer ganz leise, selig und fast flüsternd, wie von einem Geheimnis. Er war ziemlich groß von Gestalt, aber außerordentlich dünn und schmalschulterig, und hatte sehr spärliches Haar mit einem Schein ins Rötliche. All die hochmütigen Spöttereien Stepan Trofimowitschs über einige seiner Ansichten nahm er sanftmütig hin und widersprach ihm nur bisweilen mit großem Ernst, wodurch er ihn dann meist in Verlegenheit brachte. Stepan Trofimowitsch behandelte ihn sehr freundlich, wie er sich ja überhaupt uns allen gegenüber immer väterlich zeigte.

»Ihr gehört alle zu den ‚Unausgebrüteten'«, pflegte er zu Wirginskij zu sagen. »Das trifft auf alle Ihresgleichen zu, obgleich ich bei Ihnen, Wirginskij, nicht jene Be–schränkt–heit bemerkt habe, die ich in Petersburg chez ces séminaristes beobachtet habe, trotzdem aber sind Sie noch ‚unausgebrütet'. Schatow möchte schrecklich gern ausgebrütet werden, aber auch er ist noch nicht so weit.«

»Und ich?« fragte Liputin.

»Sie gehen die goldene Mittelstraße und werden sich deshalb überall zurechtfinden . . . in Ihrer Art.«

Liputin fühlte sich gekränkt.

Man erzählte von Wirginskij, was bedauerlicherweise durchaus nicht aus der Luft gegriffen war, daß ihm seine Frau noch vor Ablauf des ersten Jahres nach ihrer Hochzeit plötzlich erklärt habe, sie gebe ihm nun den Abschied und ziehe ihm einen gewissen Lebjadkin vor. Dieser Lebjadkin war von irgendwoher zugereist und erwies sich später als eine durchaus fragwürdige Persönlichkeit, ja er war nicht einmal Hauptmann a. D., wie er sich selbst zu nennen pflegte. Er verstand es nur, seinen Schnurrbart zu drehen, zu trinken und den unschicklichsten Blödsinn, den man sich nur vorstellen kann, zusammenzuschwatzen. Dieser Mensch siedelte auf sehr undelikate Weise denn auch sofort zu ihnen über, freute sich über die freie Station, aß und schlief bei ihnen und fing schließlich sogar noch an, den Hausherrn von oben herab zu behandeln. Es wurde behauptet, daß Wirginskij, als seine Frau ihm den Abschied gegeben hatte, zu ihr gesagt habe: »Mein Freund, bis heute habe ich dich nur geliebt, jetzt aber achte ich dich!« In Wirklichkeit wird er sich aber wohl kaum eines so altrömischen Ausdruckes bedient haben, und so sagen andere wiederum, er habe im Gegenteil ganz jämmerlich geweint. Etwa zwei Wochen nach diesem Ereignis unternahmen dann eines Tages alle, die ganze »Familie« zusammen, einen Ausflug nach einem Wäldchen außerhalb der Stadt, um dort mit Bekannten Tee zu trinken. Wirginskij befand sich in einer fieberhaft lustigen Stimmung und mischte sich sogar unter die Tanzenden, aber plötzlich packte er den Riesen Lebjadkin, der gerade ein Cancansolo tanzte, ohne jeden einleitenden Wortwechsel beim Schopf, riß ihn zu Boden und fing an, ihn unter Tränen, Gekreisch und Geschrei zu schlagen. Der Riese war so feige, daß er sich nicht einmal zu verteidigen wagte und die ganze Zeit über, während ihm so mitgespielt wurde, keinen Ton von sich gab, dann aber kehrte er mit der ganzen Entrüstung eines wohlgeborenen Menschen den Beleidigten heraus.

Wirginskij flehte die ganze Nacht über seine Frau auf den Knien um Verzeihung an, aber diese Verzeihung wurde ihm nicht gewährt, weil er sich doch nicht einverstanden erklären wollte, Lebjadkin um Entschuldigung zu bitten. Außerdem wurden ihm noch Kleinlichkeit der Anschauungsweise und Dummheit zum Vorwurf gemacht, letztere aus dem Grunde, weil er bei der Auseinandersetzung mit einer Frau vor dieser auf den Knien gelegen hatte. Der Hauptmann verschwand dann auch bald von der Bildfläche und zeigte sich erst in allerletzter Zeit wieder in unserer Stadt, zusammen mit seiner Schwester und mit neuen Plänen; doch davon später. Es war also nicht zu verwundern, daß der arme »Ehemann« bei uns Zerstreuung suchte und unsere Gesellschaft als ein Bedürfnis empfand. Übrigens sprach er sich über seine Familienangelegenheiten uns gegenüber niemals aus. Nur einmal, als er mit mir von Stepan Trofimowitsch nach Hause ging, wollte er eine entfernte Andeutung über seine Verhältnisse machen, aber sogleich griff er auch schon nach meiner Hand und rief in flammender Begeisterung aus: »Aber das hat ja nichts auf sich, das ist ja nur Privatsache; das berührt unsere ‚gemeinsame Sache' in keiner, in keiner Weise!«

Dann erschienen in unserem Kreise manchmal noch zufällige Gäste: einmal kam das Jüdchen Ljamschin, ein anderes Mal der Hauptmann Kartusow. Eine Zeitlang kam auch ein wissensdurstiger alter Herr, aber der starb bald darauf.

Liputin führte auch einmal einen verbannten polnischen Geistlichen namens Słońcewski bei uns ein, den wir aus Prinzip eine Zeitlang unter uns aufnahmen, dann aber nicht mehr haben wollten.

9

Eine Zeitlang hieß es von uns in der Stadt, unser Kreis sei eine Pflanzstätte der Freigeisterei, der Ausschweifung und der Gottlosigkeit, und dieses Gerücht verstärkte sich immer mehr. Und dabei plauderten wir doch nur auf ganz unschuldige, liebenswürdige, echt russische, lustige und liberale Art miteinander. Der »höhere Liberalismus« und der »höhere Liberale«, nämlich ein Liberaler ohne jedes Ziel, sind ja nur in Rußland möglich. Wie alle geistreichen Menschen brauchte auch Stepan Trofimowitsch unbedingt einen Zuhörer, und außerdem war ihm auch das Bewußtsein unentbehrlich, daß er durch die Verbreitung seiner Ideen eine erhabene Pflicht erfülle. Und schließlich mußte man doch auch jemanden haben, mit dem man Champagner trinken und bei einem Gläschen die vergnüglichen Gedanken bekannter Art über Rußland und den »russischen Geist«, über Gott im allgemeinen und den »russischen Gott« im besonderen austauschen konnte, mußte jemanden haben, dem man zum hundertsten Male alle jene bekannten, von allen auswendig gewußten Skandalgeschichtchen Rußlands wiederholen konnte. Sogar dem Stadtklatsch waren wir nicht gänzlich abgeneigt, wobei es manchmal zu strengen, hochmoralischen Urteilssprüchen kam. Dann gingen wir auf Allgemein-Menschliches über, zogen das künftige Schicksal Europas und damit das der Menschheit im allgemeinen in ernste Erwägung, sagten schulmeisterlich voraus, daß Frankreich nach dem Cäsarismus plötzlich auf die Stufe eines Staates zweiten Ranges herabsinken werde, und waren fest überzeugt, daß dies schrecklich bald und mit Leichtigkeit geschehen könne. Dem Papst hatten wir schon längst die Rolle eines einfachen Metropoliten in dem vereinigten Italien prophezeit und waren vollkommen überzeugt, daß diese ganze tausendjährige Frage in unserem Zeitalter der Humanität, der Industrie und der Eisenbahnen nicht mehr der Rede wert sei. Denn anders steht der »höhere Liberalismus« in Rußland den Dingen nun einmal nicht gegenüber. Stepan Trofimowitsch sprach auch manchmal über Kunst, und zwar recht gut, nur ein wenig zu abstrakt. Bisweilen erinnerte er sich auch an die Freunde seiner Jugend, lauter Persönlichkeiten, die in der Geschichte unserer Entwicklung verzeichnet sind, erinnerte sich ihrer mit Rührung und Ehrfurcht, aber doch beinahe auch mit etwas Neid. Wurde es einmal gar zu langweilig, so setzte sich der Jude Ljamschin, ein kleiner Postbeamter, ans Klavier, das er meisterhaft spielte, wobei er in den Zwischenpausen noch ganz besondere musikalische Darbietungen brachte, zum Beispiel das Grunzen eines Schweines, ein Gewitter, eine Entbindung mit dem ersten Schrei des Kindes und so weiter, und so weiter: zu diesem Zweck wurde er ja auch nur eingeladen. Wenn wir sehr viel getrunken hatten – und das kam vor, obwohl nicht allzuoft –, dann gerieten wir in Begeisterung und sangen einmal im Chor, wobei uns Ljamschin auf dem Klavier begleitete, die Marseillaise, nur weiß ich nicht, ob etwas Gescheites dabei herauskam. Den großen Tag des 19. Februar* begrüßten wir mit Begeisterung und leerten auch in der Folgezeit ihm zu Ehren unter Trinksprüchen noch manches Glas. Aber das ist schon sehr, sehr lange her, damals waren weder Schatow noch Wirginskij dabei, und Stepan Trofimowitsch wohnte noch mit Warwara Petrowna in einem Hause. Einige Zeit vor dem großen Tag hatte Stepan Trofimowitsch es sich angewöhnt, ein paar bekannte, aber durchaus nicht der Wirklichkeit entsprechende Verse vor sich hinzumurmeln, die wahrscheinlich von irgendeinem früher liberal gesinnten Gutsbesitzer verfaßt worden waren:

»Mit Äxten gar nahen die Bauern im Chor,
Gewiß steht uns Schreckliches nunmehr bevor!«

So ungefähr hieß es, genau weiß ich es allerdings nicht mehr. Warwara Petrowna hörte das einmal, rief ihm zu: »Unsinn, Unsinn!« und lief wütend aus dem Zimmer. Liputin, der zufällig dabei war, sagte boshaft zu Stepan Trofimowitsch: »Es wäre doch auch schade, wenn den Herren Gutsbesitzern von ihren ehemaligen Leibeigenen vor lauter Freude tatsächlich gewisse Unannehmlichkeiten bereitet würden!« Und dabei fuhr er sich mit dem Zeigefinger um den Hals.

»Cher ami«, entgegnete ihm gutmütig Stepan Trofimo-

* An diesem Tage wurde im Jahre 1861 in Rußland die Leibeigenschaft aufgehoben (Anmerkung des Übersetzers).

witsch, »glauben Sie mir, das«, er wiederholte die Geste des Halsabschneidens, »würde weder unsern Gutsbesitzern noch uns andern allen im allgemeinen irgendwelchen Nutzen bringen. Auch ohne Köpfe würden wir nicht imstande sein, vernünftige Einrichtungen zu schaffen, obgleich es ja allerdings vor allem unsere Köpfe sind, die uns an einer besseren Einsicht hindern.«

Ich möchte bemerken, daß bei uns viele und hauptsächlich die sogenannten Kenner des Volkes und des Staates vermuteten, am Tage des Manifestes werde sich irgend etwas Außergewöhnliches in der Art, wie es Liputin vorausgesagt hatte, ereignen. Auch Stepan Trofimowitsch schien diese Vermutungen zu teilen, sogar bis zu einem solchen Grade, daß er noch am Vorabend des großen Tages Warwara Petrowna plötzlich anzuflehen begann, ins Ausland reisen zu dürfen – kurz, er fühlte sich recht beunruhigt. Aber der große Tag verging, es verging auch noch eine gewisse Zeit danach, auf den Lippen Stepan Trofimowitschs erschien wieder das hochmütige Lächeln, und er sprach uns gegenüber ein paar bemerkenswerte Gedanken über die russische Nation im allgemeinen und den russischen Bauern im besonderen aus.

»Wir sind wie Leute, die keine Zeit haben, wir haben es mit unseren Bäuerlein doch etwas zu eilig gehabt«, beschloß er die Reihe seiner bemerkenswerten Gedanken. »Wir haben sie in Mode gebracht, und ein ganzer Zweig unserer Literatur hat sich mehrere Jahre lang nur mit ihnen beschäftigt wie mit einem neuentdeckten Kleinod. Wir haben verlauste Köpfe mit Lorbeerkränzen gekrönt. Das russische Dorf hat uns in dem ganzen Jahrtausend nichts weiter gegeben als den Komarinskij*. Ein hervorragender russischer Dichter, dem es durchaus nicht an Scharfsinn fehlte, hat sogar, als er die große Rachel zum erstenmal auf der Bühne sah, begeistert ausgerufen: ‚Nicht einmal für einen Bauern würde ich diese Rachel hingeben!' Ich möchte noch weiter gehen: ich würde alle russischen Bauern für eine Rachel hingeben! Es ist Zeit, den Dingen nüchterner ins Auge zu schauen und nicht unsern einheimischen derben Teergeruch mit bouquet de l'impératrice zu verwechseln.«

Liputin pflichtete dem sogleich bei, bemerkte aber, daß diese

* Komarinskij oder Kamarinskaja: Bauerntanz nach einem alten russischen Gassenhauer mit zotigem Text (Anmerkung des Übersetzers).

Heuchelei und Schöntuerei mit den Bauern doch eben seinerzeit für die ganze Richtung unumgänglich notwendig gewesen sei; hätten doch sogar Damen aus den höchsten Gesellschaftskreisen bei der Lektüre von »Der unglückselige Anton«* Tränen vergossen und einige von ihnen sogar aus Paris an die Verwalter ihrer Güter in Rußland geschrieben, daß sie ihre Bauern von nun an so human wie möglich behandeln sollten.

Zufällig traf es sich, daß es gerade nach gewissen aufreizenden Gerüchten auch in unserem Gouvernement, nur fünfzehn Werst von Skworeschniki entfernt, zu unliebsamen Reibereien kam, so daß man in der ersten Hitze ein Militärkommando hinschickte. Diesmal regte sich Stepan Trofimowitsch so sehr auf, daß er sogar uns einen Schrecken einjagte. Er schrie in unserem Klub, es sei mehr Militär nötig, man müsse es aus einem anderen Bezirk telegraphisch herbeirufen, rannte zum Gouverneur und versicherte ihm, er, Stepan Trofimowitsch, habe mit dieser ganzen Sache gar nichts zu tun; er bat, ihn nicht etwa auf Grund früherer Verdachtsmomente in diese Affäre hineinzuziehen, und ersuchte ihn, diese seine Erklärung sofort nach Petersburg an die zuständige Stelle weiterzugeben. Ein Glück, daß die ganze Sache seinerzeit so schnell vorüberging und gänzlich im Sande verlief, aber gewundert habe ich mich damals doch über Stepan Trofimowitsch.

Drei Jahre später fing man, wie bekannt, von »Nationalität« zu sprechen an, und die »öffentliche Meinung« erblickte das Licht der Welt. Stepan Trofimowitsch spottete mächtig darüber.

»Meine Freunde«, belehrte er uns, »unsere Nationalität, wenn sie in der Tat das Licht der Welt erblickt haben sollte, wie man uns jetzt in den Zeitungen versichert, sitzt noch in der Schule, in irgendeiner deutschen Schule, über einem deutschen Buche und lernt ihre ewige deutsche Lektion, und der deutsche Lehrer läßt sie, wenn's nötig ist, zur Strafe manchmal niederknien. Den deutschen Lehrer kann ich nur loben; aber das Wahrscheinlichste ist doch, daß überhaupt nichts geschehen und gar nichts Derartiges auf die Welt gekommen ist, sondern daß eben alles so weitergeht, wie es früher gegangen ist, das heißt unter Gottes Schutz! Meiner Meinung nach genügt das auch vollständig für Rußland, pour notre sainte

* Eine ländliche Erzählung von D. W. Grigorowitsch, 1847 erschienen, in welcher dieses Problem behandelt wird (Anmerkung des Übersetzers).

Russie. Und außerdem ist doch dieses ganze Allslawentum, diese Nationalität, viel zu alt, um neu zu sein. Die Nationalität hat sich, wenn Sie wollen, bei uns nie anders gezeigt als in Gestalt einer müßigen Erfindung irgendwelcher vornehmer und noch dazu Moskauer Klubherren. Selbstverständlich spreche ich jetzt nicht von der Zeit Igors*. Im Grund rührt das alles ja nur vom Müßiggang her, wie eben bei uns alles, auch das Gute und das Schöne, nur vom Müßiggang kommt. Alles, alles kommt bei uns von unserem vornehmen, lieben, gebildeten, launischen Nichtstun. Das predige ich schon seit Jahren! Wir verstehen es nicht, von eigner Arbeit zu leben. Und was reden sie nur da ein langes und breites über die sogenannte öffentliche Meinung, die auf einmal entstanden sein soll? Soll die vielleicht plötzlich, so mir nichts dir nichts, vom Himmel gefallen sein? Begreift man denn nicht, daß man, um eine öffentliche Meinung haben zu können, vor allen Dingen erst einmal arbeiten muß, aus eigner Kraft, selbst den Grund legen und seine eignen Erfahrungen machen muß? Ohne Mühe keinen Preis. Wenn wir arbeiten werden, dann haben wir auch eine eigne Meinung. Da wir aber niemals arbeiten werden, so werden nach wie vor diejenigen, welche bisher an unserer Statt gearbeitet haben, das heißt jenes Europa, all jene Deutschen, die schon seit zwei Jahrhunderten unsere Lehrer sind, auch die vorherrschende Meinung haben. Zudem ist Rußland ein viel zu großes Chaos, als daß wir es allein, ohne die Deutschen und ohne die Arbeit entwirren könnten. Und so läute ich nun schon seit zwanzig Jahren Sturm und rufe zur Arbeit auf! Mein ganzes Leben habe ich diesem Weckruf geweiht und habe an einen Erfolg geglaubt. Ich Tor! Jetzt glaube ich nicht mehr daran, aber ich läute immer noch und werde läuten bis an mein seliges Ende, werde am Strang ziehen, bis man ihn mir aus der Hand nimmt, um zu meinem eignen Trauergottesdienst zu läuten.«

Leider stimmten wir alle ihm nur bei. Wir klatschten unserm Lehrer Beifall, und noch dazu mit welcher Begeisterung! Aber, meine Herrschaften, hört man denn nicht auch jetzt noch, wo man geht und steht, diesen »lieben«, »klugen«, »liberalen« alten russischen Unsinn?

* Igor, Fürst von Nowgorod, 1151–1202, dessen Feldzug gegen die Polowzer im Igorlied, dem einzigen profanpoetischen Denkmal der altrussischen Literatur, besungen wird (Anmerkung des Übersetzers).

An Gott glaubte unser Lehrer. »Ich begreife gar nicht, warum sie mich hier alle als einen Atheisten hinstellen«, sagte er manchmal. »Ich glaube an Gott, mais distinguons: ich glaube an ihn als an ein Wesen, das sich seiner nur in mir selber bewußt wird. Ich kann doch nicht an ihn glauben wie meine Nastasja (das Dienstmädchen) oder wie irgendein gnädiger Herr, der ‚für alle Fälle' glaubt, oder auch wie unser lieber Schatow – doch nein, Schatow kommt hier nicht in Betracht. Schatow als Moskauer Slawophile glaubt ja *gewaltsam*. Was aber das Christentum anbetrifft, so bin ich bei all meiner aufrichtigen Hochachtung ihm gegenüber – doch kein Christ. Eher bin ich ein Heide aus dem Altertum wie der große Goethe oder die alten Griechen. Eines ist doch sicher, daß das Christentum für die Frau kein Verständnis gehabt hat, wie das George Sand in einem ihrer genialen Romane so großartig ausgeführt hat. Und was den Kult, das Fasten und all das übrige anbetrifft, so verstehe ich einfach nicht, wen meine Stellungnahme hierzu überhaupt etwas angeht. Mögen sich unsere hiesigen Denunzianten auch noch so eifrig bemühen, zum Jesuiten möchte ich trotzdem nicht werden. Im Jahre 1874 schrieb Belinskij, der damals im Ausland weilte, an Gogol jenen bekannten Brief, in dem er ihm zum Vorwurf machte, daß er an ‚irgendeinen Gott' glaube. Entre nous soit dit, ich kann mir kaum etwas Komischeres vorstellen als den Augenblick, da Gogol – der Gogol von damals! – diesen Ausdruck und ... überhaupt den ganzen Brief las! Aber vom Lächerlichen ganz abgesehen, und da ich doch im Grund ganz derselben Meinung bin, so sage ich und betone es: Das waren doch Männer! Die verstanden es, ihr Volk zu lieben, verstanden es, um seinetwillen zu leiden, ihm zuliebe sogar alles zu opfern, verstanden es aber auch gleichzeitig, ihm nötigenfalls nicht beizupflichten und ihm gewisse Anschauungen nicht zu verzeihen. Und wirklich konnte doch auch ein Belinskij nicht etwa in Fastenöl oder Rettich mit Erbsen sein Seelenheil suchen! ...«

Hier aber mischte sich Schatow ein. »Niemals haben diese Männer das Volk geliebt, niemals um seinetwillen gelitten, nichts haben sie ihm zum Opfer gebracht, wie sehr sie sich das auch zu ihrem eignen Trost eingebildet haben!« murmelte er finster mit gesenktem Blick und rückte ungeduldig auf seinem Stuhl hin und her.

»Diese Männer hätten das Volk nicht geliebt!« stöhnte

Stepan Trofimowitsch. »Oh, und wie haben sie Rußland geliebt!«

»Weder Rußland noch das Volk!« ereiferte sich nun auch Schatow, und seine Augen blitzten. »Man kann doch nicht etwas lieben, das man überhaupt nicht kennt! Sie aber haben vom russischen Volk keine Ahnung gehabt. Alle diese Männer, und Sie mit ihnen, haben das russische Volk nur mit halbem Auge gesehen, und Belinskij ganz besonders; das ist aus diesem Briefe an Gogol ganz klar ersichtlich. Belinskij hat genauso wie der Wißbegierige in der Krylowschen Fabel den Elefanten im Museum nicht bemerkt und seine ganze Aufmerksamkeit nur den kleinen sozialen Insekten aus Frankreich geschenkt, und das bis an sein Lebensende. Und der war doch noch der Klügste von euch allen! Nicht nur, daß Sie das Volk verkennen, Sie begegnen ihm auch noch mit Ekel und Verachtung, schon allein aus dem Grunde, weil Sie unter Volk sich eben nur das französische Volk vorstellen können, womöglich auch nur die Pariser, und sich nun schämen, daß das russische Volk anders ist. Das ist die nackte Wahrheit! Wer aber kein Volk hat, der hat auch keinen Gott! Seien Sie überzeugte, daß alle, die ihr Volk zu verstehen aufhören und jede Fühlung mit ihm verlieren, damit sogleich auch des Glaubens ihrer Väter verlustig gehen und entweder Atheisten oder Gleichgültige werden. Ich sage die Wahrheit! Das ist eine Tatsache, die sich beweisen läßt. Und deshalb sind Sie alle und auch wir alle jetzt entweder abscheuliche Atheisten oder gleichgültige, liederliche Nichtsnutze und weiter nichts! Und das gilt auch von Ihnen, Stepan Trofimowitsch, ich schließe Sie keineswegs aus, ja ich sage das sogar eigens Ihretwegen, damit Sie es wissen!«

Wenn er einen solchen Monolog gehalten hatte (und das geschah oft), ergriff Schatow gewöhnlich seine Mütze und wandte sich eilig der Tür zu, in der festen Überzeugung, daß nun alles zu Ende sei und er seine freundschaftlichen Beziehungen zu Stepan Trofimowitsch vollständig und für immer zerstört habe. Der aber verstand es immer, ihn noch rechtzeitig zurückzuhalten. »Aber wollen wir nicht nun Frieden schließen, Schatow, nach all diesen netten Worten?« pflegte er zu sagen und streckte ihm von seinem Lehnstuhle aus gutmütig die Hand entgegen.

Der plumpe, jedoch schamhafte Schatow war kein Freund von Zärtlichkeiten. Nach außen hin war er roh und grob, innerlich aber, glaube ich, ein äußerst zartfühlender Mensch. Obgleich er oft jeden Maßstab verlor, war er selbst doch immer der erste, der dann darunter litt. Auf die versöhnenden Worte Stepan Trofimowitschs brummte er dann gewöhnlich irgend etwas vor sich hin, stapfte wie ein Bär unschlüssig auf demselben Fleck herum, lächelte dann plötzlich ganz unvermittelt, legte die Mütze hin und setzte sich wieder an seinen alten Platz, den Blick hartnäckig zu Boden gesenkt. Natürlich wurde dann gleich Wein gebracht, und Stepan Trofimowitsch hielt einen passenden Toast, zum Beispiel auf irgendeinen, der früher in diesem Sinne gewirkt hatte.

Zweites Kapitel

Prinz Harry. Die Brautwerbung

1

Es gab noch einen Menschen auf der Welt, an dem Warwara Petrowna nicht weniger hing als an Stepan Trofimowitsch – und das war ihr einziger Sohn, Nikolaj Wsewolodowitsch Stawrogin. Für ihn war ja auch Stepan Trofimowitsch als Erzieher angenommen worden. Der Knabe war damals etwa acht Jahre alt gewesen, und sein Vater, der leichtlebige General Stawrogin, hatte zu jener Zeit schon von seiner Frau getrennt gelebt, so daß das Kind nur unter der Obhut seiner Mutter heranwuchs. Diese Gerechtigkeit muß man Stepan Trofimowitsch widerfahren lassen: er verstand es, seinen Zögling an sich zu fesseln. Sein ganzes Geheimnis bestand darin, daß er eben selber noch ein Kind war. Ich war damals noch nicht hier, er aber bedurfte ständig eines aufrichtigen Freundes. Er trug keine Bedenken, diesen kleinen Knaben, sobald er nur ein wenig herangewachsen war, zu seinem Freunde zu machen. Es fügte sich ganz von selbst so, daß sich zwischen ihnen nicht der geringste Abstand fühlbar machte. Mehr als einmal weckte er nachts seinen zehn- oder elfjährigen Freund, nur um vor ihm unter Tränen seinen verletzten Gefühlen freien Lauf zu lassen oder ihm ein Familiengeheimnis zu enthüllen, ohne zu bedenken, daß so etwas doch durchaus unstatthaft war. Dann umarmten sie sich und weinten. Der Knabe wußte, daß seine Mutter ihn sehr liebte, aber er selbst liebte sie wohl kaum. Sie redete wenig mit ihm, legte ihm selten ein Hindernis in den Weg, und doch fühlte er immer mit einem fast krankhaften Unbehagen ihren Blick auf sich ruhen, der ihm ununterbrochen folgte. Übrigens vertraute die Mutter hinsichtlich des Unterrichts und der moralischen Erziehung fest auf Stepan Trofimowitsch. Damals glaubte sie noch völlig an ihn. Es ist anzunehmen, daß der Lehrer die Nerven seines Zöglings etwas angegriffen hat. Als dieser mit sechzehn Jahren aufs Lyzeum kam, war er schwächlich und blaß, merkwürdig schweigsam und nachdenklich. (Später zeichnete er sich durch außergewöhnliche Körperkraft aus.) Auch ist zu vermuten, daß die beiden Freunde, wenn sie sich nachts in die Arme fielen, nicht immer nur über Familienangelegenheiten weinten. Stepan Trofimowitsch verstand es, im Herzen seines Freundes die tiefsten Saiten zu berühren und in ihm das erste, noch unbestimmte Gefühl jener ewigen, heiligen Sehnsucht wachzurufen, die manche auserwählte Seele, wenn sie sie erst einmal empfunden und kennengelernt hat, dann späterhin nie mehr mit einer billigen Zufriedenheit vertauschen möchte. (Manche lieben diese Sehnsucht sogar so sehr, daß sie sie höher schätzen als eine vollkommene Zufriedenheit, selbst wenn eine solche überhaupt möglich wäre.) Jedenfalls war es gut, daß Zögling und Erzieher, wenn auch etwas spät, so doch endlich voneinander getrennt wurden.

Aus dem Lyzeum kam der junge Mann in den ersten zwei Jahren immer in den Ferien nach Hause. Während Warwara Petrownas und Stepan Trofimowitschs Aufenthalt in Petersburg wohnte er manchmal den literarischen Abenden im Hause seiner Mutter bei, hörte zu und beobachtete. Er sprach wenig und war nach wie vor schweigsam und schüchtern. Stepan Trofimowitsch behandelte er immer noch mit der früheren zarten Aufmerksamkeit, war aber doch etwas zurückhaltender: er vermied es sichtlich, von höheren Dingen oder von Erinnerungen an Vergangenes mit ihm zu sprechen. Nachdem er seine Studien beendet hatte, ging er auf Wunsch seiner Mutter zum Militär und wurde bald darauf in eines der vornehmsten Gardekavallerieregimenter aufgenommen. Er stellte sich seiner Mutter nicht in der neuen Uniform vor und schrieb nur noch selten aus Petersburg. Geld schickte ihm Warwara Petrowna immer, ohne zu geizen, obgleich der Ertrag ihrer Güter nach der Reform so gesunken war, daß sie in der ersten Zeit nicht einmal die Hälfte ihrer früheren Einkünfte erhielt. Übrigens hatte sie sich durch langjährige Sparsamkeit ein nicht unbeträchtliches Kapital erworben. An den Erfolgen ihres Sohnes in der höchsten Petersburger Gesellschaft nahm sie den regsten Anteil. Was ihr selbst nicht gelungen war, das glückte nun diesem jungen, reichen, hoffnungsvollen Offizier. Er erneuerte Bekanntschaften, von denen sie nicht einmal mehr zu träumen wagte, und wurde überall mit offenen Armen aufgenommen. Aber sehr bald drangen recht seltsame Gerüchte an Warwara Petrownas Ohr: der junge Mann habe sich in ein tolles Lotterleben gestürzt. Nicht, daß er etwa Karten gespielt oder übermäßig getrunken hätte, man erzählte nur von seiner wilden Zügellosigkeit: von Menschen, die er mit seinen Trabern überfahren habe, von seiner brutalen Handlungsweise einer Dame aus der guten Gesellschaft gegenüber, mit der er ein Verhältnis gehabt und die er dann öffentlich beleidigt habe. Bei dieser Sache handelte es sich sogar um etwas zu offenkundig Schmutziges. Überdies hieß es noch, er sei der reine Kampfhahn, suche mit jedermann Händel anzufangen und alle zu beleidigen, nur aus Vergnügen am Beleidigen. Warwara Petrowna regte sich auf und grämte sich. Stepan Trofimowitsch versicherte ihr, das seien nur die ersten, stürmischen Ausbrüche einer allzu reichen natürlichen Veranlagung, das Meer werde sich schon wieder glätten und alles das habe Ähnlichkeit mit der bei Shakespeare beschriebenen Jugend des Prinzen Harry, der sich mit Falstaff, Pointz und Mistreß Quickly ausgetobt habe. Diesmal rief Warwara Petrowna nicht: »Unsinn, Unsinn!« was sie sonst in der letzten Zeit Stepan Trofimowitsch sehr oft zuzurufen pflegte, sondern hörte ihm ganz im Gegenteil sehr aufmerksam zu, bat ihn, ihr dies noch näher zu erklären, nahm selbst den Shakespeare zur Hand und las mit großer Aufmerksamkeit den unsterblichen Bericht. Doch der Bericht beruhigte sie keineswegs, auch fand sie die Ähnlichkeit nicht allzugroß. Mit fieberhafter Ungeduld erwartete sie die Antworten auf ihre letzten Briefe.

Diese Antworten ließen auch nicht lange auf sich warten: bald erhielt sie die verhängnisvolle Nachricht, daß Prinz Harry fast zu gleicher Zeit zwei Duelle gehabt habe und bei beiden der einzig schuldige Teil gewesen sei, daß er den einen seiner Gegner auf der Stelle niedergestreckt, den anderen aber zum Krüppel geschossen habe und infolge dieser Geschehnisse nun vor Gericht gestellt sei. Die Sache endete damit, daß er zum Gemeinen degradiert, seiner Rechte beraubt und zur Strafe in ein Linieninfanterieregiment versetzt wurde, und auch das nur aus ganz besonderer Gnade.

Im Jahre 1863 gelang es ihm jedoch, sich auszuzeichnen. Er erhielt das Ehrenkreuz, wurde zum Unteroffizier befördert und dann eigentümlich schnell auch wieder zum Offizier. Während dieser ganzen Zeit hatte Warwara Petrowna an die hundert Briefe mit Bitten und Gesuchen nach der Hauptstadt gesandt, ja sie hatte sich sogar in einem solchen ungewöhnlichen Fall über manche Demütigung hinweggesetzt. Nach seiner Beförderung nahm der junge Mann plötzlich seinen Abschied. Wieder zeigte er sich nicht in Skworeschniki, hörte sogar ganz auf, an seine Mutter zu schreiben. Endlich erfuhr man auf Umwegen, daß er sich wieder in Petersburg aufhalte, aber in den Gesellschaftskreisen, in denen er früher verkehrt habe, überhaupt nicht mehr anzutreffen sei; es sei so, als hielte er sich irgendwo versteckt. Man kundschaftete aus, daß er in einer sonderbaren Gesellschaft lebte, sich dem Abschaum der Petersburger Bevölkerung, irgendwelchen stiefellosen Beamten, verabschiedeten Militärpersonen, die in anständiger Weise um Almosen baten, und allerlei Trunkenbolden angeschlossen hatte, ihre schmutzigen Familien besuchte, Tag und Nacht in düsteren Spelunken und, Gott weiß was für, Winkelgassen zubrachte, heruntergekommen und zerlumpt war und anscheinend an dieser Lebensweise Gefallen fand. Um Geld bat er seine Mutter nicht; er hatte ein eignes kleines Gut – ein Dörfchen, welches dem verstorbenen General Stawrogin gehört hatte –, das ihm immerhin einige Einkünfte brachte und welches er, wie es hieß, an einen Deutschen aus Sachsen verpachtet hatte. Schließlich flehte ihn die Mutter beinahe an, doch zu ihr zu kommen, und Prinz Harry erschien in unserer Stadt. Da sah ich ihn mir denn zum ersten Male genau an, bis dahin hatte ich ihn nie wiedergesehen.

Er war ein sehr schöner junger Mann von etwa fünfundzwanzig Jahren, und ich muß gestehen, sein Äußeres überraschte mich. Ich hatte erwartet, ein schmutziges, zerlumptes, durch Ausschweifungen verbrauchtes, nach Branntwein riechendes Individuum vor mir zu sehen. Er aber war ganz im

Gegenteil der eleganteste Gentleman, den ich je gesehen habe, tadellos angezogen und von einer Haltung, wie sie eben nur ein Herr, der an die feinsten Umgangsformen gewöhnt ist, haben kann. Doch nicht ich allein staunte: es staunte auch die ganze Stadt, der natürlich Herrn Stawrogins vollständige Biographie bereits bekannt war, zudem mit solchen Einzelheiten, daß man sich kaum vorstellen konnte, woher man das alles in Erfahrung gebracht hatte und wovon – das war das Erstaunlichste – sich die Hälfte als wahr erwies. Alle unsere Damen hatten des neuen Ankömmlings wegen völlig den Verstand verloren. Sie hatten sich scharf in zwei Parteien geteilt: die eine vergötterte ihn, die andere haßte ihn bis aufs Blut, aber den Verstand verloren hatten sie alle beide. Die einen fanden es anziehend, daß seine Seele vielleicht ein schicksalsschweres Geheimnis berge, andern wieder gefiel ganz entschieden, daß er ein Mörder war. Zu alledem stellte sich noch heraus, daß er eine ganz ordentliche Bildung und sogar einige Kenntnisse besaß. Deren bedurfte es allerdings nicht viel, um uns in Erstaunen zu setzen; aber er konnte auch über all die äußerst interessanten Themen sprechen, die gerade von Bedeutung waren, und zwar, was das Wertvollste dabei war, mit einer beachtenswerten Besonnenheit. Als Kuriosum möchte ich noch erwähnen, daß wir alle fast vom ersten Tag an fanden, daß er ein äußerst vernünftiger Mensch sei. Er war nicht sehr mitteilsam, elegant, ohne gesucht zu wirken, erstaunlich bescheiden, aber zugleich kühn und selbstbewußt, wie sonst keiner bei uns. Unsere Stutzer blickten voller Neid auf ihn und wurden von ihm gänzlich in den Schatten gestellt. Auch sein Gesicht überraschte mich: sein Haar war ein wenig sehr schwarz, seine hellen Augen schon ein wenig sehr ruhig und klar, seine Gesichtsfarbe schon ein wenig sehr zart und weiß, sein Wangenrot schon ein wenig gar zu stark und rein, die Zähne wie Perlen, die Lippen wie Korallen – man sollte meinen, ein bildschöner Mann, und doch wirkte er zugleich auch abstoßend. Man sagte, sein Gesicht erinnere an eine Maske; übrigens wurde viel geredet, unter anderem auch von seiner außerordentlichen Körperkraft. Was seine Gestalt anbelangt, war er fast groß zu nennen. Warwara Petrowna blickte voller Stolz auf ihn, aber auch mit einer beständigen Unruhe. Er lebte etwa ein halbes Jahr bei uns, träge, still und ziemlich verdrossen, zeigte sich in der Gesellschaft und erfüllte mit unerschütterlicher Aufmerksamkeit alle Pflichten unserer Kleinstadtetikette. Mit dem Gouverneur war er durch seinen Vater verwandt und verkehrte in dessen Hause wie ein naher Verwandter. Nachdem aber einige Monate vergangen waren, zeigte das Raubtier plötzlich seine Krallen.

Ich möchte hier übrigens in Klammern einschalten, daß unser früherer Gouverneur, unser lieber, sanfter Iwan Osipowitsch, Ähnlichkeit mit einem alten Weibe hatte. Aber er war aus guter Familie und hatte vorzügliche Verbindungen, wodurch es sich auch erklärt, daß er so viele Jahre bei uns bleiben konnte, obgleich er sich gegen Arbeit ständig nur ablehnend verhielt. Wegen seiner Gastfreundschaft hätte er sich viel eher zum Adelsmarschall in der guten alten Zeit geeignet als zum Gouverneur in einer so rastlosen Zeit wie der unsrigen. In der Stadt hieß es immer, das Gouvernement verwalte nicht er, sondern Warwara Petrowna. Das war freilich eine etwas bissige Behauptung und noch dazu – ganz aus der Luft gegriffen. In dieser Beziehung wurde ja bei uns nicht wenig Scharfsinn vergeudet. Im Gegenteil, Warwara Petrowna hatte sich in den letzten Jahren beflissentlich und bewußt jeder Einmischung in höhere Befugnisse enthalten und sich trotz der außerordentlichen Achtung, die man ihr in der Gesellschaft entgegenbrachte, freiwillig in engen, sich selbst gesteckten Grenzen gehalten. Sie hatte statt dessen angefangen, sich mit der Gutswirtschaft zu beschäftigen, und in zwei, drei Jahren die Einkünfte ihres Gutes fast wieder auf die frühere Höhe gebracht. Statt ihrer früheren literarischen Anwandlungen (die Reise nach Petersburg, die Absicht, eine Zeitschrift herauszugeben, und so weiter) begann sie jetzt zu sparen und zu geizen. Sogar Stepan Trofimowitsch wurde etwas beiseite geschoben; sie erlaubte ihm, sich eine eigne Wohnung in einem anderen Hause zu mieten (weswegen er ihr unter verschiedenen Vorwänden schon lange zugesetzt hatte). Allmählich fing Stepan Trofimowitsch an, sie eine prosaische Frau zu nennen, oder noch scherzhafter: »seinen prosaischen Freund«. Natürlich erlaubte er sich solche Scherze nur in äußerst ehrerbietiger Form, und nachdem er lange einen geeigneten Augenblick abgewartet hatte.

Wir alle, die wir ihr nahestanden, fühlten – und Stepan Trofimowitsch am deutlichsten von uns allen –, daß der Sohn ihr jetzt gleichsam wie die Verkörperung einer neuen Hoffnung, ja selbst eines neuen Traumes erschien. Ihre Leidenschaft für ihn hatte zur Zeit seiner Erfolge in der Petersburger

Gesellschaft begonnen und war dann, als sie die Nachricht von seiner Degradierung zum Gemeinen erhalten hatte, noch stärker geworden. Dabei fürchtete sie ihn sichtlich und schien gleichsam seine Sklavin zu sein. Man merkte, daß sie irgend etwas Unbestimmtes, Geheimnisvolles fürchtete, das sie selbst nicht in Worte zu fassen vermochte, und oft ruhte ihr Blick heimlich und unverwandt auf ihrem Nicolas, als überlegte sie und als wollte sie etwas erraten ... und siehe da – plötzlich zeigte das Raubtier seine Krallen.

2

Mir nichts, dir nichts erlaubte sich plötzlich unser Prinz verschiedenen Personen gegenüber zwei, drei unglaubliche Frechheiten. Die Hauptsache war, daß diese Frechheiten eben ganz unerhört und nicht die sonst üblichen, sondern ganz gemein und kindisch waren und, weiß der Teufel, wozu, eigentlich ohne jeden Anlaß begangen wurden. Einer der ehrwürdigsten Senioren unseres Klubs, Pawel* Pawlowitsch Gaganow, ein schon älterer und sogar verdienstvoller Herr, hatte die harmlose Angewohnheit, immer seinen Worten zur Bekräftigung hinzuzufügen: »Nein, mich wird man nicht an der Nase herumführen!« Nun, was war denn da weiter dabei! Als er aber einmal im Klub bei einer hitzigen Auseinandersetzung vor einer Menge um ihn gescharter Klubmitglieder (und das waren alles Leute, die nicht zu den letzten gehörten) wieder diese Redensart anwandte, trat Nikolaj Wsewolodowitsch, der bisher ganz allein abseits gestanden und an dem Gespräch gar nicht teilgenommen hatte, plötzlich auf Pawel Pawlowitsch zu, faßte ihn unversehens, aber fest mit zwei Fingern bei der Nase und zog ihn zwei, drei Schritte im Saal hinter sich her. Irgendeinen Groll konnte er auf Herrn Gaganow nicht haben. Man hätte das einfach für einen Dummejungenstreich, selbstredend für einen ganz unverzeihlichen, halten können, doch war unser Prinz, so erzählte man später, im Augenblick der Tat beinahe nachdenklich, »fast wie von Sinnen« gewesen, aber das fiel allen erst später ein und wurde erst dann in Erwägung gezogen. In der ersten

* Im Original in diesem Kapitel fälschlich Pjotr, später Pawel; daß letzteres die richtige Form ist, geht auch aus dem Namen seines Sohnes Artemij Pawlowitsch hervor (Anmerkung des Übersetzers).

Erregung erinnerte man sich nur an den zweiten Augenblick, als er zweifellos das Geschehene in seinem wahren Umfang begriff, aber nicht etwa verlegen geworden war, sondern ganz im Gegenteil noch boshaft und heiter, »ohne die geringste Reue« gelächelt hatte. Es erhob sich ein schrecklicher Lärm; man umringte ihn. Nikolaj Wsewolodowitsch drehte sich nach allen Seiten und sah sich rings im Kreise um, gab niemandem eine Antwort und betrachtete neugierig die Gesichter der durcheinanderschreienden Menge. Schließlich schien er auf einmal wieder nachdenklich zu werden – so erzählte man sich wenigstens –, runzelte die Stirn, trat festen Schrittes auf den beleidigten Pawel Pawlowitsch zu und murmelte hastig und mit sichtlichem Ärger: »Sie entschuldigen natürlich ... Ich weiß wirklich nicht, warum ich Lust dazu verspürte ... Es war eine Dummheit ...«

Die Formlosigkeit dieser Entschuldigung kam einer neuen Beleidigung gleich. Das Geschrei wurde noch ärger. Nikolaj Wsewolodowitsch zuckte mit den Achseln und ging hinaus.

Das war alles sehr dumm, ganz abgesehen von der Ungehörigkeit, einer – wie es auf den ersten Blick schien – wohlüberlegten und berechneten Ungehörigkeit, die somit eine bewußte, im höchsten Grade freche Beleidigung unserer ganzen Gesellschaft darstellen mußte. So faßten es denn auch alle auf. Der erste Schritt war, daß man Herrn Stawrogin sofort einstimmig aus der Liste der Klubmitglieder strich. Darauf wurde beschlossen, sich im Namen des ganzen Klubs an den Gouverneur zu wenden und ihn zu bitten, unverzüglich (noch ehe die Sache öffentlich vor Gericht verhandelt werden würde) »kraft der ihm anvertrauten Administrativgewalt diesen schädlichen Friedensstörer und großstädtischen Raufbold zu bändigen und somit die Sicherheit der gesamten anständigen Gesellschaft unserer Stadt gegen solche gemeingefährlichen Attentate zu gewährleisten«. Mit boshafter Harmlosigkeit wurde noch hinzugefügt, daß sich »auch gegen Herrn Stawrogin vielleicht ein Gesetz finden lasse«. Diese Bemerkung war auf den Gouverneur gemünzt, um ihm wegen Warwara Petrownas einen Hieb zu versetzen. Das wurde dann mit viel Genuß breitgetreten. Es traf sich jedoch, daß der Gouverneur damals gerade, wie absichtlich, nicht in der Stadt weilte: er war ganz in die Nähe zur Taufe bei einer anziehenden, erst kürzlich verwitweten jungen Frau gefahren, die ihr Mann in gesegneten Umständen zurückgelassen hatte; aber man wußte, daß der Gouverneur bald heimkehren werde. Inzwischen bereitete man dem ehrwürdigen, beleidigten Pawel Pawlowitsch wahre Ovationen: man umarmte und küßte ihn, die ganze Stadt machte bei ihm Besuch. Man plante sogar ihm zu Ehren ein Festessen auf Subskription und gab diesen Gedanken nur auf seine dringende Bitte hin wieder auf, vielleicht auch, weil man sich sagte, daß der Mann ja immerhin an der Nase herumgeführt worden sei und somit eigentlich kein Grund vorliege, ihn besonders zu feiern.

Allein, wie war das nur gekommen? Wie hatte das nur geschehen können? Besonders bemerkenswert war der Umstand, daß niemand in der ganzen Stadt diesen tollen Streich auf eine vorübergehende geistige Umnachtung zurückführte. Das heißt, man war also geneigt, von Nikolaj Wsewolodowitsch auch bei klarem Verstande eine solche Handlungsweise zu erwarten. Ich meinerseits weiß bis auf den heutigen Tag noch nicht, wie ich es mir erklären soll, trotz dem gleich darauf folgenden Ereignis, das alles zu erklären und alle zu versöhnen schien. Ich möchte nur hinzufügen, daß Nikolaj Wsewolodowitsch mir vier Jahre später auf meine vorsichtige Frage nach diesem Vorfall im Klub stirnrunzelnd zur Antwort gab: »Ja, ich war damals nicht ganz wohl.« Doch ich will nicht vorgreifen.

Interessant erschien mir auch jener Ausbruch allgemeinen Hasses, mit dem damals alle bei uns über diesen »Friedensstörer und großstädtischen Raufbold« herfielen. Man wollte in dieser Tat unbedingt die freche Absicht und den wohlüberlegten Vorsatz sehen, mit einem Schlag die ganze Gesellschaft zu beleidigen. Und wirklich hatte er bisher noch keinen Menschen für sich eingenommen, sondern sich im Gegenteil nur alle zu Feinden gemacht – und wodurch eigentlich? Bis auf den letzten Fall hatte er sich noch kein einziges Mal mit jemandem gezankt, hatte keinen Menschen beleidigt und war immer höflich gewesen wie ein Kavalier auf einem Modebild, wenn der nur sprechen könnte. Ich nehme an, daß man ihn seines Stolzes wegen haßte. Sogar unsere Damen, die ihn doch anfänglich vergöttert hatten, wüteten jetzt ärger gegen ihn als die Männer.

Warwara Petrowna war entsetzlich erschüttert. Später gestand sie Stepan Trofimowitsch ein, das alles habe sie schon dieses ganze halbe Jahr lang jeden Tag kommen sehen, und gerade irgend etwas »in dieser Art« – ein bemerkenswertes

Bekenntnis von seiten der leiblichen Mutter. Nun geht es los! dachte sie und fing an zu zittern. Am nächsten Morgen nach dem verhängnisvollen Abend im Klub führte sie vorsichtig, aber mit Entschiedenheit eine Aussprache mit ihrem Sohne herbei, aber trotz aller Entschlossenheit zitterte die Ärmste doch am ganzen Leibe. Die Nacht hindurch hatte sie nicht geschlafen, war sogar noch frühzeitig zu Stepan Trofimowitsch gelaufen, um ihn um Rat zu fragen, und hatte bei ihm geweint, was in Gegenwart anderer noch niemals vorgekommen war. Sie wollte, daß Nicolas ihr wenigstens etwas sage, sie einer Erklärung für wert halte. Nicolas, der immer so höflich und ehrerbietig gegen seine Mutter war, hörte ihr eine Zeitlang mit finsterem Gesicht, aber sehr ernst zu; plötzlich stand er auf, küßte seiner Mutter, ohne ein Wort zu antworten, die Hand und ging hinaus. Und am Abend desselben Tages kam es dann wie absichtlich noch zu einer zweiten Skandalgeschichte, die zwar bedeutend harmloser und gewöhnlicher war als die erste, nichtsdestoweniger aber bei der allgemeinen Stimmung die Empörung in der Stadt sehr anschwellen ließ.

Als Opfer bot sich ihm diesmal zufällig unser Freund Liputin dar. Er erschien bei Nikolaj Wsewolodowitsch gleich nach dessen Zusammenkunft mit der Mutter und bat ihn inständig, ihm die Ehre zu erweisen, noch am selben Tage zu einer kleinen Abendgesellschaft zu kommen, die er aus Anlaß des Geburtstages seiner Frau geben wollte. Warwara Petrowna hatte schon lange mit Schaudern bei Nikolaj Wsewolodowitsch diese Neigung zu niederen Bekanntschaften wahrgenommen, hatte es aber nicht gewagt, ihm darüber Vorhaltungen zu machen. Er hatte außerdem auch noch andere Bekanntschaften in dieser drittrangigen Schicht unserer Gesellschaft angeknüpft, sogar mit Leuten, die noch tiefer standen – diese Neigung war ihm nun einmal eigen. Bisher hatte er in Liputins Hause noch nicht verkehrt, obgleich er mit ihm selbst oft zusammengekommen war. Er erriet, daß Liputin ihn jetzt nur infolge des gestrigen Skandals im Klub zu sich bat, daß er als ortsansässiger Liberaler über diesen Skandal entzückt und der aufrichtigen Meinung war, so müsse man mit all den alten Herren im Klub verfahren, das sei sehr gut. Nikolaj Wsewolodowitsch lachte und versprach zu kommen.

Eine Menge Gäste hatten sich versammelt, lauter nicht gerade vornehme, aber intelligente Leute. Der selbstsüchtige und neidische Liputin lud nur zweimal im Jahr Gäste zu sich ein, dann aber zeigte er sich durchaus nicht geizig. Der ehrwürdigste Gast, Stepan Trofimowitsch, hatte krankheitshalber nicht kommen können. Es wurde Tee gereicht, Vorspeisen und Schnäpse standen in reicher Auswahl bereit; an drei Tischen wurde Karten gespielt, während sich die Jugend in Erwartung des Abendessens mit Tanzen nach Klavierbegleitung die Zeit vertrieb. Nikolaj Wsewolodowitsch forderte Madame Liputina, eine außerordentlich hübsche Frau, die ihm gegenüber schrecklich schüchtern war, zum Tanz auf, tanzte zwei Touren mit ihr und setzte sich dann neben sie, unterhielt sich mit ihr und brachte sie zum Lachen. Endlich, als er bemerkt hatte, wie hübsch sie war, wenn sie lachte, faßte er sie plötzlich vor allen Gästen um die Taille und küßte sie dreimal hintereinander in aller Herzenslust auf den Mund. Die arme Frau fiel vor Schreck in Ohnmacht. Nikolaj Wsewolodowitsch nahm seinen Hut, trat auf den Gatten zu, der mitten in der allgemeinen Verwirrung wie versteinert dastand, wurde, als er ihn ansah, selber verlegen, murmelte ihm hastig zu: »Seien Sie mir nicht böse!« und ging hinaus. Liputin lief ihm ins Vorzimmer nach, half ihm eigenhändig in den Pelz und begleitete ihn unter Verbeugungen die Treppe hinunter. Doch schon am nächsten Tag hatte diese verhältnismäßig harmlose Geschichte noch ein recht spaßiges Nachspiel, das seither Liputin ein gewisses Ansehen einbrachte, welches er wiederum voll zu seinem Vorteil auszunützen verstand.

Gegen zehn Uhr morgens erschien in Frau Stawroginas Haus Liputins Magd Agafja, ein gewandtes, fixes, rotbackiges Frauenzimmer von etwa dreißig Jahren, die mit einem Auftrag zu Nikolaj Wsewolodowitsch geschickt worden war und unbedingt »den Herrn selber sprechen« wollte. Der hatte zwar Kopfschmerzen, kam aber doch selber heraus. Warwara Petrowna glückte es, bei der Ausrichtung des Auftrags zugegen zu sein.

»Sergej Wasiljewitsch« (das heißt Liputin), fing Agafja munter zu plappern an, »läßt sich Ihnen vor allem bestens empfehlen und sich nach Ihrem Befinden erkundigen, wie Sie nach dem gestrigen Abend zu schlafen geruht haben und wie Sie sich nach dem gestrigen Abend jetzt fühlen.«

Nikolaj Wsewolodowitsch lächelte. »Bestelle wieder eine Empfehlung, und ich ließe bestens danken. Und sage deinem

Herrn von mir, Agafja, er sei der klügste Mann in der ganzen Stadt.«

»Darauf soll ich Ihnen antworten«, entgegnete Agafja noch munterer, »das wisse er auch ohne Sie, und er wünsche Ihnen dasselbe!«

»Nanu! Wie konnte er denn wissen, was ich zu dir sagen würde?«

»Das weiß ich nicht, wie er das hat wissen können, als ich aber weggegangen und schon die halbe Gasse hinuntergelaufen war, höre ich plötzlich, wie er mir nachgerannt kommt, ohne Mütze: ‚Du, Agafjuschka', sagt er zu mir, ‚wenn er vielleicht vor lauter Verzweiflung zu dir sagen sollte: Bestelle deinem Herrn, daß er der klügste Mann in der Stadt ist, dann sag du nur gleich zu ihm und vergiß das nicht: Das wissen wir auch ohne Sie sehr gut und wünschen Ihnen dasselbe!'«

3

Endlich kam es zu der Auseinandersetzung mit dem Gouverneur. Unser lieber, sanfter Iwan Osipowitsch war kaum zurückgekehrt, als ihm auch schon die dringende Beschwerde des Klubs vorgetragen wurde. Ohne Zweifel mußte hier etwas getan werden, aber er geriet doch in Verlegenheit. Dieser gastfreundliche alte Herr schien ebenfalls vor seinem jungen Verwandten Angst zu haben. Trotzdem beschloß er, ihn durch Zureden dahin zu bringen, sich vor dem Klub und dem Beleidigten zu entschuldigen, aber in einer zufriedenstellenden Weise und nötigenfalls auch schriftlich. Dann wollte er ihm in aller Güte nahelegen, die Stadt zu verlassen und sich auf Reisen zu begeben, beispielsweise zur Bereicherung seines Wissens nach Italien zu fahren oder sonstwohin ins Ausland.

In dem Zimmer, das der Gouverneur diesmal gewählt hatte, um Nikolaj Wsewolodowitsch zu empfangen (der sonst mit dem Recht eines Verwandten frei und unbehindert im ganzen Haus herumspazieren durfte), befand sich zufällig noch der wohlerzogene, im Hause lebende Sekretär Aljoscha Teljatnikow, der an einem Tisch in der Ecke Postsachen öffnete. Im Nebenzimmer, an dem Fenster, das der Tür am nächsten war, saß ein dicker und robuster Oberst von auswärts, ein Freund und früherer Kamerad Iwan Osipowitschs, und las »Die Stimme«, ohne selbstverständlich dem, was im Nebenzimmer vor sich ging, auch nur die geringste Beachtung zu schenken. Er wandte der Tür den Rücken zu. Iwan Osipowitsch holte sehr weit aus, sprach fast im Flüsterton und kam immer wieder aus dem Konzept. Nicolas schaute sehr unfreundlich drein, durchaus nicht wie ein Verwandter, sah bleich aus, saß mit zu Boden geschlagenen Augen da und hörte mit zusammengezogenen Brauen zu, als unterdrücke er einen heftigen Schmerz.

»Sie haben ein gutes, ein edles Herz, Nicolas«, bemerkte der alte Herr unter anderem. »Sie sind ein sehr gebildeter Mensch, haben in den höchsten Kreisen verkehrt und sich bis jetzt hier in unserer Stadt musterhaft aufgeführt, wodurch Sie das Herz Ihrer uns allen so teuren Mutter beruhigt haben ... Und nun kommt das alles auf einmal wieder zum Vorschein, in einer so rätselhaften, uns allen so gefährlichen Art! Ich spreche zu Ihnen als Freund Ihres Hauses, als reifer Mann und naher Verwandter, der Sie aufrichtig liebt und dem Sie nichts übelnehmen dürfen ... Sagen Sie, was veranlaßt Sie nur zu solch zügellosen Streichen, die alle herkömmlichen Regeln und Grenzen überschreiten? Was haben diese Ausfälle, die an Fieberwahn erinnern, zu bedeuten?«

Nicolas hörte ärgerlich und ungeduldig zu. Plötzlich blitzte es schlau und spöttisch in seinen Augen auf. »Ich kann Ihnen meinetwegen sagen, was mich dazu veranlaßte«, entgegnete er finster, sah sich um und beugte sich dicht an Iwan Osipowitschs Ohr.

Der wohlerzogene Aljoscha Teljatnikow zog sich noch einige Schritte weiter zum Fenster zurück, und der Oberst räusperte sich hinter der »Stimme«. Der arme Iwan Osipowitsch hielt eilig und vertrauensselig sein Ohr hin; er war aufs äußerste gespannt. Und da geschah etwas ganz Unmögliches, andererseits aber auch in gewisser Hinsicht nicht Mißzuverstehendes. Der alte Herr fühlte auf einmal, daß Nicolas, statt ihm ein interessantes Geheimnis zuzuflüstern, plötzlich die obere Hälfte seines Ohres mit den Zähnen packte und ziemlich fest zwischen ihnen einklemmte. Er fing an zu zittern, und der Atem stockte ihm.

»Nicolas, was sind das für Scherze!« stöhnte er mechanisch mit ganz fremdklingender Stimme.

Aljoscha und der Oberst hatten noch nicht begriffen, was eigentlich vorging, da sie es nicht recht sehen konnten, und glaubten immer noch, daß jene miteinander flüsterten, aber das verzweifelte Gesicht des alten Herrn beunruhigte sie doch. Sie sahen einander mit großen Augen an und wußten nicht, ob sie ihm, wie verabredet, zu Hilfe eilen oder noch warten sollten. Nicolas hatte das vermutlich beobachtet und biß noch fester zu.

»Nicolas, Nicolas!« stöhnte das Opfer wieder. »Nun ... laß es gut sein ... mit dem Scherz ...«

Einen Augenblick noch, und der Arme wäre sicherlich vor Angst gestorben, doch der Unmensch hatte Erbarmen und ließ das Ohr los. Eine volle Minute lang hatte diese Todesangst gedauert, und der alte Herr bekam gleich darauf einen Ohnmachtsanfall. Eine halbe Stunde später wurde Nicolas verhaftet und vorläufig auf die Hauptwache gebracht, wo er in einer Einzelzelle mit einer eigenen Schildwache vor der Tür eingesperrt wurde. Diese Maßnahme war hart, aber unser gütiges Oberhaupt war so aufgebracht, daß er entschlossen war, sogar Warwara Petrowna gegenüber die Verantwortung auf sich zu nehmen. Zur allgemeinen Verwunderung wurde dieser Dame, als sie eilig und in höchster Erregung zwecks sofortiger Auseinandersetzung zum Gouverneur gefahren kam, an der Freitreppe der Empfang verweigert, worauf sie sich, ohne aus dem Wagen zu steigen, ganz fassungslos wieder nach Hause begab.

Endlich aber sollte sich alles aufklären! Um zwei Uhr nachts begann der Arrestant, der bis dahin erstaunlich ruhig gewesen war und sogar geschlafen hatte, plötzlich zu toben, hämmerte mit den Fäusten wütend gegen die Tür, riß mit übernatürlicher Kraft das eiserne Gitter von dem Fensterchen der Tür herunter, schlug die Scheibe ein und zerschnitt sich dabei die Hände. Als der diensttuende Offizier mit der Wache und den Schlüsseln herbeigeeilt kam und die Zelle aufschließen ließ, um sich auf den Rasenden zu stürzen und ihn zu fesseln, stellte sich heraus, daß dieser sich im stärksten Delirium befand. Man brachte ihn nach Hause zu seiner Mutter. Nun war mit einemmal alles klar! Unsere Ärzte gaben alle drei ihr Gutachten dahin ab, daß der Kranke sich sehr wohl schon vor drei Tagen in einem fieberartigen Zustand befunden haben könne, er habe zwar augenscheinlich noch sein volles Bewußtsein und eine gewisse Schlauheit besessen, nicht aber seine gesunde Vernunft und seinen Willen, was übrigens auch durch die Tatsachen bestätigt werde. So hatte also Liputin als erster das Richtige erraten. Iwan Osipowitsch, ein zartfühlender und empfindsamer Mensch, geriet in große Verlegenheit; immerhin war es interessant, daß auch er Nikolaj Wsewolodowitsch eine so wahnsinnige Tat bei vollem Verstande zugetraut hatte. Im Klub schämte man sich und konnte es nicht fassen, daß man das Wichtigste übersehen hatte und auf die einzig mögliche Erklärung aller dieser wunderlichen Dinge nicht eher gekommen war. Natürlich gab es auch Skeptiker, aber die konnten sich nicht lange behaupten.

Nicolas lag über zwei Monate krank zu Bett. Man rief einen berühmten Arzt aus Moskau zur Konsultation herbei. Die ganze Stadt kam und besuchte Warwara Petrowna. Sie verzieh allen. Als Nicolas dann zum Frühjahr hin wieder ganz gesund wurde und ohne jeden Widerspruch mit dem Vorschlag seiner Mutter, nach Italien zu reisen, einverstanden war, bat sie ihn, bei uns allen Abschiedsbesuche zu machen und sich dabei, wo es nötig war, nach Möglichkeit zu entschuldigen. Nicolas war mit Vergnügen dazu bereit. Man erfuhr im Klub, daß er mit Pawel Pawlowitsch Gaganow eine äußerst höfliche Aussprache in dessen Hause gehabt habe, durch die dieser völlig zufriedengestellt worden sei. Während er seine Besuche erledigte, war Nicolas sehr ernst und sogar ein wenig finster. Alle empfingen ihn mit großer Teilnahme, waren aber doch augenscheinlich verlegen und waren froh, daß er nach Italien wegfuhr. Iwan Osipowitsch brach sogar in Tränen aus, konnte sich aber aus unbekanntem Grunde nicht entschließen, ihn zu umarmen, nicht einmal zum Abschied. Allerdings hielten einige bei uns doch an der Überzeugung fest, daß dieser Taugenichts sich nur über alle lustig gemacht habe und die Krankheit bloß eine Finte gewesen sei. Er fuhr auch zu Liputin.

»Sagen Sie mal«, fragte er ihn, »wie konnten Sie im voraus wissen, was ich über Ihren Verstand sagen würde, und Ihrer Agafja im voraus auftragen, was sie darauf antworten solle?«

»Ganz einfach«, antwortete Liputin lachend, »weil ich auch Sie für einen klugen Menschen halte und daher Ihre Antwort vorhersehen konnte.«

»Immerhin ein merkwürdiges Zusammentreffen. Jedoch, erlauben Sie, haben Sie mich denn wirklich, als Sie Agafja zu mir schickten, für einen klugen Menschen und nicht für wahnsinnig gehalten?«

»Für den klügsten und vernünftigsten Menschen der Welt.

Ich gab mir damals nur den Anschein, als hielte ich Sie für nicht ganz bei Verstande ... Und Sie selbst errieten doch auch gleich meine Gedanken und übermittelten mir durch Agafja die Bestätigung meines Scharfsinnes.«

»Na, da sind Sie aber doch etwas im Irrtum. Ich war in der Tat ... nicht ganz wohl ...«, murmelte Nikolaj Wsewolodowitsch stirnrunzelnd. »Bah!« rief er aus, »glauben Sie denn wirklich, daß ich imstande wäre, bei vollem Verstande über Menschen herzufallen? Was hätte denn das für einen Sinn?«

Liputin wand sich verlegen und wußte nicht, was er antworten sollte. Nicolas erblaßte ein wenig, wenigstens kam es Liputin so vor.

»Jedenfalls haben Sie sehr drollige Gedankenverbindungen«, fuhr Nicolas fort, »und was Agafja anbetrifft, so verstehe ich natürlich, daß Sie sie zu mir geschickt haben, um mir den Kopf zu waschen.«

»Sollte ich Sie etwa zum Duell fordern?«

»Ach ja, richtig! Ich hörte ja schon einmal so etwas, daß Sie ein Gegner des Duells sind ...«

»Warum soll man denn französische Sitten nach Rußland übertragen?« entgegnete Liputin und wand sich wieder verlegen.

»Sie halten es wohl mit dem Nationalismus?«

Liputin wand sich noch ärger.

»Ei, ei! Was sehe ich da!« rief Nicolas, der plötzlich mitten auf dem Tisch, an der sichtbarsten Stelle, einen Band von Considérant erblickt hatte. »Sie sind wohl gar ein Anhänger von Fourier? Schau, schau! Das ist wohl keine Übertragung aus dem Französischen?« sagte er lachend und klopfte mit den Fingern auf das Buch.

»Nein, das ist keine Übertragung aus dem Französischen«, rief Liputin fast grimmig und sprang auf. »Das ist eine Übertragung aus der Sprache der ganzen Menschheit, und nicht nur aus dem Französischen! Aus der Sprache der sozialen Weltrepublik und Harmonie, jawohl! Und nicht nur aus dem Französischen! ...«

»Pfui Teufel, eine solche Sprache gibt es ja gar nicht!« warf Nicolas ein und lachte immer noch.

Bisweilen hinterläßt in uns irgendeine Bagatelle einen außergewöhnlichen und nachhaltigen Eindruck. Von Herrn Stawrogin werde ich in der Hauptsache erst später zu reden haben; jetzt aber möchte ich nur als Kuriosum erwähnen, daß von all den Eindrücken, die er während seines Aufenthaltes in unserer Stadt empfing, die unscheinbare und fast gemeine Gestalt dieses kleinen Gouvernementsbeamten sich am schärfsten seinem Gedächtnis einprägte, diese Verkörperung eines eifersüchtigen Ehemannes und rohen Familiendespoten, schmutzigen Geizhalses und Wucherers, der die Überreste vom Mittagessen und die Lichtstummel wegschloß und dabei gleichzeitig ein fanatischer Anhänger Gott weiß was für einer zukünftigen »sozialen Harmonie« war, sich nachts bis zur Verzückung an dem Phantasiegebilde einer künftigen Phalanstère berauschte, an deren baldige Verwirklichung in Rußland und speziell in unserem Gouvernement er wie an seine eigne Existenz glaubte. Und das alles dort, wo er sich »ein Häuschen« zusammengescharrt, zum zweitenmal geheiratet und die Mitgift seiner Frau in die Tasche gesteckt hatte und wo auf hundert Werst im Umkreis wohl kein einziger Mensch zu finden war, bei ihm selber angefangen, der auch nur dem Anschein nach zu einem künftigen Mitglied einer »sozialen Weltrepublik und Harmonie« reif gewesen wäre. Weiß der Himmel, wo solche Käuze herkommen, dachte Nicolas erstaunt, wenn er sich manchmal dieses zufällig entdeckten Fourieristen erinnerte.

4

Unser Prinz war drei Jahre lang und noch darüber auf Reisen, so daß man ihn in der Stadt fast vergaß. Wir erfuhren nur durch Stepan Trofimowitsch, daß er ganz Europa bereist hatte, sogar in Ägypten gewesen war und Jerusalem besucht hatte; dann hatte er sich einer wissenschaftlichen Expedition nach Island angeschlossen und war auch wirklich in Island gewesen. Ferner hieß es noch, daß er während eines Winters Vorlesungen an einer deutschen Universität gehört habe. An seine Mutter schrieb er nur selten, alle halben Jahre einmal oder sogar noch seltener; aber Warwara Petrowna war ihm deshalb nicht böse und verübelte ihm das nicht. Sie nahm die Beziehungen zu ihrem Sohn, wie sie nun einmal waren, gelassen und ergeben hin, träumte aber immer von ihrem Nicolas und sehnte sich ohne Unterlaß nach ihm. Doch vertraute sie diese Träumereien und sehnsüchtigen Gedanken niemandem an. Sogar von Stepan Trofimowitsch zog sie sich anscheinend ein wenig zurück. Sie schmiedete im stillen Pläne, wurde noch geiziger als früher, suchte noch emsiger Geld zusammenzuscharren und ärgerte sich noch mehr über Stepan Trofimowitschs Verluste im Kartenspiel.

Endlich, im April dieses Jahres, erhielt sie aus Paris einen Brief von der Generalin Praskowja Iwanowna Drosdowa, ihrer Jugendfreundin. Praskowja Iwanowna, mit der Warwara Petrowna wohl schon acht Jahre lang weder zusammengekommen noch in Briefwechsel gestanden war, teilte ihr in diesem Brief mit, daß Nikolaj Wsewolodowitsch, der bei ihr im Hause verkehre und sich mit Lisa, ihrer einzigen Tochter, angefreundet habe, sie im Sommer in die Schweiz nach Vernex-Montreux, zu begleiten beabsichtige, obgleich er in der Familie des Grafen K. (einer in Petersburg sehr einflußreichen Persönlichkeit), die sich augenblicklich in Paris aufhalte, wie ein leiblicher Sohn aufgenommen worden sei, so daß er beinahe ganz im Hause des Grafen lebe. Der Brief war kurz und sein Zweck offen ersichtlich, obgleich er außer den angeführten Tatsachen keinerlei Schlußfolgerungen enthielt. Warwara Petrowna überlegte nicht lange, sie entschloß sich sofort, traf alle Vorbereitungen und reiste in Begleitung ihrer Pflegetochter Dascha (Schatows Schwester) Mitte April nach Paris und dann nach der Schweiz. Im Juli kehrte sie allein zurück; sie hatte Dascha bei Drosdows gelassen, die, wie sie uns mitteilte, Ende August zu uns zu kommen versprochen hatten.

Die Drosdows waren ebenfalls eine Gutsbesitzersfamilie aus unserem Gouvernement, aber der Dienst hatte den General Iwan Iwanowitsch (der ein Freund Warwara Petrownas und Kamerad ihres Mannes gewesen war) ständig daran gehindert, mit der Familie sein prächtiges Gut zu besuchen. Nach dem Tode des Generals aber, im vorigen Jahr, hatte sich die untröstliche Praskowja Iwanowna mit ihrer Tochter ins Ausland begeben, unter anderem auch in der Absicht, eine Traubenkur zu machen, die sie in der zweiten Hälfte des Sommers in Vernex-Montreux durchführen wollte. Nach ihrer Rückkehr in die Heimat wollte sie sich für immer in unserem Gouvernement niederlassen. In der Stadt besaß sie ein großes Haus, das schon viele Jahre leer und mit geschlossenen Fensterläden dagestanden hatte. Die Drosdows waren reiche Leute. Praskowja Iwanowna, in erster Ehe Frau Tuschina, war, wie ihre Pensionatsfreundin Warwara Petrowna, ebenfalls die Tochter eines Branntweinpächters aus der guten alten Zeit und hatte gleichfalls eine große Mitgift in die Ehe mitgebracht. Der Rittmeister a. D. Tuschin hatte auch selber nicht nur ein beträchtliches Vermögen, sondern auch einige Fähigkeiten besessen. Als er im Sterben lag, hatte er seiner einzigen, siebenjährigen Tochter Lisa ein ansehnliches Kapital vermacht. Jetzt, da Lisaweta Nikolajewna schon bald zweiundzwanzig Jahre alt war, konnte man mit Sicherheit annehmen, daß sie an die zweihunderttausend Rubel allein an eigenem Vermögen besaß, ganz abgesehen von dem Kapital, das ihr nach dem Tod ihrer Mutter zufallen mußte, die in zweiter Ehe keine Kinder gehabt hatte. Warwara Petrowna war anscheinend recht befriedigt von der Reise zurückgekehrt. Ihrer Ansicht nach war es ihr gelungen, sich mit Praskowja Iwanowna zur beiderseitigen Zufriedenheit zu einigen, und so weihte sie denn auch gleich nach ihrer Rückkehr Stepan Trofimowitsch in alles ein und zeigte sich ihm gegenüber dabei so mitteilsam, wie sie es schon lange nicht mehr gewesen war.

»Hurra!« rief Stepan Trofimowitsch und schnippte mit den Fingern.

Er geriet in helle Begeisterung, um so mehr, als er die ganze Zeit der Trennung von ihr in tiefster Niedergeschlagenheit verbracht hatte. Sie hatte sich, als sie wegfuhr, nicht einmal richtig von ihm verabschiedet und »diesem alten Weib« nichts von all ihren Plänen anvertraut, wohl weil sie fürchtete, er könnte etwas ausplaudern. Zudem war sie damals wegen eines bedeutenden Verlustes im Kartenspiel, der plötzlich zutage gekommen war, recht ärgerlich auf ihn gewesen. Aber schon in der Schweiz fühlte sie in ihrem Herzen, daß sie den verlassenen Freund gleich nach ihrer Rückkehr belohnen müsse, um so mehr, als sie ihn schon seit langem schlecht behandelt hatte. Die plötzliche, geheimnisvolle Trennung hatte das schüchterne Herz Stepan Trofimowitschs erschüttert und verwundet, zudem stürmten auf einmal wie absichtlich auch noch andere Sorgen auf ihn ein. Eine beträchtliche pekuniäre Verpflichtung aus früheren Jahren, die er ohne Warwara Petrownas Hilfe nicht aus der Welt schaffen konnte, lag ihm schwer auf der Seele. Außerdem war im Mai dieses Jahres die Amtstätigkeit unseres lieben, sanften Iwan Osipowitsch schließlich doch abgelaufen, man hatte ihn, nicht ohne Unannehmlichkeiten, durch einen anderen Gouverneur ersetzt. So war denn während der Abwesenheit Warwara Petrownas auch der Einzug unseres neuen Oberhauptes, Andrej Antonowitsch von Lembkes, erfolgt; zugleich hatte sofort eine merkliche Veränderung in den Beziehungen fast der ganzen höheren Gesellschaft unserer Kreisstadt zu Warwara Petrowna und demzufolge auch zu Stepan Trofimowitsch eingesetzt. Wenigstens hatte er diesbezüglich schon einige unangenehme, wenn auch wertvolle Beobachtungen gemacht und sich nun so allein, ohne Warwara Petrowna, davon wohl ins Bockshorn jagen lassen. In seiner Aufregung argwöhnte er, daß man den neuen Gouverneur bereits auf ihn als einen gefährlichen Menschen aufmerksam gemacht habe. Tatsächlich erfuhr er, daß einige unserer Damen die Absicht hätten, ihre Besuche bei Warwara Petrowna einzustellen. Von der neuen Gouverneurin (die bei uns erst im Herbst erwartet wurde) erzählte man sich allgemein, daß sie zwar dem Hörensagen nach eine stolze Dame, dafür aber auch eine wahre Aristokratin und nicht etwa »so eine wie unsere arme Warwara Petrowna« sei. Alle hatten irgendwoher aus sicherer Quelle mit allen Einzelheiten erfahren, daß die neue Gouverneurin und Warwara Petrowna sich schon früher einmal in der Gesellschaft getroffen und dann als Feindinnen getrennt hätten, so daß die bloße Erwähnung der Frau von Lembke auf Warwara Petrowna einen peinlichen Eindruck mache. Aber die mutige, siegesgewisse Miene Warwara Petrownas und der verächtliche Gleichmut, mit dem sie den Bericht über die Ansichten unserer Damen und die Aufregung unserer Gesellschaft anhörte, richteten den gesunkenen Mut Stepan Trofimowitschs wieder auf und stimmten ihn sofort wieder heiter. Und mit ganz besonderem, freudig dienstbeflissenem Humor schilderte er ihr den Einzug unseres neuen Gouverneurs.

»Es wird Ihnen, excellente amie, ohne Zweifel bekannt sein«, sagte er, wobei er die Worte kokett und stutzerhaft in die Länge zog, »was es mit einem russischen Verwaltungsbeamten im allgemeinen auf sich hat, und nun gar mit einem neuen, sozusagen neubackenen, neu-in-sein-Amt-eingesetzten ... Ces interminables mots russes! ... Aber Sie werden wohl kaum je im praktischen Leben erfahren haben, was das Beamtenentzücken bedeutet und was es eigentlich ist.«

»Beamtenentzücken? Nein, das weiß ich nicht.«

»Sehen Sie ... Vous savez, chez nous ... En un mot, stellen Sie sich den elendesten Nichtsnutz vor, der an einem Eisenbahnschalter lumpige Fahrkarten verkauft; diese Null wird sich sofort für berechtigt halten, wenn Sie sich eine Fahrkarte lösen wollen, wie ein Jupiter auf Sie herabzusehen, pour vous montrer son pouvoir. Warte, denkt er bei sich, ich werde dir meine Macht schon zeigen! ... Und das artet dann bei diesen Leuten in Beamtenentzücken aus ... En un mot, ich las erst kürzlich einmal, daß in einer unserer Kirchen im Ausland irgend so ein Küster – mais c'est très curieux – kurz vor Beginn des großen Fastengottesdienstes – vous savez, ces chants et le livre de Job – eine angesehene englische Familie, les dames charmantes, hinausgejagt, buchstäblich aus der Kirche hinausgejagt hat, unter dem bloßen Vorwand, Ausländer hätten sich in russischen Kirchen nicht herumzutreiben, sondern zu der für die Besichtigung festgesetzten Zeit zu kommen ... und er brachte es so weit, daß die Damen in Ohnmacht fielen ... Dieser Küster hatte eben einen Anfall von Beamtenentzücken, et il a montré son pouvoir.«

»Fassen Sie sich kürzer, wenn Sie können, Stepan Trofimowitsch.«

»Herr von Lembke bereist also jetzt zunächst das Gouvernement. En un mot, dieser Andrej Antonowitsch ist zwar ein Deutschrusse orthodoxer Konfession und sogar – das muß man ihm lassen – ein auffallend schöner Mann in den vierziger Jahren ... «

»Wie kommen Sie denn darauf, daß er ein schöner Mann sei? Er hat doch Hammelaugen!«

»Das stimmt allerdings. Aber ich will schon der Meinung unserer Damen ein Zugeständnis machen ...«

»Lassen wir das, Stepan Trofimowitsch, ich bitte Sie! Übrigens, Sie tragen ja rote Krawatten; tun Sie das schon lange?«

»Das tue ich ... nur heute ...«

»Und machen Sie sich auch regelmäßig Bewegung? Gehen Sie noch täglich Ihre sechs Werst spazieren, wie es Ihnen der Doktor vorgeschrieben hat?«

»Nicht ... nicht immer.«

»Das wußte ich doch! Schon in der Schweiz habe ich das geahnt!« rief sie gereizt. »Jetzt werden Sie aber nicht nur sechs, sondern zehn Werst täglich gehen! Sie sind entsetzlich heruntergekommen, entsetzlich, ent-setz-lich! Sie sind nicht nur alt, sondern geradezu hinfällig geworden ... ich erschrak, als ich Sie vorhin wiedersah, ganz abgesehen von der roten Krawatte ... quelle idée rouge! Erzählen Sie weiter von

Herrn von Lembke, wenn wirklich noch etwas über ihn zu sagen ist, und kommen Sie bitte bald zu einem Ende; ich bin müde.«

»En un mot, ich wollte ja nur sagen, daß er einer von jenen Verwaltungsbeamten ist, die erst mit vierzig Jahren anfangen emporzusteigen, die bis zu ihrem vierzigsten Lebensjahr irgendwo unscheinbar vegetieren und dann plötzlich dank einer zufällig ergatterten Gemahlin oder dank einem anderen, nicht weniger verzweifelten Mittel es zu etwas bringen... Das heißt, augenblicklich ist er ja verreist... Und was ich noch sagen wollte: man hat ihm natürlich sofort von rechts und von links zugeflüstert, daß ich die Jugend verdürbe und im Gouvernement den Atheismus verbreitete... Er hat denn auch gleich Erkundigungen eingezogen.«

»Wirklich?«

»Ich habe sogar meine Maßnahmen dagegen getroffen. Als man ihm über Sie ‚Bericht erstattete', daß Sie ‚das Gouvernement verwaltet' hätten, vous savez, erlaubte er sich die Bemerkung, daß ‚so etwas nicht mehr vorkommen werde'.«

»Hat er das wörtlich so gesagt?«

»Ja, er sagte: ‚So etwas wird nicht mehr vorkommen', und avec cette morgue...'. Seine Gattin, Julija Michajlowna, werden wir erst Ende August hier sehen, sie kommt direkt aus Petersburg.«

»Nein, aus dem Ausland. Wir sind uns dort begegnet.«

»Vraiment?«

»In Paris und in der Schweiz. Sie ist eine Verwandte von Drosdows.«

»Eine Verwandte? Welch merkwürdiges Zusammentreffen! Sie soll sehr ehrgeizig sein und... einflußreiche Verbindungen haben?«

»Unsinn, ganz unbedeutende Verbindungen! Bis zu ihrem fünfundvierzigsten Lebensjahr hat sie ohne eine Kopeke als alte Jungfer dagesessen, dann hat sie sich diesem von Lembke an den Hals geworfen, und nun ist natürlich seine Karriere ihr einziger Lebenszweck. Sie sind beide Intriganten.«

»Sie soll zwei Jahre älter sein als er?«

»Fünf. Ihre Mutter ist damals in Moskau förmlich hinter mir hergelaufen, damit ich ihre Tochter nur ja zu den Bällen, die ich damals zu Wsewolod Nikolajewitschs Lebzeiten noch gab, aus lauter Gnade und Barmherzigkeit mit einlade. Und da hat sie dann immer den ganzen Abend allein in einer

Ecke gesessen, mit ihrer Türkismouche auf der Stirn. Kein Mensch tanzte mit ihr, so daß ich schließlich gegen drei Uhr aus Mitleid den ersten Tänzer zu ihr schickte. Sie war damals schon fünfundzwanzig Jahre alt, aber man führte sie immer noch wie einen Backfisch im kurzen Kleidchen aus. Die beiden zu sich einzuladen wurde peinlich.«

»Diese Mouche sehe ich geradezu vor mir!«

»Ich sage Ihnen, ich war kaum in Paris angekommen, und schon stieß ich auf eine Intrige. Sie haben doch soeben den Brief der Drosdowa gelesen; könnte er klarer sein? Was aber fand ich vor? Diese dumme Person, die Drosdowa – sie war immer ein bißchen beschränkt – sieht mich plötzlich an, als wolle sie mich fragen, weshalb ich gekommen sei. Sie können sich meine Verwunderung vorstellen! Aber ich merkte gleich: da steckt diese Lembke dahinter. Und dann war noch dieser Vetter bei ihr, der Neffe des alten Drosdow – da war mir alles klar! Selbstredend habe ich alles sofort wieder in Ordnung gebracht, und Praskowja ist nun wieder auf meiner Seite, aber es war doch eine Intrige, eine richtige Intrige gegen mich!«

»Die Sie jedoch siegreich überwunden haben. Oh, Sie sind ein Bismarck!«

»Auch ohne ein Bismarck zu sein, bin ich imstande, Falschheit und Dummheit zu durchschauen, wo ich ihnen begegne. Die Lembke ist falsch, und Praskowja ist dumm. Selten habe ich eine schlappere Person gesehen, dazu hat sie geschwollene Füße und ist obendrein noch gutmütig. Kann es etwas Dümmeres geben als einen gutmütigen Dummkopf?«

»Ein boshafter Dummkopf, ma bonne amie, ein boshafter Dummkopf ist etwas noch viel Dümmeres«, widersprach Stepan Trofimowitsch gesittet.

»Vielleicht haben Sie recht. Sie erinnern sich doch noch an Lisa?«

»Charmante enfant!«

»Jetzt ist sie kein enfant mehr, sondern ein junges Mädchen, ein Mädchen von Charakter, ein edles, feuriges Mädchen. Und es gefällt mir an ihr, daß sie sich ihrer Mutter, dieser vertrauensseligen Närrin, nicht in allem unterordnet. Wegen dieses Vetters wäre es beinahe zu einem Skandal gekommen.«

»Richtig, er ist ja mit Lisaweta Nikolajewna gar nicht verwandt ... Hat er etwa Absichten?«

»Sehen Sie, er ist ein sehr schweigsamer, beinahe bescheidener junger Offizier. Ich bemühe mich immer, gerecht zu sein. Mir scheint, daß er selber gegen diese Intrige ist und gar keine Absichten hat und daß nur die Lembke hinter der ganzen Sache steckt. Er schätzt Nicolas sehr. Sie werden begreifen, daß alles nur von Lisa abhängt, aber als ich abreiste, waren ihre Beziehungen zu Nicolas die denkbar besten, und Nicolas selbst hat mir versprochen, im November unbedingt zu uns zu kommen. Also ist es nur die Lembke, die dort Intrigen spinnt. Praskowja aber ist einfach blind. Sie sagte zu mir, mein ganzer Verdacht sei nur Einbildung. Da habe ich ihr ins Gesicht gesagt, daß sie eine Närrin sei. Ich bin bereit, das beim Jüngsten Gericht zu beschwören. Und wenn Nicolas mich nicht gebeten hätte, es vorläufig noch aufzuschieben, wäre ich nicht von dort weggefahren, ohne diese falsche Person entlarvt zu haben. Durch Nicolas hat sie sich beim Grafen K*** einzuschmeicheln und Mutter und Sohn zu entzweien versucht. Aber Lisa ist auf unserer Seite, und mit Praskowja bin ich einig geworden. Wissen Sie, daß Karmasinow ein Verwandter von ihr ist?«

»Wie? Ein Verwandter der Frau von Lembke?«

»Gewiß, er ist mit ihr verwandt, aber nur weitläufig.«

»Karmasinow, der Novellist?«

»Nun ja, der Schriftsteller. Warum wundern Sie sich? Er selbst hält sich natürlich für einen großen Mann. Ein aufgeblasener Mensch! Sie wird mit ihm zusammen herkommen, jetzt tut sie dort mit ihm wichtig. Sie beabsichtigt, hier so etwas wie literarische Abende einzuführen. Er wird auf einen Monat herkommen, um hier sein letztes Gut zu verkaufen. Beinahe wäre ich in der Schweiz mit ihm zusammengetroffen, ganz gegen meinen Willen. Übrigens hoffe ich, daß er geruhen wird, mich wiederzuerkennen. Er hat mir früher manchen Brief geschrieben und auch in meinem Hause verkehrt. Es wäre mir lieb, Stepan Trofimowitsch, wenn Sie sich sorgfältiger kleiden würden, Sie lassen sich von Tag zu Tag immer mehr gehen ... Oh, wie Sie mich quälen! Was lesen Sie denn jetzt?«

»Ich ... ich ...«

»Verstehe schon. Immer wieder die alte Leier: Freunde, Zechgelage, Klub, Kartenspiel und dazu noch der Ruf eines Atheisten. Dieser Ruf gefällt mir nicht, Stepan Trofimowitsch. Ich möchte nicht, daß Sie ein Atheist genannt werden, gerade jetzt möchte ich es nicht. Ich habe es auch früher nicht gemocht, weil das alles nur leeres Gerede ist. Ich muß es Ihnen doch endlich einmal sagen.«

»Mais, ma chère . . .«

»Hören Sie, Stepan Trofimowitsch, in allen gelehrten Dingen bin ich natürlich im Vergleich zu Ihnen eine Ignorantin, aber während ich heimreiste, habe ich viel über Sie nachgedacht. Ich bin zu einer Überzeugung gelangt.«

»Und zu welcher?«

»Zu der, daß wir beide nicht die Klügsten auf der Welt sind, sondern daß es noch klügere Leute gibt als uns.«

»Das ist geistreich und trifft auch den Nagel auf den Kopf! Es gibt klügere, das heißt richtiger denkende Leute als uns; folglich können auch wir uns irren, nicht wahr? Mais, ma bonne amie, nehmen wir an, ich irrte mich, so habe ich doch mein allgemein menschliches, immerwährendes, absolutes Recht auf Gewissensfreiheit? Ich habe doch das Recht, kein Scheinheiliger und Glaubensschwärmer zu sein, wenn ich das nicht mag, und deswegen werden mich natürlich manche Herrschaften bis in alle Ewigkeit hassen. Et puis, comme on trouve toujours plus de moines que de raison, und da ich dieser Ansicht durchaus beistimme . . .«

»Wie? Was haben Sie soeben gesagt?«

»Ich sagte: on trouve toujours plus de moines que de raison, und da ich dieser . . .«

»Das stammt sicherlich nicht von Ihnen; Sie haben das wohl irgendwo anders her?«

»Das hat Pascal gesagt.«

»Ich habe es mir doch gleich gedacht, daß das nicht von Ihnen stammt. Warum drücken Sie selber sich nie so aus, so kurz und treffend, sondern ziehen immer alles so in die Länge? Solch eine Bemerkung ist doch viel besser als das, was Sie vorhin über das Beamtenentzücken sagten . . .«

»Ma foi, chère . . . warum? Erstens wahrscheinlich darum, weil ich immerhin kein Pascal bin, et puis . . . zweitens, weil wir Russen nun einmal unfähig sind, etwas in unserer eignen Sprache auszudrücken . . . Wenigstens haben wir es bis jetzt noch nicht getan . . .«

»Hm! Vielleicht stimmt das doch nicht. Sie sollten sich solche Worte aber wenigstens aufschreiben und Ihrem Gedächtnis einprägen, für den Fall, wissen Sie, wenn das Gespräch . . . Ach, Stepan Trofimowitsch, ich bin mit dem

Vorsatz zurückgekommen, einmal ernst, ganz ernst mit Ihnen zu sprechen.«

»Chère, chère amie!«

»Jetzt, wo alle diese Lembkes und Karmasinows... O Gott, wie verwahrlost Sie sind! Oh, wie Sie mich quälen!... Ich möchte, daß diese Leute Achtung vor Ihnen empfänden, denn sie sind ja nicht einen Ihrer Finger, nicht einmal Ihren kleinen Finger wert, und Sie lassen sich so gehen! Was werden sie zu sehen bekommen? Was werde ich ihnen vorführen? Statt in edler Weise als Zeuge dazustehen und allen ein Vorbild zu sein, umgeben Sie sich mit solchem Gesindel, nehmen ganz unmögliche Gewohnheiten an, werden alt und schlapp, können ohne Wein und Kartenspiel gar nicht mehr auskommen, lesen nur noch Paul de Kock und schreiben selber nichts, während alle anderen dort immerzu schreiben. Ihre ganze Zeit verbringen Sie nur mit leerem Gerede. Kann man sich denn überhaupt mit einem solchen Vagabunden, wie Ihr von Ihnen unzertrennlicher Liputin einer ist, anfreunden?«

»Warum denn ›mein‹ Liputin und ›unzertrennlich‹?« protestierte Stepan Trofimowitsch schüchtern.

»Wo ist er jetzt?« fuhr Warwara Petrowna streng und schroff fort.

»Er ... er verehrt Sie grenzenlos und ist nach S-k gefahren, um die Erbschaft seiner Mutter anzutreten.«

»Ich glaube, er tut nichts weiter als immer nur Geld einnehmen. Und Schatow? Ist er immer noch der gleiche?«

»Irascible, mais bon.«

»Ich kann Ihren Schatow nicht ausstehen. Er ist boshaft und sehr von sich eingenommen.«

»Wie geht es Darja Pawlowna?«

»Sie fragen nach Dascha? Wie kommen Sie darauf?« Warwara Petrowna sah ihn neugierig an. »Es geht ihr gut; ich habe sie bei Drosdows gelassen ... In der Schweiz habe ich etwas über Ihren Sohn gehört, etwas Schlechtes, nichts Gutes.«

»Oh, c'est une histoire bien bête! Je vous attendais, ma bonne amie, pour vous raconter ...«

»Genug, Stepan Trofimowitsch, gönnen Sie mir Ruhe, ich bin schon ganz abgespannt. Wir werden später noch Zeit haben, ausführlich über alles zu sprechen, besonders über das Unangenehme. Sie fangen bereits an, Speichel zu verspritzen, wenn Sie lachen, das ist auch eine Alterserscheinung! Und was für ein sonderbares Lachen Sie sich jetzt angewöhnt haben ...

Mein Gott, wieviel schlechte Gewohnheiten Sie angenommen haben! Karmasinow wird Sie bestimmt nicht besuchen! Und hier freuen sich die Leute ohnehin schon über alles ... Jetzt haben Sie gezeigt, wie Sie wirklich sind! Aber genug, genug, ich bin müde! Schließlich muß man doch auf einen Menschen etwas Rücksicht nehmen!«

Stepan Trofimowitsch nahm Rücksicht »auf einen Menschen«, entfernte sich aber ziemlich bestürzt.

5

Tatsächlich hatte unser Freund nicht wenig schlechte Gewohnheiten angenommen, besonders in der allerletzten Zeit. Er war mit einemmal sichtlich verwahrlost, und es stimmte, daß er sich gehenließ. Er trank mehr, war weinerlicher und nervöser geworden und zeigte sich allem Schönen gegenüber fast überempfänglich. Sein Gesicht hatte die merkwürdige Fähigkeit bekommen, sich außerordentlich schnell zu verändern, er konnte zum Beispiel die feierlichste Miene augenblicklich in die lächerlichste und sogar dümmste Grimasse verwandeln. Einsamkeit konnte er überhaupt nicht mehr ertragen, und er brannte stets darauf, zerstreut und unterhalten zu werden. Fortwährend mußte man ihm Klatschgeschichten oder andere Begebenheiten aus der Stadt erzählen, alle Tage etwas anderes. Wenn längere Zeit niemand zu ihm kam, ging er schwermütig durch alle Zimmer, trat an ein Fenster, kaute gedankenverloren an den Lippen, seufzte tief und fing beinahe an zu schluchzen. Er trug sich immer mit einem unbestimmten Vorgefühl, hatte vor etwas Unvorhergesehenem, Unabwendbarem Angst, schrak leicht zusammen und maß seinen Träumen immer mehr Bedeutung bei.

Diesen ganzen Tag und auch den Abend verbrachte er in recht trübseliger Stimmung. Er ließ mich holen, war sehr aufgeregt, sprach lange und erzählte viel, aber ziemlich zusammenhanglos. Warwara Petrowna wußte schon lange, daß er nichts vor mir geheimhielt. Ich hatte den Eindruck, daß ihn etwas Besonderes beunruhige, wovon er sich wohl selbst keine klare Vorstellung machen könne. Wenn wir so allein beisammensaßen und er mir sein Leid klagte, hatte er früher fast immer nach einer Weile ein Fläschchen kommen lassen, und dann war uns alles viel tröstlicher erschienen. Diesmal aber gab es keinen Wein, und er unterdrückte sichtlich den immer wiederkehrenden Wunsch, eine Flasche heraufholen zu lassen.

»Und warum ärgert sie sich nur immer!« klagte er alle Augenblicke wie ein Kind. »Tous les hommes de génie et de progrès en Russie étaient, sont et seront toujours des Kartenspieler et des Trunkenbolde, qui boivent en gewissen Zeitabständen ... ich aber bin doch gar kein so leidenschaftlicher Kartenspieler und Trinker ... Und dann hält sie mir vor, warum ich nichts schriebe! Ein merkwürdiger Einfall! Warum ich auf der faulen Haut läge! ‚Sie müssen als Muster und Vorwurf vor allen dastehen', sagt sie. Mais entre nous soit dit: Was bleibt denn einem Menschen, der dazu bestimmt ist, als ‚Vorwurf' dazustehen, anderes übrig, als sich auf die faule Haut zu legen? Sieht sie das denn nicht ein?«

Und schließlich erklärte sich mir jener hauptsächlichste, besondere Kummer, der ihn diesmal so unablässig quälte. Mehr als einmal trat er an diesem Abend vor den Spiegel und blieb lange vor ihm stehen. Endlich wandte er sich vom Spiegel ab und sagte in seltsam verzweifeltem Ton zu mir: »Mon cher, je suis un heruntergekommener Mensch!«

Ja, wirklich, bis dahin, bis zu diesem Tag war er, trotz all den »neuen Anschauungen« und all dem »Wechsel der Überzeugungen« Warwara Petrownas, unentwegt von dem einen überzeugt gewesen, daß er doch immer noch eine unwiderstehliche Macht auf ihr weibliches Herz ausübe, das heißt, nicht nur als Verbannter und als berühmter Gelehrter, sondern auch als schöner Mann. Zwanzig Jahre lang hatte diese schmeichelhafte und beruhigende Überzeugung in seinem Herzen gewurzelt, und vielleicht fiel ihm die Trennung gerade von dieser Überzeugung am allerschwersten. Ahnte er vielleicht schon an jenem Abend, welch eine ungeheure Prüfung ihm in so naher Zukunft bevorstand?

6

Ich gehe jetzt zur Schilderung jenes schon halb vergessenen Ereignisses über, mit dem meine Chronik eigentlich erst beginnt.

In den letzten Tagen des August kehrten endlich auch die Drosdows heim. Sie trafen kurz vor ihrer Verwandten ein, der von der ganzen Stadt schon lange erwarteten Gattin unseres neuen Gouverneurs, und ihr Erscheinen erregte großes Aufsehen in der Gesellschaft. Doch von all diesen interessanten Ereignissen erst später. Jetzt beschränke ich mich nur auf die Tatsache, daß Praskowja Iwanowna der sie mit Ungeduld erwartenden Warwara Petrowna das im höchsten Grade beunruhigende Rätsel mitbrachte: Nicolas habe sich schon im Juli von ihnen getrennt, sich am Rhein mit dem Grafen K. getroffen und sei mit ihm und seiner Familie nach Petersburg gereist. (NB. Der Graf hatte drei heiratsfähige Töchter.)

»Aus Lisaweta ist ja bei ihrem Stolz und ihrem störrischen Wesen nichts herauszubekommen«, schloß Praskowja Iwanowna, »aber ich habe mit eignen Augen gesehen, daß zwischen ihr und Nikolaj Wsewolodowitsch etwas vorgefallen ist. Die Gründe weiß ich allerdings nicht, aber ich glaube, meine liebe Freundin Warwara Petrowna, es wird Ihnen nichts anderes übrigbleiben, als Ihre Darja Pawlowna nach diesen Gründen zu fragen. Meiner Ansicht nach ist Lisa gekränkt worden. Ich bin heilfroh, daß ich Ihnen endlich Ihren Liebling zurückbringen kann, und gebe sie hiermit wieder in Ihre Hände. Gott sei Dank, daß ich sie los bin!«

Diese giftigen Worte wurden in auffallend gereiztem Ton gesprochen. Man merkte deutlich, daß die »schlappe Person« sie sich schon vorher zurechtgelegt und sich im voraus auf ihre Wirkung gefreut hatte. Aber Warwara Petrowna war durch rätselhafte Andeutungen und sentimentale Effekthascherei nicht zu verblüffen. Ganz energisch verlangte sie ausführliche und zufriedenstellende Erklärungen. Praskowja Iwanowna wurde sofort kleinlaut, fing sogar noch an zu weinen und ließ sich zu den zärtlichsten Freundschaftsergüssen hinreißen. Diese reizbare, aber sentimentale Dame hatte ebenso wie Stepan Trofimowitsch das fortwährende Bedürfnis nach wahrer Freundschaft, und ihre Hauptklage über ihre Tochter Lisaweta Nikolajewna bestand gerade darin, daß ihre Tochter ihr keine Freundin sei.

Doch aus all ihren Erklärungen und Herzensergüssen trat nur das eine klar zutage, daß es tatsächlich zwischen Lisa und Nicolas zu einem Zerwürfnis gekommen war, welcher Art aber dieses Zerwürfnis sei, davon konnte sich Praskowja Iwanowna offenbar keine bestimmte Vorstellung machen. Die Beschuldigungen, die sie gegen Darja Pawlowna erhoben hatte, nahm sie zuletzt nicht nur zurück, sondern bat sogar noch ausdrücklich, ihren Worten keinerlei Bedeutung beizumessen, da sie das alles nur »in der Aufregung« gesagt habe. Kurz, die ganze Geschichte mußte einem nicht nur sehr unklar, sondern fast verdächtig vorkommen. Ihren Erzählungen nach hatte das »trotzige und spöttische« Wesen Lisas den ersten Anlaß zu diesem Zerwürfnis gegeben; der stolze Nikolaj Wsewolodowitsch sei zwar sehr in sie verliebt gewesen, habe aber ihren Spott nicht ertragen können und gleichfalls zu spotten angefangen.

»Bald darauf«, fuhr sie fort, »lernten wir einen jungen Mann kennen, ich glaubte, er ist ein Neffe Ihres ‚Professors', wenigstens trägt er den gleichen Familiennamen . . .«

»Sein Sohn, nicht sein Neffe«, verbesserte Warwara Petrowna.

Praskowja Iwanowna hatte sich auch früher schon den Familiennamen Stepan Trofimowitschs niemals merken können und ihn immer nur den »Professor« genannt.

»Nun, meinetwegen sein Sohn, um so besser, im Grunde ist mir das ja ganz gleich. Ein junger Mann wie jeder andere, sehr lebhaft und unbefangen, aber sonst finde ich nichts Besonderes an ihm. Na, und da hat sich Lisa nicht sehr nett gegen ihn benommen, hat den jungen Mann absichtlich in ihren Kreis gezogen, um Nikolaj Wsewolodowitsch eifersüchtig zu machen. Ich kann es ihr nicht einmal zu sehr übelnehmen: junge Mädchen machen das nun einmal so, es ist sogar manchmal allerliebst. Aber anstatt eifersüchtig zu werden, hat sich Nikolaj Wsewolodowitsch im Gegenteil mit diesem jungen Mann angefreundet, als ob er nichts merkte und es ihm gleichgültig wäre. Lisa war darüber empört. Dann reiste der junge Mann bald wieder ab (er mußte sehr eilig irgendwohin fahren), und Lisa fing an, bei jeder Gelegenheit über Nikolaj Wsewolodowitsch zu nörgeln. Sie hatte beobachtet, daß er sich zuweilen mit Dascha unterhielt, na, und das brachte sie vollends in Wut, so daß es auch für mich nicht mehr auszuhalten war, meine Liebe. Die Ärzte hatten mir jede Aufregung verboten, und dieser von ihnen in den Himmel gehobene See war mir so langweilig geworden, nur die Zähne begannen davon zu schmerzen, einen solchen Rheumatismus bekam ich. Es ist sogar irgendwo gedruckt, daß man vom Genfer See Zahnschmerzen bekommt, das ist eine Eigentümlichkeit von ihm. Da erhielt nun Nikolaj Wsewolodowitsch plötzlich einen Brief von der Gräfin und reiste sogleich von uns weg, in einem einzigen Tag war er reisefertig. Sie nahmen in aller Freundschaft voneinander Abschied, ja, Lisa war sogar recht heiter und unbesorgt, als wir ihn zur Bahn brachten, und lachte viel. Aber das war alles nur Verstellung. Als er dann weg war, wurde sie sehr nachdenklich, erwähnte ihn gar nicht mehr und erlaubte es auch mir nicht. Auch Ihnen, meine liebe Warwara Petrowna, möchte ich raten, vorläufig mit Lisa nicht über diese Angelegenheit zu sprechen, damit würden Sie der Sache nur schaden. Wenn Sie schweigen, wird sie von selbst davon zu sprechen anfangen, und dann werden Sie mehr erfahren. Meiner Meinung nach werden sich die beiden wieder zusammenfinden, wenn nur Nikolaj Wsewolodowitsch auch wirklich bald herkommt, wie er versprochen hat.«

»Ich werde ihm sofort schreiben. Wenn sich alles so zugetragen hat, war es nur ein ganz nichtiges Zerwürfnis. Alles Unsinn! Und Dascha kenne ich nur zu gut; Unsinn!«

»Ich muß gestehen, daß ich mich vorhin an Daschenjka versündigt habe. Ihre Gespräche waren immer nur die üblichen und wurden laut geführt. Aber das alles hat mich damals recht verstimmt, meine Liebe. Sogar Lisa begegnet ihr wieder, wie ich gesehen habe, mit der alten Freundlichkeit . . .«

Noch am selben Tag schrieb Warwara Petrowna an Nicolas und bat ihn, doch wenigstens vier Wochen früher zu kommen, als er in Aussicht gestellt hatte. Aber trotz allem blieb ihr etwas an der Sache noch unklar und unverständlich. Sie dachte den ganzen Abend und die ganze Nacht darüber nach. Die Auffassung »dieser Praskowja« kam ihr doch zu harmlos und sentimental vor.

Praskowja war ihr Leben lang, von der Pensionatszeit an, zu gefühlvoll, dachte sie, und Nicolas ist nicht der Mann, der vor dem Spott eines Mädchens davonläuft. Hier muß ein anderer Grund vorliegen, wenn es wirklich ein Zerwürfnis gegeben hat. Diesen jungen Offizier haben sie ja hierher mitgebracht und wie einen Verwandten im eignen Hause einquartiert. Was aber Darja anbetrifft, so war Praskowja gar zu schnell mit ihren Entschuldigungen bei der Hand, sicher hat sie etwas für sich behalten, das sie nicht sagen wollte . . .

Gegen Morgen war in Warwara Petrowna ein Plan gereift, wie sie wenigstens einem Zweifel mit einem Schlag ein

Ende machen könnte – ein Plan, der durch das Unerwartete bemerkenswert war. Wie es in ihrem Herzen aussah, als sie ihn gefaßt hatte, läßt sich schwer sagen, und ich möchte es auch nicht übernehmen, schon im voraus alle die Widersprüche, aus denen er bestand, zu erklären. Als Chronist beschränke ich mich darauf, die Ereignisse wahrheitsgetreu genauso zu schildern, wie sie sich zugetragen haben, und es ist nicht meine Schuld, wenn sie unglaubwürdig erscheinen. Doch ich muß noch einmal bezeugen, daß gegen Morgen nicht der geringste Verdacht gegen Dascha in Warwara Petrownas Herzen zurückgeblieben war, da ja ein solcher in Wirklichkeit überhaupt nicht in ihr aufgekeimt war, so sehr vertraute sie ihr. Und dann war es für sie auch ganz undenkbar, daß ihr Nicolas sich in ihre . . . »Darja« verlieben könnte.

Am Morgen, als Darja Pawlowna am Teetisch den Tee einschenkte, sah Warwara Petrowna sie lange und aufmerksam an und sagte sich vielleicht zum zwanzigstenmal seit dem gestrigen Tag voller Überzeugung: »Alles Unsinn!«

Sie stellte nur fest, daß Dascha eigentümlich müde aussah und noch stiller, noch apathischer war als früher. Nach dem Tee setzten sie sich beide nach ein für allemal angenommener Gewohnheit an eine Handarbeit. Warwara Petrowna ließ sich nun von Dascha einen vollständigen Bericht über ihre Eindrücke im Ausland abstatten, hauptsächlich über die Naturschönheiten, die Einwohner, Städte, Sitten und Bräuche, über Kunst und Industrie, kurz über alles, was sie zu beobachten Gelegenheit gehabt hatte. Aber mit keiner Silbe fragte sie nach Drosdows und ihrem Leben bei diesen. Dascha saß neben ihr am Nähtisch, half ihr beim Sticken und hatte wohl schon eine halbe Stunde lang mit ihrer gleichmäßigen, eintönigen, etwas matten Stimme erzählt.

»Darja«, unterbrach Warwara Petrowna sie plötzlich, »hast du nicht etwas Besonderes, was du mir mitteilen möchtest?«

»Nein, nichts«, erwiderte Dascha, nachdem sie ein klein wenig nachgedacht hatte, und sah Warwara Petrowna mit ihren hellen Augen an.

»Hast du nichts auf der Seele, auf dem Herzen, auf dem Gewissen?«

»Nein, nichts«, wiederholte Dascha leise, aber mit einer finsteren Bestimmtheit.

»Das wußte ich doch! Laß dir gesagt sein, Darja, daß ich

niemals an dir zweifeln werde. Sitz jetzt still und höre mich an. Nimm diesen Stuhl und setz dich mir gegenüber, damit ich dich voll ansehen kann. So. Nun höre zu. Willst du nicht heiraten?«

Darja antwortete mit einem langen, fragenden, übrigens nicht allzu erstaunten Blick.

»Warte, sei still! Erstens ist da allerdings ein Altersunterschied, und noch dazu ein sehr großer; aber du weißt doch selber am besten, was für ein Unsinn das ist. Du bist vernünftig und wirst in deinem Leben immer den richtigen Weg gehen. Übrigens ist er noch ein schöner Mann ... Kurz, ich meine Stepan Trofimowitsch, den du ja schon immer verehrt hast. Nun?«

Dascha schaute noch fragender drein, und diesmal war sie nicht nur erstaunt, sondern wurde auch merklich rot.

»Warte, sei still; übereile dich nicht! Du wirst zwar nach meinem Testament etwas Geld haben; sterbe ich aber, was soll dann aus dir werden, selbst wenn du Geld hast? Man wird dich betrügen, dir das Geld nehmen, nun, und dann bist du verloren. Heiratest du ihn aber, so bist du die Frau eines berühmten Mannes. Und nun sieh dir mal die Sache von der andern Seite an: sterbe ich jetzt, was soll da aus ihm werden, selbst wenn ich ihn durch mein Testament sicherstelle? Darum setze ich alle meine Hoffnungen auf dich. Warte, ich bin noch nicht am Ende. Er ist leichtsinnig, schlapp, rücksichtslos, egoistisch und hat unfeine Gewohnheiten, du mußt ihn aber trotzdem schätzen, erstens schon deshalb, weil es noch viel schlechtere Männer gibt. Ich will dich doch nicht einem Unwürdigen in die Hand geben, nur um dich loszuwerden, das denkst du doch nicht etwa von mir? Vor allem aber mußt du ihn deshalb schätzen, weil ich dich darum bitte«, brach sie plötzlich gereizt ab. »Hörst du? Warum widersetzt du dich?«

Dascha hörte immer noch schweigend zu.

»Halt, warte noch. Er ist ein altes Weib – aber um so besser für dich. Ein jämmerliches altes Weib sogar, er verdiente nicht, von einer Frau geliebt zu werden. Und doch verdient er Liebe wegen seiner Schutzlosigkeit, und du mußt ihn wegen seiner Schutzlosigkeit lieben. Du verstehst mich doch? Ja?«

Dascha nickte bejahend.

»Das wußte ich und hatte auch nichts anderes von dir erwartet. Er wird dich lieben, denn er muß, muß dich lieben, muß dich geradezu vergöttern!« kreischte Warwara Petrowna sonderbar gereizt auf. »Übrigens wird er sich, auch ohne daß es ihm zur Pflicht gemacht wird, in dich verlieben; ich kenne ihn doch. Zudem werde ich ja selber hier sein. Hab keine Angst, ich werde immer hier sein. Er wird sich über dich beklagen, dich verleumden, mit dem ersten besten über dich tuscheln, wird jammern, immer nur jammern; er wird dir von einem Zimmer ins andere Briefe schreiben, sogar zwei an einem Tag, wird aber doch ohne dich nicht leben können, und das ist die Hauptsache. Zwinge ihn, dir zu gehorchen; wenn du das nicht kannst, bist du dumm. Er wird sich aufhängen wollen, wird dir damit drohen – aber glaube ihm nicht, das ist alles nur Unsinn. Glaube nicht daran, habe aber trotzdem ein wachsames Auge auf ihn, denn es könnte passieren, daß er sich doch einmal aufhängt. Bei solchen Naturen kommt das vor; nicht aus Charakterstärke, sondern aus Schwäche hängen sie sich auf. Darum treibe ihn nie zum Äußersten, das ist der erste Grundsatz in der Ehe. Und denke daran, daß er ein Dichter ist. Höre, Darja, es gibt kein größeres Glück, als sich aufzuopfern. Außerdem tust du mir damit einen großen Gefallen, und das ist die Hauptsache. Denke nicht, daß ich das jetzt alles aus Dummheit zusammenschwatze, ich weiß sehr wohl, was ich sage. Ich bin egoistisch, sei du es auch! Und dann zwinge ich dich ja auch gar nicht. Alles hängt von deinem freien Entschluß ab. Was du sagst, wird geschehen. Nun, was sitzt du so da? Sag doch etwas!«

»Mir ist alles gleich, Warwara Petrowna, wenn ich schon unbedingt heiraten muß!« erwiderte Dascha mit fester Stimme.

»Unbedingt? Was willst du damit sagen?« Warwara Petrowna sah sie streng und unverwandt an.

Darja schwieg und stocherte mit der Nadel im Stickrahmen.

»Obwohl du klug bist, hast du nun doch etwas Dummes gesagt. Es stimmt zwar, daß ich dich unbedingt verheiraten möchte, aber doch nicht aus einer zwingenden Notwendigkeit heraus, sondern nur, weil es mir plötzlich eingefallen ist, und nur mit Stepan Trofimowitsch. Wenn Stepan Trofimowitsch nicht wäre, hätte ich gar nicht daran gedacht, dich jetzt zu verheiraten, obgleich du schon zwanzig Jahre alt bist . . . Nun, wie steht's?«

»Ich werde tun, was Sie wünschen, Warwara Petrowna.«

»Du bist also einverstanden! Halt, sei still! Wohin so eilig? Ich bin noch nicht zu Ende. In meinem Testament habe ich für dich fünfzehntausend Rubel ausgesetzt. Die gebe ich dir schon jetzt, nach der Trauung. Davon wirst du achttausend ihm geben, das heißt nicht ihm, sondern mir. Er hat eine Schuld von achttausend Rubeln, die werde ich davon bezahlen; aber er muß wissen, daß es mit deinem Geld geschieht. Siebentausend bleiben in deinen Händen, davon darfst du ihm aber nie auch nur einen Rubel geben. Bezahle nie seine Schulden. Wenn du einmal damit anfängst, kannst du dich später nicht mehr davor retten. Übrigens werde ich immer hier sein. Zu eurem Unterhalt werdet ihr zwölfhundert und mit Sonderzulage fünfzehnhundert Rubel im Jahr von mir bekommen, dazu noch Wohnung und Kost, wie er sie auch jetzt von mir hat. Nur die Bedienung müßt ihr euch selber halten. Das ganze Jahrgeld werde ich dir immer auf einmal auszahlen, unmittelbar in deine Hände. Aber sei auch gut zu ihm, gib ihm manchmal etwas und erlaube, daß seine Freunde einmal in der Woche zu ihm kommen, tun sie es aber öfter, so wirf sie hinaus! Doch ich werde ja selber hier sein. Wenn ich aber einmal sterbe, so bekommt ihr die Pension trotzdem bis zu seinem Tode, hörst du, nur bis zu *seinem* Tode, denn es ist seine Pension und nicht die deine. Dir aber vermache ich außer den siebentausend, die dir, wenn du es nicht dumm anfängst, voll erhalten bleiben werden, in meinem Testament noch weitere achttausend Rubel. Und mehr bekommst du nicht von mir – daß du das weißt. Nun, bist du einverstanden? Willst du nicht endlich etwas sagen?«

»Das habe ich ja schon, Warwara Petrowna.«

»Denke daran, daß es dein freier Entschluß ist. Wie du willst, so wird es geschehen.«

»Erlauben Sie, Warwara Petrowna, hat Stepan Trofimowitsch schon etwas zu Ihnen gesagt?«

»Nein, er hat nichts gesagt und weiß noch nichts, aber ... ich werde sogleich mit ihm sprechen.«

Sie sprang auf und legte ihren schwarzen Schal um. Dascha wurde wieder ein bißchen rot und beobachtete sie mit fragendem Blick. Plötzlich wandte sich Warwara Petrowna mit zornentflammtem Gesicht zu ihr um.

»Du Närrin!« fiel sie wie ein Habicht über sie her. »Du undankbare Närrin! Was fällt dir ein? Glaubst du wirklich, daß ich dich auch nur im geringsten bloßstellen werde? Auf den Knien wird er vor dir liegen, dich um deine Hand anflehen, sterben wird er fast vor Glück. So wird das gemacht!

Du weißt doch, daß ich dir kein Unrecht antun lassen werde. Oder glaubst du, daß er dich nur wegen dieser achttausend Rubel nehmen wird und ich jetzt hinlaufe, um dich ihm zu verkaufen? Närrin, Närrin, alle seid ihr undankbare Närrinnen! Gib mir meinen Schirm!«

Und sie eilte zu Fuß über die feuchten Ziegeltrottoirs und die Holzstege zu Stepan Trofimowitsch.

7

Es ist wahr, daß sie Darja hätte kein Unrecht antun lassen; vielmehr hielt sie sich jetzt erst recht für ihre Wohltäterin. Die edelste und lauterste Entrüstung flammte in ihrem Herzen auf, als sie beim Umlegen ihres Schales den verwirrten und mißtrauischen Blick ihrer Pflegetochter auffing. Sie liebte sie aufrichtig seit deren Kindheit. Praskowja Iwanowna hatte Darja Pawlowna mit Recht ihren Liebling genannt. Warwara Petrowna hatte schon seit langem ein für allemal festgestellt, daß »Darjas Charakter mit dem ihres Bruders (das heißt Iwan Schatows) keine Ähnlichkeit habe«, daß sie still und sanft und der größten Selbstaufopferung fähig sei, sich durch Treue, außerordentliche Bescheidenheit, einen seltenen Verstand und vor allem durch Dankbarkeit auszeichne. Bisher hatte Dascha anscheinend allen ihren Erwartungen entsprochen. »In ihrem Leben werden keine Fehler vorkommen«, sagte Warwara Petrowna, als das Mädchen zwölf Jahre alt war, und da sie die Eigenschaft besaß, sich für jedes Ziel, das sie fesselte, für jeden neuen Plan, jeden Gedanken, der ihr glücklich schien, eigensinnig und leidenschaftlich einzusetzen, beschloß sie sofort, Dascha wie eine leibliche Tochter zu erziehen. Sie legte unverzüglich für ihre Pflegetochter ein Kapital beiseite und nahm eine Gouvernante, Miß Criggs, ins Haus, die bis zum sechzehnten Lebensjahr ihres Zöglings bei ihnen blieb, dann aber plötzlich aus irgendeinem Grund entlassen wurde. Nun folgten Lehrer aus dem Gymnasium, darunter ein waschechter Franzose, der Dascha in seiner Muttersprache unterrichtete. Auch dieser wurde plötzlich entlassen, ja geradezu aus dem Hause gejagt. Eine arme, adlige Witwe von auswärts gab ihr Klavierstunden. Aber der Haupterzieher war doch Stepan Trofimowitsch. Er war in Wirklichkeit der erste, der Dascha »entdeckte«: er hatte das stille Kind schon unterrichtet, als Warwara Petrowna noch gar nicht an sie dachte. Ich wiederhole: es war erstaunlich, wie er Kinder an sich zu fesseln verstand. Auch Lisaweta Nikolajewna Tuschina war von ihrem achten bis elften Jahr von ihm unterrichtet worden (selbstverständlich hatte er das unentgeltlich getan und hätte unter keinen Umständen von Drosdows ein Honorar angenommen). Er hatte sich in das reizende Kind verliebt und erzählte ihr irgendwelche Poeme vom Aufbau des Weltalls und der Erde, von der Geschichte der Menschheit. Seine Vorträge über die primitiven Menschen und Völker waren interessanter als arabische Märchen. Lisa hörte wie gebannt zu, äffte aber zu Hause Stepan Trofimowitsch in höchst drolliger Weise nach. Er erfuhr davon und ertappte sie einmal unversehens dabei. Lisa war so verwirrt, daß sie sich ihm in die Arme warf und in Tränen ausbrach, auch Stepan Trofimowitsch fing an zu schluchzen, aber vor lauter Entzücken. Doch Lisa reiste bald ab, und Dascha blieb allein zurück. Als dann für Dascha noch andere Lehrer herangezogen wurden, beschäftigte sich Stepan Trofimowitsch immer weniger mit ihr und beachtete sie schließlich überhaupt nicht mehr. So ging das eine lange Zeit weiter. Eines Tages aber, als sie schon siebzehn Jahre alt wurde, setzte ihn plötzlich ihre Lieblichkeit in Erstaunen. Das geschah im Hause Warwara Petrownas, als sie bei Tische saßen. Er unterhielt sich mit dem jungen Mädchen, war sehr zufrieden mit ihren Antworten und schlug ihr schließlich vor, mit ihr die Geschichte der russischen Literatur durchzunehmen. Warwara Petrowna fand das sehr löblich, dankte ihm für diese vorzügliche Idee, und Dascha war in heller Begeisterung. Stepan Trofimowitsch bereitete sich für diese Stunden besonders vor, und endlich nahmen sie denn auch ihren Anfang. Er begann mit der ältesten Periode, die erste Stunde war sehr interessant; Warwara Petrowna wohnte ihr bei. Doch als Stepan Trofimowitsch am Schluß vor dem Hinausgehen ankündigte, daß er das nächstemal das Igorlied durchnehmen werde, stand Warwara Petrowna plötzlich auf und erklärte, daß weitere Stunden nicht stattfinden würden. Stepan Trofimowitsch empfand das wie einen Schlag ins Gesicht, schwieg aber, Dascha wurde über und über rot, und damit hatte die Sache ein Ende. Das hatte sich genau drei Jahre vor dem jetzigen unerwarteten Einfall Warwara Petrownas zugetragen.

Der arme Stepan Trofimowitsch saß allein zu Hause und

ahnte nichts. In trübseliges Nachdenken versunken, hatte er schon lange zum Fenster hinausgeschaut, ob denn nicht einer von seinen Bekannten käme. Aber es wollte sich keiner zeigen. Draußen war es feucht und fing schon an kalt zu werden; bald würde man den Ofen anheizen müssen. Stepan Trofimowitsch seufzte. Da tauchte plötzlich eine erschreckende Erscheinung vor seinen Blicken auf: Warwara Petrowna kam bei einem solchen Wetter und zu einer so ungewöhnlichen Stunde zu ihm! Und zu Fuß! Er war so verblüfft, daß er sogar vergaß, sich umzuziehen, und sie so, wie er eben war, empfing: in seiner ewigen wattierten rosa Hausjacke.

»Ma bonne amie! . . .« rief er ihr matt entgegen.

»Sie sind allein? Das freut mich. Ich kann Ihre Freunde nicht ausstehen. Wie Sie wieder das Zimmer vollgeraucht haben! O Gott, ist das eine Luft hier! Ihren Tee haben Sie auch noch nicht getrunken, und dabei ist es bald zwölf Uhr! Aber über solche Unordnung sind Sie ja selig, in solch einem Kehrichthaufen fühlen Sie sich ja wohl! Was sind denn das für Papierfetzen da auf dem Fußboden? Nastasja, Nastasja! Wo steckt denn nur Ihre Nastasja? Mach mal hier die Fenster auf, meine Liebe, und die Türen, alles sperrangelweit! Wir gehen inzwischen in den Salon. Ich habe mit Ihnen zu reden, Stepan Trofimowitsch. Fege doch wenigstens einmal im Leben aus, Nastasja!«

»Er wirft ja immer wieder alles auf den Fußboden«, beklagte sich Nastasja gereizt.

»Dann mußt du es eben immer wieder zusammenkehren, und sei es fünfzehnmal am Tage! Einen elenden Salon haben Sie«, sagte sie, als sie in den Salon eingetreten waren. »Machen Sie die Tür fest zu, sie wird horchen. Sie müssen diesen Salon unbedingt anders tapezieren lassen. Ich habe Ihnen doch den Tapezierer mit Mustern hergeschickt, warum haben Sie keines davon ausgewählt? Setzen Sie sich und hören Sie zu. So setzen Sie sich doch endlich, ich bitte Sie! Wohin wollen Sie? Wohin? Wohin!«

»Ich . . . komme sofort«, rief Stepan Trofimowitsch aus dem Zimmer nebenan. »Da bin ich schon wieder!«

»Ah, Sie haben den Rock gewechselt!« Sie musterte ihn spöttisch. (Er hatte seinen Gehrock über die Hausjacke gezogen.) »Das paßt auch tatsächlich besser . . . zu unserer Unterredung. Aber nun setzen Sie sich endlich, ich bitte Sie!«

Sie erklärte ihm sofort alles gründlich und überzeugend.

Auch auf die achttausend Rubel spielte sie an, die er doch so dringend brauchte. Dann sprach sie ausführlich von der Mitgift. Stepan Trofimowitsch riß die Augen weit auf und zitterte. Er hörte wohl alles, konnte es aber nicht recht fassen. Er wollte etwas entgegnen, doch die Stimme versagte ihm. Er wußte nur, daß alles so geschehen werde, wie sie sagte, daß es ein nutzloses Unterfangen war, Einwände zu machen und, und er nun unwiderruflich ein verheirateter Mann war.

»Mais, ma bonne amie, zum drittenmal, in meinem Alter ... und mit einem solchen Kinde!« sagte er endlich. »Mais c'est une enfant!«

»Ein Kind, das gottlob zwanzig Jahre alt ist! Verdrehen Sie bloß bitte nicht so die Augen, Sie sind hier nicht auf der Bühne. Sie sind ein kluger und gelehrter Mann, vom praktischen Leben aber verstehen Sie nichts, Sie müssen noch beständig am Gängelbande geführt werden. Wenn ich nun sterbe, was soll dann aus Ihnen werden? Dascha aber wird Sie hegen und pflegen, sie ist ein bescheidenes, charakterfestes und verständiges Mädchen, zudem werde ich selbst hier sein, ich sterbe doch nicht gleich. Sie ist sehr häuslich, ist ein wahrer Engel an Sanftmut. Dieser glückliche Gedanke ist mir zuweilen schon in der Schweiz gekommen. Sehen Sie denn nicht ein, was es heißt, wenn ich selber Ihnen sage, daß sie ein Engel an Sanftmut ist?« rief sie plötzlich wütend. »Sie stekken bis über die Ohren im Schmutz, sie wird Ihnen Sauberkeit und Ordnung schaffen, alles wird spiegelblank sein ... Oder bilden Sie sich etwa ein, daß ich Sie noch darum bitten soll, ein solches Kleinod zu freien, und Ihnen auch noch alle Vorteile aufzählen muß? Auf den Knien sollten Sie ... Oh, Sie hohler, kleinmütiger Mensch!«

»Aber ... ich bin doch schon ein alter Mann!«

»Was haben denn Ihre dreiundfünfzig Jahre zu besagen! Fünfzig Jahre sind nicht das Ende, sondern erst die Mitte des Lebens. Sie sind ein schöner Mann und wissen das selbst. Sie wissen auch, wie sehr sie Sie verehrt. Was soll denn aus ihr werden, wenn ich einmal nicht mehr bin? Wenn Sie sie aber heiraten, kann sie ruhig in die Zukunft schauen, und auch ich werde beruhigt sein! Sie sind angesehen, haben einen Namen, ein liebevolles Herz; Sie erhalten eine Pension, die zu zahlen ich für meine Pflicht halte. Sie werden sie vielleicht ja retten, ja, retten! Jedenfalls werden Sie ihr eine Ehre erweisen. Sie werden sie für das Leben bilden, ihre Seele zur Entfaltung bringen, ihren Gedanken eine Richtung geben. Wie viele gehen nicht heutzutage zugrunde, weil ihre Gedanken eine falsche Richtung eingeschlagen haben! Mittlerweile wird auch Ihr Werk reifen, und Sie werden sich mit einmal in Erinnerung bringen.«

»Allerdings«, stammelte er, angenehm berührt durch Warwara Petrownas geschickte Schmeicheleien, »allerdings wollte ich mich jetzt an meine ‚Skizzen aus der spanischen Geschichte' machen . . .«

»Na, sehen Sie wohl, wie sich das trifft!«

»Aber . . . sie? Haben Sie es ihr schon gesagt?«

»Ihretwegen brauchen Sie sich keine Sorge zu machen, und seien Sie nicht so neugierig! Natürlich müssen Sie selber um ihre Hand anhalten, sie bitten, Ihnen die Ehre zu erweisen, das sehen Sie doch wohl ein? Aber seien Sie unbesorgt, ich werde selber zugegen sein. Zudem lieben Sie sie doch.«

Unserm Stepan Trofimowitsch wurde ganz schwindlig, die Wände drehten sich um ihn. Da war noch ein anderer schrecklicher Gedanke, mit dem er durchaus nicht fertig werden konnte.

»Excellente amie!« fing er an, und seine Stimme zitterte plötzlich, »ich . . . ich hätte nie für möglich gehalten, daß Sie sich entschließen könnten, mich mit . . . einer anderen . . . Frau zu verheiraten!«

»Sie sind kein Mädchen, Stepan Trofimowitsch; nur Mädchen werden verheiratet, Sie aber heiraten selber«, zischte Warwara Petrowna giftig.

»Oui, j'ai pris un mot pour un autre . . . Mais . . . c'est égal«, entgegnete er und starrte sie fassungslos an.

»Das sehe ich, daß Ihnen das egal ist«, murmelte sie verächtlich. »Großer Gott, jetzt wird er auch noch ohnmächtig! Nastasja, Nastasja! Wasser!«

Aber es war kein Wasser notwendig. Er kam von selbst wieder zu sich. Warwara Petrowna griff nach ihrem Schirm.

»Ich sehe, daß man mit Ihnen jetzt nicht reden kann . . .«

»Oui, oui, je suis incapable.«

»Aber bis morgen werden Sie sich erholt und über die Sache nachgedacht haben. Bleiben Sie zu Hause, und wenn etwas vorfallen sollte, so lassen Sie es mich wissen, sei es auch in der Nacht. Morgen um dieselbe Zeit werde ich wiederkommen, allein, um mir Ihre endgültige Antwort zu holen, und ich hoffe, daß sie befriedigend sein wird. Sorgen Sie dafür, daß niemand hier ist und nicht soviel Schmutz herumliegt, denn wie sieht es hier wieder aus! Nastasja, Nastasja!«

Natürlich war er am nächsten Tag einverstanden, er konnte ja nicht anders. Es lag dafür ein besonderer Grund vor ...

8

Das sogenannte Gut Stepan Trofimowitschs (es zählte nach alter Rechnung fünfzig Seelen und grenzte an Skworeschniki), war gar nicht sein Eigentum, sondern gehörte früher seiner ersten Frau und demnach jetzt seinem Sohn Pjotr Stepanowitsch Werchowenskij. Stepan Trofimowitsch hatte dieses Gut zuerst nur als Vormund und dann, als der Nestling flügge geworden war, auf Grund einer von diesem ausgestellten formellen Vollmacht verwaltet. Die getroffene Vereinbarung war für den jungen Mann vorteilhaft: er erhielt vom Vater jährlich tausend Rubel als Einnahme vom Gut, während es nach der Reform kaum fünfhundert, ja vielleicht noch weniger einbrachte. Weiß der liebe Himmel, wie eine solche Abmachung hatte zustande kommen können. Übrigens schickte stets Warwara Petrowna diese tausend Rubel, und Stepan Trofimowitsch hatte noch niemals auch nur einen Rubel dazu beigesteuert. Im Gegenteil, er steckte alle Einkünfte von diesem Gut immer in seine Tasche und wirtschaftete es außerdem ganz herunter, indem er es an einen Händler verpachtete und ohne Wissen Warwara Petrownas den Wald, das Wertvollste vom ganzen Gut, zum Abholzen verkaufte. Und zwar hatte er dieses Wäldchen schon vor längerer Zeit nach und nach verkauft. Es war im ganzen mindestens achttausend Rubel wert gewesen, aber er hatte nur fünftausend dafür bekommen. Doch er verlor manchmal so viel im Klub, daß er sich scheute, Warwara Petrowna um das Geld zu bitten. Sie knirschte mit den Zähnen, als sie zu guter Letzt alles erfuhr. Und nun teilte ihm plötzlich sein Sohn mit, daß er kommen werde, um das Gut um jeden Preis zu verkaufen, und beauftragte den Vater, sich unverzüglich nach einem Käufer umzutun. Es war klar, daß Stepan Trofimowitsch sich bei seiner edlen und selbstlosen Veranlagung nun vor ce cher enfant schämte (das er zum letztenmal vor ganzen neun Jahren in Petersburg als Student gesehen hatte). Ursprünglich war das ganze Gut wohl dreizehn- oder vierzehntausend Rubel wert gewesen, jetzt aber hätte wohl kaum jemand auch nur fünftausend dafür gegeben. Nach dem Wortlaut der formellen Vollmacht hatte Stepan Trofimowitsch zweifellos das Recht gehabt, den Wald zu verkaufen, und wenn er die tausend Rubel, die er pünktlich jedes Jahr geschickt hatte und die doch durchaus nicht aus dem Gute herauszuwirtschaften gewesen waren, in Anrechnung gebracht hätte, so wäre er bei der Abrechnung vollständig gedeckt gewesen. Aber Stepan Trofimowitsch war nun einmal ein nobler Mensch mit einer Neigung zum Großzügigen. Vor seinem geistigen Auge tauchte ein wunderschönes Bild auf: wenn sein Petruscha kam, wollte er ihm plötzlich den ursprünglichen Höchstwert des Gutes, also volle fünfzehntausend Rubel, edelmütig auf den Tisch legen, ohne auch nur im entferntesten auf die bisher gesandten Summen anzuspielen, wollte ce cher fils unter Tränen fest an seine Brust drücken und damit alle Abrechnungen aus der Welt schaffen. Vorsichtig und ganz von ferne hatte er dieses Bild vor Warwara Petrowna zu entrollen versucht. Er deutete an, daß dies ihre Freundschaft und den ihr zugrunde liegenden »Geist« in ein besonderes, edles Licht rücken werde und daß dadurch die Väter von früher und überhaupt die ganze frühere Generation im Vergleich zu der flatterhaften und sozialistisch gesinnten modernen Jugend selbstlos und hochherzig erscheinen müßten. Er redete noch viel, Warwara Petrowna aber sagte kein Wort dazu. Endlich erklärte sie ihm trocken, sie sei bereit, das Gut für den Höchstpreis zu kaufen, das heißt für sechs- bis siebentausend Rubel, obwohl es eigentlich nur noch viertausend wert sei. Von den übrigen achttausend, um die das Gut durch den Verkauf des Waldes entwertet worden war, sagte sie kein Wort.

Das war ungefähr vier Wochen vor der Brautwerbung gewesen. Stepan Trofimowitsch war bestürzt und überlegte hin und her. Früher war wenigstens noch die Hoffnung vorhanden gewesen, daß der Sohn überhaupt nicht kommen werde, das heißt Hoffnung vom Standpunkt eines Unbeteiligten, nach Meinung eines Dritten. Stepan Trofimowitsch aber hätte als Vater den bloßen Gedanken an solch eine Hoffnung von sich gewiesen. Wie dem auch sein mochte, jedenfalls waren uns über diesen Sohn bisher immer nur recht seltsame Gerüchte zu Ohren gekommen. Nachdem er vor etwa sechs Jahren sein Studium an der Universität beendet hatte, soll er sich anfänglich ohne jede Beschäftigung in Petersburg herumgetrieben haben. Plötzlich erhielten wir die Nachricht, daß er sich an der Abfassung einer geheimen Proklamation beteiligt habe und gerichtlich belangt worden sei; dann, daß er auf einmal im Ausland aufgetaucht sei, in der Schweiz, in Genf – also war er am Ende gar geflüchtet.

»Das nimmt mich wunder«, äußerte sich damals Stepan Trofimowitsch uns gegenüber, sehr beunruhigt. »Petruscha c'est une si pauvre tête! Er ist gutmütig, edel und sehr empfindsam; ich habe mich damals in Petersburg über ihn gefreut, wenn ich ihn mit den anderen jungen Leuten von heute verglich, aber c'est un pauvre sire tout de même ... Und das alles, wissen Sie, kommt nur daher, weil diese jungen Leute alle unreif und viel zu sentimental sind. Sie fesselt nicht die praktische, sondern die gefühlsmäßige, ideale Seite des Sozialismus, sozusagen seine religiöse Färbung, seine Poesie, von der sie sich natürlich nur nach fremden Reden ein Urteil gebildet haben. Und das muß mir, ausgerechnet mir widerfahren! Ich habe ohnehin schon hier so viele Feinde und *dort* noch mehr. Nun wird man alles dem Einfluß des Vaters zuschreiben ... O Gott! Mein Petruscha ein Aufrührer! In was für Zeiten leben wir doch!«

Petruscha schickte übrigens recht bald aus der Schweiz seine genaue Adresse, damit ihm das Geld wie gewöhnlich zugesandt werde: also war er doch kein richtiger Emigrant. Und nachdem er sich ungefähr vier Jahre im Ausland aufgehalten hatte, war er nun plötzlich wieder in seinem Vaterland und kündigte seine baldige Ankunft bei uns an: also hatte man ihm nichts zur Last gelegt. Vielmehr schien sogar jemand an ihm Anteil zu nehmen und ihn zu protegieren. Er schrieb jetzt aus Südrußland, wo er einen privaten, aber wichtigen Auftrag zu erledigen hatte, der ihn sehr in Anspruch nahm. Das war ja alles recht erfreulich, doch woher sollte man die noch fehlenden sieben- oder achttausend Rubel nehmen, um den angemessenen Höchstpreis für das Gut zusammenzubringen? Wie, wenn Petruscha nun ein Geschrei erhöbe und es nicht zu jenem erhabenen Bild, sondern zu einem Prozeß käme?

Eine unbestimmte Ahnung sagte Stepan Trofimowitsch, daß der empfindsame Petruscha keinesfalls auf seine Ansprüche verzichten werde. »Wie kommt das nur«, flüsterte er mir einmal zu, »wie kommt das nur, daß alle diese fanatischen Sozialisten und Kommunisten gleichzeitig so unglaublich geizig, habgierig und eigennützig sind, und zwar um so mehr, je überzeugter sie von ihren sozialistischen Ideen sind ... wie kommt das nur? Hängt das vielleicht auch mit ihrer sentimentalen Veranlagung zusammen?« Ich weiß nicht, ob an dieser Behauptung Stepan Trofimowitschs etwas Wahres ist; ich weiß nur, daß Petruscha über den Verkauf des Waldes und noch über andere Dinge ziemlich genau unterrichtet war und daß Stepan Trofimowitsch dies wußte. Die Briefe Petruschas an seinen Vater bekam ich manchmal zu lesen. Er schrieb äußerst selten, einmal im Jahr oder noch seltener. Nur in der letzten Zeit hatte er kurz hintereinander zwei Briefe geschrieben, um seine baldige Ankunft anzukündigen. Alle seine Briefe waren kurz und trocken, sie bestanden nur aus Anordnungen, und da Vater und Sohn sich noch von Petersburg her nach moderner Art duzten, so hatten Petruschas Briefe entschieden Ähnlichkeit mit jenen altertümlichen Verordnungen, welche die Gutsbesitzer früherer Zeiten aus der Hauptstadt an ihre Gutsverwalter schickten. Und nun kamen diese achttausend Rubel, die alle Schwierigkeiten aus der Welt schafften, durch den Vorschlag Warwara Petrownas auf einmal vom Himmel geflogen, und dabei hatte sie noch deutlich zu verstehen gegeben, daß sie sonst nirgendwoher mehr kommen könnten. Selbstverständlich erklärte sich Stepan Trofimowitsch einverstanden.

Nachdem sie weggegangen war, ließ er mich sofort holen; für alle andern wollte er den ganzen Tag über nicht zu sprechen sein. Natürlich weinte er ein wenig, machte viele und schöne Worte, verlor oft und ganz gehörig den Faden, erlaubte sich gelegentlich ein kleines Wortspiel, worüber er jedesmal recht zufrieden war, dann folgte eine leichte Cholerine – kurz, alles verlief programmgemäß. Endlich zog er das Bild seiner schon vor zwanzig Jahren dahingeschiedenen deutschen Frau hervor und fing an kläglich zu wimmern: »Kannst du mir verzeihen?« Überhaupt schien er völlig den Kopf verloren zu haben. Vor lauter Kummer tranken wir auch ein bißchen, worauf er sehr schnell und süß einschlummerte. Am nächsten Morgen schlang er seine Halsbinde zu einem künstlerischen Knoten, zog sich sehr sorgfältig an und betrachtete sich immer wieder im Spiegel. Sein Taschentuch bespritzte er mit Parfüm, jedoch nur ganz wenig, kaum aber erblickte er vom Fenster aus Warwara Petrowna, nahm er schnell ein anderes und steckte das parfümierte unter sein Kissen.

»Nun, das ist schön!« lobte ihn Warwara Petrowna, als sie seine Zusage vernommen hatte. »Erstens haben Sie eine edle Entschlossenheit an den Tag gelegt und zweitens der Stimme der Vernunft Gehör geschenkt, was Sie bei Ihren Privatangelegenheiten sonst so selten tun. Übrigens ist die Sache durchaus nicht eilig«, fügte sie hinzu und betrachtete den Knoten seiner weißen Halsbinde, »bewahren Sie vorläufig noch Stillschweigen, auch ich werde nicht davon reden. Bald ist ja Ihr Geburtstag, da werde ich mit ihr zusammen zu Ihnen kommen. Arrangieren Sie eine kleine Abendgesellschaft, aber bitte nur Tee, keine Spirituosen und keinen kalten Imbiß. Übrigens werde ich das lieber alles selbst in die Hand nehmen. Laden Sie auch Ihre Freunde ein – doch wollen wir da erst zusammen eine Auswahl treffen. Am Vorabend können Sie mit ihr sprechen, wenn das nötig sein sollte, und auf Ihrer Abendgesellschaft werden wir nicht etwa Verlobung feiern, sondern sie nur ohne jede Feierlichkeit andeuten. Vierzehn Tage später kann dann die Hochzeit stattfinden, wenn möglich auch in aller Stille ... Gleich nach der Hochzeit könnten Sie zusammen auf einige Zeit verreisen, nach Moskau zum Beispiel. Vielleicht werde ich sogar mitfahren ... Vor allem aber müssen Sie bis dahin schweigen.«

Stepan Trofimowitsch war erstaunt. Er wollte einwenden, das ginge doch nicht, er müsse doch erst mit der Braut sprechen, aber Warwara Petrowna fiel ihm gereizt ins Wort.

»Wozu denn? Erstens, es wird vielleicht noch gar nichts daraus ...«

»Warum soll denn nichts daraus werden?« stammelte der Bräutigam, schon ganz betäubt.

»Nun, ich werde noch einmal sehen ... Übrigens wird schon alles so geschehen, wie ich gesagt habe, machen Sie sich keine Sorge, ich werde Darja selbst vorbereiten. Sie brauchen sich gar nicht darum zu kümmern. Alles Nötige wird gesagt und erledigt werden, ohne daß Sie etwas dabei zu tun haben. Wozu auch? Was für eine Rolle würden Sie da spielen? Gehen Sie ja selber hin, und schreiben Sie auch keine Briefe! Und keine Silbe, kein Sterbenswörtchen verlauten lassen, ich bitte Sie! Ich werde ebenfalls schweigen.«

Sie wollte sich ganz entschieden nicht näher erklären und ging sichtlich verstimmt weg. Anscheinend war sie von der übermäßigen Bereitwilligkeit Stepan Trofimowitschs überrascht. Leider hatte er nun einmal für seine Lage entschieden kein Verständnis und die ganze Angelegenheit immer nur von dem einen Gesichtspunkt aus angesehen. Im Gegenteil, es war irgendein neuer, fast leichtsinniger und siegreicher Ton zu hören. Er hatte Mut bekommen.

»Das ist gut«, rief er aus, blieb vor mir stehen und fuchtelte mit den Armen in der Luft herum. »Haben Sie es gehört? Sie wird es noch so weit treiben, daß zu guter Letzt ich nicht mehr will. Ich kann doch auch einmal die Geduld verlieren und ... nein sagen! ‚Bleiben Sie zu Hause und gehen Sie nicht hin zu ihr!' Und warum soll ich denn schließlich überhaupt heiraten? Bloß weil sie auf diesen lächerlichen Einfall gekommen ist? Aber ich bin doch ein ernsthafter Mensch und kann mich doch nicht den müßigen Launen eines verdrehten Frauenzimmers unterordnen! Ich habe Pflichten gegen meinen Sohn und – gegen mich selbst. Ich bringe ein Opfer – begreift sie das aber auch? Vielleicht habe ich nur deshalb meine Einwilligung gegeben, weil ich das Leben satt habe und mir alles gleichgültig geworden ist. Aber sie könnte mich reizen, und dann wird mir das alles nicht mehr gleichgültig sein, dann werde ich mich beleidigt fühlen und mich weigern. Et enfin le ridicule ... Was werden sie im Klub sagen? Was wird ... Liputin sagen? ‚Vielleicht wird noch gar nichts daraus ...' So etwas! Das ist doch die Höhe! Das ist ja schon ... Ja, was soll denn das eigentlich bedeuten? Je suis un forçat, un Badinguet, un ... an die Wand gedrückter Mensch! ...«

Gleichzeitig schaute aber doch aus all diesem Klagen und Jammern eine gewisse launische Selbstgefälligkeit, eine gewisse leichtsinnige Koketterie hervor. An diesem Abend tranken wir wieder.

Drittes Kapitel

Fremde Sünden

1

Ungefähr eine Woche verging, und die Sache fing an, sich in die Länge zu ziehen. Nebenbei bemerkt, ich hatte in dieser Unglückswoche viel auszustehen, da ich in meiner Eigenschaft als nächster Vertrauter beständig um meinen armen verlobten Freund sein mußte. Was ihn am meisten bedrückte, war ein gewisses Gefühl der Scham, obgleich wir fast die ganze Woche immer nur allein saßen und niemanden sahen. Aber er schämte sich sogar vor mir, und zwar so sehr, daß er, je rückhaltloser er sich gegen mich aussprach, um so ärgerlicher auf mich wurde. Bei seinem argwöhnischen Wesen hegte er den Verdacht, daß alles nun schon allen, schon der ganzen Stadt bekannt sei, und scheute sich nicht nur, im Klub, sondern sogar in unserem Kreis zu erscheinen. Sogar die Spaziergänge, um der notwendigen Bewegung willen, verlegte er in die späte Dämmerstunde, wenn es anfing, schon ganz dunkel zu werden.

Eine Woche verging, und immer wußte er noch nicht, ob er nun eigentlich Bräutigam war oder nicht, und konnte das auch auf keine Weise mit Bestimmtheit in Erfahrung bringen, wiewohl er sich die größte Mühe gab. Mit der Braut war er noch nicht ein einziges Mal zusammengekommen, ja er wußte nicht einmal, ob sie nun auch wirklich seine Braut war und ob der ganzen Sache überhaupt etwas Ernsthaftes zugrunde lag. Aus irgendeinem Grunde wollte Warwara Petrowna ihn durchaus nicht bei sich empfangen. Auf einen seiner ersten Briefe (und er hatte schon viele an sie geschrieben) hatte sie ihn als Antwort geradeheraus gebeten, sie eine Zeitlang mit Anliegen jeder Art zu verschonen, da sie sehr beschäftigt sei; sie habe ihm viele sehr wichtige Dinge mitzuteilen, warte aber damit absichtlich auf einen Augenblick, wo sie weniger in Anspruch genommen sein würde als jetzt, und werde es ihn schon wissen lassen, wann er wieder zu ihr kommen könne. Weitere Briefe werde sie ihm ungeöffnet zurückschicken, denn das sei doch nur »Kinderei«. Diesen Brief habe ich selbst gelesen; er zeigte ihn mir.

Und doch war diese rauhe Behandlung und die stete Ungewißheit noch nichts im Vergleich mit seiner Hauptsorge. Diese Sorge quälte ihn ungeheuer und ohne Unterlaß, so daß er ganz mager und melancholisch davon wurde. Ihn bedrückte etwas, dessen er sich am meisten schämte und worüber er nicht einmal mit mir sprechen wollte; im Gegenteil: er schwindelte sich immer um diese Sache herum und machte Ausflüchte wie ein kleiner Junge. Dabei schickte er aber doch täglich nach mir und konnte es keine zwei Stunden ohne mich aushalten: ich war für ihn Lebensbedürfnis geworden wie das Wasser und die Luft.

Dieses Verhalten verletzte etwas meine Eigenliebe ... Es versteht sich von selbst, daß ich sein wichtigstes Geheimnis schon lange im stillen erraten und alles durchschaut hatte. Nach meiner damaligen festen Überzeugung hätte die Enthüllung dieses Geheimnisses, dieser Hauptsorge Stepan Trofimowitschs, ihm keine Ehre gemacht, und als noch junger Mensch war ich einigermaßen entrüstet über die Grobheit seiner Gefühle und über die Unschönheit einiger seiner Vermutungen. Vielleicht war ich zu hitzig und beschuldigte ihn zu sehr, aber ich muß gestehen, daß mir die Rolle eines Vertrauten allmählich zu langweilig wurde. In meiner Grausamkeit zwang ich ihn, mir alles zu bekennen, obgleich ich selber zugeben mußte, daß es nicht leicht für ihn war, manches vor mir auszusprechen. Er durchschaute mich ebenfalls, das heißt, er sah ganz deutlich, daß ich ihn durchschaute und mich sogar über ihn ärgerte, und ärgerte sich nun wiederum selber über mich, weil ich mich über ihn ärgerte und ihn durchschaute. Vielleicht war es kleinlich und dumm von mir, daß ich so gereizt war, aber manchmal schadet es sogar einer wahren Freundschaft außerordentlich, wenn man immer nur miteinander allein ist. Andere Seiten seiner Lage wußte er wiederum von einem gewissen Gesichtspunkt aus sehr richtig zu erfassen und sie in allen den Punkten, wo er etwas zu verbergen nicht für nötig fand, sehr fein und präzis zu erklären.

»Oh, wie war sie doch früher!« sagte er manchmal zu mir von Warwara Petrowna. »Wie war sie früher immer, wenn ich mich mit ihr unterhielt ... Wissen Sie, daß sie damals noch zu plaudern verstand? Können Sie sich vorstellen, daß sie damals noch Gedanken, eigne Gedanken hatte? Jetzt ist alles ganz anders. Sie behauptet, das alles sei nur altmodisches Geschwätz! Sie sieht verächtlich auf alles Frühere herab... Jetzt kommt sie mir immer vor wie irgend so ein kleiner Angestellter oder Hausverwalter oder sonst ein verbitterter Mensch, und immer ärgert sie sich ...«

»Warum sollte sie sich denn jetzt ärgern, nachdem Sie doch ihren Wunsch erfüllt haben?« warf ich ein.

Er sah mich verschmitzt an.

»Cher ami, wäre ich nicht einverstanden gewesen, so hätte sie sich entsetzlich, ganz ent–setz–lich geärgert! Aber immerhin nicht so wie jetzt, wo ich eingewilligt habe.«

Mit diesem Ausspruch war er recht zufrieden, und wir leerten an diesem Abend abermals ein Fläschchen. Aber das war nur eine Augenblickserscheinung, am nächsten Tag war er unleidlicher und verdrossener denn je.

Vor allem aber ärgerte ich mich über ihn deshalb, weil er sich nicht entschließen konnte, den nunmehr angekommenen Drosdows den unumgänglichen Besuch zu machen, um die Bekanntschaft mit ihnen aufzufrischen, was sie, wie ich gehört hatte, selber sehr wünschten, da sie sich schon nach ihm erkundigt hatten, und wonach er selbst sich täglich sehnte. Von Lisaweta Nikolajewna sprach er mit einer unverständlichen Begeisterung. Zweifellos dachte er dabei nur an das Kind, das er seinerzeit so sehr geliebt hatte; aber außerdem bildete er sich aus unerfindlichem Grunde ein, daß ihre Gegenwart ihm in all seinen jetzigen Qualen Erleichterung und sogar eine Lösung seiner wichtigsten Bedenken bringen werde. Er glaubte, in Lisaweta Nikolajewna einem ganz außergewöhnlichen Wesen zu begegnen. Und doch ging er nicht zu ihr hin, obgleich er sich das jeden Tag vornahm. Die Hauptsache aber war: ich brannte damals selber darauf, ihr vorgestellt und empfohlen zu werden, und ich konnte dabei einzig und allein auf Stepan Trofimowitsch rechnen. Die häufigen Begegnungen mit ihr – selbstverständlich nur auf der Straße – hatten damals einen außerordentlichen Eindruck auf mich gemacht: sie pflegte in Begleitung ihres sogenannten Verwandten, eines hübschen Offiziers und Neffen des verstorbenen Generals Drosdow, auf einem prachtvollen Pferd spazierenzureiten. Meine Schwärmerei dauerte nur kurze Zeit, und schon sehr bald sah ich ihre ganze Aussichtslosigkeit ein, doch wenn sie auch nur kurze Zeit anhielt, so war sie doch immerhin vorhanden, und daher kann man sich eine

Vorstellung machen, wie ich mich manchmal über meinen armen Freund wegen seiner hartnäckigen Weltflucht ärgerte.

Alle unsere Freunde waren von Anfang an offiziell davon in Kenntnis gesetzt worden, daß Stepan Trofimowitsch eine Zeitlang niemanden empfange und bäte, ihn vollständig in Ruhe zu lassen. Er bestand auf dieser Benachrichtigung, obgleich ich davon abriet. Seiner Bitte gemäß ging ich selber damals zu allen hin und redete allen vor, Warwara Petrowna habe unsern »Alten« (so nannten wir Stepan Trofimowitsch unter uns) mit einer Sonderarbeit beauftragt, er müsse einen mehrjährigen Briefwechsel in Ordnung bringen, habe sich deshalb eingeschlossen und ich ginge ihm dabei an die Hand, und so weiter, und so weiter. Nur zu Liputin war ich noch nicht gegangen und hatte es immer wieder hinausgeschoben, oder richtiger gesagt, ich hatte einfach Angst, zu ihm zu gehen. Ich wußte im voraus, daß er mir kein Wort von alledem glauben, sondern irgendein Geheimnis dahinter vermuten werde, das man nur vor ihm allein verbergen wolle, und daß er, sobald ich ihm nur den Rücken gewandt hätte, sogleich in der ganzen Stadt herumlaufen, Erkundigungen einziehen und Klatschereien anfangen würde. Während ich mir dies alles gerade vorstellte, wollte es der Zufall, daß ich plötzlich auf der Straße mit ihm zusammenstieß. Es stellte sich heraus, daß er schon alles durch unsere Freunde erfahren hatte, die kurz vorher von mir benachrichtigt worden waren. Merkwürdigerweise war er aber weder neugierig noch fragte er überhaupt nach Stepan Trofimowitsch, sondern ganz im Gegenteil, er unterbrach mich sogar, als ich anfing mich zu entschuldigen, daß ich noch nicht eher zu ihm gekommen sei, und sprang augenblicklich auf ein anderes Thema über. Allerdings hatte sich bei ihm auch vieles angesammelt, was er durchaus erzählen mußte, er befand sich in einer außerordentlich angeregten Stimmung und freute sich, in mir einen Zuhörer gefunden zu haben. Er fing an über den neuesten Stadtklatsch zu sprechen, über die Ankunft der Gattin des Gouverneurs, die »neuen Gesprächsstoff« mitgebracht habe, gegen den man sich im Klub bereits auflehne, über das große Geschrei, das man jetzt überall von diesen neuen Ideen mache, und wie einer nach dem andern davon angesteckt würde, und so weiter, und so weiter. So redete er eine gute Viertelstunde lang und so fesselnd, daß ich mich gar nicht losreißen konnte. Obgleich ich ihn eigentlich nicht ausstehen konnte, muß ich doch gestehen, daß er die Gabe besaß, einen Zuhörer zu fesseln, besonders wenn er sich über irgend etwas recht erboste. Meiner Ansicht nach war dieser Mensch der leibhaftige, geborene Spion. Er wußte zu jeder Zeit die allerneuesten Neuigkeiten und alle tiefen Geheimnisse unserer Stadt, besonders natürlich auch alle Skandalgeschichten, und man mußte sich nur wundern, wie sehr er sich Dinge zu Herzen nahm, die ihn eigentlich doch gar nichts angingen. Ich hatte immer den Eindruck, als sei der Hauptzug seines Charakters – der Neid. Als ich dann noch am selben Abend Stepan Trofimowitsch von meiner Begegnung mit Liputin am Morgen und von unserem Gespräch erzählte, regte sich dieser zu meinem größten Erstaunen außerordentlich darüber auf und legte mir die sonderbare Frage vor: »Weiß es Liputin oder nicht?« Ich versuchte ihm zu beweisen, es wäre gar nicht möglich, daß Liputin dieses Geheimnis schon so bald erfahren habe, und ich wüßte auch nicht von wem, aber Stepan Trofimowitsch bestand auf seiner Ansicht.

»Mögen Sie es nun glauben oder nicht«, schloß er endlich in ganz unerwarteter Weise, »aber ich bin überzeugt, daß ihm nicht nur alles über *unsere* Lage bis in die kleinsten Einzelheiten bekannt ist, sondern daß er sogar noch darüber hinaus irgend etwas weiß, was weder Sie noch ich bisher wissen und vielleicht auch niemals oder erst dann erfahren werden, wenn es bereits zu spät, wenn kein Zurück mehr möglich sein wird!«

Ich schwieg, aber es lagen doch viele Andeutungen in diesen Worten. Darauf erwähnten wir fünf Tage lang Liputin mit keiner Silbe. Ich merkte deutlich: Stepan Trofimowitsch tat es sehr leid, daß er vor mir einen Verdacht geäußert und sich verschnappt hatte.

2

Eines Morgens, am siebenten oder achten Tag nach Stepan Trofimowitschs Einwilligung zu heiraten, hatte ich, als ich wie gewöhnlich gegen elf Uhr zu meinem bekümmerten Freund eilte, unterwegs ein seltsames Erlebnis.

Ich traf Karmasinow*, den »großen« Schriftsteller, wie Liputin ihn nannte. Von Kind auf hatte ich seine Schriften

* In Karmasinow karikiert Dostojewskij den Schriftsteller I. S. Turgenjew (Anmerkung des Übersetzers).

gelesen. Seine Erzählungen und Novellen sind der ganzen vorigen Generation und sogar der unsrigen bekannt; ich hatte mich an ihnen berauscht, sie waren während meiner Knaben- und Jünglingsjahre mein ganzes Entzücken. Später wurde ich den Erzeugnissen seiner Feder gegenüber etwas kühler; die tendenziösen Novellen, die er in letzter Zeit immer schrieb, gefielen mir nicht mehr so gut wie seine ersten Schöpfungen, die so reich an unmittelbarer Poesie waren, und seine allerletzten Werke gefielen mir gar nicht.

Allgemein gesprochen – wenn ich überhaupt meine Ansicht über eine so heikle Sache aussprechen darf –, pflegen bei uns alle diese Herren mittleren Talents, die zu ihren Lebzeiten gewöhnlich beinahe für Genies gehalten werden, nicht erst nach ihrem Tode plötzlich und fast spurlos aus dem Gedächtnis ihrer Zeitgenossen zu verschwinden, sondern es kommt auch vor, daß sie schon bei Lebzeiten von allen ungemein schnell vergessen und unbeachtet beiseite geschoben werden, sobald eine neue Generation heranwächst und diejenige ihrer Schaffensperiode ersetzt. Das pflegt bei uns sehr schnell vor sich zu gehen, ähnlich wie ein Kulissenwechsel im Theater. Oh, es ist ein gewaltiger Unterschied zwischen diesen Herren und Männern wie Puschkin, Gogol, Molière, Voltaire und all den anderen Großen, die der Welt etwas Neues zu sagen gewußt haben! Dazu kommt noch, daß bei uns alle diese Herren mittleren Talents sich im vorgerückten Alter gewöhnlich ganz jämmerlich ausschreiben, ohne es selber zu merken. Solch ein Schriftsteller, dem man lange Zeit einen besonderen Reichtum tiefgründiger Gedanken zugeschrieben hat und von dem alle einen außerordentlichen und ernsthaften Einfluß auf das geistige Leben der Mitwelt erwartet haben, legt zuletzt nicht selten in seinem Grundideechen eine maßlose Fadenscheinigkeit und Spärlichkeit an den Tag, und keinem Menschen tut es leid, daß er sich so schnell ausgeschrieben hat. Aber die grauhaarigen alten Herren merken das gar nicht und ärgern sich. Ihre Eigenliebe nimmt manchmal, hauptsächlich gegen Ende ihrer Laufbahn, ein Ausmaß an, über das man sich nur wundern kann. Sie halten sich dann zu guter Letzt noch für Gott weiß wen – zum allermindesten für Götter. Von Karmasinow wurde erzählt, daß er auf seine Verbindungen zu einflußreichen Persönlichkeiten und zu den höchsten Gesellschaftskreisen mehr Wert lege als auf das Heil seiner Seele. Es hieß, daß er jeden freundlich empfange, liebenswürdig behandle und durch seine gutmütige Art bezaubere und entzücke, besonders wenn er ihn zu irgend etwas brauche oder er ihm gut empfohlen worden sei. Trete aber ein Fürst, eine Gräfin oder sonst jemand, den er fürchtet, ins Zimmer, so halte er es für seine heiligste Pflicht, jeden anderen noch Anwesenden mit der beleidigendsten Geringschätzung wie einen Holzspan, wie eine Fliege zu behandeln; und das halte er im Ernst für den vornehmsten und feinsten Ton. Trotz seiner vollendeten Haltung und ausgezeichneten Kenntnis der guten Umgangsformen grenze sein Ehrgeiz, wie es hieß, beinahe an Hysterie, so daß er seine Empfindlichkeit als Autor selbst in den Kreisen nicht verbergen könne, die sich überhaupt kaum für Literatur interessieren. Bringe ihn zufällig jemand durch seine Gleichgültigkeit in Verlegenheit, so fühle er sich tödlich beleidigt und suche sich zu rächen.

Vor ungefähr einem Jahre habe ich in einer Zeitschrift eine von ihm verfaßte Skizze gelesen, die in hohem Maße Anspruch darauf erhob, naivste Poesie mit feinster Psychologie zu vereinen. Er beschrieb darin den Untergang eines Dampfers irgendwo an der englischen Küste, von dem er selber Zeuge gewesen war und bei dem er gesehen hatte, wie man die Untergehenden rettete und die Ertrunkenen auffischte. Diese ziemlich lange und wortreiche Skizze war nur zu dem Zweck geschrieben, sich selbst herauszustellen. Man konnte deutlich zwischen den Zeilen lesen: »Interessiert euch doch für mich, seht, wie ich mich in diesen Minuten verhalten habe! Was geht euch dieses Meer an, der Sturm, die Felsenriffe, die zerschellten Planken des Schiffes? Das alles habe ich euch ja schon zur Genüge mit meiner genialen Feder geschildert. Was starrt ihr auf diese Ertrunkene, mit dem toten Kind in den toten Armen? Schaut lieber auf mich, der ich diesen Anblick nicht ertragen konnte und mich von ihm abwandte! Seht, wie ich ihm den Rücken wende, seht, wie mir das Grauen durch die Glieder rieselt und ich nicht die Kraft habe, mich umzuschauen, wie ich die Augen zukneife . . . nicht wahr, das ist doch interessant?« Als ich damals Stepan Trofimowitsch meine Ansicht über diese Skizze Karmasinows mitteilte, stimmte er mir bei.

Als nun vor kurzem das Gerücht hier auftauchte, Karmasinow werde zu uns kommen, wollte ich ihn natürlich sehr gern einmal sehen und, wenn möglich, seine Bekanntschaft machen. Ich wußte, daß Stepan Trofimowitsch dies vermitteln könne: sie waren einmal befreundet gewesen. Und da begegnete ich ihm nun plötzlich an einer Straßenkreuzung. Ich erkannte ihn sogleich; man hatte ihn mir schon vor drei Tagen gezeigt, als er mit der Gattin des Gouverneurs im Wagen vorüberfuhr.

Er war ein sehr kleiner, gezierter alter Herr, übrigens nicht älter als fünfundfünfzig Jahre, mit einem ziemlich rotwangigen Gesichtchen und dichten grauen Löckchen, die unter seinem runden Zylinderhut hervorquollen und sich um seine sauberen, rosigen, kleinen Ohren ringelten. Sein sauberes Gesichtchen mit den schmalen, breitgezogenen, verschlagen zusammengekniffenen Lippen, der etwas fleischigen Nase und den scharfen, klugen, kleinen Augen war nicht ausgesprochen hübsch. Er war etwas altmodisch gekleidet, trug einen ärmellosen Umhang, wie man ihn in dieser Jahreszeit zum Beispiel in der Schweiz und in Oberitalien zu tragen pflegt. Aber all die kleineren Bestandteile seiner Kleidung, wie Hemdknöpfchen, Kragen, Rockknöpfe, die Schildpattlorgnette an dem schmalen schwarzen Bande, der Ring am Finger – all das war wenigstens so, wie es der gute Ton einem tadellosen Kavalier vorschreibt. Ich bin überzeugt, daß er im Sommer farbige Plünellhalbstiefel trug, mit Perlmuttknöpfchen an der Seite.

Als wir uns begegneten, blieb er an der Straßenecke stehen und sah sich aufmerksam um. Und da er merkte, daß ich ihn neugierig ansah, fragte er mich mit süßlichem, aber etwas schrillem Stimmchen: »Gestatten Sie die Frage: wie komme ich von hier auf dem nächsten Weg zur Bykowstraße?«

»Zur Bykowstraße? Aber die ist ja hier, gleich hier«, rief ich in ungewöhnlicher Erregung. »Diese Straße hier immer geradeaus und dann die zweite Querstraße nach links.«

»Ich danke Ihnen sehr.«

Verflucht sei dieser Augenblick! Ich glaube, ich war verlegen geworden und blickte unterwürfig drein. Er merkte das sofort und erfaßte natürlich gleich alles, das heißt, daß ich bereits wußte, wer er war, daß ich von Kind auf seine Werke gelesen und ihn verehrt hatte und daß ich jetzt verlegen geworden war und unterwürfig dreinblickte. Er lächelte, nickte mir noch einmal zu und ging dann geradeaus weiter, wie ich ihm angegeben hatte. Ich weiß nicht, warum ich umkehrte und ihm nachging, ich weiß nicht, warum ich zehn Schritte neben ihm herlief. Plötzlich blieb er abermals stehen.

»Könnten Sie mir nicht sagen, wo hier in nächster Nähe Droschken stehen?« fragte er mich wieder schrill.

Ein abscheulich lautes Sprechen, eine abscheuliche Stimme!

»Droschken? Droschken stehen hier ganz in der Nähe ... dort bei der Kirche, da stehen immer welche.« Und beinahe wäre ich selber gleich nach einer Droschke gerannt. Ich vermute, daß er gerade das von mir auch erwartet hatte. Selbstverständlich kam ich gleich wieder zur Besinnung und blieb stehen, aber er hatte meine Bewegung sehr wohl bemerkt und beobachtete mich mit dem gleichen widerlichen Lächeln wie vorher. Da geschah etwas, das ich nie vergessen werde. Er ließ plötzlich die winzige Reisetasche fallen, die er in der linken Hand hielt. Übrigens war es keine Reisetasche, sondern ein Kästchen oder, richtiger, eine kleine Mappe oder, noch besser, ein Ridikül, wie es früher die Damen trugen, oder was weiß ich, was es nun eigentlich war – ich weiß nur, daß ich eine rasche Bewegung machte, um es aufzuheben.

Ich bin fest überzeugt, daß ich es nicht aufgehoben habe, aber die erste Bewegung, die ich gemacht hatte, war nicht abzuleugnen; ich konnte sie nicht mehr vertuschen und wurde rot wie ein dummer Junge. Der schlaue Fuchs nutzte die Sietuation sogleich aus, so gut er sie nur ausnutzen konnte.

»Bemühen Sie sich nicht, ich werde selbst ...« sagte er in bezauberndem Ton und hob, als wolle er mir zuvorkommen, das Ridikül auf, freilich erst, nachdem er sich ganz darüber im klaren war, daß ich es ihm nicht aufheben würde. Darauf nickte er mir noch einmal zu und ging seines Weges, so daß ich der Genasführte war. Das war, als hätte ich selber es ihm aufgehoben. Fünf Minuten lang hielt ich mich für völlig und auf ewig blamiert; als ich aber das Haus Stepan Trofimowitschs erreicht hatte, mußte ich plötzlich laut lachen. Die Begegnung kam mir so komisch vor, daß ich sofort beschloß, Stepan Trofimowitsch zu seiner Erheiterung alles zu erzählen und ihm die ganze Szene sogar mimisch darzustellen.

3

Doch zu meiner Verwunderung fand ich ihn diesmal ganz verändert vor. Er stürzte mir, als ich ins Zimmer trat, mit einer eigentümlichen Neugier entgegen, hörte mir aber mit so zerstreuter Miene zu, daß es anfänglich schien, als ob er überhaupt nichts von meinen Worten begriffe. Doch kaum hatte ich den Namen Karmasinow ausgesprochen, geriet er auf einmal ganz außer sich.

»Sprechen Sie diesen Namen nicht aus, reden Sie mir nicht von dem!« rief er fast wie ein Rasender. »Da, da, sehen Sie, lesen Sie! Lesen Sie nur!«

Er zog eine Schublade auf und warf drei kleine Zettel auf den Tisch, die alle drei von Warwara Petrowna flüchtig mit Bleistift beschrieben waren. Das erste Schreiben datierte von vorgestern, das zweite von gestern, und das letzte war heute, erst vor einer Stunde, gekommen. Der Inhalt war ganz nichtig: alles drehte sich nur um Karmasinow und bekundete Warwara Petrownas eitle und ehrgeizige Aufregung und Angst, Karmasinow könnte vergessen, ihr einen Besuch zu machen. Hier ist das erste Schreiben, von vorgestern (wahrscheinlich hatte er auch eines vor zwei Tagen erhalten und vielleicht auch eines vor drei Tagen):

»Wenn er Sie heute endlich mit seinem Besuch beehren sollte, so sagen Sie ihm bitte kein Wort von mir. Auch nicht die geringste Andeutung! Fangen Sie nicht von mir zu reden an und erinnern Sie ihn nicht an mich. W. S.«

Das gestrige Schreiben lautete:

»Wenn er sich endlich entschließen sollte, Ihnen heute vormittag seinen Besuch zu machen, so dürfte es, denke ich, am vornehmsten sein, ihn überhaupt nicht zu empfangen. Das ist wenigstens meine Ansicht, wie Sie darüber denken, weiß ich nicht. W. S.«

Und endlich das heutige Schreiben:

»Ich bin überzeugt, daß in Ihrem Zimmer eine ganze Fuhre Kehricht herumliegt und vor Tabaksqualm nichts zu sehen ist. Ich schicke Ihnen meine Marja und Fomuschka; die werden in einer halben Stunde alles aufräumen. Aber stören Sie sie nicht, und setzen Sie sich so lange in die Küche, bis sie alles sauber gemacht haben. Ich schicke Ihnen den bucharischen Teppich und die zwei chinesischen Vasen, die ich Ihnen schon lange schenken wollte, und dazu noch meinen Teniers (leihweise). Die Vasen können Sie auf das Fensterbrett stellen, den Teniers aber hängen Sie rechts unter das Goethebild, dort wird er am stärksten ins Auge fallen und morgens das beste Licht haben. Wenn er nun endlich erscheinen sollte, so empfangen Sie ihn mit ausgesuchter Höflichkeit, bemühen Sie sich aber, nur von Nebensächlichkeiten oder von irgend etwas Wissenschaftlichem zu sprechen, und tun so, als hätten Sie sich erst gestern getrennt. Von mir kein Sterbenswort! Vielleicht komme ich am Abend, mich bei Ihnen umzusehen. W. S.

P. S. Wenn er heute nicht kommt, dann kommt er überhaupt nicht.«

Ich las diese drei Briefe und wunderte mich, daß er sich über solche Lappalien so aufregte. Als ich ihn daraufhin fragend ansah, merkte ich plötzlich, daß er, während ich die Briefe las, seine ewige weiße Halsbinde gegen eine rote ausgewechselt hatte. Sein Hut und sein Stock lagen schon auf dem Tisch. Er selbst war bleich, und seine Hände zitterten.

»Ich will von ihrer Aufregung nichts wissen!« fuhr er mich als Antwort auf meinen fragenden Blick wütend an. »Je m'en fiche! Sie bringt es übers Herz, sich Karmasinows wegen aufzuregen, mir aber antwortet sie nicht auf meine Briefe! Da, da liegt ein Brief von mir, den sie mir gestern ungeöffnet zurückgeschickt hat, dort auf dem Tisch, unter dem Buch, unter *L'Homme qui rit!* Was geht denn mich das an, wenn sie sich wegen Ni–ko–lenjka grämt? Je m'en fiche et je proclame ma liberté! Au diable le Karmazinoff! Au diable la Lembke! Die Vasen habe ich im Vorzimmer versteckt und den Teniers in der Kommode; von ihr aber habe ich verlangt, daß sie mich sofort empfängt. Hören Sie: ich habe es verlangt! Ich habe ihr durch Nastasja einen ebensolchen Zettel geschickt, unversiegelt und mit Bleistift geschrieben, und warte nun. Ich will, daß Darja Pawlowna mir mit eigenem Munde eine Erklärung abgibt vor dem Angesicht des Himmels oder wenigstens in Ihrer Gegenwart. Vous me seconderez, n'est-ce pas, comme ami et témoin. Ich will nicht erröten müssen, ich will keine Lügen, ich will keine Geheimnisse, ich werde in dieser Angelegenheit keine Geheimnisse dulden! Mögen sie mir alles bekennen, offen, ehrlich und anständig, und dann ... dann werde ich vielleicht die ganze heutige Generation durch meine Großmut in Erstaunen setzen! ... Bin ich denn ein Schurke, mein Herr?« schloß er plötzlich und sah mich drohend an, als hielte *ich* ihn für einen Schurken.

Ich bat ihn, ein Glas Wasser zu trinken; so erregt hatte

ich ihn noch nie gesehen. Die ganze Zeit, während er sprach, war er im Zimmer von einer Ecke in die andere gerannt, plötzlich aber blieb er in einer ganz ungewöhnlichen Pose vor mir stehen.

»Glauben Sie wirklich«, begann er wieder mit krankhaftem Hochmut und sah mich von Kopf bis Fuß an, »können Sie wirklich annehmen, daß ich, Stepan Werchowenskij, nicht so viel sittliche Kraft besäße, mein Bündel zu schnüren – all mein armseliges Hab und Gut – und es auf meine schwachen Schultern zu laden, zum Tor hinauszugehen und auf immer von hier zu verschwinden, wenn meine Ehre und das hohe Prinzip der Unabhängigkeit das fordern? Stepan Werchowenskij tritt nicht zum erstenmal einem Despotismus mit Seelengröße entgegen, wenn es auch nur der Despotismus eines verrückten Frauenzimmers ist, das heißt, der beleidigendste und grausamste Despotismus, den es überhaupt auf der Welt geben kann, wiewohl Sie, wie mir schien, sich soeben erlaubt haben, über meine Worte zu lächeln, mein Herr! Oh, Sie glauben es nicht, daß ich so viel Seelengröße aufzubringen vermag, um mein Leben als Erzieher bei einem Kaufmann zu beschließen oder an einem Zaune zu verhungern! Antworten Sie mir, antworten Sie mir sofort: Glauben Sie es oder nicht?«

Doch ich schwieg absichtlich. Ich gab mir sogar den Anschein, als könnte ich mich nicht entschließen, ihn durch eine verneinende Antwort zu kränken, als könnte ich ihm aber auch keine bejahende Antwort erteilen. In seinem ganzen gereizten Wesen lag etwas, das mich entschieden beleidigte, nicht etwa persönlich, o nein! Aber ... doch das werde ich später erklären.

Er war sogar blaß geworden. »Vielleicht langweilen Sie sich in meiner Gesellschaft, G–w« (das ist mein Familienname) »und möchten ... überhaupt nicht mehr zu mir kommen?« sagte er in jenem Ton nüchterner Ruhe, der einem außergewöhnlichen Ausbruch vorauszugehen pflegt.

Ich sprang erschrocken auf; im selben Augenblick kam Nastasja herein und überreichte Stepan Trofimowitsch schweigend einen Zettel, auf dem etwas mit Bleistift geschrieben stand. Er sah ihn an und warf ihn mir zu. Auf dem Zettel standen in Warwara Petrownas Handschrift nur die paar Worte: »Bleiben Sie zu Hause!«

Stepan Trofimowitsch nahm schweigend Hut und Stock

und ging schnell zur Tür; ich folgte ihm mechanisch. Plötzlich ertönten im Korridor Stimmen und das Geräusch eiliger Schritte. Er blieb wie vom Donner gerührt stehen.

»Das ist Liputin, nun bin ich verloren!« flüsterte er und faßte mich am Arm.

Im selben Augenblick trat Liputin ins Zimmer.

4

Warum er verloren wäre, wenn Liputin käme, wußte ich nicht und legte seinen Worten auch keine Bedeutung bei; ich führte alles auf seine überreizten Nerven zurück. Aber sein Schreck war immerhin außergewöhnlich, und so beschloß ich, aufmerksam zu beobachten.

Man sah es Liputin sofort an, daß er diesmal ein besonderes Recht hatte, trotz allen Verboten hereinzukommen. Er brachte einen uns unbekannten Herrn mit, der von auswärts eingetroffen sein mußte. Als Antwort auf den verständnislosen Blick des zur Bildsäule erstarrten Stepan Trofimowitsch rief er sogleich laut: »Einen Gast bringe ich mit, einen besonderen! Ich wage es, Ihre Einsamkeit zu stören. Herr Kirillow, ein hervorragender Bauingenieur. Die Hauptsache aber ist, er kennt Ihren Sohn, unsern verehrten Pjotr Stepanowitsch, und sogar sehr gut; und er hat einen Auftrag von ihm zu bestellen. Der Herr ist soeben erst angekommen.«

»Den Auftrag haben Sie hinzugedichtet«, bemerkte der Gast schroff. »Einen Auftrag habe ich durchaus nicht. Werchowenskij aber kenne ich, das stimmt. Ich habe ihn im Gouvernement Ch. verlassen, vor zehn Tagen.«

Stepan Trofimowitsch reichte ihm mechanisch die Hand und bat ihn, Platz zu nehmen. Dann sah er mich an, sah Liputin an, besann sich auf einmal und setzte sich schnell hin, hielt aber immer noch Hut und Stock in der Hand, ohne es zu bemerken.

»Wie, Sie sind im Begriff auszugehen? Und mir hat man gesagt, Sie seien vor lauter Arbeit ganz krank geworden!«

»Ja, ich bin auch krank und wollte deshalb soeben ein Stück spazierengehen, ich . . .« Stepan Trofimowitsch hielt inne, warf schnell Hut und Stock auf das Sofa und – wurde rot.

Inzwischen musterte ich mit einem schnellen Blick den

Gast. Er war ein noch junger Mensch von ungefähr siebenundzwanzig Jahren, anständig angezogen, schlank und mager, brünett, mit bleicher, etwas grauer Gesichtsfarbe und glanzlosen schwarzen Augen. Er schien etwas nachdenklich und zerstreut zu sein, sprach abgerissen, grammatisch nicht ganz richtig und mit eigentümlicher Wortstellung und verlor, sobald er einen längeren Satz zu bilden hatte, immer den Faden. Liputin, dem der außerordentliche Schreck Stepan Trofimowitschs nicht entgangen war, schien recht zufrieden zu sein. Er setzte sich auf einen Rohrstuhl, den er fast bis mitten ins Zimmer zog, um zwischen Hausherr und Gast, die einander gegenüber auf zwei Sofas Platz genommen hatten, und in gleicher Entfernung von ihnen sitzen zu können. Seine scharfen Augen huschten neugierig hin und her.

»Ich ... habe Petruscha lange nicht gesehen ... Sind Sie ihm im Ausland begegnet?« fragte Stepan Trofimowitsch stotternd den Gast.

»Sowohl hier als auch im Ausland.«

»Alexej Nilytsch ist nach vierjähriger Abwesenheit soeben erst aus dem Ausland zurückgekehrt«, fiel Liputin ein. »Er war dort zur Vervollkommnung in seinem Spezialfach und ist nun zu uns gekommen, weil er allen Grund hat zu hoffen, beim Bau unserer Eisenbahnbrücke eine Anstellung zu erhalten, er wartete nur noch auf Antwort. Durch Pjotr Stepanowitsch kennt er Drosdows und Lisaweta Nikolajewna.«

Der Ingenieur saß finster da und hörte verlegen und ungeduldig zu. Er schien sich über etwas zu ärgern.

»Er ist auch mit Nikolaj Wsewolodowitsch bekannt.«

»Sie kennen auch Nikolaj Wsewolodowitsch?« erkundigte sich Stepan Trofimowitsch.

»Ja, auch den.«

»Ich ... ich habe Petruscha sehr, sehr lange nicht mehr gesehen ... und habe eigentlich so wenig das Recht, mich seinen Vater zu nennen ... c'est le mot; ich ... wie haben Sie ihn denn verlassen?«

»Wie ich ihn verlassen habe? Nun, er wird ja selber kommen«, beeilte sich Herr Kirillow auszuweichen. Er ärgerte sich entschieden über etwas.

»Er wird kommen! Endlich werde ich ... Sehen Sie, ich habe Petruscha doch so lange nicht mehr gesehen!« Stepan Trofimowitsch schien von diesem Satz gar nicht mehr loskommen zu können. »Ich erwarte jetzt meinen armen Jungen, vor dem ... oh, vor dem ich mich so schuldig fühle! Das heißt, ich wollte eigentlich sagen, als ich ihn damals in Petersburg zurückließ, da ... kurz gesagt, da hielt ich ihn eben für einen recht unbedeutenden Menschen ou quelque chose dans ce genre. Der Junge war so nervös, wissen Sie, so empfindlich und ... furchtsam. Bevor er sich schlafen legte, verbeugte er sich immer vor dem Heiligenbild bis zur Erde und bekreuzte sein Kopfkissen, damit er in der Nacht nicht sterbe ... je m'en souviens. Enfin, kein Gefühl für das Schöne, das heißt für etwas Höheres, Wesentliches, kein Keim einer künftigen Idee ... c'était comme un petit idiot. Übrigens bin ich selbst heute, glaube ich, etwas konfus, entschuldigen Sie, ich ... Sie treffen mich heute ...«

»Ist das wahr, daß er sein Kissen bekreuzte?« erkundigte sich der Ingenieur plötzlich mit einer eigentümlichen Neugier.

»Ja, er bekreuzte es ...«

»Nein, ich meinte nur so; fahren Sie fort.«

Stepan Trofimowitsch sah Liputin fragend an.

»Ich danke Ihnen verbindlichst für Ihren Besuch, aber ich muß gestehen, ich bin jetzt ... nicht imstande ... Dürfte ich fragen, wo Sie hier wohnen?«

»In der Bogojawlenskaja-Straße, im Haus Filippows.«

»Ach, das ist doch da, wo Schatow wohnt«, entfuhr es mir unwillkürlich.

»Ja, im selben Hause«, rief Liputin, »nur wohnt Schatow oben im Halbgeschoß, er aber unten bei Hauptmann Lebjadkin. Er kennt auch Schatow und Schatows Frau. Mit ihr war er im Ausland sehr nahe befreundet.«

»Comment! So wissen Sie etwas von der unglücklichen Ehe de ce pauvre ami und kennen diese Frau?« rief Stepan Trofimowitsch aus, von plötzlichem Mitgefühl hingerissen. »Sie sind der erste, der sie persönlich kennt, und wenn nur ...«

»So ein Unsinn!« unterbrach ihn der Ingenieur, ganz rot vor Zorn. »Wie können Sie nur so etwas hinzudichten, Liputin! Ich habe Schatows Frau nie gesehen, nur einmal von weitem, und war mit ihr keineswegs befreundet ... Schatow selbst kenne ich. Warum erfinden Sie nur immer etwas hinzu?«

Er drehte sich jäh auf dem Sofa um und griff nach seiner Mütze, dann legte er sie wieder hin, und als er wieder wie vorher dasaß, richtete er seine schwarzen, zornentflammten

Augen mit einer gewissen Herausforderung auf Stepan Trofimowitsch. Mir war diese sonderbare Gereiztheit völlig unverständlich.

»Verzeihen Sie«, sagte Stepan Trofimowitsch mit Nachdruck. »Ich verstehe, das kann eine sehr zarte Angelegenheit sein . . .«

»Hier kann von einer zarten Angelegenheit gar keine Rede sein, und das ist einfach schamlos; ich habe nicht zu Ihnen ‚Unsinn' gesagt, sondern zu Liputin, weil er immer etwas hinzudichtet. Verzeihen Sie, wenn Sie es auf sich bezogen haben. Schatow kenne ich, aber seine Frau nicht . . . ganz und gar nicht!«

»Ich verstehe schon, ich verstehe; und wenn ich auf dieser Frage bestanden habe, so tat ich das nur, weil ich unsern armen Freund, notre irascible ami, so sehr liebe und mich immer für ihn interessiert habe . . . Dieser junge Mann hat meiner Ansicht nach seine früheren, vielleicht etwas unreifen, aber immerhin richtigen Anschauungen zu schroff geändert. Und jetzt verkündet er laut solche Dinge über notre sainte Russie, daß ich diesen Umschwung in seinem Organismus – anders will ich es nicht nennen – schon lange auf die starke Erschütterung seines Familienlebens und hauptsächlich auf seine unglückliche Ehe zurückführe. Ich, der ich mein armes Rußland wie meine fünf Finger kenne und dem russischen Volke mein ganzes Leben geweiht habe, kann Ihnen versichern, daß er das russische Volk nicht kennt und obendrein noch . . .«

»Ich kenne das russische Volk auch gar nicht und . . . habe keine Zeit, es zu studieren!« unterbrach ihn der Ingenieur nochmals und drehte sich wieder jäh auf dem Sofa um. Stepan Trofimowitsch blieb mitten in seiner Rede stecken.

»Er studiert es, er studiert es«, fiel Liputin ein. »Er hat bereits mit dem Studium angefangen und schreibt eine sehr interessante Abhandlung über die Ursachen der Zunahme von Selbstmorden in Rußland und überhaupt über die Ursachen, die die Verbreitung des Selbstmordes in der menschlichen Gesellschaft fördern oder hemmen. Er ist schon zu erstaunlichen Ergebnissen gekommen.«

Der Ingenieur geriet in schreckliche Erregung.

»Das zu sagen, haben Sie gar nicht das Recht«, brummte er zornig. »Ich schreibe gar keine Abhandlung. Ich werde doch nicht solche Dummheiten machen! Ich habe Sie nur im Vertrauen gefragt, ganz zufällig. Von einer Abhandlung ist gar keine Rede; ich veröffentliche nichts, und Sie haben nicht das Recht . . .«

Das machte Liputin sichtlich Spaß. »Verzeihen Sie, vielleicht war es nicht ganz richtig, wenn ich Ihre literarische Arbeit eine Abhandlung nannte. Er sammelt nämlich nur Beobachtungen. Auf den Kern der Frage aber, sozusagen auf ihre moralische Seite, geht er überhaupt nicht ein, stellt die Moral selber sogar ganz in Abrede und hält sich an das moderne Prinzip der allgemeinen Zerstörung zwecks Erreichung guter Endziele. Er verlangt sogar über hundert Millionen Köpfe, um die gesunde Vernunft in Europa zur Herrschaft zu bringen, also noch bedeutend mehr, als auf dem letzten Weltkongreß verlangt worden sind. Hierin geht Alexej Nilytsch also viel weiter als alle anderen.«

Der Ingenieur hörte mit einem verächtlichen, matten Lächeln zu. Eine halbe Minute schwiegen wir alle.

»Das ist alles dummes Zeug, Liputin«, sagte Herr Kirillow endlich mit einer gewissen Würde. »Ich habe Ihnen da zufällig ein paar Punkte gesagt, und die haben Sie nun aufgefaßt, wie es Ihnen beliebt. Aber Sie haben gar kein Recht, davon zu reden, weil auch ich niemals und zu niemandem davon spreche. Ich verabscheue es, darüber zu reden . . . Wenn eine Überzeugung bei mir vorhanden ist, dann ist das eben für mich klar . . . Das war dumm von Ihnen. Ich erörtere solche Punkte, die schon ganz erledigt sind, überhaupt nicht. Ich kann Erörterungen nicht leiden. Ich werde mich nie auf Erörterungen einlassen . . .«

»Und vielleicht tun Sie sehr wohl daran«, konnte Stepan Trofimowitsch sich nicht enthalten zu bemerken.

»Ich habe mich bei Ihnen entschuldigt, aber ich ärgere mich hier über niemanden«, fuhr der Gast hastig und erregt fort. »Ich habe vier Jahre lang wenig Menschen gesehen . . . Ich habe vier Jahre lang wenig gesprochen und mich meiner Ziele wegen, die niemanden etwas angehen, vier Jahre lang bemüht, mit keinem Menschen zusammenzukommen. Liputin weiß das und lacht darüber. Ich begreife das, beachte es aber nicht. Ich bin nicht empfindlich, aber ich ärgere mich über seine Ungeniertheit. Und wenn ich Ihnen meine Ansichten nicht auseinandersetze«, schloß er unerwartet und sah uns der Reihe nach mit festem Blicke an, »so unterlasse ich es nicht etwa, weil ich von Ihnen eine Anzeige bei der Regierung fürchte; nein, das nicht, denken Sie bitte nicht an Kleinigkeiten dieser Art...«

Auf diese Worte wußte keiner mehr etwas zu erwidern, wir sahen uns nur an. Sogar Liputin vergaß zu kichern...

»Meine Herren, es tut mir sehr leid«, sagte Stepan Trofimowitsch und erhob sich entschlossen vom Sofa, »aber ich fühle mich nicht recht wohl und bin sehr abgespannt. Sie werden entschuldigen.«

»Ach, das bedeutet, daß wir fortgehen sollen«, besann sich Herr Kirillow und griff nach seiner Mütze. »Es ist gut, daß Sie das sagen, denn ich bin ja so vergeßlich.« Er stand auf, trat mit gutmütiger Miene auf Stepan Trofimowitsch zu und reichte ihm die Hand. »Schade, daß Sie krank sind und ich gekommen bin.«

»Ich wünsche Ihnen allen Erfolg bei uns«, entgegnete Stepan Trofimowitsch und drückte ihm wohlwollend und gemessen die Hand. »Es ist mir durchaus verständlich: wenn Sie, wie Sie sagen, so lange im Ausland gelebt, sich Ihrer Ziele wegen von allen Menschen ferngehalten und Rußland vergessen haben – so müssen Sie freilich unwillkürlich mit Verwunderung auf uns eingefleischte Russen schauen und wir ebenso auf Sie. Mais cela passera. Nur eines scheint mir bedenklich: Sie wollen unsere Brücke bauen und verfechten gleichzeitig das Prinzip der allgemeinen Zerstörung! Da wird man Sie unsere Brücke nicht bauen lassen!«

»Wie? Was haben Sie da gesagt?... Ach, Teufel!« rief Kirillow verblüfft und brach plötzlich in ein lustiges, helles Lachen aus. Auf einen Augenblick nahm sein Gesicht einen ganz kindlichen Ausdruck an, der ihm, wie mir schien, ausgezeichnet stand.

Liputin rieb sich vor Vergnügen über die gelungene Bemerkung Stepan Trofimowitschs die Hände. Ich aber wunderte mich immer noch im stillen, warum Stepan Trofimowitsch über Liputin so erschrocken gewesen war und warum er, als er ihn kommen hörte, ausgerufen hatte: »Nun bin ich verloren!«

5

Wir standen alle an der Türschwelle. Es war der Augenblick, in dem Hausherr und Gäste noch schnell die letzten, liebenswürdigsten Worte zu wechseln pflegen und danach befriedigt auseinandergehen.

»Alexej Nilytsch ist nur deshalb heute so schlechter Laune«, flocht plötzlich ganz beiläufig Liputin ein, der schon im Begriff war, das Zimmer zu verlassen, »weil er vorhin mit Hauptmann Lebjadkin wegen dessen Schwester Streit gehabt hat. Der schlägt nämlich seine schöne Schwester, die irrsinnig ist, täglich mit der Nagajka, mit einer echten Kosakenpeitsche, jeden Morgen und jeden Abend. Alexej Nilytsch ist schon in einen anderen Flügel des Hauses gezogen, um das nicht immer mit ansehen zu müssen. Nun also, auf Wiedersehen!«

»Die Schwester? Eine Kranke? Mit der Nagajka?« schrie Stepan Trofimowitsch auf, als hätte er selber einen Schlag mit der Nagajka erhalten. »Wieso die Schwester? Wer ist denn dieser Lebjadkin?«

Der Schrecken von vorhin hatte ihn plötzlich wieder erfaßt.

»Lebjadkin, na, das ist doch dieser verabschiedete Hauptman, früher nannte er sich Stabskapitän...«

»Ach, was geht mich sein Rang an! Wieso aber die Schwester? Mein Gott ... Sie sagen: Lebjadkin? Bei uns gab es doch einen Lebjadkin...«

»Der ist es ja, *unser* Lebjadkin, der bei Wirginskij wohnte, wissen Sie noch?«

»Aber der wurde doch mit falschen Banknoten erwischt?«

»Ja, nun ist er aber wieder zurückgekehrt, vor fast drei Wochen schon und unter den sonderbarsten Umständen.«

»Aber das ist doch ein Taugenichts!«

»Als ob es bei uns keine Taugenichtse geben könnte!« Liputin grinste und tastete Stepan Trofimowitsch gleichsam mit seinen kleinen Spitzbubenaugen ab.

»Ach, mein Gott, darum handelt es sich ja nicht ... obgleich ich übrigens, was die Taugenichtse anbetrifft, ganz Ihrer Meinung bin. Aber was weiter? Was wollten Sie damit sagen? Sie wollen doch bestimmt etwas damit sagen!«

»Das sind ja alles nur Nebensächlichkeiten ... das heißt, dieser Hauptmann ist allem Anschein nach damals nicht wegen jener gefälschten Banknoten von uns weggereist, sondern nur, um seine Schwester zu suchen, die sich angeblich an einem unbekannten Ort vor ihm versteckt hatte; na, und nun hat er sie eben gefunden und mitgebracht – das ist die ganze Geschichte. Warum erschrecken Sie denn darüber so, Stepan Trofimowitsch? Übrigens wiederhole ich da nur, was er selber mir in der Trunkenheit vorgeschwatzt hat, in nüchternem Zustand redet er nicht davon. Er ist ein reizbarer und sozusagen kämpferisch-ästhetischer Mensch, allerdings von schlechtem Geschmack. Das Schwesterchen aber ist nicht nur blödsinnig, sondern auch noch lahm. Sie scheint von jemandem entehrt worden zu sein, und dafür heimst nun angeblich dieser Herr Lebjadkin schon seit vielen Jahren vom Verführer einen jährlichen Tribut ein, als Entschädigung für diese Ehrenbeleidigung sozusagen, soviel geht wenigstens aus seinem Geschwätz hervor – na, meiner Ansicht nach ist das nur das Gefasel eines Betrunkenen. Er prahlt einfach. So etwas ist ja auch weit billiger abzutun. Daß er aber große Summen zur Verfügung hat, ist nun einmal sicher: vor anderthalb Wochen ging er noch barfuß, und jetzt hat er – das habe ich selber gesehen – Hunderte in Händen. Das Schwesterchen hat alle Tage Anfälle, sie kreischt laut, worauf er sie mit der Peitsche ‚wieder in Ordnung bringt'. Einem Weib muß man Respekt einflößen, sagt er. Ich begreife nicht, wie Schatow es noch in der Wohnung über ihnen aushält. Alexej Nilytsch hat nur drei Tage bei ihnen gewohnt – er ist noch von Petersburg her mit ihnen bekannt –, jetzt aber wohnt er wegen dieser Unruhe im anderen Flügel.«

»Ist das alles wahr?« wandte sich Stepan Trofimowitsch an den Ingenieur.

»Sie schwatzen sehr viel, Liputin«, brummte dieser zornig.

»Überall Rätsel, überall Geheimnisse! Woher kommen nur bei uns auf einmal soviel Rätsel und Geheimnisse?« rief Stepan Trofimowitsch, der nicht mehr an sich halten konnte.

Der Ingenieur zog finster die Brauen zusammen, wurde rot, zuckte mit den Achseln und wollte schon aus dem Zimmer gehen.

»Alexej Nilytsch hat ihm sogar die Peitsche aus der Hand gerissen, sie zerbrochen und aus dem Fenster geworfen, und dann hat er sich heftig mit ihm gezankt«, fügte Liputin hinzu.

»Warum schwatzen Sie wieder, Liputin? Das ist dumm. Warum tun Sie das?« sagte Alexej Nilytsch und kehrte augenblicklich um.

»Warum soll man denn aus Bescheidenheit die edelsten Regungen der Seele verheimlichen, das heißt Ihrer Seele natürlich, ich spreche nicht von der meinen.«

»Wie dumm das ist . . . und ganz unnötig . . . Lebjadkin ist ein törichter Mensch, innerlich ganz hohl und für unsere Sache nicht zu brauchen, vielleicht sogar – schädlich. Warum schwatzen Sie solches Zeug zusammen? Ich gehe.«

»Ach, wie schade!« rief Liputin mit vergnügtem Lächeln. »Sonst hätte ich Sie, Stepan Trofimowitsch, noch mit einem Geschichtchen ergötzt. Ich bin sogar mit der Absicht hergekommen, es Ihnen zu erzählen, obgleich Sie es sicherlich schon gehört haben werden. Na, dann ein anderes Mal, Alexej Nilytsch hat es ja so eilig ... Also auf Wiedersehen! Das Geschichtchen ist mir mit Warwara Petrowna passiert, vorgestern hat sie mich so zum Lachen gebracht, hat eigens nach mir geschickt – es war einfach zum Totlachen! Also auf Wiedersehen!«

Aber schon hatte sich Stepan Trofimowitsch fest an ihn geklammert, ihn bei den Schultern gepackt, mit kurzem Ruck herumgedreht und auf einen Stuhl gesetzt. Liputin erschrak geradezu.

»Ja, das war so«, fing er nun von selber an und sah von seinem Stuhl aus vorsichtig Stepan Trofimowitsch an. »Sie ließ mich plötzlich rufen und fragte mich ‚im Vertrauen', ob Nikolaj Wsewolodowitsch meiner Ansicht nach wahnsinnig oder bei vollem Verstande sei. Ist das nicht sonderbar?«

»Sie sind verrückt geworden!« murmelte Stepan Trofimowitsch und schien plötzlich außer sich zu geraten. »Sie wissen doch nur zu gut, Liputin, daß Sie nur hergekommen sind, um mir irgendeine Abscheulichkeit dieser Art zu erzählen und ... noch Schlimmeres!«

Sofort fiel mir Stepan Trofimowitschs Vermutung ein, daß Liputin in unserer Sache nicht nur viel mehr als wir, sondern auch noch etwas wisse, das wir selber nie erfahren würden.

»Aber ich bitte Sie, Stepan Trofimowitsch!« stammelte Liputin wie in höchster Angst. »Ich bitte Sie ...«

»Still! Fangen Sie an! Und Sie, Herr Kirillow, bitte ich, ebenfalls umzukehren und hierzubleiben, ich bitte sehr darum! Setzen Sie sich. Fangen Sie an, Liputin, einfach ... und ohne die geringsten Umschweife!«

»Hätte ich gewußt, daß Sie sich darüber so aufregen würden, so hätte ich gar nicht davon angefangen ... Aber ich dachte doch, daß Warwara Petrowna selber Ihnen das alles schon mitgeteilt habe!«

»Das haben Sie gar nicht gedacht! Fangen Sie an! So fangen Sie doch an, sage ich Ihnen!«

»Dann tun Sie mir nur den einen Gefallen und setzen Sie

sich auch. Wie kann ich denn sitzen bleiben, wenn Sie in einer solchen Aufregung vor mir ... herumlaufen? Das wäre ungehörig.«

Stepan Trofimowitsch bezwang sich und ließ sich würdig auf einen Lehnstuhl nieder. Der Ingenieur starrte finster zu Boden. Liputin sah mit einem wahren Hochgenuß von einem zum andern.

»Ja, wie soll ich denn anfangen? ... Sie haben mich ganz konfus gemacht ...«

6

»Also vorgestern schickt sie auf einmal ihren Diener zu mir und läßt mich bitten, am nächsten Tag um zwölf Uhr zu ihr zu kommen. Können Sie sich so etwas vorstellen? Ich ließ alles stehen und liegen und klingelte gestern Punkt zwölf Uhr an ihrer Tür. Ich wurde in den Salon geführt und mußte nur knapp eine Minute warten, da kam sie schon herein. Wir nahmen Platz, sie setzte sich mir gegenüber. Da saß ich nun und konnte meinen Augen kaum trauen: Sie wissen doch, wie sie mich sonst immer behandelt hat! Sie fing gleich ohne Umschweife an, wie sie das ja immer tut. ‚Sie erinnern sich wohl noch', sagte sie, ‚daß Nikolaj Wsewolodowitsch vor vier Jahren, als er krank war, einige sonderbare Handlungen beging. Die ganze Stadt war verdutzt, bis sich alles aufklärte. Eine dieser Handlungen betraf Sie sogar persönlich. Auf meine Bitte hin besuchte Nikolaj Wsewolodowitsch Sie damals nach seiner Genesung. Ich weiß, daß er sich auch früher schon des öfteren mit Ihnen unterhalten hatte. Sagen Sie mir nun ganz offen und ehrlich, wie Sie ...' – hier stockte sie ein wenig – ‚wie Sie Nikolaj Wsewolodowitsch damals fanden ... wie Sie überhaupt über ihn urteilten ... welchen Eindruck Sie damals von ihm gewannen ... und jetzt noch haben.' Hier stockte sie nun völlig, wartete sogar eine volle Minute und wurde plötzlich rot. Ich bekam förmlich einen Schreck. Da fuhr sie aber auch schon fort, nicht gerade in einem rührenden Ton, das würde ja gar nicht zu ihr passen, aber immerhin in einer sehr eindringlichen Weise: ‚Ich möchte', sagte sie, ‚daß Sie mich gut und richtig verstehen. Ich habe Sie zu mir gebeten, weil ich Sie für einen klugen und scharfsichtigen Menschen halte, der fähig ist, richtig zu beobachten.' – Diese

Komplimente! – ‚Sie werden natürlich auch verstehen', sagte sie, ‚daß es eine Mutter ist, die zu Ihnen spricht ... Nikolaj Wsewolodowitsch hat in seinem Leben viel Unglück erfahren und mehrere Entwicklungskrisen durchgemacht. Das alles', sagte sie, ‚kann auf seine Gemütsverfassung Einfluß gehabt haben. Selbstverständlich', sagte sie, ‚rede ich hier nicht von Wahnsinn, so etwas kann ja überhaupt nicht möglich sein.' – Das sagte sie besonders fest und stolz. – ‚Aber es könnte ja irgendeine besondere Eigentümlichkeit, eine gewisse Richtung der Gedanken oder eine Neigung zu irgendwelchen absonderlichen Anschauungen bei ihm vorhanden sein.' – Das sind alles ihre eignen Worte, und ich war ganz erstaunt, Stepan Trofimowitsch, mit welcher Genauigkeit Warwara Petrowna eine Sache zu erklären versteht. Wirklich, eine Dame von hohen Geistesgaben! – ‚Jedenfalls habe ich selber', sagte sie, ‚bei ihm eine stete Unruhe und einen Hang zu besonderen Liebhabereien beobachtet. Doch ich bin seine Mutter, Sie aber sind ein Fremder, das heißt, Sie sind bei Ihrem Verstand viel eher imstande, sich ein unbefangenes Urteil zu bilden. Ich flehe Sie an' – sie sagte wörtlich: ‚ich flehe Sie an' –, ‚sagen Sie mir geradeheraus die ganze Wahrheit, und wenn Sie mir dazu noch versprechen, nie zu vergessen, daß ich im Vertrauen mit Ihnen spreche, so können Sie versichert sein, daß ich stets und gern bereit sein werde, mich Ihnen gegenüber bei jeder Gelegenheit erkenntlich zu zeigen.' Nun, was sagen Sie dazu?«

»Sie ... Sie haben mich so überrascht ...« stammelte Stepan Trofimowitsch, »daß ich Ihnen nicht glauben kann ...«

»Nein, denken Sie nur, denken Sie nur«, fiel Liputin ein, als hätte er die Worte Stepan Trofimowitschs gar nicht gehört, »wie groß muß ihre Aufregung und Unruhe gewesen sein, wenn sie sich mit einer solchen Frage von einer solchen Höhe an einen Menschen wie mich wandte und sich noch so weit herabließ, mich um Geheimhaltung zu bitten! Was hat das zu bedeuten? Hat sie etwa gar irgendwelche unerwartete Nachrichten über Nikolaj Wsewolodowitsch erhalten?«

»Ich weiß nichts ... von irgendwelchen Nachrichten ... ich habe sie ein paar Tage nicht gesehen, aber ... ich mache Sie darauf aufmerksam ...« stammelte Stepan Trofimowitsch, sichtlich kaum imstande, seine Gedanken zu sammeln, »ich mache Sie darauf aufmerksam, Liputin, wenn Ihnen das alles im Vertrauen mitgeteilt worden ist und Sie jetzt hier vor allen ...«

»Vollkommen im Vertrauen! Gott soll mich strafen, wenn ich ... Aber wenn ich hier ... was ist denn dabei? Sind wir denn hier nicht unter Freunden, selbst Alexej Nilytsch mit eingeschlossen?«

»Diese Ansicht kann ich nicht teilen; ohne Zweifel werden wir drei das Geheimnis wahren, den vierten aber, Sie selbst, fürchte ich – Ihnen traue ich in keiner Beziehung!«

»Wie können Sie nur! Ich habe doch von allen das meiste Interesse daran, denn mir ist doch dafür ewige Dankbarkeit versprochen worden! Aber ich möchte gerade bei dieser Gelegenheit noch auf etwas außerordentlich Merkwürdiges hinweisen, das eigentlich mehr psychologisch interessant als bloß merkwürdig ist. Noch ganz unter dem Eindruck des Gesprächs mit Warwara Petrowna – und Sie können sich vorstellen, was für einen Eindruck es auf mich gemacht hat –, wandte ich mich gestern abend an Alexej Nilytsch mit der beiläufigen Frage: ‚Sie haben doch', sagte ich, ‚Nikolaj Wsewolodowitsch im Ausland und auch vorher schon in Petersburg gekannt; was halten Sie nun', fragte ich, ‚von seinem Verstand und seinen Fähigkeiten?' Und da antwortete er mir genauso lakonisch, wie es immer seine Art ist, daß er ihn für einen Menschen mit scharfem Verstand und gesundem Urteil halte. ‚Aber bemerkten Sie nicht im Laufe der Jahre', fragte ich, ‚bei ihm gewisse ausgefallene Ideen oder eine ganz besondere Richtung seiner Gedanken oder, ich möchte fast sagen, eine Art Geistesstörung?' Kurz, ich wiederholte ihm Warwara Petrownas Frage. Und nun stellen Sie sich vor: Alexej Nilytsch wird auf einmal nachdenklich, runzelt die Stirn genauso wie jetzt und sagt zu mir: ‚Ja, manchmal kam er mir allerdings ein bißchen wunderlich vor.' Bedenken Sie nun, wenn er schon Alexej Nilytsch wunderlich vorgekommen ist, wie mag er dann erst in Wirklichkeit sein, nicht?«

»Ist das wahr?« wandte sich Stepan Trofimowitsch an Alexej Nilytsch.

»Ich möchte nicht darüber sprechen«, antwortete Alexej Nilytsch, hob plötzlich den Kopf, und seine Augen blitzten. »Ich möchte Ihr Recht bestreiten, Liputin, so etwas zu sagen. Sie haben in diesem Fall kein Recht, von mir zu sprechen. Ich habe Ihnen gar nicht meine ganze Meinung gesagt. Allerdings war ich in Petersburg mit ihm bekannt, aber das ist schon lange her, und wenn ich ihn jetzt auch wieder getroffen habe, so kenne ich doch Nikolaj Stawrogin nur wenig. Lassen Sie mich bitte ganz aus dem Spiel, und ... das alles sieht nach Klatsch aus ...«

Liputin hob beschwörend die Arme wie die beleidigte Unschuld selber: »Ich soll ein Klatschmaul sein! Wohl noch gar ein Spion? Sie haben gut kritisieren, Alexej Nilytsch, wenn Sie sich von allem fernhalten. Sie glauben gar nicht, Stepan Trofimowitsch, dieser Hauptmann Lebjadkin, der so dumm ist wie ... man schämt sich förmlich zu sagen, wie dumm er ist – es gibt einen echt russischen Vergleich, der diesen Grad sehr treffend bezeichnet –, auch der fühlt sich von Nikolaj Wsewolodowitsch beleidigt, bewundert dabei aber doch immer dessen Scharfsinn. ‚Dieser Mensch setzt mich in Erstaunen', sagt er, ‚er ist klug wie eine Schlange.' Das sind seine eignen Worte. Den fragte ich also auch – immer noch unter dem Eindruck von gestern und erst nach dem Gespräch mit Alexej Nilytsch –: ‚Na', sagte ich, ‚Hauptmann, wie denken Sie denn nun Ihrerseits darüber: ist Ihre kluge Schlange verrückt oder nicht?' Aber Sie können mir glauben, das war, als ob ich ihm hinterrücks eins mit der Peitsche versetzt hätte – ohne seine Erlaubnis natürlich. Er sprang von seinem Platz auf: ‚Ja', sagte er, ‚ja ... aber das kann doch keinen Einfluß haben ...' Worauf das keinen Einfluß haben könne – das sagte er nicht. Dann versank er in trübsinnige Gedanken, in so trübsinnige, daß sogar sein Rausch dabei verflog. Wir saßen zusammen in Filippows Wirtsstube. Und ungefähr nach einer halben Stunde schlug er dann plötzlich mit der Faust auf den Tisch: ‚Ja', sagte er, ‚am Ende mag er auch verrückt sein, nur kann das doch keinerlei Einfluß haben ...' und wieder sagte er nicht, worauf das keinen Einfluß haben könne. Natürlich gebe ich Ihnen jetzt das ganze Gespräch nur im Auszug wieder, aber der Sinn ist doch klar: wen auch immer man fragt, allen kommt der gleiche Gedanke, obwohl er vorher keinem eingefallen ist: ‚Ja', sagen alle, ‚er ist verrückt; ein sehr kluger Mensch, aber vielleicht doch auch verrückt.'«

Stepan Trofimowitsch saß in Gedanken versunken da und überlegte angestrengt. »Woher will Lebjadkin das wissen?«

»Danach müssen Sie gefälligst Alexej Nilytsch fragen, der mich soeben einen Spion genannt hat. Ich bin angeblich ein Spion und – weiß dennoch nichts; Alexej Nilytsch aber kennt diese ganze Geschichte haarklein und schweigt.«

»Ich weiß gar nichts oder nur wenig«, entgegnete der Ingenieur mit derselben Gereiztheit. »Sie machen ja Lebjadkin immer betrunken, um etwas aus ihm herauszubekommen. Auch mich haben Sie nur hierhergebracht, um etwas zu erfahren und damit ich reden soll. Also sind Sie ein Spion!«

»Ich habe ihn noch nie betrunken gemacht, soviel Geld ist er mir gar nicht wert mit allen seinen Geheimnissen! Da können Sie sehen, wieviel ich mir aus seinen Geheimnissen mache; wieviel Sie sich daraus machen, weiß ich nicht. Im Gegenteil, er wirft mit Geld um sich, während er mich noch vor vierzehn Tagen um lumpige fünfzehn Kopeken anbettelte. Jetzt traktiert er mich mit Champagner, und nicht ich ihn. Aber Sie bringen mich da auf einen guten Gedanken: wenn es nötig sein wird, werde ich ihn einmal betrunken machen, nur um etwas auszukundschaften, und vielleicht werde ich dann ... auch alle Ihre Geheimnisse erfahren«, fügte Liputin boshaft hinzu.

Stepan Trofimowitsch blickte die beiden Kampfhähne verständnislos an. Sie hatten sich beide selber verraten und machten vor allem nicht die geringsten Umstände miteinander. Es kam mir vor, als hätte Liputin diesen Alexej Nilytsch nur zu dem Zweck zu uns gebracht, um ihn durch eine dritte Person in ein Gespräch hineinzuziehen, dem er dann nicht mehr entgehen könnte – ein Lieblingsmanöver von ihm.

»Alexej Nilytsch kennt Nikolaj Wsewolodowitsch nur zu gut«, fuhr Liputin gereizt fort, »er verheimlicht es bloß. Und was den Hauptmann Lebjadkin betrifft, so hat er Nikolaj Wsewolodowitschs Bekanntschaft schon früher als wir andern alle gemacht; das war vor fünf oder sechs Jahren in Petersburg, in jener, wenn ich mich so ausdrücken darf, wenig bekannten Lebensepoche Nikolaj Wsewolodowitschs, als er noch gar nicht daran dachte, uns hier mit seiner Ankunft zu beglücken. Daraus ist zu schließen, daß unser Prinz damals in Petersburg einen sehr merkwürdigen Bekanntenkreis um sich geschart haben muß. Damals hat er anscheinend auch Alexej Nilytsch kennengelernt.«

»Nehmen Sie sich in acht, Liputin, ich mache Sie im voraus darauf aufmerksam, daß Nikolaj Wsewolodowitsch bald selber herkommen wird, und der versteht es, seinen Mann zu stehen.«

»Was hat denn das mit mir zu tun? Ich bin doch der erste, der es laut ausspricht, daß er ein Mensch von feinstem, ausgesuchtestem Verstande ist, und ich habe auch Warwara Petrowna gestern in diesem Sinne vollkommen beruhigt. ‚Nur für seinen Charakter', habe ich zu ihr gesagt, ‚kann ich keine Garantie übernehmen.' Und ganz dasselbe sagte auch Lebjadkin gestern zu mir: ‚Unter seinem Charakter', sagte er, ‚habe ich sehr gelitten.' Ach, Stepan Trofimowitsch, Sie haben gut reden, daß das alles nur Klatsch und Spionage sei, aber wohlgemerkt, erst nachdem Sie selbst alles aus mir herausgezogen haben, und mit welch grenzenloser Neugier noch dazu! Warwara Petrowna, sehen Sie, die traf gestern gleich den Nagel auf den Kopf: ‚Sie geht diese ganze Sache persönlich an', sagte sie, ‚darum wende ich mich auch an Sie.' Als ob das etwa nicht der Fall wäre! Was brauche ich da noch andere Motive, wenn ich doch vor der ganzen Gesellschaft eine persönliche Beleidigung von Seiner Exzellenz habe hinunterschlucken müssen! Meiner Ansicht nach habe ich Grund genug, mich nicht nur aus Klatschsucht für diesen Fall zu interessieren! Heute drückt er einem die Hand, morgen ohrfeigt er einen mir nichts, dir nichs zum Dank für die Gastfreundschaft vor einer ganzen ehrenwerten Gesellschaft, wie es ihm eben gerade durch den Sinn fährt. Und das alles aus purem Übermut! Aber die Hauptsache ist bei solchen Herren doch immer nur das weibliche Geschlecht: Schmetterlinge sind das alles und tapfere Hähnchen! Gutsbesitzer mit Flügelchen, wie bei den antiken Amoretten, Herzensdiebe à la Petschorin*. Sie, Stepan Trofimowitsch, haben als eingefleischter Junggeselle gut reden und können mich Seiner Exzellenz wegen leicht ein Klatschmaul nennen! Aber heiraten Sie erst einmal – Sie sind doch jetzt immerhin noch ein Mann in den besten Jahren – ein hübsches, junges Frauchen, dann werden Sie vielleicht auch vor unserem Prinzen Ihre Tür verschließen und Barrikaden in Ihrem eignen Hause errichten! Wenn diese Mademoiselle Lebjadkin, die jetzt mit der Peitsche traktiert wird, nicht blödsinnig und krummbeinig wäre, so würde ich bei Gott glauben, daß auch sie ein Opfer der Leidenschaften unseres Generalssöhnchens und daß er es gewesen ist, der den Hauptmann Lebjadkin ‚in seiner Familienehre gekränkt hat', wie er sich immer ausdrückt. Nur läuft das dem auserlesenen Geschmack dieser Herren allerdings etwas zuwider, aber hierin nehmen

* Hauptfigur in Lermontows Roman »Ein Held unserer Zeit« (Anmerkung des Übersetzers).

sie es eben manchmal doch nicht so genau! Jede Beere wird verspeist, sobald nur der richtige Appetit danach vorhanden ist. Und da reden Sie noch von Klatsch! Bin ich es denn etwa, der das herumposaunt, wenn schon die ganze Stadt es ausschreit? Ich höre nur zu und sage zu allem ja. Ja sagen ist doch wohl nicht verboten!«

»Die ganze Stadt schreit es aus? Ja, was schreit denn die ganze Stadt aus?«

»Ich wollte sagen, der Hauptmann Lebjadkin schreit es, wenn er betrunken ist, der ganzen Stadt ins Gesicht. Na, ist das nun nicht dasselbe, wie wenn der ganze Marktplatz das schreit? Was kann ich denn dafür? Ich spreche nur unter Freunden davon, denn ich glaube doch immerhin, mich hier unter Freunden zu befinden!« Und mit der unschuldigsten Miene sah er uns alle der Reihe nach an. »Dazu kommt nun noch eine andre Geschichte: stellen Sie sich vor, Seine Exzellenz hat diesem Hauptmann Lebjadkin sofort aus der Schweiz dreihundert Rubel geschickt, und zwar durch ein sehr ehrenwertes junges Mädchen, eine bescheidene Waise sozusagen, die ich selber zu kennen die Ehre habe! Kurz darauf erhält Lebjadkin die zuverlässige Nachricht – von wem, sage ich nicht, aber ebenfalls von einer höchst ehrenwerten und somit durchaus glaubwürdigen Person –, daß ihm nicht dreihundert, sondern tausend Rubel gesandt worden seien! ... Natürlich behauptet nun Lebjadkin, das junge Mädchen habe ihm die siebenhundert Rubel gestohlen, er möchte das Geld am liebsten durch die Polizei einziehen lassen, wenigstens hat er damit gedroht, und erhebt nun vor der ganzen Stadt ein großes Geschrei ...«

»Das ist gemein, das ist gemein von Ihnen!« rief der Ingenieur und sprang vom Stuhl auf.

»Aber Sie sind doch selber die höchst ehrenwerte Person, die Lebjadkin in Nikolaj Wsewolodowitschs Namen bestätigt hat, daß ihm nicht dreihundert, sondern tausend Rubel gesandt worden sind. Das hat mir der Hauptmann selber in der Betrunkenheit erzählt!«

»Das ... das ist ein unglückliches Mißverständnis. Jemand muß sich geirrt haben, und da ist nun ... Das ist ja alles Unsinn, aber Sie sind ein gemeiner Mensch!«

»Das will ich auch meinen, daß das alles Unsinn ist, und höre es mit Kummer, weil dadurch, Sie können sagen, was Sie wollen, ein höchst ehrenwertes junges Mädchen erstens einmal in diese Geschichte mit den siebenhundert Rubel mit hineingezogen und zweitens in so offenkundig intime Beziehungen zu Nikolaj Wsewolodowitsch gebracht wird. Was kostet es denn Seine Exzellenz, ein ehrenwertes Mädchen zu schänden oder die Frau eines anderen zu beleidigen, wie es seinerzeit bei mir der Fall war? Gerät ihnen dann zufällig noch ein hochherziger Mensch unter die Hände, so zwingen sie ihn einfach, mit seinem ehrlichen Namen fremde Sünden zu dekken. Das habe ich ja auch durchmachen müssen; ich rede ja nur von mir selber . . .«

»Nehmen Sie sich in acht, Liputin!« keuchte Stepan Trofimowitsch und erhob sich aus seinem Lehnstuhl. Er war leichenblaß geworden.

»Glauben Sie ihm nicht, glauben Sie ihm kein Wort! Da liegt ein Irrtum vor, und Lebjadkin war betrunken . . .« rief der Ingenieur in unbeschreiblicher Erregung. »Das wird sich alles aufklären, aber ich kann nicht mehr . . . ich halte das für eine Niederträchtigkeit . . . und damit Schluß, Schluß!« Er lief aus dem Zimmer.

»Was fällt Ihnen denn ein? Ich komme doch mit!« rief Liputin erschrocken, sprang auf und lief hinter Alexej Nilytsch her.

7

Stepan Trofimowitsch stand etwa eine Minute lang in Gedanken versunken da, schaute mich an, ohne mich zu sehen, ergriff dann seinen Hut und Stock und ging still aus dem Zimmer. Ich folgte ihm, genau wie vorhin. Als er aus dem Haustor trat, merkte er, daß ich ihn begleitete, und sagte: »Ach, Sie können als Zeuge dienen . . . de l'accident. Vous m'accompagnerez, n'est-ce pas?«

»Stepan Trofimowitsch, wollen Sie wirklich wieder dorthin? Bedenken Sie doch, was kann daraus entstehen?«

Mit einem kläglichen, hilflosen Lächeln, einem Lächeln der Scham und vollständigen Verzweiflung, gleichzeitig aber auch einer seltsamen Verzückung, flüsterte er mir zu, indem er einen Augenblick stehenblieb: »Ich kann doch nicht heiraten, um ‚fremde Sünden' zu decken!«

Auf dieses Wort hatte ich nur gewartet. Endlich war es ausgesprochen, dieses entscheidende Wort, das er eine ganze

Woche lang mit Winkelzügen und Ausflüchten vor mir zu verbergen gesucht hatte. Ich geriet einfach außer mich.

»Einen so schmutzigen, einen so ... niedrigen Gedanken konnten Sie in sich aufkommen lassen, Sie, Stepan Werchowenskij, mit Ihrem klaren Verstand und Ihrem guten Herzen und ... sogar noch bevor Liputin kam!«

Er sah mich an, sagte kein Wort und ging weiter. Ich wollte ihn nicht im Stich lassen, wollte ihm bei Warwara Petrowna als Zeuge dienen. Ich hätte ihm noch verziehen, wenn er bei seinem weibischen Kleinmut nur dem Geschwätz Liputins geglaubt hätte, aber es war nun ganz klar, daß er sich das alles schon lange vor Liputin selber ausgedacht und dieser seinen Verdacht nur bestätigt und Öl ins Feuer gegossen hatte. Er hatte keine Bedenken getragen, dieses Mädchen vom ersten Tag an zu verdächtigen, obgleich er keinerlei Gründe, nicht einmal die von Liputin, dafür gehabt hatte. Die despotische Handlungsweise Warwara Petrownas hatte er sich nur damit erklärt, daß sie den verzweifelten Wunsch hegte, die hochwohlgeborenen Sünden ihres teuren Nicolas so schnell wie möglich durch die Heirat mit einem ehrenwerten Mann zu vertuschen! Ich wünschte nichts sehnlicher, als daß er dafür bestraft werde.

»Oh! Dieu, qui est si grand et si bon! Oh, wer wird meinem Herzen Ruhe spenden!« rief er aus, nachdem er etwa hundert Schritte weitergegangen und plötzlich wieder stehengeblieben war.

»Kommen Sie, wir wollen nach Hause gehen, und ich werde Ihnen alles erklären!« rief ich und wollte ihn mit Gewalt zum Umkehren zwingen.

»Er ist es! Stepan Trofimowitsch, sind Sie es? Sind Sie es wirklich?« ertönte hinter uns eine frische, helle, jugendliche Stimme, die wie Musik klang. Niemand war zu sehen, aber plötzlich tauchte eine Reiterin neben uns auf. Es war Lisaweta Nikolajewna mit ihrem ständigen Begleiter. Sie hielt ihr Pferd an.

»Kommen Sie, kommen Sie schnell!« rief sie laut und heiter. »Zwölf Jahre lang habe ich ihn nicht mehr gesehen und ihn doch erkannt, er aber ... Erkennen Sie mich denn wirklich nicht wieder?«

Stepan Trofimowitsch ergriff ihre Hand, die sie ihm entgegenstreckte, und küßte sie andächtig. Er schaute sie an wie im Gebet und konnte kein Wort hervorbringen.

»Er hat mich erkannt und freut sich! Mawrikij Nikolajewitsch, er ist entzückt, daß er mich wiedersieht! Warum sind Sie denn die ganzen vierzehn Tage nicht zu uns gekommen? Tante hat zwar versichert, Sie seien krank und man dürfe Sie nicht aufregen, aber ich weiß doch, daß sie gelogen hat. Ich habe immerzu mit den Füßen gestampft und auf Sie geschimpft, aber ich wollte durchaus, durchaus, daß Sie als erster und von selbst zu uns kämen, deshalb habe ich auch nicht nach Ihnen geschickt. Mein Gott, er hat sich ja kein bißchen verändert!« Sie beugte sich vom Sattel herab und sah ihn aufmerksam an. »Einfach lächerlich, wie wenig er sich verändert hat! Ach nein, da sind doch ein paar Fältchen, viele Fältchen sogar um die Augen herum und auf den Backen, und graues Haar, aber die Augen, die sind noch die gleichen geblieben! Habe ich mich wohl verändert? Ja? Warum sagen Sie denn kein Wort?«

Ich mußte in diesem Augenblick daran denken, daß sie, wie man mir erzählt hatte, als elfjähriges Kind beinahe krank geworden war, als man sie von hier nach Petersburg brachte, und in ihrem Schmerz immer unter Tränen nach Stepan Trofimowitsch gefragt hatte.

»Ich ... ich ...« stammelte er, und die Freude erstickte seine Stimme. »Soeben rief ich aus: ‚Wer wird meinem Herzen Ruhe spenden?' und da ertönte Ihre Stimme ... Ich halte das für ein Wunder, et je commence à croire.«

»En Dieu? En Dieu, qui est là-haut et qui est si grand et si bon? Sehen Sie, ich weiß alle Ihre Lektionen noch auswendig. Und wie hat er mir ihn damals gepredigt, Mawrikij Nikolajewitsch, diesen Glauben en Dieu, qui est si grand et si bon! Und erinnern Sie sich noch Ihrer Erzählungen, wie Kolumbus Amerika entdeckte und wie da alle schrien: ‚Land, Land!' Meine Kinderfrau Aljona Frolowna sagt, daß ich danach in der Nacht phantasiert und im Schlaf gerufen habe: ‚Land, Land!' Und wissen Sie noch, wie Sie mir die Geschichte vom Prinzen Hamlet erzählt haben? Und wie Sie mir die Überfahrt armer Auswanderer von Europa nach Amerika geschildert haben? Das stimmte alles gar nicht, ich habe später erfahren, wie so eine Überfahrt vor sich geht; aber wie schön er mir das damals vorgelogen hat, Mawrikij Nikolajewitsch, fast schöner, als es in Wirklichkeit ist. Was sehen Sie denn Mawrikij Nikolajewitsch so an? Das ist der beste und treueste Mensch auf dem ganzen Erdball, und Sie müssen ihn unbedingt ebenso liebgewinnen wie mich! Il fait tout ce que je veux. Aber mein liebster Stepan Trofimowitsch, da sind Sie wohl wieder einmal recht unglücklich, wenn Sie mitten auf der Straße rufen: ,Wer wird meinem Herzen Ruhe spenden?' Nicht wahr, Sie sind unglücklich? Ja?«

»Jetzt bin ich glücklich . . .«

»Tante beleidigt Sie?« fuhr sie fort, ohne auf ihn zu hören. »Sie ist noch immer die böse, ungerechte und doch uns allen so teure Tante. Wissen Sie noch, wie Sie sich im Garten mir in die Arme warfen und ich dann mit Ihnen weinte und Sie tröstete? Vor Mawrikij Nikolajewitsch brauchen Sie keine Angst zu haben, er weiß schon lange alles, alles von Ihnen; an seiner Schulter können Sie weinen, soviel Sie wollen, und er wird ruhig stehen bleiben, solange Sie wollen! . . . Schieben Sie doch Ihren Hut etwas zurück, oder nehmen Sie ihn einen Augenblick ganz ab, recken Sie den Kopf hoch und stellen Sie sich auf die Fußspitzen, ich möchte Sie auf die Stirn küssen, wie ich Sie das letztemal geküßt habe, als wir voneinander Abschied nahmen. Sehen Sie, wie die junge Dame dort am Fenster uns mit Vergnügen zusieht? . . . Nein, näher, näher müssen Sie kommen! Gott, wie grau er geworden ist!« Und sie beugte sich im Sattel herab und küßte ihn auf die Stirn. »Nun, jetzt komme ich zu Ihnen! Ich weiß, wo Sie wohnen. Gleich, in einer Minute, werde ich bei Ihnen sein. Ich werde Sie also doch zuerst besuchen, Sie Dickschädel, und Sie dann für den ganzen Tag zu mir schleppen. Gehen Sie nun und bereiten Sie sich auf meinen Empfang vor!«

Und sie sprengte mit ihrem Kavalier davon. Wir kehrten nach Hause zurück. Stepan Trofimowitsch setzte sich aufs Sofa und weinte.

»Dieu, Dieu!« rief er aus. »Enfin une minute de bonheur!«

Noch keine zehn Minuten waren vergangen, da erschien sie auch schon, wie sie versprochen hatte, wieder von ihrem Mawrikij Nikolajewitsch begleitet.

»Vous et le bonheur, vous arrivez en même temps!« rief Stepan Trofimowitsch und ging ihr entgegen.

»Hier bringe ich Ihnen ein paar Blumen; ich bin soeben bei Madame Chevalier vorbeigeritten – sie hat ja jetzt den ganzen Winter über frische Blumen für Geburtstagsfeiern. Wie Sie sehen, ist Mawrikij Nikolajewitsch auch mitgekommen, bitte Bekanntschaft zu schließen. Eigentlich wollte ich Ihnen statt der Blumen eine Pastete mitbringen, aber Mawrikij

Nikolajewitsch behauptet, das verstieße in Rußland gegen den guten Ton!«

Dieser Mawrikij Nikolajewitsch war Artilleriehauptmann, etwa dreiunddreißig Jahr alt, groß, von hübschem und tadellosem Äußeren und hatte ein respekteinflößendes Gesicht, das auf den ersten Blick sogar streng erschien, trotz der wunderbar zarten Güte, die jedem gleich vom ersten Augenblick seiner Bekanntschaft mit ihm auffallen mußte. Im übrigen war er schweigsam, schien sehr kaltblütig zu sein und drängte seine Freundschaft niemandem auf. Später behaupteten viele bei uns, daß er beschränkt sei, aber das stimmte nicht ganz.

Die Schönheit Lisaweta Nikolajewnas will ich nicht beschreiben. Die ganze Stadt sprach schon laut davon, wenn auch manche unserer Damen und jungen Mädchen unwillig widersprachen. Es gab sogar einige unter ihnen, die Lisaweta Nikolajewna bereits haßten, erstens ihres Stolzes wegen: Drosdows hatten fast überhaupt noch keine Besuche gemacht und dadurch natürlich Anstoß erregt, obgleich der eigentliche Grund zu dieser Verzögerung nur der leidende Zustand Praskowja Iwanownas war. Zweitens haßte man sie, weil sie mit der Gattin des Gouverneurs verwandt war, und drittens, weil sie täglich ausritt. Bis dahin hatte es bei uns noch keine reitenden Damen gegeben, und so war es nur zu erklärlich, daß das Erscheinen Lisaweta Nikolajewnas, die alle Tage spazierenritt, ohne vorher Besuche gemacht zu haben, alle beleidigte. Zwar wußten alle, daß die Ärzte ihr das Reiten verordnet hatten, aber gerade das gab nun wieder Anlaß zu giftigen Bemerkungen über ihre Kränklichkeit. Doch sie war wirklich krank. Was an ihr auf den ersten Blick auffiel, war ihre krankhafte, nervöse, stete Unruhe. Ach, die Ärmste hatte viel zu leiden, das sollte sich später alles aufklären. Wenn ich jetzt an das Vergangene zurückdenke, kann ich eigentlich nicht sagen, daß sie so schön war, wie sie mir damals vorkam. Vielleicht war sie sogar ausgesprochen häßlich. Groß und mager, aber biegsam und kräftig, fiel sie durch die Unregelmäßigkeit ihrer Gesichtszüge geradezu auf. Ihre Augen standen etwas schief wie bei den Kalmücken, ihr Gesicht war bleich, mager und hatte vorstehende Backenknochen, und doch war darin etwas Unwiderstehliches, Anziehendes! Eine ungeheure Macht lag in dem feurigen Blick ihrer dunklen Augen; sie erschien wie eine Siegerin und »zum Siegen geboren«. Sie machte einen stolzen, manchmal sogar vermessenen

Eindruck. Ich weiß nicht, ob sie gütig sein konnte, ich weiß nur, daß sie es schrecklich gern wollte und sich abquälte, ihrem Wesen etwas Güte abzuringen. In dieser Natur waren gewiß edle Triebe und die besten Ansätze vorhanden, aber es war, als suchte das alles in ihr ewig nach einem Ausgleich, ohne ihn jemals finden zu können: alles war chaotisch, in Wallung, in Unruhe. Vielleicht stellte sie zu hohe Anforderungen an sich selbst, ohne jemals in sich die Kraft zu finden, diesen Anforderungen zu genügen.

Sie setzte sich aufs Sofa und schaute sich im Zimmer um.

»Warum wird mir in solchen Augenblicken immer so schwer ums Herz? Erklären Sie mir das, Sie gelehrter Mann. Bisher habe ich immer gedacht, ich würde Gott weiß wie froh sein, wenn ich Sie wiedersähe und mir dann alles ins Gedächtnis zurückriefe, und nun scheine ich gar nicht froh zu sein, obgleich ich Sie doch so sehr liebe ... Ach Gott, da hat er ja mein Bild hängen! Geben Sie es einmal her, ich erinnere mich noch gut daran!«

Dieses entzückende kleine Aquarellbildnis der zwölfjährigen Lisa hatten Drosdows vor etwa neun Jahren Stepan Trofimowitsch aus Petersburg zugesandt. Seitdem hing es ständig in seinem Zimmer.

»War ich wirklich ein so hübsches kleines Mädchen? Sollte das wirklich mein Gesicht sein?« Sie stand auf und betrachtete sich, das Bild in der Hand, im Spiegel. »Schnell, schnell, nehmen Sie es!« rief sie und gab ihm das Bild zurück. »Hängen Sie es jetzt nicht wieder auf, erst später; ich will es nicht mehr sehen!« Sie setzte sich wieder aufs Sofa. »Ein Leben verging, ein anderes fing an, dann verging auch das andere – es begann ein drittes, und immer fehlte der Abschluß. Es endete jedesmal wie mit der Schere abgeschnitten. Sehen Sie, was für alte Geschichten ich Ihnen da erzähle, und doch liegt soviel Wahrheit darin!«

Sie blickte mich lächelnd an. Schon mehrmals hatte sie zu mir herübergesehen, aber Stepan Trofimowitsch hatte in seiner Aufregung ganz vergessen, daß er versprochen hatte, mich vorzustellen.

»Warum hängt mein Bild bei Ihnen unter Dolchen? Und warum haben Sie überhaupt so viele Dolche und Säbel?«

An der Wand hingen bei ihm tatsächlich, ich weiß nicht wozu, zwei gekreuzte Jatagane und darüber ein echter Tscherkessensäbel. Bei ihrer Frage hatte sie mir so gerade ins Gesicht gesehen, daß ich schon etwas darauf antworten wollte, aber ich stockte. Stepan Trofimowitsch besann sich endlich und stellte mich vor.

»Ich weiß, ich weiß schon«, sagte sie, »und freue mich sehr. Auch Mama hat schon viel von Ihnen gehört. Machen Sie nur auch mit Mawrikij Nikolajewitsch Bekanntschaft, er ist ein prächtiger Mensch. Ich hatte mir von Ihnen schon eine komische Vorstellung gemacht: Sie sind doch Stepan Trofimowitschs Vertrauter?«

Ich errötete.

»Ach, verzeihen Sie bitte, ich habe mich falsch ausgedrückt: ich meine gar nicht eine komische, sondern ...« (Sie wurde ebenfalls ganz rot und verlegen.) »Übrigens, warum sollen Sie sich dessen schämen, daß Sie ein vortrefflicher Mensch sind? Doch kommen Sie, Mawrikij Nikolajewitsch, wir müssen gehen! Stepan Trofimowitsch, daß Sie in einer halben Stunde bei uns sind! O Gott, wieviel haben wir uns zu erzählen! Jetzt bin *ich* Ihre Vertraute, Stepan Trofimowitsch, und zwar in allem, *in allem*, verstehen Sie?«

Sofort erschrak Stepan Trofimowitsch.

»Oh, Mawrikij Nikolajewitsch weiß alles, vor ihm brauchen Sie sich nicht zu genieren.«

»Was weiß er denn?«

»Aber ich bitte Sie!« rief sie erstaunt. »So ist es also doch wahr, daß sie es geheimhalten! Ich wollte es nicht glauben. Und Dascha wird auch versteckt. Neulich wollte Tante mich nicht zu Dascha lassen und sagte, sie habe Kopfschmerzen.«

»Aber ... aber wie haben Sie das erfahren?«

»Ach Gott, genauso wie alle anderen auch. Das war weiter kein Kunststück.«

»Ja, wissen es denn wirklich alle? ...«

»Na, was denn sonst? Mama hatte es allerdings zuerst durch meine Kinderfrau Aljona Frolowna erfahren, und die hatte es wieder von Ihrer Nastasja. Sie müssen es doch selber Nastasja erzählt haben? Sie behauptet wenigstens, Sie selber hätten es ihr gesagt.«

»Ich ... ich habe allerdings einmal ... so etwas zu ihr gesagt ...« stotterte Stepan Trofimowitsch, über und über rot. »Aber ich habe es doch nur angedeutet ... J'étais si nerveux et malade et puis ...«

Sie lachte laut: »Und da der Vertraute gerade nicht zur Hand war, mußte Nastasja herhalten ... na, nun ist mir alles klar! Die ist ja mit allen Klatschbasen der Stadt befreundet. Nun, lassen Sie es gut sein, es ist ja schließlich gleich; mögen sie es doch alle wissen, um so besser! Kommen Sie nur so bald wie möglich, wir essen sehr früh zu Mittag ... Ach, da fällt mir etwas ein«, sie setzte sich wieder, »hören Sie, was ist eigentlich mit diesem Schatow?«

»Schatow? Das ist der Bruder Darja Pawlownas...«

»Ich weiß, daß er ihr Bruder ist; wie verständnislos Sie doch sind!« unterbrach sie ihn ungeduldig. »Ich möchte wissen, wie er ist, was für ein Mensch.«

»C'est un pense-creux d'ici. C'est le meilleur et le plus irascible homme du monde.«

»Ich habe auch schon gehört, daß er ein wunderlicher Mensch sein soll. Doch darum handelt es sich nicht. Ich hörte, daß er drei Sprachen spreche, auch englisch, und sich mit literarischen Arbeiten beschäftige. Wenn das zutrifft, hätte ich viel Arbeit für ihn, ich brauche eine Hilfskraft, und je eher ich sie finde, desto besser. Ob er wohl die Arbeit übernehmen wird? Er ist mir empfohlen worden ...«

»Oh, unbedingt, et vous fairez un bienfait ...«

»Mir ist es durchaus nicht um ein bienfait zu tun, ich brauche nur eine Hilfskraft.«

»Ich kenne Schatow ziemlich gut«, sagte ich, »und wenn Sie mich beauftragen wollen, ihm etwas auszurichten, würde ich augenblicklich zu ihm hingehen.«

»Bestellen Sie ihm, er möchte morgen vormittag um zwölf Uhr zu mir kommen. Das ist ja herrlich! Ich danke Ihnen. Mawrikij Nikolajewitsch, sind Sie bereit?«

Sie ritten davon. Natürlich eilte ich sofort zu Schatow.

»Mon ami!« rief Stepan Trofimowitsch, der mich auf der Außentreppe einholte, »kommen Sie unbedingt um zehn oder elf Uhr zu mir, da werde ich zurück sein. Oh, wie sehr, wie sehr fühle ich mich vor Ihnen schuldig und ... vor allen, vor allen!«

8

Ich traf Schatow nicht zu Hause an. Zwei Stunden später ging ich nochmals zu ihm – er war wieder nicht da. Endlich, schon gegen acht Uhr abends, begab ich mich noch einmal zu ihm, um ihm wenigstens, wenn ich ihn wieder nicht antreffen sollte, einen Zettel zu hinterlassen; und wirklich, auch diesmal traf ich ihn nicht an. Seine Wohnung war verschlossen. Er wohnte ganz allein, ohne jedweden dienstbaren Geist. Ich überlegte, ob ich nicht unten beim Hauptmann Lebjadkin anklopfen und nach Schatow fragen sollte; aber auch dort war die Tür verschlossen, es war weder ein Laut zu hören, noch Licht zu sehen, alles war wie ausgestorben. Noch ganz unter dem Eindruck der soeben gehörten Geschichten, ging ich nicht ohne Neugier an Lebjadkins Tür vorüber. Zu guter Letzt beschloß ich, am nächsten Tag etwas früher wieder vorzusprechen, zumal ich mich auf einen Zettel nicht allzusehr verlassen konnte. Schatow würde ihm vielleicht überhaupt keine Beachtung schenken, er war ja so starrköpfig und menschenscheu. Als ich, mein Pech verwünschend, aus dem Haustor trat, stieß ich plötzlich auf Herrn Kirillow, der gerade ins Haus gehen wollte und mich sofort erkannte. Da er mich auszufragen begann, erzählte ich ihm alles in den Hauptzügen und sprach auch von meinem Zettel.

»Kommen Sie«, sagte er, »das mache ich.«

Mir fiel ein, daß er ja, wie Liputin gesagt hatte, seit diesem Morgen in dem hölzernen Flügel nach dem Hofe zu wohnte. In diesem Flügel, der für ihn allein zu geräumig war, wohnte außerdem noch ein altes, taubes Weib, das ihn auch bediente. Der Besitzer des Hauses unterhielt in einer Nebenstraße in einem Neubau, der ihm ebenfalls gehörte, eine Gastwirtschaft und hatte diese Alte, die anscheinend eine Verwandte von ihm war, hier zurückgelassen, damit sie in dem alten Haus nach dem Rechten sähe. Die Zimmer in dem Flügel machten einen ziemlich sauberen Eindruck, nur die Tapeten waren schmutzig. In dem Zimmer, das wir betraten, waren die Möbel kunterbunt zusammengewürfelt, von verschiedenstem Stil und richtiger Ausschuß: zwei Lombertische, eine Kommode aus Erlenholz, ein großer Brettertisch aus einer Bauernstube oder Küche, ein Sofa und ein paar Stühle mit gegitterten Lehnen und harten Lederpolstern. In der einen Ecke befand sich ein altertümliches Heiligenbild, vor dem die Alte, schon ehe wir kamen, das Lämpchen angezündet hatte, und an den Wänden hingen zwei große nachgedunkelte Ölbilder: das eine stellte den verstorbenen Kaiser Nikolaj Pawlowitsch dar und stammte, seinem Aussehen nach zu urteilen, noch aus den zwanziger Jahren unseres Jahrhunderts, während das andere das Bildnis eines Bischofs war.

Herr Kirillow zündete, nachdem er eingetreten war, eine Kerze an und nahm aus seinem Koffer, der noch unausgepackt in einer Ecke stand, einen Briefumschlag, Siegellack und ein Kristallpetschaft heraus.

»Versiegeln Sie Ihren Brief und schreiben Sie die Adresse auf den Umschlag.«

Ich erwiderte, das sei doch nicht nötig, aber er bestand darauf. Nachdem ich die Adresse auf den Umschlag geschrieben hatte, griff ich nach meiner Mütze.

»Ich dachte, Sie würden Tee mit mir trinken«, sagte er. »Ich habe soeben Tee gekauft. Wollen Sie?«

Ich schlug es nicht ab. Die Alte brachte darauf bald den Tee, das heißt eine große Teekanne mit heißem Wasser und eine kleine mit sehr starkem Tee, zwei große, bäurisch bemalte Steinguttassen, Weißbrot und einen ganzen Suppenteller voll Zuckerstücke.

»Ich trinke mit Vorliebe nachts Tee«, sagte er, »dann gehe ich lange auf und ab und trinke bis zum Morgengrauen. Im Ausland bereitet das Teetrinken nachts immer Schwierigkeiten.«

»Und erst beim Morgengrauen legen Sie sich schlafen?«

»Ja, immer; schon lange. Ich esse wenig. Trinke nur Tee. Liputin ist schlau, aber ungeduldig.«

Es wunderte mich, daß er sich unterhalten wollte; ich beschloß, den Augenblick auszunutzen.

»Das waren unangenehme Mißverständnisse heute«, bemerkte ich.

Er machte ein sehr finsteres Gesicht. »Das war eine Dummheit, lauter dummes, nichtiges Zeug! Das ist doch alles nur Unsinn, weil Lebjadkin betrunken war. Ich habe Liputin nichts gesagt, habe ihm nur Nebensächliches erklärt, weil er alles verdreht hatte. Liputin hat viel Phantasie, aus einem Nichts türmt er gleich Berge auf. Gestern glaubte ich noch Liputin.«

»Und heute mir?« fragte ich lachend.

»Aber Sie wissen ja schon alles seit vorhin. Liputin ist entweder schwach oder ungeduldig oder mißgünstig oder . . . neidisch.«

Das letzte Wort hatte mich verblüfft. »Übrigens, wenn Sie so viele Kategorien aufzählen, ist es nicht zu verwundern, wenn er in eine von ihnen hineinpaßt.«

»Oder in alle zusammen.«

»Ja, auch das ist wahr. Liputin ist ein Chaos! Hat er vorhin wirklich gelogen, als er sagte, daß Sie ein Werk schreiben wollen?«

»Warum sollte das gelogen sein?« Er machte wieder ein finsteres Gesicht und starrte zu Boden.

Ich entschuldigte mich und versicherte, daß ich ihn durchaus nicht ausforschen wolle. Er wurde rot.

»Er sagte die Wahrheit. Ich schreibe. Nur ist das ganz gleich.«

Wir schwiegen ungefähr eine Minute. Plötzlich lächelte er mit dem alten kindlichen Lächeln.

»Das mit den Köpfen hat er sich nach einem Buch ausgedacht und es zuerst mir erzählt. Er ist schwer von Begriff, ich suche nur nach dem Grund, warum die Menschen es nicht wagen, sich das Leben zu nehmen, das ist alles. Auch das ist ganz gleich.«

»Wieso wagen sie es nicht? Gibt es denn so wenig Selbstmorde?«

»Sehr wenig.«

»Finden Sie das wirklich?«

Er antwortete nicht, stand auf und ging nachdenklich auf und ab.

»Was hält denn die Menschen Ihrer Ansicht nach vom Selbstmord zurück?« fragte ich.

Er sah mich zerstreut an, als müßte er sich erst darauf besinnen, wovon wir sprachen.

»Ich ... ich weiß noch wenig ... zwei Vorurteile halten sie davon zurück, zwei Dinge, nur zwei: das eine ist sehr klein, das andere sehr groß. Aber auch das kleine ist sehr groß.«

»Was ist denn das kleine?«

»Der Schmerz.«

»Der Schmerz? Ist das denn so wichtig ... in diesem Fall?«

»Das ist das erste. Es gibt zwei Arten von Selbstmördern: diejenigen, die sich aus großem Kummer oder aus Wut oder aus Wahnsinn oder gleichviel aus welchem Grund umbringen ... die tun es plötzlich. Die denken wenig an den Schmerz, sondern tun es plötzlich. Aber die es mit Überlegung tun – die denken viel.«

»Gibt es denn überhaupt solche, die es aus Überlegung tun?«

»Sehr viele. Wenn das Vorurteil nicht wäre, würden es noch mehr sein; sehr viel; alle.«

»Nun wirklich alle?«

Er schwieg.

»Gibt es denn keine Mittel und Wege, schmerzlos zu sterben?«

»Denken Sie sich« – er blieb vor mir stehen – »einen Stein von solchem Umfang wie ein großes Haus; er hängt, und Sie stehen unter ihm; wenn er nun auf Sie herabfällt, auf Ihren Kopf – wird das schmerzen?«

»Ein Stein, so groß wie ein Haus? Allerdings, fürchterlich!«

»Ich spreche nicht von der Furcht. Würden Sie Schmerz empfinden?«

»Ein Stein, so groß wie ein Berg, eine Million Pud schwer? Selbstverständlich nicht im geringsten!«

»Aber Sie stehen wirklich da, und während er hängt, werden Sie sich fürchten, daß es weh tut. Jeder große Gelehrte, große Arzt, alle, alle werden sich sehr fürchten. Jeder wird wissen, daß es nicht weh tut, und doch wird jeder sehr fürchten, daß es weh tut.«

»Nun, und der zweite Grund, der große?«

»Das Jenseits.«

»Das heißt: die Strafe?«

»Das ist ganz gleich. Das Jenseits; nur das Jenseits.«

»Gibt es denn nicht auch solche Atheisten, die gar nicht an ein Jenseits glauben?«

Wieder schwieg er.

»Vielleicht urteilen Sie nur nach sich selbst?«

»Jeder kann nur nach sich selbst urteilen«, sagte er und wurde rot. »Die volle Freiheit wird dann dasein, wenn es ganz gleich sein wird, leben oder nicht leben. Das ist für alles das Ziel.«

»Das Ziel? Aber dann wird vielleicht niemand mehr leben wollen?«

»Niemand«, sagte er fest.

»Der Mensch fürchtet den Tod, weil er das Leben liebt, so fasse ich es auf«, bemerkte ich, »und so hat es auch die Natur gewollt.«

»Das ist niedrig, und hierin liegt der ganze Betrug!« Seine Augen funkelten. »Das Leben ist Schmerz, das Leben ist Angst, und der Mensch ist unglücklich. Jetzt ist alles Schmerz und Angst. Jetzt liebt der Mensch das Leben, weil er Schmerz und Angst liebt. Und so hat man es gemacht. Das Leben wird jetzt für Schmerz und Angst gegeben, und hierin liegt der ganze Betrug. Jetzt ist der Mensch noch nicht jener Mensch. Es wird einen neuen Menschen geben, einen glücklichen und stolzen. Wem es ganz gleich sein wird, ob er lebt oder nicht, der wird ein neuer Mensch sein. Wer Schmerz und Angst überwindet, wird selber ein Gott sein. Aber *jener* Gott wird nicht sein.«

»Also gibt es Ihrer Ansicht nach jenen Gott doch?«

»Es gibt ihn nicht, aber er ist da. Im Stein ist kein Schmerz, aber in der Angst vor dem Stein ist Schmerz. Gott ist der Schmerz der Todesangst. Wer Schmerz und Angst überwindet, der wird selbst Gott werden. Dann wird ein neues Leben sein, dann wird ein neuer Mensch sein, alles wird neu sein ... Dann wird man die Weltgeschichte in zwei Abschnitte einteilen: vom Gorilla bis zur Vernichtung Gottes und von der Vernichtung Gottes bis ...«

»Bis zum Gorilla?«

»... bis zur physischen Umwandlung der Erde und des Menschen. Ein Gott wird der Mensch sein und sich physisch verändern. Die Welt wird sich verändern, und die Dinge werden sich verändern, und die Gedanken und alle Gefühle. Was meinen Sie, wird der Mensch sich dann physisch verändern?«

»Wenn es ganz gleich sein wird, ob man lebt oder nicht, werden sich alle umbringen, und darin wird vielleicht die Veränderung bestehen.«

»Das ist ganz gleich. Den Betrug wird man umbringen. Jeder, der den Willen zur wichtigsten Freiheit hat, muß es wagen, sich zu töten. Wer es wagt, sich zu töten, der hat das Geheimnis des Betruges erkannt. Weiter gibt es keine Freiheit; das ist alles, weiter gibt es nichts. Wer sich zu töten wagt, ist ein Gott. Jetzt kann es jeder machen, daß Gott nicht mehr ist und überhaupt nichts ist. Aber noch keiner hat es jemals getan.«

»Es hat Millionen von Selbstmördern gegeben.«

»Aber alles nicht deswegen, alles immer mit Angst und nicht deswegen. Nicht deswegen, um die Angst zu töten. Wer sich das Leben nimmt, nur um die Angst zu töten, der wird sogleich ein Gott.«

»Dazu wird er vielleicht keine Zeit mehr haben«, bemerkte ich.

»Das ist ganz gleich«, erwiderte er leise, mit ruhigem Stolz, fast mit Verachtung. »Es tut mir leid, daß Sie sich anscheinend darüber lustig machen«, fügte er nach einer Weile hinzu.

»Und mir kommt es sonderbar vor, daß Sie vorhin so gereizt waren, jetzt aber so ruhig und doch feurig sprechen.«

»Vorhin? Vorhin war es komisch«, antwortete er lächelnd. »Ich schimpfe nicht gern und lache niemals«, fügte er traurig hinzu.

»Ja, Ihre Nächte beim Tee verbringen Sie nicht gerade lustig.« Ich stand auf und nahm meine Mütze.

»Glauben Sie?« Er lächelte ein wenig erstaunt. »Warum denn? Nein, ich ... ich weiß nicht«, er wurde plötzlich verlegen, »ich weiß nicht, wie es bei andern ist, aber ich fühle, daß ich nicht so kann wie jedermann. Jeder denkt, und dann denkt er gleich an etwas anderes. Ich kann nicht an anderes, ich denke mein ganzes Leben an eines. Mich hat Gott mein ganzes Leben lang gequält«, schloß er plötzlich mit erstaunlicher Mitteilsamkeit.

»Aber sagen Sie, wenn ich mir die Frage erlauben darf, warum sprechen Sie nicht richtig russisch? Haben Sie es in den fünf Jahren im Ausland wirklich verlernt?«

»Spreche ich denn unrichtig? Ich weiß nicht. Nein, nicht deshalb, weil ich im Ausland war. Ich habe immer so gesprochen ... mir ist es ganz gleich.«

»Nun eine noch delikatere Frage: ich glaube Ihnen vollkommen, daß Sie nicht geneigt sind, mit anderen Leuten zusammenzukommen, und nur wenig mit Menschen sprechen. Warum sind Sie aber jetzt mir gegenüber so gesprächig geworden?«

»Ihnen gegenüber? Sie saßen vorhin so nett da, und Sie ... übrigens ist es ganz gleich ... Sie haben große Ähnlichkeit mit meinem Bruder, viel, außerordentlich«, sagte er und wurde rot. »Er starb vor sieben Jahren, der ältere; viel, sehr viel Ähnlichkeit.«

»Wahrscheinlich hatte er einen starken Einfluß auf Ihre Denkweise.«

»N–ein, er sprach wenig; er redete überhaupt nicht. Ich werde Ihren Zettel abgeben.«

Er begleitete mich mit einer Laterne bis ans Haustor, um es hinter mir zuzuschließen. Selbstverständlich ist er verrückt, entschied ich bei mir. Am Tor kam es zu einer neuen Begegnung.

9

Kaum hatte ich den Fuß über die hohe Schwelle des Torpförtchens gesetzt, da packte mich auf einmal eine starke Hand an der Brust.

»Wer ist das?« brüllte eine Stimme. »Freund oder Feind? Gestehe!«

»Das ist einer der Unsrigen, einer der Unsrigen!« kreischte neben mir Liputins Stimme. »Das ist Herr G–w, ein Mann von klassischer Bildung und mit Beziehungen zur höchsten Gesellschaft.«

»Sehr angenehm, falls zur Gesellschaft, und klassisch, das heißt hö–ö–öchst gebildet. Hauptmann außer Dienst Ignat Lebjadkin, der Welt und den Freunden zu Diensten ... wenn sie treu sind, wenn sie treu sind, die Halunken!«

Hauptmann Lebjadkin, ein Riese von Gestalt, dick, muskulös, kraushaarig, rot im Gesicht und total betrunken, konnte sich vor mir kaum auf den Beinen halten und brachte die Worte nur mit Mühe hervor. Ich hatte ihn übrigens schon früher einmal von weitem gesehen.

»Ah, da ist ja auch der!« brüllte er wieder, als er Kirillow bemerkte, der mit seiner Laterne immer noch nicht fortgegangen war. Er wollte schon die Faust erheben, ließ sie aber gleich wieder sinken. »Ich verzeihe dir wegen deiner Gelehrtheit! Ignat Lebjadkin ist ein hö–o–öchstgebildeter Mensch ...

Der Liebesglut Granate
Platze in der Brust des Ignate.
Und wieder weint, daß Gott erbarm,
Der bei Sewastopol verlor den Arm.

Ich bin zwar nicht in Sewastopol gewesen und habe auch keinen Arm verloren, aber was für Reime!« rief er und kam mir mit seiner betrunkenen Fratze bedenklich nahe.

»Der Herr hat keine Zeit, keine Zeit, er muß nach Hause«, versuchte Liputin ihn zu überreden. »Er wird Lisaweta Nikolajewna morgen alles wiedererzählen.«

»Lisaweta!« heulte er wieder. »Halt! Warte! Ein andrer Vers:

Im Reigen der Amazonen
Fliegt ein Stern vorbei wie der Wind,
Es lächelt, um mich zu belohnen,
Das ari–sto–kratische Kind.

Dem Amazonenstern gewidmet.

Das ist eine Hymne, eine richtige Hymne, wenn du kein Esel bist! Diese Nichtsnutze, sie begreifen es nicht! Halt!« Er krallte sich an meinen Mantel fest, obwohl ich mich mit aller Gewalt durch das Pförtchen drängte. »Sag ihr, daß ich ein Ritter von Ehre bin, und Daschka . . . diese Daschka werde ich mit zwei Fingern . . . sie ist eine leibeigne Sklavin und darf nicht wagen . . .«

Er fiel hin, denn ich hatte mich mit Gewalt aus seinen Händen befreit. Ich rannte die Straße entlang. Liputin heftete sich an meine Fersen.

»Alexej Nilytsch wird ihn schon aufheben. Wissen Sie, was ich soeben von ihm erfahren habe?« schwatzte er ganz außer Atem. »Die Verse haben Sie doch gehört? Na, diese Verse an den ‚Amazonenstern' hat er versiegelt und schickt sie morgen mit seiner vollen Unterschrift an Lisaweta Nikolajewna. Was sagen Sie dazu?«

»Ich wette, daß Sie ihn dazu angestiftet haben.«

»Die Wette verlieren Sie!« lachte Liputin. »Er ist verliebt, verliebt wie ein Kater, und wissen Sie, das hat mit Haß angefangen. Er hat Lisaweta Nikolajewna, weil sie reitet, zuerst so gehaßt, daß er auf der Straße beinahe laut hinter ihr hergeschimpft hat; ja, er hat es wirklich getan! Noch vorgestern schimpfte er auf sie, als sie vorbeiritt – zum Glück hat sie es nicht gehört –, und heute plötzlich Gedichte! Wissen Sie auch, daß er sogar einen Antrag riskieren will? Im Ernst, im Ernst!«

»Ich wundere mich über Sie, Liputin, überall sind Sie dabei, wo solche üblen Sachen vorkommen, überall sind Sie der Anführer«, sagte ich wütend.

»Da gehen Sie doch etwas zu weit, Herr G–w, Sie haben wohl Herzklopfen bekommen aus Angst vor dem Nebenbuhler? Wie?«

»Wa–a–as?« rief ich und blieb stehen.

»Nun erzähle ich Ihnen zur Strafe nichts weiter! Und wie gerne würden Sie doch noch mehr hören! Schon allein, daß dieser Schafskopf jetzt kein gewöhnlicher Hauptmann mehr ist, sondern Gutsbesitzer unseres Gouvernements, und noch dazu ein recht ansehnlicher, da Nikolaj Wsewolodowitsch ihm dieser Tage sein ganzes Landgut verkauft hat, das früher an die zweihundert Seelen zählte. Bei Gott, ich lüge nicht! Soeben erst habe ich es erfahren, aber dafür aus sicherster Quelle. Na, nun sondieren Sie mal selber weiter! Mehr sage ich nicht. Auf Wiedersehen!«

10

Stepan Trofimowitsch erwartete mich mit nervöser Ungeduld. Er war schon vor etwa einer Stunde zurückgekehrt und kam mir wie betrunken vor. Die ersten fünf Minuten wenigstens glaubte ich, daß er betrunken sei. O weh, der Besuch bei Drosdows hatte ihn endgültig aus der Fassung gebracht.

»Mon ami, nun habe ich den Faden vollständig verloren ... Lise ... diesen Engel liebe und verehre ich nach wie vor; ja, nach wie vor; aber mir scheint, sie haben mich beide nur erwartet, um etwas zu erfahren, das heißt, um einfach etwas aus mir herauszuholen und mir dann wieder den Laufpaß zu geben ... Das *ist* so.«

»Schämen Sie sich!« rief ich, außerstande, länger an mich zu halten.

»Mein Freund, ich bin jetzt völlig allein. Enfin, c'est ridicule. Stellen Sie sich vor: auch dort ist alles mit Geheimnissen vollgepfropft. Sie fielen geradezu über mich her wegen dieser Nasen- und Ohrengeschichte und dann noch wegen anderer Petersburger Geheimnisse. Sie haben ja beide erst hier erfahren, was Nicolas vor vier Jahren hier angestellt hat. ‚Sie waren doch hier, Sie haben doch alles mit angesehen, ist es wahr, daß er wahnsinnig ist?' Ich verstehe gar nicht, wie sie auf diese Idee kommen! Warum will Praskowja durchaus, daß Nicolas wahnsinnig sei? Denn das will sie, das will sie! Ce Maurice oder Mawrikij Nikolajewitsch, wie sie ihn nennen, brave homme tout de même ... aber sollte sie das wirklich nur seinetwegen wollen ... nachdem sie doch selber als erste aus Paris à cette pauvre amie geschrieben hat ... Enfin, ‚diese Praskowja', wie cette chère amie sie immer nennt, ist eine Type, sie ist Gogols unvergeßliche Korobotschka*, nur eine böse, eine zänkische Korobotschka und eine in unendlich vergrößertem Maßstab.«

»In unendlich vergrößertem Maßstab? Dann muß das ja eine kolossale Schachtel sein!«

»Na, dann in verkleinertem, mir ist es gleich, nur unterbrechen Sie mich nicht, es dreht sich mir sowieso schon alles

* Frau Korobotschka (auf deutsch: Schächtelchen) in Gogols Roman »Die toten Seelen« ist eine engherzige, beschränkte und starrköpfige alte Gutsbesitzerin (Anmerkung des Übersetzers).

im Kreise. Dort haben sie sich gänzlich verfeinert, nur Lise sagt immer noch: ‚Tante, Tante', aber Lise ist schlau, also steckt da noch etwas anderes dahinter. Geheimnisse über Geheimnisse. Doch mit der Alten haben sie sich endgültig überworfen. Sie ist auch wirklich zu despotisch, cette pauvre tante ... und dann die Frau des neuen Gouverneurs und die Unehrerbietigkeit der Gesellschaft und die Unhöflichkeit Karmasinows, dazu noch dieses Gespenst des Wahnsinns et ce Lipoutine, ce que je ne comprends pas ... u–und man sagt, sie lege sich Essigumschläge um den Kopf, und da kommen wir beide noch mit unseren Klagen und Briefen ... Oh, wie habe ich sie gerade in dieser Zeit gequält! Je suis un ingrat! Denken Sie nur, wie ich zurückkomme, finde ich einen Brief von ihr vor, lesen sie ihn, lesen sie ihn! Oh, wie unvornehm war das von mir!«

Stepan Trofimowitsch reichte mir Warwara Petrownas Brief, den er soeben erhalten hatte. Allem Anschein nach bereute sie ihr schroffes »Bleiben Sie zu Hause« vom Vormittag. Das Briefchen war sehr höflich, aber doch kurz und entschieden. Sie bat Stepan Trofimowitsch, übermorgen, also am Sonntag, Punkt zwölf Uhr zu ihr zu kommen, und riet ihm, einen seiner Freunde (in Klammern stand mein Name) mitzubringen. Ihrerseits versprach sie, Schatow, als Darja Pawlownas Bruder, hinzuzuziehen. »Da können Sie von ihr eine endgültige Antwort erhalten: wird Ihnen das genügen? War es diese Formalität, nach der Sie so trachteten?«

»Beachten Sie den gereizten Schlußsatz über die Formalität. Die Arme, die Arme, der Freund meines ganzen Lebens! Allerdings muß ich zugeben, daß diese *plötzliche* Entscheidung meines Schicksals mich fast zu Boden gedrückt hat ... Ich muß gestehen: ich hatte immer noch Hoffnung, aber jetzt – tout est dit. Nun weiß ich, daß alles zu Ende ist. C'est terrible. Oh, wenn doch dieser Sonntag niemals anbräche und alles beim alten bliebe: Sie würden zu mir kommen, und ich würde hier ...«

»All diese Abscheulichkeiten und Klatschgeschichten Liputins von vorhin haben Sie völlig konfus gemacht.«

»Mein Freund, jetzt haben Sie mit Ihrem Freundesfinger noch einen anderen wunden Punkt berührt. Diese Freundesfinger sind überhaupt unbarmherzig und manchmal verständnislos, pardon, aber werden Sie es glauben, ich hatte das alles schon beinahe vergessen, all diese Abscheulichkeiten, das heißt, ich hatte sie gar nicht vergessen, sondern ich hatte mich in meiner Einfalt die ganze Zeit über, die ich bei Lise war, bemüht, glücklich zu sein, und mir einzureden versucht, daß ich auch wirklich glücklich sei. Jetzt aber ... oh, jetzt muß ich an diese hochherzige, humane Frau denken, die gegen all meine garstigen Mängel so nachsichtig gewesen ist – das heißt, wenn auch nicht gerade nachsichtig, aber wie bin ich denn selbst, ich mit meinem flachen, häßlichen Charakter! Ich bin doch nur ein unberechenbares Kind, mit dem ganzen Egoismus eines Kindes, aber ohne seine Unschuld. Zwanzig Jahre lang hat sie mich gehegt und gepflegt wie eine Kinderfrau, cette pauvre tante, wie Lise sie liebreich nennt ... Und plötzlich, nach zwanzig Jahren, will das Kind heiraten, verheirate mich, verheirate mich, ein Brief nach dem andern, sie aber macht Essigumschläge ... und nun ist es erreicht, Sonntag bin ich ein verheirateter Mann, das ist doch keine Kleinigkeit ... Und warum habe ich selber darauf bestanden, warum habe ich die Briefe geschrieben? Ja, das habe ich vergessen: Lise vergöttert Darja Pawlowna, sie redet wenigstens so. Sie sagt von ihr: ‚C'est un ange, aber nur ein etwas verschlossener.' Sie rieten mir beide zu, sogar Praskowja ... übrigens nein, Praskowja riet mir nicht zu. Oh, wieviel Gift doch in dieser ‚Korobotschka' steckt! Auch Lise hat mir eigentlich nicht zugeraten: ‚Wozu brauchen Sie zu heiraten? Die geistigen Genüsse genügen Ihnen doch schon!' und dabei lachte sie. Ich habe ihr dieses Lachen verziehen, weil auch ihr schwer ums Herz ist. ‚Ohne Frau jedoch können Sie nicht auskommen', meinten beide. ‚Sie nähern sich den Jahren der Altersschwäche, sie wird Sie warm zudecken', oder wie sie da sagten ... Ma foi, habe ich doch auch selber die ganze Zeit über, die ich hier mit Ihnen zusammensaß, bei mir gedacht, daß die Vorsehung sie mir nun am Ende meiner stürmischen Lebenstage schickt und daß sie mich warm zudecken wird, oder wie sie dort sagten ... enfin, daß ich sie auch im Haushalt brauchen werde. Dieser Schmutz immer bei mir, sehen Sie nur, was da wieder alles herumliegt! Vorhin erst habe ich aufräumen lassen, und dennoch liegt ein Buch auf dem Fußboden. La pauvre amie ärgert sich immer, daß es bei mir so unordentlich ist ... Oh, nun wird ihre Stimme nicht mehr hier ertönen! Vingt ans! Und stellen Sie sich vor, sie haben anscheinend anonyme Briefe bekommen, daß Nicolas sein Gut an Lebjadkin verkauft habe. C'est un monstre; et enfin, wer ist dieser Lebjadkin? Lise hörte und hörte zu, hu, wie sie zuhörte! Ich verzieh ihr das Lachen von vorhin, als ich sah, mit was für einem Gesicht sie zuhörte, und ce Maurice... ich möchte jetzt nicht in seiner Haut stecken, brave homme tout de même, nur ein bißchen schüchtern; übrigens, Gott segne seine Wege...«

Er verstummte. Erschöpft und verwirrt saß er mit gesenktem Kopf da und starrte mit müden Augen zu Boden. Ich benutzte diese Pause und erzählte ihm von meinem Besuch im Filippowschen Hause. Scharf und trocken setzte ich ihm auseinander, daß Lebjadkins Schwester (die ich nicht gesehen hatte) tatsächlich einmal das Opfer Nicolas' gewesen sein könne, vielleicht in der rätselhaften Periode seines Lebens, wie Liputin sich auszudrücken pflegte, und daß es sehr gut möglich sei, daß Lebjadkin aus irgendeinem Grund von Nicolas Geld erhalte, aber das sei auch alles. Was die Klatschereien über Darja Pawlowna anbetreffe, so sei das alles nur Unsinn, alles nur Übertreibung des Schurken Liputin, das habe wenigstens Alexej Nilytsch mit großem Eifer versichert, und es sei doch kein Grund vorhanden, diesem keinen Glauben zu schenken. Stepan Trofimowitsch hörte meinen Versicherungen mit zerstreuter Miene zu, als gingen sie ihn nichts an. Bei dieser Gelegenheit erwähnte ich auch mein Gespräch mit Kirillow und fügte hinzu, daß er vielleicht geisteskrank sei.

»Er ist nicht geisteskrank«, murmelte er matt und teilnahmslos, »aber diese Leute haben einen sehr beschränkten Horizont. Ces gens-là supposent la nature et la société humaine autres que Dieu ne les a faites et qu'elles ne sont réellement. Manche liebäugeln mit ihnen, aber Stepan Werchowenskij hat das niemals getan. Ich habe sie damals in Petersburg gesehen, avec cette pauvre amie – oh, wie habe ich diese damals gekränkt! –, ließ mich aber weder durch ihr Geschimpfe noch durch ihr Lob erschrecken. Ich fürchte es auch jetzt nicht, mais parlons d'autre chose... Ich glaube, ich habe etwas Entsetzliches angerichtet; stellen Sie sich vor, ich habe Darja Pawlowna gestern einen Brief geschrieben und... wie verwünsche ich mich jetzt deswegen!«

»Was haben Sie ihr denn geschrieben?«

»O mein Freund, glauben Sie mir, ich tat das alles nur aus Edelmut. Ich habe ihr mitgeteilt, daß ich vor etwa fünf Tagen auch an Nicolas geschrieben habe, ebenfalls nur aus Edelmut.«

»Jetzt verstehe ich!« rief ich erregt. »Und welches Recht hatten Sie, die beiden einander so gegenüberzustellen?«

»Aber, mon cher, erdrücken Sie mich doch nicht vollständig und schreien Sie nicht so; ich bin sowieso schon ganz breitgedrückt wie ... wie eine Küchenschabe, und schließlich glaube ich doch, edelmütig gehandelt zu haben. Nehmen Sie einmal an, daß dort wirklich etwas vorgefallen ist ... en Suisse ... oder auch nur im Entstehen gewesen ist. Mußte ich da nicht ihre Herzen erst fragen, damit ... enfin, damit ich ihre Herzen nicht störe und ihnen nicht wie ein Pfahl im Weg stehe? ... Nur aus Edelmut habe ich das getan.«

»O Gott, wie dumm haben Sie das gemacht!« entfuhr es mir unwillkürlich.

»Dumm, dumm«, griff er eifrig meinen Ausdruck auf. »Noch nie haben Sie etwas Klügeres gesagt, c'était bête, mais que faire, tout est dit. Heiraten werde ich ja sowieso, ganz gleich, ob es nun ‚fremde Sünden' sind oder nicht, wozu brauchte ich also da noch zu schreiben? Nicht wahr?«

»Sie drehen sich immer im Kreise herum!«

»Oh, jetzt können Sie mich mit Ihrem Geschrei nicht mehr ins Bockshorn jagen, jetzt steht nicht mehr der Stepan Werchowenskij von einst vor Ihnen, der ist zu Grabe getragen; enfin, tout est dit. Und warum schreien Sie? Nur darum, weil nicht Sie selber heiraten und nicht Sie einen gewissen Kopfschmuck zu tragen haben werden. Das hören Sie wohl nun wieder nicht gern? Mein armer Freund, Sie kennen die Frauen nicht, ich aber habe mein Leben lang nichts anderes getan als sie studiert. ‚Willst du die Welt besiegen, so besiege zuerst dich selbst!' Das ist der einzige Ausspruch, der Schatow, dem Bruder meiner künftigen Frau, einem ebensolchen Romantiker wie Sie, wirklich einmal vorzüglich gelungen ist. Mit Freuden habe ich ihn deshalb übernommen. Nun, auch ich bin bereit, mich selbst zu besiegen, und heirate, was werde ich aber erobern an Stelle der ganzen Welt? O mein Freund, die Ehe ist der moralische Tod jeder stolzen Seele, jeder Unabhängigkeit. Das Eheleben wird mich demoralisieren, mich der Energie, des Mutes berauben, der nun einmal für den Dienst an der guten Sache so notwendig ist; es werden Kinder kommen, die am Ende gar nicht die meinigen sind – das heißt, selbstverständlich werden es nicht die meinigen sein: der Weise scheut sich nicht, der Wahrheit ins Antlitz zu schauen ... Vorhin machte mir Liputin den Vorschlag, mich vor Nicolas durch Barrikaden zu schützen; er ist dumm, dieser Liputin. Das Weib täuscht selbst das allsehende Auge. Le bon Dieu muß natürlich, als er das Weib schuf, gewußt haben, was er sich damit antat, aber ich bin überzeugt, daß sie auch hier hineingeredet und ihn schließlich so weit gebracht hat, sie so, wie sie eben ist, und ... mit solchen Attributen zu schaffen; denn wer würde sich wohl umsonst solche Scherereien aufladen? Ich weiß, Nastasja könnte sich über solche Freidenkerei entrüsten, aber ... Enfin, tout est dit.«

Er wäre nicht er selbst gewesen, wenn er ohne jene billige witzelnde Freigeisterei ausgekommen wäre, die zu seiner Zeit so florierte, wenigstens tröstete er sich jetzt mit einem solchen Scherz, aber nur für kurze Zeit.

»Oh, warum könnte dieses Übermorgen, dieser Sonntag nicht überhaupt ausfallen!« rief er plötzlich, nun aber schon ganz verzweifelt. »Warum könnte nicht wenigstens diese eine Woche ohne Sonntag sein – si le miracle existe? Was würde es denn die Vorsehung kosten, nur einen einzigen Sonntag aus dem Kalender zu streichen, wenn auch nur, um einem Atheisten ihre Macht zu zeigen et que tout soit dit! Oh, wie habe ich sie geliebt! Zwanzig Jahre lang, ganze zwanzig Jahre lang, und nie hat sie mich verstanden!«

»Von wem reden Sie eigentlich? Auch ich verstehe Sie nicht!« fragte ich verwundert.

»Vingt ans! Und nicht ein einziges Mal hat sie mich verstanden, oh, das ist grausam! Und glaubt sie denn wirklich, daß ich aus Angst, aus Not heirate? O Schmach! Tante, Tante, ich tue es nur deinetwegen ... Oh, mag sie es erfahren, diese Tante, daß sie die einzige Frau ist, die ich zwanzig Jahre lang vergöttert habe! Sie muß das erfahren, es geht nicht anders, sonst wird man mich nur mit Gewalt zu dem schleppen, ce qu'on appelle le Traualtar!«

Zum ersten Male hörte ich von ihm ein solches und noch dazu so energisch geäußertes Bekenntnis. Ich will nicht verhehlen, daß ich die größte Lust hatte, in Gelächter auszubrechen. Ich hatte unrecht.

»Er, er allein ist mir nun geblieben, als meine einzige Hoffnung!« rief er plötzlich und schlug die Hände zusammen, als überkäme ihn auf einmal ein neuer Gedanke. »Jetzt kann nur er, mein armer Junge, mich retten, und – oh, warum kommt er denn nicht? O mein Sohn, o mein Petruscha ... und wenn ich auch eher den Namen eines Tigers als den eines Vaters verdiene, so ist doch ... laissez-moi, mon ami, ich möchte mich ein bißchen hinlegen, um meine Gedanken zu sammeln. Ich bin so müde, so unendlich müde, auch für Sie, glaube ich, ist es Zeit, schlafen zu gehen, voyez-vous, es ist schon zwölf Uhr ...«

Viertes Kapitel

Die Lahme

1

Schatow zeigte sich nicht widerspenstig und erschien auf meinen Brief hin mittags bei Lisaweta Nikolajewna. Wir kamen fast gleichzeitig. Ich war ebenfalls erschienen, um meinen ersten Besuch zu machen. Sie saßen alle, das heißt Lisa, die Mama und Mawrikij Nikolajewitsch, im großen Saal und stritten sich. Die Mama hatte verlangt, daß Lisa ihr einen bestimmten Walzer auf dem Klavier vorspiele, und hatte dann bei den ersten Tönen behauptet, das sei nicht der Walzer, den sie meine. Mawrikij Nikolajewitsch hatte in seiner Einfalt Lisas Partei ergriffen und versichert, das sei doch der richtige Walzer, worauf die alte Dame vor Ärger zu weinen angefangen hatte. Sie war krank und konnte nur mit Mühe gehen. Ihre Füße waren angeschwollen, und so hatte sie in den letzten Tagen nichts anderes getan, als alle mit ihren Launen gequält und mit jedermann Streit angefangen, obgleich sie vor Lisa doch immer ein bißchen Angst hatte. Man freute sich über unser Kommen. Lisa errötete vor Freude, sagte »merci« zu mir – natürlich Schatows wegen –, ging auf ihn zu und betrachtete ihn neugierig.

Schatow blieb linkisch an der Tür stehen. Nachdem sie ihm für sein Kommen gedankt hatte, führte sie ihn zur Mutter hin.

»Das ist Herr Schatow, von dem ich Ihnen schon erzählt habe, und das ist Herr G–w, ein guter Freund von mir und von Stepan Trofimowitsch. Mawrikij Nikolajewitsch hat ihn gestern auch kennengelernt.«

»Und welcher ist nun der Professor?«

»Professor sind sie alle beide nicht, Mama.«

»Doch, einer ist es. Du hast selber gesagt, daß ein Professor kommen werde, sicherlich ist es der da«, und sie deutete mit Widerwillen auf Schatow.

»Ich habe Ihnen keineswegs gesagt, daß ein Professor kommen werde. Herr G–w steht im Staatsdienst, und Herr Schatow ist ehemaliger Student.«

»Student oder Professor, das ist doch ganz gleich, beide sind von der Universität. Du mußt nur immer streiten. Der in der Schweiz hatte aber einen Bart.«

»Mama nennt den Sohn Stepan Trofimowitschs immer Professor«, sagte Lisa und führte Schatow zu einem Sofa in der anderen Ecke des Saals. »Wenn sie geschwollene Füße hat, ist sie immer so; Sie müssen wissen, sie ist krank«, flüsterte sie Schatow zu, wobei sie ihn und besonders den Haarschopf auf seinem Kopf immer noch mit derselben außerordentlichen Neugierde betrachtete.

»Sie sind beim Militär?« fragte mich die alte Dame, der mich Lisa erbarmungslos überlassen hatte.

»Nein, ich bin Angestellter . . .«

»Herr G–w ist ein guter Freund von Stepan Trofimowitsch«, rief Lisa schnell dazwischen.

»Sind Sie bei Stepan Trofimowitsch angestellt? Aber der ist doch auch Professor?«

»Ach, Mama, Sie träumen sicherlich auch nachts von Professoren!« rief Lisa ärgerlich.

»Es gibt ihrer auch im Wachen schon mehr als genug. Aber du mußt nur immer deiner Mutter widersprechen. Waren Sie hier, als Nikolaj Wsewolodowitsch vor vier Jahren herkam?«

Ich bejahte es.

»War da mit Ihnen zusammen ein Engländer hier?«

»Nein.«

Lisa lachte auf.

»Siehst du, es war gar kein Engländer hier, das ist also nur leeres Geschwätz. Warwara Petrowna und Stepan Trofimowitsch flunkern alle beide. Alle flunkern hier.«

»Tante und gestern auch Stepan Trofimowitsch fanden eine gewisse Ähnlichkeit zwischen Nikolaj Wsewolodowitsch und dem Prinzen Harry in Shakespeares »Heinrich IV.« und darum sagt Mama nun, daß kein Engländer dagewesen sei«, erklärte uns Lisa.

»Wenn kein Harry dagewesen ist, war auch kein Engländer da. Nikolaj Wsewolodowitsch hat seine tollen Streiche allein begangen.«

»Ich versichere Ihnen, das sagt Mama absichtlich«, fand Lisa für nötig, Schatow zu erklären. »Sie kennt Shakespeare ganz genau. Ich selbst habe ihr den ersten Akt des »Othello« vorgelesen; aber sie ist jetzt sehr leidend. Mama, hören Sie, es schlägt zwölf, Sie müssen Ihre Medizin einnehmen.«

»Der Doktor ist gekommen«, meldete das Stubenmädchen, das in der Tür erschien.

Die alte Dame erhob sich und rief ihr Hündchen: »Semirka, Semirka, so komme doch du wenigstens mit mir!«

Das garstige alte Hündchen Semirka gehorchte aber nicht und kroch unter das Sofa, auf dem Lisa saß.

»Du willst nicht? Dann will auch ich nichts mehr von dir wissen. Leben Sie wohl, mein Lieber, ich weiß Ihren Vor- und Vatersnamen nicht«, wandte sie sich an mich.

»Anton Lawrentjewitsch ...«

»Nun, das ist ja ganz gleich, bei mir geht's zum einen Ohre hinein und zum andern hinaus. Sie brauchen mich nicht zu begleiten, Mawrikij Nikolajewitsch, ich habe nur Semirka gerufen. Gott sei Dank kann ich noch allein gehen, und morgen werde ich spazierenfahren.« Sie verließ ärgerlich den Saal.

»Anton Lawrentjewitsch, unterhalten Sie sich inzwischen mit Mawrikij Nikolajewitsch. Ich versichere Ihnen, es wird zu Ihrem beiderseitigen Vorteil sein, wenn Sie näher miteinander bekannt werden«, sagte Lisa und lächelte Mawrikij Nikolajewitsch freundschaftlich zu, der unter ihrem Blick übers ganze Gesicht erstrahlte.

Es blieb mir also nichts weiter übrig, als mich mit Mawrikij Nikolajewitsch zu unterhalten.

2

Zu meinem Erstaunen war es tatsächlich nur eine literarische Angelegenheit, die Lisaweta Nikolajewna mit Schatow besprechen wollte. Ich weiß nicht, wie es kam, aber ich hatte geglaubt, daß sie ihn aus einem anderen Grunde zu sich gebeten habe. Als wir, das heißt Mawrikij Nikolajewitsch und ich, nun sahen, daß man nichts vor uns geheimhielt und ganz laut sprach, fingen wir an zuzuhören und wurden schließlich auch um unseren Rat gefragt. Die Sache war die, daß Lisaweta Nikolajewna schon lange vorhatte, ein ihrer Ansicht nach nützliches Buch herauszugeben, aber wegen ihrer völligen Unerfahrenheit einen Mitarbeiter brauchte. Der Ernst, mit dem sie Schatow ihren Plan entwickelte, verblüffte mich geradezu. Wahrscheinlich ist sie eine von diesen modernen Frauen, dachte ich, nicht umsonst ist sie in der Schweiz gewesen. Schatow hörte, den Blick zu Boden gesenkt, aufmerksam zu und wunderte sich nicht im geringsten darüber, daß eine anderweitig abgelenkte junge Weltdame Dinge unternahm, die nicht zu ihr zu passen schienen.

Bei dem literarischen Unternehmen handelte es sich um folgendes: In den Hauptstädten wie auch in der Provinz erscheinen in Rußland eine Menge Zeitungen und Zeitschriften, die täglich über eine große Anzahl von Ereignissen berichten. Ist das Jahr zu Ende, so werden die Zeitungen überall in Schränke verstaut oder liegen herum, werden zerrissen, als Packpapier und Lampenschirme verwendet. Viele veröffentlichte Ereignisse beeindrucken nun den Leser, bleiben eine Weile in seinem Gedächtnis haften, werden aber dann mit den Jahren wieder vergessen. Mancher möchte später dieses oder jenes gern noch einmal nachlesen, aber was für eine Mühe kostet es, in diesem Blättermeer etwas zu suchen, wenn man oft weder den Tag noch die Stelle, ja nicht einmal das Jahr weiß, in dem das betreffende Ereignis veröffentlicht wurde! Faßte man indessen all diese Ereignisse jährlich nach einem bestimmten System und bestimmten Richtlinien zu einem Sonderband zusammen, mit Register und Verweisen nebst Angabe der Erscheinungsdaten, so könnte ein solcher Sammelband eine charakteristische Übersicht über das gesamte Leben in Rußland für ein ganzes Jahr bieten, selbst wenn von all den Geschehnissen, die sich tatsächlich ereignet haben, nur ein verhältnismäßig geringer Bruchteil festgehalten wird.

»Statt einer Menge von Blättern hätten wir dann etliche dicke Bände, und das wäre alles«, bemerkte Schatow.

Doch Lisaweta Nikolajewna verteidigte ihre Idee mit Feuereifer, obgleich sie sich nur mühsam und unbeholfen auszudrücken verstand. Es dürfe nur ein einziger Band werden und nicht einmal ein übermäßig dicker, versicherte sie. Wenn es aber nun doch ein dicker Band werden sollte, so müsse er wenigstens übersichtlich sein, denn die Hauptsache sei das System und die Art und Weise, wie die Tatsachen dargestellt würden. Selbstverständlich dürfe nicht alles gesammelt und abgedruckt werden. Erlasse und Maßnahmen der Regierung, örtliche Verfügungen, Gesetze – das alles seien zwar äußerst wichtige Dinge, sie könnten aber bei einer Zusammenstellung, wie sie hier beabsichtigt sei, völlig ausscheiden. Man könne überhaupt vieles weglassen und sich auf eine Auswahl von Geschehnissen beschränken, die mehr oder weniger das sittliche Eigenleben, die Individualität des russischen Volkes in dem gegebenen Zeitabschnitt zum Ausdruck brächten. Natürlich könne alles mögliche aufgenommen werden: Kuriosa, Feuersbrünste, Stiftungen, allerlei gute und böse Taten, Aussprüche und Reden, am Ende sogar Nachrichten von Überschwemmungen und einige Regierungserlasse, aber aus alledem dürfe nur das ausgewählt werden, was für die Epoche kennzeichnend sei; das alles müsse nach einem gewissen Gesichtspunkt zusammengestellt werden, so daß eine bestimmte Absicht, ein festumrissener Grundgedanke das ganze Sammelwerk durchleuchte. Und endlich müsse das Buch leicht zu lesen und interessant sein, ganz abgesehen davon, daß es als Nachschlagewerk unentbehrlich sei. Es würde sozusagen ein Gesamtbild des geistigen, sittlichen, inneren russischen Lebens während eines ganzen Jahres bieten. »Das Buch muß so sein, daß alle es kaufen, es muß zu einem unentbehrlichen Handbuch werden«, setzte Lisa bekräftigend hinzu. »Aber ich sehe ein, daß bei der ganzen Sache das System die Hauptsache ist, und deshalb wende ich mich an Sie«, schloß sie. Sie hatte sich in einen wahren Feuereifer hineingeredet, und obgleich sie alles nur unklar und unvollständig auseinandergesetzt hatte, fing Schatow doch an zu begreifen.

»Das heißt also, alles soll auf eine bestimmte Tendenz hinauslaufen, die Auswahl der Ereignisse soll nach einer bestimmten Richtung hin vorgenommen werden«, murmelte er, immer noch ohne den Kopf zu erheben.

»Ganz und gar nicht, nach einer Tendenz darf nicht ausgewählt werden, es darf keinerlei Tendenz durchblicken. Unvoreingenommenheit – das soll die einzige Tendenz sein.«

»Eine Tendenz wäre aber durchaus kein Nachteil«, erwiderte Schatow, der nun lebhafter wurde. »Auch wird sie sich nicht vermeiden lassen, welche Auswahl auch immer man trifft. Gerade in der Auswahl der Ereignisse wird schon ein Hinweis liegen, wie sie zu verstehen sind. Ihre Idee ist nicht übel.«

»Sie halten also die Herausgabe eines solchen Buches für möglich?« rief Lisa erfreut.

»Das müßte man sich erst gründlich überlegen. Es wäre ein gewaltiges Unternehmen. Im Augenblick läßt sich noch nichts darüber sagen. Man muß erst Erfahrungen sammeln. Selbst während wir das Buch herausgeben, werden wir noch lernen müssen, wie es am besten zu machen ist. Vielleicht wird es erst nach vielen Versuchen glücken. Aber die Sache hat Aussichten. Es ist eine nützliche Idee.« Er erhob endlich die Augen, und sie strahlten geradezu vor Vergnügen, so sehr war er jetzt interessiert. »Haben Sie sich das selber ausgedacht?« fragte er Lisa freundlich und fast schüchtern.

»Das Ausdenken war weiter kein Kunststück, aber das System bereitet mir Kopfzerbrechen«, sagte Lisa lächelnd. »Ich verstehe wenig davon, bin auch nicht besonders klug und verfolge nur das, was mir selber klar ist ...«

»Sie verfolgen?«

»Das ist wohl nicht das richtige Wort?« fragte Lisa hastig.

»Man kann auch dieses Wort verwenden; ich habe nichts dagegen einzuwenden.«

»Schon im Ausland schien es mir, daß auch ich mich in irgendeiner Weise nützlich machen könnte. Ich habe eigenes Vermögen, das vollständig nutzlos daliegt, warum sollte da nicht auch ich für die gemeinsame Sache arbeiten? Zudem kam mir dieser Einfall plötzlich ganz von selbst; ich hatte gar nicht nachgegrübelt und freute mich sehr über ihn; aber ich sah sofort ein, daß ich ohne einen Mitarbeiter nichts ausrichten kann, weil ich selber nichts davon verstehe. Der Mitarbeiter wird natürlich auch Mitherausgeber des Buches sein. Wir machen halbpart: Sie liefern das System und die Arbeit, ich die grundlegende Idee und die Mittel zur Herausgabe. Das Buch wird sich doch bezahlt machen?«

»Wenn wir das richtige System ausfindig machen, wird das Buch schon gehen.«

»Ich mache Sie im voraus darauf aufmerksam, daß es mir nicht um den Gewinn zu tun ist, daß ich mir aber einen guten Absatz des Buches sehr wünsche und auf den Gewinn stolz sein werde.«

»Was aber habe ich damit zu tun?«

»Ich fordere Sie doch auf, mein Mitarbeiter zu sein ... halbpart mit mir. Sie sollen das System ausdenken.«

»Woher wissen Sie denn, ob ich überhaupt fähig bin, ein System auszudenken?«

»Man hat mir von Ihnen erzählt, und hier habe ich gehört ... ich weiß, daß Sie sehr klug sind und ... die Arbeit ernst nehmen und ... viel denken. Pjotr Stepanowitsch Werchowenskij hat mir in der Schweiz von Ihnen erzählt«, fügte sie eilig hinzu. »Er ist ein sehr kluger Mensch, nicht wahr?«

Schatow sah sie mit einem ganz kurzen Blick an, der kaum über sie hinglitt, senkte aber gleich wieder die Augen.

»Auch Nikolaj Wsewolodowitsch hat mir viel von Ihnen erzählt.«

Schatow wurde plötzlich rot.

»Übrigens, hier sind ein paar Zeitungen«, sagte Lisa und griff hastig nach einem zusammengeschnürten Zeitungspäckchen, das auf einem Stuhl bereitlag. »Ich habe hier versuchsweise ein paar Tatsachen angestrichen, eine Auswahl getroffen und die Stellen numeriert ... Sie werden schon sehen.«

Schatow nahm das Päckchen.

»Nehmen Sie es mit nach Hause und sehen Sie es durch. Wo wohnen Sie eigentlich?«

»In der Bogojawlenskaja-Straße, im Haus Filippows.«

»Ich weiß. Dort wohnt doch, glaube ich, auch ein Hauptmann, ein Herr Lebjadkin?« fragte Lisa ebenso eilig wie vorher.

Schatow saß, das Päckchen, wie er es genommen hatte, in der ausgestreckten Hand, eine volle Minute lang unbeweglich da, blickte zu Boden und gab keine Antwort.

»Für solche Sachen sollten Sie sich einen anderen aussuchen, dazu tauge ich ganz und gar nicht«, sagte er schließlich mit merkwürdig gesenkter Stimme, fast flüsternd.

Lisa wurde flammend rot.

»Von welchen Sachen reden Sie? Mawrikij Nikolajewitsch!« rief sie. »Bitte bringen Sie den Brief von gestern her!«

Auch ich trat nach Mawrikij Nikolajewitsch an den Tisch.

»Sehen Sie sich das an«, wandte sie sich plötzlich an mich, während sie in großer Erregung den Brief auseinanderfaltete. »Haben Sie schon jemals so etwas gesehen? Bitte, lesen Sie es vor, auch Herr Schatow muß es hören.«

Mit nicht geringem Erstaunen las ich folgendes Schreiben vor:

»An das vollendete junge Mädchen, Fräulein Tuschina.

Sehr geehrtes Fräulein Jelisaweta Nikolajewna!

Oh, wie reizend ist da
Jelisaweta Tuschina,
Wenn mit dem Vetter sie im Damensattel dahinfliegt
Und ihr Lockenhaar sich im Winde wiegt,
Oder wenn sie mit der Mutter in der Kirche kniet
Und man die Röte der andächtigen Gesichter sieht!
Dann wünsche ich des Ehestands Wonnen mir
Und schick eine Träne nach der Mutter und ihr.

Verfaßt von einem Ungebildeten während eines Streites.

Sehr geehrtes Fräulein!

Mich selbst dauert es am meisten, daß ich nicht in Sewastopol zu meinem Ruhm einen Arm verloren habe, denn ich bin gar nicht dort gewesen, sondern habe während des ganzen Feldzuges immer nur gemeinen Proviant ausgeliefert, obwohl ich das für eine Niederträchtigkeit hielt. Sie sind eine Göttin des Altertums, ich hingegen bin ein Nichts und ahne jetzt die Unendlichkeit. Betrachten Sie meine Worte als Verse und nichts weiter, denn Verse sind immerhin Unsinn und entschuldigen das, was in Prosa als Dreistigkeit gilt. Kann sich denn die Sonne über eine Infusorie ärgern, wenn diese sie aus einem Wassertropfen andichtet, wo es ihrer eine Menge gibt, wenn man durch das Mikroskop blickt? Selbst der Klub der Menschenfreundlichkeit gegen größere Tiere in Petersburgs höchster Gesellschaft, der zu Recht mit Hund und Pferd Mitleid hat, verachtet die kleine Infusorie und erwähnt sie gar nicht, weil sie noch nicht groß genug ist. Auch ich bin noch nicht groß genug. Der Gedanke an eine Ehe könnte urkomisch erscheinen; aber bald werde ich durch einen Menschenfeind, den Sie verachten müssen, ehemalige zweihundert Seelen besitzen. Ich kann vieles mitteilen und erbiete mich, es durch Dokumente zu beweisen, die sogar Sibirien zur Folge haben können. Verachten Sie das Angebot nicht. Der Brief der Infusorie ist poetisch aufzufassen.

Hauptmann Lebjadkin, der Ihr
ergebenster Freund ist und
freie Zeit hat.«

»Das hat ein betrunkener und nichtswürdiger Mensch geschrieben!« rief ich entrüstet. »Ich kenne ihn!«

»Diesen Brief bekam ich gestern«, erklärte uns Lisa errötend und hastig. »Ich war mir natürlich sofort darüber im klaren, daß er von einem Narren stammen mußte, und habe ihn Mama bis jetzt noch nicht gezeigt, um sie nicht noch mehr zu verstimmen. Wenn er mir aber weiter solche Briefe schreibt, weiß ich wirklich nicht, was ich machen soll. Mawrikij Nikolajewitsch will hingehen und es ihm verbieten. Da ich Sie jetzt als meinen Mitarbeiter betrachte«, wandte sie sich an Schatow, »und Sie im selben Hause wohnen, so wollte ich Sie fragen, um beurteilen zu können, was noch weiter von ihm zu erwarten ist.«

»Ein Trunkenbold ist er und ein Taugenichts«, murmelte Schatow gleichsam widerwillig.

»Ist er denn immer so dumm?«

»O nein, wenn er nicht betrunken ist, ist er gar nicht dumm.«

»Ich habe einen General gekannt, der ganz genau solche Verse schrieb«, bemerkte ich lachend.

»Sogar an diesem Brief kann man erkennen, daß er es faustdick hinter den Ohren hat«, flocht der sonst schweigsame Mawrikij Nikolajewitsch unerwartet ein.

»Er soll mit einer Schwester hiersein?« fragte Lisa.

»Ja, mit seiner Schwester.«

»Und er soll sie tyrannisieren? Ist das wahr?«

Schatow blickte Lisa wieder an, machte eine mürrische Miene, brummte: »Was geht das mich an?« und wandte sich zur Tür.

»Ach, warten Sie doch!« rief Lisa erregt. »Wohin wollen Sie denn? Wir haben doch noch so vieles zu besprechen ...«

»Worüber sollen wir denn noch reden? Ich werde Ihnen morgen Nachricht geben ...«

»Aber wir müssen doch noch über den Hauptpunkt sprechen, über die Druckerei! Glauben Sie mir, ich treibe keinen Scherz, sondern will ernstlich etwas leisten«, versicherte Lisa in immer wachsender Besorgnis. »Wenn wir uns entschließen, das Buch herauszugeben, wo sollen wir es dann drucken lassen? Das ist doch die wichtigste Frage, denn nach Moskau werden wir deshalb noch nicht reisen, und die hiesigen Druckereien sind für eine solche Ausgabe ganz ungeeignet. Drum habe ich schon lange beschlossen, eine eigne Druckerei einzurichten, wenn Sie wollen, auf Ihren Namen, und Mama, das weiß ich, wird es ganz sicher erlauben, wenn es auf Ihren Namen geschieht...«

»Woher wissen Sie denn, daß ich mit dem Drucken Bescheid weiß?« fragte Schatow mürrisch.

»Pjotr Stepanowitsch hat in der Schweiz ausdrücklich auf Sie hingewiesen und mir gesagt, Sie könnten eine Druckerei leiten und besäßen Fachkenntnisse. Er wollte mir sogar einen Brief an Sie mitgeben, aber dann habe ich es vergessen.«

Schatow verfärbte sich, wie ich mich jetzt erinnere. Er blieb noch ein paar Sekunden stehen und ging dann plötzlich aus dem Zimmer.

Lisa wurde ärgerlich.

»Geht er immer so weg?« wandte sie sich an mich.

Ich wollte schon mit den Achseln zucken, aber da kam Schatow plötzlich zurück, ging geradeswegs auf den Tisch zu und legte das Zeitungspäckchen, das er mitgenommen hatte, wieder hin.

»Ich werde nicht Ihr Mitarbeiter werden, ich habe keine Zeit...«

»Warum denn nicht? Warum denn nicht? Sie haben sich wohl über etwas geärgert?« fragte Lisa in betrübtem, flehendem Ton.

Der Klang ihrer Stimme schien ihn stutzig zu machen; ein paar Augenblicke sah er sie unverwandt an, als wollte er tief in ihre Seele hineinschauen.

»Ganz gleich«, murmelte er leise, »ich will nicht...«

Und er ging endgültig weg. Lisa war ganz bestürzt, weit mehr, so schien es mir wenigstens, als die ganze Sache eigentlich wert war.

»Ein höchst sonderbarer Mensch!« bemerkte Mawrikij Nikolajewitsch laut.

3

Schatow war allerdings ein sonderbarer Mensch, aber an der ganzen Sache war überhaupt vieles recht unklar. Hier mußte noch etwas anderes dahinterstecken. Ich traute diesem Plan, ein Buch herauszugeben, durchaus nicht; dazu nun noch dieser dumme Brief, in dem aber nur zu deutlich eine auf »Dokumente« gestützte Denunziation angeboten wurde, worüber sie alle kein Wort verloren und statt dessen von etwas anderem zu sprechen angefangen hatten, und endlich die Druckerei und das plötzliche Weggehen Schatows gerade in dem Augenblick, als Lisa von der Druckerei zu sprechen angefangen hatte. Das alles brachte mich auf den Gedanken, daß hier schon vor meinem Kommen etwas mir Unbekanntes vorgefallen sein müsse, daß ich folglich hier überflüssig sei und die ganze Sache mich nichts angehe. Aber es war auch Zeit fortgehen, für einen ersten Besuch war ich lange genug geblieben. Ich trat auf Lisaweta Nikolajewna zu, um mich zu verabschieden.

Sie schien völlig vergessen zu haben, daß ich noch im Zimmer war, stand immer noch auf demselben Fleck am Tisch, hielt sehr nachdenklich den Kopf gesenkt und starrte auf einen bestimmten Punkt des Teppichs.

»Ach, auch Sie wollen gehen? Auf Wiedersehen«, stammelte sie in ihrem gewohnten freundlichen Ton. »Grüßen Sie Stepan Trofimowitsch von mir und reden Sie ihm zu, recht bald zu mir zu kommen. Mawrikij Nikolajewitsch, Anton Lawrentjewitsch will fortgehen. Entschuldigen Sie, Mama kann nicht kommen, um sich von Ihnen zu verabschieden ...«

Ich ging hinaus und war schon die Treppe hinabgestiegen, als mich plötzlich ein Diener einholte.

»Die Gnädige läßt Sie sehr bitten zurückzukehren ...«

»Die gnädige Frau oder Lisaweta Nikolajewna?«

»Das gnädige Fräulein.«

Ich fand Lisa nicht mehr in dem großen Saal, in dem wir gesessen hatten, sondern nebenan im Empfangszimmer. Die Tür zu dem großen Saal, in dem Mawrikij Nikolajewitsch nun allein zurückgeblieben war, war fest geschlossen.

Lisa lächelte mir zu, sah aber bleich aus. Sie stand sichtlich unentschlossen, sichtlich im Kampf mit sich selber mitten im Zimmer. Plötzlich aber nahm sie mich bei der Hand und führte mich, ohne ein Wort zu sagen, schnell ans Fenster.

»Ich will *sie* unverzüglich sehen«, flüsterte sie, indem sie einen glühenden, starken, ungeduldigen Blick, der nicht den geringsten Widerspruch duldete, auf mich richtete. »Ich muß sie mit eignen Augen sehen und bitte Sie um Ihre Hilfe.« Sie war völlig außer sich und – in Verzweiflung.

»Wen wollen Sie denn sehen, Lisaweta Nikolajewna?« erkundigte ich mich erschrocken.

»Diese Lebjadkina, diese Lahme ... Ist es wahr, daß sie lahm ist?«

Ich war verblüfft.

»Ich habe sie nie gesehen, habe aber gehört, daß sie lahm sei, erst gestern habe ich es gehört«, stammelte ich eilig und dienstfertig und ebenfalls im Flüsterton.

»Ich muß sie unbedingt sehen. Könnten Sie das heute noch bewerkstelligen?«

Sie tat mir unendlich leid.

»Das ist unmöglich, und zudem wüßte ich absolut nicht, wie ich das machen sollte«, versuchte ich, sie davon abzubringen, »ich werde zu Schatow gehen ...«

»Wenn Sie es bis morgen nicht zuwege bringen, werde ich selbst zu ihr gehen, allein, denn Mawrikij Nikolajewitsch weigert sich, mich zu begleiten. Sie sind meine letzte Hoffnung; weiter habe ich niemanden. Mein Gespräch mit Schatow war dumm ... Ich bin überzeugt, daß Sie ein Ehrenmann und mir vielleicht zugetan sind, richten Sie es nur ein!«

Ein leidenschaftliches Verlangen, ihr in allem behilflich zu sein, überkam mich.

»Ich werde es so machen«, sagte ich nach kurzem Nachdenken, »ich werde selber hingehen und sie heute bestimmt, ganz bestimmt sehen. Ich werde es schon so einrichten, daß ich sie unter allen Umständen zu sehen bekomme, darauf gebe ich Ihnen mein Ehrenwort; nur müssen Sie mir erlauben, Schatow ins Vertrauen zu ziehen.«

»Sagen Sie ihm, daß es mein Wunsch ist und daß ich nicht länger warten kann, daß ich ihn aber soeben nicht habe täuschen wollen. Vielleicht ist er deshalb weggegangen, weil er ein sehr ehrlicher Mensch ist und es ihm mißfallen hat, daß ich ein falsches Spiel mit ihm zu treiben schien. Das ist aber nicht der Fall, ich will wirklich das Buch herausgeben und eine Druckerei gründen ...«

»Er ist ehrlich, grundehrlich«, bestätigte ich eifrig.

»Wenn es sich übrigens bis morgen nicht einrichten läßt, werde ich selber hingehen, was immer daraus entstehen mag und wenn es auch alle erfahren!«

»Vor drei Uhr kann ich morgen nicht bei Ihnen sein«, bemerkte ich, ein wenig zur Besinnung gekommen.

»Also um drei Uhr. Demnach habe ich gestern bei Stepan Trofimowitsch doch richtig vermutet, daß Sie mir ein wenig – zugetan sind?« sagte sie lächelnd, drückte mir rasch zum Abschied die Hand und eilte zu dem allein gelassenen Mawrikij Nikolajewitsch.

Niedergedrückt durch mein Versprechen, ging ich fort und konnte nicht fassen, was eigentlich geschehen war. Ich hatte ein Weib in wahrer Verzweiflung gesehen, das sich nicht scheute, sich durch sein Vertrauen zu einem ihm fast ganz fremden Mann bloßzustellen. Ihr weibliches Lächeln in einem für sie so schwierigen Augenblick und die Andeutung, daß sie meine Gefühle schon gestern bemerkt habe, hatten mich wie ein Messerstich ins Herz getroffen. Aber sie tat mir leid, unendlich leid – und das war alles! Ihre Geheimnisse wurden mir plötzlich zu etwas Heiligem, und wenn man mir sie jetzt hätte enthüllen wollen, so hätte ich mir vermutlich die Ohren zugehalten und nichts weiter hören mögen. Ich ahnte nur etwas . . . Und doch blieb mir vollständig unklar, wie ich hier irgend etwas bewerkstelligen könnte. Nicht genug damit, ich wußte jetzt nicht einmal, was eigentlich ich zustande bringen sollte: eine Zusammenkunft? Aber was für eine Zusammenkunft? Und wie sollte ich die beiden zusammenbringen? Meine einzige Hoffnung war Schatow, obgleich ich im voraus wissen konnte, daß er in keiner Weise helfen werde. Aber dennoch eilte ich zu ihm.

4

Erst gegen acht Uhr abends traf ich ihn zu Hause an. Zu meinem Erstaunen fand ich bei ihm Gäste vor: Alexej Nilytsch und noch einen anderen Herrn, den ich nur flüchtig kannte, einen gewissen Schigaljow, den Bruder von Frau Wirginskaja.

Dieser Schigaljow hielt sich schon seit etwa zwei Monaten in unserer Stadt auf; woher er gekommen war, weiß ich nicht; ich hatte nur gehört, daß er in einer fortschrittlichen Petersburger Zeitschrift eine Abhandlung veröffentlicht habe. Wirginskij hatte mich mit ihm gelegentlich auf der Straße bekannt gemacht. Mein Lebtag habe ich keinen Menschen mit solch finsterem, mürrischem und mißmutigem Gesicht gesehen. Er blickte drein, als erwarte er den Weltuntergang, nicht etwa irgendwann auf Grund von Prophezeiungen, die sich auch als falsch erweisen könnten, sondern mit aller Bestimmtheit, etwa übermorgen vormittag Punkt zehn Uhr fünfundzwanzig. Übrigens hatten wir damals kaum ein Wort miteinander gewechselt, sondern uns nur wie zwei Verschwörer die

Hand gedrückt. Am meisten hatten mich seine ungewöhnlich großen, langen, breiten und dicken Ohren in Erstaunen gesetzt, die in einer eigentümlichen Weise vom Kopf abstanden. Seine Bewegungen waren linkisch und langsam. Wenn Liputin manchmal davon träumte, daß die phalanstère sich in unserem Gouvernement verwirklichen könnte, so wußte Schigaljow genau Tag und Stunde, wann das geschehen werde. Er machte mir einen unheilverkündenden Eindruck; ich war erstaunt, ihn jetzt bei Schatow zu treffen, zumal Schatow überhaupt nicht gern Gäste bei sich sah.

Schon auf der Treppe war zu hören, daß sie sehr laut alle drei zugleich redeten und anscheinend stritten; kaum aber war ich eingetreten, verstummten sie alle. Sie hatten im Stehen gestritten und setzten sich nun plötzlich alle, so daß auch ich mich setzen mußte. Ihr albernes Schweigen dauerte etwa drei volle Minuten. Schigaljow hatte mich zwar wiedererkannt, gab sich aber den Anschein, als kenne er mich nicht, und das gewiß nicht aus Feindschaft, sondern einfach nur so. Mit Alexej Nilytsch wechselte ich eine leichte, stumme Verbeugung, aber aus irgendeinem Grund drückten wir uns nicht die Hand. Endlich fing Schigaljow an, mich streng und finster zu fixieren, in der äußerst naiven Überzeugung, ich würde plötzlich aufstehen und weggehen. Schatow sprang schließlich vom Stuhl auf und alle übrigen ebenfalls. Sie gingen hinaus, ohne sich zu verabschieden, nur Schigaljow sagte schon in der Tür zu dem sie hinausbegleitenden Schatow: »Denken Sie daran, daß Sie Rechenschaft schuldig sind.«

»Ich spucke auf eure Rechenschaft und bin keinem Teufel etwas schuldig«, brummte Schatow hinter ihm her, schloß die Tür und schob den Riegel vor.

»Narren!« sagte er und sah mich mit einem schiefen Lächeln an.

Ein zorniger Ausdruck lag in seinen Zügen, und es kam mir sonderbar vor, daß er als erster zu reden anfing. Früher war es gewöhnlich so gewesen, daß er, wenn ich ihn besuchte (was übrigens sehr selten vorkam), sich mürrisch in eine Ecke setzte und mir verärgert antwortete; erst nach längerer Zeit lebte er wieder ganz auf und begann dann mit Vergnügen zu reden. Nur beim Abschied machte er unfehlbar jedesmal wieder ein mürrisches Gesicht und geleitete mich zur Tür, als entledige er sich eines persönlichen Feindes.

»Ich habe gestern bei diesem Alexej Nilytsch Tee getrunken«, bemerkte ich. »Er scheint sich ja ordentlich in den Atheismus verrannt zu haben.«

»Der russische Atheismus ist noch nie über ein Spiel mit Worten hinausgekommen«, brummte Schatow, während er eine neue Kerze an Stelle des bisherigen Lichtstumpfs einsetzte.

»Nein, dieser Mann kam mir nicht wie ein Wortspielmacher vor; er kann allem Anscheine nach nicht einmal richtig sprechen, geschweige denn Wortspiele machen.«

»Die sind Menschen wie aus Papier; das kommt alles von der lakaienhaften Denkweise«, bemerkte Schatow ruhig, setzte sich auf einen Stuhl in der Ecke und stützte beide Hände auf die Knie.

»Haß ist auch dabei«, fuhr er fort, nachdem er etwa eine Minute lang geschwiegen hatte. »Sie würden als erste schrecklich unglücklich sein, wenn Rußland plötzlich, sei es auch in ihrem Sinn, umgestaltet würde und auf einmal unermeßlich reich und glücklich wäre. Dann hätten sie niemanden mehr, den sie hassen, niemanden, vor dem sie ausspucken, nichts, worüber sie spotten könnten! Das ist weiter nichts als ein tierischer, grenzenloser Haß gegen Rußland, der sich in ihren Organismus hineingefressen hat . . . Und von irgendwelchen der Welt unsichtbaren Tränen hinter sichtbarem Lachen kann bei ihnen gar keine Rede sein!* Noch nie ist in Rußland etwas Unrichtigeres gesagt worden als dieses Wort von den unsichtbaren Tränen!« rief er plötzlich wütend aus.

»Na, Sie sind ja, Gott weiß was!« sagte ich lachend.

»Und Sie sind ein ‚gemäßigter Liberaler'.« Auch Schatow lächelte. »Wissen Sie«, setzte er plötzlich hinzu, »vielleicht habe ich vorhin danebengegriffen, als ich das von der lakaienhaften Denkweise sagte. Sicherlich werden Sie gleich zu mir sagen: ‚Du bist es, der als Sohn eines Lakaien geboren ist, ich aber bin kein Lakai.'«

»Das wollte ich gar nicht sagen . . .«

»Entschuldigen Sie sich nicht, ich habe keine Angst vor Ihnen. Früher war ich nur der Sohn eines Lakaien, jetzt aber bin ich selber einer geworden, ein ebensolcher wie Sie. Unser russischer Liberaler ist vor allem ein Lakai und wartet nur darauf, wie er jemandem die Stiefel putzen könnte.«

* Anspielung auf »Die toten Seelen« von Gogol, 7. Kapitel (Anmerkung des Übersetzers).

»Was für Stiefel? Was soll diese Allegorie?«

»Das ist durchaus keine Allegorie! Ich sehe, Sie lachen ... Stepan Trofimowitsch hatte recht, als er sagte, daß ich wie unter einem Steine liege, zusammengedrückt, aber noch nicht erdrückt bin und mich vor Schmerzen winde. Dieser Vergleich von ihm ist gut.«

»Stepan Trofimowitsch behauptet, daß Sie in die Deutschen vernarrt seien«, bemerkte ich lachend. »Wir haben ja auch wirklich den Deutschen einiges wegstibitzt und es in unsere Tasche gesteckt.«

»Zwanzig Kopeken haben wir von ihnen genommen und hundert Rubel von uns hingegeben.«

Etwa eine Minute lang schwiegen wir beide.

»Das hat er vom Herumliegen in Amerika.«

»Wer denn? Was denn?«

»Ich meine Kirillow. Wir beide haben dort vier Monate lang in einer Hütte auf dem Fußboden gelegen.«

»Sind Sie denn in Amerika gewesen?« staunte ich. »Davon haben Sie noch nie gesprochen.«

»Wozu davon reden. Vor zwei Jahren fuhren wir zu dritt für unser letztes bißchen Geld auf einem Auswandererschiff nach den Vereinigten Staaten von Amerika, ‚um das Leben eines amerikanischen Arbeiters am eignen Leib zu erproben und auf diese Weise den Zustand eines Menschen in seiner härtesten sozialen Lage durch *persönliche* Erfahrung zu kontrollieren'. Das war es, weswegen wir hinfuhren.«

»Herrgott!« rief ich lachend, »um das ‚durch persönliche Erfahrung zu erproben', hätten Sie besser getan, zur Erntezeit irgendwohin in unserem Gouvernement zu gehen, statt bis nach Amerika zu fahren!«

»Wir verdingten uns dort bei einem Ausbeuter als Arbeiter, sechs Mann hoch, lauter Russen: Studenten, sogar Gutsbesitzer und Offiziere waren darunter. Sie alle hatten das gleiche großartige Ziel. Da arbeiteten wir nun und schwitzten und plackten uns und kamen von Kräften, bis schließlich Kirillow und ich weggingen: wir waren krank geworden und konnten es nicht aushalten. Unser Arbeitgeber, der Ausbeuter, prellte uns bei der Abrechnung, statt der dreißig Dollar, die er uns laut Verabredung schuldig war, zahlte er mir nur acht und ihm fünfzehn aus; auch hat er uns mehr als einmal geschlagen. Na, da lagen wir denn vier Monate lang ohne Arbeit in einem kleinen Städtchen auf dem blanken Fußboden; Kirillow hing seinen Gedanken nach und ich den meinen.«

»Hat der Arbeitgeber Sie wirklich geschlagen? Und das in Amerika? Da werden Sie wohl tüchtig auf ihn geschimpft haben!«

»Durchaus nicht. Im Gegenteil, Kirillow und ich waren gleich darüber einig, daß wir Russen den Amerikanern gegenüber kleine Kinder sind und daß man in Amerika geboren sein oder wenigstens jahrelang mit Amerikanern zusammengelebt haben muß, um mit ihnen auf gleicher Stufe zu stehen. Was meinen Sie: wenn man von uns für eine Kleinigkeit, die nur eine Kopeke wert war, einen Dollar verlangte, zahlten wir ihn nicht nur mit Vergnügen, sondern geradezu mit Begeisterung. Wir lobten alles: den Spiritismus, die Lynchjustiz, die Revolver, die Vagabunden. Einmal, in der Eisenbahn, griff mir mein Nachbar in die Rocktasche, zog meine Haarbürste heraus und fing an, sich damit das Haar zu bürsten; Kirillow und ich wechselten nur einen Blick und waren sofort einig, daß dies gut sei und uns sehr gefalle ...«

»Merkwürdig, daß bei uns so etwas nicht nur manchem in den Kopf kommt, sondern auch ausgeführt wird«, bemerkte ich.

»Die Menschen sind wie aus Papier«, wiederholte Schatow.

»Und doch, auf einem Auswandererschiff über den Ozean in ein unbekanntes Land hinüberzufahren, sei es auch in der Absicht, ‚etwas durch persönliche Erfahrung kennenzulernen' und so weiter – darin scheint bei Gott eine hochsinnige Festigkeit zu liegen ... Aber wie sind Sie denn wieder zurückgekommen?«

»Ich habe an einen Mann in Europa geschrieben, und er schickte mir hundert Rubel.«

Während Schatow sprach, hatte er seiner Gewohnheit gemäß die ganze Zeit über hartnäckig zu Boden geblickt, selbst wenn er in Eifer geriet. Nun hob er auf einmal den Kopf.

»Wollen Sie den Namen dieses Mannes wissen?«

»Wer war es denn?«

»Nikolaj Stawrogin.«

Er stand plötzlich auf, ging auf seinen Schreibtisch aus Lindenholz zu und begann auf ihm herumzukramen.

Bei uns ging das dunkle, aber glaubwürdige Gerücht, daß seine Frau in Paris eine Zeitlang ein Verhältnis mit Nikolaj Stawrogin gehabt habe, und zwar gerade vor etwa zwei

Jahren, also zu der Zeit, als Schatow in Amerika war – allerdings schon lange nachdem sie ihn in Genf verlassen hatte. Wenn dem so ist, dachte ich bei mir, warum fällt es ihm dann plötzlich ein, den Namen zu nennen und viel Worte zu verlieren?

»Ich habe sie ihm bis jetzt noch nicht zurückgegeben«, wandte er sich auf einmal wieder an mich, sah mich scharf an, setzte sich auf seinen früheren Platz in der Ecke und fragte mich abrupt mit ganz veränderter Stimme: »Sie sind gewiß in einer bestimmten Absicht hergekommen; was wollen Sie?«

Ich erzählte ihm sogleich alles in genauer historischer Reihenfolge und fügte hinzu, ich sei zwar nach meiner früheren Schwärmerei zur Besinnung gekommen, befände mich aber nun in einer nicht geringeren Verwirrung: es sei mir ganz klar, daß es sich um eine für Lisaweta Nikolajewna sehr wichtige Angelegenheit handle, und ich hätte den leidenschaftlichen Wunsch, ihr zu helfen, aber das ganze Unglück bestehe darin, daß ich nicht nur nicht wisse, wie ich das ihr gegebene Versprechen halten solle, sondern mir nicht einmal darüber klar sei, was ich ihr eigentlich versprochen hätte. Daraufhin versicherte ich ihm nochmals nachdrücklich, daß sie gar nicht daran gedacht habe, ihn täuschen zu wollen, daß hier ein Mißverständnis vorliegen müsse und daß sie über sein sonderbares Weggehen vorhin sehr betrübt sei.

Er hörte mir sehr aufmerksam zu.

»Vielleicht habe ich wie gewöhnlich vorhin wirklich etwas Dummes gemacht ... Na, wenn sie selber nicht verstanden hat, warum ich so weggegangen bin, dann ... um so besser für sie.«

Er stand auf, ging zur Tür, öffnete sie ein wenig und horchte auf die Treppe hinaus.

»Sie wollen diese Frau selber sehen?«

»Ja, gerade das möchte ich, aber wie ließe sich das wohl machen?« rief ich und sprang erfreut auf.

»Wir gehen einfach hin, solange sie noch allein ist. Kommt er nach Hause, so schlägt er sie, wenn er erfährt, daß wir dagewesen sind. Ich gehe oft heimlich zu ihr. Ich habe ihn neulich verdroschen, als er wieder anfing, sie zu prügeln.«

»Was Sie nicht sagen!«

»Allerdings; am Schopf habe ich ihn gepackt und ihn von ihr weggerissen; er wollte mich dafür verprügeln, aber ich schüchterte ihn ein, und damit hatte die Sache ein Ende. Ich fürchte, wenn er betrunken zurückkommt und sich daran erinnert, wird er sie dafür tüchtig verprügeln.«

Wir gingen sogleich hinunter.

5

Die Tür zu Lebjadkins war nicht geschlossen, sondern nur angelehnt, und so traten wir ungehindert ein. Ihre Behausung bestand aus zwei elenden kleinen Zimmern mit verräucherten Wänden, an denen die schmutzige Tapete buchstäblich in Fetzen herunterhing. Hier war einst etliche Jahre lang eine Gastwirtschaft gewesen, bis der Hausbesitzer Filippow sie in sein neues Haus verlegt hatte. Die anderen Zimmer, die noch dazu gehört hatten, waren jetzt abgeschlossen, und nur diese zwei waren Lebjadkins überlassen worden. Ein paar einfache Tische und Bänke aus rohen Brettern bildeten das Mobiliar, dazu noch ein einziger alter Sessel ohne Armlehnen. Im zweiten Zimmer stand in einer Ecke Mademoiselle Lebjadkinas Bett mit einer Kattundecke; der Hauptmann selber warf sich, wenn er sich zur Nachtruhe begab, stets auf den Fußboden, nicht selten in den Kleidern. Überall sah man Krümel, Schmutz und feuchte Stellen; im ersten Zimmer lag mitten auf dem Fußboden ein großer, dicker, nasser Lappen und in der Pfütze daneben ein alter ausgetretener Schuh. Man sah gleich, daß sich hier niemand um etwas kümmerte; die Öfen wurden nicht geheizt, Essen wurde nicht zubereitet; nicht einmal einen Samowar hatten sie, wie Schatow mir ausführlicher berichtete. Der Hauptmann war mit seiner Schwester bettelarm hier angekommen und hatte anfänglich, wie Liputin erzählte, wirklich in den Häusern um Almosen gebeten; dann aber hatte er unerwartet Geld erhalten, hatte sogleich zu trinken angefangen und war davon so duselig geworden, daß er sich um den Haushalt gar nicht mehr kümmerte.

Mademoiselle Lebjadkina, die ich so sehr zu sehen wünschte, saß regungslos und stumm im zweiten Zimmer in der Ecke auf einer Bank am Küchentisch. Sie redete uns nicht an, als wir die Türe öffneten, und rührte sich nicht einmal vom Platz. Schatow sagte, die Wohnungstür werde bei ihnen nie zugeschlossen und habe einmal die ganze Nacht sperrangelweit aufgestanden. Bei dem matten Schein einer dünnen Kerze, die in einem eisernen Leuchter stak, erkannte ich ein krankhaft abgemagertes weibliches Wesen von vielleicht dreißig Jahren, in einem dunklen alten Kattunkleid, das den langen Hals frei ließ; das spärliche dunkle Haar war im Nacken zu einem dürftigen Knoten geschlungen, der nicht größer war als die Faust eines zweijährigen Kindes. Sie sah uns recht vergnügt an; außer dem Leuchter hatte sie vor sich auf dem Tisch einen kleinen bäuerlichen Spiegel, ein altes Spiel Karten, ein zerfetztes Liederbuch und eine Semmel, von der schon ein- oder zweimal abgebissen war. Man merkte, daß Mademoiselle Lebjadkina sich weiß und rot schminkte und sich die Lippen anmalte, daß sie auch die Augenbrauen schwärzte, die ohnehin schon lang, schmal und dunkel waren. Auf ihrer schmalen, hohen Stirn zeichneten sich trotz der weißen Schminke ziemlich scharf drei lange Falten ab. Daß sie hinkte, wußte ich bereits, aber diesmal stand sie in unserer Gegenwart nicht auf und ging nicht umher. Dereinst, in der ersten Jugend, mochte dieses ausgemergelte Gesicht nicht unschön gewesen sein; doch ihre stillen, freundlichen grauen Augen waren auch jetzt noch bemerkenswert; etwas Träumerisches und Aufrichtiges leuchtete aus ihrem stillen, fast fröhlichen Blick. Diese stille, ruhige Fröhlichkeit, die auch in ihrem Lächeln zum Ausdruck kam, wunderte mich nach allem, was ich von der Kosakenknute und all den Roheiten ihres Bruders gehört hatte. Sonderbar, statt des schmerzlichen und geradezu bangen Widerwillens, den man in Gegenwart solcher von Gott gestraften Geschöpfe zu empfinden pflegt, war es mir vom ersten Augenblick an fast angenehm, dieses hier anzusehen, und allenfalls Mitleid, aber keineswegs Widerwillen bemächtigte sich meiner später.

»So sitzt sie nun buchstäblich tagelang mutterseelenallein und rührt sich nicht, legt Karten oder betrachtet sich im Spiegel«, sagte Schatow, von der Schwelle aus auf sie hinweisend. »Er gibt ihr ja nicht einmal etwas zu essen. Die Alte aus dem Seitengebäude bringt ihr ab und zu etwas, um Christi willen; wie man sie nur so mit einer brennenden Kerze allein lassen kann!«

Zu meiner Verwunderung sprach Schatow ganz laut, als wäre sie nicht im Zimmer.

»Guten Abend, Schatuschka!« sagte Mademoiselle Lebjadkina freundlich.

»Ich habe dir einen Gast mitgebracht, Marja Timofejewna«, erwiderte Schatow.

»Nun, der Gast soll mir willkommen sein. Ich weiß nicht, wen du da mitgebracht hast, ich kann mich an ihn nicht recht erinnern ...« Sie sah mich hinter der Kerze hervor gespannt an und wandte sich sofort wieder Schatow zu (mit mir beschäftigte sie sich während des ganzen Gesprächs gar nicht mehr, als wäre ich überhaupt nicht zugegen).

»Es ist dir wohl langweilig geworden, so allein in deiner Stube auf und ab zu gehen?« fragte sie lachend, wobei zwei Reihen prächtiger Zähne sichtbar wurden.

»Ja, das schon, auch wollte ich dich gern besuchen.«

Schatow rückte eine Bank an den Tisch, setzte sich und forderte mich auf, neben ihm Platz zu nehmen.

»Über ein Gespräch freue ich mich immer, nur kommst du mir so komisch vor, Schatuschka, du siehst aus wie ein Mönch. Wann hast du dich zum letztenmal gekämmt? Komm, ich will dich wieder kämmen.« Sie zog einen Kamm aus der Tasche. »Seit ich dich das letztemal gekämmt habe, hast du dein Haar wohl nicht mehr angerührt?«

»Ich habe ja keinen Kamm!« Auch Schatow lachte.

»Wirklich nicht? Dann werde ich dir meinen schenken, nicht diesen, einen andern, nur mußt du mich daran erinnern.«

Mit der ernstesten Miene der Welt machte sie sich daran, ihn zu kämmen, zog ihm sogar einen Scheitel auf der Seite, bog sich ein wenig zurück, um zu sehen, ob alles gut gelungen war, und steckte den Kamm wieder in die Tasche.

»Weißt du, Schatuschka«, sagte sie kopfschüttelnd, »du bist wahrscheinlich ein vernünftiger Mensch, und doch langweilst du dich. Ich wundere mich, wenn ich euch alle so ansehe; ich begreife nicht, wie man sich langweilen kann. Schwermut ist nicht Langeweile. Mir ist froh zumute.«

»Auch wenn dein Bruder da ist?«

»Du meinst Lebjadkin? Er ist mein Lakai. Und es ist mir ganz gleich, ob er da ist oder nicht. Wenn ich ihm befehle: ‚Lebjadkin, hol Wasser! Lebjadkin, reich mir meine Schuhe!‘ dann läuft er auch schon; manchmal versündige ich mich wohl auch und lache über ihn.«

»Genauso ist es auch«, wandte sich Schatow wieder laut und ohne Umstände an mich. »Sie behandelt ihn wie einen Diener; ich habe es selber gehört, wie sie ihm befahl: ‚Lebjadkin, bring Wasser‘, und dabei lachte; der Unterschied ist nur, daß er dann nicht nach Wasser läuft, sondern sie dafür schlägt; aber sie fürchtet ihn nicht im geringsten. Sie hat fast täglich eine Art von Nervenanfällen, die ihr das Gedächtnis nehmen, so daß sie nach ihnen vergißt, was soeben geschehen ist, und immer die Zeiten verwechselt. Sie denken wohl, sie weiß noch, wie wir hereingekommen sind? Vielleicht weiß sie es auch noch, aber sie hat sicherlich schon alles auf ihre Weise umgemodelt und hält uns jetzt für jemanden anders, als wir sind, obgleich sie weiß, daß ich Schatuschka bin. Es tut nichts, daß ich laut spreche; wenn man nicht mit ihr spricht, hört sie sofort nicht mehr zu und stürzt sich in ihre Träumereien; jawohl, sie stürzt sich. Sie ist eine große Träumerin; acht Stunden, einen ganzen Tag lang sitzt sie auf einem Fleck und träumt. Da liegt eine Semmel; vielleicht hat sie seit dem Morgen nur einmal davon abgebissen und wird sie erst morgen aufessen. Jetzt fängt sie an, Karten zu legen ...«

»Ja, Schatuschka, ich lege Karten, aber es kommt nichts Rechtes dabei heraus«, fiel plötzlich Marja Timofejewna ein, die die letzten Worte gehört hatte, und streckte, ohne hinzusehen, die linke Hand nach der Semmel aus (auch das von der Semmel hatte sie wahrscheinlich gehört). Endlich bekam sie die Semmel zu fassen, legte sie aber, nachdem sie sie eine Weile in der linken Hand gehalten hatte, von dem neu in Gang gekommenen Gespräch gefesselt, unbewußt wieder auf den Tisch, ohne davon abgebissen zu haben.

»Immer kommt dasselbe heraus: eine Reise, ein böser Mensch, jemandes Hinterlist, ein Sterbebett, ein Brief irgendwoher, eine unverhoffte Nachricht – alles Lug und Trug meiner Ansicht nach; wie denkst du darüber, Schatuschka? Wenn die Menschen lügen, warum sollten dann die Karten nicht auch lügen?« Sie schob die Karten zusammen. »Das gleiche habe ich einmal der Mutter Praskowja gesagt, dieser ehrwürdigen Frau, die immer zu mir in die Zelle gelaufen kam, um sich, ohne Wissen der Mutter Äbtissin, die Karten schlagen zu lassen. Und sie war nicht die einzige, die zu mir kam. Da wunderten sie sich dann immer, wiegten die Köpfe und machten sich ihre Gedanken; ich aber lachte: ‚Na, woher wollen Sie denn auf einmal einen Brief bekommen, Mutter Praskowja', sage ich, ‚wenn zwölf Jahre lang keiner gekommen ist?' Ihre Tochter hatte nämlich der Mann irgendwohin in die Türkei mitgenommen, und nun hatte sie zwölf Jahre lang kein Lebenszeichen von ihnen erhalten. Am nächsten Abend sitze ich bei der Mutter Äbtissin beim Tee – sie war von fürstlicher Herkunft –, es war noch eine andere Dame da von auswärts, eine große Träumerin, und ein Mönch vom Berge Athos, ein recht komischer Mensch, meiner Ansicht nach. Und was glaubst du wohl, Schatuschka? Am selben Morgen hatte dieser Mönch der Mutter Praskowja einen Brief von ihrer Tochter aus der Türkei mitgebracht – da hast du den Karo-Buben, die unverhoffte Nachricht! Wir trinken also Tee, und der Mönch vom Berg Athos sagt zur Mutter Äbtissin: ‚Vor allem, ehrwürdige Mutter Äbtissin, hat Gott Ihr Kloster dadurch gesegnet, daß Sie einen so kostbaren Schatz in seinem Inneren bewahren.' ‚Was für einen Schatz denn?' fragt die Mutter Äbtissin. ‚Nun, die gottgefällige Mutter Lisaweta.' Diese gottgefällige Lisaweta war bei uns in der Umfassungsmauer des Klosters eingemauert, in einem Käfig, der sieben Fuß lang und kaum fünf hoch war, und saß dort schon seit siebzehn Jahren hinter einem eisernen Gitter, Sommer und Winter nur mit einem hanfleinenen Hemd bekleidet, stach immer mit einem Strohhalm oder einem dürren Ästchen in die Leinwand ihres Hemdes und hatte in all den siebzehn Jahren weder ein Wort gesprochen noch sich jemals gewaschen oder gekämmt. Im Winter schob man ihr einen Schafpelz durchs Gitter und jeden Tag ein Ränftchen Brot und einen Krug Wasser. Die Wallfahrer staunten sie an, seufzten und legten Geld hin. ‚Ein schöner Schatz', erwiderte die Mutter Äbtissin – sie ärgerte sich, weil sie Lisaweta nicht leiden konnte –: ‚Lisaweta sitzt da nur aus Bosheit, aus purem Eigensinn; das ist alles nur Verstellung.' Mir gefiel das nicht; ich selbst wollte damals in strengste Klausur gehen. ‚Meiner Ansicht nach', sagte ich, ‚ist Gott und die Natur ein und dasselbe.' Da riefen sie alle wie aus einem Munde: ‚Da haben wir's!' Die Äbtissin lachte, flüsterte der Dame etwas ins Ohr, rief mich zu sich heran, streichelte mich, und die Dame schenkte mir ein rosa Band – willst du, daß ich es dir zeige? Na, und der Mönch fing gleich an, mich zu belehren, und sprach so freundlich und demütig und wohl auch sehr verständig; ich saß da und hörte zu. ‚Hast du verstanden?' fragte er dann. ‚Nein', sagte ich, ‚ich habe nichts verstanden, und lassen Sie mich nur ganz in Frieden'. Seitdem haben sie mich ganz in Frieden gelassen, Schatuschka. Aber als ich dann einmal aus der Kirche kam, flüsterte mir eine unserer greisen Nonnen, die wegen ihrer Prophezeiungen bei uns Buße tat, heimlich ins Ohr: ‚Was ist die Muttergottes, was meinst du?' ‚Sie ist die große Mutter', antwortete ich, ‚die Hoffnung des

Menschengeschlechts.' ,Ganz recht', sagte sie, ,die Muttergottes ist die große Mutter, die kühle Mutter Erde, und darin liegt eine große Freude für den Menschen. Und jeder irdische Kummer und jede irdische Träne ist eine Freude für uns; und wenn du die Erde unter dir eine halbe Elle tief mit deinen Tränen getränkt haben wirst, dann wirst du dich sofort über alles freuen. Und du wirst keinerlei Kummer mehr haben', sagte sie, ,es gibt eine solche Prophezeiung.' Dieses Wort prägte sich mir damals ein. Seitdem küßte ich, wenn ich mich beim Gebet kniefällig verneigte, jedesmal die Erde, ich küßte sie und weinte. Und ich kann dir sagen, Schatuschka, es ist nichts Schlechtes an diesen Tränen; und wenn du auch keinen Kummer hast, so fließen dir die Tränen doch vor lauter Freude. Ganz von selbst fließen sie, diese Tränen, das ist wahr. Manchmal ging ich ans Ufer des Sees: da lag auf der einen Seite unser Kloster, auf der anderen unser spitzer Berg, den wir den Spitzberg nannten. Ich stieg auf diesen Berg hinauf und wandte mich mit dem Gesicht nach Osten, fiel auf die Erde nieder und weinte und weinte. Wie lange ich da geweint habe, weiß ich nicht, ich konnte mich damals an nichts erinnern und wußte damals nichts. Dann stand ich auf und wandte mich um, und die Sonne ging unter, so groß und prächtig und herrlich – siehst du auch so gern die Sonne an, Schatuschka? Es ist ein schöner, aber trauriger Anblick. Dann wandte ich mich wieder nach Osten, und der Schatten, der Schatten unseres Berges eilte wie ein schmaler, langer, langer Pfeil weit über den See und eine Werst weiter bis zu der Insel im See und zerschnitt die steinerne Insel in zwei Hälften, und als er sie in zwei Hälften zerschnitten hatte, ging die Sonne ganz unter, und alles erlosch plötzlich. Da wurde ich ganz schwermütig, die Erinnerung kehrte mir auf einmal wieder, und mir graute vor der Dunkelheit, Schatuschka. Und immer weinte ich dann, vor allem um mein Kindchen ...«

»Hast du denn eines gehabt?« fragte Schatow, der die ganze Zeit über sehr aufmerksam zugehört hatte, und stieß mich mit dem Ellenbogen an.

»Gewiß! Ein kleines, rosiges mit so winzigen Nägelchen, und mein ganzer Kummer ist, daß ich nicht mehr weiß, ob es ein Knabe oder ein Mädchen war. Bald meine ich, es sei ein Knabe, bald, es sei ein Mädchen gewesen. Und als ich es damals geboren hatte, wickelte ich es gleich in Batist und Spitzen, umwand es mit rosa Bändchen, bestreute es mit Blumen, putzte es heraus, sprach ein Gebet über es und trug es ungetauft fort; ich trug es fort durch den Wald, und ich fürchtete mich vor dem Wald, und ein Grauen kam über mich, und am meisten weinte ich darüber, daß ich es geboren hatte, meinen Mann aber nicht kannte.«

»Vielleicht hattest du doch einen?« fragte Schatow vorsichtig.

»Du kommst mir komisch vor, Schatuschka, mit deinen Überlegungen. Vielleicht hatte ich einen, was hilft mir das aber, wenn es ebenso ist, als hätte ich keinen gehabt? Da hast du ein leichtes Rätsel, nun rat mal!« sagte sie lächelnd.

»Wohin hast du denn das Kind getragen?«

»In den Teich«, seufzte sie.

Schatow stieß mich wieder mit dem Ellenbogen an.

»Wie aber, wenn du gar kein Kind gehabt hast und das alles nur ein Hirngespinst ist?«

»Du stellst mir eine schwierige Frage, Schatuschka«, antwortete sie nachdenklich und ohne sich über eine solche Frage im geringsten zu wundern. »Darüber kann ich dir nichts sagen, vielleicht habe ich auch keins gehabt; meiner Ansicht nach fragst du nur aus Neugierde; dennoch werde ich nicht aufhören, um mein Kindchen zu weinen, ich habe es doch nicht nur im Traum gesehen.« Große Tränen schimmerten in ihren Augen. »Schatuschka, Schatuschka, ist es wahr, daß dir deine Frau davongelaufen ist?« fragte sie plötzlich, legte ihm beide Hände auf die Schultern und sah ihn mitleidig an. »Sei mir nicht böse, mir ist ja selber schwer ums Herz. Weißt du, Schatuschka, mir hat geträumt, er käme wieder zu mir und lockte mich und riefe: ‚Kätzchen, mein Kätzchen, komm heraus zu mir!' Daß er ‚Kätzchen' zu mir sagte, freute mich am meisten: er liebt mich also, dachte ich.«

»Vielleicht wird er auch in Wirklichkeit kommen«, murmelte Schatow halblaut.

»Nein, Schatuschka, das war nur ein Traum ... in Wirklichkeit kann er nicht kommen. Kennst du das Lied:

> Ich brauche nicht dein stolz Gemach,
> In dieser Zelle abgeschieden
> Bet ich für dich und deinen Frieden,
> Daß Gott dich segne tausendfach.

Ach Schatuschka, mein lieber Schatuschka, warum fragst du mich nie nach etwas?«

»Du sagst mir ja doch nichts, darum frage ich dich gar nicht erst.«

»Ich werde nichts sagen, nichts, und wenn man mir das Messer an die Kehle setzt, nichts werde ich sagen«, fiel sie schnell ein, »brenne mich, nichts werde ich sagen. Was auch immer ich erdulden müßte, nichts werde ich sagen, nichts werden die Leute erfahren!«

»Nun, siehst du, so hat eben jeder das Seine«, sagte Schatow noch leiser und senkte den Kopf immer tiefer.

»Wenn du mich aber bätest, würde ich vielleicht doch etwas sagen; vielleicht würde ich dann etwas sagen!« wiederholte sie verzückt. »Warum bittest du mich nicht? Bitte mich, bitte mich hübsch, Schatuschka, vielleicht sage ich dir dann etwas; flehe mich so an, Schatuschka, daß ich einwillige... Schatuschka, Schatuschka!«

Aber Schatuschka schwieg. Eine Minute lang herrschte allgemeines Schweigen. Still flossen die Tränen über ihre weißgeschminkten Wangen; sie saß da, hatte vergessen, daß ihre Hände noch auf Schatows Schultern lagen, sah ihn aber nicht mehr an.

»Eh, was gehst du mich an, es wäre auch sündhaft«, sagte Schatow und erhob sich plötzlich von der Bank. »Stehen Sie auf!« Er zog ärgerlich die Bank unter mir weg und stellte sie an ihren früheren Platz. »Damit er nichts merkt, wenn er kommt. Wir müssen jetzt gehen.«

»Ach, du sprichst nur immer von meinem Lakai!« lachte Marja Timofejewna plötzlich. »Du hast Angst vor ihm! Na, lebt wohl, ihr lieben Gäste! Aber höre noch einen Augenblick, was ich dir sagen will. Vorhin kam dieser Nilytsch her mit dem Hauswirt Filippow, dem Rotbärtigen, gerade als meiner sich auf mich stürzte. Wie ihn da aber der Hauswirt packte und durchs Zimmer schleifte! Und meiner schrie immer: ‚Das ist nicht meine Schuld, ich muß fremde Sünden ausbaden!' Glaubst du wohl, wir alle wälzten uns vor Lachen...«

»Ach, Timofejewna, das war doch ich und nicht der Rotbärtige, ich war es, der ihn vorhin an den Haaren von dir weggerissen hat. Der Hauswirt aber ist vorgestern zu euch gekommen, um euch auszuschimpfen; das hast du verwechselt.«

»Warte mal; ja, das habe ich wirklich verwechselt. Kann sein, daß du es warst. Aber wozu über solche Nebensächlichkeiten streiten? Ihm ist es doch einerlei, wer ihn an den Haaren reißt«, sagte sie lachend.

»Gehen wir«, Schatow zog mich mit sich fort, »das Tor hat geknarrt; wenn er uns hier antrifft, schlägt er sie.«

Kaum waren wir die Treppe hinaufgelaufen, als auch schon am Tor das Schreien und Schimpfen eines Betrunkenen ertönte. Schatow ließ mich in sein Zimmer eintreten und schloß die Tür hinter sich zu.

»Sie werden noch ein Weilchen hierbleiben müssen, wenn Sie nicht eine Geschichte erleben wollen. Hören Sie nur, er quiekt wie ein Ferkel, wahrscheinlich ist er wieder über die Schwelle gestolpert; jedesmal schlägt er da lang hin.«

Ohne eine Geschichte ging es jedoch nicht ab.

6

Schatow stand an seiner verschlossenen Tür und horchte auf die Treppe hinaus. Plötzlich sprang er zurück.

»Er kommt herauf, das wußte ich doch!« flüsterte er wütend. »Nun werden wir ihn wahrscheinlich bis Mitternacht nicht los.«

Es ertönten ein paar kräftige Faustschläge gegen die Tür.

»Schatow, Schatow, mach auf!« brüllte der Hauptmann. »Schatow, mein Freund! . . .

Kam zu dir, dich zu begrüßen,
Dir zu künden, daß die Sonn erwacht
Und mit ihrem Licht, dem heißen, süßen,
Küßt den Wald in seiner Mo–o–orgenpracht,
Dir zu künden, daß auch ich, hol dich der Teufel,
Froh erwa–a–achte unter . . . Zweigen . . .

Wie unter Ruten, haha!

Jedes Vöglein . . . hat mal Durst.
Dir zu künden, was ich trinken werde,
Doch . . . ich weiß nicht, was ich trinken werde . . .

Na, hol dich der Teufel mit deiner dummen Neugierde! Schatow, begreifst du, wie schön es ist, auf Erden zu leben?«

»Antworten Sie nicht«, flüsterte Schatow mir wieder zu.

»Mach doch auf! Begreifst du auch, daß es etwas Höheres gibt als Raufereien . . . unter der Menschheit? Es gibt bei einem e–edlen Menschen Augenblicke ... Schatow, ich bin gutherzig; ich verzeihe dir ... Schatow, zum Teufel mit den Proklamationen, wie?«

Schweigen.

»Begreifst du auch, du Esel, daß ich verliebt bin? Ich habe mir einen Frack gekauft; sieh ihn dir an, einen Liebesfrack, für fünfzehn Rubel; die Liebe eines Hauptmanns verlangt gesellschaftlichen Anstand. Mach auf!« brüllte er auf einmal wild und schlug ungestüm mit den Fäusten an die Tür.

»Scher dich zum Teufel!« brüllte nun plötzlich auch Schatow.

»Kn–n–necht! Ein leibeigner Knecht bist du, auch deine Schwester ist eine Leibeigene und Sklavin ... eine Die–iebin!«

»Und du hast deine Schwester verkauft.«

»Du lügst! Ich muß unbegründete Verdächtigung ertragen, wo ich doch mit einem einzigen Wort ... weißt du wohl, wer sie ist?«

»Nun, wer denn?« Schatow näherte sich neugierig der Tür.

»Wirst du es auch fassen können?«

»Das werde ich schon, sage nur, wer sie ist.«

»Ich habe den Mut, es zu sagen! Ich habe immer den Mut, alles öffentlich zu sagen!«

»Na, du wirst wohl kaum den Mut dazu haben«, neckte ihn Schatow und gab mir mit dem Kopf einen Wink, zuzuhören.

»Ich sollte nicht den Mut haben?«

»Meiner Ansicht nach hast du ihn nicht.«

»Ich sollte nicht den Mut haben?«

»So sprich doch, wenn du die herrschaftlichen Ruten nicht fürchtest ... Ein Feigling bist du, und das will ein Hauptmann sein!«

»Ich ... ich ... sie ... sie ist ...« stammelte der Hauptmann mit zitternder, erregter Stimme.

»Nun?« Schatow hielt das Ohr an die Tür.

Es folgte ein Schweigen von mindestens einer halben Minute.

»Du Schurke!« ertönte es schließlich hinter der Tür, und der Hauptmann trat schleunigst den Rückzug an, wobei er wie ein Samowar schnaufte und auf jeder Treppenstufe geräuschvoll stolperte.

»Nein, er ist schlau; auch wenn er betrunken ist, verplappert er sich nicht«, sagte Schatow und ging von der Tür weg.

»Was soll denn das alles bedeuten?« fragte ich.

Schatow winkte mit der Hand ab, schloß die Tür auf und horchte wieder auf die Treppe hinaus; er horchte lange und stieg sogar leise ein paar Stufen hinunter. Endlich kehrte er wieder zurück.

»Es ist nichts zu hören, er hat sie nicht verprügelt; also hat er sich gleich schlafen gelegt. Es ist Zeit, daß Sie gehen.«

»Hören Sie, Schatow, was soll ich denn jetzt aus alledem schließen?«

»Eh, schließen Sie daraus, was Sie wollen!« erwiderte er mit müder, verächtlicher Stimme und setzte sich an seinen Schreibtisch.

Ich ging. Ein unwahrscheinlicher Gedanke festigte sich immer mehr in meiner Phantasie. Voller Bangigkeit dachte ich an den morgigen Tag.

7

Dieser »morgige Tag«, das heißt eben jener Sonntag, an dem das Schicksal Stepan Trofimowitschs sich unwiderruflich entscheiden sollte, war einer der bedeutungsvollsten Tage meiner Chronik. Er war ein Tag der Überraschungen, an dem frühere Knoten gelöst und neue geschürzt wurden, ein Tag greller Aufklärungen und noch ärgeren Wirrwarrs. Am Morgen sollte ich, wie der Leser schon weiß, meinen Freund zu Warwara Petrowna begleiten, das hatte sie selber so angeordnet, und um drei Uhr nachmittags sollte ich bei Lisaweta Nikolajewna sein, um ihr, ich wußte selbst nicht was, zu erzählen und ihr, ich wußte selbst nicht wobei, behilflich zu sein. Und doch endete alles so, wie es niemand vermutet hätte. Kurz, es war ein Tag merkwürdigen Zusammentreffens von Zufällen.

Es fing damit an, daß Stepan Trofimowitsch und ich, als wir pünktlich um zwölf Uhr, wie sie befohlen hatte, bei Warwara Petrowna erschienen, sie nicht zu Hause antrafen; sie war noch nicht vom Mittagsgottesdienst heimgekehrt. Mein armer Freund war so gestimmt oder, besser gesagt, so verstimmt, daß dieser Umstand ihn sofort niederschmetterte; fast ohnmächtig sank er im Salon auf einen Sessel. Ich bot ihm ein Glas Wasser an; doch obwohl er blaß aussah und seine Hände zitterten, lehnte er es mit Würde ab. Nebenbei bemerkt, zeichnete sich seine Kleidung diesmal durch ungewöhnliche Eleganz aus: er trug fast ballmäßige, gestickte Batistwäsche, eine weiße Halsbinde, hielt einen neuen Hut und neue, strohgelbe Handschuhe in der Hand und hatte sich sogar ein ganz klein wenig parfümiert.

Kaum hatten wir Platz genommen, so kam, vom Kammerdiener geführt, Schatow herein; es war klar, daß auch er eine offizielle Aufforderung erhalten hatte. Stepan Trofimowitsch wollte aufstehen, um ihm die Hand zu reichen, aber Schatow sah uns beide bloß aufmerksam an, wandte sich dann ab und setzte sich in eine Ecke, ohne uns auch nur zuzunicken. Stepan Trofimowitsch sah mich wieder erschrocken an.

So saßen wir noch ein paar Minuten in tiefstem Schweigen. Plötzlich begann Stepan Trofimowitsch mir irgend etwas sehr schnell zuzuflüstern, aber ich konnte ihn nicht recht verstehen; vor Aufregung sprach er nicht zu Ende und verstummte. Der Kammerdiener kam noch einmal herein, um etwas auf dem Tisch in Ordnung zu bringen, wahrscheinlicher aber, um sich uns anzusehen. Auf einmal wandte sich Schatow an ihn mit der lauten Frage: »Alexej Jegorytsch, wissen Sie nicht, ob Darja Pawlowna mit ihr gefahren ist?«

»Warwara Petrowna geruhten allein zum Dom zu fahren, und Darja Pawlowna beliebten oben in ihrem Zimmer zu bleiben, sie fühlten sich nicht ganz wohl«, meldete Alexej Jegorytsch belehrend und taktvoll.

Mein armer Freund warf mir wieder einen flüchtigen, unruhigen Blick zu, so daß ich mich schließlich von ihm abwandte. Plötzlich fuhr an der Haustür laut ein Wagen vor, und eine entfernte Unruhe im Hause kündigte uns an, daß die Hausherrin zurückgekehrt war. Wir sprangen alle von den Sesseln auf, aber wieder geschah etwas Unerwartetes: es ertönte das Geräusch vieler Schritte, das bedeutete, daß die Hausherrin nicht allein zurückgekehrt war, und das war wirklich etwas sonderbar, da sie uns doch selber diese Stunde bestimmt hatte. Endlich hörte man jemand geradezu eigentümlich schnell daherkommen, als liefe er, so aber konnte doch Warwara Petrowna nicht gehen. Und auf einmal kam sie nahezu ins Zimmer geflogen, atemlos und äußerst erregt. Nach ihr kam in einigem Abstand und weit ruhiger Lisaweta Nikolajewna und mit ihr Arm in Arm – Marja Timofejewna Lebjadkina herein! Hätte ich das im Traum gesehen, so hätte ich es selbst dann nicht geglaubt.

Um dieses völlig unerwartete Ereignis zu erklären, muß ich eine Stunde zurückgreifen und ausführlicher von dem ungewöhnlichen Erlebnis erzählen, das Warwara Petrowna in der Kathedrale hatte.

Fast die ganze Stadt, ich meine damit nur die höchsten Kreise unserer Gesellschaft, hatte sich an diesem Sonntag zum Gottesdienst versammelt. Man wußte, daß die Gouverneurin zum erstenmal nach ihrer Ankunft in der Kirche erscheinen werde. Ich bemerke, daß sich bei uns schon das Gerücht verbreitet hatte, sie sei eine Freidenkerin und huldige »neuen Prinzipien«. Allen Damen war auch bekannt, daß sie prächtig und mit auffallender Eleganz gekleidet sein werde, und deshalb zeichneten sich die Toiletten unserer Damen diesmal durch besondere Auserlesenheit und Üppigkeit aus. Nur Warwara Petrowna war schlicht und wie immer ganz in Schwarz gekleidet; so trug sie sich ständig in den letzten vier Jahren. In der Kirche nahm sie ihren Platz links in der ersten Reihe ein, und ein livrierter Diener legte ein Samtkissen zum Niederknien vor sie hin, kurz, alles war so wie immer. Aber es fiel auf, daß sie diesmal während des ganzen Gottesdienstes äußerst eifrig betete; später, als man sich alles ins Gedächtnis zurückrief, behaupteten sogar manche, ihr seien die Tränen in den Augen gestanden. Endlich war die Messe zu Ende, und unser Protierej*, Vater Pawel, erschien, um eine feierliche Predigt zu halten. Seine Predigten waren bei uns sehr beliebt, und man schätzte sie ungemein; man hatte ihm sogar schon zugeredet, sie drucken zu lassen, aber dazu konnte er sich nicht recht entschließen. Diesmal fiel die Predigt besonders lang aus.

Und nun, als schon gepredigt wurde, fuhr bei der Kirche eine Dame in einer von jenen leichten, altmodischen Droschken vor, in denen Damen nur seitwärts sitzen können, sich am Gürtel des Kutschers festhalten müssen und bei jedem Stoß des Wagens hin und her schwanken wie ein Halm im Winde. Solche Droschken gibt es in unserer Stadt heute noch. Die Dame ließ an der Kirchenecke halten – denn am Portal standen eine Menge Equipagen und sogar ein paar Gendarmen –, sprang aus der Droschke und gab dem Kutscher vier Kopeken.

»Das ist wohl zuwenig, Wanja?« rief sie, als sie sein saures

* Erst-, Oberpriester (Anmerkung des Übersetzers).

Gesicht sah. »Es ist alles, was ich habe«, fügte sie kläglich hinzu.

»Na, in Gottes Namen denn, wir hatten ja nichts ausgemacht«, sagte der Kutscher mit einer resignierten Handbewegung und sah sie an, als dächte er im stillen: Wäre ja auch Sünde, dich zu übervorteilen. Dann steckte er seinen ledernen Geldbeutel vorn in die Bluse, trieb das Pferd an und fuhr davon, begleitet von den Spötteleien der anderen Droschkenkutscher, die in der Nähe standen. Spott und sogar Verwunderung begleiteten auch die Dame, während sie sich zwischen den Equipagen und Dienern, die auf das baldige Herauskommen ihrer Herrschaft warteten, zum Kirchenportal durchdrängte. Und es war auch wirklich für alle etwas Ungewöhnliches und Überraschendes, daß eine Dame dieser Art auf einmal irgendwoher auf der Straße mitten unter dem Volk erschien. Sie war krankhaft mager und hinkte, war stark weiß und rot geschminkt, und ihr langer Hals war völlig bloß; trotz dem kalten und windigen, wenn auch klaren Septembertag trug sie weder ein Tuch noch einen Mantel, sondern nur ein altes dunkles Kleid; ihr Kopf war völlig unbedeckt, und ins Haar, das im Nacken zu einem dürftigen Knoten geschlungen war, hatte sie an der rechten Seite eine von jenen Papierrosen gesteckt, mit denen man die Osterengel zu schmücken pflegt. Einen solchen Osterengel mit einem Kranz künstlicher Rosen hatte ich gerade tags zuvor, als ich bei Marja Timofejewna saß, in der Ecke unter den Heiligenbildern bemerkt. Zu alledem kam hinzu, daß die Dame zwar mit bescheiden niedergeschlagenen Augen, aber zugleich mit einem heiteren und verschmitzten Lächeln einherging. Hätte sie noch ein klein wenig gezögert, so hätte man sie vielleicht gar nicht in die Kirche hineingelassen ... Aber es gelang ihr hineinzuschlüpfen, und als sie in der Kirche war, drängte sie sich unauffällig nach vorn.

Obgleich der Priester mitten in seiner Predigt war und die ganze dichtgedrängte Menge in der Kirche mit voller und lautloser Aufmerksamkeit zuhörte, schielten doch einige Augen neugierig und verwundert nach der Hereingekommenen. Diese warf sich nieder und neigte ihr geschminktes Gesicht bis zum Fußboden, blieb lange so liegen und schien zu weinen; dann aber, als sie den Kopf wieder erhoben und sich von den Knien aufgerichtet hatte, faßte sie sich sehr schnell wieder und wurde munter. Heiter und sichtlich mit größtem

Vergnügen ließ sie ihre Augen über die Gesichter der Leute und die Wände der Kirche schweifen; mit besonderer Neugier betrachtete sie einige Damen, erhob sich zu diesem Zweck sogar auf die Fußspitzen, ja lachte sogar ein paarmal mit einem eigentümlichen Kichern. Doch endlich war die Predigt zu Ende, und es wurde das Kreuz herausgetragen. Als erste ging die Gouverneurin auf das Kreuz zu, aber zwei Schritte davor blieb sie stehen, in der offenkundigen Absicht, Warwara Petrowna den Vortritt zu lassen, die ihrerseits gar zu eifrig darauf zustrebte, als bemerkte sie niemanden vor sich. In dieser ungewöhnlichen Höflichkeit der Gouverneurin lag ohne Zweifel eine deutliche und in ihrer Art geistreiche Stichelei; so faßten es alle auf, so wahrscheinlich auch Warwara Petrowna; doch wie vorher tat sie, als bemerkte sie niemanden, küßte mit einer Miene unerschütterlicher Würde das Kreuz und wandte sich dann gleich dem Ausgang zu. Ein Diener in Livree bahnte ihr den Weg, obgleich ohnehin alle auseinandertraten. Doch unmittelbar vor dem Ausgang, in der Vorhalle, versperrte ein eng zusammengedrängter Menschenknäuel ihr für einen Augenblick den Weg. Warwara Petrowna blieb stehen, und plötzlich drängte sich ein sonderbares, auffallendes Geschöpf, eine Frau mit einer Papierrose im Haar, durch die Menschenmenge und fiel vor ihr auf die Knie. Warwara Petrowna, die nicht leicht in Verlegenheit zu bringen war, besonders nicht in der Öffentlichkeit, blickte sie würdevoll und streng an.

Ich möchte hier möglichst kurz erwähnen, daß Warwara Petrowna zwar in den letzten Jahren, wie es hieß, übertrieben sparsam und sogar geizig geworden war, manchmal aber, besonders wenn es sich um wohltätige Zwecke handelte, mit dem Geld nicht knauserte. Sie war Mitglied eines Wohltätigkeitsvereins in der Hauptstadt. Während der Hungersnot vor einigen Jahren hatte sie nach Petersburg an das Hauptkomitee zur Unterstützung Notleidender fünfhundert Rubel gesandt, und davon wurde bei uns viel gesprochen. Endlich hatte sie in der allerletzten Zeit, kurz vor der Ernennung des neuen Gouverneurs, ein örtliches Damenkomitee zur Unterstützung der ärmsten Wöchnerinnen in der Stadt und im Gouvernement zu gründen beabsichtigt. Man machte ihr zwar den Vorwurf des Ehrgeizes, aber dank dem bekannten Ungestüm ihres Charakters und dank ihrer Beharrlichkeit hatte sie fast alle Hindernisse aus dem Weg geräumt;

der Verein war schon so gut wie gegründet, und der ursprüngliche Gedanke entwickelte sich vor dem entzückten geistigen Auge seiner Urheberin immer weiter: schon träumte sie von der Gründung eines ebensolchen Komitees in Moskau und von der allmählichen Ausbreitung seiner Tätigkeit in allen Gouvernements. Doch da geriet durch den plötzlichen Gouverneurswechsel auf einmal alles ins Stocken. Es hieß, die neue Gouverneurin habe bereits in der Gesellschaft einige spitze, aber treffende und sachliche Äußerungen über die angebliche Undurchführbarkeit des Grundgedankens eines solchen Komitees fallenlassen, was, selbstverständlich mit Ausschmückungen, Warwara Petrowna hinterbracht worden war. Nur Gott kennt die Tiefen des Menschenherzens, aber ich nehme an, daß Warwara Petrowna jetzt sogar mit einigem Vergnügen am Kirchenportal stehenblieb, weil sie wußte, daß gleich die Gouverneurin und nach ihr alle übrigen an ihr vorbeigehen mußten, und weil sie im stillen bei sich dachte: Mag sie nur selber sehen, wie gleichgültig es mir ist, was immer sie von mir denkt und was für Witze sie über die Eitelkeit meiner wohltätigen Bestrebungen reißt. Da habt ihr's alle!

»Was haben Sie, meine Liebe, um was bitten Sie?« fragte Warwara Petrowna und betrachtete aufmerksam die vor ihr kniende Bittstellerin.

Diese sah mit einem unendlich schüchternen und verlegenen, aber fast andächtigen Blick zu ihr auf und lächelte plötzlich mit dem gleichen sonderbaren Kichern wie vorher.

»Was hat sie? Wer ist sie?« Warwara Petrowna ließ ihren gebieterischen und fragenden Blick über die Umstehenden gleiten. Alle schwiegen. »Sind Sie unglücklich? Brauchen Sie eine Unterstützung?«

»Ich möchte ... ich bin gekommen ...« stammelte die »Unglückliche« mit einer Stimme, die vor Aufregung versagte. »Ich bin nur gekommen, um Ihnen die Hand zu küssen ...« Und wieder kicherte sie. Mit jenem kindlichen Blick, mit dem Kinder sich einschmeicheln, wenn sie etwas erbetteln wollen, streckte sie die Arme aus, um Warwara Petrownas Hand zu ergreifen, zog sie aber plötzlich, wie erschrocken, wieder zurück.

»Nur deshalb sind Sie gekommen?« Warwara Petrowna lächelte mitleidig, zog aber sogleich ihr Perlmutterportemonnaie aus der Tasche, entnahm ihm einen Zehnrubelschein und reichte ihn der Unbekannten. Diese nahm ihn. Warwara

Petrowna blickte sie mit großem Interesse an; offenbar hielt sie die Unbekannte nicht für eine Bittstellerin aus dem einfachen Volk.

»Sieh mal an, zehn Rubel hat sie ihr gegeben«, sagte einer in der Menge.

»Ihre Hand, bitte«, stammelte die »Unglückliche«, die den empfangenen Zehnrubelschein an einer Ecke mit den Fingern der linken Hand festhielt, so daß er im Winde flatterte.

Warwara Petrowna runzelte aus irgendeinem Grunde ein wenig die Stirn und hielt mit ernster, fast strenger Miene ihre Hand hin. Die Unbekannte küßte sie ehrfürchtig. Ihr dankbarer Blick leuchtete beinahe verzückt auf. Und gerade in diesem Augenblick kam die Gouverneurin und strömte eine ganze Schar unserer Damen und höchsten Würdenträger herbei. Wegen des großen Gedränges am Ausgang mußte die Gouverneurin wohl oder übel einen Augenblick stehenbleiben und alle anderen mit ihr.

»Sie zittern ja, frieren Sie?« bemerkte plötzlich Warwara Petrowna, warf ihren Mantel ab, den der Diener im Fallen auffing, nahm ihren schwarzen, sehr kostbaren Schal von den Schultern und schlang ihn eigenhändig um den entblößten Hals der immer noch vor ihr knienden Bittstellerin.

»Stehen Sie doch auf, erheben Sie sich von den Knien, ich bitte Sie darum!« Jene stand auf.

»Wo wohnen Sie? Weiß denn wirklich niemand, wo sie wohnt?« Warwara Petrowna blickte sich wieder ungeduldig im Kreise um. Aber die Menge von vorhin war nicht mehr da: ringsum sah man nur bekannte, der höheren Gesellschaft angehörige Personen, die den Vorgang verfolgten, die einen mit ernstem Staunen, andere mit verschmitzter Neugier und zugleich mit einem unschuldigen Skandalbedürfnis, während weitere sogar anfingen, sich darüber lustig zu machen.

»Ich glaube, das ist eine Angehörige Lebjadkins«, fand sich endlich eine gute Seele zu einer Antwort auf Warwara Petrownas Frage bereit, es war unser ehrbarer und von vielen geschätzter Kaufmann Andrejew, ein Mann mit einer Brille, einem grauen Bart, in russischer Tracht und mit einem runden zylinderförmigen Hut, den er jetzt in den Händen hielt. »Sie wohnen im Haus der Filippows, in der Bogojawlenskaja-Straße.«

»Lebjadkin? Filippows Haus? Davon glaube ich schon

gehört zu haben ... Ich danke Ihnen, Nikon Semjonytsch, aber wer ist dieser Lebjadkin?«

»Er nennt sich Hauptmann und ist, das muß man sagen, ein unvorsichtiger Mensch. Und das ist sicherlich seine Schwester. Sie ist jetzt, muß man annehmen, seiner Aufsicht entschlüpft«, sagte Nikon Semjonytsch mit gedämpfter Stimme und sah Warwara Petrowna bedeutsam an.

»Ich verstehe; danke, Nikon Semjonytsch. Sie sind Fräulein Lebjadkina, meine Liebe?«

»Nein, ich heiße nicht Lebjadkina.«

»Dann heißt Ihr Bruder vielleicht Lebjadkin?«

»Ja, mein Bruder heißt Lebjadkin.«

»Da werde ich es so machen: ich nehme Sie jetzt mit zu mir nach Hause, meine Liebe, und von dort wird man Sie zu Ihrer Familie bringen. Wollen Sie mit mir fahren?«

»Ach ja, das will ich!« rief Fräulein Lebjadkina und klatschte in die Hände.

»Tante! Tante! Nehmen Sie auch mich mit!« ertönte plötzlich Lisaweta Nikolajewnas Stimme. Ich möchte hier erwähnen, daß Lisaweta Nikolajewna mit der Gouverneurin zum Gottesdienst gekommen war, während Praskowja Iwanowna auf Anordnung des Arztes inzwischen spazierengefahren war und zu ihrer Unterhaltung Mawrikij Nikolajewitsch mitgenommen hatte. Nun verließ Lisa plötzlich die Gouverneurin und eilte auf Warwara Petrowna zu.

»Mein liebes Kind, du weißt, ich freue mich immer, dich bei mir zu sehen, aber was wird deine Mutter dazu sagen?« fing Warwara Petrowna würdevoll an, stutzte aber plötzlich, als sie Lisas ungewöhnliche Aufregung bemerkte.

»Tante, Tante, ich muß jetzt unbedingt mit Ihnen fahren!« bat Lisa flehentlich und küßte Warwara Petrowna.

»Mais qu'avez-vous donc, Lise?« fragte die Gouverneuerin mit nachdrücklicher Verwunderung.

»Ach, verzeihen Sie, Täubchen, chère cousine, ich muß jetzt zu meiner Tante!« wandte sich Lisa flugs an ihre unangenehm überraschte chère cousine und küßte sie zweimal. »Und sagen Sie maman, sie möchte mich dann gleich bei Tante abholen, maman wollte heute unbedingt, unbedingt Tante besuchen, sie hat es vorhin selbst gesagt, ich habe vergessen, es Ihnen mitzuteilen«, plapperte Lisa. »Verzeihen Sie mir, seien Sie mir nicht böse, Julie, chère ... cousine ... Tante, ich bin bereit!«

»Wenn Sie mich nicht mitnehmen, Tante, laufe ich hinter Ihrem Wagen her und schreie«, flüsterte sie schnell und verzweifelt Warwara Petrowna ins Ohr. Es war nur gut, daß niemand es gehört hatte. Warwara Petrowna wich sogar einen Schritt zurück und sah das tolle Mädchen mit einem durchdringenden Blick an. Dieser Blick entschied alles: sie beschloß, Lisa auf jeden Fall mitzunehmen.

»Dem muß ein Ende gemacht werden«, entfuhr es ihr leise. »Gut, ich nehme dich mit Vergnügen mit, Lisa«, fügte sie sofort laut hinzu, »selbstverständlich aber nur, wenn Julija Michajlowna damit einverstanden ist«, wandte sie sich mit offener Miene und ungekünstelter Würde unmittelbar an die Gouverneurin.

»Oh, ich werde ihr dieses Vergnügen natürlich nicht nehmen wollen, zumal ich ...« stammelte Julija Michajlowna auf einmal mit erstaunlicher Liebenswürdigkeit, »zumal ich ... nur zu gut ... weiß, was für ein verdrehtes, eigenwilliges Köpfchen wir auf den Schultern haben.« Hier lächelte Julija Michajlowna bezaubernd.

»Ich danke Ihnen verbindlichst«, bedankte sich Warwara Petrowna mit einer höflichen und würdevollen Verbeugung.

»Und es ist mir um so angenehmer«, fuhr Julija Michajlowna nun schon ganz entzückt fort und wurde vor freudiger Erregung sogar über und über rot, »da Lisa, abgesehen von dem Vergnügen, bei Ihnen zu sein, sich jetzt von einem so schönen, man kann sogar sagen, so erhabenen Gefühl ... von dem Gefühl des Mitleids ... hinreißen läßt ...« (sie warf einen Blick auf die »Unglückliche«) »und ... und gerade in der Vorhalle des Gotteshauses ...«

»Eine solche Auffassung macht Ihnen Ehre«, äußerte Warwara Petrowna würdevoll ihren Beifall.

Julija Michajlowna streckte ihr rasch die Hand entgegen, die Warwara Petrowna sehr bereitwillig mit ihren Fingern berührte. Das machte einen vorzüglichen Eindruck, die Gesichter mehrerer Anwesenden strahlten vor Vergnügen, und auf einigen zeigte sich ein süßliches und schmeichlerisches Lächeln.

Kurz, der ganzen Stadt wurde es mit einemmal klar, daß nicht Julija Michajlowna bisher auf Warwara Petrowna herabgesehen und ihr deshalb keinen Besuch gemacht hatte, sondern daß im Gegenteil Warwara Petrowna selber Julija Michajlowna »von sich in Abstand gehalten hatte, während diese vielleicht sogar zu Fuß zu ihr gelaufen wäre, um ihr einen Besuch zu machen, wenn sie nur genau gewußt hätte, daß Warwara Petrowna ihr nicht die Tür weisen werde«. Das Ansehen Warwara Petrownas hatte sich ungemein gehoben.

»Steigen Sie ein, meine Liebe«, sagte Warwara Petrowna zu Mademoiselle Lebjadkina und wies auf den vorgefahrenen Wagen.

Die »Unglückliche« eilte fröhlich zum Wagenschlag, und ein Diener half ihr beim Einsteigen.

»Wie, Sie hinken?« rief Warwara Petrowna, als wäre sie erschrocken, und erblaßte. (Alle bemerkten das damals, verstanden es aber nicht.)

Der Wagen fuhr davon. Warwara Petrownas Haus lag ganz in der Nähe der Kirche. Lisa erzählte mir später, die Lebjadkina habe während der ganzen drei Minuten der Fahrt ununterbrochen hysterisch gelacht, und Warwara Petrowna habe, so drückte Lisa sich aus, »wie in einem magnetischen Schlaf« dagesessen.

Fünftes Kapitel

Die weise Schlange

1

Warwara Petrowna klingelte und warf sich in einen Lehnstuhl am Fenster.

»Setzen Sie sich dorthin, meine Liebe«, wies sie Marja Timofejewna einen Platz an dem großen runden Tisch in der Mitte des Zimmers an. »Stepan Trofimowitsch, was hat das zu bedeuten? Da, da, sehen Sie sich dieses Mädchen an! Was hat das zu bedeuten?«

»Ich . . . ich . . .« stammelte Stepan Trofimowitsch.

Aber da trat der Diener ein.

»Eine Tasse Kaffee, sofort, so schnell wie möglich! Und der Kutscher soll nicht ausspannen!«

»Mais, chère et excellente amie, dans quelle inquiétude! . . .« rief Stepan Trofimowitsch mit tonloser Stimme.

»Ach, Französisch, Französisch! Da merkt man doch gleich, daß man in vornehmer Gesellschaft ist!« freute sich Marja Timofejewna, klatschte in die Hände und machte sich mit Entzücken darauf gefaßt, einem französischen Gespräch zuzuhören.

Warwara Petrowna starrte sie fast erschrocken an.

Wir alle schwiegen und warteten auf die weitere Entwicklung der Dinge. Schatow hielt den Kopf gesenkt, und Stepan Trofimowitsch sah so bestürzt aus, als wäre er an allem schuld; der Schweiß trat ihm auf die Schläfen. Ich warf einen Blick auf Lisa (sie saß in einer Ecke, fast neben Schatow). Ihre Augen wanderten gespannt von Warwara Petrowna zu dem lahmen Mädchen und wieder zurück, ihre Lippen verzogen sich zu einem unschönen Lächeln. Warwara Petrowna sah dieses Lächeln. Marja Timofejewna indessen war ganz hingerissen: mit Genuß und nicht im geringsten verlegen betrachtete sie Warwara Petrownas schönen Salon, die Möbel, die Teppiche, die Bilder an den Wänden, die altmodisch bemalte Decke, das große Bronzekruzifix in der Ecke, die Porzellanlampe, die Alben und die Nippsachen auf dem Tisch.

»Also auch du bist hier, Schatuschka!« rief sie plötzlich. »Stelle dir vor, ich sehe dich schon lange und denke bei mir: er ist es nicht! Wie sollte er hierher kommen!« Und sie lachte.

»Sie kennen dieses Mädchen?« wandte sich Warwara Petrowna sofort an Schatow.

»Ja«, murmelte Schatow, regte sich auf dem Stuhl, blieb aber sitzen.

»Was wissen Sie von ihr? Bitte, schnell!«

»Ja was ...« Er lächelte unnötigerweise und stockte. »Sie sehen ja selbst ...«

»Was sehe ich? Na, vorwärts, sagen Sie doch etwas!«

»Sie wohnt in demselben Haus wie ich ... mit ihrem Bruder ... einem Offizier.«

»Na und?«

Schatow stockte wieder.

»Es lohnt nicht, davon zu reden ...« brummte er und verstummte, fest entschlossen, nichts mehr zu sagen. Er wurde sogar rot vor Entschlossenheit.

»Von Ihnen kann man freilich nichts anderes erwarten!« fuhr Warwara Petrowna ihn entrüstet an. Es war ihr jetzt klar, daß hier alle etwas wußten, doch vor etwas Angst hatten, ihren Fragen auswichen und ihr etwas verheimlichen wollten.

Der Diener kam jetzt herein und brachte ihr auf einem kleinen silbernen Tablett die verlangte Tasse Kaffee, ging aber auf einen Wink von ihr sogleich damit zu Marja Timofejewna.

»Sie haben vorhin so gefroren, meine Liebe, trinken Sie schnell einen Schluck und erwärmen Sie sich.«

»Merci!« Marja Timofejewna nahm die Tasse und brach plötzlich in ein lautes Lachen darüber aus, daß sie zu dem Diener »merci« gesagt hatte. Als sie aber dem drohenden Blick Warwara Petrownas begegnete, erschrak sie und stellte die Tasse auf den Tisch.

»Sie sind mir doch nicht etwa böse, Tante?« stammelte sie mit einer Art leichtfertiger Koketterie.

»Wa–a–as?« ging Warwara Petrowna hoch und richtete sich im Lehnstuhl auf. »Wieso bin ich Ihre Tante? Was meinten Sie damit?«

Marja Timofejewna, die einen solchen Zorn nicht erwartet hatte, zitterte am ganzen Leibe wie in einem krampfartigen Anfall und sank gegen die Rückenlehne des Sessels zurück.

»Ich . . . ich dachte, so müßte ich sagen«, stammelte sie und sah Warwara Petrowna groß an. »Lisa hat Sie doch so genannt.«

»Was für eine Lisa?«

»Dieses Fräulein da.« Marja Timofejewna zeigte mit dem Finger hin.

»Heißt die für Sie auch schon Lisa?«

»Sie haben sie doch vorhin selbst so genannt«, entgegnete Marja Timofejewna schon etwas mutiger. »Und im Traum habe ich ein genauso schönes junges Mädchen gesehen«, fügte sie mit einem gespielt unwillkürlichen Lächeln hinzu.

Warwara Petrowna überlegte und beruhigte sich etwas; sie lächelte sogar ein klein wenig über Marja Timofejewnas letzte Worte. Als diese das Lächeln sah, stand sie auf und hinkte schüchtern zu ihr hin.

»Nehmen Sie ihn, ich habe vergessen, ihn zurückzugeben, seien Sie mir nicht böse wegen meiner Unhöflichkeit«, sagte sie und nahm den schwarzen Schal von den Schultern, den Warwara Petrowna ihr vorhin umgelegt hatte.

»Nehmen Sie ihn sofort wieder um und behalten Sie ihn für immer. Setzen Sie sich wieder, trinken Sie Ihren Kaffee und fürchten Sie sich bitte nicht vor mir, meine Liebe, beruhigen Sie sich. Ich fange an, Sie zu verstehen.«

»Chère amie ...« erlaubte sich Stepan Trofimowitsch wieder zu beginnen.

»Ach, Stepan Trofimowitsch, hier kann man auch schon ohne Sie ganz irre werden, schonen wenigstens Sie mich ... Bitte ziehen Sie doch mal an dem Klingelzug neben Ihnen, der zum Mädchenzimmer führt.«

Es folgte ein allgemeines Stillschweigen. Ihr Blick glitt argwöhnisch und gereizt über die Gesichter von uns allen. Da erschien Agascha, ihre Lieblingszofe.

»Mein kariertes Tuch, das ich in Genf gekauft habe! Was macht Darja Pawlowna?«

»Das Fräulein fühlen sich nicht ganz wohl.«

»Geh zu ihr und bitte sie, herzukommen. Füge hinzu, ich bäte sehr darum, wenn sie auch nicht wohl sei.«

In diesem Augenblick ertönte in den Zimmern nebenan wieder ein ungewohntes Geräusch von Schritten und Stimmen, ähnlich dem von vorhin, und auf der Schwelle erschien Praskowja Iwanowna, auf Mawrikij Nikolajewitschs Arm gestützt.

»O Gott, mit knapper Not habe ich mich hergeschleppt! Lisa, was tust du Tollkopf deiner Mutter an!« kreischte sie und legte in dieses Kreischen, wie das alle schwachen, aber sehr reizbaren Naturen zu tun pflegen, alle Gereiztheit, die sich in ihr angesammelt hatte.

»Mütterchen, Warwara Petrowna, ich komme zu Ihnen, um meine Tochter zu holen.«

Warwara Petrowna sah sie mürrisch an, erhob sich nur halb zu ihrer Begrüßung und sagte mit kaum verhehltem Ärger: »Guten Tag, Praskowja Iwanowna, sei so gut und nimm Platz. Ich wußte doch, daß du kommen würdest.«

2

Für Praskowja Iwanowna konnte in einem solchen Empfang nichts Unerwartetes liegen. Warwara Petrowna hatte ihre einstige Pensionsfreundin immer, schon von Kindheit auf, despotisch und unter dem Schein der Freundschaft beinahe verächtlich behandelt. Im gegenwärtigen Fall aber spielte noch eine besondere Lage der Dinge mit. In den letzten Tagen drohte es zwischen den beiden Häusern zu einem vollständigen Bruch zu kommen, was von mir ja auch schon flüchtig erwähnt wurde. Die Ursachen dieses beginnenden Bruches waren für Warwara Petrowna vorläufig noch ein Geheimnis und infolgedessen um so kränkender; die Hauptsache aber war, daß Praskowja Iwanowna ihr gegenüber einen ungemein hochmütigen Ton angeschlagen hatte. Warwara Petrowna fühlte sich dadurch selbstverständlich verletzt, und inzwischen drangen auch zu ihr einige sonderbare Gerüchte, die sie ebenfalls äußerst aufregten, gerade deshalb, weil sie so dunkel und unklar waren. Der Charakter Warwara Petrownas war gerade und von stolzer Offenheit, sie war eine Draufgängerin, wenn man sich so ausdrücken darf. Sie konnte nichts weniger ertragen als geheime, versteckte Anschuldigungen und zog stets den offenen Krieg vor. Wie dem nun auch sein mochte, jedenfalls hatten sich die beiden Damen schon seit fünf Tagen nicht mehr gesehen. Den letzten Besuch hatte Warwara Petrowna gemacht und war dann gekränkt und bestürzt von der »Drosdowschen« weggefahren. Ich kann mit Bestimmtheit sagen, daß Praskowja Iwanowna jetzt in der naiven Überzeugung hereingekommen war, Warwara Petrowna müsse aus irgendeinem Grunde Angst vor ihr haben; das sah man schon an ihrem Gesichtsausdruck. Aber der Teufel des anmaßendsten Stolzes bemächtigte sich Warwara Petrownas offenbar gerade dann, wenn sie nur im geringsten argwöhnen konnte, daß man sie aus irgendeinem Grund für erniedrigt halte. Praskowja Iwanowna wiederum zeichnete sich, wie viele schwache Naturen, die sich lange Zeit ohne Protest beleidigen lassen, durch eine ungewöhnliche Heftigkeit des Angriffs aus, sobald die Sache eine für sie günstige Wendung nahm. Allerdings war sie jetzt krank, und während einer Krankheit wurde sie stets reizbarer. Endlich füge ich noch hinzu, daß wir alle, die wir im Salon waren, die beiden Jugendfreundinnen durch unsere Gegenwart nicht besonders hätten behindern können, wenn wirklich ein Streit zwischen ihnen entbrannt wäre; wir galten als nächste Angehörige und fast als Untergebene. Ich erfaßte das gleich damals nicht ohne Besorgnis. Stepan Trofimowitsch, der sich seit Warwara Petrownas Ankunft nicht wieder hingesetzt hatte, ließ sich, als er das Gekreisch Praskowja Iwanownas hörte, erschöpft auf einen Stuhl niedersinken und suchte in seiner Verzweiflung meinen Blick zu erhaschen. Schatow drehte sich jäh auf dem

Stuhl um und brummte sogar etwas vor sich hin. Ich glaube, er wollte aufstehen und weggehen. Lisa hatte sich ein klein wenig erhoben, sich aber gleich wieder hingesetzt und dem Gekreisch ihrer Mutter nicht einmal die schuldige Aufmerksamkeit entgegengebracht, aber nicht aus Widerspenstigkeit, sondern weil sie sich offenbar ganz im Bann eines anderen mächtigen Eindrucks befand. Sie starrte jetzt fast zerstreut irgendwohin in die Luft und beachtete nicht einmal mehr Marja Timofejewna.

3

»Ach, hierher!« Praskowja Iwanowna zeigte auf einen Lehnstuhl am Tisch und ließ sich mit Mawrikij Nikolajewitschs Hilfe schwerfällig in ihn niedersinken. »Ich würde mich bei Ihnen nicht hinsetzen, Mütterchen, wenn nicht die Beine wären!« fügte sie mit matter Stimme hinzu.

Warwara Petrowna hob ein wenig den Kopf und drückte mit schmerzlicher Miene die Finger der rechten Hand an die rechte Schläfe, in der sie offenbar einen heftigen Schmerz (tic douloureux) empfand.

»Wieso, Praskowja Iwanowna, warum solltest du dich bei mir nicht hinsetzen? Ich habe zeit seines Lebens die aufrichtige Freundschaft deines verstorbenen Mannes genossen, und wir beide haben doch, als wir noch kleine Mädchen waren, im Pensionat zusammen mit Puppen gespielt.«

Praskowja Iwanowna winkte mit beiden Händen ab: »Das wußte ich doch! Ewig fangen Sie vom Pensionat an, wenn Sie mir Vorwürfe machen wollen; das ist Ihr üblicher Trick. Meiner Ansicht nach aber sind das nur hohle Redensarten. Ich kann Ihr Pensionat nicht ausstehen.«

»Du scheinst in sehr schlechter Laune hergekommen zu sein. Was machen deine Füße? Da wird dir Kaffee gebracht, bitte trink und ärgere dich nicht.«

»Liebe Warwara Petrowna, Sie behandeln mich, als wäre ich ein kleines Mädchen. Ich will keinen Kaffee!« Und sie winkte händelsüchtig dem Diener ab, der ihr den Kaffee reichen wollte. (Übrigens lehnten auch alle anderen, außer mir und Mawrikij Nikolajewitsch, den Kaffee ab. Stepan Trofimowitsch nahm sich zwar eine Tasse, stellte sie aber gleich wieder auf den Tisch. Marja Timofejewna hätte zwar gar zu gern eine zweite genommen und streckte schon die Hand danach aus, besann sich aber anders und lehnte manierlich ab, offenbar deswegen mit sich selbst zufrieden.)

Warwara Petrowna lächelte verächtlich.

»Weißt du, meine liebe Praskowja Iwanowna, wahrscheinlich hast du dir wieder etwas eingebildet und bist damit hier hereingekommen. Du hast ja dein Lebtag nur von Einbildungen gelebt. Du ärgerst dich jetzt, weil ich das Pensionat erwähnte; aber weißt du noch, wie du ankamst und der ganzen Klasse versichertest, der Husar Schablykin habe um deine Hand angehalten, und wie Madame Lefebure dich sofort der Lüge überführte? Doch du hattest ja gar nicht gelogen, du hattest dir das einfach zu deinem Vergnügen eingebildet. Nun sag, womit kommst du jetzt? Was hast du dir wieder eingebildet, womit bist du unzufrieden?«

»Und Sie haben sich im Pensionat in den Popen verliebt, der uns Religionsunterricht erteilte – da haben Sie es, wenn Sie bis jetzt noch so nachtragend sind! Ha, ha, ha!«

Sie brach in ein galliges Gelächter aus und wurde von einem heftigen Husten befallen.

»A–ah, den Popen hast du also nicht vergessen ...« Warwara Petrowna warf ihr einen haßerfüllten Blick zu. Ihr Gesicht verfärbte sich grünlich.

Praskowja Iwanowna nahm auf einmal eine würdevolle Haltung an.

»Ich bin jetzt nicht zu Späßen aufgelegt, Mütterchen; warum haben Sie meine Tochter vor den Augen der ganzen Stadt in Ihre Skandalgeschichte hineingezogen? Deswegen bin ich hergekommen!«

»In meine Skandalgeschichte?« Warwara Petrowna richtete sich plötzlich drohend auf.

»Mama, auch ich bitte Sie sehr, sich zu mäßigen«, sagte auf einmal Lisaweta Nikolajewna.

»Was hast du gesagt?« Die Mama wollte wieder anfangen zu kreischen, stockte aber sofort unter dem funkelnden Blick ihrer Tochter.

»Wie können Sie nur von einer Skandalgeschichte reden, Mama?« brauste Lisa auf. »Ich bin mit Julija Michajlownas Erlaubnis von selber mitgefahren, weil ich die Geschichte dieser Unglücklichen erfahren wollte, um ihr helfen zu können.«

»Die Geschichte dieser Unglücklichen!« wiederholte Praskowja Iwanowna gedehnt mit boshaftem Lachen. »Schickt es sich denn für dich, dich in ‚solche Geschichten‘ einzumischen? Ach, Mütterchen, wir haben jetzt genug von Ihrer Herrschsucht!« wandte sie sich wütend an Warwara Petrowna. »Man sagt von Ihnen, mag's nun wahr sein oder nicht, Sie hätten die ganze Stadt unter Ihrer Fuchtel gehabt, doch augenscheinlich ist es jetzt auch damit zu Ende!«

Warwara Petrowna saß aufgerichtet da, sie glich einem Pfeil, der im Begriff ist, vom Bogen zu schnellen. Etwa zehn Sekunden lang sah sie Praskowja Iwanowna streng und unverwandt an.

»Nun, danke Gott, Praskowja, daß wir hier unter uns sind«, sagte sie endlich mit unheilverkündender Ruhe, »du hast viel Überflüssiges gesagt.«

»Ich, meine Liebe, fürchte die Meinung der höheren Gesellschaft nicht so wie andere; Sie sind es, die unter dem Schein des Stolzes vor der Meinung der höheren Gesellschaft zittert! Und daß wir hier unter uns sind, ist für *Sie* besser, als wenn Fremde Ihre Worte hörten.«

»Bist du etwa klüger geworden in dieser Woche?«

»Ich bin nicht klüger geworden in dieser Woche, sondern augenscheinlich ist in dieser Woche die Wahrheit zutage gekommen.«

»Was für eine Wahrheit ist denn in dieser Woche zutage gekommen? Hör mal, Praskowja Iwanowna, reize mich nicht; erkläre mir augenblicklich, ich bitte dich höflich: was für eine Wahrheit ist zutage gekommen, und was willst du damit sagen?«

»Aber da sitzt sie ja, die ganze Wahrheit!« Praskowja Iwanowna zeigte mit dem Finger auf Marja Timofejewna, sie tat es mit jener verzweifelten Entschlossenheit, die sich nicht mehr um die Folgen kümmert, wenn sie nur im Augenblick dem Gegner eine Niederlage beibringen kann.

Marja Timofejewna, die fortwährend mit heiterer Neugier Praskowja Iwanowna betrachtet hatte, lachte freudig auf, als sie den Finger des zornigen Gastes auf sich gerichtet sah, und bewegte sich vergnügt im Sessel.

»Herr Jesus Christus, sind sie denn alle übergeschnappt?« rief Warwara Petrowna und lehnte sich erbleichend im Sessel zurück.

Sie wurde so bleich, daß alle sich geradezu Sorgen machten. Stepan Trofimowitsch stürzte als erster zu ihr; auch ich näherte mich; sogar Lisa stand auf, blieb aber bei ihrem Sessel stehen; doch am meisten erschrak Praskowja Iwanowna selbst: sie schrie auf, erhob sich, so gut sie konnte, und heulte nahezu mit weinerlicher Stimme: »Mütterchen Warwara Petrowna, verzeihen Sie mir meine boshafte Dummheit! Aber gebe ihr doch jemand wenigstens Wasser!«

»Plärre bitte nicht, Praskowja Iwanowna, ich bitte dich darum, und Sie, meine Herren, tun Sie mir den Gefallen und entfernen Sie sich, ich brauche kein Wasser!« sagte Warwara Petrowna fest, wenn auch nicht laut, mit bleichen Lippen.

»Mütterchen«, fuhr Praskowja Iwanowna fort, nachdem sie sich ein wenig beruhigt hatte, »liebste Freundin Warwara Petrowna, ich habe mir zwar unvorsichtige Worte zuschulden kommen lassen, aber die anonymen Briefe, mit denen gewisse Leute mich bombardieren, haben mich über alle Maßen erregt; sie sollten an Sie schreiben, da es sich doch darin um Sie handelt, ich aber, meine Liebe, habe eine Tochter!«

Warwara Petrowna sah sie stumm mit weitgeöffneten Augen an und hörte verwundert zu. In diesem Augenblick ging in einer Ecke lautlos die Seitentür auf, und Darja Pawlowna erschien. Sie blieb stehen und sah sich im Kreise um; unsere Verwirrung befremdete sie. Wahrscheinlich hatte sie auch Marja Timofejewna, von deren Anwesenheit sie durch niemanden benachrichtigt worden war, nicht sogleich erkannt. Stepan Trofimowitsch bemerkte sie als erster, machte eine hastige Bewegung, wurde rot und rief aus irgendeinem Grunde laut: »Darja Pawlowna!« so daß die Augen aller sich gleichzeitig der Hereingekommenen zuwandten.

»Wie, das ist also eure Darja Pawlowna!« rief Marja Timofejewna. »Na, Schatuschka, deine Schwester sieht dir aber gar nicht ähnlich! Wie kann nur der meine ein solch reizendes Wesen ‚die leibeigne Magd Daschka' nennen!«

Darja Pawlowna hatte sich unterdessen schon Warwara Petrowna genähert; doch von dem Ausruf Marja Timofejewnas überrascht, wandte sie sich jäh um, blieb stehen und sah die Irre mit einem langen, starr auf sie gehefteten Blick an.

»Setz dich, Dascha«, sagte Warwara Petrowna mit unheimlicher Ruhe. »Näher zu mir, so; du kannst dieses Mädchen auch im Sitzen sehen. Kennst du sie?«

»Ich habe sie noch nie gesehen«, sagte Dascha leise und fügte nach kurzem Schweigen hinzu: »Das ist wahrscheinlich die kranke Schwester eines Herrn Lebjadkin.«

»Auch ich, mein Seelchen, sehe Sie heute zum erstenmal, obwohl ich schon lange neugierig war, Sie kennenzulernen, denn in jeder Ihrer Bewegungen sehe ich die gute Erziehung!« rief Marja Timofejewna entzückt. »Und was mein Lakai nur immer schimpft? Wie wäre es denn möglich, daß Sie ihm Geld weggenommen hätten, Sie, die Sie so wohlerzogen und lieb sind? Denn Sie sind lieb, lieb, lieb, das sage ich Ihnen in meinem Namen!« schloß sie begeistert, wobei sie die Hand vor sich hin und her bewegte.

»Begreifst du etwas?« fragte Warwara Petrowna mit stolzer Würde Dascha.

»Ich begreife alles ...«

»Hast du das von dem Geld gehört?«

»Das ist wahrscheinlich jenes Geld, das ich noch in der Schweiz auf Nikolaj Wsewolodowitschs Bitte diesem Herrn Lebjadkin, ihrem Bruder, zu überbringen versprach.«

Es folgte ein Schweigen.

»Hat Nikolaj Wsewolodowitsch selbst dich gebeten, es zu überbringen?«

»Er hätte dieses Geld, im ganzen dreihundert Rubel, sehr gern Herrn Lebjadkin übersandt. Da er aber seine Adresse nicht kannte, sondern nur wußte, daß er in unsere Stadt kommen werde, so trug er mir auf, es ihm zu übergeben, falls Herr Lebjadkin herkäme.«

»Was für Geld ist denn ... abhanden gekommen? Wovon sprach dieses Mädchen soeben?«

»Das weiß ich nicht; auch zu mir ist das Gerücht gedrungen, daß Herr Lebjadkin gesagt habe, ich hätte ihm nicht das ganze Geld zugestellt; aber diese Behauptung ist mir unverständlich. Es waren dreihundert Rubel, und dreihundert Rubel habe ich ihm auch übersandt.«

Darja Pawlowna hatte sich schon fast völlig beruhigt. Ich möchte überhaupt bemerken, daß es schwer war, dieses Mädchen durch irgend etwas auf längere Zeit in Verwirrung und aus der Fassung zu bringen, was auch immer sie dabei innerlich empfinden mochte. Sie gab jetzt alle ihre Antworten ohne Übereilung, beantwortete jede Frage sofort ruhig, präzis und gleichmütig, ohne jede Spur ihrer anfänglichen plötzlichen Erregung und ohne die geringste Verlegenheit, die von dem Bewußtsein einer wenn auch noch so kleinen Schuld hätte zeugen können. Während Darja Pawlowna sprach, hatte Warwara Petrowna sie unverwandt angeblickt, dann dachte sie einen Augenblick nach.

»Wenn Nikolaj Wsewolodowitsch«, sagte sie endlich fest und offenbar zu allen Zuschauern, obgleich sie nur Dascha ansah, »wenn Nikolaj Wsewolodowitsch sich mit seinem Auftrag nicht an mich gewandt, sondern dich gebeten hat, so hatte er sicherlich seine Gründe, so zu verfahren. Ich halte mich nicht für berechtigt, nach ihnen zu forschen, wenn man sie wie ein Geheimnis vor mir verbirgt. Aber schon allein deine Beteiligung bei dieser Angelegenheit beruhigt mich völlig; das sollst du vor allem wissen, Darja. Aber siehst du, meine Liebe, auch mit reinem Gewissen konntest du, da du ja die Welt nicht kennst, eine Unvorsichtigkeit begehen, und du hast eine begangen, indem du es auf dich nahmst, dich mit einem Schurken in Verbindung zu setzen. Die Gerüchte, die dieser Halunke verbreitet hat, bestätigen deinen Fehler. Aber ich werde mich über ihn erkundigen, und da ich deine Beschützerin bin, werde ich dich zu verteidigen wissen. Jetzt aber muß alledem ein Ende gemacht werden.«

»Am besten«, fiel plötzlich Marja Timofejewna ein und beugte sich in ihrem Sessel vor, »schicken Sie ihn, wenn er zu Ihnen kommt, in die Bedientenstube. Mag er dort auf einer Truhe mit den anderen Lakaien Karten spielen, während wir hier sitzen und Kaffee trinken. Eine Tasse Kaffee können Sie ihm ja hinschicken, aber ich verachte ihn tief.«

Und sie schüttelte ausdrucksvoll den Kopf.

»Dem muß ein Ende gemacht werden«, wiederholte Warwara Petrowna, nachdem sie Marja Timofejewna aufmerksam zugehört hatte. »Bitte klingeln Sie, Stepan Trofimowitsch.«

Stepan Trofimowitsch klingelte und trat plötzlich ganz erregt vor.

»Wenn ... wenn ich ...« begann er hitzig, errötend, stokkend und stotternd, »wenn ich ebenfalls diese höchst widerwärtige Geschichte oder, besser gesagt, Verleumdung gehört habe, so doch nur ... mit dem größten Unwillen ... enfin, c'est un homme perdu et quelque chose comme un forçat évadé ...«

Er brach ab und sprach nicht zu Ende; Warwara Petrowna kniff die Augen zusammen und musterte ihn vom Kopf bis zu den Füßen. Der manierliche Alexej Jegorowitsch kam herein.

»Den Wagen!« befahl Warwara Petrowna. »Und du, Alexej Jegorytsch, mach dich fertig, Fräulein Lebjadkina nach Hause zu bringen, sie wird dir selber sagen, wohin.«

»Herr Lebjadkin wartet schon seit einiger Zeit selber unten auf die Dame und hat sehr gebeten, ihn anzumelden.«

»Das ist unmöglich, Warwara Petrowna«, sagte Mawrikij Nikolajewitsch, der die ganze Zeit über unentwegt geschwiegen hatte und nun plötzlich beunruhigt vortrat. »Wenn Sie gestatten, das ist kein Mensch, der in anständiger Gesellschaft empfangen werden kann, das . . . das . . . das ist ein unmöglicher Mensch, Warwara Petrowna.«

»Er soll warten«, wandte sich Warwara Petrowna an Alexej Jegorowitsch, und dieser verschwand.

»C'est un homme malhonnête et je crois même, que c'est un forçat évadé ou quelque chose dans ce genre«, murmelte Stepan Trofimowitsch wieder, wurde wieder rot und brach wieder ab.

»Lisa, es ist Zeit heimzufahren«, rief Praskowja Iwanowna voller Abscheu und erhob sich von ihrem Platz. Sie schien bereits zu bereuen, daß sie vorhin im ersten Schreck sich selbst eine Närrin genannt hatte. Schon während Darja Pawlowna sprach, hatte sie mit hochmütig zusammengezogenen Lippen zugehört. Am meisten aber überraschte mich Lisaweta Nikolajewnas Miene, seit Darja Pawlowna hereingekommen war: in ihren Augen funkelten schon gar zu unverhohlen Haß und Verachtung.

»Warte noch einen Augenblick, Praskowja Iwanowna, ich bitte dich«, hielt Warwara Petrowna sie immer noch mit der gleichen unerschütterlichen Ruhe zurück. »Tu mir den Gefallen und setze dich, ich habe die Absicht, alles auszusprechen, und dir tun doch die Füße weh. So, ich danke dir. Vorhin habe ich die Selbstbeherrschung verloren und ein paar ungeduldige Worte zu dir gesagt. Tu mir den Gefallen und verzeih mir: es war dumm von mir, und ich bereue es, weil ich in allem Gerechtigkeit liebe. Allerdings hattest auch du die Selbstbeherrschung verloren und etwas von anonymen Briefen erwähnt. Jede anonyme Denunziation verdient schon allein deswegen Verachtung, weil sie nicht unterzeichnet ist. Wenn du anders darüber denkst, so beneide ich dich nicht. Jedenfalls hätte ich an deiner Stelle solch gemeines Zeug nicht aufs Tapet gebracht, ich hätte mich nicht damit beschmutzt. Du aber hast es getan. Da du jedoch selber davon angefangen hast, so will ich dir sagen, daß auch ich vor etwa sechs Tagen einen albernen anonymen Brief erhalten habe. Darin versichert mir irgendein Halunke, Nikolaj Wsewolodowitsch habe den Verstand verloren und ich müsse mich vor einer lahmen Frauensperson hüten, die ‚in meinem Schicksal eine außerordentliche Rolle spielen werde'; diesen Ausdruck habe ich im Gedächtnis behalten. Ich überlegte, und da ich wußte, daß Nikolaj Wsewolodowitsch außerordentlich viele Feinde hat, ließ ich sofort einen hier ansässigen Mann holen, einen geheimen Feind von ihm, den rachsüchtigsten und verachtenswertesten aller seiner Feinde, und überzeugte mich im Gespräch mit ihm augenblicklich von der verabscheuungswürdigen Herkunft des anonymen Briefes. Wenn man auch dich, meine arme Praskowja Iwanowna, *meinetwegen* mit ebensolchen schmählichen Briefen belästigt und, wie du dich ausdrücktest, ‚bombardiert' hat, so bedaure ich natürlich, daß ich die unschuldige Ursache davon gewesen bin. Das ist alles, was ich dir zur Erklärung sagen wollte. Mit Bedauern sehe ich, daß du so angegriffen und außer dir bist. Zudem habe ich mich entschlossen, diesen verdächtigen Menschen sofort *hereinzulassen*, von dem Mawrikij Nikolajewitsch nicht ganz passend gesagt hat, man könne ihn unmöglich *empfangen*. Lisa wird hier nichts zu suchen haben. Komm her, Lisa, mein Liebling, und laß mich dich noch einmal küssen!«

Lisa durchschritt das Zimmer und blieb schweigend vor Warwara Petrowna stehen. Diese küßte sie, nahm sie bei den Händen, schob sie ein wenig von sich weg und sah sie gefühlvoll an, dann bekreuzte und küßte sie sie nochmals.

»Nun, leb wohl, Lisa« (in der Stimme Warwara Petrownas waren fast Tränen zu hören), »glaube mir, ich werde nie aufhören, dich zu lieben, was immer das Schicksal dir fürderhin bringen mag ... Gott sei mit dir. Ich habe Seine heilige Hand immer gebenedeit ...«

Sie wollte noch etwas hinzufügen, nahm sich aber zusammen und verstummte. Immer noch schweigend und wie in Nachdenken versunken, wollte Lisa an ihren Platz zurückgehen, blieb aber plötzlich vor ihrer Mutter stehen.

»Ich fahre noch nicht fort, Mama, ich bleibe noch eine Weile bei Tante«, sagte sie mit leiser Stimme, aber aus diesen leisen Worten klang eine eiserne Entschlossenheit.

»Mein Gott, was soll das!« schrie Praskowja Iwanowna auf und schlug kraftlos die Hände zusammen. Aber Lisa gab keine Antwort und tat, als hätte sie es gar nicht gehört; sie setzte sich auf ihren alten Platz in der Ecke und starrte wieder irgendwohin in die Luft.

Etwas wie Stolz und Siegesbewußtsein leuchtete in Warwara Petrownas Zügen auf.

»Mawrikij Nikolajewitsch, ich habe eine große Bitte an Sie: tun Sie mir den Gefallen, gehen Sie nach unten und sehen Sie sich diesen Menschen an, und wenn es auch nur einigermaßen angängig ist, ihn *hereinzulassen*, so bringen Sie ihn her.«

Mawrikij Nikolajewitsch verbeugte sich und ging hinaus. Eine Minute danach führte er Herrn Lebjadkin herein.

4

Von dem Äußeren dieses Herrn habe ich schon einmal gesprochen: er war ein großer, kraushaariger, stämmiger Mann von etwa vierzig Jahren, mit rotem, etwas schwammigem und aufgedunsenem Gesicht, dessen Backen bei jeder Kopfbewegung zitterten, mit kleinen blutunterlaufenen Augen, die manchmal einen recht verschlagenen Ausdruck zeigten, mit Schnurrbart und Backenbart und mit einem fleischigen Adamsapfel, von recht unangenehmen Aussehen. Am meisten aber überraschte an ihm, daß er jetzt im Frack und in sauberer Wäsche erschien. »Es gibt Menschen, zu denen saubere Wäsche geradezu nicht paßt«, hatte Liputin einmal erwidert, als Stepan Trofimowitsch ihm im Scherz seine Unsauberkeit vorgeworfen hatte. Der Hauptmann hatte auch schwarze Handschuhe, den rechten hielt er in der Hand, während der linke, prall anliegend und nicht zugeknöpft, nur zur Hälfte seine fleischige linke Tatze bedeckte, in der er einen nagelneuen, sicherlich zum erstenmal in Gebrauch genommenen runden Hut aus Glanzstoff hielt. Es erwies sich also, daß der »Liebesfrack«, von dem er Schatow gestern etwas zugerufen hatte, tatsächlich existierte. Dies alles, das heißt der Frack und die Wäsche, war (wie ich später erfuhr) auf Liputins Rat für irgendwelche geheimnisvollen Zwecke angeschafft worden. Zweifellos war er jetzt auch auf Anstiften eines anderen und mit jemandes Beihilfe hergekommen (in einer Droschke); allein hätte er in der Zeit von etwa einer dreiviertel Stunde nicht auf diesen Einfall kommen, sich entschließen, sich ankleiden und zurechtmachen können, selbst wenn man annimmt, daß er sofort von dem Zwischenfall in der Vorhalle der Kirche erfahren habe. Er war nicht betrunken, befand sich aber in dem peinlichen, dumpfen, umnebelten Zustande eines Menschen, der nach tagelangem ununterbrochenem Trinken plötzlich wieder zu sich kommt. Ich glaube, man hätte ihn nur ein paarmal an der Schulter zu rütteln brauchen, und er wäre sofort wieder betrunken gewesen.

Er wollte forsch in den Salon hereinstürmen, stolperte aber an der Tür über den Teppich. Marja Timofejewna lachte sich halbtot. Er sah sie wild an und machte plötzlich ein paar schnelle Schritte auf Warwara Petrowna zu.

»Ich bin gekommen, gnädige Frau ...« begann er laut wie eine Trompete.

»Tun Sie mir den Gefallen, mein Herr«, sagte Warwara Petrowna und richtete sich auf, »nehmen Sie dort auf jenem Stuhl Platz. Ich werde Sie auch dort hören und kann Sie von hier besser betrachten.«

Der Hauptmann blieb stehen und starrte stumpfsinnig vor sich hin, dann machte er aber doch kehrt und setzte sich auf den ihm angewiesenen Platz dicht an der Tür. Ein starker Mangel an Selbstvertrauen, zugleich damit aber auch Unverschämtheit und eine ununterbrochene Reizbarkeit sprachen aus seinem Gesicht. Er hatte schreckliche Angst, das sah man ihm an; aber auch seine Eigenliebe litt Qualen, und es war zu erraten, daß er trotz seiner Feigheit sich bei Gelegenheit aus verletzter Eigenliebe zu jeder Frechheit entschließen könnte. Augenscheinlich machte ihm jede Bewegung seines ungelenken Körpers Sorge. Bekanntlich bereiten solchen Herren, wenn sie durch einen wunderlichen Zufall in gute Gesellschaft geraten, den größten Kummer ihre eigenen Hände und das stete Bewußtsein, daß sie sie nicht anständig unterzubringen wissen. Der Hauptmann saß starr auf dem Stuhl, seinen Hut und die Handschuhe in der Hand, und wandte seinen verständnislosen Blick nicht von dem strengen Gesicht Warwara Petrownas. Er hätte sich vielleicht gern aufmerksamer im Kreise umgesehen, konnte sich aber vorläufig noch nicht dazu entschließen. Marja Timofejewna, die ihn wahrscheinlich wieder schrecklich komisch fand, lachte von neuem, doch er rührte sich nicht. Warwara Petrowna ließ ihn unbarmherzig lange, eine ganze Minute lang, so dasitzen und musterte ihn schonungslos.

»Erlauben Sie mir zunächst, Sie nach Ihrem Namen zu fragen«, sagte sie dann gemessen und mit Nachdruck.

»Hauptmann Lebjadkin«, schmetterte der Hauptmann. »Ich bin gekommen, gnädige Frau . . .« Er wollte sich wieder von seinem Platz erheben.

»Erlauben Sie!« gebot Warwara Petrowna ihm wieder Einhalt. »Ist diese bedauernswerte Person, die so sehr mein Interesse erweckt hat, wirklich Ihre Schwester?«

»Jawohl, gnädige Frau, sie ist meine Schwester, die meiner Aufsicht entschlüpft ist, denn sie befindet sich in solchen Umständen . . .« Er stockte plötzlich und wurde feuerrot. »Mißverstehen Sie das nicht, gnädige Frau«, fuhr er ganz verwirrt fort, »ein leiblicher Bruder wird sie doch nicht verunglimpfen . . . in solchen Umständen, das bedeutet nicht in Umständen . . . in einem Sinn, der den Ruf befleckt . . . im letzten Stadium . . .«

Er brach jäh ab.

»Mein Herr!« Warwara Petrowna hob den Kopf.

»Ich meine: in einem solchen Zustand!« schloß er plötzlich und tippte sich mit dem Finger an die Stirn.

Es folgte ein kurzes Stillschweigen.

»Leidet sie schon lange daran?« fragte Warwara Petrowna etwas gedehnt.

»Gnädige Frau, ich bin gekommen, um Ihnen für die in der Vorhalle der Kirche bewiesene Großmut auf russische Art brüderlich zu danken . . .«

»Brüderlich?«

»Das heißt, nicht brüderlich, sondern nur in dem Sinn, daß ich der Bruder meiner Schwester bin, gnädige Frau, und glauben Sie mir, gnädige Frau«, fuhr er hastig fort und wurde wieder feuerrot, »ich bin nicht so ungebildet, wie ich auf den ersten Blick in Ihrem Salon erscheinen mag. Meine Schwester und ich, gnädige Frau, sind nichts im Vergleich mit der Pracht, die wir hier sehen. Zudem gibt es Leute, die uns verleumden. Aber auf seinen Ruf ist Lebjadkin stolz, gnädige Frau, und . . . und . . . ich bin gekommen, um Ihnen zu danken . . . Hier ist das Geld, gnädige Frau!«

Er zog seine Brieftasche hervor, riß aus ihr ein Päckchen Geldscheine heraus und begann in einem Anfall rasender Ungeduld mit zitternden Fingern unter ihnen herumzusuchen. Man sah ihm an, daß er baldmöglichst etwas klarmachen wollte, und das war ja auch sehr notwendig; aber da er wahrscheinlich selbst fühlte, daß dieses umständliche Hantieren mit dem Geld ihm ein noch dümmeres Aussehen verlieh, verlor er seine letzte Selbstbeherrschung; die Geldscheine wollten sich durchaus nicht zusammenzählen lassen, die Finger gehorchten ihm nicht, und als Gipfel der Blamage glitt ein grüner Schein aus der Brieftasche heraus und flatterte im Zickzack auf den Teppich.

»Zwanzig Rubel, gnädige Frau!« rief er und sprang auf, ein Geldpäckchen in der Hand und das Gesicht mit Schweiß bedeckt vor Qual; als er den zu Boden gefallenen Schein bemerkte, wollte er sich schon bücken, um ihn aufzuheben, schämte sich aber aus irgendeinem Grund und gab es auf.

»Für Ihre Leute, gnädige Frau, für den Lakaien, der es aufhebt; mag er an Lebjadkin denken!«

»Das kann ich auf keinen Fall erlauben«, sagte Warwara Petrowna hastig und etwas erschrocken.

»Wenn dem so ist ...«

Er bückte sich, hob den Schein auf, wurde feuerrot, näherte sich dann plötzlich Warwara Petrowna und hielt ihr das abgezählte Geld hin.

»Was soll das?« fragte sie, nunmehr ganz erschrocken, und wich sogar im Sessel zurück.

Mawrikij Nikolajewitsch, ich und Stepan Trofimowitsch taten jeder einen Schritt vorwärts.

»Beruhigen Sie sich, beruhigen Sie sich, ich bin nicht verrückt, bei Gott, ich bin nicht verrückt!« versicherte der Hauptmann aufgeregt nach allen Seiten hin.

»Doch, mein Herr, Sie haben den Verstand verloren.«

»Gnädige Frau, das stimmt alles nicht, was Sie denken! Ich bin natürlich nur ein nichtiges Kettenglied ... Oh, gnädige Frau, prunkvoll sind Ihre Gemächer, doch armselig sind sie bei Maria der Unbekannten, meiner Schwester, der geborenen Lebjadkina, die wir aber vorläufig Maria die Unbekannte nennen wollen, vorläufig, gnädige Frau, nur *vorläufig*, denn für immer wird das Gott selbst nicht zulassen! Gnädige Frau, Sie haben ihr zehn Rubel gegeben, und sie hat sie angenommen, aber nur, weil sie von *Ihnen* kamen, gnädige Frau! Hören Sie, gnädige Frau! Von niemandem auf der Welt wird diese unbekannte Maria etwas annehmen, denn sonst müßte der Stabsoffizier, ihr Großvater, der im Kaukasus vor Jermolows eigenen Augen fiel, sich im Grab umdrehen; von Ihnen aber, gnädige Frau, von Ihnen wird sie alles annehmen. Doch mit der einen Hand nimmt sie, und mit der anderen reicht sie Ihnen zwanzig Rubel als Spende für einen der Wohltätigkeitsvereine in der Hauptstadt, deren Mitglied Sie sind, gnädige Frau ... da Sie ja selbst, gnädige Frau, in den ‚Moskauer Nachrichten' bekanntgegeben haben, daß hier bei Ihnen die Zeichnungsliste eines Wohltätigkeitsvereins ausliegt, in die jeder sich eintragen kann ...«

Der Hauptmann brach plötzlich ab; er atmete schwer wie nach einer mühevollen Heldentat. Alles, was er von dem Wohltätigkeitsverein gesagt hatte, war wahrscheinlich vorher einstudiert, vielleicht ebenfalls unter Liputins Anleitung. Er schwitzte jetzt noch ärger; der Schweiß trat ihm buchstäblich in Tropfen auf die Schläfen. Warwara Petrowna sah ihn durchdringend an.

»Diese Liste«, sagte sie streng, »befindet sich immer unten beim Portier meines Hauses, dort können Sie Ihre Spende eintragen, wenn Sie wollen. Deshalb bitte ich Sie, Ihr Geld jetzt wieder einzustecken und nicht damit in der Luft herumzufuchteln. Ja, so ist's recht. Auch bitte ich Sie, Ihren früheren Platz wieder einzunehmen. Ja, so ist's recht. Ich bedaure sehr, mein Herr, daß ich mich in Ihrer Schwester geirrt und ihr eine Unterstützung gegeben habe, während sie so reich ist. Nur eines verstehe ich nicht: warum sie von mir allein etwas annehmen kann, von anderen aber um keinen Preis etwas annehmen will. Sie haben das so steif und fest behauptet, daß ich jetzt eine ganz genaue Aufklärung darüber verlange.«

»Gnädige Frau, das ist ein Geheimnis, das erst im Sarg begraben werden kann!« entgegnete der Hauptmann.

»Warum denn?« fragte Warwara Petrowna nicht mehr so fest.

»Gnädige Frau, gnädige Frau! ...«

Er verstummte mit finsterer Miene, den Blick zu Boden gesenkt und die rechte Hand aufs Herz gelegt.

Warwara Petrowna wartete, ohne die Augen von ihm abzuwenden.

»Gnädige Frau!« brüllte er plötzlich, »erlauben Sie, daß ich Ihnen eine Frage stelle, nur eine einzige, aber offen, geradeheraus, auf russische Art, aus tiefstem Herzensgrund?«

»Bitte.«

»Haben Sie in Ihrem Leben je gelitten, gnädige Frau?«

»Sie wollen einfach sagen, daß Sie selbst unter jemandem gelitten haben oder noch leiden.«

»Gnädige Frau, gnädige Frau!« Er sprang wieder auf, wahrscheinlich ohne sich dessen bewußt zu sein, und schlug sich vor die Brust. »Hier, in diesem Herzen, hat sich so viel angesammelt, daß Gott selbst sich wundern wird, wenn es beim Jüngsten Gericht zutage kommt!«

»Hm! Das ist stark gesagt.«

»Gnädige Frau, ich führe vielleicht eine zu aufgebrachte Sprache ...«

»Seien Sie unbesorgt, ich weiß selbst, wann es nötig sein wird, Ihnen Einhalt zu tun.«

»Darf ich Ihnen noch eine Frage vorlegen, gnädige Frau?«

»Tun Sie es.«

»Kann man einzig und allein an Edelmut des Herzens sterben?«

»Ich weiß es nicht. Diese Frage habe ich mir noch nicht gestellt.«

»Sie wissen es nicht! Sie haben sich diese Frage noch nicht gestellt!!« rief er mit pathetischer Ironie. »Wenn dem so ist, wenn dem so ist, dann schweig still, mein hoffnungsloses Herz!« Und er schlug sich wütend vor die Brust.

Er begann schon wieder im Zimmer auf und ab zu gehen. Ein Kennzeichen solcher Menschen ist das völlige Unvermögen, ihre Wünsche zu unterdrücken; im Gegenteil, sie haben den unbezähmbaren Drang, sie sofort nach ihrem Entstehen zu äußern, selbst wenn sie noch so unsauber sind. Gerät ein solcher Herr in eine Gesellschaft, in die er nicht hineinpaßt, so benimmt er sich gewöhnlich anfangs schüchtern, gibt man ihm aber auch nur im geringsten nach, so geht er sofort zu Dreistigkeiten über. Der Hauptmann war bereits in Hitze geraten, ging auf und ab, fuchtelte mit den Armen, hörte nicht auf Fragen und sprach so schnell von sich selbst, daß seine Zunge manchmal versagte und er, ohne einen Satz zu beenden, auf einen anderen übersprang. Allerdings war er wohl kaum ganz nüchtern; auch saß Lisaweta Nikolajewna dabei, die er zwar kein einziges Mal ansah, deren Gegenwart ihn aber ganz durcheinanderzubringen schien. Das ist übrigens nur eine Vermutung von mir. Es mußte also einen Grund geben, weshalb Warwara Petrowna ihren Widerwillen überwand und sich entschloß, einem solchen Menschen Gehör zu schenken. Praskowja Iwanowna zitterte geradezu vor Angst, schien allerdings nicht recht zu verstehen, worum es sich handelte. Stepan Trofimowitsch zitterte ebenfalls, aber im Gegensatz zu ihr deswegen, weil er dazu neigte, immer zuviel zu verstehen. Mawrikij Nikolajewitsch stand in der Pose des

Beschützers von uns allen da. Lisa war etwas blaß und sah mit weitgeöffneten Augen unverwandt den wunderlichen Hauptmann an. Schatow saß in seiner früheren Haltung da; was aber am seltsamsten war, Marja Timofejewna hatte nicht nur aufgehört zu lachen, sondern war sogar schrecklich traurig geworden. Sie hatte den rechten Ellbogen auf den Tisch gestützt und verfolgte mit langem, traurigem Blick ihren deklamierenden Bruder. Nur Darja Pawlowna schien ruhig zu sein.

»Das sind alles nur alberne Allegorien«, sagte Warwara Petrowna endlich ärgerlich. »Sie haben auf meine Frage: ‚Warum?' nicht geantwortet. Ich erwarte dringend eine Antwort.«

»Ich habe Ihr ‚Warum?' nicht beantwortet. Sie erwarten eine Antwort auf Ihr ‚Warum?'«, wiederholte der Hauptmann ihre Worte und zwinkerte ihr zu. »Dieses kleine Wörtchen ‚warum' ist schon seit dem ersten Schöpfungstag im ganzen Weltall verbreitet, gnädige Frau, und die ganze Natur schreit jeden Augenblick ihrem Schöpfer zu: ‚Warum?' und erhält schon siebentausend Jahre lang keine Antwort. Soll denn wirklich nur der Hauptmann Lebjadkin darauf antworten, und wäre das gerecht, gnädige Frau?«

»Das ist alles Unsinn und keine Antwort!« Warwara Petrowna wurde zornig und verlor die Geduld. »Das sind Allegorien; außerdem erlauben Sie sich, allzu hochmütig zu reden, mein Herr, was ich für eine Dreistigkeit halte!«

»Gnädige Frau«, der Hauptmann hörte gar nicht zu, »ich möchte vielleicht gern Ernest heißen, bin indessen gezwungen, den plumpen Namen Ignat zu tragen – warum wohl, was meinen Sie? Ich hieße gern Fürst de Montbard, bin indessen nur ein Lebjadkin, abgeleitet von dem Wort lebedj* – warum wohl? Ich bin ein Dichter, gnädige Frau, ein Dichter im tiefsten Grunde meines Herzens, und könnte von einem Verleger tausend Rubel beziehen, indessen bin ich gezwungen, in einem Mülleimer zu hausen, warum, warum? Gnädige Frau! Meiner Meinung nach ist Rußland ein Spiel der Natur und nichts weiter!«

»Können Sie absolut nichts Bestimmteres sagen?«

»Ich kann Ihnen das Gedicht ‚Die Schabe' vortragen, gnädige Frau!«

* Der Schwan (Anmerkung des Übersetzers).

»Wa–a–as?«

»Gnädige Frau, noch habe ich nicht den Verstand verloren! Ich werde ihn verlieren, das ist sicher, vorläufig aber habe ich ihn noch! Gnädige Frau, ein Freund von mir – ein hoch–vor–neh–mer Mensch – hat eine Krylowsche Fabel geschrieben, ‚Die Schabe' betitelt; darf ich sie vortragen?«

»Sie wollen eine Fabel von Krylow vortragen?«

»Nein, nicht eine Fabel von Krylow will ich vortragen, sondern eine Fabel von mir, eine eigene, ein Werk von mir! Glauben Sie mir, gnädige Frau, Sie werden sich dabei nichts vergeben, ich bin nicht so ungebildet und heruntergekommen, um nicht zu wissen, daß Rußland den großen Fabeldichter Krylow besitzt, dem der Kultusminister im Sommergarten ein Denkmal errichtet hat, damit die Kinder dort spielen können. Sie fragen, gnädige Frau: ‚Warum?' Die Antwort steht in feurigen Lettern auf dem Grund dieser Fabel geschrieben!«

»Dann tragen Sie Ihre Fabel vor.«

»Es lebte eine Schabe einst
Auf Erden schon seit Kindheit,
Die schließlich in ein Glas geriet
Zu einer Fliegenmahlzeit . . .«

»Mein Gott, was ist das?« rief Warwara Petrowna.

»Das heißt, wenn im Sommer«, erklärte der Hauptmann eilig, fuchtelte dabei schrecklich mit den Händen und zeigte die gereizte Ungeduld eines Autors, der bei seinem Vortrag gestört wird, »wenn im Sommer viele Fliegen in ein Glas kriechen, dann halten sie dort Fliegenmahlzeit, das versteht doch jeder Dummkopf, unterbrechen Sie mich nicht, unterbrechen Sie mich nicht, Sie werden schon sehen, werden schon sehen . . .« (Er fuchtelte immerfort mit den Händen.)

»Sie macht sich breit, was soll denn das?
Murrten da die Fliegen,
Schon übervoll ist unser Glas,
Zu Jupiter sie riefen.
Doch während ihres Wehgeschreis
Kam hinzu Nikifor,
Ein hoch–vor–nehmer, braver Greis . . .

Weiter bin ich noch nicht, aber das ist ja ganz gleich, ich werde es Ihnen in Prosa sagen!« plapperte der Hauptmann.

»Nikifor nimmt das Glas und schüttet die ganze Geschichte, die Fliegen wie auch die Schabe, in den Mülleimer, was er schon längst hätte tun sollen. Beachten Sie aber, gnädige Frau, beachten Sie: die Schabe murrt nicht! Da haben Sie die Antwort auf Ihr ‚Warum?'!« rief er triumphierend. »‚Die Scha–be murrt nicht!' Was aber Nikifor betrifft, so stellt er die Natur dar«, fügte er schnell hinzu und begann selbstzufrieden im Zimmer auf und ab zu gehen.

Warwara Petrowna war schrecklich aufgebracht.

»Gestatten Sie die Frage: was für ein Geld ist das, dessentwegen Sie eine zu meinem Haus gehörige Person zu beschuldigen wagten, sie habe es von Nikolaj Wsewolodowitsch erhalten und Ihnen nicht voll ausgezahlt?«

»Verleumdung!« brüllte Lebjadkin und erhob mit tragischer Gebärde den rechten Arm.

»Nein, das ist keine Verleumdung.«

»Gnädige Frau, es gibt Umstände, die einen zwingen können, eher eine Familienschande zu ertragen, als laut die Wahrheit zu verkünden. Lebjadkin wird sich nicht verplappern, gnädige Frau!«

Er war wie mit Blindheit geschlagen; er war in Ekstase; er empfand seine Wichtigkeit; ihm schwebte wahrscheinlich etwas vor. Schon verlangte es ihn, jemanden zu beleidigen, etwas Abscheuliches zu tun, seine Macht zu zeigen.

»Klingeln Sie bitte, Stepan Trofimowitsch«, bat Warwara Petrowna.

»Lebjadkin ist schlau, gnädige Frau!« er zwinkerte ihr mit einem häßlichen Lächeln zu, »ja, er ist schlau, aber auch für ihn gibt es ein Hindernis, auch für ihn gibt es einen Vorhof der Leidenschaften! Und dieser Vorhof ist die alte Feldflasche des Husaren, die Denis Dawydow besungen hat. Und wenn Lebjadkin sich in diesem Vorhof befindet, gnädige Frau, dann kommt es vor, daß er einen Brief in Versen abschickt, einen prächtigen Brief, den er nachher gern mit den Tränen seines ganzen Lebens wieder zurückkaufen würde, denn das Schönheitsgefühl wird durch ihn verletzt. Aber ist der Vogel davongeflogen, kann man ihn nicht mehr am Schwanz einfangen! In diesem Vorhof nun, gnädige Frau, mag Lebjadkin auch einmal aus edler Entrüstung seiner durch Kränkungen aufgewühlten Seele etwas über ein vornehmes Mädchen gesagt haben, was seine Verleumder dann ausgenutzt haben. Aber Lebjadkin ist schlau, gnädige Frau! Und vergebens lauert der böse Wolf neben ihm, schenkt ihm immer wieder ein und wartet auf das Ergebnis; aber Lebjadkin wird sich nicht verplappern, und auf dem Boden der Flasche zeigt sich statt des Erwarteten jedesmal nur – Lebjadkins Schlauheit! Aber genug, oh, genug! Gnädige Frau, Ihre prächtigen Gemächer könnten dem Vornehmsten aller Menschen gehören, aber die Schabe murrt nicht! Beachten Sie, beachten Sie endlich, daß sie nicht murrt, und erkennen Sie einen großen Geist!«

In diesem Augenblick ertönte unten in der Portierloge die Hausglocke, und fast gleich danach erschien, etwas verspätet nach Stepan Trofimowitschs Klingeln, Alexej Jegorytsch. Der alte würdevolle Diener war ungewöhnlich aufgeregt.

»Nikolaj Wsewolodowitsch geruhte soeben einzutreffen und kommt hierher«, antwortete er auf Warwara Petrownas fragenden Blick.

Ich erinnere mich noch deutlich an ihr Aussehen in diesem Augenblick: zuerst wurde sie blaß, doch dann funkelten plötzlich ihre Augen. Sie richtete sich mit der Miene ungewöhnlicher Entschlossenheit im Sessel auf. Auch wir alle waren überrascht. Die ganz unverhoffte Ankunft Nikolaj Wsewolodowitschs, den wir erst in etwa einem Monat erwartet hatten, war seltsam, nicht nur weil sie so überraschend kam, sondern vor allem, weil sie so verhängnisvoll mit der augenblicklichen Situation zusammentraf. Sogar der Hauptmann blieb wie versteinert mitten im Zimmer stehen, sperrte den Mund auf und starrte mit unglaublich dummem Gesichtsausdruck auf die Tür.

Und nun ertönten in dem Saal nebenan, einem langen und großen Raum, sich nähernde schnelle und kleine Schritte, die außerordentlich rasch aufeinanderfolgten; es war, als ob jemand angerollt käme, und plötzlich stürzte in den Salon – keineswegs Nikolaj Wsewolodowitsch, sondern ein uns allen völlig unbekannter junger Mann.

5

Ich erlaube mir, hier einen Augenblick mit meiner Erzählung innezuhalten und, wenn auch nur mit ein paar flüchtigen Strichen, diese so plötzlich erschienene Person zu skizzieren.

Das war ein junger Mann von ungefähr siebenundzwanzig Jahren, etwas über mittelgroß, mit spärlichem, ziemlich langem blondem Haar und flockigem, kaum bemerkbarem Schnurr- und Kinnbart. Seine Kleidung war sauber und sogar modern, aber nicht stutzerhaft; auf den ersten Blick schien er etwas bucklig und unbeholfen zu sein, er war aber gar nicht bucklig und sogar recht gewandt. Man hätte ihn für einen wunderlichen Kauz halten mögen, doch fanden bei uns alle später seine Manieren sehr anständig und das, was er sagte, immer sachlich.

Niemand könnte behaupten, er sei häßlich, und doch gefiel sein Gesicht keinem. Sein Kopf ist nach hinten verlängert und wie von beiden Seiten zusammengedrückt, so daß sein Gesicht spitz erscheint. Seine Stirn ist hoch und schmal, aber die Gesichtszüge unbedeutend; die Augen sind scharf, die Nase klein und spitz, der Mund breit und die Lippen schmal. Das Gesicht hat einen krankhaften Ausdruck, aber das scheint nur so. Eine harte Falte auf den Wangen neben den Backenknochen verleiht ihm das Aussehen eines nach schwerer Krankheit Genesenden. Und doch ist er völlig gesund und bei Kräften und ist nie krank gewesen.

Er geht und bewegt sich sehr schnell, übereilt sich aber nie. Nichts scheint ihn in Verlegenheit bringen zu können; in jeder Situation und in jeder beliebigen Gesellschaft bleibt er der gleiche. Er ist sehr selbstzufrieden, ohne sich jedoch dessen bewußt zu sein.

Er spricht schnell und hastig, zugleich aber sicher und schlagfertig. Seine Gedanken sind ausgewogen, trotz ihrer eiligen Formulierung klar und unwiderruflich, – und das fällt besonders auf. Seine Aussprache ist bewundernswert deutlich; seine Worte rieseln wie glatte größere Körnchen, die stets passend gewählt und stets gebrauchsfertig sind. Anfangs gefällt einem das, dann aber wird es einem widerlich, und zwar gerade wegen dieser zu deutlichen Aussprache und dieses Perlengeriesels stets bereiter Worte. Man bildet sich ein, die Zunge in seinem Munde habe wahrscheinlich eine besondere Form, sie sei ungewöhnlich lang, schmal und sehr rot und habe eine außerordentlich scharfe, sich ununterbrochen und unwillkürlich bewegende Spitze.

Nun, dieser junge Mann also stürzte jetzt in den Salon, und wahrhaftig, auch heute noch kommt es mir vor, als hätte er schon in dem Saal nebenan zu sprechen angefangen und wäre sprechend hereingekommen. Im Nu stand er auch schon vor Warwara Petrowna.

»... Stellen Sie sich vor, Warwara Petrowna«, ließ er seine Worte rieseln wie Perlen, »ich komme herein und denke, er wird schon seit einer Viertelstunde hiersein; vor anderthalb Stunden ist er angekommen; wir trafen uns bei Kirillow; er begab sich vor einer halben Stunde unmittelbar hierher und sagte mir, auch ich solle in einer Viertelstunde herkommen.«

»Ja, wer denn? Wer hat Ihnen gesagt, Sie sollten herkommen?« fragte Warwara Petrowna.

»Nikolaj Wsewolodowitsch doch! Erfahren Sie das wirklich erst in diesem Augenblick? Aber sein Gepäck wenigstens muß doch schon lange hier sein, wieso hat man das Ihnen nicht mitgeteilt? Dann bin ich also der erste, der Sie benachrichtigt. Man könnte ihm ja den Wagen irgendwohin entgegenschicken, doch wird er übrigens sicherlich gleich hier eintreffen und, wie mir scheint, gerade zu einer Zeit, die einigen seiner Erwartungen und, soweit ich es wenigstens beurteilen kann, auch gewissen Berechnungen von ihm entspricht.« Hier ließ er seinen Blick durch das Zimmer schweifen und heftete ihn besonders aufmerksam auf den Hauptmann. »Ach, Lisaweta Nikolajewna, wie froh bin ich, Ihnen hier gleich beim ersten Schritt zu begegnen, ich freue mich sehr, Ihnen die Hand drücken zu können!« Er eilte auf Lisa zu, um ihre Hand zu ergreifen, die sie ihm heiter lächelnd entgegenstreckte. »Auch die hochverehrte Praskowja Iwanowna scheint ihren ‚Professor' nicht vergessen zu haben und sich nicht einmal über ihn zu ärgern, wie sie es immer in der Schweiz getan hat. Aber wie geht es hier Ihren Füßen, Praskowja Iwanowna, und hatte das Schweizer Ärztekonsilium recht, als es Ihnen das heimatliche Klima empfahl? ... Wie? Feuchte Umschläge? Das muß helfen. Wie habe ich es aber bedauert, Warwara Petrowna«, wandte er sich schnell wieder an diese, »daß ich Sie damals im Ausland nicht mehr antraf und Ihnen meinen Respekt nicht persönlich bezeugen konnte, zudem hatte ich Ihnen so vieles mitzuteilen ... Ich habe zwar das alles hierher an meinen Alten geschrieben, er scheint aber nach seiner Gewohnheit ...«

»Petruscha!« rief Stepan Trofimowitsch, der nun jählings aus seiner Erstarrung erwachte; er schlug die Hände über dem Kopf zusammen und stürzte auf seinen Sohn zu. »Pierre, mon enfant, ich habe dich ja nicht erkannt!« Er schloß ihn in die Arme, und Tränen rollten ihm aus den Augen.

»Na, sei nicht albern, sei nicht albern und laß diese Gesten, na, genug damit, genug, ich bitte dich«, murmelte Petruscha hastig und suchte sich aus den Armen seines Vaters zu befreien.

»Ich bin immer, immer dir gegenüber schuldig gewesen!«

»Na, schon gut; darüber können wir später noch reden. Das habe ich mir gleich gedacht, daß du wieder albern werden würdest. Sei doch ein bißchen nüchterner, ich bitte dich.«

»Aber ich habe dich ja zehn Jahre lang nicht gesehen!«

»Um so weniger Grund zu solchen Gefühlsergüssen ...«

»Mon enfant!«

»Na, ich glaube dir ja, ich glaube dir, daß du mich liebst, nimm nur deine Arme weg. Du störst ja die andern ... Ach, da ist ja auch Nikolaj Wsewolodowitsch! Aber so höre doch endlich mit deinen Albernheiten auf, ich bitte dich!«

Nikolaj Wsewolodowitsch war tatsächlich schon im Zimmer; er war sehr leise hereingekommen, einen Augenblick in der Tür stehengeblieben und hatte mit ruhigem Blick die Versammelten gemustert.

Wie vor vier Jahren, als ich ihn zum erstenmal sah, war ich auch jetzt beim ersten Blick auf ihn überrascht. Ich hatte ihn keineswegs vergessen; aber es gibt anscheinend Gesichter, die jedesmal, wenn sie wieder auftauchen, etwas Neues an sich haben, das einem bis dahin nicht an ihnen aufgefallen ist, selbst wenn sie einem hundertmal begegnet sind. Dem Augenschein nach war er der gleiche wie vor vier Jahren: er war ebenso elegant, ebenso hochmütig, kam ebenso gewichtig herein wie damals, ja, war fast ebenso jugendlich. Sein flüchtiges Lächeln war ebenso offiziell freundlich und selbstzufrieden, sein Blick ebenso streng, nachdenklich und gleichsam zerstreut. Mit einem Wort, es war mir, als hätten wir uns erst gestern getrennt. Aber eines überraschte mich: früher hatte man ihn zwar für einen schönen Mann gehalten, doch in Wirklichkeit hatte sein Gesicht »einer Maske geglichen«, wie einige schmähsüchtige Damen unserer Gesellschaft sich ausgedrückt hatten. Jetzt aber – jetzt erschien er mir, ich weiß nicht warum, gleich auf den ersten Blick als ein entschieden und unbestreitbar schöner Mann, so daß man keinesfalls mehr behaupten konnte, sein Gesicht gleiche einer Maske. Kam das daher, weil er etwas blasser aussah als früher und anscheinend ein bißchen magerer geworden war? Oder leuchtete jetzt vielleicht irgendein neuer Gedanke aus seinem Blick?

»Nikolaj Wsewolodowitsch!« rief Warwara Petrowna,

kerzengerade in ihrem Sessel aufgerichtet, und hielt ihren Sohn, ohne sich zu erheben, durch eine gebieterische Geste auf, »bleib noch einen Augenblick dort stehen!«

Um nun aber die schreckliche Frage verständlich zu machen, die plötzlich diesem Ausruf und dieser Geste folgte, eine Frage, die ich selbst bei Warwara Petrowna nicht für möglich gehalten hätte, muß ich den Leser bitten, sich ihren Charakter und sein ungewöhnliches Ungestüm in manchen außerordentlichen Augenblicken ihres Lebens ins Gedächtnis zu rufen. Ich bitte auch zu bedenken: trotz ihrer ungewöhnlichen seelischen Festigkeit und trotz der beträchtlichen Portion von Vernunft und von praktischem, sozusagen sogar haushälterischem Taktgefühl, die sie besaß, gab es in ihrem Leben doch immer wieder Augenblicke, in denen sie sich plötzlich ganz und, wenn man sich so ausdrücken darf, völlig zügellos gehenließ. Endlich bitte ich noch zu berücksichtigen, daß der gegenwärtige Augenblick tatsächlich für sie einer von jenen sein konnte, in denen alles Wesentliche des Lebens, alles Erlebten, alles Gegenwärtigen und am Ende auch alles Zukünftigen, sich plötzlich wie in einem Brennpunkt konzentriert. Ich erinnere auch noch beiläufig an den anonymen Brief, den sie erhalten und über den sie sich vorhin Praskowja Iwanowna gegenüber so gereizt geäußert hatte, wobei sie wohl den weiteren Inhalt dieses Briefes verschwieg; vielleicht ließ sich aber gerade aus diesem die Möglichkeit der schrecklichen Frage erraten, mit der sie sich plötzlich an ihren Sohn wandte.

»Nikolaj Wsewolodowitsch«, wiederholte sie, die Worte scharf betonend und mit fester Stimme, in der eine drohende Herausforderung lag, »ich bitte Sie, sagen Sie sofort, ohne sich von der Stelle zu rühren: ist es wahr, daß diese unglückliche, lahme Frauensperson – die da, die dort sitzt, sehen Sie sie an! Ist es wahr, daß sie Ihre . . . legitime Frau ist?«

Ich erinnere mich nur zu genau dieses Augenblicks; Nikolaj Wsewolodowitsch zuckte mit keiner Wimper und sah seine Mutter unverwandt an; in seinem Gesicht ging nicht die geringste Veränderung vor. Endlich lächelte er langsam mit einer Art von Herablassung und ging, ohne ein Wort zu erwidern, auf seine Mutter zu, ergriff ihre Hand, führte sie ehrerbietig an die Lippen und küßte sie. Und sein ständiger, unwiderstehlicher Einfluß auf seine Mutter war so stark, daß sie ihm auch jetzt ihre Hand nicht zu entziehen wagte. Sie sah ihn nur an, ganz Frage geworden, und ihr ganzes Aussehen besagte: nur noch einen Augenblick, und sie würde die Ungewißheit nicht mehr ertragen.

Aber er schwieg weiter. Nachdem er seiner Mutter die Hand geküßt hatte, ließ er seinen Blick nochmals im ganzen Zimmer umherschweifen und ging dann, ebenso gemessen wie vorher geradewegs auf Marja Timofejewna zu. Es ist sehr schwer, den Gesichtsausdruck der Menschen in gewissen Augenblicken zu beschreiben. Ich entsinne mich zum Beispiel, daß Marja Timofejewna, als er auf sie zuging, sich halbtot vor Schreck erhob und, als wollte sie ihn anflehen, die Hände vor der Brust faltete; zugleich erinnere ich mich aber auch an das Entzücken in ihrem Blick, ein tolles Entzücken, das beinahe ihre Gesichtszüge entstellte, ein Entzücken, wie es Menschen nur schwer zu ertragen vermögen. Vielleicht empfand sie beides, Schreck wie auch Entzücken; aber ich erinnere mich, daß ich rasch auf sie zuging (ich stand fast neben ihr), da es mir schien, sie werde gleich in Ohnmacht fallen.

»Sie können nicht hierbleiben«, sagte Nikolaj Wsewolodowitsch mit freundlicher, wohlklingender Stimme zu ihr, und in seinen Augen leuchtete eine ungewöhnliche Zärtlichkeit auf. Er stand in äußerst ehrerbietiger Haltung vor ihr, und aus all seinen Bewegungen sprach aufrichtigste Achtung.

Das unglückliche Geschöpf stammelte hastig, halb flüsternd und außer Atem: »Aber darf ich ... jetzt gleich ... vor Ihnen niederknien?«

»Nein, das dürfen Sie auf keinen Fall«, erwiderte er mit einem so prächtigen Lächeln, daß auch sie plötzlich freudig lächelte. Mit ebenso wohltönender Stimme und ihr zärtlich zuredend wie einem kleinen Kind, fügte er ernst hinzu: »Bedenken Sie, daß Sie ein Mädchen sind und ich zwar Ihr ergebenster Freund, doch immerhin ein Ihnen fremder Mensch bin, der weder Ihr Mann noch Ihr Vater noch Ihr Bräutigam ist. Reichen Sie mir Ihren Arm, wir wollen gehen. Ich werde Sie zum Wagen führen und, wenn Sie erlauben, nach Hause bringen.«

Sie hatte zugehört und senkte den Kopf, als dächte sie nach.

»Gehen wir«, sagte sie dann seufzend und reichte ihm den Arm.

Doch nun passierte ihr ein kleines Unglück. Wahrscheinlich hatte sie sich unvorsichtig umgewandt und war mit ihrem kranken, zu kurzen Bein aufgetreten – kurz, sie fiel seitwärts in einen Sessel, und hätte dieser nicht dagestanden, wäre sie zu Boden gefallen. Nikolaj Wsewolodowitsch griff blitzschnell nach ihr, richtete sie auf, faßte sie kräftig unter den Arm und führte sie teilnahmsvoll und vorsichtig zur Tür. Sie war offenbar betrübt über ihren Fall, war verlegen, errötete und schämte sich schrecklich. Den Blick stumm zu Boden geschlagen, humpelte sie neben ihm her; sie hing fast an seinem Arm. So gingen sie auch hinaus. Lisa sprang, wie ich sah, während die beiden hinausgingen, plötzlich aus irgendeinem Grund von ihrem Sessel auf und verfolgte sie mit starrem Blick bis zur Tür. Dann setzte sie sich schweigend wieder hin, aber ein krampfhaftes Zucken lief über ihr Gesicht, als hätte sie ein Reptil berührt.

Während dieses ganzen Vorfalls zwischen Nikolaj Wsewolodowitsch und Marja Timofejewna hatten alle erstaunt geschwiegen; man hätte eine Fliege hören können; kaum aber waren die beiden hinausgegangen, begannen alle plötzlich zu reden.

6

Geredet wurde übrigens nur wenig, man erging sich mehr in Ausrufen. Ich habe nun schon ein wenig vergessen, in welcher Reihenfolge damals alles vor sich ging, denn es entstand ein großes Durcheinander. Stepan Trofimowitsch rief etwas auf französisch und schlug die Hände über dem Kopf zusammen, aber Warwara Petrowna war jetzt nicht dazu aufgelegt, sich mit ihm abzugeben. Sogar Mawrikij Nikolajewitsch murmelte schnell und zusammenhanglos etwas vor sich hin. Am meisten aber ereiferte sich Pjotr Stepanowitsch: er bemühte sich verzweifelt und mit heftigen Gesten, Warwara Petrowna von etwas zu überzeugen, aber ich konnte lange Zeit nicht verstehen, was er sagte. Er wandte sich auch an Praskowja Iwanowna und an Lisaweta Nikolajewna, rief im Eifer sogar seinem Vater etwas zu – kurz, er wirbelte im ganzen Zimmer umher. Warwara Petrowna sprang hochrot im Gesicht von ihrem Platz auf und rief Praskowja Iwanowna zu: »Hast du gehört, hast du gehört, was er hier soeben zu ihr gesagt hat?« Diese aber war nicht mehr imstande zu antworten, murmelte nur etwas vor sich hin und winkte mit der Hand ab. Die Ärmste hatte ihre eigenen Sorgen: alle Augenblicke wandte sie den Kopf nach Lisa um und sah sie in unbewußter Angst an, aber an ein Aufstehen und Heimfahren wagte sie nicht einmal zu denken, bevor sich ihre Tochter nicht erheben würde. Mittlerweile wollte der Hauptmann wahrscheinlich entwischen. Ich merkte das. Er war seit dem Augenblick, da Nikolaj Wsewolodowitsch erschienen war, zweifellos in großer Angst; doch Pjotr Stepanowitsch packte ihn am Arm und ließ ihn nicht weggehen.

»Das ist notwendig, unbedingt notwendig«, ließ er seine Worte vor Warwara Petrowna wie Perlen rieseln und versuchte immer noch, sie zu überzeugen. Er stand vor ihr, sie aber saß schon wieder in ihrem Lehnsessel und hörte ihm, wie ich mich entsinne, gierig zu; er hatte es also doch zuwege gebracht, ihre Aufmerksamkeit zu fesseln.

»Das ist notwendig. Sie sehen doch selbst, Warwara Petrowna, daß hier ein Mißverständnis vorliegt und dem Anscheine nach vieles wunderlich ist, dabei ist aber die Sache klar wie Kerzenlicht und einfach wie ein Finger. Ich begreife nur zu gut, daß ich von niemandem ermächtigt bin, etwas davon zu erzählen, und mich wahrscheinlich lächerlich mache, wenn ich mich selbst dazu anbiete. Aber erstens legt Nikolaj Wsewolodowitsch selber dieser Sache keine Bedeutung bei, und dann gibt es doch Fälle, in denen es einem Menschen schwerfällt, sich zu einer persönlichen Erklärung zu entschließen, und unbedingt ein Dritter dies übernehmen muß, dem es leichter fällt, gewisse heikle Dinge auszusprechen. Glauben Sie mir, Warwara Petrowna, Nikolaj Wsewolodowitsch war durchaus nicht im Unrecht, als er vorhin auf Ihre Frage nicht sofort mit einer ausführlichen Erklärung antwortete, abgesehen davon, daß die Sache eine Lappalie ist; ich kenne sie noch von Petersburg her. Außerdem macht die ganze Anekdote Nikolaj Wsewolodowitsch nur Ehre, wenn man schon dieses unbestimmte Wort ‚Ehre' unbedingt gebrauchen muß ...«

»Sie wollen damit sagen, daß Sie Zeuge eines Vorfalls gewesen sind, aus dem ... dieses Mißverständnis entstanden ist?« fragte Warwara Petrowna.

»Zeuge und Teilnehmer«, bestätigte Pjotr Stepanowitsch eilig.

»Wenn Sie mir Ihr Wort darauf geben können, daß dadurch gewisse zarte Gefühle Nikolaj Wsewolodowitschs mir gegenüber nicht verletzt werden, der er nicht das Ge–ring–ste verheimlicht . . . und wenn Sie außerdem überzeugt sind, ihm damit sogar einen Gefallen zu erweisen . . .«

»Ganz gewiß einen Gefallen, und eben darum wird es mir ein besonderes Vergnügen sein. Ich bin überzeugt, daß er selbst mich darum bitten würde.«

Das so aufdringlich bekundete Verlangen dieses plötzlich vom Himmel gefallenen Herrn, fremde Erlebnisse zu erzählen, war recht sonderbar und widersprach den üblichen Umgangsformen. Aber er hatte Warwara Petrowna an seiner Angel gefangen, weil er ihren wundesten Punkt berührt hatte. Ich kannte damals noch nicht genau den Charakter dieses Menschen, geschweige denn seine Absichten.

»Sie finden Gehör«, erklärte Warwara Petrowna zurückhaltend und vorsichtig, denn es fiel ihr schwer, sich so weit herabzulassen.

»Die Sache ist kurz; wenn Sie wollen, ist es in Wirklichkeit nicht einmal eine Anekdote«, rieselte es wie Perlen. »Übrigens könnte ein Romanschriftsteller, der nichts Besseres zu tun weiß, einen Roman daraus machen. Es ist eine recht interessante kleine Begebenheit, Praskowja Iwanowna, und ich bin überzeugt, daß Lisaweta Nikolajewna gespannt zuhören wird, werden doch dabei viele, wenn auch nicht wunderbare, so doch wunderliche Dinge berührt. Vor etwa fünf Jahren lernte Nikolaj Wsewolodowitsch in Petersburg diesen Herrn kennen, ebendiesen Herrn Lebjadkin, der mit offenem Munde dasteht und soeben anscheinend entwischen wollte. Entschuldigen Sie, Warwara Petrowna. Übrigens würde ich Ihnen nicht raten, sich jetzt davonzumachen, Herr Beamter außer Dienst des ehemaligen Proviantamts – Sie sehen, ich erinnere mich Ihrer noch ganz genau. Mir wie auch Nikolaj Wsewolodowitsch sind Ihre hiesigen Streiche nur zu gut bekannt, über die Sie, vergessen Sie das nicht, noch werden Rechenschaft ablegen müssen. Ich bitte noch einmal um Entschuldigung, Warwara Petrowna. Nikolaj Wsewolodowitsch nannte diesen Herrn damals seinen Falstaff; das ist wahrscheinlich«, fügte er plötzlich als Erläuterung hinzu, »früher einmal irgend so eine burleske Gestalt gewesen, über die alle lachten und die das auch allen erlaubte, wenn man ihr nur Geld dafür gab. Nikolaj Wsewolodowitsch führte damals in Petersburg sozusagen ein Spötterleben, anders kann ich es nicht bezeichnen, denn enttäuscht sein wird dieser Mensch nie, und eine ernste Beschäftigung verschmähte er damals. Ich spreche nur von der damaligen Zeit, Warwara Petrowna. Dieser Lebjadkin hatte eine Schwester, dieselbe, die soeben hier saß. Bruder und Schwester hatten kein eignes Heim und zigeunerten bei anderen Leuten herum. Er trieb sich in den Bogengängen des Kaufhofs umher, immer in seiner früheren Uniform, bettelte bessergekleidete Passanten an, und was er bekam, vertrank er. Sein Schwesterlein aber nährte sich wie die Vögel des Himmels. Sie half in den Elendswohnungen und verrichtete Magddienste, um sich das Notwendigste zu verdienen. Das Durcheinander war fürchterlich; ich übergehe das Bild dieses Lebens in den Winkeln armer Leute – eines Lebens, dem auch Nikolaj Wsewolodowitsch sich damals aus Verschrobenheit ergab. Ich spreche nur von der damaligen Zeit, Warwara Petrowna; was aber die Verschrobenheit anbetrifft, so ist das sein eigener Ausdruck. Er verheimlicht mir vieles nicht. Mademoiselle Lebjadkina, die eine Zeitlang nur zu oft Nikolaj Wsewolodowitsch begegnete, war von seinem Äußeren stark beeindruckt. Er war sozusagen ein Brillant auf dem schmutzigen Hintergrund ihres Lebens. Ich bin ein schlechter Schilderer von Gefühlen und gehe deshalb darüber hinweg; aber nichtsnutzige Leute lachten das Mädchen sofort aus, und da wurde sie traurig. Man machte sich überhaupt dort über sie lustig, doch früher hatte sie das gar nicht bemerkt. Sie war schon damals nicht ganz richtig im Kopf, aber immerhin war es damals noch nicht so schlimm wie jetzt. Es besteht Grund zu der Annahme, daß sie als Kind dank einer Wohltäterin beinahe so etwas wie eine Erziehung genossen hat. Nikolaj Wsewolodowitsch schenkte ihr nie die geringste Beachtung und spielte meist mit alten speckigen Karten um eine Viertelkopeke Preference mit kleinen Beamten. Einmal aber, als man das Mädchen beleidigte, packte er, ohne viel zu fragen, einen der Beamten am Kragen und warf ihn aus dem zweiten Stockwerk zum Fenster hinaus. Hierbei ließ er kein Wort ritterlichen Unmuts zugunsten der beleidigten Unschuld fallen: die ganze Prozedur spielte sich unter allgemeinem Gelächter ab, und am meisten lachte Nikolaj Wsewolodowitsch selbst; doch als dann alles noch ein günstiges Ende nahm, versöhnte man sich wieder und trank Punsch. Aber die verfolgte Unschuld selber vergaß diesen Vorfall nicht. Natürlich endete das mit einer völligen Zerrüttung ihrer geistigen Fähigkeiten. Ich wiederhole, ich bin ein schlechter Schilderer von Gefühlen, hier aber war die Hauptsache ein Wunschtraum. Und Nikolaj

Wsewolodowitsch fachte wie mit Absicht diesen Wunschtraum noch mehr an: statt Mademoiselle Lebjadkina auszulachen, fing er plötzlich an, sie mit unerwarteter Achtung zu behandeln. Kirillow, der damals dort war – er ist ein außerordentliches Original, Warwara Petrowna, und ein äußerst sprunghafter Mensch; vielleicht werden Sie ihn einmal zu sehen bekommen, er lebt jetzt hier –, nun, dieser Kirillow, der gewöhnlich ununterbrochen schweigt, damals aber auf einmal in Hitze geriet, sagte, wie ich mich erinnere, zu Nikolaj Wsewolodowitsch, er behandle diese Dame wie eine Marquise und mache sie damit nur endgültig verrückt. Ich füge hinzu, daß Nikolaj Wsewolodowitsch vor diesem Kirillow ziemlichen Respekt hatte. Doch was, glauben Sie wohl, gab er ihm zur Antwort? ‚Sie meinen, Herr Kirillow', sagte er, ‚ich mache mich über sie lustig; seien Sie vom Gegenteil überzeugt: ich achte sie wirklich, denn sie ist besser als wir alle.' Und wissen Sie, das sagte er in einem so ernsten Ton. Dabei hatte er in diesen zwei, drei Monaten außer ‚Guten Tag' und ‚Leben Sie wohl' eigentlich kein Wort mit ihr gesprochen. Ich war damals dort und erinnere mich noch genau, daß sie ihn schließlich für so etwas wie ihren Bräutigam hielt, der sie nur deshalb nicht zu ‚entführen' wage, weil er viele Feinde habe und in seiner Familie auf Hindernisse stoße, oder aus ähnlichen Gründen. Wie hat man damals darüber gelacht! Es endete damit, daß Nikolaj Wsewolodowitsch, als er damals hierherreisen mußte, vorher noch für ihren Unterhalt sorgte und ihr, glaube ich, eine recht beträchtliche Jahrespension aussetzte, mindestens dreihundert Rubel, wenn nicht mehr. Kurz, nehmen wir an, daß alles das seinerseits Schelmerei, ein närrischer Einfall eines vorzeitig müde gewordenen Menschen war – meinetwegen schließlich sogar, wie Kirillow sagte, ein neues Experiment eines Übersättigten, um zu erfahren, wie weit man einen geistesgestörten Krüppel bringen kann. ‚Sie haben sich', sagte Kirillow, ‚absichtlich das elendste Wesen ausgesucht, einen Krüppel, der zeitlebens unter Schlägen und Schande gelitten hat, und da Sie obendrein wissen, daß dieses Wesen vor komischer Liebe zu Ihnen vergeht, halten Sie es auf einmal absichtlich zum Narren, nur um zu sehen, was dabei herauskommt!' Was kann aber schließlich ein Mann für die Hirngespinste eines verrückten Frauenzimmers, zu dem er, wohlgemerkt, die ganze Zeit über kaum zwei Sätze gesagt hat! Es gibt Dinge, Warwara Petrowna, über die man nicht vernünftig reden kann, ja, über die überhaupt zu reden schon unvernünftig ist. Nun, mag es schließlich eine Marotte von ihm gewesen sein, etwas anderes darf man aber keinesfalls davon behaupten; indessen hat man jetzt eine Skandalgeschichte daraus gemacht... Ich weiß zum Teil, Warwara Petrowna, was hier vorgeht.«

Der Erzähler brach plötzlich ab und wollte sich an Lebjadkin wenden, aber Warwara Petrowna hielt ihn davon zurück; sie war höchst erregt.

»Sind Sie zu Ende?« fragte sie.

»Nein, noch nicht; der Vollständigkeit halber müßte ich, wenn Sie gestatten, diesen Herrn hier noch über einiges befragen... Sie werden gleich sehen, um was es sich handelt, Warwara Petrowna.«

»Genug, später, warten Sie einen Augenblick, ich bitte Sie. Oh, wie gut habe ich daran getan, daß ich Sie sprechen ließ!«

»Und beachten Sie, Warwara Petrowna«, ereiferte sich Pjotr Stepanowitsch: »Konnte denn Nikolaj Wsewolodowitsch Ihnen das alles vorhin selber auseinandersetzen, als Antwort auf Ihre Frage, die vielleicht allzu kategorisch war?«

»O ja, das war sie!«

»Und hatte ich nicht recht, als ich sagte, daß es in manchen Fällen für einen Dritten weit leichter ist, etwas auseinanderzusetzen, als für den Beteiligten selbst?«

»Ja, gewiß... Aber in einem Punkt haben Sie sich doch geirrt und irren Sie sich, wie ich mit Bedauern sehe, auch jetzt noch.«

»Wirklich? Worin denn?«

»Sehen Sie... Doch wäre es mir übrigens lieb, wenn Sie sich setzten, Pjotr Stepanowitsch.«

»Oh, wie Sie wünschen, ich bin auch müde, danke sehr.«

Und er rückte im Nu einen Sessel herbei und drehte ihn so, daß er zwischen Warwara Petrowna auf der einen Seite und Praskowja Iwanowna am Tisch auf der andern Seite zu sitzen kam und Herrn Lebjadkin sich gegenüber hatte, den er nicht aus den Augen ließ.

»Sie befinden sich im Irrtum, wenn Sie das eine ‚Marotte' nennen...«

»Oh, wenn es nur das ist...«

»Nein, nein, nein, warten Sie«, unterbrach ihn Warwara Petrowna, die sich offenbar anschickte, lange und mit Genuß zu reden.

Kaum hatte Pjotr Stepanowitsch das gemerkt, wurde er ganz Ohr.

»Nein, das war etwas Höheres als eine Marotte, das war, ich versichere Sie, sogar etwas Heiligeres! Als stolzer Mensch, dem das Leben frühzeitig Wunden geschlagen hat, ist er zu jenem ‚Spötterleben' gelangt, wie Sie es so treffend bezeichnet haben; kurz, er ist Prinz Harry, mit dem Stepan Trofimowitsch ihn seinerzeit so prächtig verglichen hat, was vollständig richtig wäre, wenn er, meiner Ansicht nach wenigstens, nicht noch mehr Ähnlichkeit mit Hamlet hätte.«

»Et vous avez raison«, äußerte sich Stepan Trofimowitsch gefühlvoll und gewichtig.

»Ich danke Ihnen, Stepan Trofimowitsch, Ihnen danke ich besonders, und zwar für Ihren immerwährenden Glauben an Nicolas, an die Erhabenheit seiner Seele und seiner Mission. Diesen Glauben haben Sie sogar in mir gefestigt, wenn ich kleinmütig wurde.«

»Chère, chère ...« Stepan Trofimowitsch wollte schon einen Schritt vortreten, blieb aber doch stehen, da er sich sagte, daß es gefährlich sei, sie zu unterbrechen.

»Und wenn Nicolas immer« (Warwara Petrowna sprach bereits teilweise in einem singenden Ton) »einen stillen, in seiner Demut erhabenen Horatio neben sich gehabt hätte – eine andere schöne Äußerung von Ihnen, Stepan Trofimowitsch –, so wäre er vielleicht schon längst von dem traurigen ‚Dämon der Ironie' erlöst, der ihn zeit seines Lebens gequält hat. Der ‚Dämon der Ironie' ist wieder ein wundervoller Ausdruck von Ihnen, Stepan Trofimowitsch. Aber Nicolas hat nie einen Horatio oder eine Ophelia gehabt. Er hatte nur seine Mutter, was aber kann eine Mutter allein und unter solchen Umständen tun? Wissen Sie, Pjotr Stepanowitsch, es wird mir jetzt sogar überaus verständlich, daß ein Mensch wie Nicolas sich sogar in den schmutzigen Spelunken zeigen konnte, von denen Sie erzählt haben. Ich stelle mir jetzt so deutlich dieses ‚Spötterleben' vor – ein erstaunlich treffender Ausdruck von Ihnen! –, diesen unersättlichen Durst nach äußersten Gegensätzen, diesen düsteren Hintergrund des Bildes, von dem er sich, wieder nach einem Vergleich von Ihnen, Pjotr Stepanowitsch, wie ein Brillant abhebt. Und da begegnet er nun einem von aller Welt beleidigten, verkrüppelten und halbirren Wesen, das dabei vielleicht doch von den edelsten Gefühlen beseelt ist! ...«

»Hm . . . Ja, nehmen wir es an.«

»Und nach alledem ist es Ihnen unverständlich, daß er sich nicht über sie lustig macht wie alle anderen! O ihr Menschen! Es ist Ihnen unverständlich, daß er sie vor ihren Beleidigern beschützt, ihr Achtung erweist ‚wie einer Marquise' – dieser Kirillow ist wahrscheinlich ein ungewöhnlich guter Menschenkenner, obwohl auch er Nicolas nicht verstanden hat! Wenn Sie wollen, ist hier gerade infolge dieses Gegensatzes das Unheil entstanden: hätte die Unglückliche in einer anderen Umwelt gelebt, so wäre sie vielleicht nicht auf einen so wahnwitzigen Gedanken gekommen. Nur eine Frau, nur eine Frau kann das verstehen, Pjotr Stepanowitsch, und wie schade, daß Sie . . . das heißt nicht, daß Sie keine Frau sind, sondern daß Sie es nicht wenigstens für dieses eine Mal sind, um das verstehen zu können!«

»Also in dem Sinne, wie man sagt: je schlimmer, desto besser; ich verstehe, ich verstehe, Warwara Petrowna. Das ist ungefähr so wie in der Religion: je schlechter es einem Menschen im Leben geht, oder je unterdrückter und ärmer ein ganzes Volk ist, desto hartnäckiger träumen sie von einer Belohnung im Paradies, und wenn sich dann noch hunderttausend Geistliche bemühen, diese Hoffnung anzufachen und auf sie ihre Pläne zu gründen, dann . . . ich verstehe Sie, Warwara Petrowna, seien Sie unbesorgt.«

»Das stimmt zwar nicht ganz, aber sagen Sie, sollte Nicolas etwa, um diese Träumereien in diesem unglücklichen Organismus zu ersticken« (warum Warwara Petrowna hier das Wort ‚Organismus' gebrauchte, konnte ich nicht verstehen), »sollte er sich etwa über sie lustig machen und sie so behandeln wie die anderen, die kleinen Beamten? Verwerfen Sie wirklich das hohe Mitleid, das edle Erbeben des ganzen Organismus, mit dem Nicolas plötzlich Kirillow streng erwiderte: ‚Ich mache mich nicht über sie lustig.' Eine erhabene, heilige Antwort!«

»Sublime!« murmelte Stepan Trofimowitsch.

»Und beachten Sie: er ist gar nicht so reich, wie Sie denken; ich bin reich, nicht er, und damals hat er von mir fast nichts bekommen.«

»Ich verstehe, ich verstehe das alles, Warwara Petrowna«, sagte Pjotr Stepanowitsch und machte bereits eine ungeduldige Bewegung.

»Oh, das ist mein Charakter! Ich erkenne mich in Nicolas

wieder. Ich kenne diese jugendlichen Gefühle, diese Neigung zu stürmischen, heftigen Anwandlungen ... Und wenn wir uns einmal näher kennenlernen sollten, Pjotr Stepanowitsch, was ich aufrichtig wünsche, um so mehr, als ich Ihnen schon so zu Dank verpflichtet bin, dann werden Sie vielleicht verstehen ...«

»Oh, glauben Sie mir, auch ich wünsche das«, stammelte Pjotr Stepanowitsch.

»Dann werden Sie den Drang verstehen, aus dem heraus man in blindem Edelmut sich plötzlich an einen Menschen hält, der in keiner Beziehung dessen wert ist, einen Menschen, der einen gar nicht versteht und fähig ist, einen bei jeder Gelegenheit zu quälen. Und in einem solchen Menschen erblickt man dann trotz alledem auf einmal die Verkörperung eines Ideales, des eigenen Phantasiegebildes, setzt alle seine Hoffnungen auf ihn, verehrt ihn, liebt ihn das ganze Leben lang, ohne im geringsten zu wissen warum – vielleicht gerade deshalb, weil er es nicht wert ist ... Oh, wie habe ich gelitten mein ganzes Leben lang, Pjotr Stepanowitsch!«

Stepan Trofimowitsch suchte mit schmerzlicher Miene meinen Blick aufzufangen; aber ich wandte mich noch rechtzeitig ab.

»... Und erst vor kurzem, vor kurzem noch – oh, wie schuldig bin ich Nicolas gegenüber! ... Sie glauben gar nicht, wie sie mich von allen Seiten gequält haben, alle, alle, Feinde wie auch nichtsnutzige Leute und auch Freunde; die Freunde vielleicht noch mehr als die Feinde. Als ich den ersten verachtenswerten anonymen Brief erhielt, Pjotr Stepanowitsch, mangelte es mir schließlich, Sie werden es nicht glauben, an Verachtung all dieser Bosheit gegenüber ... Nie, nie werde ich mir meinen Kleinmut verzeihen!«

»Ich habe schon einiges von den hiesigen anonymen Briefen gehört«, Pjotr Stepanowitsch wurde auf einmal wieder lebhafter, »und ich werde die Absender für Sie ausfindig machen, seien Sie unbesorgt.«

»Sie können sich gar nicht vorstellen, was für Intrigen hier gesponnen werden! Sogar unsere arme Praskowja Iwanowna haben sie gequält – doch aus welchem Grunde? Ich habe dir heute vielleicht zu viel Unrecht getan, meine liebe Praskowja Iwanowna«, fügte sie in einer Anwandlung großmütiger Rührung, aber nicht ohne triumphierende Ironie hinzu.

»Schon gut, meine Liebe«, murmelte diese widerwillig,

»meiner Ansicht nach sollte man mit alledem Schluß machen, es ist schon zuviel geredet worden . . .« Und sie blickte wieder schüchtern auf Lisa, aber diese sah Pjotr Stepanowitsch an.

»Doch dieses arme, dieses unglückliche Geschöpf, diese Irrsinnige, die alles verloren und sich nur ihr Herz bewahrt hat, werde ich jetzt an Kindes Statt annehmen!« rief Warwara Petrowna plötzlich. »Das ist eine Pflicht, die ich heilig zu erfüllen beabsichtige. Von diesem Tag an nehme ich sie unter meinen Schutz!«

»Und das wird in einer gewissen Hinsicht sogar sehr gut sein!« rief Pjotr Stepanowitsch, der nun wieder ganz lebhaft geworden war. »Entschuldigen Sie, ich war vorhin noch nicht ganz zu Ende gekommen. Ich wollte gerade von dem Schutz sprechen. Stellen Sie sich vor: als Nikolaj Wsewolodowitsch damals abgereist war – ich fange genau dort wieder an, wo ich stehengeblieben bin, Warwara Petrowna –, maßte sich dieser Herr, eben dieser Herr Lebjadkin hier, sofort das Recht an, über die seiner Schwester ausgesetzte Pension restlos zu verfügen; und er verfügte darüber. Ich weiß nicht genau, was für Anordnungen Nikolaj Wsewolodowitsch damals getroffen hatte, aber nach einem Jahr, als er schon im Auslande war, erfuhr er von dem Vorgefallenen und sah sich gezwungen, seine Anordnungen zu ändern. Die Einzelheiten sind mir wieder nicht bekannt, er selbst wird sie Ihnen erzählen, ich weiß nur, daß die interessante Person in einem entlegenen Kloster untergebracht wurde, sogar sehr komfortabel, aber unter freundschaftlicher Aufsicht – Sie verstehen? Doch was glauben Sie wohl, wozu sich Herr Lebjadkin nun entschließt? Zunächst gibt er sich die größte Mühe zu erkunden, wo man das einträgliche Objekt, das heißt seine Schwester, vor ihm versteckt halte, erst vor kurzem gelingt ihm das, er nimmt sie, indem er ein Recht auf sie geltend macht, aus dem Kloster und bringt sie geradewegs hierher. Hier gibt er ihr nichts zu essen, schlägt und tyrannisiert sie, erhält schließlich von Nikolaj Wsewolodowitsch auf irgendeine Weise eine beträchtliche Geldsumme und ergibt sich sofort dem Trunk; statt aber Nikolaj Wsewolodowitsch dankbar zu sein, nimmt er ihm gegenüber eine freche, herausfordernde Haltung an, stellt unsinnige Forderungen und droht, falls die Pension künftig nicht unmittelbar an ihn gezahlt werde, sogar mit dem Gericht. Er faßt also die freiwillige Gabe Nikolaj Wsewolodowitschs als eine Pflichtzahlung auf – können Sie sich das vorstellen? Herr Lebjadkin, ist *alles* wahr, was ich hier soeben gesagt habe?«

Der Hauptmann, der bis jetzt schweigend und mit niedergeschlagenen Augen dagestanden hatte, trat schnell zwei Schritte vor und wurde puterrot.

»Pjotr Stepanowitsch, Sie sind grausam mit mir verfahren«, sagte er, als wollte er damit seinen Gegner zum Schweigen bringen.

»Wieso grausam, inwiefern? Aber erlauben Sie, über Grausamkeit oder Milde können wir nachher reden, jetzt bitte ich Sie nur, auf meine erste Frage zu antworten: Ist *alles* wahr, was ich gesagt habe, oder nicht? Wenn Sie finden, daß es nicht wahr ist, können Sie unverzüglich Ihre Gegenerklärung abgeben.«

»Ich . . . Sie wissen selbst, Pjotr Stepanowitsch . . .« murmelte der Hauptmann, blieb stecken und verstummte. Ich muß bemerken, daß Pjotr Stepanowitsch in einem Lehnstuhl saß und ein Bein über das andere geschlagen hatte, während der Hauptmann in ehrerbietigster Haltung vor ihm stand.

Herrn Lebjadkins Unschlüssigkeit schien Pjotr Stepanowitsch sehr zu mißfallen; ein boshaftes Zucken enstellte sein Gesicht.

»Wollen Sie nicht etwa doch eine Erklärung abgeben?« Er sah den Hauptmann listig an. »Wenn das der Fall ist, dann bitte, man wartet darauf.«

»Sie wissen selbst, Pjotr Stepanowitsch, daß ich keine Erklärung abgeben kann.«

»Nein, das weiß ich nicht, ich höre es sogar zum erstenmal; warum können Sie es denn nicht?«

DerHauptmann schwieg und blickte zu Boden.

»Erlauben Sie mir wegzugehen, Pjotr Stepanowitsch«, sagte er dann entschlossen.

»Aber nicht bevor Sie eine Antwort auf meine erste Frage gegeben haben: Ist *alles* wahr, was ich gesagt habe?«

»Es ist wahr«, sagte Lebjadkin dumpf und sah zu seinem Peiniger auf. Es stand ihm sogar der Schweiß auf den Schläfen.

»Ist *alles* wahr?«

»Alles.«

»Haben Sie nichts hinzuzufügen, nichts zu bemerken? Wenn Sie das Gefühl haben, daß wir ungerecht sind, dann sagen Sie es; protestieren Sie, äußern Sie Ihre Unzufriedenheit.«

»Nein, ich habe nichts hinzuzufügen ...«

»Haben Sie vor kurzem Nikolaj Wsewolodowitsch gedroht?«

»Das ... das war mehr der Wein, Pjotr Stepanowitsch.« Er hob plötzlich den Kopf. »Pjotr Stepanowitsch! Wenn die Ehre der Familie und eine Schande, die das Herz nicht verdient hat, in einem aufschreien, ist dann ... ist man auch dann schuldig?« brüllte er, plötzlich wie vorhin die Beherrschung verlierend.

»Sind Sie jetzt nüchtern, Herr Lebjadkin?« Pjotr Stepanowitsch sah ihn durchdringend an.

»Ich ... bin nüchtern.«

»Was bedeutet das: ‚die Ehre der Familie und eine Schande, die das Herz nicht verdient hat'?«

»Damit meinte ich niemanden, ich wollte niemanden beschuldigen. Ich sprach nur von mir ...« Der Hauptmann blieb wieder stecken.

»Sie scheinen sich durch meine Äußerungen über Sie und Ihr Benehmen sehr beleidigt zu fühlen? Sie sind sehr empfindlich, Herr Lebjadkin. Aber erlauben Sie, ich habe ja noch gar nichts von Ihrem wirklichen Benehmen gesagt. Von Ihrem wirklichen Benehmen werde ich noch sprechen. Ich werde es noch tun, das ist sehr leicht möglich, vorläufig aber habe ich ja noch nicht von Ihrem *wirklichen* Benehmen gesprochen.«

Lebjadkin fuhr zusammen und starrte Pjotr Stepanowitsch wütend an.

»Pjotr Stepanowitsch, erst jetzt beginne ich zu erwachen!«

»Hm! Und ich bin es wohl, der Sie aufgeweckt hat?«

»Ja, Sie haben mich aufgeweckt, Pjotr Stepanowitsch. Vier Jahre lang habe ich unter einer über mir hängenden Gewitterwolke geschlafen. Darf ich nun endlich gehen, Pjotr Stepanowitsch?«

»Jetzt dürfen Sie es, wenn nicht Warwara Petrowna es noch für nötig hält ...«

Aber diese winkte mit beiden Händen ab.

Der Hauptmann verbeugte sich, ging zwei Schritte auf die Tür zu, blieb plötzlich stehen, preßte die Hand aufs Herz, wollte etwas sagen, unterließ es aber und lief rasch davon. Doch in der Tür stieß er auf Nikolaj Wsewolodowitsch;

dieser trat zur Seite; der Hauptmann krümmte sich vor ihm zusammen, stand wie festgebannt und starrte ihn an wie ein Kaninchen eine Riesenschlange. Nikolaj Wsewolodowitsch wartete einen Augenblick, dann schob er ihn sacht mit der Hand beiseite und trat in den Salon.

7

Er war heiter und ruhig. Vielleicht hatte er soeben etwas sehr Angenehmes erlebt, von dem wir noch nichts wußten; jedenfalls schien er mit etwas außerordentlich zufrieden zu sein.

»Wirst du mir verzeihen können, Nicolas?« rief Warwara Petrowna, die nicht mehr an sich halten konnte, und erhob sich eilig, um ihm entgegenzugehen.

Aber Nicolas lachte laut auf.

»Wahrhaftig, es stimmt also!« rief er gutmütig und scherzhaft. »Ich sehe, daß Ihnen schon alles bekannt ist. Und ich machte mir, als ich von hier weggegangen war, im Wagen Gedanken: ‚Du hättest doch wenigstens einen Witz erzählen sollen, wer geht denn so weg?' Als mir aber dann einfiel, daß Pjotr Stepanowitsch bei Ihnen geblieben war, verschwand diese Sorge.«

Während er sprach, sah er sich flüchtig im Zimmer um.

»Pjotr Stepanowitsch hat uns eine alte Petersburger Geschichte aus dem Leben eines Sonderlings erzählt«, fiel Warwara Petrowna entzückt ein, »aus dem Leben eines launenhaften und verdrehten Menschen, der aber stets erhabene Gefühle hegt, stets ritterlich vornehm ist ...«

»Ritterlich? Seid ihr schon so weit gekommen?« Nikolaj Wsewolodowitsch lachte. »Übrigens bin ich Pjotr Stepanowitsch diesmal sehr dankbar für seine Eilfertigkeit« (hier wechselte er mit ihm einen schnellen Blick). »Sie müssen wissen, maman, daß Pjotr Stepanowitsch ein allgemeiner Friedensstifter ist; das ist seine Rolle, seine Krankheit, sein Steckenpferd, und ich empfehle ihn Ihnen besonders in dieser Hinsicht. Ich kann mir schon denken, worüber er Ihnen hier referiert hat. Er referiert ja immer, wenn er etwas erzählt. In seinem Kopfe hat er eine ganze Kanzlei. Beachten Sie, daß er als Realist nicht lügen darf und daß ihm die Wahrheit wertvoller ist als der Erfolg ... selbstverständlich die besonderen

Fälle ausgenommen, in denen ihm der Erfolg wertvoller ist als die Wahrheit.« Während er das sagte, sah er sich fortwährend um. »Sie sehen also deutlich, maman, daß nicht Sie mich um Verzeihung zu bitten haben und daß, wenn hier irgendwo eine Verrücktheit vorliegt, dann natürlich vor allem meinerseits ... und daß ich also letzten Endes doch verrückt bin – man muß doch sein hiesiges Ansehen aufrechterhalten.«

Er umarmte seine Mutter zärtlich.

»Jedenfalls ist die Sache jetzt erzählt und erledigt, und wir können also aufhören, von ihr zu sprechen«, fügte er hinzu, und seine Stimme hatte dabei einen trockenen, harten Unterton. Warwara Petrowna verstand diesen Unterton; aber ihre Exaltation verging nicht, sogar im Gegenteil.

»Ich hatte dich erst in vier Wochen erwartet, Nicolas!«

»Das werde ich Ihnen selbstverständlich alles erklären, maman, jetzt aber ...« Er ging auf Praskowja Iwanowna zu.

Doch diese wandte ihm kaum den Kopf zu, obgleich sie noch vor einer halben Stunde bei seinem ersten Erscheinen erschüttert gewesen war. Jetzt hatte sie neue Sorgen: von dem Augenblick an, da der Hauptmann in der Tür mit Nikolaj Wsewolodowitsch zusammengestoßen war, hatte Lisa plötzlich angefangen zu lachen – zuerst leise und abgehackt, dann aber war ihr Lachen immer lauter und vernehmlicher geworden. Sie wurde feuerrot. Der Gegensatz zu ihrer düsteren Miene von vorhin war auffallend. Während Nikolaj Wsewolodowitsch mit Warwara Petrowna sprach, winkte sie Mawrikij Nikolajewitsch ein paarmal zu sich heran, als wollte sie ihm etwas zuflüstern; sobald er sich aber zu ihr herabbeugte, brach sie in ein Gelächter aus, so daß es aussah, als lachte sie über den armen Mawrikij Nikolajewitsch. Übrigens suchte sie sich offenbar zu beherrschen und drückte das Taschentuch an die Lippen. Nikolaj Wsewolodowitsch wandte sich mit der unschuldigsten und unbefangensten Miene zu ihr und begrüßte sie.

»Entschuldigen Sie, bitte«, sagte sie schnell. »Sie ... Sie haben natürlich auch Mawrikij Nikolajewitsch schon gesehen ... Mein Gott, wie verboten groß Sie sind, Mawrikij Nikolajewitsch!«

Und wieder lachte sie. Mawrikij Nikolajewitsch war allerdings groß, aber durchaus nicht »verboten groß«.

»Sind Sie ... schon lange da?« murmelte sie, sich wieder beherrschend, sogar verlegen, aber mit funkelnden Augen.

»Etwas über zwei Stunden«, antwortete Nicolas und betrachtete sie aufmerksam. Ich muß bemerken, daß er sich ungewöhnlich zurückhaltend und höflich benahm, aber abgesehen von der Höflichkeit eine völlig gleichgültige und sogar gelangweilte Miene zeigte.

»Und wo werden Sie wohnen?«

»Hier.«

Auch Warwara Petrowna beobachtete Lisa, doch plötzlich machte ein Gedanke sie stutzig.

»Wo bist du denn bis jetzt gewesen, Nicolas, während dieser mehr als zwei Stunden?« fragte sie, auf ihn zugehend. »Der Zug kommt doch um zehn Uhr an.«

»Ich habe erst noch Pjotr Stepanowitsch zu Kirillow gebracht. Pjotr Stepanowitsch hatte ich in Matwejewo – drei Stationen vor unserer Stadt – getroffen, und wir fuhren dann im selben Abteil hierher.«

»Ich hatte vom Morgengrauen an in Matwejewo warten müssen«, fiel Pjotr Stepanowitsch ein. »Die letzten Wagen unseres Zuges waren in der Nacht entgleist, wir hätten uns beinahe die Beine gebrochen.«

»Die Beine gebrochen!« rief Lisa. »Mama, Mama, und wir beide wollten in der vorigen Woche nach Matwejewo fahren, da hätten wir uns auch die Beine brechen können!«

»Herr, erbarme dich!« rief Praskowja Iwanowna und bekreuzte sich.

»Mama, Mama, liebe Ma, erschrecken Sie nicht, wenn ich mir einmal wirklich beide Beine breche; das kann mir sehr leicht zustoßen, Sie sagen doch selbst, daß ich jeden Tag einen halsbrecherischen Galopp reite. Mawrikij Nikolajewitsch, werden Sie mich führen, wenn ich lahm bin?« Sie lachte wieder. »Wenn mir das zustoßen sollte, würde ich mich von niemand anderem führen lassen als nur von Ihnen, darauf können Sie sich verlassen. Wir wollen annehmen, daß ich mir nur ein Bein brechen werde . . . Na, seien Sie doch so liebenswürdig und sagen Sie, daß Sie das für ein Glück halten werden.«

»Was soll das für ein Glück sein, wenn man nur noch ein heiles Bein hat?« erwiderte Mawrikij Nikolajewitsch mit finsterem Gesicht.

»Dafür werden Sie mich führen dürfen, Sie allein, sonst niemand!«

»Auch dann werden *Sie* mich führen, Lisaweta Nikolajewna«, brummte Mawrikij Nikolajewitsch noch ernster.

»O Gott, er hat einen Witz machen wollen!« rief Lisa beinahe entsetzt. »Mawrikij Nikolajewitsch, wagen Sie sich nie auf dieses Gebiet! Wie egoistisch Sie doch sind! Zu Ihrer Ehre bin ich überzeugt, daß Sie sich jetzt verleumden; im Gegenteil, Sie würden mir dann vom Morgen bis zum Abend versichern, daß ich mit nur einem heilen Bein interessanter geworden sei! Eines nur läßt sich nicht ändern: Sie sind übermäßig groß, ich aber werde, wenn ich hinke, sehr klein sein. Wie wollen Sie mich dann am Arm führen? Wir werden nicht zusammenpassen!« Sie lachte krampfhaft auf. Ihre Witze und Anspielungen waren platt, doch war es ihr offenbar nicht darum zu tun, Beifall zu ernten.

»Ein hysterischer Anfall!« flüsterte Pjotr Stepanowitsch mir zu. »Man sollte ihr rasch ein Glas Wasser geben.«

Er hatte recht; kurz darauf bemühten sich alle eifrig um sie, und man brachte Wasser. Lisa umarmte ihre Mutter, küßte sie leidenschaftlich, weinte an ihrer Schulter, und gleich darauf lehnte sie sich wieder zurück, schaute ihr ins Gesicht und lachte. Schließlich weinte auch die Mama. Warwara Petrowna führte beide schnell zu sich ins Wohnzimmer, durch die Tür, durch die Darja Pawlowna vorhin zu uns gekommen war. Aber sie blieben dort nur kurze Zeit, etwa vier Minuten, nicht länger ...

Ich suche mir jetzt jede Einzelheit der letzten Augenblicke dieses denkwürdigen Vormittags ins Gedächtnis zu rufen. Ich erinnere mich, daß Nikolaj Wsewolodowitsch, als wir allein geblieben waren, ohne Damen (außer Darja Pawlowna, die sich nicht vom Flecke gerührt hatte), auf jeden von uns zuging und ihn begrüßte, ausgenommen Schatow, der immer noch in seiner Ecke saß und den Kopf noch tiefer gesenkt hielt als vorher. Stepan Trofimowitsch wollte mit Nikolaj Wsewolodowitsch ein geistreiches Gespräch beginnen, doch dieser begab sich eilig zu Darja Pawlowna. Unterwegs hielt ihn aber Pjotr Stepanowitsch fast mit Gewalt an und zog ihn ans Fenster, wo er ihm rasch etwas zuflüsterte, das, nach seinem Gesichtsausdruck und seinen Gesten zu urteilen, von großer Wichtigkeit sein mußte. Nikolaj Wsewolodowitsch hörte sehr lässig und zerstreut, mit seinem offiziellen hämischen Lächeln zu, wurde schließlich sogar ungeduldig und schien sich davonmachen zu wollen. Er verließ das Fenster gerade in dem Augenblick, als unsere Damen zurückkehrten. Warwara Petrowna geleitete Lisa zu ihrem früheren Platz und versicherte, sie müsse unbedingt wenigstens noch zehn Minuten warten und sich erholen; wenn Lisa gleich an die frische Luft käme, würde das ihren kranken Nerven wohl kaum guttun. Sie war sehr um Lisa besorgt und setzt sich neben sie. Pjotr Stepanowitsch, der jetzt unbeschäftigt war, gesellte sich unverzüglich zu ihnen und begann flott und lustig zu plaudern. Und da nun ging Nikolaj Wsewolodowitsch endlich in seiner langsamen Gangart auf Darja Pawlowna zu. Als er sich ihr näherte, wurde Dascha sehr unruhig und sprang sichtlich verwirrt und feuerrot von ihrem Platz auf.

»Man kann Sie offenbar beglückwünschen ... oder noch nicht?« sagte er mit einer eigenartigen Falte im Gesicht.

Dascha antwortete ihm etwas, aber man konnte es nur schwer verstehen.

»Verzeihen Sie meine Taktlosigkeit«, sagte er mit erhobener Stimme, »aber Sie wissen doch wohl, daß ich eigens benachrichtigt worden bin. Wissen Sie das?«

»Ja, ich weiß, daß Sie eigens benachrichtigt worden sind.«

»Ich hoffe aber, daß ich mit meinem Glückwunsch kein Unheil angerichtet habe«, sagte er lachend, »und wenn Stepan Trofimowitsch ...«

»Glückwunsch? Glückwunsch wozu?« fragte Pjotr Stepanowitsch, der plötzlich herbeisprang. »Wozu wünscht man Ihnen Glück, Darja Pawlowna? Pah! Doch nicht etwa ...? Ihr Erröten bezeugt, daß ich richtig geraten habe. In der Tat, wozu wünscht man denn unseren schönen und sittsamen jungen Damen Glück, und über welchen Glückwunsch pflegen sie am meisten zu erröten? Nun, nehmen Sie auch meinen Glückwunsch entgegen, wenn ich richtig geraten habe, und bezahlen Sie die Wette: erinnern Sie sich, wie Sie in der Schweiz gewettet haben? Sie behaupteten, Sie würden niemals heiraten ... Ach ja, bei der Schweiz fällt mir ein ... wie konnte ich nur! Stellen Sie sich vor, ich bin halb und halb deswegen hergefahren, und nun hätte ich es beinahe vergessen: sag mir doch«, wandte er sich schnell an Stepan Trofimowitsch, »wann fährst denn du in die Schweiz?«

»Ich ... in die Schweiz?« fragte Stepan Trofimowitsch erstaunt und verlegen.

»Wie? Fährst du denn nicht? Du heiratest doch auch ... du schriebst es mir!«

»Pierre!« rief Stepan Trofimowitsch.

»Was heißt hier Pierre ... Sieh mal, wenn du das gern hörst, so bin ich hergeeilt, um dir zu sagen, daß ich durchaus nichts dagegen habe, denn du wolltest doch unbedingt so bald wie möglich meine Meinung wissen; wenn ich dich aber ‚retten' muß«, rieselten seine Worte, »wie du in demselben Briefe schreibst und flehentlich bittest, so stehe ich dir auch darin zu Diensten. Ist es wahr, daß er heiratet, Warwara Petrowna?« wandte er sich schnell an diese. »Ich hoffe, daß ich nicht indiskret bin; er schreibt ja selbst, die ganze Stadt wisse es schon und alle gratulierten ihm, so daß er, um dem zu entgehen, nur noch nachts das Haus verlasse. Den Brief habe ich in der Tasche. Aber können Sie es glauben, Warwara Petrowna, ich werde aus ihm nicht klug! Sage mir nur das eine, Stepan Trofimowitsch: soll man dir nun gratulieren oder dich ‚retten'? Sie werden es nicht glauben, neben Zeilen voll höchster Glückseligkeit stehen bei ihm solche voll größter Verzweiflung. Zuerst bittet er mich um Verzeihung; na, meinetwegen, das entspricht seinen Gepflogenheiten ... Doch läßt es sich übrigens nicht verschweigen: stellen Sie sich vor, der Mensch hat mich in seinem Leben nur zweimal gesehen, und auch da nur zufällig, und jetzt, da er zum drittenmal heiraten will, bildet er sich auf einmal ein, er verletze dadurch irgendwelche Vaterpflichten mir gegenüber, und fleht mich auf tausend Werst Entfernung an, ihm deswegen nicht böse zu sein und es ihm zu erlauben! Fühle dich bitte nicht verletzt, Stepan Trofimowitsch, es ist ein Zug der Zeit, ich bin großzügig und verurteile niemanden, und zugegeben, das macht dir Ehre, und so weiter, und so weiter, aber die Hauptsache ist wiederum, daß ich eben die Hauptsache nicht begreife. Da steht etwas von ‚Sünden in der Schweiz'. ‚Ich heirate', schreibt er, ‚wegen gewisser Sünden' oder ‚um fremder Sünden willen', oder wie er sich da ausdrückt – kurz, er schreibt etwas von ‚Sünden'. ‚Das Mädchen', schreibt er, ‚ist eine Perle, ein Diamant', na, und selbstverständlich, er sei ‚ihrer unwürdig' – das ist so sein Stil; aber wegen irgendwelcher Sünden oder Umstände sei er ‚gezwungen zu heiraten und in die Schweiz zu fahren', und darum ‚laß alles stehen und liegen und eile herbei, mich zu retten!' Verstehen Sie von alledem etwas? Doch übrigens ... übrigens merke ich an dem Ausdruck der Gesichter«, er drehte sich mit dem Briefe in der Hand um und betrachtete mit unschuldigem Lächeln alle Gesichter, »daß ich nach meiner Gewohnheit wohl wieder mal einen

Bock geschossen habe ... infolge meiner dummen Offenherzigkeit oder, wie Nikolaj Wsewolodowitsch zu sagen pflegt, meiner Voreiligkeit. Ich dachte doch, daß wir hier unter uns seien, das heißt, unter deinen Freunden, Stepan Trofimowitsch, aber eigentlich bin ich ein Fremder und sehe ... und sehe, daß alle etwas wissen und nur ich etwas nicht weiß.«

Er sah immer noch um sich.

»Hat Stepan Trofimowitsch Ihnen wirklich geschrieben, daß er wegen ‚fremder, in der Schweiz begangener Sünden' heirate und daß Sie hereilen sollen, um ‚ihn zu retten', gebrauchte er diese Ausdrücke?« fragte Warwara Petrowna, die auf einmal mit ganz gelbem, verzerrtem Gesicht und zuckenden Lippen auf ihn zuging.

»Das heißt, sehen Sie, wenn ich hier etwas nicht verstanden haben sollte«, erwiderte Pjotr Stepanowitsch, als wäre er erschrocken, wobei er noch hastiger sprach als zuvor, »so ist natürlich er daran schuld, weil er so schreibt. Hier ist der Brief. Wissen Sie, Warwara Petrowna, endlos lange Briefe hat er mir unaufhörlich geschrieben, in den letzten zwei, drei Monaten geradezu Brief auf Brief, und ich muß gestehen, ich habe sie zuletzt manchmal gar nicht zu Ende gelesen. Verzeih mir dieses dumme Geständnis, Stepan Trofimowitsch, aber gib doch bitte zu, daß du diese Briefe, wenn du sie auch an mich richtetest, doch mehr für die Nachwelt geschrieben hast, so daß es dir ja ganz gleich sein kann ... Na, na, sei nicht gekränkt: wir beide bleiben trotzdem gute Freunde! Diesen Brief aber, Warwara Petrowna, diesen Brief habe ich zu Ende gelesen. Diese ‚Sünden', diese ‚fremden Sünden' sind sicherlich irgendwelche kleine Sünden, die wir selbst begangen haben, und ich möchte wetten, es sind Sünden ganz harmloser Art, aber da ist es uns plötzlich eingefallen, daraus eine furchtbare Geschichte mit edlem Anstrich zu machen – um ebendieses edlen Anstrichs willen. Sehen Sie, es stimmt bei uns in Geldsachen etwas nicht recht, das muß man doch endlich eingestehen. Wir haben, wissen Sie, eine Passion für das Kartenspiel ... doch ist es übrigens müßig, ganz müßig, das zu erwähnen, verzeihen Sie, ich bin zu geschwätzig, aber bei Gott, Warwara Petrowna, er hat mir einen Schreck eingejagt, und ich hatte tatsächlich schon Anstalten getroffen, ihn zu ‚retten'. Schließlich schäme ich mich auch selbst. Setze ich ihm etwa das Messer an die Kehle? Bin ich vielleicht ein unerbittlicher Gläubiger? Er schreibt da etwas von einer Mitgift ...

Doch übrigens, wirst du denn wirklich heiraten, Stepan Trofimowitsch? Auch da läßt sich ja alles erwarten, wir reden zwar viel, aber doch mehr um des Stils willen ... Ach, Warwara Petrowna, ich bin überzeugt, daß Sie mich jetzt am Ende verurteilen, und zwar ebenfalls wegen meines Stils ...«

»Im Gegenteil, im Gegenteil, ich sehe, daß Sie die Geduld verloren haben, und gewiß hatten Sie dazu Ihre Gründe«, fiel Warwara Petrowna boshaft ein. Sie hatte mit Schadenfreude alle ‚wahrheitsgetreuen' Wortergüsse Pjotr Stepanowitschs angehört, der offensichtlich mit Vorbedacht eine Rolle spielte (was für eine, wußte ich damals nicht, aber es war offensichtlich eine Rolle, und sogar eine allzu plump gespielte).

»Im Gegenteil«, fuhr sie fort, »ich bin Ihnen nur zu dankbar, daß Sie das alles zur Sprache gebracht haben; ohne Sie hätte ich es nicht erfahren. Zum erstenmal seit zwanzig Jahren gehen mir die Augen auf. Nikolaj Wsewolodowitsch, Sie sagten doch soeben, auch Sie seien eigens benachrichtigt worden: hat Stepan Trofimowitsch etwa auch an Sie in derselben Art geschrieben?«

»Ich habe von ihm einen höchst harmlosen und ... und ... sehr vornehmen Brief erhalten ...«

»Sie sind verlegen, suchen nach Worten – das genügt! Stepan Trofimowitsch, ich erwarte von Ihnen eine außerordentliche Gefälligkeit«, wandte sie sich plötzlich mit funkelnden Augen an ihn, »haben Sie die Güte, uns sofort zu verlassen und von nun an die Schwelle meines Hauses nicht mehr zu betreten.«

Ich bitte, sich ihre Aufregung von vorhin ins Gedächtnis zu rufen, die auch jetzt noch nicht vorüber war. In der Tat, was hatte Stepan Trofimowitsch sich nicht alles zuschulden kommen lassen! Was mich aber damals geradezu verblüffte, war die bewundernswerte Würde, mit der Stepan Trofimowitsch die ‚Enthüllungen' Petruschas, die zu unterbrechen ihm nicht in den Sinn kam, wie auch den ‚Bannfluch' Warwara Petrownas über sich ergehen ließ. Woher hatte er auf einmal soviel Mut genommen? Mir war nur das eine klar, daß er vorhin bei der ersten Begegnung mit Petruscha und namentlich bei der Umarmung sich zweifellos tief beleidigt gefühlt hatte. Das war nun schon ein tiefer und *wirklicher* Kummer, wenigstens in seinen Augen und für sein Herz. Er hatte in diesem Augenblick auch noch einen anderen: das schmerzliche

Bewußtsein, gemein gehandelt zu haben; das gestand er mir später ganz offen. Nun kann ja ein *wirkliches*, unbestreitbares Leid selbst einen außergewöhnlich leichtsinnigen Menschen mitunter gesetzt und standhaft machen, wenn auch nur auf kurze Zeit; ja, durch wahres, wirkliches Leid sind manchmal sogar Dummköpfe klug geworden, natürlich auch nur auf kurze Zeit; das ist nun mal eine Eigenschaft eines solchen Leids. Wenn dem aber so ist, was konnte dann nicht alles in einem Menschen wie Stepan Trofimowitsch vor sich gehen? Eine vollständige Wandlung – natürlich auch nur auf kurze Zeit.

Er verbeugte sich mit Würde vor Warwara Petrowna und sagte kein Wort (in der Tat, ihm blieb ja nichts anderes übrig). Er wollte auch schon ebenso hinausgehen, brachte es aber doch nicht über sich und ging auf Darja Pawlowna zu. Diese schien das schon geahnt zu haben, denn sie fing sofort ganz erschrocken zu reden an, als wollte sie ihm rasch zuvorkommen.

»Bitte, Stepan Trofimowitsch, sagen Sie um Gottes willen nichts«, begann sie fieberhaft schnell mit schmerzlicher Miene und streckte ihm eilig die Hand entgegen, »seien Sie überzeugt, daß ich Sie immer noch ebenso achte ... und immer noch ebenso schätze und ... denken Sie auch von mir gut, Stepan Trofimowitsch, das wird mir sehr, sehr viel wert sein ...«

Stepan Trofimowitsch verbeugte sich tief, ganz tief vor ihr.

»Wie du willst, Darja Pawlowna, du weißt, daß du in dieser ganzen Angelegenheit volle Freiheit hast! So war es, so ist es, und so wird es auch fürderhin sein«, schloß Warwara Petrowna gewichtig.

»Bah! Jetzt verstehe auch ich alles!« rief Pjotr Stepanowitsch und schlug sich vor die Stirn. »Aber ... aber in was für eine Lage bin ich nun dadurch geraten? Darja Pawlowna, bitte, verzeihen Sie mir! ... Was hast du mir da eingebrockt, wie?« wandte er sich an seinen Vater.

»Pierre, du könntest dich mir gegenüber etwas anders ausdrücken, nicht wahr, mein Freund?« sagte Stepan Trofimowitsch ganz leise.

»Mach nur bitte kein Geschrei«, sagte Pierre und fuchtelte mit den Händen. »Glaub mir, das kommt alles von deinen alten, kranken Nerven, und Schreien nützt da gar nichts. Sag mir lieber, du hättest dir doch denken können, daß ich sofort davon zu reden anfangen würde, warum hast du mich nicht von vornherein in Kenntnis gesetzt?«

Stepan Trofimowitsch sah ihn durchdringend an. »Pierre, du, der du doch von dem, was hier vorgeht, so viel weißt, solltest du wirklich von dieser Sache nichts gewußt, nichts gehört haben?«

»Wa–a–as? Sind das Menschen! So sind wir also nicht nur ein altes Kind, sondern auch noch ein böses? Warwara Petrowna, haben Sie gehört, was er gesagt hat?«

Es erhob sich ein allgemeiner Lärm; doch da geschah plötzlich etwas, das niemand hatte erwarten können.

8

Vor allem möchte ich erwähnen, daß Lisaweta Nikolajewna in den letzten zwei, drei Minuten wieder unruhig geworden war; sie tuschelte eifrig mit ihrer Mama und mit Mawrikij Nikolajewitsch, der sich zu ihr herabgebeugt hatte. Ihr Gesicht drückte Besorgnis, zugleich aber auch Entschlossenheit aus. Schließlich stand sie auf; sie beeilte sich offenbar wegzufahren und drängte ihre Mutter zur Eile, der Mawrikij Nikolajewitsch beim Aufstehen aus dem Lehnstuhl behilflich war. Aber augenscheinlich war es ihnen nicht beschieden wegzufahren, bevor sie nicht alles bis zu Ende mit angesehen hatten.

Schatow, der in seiner Ecke (nicht weit von Lisaweta Nikolajewna) von allen gänzlich vergessen worden war und anscheinend selbst nicht wußte, weshalb er noch dasaß und nicht wegging, erhob sich plötzlich vom Stuhl und ging langsamen, aber festen Schrittes durch das ganze Zimmer auf Nikolaj Wsewolodowitsch zu, wobei er ihm gerade ins Gesicht blickte. Dieser sah ihn schon von weitem kommen und lächelte kaum merklich; als aber Schatow dicht an ihn herangekommen war, hörte er auf zu lächeln.

Als Schatow schweigend vor ihm stehenblieb und ihn unverwandt ansah, merkten das plötzlich alle und verstummten, als letzter Pjotr Stepanowitsch; Lisa und ihre Mutter blieben mitten im Zimmer stehen. So vergingen etwa fünf Sekunden; der Ausdruck dreister Verwunderung im Gesicht Nikolaj Wsewolodowitschs verwandelte sich in Zorn, er zog die Brauen zusammen, und plötzlich . . .

Und plötzlich holte Schatow mit seinem langen, schweren Arm aus und schlug Stawrogin mit aller Kraft ins Gesicht. Nikolaj Wsewolodowitsch wankte stark.

Schatow hatte aber auch auf eine besondere Weise geschlagen, ganz und gar nicht so, wie man – wenn man sich so ausdrücken darf – sonst zu ohrfeigen pflegt, nicht mit der flachen Hand, sondern mit der geballten Faust, und die war bei ihm groß, schwer, knochig, mit rötlichem Flaum und mit Sommersprossen bedeckt. Hätte der Schlag die Nase getroffen, so wäre sie zerschmettert worden. Aber er hatte die Wange getroffen, wobei er links die Oberlippe und die oberen Vorderzähne gestreift hatte, die sofort bluteten.

Ich glaube, es erscholl ein jäher Schrei, vielleicht hatte Warwara Petrowna aufgeschrien – ich weiß es nicht mehr, denn alles war sofort von neuem wie erstorben. Übrigens dauerte der ganze Vorfall nicht länger als etwa zehn Sekunden.

Dennoch ereignete sich in diesen zehn Sekunden unheimlich viel.

Ich möchte den Leser wieder daran erinnern, daß Nikolaj Wsewolodowitsch zu den Naturen gehörte, die keine Furcht kennen. Beim Duell konnte er kaltblütig vor der Pistole des Gegners stehen, selber zielen und mit einer geradezu bestialischen Ruhe töten. Hätte ihn jemand ins Gesicht geschlagen, so hätte er, glaube ich, den Beleidiger gar nicht erst zum Duell gefordert, sondern ihn auf der Stelle erschlagen; gerade zu diesen Naturen gehörte er, und er hätte mit vollem Bewußtsein getötet, und keineswegs deshalb, weil er außer sich gewesen wäre. Ich glaube sogar, daß er jene blinden Zornausbrüche, die einem jede Überlegung rauben, nie gekannt hat. Trotz dem grenzenlosen Zorn, der sich seiner bemächtigte, wußte er sich immer ganz in der Gewalt zu behalten und folglich auch einzusehen, daß er für einen nicht im Duell begangenen Totschlag unbedingt zur Zwangsarbeit nach Sibirien deportiert werden würde; dennoch hätte er den Beleidiger erschlagen, ohne im geringsten zu zaudern.

Ich habe mich in der ganzen letzten Zeit bemüht, Nikolaj Wsewolodowitsch gründlich kennenzulernen, und weiß dank besonderen Umständen, während ich das schreibe, sehr viel Tatsächliches über ihn. Ich möchte ihn mit manchen Herren eines vergangenen Zeitabschnitts vergleichen, an die sich noch bis auf heute einige legendäre Erinnerungen in unserer Gesellschaft erhalten haben. Man erzählte zum Beispiel von dem Dekabristen* L-n, er habe zeit seines Lebens absichtlich die Gefahr gesucht, sich an dem Gefühl der Gefahr berauscht und sie zu einem Bedürfnis seiner Natur gemacht; in seiner Jugend habe er sich verschiedentlich wegen Nichtigkeiten duelliert; in Sibirien habe er, nur mit einem Messer bewaffnet, Bären angegangen und sei in den Wäldern gern mit entlaufenen Sträflingen zusammengetroffen, die, nebenbei bemerkt, mehr zu fürchten sind als der Bär. Zweifellos waren diese legendären Herren fähig, Furcht zu empfinden, vielleicht sogar in hohem Grade, sonst wären sie weit ruhiger gewesen und hätten das Empfinden von Gefahr nicht zu einem Bedürfnis ihrer Natur gemacht. Aber die Feigheit in sich zu überwinden, eben das war es natürlich, was sie reizte. Der ununterbrochene Siegestaumel und das Bewußtsein, keinen Stärkeren über sich zu haben, eben das war es, was sie hinriß. Dieser L-n hatte noch vor seiner Verschickung nach Sibirien eine Zeitlang mit dem Hunger gekämpft und sich durch schwere Arbeit sein Brot verdient, weil er sich den Forderungen seines reichen Vaters, die er für ungerecht hielt, um nichts in der Welt fügen wollte. Demnach hatte er eine vielseitige Vorstellung vom Kampf; nicht nur Bären gegenüber und nicht nur in Duellen schätzte er an sich selbst Standhaftigkeit und Charakterstärke.

Doch seitdem sind immerhin viele Jahre vergangen, und die nervöse, zerquälte und in sich gespaltene Natur der Menschen unserer Zeit läßt ein Bedürfnis nach jenen unmittelbaren und starken Empfindungen gar nicht mehr aufkommen, nach denen damals manche in ihrem Tätigkeitsdrang ruhelosen Herren der guten alten Zeit so sehr trachteten. Nikolaj Wsewolodowitsch hätte einen L-n vielleicht von oben herab behandelt, ihn sogar einen stets tapfer tuenden Feigling oder Kampfhahn genannt, allerdings hätte er das nicht laut gesagt. Er hätte im Duell den Gegner erschossen, hätte auch, wenn es nötig gewesen wäre, einen Bären angegangen und im Wald sich eines Räubers erwehrt – ebenso erfolgreich und ebenso furchtlos wie L-n, dafür aber ohne den geringsten Genuß zu empfinden und nur aus unangenehmer Notwendigkeit, lässig, träge und sogar gelangweilt. An Bosheit war er natürlich

* Die Dekabristen (abgeleitet von dekabrj = Dezember) waren russische Offiziere, die an der Militärrevolte im Dezember 1825 teilnahmen (Anmerkung des Übersetzers).

einem L-n und sogar einem Lermontow überlegen. Bosheit besaß Nikolaj Wsewolodowitsch vielleicht mehr als jene beiden zusammen, aber diese Bosheit war kalt, ruhig und, wenn man sich so ausdrücken darf, *vernünftig*, also die abscheulichste und furchtbarste, die es geben kann. Ich wiederhole: ich hielt ihn damals und halte ihn noch jetzt (da alles schon zu Ende ist) für einen Menschen, der, wenn er einen Schlag ins Gesicht erhält oder eine ähnliche Beleidigung von gleicher Bedeutung erfährt, seinen Gegner auf der Stelle erschlägt, ohne ihn erst zum Duell zu fordern.

Dennoch geschah jetzt etwas anderes und Seltsames.

Kaum hatte er sich wieder aufgerichtet, nachdem er von dem Schlag ins Gesicht fast um eine halbe Körperlänge so schmählich zur Seite gewankt war, und noch schien das gemeine Aufklatschen der Faust nicht verhallt zu sein, packte er auch schon Schatow mit beiden Händen an den Schultern; gleich darauf aber, fast im selben Augenblick, zog er die Hände wieder zurück und verschränkte die Arme auf dem Rücken. Er schwieg, sah Schatow an und wurde bleich wie Leinwand. Doch sonderbar: sein Blick schien zu erlöschen. Nach zehn Sekunden blickten seine Augen kalt und – ich bin überzeugt, daß ich nicht lüge – ruhig. Er war nur schrecklich bleich. Ich weiß natürlich nicht, was in seinem Inneren vorging, ich sah nur das Äußere. Ich glaube, wenn jemand, um seine Standhaftigkeit zu erproben, zum Beispiel eine rotglühende Eisenstange ergriffe, sie fest in der Hand hielte, dann zehn Sekunden lang den unerträglichen Schmerz zu überwinden suchte und ihn schließlich auch überwände, so würde er, glaube ich, etwas Ähnliches empfinden wie jetzt Nikolaj Wsewolodowitsch in diesen zehn Sekunden.

Als erster schlug Schatow die Augen nieder, und offenbar tat er das, weil er dazu gezwungen war. Dann drehte er sich langsam um und ging zur Tür, aber nicht mehr in der Gangart, in der er vorhin herangekommen war. Er ging langsam, die Schultern eigentümlich unbeholfen hochgezogen, den Kopf gesenkt und so, als überlegte er sich etwas. Ich glaube, er flüsterte etwas vor sich hin. Bis zur Tür ging er vorsichtig, ohne irgendwo anzuecken oder etwas umzuwerfen, öffnete sie nur ein ganz klein wenig, so daß er sich fast seitwärts durch den Spalt zwängen mußte. Während er hinausschlüpfte, fiel der Haarschopf besonders auf, der auf seinem Hinterkopf hochragte.

Dann erscholl, noch vor allen anderen Ausrufen, ein furchtbarer Schrei.

Ich sah, wie Lisaweta Nikolajewna ihre Mutter an der Schulter und Mawrikij Nikolajewitsch an der Hand faßte und sie zwei- oder dreimal hinter sich her aus dem Zimmer zu ziehen versuchte, dann aber plötzlich jenen Schrei ausstieß und ohnmächtig der Länge nach zu Boden stürzte. Mir ist, als hörte ich heute noch, wie sie mit dem Hinterkopf auf den Teppich aufschlug.

ZWEITER TEIL

Erstes Kapitel

Die Nacht

1

Es vergingen acht Tage. Jetzt, da alles vorüber ist und ich diese Chronik schreibe, wissen wir bereits, wie alles zusammenhing; damals aber wußten wir noch nichts, und es ist nur natürlich, daß manche Dinge uns sonderbar erschienen. Wir beide wenigstens, Stepan Trofimowitsch und ich, zogen uns in der ersten Zeit ganz zurück und beobachteten angstvoll von weitem. Ich allerdings wagte mich doch ab und zu hinaus und trug ihm wie früher allerhand Nachrichten zu, ohne die er nun einmal nicht auskommen konnte.

Selbstverständlich liefen in der Stadt die verschiedenartigsten Gerüchte um, von einer Ohrfeige, über Lisaweta Nikolajewnas Ohnmacht und alles andere, was sich an jenem Sonntag zugetragen hatte. Eines aber wunderte uns: durch wen hatte das alles so schnell und ausführlich in die Öffentlichkeit dringen können? Keiner der damals Anwesenden schien doch ein Bedürfnis zu empfinden oder es für vorteilhaft zu halten, das Geheimnis des Vorgefallenen zu verraten. Dienstboten waren nicht zugegen gewesen; nur Lebjadkin hätte etwas ausplaudern können, weniger aus Gehässigkeit, denn er war damals in größter Angst weggegangen (und die Angst vor dem Feind pflegt ja auch die Gehässigkeit gegen ihn zunichte zu machen), als einzig aus Geschwätzigkeit. Aber Lebjadkin war zusammen mit seiner Schwester schon am nächsten Tag spurlos verschwunden; im Haus Filippows war er nicht mehr, er war verzogen, niemand wußte wohin, und er war wie verschollen. Schatow, bei dem ich mich nach Marja Timofejewna erkundigen wollte, hatte sich eingeschlossen, saß anscheinend diese ganzen acht Tage in seiner Wohnung und hatte sogar seine Beschäftigung in der Stadt unterbrochen. Mich ließ er nicht ein. Ich ging am Dienstag zu ihm hin und klopfte an die Tür. Ich erhielt keine Antwort, doch da ich an untrüglichen

Anzeichen deutlich erkannte, daß er zu Hause sei, klopfte ich nochmals. Da sprang er offenbar vom Bett auf, kam mit großen Schritten an die Tür und rief mir aus voller Kehle zu: »Schatow ist nicht zu Hause!« Mir blieb nichts anderes übrig, als wieder zu gehen.

Stepan Trofimowitsch und ich machten schließlich, nicht ohne Furcht wegen der Kühnheit unserer Vermutung, aber uns gegenseitig ermunternd, bei einem Gedanken halt: wir sagten uns, nur Pjotr Stepanowitsch könne der Urheber der umlaufenden Gerüchte sein, obwohl er selber kurze Zeit darauf in einem Gespräch mit seinem Vater versicherte, er habe die Geschichte bereits in aller Leute Mund gefunden, hauptsächlich im Klub, auch der Gouverneurin und ihrem Gatten sei sie bereits bis in die kleinsten Einzelheiten bekannt gewesen. Bemerkenswert war auch noch: gleich am nächsten Tag, am Montagabend, traf ich Liputin, und er wußte bereits alles bis auf das letzte Wort, folglich hatte er es zweifellos als einer der ersten erfahren.

Viele unter unseren Damen (auch solche aus den höchsten Kreisen) bekundeten ein lebhaftes Interesse für die »rätselhafte Lahme«, wie man Marja Timofejewna allgemein nannte. Es fanden sich sogar einige, die sie unbedingt sehen und kennenlernen wollten, so daß die Herren, die sich beeilt hatten, die Lebjadkins zu verstecken, offenbar richtig gehandelt hatten. Im Vordergrund stand aber doch Lisaweta Nikolajewnas Ohnmachtsanfall, für ihn interessierte sich die ganze höhere Gesellschaft, schon allein deswegen, weil das unmittelbar Julija Michajlowna als Verwandte und Beschützerin Lisaweta Nikolajewnas anging. Und was wurde da nicht alles geschwatzt! Dem Geschwätz wurde durch geheimnisvolle Umstände Vorschub geleistet: beide Häuser waren fest verschlossen; Lisaweta Nikolajewna, hieß es, liege mit einem Nervenfieber darnieder; das gleiche behauptete man von Nikolaj Wsewolodowitsch, mit widerwärtigen Einzelheiten über einen angeblich ausgeschlagenen Zahn und eine davon angeschwollene Backe. In verschwiegenen Winkeln sprach man sogar davon, daß es bei uns vielleicht zu einem Mord kommen werde, denn Stawrogin sei nicht der Mann, eine solche Beleidigung zu ertragen, er werde Schatow töten, aber im geheimen, wie bei der korsischen Vendetta. Dieser Gedanke fand Anklang; doch die Mehrzahl unserer jungen Leute von Welt hörte das alles mit Verachtung und mit einer Miene geringschätzigster, freilich nur gespielter Gleichgültigkeit an. Überhaupt kam die alte Feindschaft unserer Gesellschaft Nikolaj Wsewolodowitsch gegenüber wieder deutlich zur Geltung. Sogar gesetzte Leute suchten ihm eine Schuld zuzuschieben, obgleich sie selber nicht wußten, welche. Man raunte sich zu, er habe Lisaweta Nikolajewna die Ehre geraubt und zwischen ihnen habe sich in der Schweiz eine Intrige abgespielt. Natürlich wahrten vorsichtige Leute solchem Gerede gegenüber Zurückhaltung, jedoch hörten alle mit Genuß zu. Es gab auch noch andere Gespräche, die aber nicht in Gesellschaft, sondern nur privat, selten und fast im Verborgenen geführt wurden, sie waren äußerst sonderbar, und ich erwähne sie nur im Hinblick auf die weiteren Geschehnisse meiner Erzählung, um die Leser vorzubereiten. Manche behaupteten nämlich mit finster zusammengezogenen Augenbrauen und Gott weiß aus welchem Grund, Nikolaj Wsewolodowitsch habe eine besondere Aufgabe in unserem Gouvernement zu erfüllen, er habe in Petersburg durch den Grafen K. Beziehungen zu irgendwelchen höchsten Kreisen angeknüpft, stehe jetzt möglicherweise sogar im Staatsdienst und sei am Ende von irgend jemandem mit irgendwelchen Aufträgen betraut. Wenn sehr gesetzte und zurückhaltende Leute über dieses Gerücht lächelten und vernünftig bemerkten, daß ein Mensch, dessen Leben aus Skandalgeschichten bestehe und der sich bei uns mit einer geschwollenen Backe eingeführt habe, nicht nach einem Beamten aussehe, so entgegnete man ihnen mit Flüsterstimme, er stehe nicht offiziell, sondern sozusagen konfidentiell im Staatsdienst, und in einem solchen Fall verlange es der Dienst selbst, daß der Angestellte so wenig wie möglich einem Beamten gleichsehe. Dieser Einwand machte Eindruck; man wußte bei uns, daß die Regierung in der Hauptstadt dem Selbstverwaltungsverband unseres Gouvernements eine besondere Aufmerksamkeit zuwandte. Ich wiederhole, daß diese Gerüchte nur flüchtig auftauchten und bei Nikolaj Wsewolodowitschs erstem Wiedererscheinen wieder verschwanden; doch ich bemerke, daß die Ursache vieler Gerüchte teilweise ein paar kurze, aber gehässige Worte waren, die der erst kürzlich aus Petersburg zurückgekehrte Gardehauptmann a. D. Artemij Pawlowitsch Gaganow undeutlich und zusammenhanglos im Klub geäußert hatte. Dieser Herr war ein sehr reicher Gutsbesitzer unseres Gouvernements und Kreises, ein Weltmann aus der Residenz und ein Sohn des verstorbenen Pawel Pawlowitsch Gaganow, ebenjenes ehrwürdigen alten Klubvorstehers, mit dem Nikolaj Wsewolodowitsch vor mehr als vier Jahren den durch seine Grobheit und Plötzlichkeit so ungewöhnlichen Zusammenstoß gehabt hatte, den ich schon früher, am Anfang meiner Erzählung, erwähnt habe.

Alle erfuhren sofort, daß Julija Michajlowna bei Warwara Petrowna hatte einen Sonderbesuch machen wollen und man ihr an der Haustür mitgeteilt hatte, diese »könne sie wegen Unpäßlichkeit nicht empfangen«. Ebenso, daß Julija Michajlowna zwei Tage darauf durch einen Boten sich nach dem Befinden Warwara Petrownas hatte erkundigen lassen. Schließlich begann sie sogar, Warwara Petrowna überall »in Schutz zu nehmen«, natürlich nur im höchsten Sinn, das heißt möglichst unbestimmt. Alle anfänglichen eilfertigen Anspielungen auf die Vorfälle am Sonntag hörte sie kalt und streng an, so daß diese an den folgenden Tagen in ihrer Gegenwart nicht mehr erneuert wurden. Auf die Weise festigte sich überall die Vorstellung, daß Julija Michajlowna nicht nur diese ganze geheimnisvolle Geschichte, sondern auch ihren geheimnisvollen Sinn bis in die kleinsten Einzelheiten kannte, und das nicht als Fernstehende, sondern als Mitbeteiligte. Bei dieser Gelegenheit möchte ich bemerken, daß sie bereits anfing, bei uns allmählich jenen höheren Einfluß zu gewinnen, nach dem zweifellos ihr ganzes Sehnen und Trachten ging, und daß sie sich schon umworben sah. Ein Teil der Gesellschaft erkannte bereits ihren praktischen Verstand und ihr Taktgefühl an ... doch davon später. Durch ihre Protektion ließen sich teilweise auch die sehr schnellen Erfolge Pjotr Stepanowitschs in unserer Gesellschaft erklären – Erfolge, die damals besonders Stepan Trofimowitsch verblüfften.

Er und ich überschätzten vielleicht diesen Einfluß. Vor allem hatte Pjotr Stepanowitsch fast augenblicklich, schon in den ersten vier Tagen nach seiner Ankunft, mit der ganzen Stadt Bekanntschaft gemacht. Angekommen war er am Sonntag, und schon am Dienstag sah ich ihn in einem Wagen mit Artemij Pawlowitsch Gaganow, einem trotz aller weltmännischen Gewandtheit stolzen, empfindlichen und hochnäsigen Menschen, mit dem dieser Charaktereigenschaften wegen ziemlich schwer auszukommen war. Im Hause des Gouverneurs war Pjotr Stepanowitsch ebenfalls sehr gut aufgenommen worden, so gut sogar, daß er dort sofort zu einem eng befreundeten oder sozusagen gütig behandelten jungen Mann wurde; er speiste fast täglich bei Julija Michajlowna. Er hatte sie schon in der Schweiz kennengelernt, aber sein schneller Erfolg im Hause Seiner Exzellenz war dennoch etwas auffällig. Immerhin hatte er einmal im Ruf eines ausländischen Revolutionärs gestanden, hatte sich, ob das nun stimmte oder nicht, an ausländischen Publikationen und Kongressen beteiligt, »was sich sogar aus Zeitungen beweisen läßt«, wie sich mir gegenüber Aljoscha Teljatnikow zornig äußerte, der jetzt – o weh! – ein verabschiedeter kleiner Beamter ist, früher aber auch ein im Hause des ehemaligen Gouverneurs gütig behandelter junger Mann war. Dennoch stand die Tatsache fest: der ehemalige Revolutionär war nicht nur völlig unbehindert ins geliebte Vaterland zurückgekehrt, sondern wurde hier fast noch gefördert; folglich hatte vielleicht doch nichts gegen ihn vorgelegen. Liputin raunte mir einmal zu, Pjotr Stepanowitsch habe Gerüchten zufolge irgendwo seine Reue bekundet und nach Angabe einiger andrer Namen Verzeihung erlangt, auch habe er vielleicht sein Verschulden dadurch wiedergutgemacht, daß er versprochen habe, auch in Zukunft dem Vaterland nützlich zu sein. Ich erzählte diese giftige Äußerung Stepan Trofimowitsch wieder, und obwohl dieser außerstande war, etwas zu begreifen, wurde er doch sehr nachdenklich. Später stellte sich heraus, daß Pjotr Stepanowitsch mit sehr beachtlichen Empfehlungsbriefen zu uns gekommen war, wenigstens hatte er einen an die Gouverneurin von einer äußerst einflußreichen alten Dame mitgebracht, deren Gatte einer der bedeutendsten alten Herren in Petersburg war. Die alte Dame, eine Patin Julija Michajlownas, hatte in ihrem Briefe erwähnt, daß auch Graf K. durch Nikolaj Wsewolodowitschs Vermittlung Pjotr Stepanowitsch gut kenne, ihn freundlich behandelt habe und ihn »trotz seinen früheren Verirrungen für einen würdigen jungen Mann halte«. Julija Michajlowna legte größten Wert auf ihre spärlichen und so mühsam aufrechterhaltenen Beziehungen zu den »höchsten Kreisen« und freute sich natürlich über den Brief der einflußreichen alten Dame; dennoch schien hier noch etwas Besonderes mitzuspielen. Sogar ihren Gatten brachte sie in fast familiäre Beziehungen zu Pjotr Stepanowitsch, so daß Herr von Lembke sich darüber beklagte . . . doch davon ebenfalls später. Um es nicht zu vergessen, möchte ich noch erwähnen, daß auch der große Schriftsteller sich sehr wohlwollend gegen Pjotr Stepanowitsch zeigte und ihn sogleich zu sich einlud. Diese Eilfertigkeit eines so hochmütigen Menschen verletzte Stepan Trofimowitsch aufs schmerzlichste; ich aber erklärte mir das anders: als Herr Karmasinow den Nihilisten zu sich einlud, hatte er es natürlich auf dessen Beziehungen zu den fortschrittlichen jungen Männern der beiden Hauptstädte abgesehen. Der große Schriftsteller zitterte krankhaft vor der neuen revolutionären Jugend, und da er sich in seiner Unkenntnis der Verhältnisse einbildete, daß sie den Schlüssel zu Rußlands Zukunft in Händen habe, suchte er sich in unwürdiger Weise bei ihr einzuschmeicheln, vor allem deshalb, weil sie ihn gar nicht beachtete.

2

Pjotr Stepanowitsch hatte zweimal auch seinen Vater kurz besucht, zum Unglück beidemal in meiner Abwesenheit. Das erstemal besuchte er ihn am Mittwoch, also erst am vierten Tag nach ihrer ersten Begegnung, aber auch das nur geschäftlich. Die Abrechnung über das Gut wurde übrigens von ihnen im stillen und ohne Zeugen erledigt. Warwara Petrowna hatte alles auf sich genommen und alles ausbezahlt, wodurch sie natürlich in den Besitz des Gutes gelangte; Stepan Trofimowitsch wurde von ihr nur benachrichtigt, daß alles erledigt sei, und ihr Bevollmächtigter, der Kammerdiener Alexej Jegorowitsch, legte ihm etwas zum Unterschreiben vor, was er auch schweigend und mit großer Würde tat. Im Zusammenhang mit der Würde möchte ich bemerken, daß ich unseren früheren lieben Alten in diesen Tagen kaum wiedererkannte. Er zeigte eine Haltung wie noch nie zuvor, war erstaunlich schweigsam, ja hatte, was ich sonst für ein Wunder gehalten hätte, seit dem Sonntag keinen einzigen Brief an Warwara Petrowna geschrieben, und vor allem war er ruhig. Er hatte sich auf irgendeine endgültige und außergewöhnliche Idee versteift, die ihm Ruhe gab, das sah man. Er hatte diese Idee gefunden, saß da und wartete auf etwas. Anfangs war er übrigens krank, besonders am Montag; er hatte seine Cholerine. Auch konnte er es ohne Nachrichten nicht die ganze Zeit über aushalten; sobald ich aber die Tatsachen beiseite ließ, zum Kern der Sache überging und irgendwelche Vermutungen äußerte, winkte er ab, damit ich aufhöre. Die beiden Begegnungen mit seinem Sohn hatten ihn immerhin schmerzlich berührt, wenn auch nicht schwanken gemacht. An den beiden Tagen nach dem Wiedersehen lag er auf dem Sofa, ein mit Essig getränktes Tuch um den Kopf; doch im höheren Sinn blieb er ruhig.

Manchmal übrigens winkte er mir nicht ab. Zuweilen kam es mir auch vor, als verließe die errungene geheimnisvolle Entschlossenheit ihn wieder und als kämpfte er mit einem neuen verführerischen Ideenandrang. Das dauerte nur Augenblicke, aber ich erwähne es doch. Ich ahnte, daß er große Lust hatte, sich wieder zu zeigen, die Einsamkeit zu verlassen, zum Kampf herauszufordern, die letzte Schlacht zu liefern.

»Cher, zerschmettern würde ich sie!« entfuhr es ihm am Donnerstagabend nach dem zweiten Wiedersehen mit Pjotr Stepanowitsch, als er, ein Handtuch um den Kopf, ausgestreckt auf dem Sofa lag.

Bis zu diesem Augenblick hatte er den ganzen Tag noch kein Wort mit mir gesprochen.

»‚Fils, fils chéri' und so weiter, ich gebe zu, daß all diese Ausdrücke Unsinn sind und aus dem Wortschatz der Köchinnen stammen, nun meinetwegen, ich sehe das jetzt selbst ein. Ich habe ihn nicht mit Speise und Trank versorgt, sondern ihn aus Berlin ins Gouvernement Ch ... geschickt, als Säugling, mit der Post, na, und so weiter, ich gebe es zu ... ‚Du hast mich nicht genährt', sagt er, ‚sondern mit der Post fortgeschickt, und hier hast du mich noch beraubt.' ‚Aber Unglücklicher', rufe ich ihm zu, ‚hat nicht mein Herz zeit meines Lebens nur um dich geblutet, wenn ich dich auch mit der Post weggeschickt habe!' Il rit. Doch ich gebe es ja zu, ich gebe es zu ... auch das mit der Post«, schloß er, als spräche er im Fieber.

»Passons«, fing er nach fünf Minuten wieder an. »Ich verstehe Turgenjew nicht. Sein Basarow* ist eine fingierte Gestalt, die es gar nicht gibt; die Neuen haben sie ja damals als erste abgelehnt, weil sie unmöglich ist. Dieser Basarow ist eine trübe Mischung aus Nosdrew** und Byron, c'est le mot. Sehen Sie sich diese Neuen einmal genauer an: sie schlagen Purzelbäume und winseln vor Freude wie junge Hunde in

* In dem Roman »Väter und Söhne« (Anmerkung des Übersetzers).

** Nosdrew: Gutsbesitzerstyp aus Gogols Roman »Die toten Seelen« (Anmerkung des Übersetzers).

der Sonne, sie sind glücklich, sie sind die Sieger! Was hat das mit Byron zu tun! ... Und dabei welch eine Alltäglichkeit! Welch eine köchinnenhafte Reizbarkeit der Eigenliebe, welch eine banale Begierde, faire du bruit autour de son nom, ohne zu merken, daß son nom ... Oh, welch eine Karikatur! ‚Aber ich bitte dich', rufe ich ihm zu, ‚willst du dich wirklich so, wie du bist, den Menschen als Ersatz für Christus anbieten?' Il rit. Il rit beaucoup, il rit trop. Er hat ein sonderbares Lächeln. Seine Mutter hatte es nicht. Il rit toujours.«

Wieder ein Schweigen.

»Sie sind schlau; am Sonntag hatten sie sich verabredet ...« platzte er plötzlich heraus.

»Oh, zweifellos!« rief ich und spitzte die Ohren. »Das war alles abgekartet und mit blauem Zwirn genäht und so schlecht gespielt.«

»Ich meinte etwas anderes. Wissen Sie, das alles war absichtlich mit blauem Zwirn genäht, damit es die merkten ... die es merken sollten. Verstehen Sie das?«

»Nein, das verstehe ich nicht.«

»Tant mieux. Passons. Ich bin heute sehr erregt.»

»Weshalb haben Sie denn mit ihm gestritten, Stepan Trofimowitsch?« fragte ich vorwurfsvoll.

»Je voulais convertir. Lachen Sie nur. Cette pauvre tante, elle entendra de belles choses! Oh, mein Freund, können Sie es glauben, ich habe mich vorhin als Patriot gefühlt! Übrigens war ich mir schon immer bewußt, ein Russe zu sein ... ein echter Russe kann auch gar nicht anders sein als wir beide. Il y a là dedans quelque chose d'aveugle et de louche.«

»Unbedingt«, erwiderte ich.

»Mein Freund, die unverfälschte Wahrheit ist immer unwahrscheinlich, wissen Sie das? Um die Wahrheit wahrscheinlicher zu machen, muß man ihr unbedingt etwas Lüge beimischen. Die Menschen haben das auch immer getan. Vielleicht liegt darin etwas, was wir nicht begreifen können. Was meinen Sie, liegt in diesem Siegesgewinsel etwas, was wir nicht begreifen können? Ich wünschte, es wäre so. Ich wünschte es.«

Ich schwieg still. Auch er schwieg sehr lange.

»Da heißt es, der französische Geist sei schuld ...« stammelte er plötzlich wie im Fieber. »Das ist eine Lüge, das war schon immer so. Warum den französischen Geist verleumden? Das kommt einfach von der russischen Faulheit, unserem erbärmlichen Unvermögen, einen Gedanken hervorzubringen, unserem widerlichen Parasitentum unter den Völkern. Ils sont tout simplement des paresseux, mit französischem Geist hat das nichts zu tun. Oh, die Russen müßten zum Wohl der Menschheit ausgerottet werden wie schädliche Parasiten! Wir haben nach etwas ganz, ganz anderem gestrebt; ich begreife nichts. Ich begreife nichts mehr! ‚Weißt du denn nicht', rief ich ihm zu, ‚weißt du denn nicht, daß ihr so für die Guillotine schwärmt und sie in den Vordergrund stellt, weil es am leichtesten ist, Köpfe abzuschlagen, und am schwersten, eine Idee zu haben! Vous êtes des paresseux! Votre drapeau est une guenille, une impuissance.' Diese Bauernwagen, oder wie es da heißt: ‚das Rattern der Bauernwagen, die der Menschheit Brot bringen', sei nützlicher als die Sixtinische Madonna, oder wie sie da sagen ... une bêtise dans ce genre. ‚Aber siehst du denn nicht ein', rief ich ihm zu, ‚siehst du denn nicht ein, daß der Mensch außer dem Glück genauso und in ebensolchem Maße auch das Unglück braucht!' Il rit. ‚Du machst hier Bonmots', sagte er, ‚während du deine Gliedmaßen' – er drückte sich unflätiger aus – ‚auf einem Plüschsofa verzärtelst ...' Und beachten Sie, diese Angewohnheit bei uns, daß Vater und Sohn du zueinander sagen; sie ist ja schön, wenn sich beide einig sind, wie aber, wenn sie sich zanken?«

Wir schwiegen wieder etwa eine Minute.

»Cher«, schloß er plötzlich und erhob sich hastig, »wissen Sie, daß dies unbedingt mit etwas enden wird?«

»Ganz gewiß«, sagte ich.

»Vous ne comprenez pas. Passons. Jedoch ... gewöhnlich enden die Dinge auf Erden mit nichts, hier aber wird es ein Ende geben, unbedingt, unbedingt!«

Er stand auf, ging in höchster Erregung durch das Zimmer, und als er wieder zum Sofa kam, ließ er sich kraftlos darauf niedersinken.

Am Freitagmorgen reiste Pjotr Stepanowitsch irgendwohin in die Umgebung und blieb dort bis zum Montag. Von seiner Abreise hörte ich durch Liputin und erfuhr zugleich von ihm im Gespräch, daß die Lebjadkins, Bruder und Schwester, jetzt jenseits des Flusses in der Töpfervorstadt wohnten. »Ich selbst habe sie hinübergebracht«, fügte Liputin hinzu, hörte dann aber auf, von den Lebjadkins zu reden, und teilte mir plötzlich mit, daß Lisaweta Nikolajewna nun doch Mawrikij Nikolajewitsch heiraten werde, und wenn es auch noch nicht bekanntgegeben sei, so habe die Verlobung doch stattgefunden und die Sache sei perfekt. Am nächsten Tag traf ich Lisaweta Nikolajewna in Begleitung Mawrikij Nikolajewitschs bei ihrem ersten Ausritt nach der Krankheit. Sie blitzte mich schon von weitem mit den Augen an, lachte und nickte mir sehr freundschaftlich zu. Das alles erzählte ich Stepan Trofimowitsch; doch er schenkte nur der Nachricht über die Lebjadkins einige Beachtung.

Jetzt aber, nachdem ich unsere rätselhafte Lage im Verlauf dieser acht Tage, als wir noch von nichts wußten, beschrieben habe, gehe ich zur Schilderung der weiteren Ereignisse meiner Chronik über, nun schon sozusagen mit Kenntnis des ganzen Sachverhalts, wie er sich jetzt enthüllt und herausgestellt hat. Ich fange mit dem achten Tag nach jenem Sonntag an, das heißt mit dem Montagabend, denn an diesem Abend begann eigentlich die »neue Geschichte«.

3

Es war sieben Uhr abends. Nikolaj Wsewolodowitsch saß allein in seinem Zimmer, einem hohen, mit Teppichen ausgelegten und mit etwas schwerfälligen, altmodischen Möbeln ausgestatteten Raum, den er auch früher schon mit Vorliebe bewohnt hatte. Er saß in einer Zimmerecke auf dem Sofa, war gekleidet, als wollte er ausgehen, schien es aber doch nicht zu beabsichtigen. Vor ihm auf dem Tisch stand eine Lampe mit Schirm. Die Seiten und Ecken des großen Raumes blieben im Schatten. Sein Blick war nachdenklich und gesammelt, aber etwas unruhig; sein Gesicht sah müde und etwas abgemagert aus. Er war tatsächlich krank gewesen, hatte ein Zahngeschwür gehabt; aber das Gerücht von einem ausgeschlagenen Zahn war übertrieben. Der Zahn hatte nur gewackelt, saß jetzt aber wieder fest; und der Riß an der Innenseite der Oberlippe war wieder verheilt. Das Zahngeschwür hatte nur deshalb die ganze Woche über angehalten, weil der Kranke den Arzt nicht empfangen und es nicht rechtzeitig aufschneiden lassen wollte, sondern wartete, bis das Geschwür von selbst aufbrach. Er hatte nicht nur den Arzt abgewiesen, sondern selbst seine Mutter hatte er kaum zu sich hereingelassen, und das nur einmal täglich, auf einen Augenblick, in der Dämmerstunde, wenn es schon dunkel wurde, aber noch kein Licht angezündet war. Auch Pjotr Stepanowitsch hatte er nicht empfangen, obwohl dieser, solange er in der Stadt war, täglich zwei- bis dreimal bei Warwara Petrowna vorsprach. Und nun endlich am Morgen, war Pjotr Stepanowitsch nach dreitägiger Abwesenheit morgens zurückgekehrt und erschien, nachdem er in der ganzen Stadt herumgelaufen und bei Julija Michajlowna zu Mittag gespeist hatte, endlich gegen Abend bei Warwara Petrowna, die ihn schon ungeduldig erwartete. Die Besuchssperre war aufgehoben, Nikolaj Wsewolodowitsch empfing wieder. Warwara Petrowna führte den Gast zur Tür ihres Sohnes; sie hatte dieses Wiedersehen schon lange herbeigewünscht, und Pjotr Stepanowitsch hatte ihr versprochen, nachher von Nicolas zu ihr zu kommen und ihr sein Gespräch mit ihm wiederzuerzählen. Sie klopfte schüchtern bei Nikolaj Wsewolodowitsch an, und da sie keine Antwort erhielt, erkühnte sie sich, die Tür etwa eine Handbreit zu öffnen.

»Nicolas, darf ich Pjotr Stepanowitsch zu dir hineinführen?« fragte sie leise und vorsichtig, wobei sie sich bemühte, Nikolaj Wsewolodowitsch hinter der Lampe zu erblicken.

»Sie dürfen, Sie dürfen, gewiß, Sie dürfen!« rief laut und lustig Pjotr Stepanowitsch selbst, machte eigenhändig die Tür auf und trat ein.

Nikolaj Wsewolodowitsch hatte das Klopfen an der Tür nicht gehört, sondern nur die schüchterne Frage seiner Mutter vernommen, war aber nicht mehr dazu gekommen, darauf zu antworten. Vor ihm lag in diesem Augenblick ein Brief, den er eben erst durchgelesen hatte und über den er angestrengt nachdachte. Als er den unerwarteten Ausruf Pjotr Stepanowitschs hörte, fuhr er zusammen und bedeckte den Brief schnell mit einem Briefbeschwerer, der ihm gerade unter die Hände kam, aber das gelang ihm nicht ganz: eine Ecke des Briefes und fast das ganze Kuvert schauten noch hervor.

»Ich habe absichtlich laut gerufen, damit Sie sich bereitmachen konnten«, flüsterte Pjotr Stepanowitsch eilig und mit erstaunlicher Naivität, lief zum Tisch und starrte sofort den Briefbeschwerer und die Ecke des Briefes an.

»Und natürlich haben Sie noch heimlich beobachten können, wie ich einen Brief, den ich soeben erhalten habe, vor Ihnen unter dem Briefbeschwerer zu verstecken suchte«, sagte Nikolaj Wsewolodowitsch ruhig, ohne sich von seinem Platz zu rühren.

»Einen Brief? Gott bewahre, was geht der mich an!« rief der Gast. »Aber ... vor allem ...« flüsterte er wieder, wobei er sich zur Tür umwandte, die bereits geschlossen war, und deutete mit dem Kopf auf sie.

»Sie horcht nie«, bemerkte Nikolaj Wsewolodowitsch kühl.

»Und wenn sie auch horchte!« fiel Pjotr Stepanowitsch sogleich mit heiter erhobner Stimme ein und nahm in einem Sessel Platz. »Ich habe nichts dagegen, nur bin ich jetzt eigentlich hergeeilt, um mit Ihnen unter vier Augen zu reden. Na, endlich habe ich Zutritt zu Ihnen erlangt! Vor allem: wie geht es Ihnen? Ausgezeichnet, wie ich sehe, und morgen werden Sie sich vielleicht wieder öffentlich zeigen, wie?«

»Vielleicht.«

»Erlösen Sie die Leute doch endlich, erlösen Sie auch mich!« rief er unter heftigem Gestikulieren, aber mit scherzhafter und freundlicher Miene. »Wenn Sie wüßten, was ich ihnen alles habe vorschwatzen müssen! Doch übrigens, Sie wissen es ja.« Er lachte.

»Alles weiß ich nicht. Ich hörte nur von meiner Mutter, daß Sie sehr ... rührig gewesen sind.«

»Das heißt, ich habe ja nichts Bestimmtes gesagt«, ging Pjotr Stepanowitsch plötzlich hoch, als wehrte er sich gegen einen heftigen Angriff. »Wissen Sie, ich habe Schatows Frau aufs Tapet gebracht, das heißt die Gerüchte über Ihre Beziehungen zu ihr in Paris, womit sich natürlich der Vorfall am Sonntag erklären ließ ... Sie nehmen es doch nicht übel?«

»Ich bin überzeugt, daß Sie sich sehr bemüht haben.«

»Na, das war das einzige, was ich gefürchtet habe. Was soll das übrigens bedeuten: ‚sich sehr bemüht haben'? Das ist doch ein Vorwurf. Sie kommen übrigens unmittelbar darauf zu sprechen, und ich habe auf dem Weg hierher am meisten gefürchtet, Sie würden es nicht wollen.«

»Ich will auch auf nichts unmittelbar zu sprechen kommen«, sagte Nikolaj Wsewolodowitsch etwas gereizt, lächelte aber sofort.

»Ich rede doch nicht davon, nicht davon, mißverstehen Sie mich nicht!« Pjotr Stepanowitsch fuchtelte mit den Händen, ließ seine Worte wie Erbsen rieseln und freute sich sofort über die Gereiztheit des Hausherrn. »Ich will Sie nicht mit *unserer* Sache aufregen, besonders nicht in Ihrem jetzigen Zustand. Ich bin nur wegen des Vorfalls am Sonntag hergeeilt und bleibe nur, solange es unbedingt nötig ist, denn es geht nicht anders. Ich komme mit höchst offenherzigen Erklärungen, die vor allem ich benötige, und nicht Sie – das sage ich um Ihrer Eigenliebe willen, zugleich aber ist es auch wahr. Ich bin gekommen, um von nun an immer offen zu sein.«

»Also waren Sie früher verschlossen?«

»Das wissen Sie doch selbst. Ich bin oftmals schlau gewesen ... Sie lächeln; ich freue mich sehr über dieses Lächeln, denn es bietet mir einen Vorwand, mich näher zu erklären; ich habe doch dieses Lächeln absichtlich durch die prahlerischen Worte hervorgerufen, ich sei schlau gewesen, damit Sie sich sofort ärgern: wie ich nur zu denken wage, daß ich schlau sein könne, und damit ich dann gleich eine Erklärung anknüpfen könnte. Sehen Sie, sehen Sie, wie offen ich jetzt bin! Na, wollen Sie mir nun Gehör schenken?«

In Nikolaj Wsewolodowitschs Gesicht, das bis jetzt ruhig, verächtlich und sogar spöttisch gewesen war, obwohl der Gast ihn offenkundig durch seine frechen, vorher zurechtgelegten und beabsichtigt plumpen Naivitäten reizen wollte, zeigte sich schließlich eine etwas beunruhigte Neugier.

»Hören Sie also zu.« Pjotr Stepanowitsch zappelte noch mehr als zuvor. »Bei meinem Aufbruch hierher, das heißt überhaupt hierher nach dieser Stadt – das war vor zehn Tagen –, entschloß ich mich natürlich, eine Rolle zu übernehmen. Das beste wäre allerdings, gar keine Rolle zu übernehmen und sich so zu geben, wie man ist, nicht wahr? Es gibt nichts Schlaueres, als sich selbst zu spielen, denn niemand glaubt einem das ja. Ich wollte, offen gestanden, eigentlich die Rolle eines Schwachkopfs wählen, denn es ist leichter, einen Schwachkopf zu spielen als sich selbst; da aber ein Schwachkopf immerhin ein Extrem ist und ein Extrem Neugier erweckt, entschied ich mich endgültig dafür, mich so zu geben, wie ich bin. Nun, wie bin ich denn? Ich gehöre zur goldenen Mitte: bin weder dumm noch klug, bin ziemlich unbegabt und vom Mond gefallen, wie vernünftige Leute hier zu sagen pflegen, nicht wahr?«

»Na ja, vielleicht ist es auch so.« Ganz, ganz wenig lächelte Nikolaj Wsewolodowitsch.

»Ah, Sie sind der gleichen Ansicht wie ich – das freut mich sehr; ich wußte im voraus, daß Sie so denken. Seien Sie unbesorgt, ganz unbesorgt, ich nehme es Ihnen nicht übel und habe mich durchaus nicht in dieser Weise charakterisiert, um Ihr entgegengesetztes Lob hervorzurufen: nein, ich sei nicht unbegabt, nein, ich sei klug ... Ah, Sie lächeln wieder! ... Ich bin wieder hereingefallen. Sie hätten nicht gesagt, ich sei klug, na, nehmen wir es an; ich halte alles für möglich. Passons, wie mein Papa sagt, und in Klammern hinzugefügt: ärgern Sie sich nicht über meine Redseligkeit. Nebenbei, hier haben Sie gleich ein Beispiel: ich rede immer viel, das heißt weitschweifig, und überstürze mich, und meine Rede mißlingt immer. Warum aber spreche ich weitschweifig und mißlingt meine Rede? Weil ich nicht zu reden verstehe. Menschen, die reden können, sprechen kurz. Hier haben wir also schon meine Unbegabtheit, nicht wahr? Da aber diese Gabe der Unbegabtheit bei mir schon von Natur vorhanden ist, warum sollte ich sie dann nicht künstlich ausnutzen? Das tue ich auch. Als ich mir vornahm hierherzureisen, wollte ich zwar anfänglich schweigen; aber schweigen können ist ja ein großes Talent und folglich nichts für mich, und zweitens ist schweigen doch immerhin gefährlich; na, und so entschied ich endgültig, am besten sei es zu reden, aber wie ein Unbegabter zu reden, das heißt viel, viel, viel, sehr eilig zu beweisen und sich zum Schluß in seinen eigenen Beweisen so zu verheddern, daß der Zuhörer, ohne das Ende abzuwarten, von einem weggeht, die Hände über dem Kopf zusammenschlägt und – das wäre das beste – ausspuckt. Das Ergebnis wäre, daß man die Zuhörer von seiner Offenherzigkeit überzeugt, sie sehr langweilt und nicht verstanden wird – drei Vorteile auf einmal! Ich bitte Sie, wer wird dann noch geheime Absichten bei einem vermuten? Jeder würde sich beleidigt fühlen, wenn einer ihm sagte, ich hätte geheime Absichten. Zudem bringe ich die Leute manchmal zum Lachen – und das ist sehr viel wert. Schon allein deshalb wird man mir alles verzeihen, weil der kluge Kopf, der im Ausland Proklamationen verfaßt hat, sich hier dümmer erweist als sie selbst, nicht wahr? Ich sehe an Ihrem Lächeln, daß Sie mir beipflichten.«

Nikolaj Wsewolodowitsch lächelte übrigens gar nicht, sondern hörte im Gegenteil finster und etwas ungeduldig zu.

»Wie? Was? Ich glaube, Sie sagten: ‚Einerlei'?« plapperte Pjotr Stepanowitsch (Nikolaj Wsewolodowitsch hatte gar nichts gesagt). »Gewiß, gewiß; ich versichere Sie, daß ich das durchaus nicht erzähle, um Sie durch meine Kameradschaft zu kompromittieren. Doch wissen Sie, Sie sind heute schrecklich empfindlich; ich bin mit offener und heiterer Seele zu Ihnen geeilt, Sie aber nehmen jedes Wörtchen von mir genau; ich versichere Sie, daß ich heute kein heikles Thema berühren werde, mein Wort darauf, und daß ich mit allen Ihren Bedingungen schon im voraus einverstanden bin!«

Nikolaj Wsewolodowitsch schwieg hartnäckig.

»Wie? Was? Sie haben etwas gesagt? Ich sehe, ich sehe, daß ich anscheinend wieder einen Bock geschossen habe; Sie haben keine Bedingungen gestellt und werden auch keine stellen; ich glaube es Ihnen, ich glaube es, beruhigen Sie sich; ich weiß doch selbst, daß es sich nicht lohnt, mir Bedingungen zu stellen, nicht wahr? Ich antworte für Sie im voraus – und natürlich aus Unbegabtheit; Unbegabtheit und immer wieder Unbegabtheit ... Sie lachen? Wie? Was?«

»Nichts«, Nikolaj Wsewolodowitsch lächelte endlich, »mir fiel soeben ein, daß ich Sie wirklich einmal unbegabt genannt habe, aber Sie waren damals nicht zugegen, also hat man es Ihnen wiedererzählt ... Ich möchte Sie bitten, schneller zur Sache zu kommen.«

»Aber ich bin ja bei der Sache, ich spreche doch schon vom Sonntag!« stammelte Pjotr Stepanowitsch. »Na, was, was war ich Ihrer Ansicht nach am Sonntag? Die voreilige, mittelmäßige Unbegabtheit in Person, und ich habe in der unbegabtesten Weise mich mit Gewalt des Gesprächs bemächtigt. Aber man hat mir alles verziehen, erstens, weil ich vom Mond gefallen bin, darüber scheinen hier jetzt alle einig zu sein; und zweitens, weil ich ein nettes Geschichtchen erzählt und dadurch euch allen aus der Verlegenheit geholfen habe, nicht wahr, nicht wahr?«

»Das heißt, Sie haben absichtlich so erzählt, um einen Zweifel bestehen zu lassen und unser Einverständnis und abgekartetes Spiel zu zeigen, während kein Einverständnis vorlag und ich Sie um rein gar nichts gebeten hatte.«

»Richtig, ganz richtig!« fiel Pjotr Stepanowitsch ein, als wäre er entzückt. »Ich habe das absichtlich getan, damit Sie meinen Beweggrund bemerkten; ich habe doch vor allem Ihretwegen Komödie gespielt, weil ich Sie fangen und kompromittieren wollte. Ich wollte vor allem erfahren, bis zu welchem Grad Sie sich fürchten.«

»Es interessiert mich, warum Sie jetzt so offen sind.«

»Ärgern Sie sich nicht, ärgern Sie sich nicht, blitzen Sie nicht mit den Augen ... Übrigens blitzen Sie ja gar nicht. Es interessiert Sie, warum ich so offen bin? Eben weil sich jetzt alles geändert hat, beendet, vergangen und mit Sand verweht ist. Ich habe plötzlich meine Ansicht über Sie geändert. Der alte Weg ist zu Ende, jetzt werde ich Sie nie mehr auf dem alten Weg kompromittieren, jetzt werde ich es auf einem neuen tun.«

»Sie haben Ihre Taktik geändert?«

»Ich habe keine Taktik. Sie haben jetzt in allem Ihren freien Willen, das heißt, Sie können nach Ihrem Belieben *ja* oder *nein* sagen. Da haben Sie meine neue Taktik. Doch *unsere* Sache werde ich nicht erwähnen, solange Sie es nicht selber befehlen. Sie lachen? Wohl bekomm's! Auch ich lache. Aber ich meine es jetzt ernst, bitterernst, wenn auch einer, der sich so beeilt, natürlich unbegabt ist, nicht wahr? Einerlei, mag ich auch unbegabt sein, so meine ich es doch ernst, ganz ernst.«

Er sagte das wirklich ernst, in einem ganz anderen Ton und eigentümlich erregt, so daß Nikolaj Wsewolodowitsch ihn neugierig ansah.

»Sie sagen, Sie hätten Ihre Ansicht über mich geändert?« fragte er.

»Ich änderte meine Ansicht über Sie in dem Augenblick, als Sie Ihre Hände von Schatow zurückzogen, aber genug, genug davon, bitte keine weiteren Fragen, ich werde jetzt nichts mehr sagen.« Er sprang auf und gestikulierte lebhaft, als wollte er weitere Fragen abwehren; da aber keine Fragen gestellt wurden und er keinen Grund hatte zu gehen, ließ er sich einigermaßen beruhigt wieder in den Sessel nieder.

»Nebenbei, in Klammern hinzugefügt«, plapperte er sofort wieder, »hier schwatzen manche, Sie würden ihn umbringen, und wetten schon darauf, so daß Lembke sogar die Polizei in Bewegung setzen wollte, aber Julija Michajlowna verbot es ihm ... Genug, genug, ich wollte Sie nur davon unterrichten. Nochmals nebenbei: ich habe die Lebjadkins noch am selben Tage über den Fluß gesetzt, Sie wissen; haben Sie mein Briefchen mit ihrer Adresse erhalten?«

»Ja, gleich damals.«

»Das habe ich nicht aus ‚Unbegabtheit' getan, sondern aufrichtig aus Dienstfertigkeit. Wenn es unbegabt geraten ist, so war es dafür aufrichtig.«

»Tut nichts, vielleicht ist es auch gut so ...« sagte Nikolaj Wsewolodowitsch nachdenklich. »Nur schreiben Sie mir keine Briefe mehr, ich bitte Sie darum.«

»Es ging nicht anders, ich schrieb auch nur einen.«

»Liputin weiß es also?«

»Das war nicht zu vermeiden; aber Liputin, Sie wissen ja selber, wird nicht wagen ... Nebenbei, man müßte mal zu den Unsrigen gehen, das heißt zu denen, nicht zu den *Unsrigen*, sonst stoßen Sie sich wieder an diesem Ausdruck. Seien Sie unbesorgt, nicht jetzt, sondern irgendeinmal. Jetzt regnet es. Ich lasse es sie dann wissen, sie werden sich versammeln, und wir gehen abends hin. Sie warten schon mit aufgesperrten Schnäbeln wie junge Dohlen im Nest, was für einen Happen wir ihnen mitgebracht haben. Ein hitziges Volk. Bücher kramen sie aus, und dann fangen sie an zu streiten. Wirginskij ist Allmensch, Liputin ist Fourierist mit einer starken Neigung zum Polizeiwesen; er ist, sage ich Ihnen, in einer Beziehung ein wertvoller Mensch, muß aber in allen anderen streng angefaßt werden; und endlich der mit den langen Ohren, der trägt sein eignes System vor. Und wissen Sie, sie sind beleidigt, weil ich sie geringschätzig behandle und durch kalte Duschen ernüchtere, hehe! Aber hingehen müssen wir unbedingt mal!«

»Haben Sie mich dort als eine Art Chef hingestellt?« warf Nikolaj Wsewolodowitsch möglichst lässig hin.

Pjotr Stepanowitsch sah ihn schnell an. »Nebenbei«, fiel er ein und überging rasch die Frage, als hätte er sie nicht gehört, »ich bin zweimal, dreimal täglich zu der hochverehrten Warwara Petrowna gekommen und war auch gezwungen, viel zu reden.«

»Das kann ich mir vorstellen.«

»Nein, stellen Sie sich nichts vor, ich habe ihr einfach gesagt, daß Sie ihn nicht umbringen werden, na, und andere süße Dinge mehr. Und stellen Sie sich vor: schon am nächsten Tage wußte sie, daß ich Marja Timofejewna über den Fluß gesetzt hatte; haben *Sie* es ihr gesagt?«

»Es ist mir gar nicht eingefallen.«

»Ich dachte mir schon, daß nicht Sie es gewesen sind. Wer außer Ihnen könnte es ihr nur gesagt haben? Das ist interessant.«

»Liputin natürlich.«

»N-nein, nicht Liputin«, murmelte Pjotr Stepanowitsch mit finsterer Miene. »Ich werde dahinterkommen, wer es gewesen ist. Das sieht nach Schatow aus ... Übrigens, Unsinn, lassen wir das! Das ist übrigens schrecklich wichtig ... Nebenbei, ich habe immerfort erwartet, daß Ihre Frau Mutter plötzlich mit der Hauptfrage herausplatzen werde ... Ach ja, all diese

Tage war sie anfangs schrecklich mürrisch, doch als ich heute bei ihr erschien, strahlte sie auf einmal übers ganze Gesicht. Wie kommt das?«

»Das kommt daher, weil ich ihr heute mein Wort gegeben habe, in fünf Tagen um Lisaweta Nikolajewnas Hand anzuhalten«, sagte Nikolaj Wsewolodowitsch plötzlich mit unerwarteter Offenheit.

»Ah ... na ja, natürlich«, stammelte Pjotr Stepanowitsch, gleichsam steckenbleibend. »Dort gehen Gerüchte von einer Verlobung, wissen Sie das? Sie stimmen jedoch. Aber Sie haben recht, sie würde vom Traualtar zu Ihnen laufen, Sie brauchten sie nur zu rufen, Ärgern Sie sich nicht, daß ich so rede?«

»Nein ich ärgere mich nicht.«

»Ich stelle fest, daß es heute schrecklich schwer ist, Sie zu ärgern, und fange an, Sie zu fürchten. Ich bin sehr gespannt, wie Sie morgen sein werden. Sie haben sicherlich allerlei Kunststückchen vorbereitet. Sind Sie mir nicht böse, daß ich so rede?«

Nikolaj Wsewolodowitsch gab keine Antwort, was Pjotr Stepanowitsch endgültig in Harnisch brachte.

»Nebenbei, haben Sie das mit Lisaweta Nikolajewna Ihrer Mutter im Ernst gesagt?« fragte er.

Nikolaj Wsewolodowitsch sah ihn unverwandt und kalt an.

»Ah, ich verstehe, nur um sie zu beruhigen, na ja.«

»Und wenn ich es im Ernst gesagt hätte?« fragte Nikolaj Wsewolodowitsch fest.

»Na ja, dann mit Gott, wie man in solchen Fällen zu sagen pflegt, es wird der Sache nicht schaden – sehen Sie, ich sagte nicht ‚unsere Sache‘, weil Sie das Wörtchen *unser* nicht mögen – doch ich ... doch ich stehe Ihnen zu Diensten, das wissen Sie selbst.«

»Meinen Sie?«

»Ich meine nichts, gar nichts«, erwiderte Pjotr Stepanowitsch eilig und lachte, »denn ich weiß, daß Sie Ihre Angelegenheiten selbst im voraus überlegt und alles durchdacht haben. Ich wollte nur sagen, daß ich im Ernst Ihnen zu Diensten stehe, immer und überall und in jedem Fall, das heißt in jedem, verstehen Sie?«

Nikolaj Wsewolodowitsch gähnte.

»Ich langweile Sie.« Pjotr Stepanowitsch sprang auf und griff nach seinem runden, ganz neuen Hut, als wollte er gehen, blieb aber doch noch und redete ununterbrochen weiter, wenn auch im Stehen, wobei er manchmal im Zimmer umherging und, wenn er besonders lebhaft sprach, sich mit dem Hut ans Knie schlug. »Ich wollte Ihnen zu Ihrer Erheiterung noch etwas von Lembkes erzählen!« rief er vergnügt.

»Nein, jetzt nicht, später vielleicht. Doch wie geht es Julija Michajlowna?«

»Was für vornehme Umgangsformen Sie doch alle haben: das Befinden dieser Dame ist Ihnen so gleichgültig wie das irgendeiner grauen Katze, und doch fragen Sie danach. Das lobe ich mir. Es geht ihr gut, und sie verehrt Sie geradezu abergläubisch, auch was sie von Ihnen erwartet, grenzt an Aberglauben. Über den Vorfall am Sonntag schweigt sie und ist überzeugt, daß Sie schon allein durch Ihr Erscheinen über alles den Sieg davontragen werden. Bei Gott, sie bildet sich ein, daß Sie Gott weiß was alles vermögen. Übrigens sind Sie jetzt noch mehr als je zuvor eine rätselhafte und romantische Gestalt – eine außerordentlich vorteilhafte Position. Alle erwarten Sie mit einer nahezu unglaublichen Spannung. Als ich verreiste, waren die Gemüter schon erhitzt, jetzt aber ist es noch ärger. Nebenbei, nochmals Dank für den Brief. Sie fürchten alle den Grafen K. Wissen Sie, sie halten Sie, glaube ich, für einen Spion! Ich bestärke sie darin, Sie nehmen es mir doch nicht übel?«

»Nein, das tut nichts.«

»Ja, das tut nichts, im weiteren ist es sogar notwendig. Sie haben hier ihre Gepflogenheiten. Ich sporne sie natürlich an; Julija Michajlowna steht an der Spitze, Gaganow auch ... Sie lachen? Aber ich habe doch meine Taktik: ich schwatze und schwatze, und plötzlich sage ich ein vernünftiges Wort, und das gerade dann, wenn sie alle danach suchen. Sie umringen mich, ich aber fange wieder an Unsinn zu reden. Alle haben mich schon aufgegeben: ‚Er ist begabt', sagen sie, ‚aber er ist vom Monde gefallen.' Lembke redet mir zu, in den Staatsdienst zu treten, damit ich mich bessere. Wissen Sie, ich behandle ihn schauderhaft, das heißt, ich kompromittiere ihn so, daß er mich ganz entsetzt anstarrt. Julija Michajlowna spornt mich noch dazu an. Ja, nebenbei, Gaganow ist schrecklich böse auf Sie. Gestern in Duchowo hat er sehr schlecht von Ihnen gesprochen. Ich habe ihm sofort die volle Wahrheit gesagt, das heißt natürlich nicht die volle. Ich habe einen ganzen Tag bei ihm in Duchowo verbracht. Ein prächtiges Gut, ein schönes Haus!«

»Ist er denn auch jetzt in Duchowo?« fuhr Nikolaj Wsewolodowitsch auf, wobei er eine heftige Bewegung nach vorne machte und fast aufgesprungen wäre.

»Nein, er hat mich heute früh selbst wieder hergebracht, wir sind zusammen zurückgekehrt«, sagte Pjotr Stepanowitsch, als hätte er die plötzliche Aufregung Nikolaj Wsewolodowitschs gar nicht bemerkt. »Was ist das? Da habe ich wohl ein Buch heruntergeworfen?« Er bückte sich, um den Band, den er vom Tisch gestoßen hatte, wieder aufzuheben. »Die Frauengestalten Balzacs, illustriert.« Er schlug das Buch auf. »Habe ich nicht gelesen. Lembke schreibt auch Romane.«

»Ja?« fragte Nikolaj Wsewolodowitsch, als interessierte es ihn.

»In russischer Sprache, heimlich natürlich. Julija Michajlowna weiß es und erlaubt es ihm. Er ist eine Schlafmütze, hat aber gute Manieren; die hat er sich im Dienst erworben. Diese Exaktheit in den Formen, diese Disziplin! Wenn wir doch auch etwas in dieser Art hätten!«

»Sie loben die Verwaltung?«

»Wie sollte ich auch nicht! Das ist doch das einzige in Rußland von Natur Gewachsene und Erreichte ... ich will nicht davon reden, will nicht davon reden«, unterbrach er sich plötzlich. »Kein Wort mehr von diesen heiklen Dingen. Doch leben Sie wohl, Sie sehen ja ganz grün aus.«

»Ich habe Fieber.«

»Kein Wunder, legen Sie sich nur hin. Nebenbei: hier im Landkreis gibt es Skopzen*, das sind interessante Leute ... Doch davon später. Übrigens, noch eine kleine Anekdote: hier im Landkreis liegt ein Infanterieregiment. Am Freitagabend kneipte ich in B–zy mit den Offizieren. Wir haben doch dort drei Freunde, vous comprenez? Es wurde über Atheismus gesprochen, und selbstverständlich wurde Gott abgesetzt. Sie grölten vor Vergnügen. Nebenbei, Schatow behauptet, wenn man in Rußland einen Aufstand einleiten wolle, müsse man unbedingt mit dem Atheismus beginnen. Vielleicht hat er recht. Ein grauhaariger Hauptmann saß bei uns und sagte die ganze Zeit über kein Wort; plötzlich stellte er sich mitten

* Selbstverstümmler. Eine religiöse Sekte, in der zweiten Hälfte des 18. Jahrhunderts gegründet (Anmerkung des Übersetzers).

ins Zimmer und sagte laut, aber, wissen Sie, so, als spräche er mit sich selbst: ‚Wenn es keinen Gott gibt, wie kann ich dann noch Hauptmann sein?' Dann nahm er seine Mütze, zuckte mit den Achseln und ging hinaus.«

»Da hat er einen recht gesunden Gedanken ausgesprochen.« Nikolaj Wsewolodowitsch gähnte zum drittenmal.

»Ja? Ich hatte ihn nicht verstanden und wollte Sie danach fragen. Na, was könnte ich Ihnen noch erzählen? Ja, interessant ist die Fabrik der Schpigulins; wie Sie wissen, sind fünfhundert Arbeiter in ihr beschäftigt; sie ist ein Choleraherd, seit fünfzehn Jahren ist sie nicht gereinigt worden; die Arbeiter bekommen immer weniger Lohn; die Besitzer sind Millionäre. Ich versichere Ihnen, daß unter den Arbeitern manche schon einen Begriff von der Internationale haben. Wie, Sie lächeln? Sie werden schon selbst sehen, lassen Sie mir nur noch ein ganz, ganz klein wenig Zeit! Ich habe Sie schon einmal um eine Frist gebeten, jetzt bitte ich Sie nochmals darum, und dann ... verzeihen Sie, übrigens, ich werde nicht davon sprechen, Sie brauchen kein finsteres Gesicht zu machen. Doch nun leben Sie wohl. Aber was mache ich nur!« Er kehrte plötzlich zurück. »Die Hauptsache habe ich ganz vergessen: soeben sagte man mir, daß unser Koffer aus Petersburg angekommen ist.«

»Wie meinen Sie das?« Nikolaj Wsewolodowitsch sah ihn verständnislos an.

»Ich meine Ihren Koffer mit Ihren Sachen, den Fracks, den Beinkleidern und der Wäsche, ist der schon da? Ist das wahr?«

»Ja, vorhin hat man mir so etwas gesagt.«

»Ach, könnte ich das nicht gleich erfahren?«

»Fragen Sie Alexej.«

»Nun, dann morgen, morgen? Da liegen doch zwischen Ihren Sachen ein Jackett, ein Frack, und drei Beinkleider, die ich mir auf Ihre Empfehlung hin bei Charmeur hatte machen lassen, wissen Sie noch?«

»Ich habe gehört, daß Sie hier den Gentleman spielen, wie?« Nikolaj Wsewolodowitsch lächelte. »Ist es wahr, daß Sie bei einem Reitlehrer reiten lernen wollen?«

Pjotr Stepanowitsch lächelte schief.

»Wissen Sie«, sagte er dann übermäßig eilig mit bebender und stockender Stimme, »wissen Sie, Nikolaj Wsewolodowitsch, wir wollen doch das Persönliche beiseite lassen, ein für allemal, nicht wahr? Sie können mich selbstverständlich verachten, soviel es Ihnen beliebt, wenn Ihnen das so lächerlich vorkommt, aber das Persönliche wollen wir doch lieber eine Zeitlang aus dem Spiel lassen, nicht wahr?«

»Gut, ich werde es nicht wieder tun«, sagte Nikolaj Wsewolodowitsch vor sich hin. Pjotr Stepanowitsch lächelte, schlug sich mit dem Hut aufs Knie, wechselte den Fuß und nahm wieder seine frühere Miene an.

»Manche halten mich hier sogar für Ihren Nebenbuhler bei Lisaweta Nikolajewna, wie sollte ich mich da nicht um mein Äußeres kümmern?« Er lachte. »Wer hinterbringt Ihnen nur das alles? Hm. Es ist punkt acht Uhr; na, ich muß mich auf den Weg machen. Ich habe zwar Warwara Petrowna versprochen, noch zu ihr zu kommen, doch das werde ich bleiben lassen. Legen Sie sich nur hin, dann werden Sie morgen munterer sein. Draußen regnete es, und es ist stockfinster, ich habe übrigens eine Droschke, denn es ist hier nachts in den Straßen unsicher ... Ach, nebenbei bemerkt, hier in der Stadt und in der Umgebung treibt sich jetzt ein gewisser Fedjka herum, ein Sträfling, der aus Sibirien entlaufen ist. Stellen Sie sich vor, er ist mein ehemaliger Gutsknecht, den Papachen vor fünfzehn Jahren unter die Soldaten gesteckt hat, um Geld einzuheimsen. Eine sehr bemerkenswerte Persönlichkeit.«

»Haben Sie ... mit ihm gesprochen?« Nikolaj Wsewolodowitsch sah zu ihm auf.

»Ja. Vor mir versteckt er sich nicht. Er ist ein Individuum, das zu allem bereit ist, zu allem; für Geld natürlich, aber er hat auch Überzeugungen, in seiner Art selbstverständlich. Ach ja, noch einmal nebenbei: wenn Sie vorhin im Ernst von Ihrem Vorhaben gesprochen haben – Sie erinnern sich, das mit Lisaweta Nikolajewna –, so wiederhole ich Ihnen noch einmal, daß auch ich zu allem bereit bin und Ihnen nach jeder Richtung hin, wie es Ihnen beliebt, voll zu Diensten stehe ... Wie, Sie greifen nach dem Stock? Ach nein, nicht nach dem Stock ... Stellen Sie sich vor, mir schien es, als suchten Sie nach dem Stock.«

Nikolaj Wsewolodowitsch hatte nach nichts gesucht und nichts gesagt, war aber mit einem eigentümlichen Zucken im Gesicht auf einmal halb aufgestanden.

»Auch wenn Sie, was Herrn Gaganow anbetrifft, etwas brauchen sollten«, platzte Pjotr Stepanowitsch heraus und deutete mit dem Kopf auf den Briefbeschwerer, »so kann ich auch da alles ordnen und bin überzeugt, daß Sie mich nicht übergehen werden.«

Er ging hinaus, ohne eine Antwort abzuwarten, steckte aber den Kopf noch einmal zur Tür herein.

»Ich sage das«, rief er schnell, »weil auch Schatow zum Beispiel nicht das Recht hatte, damals am Sonntag, als er auf Sie zuging, sein Leben aufs Spiel zu setzen, nicht wahr? Ich wünschte, daß Sie das beachten.«

Er verschwand wieder, ohne eine Antwort abzuwarten.

4

Vielleicht dachte er, als er verschwand, Nikolaj Wsewolodowitsch werde nun, allein geblieben, mit den Fäusten gegen die Wand trommeln, was heimlich mit anzusehen er sich natürlich gefreut hätte, wenn es möglich gewesen wäre. Aber er wäre sehr enttäuscht gewesen: Nikolaj Wsewolodowitsch blieb ruhig. Etwa zwei Minuten lang stand er noch in der gleichen Haltung am Tisch, augenscheinlich in Gedanken versunken; doch bald darauf zeigte sich ein müdes, kaltes Lächeln auf seinen Lippen. Er setzte sich langsam aufs Sofa, auf seinen früheren Platz in der Ecke, und schloß wie vor Müdigkeit die Augen. Ein Eckchen des Briefes schaute nach wie vor unter dem Briefbeschwerer hervor, aber er rührte sich nicht, um ihn zu verstecken. Kurz danach schlief er fest ein.

Warwara Petrowna, die sich während dieser Tage mit Sorgen gequält hatte, hielt es nicht länger aus und entschloß sich, als Pjotr Stepanowitsch fortgegangen war, der ihr versprochen hatte, noch zu ihr zu kommen, aber dieses Versprechen nicht gehalten hatte, trotz der ungeeigneten Stunde selber nach Nicolas zu sehen. Es ging ihr immerfort durch den Kopf, ob er denn nicht endlich etwas Endgültiges sagen werde. Leise wie vorhin klopfte sie an, und da sie wieder keine Antwort erhielt, machte sie die Tür auf. Als sie sah, daß Nicolas völlig reglos dasaß, näherte sie sich klopfenden Herzens vorsichtig dem Sofa. Es befremdete sie, daß er so schnell eingeschlafen war und so aufrecht und reglos im Sitzen schlafen konnte; selbst das Atmen war kaum zu merken. Sein Gesicht war blaß und düster, regungslos, fast wie erstarrt; die Augenbrauen waren ein wenig zusammengezogen; er glich entschieden einer leblosen Wachsfigur. Warwara Petrowna blieb etwa drei Minuten lang mit verhaltenem Atem vor ihm stehen, und plötzlich überkam sie eine große Angst; sie ging auf den Zehen hinaus, blieb in der Tür kurz stehen, bekreuzte den Sohn rasch von weitem und entfernte sich unbemerkt, ein neues bedrückendes Gefühl und einen neuen Kummer im Herzen.

Er schlief lange, über eine Stunde, und immer in der gleichen Erstarrung; kein Muskel seines Gesichtes rührte sich, sein ganzer Körper zeigte nicht die geringste Bewegung; die Augenbrauen waren immer noch ebenso finster zusammengezogen. Wäre Warwara Petrowna noch drei Minuten länger geblieben, so hätte sie das bedrückende Gefühl, das diese lethargische Regungslosigkeit hervorrief, sicherlich nicht ertragen und hätte ihn aufgeweckt. Doch er öffnete plötzlich von selbst die Augen und blieb regungslos wie vorher noch etwa zehn Minuten sitzen, als blickte er neugierig und gespannt auf einen ihn interessierenden Gegenstand in der Ecke des Zimmers, obgleich sich dort weder etwas Neues noch etwas Besonderes befand.

Schließlich ertönte der leise, tiefe Klang der großen Wanduhr, die einmal schlug. Etwas beunruhigt wandte er den Kopf, um nach dem Zifferblatt zu sehen, doch fast im selben Augenblick öffnete sich die Hintertür, die auf den Korridor hinausführte, und es erschien der Kammerdiener Alexej Jegorowitsch. Er trug in der einen Hand einen warmen Mantel, einen Schal und einen Hut und in der anderen einen kleinen silbernen Teller, auf dem ein Zettel lag.

»Es ist halb zehn«, verkündete er mit leiser Stimme, legte die mitgebrachten Kleidungsstücke auf einen Stuhl in der Ecke und überreichte auf dem Teller den Zettel, ein unversiegeltes Stückchen Papier, auf dem zwei Zeilen mit Bleistift geschrieben standen. Nikolaj Wsewolodowitsch überflog sie, nahm ebenfalls einen Bleistift vom Tisch, schrieb zwei Worte unten auf den Zettel und legte ihn wieder auf den Teller.

»Zu übergeben, sobald ich weg bin, und jetzt anziehen«, sagte er und erhob sich vom Sofa.

Da ihm einfiel, daß er nur eine leichte Samtjacke anhatte, dachte er einen Augenblick nach und ließ sich dann einen Tuchrock bringen, wie man ihn bei feierlicheren Abendbesuchen zu tragen pflegt. Als er endlich angezogen war und den Hut aufgesetzt hatte, verschloß er die Tür, zu der Warwara Petrowna hereingekommen war, zog den Brief unter dem Briefbeschwerer hervor und ging, von Alexej Jegorowitsch begleitet, ohne ein Wort zu sagen, in den Korridor hinaus. Vom Korridor stiegen sie eine schmale, steinerne Hintertreppe hinab und gelangten in einen Flur, der unmittelbar in den Garten hinausführte. In einer Ecke des Flurs standen vorsorglich eine Laterne und ein großer Regenschirm.

»Von dem außerordentlich starken Regen ist es in den Straßen unerträglich schmutzig«, meldete Alexej Jegorowitsch; es war ein letzter entfernter Versuch, seinen Herrn von einer Fußwanderung abzubringen. Doch der Herr spannte den Schirm auf und ging schweigend in den alten Garten hinaus, der dunkel wie ein Keller, feucht und naß war. Der Wind brauste in den Wipfeln der halbentblätterten Bäume und rüttelte an ihnen, die schmalen Sandwege waren aufgeweicht und schlüpfrig. Alexej Jegorowitsch ging so, wie er war, im Frack und ohne Kopfbedeckung, und beleuchtete den Weg mit der Laterne etwa drei Schritte voraus.

»Wird man es auch nicht merken?« fragte Nikolaj Wsewolodowitsch plötzlich.

»Aus den Fenstern wird man es nicht sehen, außerdem habe ich alle Vorsorge getroffen«, antwortete der Diener leise und gemessen.

»Schläft meine Mutter?«

»Die gnädige Frau haben sich, wie immer in den letzten Tagen, Punkt neun Uhr eingeschlossen und können jetzt nichts merken. Um wieviel Uhr wünschen Sie erwartet zu werden?« wagte er als Frage hinzuzufügen.

»Um eins, halb zwei, spätestens um zwei.«

»Zu Befehl.«

Nachdem sie auf den gewundenen Wegen den ganzen Garten durchschritten hatten, den sie beide genau kannten, gelangten sie zu der steinernen Gartenmauer und fanden hier ganz in der Ecke ein Pförtchen, das auf eine schmale, stille Gasse hinausführte und fast immer verschlossen war, dessen Schlüssel sich aber jetzt in Alexej Jegorowitschs Händen befand.

»Wird die Tür auch nicht knarren?« erkundigte sich Nikolaj Wsewolodowitsch wieder.

Aber Alexej Jegorowitsch meldete, er habe sie gestern erst geölt, ebenso heute. Er war bereits ganz durchnäßt. Nachdem er die Tür aufgeschlossen hatte, reichte er Nikolaj Wsewolodowitsch den Schlüssel.

»Wenn Sie einen weiten Weg zu unternehmen belieben, so erlaube ich mir zu melden, daß ich dem hiesigen Volk nicht traue, besonders nicht in entlegenen Gassen und am wenigsten jenseits des Flusses«, konnte er sich nochmals nicht enthalten zu sagen. Er war ein alter Diener, Nikolaj Wsewolodowitschs ehemaliger Wärter, der ihn einstmals in den Armen gewiegt hatte, ein ernster, strenger Mann, der gerne Gottes Wort hörte und las.

»Sei unbesorgt, Alexej Jegorytsch.«

»Gott segne Sie, gnädiger Herr, aber nur beim Vollbringen guter Werke!«

»Wie?« Nikolaj Wsewolodowitsch, der schon einen Schritt auf die Gasse hinaus getan hatte, blieb stehen.

Alexej Jegorowitsch wiederholte in festem Ton seinen Wunsch; er hätte es früher nie gewagt, ihn seinem Herrn gegenüber in solchen Worten auszudrücken.

Nikolaj Wsewolodowitsch schloß die Tür zu, steckte den Schlüssel in die Tasche und ging die Gasse entlang, in der er bei jedem Schritt bis zum Knöchel im Schmutz versank. Endlich gelangte er auf eine lange und menschenleere gepflasterte Straße. Er kannte die Stadt wie seine fünf Finger, aber bis zur Bogojawlenskaja-Straße war es noch weit. Es war schon nach zehn Uhr, als er endlich vor dem verschlossenen Tor des dunklen alten Filippowschen Hauses stehenblieb. Das untere Stockwerk stand jetzt, nach dem Auszug der Lebjadkins, ganz leer, die Fenster waren mit Brettern vernagelt, aber im Mezzanin bei Schatow brannte Licht. Da es keine Klingel gab, schlug er mit der Hand ans Tor. Es wurde ein Fenster geöffnet, und Schatow blickte auf die Straße heraus; es war stockdunkel und daher schwer, jemanden zu erkennen; Schatow sah lange herab, wohl eine ganze Minute.

»Sind Sie es?« fragte er plötzlich.

»Ja«, antwortete der ungebetene Gast.

Schatow schlug das Fenster zu, kam herunter und schloß das Tor auf. Nikolaj Wsewolodowitsch überschritt die hohe Schwelle und ging, ohne ein Wort zu sagen, an ihm vorbei unmittelbar in das Seitengebäude zu Kirillow.

5

Hier waren alle Türen unverschlossen und nicht einmal angelehnt. Im Flur und in den ersten zwei Zimmern war es dunkel, im letzten aber, in dem Kirillow wohnte und Tee zu trinken pflegte, war Licht und ertönten Gelächter und sonderbare Ausrufe. Nikolaj Wsewolodowitsch ging auf das Licht zu, blieb aber an der Schwelle stehen. Der Tee stand auf dem Tisch. Mitten im Zimmer stand eine alte Frau, eine Verwandte des Hauswirts, ohne Kopftuch, Schuhe an den bloßen Füßen und nur mit einem Rock und mit einer Jacke aus Hasenfell bekleidet. Auf dem Arm hielt sie ein anderthalbjähriges Kind, im bloßen Hemdchen, mit nackten Beinchen, geröteten Bäckchen und wirrem flachsblondem Haar, sie hatte es eben erst aus der Wiege genommen. Das Kind hatte wohl vor kurzem geweint, die Tränen standen ihm noch in den Augen; in diesem Augenblick aber streckte es die Ärmchen aus, klatschte in die Händchen und lachte, wie eben kleine Kinder lachen, mit verhaltenem Schluchzen. Vor ihm warf Kirillow einen großen roten Gummiball auf den Fußboden; der Ball sprang bis zur Decke hinauf, fiel wieder herunter, und das Kind rief: »Ba, Ba!« Kirillow fing den »Ba« auf und gab ihn dem Kind, das ihn nun selber mit seinen ungeschickten Händchen warf, und Kirillow lief, um ihn wieder aufzuheben. Schließlich rollte der »Ba« unter einen Schrank. »Ba, Ba!« rief das Kind. Kirillow warf sich zu Boden, streckte sich aus und versuchte den »Ba« mit der Hand unter dem Schrank hervorzuholen. Nikolaj Wsewolodowitsch trat ins Zimmer; als das Kind ihn erblickte, schmiegte es sich an die Alte und brach in ein langgezogenes Kinderweinen aus; sie trug es sofort hinaus.

»Stawrogin?« sagte Kirillow ohne die geringste Verwunderung über den unerwarteten Besuch und richtete sich mit dem Ball in der Hand vom Fußboden auf. »Wollen Sie Tee?« Er erhob sich vollständig.

»Wenn er warm ist, sehr gern«, sagte Nikolaj Wsewolodowitsch, »ich bin ganz durchnäßt.«

»Er ist warm, sogar heiß«, bestätigte Kirillow vergnügt, »setzen Sie sich: Sie sind schmutzig, das tut nichts; den Fußboden wische ich nachher mit einem nassen Lappen.«

Nikolaj Wsewolodowitsch setzte sich und trank die ihm eingegossene Tasse Tee fast in einem Zug aus.

»Noch mehr?« fragte Kirillow.

»Danke.«

Kirillow, der sich bis jetzt nicht gesetzt hatte, nahm sofort ihm gegenüber Platz und fragte: »Weswegen sind Sie gekommen?«

»Ich habe ein Anliegen. Hier, lesen Sie diesen Brief, er ist von Gaganow; Sie werden sich erinnern, ich sprach in Petersburg von ihm.«

Kirillow nahm den Brief, las ihn durch, legte ihn auf den Tisch und sah Nikolaj Wsewolodowitsch erwartungsvoll an.

»Diesem Gaganow«, fing Nikolaj Wsewolodowitsch zu erklären an, »begegnete ich, wie Sie wissen, vor einem Monat in Petersburg zum erstenmal in meinem Leben. Wir trafen uns danach etwa dreimal in Gesellschaft. Obwohl er sich mir nicht vorstellte und mich nicht ansprach, fand er doch Gelegenheit, sich sehr dreist gegen mich zu benehmen. Ich sagte es Ihnen damals; aber eines wissen Sie noch nicht: als er damals vor mir von Petersburg abreiste, schrieb er mir plötzlich einen Brief, wenn auch keinen solchen wie diesen hier, so doch einen höchst unanständigen und schon deshalb sonderbaren, weil er keinerlei Erklärung enthielt, weshalb er geschrieben worden sei. Ich antwortete ihm sofort, ebenfalls mit einem Brief, und sprach darin ganz offen aus, er zürne mir wahrscheinlich noch wegen des Vorfalls mit seinem Vater hier im Klub vor vier Jahren und ich sei meinerseits bereit, mich ihm gegenüber mit der Begründung zu entschuldigen, daß meine Handlungsweise unbeabsichtigt und durch Krankheit verursacht gewesen sei. Ich bat ihn, das in Erwägung zu ziehen. Er antwortete nicht und reiste ab; doch jetzt treffe ich ihn hier bereits in völliger Raserei an. Man hat mir einige seiner öffentlich geäußerten Urteile über mich mitgeteilt, die offenkundige Beschimpfungen sind und erstaunliche Anschuldigungen enthalten. Heute endlich kommt dieser Brief, ein Brief, wie ihn sicherlich noch nie jemand erhalten hat, mit Schimpfworten und mit Ausdrücken wie: ‚Ihre geohrfeigte Fresse'. Ich bin gekommen, da ich hoffe, daß Sie mir nicht abschlagen werden, mein Sekundant zu sein.«

»Sie sagten, einen solchen Brief habe noch niemand bekommen«, bemerkte Kirillow. »In der Raserei ist alles möglich; da schreibt man oft so. Puschkin hat so an

Heeckeren* geschrieben. Gut, ich gehe hin. Sagen Sie Näheres.«

Nikolaj Wsewolodowitsch erklärte, er wolle die Sache gleich am nächsten Tag bereinigen, man müsse unbedingt mit erneuten Entschuldigungen beginnen und sogar einen zweiten Entschuldigungsbrief versprechen, jedoch unter der Bedingung, daß Gaganow seinerseits verspräche, keine Briefe mehr zu schreiben. Der bereits empfangene Brief werde dann als nicht geschrieben betrachtet werden.

»Zuviel Zugeständnisse, er wird nicht einwilligen«, sagte Kirillow.

»Ich bin vor allem hergekommen, um zu erfahren, ob Sie bereit sind, ihm diese Bedingungen zu überbringen.«

»Ich überbringe sie. Das ist Ihre Sache. Aber er wird nicht einwilligen.«

»Ich weiß, daß er nicht einwilligen wird.«

»Er will sich schlagen. Sagen Sie, wie das Duell vor sich gehen soll.«

»Das ist es eben, daß ich das Ganze unbedingt morgen erledigen möchte. Um neun Uhr morgens etwa sind Sie bei ihm. Er wird Sie anhören und nicht einwilligen, wird Sie aber mit seinem Sekundanten zusammenbringen – sagen wir, gegen elf Uhr. Mit diesem treffen Sie die nötigen Vereinbarungen, und um ein oder zwei Uhr haben dann alle an Ort und Stelle zu sein. Bitte suchen Sie es so zu regeln. Waffen: natürlich Pistolen, und besonders bitte ich Sie, es so einzurichten, daß der Abstand zwischen den Barrieren auf zehn Schritt festgesetzt wird; dann stellen Sie jeden von uns zehn Schritt hinter seiner Barriere auf, und auf ein gegebenes Zeichen gehen wir aufeinander zu. Jeder muß unbedingt bis an seine Barriere gehen, darf aber auch schon vorher im Gehen schießen. Das ist alles, denke ich.«

»Zehn Schritt zwischen den Barrieren ist zu nah«, bemerkte Kirillow.

»Na, dann zwölf, aber nicht mehr; Sie sehen doch ein, daß er sich ernstlich schlagen will. Können Sie eine Pistole laden?«

»Ja. Ich besitze Pistolen. Ich werde mein Wort geben, daß Sie damit noch nicht geschossen haben. Sein Sekundant gibt

* Der Vater desselben Heeckeren d'Arthés (russ. Namensform Gekeren), der Puschkin im Duell tödlich verwundete (Anmerkung des Übersetzers).

auch sein Wort für die seinigen; wir haben also zwei Paare und losen mit paar und unpaar, ob wir seines oder unseres nehmen.«

»Schön.«

»Wollen Sie sich die Pistolen ansehen?«

»Meinetwegen.«

Kirillow kauerte sich in der Ecke vor seinem Koffer hin, der immer noch unausgepackt war, aus dem aber je nach Bedarf Sachen herausgeholt wurden. Er holte vom Boden des Koffers einen Kasten aus Palmholz hervor, der innen mit rotem Samt ausgelegt war, und entnahm ihm ein Paar eleganter, außerordentlich kostbarer Pistolen.

»Es ist alles da: Pulver, Kugeln, Patronen. Ich habe auch einen Revolver; warten Sie.«

Er griff wieder in den Koffer und holte einen anderen Kasten mit einem sechsläufigen amerikanischen Revolver hervor.

»Waffen haben Sie ja genug, und sehr kostbare.«

»Sehr. Außerordentlich.«

Der mittellose, fast bettelarme Kirillow, der sich übrigens nie seiner Armut bewußt wurde, zeigte jetzt, sichtlich voller Prahlerei, seine kostbaren Waffen, die zweifellos unter außerordentlichen Opfern erworben waren.

»Tragen Sie sich immer noch mit dem gleichen Gedanken?« fragte Stawrogin nach kurzem Schweigen mit einiger Vorsicht.

»Ja«, antwortete kurz Kirillow, der am Ton der Stimme sofort erkannt hatte, wonach er gefragt wurde, und begann die Waffen wieder vom Tisch wegzuräumen.

»Wann denn?« fragte Nikolaj Wsewolodowitsch noch vorsichtiger, wieder nach einigem Schweigen.

Kirillow hatte inzwischen beide Kästen wieder in den Koffer gelegt und sich auf seinen alten Platz gesetzt.

»Das hängt nicht von mir ab, wie Sie wissen; sobald man es mir sagt«, murmelte er, als fühlte er sich durch diese Frage etwas bedrückt, doch zugleich sichtlich bereit, auf alle anderen Fragen zu antworten. Er sah Stawrogin unverwandt an, aus seinen glanzlosen schwarzen Augen, mit einem ruhigen, aber guten und freundlichen Gefühl.

»Ich begreife natürlich, was das ist, sich erschießen«, begann Nikolaj Wsewolodowitsch wieder mit etwas verfinsterter Miene, nach einem langen, dreiminutigen nachdenklichen Schweigen, »ich habe es mir manchmal selbst vorgestellt, und da war dann immer ein neuer Gedanke: wenn man eine Missetat beginge oder eine vor allem schändliche, das heißt schmähliche, aber sehr gemeine und ... lächerliche Tat, so daß die Menschen tausend Jahre lang daran denken und tausend Jahre lang dabei ausspucken würden, und dann plötzlich der Gedanke: ‚Ein Schuß in die Schläfe, und alles ist aus!' Was kümmern einen dann noch die Menschen, und daß sie einen tausend Jahre lang verachten werden, nicht wahr?«

»Sie nennen das einen neuen Gedanken?« fragte Kirillow nach einigem Nachdenken.

»Ich ... nenne ihn nicht so ... als ich einmal nachdachte, empfand ich einen ganz neuen Gedanken.«

»Sie ‚empfanden einen Gedanken'?« wiederholte Kirillow. »Das ist gut. Es gibt viele Gedanken, die immer dasind und plötzlich neu werden. Das stimmt. Ich sehe jetzt vieles wie zum erstenmal.«

»Nehmen wir an, Sie haben auf dem Mond gelebt«, unterbrach ihn Stawrogin, der nicht zuhörte und seinen Gedanken weiterspann, »nehmen wir an, Sie haben dort all diese lächerlichen Gemeinheiten begangen ... Sie wissen hier mit Bestimmtheit, daß man dort tausend Jahre lang, ewig, auf dem ganzen Mond, über Sie lachen und bei Ihrem Namen ausspucken wird. Aber jetzt sind Sie hier und sehen von hier aus auf den Mond: was kümmert Sie dann hier alles das, was Sie dort begangen haben, und daß die dort tausend Jahre lang bei Ihrem Namen ausspucken werden, nicht wahr?«

»Ich weiß nicht«, entgegnete Kirillow, »ich bin nicht auf dem Mond gewesen«, fügte er ohne jede Ironie, nur zur Feststellung der Tatsache hinzu.

»Wessen Kind war das vorhin?«

»Die Schwiegermutter der Alten ist angekommen; nein, ihre Schwiegertochter ... einerlei. Vor drei Tagen. Sie liegt krank, mit dem Kind; nachts schreit es sehr, vor Hunger. Die Mutter schläft, und die Alte bringt es her; ich spiele Ball mit ihm. Der Ball ist aus Hamburg. Ich habe ihn in Hamburg gekauft, um ihn zu werfen und aufzufangen; das stärkt den Rücken. Es ist ein Mädchen.«

»Haben Sie Kinder gern?«

»Ja«, antwortete Kirillow, übrigens ziemlich gleichgültig.

»Also lieben Sie auch das Leben?«

»Ja, auch das Leben; warum?«

»Wenn Sie doch entschlossen sind, sich zu erschießen.«

»Was ist denn dabei? Warum das zusammenbringen? Das Leben ist etwas für sich, das andre auch. Das Leben gibt es, den Tod aber gibt es gar nicht.«

»Glauben Sie neuerdings an ein künftiges ewiges Leben?«

»Nein, nicht an ein künftiges ewiges, sondern an ein ewiges hier. Es gibt Augenblicke, man gelangt zu Augenblicken, und die Zeit bleibt plötzlich stehen und wird ewig.«

»Und Sie hoffen zu einem solchen Augenblick zu gelangen?«

»Ja.«

»Das ist in unserer Zeit wohl kaum möglich«, erwiderte Nikolaj Wsewolodowitsch, ebenfalls ohne jede Ironie, langsam und wie in Gedanken versunken. »In der Apokalypse schwört der Engel, daß es keine Zeit mehr geben werde.«

»Ich weiß. Das ist dort sehr richtig gesagt; klar und genau. Wenn der Mensch das volle Glück erreicht hat, wird es keine Zeit mehr geben, weil sie nicht mehr nötig ist. Ein sehr richtiger Gedanke.«

»Wohin wird man sie denn stecken?«

»Nirgendhin. Die Zeit ist kein Gegenstand, sondern ein Begriff. Sie wird im Geist erlöschen.«

»Alte philosophische Gemeinplätze, ein und dieselben seit dem Anfang der Zeiten«, murmelte Stawrogin mit verächtlichem Mitleid.

»Ein und dieselben! Ein und dieselben seit dem Anfang der Zeiten und niemals andere!« fiel Kirillow mit leuchtenden Augen ein, als läge in diesem Gedanken beinahe ein Triumph.

»Sie scheinen sehr glücklich zu sein, Kirillow?«

»Ja, sehr glücklich«, antwortete dieser, als gäbe er eine ganz alltägliche Antwort.

»Aber vor kurzem waren Sie doch noch betrübt, ärgerten Sie sich über Liputin?«

»Hm ... ich schimpfe jetzt nicht. Ich wußte damals nicht, daß ich glücklich bin. Haben Sie ein Blatt gesehen, ein Blatt vom Baum?«

»Ja.«

»Ich sah vor kurzem ein gelbes, kaum mehr grünes, es war an den Rändern angefault. Der Wind trieb es umher. Als ich zehn Jahre alt war, schloß ich im Winter manchmal absichtlich die Augen und stellte mir ein grünes Blatt vor, ein lebhaft grünes mit Äderchen, und daß die Sonne strahle. Ich öffnete die Augen und traute ihnen nicht, weil es so schön gewesen war, und schloß sie wieder.«

»Ist das eine Allegorie?«

»N–nein ... warum? Keine Allegorie, ich meine einfach ein Blatt, nur ein Blatt. Das Blatt ist gut. Alles ist gut.«

»Alles?«

»Alles. Der Mensch ist unglücklich, weil er nicht weiß, daß er glücklich ist; nur deshalb. Das ist alles, alles! Wer das erkennt, wird sofort glücklich. Diese Schwiegermutter wird sterben, und das kleine Mädchen wird zurückbleiben – alles ist gut. Ich bin plötzlich dahintergekommen.«

»Und wenn jemand vor Hunger stirbt, wenn jemand ein kleines Mädchen beleidigt und schändet – ist das gut?«

»Ja. Und wenn jemand den Kopf zerschmettert eines Kindes wegen, so ist das auch gut, und wenn jemand das nicht tut, ist es auch gut. Alles ist gut, alles. Alle jene haben es gut, die wissen, daß alles gut ist. Wenn sie wüßten, daß sie es gut haben, so hätten sie es gut, solange sie aber nicht wissen, daß sie es gut haben, werden sie es nicht gut haben. Das ist der ganze Gedanke, weiter gibt es keinen!«

»Wann haben Sie denn erkannt, daß Sie so glücklich sind?«

»In der vergangenen Woche am Dienstag, nein, am Mittwoch, denn es war schon Mittwoch, nachts.«

»Aus welchem Anlaß denn?«

»Das weiß ich nicht mehr; ich ging im Zimmer auf und ab ... einerlei. Ich hielt die Uhr an, es war siebenunddreißig Minuten nach zwei.«

»Als Sinnbild dessen, daß die Zeit stehenbleiben muß?«

Kirillow schwieg.

»Die Menschen sind schlecht«, begann er plötzlich wieder, »weil sie nicht wissen, daß sie gut sind. Wenn sie das erkennen, werden sie kein Mädchen mehr vergewaltigen. Sie müssen erkennen, daß sie gut sind, dann werden alle sofort gut werden, alle bis auf den letzten.«

»Sie selbst haben es erkannt, also sind Sie gut?«

»Ja, ich bin gut.«

»Darin bin ich übrigens mit Ihnen der gleichen Ansicht«, murmelte Stawrogin mit finsterer Miene.

»Wer die Menschen belehren wird, daß alle gut sind, wird die Welt vollenden.«

»Den, der das lehrte, hat man gekreuzigt.«

»Er wird kommen, und sein Name wird Menschgott sein.«

»Gottmensch?«

»Menschgott, darin liegt der Unterschied.«

»Sind Sie es etwa auch, der das Lämpchen vor dem Heiligenbild anzündet?«

»Ja, ich habe es angezündet.«

»Sind Sie gläubig geworden?«

»Die Alte hat es gern, wenn das Lämpchen ... und heute hatte sie keine Zeit«, murmelte Kirillow.

»Und Sie selbst beten noch nicht?«

»Ich bete zu allem. Sehen Sie, dort an der Wand kriecht eine Spinne, ich sehe sie an und bin ihr dankbar dafür, daß sie kriecht.«

Seine Augen leuchteten wieder auf. Er sah Stawrogin immerfort mit festem und unverwandtem Blick an. Stawrogin beobachtete ihn mit mürrischer und verächtlicher Miene, aber in seinem Blicke lag kein Spott.

»Ich wette, wenn ich wieder herkomme, glauben Sie schon auch an Gott«, sagte er, stand auf und griff nach seinem Hut.

»Warum?« Kirillow stand ebenfalls auf.

»Wenn Sie erkannt hätten, daß Sie an Gott glauben, so würden Sie an ihn glauben; da Sie aber noch nicht wissen, daß Sie an Gott glauben, so glauben Sie auch nicht.« Nikolaj Wsewolodowitsch lächelte.

»Das stimmt nicht«, erwiderte Kirillow nach einigem Überlegen, »Sie haben meinen Gedanken verdreht. Ein weltmännischer Scherz. Denken Sie daran, was Sie in meinem Leben bedeutet haben, Stawrogin.«

»Leben Sie wohl, Kirillow.«

»Kommen Sie nachts; wann?«

»Sie haben doch nicht etwa das für morgen Vereinbarte vergessen?«

»Ach, das hatte ich vergessen, aber seien Sie unbesorgt, ich werde nicht verschlafen; um neun Uhr. Ich kann aufwachen, wann ich will. Ich lege mich hin und sage mir: um sieben Uhr, und wache um sieben auf; um zehn Uhr, und wache um zehn auf.«

»Sie haben bemerkenswerte Eigenschaften.« Nikolaj Wsewolodowitsch sah in sein blasses Gesicht.

»Ich werde Ihnen das Tor aufschließen.«

»Bemühen Sie sich nicht, Schatow wird es mir öffnen.«

»Ah, Schatow. Gut, leben Sie wohl.«

6

Die Eingangstür des leeren Hauses, in dem nur noch Schatow wohnte, war unverschlossen; doch im Flur umfing Stawrogin eine so undurchdringliche Finsternis, daß er die Treppe zum Halbgeschoß mit der Hand suchen mußte. Plötzlich ging oben eine Tür auf, und es zeigte sich Licht; Schatow selbst kam nicht heraus, er hatte nur seine Tür geöffnet. Als Nikolaj Wsewolodowitsch an der Schwelle von Schatows Zimmer stehenblieb, sah er ihn in der Ecke am Tisch stehen und warten.

»Sind Sie in einer wichtigen Sache zu sprechen?« fragte Stawrogin von der Schwelle aus.

»Kommen Sie herein und nehmen Sie Platz«, antwortete Schatow. »Schließen Sie die Tür ab; warten Sie, ich werde es selbst tun.« Er schloß die Tür ab, kehrte an den Tisch zurück und setzte sich Nikolaj Wsewolodowitsch gegenüber. Im Lauf dieser Woche war er abgemagert und schien jetzt zu fiebern. »Sie haben mich auf die Folter gespannt«, flüsterte er halb, den Blick zu Boden gesenkt, »warum sind Sie nicht gekommen?«

»Waren Sie so überzeugt, daß ich kommen würde?«

»So warten Sie doch, ich habe im Fieber phantasiert... vielleicht phantasiere ich auch jetzt... Warten Sie.« Er stand auf und nahm vom Rand des obersten seiner drei Bücherbretter einen Gegenstand. Es war ein Revolver. »In einer Nacht phantasierte ich, Sie würden kommen, mich zu töten, und am frühen Morgen kaufte ich bei dem Tagedieb Ljamschin für mein letztes Geld diesen Revolver; ich wollte mich von Ihnen nicht töten lassen. Später kam ich wieder zur Besinnung... Ich habe weder Pulver noch Kugeln; seitdem liegt er nun so auf dem Bücherbrett. Warten Sie...« Er stand auf und wollte das Klappfenster öffnen.

»Nicht hinauswerfen, wozu?« hielt Nikolaj Wsewolodowitsch ihn zurück. »Er kostet Geld, und morgen würden die Leute sagen, unter Schatows Fenster lägen Revolver herum. Legen Sie ihn wieder hin – ja, so – und setzen Sie sich. Sagen Sie, warum gestehen Sie mir gleichsam reuig Ihren Gedanken, ich würde kommen, Sie zu töten? Ich bin auch jetzt nicht gekommen, um mich zu versöhnen, sondern um einiges Notwendige zu besprechen. Klären Sie mich zunächst auf, ob Sie mich nicht wegen meiner Beziehungen zu Ihrer Frau geschlagen haben.«

»Sie wissen selbst, daß ich es nicht deswegen getan habe.« Schatow schlug wieder die Augen nieder.

»Auch nicht, weil Sie dem dummen Klatsch über Darja Pawlowna geglaubt haben?«

»Nein, nein, natürlich nicht! Unsinn! Meine Schwester hat es mir von Anfang an gesagt . . .« antwortete Schatow ungeduldig und schroff und stampfte sogar ein wenig mit dem Fuß auf.

»Also habe ich es erraten und haben Sie es erraten«, fuhr Stawrogin in ruhigem Ton fort, »Sie haben recht: Marja Timofejewna Lebjadkina ist meine legitime, mir vor etwa viereinhalb Jahren in Petersburg angetraute Frau. Sie haben mich doch ihretwegen geschlagen?«

Schatow hörte ganz bestürzt zu und schwieg.

»Ich hatte es erraten und konnte es doch nicht glauben«, murmelte er endlich und sah Stawrogin sonderbar an.

»Und da haben Sie zugeschlagen?«

Schatow wurde rot und murmelte fast zusammenhanglos: »Ich tat es wegen Ihrer Verkommenheit . . . wegen der Lüge. Ich ging nicht auf Sie zu, um Sie zu strafen; als ich auf Sie zuging, wußte ich noch nicht, daß ich Sie schlagen würde . . . Ich tat es, weil Sie so viel in meinem Leben bedeutet haben . . . Ich . . .«

»Ich verstehe, ich verstehe, sparen Sie Ihre Worte. Es tut mir leid, daß Sie Fieber haben; ich muß Sie in einer sehr dringenden Sache sprechen.«

»Ich habe zu lange auf Sie gewartet.« Schatow zitterte am ganzen Leib und erhob sich halb von seinem Platz. »Sprechen Sie von Ihrer Sache, ich werde dann auch etwas sagen . . . später . . .« Er setzte sich wieder.

»Diese Sache ist von einer anderen Art«, begann Nikolaj Wsewolodowitsch, der ihn neugierig betrachtete. »Gewisser Umstände halber war ich genötigt, heute noch diese Stunde zu wählen und zu Ihnen zu kommen, um Sie zu warnen, daß man Sie vielleicht ermorden wird.«

Schatow sah ihn wild an.

»Ich weiß, daß mir Gefahr drohen könnte«, sagte er gemessen, »wie kann das aber Ihnen, gerade Ihnen bekannt sein?«

»Weil auch ich zu ihnen gehöre wie Sie und ein ebensolches Mitglied ihrer Vereinigung bin wie Sie.«

»Sie . . . Sie sind ein Mitglied der Vereinigung?«

»Ich sehe es Ihren Augen an, daß Sie alles von mir erwartet haben, nur dies eine nicht«; ganz, ganz wenig lächelte Nikolaj Wsewolodowitsch. »Aber erlauben Sie, also wußten Sie bereits, daß man Ihnen nach dem Leben trachtet?«

»Es ist mir gar nicht eingefallen. Auch jetzt kann ich es mir nicht denken, trotz Ihren Worten, obgleich ... obgleich, wer kann sich bei diesen Dummköpfen für etwas verbürgen!« rief er plötzlich wütend und schlug mit der Faust auf den Tisch. »Ich fürchte sie nicht! Ich habe mit ihnen gebrochen. Dieser Mann ist viermal zu mir gekommen und hat mir gesagt, es sei möglich ... aber«, er sah Stawrogin an, »was wissen Sie eigentlich?«

»Seien Sie unbesorgt, ich betrüge Sie nicht«, fuhr Stawrogin ziemlich kühl mit der Miene eines Menschen fort, der nur seine Pflicht erfüllt. »Sie examinieren mich, was ich weiß? Ich weiß, daß Sie dieser Vereinigung im Ausland beigetreten sind, vor zwei Jahren und noch zur Zeit ihrer alten Gliederung, also kurz vor Ihrer Abreise nach Amerika und, ich glaube, gleich nach unserem letzten Gespräch, über das Sie mir in Ihrem Brief aus Amerika soviel geschrieben haben. Nebenbei: entschuldigen Sie, daß ich Ihnen nicht ebenfalls mit einem Brief geantwortet habe, sondern mich darauf beschränkte ...«

»Geld zu schicken; warten Sie«, unterbrach ihn Schatow, zog eilig die Schublade des Tisches heraus und holte unter Papieren eine regenbogenfarbene Banknote hervor. »Hier, nehmen Sie die hundert Rubel, die Sie mir geschickt haben; ohne Ihre Hilfe wäre ich dort zugrunde gegangen. Ich hätte sie Ihnen noch längere Zeit nicht zurückgeben können, wenn Ihre Mutter nicht gewesen wäre: sie schenkte mir diese hundert Rubel vor neun Monaten, zur Linderung meiner Not, nach meiner Krankheit. Aber fahren Sie bitte fort ...« Er rang nach Atem.

»In Amerika änderten Sie Ihre Ansichten und wollten nach Ihrer Rückkehr in die Schweiz auf Ihre Mitgliedschaft verzichten. Man antwortete Ihnen nichts, beauftragte Sie aber, hier in Rußland von jemandem eine Druckerei in Empfang zu nehmen und sie bis zur Übergabe an eine Person aufzubewahren, die von diesen Leuten zu Ihnen kommen werde. Ich kenne nicht alle Einzelheiten, aber in der Hauptsache war es doch wohl so? In der Hoffnung oder unter der Bedingung, daß dies ihre letzte Forderung sein und man Sie danach laufenlassen werde, haben Sie das übernommen. Alles das, mag es nun stimmen oder nicht, habe ich nicht von diesen Leuten, sondern ganz zufällig erfahren. Eines aber scheinen Sie bis jetzt nicht zu wissen: diese Herrschaften haben durchaus nicht die Absicht, sich von Ihnen zu trennen.«

»Das ist Unsinn!« brüllte Schatow. »Ich habe ihnen ehrlich erklärt, daß ich in allem anderer Ansicht bin als sie! Das ist mein Recht, das Recht auf Gewissens- und Gedankenfreiheit ... Ich werde mir das nicht gefallen lassen! Es gibt keine Macht, die imstande wäre ...«

»Wissen Sie, schreien Sie nicht so«, unterbrach ihn Nikolaj Wsewolodowitsch sehr ernst. »Dieser Werchowenskij ist solch ein Mensch, daß er uns jetzt vielleicht mit seinen eignen oder mit fremden Ohren belauscht, möglicherweise von Ihrem Flur aus. Sogar der Trunkenbold Lebjadkin war augenscheinlich verpflichtet, Sie zu beobachten, und Sie vielleicht ihn, nicht wahr? Sagen Sie lieber, war Werchowenskij jetzt mit Ihren Argumenten einverstanden oder nicht?«

»Er war einverstanden; er sagte, das ginge und ich hätte das Recht ...«

»Na, dann betrügt er Sie. Ich weiß, daß sogar Kirillow, der fast gar nicht zu ihnen gehört, Auskunft über Sie gegeben hat; sie haben viele Agenten, sogar solche, die gar nicht wissen, daß sie im Dienst der Vereinigung stehen. Man hat Sie ständig überwacht. Pjotr Werchowenskij ist unter anderem hergekommen, um Ihre Angelegenheit endgültig zu erledigen, und hat die Vollmacht, Sie in einem geeigneten Augenblick zu beseitigen, da Sie zuviel wissen und es verraten könnten. Ich wiederhole, daß dies außer Zweifel steht; und erlauben Sie mir hinzuzufügen, daß sie aus irgendeinem Grunde fest überzeugt sind, Sie seien ein Spion und würden, falls Sie noch nichts verraten hätten, es noch tun. Ist das wahr?«

Als Schatow eine solche Frage in einem so alltäglichen Ton aussprechen hörte, verzog er den Mund. »Selbst wenn ich ein Spion wäre, wem sollte ich denn etwas verraten?« sagte er zornig, ohne direkt zu antworten. »Nein, lassen Sie mich aus dem Spiel, zum Teufel mit mir!« rief er und griff plötzlich auf seinen ursprünglichen Gedanken zurück, der ihn so sehr und allem Anscheine nach weit mehr erschüttert hatte als die Nachricht von der Gefahr, die ihm selbst drohte. »Sie, Sie, Stawrogin, wie konnten Sie sich in einen so schamlosen, unbegabten Lakaienunsinn verlieren! Sie ein Mitglied ihrer Vereinigung! Ist das die Heldentat Nikolaj Stawrogins?« rief er beinahe verzweifelt. Er schlug sogar die Hände zusammen, als könnte es für ihn nichts Bittreres und Trostloseres geben als diese Entdeckung.

»Entschuldigen Sie«, Nikolaj Wsewolodowitsch wunderte sich wirklich, »aber Sie scheinen mich für eine Art Sonne zu halten und sich selbst, im Vergleich zu mir, für ein Käferchen. Das habe ich sogar an Ihrem Brief aus Amerika bemerkt.«

»Sie ... Sie wissen ... Ach, lassen wir mich lieber ganz, ganz aus dem Spiel!« unterbrach sich Schatow plötzlich. »Wenn Sie etwas zur Erklärung Ihrer Handlungsweise sagen können, so tun Sie es ... Als Antwort auf meine Frage!« wiederholte er erregt.

»Mit Vergnügen. Sie fragen, wie ich in eine so obskure Gesellschaft geraten konnte. Nach meiner Mitteilung vorhin bin ich sogar zu einer gewissen Offenheit in dieser Sache verpflichtet. Sehen Sie, streng genommen gehöre ich dieser Vereinigung gar nicht an, habe ihr auch früher nicht angehört und bin weit eher als Sie berechtigt, diese Leute zu verlassen, da ich nicht beigetreten bin. Im Gegenteil, ich habe von Anfang an erklärt, daß ich nicht ihr Genosse sei, und wenn ich ihnen auch gelegentlich geholfen habe, so nur aus Langeweile. Ich habe teilweise an der Reorganisation der Vereinigung nach einem neuen Plane mitgewirkt, das ist alles. Aber jetzt haben sie sich eines anderen besonnen und sind im stillen zu dem Schluß gekommen, daß es auch gefährlich sei, mich laufenzulassen, und so bin ich, glaube ich, ebenfalls verurteilt.«

»Oh, bei ihnen steht auf alles die Todesstrafe und wird alles auf den Verfügungen, auf Papieren mit Siegeln, von dreieinhalb Menschen unterschrieben. Und Sie glauben, daß sie imstande sind!«

»Da haben Sie teils recht, teils nicht«, fuhr Stawrogin ebenso gleichmütig wie vorher, sogar lässig fort. »Ohne Zweifel ist viel Einbildung dabei, wie immer in solchen Fällen: das Häufchen überschätzt seine Größe und Bedeutung. Meiner Ansicht nach zählt, wenn Sie wollen, nur Pjotr Werchowenskij, und es ist gar zu bescheiden von ihm, sich nur für einen Agenten seiner Vereinigung zu halten. Übrigens ist die Grundidee nicht dümmer als andere dieser Art. Sie haben Verbindungen zur Internationale; sie haben es verstanden, sich in Rußland Agenten zu verschaffen, sind dabei sogar auf eine recht originelle Methode verfallen . . . doch selbstverständlich nur theoretisch. Was aber ihre hiesigen Absichten betrifft, so ist ja die Tätigkeit unserer russischen Organisation eine so dunkle und fast immer so unberechenbare Sache, daß man bei uns tatsächlich alles versuchen kann. Beachten Sie, daß Werchowenskij ein hartnäckiger Mensch ist.«

»Diese Wanze, dieser Ignorant, dieser Strohkopf, der von Rußland keinen blassen Schimmer hat!« rief Schatow erbost.

»Sie kennen ihn zuwenig. Es stimmt, daß sie überhaupt alle wenig von Rußland verstehen, aber wohl doch nur ein bißchen weniger als Sie und ich; außerdem ist Werchowenskij ein Enthusiast.«

»Werchowenskij ein Enthusiast?«

»O ja. Es gibt einen Punkt, wo er aufhört, ein Narr zu sein, und sich in einen . . . Verrückten verwandelt. Erinnern Sie sich bitte an einen Ihrer eigenen Aussprüche: ‚Wissen Sie, wie stark ein einzelner Mensch sein kann?‘ Bitte lachen Sie nicht, er ist sehr wohl imstande, den Hahn einer Schußwaffe abzudrücken. Diese Leute sind überzeugt, auch ich sei ein Spion. Da sie ihre Sache nicht anzufassen verstehen, beschuldigen sie sehr gern andere der Spionage.«

»Aber Sie fürchten sich doch nicht?«

»N–nein . . . Ich fürchte mich nicht sehr . . . Aber Ihre Sache liegt ganz anders. Ich habe Sie gewarnt, damit Sie immerhin damit rechnen. Meiner Ansicht nach braucht man sich nicht dadurch beleidigt zu fühlen, daß einem von Dummköpfen Gefahr droht; es handelt sich nicht um ihren Verstand: schon gegen ganz andere Leute als uns beide hat sich ihre Hand erhoben. Doch es ist übrigens schon ein Viertel auf zwölf«, sagte er nach einem Blick auf die Uhr und erhob sich vom Stuhl. »Ich hätte gern noch eine andere, gar nicht zu dieser Sache gehörige Frage an Sie gerichtet.«

»Um Gottes willen!« rief Schatow und sprang von seinem Platz auf.

»Was ist?« Nikolaj Wsewolodowitsch sah ihn fragend an.

»Stellen Sie Ihre Frage, stellen Sie sie, um Gottes willen«, wiederholte Schatow in unsagbarer Aufregung, »aber unter der Bedingung, daß auch ich Sie etwas fragen darf. Ich flehe Sie an, erlauben Sie es mir . . . ich kann nicht länger . . . stellen Sie Ihre Frage!«

Stawrogin wartete ein wenig, darauf begann er: »Ich habe gehört, daß Sie hier einigen Einfluß auf Marja Timofejewna hatten und daß sie Sie gern sah und Ihnen gern zuhörte. Stimmt das?«

»Ja... sie hörte zu...« Schatow wurde etwas verlegen.

»Ich habe die Absicht, in den nächsten Tagen meine Ehe mit ihr hier in der Stadt öffentlich bekanntzugeben.«

»Ist das denn möglich?« flüsterte Schatow fast entsetzt.

»Wie meinen Sie das? Es bestehen keinerlei Schwierigkeiten; die Trauzeugen sind hier. Alles ist damals in Petersburg auf ganz gesetzliche und ruhige Weise vor sich gegangen, und wenn es bis jetzt noch nicht bekanntgeworden ist, so nur, weil die zwei einzigen Trauzeugen, Kirillow und Pjotr Werchowenskij, und schließlich Lebjadkin selbst – den zu meinen Verwandten zu zählen ich jetzt das Vergnügen habe – damals versprochen haben zu schweigen.«

»Das meinte ich nicht... Sie sprechen so ruhig... aber fahren Sie fort! Hören Sie, man hat Sie doch nicht mit Gewalt zu dieser Ehe gezwungen, doch nicht mit Gewalt?«

»Nein, niemand hat mich mit Gewalt gezwungen.« Nikolaj Wsewolodowitsch lächelte über Schatows leidenschaftliche Eilfertigkeit.

»Und was redet sie da von ihrem Kind?« fragte Schatow zusammenhanglos in fieberhafter Hast.

»Sie redet von ihrem Kind? Pah! Das wußte ich nicht, ich höre es zum erstenmal. Sie hatte kein Kind und konnte keines haben: Marja Timofejewna ist Jungfrau.«

»Ah! Das habe ich mir doch gedacht! Hören Sie!«

»Was haben Sie, Schatow?«

Schatow bedeckte das Gesicht mit den Händen und wandte sich um, doch plötzlich faßte er Stawrogin fest an der Schulter.

»Wissen Sie, wissen Sie wenigstens«, rief er, »weswegen Sie das alles getan haben und weswegen Sie sich jetzt zu einer solchen Buße entschließen?«

»Ihre Frage ist klug und bitter; aber ich will Sie auch in Erstaunen setzen: ja, ich weiß beinahe, weswegen ich damals geheiratet habe und weswegen ich mich jetzt zu einer solchen ‚Buße' entschließe, wie Sie sich ausdrückten.«

»Lassen wir das... davon später; warten Sie damit; kommen wir zur Hauptsache, zur Hauptsache: ich habe zwei Jahre auf Sie gewartet.«

»Ja?«

»Ich habe zu lange auf Sie gewartet, ununterbrochen an

Sie gedacht. Sie sind der einzige Mensch, der imstande wäre ... Ich habe Ihnen noch aus Amerika davon geschrieben.«

»Ja, ich erinnere mich noch sehr gut an Ihren langen Brief.«

»War er zu lang zum Durchlesen? Ich gebe es zu; es waren sechs Briefbogen. Schweigen Sie, schweigen Sie! Sagen Sie: können Sie mir noch zehn Minuten schenken, aber jetzt, sofort ... Ich habe zu lange auf Sie gewartet!«

»Gut, ich gewähre Ihnen eine halbe Stunde, aber nur nicht mehr, wenn Ihnen das möglich ist.«

»Jedoch unter der Bedingung«, fiel Schatow wütend ein, »daß Sie Ihren Ton ändern. Hören Sie, ich fordere es, während ich darum flehen müßte ... Verstehen Sie, was es bedeutet zu fordern, während man flehen müßte?«

»Ich verstehe, daß Sie sich auf diese Weise um höherer Ziele willen über alles Alltägliche hinwegsetzen.« Ganz, ganz wenig lächelte Nikolaj Wsewolodowitsch. »Auch sehe ich mit Betrübnis, daß Sie Fieber haben.«

»Ich bitte um Achtung vor mir, ich verlange sie!« schrie Schatow. »Nicht vor meiner Person – zum Teufel mit ihr –, sondern vor etwas anderem, nur während dieser Zeit, für ein paar Worte ... Wir sind zwei Geschöpfe und sind uns in der Unendlichkeit begegnet ... zum letztenmal auf der Welt. Lassen Sie von Ihrem Ton ab und nehmen Sie einen menschlichen an! Reden Sie wenigstens einmal im Leben mit menschlicher Stimme. Nicht um meinetwillen, sondern um Ihretwillen verlange ich das. Begreifen Sie, daß Sie mir diesen Schlag ins Gesicht schon allein deshalb verzeihen müssen, weil ich Ihnen dadurch Gelegenheit gegeben habe, Ihre grenzenlose Kraft zu erkennen ...? Wieder lächeln Sie Ihr verächtliches weltmännisches Lächeln. Oh, wann werden Sie mich verstehen? Fort mit dem Herrensohn! Begreifen Sie doch, daß ich das fordere, sonst will ich nicht reden, werde es um keinen Preis tun!«

Sein Außersichsein grenzte an Fieberwahn. Nikolaj Wsewolodowitsch machte ein finsteres Gesicht und schien vorsichtiger zu werden.

»Wenn ich noch auf eine halbe Stunde bleibe«, sagte er eindringlich und ernst, »obwohl meine Zeit so kostbar ist, so müssen Sie mir glauben, daß ich die Absicht habe, Sie zum mindesten mit Interesse anzuhören ... und überzeugt bin, von Ihnen viel Neues zu hören.« Er setzte sich auf einen Stuhl.

»Setzen Sie sich!« rief Schatow und setzte sich plötzlich auch.

»Gestatten Sie jedoch, daran zu erinnern«, besann sich Stawrogin nochmals, »daß ich im Begriff war, eine Bitte vorzubringen, die Marja Timofejewna betrifft und für sie wenigstens von großer Wichtigkeit ist ...«

»Nun?« Schatow blickte auf einmal finster drein, mit der Miene eines Menschen, der plötzlich an der wichtigsten Stelle unterbrochen worden ist und, obgleich er den anderen ansieht, dessen Frage noch nicht verstanden hat.

»... und daß Sie mich nicht haben ausreden lassen«, schloß Nikolaj Wsewolodowitsch lächelnd.

»Ach was, Unsinn, später!« Schatow, der endlich begriff, worüber Stawrogin sich beschwerte, winkte geringschätzig ab und ging unmittelbar zu seinem Hauptthema über.

7

»Wissen Sie«, fing er fast drohend und mit funkelnden Augen an, beugte sich auf dem Stuhl vor und hob den Zeigefinger der rechten Hand – ohne es offenbar selber zu merken – vor sich in die Höhe, »wissen Sie, welches Volk zur Zeit auf der ganzen Erde das einzige ‚Gottesträgervolk' ist, das kommt, um die Welt im Namen des neuen Gottes zu erneuern und zu erlösen, und dem allein die Schlüssel zum Leben und zum neuen Wort gegeben sind? Wissen Sie, welches Volk das ist und wie sein Name lautet?«

»Aus Ihrem Gebaren muß ich unbedingt und anscheinend so schnell wie möglich schließen, daß dieses Volk das russische ist ...«

»Und schon lachen Sie! Oh, diese Brut!« Schatow wollte sich auf ihn stürzen.

»Beruhigen Sie sich, ich bitte Sie; im Gegenteil, ich habe gerade etwas Derartiges erwartet.«

»Sie haben etwas Derartiges erwartet? Und Ihnen selbst sind diese Worte unbekannt?«

»Sie sind mir sehr wohl bekannt; ich sehe nur zu deutlich voraus, worauf Sie hinauswollen. Alle Ihre Worte und sogar der Ausdruck ‚Gottesträger' für unser Volk sind nur der Schluß eines Gesprächs, das wir beide vor mehr als zwei Jahren im Ausland führten, kurz vor Ihrer Abreise nach

Amerika ... Soweit ich mich wenigstens jetzt erinnern kann.«

»Das ist Wort für Wort Ihr Ausspruch und nicht der meinige. Ihr eigner und nicht nur der Schluß unseres Gesprächs. Ein Gespräch hat zwischen uns überhaupt nicht stattgefunden: es gab nur einen Lehrer, der gewaltige Worte sprach, und einen Schüler, der von den Toten auferstanden war. Ich war jener Schüler, und Sie waren der Lehrer.«

»Aber wenn ich mich recht erinnere, traten Sie gerade nach meinen Worten jener Vereinigung bei und fuhren erst dann nach Amerika.«

»Ja, und ich schrieb Ihnen darüber aus Amerika, ich schrieb Ihnen über alles. Ja, ich konnte mich nicht sofort mit blutendem Herzen von dem losreißen, mit dem ich von Kind auf verwachsen war und dem das ganze Entzücken meiner Hoffnungen und alle Tränen meines Hasses gegolten hatten ... Es fällt einem schwer, die Götter zu wechseln. Ich glaubte Ihnen damals nicht, weil ich nicht glauben wollte, und klammerte mich zum letztenmal an diese Kloake ... Der Same aber blieb und ging auf. Im Ernst, sagen Sie im Ernst, haben Sie meinen Brief aus Amerika nicht zu Ende gelesen? Vielleicht haben Sie ihn überhaupt nicht gelesen?«

»Ich habe drei Seiten gelesen, die zwei ersten und die letzte, und außerdem die Mitte überflogen. Übrigens hatte ich immer vor ...«

»Ah, einerlei, lassen Sie es, zum Teufel damit!« Schatow winkte ab. »Wenn Sie sich jetzt von Ihren damaligen Worten über das Volk losgesagt haben, wie konnten Sie sie dann damals aussprechen? ... Das ist es, was mich jetzt bedrückt.«

»Ich habe doch auch damals keinen Scherz mit Ihnen getrieben; als ich Sie zu überzeugen suchte, bemühte ich mich vielleicht noch mehr um meinetwillen als um Ihretwillen«, sagte Stawrogin rätselhaft.

»Sie haben keinen Scherz getrieben! In Amerika lag ich drei Monate auf Stroh, neben einem ... Unglücklichen und erfuhr von ihm, daß Sie zur selben Zeit, als Sie mir Gott und die Heimat ins Herz pflanzten, vielleicht sogar in denselben Tagen, das Herz dieses Unglücklichen, dieses in seine Idee verrannten Kirillow vergiftet haben ... Sie haben Lüge und Verleumdung in ihm bestärkt und seinen Geist zur Raserei gebracht ... Gehen Sie hin, sehen Sie ihn sich jetzt an, das ist Ihr Werk ... Übrigens haben Sie ihn ja gesehen.«

»Erstens möchte ich bemerken, daß Kirillow mir soeben erst selber gesagt hat, er sei glücklich und fühle sich sehr wohl. Ihre Vermutung, daß dies alles zur gleichen Zeit geschah, stimmt beinahe; na, und was ergibt sich aus alledem? Ich wiederhole: ich habe weder Sie noch ihn betrogen.«

»Sind Sie Atheist? Sind Sie jetzt Atheist?«

»Ja.«

»Und damals?«

»Ich bin es genauso wie damals.«

»Ich habe Sie zu Beginn unseres Gespräches nicht um Achtung vor *mir* gebeten; bei Ihrem Verstand hätten Sie das begreifen müssen«, brummte Schatow unwillig.

»Ich bin bei Ihren ersten Worten nicht aufgestanden, habe das Gespräch nicht abgebrochen, bin nicht weggegangen, sondern sitze bis jetzt da und antworte ruhig auf Ihre Fragen und auf Ihr . . . Geschrei, habe es also an Achtung Ihnen gegenüber nicht fehlen lassen.«

Schatow unterbrach ihn mit einer abwehrenden Handbewegung: »Erinnern Sie sich Ihres Ausspruchs: ‚Ein Atheist kann nicht Russe sein, ein Atheist hört sofort auf, Russe zu sein', erinnern Sie sich?«

»Ja?« fragte Nikolaj Wsewolodowitsch gleichsam zurück.

»Sie fragen? Sie haben es vergessen? Und dabei war das einer der feinsten Hinweise auf eine der Haupteigentümlichkeiten des russischen Geistes, die Sie da erraten hatten. Sie können das nicht vergessen haben! Ich will Sie an noch etwas erinnern. – Sie sagten zur selben Zeit: ‚Ein Nichtorthodoxer kann nicht Russe sein'.«

»Ich vermute, das ist ein Gedanke der Slawophilen.«

»Nein, die heutigen Slawophilen würden ihn ablehnen. Heute sind die Leute klüger geworden. Aber Sie gingen noch weiter: Sie glaubten, daß der römische Katholizismus kein Christentum mehr sei; Sie behaupteten, daß Rom einen Christus verkündet habe, der der dritten Versuchung des Teufels erlegen sei, und daß der Katholizismus, als er der ganzen Welt verkündete, Christus könne ohne irdisches Reich auf Erden nicht bestehen, damit den Antichrist verkündet und dadurch die ganze westliche Welt ins Verderben gestürzt habe. Sie wiesen eigens darauf hin, wenn Frankreich leide, sei einzig der Katholizismus daran schuld, denn es habe den stinkenden römischen Gott verworfen, einen neuen aber nicht gefunden.

So etwas haben Sie damals sagen können! Ich erinnere mich unserer Gespräche.«

»Wenn ich gläubig wäre, würde ich das zweifellos auch jetzt wiederholen; ich habe nicht gelogen, als ich wie ein Gläubiger sprach«, sagte Nikolaj Wsewolodowitsch sehr ernst. »Aber ich versichere Ihnen, daß diese Wiederholung meiner früheren Gedanken einen mehr als unangenehmen Eindruck auf mich macht. Könnten sie nicht damit aufhören?«

»Wenn Sie gläubig wären?!« rief Schatow, ohne die Bitte im geringsten zu beachten. »Aber waren Sie es nicht, der zu mir sagte, wenn man Ihnen mathematisch bewiese, daß die Wahrheit außerhalb Christi liege, so würden Sie lieber bei Christus als bei der Wahrheit bleiben? Haben Sie das gesagt? Haben Sie es gesagt?«

»Doch erlauben Sie endlich auch mir zu fragen«, Stawrogin erhob die Stimme, »wozu dieses ganze ungeduldige und ... boshafte Examen führen soll?«

»Dieses Examen wird für immer aufhören, und Sie werden nie mehr daran erinnert werden.«

»Sie bestehen immer darauf, daß wir uns außerhalb von Raum und Zeit befinden ...«

»Schweigen Sie!« rief Schatow plötzlich. »Ich bin dumm und ungeschickt, aber mag mein Name im Lächerlichen untergehen! Erlauben Sie mir wohl, Ihren Hauptgedanken von damals vor Ihnen zu wiederholen? ... Oh, nur zehn Zeilen, bloß den Schluß.«

»Wiederholen Sie ihn, wenn es nur der Schluß ist ...«

Stawrogin wollte schon eine Bewegung machen, um nach der Uhr zu sehen, bezwang sich aber und unterließ es.

Schatow beugte sich wieder auf dem Stuhl vor und war einen Augenblick daran, wieder den Finger zu erheben.

»Kein einziges Volk«, begann er, als läse er Zeile für Zeile ab, und sah dabei Stawrogin immer noch drohend an, »noch kein einziges Volk hat sich je nach den Grundsätzen der Wissenschaft und der Vernunft eingerichtet; dafür gibt es kein Beispiel, höchstens geschah das einmal auf kurze Zeit, aus Dummheit. Der Sozialismus muß schon seinem Wesen nach Atheismus sein, denn er verkündete gleich in seinen ersten Lehrsätzen, daß er eine atheistische Richtung sei und sich ausschließlich nach den Grundsätzen der Wissenschaft und der Vernunft aufzubauen beabsichtige. Die Wissenschaft und die Vernunft haben im Leben der Völker immer, heutzutage und seit Urzeiten, nur eine zweitrangige und dienende Rolle gespielt; so wird es auch bis in alle Ewigkeit bleiben. Eine andere Kraft bildet und bewegt die Völker, eine gebietende und herrschende, deren Ursprung aber unbekannt und unerklärlich ist. Es ist die Kraft des unersättlichen Verlangens, bis ans Ende zu gehen, die gleichzeitig das Ende leugnet. Es ist die Kraft der fortwährenden und unermüdlichen Bejahung des eignen Seins und der Verneinung des Todes. Der Geist des Lebens, wie die Schrift sagt, die Ströme des lebendigen Wassers, mit deren Versiegen die Apokalypse so sehr droht. Das ästhetische Prinzip, wie die Philosophen sagen, das sittliche Prinzip, wie sie es auch definieren. ‚Das Suchen nach Gott', wie ich es am einfachsten nenne. Das Ziel jeder Volksbewegung, in jedem Volk und in jeder Periode seines Daseins, ist einzig das Suchen nach Gott, nach seinem Gott, unbedingt seinem eigenen, und der Glaube an ihn als den einzig wahren. Gott ist die synthetische Persönlichkeit des ganzen Volkes, von seinem Anfang bis zu seinem Ende. Noch nie ist es vorgekommen, daß alle oder viele Völker einen gemeinsamen Gott gehabt hätten, sondern immer nur hat jedes Volk seinen besonderen gehabt. Es bedeutet die Vernichtung des Volkstums, wenn die Götter anfangen, allgemein zu werden. Wenn die Götter allgemein werden, sterben die Götter und der Glaube an sie zusammen mit den Völkern selbst. Je stärker ein Volk ist, desto eigentümlicher ist sein Gott. Noch nie hat es ein Volk ohne Religion, das heißt ohne den Begriff des Guten und des Bösen, gegeben. Jedes Volk hat seinen eigenen Begriff von Gut und Böse und sein eigenes Gut und Böse. Wenn die Begriffe von Gut und Böse bei vielen Völkern gemeinsam zu werden anfangen, dann sterben die Völker ab, und der Unterschied zwischen Gut und Böse fängt dann an sich zu verwischen und zu verschwinden. Niemals ist die Vernunft imstande gewesen, Gut und Böse zu definieren oder auch nur annähernd das Böse vom Guten abzugrenzen; im Gegenteil, sie hat sie stets schändlich und jämmerlich verwechselt; die Wissenschaft indes hat nur grobe Lösungen dieser Frage gegeben. Besonders hat sich darin die Halbwissenschaft ausgezeichnet, die furchtbarste Geißel der Menschheit, schlimmer als Seuchen, Hunger und Krieg, die bis zu unserem Jahrhundert noch unbekannt war. Die Halbwissenschaft ist ein Despot, wie es bis jetzt noch keinen gegeben hat; ein

Despot, der seine Priester und Sklaven hat, vor dem sich alles in Liebe und mit einem bisher undenkbaren Aberglauben beugt, vor dem selbst die Wissenschaft zittert und sich schmählich nachsichtig zeigt. Das alles sind Ihre eignen Worte, Stawrogin, ausgenommen die über die Halbwissenschaft; die stammen von mir, denn ich selber bin ja nur ein Halbgebildeter und hasse sie deshalb besonders. An Ihren Gedanken aber und sogar an Ihren Worten habe ich nichts geändert, kein einziges Wort.«

»Ich glaube nicht, daß Sie nichts daran geändert haben«, bemerkte Stawrogin vorsichtig. »Sie haben alles feurig aufgenommen und es feurig umgewandelt, ohne es selber zu merken. Schon allein, daß Sie Gott zu einem bloßen Attribut der Nationalität herabwürdigen . . .«

Er wandte Schatow plötzlich eine gesteigerte und besondere Aufmerksamkeit zu, die weniger seinen Worten als ihm selber galt.

»Ich hätte Gott zu einem bloßen Attribut der Nationalität herabgewürdigt?« rief Schatow. »Im Gegenteil, ich hebe das Volk zu Gott empor. Und ist es denn jemals anders gewesen? Das Volk ist Gottes Leib. Jedes Volk ist nur so lange ein Volk, als es seinen besonderen Gott hat und alle übrigen Götter der Welt unerbittlich ausschließt, nur solange es glaubt, daß es mit seinem Gott alle übrigen Götter besiegen und aus der Welt vertreiben wird. Das haben alle geglaubt, vom Anfang der Welt an, alle großen Völker wenigstens, alle bedeutenden, alle, die einmal an der Spitze der Menschheit gestanden haben. Gegen Tatsachen kann man nicht an. Die Juden haben nur dazu gelebt, um den wahren Gott zu erwarten, und hinterließen dann der Welt den wahren Gott. Die Griechen vergötterten die Natur und vermachten der Welt ihre Religion, das heißt Philosophie und Kunst. Rom vergötterte das Volk im Staat und vermachte den Völkern den Staat. Frankreich ist im Laufe seiner langen Geschichte nur die Verkörperung und Weiterentwicklung der Idee des römischen Gottes gewesen, und wenn es schließlich seinen römischen Gott in den Abgrund geworfen und sich dem Atheismus ergeben hat, der bei ihnen vorläufig Sozialismus heißt, so einzig deshalb, weil der Atheismus immerhin gesünder ist als der römische Katholizismus. Wenn ein großes Volk nicht glaubt, daß allein in ihm die Wahrheit ist – gerade und ausschließlich in ihm allein –, wenn es nicht glaubt, daß es allein fähig und berufen ist, alle anderen mit seiner Wahrheit von den Toten zu erwecken und zu erlösen, so verwandelt es sich sofort in ethnographisches Material und ist kein großes Volk mehr. Ein wirklich großes Volk kann sich niemals mit einer zweitrangigen Rolle in der Menschheit zufriedengeben, ja nicht einmal mit einer erstrangigen, es muß unbedingt und ausschließlich an allererster Stelle stehen. Wer diesen Glauben verliert, ist kein Volk mehr. Aber es gibt nur eine Wahrheit, folglich kann auch nur ein einziges Volk den wahren Gott haben, wenn auch alle übrigen Völker ihre eignen und großen Götter besitzen mögen. Das einzige ‚Gottesträgervolk' ist das russische Volk und ... und ... und halten Sie mich wirklich für solch einen Esel, Stawrogin«, brüllte er plötzlich wütend, »daß ich nicht zu beurteilen imstande wäre, ob meine Worte in diesem Augenblick das alte, von allen Moskauer Slawophilenmühlen zermahlene Geschwätz sind oder ob es ein ganz neues Wort ist, das letzte Wort, das einzige Wort der Erneuerung und Auferstehung und ... und was schert mich in diesem Augenblick Ihr Lachen! Was kümmert es mich, daß Sie mich ganz und gar nicht verstehen, auch nicht ein Wort, auch nicht einen Laut! Oh, wie verachte ich Ihr stolzes Lachen und Ihren stolzen Blick in diesem Augenblick!«

Er sprang von seinem Platz auf; es zeigte sich sogar Schaum auf seinen Lippen.

»Im Gegenteil, Schatow, im Gegenteil«, sagte Stawrogin ungewöhnlich ernst und zurückhaltend, ohne sich von seinem Platz zu erheben, »im Gegenteil, Ihre glühenden Worte haben in mir viele außerordentlich starke Erinnerungen wachgerufen. Ich erkenne in Ihren Worten meine eigne Gemütsverfassung vor zwei Jahren wieder, und jetzt sage ich Ihnen nicht wie vorhin, daß Sie meine damaligen Gedanken übertrieben haben. Es scheint mir sogar, daß sie noch ausschließlicher, noch selbstherrlicher waren, und ich versichere Ihnen zum drittenmal, daß ich alles, was Sie jetzt gesagt haben, sehr gern bestätigen würde, sogar bis aufs letzte Wort, aber ...«

»Aber Sie brauchen einen Hasen?««

»Wa–as?«

»Das ist doch Ihr eigner, gemeiner Ausdruck«, entgegnete Schatow boshaft lachend und setzte sich wieder. »‚Um eine Hasensoße zu machen, braucht man einen Hasen, um an Gott zu glauben – einen Gott.' Das sollen Sie wiederholt in

Petersburg gesagt haben wie Nosdrew*, der einen Hasen an den Hinterläufen fangen wollte.«

«Nein, der rühmte sich, er habe schon einen gefangen. Apropos, erlauben Sie mir, auch Sie mit einer Frage zu behelligen, zumal ich jetzt, wie mir scheint, das volle Recht dazu habe. Sagen Sie mir: ist Ihr Hase schon gefangen oder läuft er noch umher?«

»Unterstehen Sie sich nicht, mich mit solchen Worten zu fragen, fragen Sie mit anderen, mit anderen!« Schatow zitterte plötzlich am ganzen Leibe.

»Meinetwegen, dann mit anderen.« Nikolaj Wsewolodowitsch sah ihn finster an. »Ich wollte nur wissen: glauben Sie selber an Gott oder nicht?«

»Ich glaube an Rußland, ich glaube an seine Rechtgläubigkeit ... Ich glaube an den Leib Christi ... Ich glaube, daß die Wiederkunft Christi sich in Rußland vollziehen wird ... Ich glaube ...« stammelte Schatow verzückt.

»Und an Gott? An Gott?«

»Ich ... ich werde an Gott glauben.«

In Stawrogins Gesicht rührte sich kein Muskel. Schatow sah ihn glühend und herausfordernd an, als wollte er ihn mit seinem Blick verbrennen.

»Ich habe Ihnen doch nicht gesagt, daß ich überhaupt nicht glaube!« rief er schließlich. »Ich habe Sie nur wissen lassen, daß ich ein unglückliches, langweiliges Buch bin und vorläufig, vorläufig nichts weiter ... Aber mag mein Name untergehen. Es handelt sich um Sie, nicht um mich ... Ich bin ein talentloser Mensch, kann nur mein Blut hingeben und weiter nichts, wie jeder talentlose Mensch. Mag auch mein Blut fließen! Von Ihnen rede ich, auf Sie habe ich zwei Jahre lang hier gewartet ... Ihretwegen tanze ich jetzt seit einer halben Stunde nackt herum, Sie, Sie allein könnten das Banner erheben! ...«

Er sprach nicht zu Ende, stemmte wie in Verzweiflung die Ellbogen auf den Tisch und stützte den Kopf auf beide Hände.

»Ich möchte bei dieser Gelegenheit eines als Kuriosität bemerken«, unterbrach ihn Stawrogin plötzlich. »Warum wollen mir nur alle ein Banner aufdrängen? Pjotr Werchowenskij

* In Gogols Roman »Die toten Seelen« (Anmerkung des Übersetzers).

ist ebenfalls überzeugt, daß ich bei ihnen das Banner erheben könnte, wenigstens hat man mir erzählt, daß er das gesagt habe. Er hat sich in den Kopf gesetzt, daß ich bei ihnen die Rolle eines Stenjka Rasin* spielen könnte, ‚wegen außergewöhnlicher Befähigung zum Verbrechen' – auch das sind seine eignen Worte.«

»Wie?« fragte Schatow. »Wegen außergewöhnlicher Befähigung zum Verbrechen?«

»Ganz recht.«

»Hm! . . . Ist es denn wahr, daß Sie«, Schatow lächelte boshaft, »ist es wahr, daß Sie in Petersburg einem viehischen wollüstigen Geheimbund angehört haben? Ist es wahr, daß Sie sich gebrüstet haben, der Marquis de Sade hätte noch von Ihnen lernen können? Ist es wahr, daß Sie Kinder an sich gelockt und mißbraucht haben? Antworten Sie, unterstehen Sie sich nicht, zu lügen!« schrie er ganz außer sich. »Nikolaj Stawrogin kann vor Schatow, der ihn ins Gesicht geschlagen hat, nicht lügen! Sagen Sie alles, und wenn es wahr ist, werde ich Sie sofort erschlagen, auf der Stelle!«

»Ich habe diese Worte gesagt, aber Kindern habe ich nichts zuleide getan«, erwiderte Stawrogin, jedoch erst nach einem übermäßig langen Schweigen. Er war blaß geworden, und seine Augen glühten.

»Aber Sie haben es gesagt!« fuhr Schatow herrisch fort, ohne seine funkelnden Augen von ihm abzuwenden. »Ist es wahr, daß Sie behauptet haben, Sie kennten, was Schönheit anbetreffe, keinen Unterschied zwischen einer wollüstigen, bestialischen Handlung und einer beliebigen Heldentat, und sei es die Hingabe des eignen Lebens für die Menschheit? Ist es wahr, daß Sie an diesen beiden Polen die gleiche Schönheit, den gleichen Genuß gefunden haben?«

»Es ist mir unmöglich, darauf zu antworten . . . ich will nicht antworten«, murmelte Stawrogin, der sehr wohl hätte aufstehen und fortgehen können, aber nicht aufstand und nicht fortging.

»Ich weiß auch nicht, warum das Böse häßlich und das Gute schön ist, aber ich weiß, warum das Gefühl für diesen Unterschied sich bei solchen Herren wie Ihnen, Stawrogin, verwischt und verliert«, ließ Schatow, der am ganzen Leibe

* Kosakenführer, 1671 zum Tode verurteilt (Anmerkung des Übersetzers).

zitterte, nicht von ihm ab. »Wissen Sie, warum Sie damals so schändlich und gemein geheiratet haben? Gerade deshalb, weil hier Schande und Sinnlosigkeit an Genialität grenzten! Oh, Sie wandeln nicht am Rande des Abgrunds, Sie stürzen sich kühn kopfüber hinab. Sie haben geheiratet aus Leidenschaft für Quälerei, aus Leidenschaft für Gewissensbisse, aus moralischer Wollust. Ihre Nerven waren überreizt ... Die Herausforderung der gesunden Vernunft erschien Ihnen zu reizvoll! Stawrogin und eine häßliche, schwachsinnige, bettelarme Lahme. Als Sie den Gouverneur ins Ohr bissen, haben Sie da Wollust empfunden? Ja? Sie müßig umherschlenderndes Herrensöhnchen, haben Sie damals Wollust empfunden?«

»Sie sind ein Psychologe«, Stawrogin wurde immer bleicher, »obgleich Sie über die Gründe meiner Heirat teilweise im Irrtum sind ... Wer könnte Ihnen übrigens all diese Kenntnisse vermittelt haben?« Er lächelte gezwungen. »Doch nicht etwa Kirillow? Aber der war ja gar nicht beteiligt.«

»Sie werden bleich?«

»Was wollen Sie eigentlich von mir?« fragte Nikolaj Wsewolodowitsch endlich mit erhobener Stimme. »Eine halbe Stunde lang habe ich unter Ihren Peitschenhieben dagesessen, Sie könnten mich nun wenigstens höflich entlassen ... wenn Sie tatsächlich keinen vernünftigen Grund haben, mit mir in dieser Weise umzuspringen.«

»Einen vernünftigen Grund?«

»Zweifellos. Wenigstens wäre es Ihre Pflicht, mir endlich Ihr Ziel anzugeben. Ich habe immer darauf gewartet, daß Sie das tun würden, habe aber nur eine rasende Bosheit gefunden. Ich bitte Sie, schließen Sie mir das Tor auf.«

Er stand vom Stuhl auf. Schatow stürzte ihm wütend nach.

»Küssen Sie die Erde, tränken Sie sie mit Tränen, bitten Sie um Verzeihung!« schrie er und packte ihn an der Schulter.

»Ich habe Sie jedoch nicht erschlagen ... an jenem Morgen ... sondern ich habe die Arme auf dem Rücken verschränkt ...« sagte Stawrogin beinahe schmerzlich mit niedergeschlagenen Augen.

»Sprechen Sie zu Ende, sprechen Sie zu Ende! Sie sind hergekommen, um mich vor einer Gefahr zu warnen, Sie haben mich reden lassen, Sie wollen morgen Ihre Heirat öffentlich bekanntgeben! ... Sehe ich denn nicht an Ihrem Gesicht, daß ein neuer schrecklicher Gedanke Sie überwältigt ... Stawrogin, warum bin ich verdammt, bis in alle Ewigkeit, an Sie zu glauben? Hätte ich denn mit einem anderen so reden können? Ich bin keusch, aber ich habe mich meiner Nacktheit nicht geschämt, denn es war Stawrogin, mit dem ich sprach. Ich habe nicht gefürchtet, den großen Gedanken durch meine Berührung zur Karikatur herabzuwürdigen, weil es Stawrogin war, der mir zuhörte ... Werde ich nicht die Spuren Ihrer Füße küssen, wenn Sie fortgegangen sind? Ich kann Sie nicht aus meinem Herzen reißen, Nikolaj Stawrogin!«

»Es tut mir leid, daß ich Sie nicht lieben kann, Schatow«, sagte Nikolaj Wsewolodowitsch kühl.

»Ich weiß, daß Sie es nicht können, und ich weiß, daß Sie nicht lügen. Hören Sie, ich kann alles wiedergutmachen: ich werde Ihnen den Hasen verschaffen!«

Stawrogin schwieg.

»Sie sind Atheist, weil Sie ein Herrensohn sind, der letzte Herrensohn. Sie haben das Gefühl für den Unterschied zwischen Gut und Böse verloren, weil Sie aufgehört haben, Ihr Volk zu verstehen ... Es kommt eine neue Generation, unmittelbar aus dem Herzen des Volkes, und niemand wird sie erkennen, weder Sie noch die Werchowenskijs, Vater und Sohn, noch ich, denn auch ich bin ein Herrensohn, ich, der Sohn Ihres leibeignen Dieners Paschka ... Hören Sie, suchen Sie durch Arbeit zu Gott zu gelangen; darin liegt der Kern der Sache; oder Sie werden verschwinden wie gemeiner Schimmel; suchen Sie durch Arbeit zu Gott zu gelangen.«

»Zu Gott durch Arbeit? Durch was für eine Arbeit denn?«

»Durch Bauernarbeit. Gehen Sie hin ... und werfen Sie Ihren Reichtum von sich ... Ah, Sie lachen, Sie haben Angst, daß das auf einen Scherz hinausläuft?«

Aber Stawrogin lachte nicht.

»Sie nehmen an, daß man in der Arbeit, und gerade in der Bauernarbeit, Gott finden kann?« wiederholte er nachdenklich, als stieße er hier tatsächlich auf etwas Neues und Ernstes, das des Nachdenkens wert wäre. »Apropos«, ging er plötzlich zu einem anderen Gedanken über, »Sie haben mich soeben an etwas erinnert: wissen Sie, daß ich gar nicht reich bin, so daß ich nichts von mir werfen kann? Ich bin fast nicht einmal imstande, die Zukunft Marja Timofejewnas sicherzustellen ... Und noch eines: ich war hergekommen, um Sie zu bitten, wenn es Ihnen möglich ist, Marja Timofejewna auch künftighin nicht zu verlassen, da nur Sie einigen Einfluß auf ihren armen Verstand haben könnten. Ich sage das für alle Fälle.«

»Gut, gut, Sie sprechen von Marja Timofejewna«, Schatow wehrte mit der einen Hand ab, während er in der anderen die Kerze hielt. »Gut, das versteht sich von selbst... Hören Sie, gehen Sie doch einmal zu Tichon.«

»Zu wem?«

»Zu Tichon. Tichon ist ein früherer Bischof, er lebt krankheitshalber im Ruhestand, hier in der Stadt, in unserem Jefimjewskij-Bogorodskij-Kloster.«

»Was soll ich denn dort?«

»Nichts weiter. Es fahren und gehen viele zu ihm. Besuchen Sie ihn; was macht es Ihnen denn aus?«

»Das höre ich zum erstenmal, und ... ich habe noch nie Menschen dieser Art gesehen. Ich danke Ihnen, ich werde hingehen.«

»Hierher!« Schatow leuchtete die Treppe hinunter. »So, nun gehen Sie!« Er öffnete das Pförtchen zur Straße.

»Ich werde nicht mehr zu Ihnen kommen, Schatow«, sagte Stawrogin leise, als er durch das Pförtchen schritt.

Dunkelheit und Regen herrschten nach wie vor.

Zweites Kapitel

Die Nacht (Fortsetzung)

1

Er ging die ganze Bogojawlenskaja-Straße hinunter. Endlich senkte sich der Weg etwas, seine Füße versanken im Schlamm, und plötzlich lag ein breiter, nebliger, anscheinend leerer Raum vor ihm da – der Fluß. Häuser gab es hier nicht mehr, nur Hütten, und die Straße verlor sich in einer Unmasse wirrer Gassen und Gäßchen. Nikolaj Wsewolodowitsch ging lange an Zäunen entlang, ohne sich vom Ufer zu entfernen, aber er verfolgte standhaft seinen Weg und dachte dabei kaum an ihn. Er war mit etwas ganz anderem beschäftigt und sah sich voll Verwunderung um, als er, plötzlich aus tiefem Nachdenken aufgeschreckt, bemerkte, daß er schon fast auf der Mitte unserer langen, nassen Bootsbrücke war. Keine Menschenseele ringsum, so daß es ihm merkwürdig vorkam, als plötzlich, fast direkt zu seinem Ellenbogen, eine höflich-familiäre, übrigens ganz angenehme Stimme in jenem süßlich-skandierenden Tonfall ertönte, wie bei uns allzu feingebildete Kleinbürger und junge, lockenhäuptige Ladenschwengel aus dem Gostinyi Rjad zu sprechen pflegen, wenn sie besonders vornehm sein wollen.

»Gestatten vielleicht der gnädige Herr, daß ich dero Regenschirm benütze?«

Und wirklich kroch eine Gestalt unter seinen Schirm oder tat wenigstens so, als wenn sie es tun wollte. Der Strolch ging so dicht neben ihm her, daß er fast »mit dem Ellenbogen Fühlung nahm«, wie man bei den Soldaten sagt. Nikolaj Wsewolodowitsch hemmte seinen Schritt etwas und wandte sich zur Seite, um das Individuum anzuschauen, soweit das bei der Finsternis überhaupt möglich war. Es war ein ziemlich kleiner Mensch, der wie ein heruntergekommener Kleinbürger aussah. Er war nicht gut und auch nicht warm gekleidet, auf seinem wirren, krausen Haar saß schief eine nasse Tuchmütze mit halb abgerissenem Schirm. Er schien ein kräftiger, brauner Kerl zu sein, mager und schlank, mit großen Augen, die unbedingt schwarz waren und einen starken Glanz und jenen gelben Schimmer hatten wie bei den Zigeunern, das konnte man sogar in der Finsternis erraten. Er mochte vielleicht vierzig Jahre alt sein. Betrunken war er nicht.

»Kennst du mich denn?« fragte Nikolaj Wsewolodowitsch.

»Herr Stawrogin, Nikolaj Wsewolodowitsch. Wurden mir auf dem Bahnhof, gerade als der Zug eingelaufen war, gezeigt, am vorigen Sonntag. Außerdem hat man ja auch schon früher von Ihnen gehört.«

»Wohl durch Pjotr Stepanowitsch? Du ... du bist Fedjka der Zuchthäusler?«

»Getauft bin ich Fjodor Fjodorowitsch. Habe bis jetzt noch meine alte Mutter in hiesiger Gegend, eine gottesfürchtige Alte, so gebückt, als wolle sie in die Erde zurückwachsen. Betet Tag und Nacht für mich, damit sie ihre alten Tage nicht ganz umsonst auf dem Ofen verbringt.«

»Du bist ein entlaufener Zuchthäusler?«

»Ich habe mein Schicksal gewendet. Hatte Meßbücher und Glocken und Kirchengerät zu Geld gemacht und war dafür auf Lebenszeit zur Zwangsarbeit verurteilt worden. Hätte also noch etwas reichlich lange auf den Ablauf der Frist warten müssen.«

»Was tust du hier?«

»Tag kommt und Nacht – ein Tag ist verbracht. Vorige Woche ist ein Onkel von mir im hiesigen Gefängnis, wo er wegen Falschgeld saß, gestorben, da habe ich, um sein Gedächtnis zu feiern, ein paar Dutzend Steine nach Hunden geschmissen – das ist aber auch alles, was ich bisher getan habe. Außerdem hat mir Pjotr Stepanowitsch einen Paß für ganz Rußland, zum Beispiel als Kaufmann, versprochen, und da warte ich nun, daß er so gnädig sein wird – das ist wieder etwas. ‚Denn', sagt er, ‚mein Papachen hat dich damals im englischen Klub im Kartenspiel verspielt, und ich', sagt er, ‚finde diese Unmenschlichkeit ungerecht'. Wollen Sie mir nicht, gnädiger Herr, zu einem erwärmenden Teechen verhelfen, und mir drei Rubelchen genehmigen.«

»Du hast mir also aufgelauert; ich kann so etwas nicht leiden. Auf wessen Befehl tatest du es?«

»Von einem Befehl kann hier nicht die Rede sein, sondern ich tat es, weil ich Ihre Menschenfreundlichkeit kenne, die aller Welt bekannt ist. Denn mit meinen Einkünften, das können Sie sich wohl vorstellen, sieht es jetzt etwas windig aus. Am vorigen Freitag habe ich mich einmal an Pastete vollgefressen, wie Martyn an Seife, seit der Zeit aber habe ich den einen Tag nichts gegessen, den anderen gehungert und den dritten gefastet. Wasser gibt es freilich im Fluß, soviel du willst, und so habe ich angefangen, in meinem Bauche Karauschen zu züchten ... Also tue der gnädige Herr nur mildtätig seinen Beutel auf. Ich habe grad zufällig hier in der Nähe eine Gevatterin wohnen, die auf mich wartet, nur darf ich mich bei ihr nicht ohne Rubelchen blicken lassen.«

»Was hat dir denn Pjotr Stepanowitsch von mir versprochen?«

»Gerade versprochen hat er mir nichts, hat nur so ein paar Wörtchen fallenlassen, daß ich möglicherweise Euer Gnaden einmal nützlich sein könne, wenn es zum Beispiel mal so in den Streifen paßt, womit aber eigentlich, das hat er mir nicht auseinandergesetzt, so mit Ausführlichkeit, denn Pjotr Stepanowitsch will mir immer auf den Zahn fühlen, beispielsweise, ob ich geduldig bin wie ein Kosak, und Vertrauen hat er gar keines zu mir.«

»Warum denn nicht?«

»Pjotr Stepanowitsch ist ein Astrolom und kennt alle Planiden Gottes, aber auch er ist der Kritik ausgesetzt. Ich spreche vor Ihnen, gnädiger Herr, wie vor dem wahrhaftigen Gott, denn ich habe schon viel von Ihnen gehört. Pjotr Stepanowitsch ist von so 'ner Art, und Sie, gnädiger Herr, von 'ner anderen Art. Wenn der mal von einem sagt, 's ist ein Schuft, so ist man eben ein Schuft und weiter auch nichts. Sagt er: so'n Esel, so gibt es eben dann für diesen Menschen überhaupt keine andere Bezeichnung mehr. Aber es kann doch sehr leicht möglich sein, daß ich beispielsweise nur am Dienstag und am Mittwoch ein Esel bin, am Donnerstag aber klüger als er. Nun weiß er jetzt von mir, daß ich große Sehnsucht nach einem Passe habe – denn bei uns in Rußland ist ja nun einmal ohne Papierchen nichts möglich –, und schon glaubt er, daß er mich mit Leib und Seele in der Tasche hat. Ich sage Ihnen, gnädiger Herr, Pjotr Stepanowitsch macht sich das Leben auf der Welt sehr leicht, weil er den Menschen nach seiner Vorstellung formt und so mit ihm lebt. Außerdem ist er sehr geizig. Er bildet sich nämlich ein, daß ich ohne seine Vermittlung mich nicht an Sie heranwagen würde. Ich spreche ganz offen vor Ihnen, gnädiger Herr, wie vor dem wahrhaftigen Gott. Heut ist nun schon die vierte Nacht, daß ich Euer Gnaden auf dieser Brücke erwartete, denn ich habe die Absicht, auch ohne ihn mit leisen Schritten, wie man so zu sagen pflegt, meinen Weg zu finden. Besser ist's, denke ich, du verbeugst dich vor einem Stiefel als vor einem Bastschuh!«

»Wer hat dir denn gesagt, daß ich nachts über die Brücke gehen werde?«

»Ich muß schon gestehen, daß ich das von einer ganz anderen Seite herausbekommen habe, mehr durch die Dummheit des Hauptmanns Lebjadkin, der ja nun einmal nichts für sich behalten kann ... Also drei Rubelchen von Euer Gnaden, beispielsweise für die drei Tage und die drei Nächte, die Langeweile wird noch zugegeben. Daß ich außerdem noch bis auf die Haut naß geworden bin, davon will ich nur anstandshalber ganz schweigen.«

»Ich muß jetzt nach links und du nach rechts, die Brücke ist zu Ende. Höre, Fjodor, ich lege großen Wert darauf, daß meine Worte ein für allemal verstanden werden: du bekommst von mir nicht eine Kopeke und darfst mir nie wieder auf der Brücke noch sonstwo in den Weg kommen. Ich brauche dich nicht und werde dich nicht brauchen. Gehorchst du mir nicht, werde ich dich fesseln und der Polizei übergeben. Marsch!«

»O weh! Dann spendieren Sie mir wenigstens etwas für die Begleitung. Es war doch immerhin lustiger, mit mir zu gehen.«

»Pack dich fort!«

»Aber wissen Sie denn auch hierorts den Weg? Hier laufen soviel Winkelgäßchen durcheinander . . . Ich könnte Ihnen an die Hand gehen. Denn die Stadt hier – das ist, als ob sie der Teufel im Korbe getragen und alles durcheinandergeschüttelt hätte.«

»Geh, oder ich werde dich binden!« sagte Nikolaj Wsewolodowitsch.

»Überlegen Sie es sich, Herr; vielleicht doch? Kann man denn einen armen Menschen so lange quälen?«

»Du hast anscheinend viel Vertrauen zu dir?«

»Zu Ihnen, Herr, habe ich Vertrauen, aber nicht, daß ich zu mir selber allzu großes Vertrauen hätte.«

»Ich brauche dich gar nicht, das habe ich bereits gesagt!«

»Aber ich brauche Sie, Herr, das ist es ja eben. Ich werde also warten, bis Sie zurückkommen.«

»Ich gebe dir mein Wort darauf: treffe ich dich noch einmal, so fessele ich dich!«

»Dann werde ich also einen Gurt dazu bereithalten. Viel Glück auf den Weg, Herr! Sie haben es immerhin unter Ihrem Schirm einem armen Schlucker schön warm sein lassen, schon dafür allein werde ich Ihnen bis ins Grab dankbar sein!«

Er blieb zurück. Nikolaj Wsewolodowitsch setzte seinen Weg besorgt fort. Dieser plötzlich vom Himmel gefallene Mensch war fest davon überzeugt, daß er für ihn unentbehrlich sei, und hatte es doch gar zu eilig gehabt, das frech und offen auszusprechen. Überhaupt schien man mit ihm nicht mehr viel Umstände zu machen. Aber es war auch sehr gut möglich, daß der Strolch nicht alles erlogen und ihm wirklich seine Dienste nur aus eignen Antrieb aufgedrängt hatte, also tatsächlich ohne Pjotr Stepanowitschs Wissen, und das wäre dann wirklich noch sonderbarer gewesen.

2

Das Haus, bei dem Nikolaj Wsewolodowitsch anlangte, stand in einem öden Winkel buchstäblich am Rand der Stadt inmitten von Zäunen, hinter denen sich Gemüsegärten hinzogen. Es war ein alleinstehendes, kleines Holzhaus, eben erst erbaut und noch nicht verschalt. An einem der Fenster waren die Läden wohl absichtlich nicht geschlossen, und auf dem Fensterbrett stand ein Licht, offenbar zu dem Zweck, dem heute so spät erwarteten Gast als Wegweiser zu dienen. Als Nikolaj Wsewolodowitsch auf etwa dreißig Schritt herangekommen war, erblickte er vor der Haustür einen Menschen von hoher Gestalt, wahrscheinlich der Besitzer des Anwesens, der herausgetreten war und ungeduldig auf den Weg spähte. Da ertönte auch schon seine ungeduldige, aber doch zaghafte Stimme: »Sind Sie es: Sie?«

»Ja«, erwiderte Nikolaj Wsewolodowitsch, aber erst, als er in der Haustür stand und seinen Schirm zumachte.

»Endlich«, sagte Hauptmann Lebjadkin – denn er war es – und eilte geschäftig und dienstbeflissen hin und her. »Bitte um Ihren Schirm, ganz naß ist er. Ich werde ihn aufspannen und hier in einer Ecke auf den Fußboden stellen. Haben Sie die Güte näherzutreten, bitt schön, bitt schön!«

Die Tür vom Flur zu dem von zwei Kerzen erleuchteten Zimmer stand weit auf.

»Wenn Sie nicht Ihr Wort darauf gegeben hätten, unbedingt heute zu kommen, so hätte ich sicherlich den Glauben daran bereits aufgegeben.«

»Dreiviertel eins«, sagte Nikolaj Wsewolodowitsch, nachdem er nach der Uhr gesehen hatte, und trat ins Zimmer.

»Und bei diesem Regen und dieser interessanten Entfernung ... Eine Uhr gibt es hier nicht, nur immer Gemüsegärten und wieder Gemüsegärten, wenn man zum Fenster hinaussieht, so daß ... man ganz zurück ist in der Weltgeschichte ... Aber das soll nicht etwa ein Vorwurf sein, das wage ich ja gar nicht, wage ich nicht. Das ist nur ... die ganze Woche lang habe ich mich in Ungeduld verzehrt, um endlich ... eine Entscheidung zu hören.«

»Wie?«

»Mein Schicksal will ich von Ihnen hören, Nikolaj Wsewolodowitsch. Bitte, nehmen Sie doch Platz!« Er wies mit einer Verbeugung auf die Stelle am Tisch vor dem Sofa.

Nikolaj Wsewolodowitsch sah sich um. Das Zimmer war klein und niedrig. An Möbeln war nur das Allernotwendigste vorhanden. Das Sofa und die Stühle waren aus Holz, ebenfalls ganz neu und ohne Polsterwerk und Kissen. Ein Tisch stand vor dem Sofa, ein anderer in einer Ecke. Dieser war mit einem Tischtuch bedeckt und mit irgendwelchen Dingen vollgestellt; über das Ganze war eine saubere Serviette gebreitet. Überhaupt war das ganze Zimmer anscheinend sehr saubergehalten. Hauptmann Lebjadkin war schon acht Tage nicht betrunken gewesen. Sein Gesicht war gelb und aufgedunsen, sein Blick unruhig, neugierig und merklich unsicher: man sah nur zu deutlich, daß er selber noch nicht wußte, in welchen Ton er verfallen und welchen er am besten von vornherein anschlagen sollte.

»Sehen Sie«, sagte er und wies ringsum, »ich lebe wie der heilige Sosima. Nüchternheit, Zurückgezogenheit und Armut – das Gelübde der alten Ritter.«

»Glauben Sie, die alten Ritter hätten ein solches Gelübde abgelegt?«

»Da habe ich wohl danebengeschossen? Ei weih! Für mich gibt es keine Hinaufbildung mehr. Alles verpfuscht! Sehen Sie, Nikolaj Wsewolodowitsch, hier bin ich zum ersten Male aus meinen schändlichen Leidenschaften erwacht – nicht einen Tropfen mehr! Ich besitze jetzt einen stillen Winkel und genieße nun schon sechs Tage lang die Wohltat, wieder ein Gewissen zu haben. Sogar die Wände riechen hier nach Harz und erinnern einen an die Natur. Was aber war ich, was war ich?

Nächtens flitz ich ohne Obdach,
Tags hängt mir die Zunge 'raus ...

wie es ein Dichter so genial besingt. Aber ... Sie sind so durchnäßt ... Ist Ihnen vielleicht Tee gefällig?«

»Bemühen Sie sich nicht.«

»Der Samowar brodelt schon seit acht Uhr, aber ... nun ist er erloschen – wie alles auf der Welt. Auch die Sonne, heißt es, wird ja einmal erlöschen ... Übrigens kann ich ihn ja wieder anzünden lassen, wenn es nötig ist. Agafja schläft noch nicht.«

»Sagen Sie, ist Marja Timofejewna ...«

»Sie ist hier«, unterbrach ihn Lebjadkin sogleich im Flüstertone. »Wollen Sie sie sehen?« und er deutete auf die geschlossene Tür zum Nebenzimmer.

»Schläft sie nicht?«

»O nein, nein! Wie wäre das möglich? Im Gegenteil, sie erwartet Sie schon seit dem Abend, und als sie es vorhin erfuhr, hat sie gleich Toilette gemacht.«

Er wollte den Mund zu einem scherzhaften Lächeln verziehen, unterließ es aber im selben Augenblick wieder.

»Wie geht es ihr denn im allgemeinen?« fragte Nikolaj Wsewolodowitsch und zog die Brauen finster zusammen.

»Im allgemeinen? Das geruhen Sie doch wohl selber zu wissen« – er zuckte bedauernd mit den Achseln –, »aber jetzt ... jetzt sitzt sie drüben und legt sich die Karten ...«

»Gut. Später. Zuerst muß ich mit Ihnen zu einem Ende kommen.«

Nikolaj Wsewolodowitsch nahm auf einem Stuhl Platz.

Der Hauptmann wagte nicht, sich aufs Sofa zu setzen, holte sich schnell den anderen Stuhl herbei und beugte sich in zitternder Erwartung vor, um alles zu vernehmen.

»Was steht denn da bei Ihnen in der Ecke unter der Serviette?« fragte Nikolaj Wsewolodowitsch und wandte plötzlich seine Aufmerksamkeit jenem Tische zu.

»Das?« wandte sich nun auch Lebjadkin dorthin. »Das ist Ihre eigene Freigebigkeit zur Feier des neuen Quartiers sozusagen und dann auch im Hinblick auf den weiten Weg und die natürliche Müdigkeit«, kicherte er rührselig. Dann stand er auf, trat auf den Zehen an den Tisch in der Ecke heran und nahm respektvoll die Serviette ab.

Darunter kam ein sorgsam bereitgestellter kalter Imbiß zum Vorschein: Schinken, Kalbsbraten, Sardinen, Käse, eine kleine, grüne Karaffe, eine große Flasche Bordeaux, alles war sauber, mit Sachkenntnis und allen Finessen hergerichtet.

»Haben Sie sich diese Mühe gemacht?«

»Ja. Schon seit gestern. Und ich habe alles getan, was ich konnte, um Ehre einzulegen ... Marja Timofejewna sind solche Dinge ja, wie Sie wissen, ganz gleichgültig. Aber was die Hauptsache ist, das ist alles nur Ihre Freigebigkeit, Ihre eigene Freigebigkeit, so daß Sie hier der Wirt sind, und ich, ich bin sozusagen nur Ihr Beauftragter, denn wie es auch immer sei, Nikolaj Wsewolodowitsch, wie es auch immer sei, mein Geist ist doch noch unabhängig. Und diesen meinen letzten und einzigen Besitz werden Sie mir doch nicht auch noch nehmen wollen?« schloß er rührselig.

»Hm ... Setzen Sie sich nur wieder.«

»Ich bin da–ankbar, dankbar und unabhängig!« Er setzte sich wieder. »Ach, Nikolaj Wsewolodowitsch, in diesem Herzen siedet so vielerlei, daß ich gar nicht wußte, wie ich Sie erwarten sollte! Jetzt werden Sie nun mein Schicksal entscheiden und ... das jener Unglücklichen, und dann ... dann darf ich doch wie früher, wie es früher war, mein ganzes Herz vor Ihnen ausschütten wie vor vier Jahren? Damals würdigten Sie mich, mir zuzuhören, lasen meine Verse ... Mochten Sie mich damals immerhin Ihren Falstaff nennen wie bei Shakespeare, so haben Sie mir doch so viel – in meinem Schicksal bedeutet! ... Ich lebe jetzt nur immer in einer großen Angst, und nur von Ihnen allein erwarte ich Rat und Aufklärung. Pjotr Stepanowitsch behandelt mich schauderhaft.«

Nikolaj Wsewolodowitsch hörte gespannt zu und sah ihn dabei aufmerksam an. Es war klar ersichtlich, daß der Hauptmann Lebjadkin, obwohl er aufgehört hatte zu trinken, von einer harmonischen Verfassung weit entfernt war. Bei solchen langjährigen Trinkern setzt sich dann schließlich immer so etwas Ungereimtes, Dunstiges, etwas gleichsam Schadhaftes und Unsinniges fest, obgleich sie übrigens, wenn es sein muß, auch nicht schlechter zu betrügen, zu überlisten und auszurauben verstehen als andere Leute.

»Ich sehe, Hauptmann, daß Sie sich ganz und gar nicht verändert haben in dieser Zeit von mehr als vier Jahren«, sagte Nikolaj Wsewolodowitsch schon etwas freundlicher. »Da sieht man, wie wahr das ist, daß die zweite Hälfte des menschlichen Lebens sich nur aus den Gewohnheiten zusammensetzt, die man in der ersten Hälfte angenommen hat.«

»Ein bedeutender Ausspruch! Damit haben Sie das Rätsel des Lebens gelöst!« rief plötzlich der Hauptmann aus, halb aus Berechnung, halb aber auch aus wirklicher, echter Begeisterung, da er ein großer Freund geistreicher Aussprüche war. »Von allen Ihren Aussprüchen, Nikolaj Wsewolodowitsch, ist mir immer einer ganz besonders in Erinnerung geblieben, den Sie noch in Petersburg getan haben: Man muß wirklich ein großer Mensch sein, um sogar der gesunden Vernunft widerstehen zu können! So war es, sehen Sie.«

»Nun ja, ebensogut aber auch ein Dummkopf.«

»So, so. Meinetwegen auch ein Dummkopf. Aber Sie haben doch Ihr ganzes Leben lang immer nur mit Scharfsinn um sich gestreut, die anderen aber? Hat denn ein Liputin, hat denn ein Pjotr Stepanowitsch jemals so etwas gesagt? Oh, wie grausam Pjotr Stepanowitsch mich behandelt hat!«

»Aber Sie selber, Hauptmann, wie haben Sie sich auch aufgeführt?«

»Ich wurde für einen Trunkenbold angesehen, und dazu noch meine vielen Feinde! Aber jetzt ist das alles, alles vorbei; ich erneuere meine alte Haut wie eine Schlange. Nikolaj Wsewolodowitsch, wissen Sie, daß ich mein Testament schreibe, ja, es schon niedergeschrieben habe?«

»Das ist interessant. Was vermachen Sie denn und wem wohl?«

»Dem Vaterlande, der Menschheit und den Studenten. Nikolaj Wsewolodowitsch, ich habe mal in der Zeitung die Lebensgeschichte eines Amerikaners gelesen. Er hinterließ sein ganzes gewaltiges Vermögen den Fabriken und positiven Wissenschaften, sein Skelett den Studenten der dortigen Universität und seine Haut für eine Trommel, auf der Tag und Nacht die amerikanische Nationalhymne gespielt werden sollte. Aber ach, wir sind ja nur Pygmäen im Vergleich zu dem Gedankenflug der Nordamerikanischen Staaten! Rußland ist ein Spiel der Natur, aber nicht des Verstandes. Wenn ich es probieren würde, meine Haut für eine Trommel beispielsweise dem Akmolinschen Infanterieregimente zu vermachen, bei dem ich die Ehre hatte meine militärische Laufbahn zu beginnen, damit alle Tage dem Regiment die russische Nationalhymne darauf vorgetrommelt werden sollte – so würde man das für Liberalismus halten und meine Haut polizeilich verbieten! Deshalb habe ich mich eben nur auf die Studenten beschränkt. Ich möchte mein Skelett der Universität vermachen, aber nur dann, nur unter der Bedingung, daß man mir dort für alle Ewigkeiten ein Schildchen an die Stirn klebt mit der Aufschrift: ‚Ein reuiger Freidenker.' Jawohl, das möchte ich.«

Der Hauptmann hatte sich in einen heißen Eifer hineingeredet, einmal war er natürlich von der Schönheit seines amerikanischen Testamentes überzeugt, aber andererseits war doch auch eine gewisse Berechnung dabei: er wollte durchaus Nikolaj Wsewolodowitsch, bei dem er schon früher immer die Rolle eines Narren gespielt hatte, zum Lachen bringen. Dieser aber lachte nicht, sondern fragte im Gegenteil fast mißtrauisch: »Sie haben also die Absicht, Ihr Testament noch bei Lebzeiten zu veröffentlichen, um dafür ein Honorar zu erhalten?«

»Und wenn es nun so wäre, Nikolaj Wsewolodowitsch, wenn es nun so wäre?« Lebjadkin sah ihn vorsichtig an. »Was habe ich doch für ein trostloses Geschick! Sogar Verse habe ich zu schreiben aufgehört, und doch haben auch Sie, Nikolaj Wsewolodowitsch, sich seinerzeit an meinen Versen ergötzt, wissen Sie noch, bei einem Fläschchen? Aber ich habe die Feder begraben. Nur noch ein einziges Gedicht habe ich geschrieben, wie dazumal Gogol seine ‚Letzte Erzählung', wissen Sie noch? Er verkündete doch damals in Rußland, diese habe sich aus seiner Brust ‚herausgesungen'. So geht es auch mir, ich habe mich ausgesungen, und damit basta!«

»Was ist denn das für ein Gedicht?«

»Es heißt: ‚Für den Fall, daß sie ein Bein bräche!'«

»Wa–as?«

Darauf hatte der Hauptmann nur gewartet. Seine Verse achtete und schätzte er ungemein, aber infolge einer gewissen verschmitzten Zwiefältigkeit seiner Seele gefiel es ihm auch wiederum, daß sich Nikolaj Wsewolodowitsch immer über seine Verse lustig zu machen pflegte und manchmal so über sie lachte, daß er sich die Seiten halten mußte. So erreichte er gleich zwei Ziele mit einem Schlage: ein poetisches und ein geschäftliches. Jetzt aber hatte er noch ein drittes, ganz besonders heikles Ziel im Auge; er wollte sich nämlich dadurch, daß er diese Verse aufs Tapet brachte, in einem gewissen Punkt rechtfertigen, in einem Punkt, den er aus irgendwelchen Gründen immer mehr als alles andere gefürchtet hatte und in dem er sich immer für schuldiger hielt als in anderen Sachen.

»Für den Fall, daß sie ein Bein bräche, das heißt nämlich, beim Ausreiten. Eine Phantasie, Nikolaj Wsewolodowitsch, ein Traum, aber der Traum eines Dichters. Eine Reiterin machte einmal im Vorüberreiten einen großen Eindruck auf mich, und da legte ich mir die materielle Frage vor: Was würde dann werden, nämlich in dem erwähnten Falle? Die Sache ist klar: alle Anbeter ziehen sich zurück, alle Freier sind wie weggeblasen, futsch und perdu – und nur der Dichter allein mit seinem gebrochenen Herzen in der Brust bleibt ihr treu. Nikolaj Wsewolodowitsch, sogar eine Laus darf sich verlieben, es gibt keine Gesetze, die das verbieten. Und doch ist sie über meinen Brief, über meine Verse so beleidigt gewesen. Sogar Sie sollen sich darüber geärgert haben, ist das wahr? Das wäre höchst bedauerlich, ich wollte es gar nicht glauben. Wem könnte ich denn mit meinem Geistesprodukt schaden? Und dann war es hauptsächlich Liputin – das schwöre ich auf Ehre und Gewissen – der da zu mir sagte: ‚Schick es nur, schick es nur! Jeder Mensch hat das Recht, Briefe zu schreiben!' Und so habe ich es denn abgeschickt.«

»Sie sollen sich als Bräutigam angeboten haben?«

»Das behaupten meine Feinde, immer nur meine Feinde.«

»Sagen Sie das Gedicht auf!« unterbrach ihn Nikolaj Wsewolodowitsch finster.

»Es ist ja ein Traum, nur ein Traum.«

Trotzdem richtete er sich gerade auf, streckte die Hand aus und fing an:

»Das Bein brach beim Ritt sich die reizendste Maid;
Das machte sie nur interessanter.
Drum er, der ihr eh schon sein Herze geweiht,
Für sie nur noch heißer entbrannt er.«

»Genug, genug!« Nikolaj Wsewolodowitsch winkte mit der Hand ab.

»Ich träume von Petersburg«, sprang Lebjadkin plötzlich auf ein anderes Thema über, als hätte es niemals auf der Welt Verse gegeben. »Ich träume von einer Wiedergeburt ... mein Wohltäter. Kann ich darauf rechnen, daß Sie mir die Mittel zur Reise nicht versagen werden? Ich habe die ganze Woche auf Sie gewartet wie auf die Sonne.«

»Nein, entschuldigen Sie, ich habe fast keine Mittel mehr übrig. Und warum sollte ich Ihnen auch Geld geben?«

Nikolaj Wsewolodowitsch schien auf einmal ärgerlich zu werden. Kurz und trocken hielt er dem Hauptmann alle seine Untaten vor: seine Trunksucht, seine Lügerei, das Hinauswerfen des Geldes, das doch für Marja Timofejewna bestimmt war, daß er sie aus dem Kloster genommen hatte, seine frechen Briefe und Drohungen, das Geheimnis zu veröffentlichen, sein Benehmen gegen Darja Pawlowna, und so weiter, und so weiter. Der Hauptmann bog und wand sich, fuchtelte mit den Armen und wollte immer etwas erwidern, aber Nikolaj Wsewolodowitsch gebot ihm jedesmal herrisch Einhalt. »Und erlauben Sie«, bemerkte er schließlich, »Sie schreiben da immer von einer ‚Familienschande'. Ist das etwa für Sie eine Schande, daß Ihre Schwester die legitime Gattin eines Stawrogin ist?«

»Aber es ist eine Ehe unter dem Scheffel, Nikolaj Wsewolodowitsch, eine Ehe unter dem Scheffel, ein verhängnisvolles Geheimnis. Ich erhalte Geld von Ihnen, und plötzlich fragt mich einer, wofür ich dieses Geld bekomme. Ich bin gebunden und darf nicht antworten, meiner Schwester und meiner Familienehre zum Schaden.«

Der Hauptmann hatte seine Stimme erhoben: er liebte dieses Thema sehr und rechnete stark darauf. Aber ach, er ahnte nicht, welche Überraschung ihm bevorstand. Ruhig und bestimmt, als handle es sich um die alltäglichste häusliche Angelegenheit, teilte ihm Nikolaj Wsewolodowitsch mit, daß er beabsichtige, seine Ehe in den nächsten Tagen, vielleicht morgen oder übermorgen, in der ganzen Stadt bekanntzugeben, »sowohl bei der Polizei als auch in der Gesellschaft«, und damit wäre dann die Frage der Familienehre und mit ihr zusammen natürlich auch die Unterstützungsfrage aus der Welt geschafft. Der Hauptmann riß die Augen auf; er konnte das durchaus nicht fassen; es mußte ihm noch einmal auseinandergesetzt werden.

»Aber sie ist doch . . . halb irrsinnig?«

»Ich werde meine Maßnahmen treffen.«

»Aber . . . was wird Ihre Mutter sagen?«

»Nun, sicher das, was sie will.«

»Aber wollen Sie denn Ihre Frau sogar in Ihr Haus führen?«

»Vielleicht auch das. Übrigens ist das ganz und gar nicht Ihre Sache und geht Sie überhaupt nichts an.«

»Mich sollte das nichts angehen!« rief der Hauptmann aus. »Und ich, wie steht's mit mir?«

»Sie werden selbstverständlich mein Haus nicht betreten.«

»Aber ich bin doch ein Verwandter.«

»Solche Verwandten flieht man. Und warum sollte ich Ihnen Geld geben, überlegen Sie sich das doch selber einmal!«

»Nikolaj Wsewolodowitsch, Nikolaj Wsewolodowitsch, das kann nicht sein, das kann nicht sein! Vielleicht überlegen Sie es sich noch einmal, Sie werden doch nicht selber Hand an sich legen wollen . . . Was soll die Welt davon denken? Was soll die Welt dazu sagen?«

»Große Angst habe ich vor Ihrer Welt! Habe ich denn

damals Ihre Schwester geheiratet, als mir der Sinn danach stand, damals nach jenem Saufgelage, infolge einer Wette beim Wein, und ich veröffentliche es jetzt laut . . . wenn mir das jetzt Spaß macht.«

Er sagte das so eigentümlich gereizt, daß Lebjadkin voller Entsetzen anfing, ihm Glauben zu schenken.

»Aber ich? Was soll denn aus mir werden? Ich bin ja doch hier die Hauptperson . . . Sie scherzen vielleicht nur, Nikolaj Wsewolodowitsch?«

»Nein, ich spreche im Ernst.«

»Wie Sie wollen, Nikolaj Wsewolodowitsch, aber ich glaube Ihnen nicht . . . dann werde ich eine Bittschrift verfassen.«

»Sie sind entsetzlich dumm, Hauptmann.«

»Mag sein, aber das ist auch alles, was mir übrigbleibt«, entgegnete der Hauptmann, der nun vollständig den Kopf verloren hatte. »Dafür, daß sie arbeitete, gewährte man uns früher wenigstens Obdach in jenen Winkeln, was soll aber nun aus mir werden, wenn Sie mich ganz fallenlassen?«

»Sie wollten ja sowieso nach Petersburg fahren und Ihre Karriere ändern. Apropos: ist es denn wahr, ich hörte, Sie beabsichtigen wegen einer Denunziation dorthin zu fahren, in der Hoffnung, dann Gnade zu finden, wenn Sie alle andern anzeigen?«

Der Hauptmann öffnete den Mund, riß die Augen auf, gab aber keine Antwort.

»Hören Sie, Hauptmann«, fing plötzlich Stawrogin außerordentlich ernst an und beugte sich nach dem Tische vor. Bis jetzt hatte er gewissermaßen zweideutig gesprochen, so daß Lebjadkin, der daran gewöhnt war, zum Narren gehalten zu werden, bis zum letzten Augenblick noch immer ein wenig im Zweifel gewesen war, ob sein Herr sich wirklich über ihn ärgere oder nur Spaß mache und ob er tatsächlich die Absicht hege, die Ehe zu veröffentlichen oder nur mit diesem Gedanken spiele. Jetzt aber wirkte das außerordentlich strenge Aussehen Nikolaj Wsewolodowitschs so überzeugend, daß dem Hauptmann sogar ein kalter Schauer über den Rücken lief.

»Hören Sie, Lebjadkin, und sagen Sie mir die Wahrheit: haben Sie schon irgend etwas angezeigt oder noch nicht? Ist Ihnen wirklich schon gelungen, etwas Derartiges zu tun? Haben Sie vielleicht in Ihrer Dummheit irgendeinen Brief abgeschickt?«

»Nein, ich habe nichts getan und . . . denke gar nicht daran«, erwiderte der Hauptmann mit starrem Blick.

»Nun, das lügen Sie, daß Sie nicht daran denken. Deshalb baten Sie ja nur um das Reisegeld nach Petersburg. Wenn Sie nicht geschrieben haben, so haben Sie mit irgend jemandem über irgend etwas geschwatzt. Ich habe so etwas gehört.«

»Im betrunkenen Zustand Liputin gegenüber. Liputin ist ein Verräter. Ich habe ihm mein Herz ausgeschüttet«, flüsterte der arme Hauptmann.

»Das Herz in Ehren – aber man braucht deshalb noch kein Esel zu sein. Wenn Sie diese Absicht hatten, so hätten Sie es für sich behalten müssen. Heutzutage halten kluge Leute ihren Mund und plaudern nicht alles aus!«

»Nikolaj Wsewolodowitsch!« sagte der Hauptmann zitternd. »Sie selber sind doch dabei gar nicht beteiligt, also habe ich doch nicht Sie . . .«

»Na, gerade Ihre eigne Melkkuh würden Sie nicht anzuzeigen wagen.!«

»Nikolaj Wsewolodowitsch, Nikolaj Wsewolodowitsch, urteilen Sie, urteilen Sie!« und in Verzweiflung, unter Tränen begann der Hauptmann, überstürzt seine Erlebnisse der letzten vier Jahre zu erzählen. Es war die törichteste Erzählung von einem Dummkopf, der sich in Sachen eingelassen hatte, die nicht seines Amtes waren und deren Tragweite er fast bis zum letzten Augenblick vor lauter Trinken und Bummeln nicht erkannt hatte. Er erzählte, daß er sich schon in Petersburg »gleich von allem Anfang an habe verleiten lassen, ganz einfach nur aus Freundschaft, wie ein richtiger Student, ohne eigentlich ein Student zu sein«, er habe von der Sache gar keine Ahnung gehabt und sei »folglich auch ganz unschuldig«. Er habe nur große und kleine Zettelchen in den Hausfluren verteilt, habe sie zu Dutzenden an die Türen und Klingeln gesteckt, sie unter die Zeitungen gemengt, in die Theater getragen und dort in die Hüte geklemmt und in die Manteltaschen gesteckt. Und später habe er dann auch Geld von ihnen erhalten, »denn meine Mittel, was hatte ich denn damals für Mittel?« In zwei Gouvernements habe er »diesen Schund« in allen Kreisen verbreitet. »O Nikolaj Wsewolodowitsch«, rief er aus, »daß dies alles ganz gegen die bürgerlichen und namentlich gegen die vaterländischen Gesetze war, das quält mich am meisten. Da fingen sie auf einmal an zu drucken, die Bauern sollten mit Heugabeln anrücken und nicht vergessen, daß, wer am Morgen arm auszöge, am Abend als reicher Mann zurückkehre! Können Sie sich so etwas vorstellen! Mir selbst schlotterten die Knie, aber ich verteilte die Blätter. Oder man überschwemmte plötzlich mir nichts, dir nichts ganz Rußland mit fünf, sechs Zeilen: ‚Sofort alle Kirchen schließen, Gott entthronen, die Ehe auflösen, die Erbfolge abschaffen und zum Messer greifen!' und der Teufel mag wissen, was alles noch! Und gerade mit diesen kleinen Zettelchen von nur fünf Zeilen wäre ich beinahe hereingefallen: in einem Regiment haben mich die Offiziere verprügelt, aber dann doch wieder laufenlassen, Gott schenke ihnen ewige Gesundheit dafür. Und dann im vorigen Jahre hätten sie mich beinahe wieder erwischt, als ich die Fünfzigrubelscheine, die in Frankreich fabriziert worden waren, Korowajew übergab. Gott sei Dank torkelte aber Korowajew damals gerade in der Betrunkenheit in einen Teich und ertrank, und so konnte man mir nichts nachweisen. Hier bei Wirginskij habe ich für die Freiheit der sozialistischen Frau Propaganda gemacht. Dann habe ich im Juni wieder im Gouvernement Ch. Zettelchen verteilt. Sie sagen, sie werden mich wieder dazu zwingen ... Pjotr Stepanowitsch gibt mir jetzt auf einmal zu verstehen, daß ich gehorchen müsse, er droht mir schon lange. Nikolaj Wsewolodowitsch, ich bin ein Sklave, ein Wurm, aber kein Gott, nur darin unterscheide ich mich von Derschawin*. Und dann meine Mittel, meine kläglichen Mittel!«

Nikolaj Wsewolodowitsch hörte ihm gespannt zu.

»Vieles davon wußte ich noch nicht«, sagte er dann. »Natürlich kann Ihnen da allerlei passieren ... Hören Sie«, setzte er nachdenklich hinzu, »wenn Sie wollen, so sagen Sie doch denen da – Sie wissen schon –, daß Liputin gelogen hätte. Sie hätten vorgehabt, nur mich mit einer Denunziation einzuschüchtern in der Annahme, daß auch ich kompromittiert sei, um auf diese Art und Weise noch mehr Geld herauszuholen ... Verstehen Sie?«

»Nikolaj Wsewolodowitsch, Täubchen, droht mir denn wirklich eine solche Gefahr? Ich habe ja nur auf Sie gewartet, um Sie danach zu fragen.«

Nikolaj Wsewolodowitsch lachte.

* Ausspruch des Dichters Derschawin (1743–1816): »Ich bin ein Fürst, ein Sklav, ein Wurm, ein Gott« (Anmerkung des Übersetzers).

»Nach Petersburg hätte man Sie natürlich nicht gelassen, wenn ich Ihnen auch das Reisegeld dazu gegeben hätte ... Übrigens, ich muß jetzt zu Marja Timofejewna«, und er stand vom Stuhl auf.

»Nikolaj Wsewolodowitsch – wie wird es aber nun mit Marja Timofejewna?«

»So, wie ich gesagt habe.«

»So ist das wirklich wahr?«

»Sie glauben das gar nicht?«

»Und mich wollen Sie wirklich ganz über Bord werfen wie einen alten, abgetragenen Stiefel?«

»Ich werde sehen«, sagte Nikolaj Wsewolodowtisch lächelnd. »Aber nun lassen Sie mich.«

»Wenn Sie wünschen, stelle ich mich vor die Tür ... damit ich nicht unversehens etwas höre ... denn die Zimmerchen sind klein.«

»Richtig. Warten Sie vor der Tür. Nehmen Sie meinen Schirm!«

»Ihren Schirm? Das bin ich doch gar nicht wert«, sagte der Hauptmann süßlich.

»Einen Regenschirm ist jeder wert.«

»Da haben Sie kurz und bündig das Minimum aller Menschenrechte fixiert ...« Aber das stammelte er nur noch mechanisch. Er war durch diese Mitteilungen ganz niedergeschmettert und im höchsten Grade verwirrt. Und dennoch, fast im selben Augenblick, als er vor die Tür trat und den Regenschirm aufspannte, schoß doch auch schon wieder der Gedanke, der ihn bisher immer beruhigt hatte, durch seinen leichtsinnigen und schlauen Kopf, nämlich, daß man ihn betrügen und belügen wolle, und wenn das wirklich der Fall wäre, nicht er sie zu fürchten brauche, sondern sie ihn.

Wenn sie aber wirklich lügen und betrügen, da muß doch irgend etwas dahinterstecken? Dieser Gedanke ließ ihm keine Ruhe. Die Veröffentlichung der Ehe schien ihm absurd: Diesem Wundertäter ist allerdings alles zuzutrauen, der lebt ja nur zum Unheil der anderen. Wie, wenn er aber nun selber Angst hätte, seit jenem Vorfall am Sonntag, und zwar so, wie noch nie zuvor? Vielleicht kommt er nur angelaufen und versichert, er wolle es veröffentlichen, aus Angst, daß ich es selber bekanntmache? Paß auf, Lebjadkin, schieß keinen Bock! Und warum kommt er dann nachts im verborgenen, wenn er doch selber will, daß es alle wissen sollen? Hat er aber wirklich Angst, so hat er die erst jetzt, gerade jetzt, seit den paar Tagen ... He, halt die Ohren steif, Lebjadkin!

Er macht mir angst mit Pjotr Stepanowitsch. Oh, das ist bös, sehr bös; das ist wirklich eine ganz böse Sache! Mußte mich auch ein Gelüstchen zwicken, diesem Liputin gegenüber alles auszuschwatzen! Weiß der Teufel, was diese Teufel wieder vorhaben, niemals kann man klug daraus werden. Haben sich schon wieder gehäutet, ganz wie vor fünf Jahren. Und wem hätte ich nur etwas anzeigen sollen? »Haben Sie in Ihrer Dummheit etwa an jemanden geschrieben?« Hm. Folglich kann man also schreiben und sich den Anschein geben, daß man es aus Dummheit tut. Will er mir damit etwa einen Rat geben? »Nur deshalb wollen Sie ja nach Petersburg reisen.« Dieser Gauner! Ich habe nur davon geträumt, und schon hat er meinen Traum erraten! Als wenn er selber den Anstoß dazu geben wollte! Hier ist nur zweierlei möglich, entweder das eine oder das andere: entweder hat er selber Angst, weil er wieder mal was ausgefressen hat, oder ... oder er hat überhaupt keine Angst und will mir nur einen Stoß geben, damit ich alle anderen denunzieren soll. Oh, das ist eine böse Geschichte, Lebjadkin, o weh, o weh! Nur nicht danebenschießen!

Er war so in Gedanken versunken, daß er sogar vergaß zu horchen. Übrigens wäre das auch schwierig gewesen, denn die Tür war dick und einflügelig, und drinnen sprach man sehr leise, so daß nur einige undeutliche Laute herausdrangen. Der Hauptmann spuckte nur aus, trat wieder vor die Tür und pfiff nachdenklich vor sich hin.

3

Marja Timofejewnas Zimmer war zweimal so groß wie das, welches der Hauptmann innehatte, und auch mit ebensolchen rohen Holzmöbeln ausgestattet. Aber der Tisch vor dem Sofa war mit einer netten, bunten Decke bedeckt. Auf dem Tisch brannte eine Lampe. Der ganze Fußboden war mit einem schönen Teppich belegt, der Raum für das Bett durch einen langen, durchs ganze Zimmer gehenden, grünen Vorhang abgegrenzt. Außerdem stand neben dem Tische noch ein großer, weicher Lehnstuhl, in den sich Marja Timofejewna aber niemals setzte. In der Ecke hing, ganz wie in ihrer früheren Wohnung, eine Ikone; davor brannte ein Lämpchen. Auf dem Tische lagen die gleichen unentbehrlichen Gegenstände: das Spiel Karten, der Spiegel, das Liederbuch und sogar die Semmel. Außerdem lagen da noch zwei Bücher mit bunten Bildern, das eine enthielt für die heranwachsende Jugend bearbeitete Auszüge aus einer volkstümlichen Reisebeschreibung, das andere war eine Sammlung von Legenden und Rittergeschichten mit vornehmlich moralischer Tendenz, wie man sie der Jugend auf den Weihnachtstisch zu legen pflegt oder in Instituten benützt. Dann lag noch ein Album mit Photographien da. Marja Timofejewna hatte den Gast allerdings erwartet, wie der Hauptmann gesagt hatte, aber als Nikolaj Wsewolodowitsch eintrat, schlief sie in halb liegender Stellung auf dem Sofa, den Kopf auf ein Kamelhaarkissen gebettet. Der Gast schloß lautlos hinter sich die Tür und betrachtete die Schlafende, ohne sich von der Stelle zu rühren.

Der Hauptmann hatte übertrieben, als er gesagt hatte, sie habe Toilette gemacht. Sie hatte dasselbe dunkle Kleid an wie an jenem Sonntag bei Warwara Petrowna. Auch ihr Haar war zu einem genauso winzigen Knoten gebunden, der lange, magere Hals ebenso entblößt wie damals. Der schwarze Schal, den Warwara Petrowna ihr geschenkt hatte, lag sorgfältig zusammengelegt auf dem Sofa. Sie war ebensostark weiß und rot geschminkt wie immer. Nikolaj Wsewolodowitsch hatte noch keinen Augenblick so dagestanden, als sie plötzlich, als fühle sie seinen Blick auf sich ruhen, erwachte, die Augen aufschlug und sich schnell aufrichtete. Aber auch in der Seele des Gastes mußte etwas Eigenartiges vorgehen: er blieb starr an der Tür stehen und sah ihr mit einem durchdringenden Blick stumm und unverwandt ins Gesicht. Vielleicht war dieser Blick ungewöhnlich streng, vielleicht lag sogar Ekel oder auch ein schadenfrohes Genießen ihres Schrecks darin – wenn das der noch vom Schlaf befangenen Marja Timofejewna nicht alles nur so schien. Jedenfalls aber prägte sich plötzlich, nachdem sie fast eine Minute gewartet hatte, ein vollkommenes Entsetzen in ihren Zügen aus, ein krampfhaftes Zucken lief über ihr Gesicht, wie beschwörend hob sie beide Hände, und plötzlich brach sie in ein Weinen aus, ganz wie ein erschrockenes kleines Kind, noch einen Augenblick – und sie hätte laut geschrien. Aber der Gast kam zur Besinnung; im Nu änderte er seinen Gesichtsausdruck, und mit dem freundlichsten, wohlwollendsten Lächeln trat er an den Tisch heran.

»Verzeihen Sie, Marja Timofejewna, daß ich Sie durch mein plötzliches Eintreten aus dem Schlafe aufgeschreckt habe«, sagte er und reichte ihr die Hand.

Der Klang seiner freundlichen Worte verfehlte seine Wirkung nicht: das Entsetzen verschwand aus ihrem Gesicht, obwohl sie ihn immer noch ängstlich ansah, sichtlich bemüht, ihn zu verstehen. Furchtsam streckte sie ihm ihre Hand entgegen. Endlich spielte ein schüchternes Lächeln um ihre Lippen.

»Willkommen, Fürst«, flüsterte sie und sah ihn eigen an.

»Sie haben wohl einen bösen Traum gehabt?« fragte er und lächelte immer wohlwollender und freundlicher.

»Woher wissen Sie denn, daß mir gerade *davon* geträumt hat?«

Und plötzlich fing sie wieder an zu zittern, lehnte sich zurück, streckte wie zur Abwehr beide Hände vor und wollte eben wieder anfangen zu weinen.

»Aber so kommen Sie doch zu sich! Lassen Sie es doch genug sein! Warum fürchten Sie sich denn? Haben Sie mich denn wirklich nicht erkannt?« suchte Nikolaj Wsewolodowitsch sie zu überreden, konnte aber diesmal lange nichts ausrichten. Stumm sah sie ihn an, immer mit demselben quälenden Zweifel, mit demselben schweren Gedanken, der ihr armes Hirn bedrückte, und schien sich die größte Mühe zu geben, mit diesem Gedanken fertigzuwerden. Bald schlug sie die Augen nieder, bald umfaßte sie ihn mit einem schnellen Blick. Schließlich schien sie, wenn sie sich auch noch nicht beruhigt hatte, doch einen Entschluß gefaßt zu haben.

»Setzen Sie sich, bitte, neben mich, damit ich Sie dann ansehen kann«, sagte sie ziemlich fest, wie in einer bestimmten, neuen Absicht. »Und jetzt seien Sie nur unbesorgt, ich selber werde Sie nicht anblicken, werde zu Boden sehen. Und auch Sie sollen mich erst dann ansehen, wenn ich es Ihnen sagen werde. Aber so setzen Sie sich doch«, fügte sie fast ungeduldig hinzu.

Das neue Gefühl überkam sie sichtlich immer mehr und mehr.

Nikolaj Wsewolodowitsch setzte sich und wartete. Beide schwiegen. Das dauerte eine ganze Weile.

»Hm! Sonderbar kommt mir das alles vor«, murmelte sie

plötzlich fast mit Widerwillen. »Allerdings haben mich böse Träume gequält, aber warum mußten gerade Sie mir so im Traume erscheinen?«

»Nun, lassen wir doch jetzt die Träume beiseite«, fiel Nikolaj Wsewolodowitsch ungeduldig ein und wandte sich trotz ihrem Verbot zu ihr hin, und vielleicht blitzte auch schon wieder jener Ausdruck von vorhin in seinen Augen auf. Er sah, wie sie zu verschiedenen Malen und sehr gern zu ihm hinsehen wollte, doch überwand sie sich immer wieder und sah zu Boden.

»Hören Sie, Fürst«, sagte sie dann plötzlich mit erhobener Stimme, »hören Sie, Fürst ...«

»Warum wenden Sie sich ab? Warum sehen Sie mich nicht an? Was soll diese Komödie?« konnte sich Nikolaj Wsewolodowitsch endlich nicht mehr enthalten auszurufen. Aber sie schien überhaupt nicht auf ihn zu hören.

»Hören Sie, Fürst«, wiederholte sie zum drittenmal mit fester Stimme, und ihr Gesicht nahm einen unangenehmen, geschäftigen Ausdruck an. »Als Sie mir damals im Wagen sagten, daß unsere Ehe nun veröffentlicht werden würde, fuhr mir gleich ein Schreck durch alle Glieder, daß dieses Geheimnis nun ein Ende haben sollte. Jetzt weiß ich nun schon gar nicht mehr ein und aus: ich habe immer darüber nachgedacht und sehe jetzt deutlich, daß ich ganz und gar nicht dazu tauge. Mich zu putzen, das verstehe ich ja, meinetwegen auch Gäste zu empfangen, das ist ja auch was Rechtes, jemanden zu einer Tasse Tee einzuladen, besonders wenn man Dienerschaft hat. Und doch würden sie mich immer von der Seite ansehen. Ich habe am Sonntagmorgen da in jenem Hause vieles beobachtet. Das hübsche Fräulein hat mich immerfort angesehen, besonders nachdem Sie eingetreten waren. Das waren Sie doch, der da hereinkam? Nicht wahr? Ihre Mutter ist einfach eine komische alte Dame. Mein Lebjadkin war auch ausgezeichnet. Ich habe immer an die Decke geguckt, damit ich nicht laut herauslachen mußte. Das war eine schöne bemalte Decke! *Seine* Mutter kann nur eine Äbtissin sein. Ich fürchte mich vor ihr, obgleich sie mir den schwarzen Schal geschenkt hat. Denen allen muß ich damals wohl wie eine unangenehme Überraschung vorgekommen sein, ich habe mich aber gar nicht darüber geärgert, sondern immer nur dagesessen und gedacht: Was für eine Verwandte kann ich denen denn sein? Übrigens verlangt man von einer

Gräfin nur geistige Qualitäten, denn für den Haushalt hat sie ja ihre Dienerschaft, und dann vielleicht noch eine gewisse weltliche Koketterie, damit sie auch ausländische Reisende empfangen kann. Und doch haben mich die Damen damals am Sonntag alle mit hoffnungslosen Blicken angesehen. Nur Dascha ist ein Engel. Ich habe nur davon Angst, daß sie *ihn* vielleicht gekränkt haben durch eine unvorsichtige Bemerkung über mich.«

»Fürchten Sie das nicht und regen Sie sich darüber nicht auf.« Nikolaj Wsewolodowitsch verzog den Mund.

»Übrigens macht das ja gar nichts aus, wenn er sich auch wirklich meinetwegen ein bißchen schämen sollte, denn sein Mitleid wird ja doch immer noch größer sein als die Scham, nach Menschenverstande zu urteilen wenigstens. Und dann weiß er doch auch, daß eher ich mit ihnen Mitleid haben kann, als sie mit mir.«

»Sie haben ihnen das anscheinend sehr übelgenommen, Marja Timofejewna.«

»Wer? Ich? Nein«, antwortete sie und lachte harmlos. »Aber auch ganz und gar nicht. Ich habe euch damals immer nur angeschaut und bei mir gedacht: Da ärgert ihr euch nun alle und zankt euch untereinander, aber zusammenzukommen und von Herzen zu lachen, das versteht ihr nicht. So viel Reichtum und so wenig Fröhlichkeit! Das kam mir alles abscheulich vor! Jetzt übrigens habe ich mit niemandem mehr Mitleid als mit mir selber.«

»Ich hörte, daß es Ihnen bei Ihrem Bruder nicht gut gegangen sei, während ich nicht dawar?«

»Wer hat Ihnen das gesagt? Unsinn. Jetzt habe ich es noch viel schlechter. Jetzt quälen mich die bösen Träume. Und die bösen Träume kommen nur daher, weil Sie angekommen sind. Warum, frage ich Sie, sind Sie nur so plötzlich aufgetaucht?«

»Wollen Sie denn nicht wieder ins Kloster zurück?«

»Nun, das habe ich doch geahnt, daß man mir wieder mit dem Kloster kommen würde! Das ist auch was Rechtes, euer Kloster da! Und warum, mit wem sollte ich denn jetzt dorthin gehen? Jetzt, da ich mutterseelenallein bin? Es ist für mich zu spät, ein drittes Leben anzufangen.«

»Sie sind über irgend etwas ärgerlich. Sie fürchten doch nicht etwa, daß ich Sie nicht mehr liebe?«

»Um Sie kümmere ich mich überhaupt nicht mehr. Und für

mich selber fürchte ich, daß ich aufhören könnte, jemanden zu lieben.«

Sie lächelte verächtlich.

»Ich habe gewiß ihm gegenüber eine sehr große Schuld begangen«, fügte sie plötzlich, wie zu sich selber, hinzu, »nur weiß ich nicht, welche, und das ist nun für alle Ewigkeit mein Kummer. Immer und immer wieder, die ganzen fünf Jahre lang, habe ich Tag und Nacht gefürchtet, ich könnte ihm gegenüber schuldig sein. Ich bete und bete und denke immer, was das wohl für eine große Schuld sein könne. Und nun hat sich herausgestellt, daß ich recht hatte.«

»Aber was hat sich denn herausgestellt?«

»Ich fürchte nur, daß hier auch etwas von seiner Seite kommt«, fuhr sie fort, ohne auf seine Frage zu antworten, als hätte sie diese überhaupt nicht gehört. »Aber wiederum kann er doch unmöglich mit solchen Leuten zusammengehen! Die Gräfin hätte mich am liebsten aufgefressen, obgleich sie mich in ihren Wagen einlud. Sie haben sich alle gegen mich verschworen – sollte auch er dabei sein? Sollte er sich so verändert haben?« (Ihr Kinn und ihre Lippen fingen an zu zittern.) »Hören Sie, haben Sie von Grischka Otrepjew* gelesen, der in sieben Kathedralen verflucht wurde?«

Nikolaj Wsewolodowitsch schwieg.

»Übrigens, jetzt werde ich mich Ihnen wieder zuwenden und werde Sie wieder ansehen«, sagte sie wie nach einem plötzlichen Entschluß. »Wenden auch Sie sich wieder zu mir und sehen Sie mich wieder an, aber aufmerksamer. Ich möchte mich zum letzten Male überzeugen.«

»Ich sehe Sie schon lange an.«

»Hm«, murmelte Marja Timofejewna und sah ihn angestrengt an. »Sie sind sehr dick geworden . . .«

Sie wollte noch etwas sagen, plötzlich aber entstellte dasselbe Entsetzen wie vorhin zum drittenmal für einen Augenblick ihr Gesicht, und wieder lehnte sie sich zurück und streckte die Hände vor.

»Aber was ist denn nur mit Ihnen?« rief Nikolaj Wsewolodowitsch wütend aus.

Doch das Entsetzen war im Nu wieder verschwunden, und

* Der falsche Demetrius, ein Mönch aus dem Kloster Tschudow, der sich 1603 für den Sohn des Zaren Iwan ausgab; Gegenspieler Boris Godunows (Anmerkung des Übersetzers).

ein eigenartiges, argwöhnisches und unangenehmes Lächeln zuckte über ihr Gesicht.

»Ich bitte Sie, Fürst, stehen Sie auf und treten Sie ein!« sagte sie plötzlich in festem und bestimmtem Ton.

»Wieso denn eintreten? Wo soll ich denn eintreten?«

»Die ganzen fünf Jahre lang habe ich mir nur immer vorgestellt, wie *er* eintreten wird. Stehen Sie sofort auf und gehen Sie zur Tür hinaus in jenes Zimmer. Ich werde hier sitzen, als ahnte ich nichts, werde ein Buch in die Hand nehmen, und plötzlich werden Sie hier eintreten, nach fünfjähriger Abwesenheit. Ich möchte gern sehen, wie das sein wird.«

Nikolaj Wsewolodowitsch knirschte im stillen mit den Zähnen und murmelte undeutlich etwas vor sich hin. »Genug«, sagte er und schlug mit der Hand auf den Tisch. »Ich bitte Sie, Marja Timofejewna, mich einmal anzuhören. Haben Sie die Güte und nehmen Sie, wenn es Ihnen möglich ist, Ihre ganze Aufmerksamkeit zusammen. Sie sind doch wirklich noch nicht ganz verrückt!« fügte er ungeduldig hinzu. »Morgen werde ich unsere Ehe bekanntgeben. Sie sollen niemals in Palästen leben, des können Sie versichert sein! Wollen Sie Ihr ganzes Leben lang mit mir zusammensein, allerdings sehr weit von hier? In den Bergen, in der Schweiz gibt es einen Ort ... Beunruhigen Sie sich nicht, ich werde Sie niemals verlassen und in ein Irrenhaus stecken lassen. Geld habe ich genug, um, ohne betteln zu müssen, leben zu können. Sie sollen eine Magd haben, sollen keinerlei Arbeit zu verrichten brauchen. Alle Ihre Wünsche, die im Rahmen des Möglichen liegen, sollen Ihnen erfüllt werden. Sie können beten, gehen, wohin Sie wollen, und tun und lassen, was Ihnen gefällt. Ich werde Sie niemals berühren. Auch ich werde immer an diesem Orte bleiben. Wünschen Sie es, werde ich zeitlebens kein Wort mit Ihnen sprechen – wünschen Sie es, so mögen Sie mir, wie damals in jenen Winkeln in Petersburg, alle Abende Ihre Geschichten vorerzählen. Ich werde Ihnen Bücher vorlesen, wenn Sie es wünschen. Und das ein ganzes Leben lang, immer an demselben Orte, aber der Ort ist düster. Wollen Sie das? Können Sie sich dazu entschließen? Werden Sie es niemals bereuen und mich mit Tränen und Verwünschungen quälen?«

Sie hörte äußerst gespannt zu und schwieg dann lange und dachte nach.

»Das kommt mir alles recht unwahrscheinlich vor«, sagte

sie endlich verächtlich und spöttisch. »Da soll ich wohl gar vierzig Jahre lang irgendwo in den Bergen sitzen?«

Sie lachte laut auf.

»Was ist dabei, auch vierzig Jahre gehen vorüber«, erwiderte Nikolaj Wsewolodowitsch finster.

»Hm. Um keinen Preis gehe ich dahin.«

»Auch nicht mit mir?«

»Was sind Sie denn für einer, daß ich mit Ihnen gehen sollte? Vierzig Jahre lang soll ich mit ihm auf einem Berge sitzen – das wagt er, mir vorzuschlagen. Wie geduldig sind doch die Leute heutzutage geworden! Nein, das kann noch nicht sein, daß aus einem Falken ein Uhu wird. Mein Fürst ist von anderem Schlage!« Stolz und triumphierend hob sie den Kopf hoch.

Da blitzte ein Gedanke in ihm auf.

»Warum nennen Sie mich immer Fürst, und ... für wen halten Sie mich eigentlich?« fragte er plötzlich.

»Wie? Sie sind kein Fürst?«

»Nein, bin auch niemals einer gewesen.«

»Und das gestehen Sie, Sie selber, mir ganz offen ins Gesicht ein, daß Sie kein Fürst sind?«

»Ich sage ja, bin nie einer gewesen.«

»O Herr!« Sie schlug die Hände zusammen. »Alles hätte ich von *seinen* Feinden erwartet, aber eine solche Frechheit – niemals! Lebt er denn überhaupt noch?« schrie sie plötzlich ganz außer sich und fuhr auf Nikolaj Wsewolodowitsch los. »Hast du ihn totgeschlagen? Ja oder nein? Bekenne es!«

»Für wen hältst du mich eigentlich?« Nikolaj Wsewolodowitsch sprang auf. Sein Gesicht war entstellt. Aber jetzt schreckte sie nichts mehr, sie triumphierte.

»Wer weiß denn das, was du für einer bist und woher du plötzlich kommst? Und mein Herz, mein Herz hat das geahnt, die ganzen fünf Jahre lang, das ganze falsche Spiel. Und da sitze ich hier und wundere mich, was da für eine blinde Eule zu mir gekommen ist. Nein, Täubchen, du bist ein schlechter Schauspieler, noch schlechter sogar als Lebjadkin. Bestelle der Gräfin meine untertänigsten Grüße und sage ihr, sie solle einen geschickteren Mimen schicken, als du bist. Sie hat dich wohl gedungen, sprich? Darfst wohl aus Gnade und Barmherzigkeit bei ihr in der Küche sitzen? Aber ich durchschaue euren ganzen Betrug, durchschaue euch alle, vom ersten bis zum letzten!«

Er packte sie fest am Arm, oberhalb des Ellenbogens, sie aber lachte ihm nur ins Gesicht. »Ähnlich bist du ihm ja, sehr ähnlich; vielleicht sogar ein Verwandter von ihm – eine schlaue Gesellschaft! Nur war meiner ein reiner Falke und ein Fürst, du aber bist nur ein Käuzchen und eine Krämerseele. Meiner beugte sich vielleicht noch vor Gott, und auch das nur, wenn er wollte, dich aber hat Schatuschka, mein lieber, guter, bester Schatuschka, ins Gesicht geschlagen, wie mir Lebjadkin erzählt hat. Und warum warst du damals so feige, als du eintratest? Wer hat dir damals solchen Schrecken eingeflößt? Als ich fiel und du mich aufhobst und ich da dein gemeines Gesicht sah – da war es mir, als kröche es wie ein Wurm in mein Herz: das ist nicht *er*, dachte ich bei mir, das ist nicht *er*. Mein Falke hätte sich niemals und vor keinem vornehmen Fräulein der Welt meiner geschämt. O Herr! Und die ganzen fünf Jahre war ich immer so glücklich nur in dem Gedanken allein, daß mein Falke da irgendwo hinter den Bergen lebe und fliege und zur Sonne aufschaue ... Sage, du Usurpator, hast viel dafür genommen? Hast dich wohl nur für einen großen Batzen Geld dazu verstanden? Nicht einen Groschen hätte ich dir gegeben! Ha–ha–ha! Ha– ha–ha!«

»Uh, Idiotin!« knirschte Nikolaj Wsewolodowitsch und packte sie noch fester am Arm.

»Weg, Usurpator!« rief sie herrisch. »Ich bin meines Fürsten Weib und fürchte mich nicht vor deinem Messer!«

»Messer?«

»Ja, Messer! Du hast ein Messer in der Tasche. Du dachtest, ich schliefe, aber ich habe es doch gesehen: als du vorhin hereinkamst, hast du das Messer herausgezogen.«

»Was sagst du da, Unglückselige? Was für Träume träumst du?« schrie er und stieß sie mit aller Gewalt von sich, so daß sie mit Kopf und Schultern sehr schmerzhaft auf das Sofa aufschlug.

Dann stürzte er hinaus; sie aber sprang sogleich auf und lief hinkend und schwankend hinter ihm her, und erst vor dem Tor, wo sie von dem erschrockenen Lebjadkin mit aller Gewalt zurückgehalten wurde, gelang es ihr, ihm lachend und kreischend in die Finsternis hinein noch nachzurufen:

»Grischka Ot–rep–jew, Anathema!«

4

»Ein Messer! Ein Messer!« wiederholte er in unstillbarem Grimm und eilte mit großen Schritten durch den Schmutz und die Pfützen dahin, ohne auf den Weg zu achten. Allerdings hatte er minutenlang schreckliche Lust aufzulachen, laut, besessen; aber er bezwang sich aus irgendeinem Grund und hielt das Lachen zurück. Erst an der Brücke kam er wieder zu sich, fast an derselben Stelle, wo er vorhin Fedjka getroffen hatte. Derselbe Fedjka erwartete ihn auch jetzt wieder hier, riß, als er ihn erblickte, sofort die Mütze herunter, fletschte lustig mit den Zähnen und fing gleich an, flink und heiter draufloszuschwatzen. Nikolaj Wsewolodowitsch ging anfänglich, ohne stehenzubleiben, an ihm vorüber und hörte eine Zeitlang überhaupt nicht auf das Geschwätz des Strolches, der sich wiederum an seine Fersen heftete. Ihm fiel plötzlich auf, daß er ja diesen Strolch vollständig vergessen hatte, und zwar vergessen gerade bis zu dem Augenblick, da er soeben die Worte vor sich hingemurmelt hatte: »Ein Messer! Ein Messer!« Er packte den Strolch beim Kragen und schleuderte ihn mit all der Wut, die sich in ihm angesammelt hatte, und mit aller Gewalt zu Boden. Einen Augenblick dachte jener daran, den Kampf aufzunehmen, sagte sich aber sogleich, daß er vor diesem Gegner, der noch dazu so unerwartet über ihn hergefallen war, doch nichts weiter als ein Strohhalm sei, und blieb deshalb ganz still und stumm, ohne auch nur den geringsten Widerstand zu leisten. Auf den Knien liegend und halb zu Boden gedrückt, die Ellenbogen hinten im Rücken zusammengepreßt, wartete der schlaue Strolch ganz ruhig ab, wie sich die Sache entwirren würde, anscheinend ohne auch nur an eine Gefahr zu glauben.

Und er hatte sich nicht getäuscht. Schon wollte Nikolaj Wsewolodowitsch mit der linken Hand den warmen Schal abnehmen, um seinem Gefangenen die Hände damit zu binden, als er ihn plötzlich aus irgendeinem Grund losließ und von sich stieß. Im Nu sprang Fedjka auf die Füße, wandte sich um, und ein kurzes, breites Schustermesser, das er im selben Augenblick irgendwo hervorgezogen hatte, blitzte in seiner Hand.

»Weg mit dem Messer! Steck es ein, steck es augenblicklich ein!« befahl Nikolaj Wsewolodowitsch mit einer Geste der

Ungeduld, und das Messer verschwand ebenso schnell wieder, wie es aufgetaucht war.

Nikolaj Wsewolodowitsch ging, ohne sich umzuwenden, ruhig seines Weges weiter, aber der hartnäckige Strolch ließ auch jetzt nicht von ihm ab, obgleich er zwar mit Schwatzen aufgehört hatte und sogar ganz ehrerbietig, einen Abstand von einem ganzen Schritt wahrend, hinter ihm herging. So schritten beide über die Brücke und kamen an das andere Ufer, bogen aber diesmal nach links ein, ebenfalls in eine lange, öde Nebengasse, durch die man schneller ins Zentrum der Stadt gelangte als auf dem vorherigen Weg durch die Bogojawlenskaja-Straße.

»Ist es wahr, daß du, wie man sagt, in diesen Tagen hier im Landkreis eine Kirche beraubt hast?« fragte plötzlich Nikolaj Wsewolodowitsch.

»Das heißt, anfänglich ging ich eigentlich hin, um dort zu beten«, erwiderte der Strolch gemessen und höflich, als wenn nicht das geringste vorgefallen wäre, ja er sprach nicht nur gemessen, sondern sogar mit einer gewissen Würde. Von seiner früheren ‚freundschaftlichen' Familiarität war nicht die Spur mehr vorhanden. Er erschien jetzt wie ein ernster, sachlicher Mensch, der zwar grundlos beleidigt worden war, aber auch eine Beleidigung zu vergessen versteht.

»Und als mich nun Gott dahingeführt hatte«, fuhr er fort, »da dachte ich: Ach, das ist ja ein Wink des Himmels! Nur weil ich so arm und so verlassen bin, ist das geschehen, und weil es nun mal in unserem Leben nicht ohne Unterstützung geht. Aber glauben Sie, gnädiger Herr, ich habe nur Schaden davon gehabt, Gott hat mich für meine Sünde gestraft: für den ganzen Kram zusammen habe ich nur zwölf Rubelchen bekommen. Und da mußte ich noch den Kinnriemen des heiligen Nikolaus aus blankem Silber umsonst draufgeben; er sei Simili, meinten sie.«

»Und den Wächter hast du erstochen?«

»Das heißt, wir hatten die Sachen zusammen weggenommen, der Wächter und ich. Und erst dann, gegen Morgen, kam es hier am Flüßchen zwischen uns zu einem Streit, wer von uns beiden den Sack tragen sollte. Da habe ich mich denn versündigt und es ihm ein bißchen leichter gemacht.«

»Immer morde, immer stiehl nur!«

»Dasselbe sagt auch Pjotr Stepanowitsch, mit ganz denselben Worten wie Sie. Das rät er mir, weil er so grenzenlos geizig und hartherzig ist, was die Unterstützung eines Mitmenschen anbelangt. Und dabei glaubt er nicht die Spur an einen himmlischen Schöpfer, der uns doch alle aus einem Erdenkloß gemacht hat, und sagt, daß nur die Natur allein dies alles hervorgebracht habe, sogar bis zum letzten Tier hinunter, und darüber hinaus versteht er natürlich auch nicht, daß wir bei unserem Schicksal eben ohne eine wohltätige Unterstützung keinesfalls leben können. Und wenn man anfängt, es ihm auseinanderzusetzen, so glotzt er einen an wie ein Hammel, wenn er ins Wasser soll, so daß man sich nur über ihn wundern muß. Und können Sie das glauben? Beim Hauptmann Lebjadkin, den Sie soeben zu besuchen geruht haben, stand manchmal, als sie noch dort bei Filippow wohnten, die ganze Nacht die Tür sperrangelweit auf, und er selber lag stockbesoffen auf dem Fußboden und schlief wie ein Toter, und dabei rollte ihm das Geld aus allen Taschen und auf dem Boden herum. Das habe ich mit eigenen Augen gesehen, denn wie sich mein Leben nun einmal gewendet hat, geht es eben ohne Unterstützung keineswegs . . .«

»Wieso mit eigenen Augen? Bist du in der Nacht dort gewesen?«

»Das könnte schon sein, daß ich mal dort war, nur weiß da niemand was davon.«

»Warum hast du ihn denn nicht erstochen?«

»Das hab ich mir an den fünf Fingern abgezählt und bin dann ganz vernünftig geworden. Denn obwohl ich bestimmt wußte, daß da immerhin so an die hundertundfünfzig Rubel zu haben waren, wie hätte ich mich denn darauf einlassen sollen, wo ich doch ganze tausendfünfhundert herausschinden kann, wenn ich nur ein bißchen warte? Denn der Hauptmann Lebjadkin – das habe ich mit eignen Ohren gehört – hat immer stark auf Sie gerechnet, besonders im betrunkenen Zustande, und es gibt hier kein Wirtshaus, keine noch so kleine Spelunke, wo er das in diesem Zustand nicht selber erklärt hätte. Da ich das nun schon aus so vieler Munde gehört habe, so habe auch ich meine ganze Hoffnung auf Euer Erlaucht gesetzt. Sie sind mir wie ein Vater, gnädiger Herr, oder wie ein leiblicher Bruder, denn niemals wird Pjotr Stepanowitsch irgend etwas aus mir herauskriegen und überhaupt auch sonst keine Seele. Also wie war es denn nun mit den drei Rubelchen, Euer Erlaucht, die wollten Sie mir doch wohl schenken? Sie sollten mir doch reinen Wein einschenken, gnädiger Herr, damit ich sozusagen die volle Wahrheit weiß, denn ohne Unterstützung ist es nun mal für unsereinen unmöglich.«

Nikolaj Wsewolodowitsch lachte laut auf, zog seine Geldbörse aus der Tasche, die an die fünfzig Rubel in kleinen Scheinen enthielt, und warf ihm einen Schein aus dem Päckchen zu, dann einen zweiten, einen dritten, einen vierten. Fedjka fing sie im Fluge auf, sprang hin und her, die Scheine fielen in den Schmutz, Fedjka haschte nach ihnen und rief: »Ach! Ach!« Endlich warf ihm Nikolaj Wsewolodowitsch das ganze Päckchen zu und setzte, immer noch lachend, seinen Weg durch die Gasse fort, diesmal allein. Der Strolch blieb zurück, rutschte auf den Knien im Schlamm herum und suchte nach den vom Winde auseinandergetriebenen und in den Pfützen versunkenen Scheinen, und noch eine ganze Stunde lang konnte man in der Finsternis sein kurzes Stöhnen: »Ach, Ach!« hören.

Drittes Kapitel

Das Duell

1

Wie beabsichtigt, fand das Duell am anderen Tage um zwei Uhr nachmittags statt. Daß die Sache so schnell zum Austrag gekommen war, dazu hatte ganz besonders Artemij Pawlowitsch Gaganows unbändiges Verlangen, sich um jeden Preis zu schlagen, beigetragen. Er hatte für die Haltung seines Gegners kein Verständnis und raste vor Wut. Volle vier Wochen hatte er ihn nun schon ungestraft beleidigt und ihn immer noch nicht aus der Fassung bringen können. Da er selber keinen direkten Grund zu einer Forderung hatte, mußte diese notwendigerweise von seiten Nikolaj Wsewolodowitschs selbst erfolgen. Denn seine geheimen Gründe anzugeben, das heißt, einfach seinen krankhaften Haß gegen Stawrogin wegen der Beleidigung seines Vaters vor vier Jahren, schämte er sich aus irgendeinem Grund. Und dann hielt er diesen Vorwand auch selber für ganz unmöglich, besonders im Hinblick auf die friedfertigen Entschuldigungen, die Nikolaj Wsewolodowitsch ihm schon zweimal angeboten hatte. Er war im stillen davon überzeugt, daß Nikolaj Wsewolodowitsch ein schmählicher Feigling sei, konnte nicht verstehen, wie jener überhaupt diese Ohrfeige von Schatow ertragen könne, und hatte sich so endlich dazu entschlossen, jenen maßlos unverschämten Brief zu schreiben, der dann schließlich auch Nikolaj Wsewolodowitsch dazu getrieben hatte, ihm die Forderung zu überreichen. Nachdem er am Vorabend den Brief abgesandt hatte, wartete er nun in fieberhafter Ungeduld auf eine Forderung, zählte und berechnete in krankhafter Weise alle Chancen, die dafür sprachen, war bald von Hoffnung, bald von Verzweiflung erfüllt und hatte sich für alle Fälle noch gleich am selben Abend einen Sekundanten verschafft, und zwar ausgerechnet Mawrikij Nikolajewitsch Drosdow, seinen Freund und einstigen Schulkameraden, den er ganz besonders schätzte. So fand Kirillow, als er am nächsten Morgen um neun Uhr mit seinem Auftrag erschien, dort schon alle Vorbereitungen getroffen. Alle Entschuldigungen und unerhörten Zugeständnisse Nikolaj Wsewolodowitschs wurden gleich beim ersten Wort mit maßloser Heftigkeit zurückgewiesen. Mawrikij Nikolajewitsch, der die ganze Sache erst am Vorabend erfahren hatte, sperrte bei solch unerhörten Vorschlägen vor Verwunderung Mund und Nase auf und wollte schon auf einer Versöhnung bestehen, als er aber bemerkte, daß Artemij Pawlowitsch, der seine Absicht erriet, auf seinem Stuhle vor Wut nur so bebte, schwieg er und sagte kein Wort dazu. Hätte er seinem Freunde nicht das Wort gegeben gehabt, so wäre er augenblicklich fortgegangen, so aber blieb er nun in der einzigen Hoffnung, vielleicht beim Austrag der Sache selber noch irgendwie hilfreich eingreifen zu können. Kirillow überreichte die Forderung, und alle Bedingungen, die Stawrogin festgesetzt hatte, wurden auch sogleich buchstäblich und ohne jede Einwendung angenommen. Man machte nur noch den einen, übrigens sehr scharfen Zusatz: wenn nämlich im ersten Treffen keine Entscheidung gefallen war, so sollte ein zweites, und wenn auch dies erfolglos war, noch einmal, also ein drittes Mal geschossen werden. Kirillow zog die Brauen zusammen und wollte gern das dritte Mal abhandeln, da er aber nichts erreichte, erklärte er sich schließlich einverstanden, doch nur unter der Bedingung, daß dreimal zu schießen erlaubt, ein viertes Mal jedoch ausgeschlossen sei. Auf das einigte man sich denn auch. So kam also das Duell zustande, und zwar um zwei Uhr nachmittags in Brykowo, einem kleinen Gehölz, das zwischen Skworeschniki und der Schpigulinschen Fabrik lag. Der gestrige Regen hatte ganz aufgehört, aber es war naß und windig. Niedrige, trübe Wolkenfetzen jagten über den kalten Himmel, die Bäume brausten tief und rollend in den Wipfeln und knirschten in den Wurzeln; es war ein sehr trauriger Morgen.

Gaganow und Mawrikij Nikolajewitsch erschienen an Ort und Stelle in einem eleganten Char à bancs, einem Zweispänner, den Artemij Pawlowitsch selber lenkte; sie hatten einen Diener mitgebracht. Fast im selben Augenblick kamen auch Nikolaj Wsewolodowitsch und Kirillow, aber nicht im Wagen, sondern zu Pferde, ebenfalls in Begleitung eines reitenden Dieners. Kirillow, der noch nie auf einem Pferde gesessen hatte, hielt sich tapfer und aufrecht im Sattel, in der einen Hand trug er den schweren Kasten mit den Pistolen, die er dem Diener nicht anvertrauen wollte, während er mit der rechten aus mangelnder Sachkenntnis fortwährend an den Zügeln zerrte und zog, so daß das Pferd den Kopf zu schütteln begann und den lebhaften Wunsch zu haben schien, sich auf die Hinterbeine zu stellen, was übrigens seinen Reiter keineswegs zu schrecken schien. Gaganow, der so argwöhnisch und immer schnell und schwer beleidigt war, empfand diese Ankunft zu Pferde als eine neue Beleidigung für sich, nämlich insofern, als seine Gegner offenbar allzu stark auf einen Erfolg hofften, wenn sie nicht einmal einen Wagen für den Abtransport im Falle einer Verwundung für notwendig erachtet hielten. Ganz gelb vor Wut stieg er aus und fühlte, wie seine Hände zitterten, was er auch Mawrikij Nikolajewitsch mitteilte. Auf Nikolaj Wsewolodowitschs Gruß antwortete er überhaupt nicht und wandte sich ab. Die Sekundanten warfen das Los: es traf Kirillows Pistolen. Sie maßen die Barrieren ab, stellten die Gegner auf und schickten den Wagen, die Pferde und die Diener etwa dreißig Schritt zurück. Dann luden sie die Waffen und händigten sie den Gegnern ein.

Schade, daß man die Erzählung immer so schnell weiterführen muß und niemals zu einer eingehenden Schilderung Zeit hat, aber ohne alle Beschreibungen geht es ja eben doch nicht. Mawrikij Nikolajewitsch war niedergeschlagen und besorgt. Kirillow dagegen war vollständig ruhig und gleichgültig, nahm alle Einzelheiten der von ihm übernommenen Pflicht sehr genau, aber ohne die geringste Nervosität und fast, als interessierte ihn der nahe, möglicherweise verhängnisvolle Ausgang der Sache überhaupt nicht. Nikolaj Wsewolodowitsch sah bleicher aus als gewöhnlich; er war ziemlich leicht gekleidet, trug einen Mantel und einen weißen Kastorhut. Er schien sehr müde zu sein, zog mitunter finster die Brauen zusammen und hielt es keineswegs für nötig, seine schlechte Laune zu verbergen. Aber am auffallendsten war doch Artemij Pawlowitsch in diesem Augenblick, so daß ich nicht umhinkann, über ihn ein paar Worte im besonderen zu sagen.

2

Bis jetzt haben wir noch keine Gelegenheit gehabt, sein Äußeres zu beschreiben. Er war ein großer Mensch, weiß, satt, wie das einfache Volk sagt, fast fett, mit blondem, spärlichem Haar, dreiunddreißig Jahre alt und, man konnte fast sagen, mit hübschen Gesichtszügen. Er hatte als Oberst seinen Abschied genommen, und wenn er noch bis zum General weitergedient hätte, so wäre seine Erscheinung wohl noch eindrucksvoller gewesen, und er hätte vielleicht auch im Felde einen guten Führer abgegeben.

Zur Charakteristik seiner Persönlichkeit muß erwähnt werden, daß er hauptsächlich deshalb seinen Abschied genommen hatte, weil der Gedanke an jene Schande ihn unablässig quälte und verfolgte, die seiner Familie durch die Beleidigung seines Vaters durch Nikolaj Wsewolodowitsch vor vier Jahren im Klub angetan worden war. Er kam sich vor seinem Gewissen ehrlos vor, wenn er weiterhin diente, und war innerlich überzeugt, daß er für das ganze Regiment und die Kameraden einen Schandfleck bedeute, obgleich keiner von ihnen etwas von diesem Vorfall wußte. Allerdings hatte er ja schon früher seinen Abschied nehmen wollen, schon lange vor jener Beleidigung und aus einem ganz andern Grunde, aber er hatte doch bisher immer noch geschwankt. Es mag wohl sonderbar klingen, aber der erste Grund oder besser gesagt, Anlaß zu seinem Austritt aus dem Heer war das Manifest vom 19. Februar 1861 gewesen, das die Befreiung der Bauern verkündete. Artemij Pawlowitsch, der reichste Gutsbesitzer unseres Gouvernements, der dabei nicht einmal so sehr viel verlor, fühlte sich durch dieses Manifest persönlich beleidigt, obgleich er die Menschlichkeit dieser Maßnahmen einzusehen und die wirtschaftlichen Vorteile dieser Reformen zu verstehen imstande war. Das war bei ihm reine Gefühlssache, kaum daß er sich darüber Rechenschaft ablegen konnte, aber er empfand es desto heftiger, je unbewußter es bei ihm war. Solange sein Vater noch lebte, konnte er sich übrigens nicht entschließen, etwas Entscheidendes zu unternehmen, aber er war in Petersburg wegen seiner »aristokratischen« Gesinnung mit vielen hervorragenden Persönlichkeiten bekannt und pflegte diese Verbindungen eifrigst.

Im übrigen war er ein zugeknöpfter, verschlossener Mensch. Ein weiterer Charakterzug von ihm war, daß er zu jenen sonderbaren, in Rußland immer noch vorkommenden Edelleuten gehörte, die auf das Alter und die Reinheit ihres Adels den größten Wert legen und sich fast zu ernsthaft dafür interessieren. Zudem konnte er die russische Geschichte nicht ausstehen und hielt überhaupt die ganze russische Lebensweise zum Teil für eine Schweinerei. Schon in seiner Kindheit, in der Spezialkriegsschule für die reichsten und vornehmsten Zöglinge, in der er die Ehre hatte seine Bildung zu beginnen und zu vollenden, hatten gewisse poetische Anschauungen in ihm Wurzel geschlagen: er schwärmte für Burgen, für das mittelalterliche Leben, für die ganze opernhafte Seite des Rittertums und weinte schon damals beinahe vor Scham darüber, daß in den Zeiten des alten Moskauer Reiches der Zar einen russischen Bojaren hatte körperlich strafen dürfen, und errötete, wenn er diese Sitten mit denen des ausländischen Rittertums verglich. Dieser steife, außerordentlich strenge Mensch, der seinen Dienst so vortrefflich kannte und alle seine Pflichten immer streng erfüllte, war im Grunde seiner Seele ein Träumer. Es wurde von ihm behauptet, daß er in Versammlungen zu reden verstünde und die Gabe der Rede besäße, dennoch hatte er die ganzen dreiunddreißig Jahre seines Lebens immer nur geschwiegen. Sogar in jenem wichtigen Petersburger Kreis, wo er in der letzten Zeit verkehrt hatte, verhielt er sich hochmütig und ablehnend. Die Begegnung in Petersburg mit Nikolaj Wsewolodowitsch, der gerade aus dem Ausland zurückgekehrt war, brachte ihn fast von Sinnen. Im gegenwärtigen Augenblick, als er an der Barriere stand, befand er sich in schrecklicher Aufregung. Er hatte stets den Eindruck, daß die Sache doch irgendwie nicht zum Austrag kommen würde, und die geringste Verzögerung ließ ihn vor Wut erbeben. Und als nun Kirillow, anstatt das Zeichen zum Kampfe zu geben, plötzlich anfing zu reden – allerdings nur pro forma, wie er gleich selber allen verkündete –, zeigte sich ein wahrhaft schmerzlicher Ausdruck auf seinem Gesicht.

»Ich frage nur pro forma, wäre es Ihnen jetzt, wo Sie schon die Pistolen in der Hand haben und das Kommando gegeben werden muß, nicht angenehm, sich im letzten Augenblick zu versöhnen? Das ist die Pflicht des Sekundanten.«

Und wie mit Absicht griff Mawrikij Nikolajewitsch, der bis dahin geschwiegen, sich aber im stillen schon seit gestern wegen seiner Nachsicht Vorwürfe gemacht hatte, plötzlich Kirillows Vorschlag auf und begann ebenfalls: »Ich schließe mich ganz den Worten des Herrn Kirillow an ... Der Gedanke, daß man sich an der Barriere nicht mehr versöhnen könne, ist ein Vorurteil, das vielleicht für französische Verhältnisse taugt ... Und überhaupt verstehe ich die Beleidigung gar nicht, wenn Sie gestatten, das wollte ich schon lange sagen ... denn es werden ja alle nur denkbaren Entschuldigungen angeboten, nicht wahr?«

Mawrikij Nikolajewitsch wurde über und über rot. Es kam selten bei ihm vor, daß er so viel und mit solcher Erregung sprach.

»Ich halte mein Anerbieten, alle nur möglichen Entschuldigungen zu machen, aufrecht«, fügte Nikolaj Wsewolodowitsch mit außerordentlicher Bereitwilligkeit hinzu.

»Ist das denn möglich?« rief Gaganow außer sich, zu Mawrikij Nikolajewitsch gewandt, und stampfte vor Wut mit dem Fuß auf. »Erklären Sie, wenn Sie mein Sekundant und nicht mein Feind sind, Mawrikij Nikolajewitsch, einmal jenem Herrn« (er zeigte mit der Pistole auf Nikolaj Wsewolodowitsch), »daß ein solches Verhalten die Beleidigung nur verstärkt! Er hält es für unmöglich, von mir beleidigt zu werden! ... Er empfindet es nicht als Schande, noch an der Barriere vor mir zu weichen! Für wen hält er mich denn nach alledem? Und das vor Ihren Augen ... und Sie sind doch mein Sekundant! Sie regen mich nur auf, damit ich nicht treffe.«

Und wieder stampfte er mit dem Fuße auf, und der Speichel spritzte ihm von den Lippen.

»Die Unterhandlungen sind zu Ende. Ich bitte, auf das Kommando zu hören!« rief Kirillow mit möglichst lauter Stimme. »Eins, zwei, drei!«

Bei dem Worte »drei« schritten die Gegner aufeinander los. Gaganow erhob sofort die Pistole und schoß beim fünften oder sechsten Schritte. Dann blieb er einen Augenblick stehen, und nachdem er sich überzeugt hatte, daß er nicht getroffen hatte, trat er schnell an die Barriere vor. Auch Nikolaj Wsewolodowitsch war bis an die Barriere gelangt, hob die Pistole, aber viel zu hoch, und schoß, fast ohne zu zielen. Dann zog er sein Taschentuch hervor und wickelte es um den kleinen Finger seiner rechten Hand. Erst da merkten alle, daß Artemij Pawlowitsch doch nicht ganz gefehlt hatte, aber die Kugel hatte nur den Finger gestreift, hatte nur das weiche Fleisch neben dem Gelenk verletzt, ohne den Knochen zu berühren, es war nur ein unbedeutender Ritz entstanden. Kirillow verkündete sogleich, daß das Duell, wenn die Gegner nicht befriedigt seien, seinen Fortgang nehmen könne.

»Ich erkläre«, krächzte Gaganow heiser (die Kehle war ihm ganz trocken geworden) und wieder nur zu Mawrikij Nikolajewitsch gewandt, »daß dieser Mensch« (wieder zeigte er auf Stawrogin) »mit Absicht in die Luft geschossen hat ... mit Absicht ... Das ist eine neue Beleidigung! Er will das Duell unmöglich machen!«

»Ich habe das Recht zu schießen, wie ich will, wenn ich mich nur an die Regeln halte«, entgegnete Nikolaj Wsewolodowitsch fest.

»Nein, das hat er nicht! Machen Sie ihm das doch klar, machen Sie ihm das doch klar!« rief Gaganow.

»Ich bin vollkommen der Ansicht Nikolaj Wsewolodowitschs«, bestätigte Kirillow.

»Warum schont er mich?« wütete Gaganow, ohne darauf zu hören. »Ich pfeife auf seine Schonung ... Ich spucke darauf ... Ich ...«

»Ich gebe Ihnen mein Wort, daß ich Sie durchaus nicht beleidigen wollte«, sagte Nikolaj Wsewolodowitsch ungeduldig. »Ich habe deshalb in die Luft geschossen, weil ich niemanden mehr töten will, weder Sie noch irgendeinen anderen. Das geht Sie persönlich gar nichts an. Allerdings halte ich mich selber auch nicht für beleidigt, und es tut mir leid, daß das Ihren Zorn erregt. Aber ich gestatte niemandem, sich in meine Rechte einzumischen.«

»Wenn er solche Angst vor Blut hat, so fragen Sie ihn doch, warum er mich überhaupt gefordert hat?« brüllte Gaganow, immer an Mawrikij Nikolajewitsch gewandt.

»Wie hätte man Sie denn nicht fordern sollen?« mischte sich Kirillow ein. »Sie wollten doch nichts hören, wie sollte man denn da mit Ihnen auseinanderkommen?«

»Ich möchte nur bemerken«, sagte Mawrikij Nikolajewitsch, nachdem er sich angestrengt und mühsam die Sache überlegt hatte, »wenn der Gegner im voraus erklärt, daß er in die Luft schießen werde, so kann das Duell tatsächlich nicht fortgesetzt werden ... aus delikaten und ... offensichtlichen Gründen.«

»Ich habe aber durchaus nicht erklärt, daß ich jedesmal in die Luft schießen werde!« rief Stawrogin, der nun ganz die Geduld verlor. »Sie wissen ganz und gar nicht, was ich vorhabe und wie ich jetzt wieder schießen werde ... Ich hindere den Fortgang des Duells durchaus nicht.«

»Wenn es so steht, kann der Kampf fortgesetzt werden«, wandte sich Mawrikij Nikolajewitsch an Gaganow.

»Meine Herren, nehmen Sie Ihre Plätze ein!« kommandierte Kirillow.

Wieder gingen sie aufeinander los, wieder fehlte Gaganow, und wieder schoß Stawrogin in die Luft. Über diese Schüsse nach oben hätte man übrigens streiten können: Nikolaj Wsewolodowitsch hätte, wenn er nicht vorhin die Absichtlichkeit seines Fehlschusses selber eingestanden hätte, geradeheraus behaupten können: er habe so, wie es sich gehört, geschossen. Er richtete die Pistole nicht direkt gegen den Himmel oder gegen irgendeinen Baum, sondern tat, als ziele er auf den Gegner, obgleich er sie immer eine gute Spanne über dessen Hut hielt. Bei diesem zweiten Male hatte er sogar noch etwas niedriger, noch etwas genauer gezielt, aber Gaganow war schon nicht mehr zu überzeugen. »Schon wieder!« rief er zähneknirschend. »Aber das ist ganz gleich! Man hat mich gefordert, und ich werde von meinem Recht Gebrauch machen. Ich will zum dritten Male schießen ... um jeden Preis!«

»Das ist Ihr volles Recht!« warf Kirillow kurz ein.

Mawrikij Nikolajewitsch sagte kein Wort. Sie stellten sich zum dritten Male auf. Das Kommando ertönte. Diesmal ging Gaganow bis ganz an die Barriere heran und fing erst dort, auf zwölf Schritt Entfernung hin, an zu zielen. Aber seine Hände zitterten zu sehr für einen korrekten Schuß. Stawrogin stand mit gesenkter Pistole und erwartete starr und unbeweglich den Schuß seines Gegners.

»Er zielt zu lange, er zielt zu lange!« drängte Kirillow ungestüm. »Schießen Sie! Schießen Sie!«

Der Schuß fiel. Diesmal flog Nikolaj Wsewolodowitschs weißer Hut zu Boden. Gaganow hatte ziemlich genau gezielt: der Kopf des Hutes war fast unten durchschossen – nur eine Spur tiefer, und alles wäre zu Ende gewesen. Kirillow hob den Hut auf und reichte ihn Nikolaj Wsewolodowitsch.

»So schießen Sie doch, halten Sie Ihren Gegner nicht auf!« rief Mawrikij Nikolajewitsch in außerordentlicher Erregung, als er sah, daß Stawrogin seinen Schuß anscheinend vergessen hatte und mit Kirillow zusammen den Hut besah. Stawrogin fuhr zusammen, blickte auf Gaganow, wandte sich um und schoß, diesmal ohne jede taktvolle Rücksicht, einfach seitwärts in den Wald! Das Duell war zu Ende. Gaganow stand wie vernichtet da. Mawrikij Nikolajewitsch trat auf ihn zu und sagte etwas zu ihm, aber er schien es nicht einmal zu begreifen. Kirillow zog, als er fortging, den Hut und nickte Mawrikij Nikolajewitsch mit dem Kopfe zu, aber Stawrogin vergaß seine frühere Höflichkeit, drehte sich, nachdem er in den Wald geschossen hatte, gar nicht noch einmal nach der Barriere um, sondern steckte nur Kirillow seine Pistole zu und eilte dann hastig zu den Pferden. Sein Gesicht zeigte einen feindseligen Ausdruck, aber er schwieg. Kirillow schwieg ebenfalls. Sie schwangen sich auf die Pferde und sprengten im Galopp davon.

3

»Warum schweigen Sie?« rief Stawrogin ungeduldig Kirillow zu, als sie schon beinahe zu Hause angelangt waren.

»Was wollen Sie von mir?« entgegnete dieser, wobei er von seinem Pferde, das sich gerade bäumte, beinahe heruntergerutscht wäre.

Stawrogin hielt an sich.

»Ich wollte diesen ... Toren nicht beleidigen, und doch habe ich ihn wieder beleidigt«, stieß er leise hervor.

»Ja, Sie haben ihn wieder beleidigt«, schnitt ihm Kirillow kurz das Wort ab, »und dabei ist er gar kein Tor.«

»Ich habe doch alles getan, was ich konnte.«

»Nein.«

»Was hätte ich denn tun sollen?«

»Ihn nicht fordern.«

»Noch einen Schlag ins Gesicht hinnehmen?«

»Ja, auch diesen Schlag hinnehmen.«

»Ich fange bereits an, überhaupt nichts mehr zu begreifen!« sagte Stawrogin ärgerlich. »Warum erwarten von mir alle etwas, was sie von anderen nicht erwarten würden? Warum soll ich ertragen, was keiner erträgt, und mich nach einer Last drängen, die sich sonst keiner aufbürdet?«

»Ich dachte, Sie selber suchten eine Last.«

»Ich suchte eine Last?«

»Ja.«

»Sie haben das ... gesehen?«

»Ja.«

»Ist das so bemerkbar?«

»Ja.«

Sie schwiegen einen Augenblick. Stawrogin sah besorgt, beinahe erschrocken aus. »Ich habe nur deshalb nicht geschossen, weil ich nicht töten wollte, und weiter war nichts, das versichere ich Ihnen«, sagte er hastig und erregt, als wenn er sich rechtfertigen wollte.

»Man hätte ihn nicht beleidigen sollen.«

»Was hätte ich denn tun sollen?«

»Man hätte ihn töten sollen.«

»Es tut Ihnen leid, daß ich ihn nicht erschossen habe?«

»Mir tut gar nichts leid. Ich dachte, Sie wollten ihn tatsächlich erschießen. Sie wissen nicht, was Sie suchen.«

»Ich suche eine Last«, lachte Stawrogin.

»Wenn Sie selbst kein Blut vergießen wollten, warum gaben Sie ihm da Gelegenheit, Sie zu töten?«

»Wenn ich ihn nicht gefordert hätte, so hätte er mich so erschlagen, ohne Duell.«

»Das ist nicht Ihre Sache. Vielleicht hätte er Sie auch nicht erschlagen.«

»Sondern nur geschlagen?«

»Das ist nicht Ihre Sache. Tragen Sie die Last. Sonst ist das kein Verdienst.«

»Ich pfeife auf alles Verdienst. Das habe ich noch bei niemandem gesucht.«

»Ich glaubte, Sie suchten ihn«, schloß Kirillow entsetzlich kaltblütig.

Sie ritten in den Hof ein.

»Kommen Sie mit zu mir?« schlug Nikolaj Wsewolodowitsch vor.

»Nein, ich gehe nach Hause, leben Sie wohl.«

Er sprang vom Pferde und nahm seinen Kasten unter den Arm.

»Aber Sie sind mir doch wenigstens nicht böse?« fragte Stawrogin und streckte ihm die Hand hin.

»Durchaus nicht.« Kirillow kehrte noch einmal um und drückte ihm die Hand. »Wenn ich die Last leicht trage, so liegt das in meiner Natur, vielleicht ist es Ihnen deshalb schwerer, weil Sie eine solche Natur haben. Deshalb braucht man sich nicht sehr zu schämen, nur ein bißchen.«

»Ich weiß, daß ich ein erbärmlicher Charakter bin, aber ich dränge mich auch nicht unter die Starken.«

»Tun Sie es nicht: Sie sind kein starker Mensch. Kommen Sie wieder zum Tee zu mir.«

Nikolaj Wsewolodowitsch ging in starker Erregung ins Haus.

4

Er erfuhr sogleich von Alexej Jegorowitsch, daß Warwara Petrowna, sehr erfreut über den Ausritt Nikolaj Wsewolodowitschs, seinen ersten Spazierritt nach den acht Tagen der Krankheit, ebenfalls sogleich hatte anspannen lassen und ausgefahren war, um, wie sie früher alle Tage getan, einmal frische Luft zu genießen, »denn seit acht Tagen wußten ja die gnädige Frau bereits nicht mehr, was es heißt, frische Luft zu schöpfen«.

»Ist sie allein ausgefahren oder mit Darja Pawlowna?« unterbrach Nikolaj Wsewolodowitsch den Alten schnell, und seine Stirn wurde sichtlich finsterer, als er hörte, daß Darja Pawlowna »wegen Unwohlseins darauf verzichtet habe mitzufahren und sich jetzt auf ihren Zimmern befinde«.

»Höre, Alter«, sagte er wie nach einem plötzlichen Entschluß, »beobachte sie heute den ganzen Tag, und wenn du bemerkst, daß sie zu mir kommen will, so halte sie sogleich zurück und richte ihr aus, daß ich sie, wenigstens in den nächsten Tagen, nicht empfangen kann . . . daß ich sie darum bitte, nicht zu kommen . . . und daß ich sie selber rufen lassen werde, wenn es Zeit sein wird. Hörst du?«

»Ich werde es bestellen«, sagte Alexej Jegorowitsch in bekümmertem Ton und schlug die Augen nieder.

»Aber nicht eher, als bis du deutlich siehst, daß sie selbst zu mir kommen will.«

»Der gnädige Herr können ganz ruhig sein, es wird nichts versehen werden. Bisher sind ja diese Besuche immer durch mich vermittelt worden, immer haben sich der gnädige Herr an mich um Beistand gewandt.«

»Ich weiß. Also nicht eher, als bis sie selber kommen will. Und jetzt bringe mir den Tee, so bald wie möglich!«

Kaum war der Alte hinausgegangen, als sich fast im selben Augenblick dieselbe Tür wieder auftat und auf der Schwelle Darja Pawlowna erschien. Ihr Blick war ruhig, aber ihr Gesicht war bleich.

»Wo kommen Sie her?« rief Stawrogin aus.

»Ich stand draußen und wartete, bis er herauskommen würde, damit ich zu Ihnen hineingehen könnte. Ich hörte, was Sie ihm auftrugen, und als er soeben herauskam, versteckte ich mich rechts hinter dem Pfeiler, so daß er mich nicht bemerkte.«

»Ich wollte schon lange mit Ihnen brechen, Dascha ... solange ... es noch Zeit ist. Ich konnte Sie heute nacht nicht empfangen, trotz Ihres Briefes. Ich wollte selber an Sie schreiben, aber ich verstehe nicht zu schreiben«, fügte er ärgerlich, ja beinahe angeekelt hinzu.

»Ich dachte selbst auch, daß wir brechen müssen. Warwara Petrowna argwöhnt bereits in zu hohem Grade unsere Beziehungen.«

»Nun, mag sie doch!«

»Sie soll sich darüber nicht beunruhigen. Also, jetzt geht es zu Ende?«

»Sie warten immer noch unbedingt auf ein Ende?«

»Ja, ich bin davon überzeugt.«

»Auf der Welt hat nichts ein Ende.«

»Hier wird ein Ende sein. Dann werden Sie mich rufen, und ich werde kommen. Und jetzt leben Sie wohl!«

»Und was wird das Ende sein?« fragte Nikolaj Wsewolodowitsch lächelnd.

»Sie sind nicht verletzt und ... haben kein Blut vergossen?« erwiderte sie, ohne auf seine Frage nach dem Ende eine Antwort zu geben.

»Es war dumm. Ich habe niemanden getötet. Haben Sie

keine Angst. Übrigens werden Sie heute noch alles von allen hören. Ich fühle mich nicht ganz wohl.«

»Ich gehe. Die Veröffentlichung Ihrer Ehe wird heute nicht stattfinden?« fügte sie unsicher hinzu.

»Heute nicht und morgen auch nicht. Übermorgen, ich weiß es nicht; vielleicht sind wir da alle tot, um so besser. Lassen Sie mich allein, lassen Sie mich endlich allein!«

»Sie werden die andere ... die Schwachsinnige nicht zugrunde richten?«

»Schwachsinnige werde ich niemals zugrunde richten, weder jene noch irgendeine andere; aber eine Scharfsinnige werde ich, glaube ich, ins Verderben stürzen. Ich bin so niedrig und gemein, Dascha, daß ich Sie, glaube ich, letzten Endes, wie Sie sagen, wirklich rufen werde, und Sie werden kommen, trotz Ihres Verstandes. Warum richten Sie sich selber zugrunde?«

»Ich weiß, daß letzten Endes nur ich allein bei Ihnen bleiben werde, und ... ich warte darauf.«

»Wie aber, wenn ich Sie dann nicht rufen, sondern vor Ihnen fliehen werde?«

»Das wird nicht geschehen. Sie werden mich rufen.«

»Darin liegt viel Verachtung für mich.«

»Sie wissen, daß es nicht Verachtung allein ist.«

»Folglich ist aber doch Verachtung dabei?«

»Ich habe mich nicht so ausgedrückt. Gott ist mein Zeuge, ich habe keinen größeren Wunsch, als daß Sie niemals meiner bedürfen möchten.«

»Eine Phrase ist der anderen wert: Auch ich wünsche, daß ich Sie niemals zugrunde zu richten brauchte.«

»Sie können mich niemals und durch nichts zugrunde richten, das wissen Sie selber besser als alle anderen«, erwiderte Darja Pawlowna schnell und fest. »Wenn ich nicht zu Ihnen komme, werde ich Barmherzige Schwester werden, werde Kranke pflegen oder Bibeln verkaufen. Mein Entschluß ist gefaßt. Ich kann niemandes Weib sein. Ich kann nicht in solchen Häusern, wie dieses hier ist, leben. Das ist es nicht, was ich will ... Aber Sie wissen ja das alles.«

»Nein, ich habe niemals erfahren können, was Sie eigentlich wollen. Mir schien, als interessieren Sie sich für mich, wie eine alte Krankenwärterin sich aus irgendeinem Grunde für einen bestimmten Kranken mehr interessiert als für die anderen, oder, noch besser gesagt, wie eine von den alten

Betschwestern, die sich auf den Friedhöfen herumtreiben, eine etwas ansehnlichere Leiche einer anderen vorzieht. Warum schauen Sie mich so seltsam an?«

»Sind Sie sehr krank?« fragte sie teilnehmend und sah ihn ganz eigen an. »Mein Gott! Und dieser Mensch will ohne mich auskommen!«

»Hören Sie, Dascha, ich sehe jetzt immer Gespenster. Gestern machte mir ein kleiner Teufel auf der Brücke den Vorschlag, Lebjadkin und Marja Timofejewna zu ermorden, um meiner gesetzlichen Ehe ein Ende zu machen, ohne daß etwas davon verlauten würde. Als Handgeld verlangte er drei Rubel, gab aber deutlich zu verstehen, daß die ganze Operation nicht weniger als tausendfünfhundert Rubel kosten würde. Das war ein Teufel, der zu rechnen verstand! Der reine Buchhalter! Ha-ha-ha!«

»Und Sie sind fest überzeugt, daß das ein Gespenst war?«

»O nein, das war durchaus kein Gespenst! Das war niemand anders als Fedjka der Zuchthäusler, der aus dem Zuchthaus entflohene Räuber. Aber darum handelt es sich ja nicht. Was glauben Sie wohl, was ich getan habe? Ich habe ihm all das Geld, das ich in meiner Börse bei mir trug, gegeben, und nun glaubt er steif und fest, daß ich ihm bereits das Handgeld gezahlt habe!«

»Sie haben ihn in der Nacht getroffen, und da hat er Ihnen diesen Vorschlag gemacht? Ja, sehen Sie denn nicht, daß Sie von ihnen wie mit einem Netz rings umgarnt werden?«

»Nun, mögen sie immerhin! Aber wissen Sie, in Ihrem Kopf geht jetzt eine Frage herum«, fügte er feindselig und mit gereiztem Lächeln hinzu.

Dascha erschrak.

»Von einer Frage kann gar keine Rede sein, nicht einmal von dem geringfügigsten Zweifel. Sie sollten lieber schweigen!« rief sie erregt aus, wie um diese Frage von sich zu scheuchen.

»Sie sind also überzeugt, daß ich nicht mit Fedjka verhandeln werde?«

»O Gott«, rief sie und krampfte die Hände zusammen; »warum quälen Sie mich so?«

»Nun, verzeihen Sie mir meinen dummen Scherz; ich scheine mir wirklich von denen da die schlechten Manieren angewöhnt zu haben. Wissen Sie, seit gestern nacht habe ich schreckliche Lust zu lachen, immer nur zu lachen, ununterbrochen, lange und viel zu lachen. Ich bin von lauter Gelächter verpestet ... ach, jetzt kommt meine Mutter. Ich höre es an dem Ruck, mit dem ihr Wagen vor der Einfahrt anhält.«

Dascha ergriff seine Hand.

»Möge Gott Sie vor Ihrem Dämon bewahren, und .. rufen Sie mich, rufen Sie mich bald!«

»Oh, mein Dämon! Das ist ja nur ein kleiner, scheußlicher, skrofulöser Unhold, der den Schnupfen hat und auch sonst ganz mißraten ist. Und Sie wagen wieder nicht, Dascha, etwas auszusprechen?«

Sie sah auf ihn mit schmerzlichem Vorwurf und wandte sich nach der Tür.

»Hören Sie«, rief er ihr nach mit feindseligem, spöttischem Lächeln. »Wenn ... nun, mit einem Worte, *wenn* ... Sie verstehen schon ... wenn ich nun doch mit ihm verhandelte und Sie dann riefe, würden Sie auch dann kommen ... auch nach diesem Handel?«

Sie ging hinaus, ohne eine Antwort zu geben und ohne sich umzuwenden, und bedeckte ihr Gesicht mit beiden Händen.

»Sie wird auch dann kommen!« murmelte er nachdenklich, und ein verächtlicher Ekel drückte sich auf seinem Gesichte aus. »Krankenwärterin! Hm ... Doch übrigens, vielleicht ist es gerade das, was ich brauche.«

Viertes Kapitel

Alle in Erwartung

1

Das Merkwürdigste an dem Eindruck, den die Geschichte von dem Duell, die sich wie ein Lauffeuer verbreitete, in unserer Gesellschaft machte, war die Einmütigkeit, mit der alle unbedingt sofort Nikolaj Wsewolodowitschs Partei nahmen. Viele seiner ehemaligen Feinde erklärten sich jetzt ganz entschieden für seine Freunde. Die Hauptursache aber eines solch unerwarteten Umschwunges der öffentlichen Meinung waren einige wenige, aber außerordentlich treffende Worte, laut ausgesprochen von einer Persönlichkeit, die sich bisher noch nicht darüber geäußert hatte, und diese wenigen Worte gaben mit einem Schlage den Ereignissen eine Deutung, die für einen großen Kreis unserer Gesellschaft hochinteressant war. Und das ging so zu: Gerade am Tage nach dem Duell versammelte sich die ganze Stadt bei der Gemahlin des Adelsmarschalls unseres Gouvernements zur Feier ihres Geburtstages. Auch Julija Michajlowna nahm teil oder, besser gesagt, präsidierte bei dem Feste. Sie war mit Lisaweta Nikolajewna zusammen gekommen, die von Schönheit und ganz besonderer Heiterkeit heute nur so strahlte, was vielen unserer Damen diesmal sogleich außerordentlich verdächtig vorkam. Beiläufig bemerkt: an ihrer Verlobung mit Mawrikij Nikolajewitsch war bereits nicht mehr zu zweifeln. Auf die scherzhafte Frage eines sehr angesehenen Generals a. D., von dem später noch die Rede sein wird, antwortete Lisaweta Nikolajewna sogar selber an diesem Abend ganz offen, daß sie Braut sei. Aber wie ging das nur zu? Nicht eine unserer Damen wollte an diese Verlobung so recht glauben. Alle fuhren hartnäckig fort, irgendein schicksalsschweres Familiengeheimnis, irgendeinen Roman zu wittern, der sich in der Schweiz, und zwar unbedingt unter Julija Michajlownas Mitwirkung, abgespielt haben sollte. Es war schwer zu sagen, warum alle so eigensinnig an diesen Gerüchten oder, ich möchte sagen, Phantasien festhielten und warum dabei gerade Julija Michajlowna mit hineingezogen wurde. Kaum war sie eingetreten, so wandten sich alle nach ihr um und sahen sie mit seltsamen, erwartungsvollen Blicken an. Ich muß bemerken, daß man an diesem Abend von dem Duell noch mit Vorsicht und nicht etwa laut sprach, und zwar deshalb, weil es erst vor kurzem stattgefunden hatte und wegen einiger gewisser Begleitumstände. Auch wußte man noch nicht, wie sich die Behörden dazu stellen würden. Es war nur soviel bekannt, daß beide Duellanten bisher unbehelligt geblieben waren. Alle wußten zum Beispiel, daß Artemij Pawlowitsch sich am frühen Morgen auf sein Gut Duchowo begeben hatte, ohne irgendwie daran gehindert zu werden. Natürlich lechzten alle nur so danach, daß irgendeiner als erster anfangen möchte, laut davon zu sprechen, um dadurch der allgemeinen Ungeduld Tür und Tor zu öffnen. Ganz besondere Hoffnung setzte man hierbei auf den obenerwähnten General, und man sollte sich nicht getäuscht haben.

Dieser General, eines der angesehensten Mitglieder unseres Klubs, ein nicht gerade reicher, aber in seiner ganzen Denkungsart einzig dastehender Gutsbesitzer und jungen Damen gegenüber ein unverbesserlicher altmodischer Don Juan, sprach unter anderem auf großen Gesellschaften im lautesten Generalstone mit größter Vorliebe gerade immer über das, über was andere nur vorsichtig flüsterten. Das war sozusagen seine Spezialität. Dabei zog er seine Worte endlos und süßlich in die Länge, eine Gewohnheit, die er wahrscheinlich von viel im Ausland herumgereisten Russen oder von jenen früher einmal reich gewesenen russischen Gutsbesitzern angenommen hatte, die nach der Reform der Bauernwirtschaft ganz heruntergekommen waren. Stepan Trofimowitsch stellte sogar einmal die Behauptung auf, je heruntergekommener ein Gutsbesitzer sei, um so süßer flöte er seine Worte und um so mehr ziehe er sie in die Länge. Übrigens bediente er sich selber auch dieser gedehnten, süßlichen Aussprache, aber an sich merkte er das nicht.

Der General war in der Duellangelegenheit kompetent. Nicht nur, daß er mit Artemij Pawlowitsch weitläufig verwandt war, obgleich er im Streit und sogar im Prozeß mit ihm lag, er hatte überdies irgendeinmal selber zwei Duelle ausgefochten und war wegen des einen zeitweilig zum Gemeinen degradiert und nach dem Kaukasus verschickt worden. Da erwähnte irgend jemand Warwara Petrowna, die nun schon zweimal »nach der Krankheit« wieder ausgefahren sei, und zwar erwähnte man eigentlich gar nicht einmal sie selber, sondern nur ihren prächtigen grauen Viererzug von eigner Stawroginscher Zucht. Darauf bemerkte der General, daß er heute den »jungen Stawrogin« zu Pferde gesehen habe ... Augenblicklich verstummten alle. Der General schmatzte mit den Lippen, drehte seine goldene, ihm von höchster Stelle geschenkte Tabaksdose zwischen den Fingern und rief plötzlich aus:

»Ich bedaure, daß ich damals nicht hier war, vor ein paar Jahren ... das heißt, ich war gerade in Karlsbad ... Hm. Dieser junge Mann, über den damals so vielerlei Gerüchte gingen, interessiert mich ungemein. Hm. Ist es denn wahr, daß er wahnsinnig ist? So hieß es doch damals. Habe da neulich gehört, daß ihn kürzlich in Gegenwart seiner Kusinen hier ein Student beleidigt habe, worauf er ausgerissen und unter den Tisch gekrochen sei. Und gestern höre ich nun von Stepan Wysozkij, daß dieser Stawrogin sich mit – Gaganow geschlagen habe. Und einzig und allein nur in der ritterlichen Absicht, einem tollgewordenen Menschen seine Stirn zu bieten – nur, um ihn loszuwerden. Hm. So hielt man es bei der Garde, in den zwanziger Jahren. Verkehrt er übrigens hier bei jemandem?«

Der General schwieg, als warte er auf Antwort. Der allgemeinen Ungeduld war Tür und Tor geöffnet.

»Aber das ist doch ganz einfach!« ertönte auf einmal Julija Michajlownas Stimme. Anscheinend ärgerte sie sich darüber, daß plötzlich alle wie auf Kommando ihre Blicke auf sie richteten. »Kann man sich etwa darüber wundern, daß Stawrogin sich mit Gaganow geschlagen und den Studenten ignoriert hat. Er konnte doch nicht seinen früheren Leibeigenen zum Duell herausfordern!«

Diese Worte wirkten Wunder. Der Gedanke war so einfach und klar, und doch war er bis jetzt noch keinem in den Sinn gekommen. Das brachte eine außerordentliche Wirkung hervor. Alle skandalösen Klatschgeschichten, alles Kleinliche und Anekdotenhafte geriet auf einmal ins Hintertreffen, bekam einen ganz anderen Beigeschmack. Stawrogin entpuppte sich als eine neue Persönlichkeit, in der sich alle getäuscht hatten, als eine Persönlichkeit von fast idealer Gesinnungsstrenge. Tödlich beleidigt von einem Studenten, also von einem gebildeten, bereits nicht mehr leibeigenen Menschen, sieht er verächtlich über diese Beleidigung hinweg, weil der Beleidiger – ein früherer Leibeigener ist! Klatsch und Lärm in der Gesellschaft: die leichtfertige Menge sieht mit Geringschätzung auf einen Menschen herab, dem einer ins Gesicht geschlagen hat; er aber verachtet das Urteil der Gesellschaft, die für ein wahres Verständnis solcher Dinge noch nicht reif ist, dabei aber immer für alles eine Erklärung haben muß.

»Und wir sitzen nun hier, Iwan Alexandrowitsch, und diskutieren über wahre Ehrbegriffe!« bemerkte in edler Selbsterkenntnis ein altes Klubmitglied zu einem anderen.

»Ja, Pjotr Michajlowitsch, das stimmt«, pflichtete der andere mit Genugtuung bei. »Und da redet man noch über die Jugend!«

»Das hat mit der Jugend nichts zu tun, Iwan Alexandrowitsch«, mischte sich ein dritter ein. »Das betrifft nicht die

Jugendfrage. Stawrogin ist ein Stern und nicht irgendein junger Mann. So muß man die Sache auffassen!«

»Und das ist es gerade, was uns fehlt! Wir sind so arm an wahrhaft großen Männern.«

Die Hauptsache aber war, daß »der neue Mann« nicht nur ein »einwandfreier Edelmann«, sondern überdies noch einer der reichsten Großgrundbesitzer des Gouvernements war und folglich als eine tatkräftige Stütze der Gesellschaft betrachtet werden mußte. Übrigens habe ich ja schon früher der Stimmung unserer Großgrundbesitzer Erwähnung getan.

Man wurde sogar beinahe heftig: »Nicht nur, daß er den Studenten nicht gefordert hat, er legte auch noch absichtlich die Hände auf den Rücken, beachten Sie das bitte, beachten Sie das ganz besonders, Exzellenz!« hob ein anderer hervor.

»Und nicht einmal vor unser neues Gericht hat er ihn geschleift!« fügte ein anderer hinzu.

»Obgleich unser neues Gericht ihn wegen *persönlicher* Beleidigung eines Edelmannes zu einer Geldstrafe von fünfzehn Rubel verurteilt hätte. He–he–he!«

»Nein, ich werde Ihnen das Geheimnis unserer neuen Gerichtsbarkeit offenbaren!« rief ein anderer hitzig. »Wenn einer gestohlen oder sonst eine Spitzbüberei begangen hat und dabei erwischt und abgefangen worden ist, so laufe er nur schnurstracks nach Hause, solange es noch Zeit ist, und schlage seine Mutter tot. Augenblicklich wird er von allem freigesprochen werden, und die Damen werden ihm noch von der Estrade mit ihren Batisttüchelchen zuwinken. So ist es doch heutzutage!«

»Tatsache, Tatsache! So ist es!«

Ohne Histörchen ging es nun einmal nicht ab. Man erinnerte sich an Nikolaj Wsewolodowitschs Beziehungen zum Grafen K., dessen strenge, isoliert dastehende Ansichten über die letzten Reformen bekannt waren. Bekannt war auch dessen bemerkenswerte Wirksamkeit, die erst in allerletzter Zeit ein wenig nachgelassen hatte. Und da war es auf einmal allen klar, daß Nikolaj Wsewolodowitsch mit einer Tochter des Grafen verlobt sein müsse, obgleich zu einem solchen Gerücht nicht der geringste Anlaß vorhanden war. Was aber die wunderbaren Abenteuer in der Schweiz und Lisaweta Nikolajewna anbelangte, so hatten die Damen ganz und gar aufgehört, sie auch nur zu erwähnen. Bei dieser Gelegenheit bemerken wir, daß es den Drosdows inzwischen gelungen war, alle bisher versäumten Besuche nachzuholen. Alle fanden bereits, daß Lisaweta Nikolajewna zweifellos ein ganz gewöhnliches junges Mädchen sei, die mit ihren kranken Nerven »Staat mache«. Ihre Ohnmacht am Tage der Ankunft Nikolaj Wsewolodowitschs wurde jetzt einfach auf den Schrekken zurückgeführt, den das ungehörige Verhalten des Studenten ihr eingeflößt hatte. Ja, man hob sogar das Prosaische der Sache hervor, der man ehedem eine möglichst phantastische Färbung zu geben geneigt war, und jene gewisse lahme Frauensperson vergaß man vollständig, man schämte sich fast, sie auch nur zu erwähnen. »Und wenn da hundert solche lahme Frauenzimmer wären – wer ist nicht einmal jung gewesen?« Dafür rückte man das ehrerbietige Benehmen Nikolaj Wsewolodowitschs gegen seine Mutter in der Vordergrund, entdeckte diese und jene Tugend an ihm und lobte gönnerhaft sein Wissen, das er sich in den vier Jahren an Deutschlands Universitäten erworben hatte. Artemij Pawlowitschs Verhalten wurde endgültig als taktlos gebrandmarkt, als das Verhalten eines Menschen, der seinen eignen Standesgenossen nicht erkennt, und Julija Michajlownas außerordentlicher Scharfsinn wurde allgemein anerkannt.

So kam es, daß alle Nikolaj Wsewolodowitsch mit dem naivsten Ernste begegneten und in aller Augen, die auf ihn gerichtet waren, die ungeduldigste Erwartung geschrieben stand, als er nun endlich selber erschien. Nikolaj Wsewolodowitsch hüllte sich in das tiefste Schweigen, was selbstverständlich alle weit mehr befriedigte, als wenn er große Töne geredet hätte. Kurz, es wurde ihm alles zugute gehalten, er war eben Mode geworden. In der Provinz ist es unmöglich, sich zurückzuziehen, wenn man sich einmal in der Gesellschaft gezeigt hat. Ganz wie früher fing Nikolaj Wsewolodowitsch wieder an, alle gesellschaftlichen Pflichten bis aufs I-Tüpfelchen zu erfüllen. Heiter fand man ihn nicht: »Der junge Mann hat viel durchgemacht. Er ist nicht wie andere Menschen. In ihm steckt etwas, drum ist er so nachdenklich!« Selbst sein Stolz und jene verletzende Unzugänglichkeit, weswegen er vor vier Jahren bei uns so verhaßt war, trugen ihm jetzt Achtung ein und gefielen allen sehr.

Am meisten aber triumphierte Warwara Petrowna. Ich kann nicht sagen, ob sie sich über die zertrümmerten Hoffnungen, Lisaweta Nikolajewna betreffend, sehr grämte. Darüber half ihr schließlich der Familienstolz hinweg. Merkwürdig: Warwara Petrowna war plötzlich im höchsten Grade davon überzeugt, daß Nicolas tatsächlich beim Grafen K. »seine Wahl getroffen« habe, was aber das Eigentümlichste dabei war, sie glaubte das auf Grund der Gerüchte, die ihr ein Lufthauch zugetragen hatte, ebenso wie allen andern auch. Nikolaj Wsewolodowitsch aber selber geradeheraus zu fragen – das wagte sie nicht. Ein paarmal allerdings konnte sie nicht umhin, ihm, als sie allein waren, in heiterem Tone Vorwürfe darüber zu machen, daß er ihr gegenüber nicht ganz aufrichtig sei, aber Nikolaj Wsewolodowitsch lächelte nur und schwieg weiter. Dieses Schweigen faßte sie als ein Zugeständnis auf. Und doch konnte sie den Gedanken an das lahme Mädchen niemals loswerden. Diese Erinnerung lag ihr wie ein Stein auf dem Herzen, wie ein Alp, der sie quälte mit krausen Gesichten und ahnungsvollen Träumen, und all dies örtlich und zeitlich vereint mit den Hoffnungen auf die Töchter des Grafen K. Doch davon später. Selbstverständlich begegnete man nun Warwara Petrowna in der Gesellschaft wieder mit außerordentlicher und äußerst zuvorkommender Hochachtung, aber sie machte davon wenig Gebrauch und ging nur selten aus.

Dennoch machte sie der Gouverneursfrau eine feierliche Visite. Selbstverständlich war niemand von den oben angeführten bedeutsamen Worten Julija Michajlownas auf der Abendgesellschaft bei der Frau Adelsmarschall begeisterter und entzückter als Warwara Petrowna. Diese Worte hatten ihr auf einmal allen Kummer vom Herzen genommen und mit einem Schlag vieles beseitigt, was sie seit jenem unglückseligen Sonntag so sehr gequält hatte. »Ich habe diese Frau nicht verstanden!« rief sie aus, und in ihrer impulsiven Art erklärte sie Julija Michajlowna ganz offen, sie sei gekommen, um ihr zu danken. Julija Michajlowna fühlte sich geschmeichelt, ließ sich aber nichts anmerken. Sie fing damals schon an, sich ihres eignen Wertes ziemlich bewußt zu sein, vielleicht sogar etwas zu sehr. Im Laufe des Gespräches erklärte sie zum Beispiel auch, daß sie noch niemals etwas von dem Wirken und Wissen Stepan Trofimowitschs gehört habe.

»Allerdings empfange und verhätschle ich den jungen Werchowenskij. Er ist leichtsinnig, aber er ist ja noch jung und hat übrigens ganz annehmbare Kenntnisse. Immerhin ist er nicht irgend so ein verabschiedeter, ehemaliger Kritiker.«

Warwara Petrowna beeilte sich sogleich zu bemerken, daß

Stepan Trofimowitsch überhaupt niemals Kritiker gewesen sei, sondern zeit seines Lebens in ihrem Hause gelebt habe. Berühmt sei er durch gewisse Umstände bei Beginn seiner Laufbahn, »die aller Welt nur zu gut bekannt seien«, und in letzter Zeit hauptsächlich durch seine Studien zur spanischen Geschichte, auch wolle er über den Zustand der gegenwärtigen deutschen Universitäten schreiben und allem Anscheine nach auch etwas über die Dresdner Madonna. Kurz, Warwara Petrowna wollte Stepan Trofimowitsch von Julija Michajlowna keinesfalls herabwürdigen lassen.

»Über die Dresdner Madonna? Sie meinen die Sixtinische? Chère Warwara Petrowna, ich bin zwei Stunden lang vor diesem Gemälde gesessen und endlich enttäuscht fortgegangen. Ich habe nichts verstanden und war in großer Verwunderung. Karmasinow sagt auch, es wäre sehr schwer zu verstehen. Jetzt findet man weiter gar nichts mehr daran, weder die Russen noch die Engländer. Dieser ganze Ruhm ist doch nur altmodisches Geschrei!«

»Das heißt also, eine neue Mode?«

»Ich wenigstens denke so: man darf die Jungen bei uns nicht so gering einschätzen. Man schreit, das seien Kommunisten, aber man sollte lieber nachsichtig gegen sie sein und ihren Wert anerkennen. Ich lese jetzt alles: alle Zeitungen, Politik, Naturwissenschaften – all das halte ich mir, denn man muß doch endlich einmal wissen, in was für einem Milieu man lebt und mit wem man es zu tun hat. Man darf nicht sein lebelang auf den Gipfeln seiner eignen Phantasie thronen. Ich habe die Konsequenzen gezogen und es mir zur Regel gemacht, den jungen Menschen freundlich entgegenzukommen und sie dadurch vor einer Entgleisung zu bewahren. Glauben Sie mir, Warwara Petrowna, nur wir, die Gesellschaft, können sie durch unseren wohltuenden Einfluß und namentlich durch freundliches Entgegenkommen vom Abgrund zurückhalten, in den die Unduldsamkeit aller jener veralteten Herrschaften sie fortwährend hineinstößt. Übrigens freue ich mich, daß ich von Ihnen etwas über Stepan Trofimowitsch erfahren habe. Sie haben mich da auf einen Gedanken gebracht: er kann uns bei unserer literarischen Veranstaltung nützlich sein. Ich habe nämlich die Absicht, wissen Sie, ein Subskriptionsfest, das vom frühen Morgen bis zum späten Abend dauern soll, zum Besten der armen Gouvernanten unseres Gouvernements zu arrangieren. Sie sind über ganz Rußland zerstreut, nur allein aus unserem Kreis zählt man deren sechs, dazu kommen noch zwei Telegraphistinnen, zwei weitere studieren jetzt an der Universität, und einige andere würden das auch gern tun, haben aber nicht die Mittel dazu. Das Los der russischen Frau ist entsetzlich, Warwara Petrowna! Das ist schon zu einer Frage geworden, die jetzt bereits an Universitäten erörtert wird, und sogar der Reichsrat hat deswegen eine Sitzung abgehalten. In unserem sonderbaren Rußland kann man alles tun und lassen, was einem gefällt. Und darum kann man auch hier wiederum nur durch freundliches Entgegenkommen und die unmittelbare warme Teilnahme der ganzen Gesellschaft diese große, allgemeine Sache auf den richtigen Weg bringen. O Gott, haben wir etwa so viele hervorragende Persönlichkeiten? Allerdings gibt es welche, aber sie sind sehr zerstreut. Also müssen wir uns zusammentun, um stärker zu werden. Kurz, es soll also bei mir zuerst eine literarische Morgenfeier stattfinden, dann ein leichtes Frühstück, dann eine Pause und am Abend desselben Tages noch ein Ball. Wir wollten ursprünglich den Abend mit lebenden Bildern eröffnen, aber das scheint doch zu viel Unkosten zu verursachen, und deshalb sollen für die Zuschauer nur zwei Quadrillen in Masken getanzt werden und in charakteristischen Kostümen, die bekannte Richtungen in der Literatur versinnbildlichen sollen. Dieser scherzhafte Gedanke stammt von Karmasinow, er hilft mir viel dabei. Denken Sie, er wird uns seine letzte Schöpfung vorlesen, die noch kein Mensch kennt. Er will die Feder ganz hinlegen und nichts mehr schreiben; dieses letzte Werk wird sein Abschied vom Publikum sein. Ein Kabinettstück, es heißt ‚Merci'. Der Titel ist zwar französisch, aber er findet das lustiger und sogar feiner. Und ich ebenfalls. Ich habe ihm sogar dazu geraten. Ich denke, Stepan Trofimowitsch kann uns auch etwas vortragen, wenn es nur kurz ist und ... nicht so sehr gelehrt. Pjotr Stepanowitsch und noch irgendein anderer wollen, glaube ich, auch etwas vorlesen. Pjotr Stepanowitsch wird zu Ihnen kommen und Ihnen das Programm mitteilen, oder, besser noch, ich selber werde es Ihnen überbringen, wenn Sie gestatten.«

»Und Sie erlauben mir dann wohl auch, daß ich mich in Ihre Liste eintrage. Ich werde es Stepan Trofimowitsch ausrichten und ihn selbst darum bitten.«

Warwara Petrowna kehrte endgültig bezaubert nach Hause

zurück. Sie stand jetzt wie ein Fels für Julija Michajlowna ein und ärgerte sich aus nicht recht ersichtlichem Grunde wieder ganz schrecklich über Stepan Trofimowitsch, während der Arme ruhig bei sich zu Hause saß und von alledem keine Ahnung hatte.

»Ich bin direkt in sie verliebt und verstehe nicht, wie ich mich in dieser Frau so irren konnte«, sagte sie zu Nikolaj Wsewolodowitsch und Pjotr Stepanowitsch, der am Abend zu ihnen kam.

»Trotzdem müssen Sie sich mit dem Alten wieder aussöhnen«, meinte Pjotr Stepanowitsch. »Er ist ganz verzweifelt. Sie haben ihn ja beinahe ganz in die Küche verwiesen. Gestern traf er Sie, als Sie im Wagen fuhren, und verbeugte sich, Sie aber wandten sich ab. Wissen Sie, wir wollen ihn doch ein bißchen herausstellen; ich habe ganz bestimmte Absichten mit ihm, er kann uns noch nützlich sein.«

»Oh, er wird schon lesen.«

»Ich spreche nicht nur davon. Aber ich wollte heute ja selber zu ihm hingehen. So soll ich es ihm also mitteilen?«

»Wenn Sie wollen. Ich weiß übrigens nicht, wie Sie das bewerkstelligen werden«, setzte sie unentschieden hinzu. »Ich hatte die Absicht, mich selber mit ihm auseinanderzusetzen, und wollte ihm Tag und Ort angeben.«

Ihr Gesicht verfinsterte sich zusehends.

»Nun, das lohnt doch gar nicht erst, einen Tag festzusetzen. Ich werde es ihm ganz einfach sagen.«

»Meinetwegen, teilen Sie es ihm mit. Übrigens können Sie hinzufügen, daß ich ihm unbedingt einen Tag bestimmen werde. Das müssen Sie auf alle Fälle hinzufügen.«

Pjotr Stepanowitsch lief grinsend davon. Überhaupt war er die ganze Zeit über, soviel ich mich erinnern kann, besonders boshaft und erlaubte sich sogar fast allen gegenüber ganz unerträgliche Ausfälle. Merkwürdig, daß ihm das kein Mensch übelnahm. Überhaupt schien sich die Ansicht einbürgern zu wollen, daß man ihn mit ganz besondern Augen ansehen müsse. Ich muß noch bemerken, daß das Duell Nikolaj Wsewolodowitschs ihn in einen außerordentlichen Zorn versetzt hatte. Das kam ihm so überraschend, daß er sogar ganz grün im Gesicht wurde, als man es ihm erzählte. Vielleicht litt in diesem Augenblick auch seine Eigenliebe: er erfuhr es erst am andern Tage, als es alle schon wußten.

»Sie hatten doch gar kein Recht, sich zu schlagen«, flüsterte er Stawrogin zu, als er fünf Tage später zufällig im Klub mit ihm zusammentraf. Auffallend war, daß sie einander während dieser fünf Tage nirgends begegnet waren, obgleich Pjotr Stepanowitsch fast täglich zu Warwara Petrowna kam.

Nikolaj Wsewolodowitsch sah ihn schweigend und mit einem zerstreuten Gesichtsausdruck an, als verstünde er überhaupt nicht, wovon die Rede war, und ging an ihm vorüber, ohne stehenzubleiben. Er schritt durch den großen Klubsaal und trat ans Büfett.

»Sie haben auch Schatow aufgesucht ... und wollen Ihre Ehe mit Marja Timofejewna bekanntgeben«, raunte ihm Pjotr Stepanowitsch zu, der hinter ihm herlief und ihn wie aus Versehen an der Schulter faßte.

Da schüttelte Nikolaj Wsewolodowitsch plötzlich dessen Hand von sich ab, wandte sich rasch nach ihm um und zog drohend die Stirne kraus. Pjotr Stepanowitsch sah ihn mit einem sonderbaren, langgezogenen Lächeln an. Das alles dauerte nur einen Augenblick. Dann ging Nikolaj Wsewolodowitsch weiter.

2

Zu seinem alten Herrn lief Pjotr Stepanowitsch sogleich von Warwara Petrowna aus, und wenn er es damit so eilig hatte, so geschah das einzig aus Bosheit, um sich für eine frühere Beleidigung, von der ich selber bisher noch nichts gewußt hatte, zu rächen. Die Sache war die, daß bei ihrer letzten Zusammenkunft, gerade am Donnerstag voriger Woche, Stepan Trofimowitsch, der übrigens selber den Streit angefangen hatte, diesen dadurch beendete, daß er Pjotr Stepanowitsch mit dem Stock zur Tür hinausjagte. Diese Tatsache hatte er damals vor mir verborgen, jetzt aber, als Pjotr Stepanowitsch mit seinem ständigen naiv-hochmütigen Lächeln und seinen unangenehm neugierigen, in allen Ecken des Zimmers herumspähenden Blicken hereingelaufen kam, machte mir Stepan Trofimowitsch sogleich ein Zeichen, daß ich das Zimmer nicht verlassen sollte. So wurde mir offenbar, wie sie augenblicklich zueinander standen, denn diesmal hörte ich ja ihr ganzes Gespräch mit an.

Stepan Trofimowitsch saß halb liegend auf dem Diwan. Er war mager geworden seit jenem Donnerstag und sah gelb aus.

Pjotr Stepanowitsch setzte sich in der allerfamiliärsten Art und Weise neben ihn, schlug ungeniert die Beine übereinander und nahm so auf dem Diwan bedeutend mehr Platz ein, als der Respekt gegen seinen Vater gefordert hätte. Stepan Trofimowitsch rückte schweigend und mit Würde zur Seite.

Auf dem Tische lag ein aufgeschlagenes Buch. Es war der Roman: »Was tun?«* Zu meinem Bedauern muß ich hier eine eigentümliche Schwäche meines Helden eingestehen: der Wahn, daß er aus seiner Zurückgezogenheit heraustreten müsse, um die letzte Schlacht zu schlagen, fing an, in seiner irregeleiteten Einbildung immer mehr und mehr die Oberhand zu gewinnen. Ich erriet, daß er diesen Roman gekauft hatte und *studierte*, einzig zu dem Zweck, im Falle eines unvermeidlichen Zusammenstoßes mit den »Brüllern« schon im voraus ihre Kniffe und Argumente aus ihrem eignen »Katechismus« kennenzulernen und, so vorbereitet, *vor ihren Augen* ihnen das alles triumphierend widerlegen zu können. Oh, wie ihn dieses Buch quälte! Er warf es manchmal verzweifelt beiseite, sprang auf und lief ganz außer sich im Zimmer auf und ab.

»Ich gebe ja zu, daß die Grundidee des Verfassers richtig ist«, sagte er zu mir in fieberhafter Aufregung, »aber um so furchtbarer! Das ist ja auch unser Gedanke, genau der unsrige; wir haben ihn zuerst vorbereitet, eingepflanzt und großgezogen. Ja, was könnten die überhaupt noch Neues sagen, nach uns? Aber, großer Gott, wie haben sie das alles ausgedrückt, wie haben sie es verstümmelt, verzerrt!« rief er aus und trommelte mit den Fingern auf das Buch. »Sind das die Früchte, die wir erstrebt haben? Wer kann denn hier den ursprünglichen Gedanken noch herausfinden?«

»Du bildest dich wohl?« sagte Pjotr Stepanowitsch lächelnd, nachdem er das Buch vom Tisch genommen und den Titel gelesen hatte. »Es wird auch Zeit. Ich werde dir noch etwas Besseres mitbringen, wenn du willst.«

Stepan Trofimowitsch schwieg abermals würdevoll. Ich saß in der anderen Ecke auf dem Sofa.

Hastig klärte Pjotr Stepanowitsch den Vater über den

* Berühmter politischer Roman der links-radikalen Richtung von Tschernyschewskij, erschienen 1863 (Anmerkung des Übersetzers).

Grund seines Kommens auf. Natürlich war Stepan Trofimowitsch maßlos erstaunt und hörte mit einem Gemisch von Schrecken und außerordentlichem Unwillen zu.

»Und diese Julija Michajlowna rechnet wirklich darauf, daß ich zu ihr hinkommen und vorlesen werde?«

»Das heißt, sie brauchen dich ja eigentlich überhaupt nicht so nötig. Im Gegenteil, das geschieht nur, um dir zu schmeicheln und sich dadurch bei Warwara Petrowna lieb Kind zu machen. Du wirst es selbstverständlich gar nicht wagen, die Vorlesung abzulehnen. Und du möchtest es doch auch selbst schrecklich gern, denke ich«, sagte er lächelnd. »Ihr von der alten Schule habt doch alle einen höllischen Ehrgeiz. Aber hör mal, es darf auch nicht gar zu langweilig werden. Hast du nicht irgendwas, vielleicht aus der spanischen Geschichte, nicht? Gib mir das doch mal zwei oder drei Tage zum Durchsehen, sonst schlafen dann womöglich alle dabei ein.«

Die zu offenkundige Grobheit dieser hastigen, spitzen Bemerkungen ließ eine deutliche Absicht erraten. Er gab sich den Anschein, als könne man mit Stepan Trofimowitsch überhaupt nicht in einer anderen Tonart und mit feinerem Verständnis reden. Stepan Trofimowitsch fuhr unbeirrt fort, alle Beleidigungen zu ignorieren, aber die ihm mitgeteilten Begebenheiten erschütterten ihn immer mehr und mehr.

»Und sie selbst, *selbst* hat angeordnet, daß mir das mitgeteilt würde und durch ... *Sie*?« fragte er und wurde ganz blaß.

»Das heißt, siehst du, sie will dir Ort und Zeit zu einer gegenseitigen Aussprache bestimmen, die letzten Reste eurer Sentimentalitäten. Zwanzig Jahre lang hast du nun mit ihr kokettiert und ihr die lächerlichsten Angewohnheiten beigebracht. Aber beunruhige dich nicht, jetzt wird das anders; sie sagt ja jetzt selber alle Augenblicke, daß sie nun endlich anfängt, dich zu durchschauen. Ich habe ihr ganz offen heraus erklärt, daß eure ganze Freundschaft weiter nichts als ein gegenseitiges Sich-Begießen mit Spülicht war. Sie hat mir vieles erzählt, mein Lieber. Pfui, was für ein Lakaienamt hast du die ganze Zeit über ausgeübt. Sogar erröten mußte ich deinetwegen.«

»Ich hätte ein Lakaienamt ausgeübt?« konnte sich Stepan Trofimowitsch nicht enthalten auszurufen.

»Schlimmer noch als dies: du warst ein Schmarotzer, das heißt, ein Lakai aus freien Stücken. Zu faul, um zu arbeiten, aber doch immer hungrig nach Geld. Das alles sieht sie jetzt endlich ein, wenigstens war das entsetzlich, was sie mir von dir erzählt hat. Nein, Bruder, wie ich über deine Briefe gelacht habe, die du an sie geschrieben hast! Das ist ja eine Schande und geradezu ekelhaft! Du bist ja innerlich so verdorben, so verdorben! Im Almosenempfangen liegt eben doch immer etwas Korrumpierendes, dafür bist du ein Schulbeispiel!«

»Sie hat dir meine Briefe gezeigt?«

»Alle. Das heißt, freilich, wie hätte ich die alle durchlesen können? Pfui, wieviel Papier hast du da verschmiert, ich glaube, es waren mehr als zweitausend Briefe ... Und weißt du was, Alter, ich glaube, es hat bei euch einmal einen Augenblick gegeben, wo sie sogar bereit gewesen ist, dich zu heiraten. Wie dumm, so eine Gelegenheit zu versäumen! Ich sage das natürlich von deinem Gesichtspunkt aus. Aber immerhin wäre das doch besser gewesen als jetzt, wo man dich für Geld mit ‚fremden Sünden' verkuppeln will, wie einen Hausnarren zum allgemeinen Ergötzen!«

»Für Geld! Sie, sie hat gesagt, ich täte es für Geld!« rief Stepan Trofimowitsch in krampfhafter Erregung.

»Ja, wie denn sonst? Was willst du denn, daraufhin habe ich dich doch nur verteidigt. Das ist doch der einzige Weg zu deiner Rechtfertigung. Das hat sie auch selber verstanden, daß du Geld brauchst, wie eben jeder andere auch, und daß du von diesem Gesichtspunkt aus meinetwegen auch in deinem Rechte bist. Ich habe ihr so klar, wie zwei mal zwei vier ist, bewiesen, daß ihr auf Gegenseitigkeit gelebt habt: sie hat das Geld gegeben, und du bist ihr sentimentaler Narr gewesen. Übrigens ist sie dir wegen des Geldes gar nicht einmal böse, obgleich du sie wirklich wie eine Ziege gemolken hast. Sie ist nur darüber so wütend, daß sie zwanzig Jahre lang an dich geglaubt hat und daß du sie mit deiner angeblich vornehmen Gesinnung so beschummelt und gezwungen hast, so lange mitzulügen. Daß sie auch von selber gelogen hat, wird sie niemals eingestehen, dafür mußt du nun eben für zweie büßen. Ich begreife nicht, wie du nicht hast voraussehen können, daß du einmal wirst Rechenschaft ablegen müssen! Du hattest doch immerhin wenigstens etwas Verstand. Ich habe ihr gestern geraten, dich in ein Armenhaus zu geben, hab keine Angst, in ein anständiges, das wäre keine Beleidigung. Sie wird es, glaube ich, auch tun. Erinnerst du dich noch an deinen letzten Brief, den du mir noch ins Gouvernement Ch. schriebst, vor drei Wochen?«

»Hast du ihr den gezeigt?« Stepan Trofimowitsch sprang entsetzt auf.

»Nun, warum nicht! Das war das erste. Das war derselbe, in dem du mir mitteiltest, daß sie dich ausnutze, dich um dein Talent beneide, na, und das von den ‚fremden Sünden'. Ach, mein Bester, was hast du für einen Eigendünkel! Ich habe so lachen müssen! Überhaupt sind deine Briefe auch langweilig, du hast ja einen jämmerlichen Stil. Oftmals habe ich sie überhaupt nicht gelesen. Einer schwimmt da bei mir heute noch ungeöffnet herum; ich werde ihn dir morgen wieder zurückschicken. Aber jener da, dieser dein letzter Brief – der setzt wirklich allem die Krone auf! Wie habe ich gelacht, wie gelacht!«

»Du Unmensch! Du Unmensch!« stöhnte Stepan Trofimowitsch.

»Pfui Teufel! Mit dir ist aber auch überhaupt nicht zu reden. Hör mal, jetzt bist du wohl wiederum beleidigt wie vorigen Donnerstag?«

Stepan Trofimowitsch richtete sich drohend auf: »Wie kannst du es wagen, in einem solchen Ton mit mir zu reden?«

»In was für einem Ton denn? In einem einfachen und klaren.«

»So sage mir endlich, du Ungeheuer, bist du wirklich mein Sohn oder nicht?«

»Das mußt du besser wissen. Natürlich neigt jeder Vater in einem solchen Fall zur Verblendung ...«

»Schweig! Schweig!« rief, am ganzen Leibe zitternd, Stepan Trofimowitsch.

»Siehst du, nun schreist und schimpfst du wieder ganz so wie auch vorigen Donnerstag, wo du sogar deinen Stock gegen mich erheben wolltest, und ich hatte doch nur jenes Beweisstück gefunden. Aus Neugierde hatte ich den ganzen Abend in deinem Koffer herumgekramt. Aber du kannst dich trösten, ich habe nichts Rechtes gefunden. Da war nur ein Brief meiner Mutter an jenes Polchen. Aber nach ihrem Charakter zu urteilen ...«

»Noch ein Wort, und ich schlage dir ins Gesicht!«

»So sind nun diese Leute!« wandte sich Pjotr Stepanowitsch plötzlich an mich. »Sehen Sie, so geht es nun bei uns her, schon seit vorigem Donnerstag. Ich bin nur froh, daß heute wenigstens Sie hier sind und ein Urteil abgeben können. Gleich von vornherein die Tatsache: er wirft mir vor, daß ich so über meine Mutter rede. Ist er es aber nicht gewesen, der mich erst selber darauf gestoßen hat? In Petersburg, als ich noch Gymnasiast war, weckte er mich wohl zweimal jede Nacht auf, umarmte mich und flennte wie ein altes Weib, und was glauben Sie wohl, was er mir da in der Nacht erzählt hat? Dieselben sündhaften Geschichten über meine Mutter. Von ihm habe ich sie zuerst gehört.«

»Oh, das habe ich doch damals im geistigen Sinn gemeint. Oh, du hast mich nicht verstanden! Nichts, nichts hast du verstanden!«

»Aber immerhin klang es bei dir noch gemeiner als bei mir, viel gemeiner, das mußt du zugeben. Doch siehst du, mir ist das doch ganz gleich, meinetwegen. Ich ereifere mich ja nur von deinem Standpunkt aus. Von mir aus brauchst du keine Angst zu haben, ich beschuldige meine Mutter ganz und gar nicht. Ob nun du mein Vater bist oder der Pole – das ist mir ganz gleich. Ich kann doch nicht dafür, daß es bei euch in Berlin so albern hergegangen ist. Ja, konnte denn überhaupt bei euch etwas Vernünftiges herauskommen? Was für lächerliche Menschen seid ihr doch nach alldem! Und ist dir das denn nicht ganz gleichgültig, ob ich nun dein Sohn bin oder nicht? Hören Sie«, wandte er sich wieder an mich, »nicht einen Rubel hat er zeit seines Lebens für mich ausgegeben. Bis zu meinem sechzehnten Lebensjahr hat er mich überhaupt nicht gekannt, dann hat er mich hier bestohlen, und jetzt macht er ein großes Geschrei: ich hätte ihm zeitlebens Herzschmerzen verursacht, und gebärdet sich vor mir wie ein Schauspieler. Ich bin doch nicht Warwara Petrowna, ich bitte dich!«

Er stand auf und nahm seinen Hut.

»Ich verfluche dich von nun an in meinem Namen!« Stepan Trofimowitsch streckte die Hand über ihn aus, bleich wie der Tod.

»In solche Dummheit kann nun ein Mensch verfallen!« staunte Pjotr Stepanowitsch. »Na, leb wohl, Alterchen, ich werde nicht wieder zu dir kommen. Deinen Vortrag aber schicke mir vorher, vergiß das nicht! Und gib dir Mühe, nicht solchen Blödsinn zu schreiben, wenn du kannst. Fakten, Fakten und Fakten, und die Hauptsache, möglichst kurz. Leb wohl!«

3

Übrigens wirkten hier auch noch andere Ursachen mit. Pjotr Stepanowitsch hatte wirklich ganz bestimmte Pläne mit seinem Vater. Meiner Ansicht nach beabsichtigte er, ihn in Verzweiflung zu stürzen und ihn dadurch, nach bekannten Mustern, zu einem öffentlichen Skandal zu treiben. Das brauchte er für künftige, andere Ziele, von denen noch später die Rede sein wird. Derartige bunte Rechenexempel und Entwürfe häuften sich damals bei ihm in Unmengen – allerdings waren sie fast alle von phantastischer Art. Außer Stepan Trofimowitsch hatte er noch ein anderes Opfer im Auge. Überhaupt war die Zahl seiner Opfer nicht klein, wie sich später noch herausstellen wird, aber auf diesen einen zählte er ganz besonders, und das war niemand anders als Herr von Lembke selbst.

Andrej Antonowitsch von Lembke gehörte zu jenem von der Natur bevorzugten Stamm, von dem man in Rußland nach dem Kalender einige Hunderttausende zählt, die es vielleicht selber nicht wissen, daß sie durch ihre Masse einen streng organisierten Bund bei uns bilden. Natürlich ist dieser Bund nicht mit Vorbedacht ersonnen, aber er besteht ohne Worte und Vereinbarungen bei dem ganzen Stamme als eine Selbstverständlichkeit oder gewissermaßen als eine sittliche Verpflichtung eben dadurch, daß alle Glieder dieses Stammes sich immer, überall, und unter welchen Umständen es auch sei, wechselseitig unterstützen.

Andrej Antonowitsch hatte die Ehre gehabt, in einer jener höheren russischen Bildungsanstalten erzogen zu werden, die nur den Söhnen solcher Eltern zugänglich sind, die mit Verbindungen oder Reichtum gesegnet sind. Zöglinge dieser Anstalten werden fast immer unmittelbar nach Beendigung ihrer Studien zur Ausübung ziemlich bedeutender Ämter in irgendeiner Abteilung des Staatsdienstes bestimmt. Der eine Onkel von Andrej Antonowitsch war Ingenieur-Oberstleutnant, der andere Bäckermeister, aber er drängte sich in die vornehme Schule und traf dort genug Stammesgenossen, denen es ähnlich ging. Er war ein lustiger Kamerad, das Lernen fiel ihm ziemlich sauer, aber alle hatten ihn gern. Und als dann in den höheren Klassen die Jünglinge, vornehmlich die Russen, bereits anfingen, die schwerwiegendsten zeitgenössischen Fragen zu erörtern – und zwar mit einer Miene, als könnten sie, sobald sie nur der Schulbank entronnen, alle Probleme mit einem Schlage lösen –, fuhr Andrej Antonowitsch immer noch fort, sich mit den unschuldigsten Schuljungenstreichen zu beschäftigen. Er brachte immer alle zum Lachen, allerdings durch Auftritte, die kaum sehr einfallsreich, sondern höchstens zynisch waren, aber das hatte er sich als sein Ziel aufgestellt. Entweder er schneuzte sich auf ganz erstaunliche Art, wenn sich der Lehrer in der Stunde mit einer Frage an ihn wandte, so daß alle Mitschüler und auch der Lehrer selber laut lachen mußten, oder er stellte im Schlafsaal unter allgemeinem Händeklatschen in zynischer Weise irgendein lebendes Bild, oder er blies nur durch die Nase und ziemlich kunstvoll die Ouvertüre zu »Fra Diavolo«. Auch zeichnete er sich durch absichtliche Liederlichkeit aus, die er aus irgendeinem Grund genial fand. Im letzten Schuljahre fing er an, Gedichte zu machen, und zwar in russischer Sprache. Seine eigne Muttersprache beherrschte er grammatisch nur ungenügend, wie viele seiner Stammesgenossen in Rußland.

Diese Neigung zur Dichtkunst führte ihn mit einem finsteren, durch irgend etwas gleichsam gehemmten Kameraden zusammen, dem Sohn eines armen Generals, eines Russen, den man in der Anstalt allgemein für einen großen künftigen Literaten hielt. Dieser behandelte ihn gönnerhaft. Aber es kam so, daß dieser finstere Kamerad, der nach seinem Austritt aus der Schule seine staatliche Laufbahn der russischen Literatur zuliebe aufgegeben hatte, infolgedessen bereits in zerrissenen Stiefeln und zähneklappernd vor Frost im Spätherbst noch im Sommerpaletot einherspazierte. Da traf er etwa drei Jahre später zufällig einmal auf der Anitschkow-Brücke seinen früheren Protegé »Lembka«, wie ihn damals alle auf der Schule genannt hatten. Aber war er es auch wirklich? Er erkannte ihn nicht einmal auf den ersten Blick und blieb erstaunt stehen. Vor ihm stand ein tadellos gekleideter junger Mann mit einem erstaunlich wohlgepflegten Backenbarte von rötlicher Farbe, mit einem Klemmer, Lackschuhen, funkelnagelneuen Handschuhen, einem weiten, modischen Überzieher und einer Aktenmappe unter dem Arm. Lembke begrüßte den Kameraden sehr freundlich, sagte ihm seine Adresse und lud ihn einmal abends ein. Dabei erwies es sich, daß er nicht mehr »Lembka« hieß, sondern v. Lembke. Trotzdem suchte ihn der Schulkamerad auf, vielleicht nur aus Ärger. An der Treppe, die keineswegs schön und durchaus nicht prunkvoll, aber mit einem roten Läufer belegt war, empfing ihn der Portier und fragte nach seinem Begehr. Darauf klingelte er laut und vernehmlich nach oben. Aber statt des Reichtums, den der Besucher anzutreffen erwartet hatte, fand er seinen »Lembka« in einem winzig kleinen Seitenzimmerchen, das einen düsteren und unmodernen Eindruck machte und durch einen dunkelgrünen Vorhang in zwei Hälften geteilt war. Möbliert war das Zimmerchen mit zwar weichen, aber ziemlich altersschwachen dunkelgrünen Polstermöbeln; an den schmalen, hohen Fenstern hingen dunkelgrüne Vorhänge. Herr von Lembke wohnte bei einem General, mit dem er weitläufig verwandt war und der ihm vorwärtshalf. Er kam seinem Gaste sehr liebenswürdig entgegen, war sehr ernst und gesucht höflich. Man sprach über Literatur, aber in angemessenen Grenzen. Ein Lakai in weißer Binde servierte einen ziemlich wäßrigen Tee und kleines, rundes, trockenes Gebäck. Der Schulfreund bat aus Bosheit um etwas Selterswasser. Man brachte es ihm auch, aber erst nach einigem Zögern, wobei Lembke anscheinend in Verlegenheit geriet und es dem Lakaien wiederholt sagen mußte. Übrigens bot er auch selber seinem Gaste noch einen kleinen Imbiß an, war aber sichtlich erleichtert, als dieser dankte und endlich fortging. Kurz, Lembke stand eben erst am Anfang seiner Laufbahn und wohnte bei einem Stammesgenossen, der ein angesehener General war.

Er war damals in die fünfte Tochter des Generals bis über die Ohren verliebt, und diese Liebe beruhte anscheinend auf Gegenseitigkeit. Aber als die Zeit gekommen war, gab man Amalie einem alten deutschen Fabrikbesitzer zur Frau, der ein langjähriger Freund des alten Generals war. Andrej Antonowitsch vergoß darüber nicht allzu viele Tränen, sondern – klebte sich aus Pappe ein Theater. Der Vorhang konnte aufgezogen werden, die Schauspieler traten richtig heraus und bewegten sogar die Arme, in den Logen saß das Publikum, und im Orchester konnten durch eine Mechanik sogar die Violinbogen bewegt werden, der Kapellmeister schwenkte den Taktstock, und im Parkett klatschten die vornehmen Herren und die Offiziere in die Hände. Alles war aus Pappe gemacht, alles hatte Herr von Lembke sich selber ausgedacht und hergestellt; ein halbes Jahr lang hatte er über dem Theater gesessen. Der General veranstaltete aus diesem Grunde eine intime Abendgesellschaft, das Theater wurde hereingebracht und gezeigt, alle seine fünf Töchter, auch die neuvermählte Amalie mit ihrem Fabrikbesitzer, sowie viele jüngere und ältere Damen mit ihren deutschen Männern nahmen das Theater sehr aufmerksam in Augenschein und lobten es sehr; später wurde getanzt. Lembke war sehr zufrieden und tröstete sich bald.

Jahre vergingen, er stieg immer höher. Immer arbeitete er an Stellen, wo er die Aufmerksamkeit auf sich ziehen mußte, hatte immer Landsleute als Vorgesetzte und brachte es so schließlich zu einem für seine Jahre schon recht bedeutenden Range. Schon lange hegte er den Wunsch, sich zu verheiraten, und hatte auch schon lange vorsichtig Umschau gehalten. Ohne Wissen seiner vorgesetzten Behörde schickte er an die Schriftleitung einer Zeitschrift eine Novelle ein; aber sie wurde nicht gedruckt. Dafür klebte er nun wieder einen vollständigen Eisenbahnzug, und abermals kam dabei etwas riesig Gelungenes heraus: Die Reisenden strömten aus dem Wartesaal mit Koffern und Taschen, mit Kindern und Hunden und stiegen in die Wagen ein. Die Schaffner und Diensthabenden eilten hin und her, die Abfahrtsglocke läutete, das Signal wurde gegeben, und der Zug setzte sich in Bewegung. Über diesem verschmitzten Meisterstück saß er ein ganzes Jahr. Aber trotz alledem – verheiraten mußte er sich doch auch. Sein Bekanntenkreis war zwar ziemlich groß, in der Hauptsache waren es Deutsche, aber er verkehrte auch in einigen russischen Familien, natürlich nur in denen seiner Vorgesetzten. Endlich, als er schon achtunddreißig Jahre alt war, fiel ihm eine Erbschaft zu. Sein Onkel, der Bäckermeister, war gestorben und hatte ihm testamentarisch dreißigtausend Rubel vermacht. Das kam ihm äußerst gelegen. Herr v. Lembke war, ungeachtet des vornehmen Anstriches, den ihm seine dienstliche Sphäre verlieh, ein außerordentlich bescheidener Mensch. Er hätte sich sehr gern mit irgendeinem kleinen, selbständigen Pöstchen begnügt, wo er über staatliches Holz hätte frei verfügen können oder über irgendeine andere Annehmlichkeit dieser Art, und hätte sich zeitlebens nichts Besseres gewünscht. Da aber erschien, statt der erwarteten Minna oder Ernestine, plötzlich Julija Michajlowna auf dem Plan. Er machte in seiner Karriere einen sichtbaren Schritt nach oben. Der bescheidene und gewissenhafte Lembke fühlte plötzlich, daß er auch ehrgeizig sein könne.

Julija Michajlowna besaß nach alter Rechnung zweihundert

Seelen und verfügte außerdem über einflußreiche Verbindungen. Auf der anderen Seite hinwiederum war Herr v. Lembke ein hübscher Kerl, und sie war bereits über vierzig Jahre alt. Merkwürdig war, daß er sich tatsächlich nach und nach in sie verliebte, im gleichen Maße, wie er sich nach und nach in seine Rolle als Bräutigam hineinlebte. Am Hochzeitsmorgen schickte er ihr ein Gedicht. Das alles gefiel ihr sehr gut, sogar die Verse: vierzig Jahre sind eben doch kein Kinderspiel. Kurz darauf erhielt er einen bedeutsamen Rang und einen bedeutsamen Orden und wurde dann in unser Gouvernement berufen.

Bevor sie zu uns kamen, hatte Julija Michajlowna ihren Gatten eifrig bearbeitet. Ihrer Ansicht nach war er nicht ohne Fähigkeiten: er verstand aufzutreten und sich zu zeigen, konnte tiefsinnig zuhören und schweigen, bewahrte dabei immer eine ganz anständige Haltung, konnte auch Reden halten, zeigte sogar hier und da ein eigenes Gedankenfetzchen und war mit der Politur des neumodischen, unumgänglichen Liberalismus überzogen. Trotzdem machte sie sich darüber Sorge, daß er vielleicht zu wenig empfänglich wäre und nach dem langen, ewigen Herumtappen in seiner dienstlichen Laufbahn nun ein entschiedenes Bedürfnis nach Ruhe empfände. Sie wollte ihm ihren Ehrgeiz einflößen, aber da fing er plötzlich an – eine Kirche zu kleben; der Pastor trat heraus und hielt die Predigt, die Betenden hörten ihm mit andächtig gefalteten Händen zu, eine Dame wischte sich mit dem Taschentuch die Tränen aus den Augen, ein alter Mann schneuzte sich, und zum Schluß ertönte eine kleine Orgel, die er sich ungeachtet der hohen Kosten eigens in der Schweiz hatte anfertigen und von dort aus herschicken lassen. Als Julija Michajlowna das erfuhr, nahm sie ihm voller Entsetzen die ganze Arbeit weg und schloß sie bei sich in der Kommode ein, dafür erlaubte sie ihm aber, Romane zu schreiben, natürlich nur ganz heimlich. Seit der Zeit aber fing sie an, sich nur auf sich selber zu verlassen. Das hatte nur den einen Haken: sie war reichlich leichtsinnig und konnte niemals maßhalten. Das Schicksal hatte sie eben zu lange als alte Jungfer herumsitzen lassen. Plan für Plan wälzte sie jetzt in ihrem ehrgeizigen, etwas überreizten Kopf. Sie hegte und pflegte diese Pläne, wollte ganz entschieden das Gouvernement regieren, sah sich im Traum schon als Mittelpunkt eines großen Kreises und entschied sich für eine politische Richtung. Herr v. Lembke war anfänglich fast darüber erschrocken, aber mit seinem Beamteninstinkt erriet er sofort, daß er in seiner Eigenschaft als Gouverneur dabei nichts zu befürchten habe. Die ersten zwei, drei Monate verflossen sogar in recht zufriedenstellender Weise. Da aber tauchte Pjotr Stepanowitsch auf, und es ereignete sich etwas Seltsames.

Die Sache war die, daß der junge Werchowenskij vom ersten Augenblick an ein entschieden unehrerbietiges Wesen gegen Andrej Antonowitsch zur Schau trug und sich ihm gegenüber die merkwürdigsten Rechte herausnahm und daß Julija Michajlowna, die doch sonst so eifersüchtig über das Ansehen ihres Gatten wachte, dies alles nicht einmal bemerken oder ihm wenigstens durchaus keine Bedeutung beilegen wollte. Der junge Mann wurde ihr Günstling und aß, trank und schlief fast in ihrem Hause. Herr v. Lembke suchte sich zwar gegen den Eindringling zu wehren, nannte ihn in Gesellschaft »junger Mann«, klopfte ihm gönnerhaft auf die Schulter, aber er erreichte damit gar nichts. Pjotr Stepanowitsch lachte ihm beinahe gerade ins Gesicht, obgleich er ihm anscheinend ernsthaft Rede stand, und sagte ihm vor allen Leuten die unerhörtesten Dinge. Als Herr v. Lembke eines Tages nach Hause kam, fand er den jungen Mann uneingeladen in seinem Arbeitszimmer schlafend auf dem Sofa liegen. Dieser erklärte, er habe vorsprechen wollen, aber niemanden zu Hause angetroffen, und da sei er »zufällig eingeschlafen«. Herr v. Lembke war beleidigt und beklagte sich abermals bei seiner Gattin, diese aber lachte ihn wegen seiner gereizten Stimmung aus und bemerkte nur spitz, daß er es anscheinend nicht verstehe, sich selber richtig mit ihm zu stellen; ihr gegenüber wenigstens habe sich »dieser Junge« niemals Familiaritäten erlaubt, und übrigens sei das eben »ein naiver und frischer Bursche, wenn er auch keinen gesellschaftlichen Schliff habe«. Herr v. Lembke schmollte. Diesmal führte sie die Versöhnung zwischen ihnen herbei. Nicht etwa, daß Pjotr Stepanowitsch um Entschuldigung gebeten hätte, er zog sich ganz einfach mit einem derben Scherz aus der Affäre, den man bei anderer Gelegenheit als eine neue Beleidigung hätte auffassen können, aber im gegenwärtigen Fall als Ausdruck seiner Reue hinnahm. Der Fehler war der, daß Andrej Antonowitsch es von allem Anfang an versehen und gerade ihn in seinen Roman eingeweiht hatte. Da er in ihm einen feurigen, poetischen jungen Mann vermutete und sich schon lange einen

Zuhörer wünschte, so hatte er ihm gleich in den ersten Tagen ihrer Bekanntschaft einmal abends zwei Kapitel daraus vorgelesen. Jener hatte zugehört, ohne seine Langeweile zu verbergen, hatte in höchst unhöflicher Weise gegähnt und sich nicht ein einziges Mal lobend über etwas ausgesprochen, dann aber, als er fortging, hatte er sich das Manuskript ausgebeten, um sich zu Hause in Muße ein Urteil darüber bilden zu können, und Andrej Antonowitsch hatte es ihm eingehändigt. Seit der Zeit hatte er das Manuskript noch nicht zurückgegeben, obgleich er fast täglich angelaufen kam, hatte auf alle Fragen danach immer nur gelacht und zum Schluß erklärt, er habe es damals auf der Straße verloren. Als Julija Michajlowna das erfuhr, wurde sie auf ihren Mann schrecklich böse.

»Du hast ihm doch nicht etwa auch das von der Kirche gesagt?« fragte sie ganz entsetzt.

Herr v. Lembke fing an ernstlich nachzudenken, aber das Nachdenken bekam ihm nicht und war ihm von den Ärzten sogar verboten worden. Zudem hatte er jetzt noch im Dienst rechte Scherereien, wovon später noch die Rede sein wird – es war da eine ganz besondere Sache, die ihm sogar ans Herz griff und nicht nur seinen Ehrgeiz als Beamter verletzte. Als Andrej Antonowitsch die Ehe einging, hätte er ein Zerwürfnis oder einen Zwist in seiner Familie zukünftig niemals für möglich gehalten. So hatte er sich sein ganzes Leben vorgestellt, als er von einer Minna oder Ernestine träumte. Er fühlte, daß er nicht imstande war, häusliche Ungewitter zu ertragen. Endlich sprach sich Julija Michajlowna offen mit ihm darüber aus.

»Darüber kannst du dich doch nicht ärgern«, sagte sie, »schon deshalb nicht, weil du dreimal vernünftiger bist als er und auf der gesellschaftlichen Stufenleiter unvergleichlich höher stehst. In diesem Jungen stecken noch eine Menge Überreste früherer freigeistiger Gepflogenheiten, das sind meiner Ansicht nach ganz einfach Unarten. Die kann man ihm nicht so plötzlich austreiben, das muß allmählich geschehen. Man muß unsere Jugend wertschätzen! Ich komme ihnen freundlich entgegen und halte sie dadurch vom Abgrund zurück.«

»Aber weiß der Teufel, was er zusammenschwatzt!« entgegnete Herr v. Lembke. »Ich kann doch nicht gleichgültig dabeisitzen, wenn er in meiner Gegenwart vor allen Leuten behauptet, die Regierung vergifte das Volk absichtlich mit Schnaps, um es dumm zu machen und dadurch von einem Aufstande zurückzuhalten. Versetze dich einmal in meine Rolle, wenn ich vor allen Leuten so etwas mit anhören muß.«

Als Herr v. Lembke dies sagte, erinnerte er sich an ein unlängst mit Pjotr Stepanowitsch geführtes Gespräch. In der unschuldigen Absicht, ihn durch seinen Liberalismus zu entwaffnen, hatte er ihm seine eigne private Sammlung aller nur denkbaren russischen und ausländischen Proklamationen gezeigt, die er seit 1859 sorgfältig sammelte, nicht etwa aus Liebhaberei, sondern einfach aus einer nützlichen Wißbegier. Pjotr Stepanowitsch durchschaute seine Absicht und warf die Bemerkung hin, daß oft in einer Zeile dieser Proklamationen mehr Sinn und Verstand stecke als in mancher ganzen Staatskanzlei, »die Ihrige nicht ausgenommen!«

Lembke war unangenehm berührt.

»Aber das ist doch zu früh für unsere Verhältnisse, viel zu früh«, sagte er fast beschwörend und zeigte auf die Proklamationen.

»Nein, durchaus nicht zu früh. Sie fürchten sich doch davor, folglich ist es nicht zu früh.«

»Aber ich bitte Sie: hier ist zum Beispiel eine Aufforderung zur Zerstörung aller Kirchen.«

»Warum denn nicht? Sie sind doch selber ein kluger Mensch und glauben infolgedessen nicht. Aber Sie begreifen nur zu wohl, daß der Glaube notwendig ist, um das Volk in seiner Dummheit zu erhalten. Wahrheit aber ist immer ehrenhafter als Lüge.«

»Das stimmt, das stimmt. Ich bin ganz mit Ihnen einverstanden; doch ist es für unsere Verhältnisse noch zu früh, zu früh ...« versetzte Herr von Lembke finster.

»Hiernach sind Sie ja ein schöner Regierungsbeamter, wenn Sie selber einverstanden sind, die Kirchen zu zerstören und mit Keulen nach Petersburg zu ziehen, und nur über den Zeitpunkt verschiedener Ansicht sind?«

Der so plump gefangene Lembke war heftig pikiert.

»So ist es nicht, so ist es nicht«, ereiferte er sich, da er sich in seiner Eigenliebe immer mehr und mehr verletzt fühlte. »Sie, als junger Mann und hauptsächlich als einer, der unsere Ziele überhaupt nicht kennt, haben davon eine ganz irrige Auffassung. Sehen Sie, mein wertester Pjotr Stepanowitsch, Sie nennen uns Regierungsbeamte? Gut. Selbständige Beamte? Gut. Aber erlauben Sie, wie gehen wir vor? Wir tragen die

Verantwortung, und letzten Endes dienen wir somit der gemeinsamen Sache genauso wie Sie. Wir halten nur das aufrecht, was Sie wankend machen und was ohne uns nach allen Seiten auseinanderfallen würde. Wir sind nicht Ihre Feinde, im Gegenteil, wir sagen zu Ihnen: geht voran, schreitet vorwärts, ja sogar: rüttelt an allem, was alt und der Änderung bedarf! Aber wir werden Sie, wenn es nötig sein wird, immer in den erforderlichen Grenzen halten und Sie dadurch vor sich selber retten, denn ohne uns würden Sie ja doch nur ganz Rußland in seinen Grundfesten erschüttern und ihm sein gutes Ansehen nehmen, während doch gerade unsere Aufgabe darin besteht, für das gute Ansehen unseres Vaterlandes Sorge zu tragen. So sehen Sie doch nur ein, daß wir füreinander unentbehrlich sind! Ganz wie in England die Whigs und die Torys. Sehen Sie, wir sind die Torys, und Sie sind die Whigs – so fasse ich es wenigstens auf.«

Andrej Antonowitsch verstieg sich sogar bis zum Pathos. Er liebte es, geistreiche und liberale Gespräche zu führen, noch von Petersburg her, und hier hatte er, was die Hauptsache war, keine Horcher zu fürchten. Pjotr Stepanowitsch schwieg und verhielt sich anscheinend ungewöhnlich ernsthaft. Das spornte den Redner noch mehr an.

»Wissen Sie«, fuhr er fort und ging in seinem Zimmer auf und ab, »wissen Sie, daß ich als ‚Beherrscher des Gouvernements' so viele Pflichten habe, daß ich keine einzige davon wirklich zu erfüllen vermag, während ich andrerseits ebenso wahrheitsgemäß auch wieder behaupten kann, daß ich hier überhaupt nichts zu tun habe? Das ganze Geheimnis besteht aber darin, daß hier eben alles von dem Standpunkt der Regierung abhängt. Mag die Regierung auch die Republik ausrufen – meinetwegen aus Politik oder zur Besänftigung der Leidenschaften –, wenn sie nur andrerseits auch demgemäß die Macht der Gouverneure verstärkt, so werden wir, die Gouverneure, auch die Republik verdauen, und nicht nur die Republik, alles, was Sie nur wollen, werden wir verdauen; ich wenigstens fühle, daß ich das kann ... Kurz, wenn mir die Regierung telegraphisch die activité dévorante vorschriebe, so würde ich eben die activité dévorante entfalten. Ich habe es ihnen auch gerade ins Gesicht gesagt: ‚Meine Herren', habe ich gesagt, ‚um allem die Waage zu halten und allen Institutionen des Gouvernements ein gedeihliches Fortkommen zu sichern, ist nur eines unumgänglich notwendig –

und das ist eine Erweiterung des Machtkreises für den Gouverneur'. Sehen Sie, alle diese Institutionen – ob es nun landwirtschaftliche oder gerichtliche sind – müssen sozusagen eine Doppelexistenz führen: einmal müssen sie eben dasein – und ich gebe zu, daß das unumgänglich nötig ist – und ein andermal müssen sie auch wieder nicht dasein. Das hängt eben alles nur vom Standpunkt der Regierung ab. Ergeht die Bekanntmachung, daß diese und jene Institutionen sich als unumgänglich notwendig erwiesen haben, so sind sie bei mir augenblicklich vorhanden. Geht die Notwendigkeit wieder vorüber, so verschwinden sie auch bei mir wieder von der Bildfläche. So fasse ich die activité dévorante auf. Aber sie wird nur möglich sein, wenn die Macht des Gouverneurs verstärkt wird. Ich sage Ihnen das alles natürlich nur im Vertrauen. Wissen Sie, ich habe mich nach Petersburg gewandt, damit unbedingt vor dem Hause eines jeden Gouverneurs eine eigne Schildwache aufgestellt wird. Ich warte auf Antwort.«

»Sie brauchen deren zwei«, sagte Pjotr Stepanowitsch.

»Warum zwei?« fragte Herr von Lembke und blieb erstaunt vor ihm stehen.

»Aber ich bitte Sie, eine ist doch zu wenig, um den Leuten Achtung vor Ihnen einzuflößen. Sie müssen schon unbedingt zwei haben.«

Andrej Antonowitsch zog die Stirn kraus.

»Sie ... Sie erlauben sich wirklich, Gott weiß was alles, Pjotr Stewanowitsch. Sie nützen meine Gutmütigkeit aus, werfen mir spitze Bemerkungen an den Kopf und spielen gewissermaßen den bourru bienfaisant ...«

»Na, wie Sie wollen«, brummte Pjotr Stepanowitsch. »Aber immerhin bahnen Sie uns den Weg und bereiten unseren Erfolg vor.«

»Das heißt, wen meinen Sie mit ‚uns', und was ist das für ein Erfolg?« drang Herr von Lembke erstaunt in ihn, aber er erhielt keine Antwort.

Als Julija Michajlowna den Bericht über dieses Gespräch hörte, war sie sehr zufrieden.

»Aber ich kann doch«, verteidigte sich Herr von Lembke, »deinen Schützling nicht wie einen Untergebenen behandeln, noch dazu, wenn wir unter vier Augen sind ... Da habe ich mich eben verschnappt ... aus lauter Gutmütigkeit.«

»Aus übertriebener Gutmütigkeit. Ich wußte gar nicht, daß

du eine Sammlung von Proklamationen hast. Zeig mir sie doch bitte einmal!«

»Aber ... er bat mich doch, sie auf einen Tag mit nach Hause nehmen zu dürfen.«

»Und Sie haben sie ihm wieder gegeben?« regte sich Julija Michajlowna auf. »Was für eine Taktlosigkeit!«

»Ich werde gleich hinschicken und sie holen lassen.«

»Er wird sie nicht herausgeben.«

»Ich werde es verlangen!« fuhr Herr von Lembke auf und sprang sogar von seinem Platz in die Höhe. »Wer ist er, daß man solche Angst vor ihm haben, und wer bin ich, daß ich nichts mehr zu tun wagen sollte?«

»Setzen Sie sich und beruhigen Sie sich«, hielt ihn Julija Michajlowna zurück. »Ich werde auf Ihre erste Frage antworten: er ist mir besonders empfohlen worden, besitzt Fähigkeiten und sagt manchmal sehr kluge Dinge. Karmasinow hat mir versichert, daß er fast überall Verbindungen besitzt und einen außerordentlichen Einfluß auf die Jugend der Residenz ausübt. Wenn ich nun durch ihn sie alle an mich heranziehe und um mich schare, so halte ich sie dadurch vom Abgrund zurück und weise ihren Ehrgeiz in neue Bahnen. Er ist mir mit ganzer Seele ergeben und hört in allem auf mich.«

»Aber während man ihnen so freundlich entgegenkommt, können sie ja ... Gott weiß was alles tun. Allerdings dieser Gedanke ...« verteidigte sich Herr von Lembke unsicher. »Aber da habe ich gerade gehört, daß im ...schen Kreise wieder Proklamationen erschienen seien.«

»Aber dies Gerücht lief ja schon im Sommer. Proklamationen, falsches Geld, und Gott weiß was noch alles, und dabei ist bis heute noch nichts festgestellt worden. Wer hat dir denn das gesagt?«

»Von Blumer.«

»Ach, verschonen Sie mich mit Ihrem Blumer, und unterstehen Sie sich nicht, ihn in meiner Gegenwart zu erwähnen!«

Julija Michajlowna brauste auf und konnte sogar einen Augenblick nicht weitersprechen. Von Blumer war ein Beamter aus der Gouverneurskanzlei, den sie besonders haßte. Doch davon später.

»Also bitte, rege dich nicht über Werchowenskij auf«, schloß sie die Unterredung. »Wenn er wirklich bei irgend solch einem Unfug beteiligt wäre, so würde er hier mit dir und mit allen anderen nicht so reden. Hunde, die viel bellen, beißen nicht, und ich möchte sogar sagen, wenn wirklich irgend etwas geschehen sollte, würde ich es ja zuerst durch ihn erfahren. Er ist mir fanatisch, wirklich fanatisch ergeben.«

Ich möchte bemerken, indem ich den Ereignissen vorgreife, daß, wenn Julija Michajlowna nicht so ehrgeizig und von sich selber überzeugt gewesen wäre, vielleicht all das, was diese üblen Leutchen bei uns angerichtet haben, nicht geschehen wäre. Sie trägt die Verantwortung für vieles.

Fünftes Kapitel

Vor dem Fest

1

Der Tag des Subskriptionsfestes, das Julija Michajlowna zum Besten armer Erzieherinnen unseres Gouvernements veranstalten wollte, war schon mehrmals festgelegt, dann aber immer wieder hinausgeschoben worden. Um Julija Michajlowna herum kreisten beständig Pjotr Stepanowitsch, der als Laufjunge dienende kleine Beamte Ljamschin, der eine Zeitlang auch Stepan Trofimowitsch besucht und plötzlich wegen seines Klavierspiels im Hause des Gouverneurs eine gnädige Aufnahme gefunden hatte, dann zum Teil auch Liputin, den Julija Michajlowna zum Redakteur der künftigen unabhängigen Gouvernementszeitung auserkoren hatte, ferner einige Damen und junge Mädchen und endlich sogar Karmasinow, der, wenn er sich auch nicht im Kreise herumdrehte, so doch laut und mit wohlwollender Miene versicherte, daß er allen eine angenehme Überraschung bereiten werde, wenn die Literatur-Quadrille ihren Anfang nähme. Subskribenten und Stifter schrieben sich in großen Mengen ein, die ganze auserlesene Gesellschaft unserer Stadt war vertreten, aber es wurden auch weniger auserlesene zugelassen, wenn sie nur mit Geld erschienen. Julija Michajlowna bemerkte, daß man manchmal das Durcheinanderwürfeln verschiedener Klassen notwendigerweise zulassen müsse, denn »wer sollte denn sonst die niederen Klassen aufklären?« Es hatte sich ein inoffizielles

Hauskomitee gebildet, von dem beschlossen wurde, daß das Fest ein demokratisches Gepräge tragen solle. Der außerordentliche Zufluß der Spenden verlockte zu immer größeren Ausgaben, man wollte etwas einfach Wunderbares in Szene setzen, und deshalb wurde der Tag auch immer wieder hinausgeschoben. Immer war man sich noch nicht darüber klar, wo man am Abend den großen Ball abhalten sollte: in dem sehr großen Hause der Adelsmarschallin, die ihre Räume für diesen Tag zur Verfügung gestellt hatte, oder bei Warwara Petrowna in Skworeschniki? Nach Skworeschniki war es allerdings ein bißchen weit, aber viele aus dem Komitee bestanden trotzdem darauf, weil man da »ungeniert« wäre. Und Warwara Petrowna hätte es auch selber zu gerne gesehen, wenn man sich für ihr Haus entschieden hätte. Es war schwer zu sagen, warum diese stolze Frau sich bei Julija Michajlowna geradezu einzuschmeicheln suchte. Wahrscheinlich gefiel es ihr, daß jene ihrerseits Nikolaj Wsewolodowitsch soviel Ehre erwies und ihn liebenswürdiger behandelte als jeden anderen. Ich möchte hier noch einmal wiederholen, daß Pjotr Stepanowitsch die ganze Zeit über heimlich fortfuhr, im Hause des Gouverneurs ein schon früher von ihm in die Welt gesetztes Gerücht zu verbreiten, nämlich, daß Nikolaj Wsewolodowitsch ein Mensch sei, der die geheimsten Verbindungen mit den allergeheimsten Kreisen habe und sicherlich mit irgendeinem Auftrag hierhergekommen sei.

Sonderbar war damals die Stimmung der Geister. Besonders in der Damenwelt trat ein gewisser Leichtsinn zutage, und man konnte nicht einmal sagen, daß das nach und nach so gekommen wäre. Wie vom Winde herbeigeweht, ließen sich mancherlei äußerst freie Anschauungen vernehmen. Ein ausgelassener, leichter Ton, von dem man nicht immer sagen konnte, daß er angenehm gewesen wäre, riß ein. Ein gewisser Wirrwarr in den Köpfen wurde zur Mode. Später, als dann alles vorbei war, gab man Julija Michajlowna, ihrem Kreis und ihrem Einfluß die Schuld, aber schwerlich rührte wohl das alles nur von ihr allein her. Im Gegenteil, zu Anfang lobten viele die neue Gouverneurin um die Wette, daß sie die Gesellschaft zusammenzuhalten verstehe und es dadurch plötzlich lustiger geworden sei. Es kamen sogar ein paar Skandalgeschichten vor, an denen aber Julija Michajlowna nicht schuld war, doch alle lachten damals nur darüber und ergötzten sich daran, und niemand war da, der der Sache einen Riegel vorgeschoben hätte. Allerdings stand eine ziemlich beträchtliche Gruppe von Leuten etwas abseits und sah den Verlauf der Dinge mit eignen Augen an, aber auch diese brummten damals nicht; sie lächelten sogar.

Ich erinnere mich, es hatte sich damals wie von selber ein ziemlich ausgedehnter Kreis zusammengefunden, dessen Mittelpunkt wirklich der Empfangssalon Julija Michajlownas war. In diesem intimen Kreise, der sich um sie drängte, erlaubte man sich – hauptsächlich natürlich die Jugend –, allerhand Unfug zu treiben, und hatte sich das sogar zum Grundsatz gemacht, und zwar manchmal in ziemlich übermütiger Weise. Zu diesem Kreis gehörten auch ein paar sehr hübsche Damen. Die Jugend veranstaltete Picknicks und Abendgesellschaften und ritt manchmal in ganzen Kavalkaden durch die Stadt oder fuhr in Equipagen auf. Man suchte nach Abenteuern, dachte sich sogar eigens selber welche aus und führte sie aus, nur um den Leuten etwas zu lachen zu geben. Unsere Stadt behandelten sie wie eine Residenz aller Dummköpfe. Man nannte diesen Kreis »die Spötter« oder »die Verspotter«, weil sie sich über alles lustig machten. Es trug sich zum Beispiel folgende Geschichte zu: Die Frau eines hiesigen Leutnants, eine noch sehr junge brünette kleine Frau, die sehr unter dem kärglichen Einkommen ihres Gatten litt, beteiligte sich bei einer dieser Abendgesellschaften leichtsinnigerweise am Kartenspiel, in der Hoffnung, das Geld zu einer Mantille zu gewinnen, verlor aber statt dessen fünfzehn Rubel. Da sie sich vor ihrem Manne fürchtete und kein Geld hatte, die Spielschuld zu bezahlen, entschloß sie sich, weil sie sich nun einmal in dieses kecke Unternehmen eingelassen hatte, noch auf derselben Abendgesellschaft den Sohn unseres Stadtoberhauptes, einen widerlichen jungen Mann, der für seine Jahr schon arg verlebt war, heimlich anzupumpen. Dieser gab ihr nicht nur kein Geld, sondern lief noch laut lachend zu ihrem Mann hin und erzählte ihm die ganze Geschichte. Der Leutnant, der wirklich allein mit seinem Gehalt ein kärgliches Dasein fristete, holte seine Frau nach Hause und erteilte ihr einen ganz gehörigen Denkzettel, obgleich sie heulte und schrie und ihn auf den Knien um Verzeihung bat. Diese unerfreuliche Geschichte rief überall in der Stadt nur Gelächter hervor, und obgleich die arme Leutnantsfrau nicht zu jenen Kreisen gehörte, die Julija Michajlowna umgaben, so machte sich doch eine Dame von den »Spöttern«, ein exzentrisches und streitbares Persönchen, das die Leutnantsfrau ein wenig kannte, augenblicklich auf, fuhr bei ihr vor und nahm sie einfach als ihren Gast mit zu sich nach Hause. Hier wurde sie gleich von der ganzen mutwilligen Schar umringt, mit Liebenswürdigkeiten und Geschenken überschüttet, vier Tage lang festgehalten und nicht zu ihrem Mann zurückgelassen. Sie wohnte bei der streitbaren Dame, fuhr den ganzen Tag mit ihr und der anderen tollen Gesellschaft in der Stadt spazieren und nahm an ihren Vergnügungen und Tanzereien teil. Man hetzte sie auf, ihren Mann vor Gericht zu fordern und einen Skandal herbeizuführen, und versicherte ihr, daß alle als Zeugen sie unterstützen würden. Der Gatte hüllte sich in Stillschweigen, da er den Kampf nicht aufzunehmen wagte. Doch die arme kleine Frau wurde sich schließlich klar, daß sie sich so nur ins Unglück stürzte, und lief am vierten Tage in der Dämmerung halbtot vor Angst von ihren Beschützern fort und wieder zu ihrem Leutnant zurück. Was daraufhin zwischen den beiden Ehegatten vorgegangen ist, entzog sich in seinen Einzelheiten der allgemeinen Kenntnis, jedenfalls aber blieben die zwei Fensterläden des niedrigen Häuschens, wo der Leutnant wohnte, vierzehn Tage lang geschlossen. Als Julija Michajlowna das alles erfuhr, ärgerte sie sich über diese nichtsnutzige Bande sehr und war äußerst unzufrieden mit dem Benehmen der streitbaren Dame, obgleich jene ihr die kleine Leutnantsfrau gleich am ersten Tage nach der Entführung vorgestellt hatte. Übrigens vergaß man diese Geschichte bald wieder.

Ein andermal hielt ein junger Mann, der aus einer anderen Gegend zugezogen und kleiner Beamter war, um die Hand der siebzehnjährigen, bildschönen und allen bekannten Tochter eines ebenfalls kleinen Beamten und achtbaren Familienvaters an und heiratete sie bald darauf. Aber plötzlich erfuhren alle, daß der junge Gatte in der Hochzeitsnacht seine schöne Frau höchst unhöflich behandelt habe, um sich an ihr für eine Verunglimpfung seiner Ehre zu rächen. Ljamschin, der fast Zeuge dieser Szene geworden wäre, weil er sich auf der Hochzeit betrunken hatte und dann im Hause über Nacht geblieben war, hatte, als es kaum anfing zu dämmern, diese ergötzliche Nachricht bei allen herumgetragen. Augenblicklich rottete sich eine Schar von etwa zehn unserer jungen Leute zusammen, alle zu Pferde, manche sogar auf gemieteten Kosakengäulen, wie zum Beispiel Pjotr Stepanowitsch und Liputin, der ungeachtet seiner grauen Haare damals fast an allen skandalösen Abenteuern unserer windigen Jugend teilnahm. Als sich dann das junge Paar in einem Zweispänner auf der Straße zeigte, um die üblichen Besuche zu machen, wie es bei uns die Sitte unbedingt und unter allen Umständen am Tage nach der Hochzeit fordert, umringte diese ganze Kavalkade den Wagen mit lustigem Gelächter und begleitete ihn den ganzen Morgen durch die Stadt. Allerdings gingen sie nicht mit in die Häuser hinein, sondern warteten zu Pferde vor der Tür, auch ließen sie sich nicht zu einer eigentlichen Beleidigung des jungen Paares hinreißen, aber trotzdem riefen sie doch einen Skandal hervor. Die ganze Stadt sprach davon. Selbstverständlich lachten alle darüber. Aber Herr von Lembke ärgerte sich und machte Julija Michajlowna abermals eine erregte Szene. Diese geriet ebenfalls in außerordentlichen Zorn und wollte schon die ganze nichtsnutzige Gesellschaft aus ihrem Hause weisen. Doch am nächsten Tage verzieh sie allen wieder, auf eine Bemerkung Pjotr Stepanowitschs hin und infolge einiger Worte Karmasinows. Dieser fand den »Spaß« sehr witzig.

»So sind nun einmal die hiesigen Sitten«, sagte er, »wenigstens ist das charakteristisch und ... dreist, und sehen Sie, alle lachen darüber, nur Sie allein sind ungehalten.«

Aber es wurden auch ganz unverzeihliche Streiche verübt, die einen ganz bestimmten Anstrich hatten.

Einmal tauchte in der Stadt eine Büchertrödlerin auf, die Evangelien verkaufte, eine ehrbare Frau, obgleich sie nur eine Kleinbürgerin war. Sie wurde zum Tagesgespräch, weil gerade in den Zeitungen der Hauptstadt merkwürdige Dinge über solche Bücherverkäuferinnen gestanden hatten. Wieder war es der Spaßvogel Ljamschin: mit Hilfe eines Seminaristen, der sich in Erwartung einer Schullehrerstelle bei uns herumtrieb, stellte er sich, als wollte er bei ihr Bücher kaufen, und steckte ihr dabei heimlich ein ganzes Päckchen verführerischer, unanständiger Photographien aus dem Ausland in ihren Sack, die, wie wir später erfuhren, eigens zu diesem Zweck geopfert waren von einem hochangesehenen alten Herrchen, dessen Namen ich übergehe, der einen hohen Orden am Halse trug und, wie er sich ausdrückte, »ein gesundes Lachen und einen lustigen Spaß« liebte. Als dann die arme Frau bei uns im Gostinyj Rjad die heiligen Bücher auspackte, fielen auch die Photographien mit heraus. Ein Gelächter erhob sich, ein Murren, die Menge drängte sich herbei, man fing an zu schimpfen, und es wäre sicherlich zu einer Schlägerei gekommen, wenn die Polizei nicht eingeschritten wäre. Die Büchertrödlerin wurde in Arrest genommen und erst gegen Abend auf die Bemühungen Mawrikij Nikolajewitschs hin, der voller Entrüstung die geheimen Zusammenhänge dieser garstigen Geschichte in Erfahrung gebracht hatte, wieder auf freien Fuß gesetzt und aus der Stadt entfernt. Daraufhin hätte Julija Michajlowna diesen Ljamschin nun ganz entschieden aus ihrem Hause verwiesen, wenn nicht noch an demselben Abend eine ganze Schar der Unsrigen ihn zu ihr geschleift hätte, unter dem Vorwande, er habe wieder ein neues, ganz eigenartiges Klavierstück komponiert. Man beredete sie, wenigstens dies noch anzuhören. Das Stückchen erwies sich tatsächlich als recht ergötzlich und trug den ulkigen Titel: »Der Französisch-Preußische Krieg«. Es fing mit den drohenden Klängen der Marseillaise an: »Qu'un sang impur abreuve nos sillons!«

Man hört die aufgeblasene Herausforderung, den Taumel künftiger Siege. Plötzlich aber ertönen zusammen mit der meisterhaft variierten Hymne irgendwo seitwärts unten in der Ecke, aber gar nicht etwa weit entfernt, die banalen Klänge von »Mein lieber Augustin«. Die Marseillaise bemerkt das gar nicht. Durch ihre eigene Größe berauscht, hat sie den Gipfel ihres Siegestaumels erreicht, aber mein Augustin wird kräftiger, mein Augustin wird immer frecher, und ganz plötzlich hält mein Augustin ganz unerwartet Takt mit der Marseillaise. Die fängt an, sich zu ärgern, bemerkt nun endlich den Augustin, möchte ihn über den Haufen werfen, wegjagen wie eine aufdringliche, unbedeutende Fliege, aber mein lieber Augustin hält tapfer stand. Mein lieber Augustin ist vergnügt und selbstbewußt, mein lieber Augustin ist froh und frech, aber die Marseillaise wird auf einmal immer dümmer: sie macht schon gar kein Hehl mehr daraus, daß sie gereizt und beleidigt ist, und fängt unter Tränen und Schwüren mit zur Vorsehung erhobenen Händen entrüstet an zu heulen: »Pas un pouce de notre terrain, pas une pierre de nos forteresses!«

Aber schon sieht sie sich gezwungen, mit meinem lieben Augustin gleichen Takt zu halten. Ihre Töne gehen in der albernsten Weise in den lieben Augustin über, sie duckt sich vor ihm und erlischt. Nur hier und da taucht noch einmal ein Stückchen auf: »Qu'un sang impur . . .« Aber gleich geht auch das dann wieder in den banalen Walzer über. Die Marseillaise ist ganz klein geworden: das ist Jules Favre, der an Bismarcks Brust schluchzt und alles, alles hingibt ... Doch nun fängt auch mein Augustin an zu toben: man hört heiseres Geschrei, spürt das in Unmassen getrunkene Bier, hört das Eigenlob rasen, Milliarden fordern, feine Zigarren, Champagner und Geiseln ... mein Augustin geht in wüstes Lärmen über – der Französisch-Preußische Krieg ist zu Ende.

Die Unsrigen applaudierten, Julija Michajlowna lächelte und sagte: »Wie könnte man solch einen hinausjagen?« Der Friede war geschlossen. Und wirklich, dieser Halunke besaß einiges Talent. Stepan Trofimowitsch versicherte mir einmal, daß selbst die höchsten künstlerischen Talente gleichzeitig die größten Halunken sein könnten, daß das eine das andere nicht ausschließe. Es ging später das Gerücht, daß Ljamschin dieses Stück einem Bekannten, einem talentvollen, bescheidenen jungen Manne, der ihn auf der Durchreise besucht hatte, gestohlen habe, wodurch dessen Urheberschaft unbekannt geblieben sei. Doch das nur nebenbei. Dieser Halunke, der jahrelang um Stepan Trofimowitschs Gunst gebuhlt und bei dessen Abendversammlungen auf Wunsch die verschiedensten Juden, die Beichte einer tauben Frau und die Geburt eines Kindes nachgeahmt hatte, karikierte jetzt manchmal bei Julija Michajlowna in humoristischer Weise Stepan Trofimowitsch selber unter der Bezeichnung: »Ein Liberaler der vierziger Jahre«. Alle wälzten sich vor Lachen, so daß es letzten Endes einfach unmöglich war, ihn hinauszujagen: er war ein zu unentbehrlicher Mensch geworden. Dabei suchte er in geradezu sklavischer Weise Pjotr Stepanowitschs Gunst zu erlangen, der wieder seinerseits schon damals einen sonderbar starken Einfluß auf Julija Michajlowna hatte.

Ich hätte diesen Halunken gar nicht besonders erwähnt, da es nicht der Mühe wert ist, auf ihn einzugehen; aber es trug sich hier eine empörende Geschichte zu, an der er, wie behauptet wird, ebenfalls Anteil hatte; diese Geschichte aber kann ich in meiner Chronik keinesfalls übergehen.

Eines Morgens verbreitete sich durch die ganze Stadt die Kunde von einer schändlichen, abscheulichen Gotteslästerung. Am Eingang zu unserem großen Marktplatz befand sich die alte Muttergottes-Geburtskirche, die eine der bedeutendsten Sehenswürdigkeiten unserer alten Stadt bildete. Neben dem Portal der Vormauer befand sich seit urdenklichen Zeiten ein großes Bild der Muttergottes, das hinter einem eisernen Gitter in die Mauer eingelassen war. Und dieses Heiligenbild war eines Nachts beraubt, das Glas vor dem Schrein zerschlagen und das Gitter gesprengt worden, und aus der Krone und dem Beschlag hatte man einige Edelsteine und Perlen herausgenommen; ich weiß allerdings nicht, ob sie sehr wertvoll waren. Aber die Hauptsache war, daß außer dem Diebstahl noch eine ganz sinnlose, frevelhafte Gotteslästerung begangen war: hinter dem oben eingeschlagenen Glase der Ikone hatte man am Morgen, wie es hieß, eine lebendige Maus gefunden. Jetzt, nach vier Monaten, steht es einwandfrei fest, daß das Verbrechen von dem Sträfling Fedjka begangen wurde, und aus irgendeinem Grunde soll auch Ljamschin dabei beteiligt gewesen sein. Damals sprach noch niemand von Ljamschin, und kein Mensch hatte ihn in Verdacht, jetzt aber sind alle davon überzeugt, daß nur er es gewesen sein kann, der die Maus da hineingesetzt hat. Ich entsinne mich, daß unsere ganze Obrigkeit ein wenig den Kopf verloren hatte. Vom frühen Morgen an drängte sich das Volk zum Schauplatz des Verbrechens. Stets staute sich da eine dichte Menge, weiß Gott, wo die Leute alle herkamen, aber es waren wohl immer so an die hundert Mann. Die einen kamen, die anderen gingen. Die neu Hinzutretenden bekreuzigten sich vor der Ikone, man fing an, Gaben zu spenden, eine Opferschale aus der Kirche tauchte auf, daneben ein Mönch, und erst um die dritte Stunde nachmittags kam die Obrigkeit auf den Gedanken, daß man dem Volk auch befehlen könne, nicht in Mengen stehenzubleiben, sondern zu beten, sich zu verbeugen, ein Opfer zu spenden und dann weiterzugehen. Auf Herrn von Lembke machte dieser unselige Vorfall den entsetzlichsten Eindruck. Julija Michajlowna soll später, wie mir erzählt wurde, geäußert haben, sie habe seit jenem Unglücksmorgen bei ihrem Gatten eine sonderbare Schwermut wahrgenommen, die ihn bis zu dem Augenblick nicht verlassen habe, wo er vor nunmehr zwei Monaten krankheitshalber aus unserer Stadt abreisen mußte, und die ihn anscheinend selbst bis in die Schweiz begleitet hat, wo er sich nach seiner kurzen dienstlichen Tätigkeit in unserem Gouvernement jetzt immer noch ausruht.

Ich entsinne mich, daß ich damals gegen ein Uhr auf den Platz kam. Die Menge schwieg, überall sah man strenge und finstere Gesichter. Ein dicker Kaufmann mit gelblichem Teint kam in seinem Wagen angefahren, stieg aus, verbeugte sich bis zur Erde, küßte die Ikone, opferte einen Rubel, stieg dann stöhnend wieder ein und fuhr weiter. Darauf kam ein Wagen mit zweien unserer Damen, die sich in Begleitung zweier unserer Tunichtgute befanden. Die jungen Leute, von denen der eine durchaus nicht mehr so jung war, stiegen ebenfalls aus ihrer Equipage und drängten nach der Ikone vor, indem sie ziemlich rücksichtslos das Volk beiseite stießen. Beide Herren nahmen nicht einmal die Hüte ab, und der eine setzte sich noch seinen Kneifer auf die Nase. Das Volk fing an zu murren, allerdings nur dumpf, aber doch recht unfreundlich. Der Held mit dem Kneifer zog aus seiner Geldbörse, die mit Banknoten nur so vollgepfropft war, ein kupfernes Kopekenstück und warf es in die Opferschale, dann wandten sich beide lachend und laut sprechend um und stiegen wieder in ihren Wagen ein. In diesem Augenblick sprengte plötzlich Lisaweta Nikolajewna in Begleitung Mawrikij Nikolajewitschs herbei. Sie sprang vom Pferd, warf ihrem Begleiter die Zügel zu, der auf ihre Anweisung hin bei den Pferden bleiben mußte, und trat gerade in dem Augenblick vor die Ikone, als die Kopeke in die Opferschale fiel. Eine Röte des Unwillens überflutete ihre Wangen; sie nahm ihren Zylinderhut ab, zog die Handschuhe aus und fiel vor der Ikone auf die Knie, direkt auf den schmutzigen Gehsteig, und verbeugte sich ehrfurchtsvoll dreimal bis zur Erde. Dann zog sie ihre Geldtasche heraus, da sie aber darin nur ein paar Silberstücke fand, nahm sie augenblicklich ihre Brillantohrringe ab und warf sie in die Opferschale.

»Darf ich das? Zum Schmuck der Einfassung?« fragte sie ganz aufgeregt den Mönch.

»Gewiß«, antwortete dieser. »Jede Gabe bringt Segen.«

Das Volk schwieg und äußerte weder seine Mißbilligung noch seinen Beifall. Lisaweta Nikolajewna schwang sich in ihrem ganz beschmutzten Kleid wieder aufs Pferd und sprengte davon.

2

Zwei Tage nach diesem soeben geschilderten Vorfall traf ich Lisa auf der Straße inmitten einer großen Schar von jungen Leuten, die sich teils zu Pferde, teils zu Wagen irgendwohin begaben. Sie winkte mir mit der Hand, ließ ihren

Wagen halten und verlangte eigensinnig, daß ich mich der Gesellschaft anschließen solle. In ihrem Wagen fand sich gerade noch ein freier Platz für mich, und sie stellte mich lachend ihren Gefährtinnen, lauter eleganten Damen, vor. Sie setzte mir auseinander, daß sie sich auf einer außerordentlich interessanten Expedition befänden. Sie lachte viel und schien übermäßig glücklich zu sein. Überhaupt war sie in letzter Zeit immer bis zur Ausgelassenheit lustig. Und in der Tat, das Unternehmen war wirklich eigenartig: die ganze Gesellschaft fuhr über den Fluß hinüber zu dem Kaufmann Sewastjanow, in dessen Hause in einem Seitenflügel schon seit etwa zehn Jahren in Ruhe, Zufriedenheit und Beschaulichkeit unser gottgesegneter Prophet Semjon Jakowlewitsch lebte, der nicht nur bei uns, sondern auch in den Nachbargouvernements und sogar in der Hauptstadt einen Namen hatte. Alle besuchten ihn, hauptsächlich die Durchreisenden, suchten von dem Gottesnarren ein Wort zu erhaschen, verbeugten sich vor ihm und brachten Spenden. Diese Gaben waren mitunter recht beträchtlich, und was davon nicht durch Semjon Jakowlewitsch auf der Stelle gleich wieder verteilt wurde, wanderte auf fromme Weise in das Gotteshaus und besonders in unser Bogorodskij-Kloster, das eigens zu diesem Zwecke ständig einen Mönch zu Semjon Jakowlewitsch entsandt hatte. Alle erwarteten eine große Belustigung. Keiner von der ganzen Gesellschaft hatte bisher Semjon Jakowlewitsch gesehen. Nur Ljamschin war schon früher einmal bei ihm gewesen und versicherte jetzt, derselbe habe ihn mit einem Besen hinausjagen lassen und ihm eigenhändig noch zwei große, gekochte Kartoffeln nachgeworfen. Unter den Reitern entdeckte ich auch Pjotr Stepanowitsch, der in miserabler Haltung auf einem gemieteten Kosakenpferd saß, und Nikolaj Wsewolodowitsch, ebenfalls zu Pferde. Dieser nahm ab und zu auch an den allgemeinen Vergnügungen teil, wobei er dann immer eine angemessene, lustige Miene zur Schau trug, obgleich er noch wie früher nur wenig und selten sprach.

Als wir bis zur Brücke hinunter und bis zu dem Stadtgasthof gekommen waren, verkündete plötzlich einer, hier habe man soeben in einem Zimmer einen Gast gefunden, der sich erschossen habe, und man warte nun auf die Polizei. Gleich regte sich bei allen der Wunsch, den Selbstmörder anzusehen. Der Vorschlag fand Anklang: unsere Damen hatten noch niemals einen Selbstmörder gesehen. Ich entsinne mich, daß die eine sogar laut sagte: es sei doch auf der Welt so stumpfsinnig, daß man keine Umstände machen dürfe und jede Zerstreuung, wenn sie nur unterhaltend sei, mitnehmen müsse. Nur wenige blieben vor der Tür stehen, um zu warten; die übrigen drängten sich im Haufen in den schmutzigen Korridor hinein. Unter ihnen befand sich zu meiner Verwunderung auch Lisaweta Nikolajewna. Das Zimmer des Selbstmörders stand offen, und natürlich wagte niemand, uns am Eintreten zu hindern. Es war ein noch junger Bursche, nicht älter als etwa neunzehn Jahre, der wohl sehr hübsch gewesen sein mußte, mit dichtem blondem Haar, einem regelmäßigen, ovalen Gesicht und einer schönen, klaren Stirn. Er war schon erstarrt, und sein bleiches Gesicht sah aus, als wäre es aus Marmor. Auf dem Tisch lag ein von ihm geschriebener Zettel, man solle niemanden wegen seines Todes beschuldigen, er habe sich erschossen, weil er vierhundert Rubel »verjubbeliert« habe. Das Wort »verjubbeliert« stand buchstäblich so auf dem Zettel geschrieben: in den vier Zeilen waren drei orthographische Fehler. Ein dicker Gutsbesitzer, der anscheinend aus derselben Gegend stammte und in eignen Angelegenheiten in einem anderen Zimmer desselben Gasthofes gewohnt hatte, stand stöhnend neben der Leiche. Aus seinen Worten war zu entnehmen, daß der junge Mann von seiner Familie, seiner Mutter, die Witwe war, seinen Schwestern und Tanten aus einem Dorf in die Stadt geschickt worden war, um unter Führung einer in der Stadt wohnenden Base verschiedene Einkäufe für die Ausstattung seiner ältesten Schwester zu machen, die heiraten wollte, und ihr die Sachen gleich mitzubringen. Zu diesem Zweck hatte man ihm die vierhundert Rubel anvertraut, die man sich seit Jahrzehnten mühsam zusammengespart hatte, hatte vor Angst, daß er das Geld verlieren könne, gestöhnt und ihm endlose gute Ratschläge mit auf den Weg gegeben, hatte für ihn gebetet und ihn bekreuzigt. Der junge Mann war bisher immer bescheiden gewesen und hatte zu den besten Hoffnungen Veranlassung gegeben. Als er nun vor drei Tagen in die Stadt gekommen war, hatte er die Base gar nicht aufgesucht, sondern sich im Gasthaus ein Zimmer genommen und war geradewegs in einen Klub gegangen, in der Hoffnung, dort in einem Hinterzimmer einen Bankhalter von auswärts oder irgendeine andere Spielgelegenheit anzutreffen. Aber er fand weder das eine noch das andere. So kehrte er schon gegen Mitternacht auf sein Zimmer zurück und bestellte sich Champagner, Havannazigarren und ein Abendessen von sechs oder sieben Gängen. Doch der Champagner stieg ihm in den Kopf, und von den Zigarren wurde es ihm schlecht, so daß er, als ihm das Abendessen gebracht wurde, die Speisen nicht einmal anrührte, sondern sich fast besinnungslos schlafen legte. Am nächsten Morgen wachte er wieder frisch wie ein Fisch auf und begab sich sogleich zu einer Zigeunerbande, die, wie er am Abend im Klub gehört hatte, jenseits des Flusses in der Vorstadt ihr Lager aufgeschlagen hatte, und ließ sich zwei Tage lang im Gasthofe nicht mehr sehen. Gestern gegen fünf Uhr nachmittags war er dann endlich ganz betrunken dahin zurückgekehrt, hatte sich gleich zu Bett gelegt und bis gegen zehn Uhr abends geschlafen. Dann war er aufgewacht, hatte sich ein Kotelett, eine Flasche Château-d'Yquem* und Weintrauben sowie Papier, Tinte und Feder bestellt. Niemand hatte etwas Besonderes an ihm wahrgenommen, er war ruhig, still und freundlich gewesen. Wahrscheinlich hatte er sich schon gegen Mitternacht erschossen, obgleich es merkwürdig war, daß kein Mensch von dem Schuß etwas gehört hatte. Erst heute gegen ein Uhr mittags hatte man Verdacht geschöpft und, da von drinnen nicht geöffnet wurde, die Tür erbrochen. Die Flasche Château-d'Yquem war nur halb ausgetrunken, auch von den Weintrauben war noch ein halber Teller voll übriggeblieben. Der Schuß aus dem kleinen, dreiläufigen Revolver war direkt ins Herz gegangen. Blut war nur wenig vergossen. Der Revolver war ihm aus der Hand gefallen und lag auf dem Teppich. Der junge Mann selber lag auf einer Ecke des Diwans. Der Tod mußte augenblicklich eingetreten sein, auf seinem Gesicht war keine Spur eines Todeskampfes zu sehen, es zeigte einen friedlichen, fast glücklichen Ausdruck, als wenn er noch am Leben wäre. Die ganze Gesellschaft betrachtete den Toten mit hungriger Neugier. Überhaupt liegt in jedem Unglück eines Menschen immer etwas, woran sich das Auge des Nächsten weidet ... und das geht allen Leuten so. Unsere Damen beobachteten schweigend, während ihre Begleiter sich durch Scharfsinn und Geistesgegenwart auszuzeichnen suchten. Der eine bemerkte, daß es das beste sei, so vom Schauplatz abzutreten, und daß sich dieser junge Mann gar nichts Vernünftigeres hätte ausdenken

* Ein feiner weißer Bordeaux (Anmerkung des Übersetzers).

können. Ein andrer zog den Schluß, daß er wenigstens eine kurze Zeit das Leben genossen hätte. Ein dritter platzte plötzlich mit dem Problem heraus, warum sich jetzt bei uns so viele erhängten und erschössen, ganz als ob sich die Menschen von ihren Wurzeln loslösten oder als ob ihnen der Boden unter den Füßen schwände. Doch den, der diese Fragen aufwarf, sah man mit unfreundlichen Blicken an. Nur Ljamschin, der seine Ehre darein setzte, auch hier den Spaßvogel zu spielen, stibitzte sich von dem Teller mit Weintrauben eine Beere, ein anderer machte es ihm lachend nach, und ein dritter streckte schon die Hand nach dem Château-d'Yquem aus. Aber er ließ es doch bleiben, denn in diesem Augenblick trat der Polizeimeister ein und ersuchte uns sogar darum, das Zimmer zu räumen. Da sich alle sowieso satt gesehen hatten, verließen sie auch sogleich widerspruchslos den Raum, obgleich Ljamschin den Polizeimeister gar zu gern noch ein bißchen geärgert hätte. Die übrige Hälfte des Weges legte dann die ganze Gesellschaft unter allgemeiner Heiterkeit, Gelächter und ausgelassenen Gesprächen noch einmal so lebhaft zurück.

Gerade um ein Uhr mittags langten wir bei Semjon Jakowlewitsch an. Das Tor des ziemlich großen Kaufmannshauses stand weit offen, auch der Eingang zum Seitenflügel war nicht verschlossen. Wir erfuhren sogleich, daß Semjon Jakowlewitsch zu Mittag zu speisen geruhe, aber trotzdem empfange. Unsere ganze Horde trat mit einemmal ein. Das Zimmer, wo der heilige Narr empfing und zu Mittag speiste, war ziemlich geräumig, hatte drei Fenster und war von Wand zu Wand durch ein bis zum Gürtel hohes Holzgitter in zwei gleiche Hälften geteilt. Die gewöhnlichen Besucher blieben hinter dem Gitter stehen, nur einige wenige Glückskinder wurden auf Anweisung des frommen Mannes durch ein Gittertürchen in seine Hälfte hereingelassen, wo er sie, wenn er wollte, sich auf seinen alten Ledersessel und auf das Sofa setzen ließ. Er selber saß immer unveränderlich in einem alten, abgeschabten Lehnsessel. Er war ein ziemlich großer, aufgedunsener Mann von etwa fünfundfünfzig Jahren, mit blondem, spärlichem Haar und einer Glatze, einem rasierten, gelblichen Gesicht, in dem die rechte Backe etwas geschwollen war, wodurch der Mund ein wenig verzogen wurde, mit einer großen Warze neben dem linken Nasenflügel, mit kleinen, ziemlich schmalen Augen und mit ruhigem, solidem, verschlafenem Gesichtsausdruck. Gekleidet war er auf deutsche Art, in einen schwarzen Überrock, aber ohne Weste und Halstuch. Unter dem Überrock schaute ein ziemlich derbes, aber weißes Hemd hervor; seine offenbar kranken Füße steckten in Pantoffeln. Ich hörte, er sei einmal Beamter gewesen und habe einen Rang innegehabt. Er hatte soeben seine Fischsuppe gegessen und machte sich nun an seinen zweiten Gang: Kartoffeln in der Schale mit Salz. Etwas anderes aß er niemals, nur trank er viel Tee, den er sehr liebte. Ihn umhuschten drei Diener, die der Kaufmann ihm hielt, der eine war im Frack, der andere sah aus wie ein Handlanger und der dritte wie ein Küster. Dann war noch ein sehr ausgelassener Junge von etwa sechzehn Jahren da. Außer den Dienern war auch ein ehrwürdiger, grauer, nur etwas zu beleibter Mönch mit einer Sammelbüchse zugegen. Auf einem der Tische brodelte ein gewaltiger Samowar. Daneben stand ein Brett mit nahezu zwei Dutzend Gläsern. Auf einem anderen, gegenüberstehenden Tisch hatten die Gaben ihren Platz gefunden: mehrere Hüte und Pfunde Zucker, zwei Pfund Tee, ein paar gestickte Pantoffeln, ein seidener Schal, ein Ballen Tuch, ein Stück Leinwand und noch anderes mehr. Die Geldspenden wurden fast alle in die Sammelbüchse des Mönchs geopfert. Im Zimmer waren schon eine Anzahl Leute – wohl gegen ein Dutzend Besucher allein, von denen zwei bei Semjon Jakowlewitsch jenseits des Gitters saßen, der eine war ein alter, grauer Pilger »von den Einfachen« und der andere ein kleiner dürrer und vertrockneter Mönch, der ehrbar dasaß und die Augen zu Boden schlug. Die anderen Besucher standen alle diesseits des Gitters, es waren ebenfalls fast alles einfache Menschen, außer einem behäbigen Kaufmann in russischer Tracht und mit einem großen Barte, der aus einer Kreisstadt gekommen war und, wie man wußte, über hunderttausend Rubel besaß, einer schon älteren, armen adligen Dame und einem Gutsbesitzer. Sie alle warteten auf ihr Heil, ohne jedoch zu wagen, selber davon zu sprechen anzufangen. Vier von ihnen lagen auf den Knien; aber am meisten lenkte der Gutsbesitzer die Aufmerksamkeit auf sich, ein dicker Herr von etwa fünfundvierzig Jahren, der dicht am Gitter, wo er mehr als alle andern in die Augen fallen mußte, auf den Knien lag und mit Ehrfurcht auf einen wohlwollenden Blick oder ein Wort Semjon Jakowlewitschs wartete. Er lag schon fast eine Stunde da, aber jener bemerkte ihn gar nicht.

Unsere Damen schoben sich bis an das Gitter heran und tuschelten und kicherten heimlich. Sie drängten die Knienden und auch die anderen Besucher einfach beiseite und stellten sich vor sie hin, nur der dicke Gutsbesitzer behauptete hartnäckig seinen Platz und hielt sich sogar mit den Händen am Gitter fest. Lustige und hungrig-neugierige Blicke hefteten sich auf Semjon Jakowlewitsch, ebenso auch Lorgnetten, Kneifer und sogar Operngläser; Ljamschin wenigstens sah durch ein Opernglas. Semjon Jakowlewitsch musterte sie alle ruhig und träge mit seinen kleinen Äugelchen.

»Liebäugler, Liebäugler!« geruhte er mit seiner heiseren Baßstimme leichthin auszurufen.

Die Unsrigen fingen alle an zu lachen. »Was soll das heißen, Liebäugler?« Aber Semjon Jakowlewitsch fiel wieder in sein Schweigen zurück und aß seine Kartoffeln zu Ende. Schließlich wischte er sich den Mund mit der Serviette ab, und man reichte ihm Tee.

Gewöhnlich trank er den Tee nicht allein, sondern ließ auch den Besuchern einschenken, aber bei weitem nicht allen, meist bezeichnete er selber diejenigen von ihnen, die er beglücken wollte. Seine Anordnungen verblüfften immer, weil sie stets eine Überraschung bedeuteten. Oft überging er die Reichen und Würdevollen und ließ den Tee irgendeinem Bäuerlein oder einer armen Greisin reichen, ein andermal überging er wieder die armen Leute und bewirtete irgendeinen feisten, reichen Kaufmann. Auch eingießen ließ er den Tee verschieden, die einen bekamen ihn gesüßt, die anderen mit dem Zucker extra, die dritten ganz ohne Zucker. Diesmal wurde das dünne Mönchlein beglückt, es erhielt ein Glas gesüßten Tee, während dem alten Pilgersmann ein Glas ohne Zucker gereicht wurde. Dem dicken Mönch mit der Sammelbüchse aus dem Kloster wurde heute gar nichts verabreicht, obgleich er bisher jeden Tag sein Glas Tee erhalten hatte.

»Semjon Jakowlewitsch, sagen Sie mir irgend etwas; ich habe schon so lange Ihre Bekanntschaft machen wollen«, sagte mit melodischer Stimme und zusammengekniffenen Augen lächelnd jene elegante Dame aus unserem Wagen, die vorhin geäußert hatte, daß man jede Zerstreuung, wenn sie nur unterhaltend wäre, mitnehmen müsse.

Semjon Jakowlewitsch sah sie nicht einmal an. Der auf den Knien liegende Gutsbesitzer seufzte tief und vernehmbar, wie wenn ein großer Blasebalg hoch- und niedergedrückt würde.

»Mit Zucker!« befahl plötzlich Semjon Jakowlewitsch und zeigte auf den Kaufmann, der hunderttausend Rubel besaß.

Dieser trat einen Schritt vor und stand nun neben dem Gutsbesitzer.

»Noch mehr Zucker!« befahl Semjon Jakowlewitsch, als man den Tee schon in das Glas gegossen hatte.

Man tat noch eine Portion Zucker hinein.

»Noch mehr! Noch mehr!«

Es wurde zum drittenmal Zucker hineingeschüttet und endlich noch zum vierten Male. Gottergeben schlürfte der Kaufmann diesen Sirup hinunter.

»O Gott!« flüsterte das Volk und bekreuzigte sich.

Der Gutsbesitzer seufzte wieder tief und vernehmbar.

»Väterchen! Semjon Jakowlewitsch!« ertönte plötzlich die betrübte, aber wider Erwarten scharfe Stimme der bedürftigen Dame, die von den Unsrigen ganz an die Wand zurückgedrängt worden war. »Ein ganze Stunde warte ich nun schon auf deinen Segen, Vater. Sag mir ein Wort, mir armen Waise, sprich dein Urteil.«

»Frage!« befahl Semjon Jakowlewitsch dem Diener, der wie ein Küster aussah.

Der trat an das Gitter heran.

»Hast du das erfüllt, was dir Semjon Jakowlewitsch das letztemal befohlen hat?« fragte er die Witwe mit sanfter und gemessener Stimme.

»Wie kann ich denn das erfüllen, ihnen gegenüber erfüllen, Väterchen Semjon Jakowlewitsch!« fing die Witwe an zu heulen. »Menschenfresser sind das! Ein Gesuch haben sie meinetwegen an den Kreisrichter eingegeben! Mit dem Senat drohen sie mir! Und das der leiblichen Mutter gegenüber!«

»Gib ihr!« befahl Semjon Jakowlewitsch und wies auf einen Zuckerhut.

Der Knabe sprang auf, packte den Zuckerhut und schleppte ihn zu der Witwe.

»Ach, Väterchen, groß ist deine Gnade. Aber wo soll ich denn hin mit soviel Zucker?« wollte die Witwe wieder anfangen zu heulen.

»Noch einen! Noch einen!« belohnte sie Semjon Jakowlewitsch.

Man schleppte noch einen Zuckerhut herbei.

»Noch einen! Noch einen!« befahl der fromme Mann.

Man brachte einen dritten und endlich noch einen vierten

Zuckerhut herbei. Die Witwe war von allen Seiten mit Zukkerhüten umstellt. Der Mönch aus dem Kloster seufzte: all das hätte ja heute, wie sonst, dem Kloster zufallen können.

»Wo soll ich nur hin mit soviel Zucker?« stöhnte die Witwe ergebungsvoll. »Ich werde mir damit nur den Magen verderben, wenn ich den ganz allein aufessen muß. Das soll doch nicht etwa irgend etwas bedeuten, Väterchen?«

»Natürlich bedeutet das etwas«, sagte jemand aus der Menge.

»Gib ihr noch ein Pfund!« Semjon Jakowlewitsch ließ nicht locker. Auf dem Gabentisch stand noch ein ganzer Zuckerhut, da aber Semjon Jakowlewitsch befohlen hatte, ihr nur ein Pfund zu geben, so reichte man der Witwe auch nur ein Pfund hin.

»Großer Gott! Großer Gott!« stöhnte das Volk und bekreuzte sich. »Ein so sichtbares Zeichen!«

»Versüßen Sie zuvor Ihr Herz mit Güte und Erbarmen, und erst dann kommen Sie wieder und beklagen sich über Ihre Kinder, die doch Blut von Ihrem Blut, Fleisch von Ihrem Fleisch sind! Das soll wahrscheinlich dieses Sinnbild bedeuten«, sagte sanft und selbstzufrieden der heute mit dem Tee übergangene dicke Mönch aus dem Kloster, der sich in einer Anwandlung gereizten Ehrgeizes zu dieser Erklärung bemüßigt fühlte.

»Was sagst du da, Väterchen?« erboste sich plötzlich die Witwe. »Mit einem Stricke haben sie mich ins Feuer ziehen wollen, als es bei Werchischins brannte. Eine tote Katze haben sie mir in meine Truhe gesteckt ... zu jeder Niederträchtigkeit sind sie bereit ...«

»Hinaus mit ihr, hinaus!« befahl plötzlich Semjon Jakowlewitsch und winkte mit der Hand.

Der Küster und der Knabe eilten durch das Gitter. Der Küster nahm die Witwe am Arm, die sich auch ruhig nach der Tür ziehen ließ und sich nur öfters nach den geschenkten Zuckerhüten umsah, die der Knabe diensteifrig hinter ihr herschleppte.

»Nimm einen wieder weg!« befahl Semjon Jakowlewitsch dem Handlanger, der bei ihm geblieben war.

Der stürzte den Hinausgehenden nach, und nach einer Weile kamen sie alle drei wieder und trugen den einen, der Witwe erst geschenkten und dann wieder weggenommenen Zuckerhut wieder zurück; drei aber trug sie mit sich fort.

»Semjon Jakowlewitsch«, ertönte jetzt von ganz hinten, fast von der Tür her, eine Stimme, »ich habe im Traum einen Vogel gesehen, eine Dohle, die stieg aus dem Wasser auf und flog gerade ins Feuer. Was bedeutet das?«

»Kälte«, sagte Semjon Jakowlewitsch.

»Semjon Jakowlewitsch, warum antworten Sie mir nicht, ich interessiere mich doch schon so lange für Sie«, fing unsere Dame wieder an.

»Frage!« befahl, ohne auf sie zu hören, Semjon Jakowlewitsch plötzlich und zeigte auf den Gutsbesitzer, der immer noch auf den Knien lag.

Der Mönch aus dem Kloster, an den dieser Befehl zu fragen, ergangen war, trat gemessen auf den Gutsbesitzer zu.

»Worin haben Sie gesündigt? War Ihnen nicht befohlen worden, irgend etwas zu erfüllen?«

»Nicht zu schlagen, den Händen nicht ihren Willen zu lassen«, entgegnete der Gutsbesitzer heiser.

»Haben Sie das erfüllt?«

»Das kann ich nicht erfüllen, meine eigne Kraft überwindet meine Vorsätze.«

»Hinaus, hinaus mit ihm! Jag ihn mit dem Besen hinaus!« rief Semjon Jakowlewitsch und fuchtelte mit den Händen.

Der Gutsbesitzer aber wartete die Vollziehung der Strafe gar nicht erst ab, sondern sprang auf und stürzte aus dem Zimmer.

»Er hat ein Goldstück hiergelassen«, meldete der Mönch und hob einen halben Imperial vom Fußboden auf.

»Gib es dem!« Semjon Jakowlewitsch zeigte mit dem Finger auf den Kaufmann, der hunderttausend Rubel besaß. Dieser wagte nicht, das Geld zurückzuweisen, und steckte es ein.

»Das Gold zum Golde!« konnte der Mönch aus dem Kloster nicht umhin zu bemerken.

»Diesem mit Zucker!« befahl plötzlich Semjon Jakowlewitsch und zeigte auf Mawrikij Nikolajewitsch.

Der Diener goß den Tee ein und reichte ihn aus Versehen einem Gecken mit einem Pincenez.

»Dem Langen, dem Langen!« verbesserte Semjon Jakowlewitsch. Mawrikij Nikolajewitsch nahm das Glas, machte eine kurze, militärische Verbeugung und fing an zu trinken. Ich weiß nicht warum, aber die ganze Gesellschaft brüllte auf einmal vor Lachen.

»Mawrikij Nikolajewitsch!« wandte sich plötzlich Lisa an ihn. »Der Herr, der hier gekniet hat, ist fortgegangen; knien Sie an seiner Stelle nieder!«

Mawrikij Nikolajewitsch sah sie ungläubig an.

»Ich bitte Sie darum, Sie tun mir damit einen großen Gefallen. Hören Sie, Mawrikij Nikolajewitsch«, fuhr sie plötzlich eindringlich, hartnäckig und fieberhaft erregt fort. »Knien Sie augenblicklich nieder, ich muß das unbedingt sehen, wie Sie niederknien. Wenn Sie es nicht tun – dürfen Sie mir nie wieder unter die Augen kommen. Ich will es unbedingt, will es unbedingt!«

Ich weiß nicht, was sie eigentlich damit bezweckte; aber sie forderte es so eindringlich, so unerbittlich wie in einem Fieberanfall. Mawrikij Nikolajewitsch pflegte, wie wir später sehen werden, diese ihre plötzlichen Launen, die sich in letzter Zeit immer häufiger und häufiger zeigten, als Ausbrüche eines blinden Hasses gegen ihn zu erklären, denn sie tat das nicht etwa aus Bosheit, ganz im Gegenteil, sie schätzte, liebte und achtete ihn, wie er ja auch selber wußte, empfand aber gleichzeitig einen eigentümlichen, unbewußten Haß gegen ihn, den sie manchmal einfach nicht unterdrücken konnte.

Er reichte sein Teeglas schweigend einer hinter ihm stehenden alten Frau, machte das Gittertürchen auf, trat ohne Aufforderung in Semjon Jakowlewitschs Hälfte hinüber und fiel dort mitten im Zimmer auf die Knie, so daß es alle sehen konnten. Ich glaube, seine zarte, einfache Seele fühlte sich durch den plumpen, extravaganten Spott Lisas angesichts der ganzen Gesellschaft aufs tiefste verletzt. Vielleicht glaubte er, daß sie sich schämen müsse, wenn sie seine Erniedrigung, auf der sie so eigensinnig bestanden hatte, mit ansähe. Allerdings hätte wohl keiner außer ihm sich dazu entschlossen, eine Frau in so naiver und gewagter Art und Weise zurechtzuweisen. So lag er nun auf den Knien mit seinem unerschütterlichen Ernst im Gesicht, lang, unbeholfen und lächerlich. Aber keiner der Unsrigen lachte; diese unerwartete Tat brachte eine peinliche Wirkung hervor. Alle sahen Lisa an.

»Salböl! Salböl!« mumelte Semjon Jakowlewitsch.

Lisa war plötzlich ganz bleich geworden, schrie auf, stöhnte und eilte auf die andere Seite des Gitters hinüber. Hier spielte sich eine rasche, erregte Szene ab: sie wollte mit aller Gewalt Mawrikij Nikolajewitsch emporziehen, indem sie ihn mit beiden Händen an den Ellenbogen faßte.

»Stehen Sie auf, stehen Sie auf!« rief sie außer sich. »Stehen Sie augenblicklich auf, sofort! Wie können Sie wagen, das zu tun?«

Mawrikij Nikolajewitsch erhob sich aus seiner knienden Stellung. Sie hielt mit ihren Händen seine Arme oberhalb der Ellenbogen umkrampft und sah ihm starr ins Gesicht. Eine große Angst lag in ihren Blicken.

»Liebäugler, Liebäugler!« wiederholte Semjon Jakowlewitsch noch einmal.

Endlich zog Lisa Mawrikij Nikolajewitsch wieder hinter das Gitter zurück. Unsere Schar war in lebhafte Bewegung geraten. Die Dame aus unserem Wagen fragte laut und kreischend, wahrscheinlich weil sie den Eindruck verwischen wollte, Semjon Jakowlewitsch zum drittenmal mit demselben gezierten Lächeln: »Nun, Semjon Jakowlewitsch, haben Sie wirklich keinen ‚Ausspruch' für mich? Und ich habe doch so sehr auf Sie grechnet.«

»Du ... du ...!« wandte sich plötzlich Semjon Jakowlewitsch ingrimmig mit einem ganz verbotenen Worte an sie, das er noch dazu mit erschreckender Deutlichkeit aussprach. Unsere Damen kreischten laut auf und suchten entsetzt das Weite; die Herren brachen in ein homerisches Gelächter aus. Damit endete unser Besuch bei Semjon Jakowlewitsch.

Und doch ereignete sich dabei, wie es hieß, noch ein außerordentlich rätselhafter Zwischenfall, und ich muß gestehen, daß ich hauptsächlich seinetwegen diesen Ausflug so ausführlich beschrieben habe.

Als der ganze Schwarm hinauseilte, soll Lisa, von Mawrikij Nikolajewitsch geführt, plötzlich in der Tür im Gedränge mit Nikolaj Wsewolodowitsch zusammengestoßen sein. Es muß gesagt werden, daß die beiden seit jenem Sonntagmorgen und dem Ohnmachtsanfall sich wohl schon des öfteren getroffen hatten, aber noch nie aufeinander zugetreten waren und noch kein Wort miteinander gesprochen hatten. Ich sah, wie sie jetzt in der Tür zusammenstießen; mir kam es vor, wie wenn beide einen Augenblick stehenblieben und sich ganz eigen anschauten. Aber in dem Gedränge konnte ich es schlecht sehen. Man hat mir aber allen Ernstes versichert, daß Lisa Nikolaj Wsewolodowitsch angesehen, dann plötzlich ihre Hand bis zu seinem Gesicht erhoben habe und ihn sicherlich geschlagen haben würde, wenn sich dieser nicht schnell umgedreht hätte. Vielleicht hatte sein Gesichtsausdruck oder irgendein spöttisches Lächeln ihr Mißfallen erregt, gerade jetzt, nach diesem Vorfall mit Mawrikij Nikolajewitsch. Ich muß gestehen, daß ich selber nichts von alledem gesehen habe; später aber behauptete ein jeder, Zeuge davon gewesen zu sein, obgleich in diesem Durcheinander unmöglich alle es gesehen haben konnten, sondern höchstens einige. Doch glaubte ich es damals auch nicht. Aber ich entsinne mich, daß Nikolaj Wsewolodowitsch auf dem ganzen Heimweg auffallend blaß aussah.

3

Am selben Tag und fast um die gleiche Zeit kam auch endlich die Zusammenkunft zwischen Warwara Petrowna und Stepan Trofimowitsch zustande, die jene schon immer sich vorgenommen und ihrem einstigen Freunde schon längst angekündigt hatte, die aber aus irgendeinem Grunde bisher immer wieder verschoben worden war. Sie fand in Skworeschniki statt.

Warwara Petrowna war in aufgeregter Geschäftigkeit auf ihren Landsitz zurückgekehrt: gestern war nun endgültig beschlossen worden, daß das bevorstehende Fest im Hause des Adelsmarschalls abgehalten werden sollte. Aber Warwara Petrowna hatte in ihrer raschen Art sogleich den Entschluß gefaßt, nach dem allgemeinen Fest dann bei sich in Skworeschniki noch ein besonderes Fest zu veranstalten und noch einmal die ganze Stadt einzuladen, woran sie doch schließlich niemand hindern konnte. Dann konnte jeder aus eigner Anschauung urteilen, wessen Haus vorzüglicher sei und wer es besser verstände, Gäste zu empfangen und mit viel Geschmack einen Ball zu geben. Überhaupt war sie kaum wiederzuerkennen. Sie schien wie umgewandelt zu sein, und aus der früher unnahbaren »höheren Dame« – ein Ausdruck Stepan Trofimowitschs – war eine ganz gewöhnliche, modetolle Weltdame geworden. Übrigens schien das vielleicht auch nur so.

Sie war noch kaum angekommen, so eilte sie schon in dem leeren Haus von Zimmer zu Zimmer in Begleitung ihres alten treuen Alexej Jegorytsch und Fomuschkas, eines Menschen, der viel Erfahrung besaß und in Dekorationsangelegenheiten Spezialist war. Man fing an zu überlegen und zu beraten, welche Möbel man aus der Stadtwohnung wohl hierherbringen müsse, welche Kunstwerke, welche Bilder, wie man sie verteilen könne, wie man am nettesten die Orangerie und die Blumen aufbauen solle, wo man einen neuen Wandbehang anbringen, wo man das Büfett aufstellen und ob man eines oder zwei herrichten müsse usw. usw. Und mitten im heißesten Gefecht fiel es ihr plötzlich ein, ihren Wagen zu Stepan Trofimowitsch zu schicken und ihn holen zu lassen.

Dieser war schon lange vorbereitet und gerüstet und hatte alle Tage gerade eine solch plötzliche Einladung erwartet. Als er sich in den Wagen setzte, bekreuzigte er sich, sollte doch heute sein Schicksal entschieden werden.

Er fand seine Freundin in dem großen Saal auf einem kleinen Sofa in der Nische vor einem runden Marmortischchen, einen Bleistift und Papier in der Hand. Fomuschka maß mit einer Elle die Höhe der Galerien und der Fenster aus, während Warwara Petrowna eigenhändig die Zahlen aufschrieb und sich am Rand Notizen dazu machte. Sie unterbrach ihre Tätigkeit nicht, sondern nickte Stepan Trofimowitsch nur zu, und als dieser ein paar Worte zur Begrüßung stammelte, reichte sie ihm flüchtig die Hand und wies ihm, ohne ihn anzusehen, einen Platz neben sich an.

»Ich saß da und wartete etwa fünf Minuten, mein Herz krampfte sich zusammen«, erzählte er mir dann später. »Ich sah nicht mehr jene Frau, die ich zwanzig Jahre lang gekannt hatte. Die feste Überzeugung, daß nun alles zu Ende sei, gab mir eine Kraft, die selbst sie in Erstaunen setzte. Ich schwöre Ihnen, sie war verblüfft über meine stoische Ruhe in dieser letzten Stunde.«

Plötzlich legte Warwara Petrowna den Bleistift auf den Tisch und wandte sich rasch an Stepan Trofimowitsch. »Stepan Trofimowitsch, wir müssen sachlich miteinander verhandeln. Ich bin überzeugt, daß Sie schon wieder alle Ihre schönen Worte und Redensarten in Bereitschaft haben, aber es wäre besser, wenn wir direkt zur Sache kämen, nicht wahr?«

Das ging ihm durch und durch. Sie hatte es gar zu eilig, ihm den Ton anzugeben. Was hatte er da noch zu erwarten?

»Halt! Schweigen Sie! Lassen Sie mich erst ausreden. Dann können Sie sprechen. Obgleich ich wirklich nicht weiß, was Sie mir noch antworten könnten«, fuhr sie in ihrer hastigen Redeweise fort. »Ihre zwölfhundert Rubel Pension halte ich für meine heilige Pflicht Ihnen bis an Ihr Lebensende zu zahlen. Das heißt, warum heilige Pflicht? Nennen wir es doch ganz einfach eine Abmachung, das klingt bedeutend realer, nicht wahr? Wenn Sie wollen, machen wir das schriftlich. Im Falle meines Todes werden besondere Maßregeln getroffen werden. Darüber hinaus erhalten Sie jetzt noch von mir Wohnung und Bedienung sowie den gesamten Unterhalt. Rechnen wir das in Geld um – so sind das noch einmal fünfzehnhundert Rubel. Nicht wahr? Ich füge noch dreißig Rubel für Extraausgaben hinzu, so daß volle dreitausend Rubel herauskommen. Werden Sie im Jahr damit auskommen? Das ist doch wohl nicht zu wenig? In Ausnahmefällen werde ich übrigens noch etwas zulegen. So nehmen Sie denn das Geld, schicken Sie mir meine Leute zurück und leben Sie, wo Sie wollen: in Petersburg, in Moskau, im Ausland oder auch hier – nur nicht bei mir! Hören Sie?«

»Es ist noch nicht lange her, als dieser selbe Mund ebenso bestimmt und kurz eine andere Forderung an mich stellte«, sagte Stepan Trofimowitsch langsam, klar und traurig. »Ich fand mich darein ... und tanzte Ihnen zuliebe den Kosakentanz. Oui, la comparaison est peut-être permise. C'était comme un petit cosaque du Don, qui sautait sur sa propre tombe. Jetzt aber ...«

»Halten Sie ein, Stepan Trofimowitsch! Sie machen entsetzlich viel Worte. Getanzt haben Sie überhaupt nicht, sondern sind in einem neuen Halstuche, feiner Wäsche und Handschuhen, pomadisiert und parfümiert zu mir gekommen. Seien Sie versichert: Sie wollten selber schrecklich gern heiraten; das stand auf Ihrem Gesicht geschrieben, und glauben Sie mir, dieser Ausdruck war äußerst unschön. Wenn ich Ihnen das damals nicht gesagt habe, so geschah es nur aus Taktgefühl. Aber Sie wollten, wollten durchaus heiraten, trotz der Abscheulichkeiten, die Sie über mich und Ihre Braut geschrieben hatten. Jetzt ist das aber etwas anderes. Und was soll da ein cosaque du Don und noch dazu über Ihrem Grabe? Ich verstehe nicht, was das für ein Vergleich sein soll. Im Gegenteil, Sie sollen nicht sterben, sondern leben. Leben, so lange wie möglich. Darüber werde ich mich nur freuen.«

»Im Armenhaus?«

»Im Armenhaus? Mit dreitausend Rubel jährlichem Einkommen geht man doch nicht ins Armenhaus? Ach, da fällt mir ein«, lachte sie, »Pjotr Stepanowitsch hat ja tatsächlich einmal im Spaß von einem Armenhaus gesprochen. Aber das war doch ein ganz besonderes Armenhaus, das man wohl in

Erwägung ziehen konnte. Das ist nur für hochangesehene Persönlichkeiten bestimmt. Da leben zum Beispiel hohe Offiziere, jetzt will sogar ein General hinziehen. Wenn Sie da mit Ihrem ganzen Geld eintreten wollen, so finden Sie dort Ruhe, Bequemlichkeit und Bedienung. Sie können sich da mit den Wissenschaften beschäftigen, finden immer Gelegenheit zu einem Spielchen Préférence . . .«

»Passons.«

»Passons?« Warwara Petrowna fühlte sich beleidigt. »Nun, dann habe ich Ihnen nichts mehr zu sagen. Sie sind benachrichtigt. Wir werden von nun an vollständig getrennt leben.«

»Und das ist alles? Alles, was von zwanzig langen Jahren übriggeblieben ist? Ist das Ihr letztes Abschiedswort?«

»Sie haben eine schreckliche Vorliebe für rhetorische Effekthaschereien, Stepan Trofimowitsch. Heutzutage ist das aber ganz aus der Mode gekommen. Man redet jetzt derb, aber einfach. Und dann diese ewigen zwanzig Jahre! Zwanzig Jahre Egoismus hüben wie drüben, weiter nichts. Jeder Brief, den Sie an mich geschrieben haben, ist nicht für mich, sondern für die Nachwelt bestimmt. Sie sind ein Stilist, aber kein Freund. Und unsere Freundschaft – das war überhaupt nur ein hochtrabendes Wort, in Wirklichkeit war das weiter nichts als ein gegenseitiges Sichbegießen mit Spülicht . . .«

»O Gott, wie viele Worte, die nicht Ihre eignen sind! Wie eine auswendig gelernte Schulaufgabe! So hat man also auch Sie bereits in diese Uniform gesteckt! Und nun sind Sie froh, bescheint doch nun auch Sie die allgemeine Sonne. Chère, chère! Für was für ein Linsengericht haben Sie Ihre Freiheit verkauft!«

»Ich bin kein Papagei, der die Worte andrer Leute nachplappert«, erboste sich Warwara Petrowna. »Seien Sie versichert, daß mir mehr Worte zur Verfügung stehen, als ich brauche. Was haben Sie für mich in diesen zwanzig Jahren getan? Sogar bei den Büchern haben Sie versagt, die ich für Sie kommen ließ und die heute noch unaufgeschnitten daliegen würden, hätte der Buchbinder sie nicht aufgeschnitten. Was haben Sie mir zu lesen gegeben, als ich Sie in den ersten Jahren darum bat, mich dabei mit Ihrem Rat zu unterstützen? Capefigue und immer nur Capefigue!* Ja, Sie waren sogar

* Bapt. H. R. Capefigue, französischer Geschichtsschreiber, 1802–1872: Vielschreiber und Kompilator (Anmerkung des Übersetzers).

auf meine geistige Entwicklung eifersüchtig und trafen Maßnahmen dagegen. Und dabei lachten doch schon alle über Sie. Ich muß gestehen, ich habe Sie zeit meines Lebens für nichts anderes als für einen Kritiker gehalten, für einen literarischen Kritiker – weiter nichts. Als ich Ihnen damals auf der Reise nach Petersburg erklärte, daß ich beabsichtige, eine Zeitschrift herauszugeben und ihr mein ganzes Leben zu weihen, haben Sie mich gleich ironisch von Kopf bis zu Füßen angesehen und sind ganz hochmütig geworden.«

»Aber das war doch nicht so ... nein ... wir hatten doch damals Angst vor Verfolgungen ...«

»So war es und nicht anders. Und Verfolgungen hatten Sie damals in Petersburg überhaupt nicht zu befürchten. Und wissen Sie noch, als damals im Februar jene Nachricht eintraf? Wie Sie da erschrocken zu mir gelaufen kamen? Wie Sie von mir verlangten, ich solle Ihnen einen Ausweis geben, in Form eines Briefes, daß die geplante Zeitschrift Sie gar nichts anginge? Daß die jungen Leute nur zu mir kämen und nicht zu Ihnen? Daß Sie hier nur Hauslehrer wären, der nur noch im Hause wohne, weil ihm sein Gehalt noch nicht ausgezahlt wäre? War das nicht so? Erinnern Sie sich noch daran? Sie haben sich wirklich zeit Ihres Lebens immer nach jeder Richtung hin ausgezeichnet, Stepan Trofimowitsch!«

»Das war nur ein Augenblick des Kleinmutes, einmal unter vier Augen«, rief er bekümmert aus. »Soll man nun wirklich, wirklich wegen solch kleinlicher Eindrücke alle Bande zerreißen? Haben wir wirklich nichts anderes mit hinübergerettet aus so vielen, langen Jahren?«

»Sie sind entsetzlich berechnend. Am liebsten würden Sie es so drehen, daß ich Ihnen noch etwas schuldig wäre. Als Sie damals aus dem Ausland zurückkehrten, sahen Sie von oben auf mich herab und ließen mich überhaupt nicht zu Wort kommen. Als ich aber dann selber dort gewesen war und nun anfing, mit Ihnen über meine Eindrücke nach Besichtigung der Madonna zu reden, hörten Sie überhaupt nicht zu und lächelten nur hochnäsig in Ihre Halsbinde hinein, ganz als könnte ich gar nicht ebensolche Gefühle empfinden wie Sie.«

»Aber es war nicht an dem, ich glaube nicht ... J'ai oublié.«

»Nein, das war so und nicht anders. Und dabei hatten Sie noch nicht einmal Grund, sich vor mir so in die Brust zu werfen, denn das war doch alles nur Unsinn und reine Einbildung von Ihnen. Heutzutage begeistert sich kein Mensch, kein

Mensch mehr für diese Madonna und vertrödelt damit seine Zeit. Höchstens noch ein paar rückständige alte Sonderlinge. Das ist erwiesen.«

»Auch schon erwiesen?«

»Jene Madonna ist doch tatsächlich zu nichts zu gebrauchen. Dieser Krug hier ist nützlich, weil man Wasser hineingießen kann. Der Bleistift hier – weil man mit ihm alles mögliche schreiben kann. Aber jenes gemalte Frauengesicht ist wertloser als das häßlichste wirkliche Gesicht. Versuchen Sie einmal, einen Apfel zu zeichnen, und legen Sie dann den richtigen Apfel daneben. Welchen von beiden werden Sie wählen? Ich glaube, Sie werden nicht fehlgreifen. Da können Sie sehen, wohin alle Ihre Theorien führen, wenn nur der erste Strahl einer freien Forschung auf sie fällt.«

»So, so.«

»Sie lächeln ironisch? Und was haben Sie mir über meine Wohltätigkeitsbestrebungen gesagt? Und dabei ist der Genuß, den man beim Wohltun empfindet, nur ein hochmütiger, unmoralischer Genuß, der Genuß des Reichen an seinem Reichtum und seiner Macht, wenn er sein Ansehen mit dem Ansehen des Bedürftigen vergleicht. Wohltätigkeit verdirbt nicht nur den Gebenden, sondern auch den Nehmenden und hat überdies nicht einmal einen Zweck, weil dadurch die Bettelei nur künstlich großgezogen wird. Alle Tagediebe, die nicht arbeiten wollen, scharen sich um die Gebenden wie die Spieler um den Spieltisch, in der Hoffnung, etwas für sich herauszuschlagen. Und dabei reichen die paar erbärmlichen Groschen, die man ihnen zuwirft, nicht zum hundertsten Teil. Haben Sie in Ihrem Leben viel den Armen gegeben? Sicher nicht mehr als acht Zehnkopekenstücke, denken Sie einmal darüber nach! Nehmen Sie sich einmal die Mühe nachzudenken, wann Sie das letztemal einem Armen etwas gegeben haben. Das wird wohl zwei Jahre her sein, vielleicht auch vier. Sie machen nur immer um alles ein großes Geschrei, was der Sache durchaus nicht förderlich ist. In der heutigen Gesellschaft müßte alle Wohltätigkeit gesetzlich verboten werden. Im neuen Staat wird es gar keine Armen mehr geben.«

»Oh, was für eine Flut von Worten, die nicht Ihre eignen sind! So sind auch Sie schon bis zum neuen Staat gekommen? Unglückliche, möge Gott Sie bewahren.«

»Ja, ich bin dahingekommen, Stepan Trofimowitsch. Sie allerdings haben all diese neuen Ideen, die jetzt schon allen bekannt sind, immer sorgfältig vor mir geheimgehalten. Und das haben Sie einzig und allein aus Eifersucht getan, um mir über zu sein. Jetzt ist mir sogar diese Julija um hundert Werst voraus. Aber nun bin ich sehend geworden. Ich habe Sie immer in Schutz genommen, Stepan Trofimowitsch, soviel ich nur konnte. Denn alle Welt ist ja gegen Sie.«

»Genug!« Stepan Trofimowitsch erhob sich. »Genug! Kann ich Ihnen noch etwas anderes wünschen als Reue?«

»Nehmen Sie noch einen Augenblick Platz, Stepan Trofimowitsch. Ich muß Sie noch etwas fragen. Es ist Ihnen doch die Einladung übermittelt worden, auf der literarischen Morgenfeier etwas vorzulesen. Das haben Sie mir zu verdanken. Sagen Sie, was werden Sie nun lesen?«

»Gerade über diese Königin aller Königinnen, über dieses Ideal der Menschheit, über die Sixtinische Madonna, die Ihrer Ansicht nach nicht einmal so viel wert ist wie dieses Wasserglas und dieser Bleistift!«

»Also nicht aus der Geschichte?« sagte Warwara Petrowna enttäuscht. »Aber da wird ja keiner zuhören. Verschonen Sie uns doch mit Ihrer ewigen Madonna! Was haben Sie denn davon, wenn alle einschlafen? Seien Sie überzeugt, Stepan Trofimowitsch, daß ich das nur in Ihrem Interesse sage. Etwas anderes wäre es doch, wenn Sie zum Beispiel eine kurze, aber interessante Episode aus dem mittelalterlichen Hofleben, meinetwegen aus der spanischen Geschichte, nehmen würden. Oder, noch besser, irgendeine Anekdote, die Sie dann noch mit anderen Anekdötchen und geistreichen Bemerkungen vollstopfen könnten. Es hat doch dort so prächtige Höfe gegeben und auch gewisse Damen und Todesfälle durch Gift usw. Karmasinow sagt, es müßte ganz merkwürdig zugehen, wenn man nicht einmal aus der spanischen Geschichte etwas Interessantes zum Vorlesen fände.«

»Karmasinow, dieser ausgeschriebene Dummkopf, sucht für mich ein Thema?«

»Karmasinow, dieser fast staatsmännische Kopf! Sie sind zu gewagt in Ihren Ausdrücken, Stepan Trofimowitsch.«

»Ihr Karmasinow – ist weiter nichts als ein geiferndes altes Weib, das sich ausgeschrieben hat! Chère, chère, stehen Sie schon lange unter der Knechtschaft dieser Leute? O Gott!«

»Ich kann ihn auch jetzt noch nicht leiden wegen seines aufgeblasenen Getues. Aber ich lasse seinem Geiste Gerechtigkeit widerfahren. Noch einmal: ich habe Sie mit aller Kraft in Schutz genommen, soviel ich nur konnte. Wozu aber müssen Sie sich nun unbedingt als lächerlich und langweilig hinstellen? Sie sollten ganz im Gegenteil mit einem würdevollen Lächeln auf das Podium treten, als Repräsentant eines verflossenen Jahrhunderts, und zwei, drei kleine Anekdoten erzählen, mit Ihrem ganzen feinen Witz, so wie nur Sie manchmal zu erzählen verstehen. Was tut das, daß Sie ein alter Mann sind, aus einem Zeitalter stammen, das sich überlebt hat, und nun hinter den anderen zurückgeblieben sind? Sie können das ja selber mit einem Lächeln in der Vorrede zugeben. Da werden alle sehen, daß Sie wenigstens noch der liebe, gute, geistreiche Träumer sind ... kurz, ein Mensch von altem Schrot und Korn, der aber doch so weit über den Dingen steht, daß er den ganzen Unsinn mancher Anschauungen, denen er bisher gehuldigt hat, so einschätzt, wie es sich gehört. Also tun Sie mir diesen Gefallen, ich bitte Sie darum.«

»Chère! Genug! Bitten Sie mich nicht, ich kann nicht. Ich werde über die Madonna lesen. Ich werde einen Sturm erregen, der entweder sie alle niederschmettern oder nur mich allein entwurzeln wird.«

»Sicherlich nur Sie allein, Stepan Trofimowitsch.«

»Das ist mein Los. Ich werde von jener gemeinen Knechtseele erzählen, von jenem stinkenden, sittenverderbten Sklaven, der als erster mit einer Schere in der Hand auf die Leiter steigt, um das göttliche Gesicht der erhabenen Idealgestalt zu verhunzen, und das im Namen der Gleichheit, des Neides und ... der Verdauung. Mag mein Fluch wie der Donner rollen und dann, dann ...«

»Ins Irrenhaus?«

»Vielleicht. Auf jeden Fall aber, ob ich nun siegen oder unterliegen werde, noch am selben Abend werde ich mein Bündel schnüren, mein armseliges kleines Bündel, werde all meine Habseligkeiten, all Ihre Geschenke, Pensionen und Versprechen künftiger Wohltaten hier zurücklassen und zu Fuß aus dieser Stadt hinauspilgern, um als Hauslehrer bei irgendeinem Kaufmann mein Leben zu beschließen oder irgendwo hinter einem Zaun zu verhungern. Ich habe gesprochen. Alea iacta est!«

Er erhob sich abermals.

»Das wußte ich ja«, rief Warwara Petrowna mit funkelnden Augen und sprang auf, »das wußte ich ja schon seit Jahren, daß Ihr einziger Lebenszweck darin besteht, mich letzten Endes noch schlechtzumachen und mein Haus zu verleumden!

Denn was wollen Sie mit dieser Hauslehrerstelle bei einem Kaufmann oder dem Verhungern hinter einem Zaune sonst anderes sagen? Das ist doch nur Bosheit und Verleumdung und weiter nichts.«

»Sie haben mich immer verachtet, aber ich werde wie ein Ritter enden, treu meiner Dame, denn Ihre Meinung war mir immer teurer als alles. Von dieser Minute an werde ich nichts mehr annehmen, ich werde umsonst lesen.«

»Wie ist das dumm!«

»Sie haben mich nie geschätzt. Ich mag eine Unmenge an Schwächen besitzen. Ja, ich habe bei Ihnen schmarotzt; ich rede in der Sprache der Nihilisten; aber das Schmarotzen war niemals das höchste Prinzip meiner Handlungen. Das kam nur so, fast von selbst, ich weiß nicht wie ... Ich habe immer gedacht, daß es zwischen uns noch etwas Höheres gäbe als nur das Essen allein, und dann – war ich niemals, niemals ein schlechter Mensch. Auf denn, auf den Weg, um die Sache wiedergutzumachen! Auf den letzten Weg, draußen ist Spätherbst, der Nebel lagert über den Feldern, der eisige Reif des Alters bedeckt meinen künftigen Pfad, und der Wind heult mir zu, daß das Grab nicht mehr fern ist ... Aber auf denn, auf den Weg, auf den neuen Weg:

Erfüllt von reiner Liebe,
Getreu dem süßen Traum ...

Oh, lebt wohl, meine Träume! Zwanzig Jahre! Alea iacta est.« Und plötzlich brachen die Tränen aus seinen Augen. Er griff nach seinem Hut.

»Ich verstehe kein Latein«, sagte Warwara Petrowna, die sich mit aller Gewalt zu beherrschen suchte.

Wer weiß, vielleicht hätte sie am liebsten ebenfalls angefangen zu weinen, aber ihr Unwille und ihre Launenhaftigkeit gewannen noch einmal die Oberhand.

»Ich weiß nur das eine ganz genau, daß das alles nur Rederei ist. Sie sind gar nicht imstande, Ihre egoistischen Drohungen auszuführen. Sie werden weder zu einem Kaufmann noch sonst irgendwohin gehen, sondern in aller Seelenruhe Ihr Leben bei mir beschließen, Ihre Pension einstecken und jeden Dienstag Ihre unmöglichen Freunde empfangen. Leben Sie wohl, Stepan Trofimowitsch!«

»Alea iacta est!« Tief verbeugte er sich vor ihr und kehrte nach Hause zurück, vor Aufregung kaum noch am Leben!

Sechstes Kapitel

Pjotr Stepanowitsch in Tätigkeit

1

Der Tag für das Fest war nun endgültig festgesetzt, aber v. Lembke wurde immer sorgenvoller und nachdenklicher. Er war von sonderbaren, schlimmen Ahnungen erfüllt, und das beunruhigte Julija Michajlowna sehr. Und wirklich war ja auch nicht alles so, wie es sein sollte. Unser früherer weichherziger Gouverneur hatte die Verwaltung nicht gerade in der besten Ordnung zurückgelassen; dazu war augenblicklich noch die Cholera im Anzug, und in manchen Gegenden traten heftige Viehseuchen auf, den ganzen Sommer über hatten in den Städten und auf dem Lande Feuersbrünste gewütet, und im Volk hatte das alberne Gerücht von Brandstiftungen immer stärker und stärker Wurzel gefaßt. Die Zahl der Diebstähle war im Vergleich zu früheren Jahren auf das Doppelte gestiegen. Aber all das wäre, wenn es natürlich auch außergewöhnlich war, doch nicht so schlimm gewesen, wenn nicht noch andere, schwerer wiegende Gründe mitgesprochen hätten, die den bisher so glücklichen Andrej Antonowitsch in seiner Ruhe störten.

Am meisten fiel Julija Michajlowna auf, daß er von Tag zu Tag schweigsamer und merkwürdigerweise auch verschlossener wurde. Aber was konnte er wohl zu verbergen haben? Allerdings widersprach er ihr ja selten und war meistenteils mit allem einverstanden. Sie hatte zum Beispiel darauf bestanden, daß einige Maßnahmen hinsichtlich der Vergrößerung der Amtsgewalt des Gouverneurs getroffen wurden, die äußerst gewagt und beinahe gesetzwidrig waren. Zu diesem Zweck wurde manchmal eine verhängnisvolle Nachsicht geübt: es wurden zum Beispiel Leute, die einen Prozeß oder Sibirien verdient hätten, nur deshalb, weil Julija Michajlowna darauf bestand, zu Auszeichnungen vorgeschlagen. Gewisse Klagen und Anfragen wurden ganz systematisch mit Stillschweigen übergangen. Dies alles kam erst später ans Licht. Lembke unterschrieb nicht nur alles, sondern fragte sich nicht einmal, inwieweit seine Frau überhaupt berechtigt war, seine eignen Amtsobliegenheiten zu erfüllen. Dafür fing er aber auf einmal an bei vollkommenen Nichtigkeiten zuweilen aufzubegehren, und setzte dadurch Julija Michajlowna in Erstaunen. Vielleicht empfand er das Bedürfnis, sich für ganze Tage der Unterwürfigkeit durch kurze Augenblicke des Widerspruchs zu entschädigen. Bedauerlicherweise vermochte Julija Michajlowna trotz ihres Scharfsinns diese edle Regung eines edlen Charakters nicht zu begreifen. Sie hatte leider gar kein Verständnis dafür, was mancherlei bedenkliche Früchte zeitigte.

Es kommt mir nicht zu, und ich verstehe es auch nicht, solche Dinge zu erzählen. Ebenso ist es nicht meine Sache, über die Fehler der Verwaltung zu urteilen, und deshalb lasse ich das Amtliche gänzlich beiseite. Als ich die Chronik begann, habe ich mir andere Aufgaben gestellt. Außerdem wird jetzt vieles durch die in unserem Gouvernement bereits angekündigten gerichtlichen Untersuchungen zutage kommen, man braucht also nur noch eine Weile zu warten. Einige Erklärungen werde ich aber trotzdem nicht umgehen können.

Aber ich fahre fort über Julija Michajlowna. Die arme Dame (sie tut mir sehr leid) hätte all das, was sie so anzog und lockte (Ruhm und das übrige), auch ohne diese heftigen und exzentrischen Unternehmungen, denen sie sich vom ersten Tage an widmete, bei uns erreichen können. War es ein Übermaß an Poesie, oder waren es die vielen, trostlosen Enttäuschungen in ihrer ersten Jugend – jedenfalls fühlte sie sich nun, nach dem Umschwung in ihrem Schicksal ganz besonders berufen, ja beinahe als eine Gesalbte, fühlte ‚über ihrem Haupt die heilige Flamme züngeln', aber eben diese züngelnde Flamme war ihr Unglück, denn diese heilige Flamme ist nun eben einmal kein falscher Zopf, der auf jeden Weiberkopf paßt. Aber von dieser Wahrheit wird sich schwerlich je eine Frau überzeugen lassen, im Gegenteil, wer sie in ihrem Wahn bestärkt, wird den Erfolg auf seiner Seite haben. Und so unterstützten denn auch alle Julija Michajlowna um die Wette in diesem ihrem Glauben. Die arme Frau war mit einemmal ein Spielball der verschiedensten Einflüsse geworden, bildete sich aber dabei steif und fest ein, die alleinige Triebfeder von allem zu sein. Viele Lebenskünstler buhlten um ihre Gunst und nutzten während der kurzen Zeit, wo sie an der Spitze stand, ihre Harmlosigkeit weidlich aus. Und was für ein buntes Gemisch kam bei ihr unter dem Anschein der Selbständigkeit heraus! Ihr imponierte der Großgrundbesitz, und das aristokratische Element, und die Ausdehnung der Amtsgewalt des Gouverneurs, und das demokratische Element, und die neuen Einrichtungen, und die Ordnung, und die Freidenkerei, und die sozialen Ideechen, und der strenge Ton in den aristokratischen Salons, und die schon an Kneipenton grenzende Ungebundenheit der jungen Leute, die sie umgaben. Sie träumte davon, alle glücklich zu machen, das Unversöhnliche zu versöhnen oder, richtiger gesagt, alle und alles in der Verhimmelung ihrer eignen Person zu vereinigen. Sie hatte ihre ganz besonderen Lieblinge: Pjotr Stepanowitsch zum Beispiel, der unter anderem die gröbsten Schmeicheleien ins Treffen führte, gefiel ihr sehr. Aber er gefiel ihr noch aus einem anderen Grunde, der äußerst wunderlich und für die gute Dame recht bezeichnend war: sie hoffte nämlich immer, daß er ihr eine komplette Verschwörung gegen den Staat aufdecken werde. Man kann sich das kaum vorstellen, aber es war so. Aus irgendeinem Grunde hatte sie immer den Verdacht, daß sich in unserem Gouvernement unbedingt eine Verschwörung gegen die Staatsgewalt heimlich vorbereite. Durch sein Schweigen in manchen Fällen und seine Andeutungen bei anderen Gelegenheiten bestärkte Pjotr Stepanowitsch diesen seltsamen Verdacht in ihr nur noch mehr. Sie bildete sich ein, daß er mit allem in Verbindung stände, was es in Rußland an Revolutionärem gebe, ihr aber gleichzeitig bis zur Vergötterung ergeben sei. Die Enthüllung der Verschwörung, der Dank aus Petersburg, die künftige Karriere, ‚das freundliche Entgegenkommen‘ der Jugend gegenüber, um sie vom Rand des Abgrunds zurückzuhalten – all das wurde in ihrem Kopf zur fixen Idee. Ebenso wie sie Pjotr Stepanowitsch errettet und unterworfen hatte (davon war sie aus irgendeinem Grund fest überzeugt), so würde sie auch die anderen retten. Keiner, keiner von ihnen sollte untergehen, alle würde sie retten. Sie wollte sie in Gruppen einteilen, wollte so über sie berichten und nur nach den Gesichtspunkten einer höheren Gerechtigkeit gegen sie verfahren. Und wer weiß, vielleicht würde noch einmal die Geschichte und der ganze russische Liberalismus ihren Namen preisen! Die Verschwörung aber würde trotzdem aufgedeckt werden. Also alle Vorteile zugleich.

Immerhin war es aber unbedingt erforderlich, daß Andrej

Antonowitsch wenigstens am Tage des Festes eine etwas hellere Miene zeige. Also mußte man ihn unbedingt ein wenig aufheitern und beruhigen. Aus diesem Grunde schickte sie Pjotr Stepanowitsch zu ihm, in der Hoffnung, daß dieser durch seinen beruhigenden Einfluß seine Niedergeschlagenheit vertreiben werde. Vielleicht durch irgendwelche Mitteilungen, die er ihm sozusagen aus erster Hand brachte. Auf seine Geschicklichkeit setzte sie ihr ganzes Vertrauen. Pjotr Stepanowitsch war schon lange nicht mehr in Herrn v. Lembkes Arbeitszimmer gewesen. Er platzte gerade in dem Augenblick bei ihm herein, als dieser sich in der denkbar übelsten Laune befand.

2

Es waren da mehrere Ereignisse zusammengetroffen, die sich Herr v. Lembke ganz und gar nicht erklären konnte.

In einer benachbarten Kreisstadt (eben daselbst, wo Pjotr Stepanowitsch vor kurzem gezecht hatte) hatte ein Leutnant von seinem nächsten Vorgesetzten einen mündlichen Verweis erhalten. Das war vor versammelter Kompanie geschehen. Der Leutnant, ein noch junger Mensch, der erst kürzlich aus Petersburg dorthin versetzt worden war, hatte sich bisher immer schweigsam und finster gezeigt, war aber anscheinend sehr von sich eingenommen, obgleich er klein, dick und rotbäckig war. Er ließ sich den Verweis nicht gefallen und stürzte plötzlich mit wütend gesenktem Kopf und einem eigenartigen Kreischen, das die ganze Kompanie in Erstaunen setzte, auf seinen Vorgesetzten zu, schlug ihn und biß ihn mit solcher Gewalt in die Schulter, daß man ihn nur mit Mühe wieder losreißen konnte. Zweifellos hatte er den Verstand verloren. Wenigstens stellte es sich heraus, daß in letzter Zeit die unmöglichsten, sonderbarsten Dinge an ihm wahrgenommen worden waren. Er hatte zum Beispiel aus seiner Wohnung zwei Ikonen, die seinen Wirtsleuten gehörten, herausgeworfen und die eine davon sogar mit dem Beil zerhackt, hatte ferner in seinem Zimmer auf Gestellen, die wie Kirchenlesepulte aussahen, die Werke von Vogt, Moleschott und Büchner ausgelegt und vor jedem Lesepult ein wächsernes Kirchenlicht angezündet. Aus der großen Zahl der Bücher, die man bei ihm gefunden hatte, konnte man schließen, daß er sehr belesen war. Wenn er fünfzigtausend Franken besessen hätte, so wäre er wahrscheinlich nach den Marquesas-Inseln gesegelt, wie jener ‚Kadett', den Herzen mit so heiterem Humor in einem seiner Werke erwähnt. Als er festgenommen wurde, fand man in seinen Taschen und auch in seiner Wohnung einen ganzen Pack der kühnsten Proklamationen.

Diese Proklamationen waren an sich ganz bedeutungslos und meiner Ansicht nach gar nicht der Rede wert. Solche hatte man schon massenhaft gesehen. Zudem waren sie noch nicht einmal neu: genau dieselben Flugschriften waren, wie man später erzählte, schon unlängst im Gouvernement Ch. verteilt worden, und Liputin, der vor anderthalb Monaten ein benachbartes Gouvernement bereist hatte, behauptete, genau dieselben Blätter schon damals dort gesehen zu haben. Was aber Andrej Antonowitsch am meisten auffiel, war, daß der Direktor der Schpigulinschen Fabrik gerade zu derselben Zeit zwei oder drei Packen ganz derselben Blätter, wie man sie bei dem Leutnant gefunden hatte, bei der Polizei ablieferte. Sie waren nachts auf den Fabrikhof geworfen worden. Die Päckchen waren noch nicht aufgeschnürt, und keiner der Arbeiter hatte irgend etwas lesen können. An und für sich war diese Tatsache belanglos, aber Andrej Antonowitsch grübelte angestrengt darüber nach. Die Sache kam ihm wohltuend kompliziert vor.

In dieser Schpigulinschen Fabrik setzte damals gerade jene »Schpigulinsche Affäre« ein, von der damals bei uns ein so großes Geschrei gemacht wurde und die dann in allen möglichen Lesarten sogar in die Zeitungen der Hauptstadt einging. Vor etwa drei Wochen war dort ein Arbeiter an der asiatischen Cholera erkrankt und gestorben; bald darauf erkrankten noch einige Menschen. Die ganze Stadt zitterte vor Angst, weil die Cholera aus einem benachbarten Gouvernement heranrückte. Ich bemerke, daß bei uns zur Genüge alle nur möglichen sanitären Maßnahmen getroffen worden waren, um den ungebetenen Gast zu empfangen. Aber die Schpigulinsche Fabrik, deren Besitzer Millionäre waren und höchst einflußreiche Verbindungen besaßen, hatte man dabei irgendwie übersehen. Und auf einmal fingen alle an zu schreien, daß dort die Wurzel und Brutstätte dieser Krankheit verborgen liege, daß die ganze Fabrik und hauptsächlich die Behausungen der Arbeiter von einer solch unausrottbaren Unsauberkeit verseucht seien, daß, wenn es überhaupt noch keine Cholera gäbe, sie unbedingt dort entstehen müsse. Natürlich wurden sogleich Maßnahmen getroffen, und Andrej Antonowitsch drang auch energisch auf ihre sofortige Ausführung. Man reinigte die Fabrik drei Wochen lang, worauf sie von den Schpigulins, ohne daß jemand wußte warum, geschlossen wurde. Der eine der beiden Brüder Schpigulin lebte ständig in Petersburg, und der andere reiste, nachdem die Obrigkeit die Reinigung angeordnet hatte, nach Moskau ab. Der Direktor zahlte die Arbeiter aus und begaunerte sie dabei, wie sich jetzt herausgestellt hat, in ganz schamloser Weise. Die Arbeiter fingen an zu murren, forderten eine gerechte Entlohnung und wandten sich dummerweise an die Polizei. Übrigens machten sie weiter kein großes Geschrei und regten sich gar nicht so sehr darüber auf. Und gerade zu der Zeit erhielt nun Andrej Antonowitsch die Proklomationen vom Direktor zugestellt.

Pjotr Stepanowitsch kam unangemeldet in das Arbeitszimmer hereingeschwirrt wie ein guter Freund und Bekannter, der überdies noch von Julija Michajlowna selbst beauftragt war. Als Herr v. Lembke ihn erblickte, zog er finster die Brauen zusammen und blieb unhöflich am Tische stehen. Bis jetzt war er im Zimmer auf und ab gegangen und hatte mit seinem Kanzleibeamten Blum etwas unter vier Augen verhandelt, einem außerordentlich unbeholfenen, finsteren Deutschen, den er, trotz des heftigen Widerstandes Julija Michajlownas, aus Petersburg mitgebracht hatte. Als Pjotr Stepanowitsch ins Zimmer trat, blieb Blum an der Tür stehen, ging aber nicht hinaus. Pjotr Stepanowitsch hatte sogar den Eindruck, als wechsle er mit seinem Vorgesetzten einen bedeutungsvollen Blick.

»Oho! Da habe ich Sie einmal erwischt, Sie hinterhältiger Stadthäuptling!« rief Pjotr Stepanowitsch lachend und klatschte mit der Handfläche auf eine auf dem Tisch liegende Proklamation. »Die soll wohl Ihre Sammlung vergrößern? Was?«

Andrej Antonowitsch bekam einen roten Kopf. Sein Gesicht verzerrte sich plötzlich.

»Lassen Sie das, lassen Sie das augenblicklich!« rief er zitternd vor Wut. »Und unterstehen Sie sich nicht... mein Herr...«

»Aber was haben Sie denn? Sie sind wohl böse?«

»Erlauben Sie, daß ich Sie darauf aufmerksam mache, werter Herr, daß ich durchaus nicht die Absicht habe, Ihr sans façon weiterhin zu dulden, und ich ersuche Sie, sich daran zu erinnern ...«

»Pfui Teufel, er scheint tatsächlich böse zu sein!«

»Schweigen Sie, schweigen Sie!« v. Lembke stampfte sogar mit dem Fuß auf. »Unterstehen Sie sich nicht ...«

Gott weiß, wie das noch geendet hätte. Denn unglücklicherweise war zu alledem noch ein anderer Umstand hinzugekommen, von dem weder Pjotr Stepanowitsch noch Julija Michajlowna selber eine Ahnung hatten. Der unglückliche Andrej Antonowitsch war in seiner Mißstimmung schon so weit gekommen, daß er in den letzten Tagen im stillen wegen seiner Frau auf Pjotr Stepanowitsch eifersüchtig geworden war. Und deshalb hatte er in einsamen Stunden, hauptsächlich des Nachts, unangenehme Augenblicke ausgestanden.

»Und ich habe gedacht, wenn einer einem anderen zwei Tage hintereinander bis nach Mitternacht unter vier Augen seinen Roman vorliest und des anderen Urteil wissen will, so müsse der doch wenigstens selber über diese Formalitäten hinaus sein ... Julija Michajlowna empfängt mich ganz ungezwungen, was soll ich da von Ihnen denken?« fragte Pjotr Stepanowitsch sogar mit einiger Würde. »Übrigens, hier haben Sie Ihren Roman«, fuhr er fort und legte ein umfangreiches, schweres, zusammengerolltes, fest in blaues Papier eingeschlagenes Heft auf den Tisch.

Lembke wurde rot und verlegen.

»Wo haben Sie es denn gefunden?« fragte er vorsichtig und mit hervorquellender Freude, die er nicht zurückhalten konnte, obgleich er sich bemühte, sie mit allen Kräften zu unterdrücken.

»Stellen Sie sich vor, weil das Heft so zusammengerollt war, ist es hinter die Kommode gekollert. Ich muß es damals, als ich nach Hause gekommen bin, etwas unachtsam dorthin geworfen haben. Erst vorgestern, beim Fußbodenscheuern, wurde es gefunden. Da haben Sie mir ja eine ordentliche Arbeit aufgehalst!«

Lembke sah streng zu Boden.

»Ihnen habe ich es zu danken, daß ich zwei Nächte hintereinander nicht geschlafen habe. Vorgestern erst wurde es gefunden, aber ich behielt es noch zurück, um es ganz durchzulesen, und da ich am Tag keine Zeit dazu hatte, habe ich es in den Nächten getan. Nun, und das Resultat – bin unzufrieden: nicht meine Ansichten. Aber machen Sie sich nichts daraus, bin nie ein Kritiker gewesen. Aber mich losreißen, mein Bester, das konnte ich nicht, obgleich ich nicht damit zufrieden war. Das vierte und das fünfte Kapitel, das... das... weiß der Teufel, was es damit auf sich hat. Und wieviel Humor Sie da hineingeflochten haben! Habe ich gelacht! Und wie Sie es verstehen, etwas von der komischen Seite zu schildern, sans que cela paraisse! Na, dann im neunten und zehnten Kapitel dreht sich ja alles nur um die Liebe, das ist zwar nichts für mich, aber doch recht wirkungsvoll. Über Igrenjews Brief hätte ich beinahe geheult, obgleich Sie ihn so fein geschildert haben ... Wissen Sie, all das ist so gefühlvoll, und dabei wollen Sie ihn doch nur als etwas Gefälschtes hinstellen, nicht wahr? Das habe ich mir doch gleich gedacht. Na, aber für den Schluß möchte ich Sie einfach verprügeln! Wo wollen Sie denn da hinaus? Das ist ja wieder die alte Verhimmlung des Familienglücks, der Vermehrung von Kindern und Kapital, ein Leben herrlich und in Freuden bis an ein seliges Ende – ich bitte Sie! Erst bezaubern Sie den Leser, daß sogar ich mich einfach nicht losreißen konnte, und dann – na, um so schlimmer. Der Leser bleibt genauso dumm wie zuvor, Sie hätten ihm doch durch vernünftige Menschen manches auseinandersetzen können, dagegen ... Na, genug davon – leben Sie wohl! Seien Sie das nächstemal nicht gleich wieder böse auf mich. Ich war eigentlich gekommen, um ein paar wichtige Wörtchen mit Ihnen zu reden, wenn Sie aber so sind ...«

Andrej Antonowitsch hatte inzwischen seinen Roman genommen und in den eichenen Bücherschrank eingeschlossen. Dabei hatte er gerade noch Blum einen Blick zuwerfen können, daß dieser das Zimmer verlassen solle. Er verschwand mit langem und griesgrämigem Gesicht.

»Ich bin gar nicht so, aber ganz einfach ... immer diese Unannehmlichkeiten«, murmelte v. Lembke mit finsterer Stirn, aber bereits ohne Zorn, und setzte sich an den Tisch. »Nehmen Sie Platz, und sagen Sie, was Sie zu sagen haben. Ich habe Sie lange nicht mehr gesehen, Pjotr Stepanowitsch. Nur kommen Sie nicht immer so ins Zimmer hereingeplatzt, wie es Ihre Manier ist ... manchmal, wenn man beschäftigt ist ...«

»Das ist nur so eine Gewohnheit von mir ...«

»Ich weiß und bin überzeugt, daß Sie es nicht mit Absicht

tun, doch wenn man gerade den Kopf voll von diesen Scherereien hat ... Aber so setzen Sie sich doch.«

Pjotr Stepanowitsch warf sich aufs Sofa und schlug die Beine übereinander.

3

»Was sind denn das für Scherereien, doch nicht etwa diese Lappalien hier?« fragte er und wies mit dem Kopf auf die Proklamationen. »Solche Blätter kann ich Ihnen herbeischleppen, soviel Sie nur davon haben mögen, die sind mir schon vom Gouvernement Ch. her bekannt.«

»Das heißt, schon seit der Zeit, als Sie dort wohnten?«

»Na selbstverständlich, doch nicht, während ich nicht dort war. Da war sogar eines mit einer Vignette, mit einem Beil über dem Text. Erlauben Sie«, er nahm die Proklamation vom Tisch, »na ja, da ist ja das Beil! Es ist ganz dasselbe, aufs Haar!«

»Ja, ein Beil. Sehen Sie, ein Beil.«

»Nun ja, schreckt Sie das etwa, das Beil?«

»Nicht das Beil ... das schreckt mich nicht ... aber diese ganze Geschichte ... die Sache ist nämlich die ... gewisse Umstände ...«

»Was für Umstände? Daß man Ihnen das aus der Fabrik hergebracht hat? Ha–ha! Wissen Sie, in dieser Fabrik werden die Arbeiter selber bald Proklamationen schreiben.«

»Wieso?« fragte v. Lembke streng und verwundert.

»Ganz einfach. Sehen Sie sich nur einmal diese Arbeiter an! Sie sind zu nachsichtig, Andrej Antonowitsch. Sie schreiben Romane. Hier aber müßte man nach altem Brauch verfahren.«

»Was heißt: nach altem Brauch? Was raten Sie mir da? Die Fabrik ist gesäubert worden. Ich hatte das angeordnet, und folglich ist sie gesäubert worden.«

»Aber unter den Arbeitern ist ein Aufstand ausgebrochen. Durchprügeln sollte man sie der Reihe nach, und damit wäre die Sache erledigt.«

»Ein Aufstand? Das ist ja Unsinn. Ich habe doch angeordnet, daß die Fabrik gereinigt werden soll.«

»Ach, Andrej Antonowitsch, Sie sind eben ein zu nachsichtiger Mensch.«

»Erstens einmal bin ich durchaus nicht so nachsichtig und

zweitens . . .« wollte sich v. Lembke wieder ereifern. Er unterhielt sich mit diesem jungen Manne nur, indem er sich Gewalt antat, vielleicht auch aus Neugier, ob ihm dieser nicht etwas Neues verraten werde.

»Ah, wieder eine alte Bekannte!« unterbrach ihn Pjotr Stepanowitsch und zeigte auf ein anderes Blatt unter dem Briefbeschwerer. Es sah ebenfalls wie eine Proklamation aus, war aber anscheinend im Ausland gedruckt und in Versen geschrieben. »Nun, die kenne ich in- und auswendig: ‚Die lichte Persönlichkeit!' Laßt sehen, wirklich, sie ist es, ‚Die lichte Persönlichkeit'. Diese Bekanntschaft habe ich schon im Ausland gemacht. Wo haben Sie denn die ausgegraben?«

»Sie sagen, Sie hätten dies Blatt schon im Ausland gesehen?« fuhr Herr v. Lembke auf.

»Natürlich, vor vier Monaten etwa, oder waren es fünf . . .«

»Was Sie im Ausland doch nicht alles zu sehen bekommen haben!« bemerkte v. Lembke fein.

Pjotr Stepanowitsch hörte nicht auf ihn, faltete das Blatt auseinander und las laut folgende Strophen:

»Die lichte Persönlichkeit

Es wußte niemand, wer er war,
So wuchs er aus des Volkes Schar,
Verfolgt vom Rachedurst des Zaren,
Vom bösen Hasse der Bojaren.
Geduldig trug er alles Leid,
Trug Strafe, Folter, Ungerechtigkeit
Und predigte im ganzen Reich:
Ihr Brüder, werdet frei und gleich!

Und um den Aufstand einzuleiten,
Begab er sich in ferne Weiten,
Floh stolz die Feste unsres Zaren,
Wo Knut und Zange Mode waren.
Indes das Volk, zum Kampf bereit,
In tiefer Not und dumpfem Leid,
Rief von Smolensk bis nach Taschkent:
Komm, mach uns frei, hilf uns, Student!

Und Kopf an Kopf sah man sie stehn,
Um ohn Erbarmen vorzugehn:

Hinweg mit Adel und Bojaren!
Fort mit dem ganzen Reich des Zaren!
Auf ewig nehmen wir jetzt Rache.
Das Geld ist allgemeine Sache!
Die Kirche und die Ehe fällt
Und so die ganze alte Welt!

Das hat man wohl jenem Offizier abgenommen? Was?« fragte Pjotr Stepanowitsch.

»Den kennen Sie wohl auch, jenen Offizier?«

»Freilich! Ich habe doch dort mit ihm zwei Tage lang gezecht. Der mußte ja den Verstand verlieren.«

»Vielleicht ist er aber gar nicht verrückt?«

»Wohl deshalb, weil er zu beißen angefangen hat?«

»Aber erlauben Sie, wenn Sie diese Verse im Ausland gesehen haben wollen, und jetzt tauchen sie plötzlich wieder hier, bei jenem Offizier auf...«

»Was? Sind Sie aber scharfsinnig! Sie wollen mich wohl ausfragen, wie ich sehe, Andrej Antonowitsch? Sehen Sie«, fing er plötzlich mit außerordentlicher Wichtigkeit an, »darüber, was ich im Ausland gesehen habe, habe ich mich nach meiner Rückkehr einem anderen gegenüber schon ausgesprochen, und meine Erklärungen sind für befriedigend befunden worden, sonst hätte ich ja auch die hiesige Stadt gar nicht mit meiner Gegenwart beglücken können. Nun halte ich dafür, daß meine Aufgabe nach dieser Richtung zu Ende ist und ich keinem Menschen mehr Rechenschaft schuldig bin. Und nicht deshalb zu Ende, weil ich ein Denunziant wäre, sondern einfach deshalb, weil ich nicht anders handeln konnte. Diejenigen, welche über mich an Julija Michajlowna geschrieben haben, wissen das und haben mich als einen Ehrenmann empfohlen... Und das ist alles. Aber zum Teufel damit! Ich bin zu Ihnen gekommen, um eine ernste Sache mit Ihnen zu besprechen, und es ist gut, daß Sie diesen Schornsteinfeger hinausgeschickt haben. Ich habe ein bedeutsames Anliegen, Andrej Antonowitsch, eine außerordentliche Bitte an Sie!«

»Eine Bitte? Hm... Sprechen Sie sie aus. Ich warte, und, wie ich gestehe, mit großer Spannung. Und ich muß hinzufügen, daß ich überhaupt einigermaßen über Sie staune, Pjotr Stepanowitsch.«

v. Lembke war ziemlich aufgeregt. Pjotr Stepanowitsch schlug ein Bein über das andere.

»In Petersburg«, fing dieser an, »war ich in mancher Hinsicht sehr offenherzig, über andere Dinge wiederum, so zum Beispiel, was dieses hier anbetrifft« (er zeigte mit dem Finger auf »Die lichte Persönlichkeit«), »schwieg ich mich aus, erstens einmal, weil es gar nicht der Mühe wert war, darüber zu reden, und zweitens, weil ich nur über das Erklärungen abgab, nach dem man mich fragte. In diesem Sinn greife ich nicht gern vor; ich sehe hierin den Unterschied zwischen einem Schurken und einem Ehrenmann, dem ganz einfach nur die Umstände über den Kopf gewachsen sind ... Na, kurz und gut, das erwähne ich nur so nebenbei. Nun aber jetzt ... jetzt, wo diese Dummköpfe ... na, wo das eben schon heraus- und Ihnen unter die Hände gekommen ist und, wie ich sehe, vor Ihnen gar nicht verborgen bleibt – denn Sie sind ein Mensch, der Augen im Kopf hat, und man kann im voraus gar nicht so leicht aus Ihnen klug werden – und da diese Dummköpfe immer noch fortfahren ... bin ich ... ich ... nun, kurz und gut, bin ich ganz einfach zu Ihnen gekommen, um Sie zu bitten, einen dieser Leute, auch einen solchen Dummkopf, wenn er nicht überhaupt wahnsinnig ist, zu retten, in Anbetracht seiner Jugend, seines Unglücks und Ihrer menschenfreundlichen Gesinnung ... Denn Sie wollen doch schließlich nicht nur in Romanen eignen Fabrikats menschenfreundliche Gesinnung bekunden!« brach er plötzlich ungeduldig und mit grobem Sarkasmus seine Rede ab.

Kurz, man sah: das war ein offener, aber unbeholfener und unpolitischer Mensch, der aus einem Überschwang rein menschlichen Gefühls, aus einer vielleicht etwas übertriebenen Empfindsamkeit heraus sprach, und, was die Hauptsache war, ein Mensch, mit dessen Verstande es nicht weit her war, ganz wie ihn v. Lembke mit außerordentlichem Feingefühl sofort eingeschätzt hatte. Darüber war er sich schon lange klargeworden, besonders in der letzten Woche, wo er allein auf seinem Zimmer, hauptsächlich des Nachts, im stillen über Pjotr Stepanowitschs unerklärliche Erfolge bei Julija Michajlowna weidlich geschimpft hatte.

»Aber für wen bitten Sie denn eigentlich, und was soll denn das alles bedeuten?« erkundigte er sich würdevoll, wobei er sich bemühte, seine Neugier zu verbergen.

»Das ... das ... zum Teufel noch mal! ... Ich kann doch nichts dafür, daß ich zu Ihnen Vertrauen habe! Ist es meine Schuld, daß ich Sie für einen sehr anständigen Menschen halte und, was die Hauptsache ist, für einen vernünftigen Menschen ... das heißt ... der fähig ist zu verstehen ... zum Teufel ...« Der arme Kerl wußte sich anscheinend überhaupt nicht zurechtzufinden.

»Sie werden wohl verstehen«, fuhr er fort, »Sie werden verstehen: wenn ich Ihnen seinen Namen nenne, so liefere ich Ihnen diesen Menschen gewissermaßen aus. Ich überliefere ihn, nicht wahr? Ist es nicht so?«

»Aber wie soll ich denn das erraten, wenn Sie sich nicht entschließen können, seinen Namen auszusprechen?«

»Das ist es ja eben! Sie schmettern einen immer zu Boden mit Ihrer Logik. Na, hol's der Kuckuck! Diese ‚lichte Persönlichkeit', dieser ‚Student' – ist Schatow. Da haben Sie die ganze Geschichte!«

»Schatow? Das heißt, wieso denn Schatow?«

»Schatow ist dieser ‚Student', von dem hier die Rede ist. Er lebt jetzt hier, ein früherer Leibeigner, na, der, der die Ohrfeige gegeben hat.«

»Ich weiß, ich weiß!« v. Lembke legte die Stirn in Falten. »Aber erlauben Sie, wessen wird er denn eigentlich beschuldigt und, vor allen Dingen, in welcher Hinsicht treten Sie denn für ihn ein?«

»Ich bitte darum, ihn zu retten, verstehen Sie nicht? Sehen Sie, ich kenne ihn schon seit acht Jahren, ich war doch sein Freund.« Pjotr Stepanowitsch ging ganz aus sich heraus. »Na, ich bin Ihnen ja über mein früheres Leben keine Rechenschaft schuldig.« Er machte eine abwehrende Handbewegung. »Das ist ja alles gar nicht der Rede wert. Drei und ein halber Mensch im ganzen, und mit denen im Auslande werden vielleicht zehn herauskommen. Aber die Hauptsache ist, ich hoffe auf Ihre menschenfreundliche Gesinnung, auf Ihren Verstand. Sie werden alles begreifen und selber die Sache ins richtige Licht rücken und nicht, Gott weiß was alles darin erblicken, sondern eben nur das alberne Hirngespinst eines wahnwitzigen Menschen ... durch Unglück hervorgebracht, beachten Sie das wohl, durch jahrelanges Unglück ... aber nicht etwa, Gott weiß was für eine noch nie dagewesene politische Verschwörung.«

Er war fast außer Atem.

»Hm. Ich sehe, daß er an den Proklamationen mit dem Beil schuld ist«, folgerte v. Lembke fast erhaben. »Aber erlauben Sie einmal, wenn er es allein ist, wie konnte er sie da gleichzeitig hier und in den Provinzen und sogar im Gouvernement Ch. verteilen, und endlich die Hauptsache – wo hat er sie hergenommen?«

»Ich sagte Ihnen ja schon, daß es wahrscheinlich im ganzen fünf Leute sind, meinetwegen auch zehn, was weiß ich?«

»Sie wissen es nicht?«

»Woher soll ich denn das wissen, zum Henker noch einmal!«

»Aber Sie wußten doch, daß Schatow einer der Teilnehmer ist?«

»Ach!« Pjotr Stepanowitsch machte eine Handbewegung, als wolle er den erdrückenden Scharfsinn des Fragestellers von sich abwehren. »Also, hören Sie mal, ich werde Ihnen die ganze Wahrheit sagen: von den Proklamationen weiß ich nichts, das heißt ganz und gar nichts, zum Teufel noch mal, Sie verstehen doch, was das heißt, ganz und gar nichts! Na, natürlich dieser Leutnant und hier noch irgendeiner ... na, und dann vielleicht doch Schatow und noch irgendein anderer, na, das sind sie alle, nichts wie Schund und Schofel ... Aber für Schatow bitte ich, der muß gerettet werden, denn dieses Gedicht ist von ihm, sein eignes Fabrikat und im Ausland von ihm gedruckt. Das weiß ich ganz genau, aber von den Proklamationen weiß ich wirklich nichts.«

»Wenn diese Verse von ihm sind, dann sind es sicherlich die Proklamationen auch. Aber welche Tatsachen haben denn Ihren Verdacht gegen Herrn Schatow geweckt?«

Pjotr Stepanowitsch zog wie ein Mensch, der endgültig die Geduld verloren hat, seine Brieftasche aus dem Rock und nahm einen Zettel heraus.

»Hier sind sie, die Beweise!« rief er und warf den Zettel auf den Tisch.

Lembke faltete das Blatt auseinander. Es stellte sich heraus, daß es ein Brief war, der vor einem halben Jahr von hier irgendwohin ins Ausland geschrieben war und nur kurz die wenigen Worte enthielt:

»‚Die lichte Persönlichkeit' kann ich hier nicht drucken. Ich kann hier überhaupt nichts. Drucken Sie sie im Ausland. Iw. Schatow.«

Lembke stierte Pjotr Stepanowitsch unbeweglich an. Warwara Petrowna hatte recht, wenn sie sagte, daß er Hammelaugen habe, besonders zeitweise.

»Das heißt, die Geschichte ist so«, platzte Pjotr Stepanowitsch heraus. »Das bedeutet, daß er diese Verse hier vor einem halben Jahr geschrieben hat, sie aber hier, na, meinetwegen in irgendeiner geheimen Druckerei, nicht drucken lassen konnte – und deshalb bittet er, sie im Ausland zu drukken ... Das ist doch wohl klar?«

»Ja, das ist klar. Aber wen bittet er denn? Das geht nicht deutlich hervor«, bemerkte v. Lembke mit schlauer Ironie.

»Aber natürlich Kirillow. Der Brief ist doch an Kirillow ins Ausland gerichtet ... Das wußten Sie wohl nicht? Es würde mich nur kränken, wenn Sie sich möglicherweise nur vor mir verstellen und schon lange selber von diesen Versen wüßten, und überhaupt alles. Wie kommen sie denn da auf Ihren Tisch? Sie haben es doch verstanden, sie ans Tageslicht zu fördern. Warum peinigen Sie mich denn da noch, wenn es so ist?«

Er wischte sich krampfhaft mit dem Taschentuch den Schweiß von der Stirn.

»Vielleicht weiß ich auch einiges«, wich Lembke geschickt aus. »Aber wer ist denn dieser Kirillow?«

»Nun, das ist ein zugereister Ingenieur. Er war Stawrogins Sekundant. Ein ganz toller, verrückter Kerl. Ihr Leutnant hatte vielleicht nur einen Anfall von Tollwut, aber dieser hier ist vollkommen verrückt – vollkommen, dafür garantiere ich. Ach, Andrej Antonowitsch, wenn die Regierung nur wüßte, was das für Herrschaften sind, sie würde ihretwegen nicht einen Finger rühren. Die gehören alle so, wie sie sind, in die Gummizelle; schon auf den Kongressen in der Schweiz habe ich diese Leutchen zur Genüge beobachtet.«

»Dort, von wo aus die hiesige Bewegung organisiert wird?«

»Aber wer organisiert sie denn? Drei Menschen und ein halber. Wenn man sie nur ansieht, bekommt man den Gähnkrampf. Und was für eine hiesige Bewegung meinen Sie denn? Wohl die Proklamation? Na, und wen haben sie denn angeworben? Einen Leutnant, der die Tollwut hat, und zwei oder drei Studenten. Sie sind ein kluger Mensch, legen Sie sich doch einmal die Frage vor: Warum werben sie nicht einmal bedeutendere Leute an, warum immer nur Studenten und grüne Jungen von zweiundzwanzig Jahren? Und sind es ihrer etwa viele? Ich glaube, eine Million Spürhunde sitzt ihnen auf den Fersen, und wie viele hat man gefunden? Sieben Mann. Ich sage Ihnen, das wird langweilig.«

Lembke hörte aufmerksam zu, aber mit einem Ausdruck,

als wollte er sagen: »Nachtigallen ernährt man nicht mit Fabeln.«

»Erlauben Sie, soeben behaupteten Sie, dieser Brief wäre ins Ausland adressiert. Aber es ist gar keine Adresse vorhanden. Woher wissen Sie denn, daß dieser Brief an Herrn Kirillow und ins Ausland gerichtet ist und ... und ... daß ihn dieser Herr Schatow ... wirklich selber geschrieben hat?«

»So verschaffen Sie sich doch gleich einmal Schatows Handschrift und vergleichen Sie beides. In Ihrer Kanzlei wird doch ganz bestimmt irgendeine Unterschrift von ihm zu finden sein. Und daß dieser Brief an Kirillow war, weiß ich deswegen, weil er ihn mir damals selber gezeigt hat.«

»Folglich sind Sie also selber ...«

»Nun ja, natürlich, ich selber. Sie haben mir damals nicht wenig gezeigt. Was aber diese Verse anbetrifft, so soll sie der verstorbene Herzen auf Schatow gedichtet haben, als dieser sich noch im Ausland herumtrieb, wohl zur Erinnerung an ein Beisammensein oder zur Aufmunterung oder zur Empfehlung, na, oder weiß der Teufel wozu ... Schatow aber hat diese Blätter unter den jungen Leuten verbreitet. ‚Eine solche Meinung hat sogar Herzen von mir!‘ sagte er!«

»Tje–tje–tje!« Lembke erriet endlich das Ganze. »Genau das denke ich mir: Proklamationen – das ist zu verstehen, aber Verse? Wozu?«

»Ja, wie sollten Sie das nicht verstehen? Aber weiß der Teufel, warum ich Ihnen das jetzt alles vorschwatze! Hören Sie, geben Sie mir Schatow frei, mag alle anderen dann der Teufel holen, meinetwegen sogar Kirillow, der sich jetzt im Filippowschen Hause, wo auch Schatow wohnt, eingeschlossen und versteckt hat. Sie können mich nicht leiden, weil ich ihnen den Rücken gewandt habe ... Aber versprechen Sie mir Schatow, und ich werde Ihnen dafür alle miteinander auf einem Teller servieren. Ich kann Ihnen nützlich sein, Andrej Antonowitsch. Ich schätze diese ganze erbärmliche Sippschaft auf neun, höchstens auf zehn Mann. Habe sie schon lange im Auge, von mir aus. Drei davon kennen wir schon: Schatow, Kirillow und jenen Leutnant. Die übrigen muß ich mir erst noch näher besehen – übrigens bin ich durchaus nicht kurzsichtig. Das ist wie im Gouvernement Ch.: dort wurden wegen der Proklamationen zwei Studenten und ein Gymnasiast festgenommen, ferner zwei zwanzigjährige Junker, ein Lehrer und ein Major a. D., etwa sechzig Jahre alt, durch die Trunksucht schon ganz verdummt. Und das war alles, glauben Sie mir, einfach alles. Man war ganz baff darüber, daß das alles war. Aber ich brauche sechs Tage Zeit. Ich habe mir das ganz genau berechnet: sechs Tage, früher nicht. Wenn Sie etwas erreichen wollen, so lassen Sie die Leute noch sechs Tage in Ruhe, dann binde ich sie Ihnen alle zu einem Bündel zusammen. Jagen Sie sie aber früher auf – werden Sie das Nest verlassen finden. Aber geben Sie mir Schatow. Nur Schatows wegen habe ich ... Sie lassen ihn am besten einmal heimlich und in aller Freundschaft zu sich zu rufen, vielleicht hierher in Ihr Arbeitszimmer, fragen ihn aus, lüften dabei ein wenig den Schleier und ... wahrscheinlich wird er selber sich Ihnen zu Füßen werfen und Tränen vergießen. Er ist ein nervöser Mensch und sehr unglücklich; seine Frau hatte ein Verhältnis mit Stawrogin. Wenn Sie ihn freundlich behandeln, wird er Ihnen von selber alles aufdecken ... doch erst nach Ablauf dieser sechs Tage! Aber die Hauptsache, die Hauptsache: kein Wort zu Julija Michajlowna. Das ist strengstes Geheimnis. Können Sie schweigen?«

»Wie?« Lembke riß die Augen auf. »Haben Sie wirklich Julija Michajlowna von alledem noch nichts gesagt?«

»Ihr? Gott soll mich bewahren, ich bitte Sie! Ach, Andrej Antonowitsch! Sehen Sie, ich schätze ihre Freundschaft außerordentlich hoch und verehre sie ungemein ... und so weiter und so weiter ... aber ich werde doch nicht so danebenschießen! Ich gebe ihr immer recht, weil es, wie Sie ja selber wissen, gefährlich ist, ihr zu widersprechen. Vielleicht habe ich vor ihr auch ab und zu einmal ein Wörtchen fallenlassen, weil sie das eben so sehr gern hat. Aber daß ich ihr, wie eben jetzt Ihnen, Namen oder so etwas preisgeben sollte – nein, mein Bester. Und warum wende ich mich damit an Sie? Weil Sie immerhin ein Mann sind, eine ernste Persönlichkeit mit langjährigen, sicheren Diensterfahrungen. Sie haben doch mancherlei gesehen. Ihnen muß doch in solchen Sachen jeder Schritt bekannt sein, noch von ähnlichen Fällen aus Petersburg her. Hätte ich ihr aber zum Beispiel diese zwei Namen genannt, so würde sie sie gleich austrommeln ... Sie möchte ja doch so gern von hier aus ganz Petersburg in Erstaunen setzen! Nein, sie geht zu sehr ins Zeug, das ist es.«

»Ja, das liegt so in ihrem Wesen«, murmelte Andrej Antonowitsch nicht ohne einiges Vergnügen, gleichzeitig aber auch schrecklich ärgerlich, daß dieser Flegel sich erfrechte, sich so ungeniert über Julija Michajlowna auszusprechen.

Pjotr Stepanowitsch hingegen glaubte anscheinend, daß er noch nicht genug gesagt habe und noch etwas zugeben müsse, um diesem »Lembka« zu schmeicheln und ihn ganz fügsam zu machen.

»Ja, das ist es, es liegt in ihrem Wesen«, pflichtete er bei. »Mag sie immerhin eine geniale, eine literarisch gebildete Frau sein, aber – sie jagt die Spatzen auseinander. Nicht sechs Stunden würde sie es aushalten, geschweige denn sechs Tage! Ach, Andrej Antonowitsch, legen Sie einer Frau nicht eine Frist von sechs Tagen auf! Sie werden mir doch wohl einige Erfahrung zusprechen, das heißt, in solchen Angelegenheiten? Ich weiß doch immerhin manches, und Sie wissen ja auch selbst, daß ich über vieles unterrichtet sein kann. Ich bitte Sie nicht aus Spaß um diese sechs Tage, sondern der Sache selber wegen.«

»Ich hörte«, Lembke konnte sich nicht entschließen, seinen Gedanken auszusprechen, »ich hörte, daß Sie nach Ihrer Rückkehr aus dem Ausland an der zuständigen Stelle Erklärungen abgegeben hätten ... gewissermaßen aus Reue?«

»Nun, und wenn das so wäre?«

»Selbstverständlich will ich mich nicht in Ihre Angelegenheiten hineindrängen ... Aber ich hatte immer den Eindruck, als ob Sie hier bisher stets in anderem Sinn gesprochen hätten, vom christlichen Glauben zum Beispiel, von den sozialen Einrichtungen und sogar von der Regierung ...«

»Und ich habe gewiß nicht zu wenig gesagt. Auch jetzt rede ich noch so, nur darf man diese Gedanken nicht in die Tat umsetzen wollen, wie jene Dummköpfe da – das ist der springende Punkt. Was hat er denn davon, wenn er seinen Vorgesetzten in die Schulter beißt? Sie selber waren ja mit mir einverstanden und sagten nur, es sei noch zu früh.«

»Damit war ich wohl nicht einverstanden und meinte das auch nicht, als ich sagte, es sei noch zu früh.«

»Sie haben wohl jedes Wort an einem Haken befestigt? Ha-ha-ha! Sie sind ein vorsorglicher Mann!« scherzte Pjotr Stepanowitsch lustig. »Hören Sie, mein Verehrtester, ich wollte Sie erst kennenlernen, darum habe ich in diesem Sinn mit Ihnen gesprochen. Und nicht nur Sie allein, viele habe ich so kennengelernt. Vielleicht wollte ich Ihren Charakter ergründen?«

»Was geht Sie denn mein Charakter an?«

»Na, was weiß ich warum!« (Er lachte wieder.) »Sehen Sie, mein teurer und hochverehrter Andrej Antonowitsch, Sie sind schlau, aber *dazu* ist es nicht gekommen und wird es bestimmt nicht kommen, verstehen Sie? Vielleicht verstehen Sie mich doch. Ich habe zwar nach meiner Rückkehr aus dem Ausland an zuständiger Stelle meine Erklärungen abgegeben und weiß auch wirklich nicht, warum ein Mensch mit gewissen Überzeugungen zu Nutz und Frommen eben dieser seiner geheimen Überzeugungen nicht so hätte handeln sollen... Aber man hat mich *dort* keineswegs auf Ihren Charakter hingewiesen, und ich habe auch *von dort* bisher noch keinerlei derartige Aufträge übernommen. Denken Sie sich selbst hinein: ich hätte doch nicht Ihnen zuerst diese zwei Namen nennen müssen, sondern mich direkt *dorthin* wenden können, wo ich meine ersten Erklärungen abgegeben habe. Und wenn ich dabei nur die Hebung meiner Finanzen oder einen anderen Vorteil im Auge gehabt hätte, so würde ich so wohl kaum auf meine Kosten kommen, denn auf diese Weise werden Sie den Dank einheimsen und nicht ich. Ich habe es nur um Schatows willen getan...« fügte Pjotr Stepanowitsch edel hinzu, »einzig und allein um Schatows willen, aus alter Freundschaft... Na, und dann können Sie ja auch, wenn Sie zur Feder greifen, um *dorthin* zu berichten, mich meinetwegen ein bißchen herausstreichen, wenn Sie wollen... da habe ich nichts dagegen, ha–ha–ha! Doch nun adieu, ich hab lang genug hiergesessen, hätte gar nicht soviel schwatzen sollen!« fügte er nicht ohne Anmut hinzu und stand vom Sofa auf.

»Im Gegenteil, ich bin sehr froh, daß die Sache jetzt sozusagen eine festere Form annimmt«, sagte von Lembke, von den letzten Worten sichtlich beeinflußt, mit liebenswürdiger Miene und stand ebenfalls auf. »Ich nehme Ihre Dienste dankbar an, und Sie können versichert sein, daß ich meinerseits alles tun werde, um die Anerkennung für Ihre Bemühungen...«

»Nur noch sechs Tage, das ist die Hauptsache, sechs Tage Frist, und daß Sie in diesen sechs Tagen keinerlei Schritte tun – das ist alles, was ich brauche!«

»Es sei!«

»Selbstverständlich will ich Ihnen nicht die Hände binden, das würde ich gar nicht wagen. Sie können das auch außer acht lassen, nur schrecken Sie mir das Nest nicht früher auf, in diesem Punkt verlasse ich mich auf Ihren Verstand und auf Ihre Erfahrung. Aber Sie haben sicherlich schon Ihre eignen Jagdhunde und Häscher bereit, ha-ha-ha!« platzte Pjotr Stepanowitsch lustig und leichtsinnig heraus, wie junge Leute nun mal sind.

»Ganz so ist es doch nicht«, wich Lembke liebenswürdig aus. »Das denkt sich die Jugend nur immer, daß so viele Vorbereitungen getroffen werden ... Aber, apropos, noch ein Wort: wenn dieser Kirillow Stawrogins Sekundant gewesen ist, so ist wohl auch Herr Stawrogin in diesem Falle ...«

»Was ist mit Stawrogin?«

»Das heißt, wenn sie so befreundet sind?«

»Nein, nein, nein! Da haben Sie fehlgeschossen, wenn Sie auch noch so schlau sind. Sie setzen mich sogar in Erstaunen. Ich dachte, Sie hätten davon Kenntnis ... Hm. Stawrogin ist das vollkommene Gegenteil davon, ganz und gar ... Avis au lecteur!«

»Wirklich? Ist so etwas möglich?« fragte Lembke ungläubig. »Mir hat Julija Michajlowna gesagt, sie habe aus Petersburg gehört, daß er mit gewissen Aufträgen hierhergekommen sei ...«

»Davon weiß ich nichts, weiß nichts, gar nichts. Adieu. Avis au lecteur«, unterbrach ihn Pjotr Stepanowitsch plötzlich, offenbar um weiteren Fragen zu entgehen. Und schon eilte er zur Tür.

»Erlauben Sie, Pjotr Stepanowitsch, erlauben Sie«, rief ihm v. Lembke nach. »Nur noch eine ganz kleine Sache, dann werde ich Sie nicht länger aufhalten.« Und er zog aus dem Tischkasten einen Umschlag hervor.

»Hier haben Sie noch ein Exemplar aus dieser Kategorie, und ich beweise Ihnen damit, daß ich Ihnen im höchsten Grade vertraue. Was halten Sie davon?»

In dem Umschlag steckte ein Brief, ein sonderbarer, anonymer, an Lembke gerichteter Brief, den er erst gestern erhalten hatte. Pjotr Stepanowitsch las zu seinem größten Ärger folgendes:

»Exzellenz!

Dieweil Sie das dem Range nach sind. Hierdurch tue ich kund und zu wissen, daß man Generalspersonen und dem gesamten Vaterlande nach dem Leben trachtet, denn darauf läuft doch die ganze Sache hinaus. Ich habe selbst welche ausgestreut, ununterbrochen, viele Jahre lang. Sogar auch gottlose. Ein Aufstand ist in Vorbereitung und viele Tausende von Proklamationen, und hinter jeder werden Hunderte von Menschen herlaufen, bis ihnen die Zunge zum Hals heraushängt, wenn sie die Regierung nicht beizeiten wegnimmt, denn zur Belohnung verspricht man viel, und das einfache Volk ist dumm, ganz abgesehen vom Schnaps. Das Volk sucht einen Sündenbock und ruiniert dabei den einen wie den anderen. Ich aber fürchte mich vor beiden Seiten und bereue das, woran ich gar keinen Anteil hatte, dieweil das doch eben nur wegen meiner Verhältnisse war. Wenn Sie wollen, daß eine Anzeige erfolgen soll zur Errettung des Vaterlandes sowie der Kirchen und Ikonen, so kann das ich allein. Aber nur dann, wenn ich postwendend von der dritten Abteilung auf telegraphischem Wege begnadigt werde, und zwar nur ich allein, mögen die anderen sehen, wo sie bleiben. Zum Zeichen stellen Sie jeden Abend um sieben Uhr ein Licht ins Fenster beim Portier. Wenn ich das sehe, werde ich Ihnen trauen und kommen, um die gnädige Hand aus der Residenz zu küssen, aber nur unter der Bedingung, daß ich eine Pension erhalte, dieweil ich sonst nicht weiß, wovon ich leben sollte. Auch Sie werden es nicht bereuen, denn Ihnen wird dafür ein Orden an die Brust fliegen. Aber leise, ganz leise, sonst drehen sie einem den Hals um.

Euer Exzellenz verzweifelter Mensch.

Es fällt Euch zu Füßen
der reuige Freidenker Inkognito.«

Herr v. Lembke erklärte, daß der Brief gestern in der Portiersloge abgegeben worden sei, während kein Mensch dort gewesen sei.

»Und was denken Sie?« fragte Pjotr Stepanowitsch beinahe grob.

»Ich neige zu der Ansicht, daß es ein anonymes Pasquill ist, zur Verhöhnung.«

»Das ist es auch, aller Wahrscheinlichkeit nach. Ihnen macht so leicht keiner etwas vor.«

»Und hauptsächlich deshalb, weil der Brief so dumm ist.«

»Haben Sie hier schon andere solche Pasquille erhalten?«

»Zwei oder drei, alle anonym.«

»Na, das ist klar, daß da keiner unterschreibt. War der Stil verschieden? War die Handschrift verschieden?«

»Sowohl der Stil als auch die Handschriften waren verschieden.«

»Und auch so albern wie dieser hier?«

»Ja, genauso albern, und wissen Sie ... ganz widerwärtig.«

»Na, wenn Sie schon einmal welche bekommen haben, so wird das wohl wieder derselbe sein.«

»Und hauptsächlich deshalb, weil das so dumm ist. Denn jene Leute sind doch immerhin gebildet und würden sicherlich nicht so albern schreiben.«

»Na ja, freilich.«

»Wenn es aber nun tatsächlich einer wäre, der wirklich eine Anzeige machen wollte?«

»Das ist unwahrscheinlich«, schnitt ihm Pjotr Stepanowitsch trocken das Wort ab. »Was soll denn das heißen, das Telegramm aus der dritten Abteilung und die Pension. Ein ganz offensichtliches Pasquill!«

»Ja, ja«, sagte Lembke fast beschämt.

»Wissen Sie was? Überlassen Sie diesen Brief mir. Ich werde den Kerl ganz sicher ausfindig machen. Den werde ich zuerst suchen und dann erst die anderen.«

»Nehmen Sie ihn«, willigte v. Lembke, allerdings etwas zögernd, ein.

»Haben Sie ihn schon irgend jemandem gezeigt?«

»Nein, wie sollte ich? Niemandem.«

»Ich meine Julija Michajlowna?«

»Ach, davor soll mich Gott bewahren! Und zeigen Sie selber ihr ihn um Gottes willen auch nicht!« rief von Lembke entsetzt aus. »Das würde sie so aufregen und ... sie würde nur auf mich furchtbar böse werden.«

»Ja, Sie würden zuallererst drankommen. Sie würde sagen, daß Sie sich das selbst zuzuschreiben hätten, wenn Sie solche Briefe bekommen. Frauenlogik – das kennen wir doch! Aber leben Sie wohl. Vielleicht stelle ich Ihnen den Verfasser schon nach drei Tagen persönlich vor. Aber die Hauptsache – denken Sie an die Vereinbarung.«

4

Pjotr Stepanowitsch war sicher kein dummer Mensch, aber der Sträfling Fedjka hatte recht, wenn er von ihm behauptete, daß »er sich selbst den Menschen zurechtmache und mit ihm lebe«. Er ging von Herrn v. Lembke in der festen Überzeugung weg, daß er ihn wenigstens auf sechs Tage beruhigt habe, und diese Frist brauchte er äußerst notwendig. Aber die Vorstellung war trügerisch und nur darauf gegründet, daß er sich von allem Anfang an und ein für allemal Andrej Antonowitsch als einen harmlosen Menschen vorgestellt hatte.

Wie jeder vom Mißtrauen heimgesuchte Mensch war auch Andrej Antonowitsch jedesmal außerordentlich fröhlich und vertrauensselig in der ersten Minute seiner Befreiung von einer Ungewißheit. Die neue Wendung der Dinge erschien ihm anfänglich in ziemlich rosigem Licht, trotz einiger bedenklicher Schwierigkeiten, die sich nun von neuem ergaben. Wenigstens fielen seine früheren Zweifel in nichts zusammen. Außerdem war er nach den letzten Tagen so müde, fühlte sich so zerschlagen und hilflos, daß seine Seele unwillkürlich nach Ruhe lechzte. Aber ach, schon wieder wurde er unruhig. Der langjährige Aufenthalt in Petersburg hatte in seiner Seele unauslöschbare Spuren zurückgelassen. Die offizielle und sogar die geheime Geschichte dieses »neuen Geschlechtes« war ihm hinreichend bekannt – er war ja doch ein wißbegieriger Mensch und sammelte außerdem Proklamationen –, aber er hatte niemals auch nur ein Wort von der ganzen Sache verstanden. Jetzt aber war ihm, als irre er in einem Wald umher: er fühlte mit seinem ganzen Instinkt voraus, daß in Pjotr Stepanowitschs Worten etwas vollkommen Unvorstellbares enthalten war, etwas, was außerhalb aller Formen und Abmachungen lag – obgleich, der Teufel weiß was vorkommen kann bei diesem ‚neuen Geschlecht', und der Teufel weiß, wie dies bei ihnen zustande kommt! dachte er und verlor sich in Grübeleien.

Aber ausgerechnet in diesem Augenblick steckte Blum noch einmal seinen Kopf zur Tür hinein. Er hatte den Besuch Pjotr Stepanowitschs in der Nähe abgewartet. Dieser Blum war sogar mit Andrej Antonowitsch verwandt, allerdings nur weitläufig, aber diese Verwandtschaft wurde zeit seines Lebens sorgsam und ängstlich geheimgehalten. Ich bitte den Leser um Verzeihung, wenn ich über diese unbedeutende Persönlichkeit hier doch ein paar Worte verliere. Blum gehörte zu der sonderbaren Klasse der ‚unglücklichen' Deutschen – durchaus nicht wegen seines gänzlichen Mangels an Begabung, sondern weiß der Teufel warum eigentlich. Diese ‚unglücklichen' Deutschen sind kein Mythos, sie sind tatsächlich vorhanden, sogar in Rußland, und haben ihr eigenes Gepräge. Andrej Antonowitsch empfand für ihn zeitlebens das rührendste Mitgefühl und lancierte ihn immer, wo er es nur vermochte und je nach seinen eignen dienstlichen Erfolgen, in untergeordnete Stellen, über die er zu verfügen hatte, aber Blum hatte nirgends Glück. Das eine Mal wurde die Stelle vom Staate wieder eingezogen, ein andermal wechselte der Vorgesetzte, dann wiederum wäre er beinahe eines Tages mit anderen zusammen vor Gericht gefordert worden. Er war gewissenhaft und genau, aber beinahe allzusehr, ohne Notwendigkeit und zu seinem eigenen Schaden, mürrisch; rothaarig, hoch gewachsen, vornübergeneigt, traurig, sogar gefühlvoll und bei all seiner Ergebenheit eigensinnig und hartnäckig wie ein Stier, obwohl immer am falschen Ort. Kindern gegenüber zeigte er eine langjährige, ehrfurchtsvolle Anhänglichkeit. Außer Andrej Antonowitsch hat ihn kein Mensch je gern gehabt. Julija Michajlowna hatte ihn gleich von Anfang an fallenlassen wollen, konnte aber gegen den hartnäckigen Willen ihres Gatten nicht an. Es war dies der erste Streit in ihrer Ehe, kurz nach ihrer Hochzeit, gleich zu Beginn der Flitterwochen, als plötzlich dieser Blum und von da an das verletzende Geheimnis seiner Verwandtschaft mit ihr vor ihren Augen auftauchte. Andrej Antonowitsch flehte sie mit gefalteten Händen an, erzählte ihr gefühlvoll die Geschichte Blums und ihrer Freundschaft seit den Tagen der Kindheit, aber Julija Michajlowna hielt sich für auf ewig entehrt und brachte sogar eine Ohnmacht zustande. Von Lembke aber gab nicht um Haaresbreite nach und erklärte, daß er um nichts in der Welt Blum aufgeben und aus seiner Nähe entfernen werde, so daß sie schließlich ganz erstaunt und genötigt war, Blum zu dulden. Es wurde nur beschlossen, daß die Verwandtschaft nach Möglichkeit noch sorgsamer als bisher geheimgehalten und sogar sein Vor- und Vatersname abgeändert werden sollte, denn zufällig hieß er auch Andrej Antonowitsch. Blum hatte sich bei uns, außer mit einem deutschen Apotheker, mit niemandem angefreundet, hatte keinem Menschen einen Besuch gemacht und lebte, seiner Gewohnheit gemäß, in Geiz und Zurückgezogenheit. Andrej Antonowitschs Sünden auf literarischem Gebiet waren ihm schon lange bekannt. Er wurde vorzugsweise zu geheimen Sitzungen unter vier Augen beordert, in denen ihm Lembke seinen Roman vorlas, und dann saß er oft sechs Stunden hintereinander wie eine Bildsäule, schwitzte und gab sich alle Mühe, nicht einzuschlafen und zu lächeln; nach Hause zurückgekehrt, stöhnte er zusammen mit seiner langbeinigen und hageren Frau über die unglückselige Schwäche seines Gönners für die russische Literatur.

Andrej Antonowitsch blickte den eintretenden Blum mit gequälter Miene an.

»Laß mich bitte in Ruhe, Blum«, sagte er kurz und aufgeregt und wollte damit sichtlich die Fortsetzung ihres Gespräches, das Pjotr Stepanowitschs Kommen unterbrochen hatte, verhindern.

»Aber das läßt sich doch ganz fein machen, ohne jedes Aufheben. Sie besitzen alle Vollmachten«, bestand Blum ehrerbietig, aber hartnäckig auf irgend etwas und kam mit kleinen Schritten und krummem Rücken näher und näher zu Andrej Antonowitsch heran.

»Blum, du bist mir bis zu einem solchen Grad ergeben und so dienstbeflissen, daß ich dich jedesmal ansehe außer mir vor Angst.«

»Sie sagen immer so scharfsinnige Sachen und lassen sich dann von der Freude über das Gesagte ruhig einwiegen, schaden sich dadurch aber nur selber.«

»Ich bin soeben zu der Überzeugung gekommen, Blum, daß der Fall ganz anders liegt, ganz anders.«

»Doch nicht etwa nach den Worten dieses falschen, lasterhaften jungen Menschen, gegen den Sie selber Verdacht hegen? Gewiß hat er Ihnen nur mit Lobreden über Ihr literarisches Talent geschmeichelt und Sie dann überrumpelt.«

»Das verstehst du nicht, Blum. Dein Plan ist ungeschickt, sage ich dir. Wir werden nichts finden, es wird nur ein furchtbares Geschrei geben und ein Gelächter, und dann wird Julija Michajlowna . . .«

»Wir werden zweifellos alles das finden, was wir suchen«, erwiderte Blum, trat fest einen Schritt auf ihn zu und legte die rechte Hand aufs Herz. »Wir lassen die Haussuchung einmal plötzlich machen, ganz früh am Morgen, natürlich mit aller Rücksichtnahme auf die betreffenden Personen, aber doch in der vom Gesetz vorgeschriebenen strengen Form. Diese jungen Leute, der Ljamschin und der Teljatnikow, versichern steif und fest, daß wir alles Gewünschte finden werden. Sie haben häufig dort verkehrt. Herrn Werchowenskij ist hier niemand wohlgewogen. Die Generalin Stawrogina hat ihm ganz offenkundig ihr ferneres Wohlwollen verweigert, und jeder anständige Mensch – wenn es solche in dieser törichten Stadt überhaupt gibt – ist überzeugt, daß hier die Quelle allen Unglaubens und aller sozialistischen Lehren verborgen liegt. In seiner Wohnung sind alle verbotenen Bücher versteckt: Rylejews* ‚Gedanken', Herzens sämtliche Schriften... Ich habe für alle Fälle bereits ein annäherndes Verzeichnis seiner Bücher.«

»Mein Gott, diese Bücher hat doch jedermann. Wie naiv du bist, mein armer Blum!«

»Und dann die vielen Proklamationen«, fuhr Blum fort, ohne auf seinen Einwurf zu hören. »Wir werden erreichen, daß wir unbedingt auf die Spur der hiesigen Proklamationen kommen. Dieser junge Werchowenskij ist mir äußerst, äußerst verdächtig.«

»Aber du verwechselst ja den Vater mit dem Sohne. Sie sind wie Hund und Katze. Der Sohn macht sich offenkundig über seinen Vater lustig.«

»Das ist alles nur Verstellung.«

»Du hast dich wohl verschworen, Blum, mich zu quälen! Bedenke doch, daß er hier immerhin eine angesehene Persönlichkeit ist. Er war Professor, ein berühmter Mann, er wird ein großes Geschrei erheben, die ganze Stadt wird uns auslachen, und wir werden gleich von vornherein verspielt haben... und denke einmal, was Julija Michajlowna dann...«

Blum kroch immer weiter vor und hörte nicht auf ihn. »Dozent ist er gewesen, weiter nichts als Dozent, und dem Range nach nur Kollegienassessor außer Dienst«, sagte er und schlug sich mit der Hand an die Brust. »Auszeichnungen besitzt er nicht eine einzige, er ist entlassen worden wegen Verdachtes regierungsfeindlicher Ideen. Er stand immer unter geheimer Aufsicht, was zweifellos auch noch der Fall ist. Angesichts der jetzt hier zutage tretenden Unordnung sind Sie durch Ihre Pflicht unbedingt daran gebunden. Sie aber lassen ganz im Gegenteil die Möglichkeit, sich auszuzeichnen, vorübergehen und schonen einen wahrhaft Schuldigen.«

»Julija Michajlowna! Nun aber hinaus mit dir, Blum!« rief plötzlich v. Lembke aus, da er die Stimme seiner Gattin im Nebenzimmer hörte.

* Kondratij F. Rylejew, 1795–1826, Dichter und Mitglied der Dezemberverschwörung, wurde 1826 hingerichtet (Anmerkung des Übersetzers).

Blum fuhr zusammen, ergab sich aber noch nicht.

»So geben Sie doch Ihre Einwilligung, erlauben Sie es doch!« beharrte er, trat noch einen Schritt näher und preßte beide Hände noch fester gegen seine Brust.

»Hinaus mit dir!« knirschte Andrej Antonowitsch. »Mach, was du willst . . . später . . . O mein Gott!«

Die Portiere wurde beiseite geschoben, und Julija Michajlowna erschien. Sie blieb beim Anblick Blums majestätisch stehen und maß ihn mit einem hochmütigen, verletzenden Blick, als wäre die alleinige Anwesenheit dieses Menschen eine Beleidigung für sie. Blum machte ihr stumm und ehrfurchtsvoll eine tiefe Verbeugung und ging davon, ganz krumm vor Ehrerbietung, auf den Fußspitzen zur Tür, indem er die Hände ein wenig von sich streckte.

Ob er nun tatsächlich den letzten erregten Ausruf Andrej Antonowitschs für eine direkte Erlaubnis, so zu verfahren, wie er wollte, aufgefaßt hatte oder ob er sich in diesem Falle zu Nutz und Frommen seines Wohltäters nur so stellte, in der festen Überzeugung, daß der Erfolg die Sache krönen werde – jedenfalls ging, wie wir später sehen werden, aus dieser Unterredung eines Vorgesetzten mit seinem Untergebenen etwas gänzlich Unerwartetes hervor, das den Spott vieler hervorrief, allgemein bekannt wurde, Julija Michajlownas grausamsten Zorn erregte, durch eben all diese Umstände Andrej Antonowitsch endgültig aus der Fassung brachte und ihn gerade in der brenzligsten Zeit in die jämmerlichste Ratlosigkeit versetzte.

5

Der Tag wurde für Pjotr Stepanowitsch sehr mühevoll. Nachdem er v. Lembke verlassen hatte, lief er eiligst in die Bogojawlenskaja-Straße. Als er aber in der Bykowstraße an dem Hause, in dem Karmasinow wohnte, vorbeiging, blieb er plötzlich stehen, lachte und ging in das Haus hinein. Man erwiderte ihm: »Sie werden erwartet«, was er sehr interessant fand, denn er hatte sich vorher in keiner Weise angemeldet.

Aber der große Schriftsteller hatte ihn wirklich erwartet, ja sogar schon gestern und vorgestern. Vor vier Tagen hatte er ihm das Manuskript seines Gedichtes »Merci« eingehändigt, das er zu der literarischen Morgenfeier an Julija Michajlownas Festtag vorzulesen gedachte. Und zwar hatte er das aus Liebenswürdigkeit getan, fest davon überzeugt, der Eigenliebe dieses jungen Mannes in angenehmer Weise zu schmeicheln, wenn er ihm dieses großartige Werk früher zur Kenntnis gab. Pjotr Stepanowitsch hatte schon lange bemerkt, daß dieser eingebildete, verwöhnte, gegen Nichtauserwählte in beleidigender Weise zugeknöpfte Herr, dieser »fast staatsmännische Kopf«, ganz einfach hinter ihm herlief und noch dazu mit einer wahren Gier. Er hielt ihn – und ich glaube, der junge Mann hatte das schließlich selber erraten – wenn nicht gerade für den Anführer der gesamten geheimen Bewegung in ganz Rußland, so doch wenigstens für einen von denen, die am tiefsten in alle Geheimnisse der russischen Revolution eingeweiht waren und einen unbestrittenen Einfluß auf die Jugend ausübten. Die Gesinnungsrichtung dieses »klügsten Mannes von ganz Rußland« interessierte Pjotr Stepanowitsch außerordentlich, aber er war bisher aus mancherlei Gründen einer Auseinandersetzung aus dem Weg gegangen.

Der große Schriftsteller wohnte in dem Hause seiner Schwester, die mit einem Kammerherrn verheiratet und Gutsbesitzerin war. Beide, der Mann und die Frau, vergötterten ihren berühmten Verwandten, befanden sich aber gerade jetzt, als er ankam, zu ihrem großen Leidwesen beide in Moskau, so daß die Ehre, ihn zu empfangen, einer armen alten Dame zufiel, die weitläufig mit dem Kammerherrn verwandt war, bei ihm im Hause lebte und schon lange die Wirtschaft führte. Seit Herr Karmasinow angekommen war, wagten alle im Hause nur noch auf den Fußspitzen zu gehen. Die alte Dame berichtete fast täglich nach Moskau, wie er geschlafen und was er zu speisen geruht hatte, und jagte sogar einmal ein Telegramm dorthin mit der Nachricht, daß er nach einem Diner beim Bürgermeister gezwungen gewesen sei, einen Löffel mit einer Medizin einzunehmen. Sein Zimmer zu betreten wagte sie nur selten, obgleich er sich höflich gegen sie zeigte, aber nur trocken und nur das Nötigste mit ihr sprach. Als Pjotr Stepanowitsch eintrat, verzehrte er gerade, wie er das alle Morgen tat, ein Kotelett und trank ein halbes Gläschen Rotwein dazu. Pjotr Stepanowitsch war schon früher manchmal bei ihm gewesen und hatte ihn immer nur bei diesem Morgen-Kotelett angetroffen, das er in seiner Gegenwart ruhig weiteraß, ohne ihm auch nur ein einziges

Mal irgend etwas anzubieten. Nach dem Kotelett pflegte er noch ein Täßchen Kaffee zu trinken. Der Diener, der dieses Frühstück servierte, war im Frack, trug Handschuhe und weiche Stiefeln, wodurch sein Gang fast lautlos wurde.

»A–ah!« sagte Karmasinow, stand vom Sofa auf, wischte sich den Mund mit der Serviette ab und schritt mit dem Ausdruck der reinsten Freude auf den Eintretenden zu, um ihn auf die Wange zu küssen, eine charakteristische Angewohnheit aller russischen Großen, wenn sie schon sehr berühmt sind. Aber Pjotr Stepanowitsch wußte bereits aus Erfahrung, daß Karmasinow nur so tat, als wollte er einen küssen, dann aber selber nur seine Backe hinhielt, und deshalb tat er diesmal dasselbe, so daß beider Backen aneinanderstießen. Karmasinow tat, als habe er das gar nicht bemerkt, setzte sich auf das Sofa und wies Pjotr Stepanowitsch liebenswürdig einen Sessel gerade gegenüber an, in den sich dieser dann auch ungeniert fallen ließ.

»Sie wollen doch nicht ... Wollen Sie nicht frühstücken?« fragte der Wirt diesmal ganz gegen seine Gewohnheit, allerdings mit einer Miene, die eine höflich ablehnende Antwort soufflierte. Pjotr Stepanowitsch aber wünschte zu frühstücken. Ein Schatten beleidigter Verwunderung verdüsterte das Antlitz des Hausherrn, aber nur für einen Augenblick. Nervös klingelte er dem Diener und befahl trotz seiner guten Erziehung mit geringschätzig erhobener Stimme, noch ein zweites Frühstück zu bringen.

»Was wünschen Sie, ein Kotelett oder Kaffee?« erkundigte er sich noch einmal.

»Sowohl ein Kotelett als auch Kaffee, und dann bestellen Sie noch Wein, ich bin am Verhungern«, antwortete Pjotr Stepanowitsch und musterte mit ruhiger Aufmerksamkeit das Kostüm des Hausherrn. Herr Karmasinow hatte so etwas wie ein wattiertes Hausröckchen an, eine Art Jackett mit Perlmutterknöpfen, das aber viel zu kurz war, was zu seinem ziemlich feisten Bäuchlein und den runden, prallen Schenkeln durchaus nicht paßte. Aber der Geschmack ist eben verschieden. Über die Knie hatte er bis auf den Fußboden herab ein kariertes, wollenes Plaid gebreitet, obgleich es im Zimmer warm war.

»Wohl krank?« bemerkte Pjotr Stepanowitsch.

»Nein, ich bin nicht krank, aber ich fürchte, es zu werden in diesem Klima hier«, erwiderte der Schriftsteller mit seiner kreischenden Stimme, deutlich die Silben voneinander trennend und anmutig und vornehm lispelnd. »Ich habe Sie schon gestern erwartet.«

»Warum? Ich hatte es Ihnen doch nicht versprochen?«

»Ja, aber Sie haben doch mein Manuskript. Haben Sie ... es gelesen?«

»Ein Manuskript? Was für eins denn?«

Karmasinow war maßlos erstaunt.

»Aber haben Sie es denn nicht mitgebracht?« fragte er plötzlich so erregt, daß er sogar zu essen aufhörte und Pjotr Stepanowitsch entsetzt ansah.

»Ach, Sie meinen wohl dieses ‚Bonjour', oder wie das Ding hieß ...«

»‚Merci'.«

»Na, meinetwegen. Hab ich ganz vergessen und nicht gelesen, keine Zeit. Wirklich, ich weiß nicht, in der Tasche hab ich es nicht ... es muß bei mir auf dem Tisch liegen. Beunruhigen Sie sich nicht, es wird sich finden.«

»Nein, da möchte ich doch lieber jetzt gleich zu Ihnen hinschicken. Es kann doch verlorengehen und schließlich auch gestohlen werden.«

»Na, wer könnte das brauchen? Aber warum erschrecken Sie denn so, Julija Michajlowna hat mir doch gesagt, daß Sie immer mehrere Abschriften an verschiedenen Stellen deponieren: die eine im Ausland bei einem Notar, eine andere in Petersburg, eine dritte in Moskau, und dann hinterlegen Sie doch wohl auch immer eine auf der Bank, nicht wahr?«

»Aber Moskau kann doch niederbrennen und somit auch mein Manuskript. Nein, ich schicke doch lieber augenblicklich hin.«

»Halt, da ist es ja!« Pjotr Stepanowitsch zog aus der hinteren Rocktasche ein paar Briefbogen. »Es ist ein wenig zerknüllt. Denken Sie bloß, wie ich es damals von Ihnen in Empfang genommen habe, so ist es die ganze Zeit über in meiner hinteren Rocktasche stecken geblieben, zusammen mit dem Taschentuch! Hab's vergessen.«

Karmasinow griff gierig nach dem Manuskript, betrachtete es sorglich von allen Seiten, zählte die Blätter und legte es achtungsvoll neben sich auf ein besonderes Tischchen, doch so, daß er es immer im Auge behielt.

»Sie lesen also anscheinend nicht viel?« konnte er sich nicht enthalten, ihn anzuzischen.

»Nein, nicht sehr viel.«

»Auch was die russische Belletristik anbetrifft – nichts?«

»Russische Belletristik? Warten Sie mal, da habe ich doch etwas gelesen ... ‚Den Weg entlang'... oder ‚Auf dem Wege' ... oder ‚Am Kreuzwege' ... oder so ähnlich, ich weiß wirklich nicht. Es ist lange her, fünf Jahre. Hab keine Zeit.«

Ein Schweigen folgte.

»Als ich hierherkam, habe ich allen Leuten versichert, daß Sie ein außerordentlich kluger Mann sind, und jetzt, glaube ich, sind alle hier ganz närrisch auf Sie.«

»Danke«, entgegnete Pjotr Stepanowitsch ruhig.

Da wurde das Frühstück gebracht, Pjotr Stepanowitsch machte sich mit außerordentlichem Appetit an das Kotelett, aß es im Handumdrehen auf, trank den Wein aus und schlürfte den Kaffee hinunter.

Dieser Flegel – Karmasinow schielte Pjotr Stepanowitsch nachdenklich von der Seite an, während er selbst den letzten Bissen aufaß und den letzten Schluck austrank –, dieser Flegel hat wahrscheinlich soeben das Anzügliche in meiner Bemerkung sehr wohl verstanden... Und das Manuskript hat er natürlich gierig durchgelesen und stellt sich jetzt bloß so. Aber es ist auch möglich, daß er sich nicht verstellt und ganz einfach dumm ist. Ich habe es aber gern, wenn geniale Menschen ein bißchen dumm sind. Sollten sie wirklich ein Genie an ihm haben? Übrigens, hol ihn der Teufel!

Er stand vom Sofa auf und fing an, im Zimmer auf und ab zu gehen, von einer Ecke zur anderen, um sich Bewegung zu machen, was er jedesmal nach dem Frühstück tat.

»Fahren Sie bald von hier ab?« fragte Pjotr Stepanowitsch. Er saß im Lehnstuhl und rauchte eine Zigarette.

»Ich bin ursprünglich hierhergekommen, um mein Gut zu verkaufen, und bin nun von meinem Verwalter abhängig.«

»Ich dachte, Sie seien deshalb hergekommen, weil dort nach dem Kriege eine Epidemie auszubrechen drohte?«

»N–nein, nicht gerade deshalb«, fuhr Herr Karmasinow fort, in gutmütiger Weise seine Sätze klar abtrennend und bei jeder Wendung von einer Zimmerecke in die andere munter und übrigens kaum merkbar das rechte Beinchen herumschwenkend. »Allerdings habe ich die Absicht«, sagte er und lächelte boshaft, »so lange wie nur möglich zu leben. Im russischen Herrenstande liegt irgend etwas, was den Menschen außerordentlich schnell verbraucht, in jeder Hinsicht. Aber ich möchte mich so spät wie möglich abnutzen und werde nun ganz ins Ausland übersiedeln. Dort ist das Klima besser und alles aus Stein gebaut und viel fester als bei uns. Für mein Zeitalter wird Europa wohl noch vorhalten, denke ich. Was meinen Sie?«

»Wie kann ich das wissen?«

»Hm. Wenn dort wirklich einmal Babylon in sich zusammenstürzen sollte, und der Sturz wird groß sein, darin stimme ich mit Ihnen vollständig überein, obgleich ich der Ansicht bin, daß Europa für mein Zeitalter noch vorhalten wird, so ist hier bei uns in Rußland eigentlich gar nichts vorhanden – ich sage das nur vergleichsweise –, was in sich zusammenfallen könnte. Bei uns werden keine Steine einstürzen, sondern alles wird nur im Schmutz auseinanderschwimmen. Unser heiliges Rußland kann weniger als jedes andere Land Widerstand leisten. Das einfache Volk klammert sich noch irgendwie an den russischen Gott. Aber der russische Gott ist nach den letzten Erfahrungen reichlich unzuverlässig und hat sogar anläßlich der Bauernreform kaum standgehalten, wenigstens hat er da mächtig gewackelt. Und dann die Eisenbahnen, und dann Sie ... An den russischen Gott glaube ich ganz und gar nicht mehr.«

»Aber wohl an den europäischen?«

»An keinen glaube ich. Man hat mich bei der russischen Jugend verleumdet. Ich habe immer jede ihrer Bewegungen mitempfunden. Man hat mir die hiesigen Proklamationen gezeigt. Jeder staunte sie verständnislos an, und alle stoßen sich an ihrer Form, sind aber dabei doch alle von ihrer Wirksamkeit überzeugt, wenn sie es auch nicht zugeben wollen. Alle sind schon lange im Fallen begriffen und wissen schon lange, daß sie nichts mehr haben, woran sie sich anklammern können. Schon aus dem Grund bin ich von dem Erfolg dieser geheimen Propaganda überzeugt, weil Rußland vorzugsweise das Land in der Welt ist, wo sich alles und jedes ereignen kann, ohne auf den geringsten Widerstand zu stoßen. Ich verstehe nur zu wohl, warum alle Russen, die einiges Vermögen besitzen, ins Ausland strömen, was von Jahr zu Jahr mehr überhandnimmt. Das ist weiter nichts als ein gesunder Instinkt. Wenn das Schiff sinkt, verlassen die Ratten zuerst das Schiff. Unser heiliges Rußland ist hölzern, bettelarm und – gefährlich. In den höchsten Schichten eitle Tagediebe, während die große Masse wie die Hühner in engen Hütten haust.

Die freut sich über jeden Ausweg aus diesem Elend, man muß es ihr nur ordentlich klarmachen. Nur die Regierung allein leistet noch Widerstand, aber sie schlägt nur im Dunkeln mit einem Knüppel um sich und schlägt dabei höchstens ihre eignen Leute. Hier ist alles sich selbst überlassen und verurteilt. Rußland, wie es ist, hat keine Zukunft. Ich bin ein Deutscher geworden und rechne mir das zur Ehre an.«

»Sie fingen soeben von den Proklamationen an; äußern Sie sich doch weiter darüber: was halten Sie davon?«

»Sie fürchten sich doch alle vor ihnen, folglich liegt in ihnen eine gewisse Macht. Sie decken den Betrug offen auf und beweisen, daß man sich bei uns an nichts halten und auf nichts verlassen kann. Sie reden mit lauter Stimme, wo alles schweigt. Das Siegreichste an ihnen – ganz abgesehen von der äußeren Form – ist aber die bisher noch nie dagewesene Kühnheit, mit der sie der Wahrheit gerade ins Auge sehen. Diese Fähigkeit, der Wahrheit gerade ins Auge zu sehen, ist nur der russischen Natur eigen. Nein, in Europa ist man noch nicht so kühn, dort ist das Kaiserreich aus Quadern gefügt, dort gibt es noch etwas, worauf man sich verlassen kann. Soviel ich sehe und beurteilen kann, ist der Kern der russischen revolutionären Idee die Verneinung der Ehre. Es gefällt mir, daß dies so kühn und furchtlos ausgesprochen wird. Nein, in Europa versteht man so etwas noch nicht, aber bei uns stürzt man sich gerade darauf am meisten. Für den Russen ist die Ehre nur eine überflüssige Last, ja, ist ihm immer nur eine Last gewesen, in seiner ganzen Geschichte. Mit dem vor aller Öffentlichkeit erklärten ‚Recht auf Ehrlosigkeit' kann man ihn am ehesten mitfortreißen. Ich gehöre noch zur alten Generation und muß gestehen, daß ich noch für die Ehre einstehe, aber wohl auch nur aus Gewohnheit. Doch mir gefallen die alten Formen, vielleicht aus Kleinmut, aber man muß doch irgendwie sein Zeitalter zu Ende leben.«

Er hielt plötzlich inne.

Da rede und rede ich nun, dachte er, er aber sagt kein Wort und beobachtet mich nur. Wahrscheinlich ist er gekommen, damit ich ihn ganz offen danach fragen soll. Und das werde ich auch tun.

»Julija Michajlowna hat mich gebeten, durch irgendein schlaues Manöver aus Ihnen herauszubekommen, was das für eine Überraschung ist, die Sie übermorgen für den Ball in petto haben?« fragte Pjotr Stepanowitsch plötzlich.

»Ja, das wird wirklich eine Überraschung werden, ich werde tatsächlich alle in Erstaunen setzen«, antwortete Karmasinow und nahm eine würdevolle Haltung an. »Aber ich sage es Ihnen nicht, es ist ein Geheimnis.«

Pjotr Stepanowitsch bestand nicht weiter darauf.

»Hier soll ein gewisser Schatow wohnen«, erkundigte sich der große Schriftsteller. »Stellen Sie sich vor, den habe ich noch niemals gesehen.«

»Ein sehr guter Mensch. Was ist mit ihm?«

»Nur so. Er soll hier über manches reden. Das ist doch wohl jener, der Stawrogin ins Gesicht geschlagen hat?«

»Ja.«

»Und was halten Sie von Stawrogin?«

»Ich weiß nicht. Er ist ein Weiberfreund.«

Karmasinow haßte Stawrogin, weil dieser es sich zur Gewohnheit gemacht hatte, ihn überhaupt nicht zu bemerken.

»Er ist ein Weiberfreund«, sagte er kichernd. »Wenn aber bei euch wirklich einmal das, was man in den Proklamationen predigt, in die Wirklichkeit umgesetzt werden sollte, so wäre er wohl der erste, den man an einen Ast knüpft.«

»Vielleicht geschieht das schon früher«, sagte Pjotr Stepanowitsch plötzlich.

»Das wäre nur recht«, stimmte Karmasinow nicht mehr lachend und beinahe zu ernsthaft bei.

»Das haben Sie schon früher einmal gesagt, und wissen Sie, ich habe es ihm wiedererzählt.«

»Wie konnten Sie ihm denn das wiedererzählen?« lachte Karmasinow wieder.

»Er sagte: Wenn man ihn an einen Ast knüpfte, so würde es für Sie genügen, daß man Sie einmal ordentlich verprügelt, aber nicht etwa als Ehrenstrafe, sondern so, daß es gründlich weh tut, wie man die Bauern auspeitscht.«

Pjotr Stepanowitsch stand auf und griff nach seinem Hut. Karmasinow streckte ihm zum Abschied beide Hände hin.

»Wie aber«, zirpte er plötzlich mit honigsüßer Stimme und in einem gewissen besonderen Tonfall, indem er Pjotr Stepanowitschs Hände immer noch in den seinen hielt, »wie aber, wenn es das Schicksal wollte, daß alles verwirklicht würde... was jene beabsichtigen, so... wann könnte denn das vor sich gehen?«

»Wie soll ich das wissen?« erwiderte Pjotr Stepanowitsch ziemlich grob.

Beide sahen sich plötzlich aufmerksam in die Augen.

»Ungefähr? Annähernd?« zirpte Karmasinow noch süßer.

»Ihr Gut können Sie noch verkaufen und auch sich selber gerade noch auf- und davonmachen«, brummte Pjotr Stepanowitsch noch gröber.

Wieder sahen sich beide in die Augen, diesmal noch aufmerksamer.

Einen Augenblick herrschte Schweigen.

»Mit Beginn des nächsten Mai wird es anfangen und um Mariä Schutz und Fürbitte zu Ende sein«, sagte Pjotr Stepanowitsch plötzlich.

»Ich danke Ihnen herzlich«, erwiderte Karmasinow mit von Dankbarkeit durchdrungener Stimme und drückte ihm noch einmal die Hand.

Dir wird es nicht gelingen, dir Ratte, das Schiff zu verlassen! dachte Pjotr Stepanowitsch, als er auf die Straße hinaustrat. Na, wenn schon dieser »beinahe staatsmännische Kopf« sich so überzeugt nach Tag und Stunde erkundigt und sich für die erhaltene Auskunft so ehrerbietig bedankt, so brauchten wir eigentlich nach alledem an uns selber nicht mehr zu zweifeln. Er lächelte. Hm. Und er ist doch tatsächlich noch nicht der Dümmste von ihnen und ... aber er ist ja nur eine auswandernde Ratte, solches Viehzeug denunziert nicht!

Er lief eilig in die Bogojawlenskaja-Straße, nach dem Filippowschen Hause.

6

Pjotr Stepanowitsch ging zuerst zu Kirillow. Dieser war wie gewöhnlich allein, führte aber diesmal mitten im Zimmer Turnübungen aus, das heißt, er stand breitbeinig da und verdrehte die Arme in einer ganz besonderen Weise über seinem Kopf. Auf dem Fußboden lag ein Ball. Auf dem Tisch stand unaufgeräumter Morgentee, bereits erkaltet. Pjotr Stepanowitsch blieb einen Augenblick auf der Schwelle stehen.

»Sie sind wirklich mächtig um Ihre Gesundheit besorgt«, sagte er endlich laut und heiter und trat ins Zimmer hinein. »Was ist denn das für ein köstlicher Ball? Hui, wie der springt! Wohl auch zu gymnastischen Zwecken?«

Kirillow zog seinen Rock an.

»Ja, auch«, brummte er trocken. »Setzen Sie sich.«

»Ich komme nur auf einen Sprung. Doch übrigens, setzen werde ich mich. Lassen wir Gesundheit Gesundheit sein, ich wollte Sie bloß an unsere Abmachung erinnern. ‚In gewissem Sinne' nähert sich unser festgesetzter Zeitpunkt«, schloß er mit einer ungeschickten Wendung.

»Was für eine Abmachung?«

»Wieso, was für eine Abmachung?« fuhr Pjotr Stepanowitsch auf. Er war ordentlich entsetzt.

»Das ist keine Abmachung und auch keine Verpflichtung. Ich habe mich an nichts gebunden. Das ist ein Irrtum Ihrerseits.«

»Hören Sie, was soll denn das heißen?« Pjotr Stepanowitsch sprang nun ganz von seinem Stuhle auf.

»Es ist mein freier Wille.«

»Was für ein Wille?«

»Derselbe wie früher.«

»Wie ist das zu verstehen? Bedeutet es, daß Sie noch ebenso denken wie früher?«

»Ja. Nur eine Abmachung besteht nicht und hat es auch niemals gegeben. Ich habe mich durch nichts gebunden. Es war allein mein freier Wille, und es ist auch jetzt allein mein freier Wille.«

Kirillow erklärte dies schroff und widerwillig.

»Schön, schön, mag es ruhig Ihr freier Wille sein, wenn sich dieser Wille nur nicht geändert hat«, stimmte Pjotr Stepanowitsch bei und setzte sich mit befriedigter Miene wieder hin. »Sie regen sich über Worte auf. Sie sind in letzter Zeit überhaupt immer so reizbar, deshalb habe ich es auch vermieden, Sie zu besuchen. Übrigens war ich fest davon überzeugt, daß Sie uns nicht verraten werden.«

»Ich kann Sie zwar absolut nicht leiden, aber davon können Sie überzeugt sein. Obwohl ich so etwas wie Verrat und das Gegenteil nicht anerkenne.«

»Aber wissen Sie«, ereiferte sich Pjotr Stepanowitsch wieder, »wir müssen doch vernünftig darüber sprechen, damit keine Verwicklungen entstehen. Die Sache erheischt Pünktlichkeit und Genauigkeit, Sie aber machen mich ganz verwirrt. Erlauben Sie, daß ich spreche?«

»Reden Sie«, sagte Kirillow scharf und starrte in eine Ecke.

»Sie haben schon lange den Entschluß gefaßt, sich das Leben zu nehmen – das heißt, Sie hatten schon immer diese

Idee. Habe ich mich richtig ausgedrückt? Liegt da noch irgendein Irrtum?«

»Diesen Gedanken habe ich auch jetzt noch.«

»Schön. Beachten Sie wohl, daß Sie dazu keiner gezwungen hat.«

»Das fehlte auch noch! Wie dumm Sie reden!«

»Meinetwegen, meinetwegen; ich habe mich sehr dumm ausgedrückt. Zweifellos wäre das sehr dumm, jemanden dazu zu zwingen. Also ich fahre fort: Sie waren bereits Mitglied unserer Gesellschaft noch zur Zeit ihrer alten Organisation und haben das damals auch gleich einem anderen Mitglied der Gesellschaft offen eingestanden.«

»Ich habe gar nichts eingestanden, ich habe es ganz einfach gesagt.«

»Nun gut. Es wäre ja auch lächerlich, so etwas ‚einzugestehen', als ob es eine Beichte wäre! Sie haben es also ganz einfach gesagt; schön.«

»Nein, das ist gar nicht schön. Sie machen bloß viele schöne Worte. Ich bin Ihnen keinerlei Rechenschaft schuldig. Sie können meine Gedanken überhaupt nicht begreifen. Ich will mir deshalb das Leben nehmen, weil das eben mein Gedanke ist, weil ich die Furcht vor dem Tode nicht will, weil ... weil Sie davon gar nichts zu wissen brauchen ... Was wollen Sie eigentlich? Wollen Sie Tee trinken? Der ist kalt. Warten Sie, ich bringe Ihnen ein anderes Glas.«

Pjotr Stepanowitsch hatte tatsächlich nach der Teekanne gegriffen und suchte ein leeres Glas. Kirillow ging zum Schrank und brachte ihm reines Geschirr.

»Ich habe soeben bei Karmasinow gefrühstückt«, bemerkte der Gast, »dabei habe ich zugehört, wie er geredet hat, das hat mich in Schweiß gebracht. Dann bin ich hierhergelaufen und habe wieder Schweiß vergossen – bin ganz verdurstet.«

»Trinken Sie. Kalter Tee ist gesund.«

Kirillow setzte sich wieder auf seinen Stuhl und stierte wieder in eine Ecke.

»In der Gesellschaft kam man damals auf den Gedanken«, fuhr er in demselben Tone fort, »daß ich mich damit nützlich machen könne, wenn ich mir das Leben nähme. Und wenn Sie einmal irgendwo etwas ausgefressen hätten und man nach den Schuldigen fahndete, so sollte ich mich plötzlich erschießen und einen Brief hinterlassen, daß ich das alles getan hätte, so daß noch ein ganzes Jahr lang kein Verdacht auf Sie fallen könnte.«

»Wenn es auch nur ein paar Tage sind. Schon ein Tag allein ist kostbar.«

»Gut. In diesem Sinne wurde mir gesagt, daß ich, wenn ich wollte, noch warten könnte. Ich sagte, ich wollte warten, bis mir von der Gesellschaft aus ein Zeitpunkt angegeben würde, denn mir wäre das ja ganz gleich.«

»Ja, aber denken Sie daran, daß Sie sich verpflichtet haben, diesen Brief vor Ihrem Tode nicht anders als mit mir zusammen aufzusetzen und nach Ihrer Rückkehr nach Rußland sich zu meiner ... na, mit einem Worte, sich zu meiner Verfügung zu halten, das heißt, selbstverständlich nur in diesem einen Punkt, in allem anderen sind Sie natürlich vollkommen frei«, fügte Pjotr Stepanowitsch fast liebenswürdig hinzu.

»Ich habe mich gar nicht verpflichtet, sondern war nur einverstanden, weil mir das alles gleich ist.«

»Auch gut, ausgezeichnet. Ich habe durchaus nicht die Absicht, Ihre Eigenliebe zu verletzen, aber ...«

»Hier ist von Eigenliebe gar nicht die Rede.«

»Aber denken Sie daran, daß man für Sie hundertundzwanzig Taler zusammengebracht hat für die Reise, also haben Sie doch Geld genommen.«

»Ganz und gar nicht«, fuhr Kirillow auf. »Das Geld hat damit nichts zu tun. Für so etwas nimmt man kein Geld.«

»Manchmal doch.«

»Sie lügen. Ich habe in einem Brief aus Petersburg alles aufgeklärt und habe Ihnen daselbst die hundertzwanzig Taler ausgezahlt, in Ihre Hand ... und sie müssen zurückgesandt sein, wenn Sie sie nicht für sich behalten haben.«

»Schon gut, schon gut. Ich streite mich deshalb mit Ihnen nicht herum; sie wurden zurückgesandt. Hauptsache ist, daß Sie noch desselben Sinnes sind wie früher.«

»Ganz desselben. Wenn Sie kommen und zu mir sagen werden: ‚Es ist Zeit', so werde ich alles erfüllen. Wird das sehr bald sein?«

»Gar so viele Tage wird es nicht mehr dauern ... Aber denken Sie daran, daß wir den Brief zusammen aufsetzen wollen, in derselben Nacht.«

»Meinetwegen auch bei Tag. Sie sagten, ich solle die Proklamationen auf mich nehmen?«

»Und noch etwas mehr.«

»Ich nehme aber nicht alles auf mich.«

»Was wollen Sie denn nicht auf sich nehmen?« ereiferte sich wieder Pjotr Stepanowitsch.

»Das, was ich eben nicht will. Und damit basta. Ich will nicht mehr davon reden.«

Pjotr Stepanowitsch beherrschte sich und ging auf ein anderes Thema über.

»Um von etwas anderem zu reden«, fing er an, »werden Sie heute abend zu den Unsrigen kommen? Wirginskij hat Geburtstag. Unter diesem Vorwand wollen wir uns bei ihm versammeln.«

»Ich mag nicht.«

»Tun Sie mir den Gefallen und kommen Sie. Es ist notwendig. Wir müssen sowohl durch die Menge als auch durch die Gesichter Eindruck machen ... Und Sie haben ein Gesicht ... Na, mit einem Worte: ein verhängnisvolles Gesicht.«

»Finden Sie?«, lachte Kirillow. »Gut, ich werde kommen. Aber nicht wegen des Gesichtes. Wann?«

»Oh, ziemlich früh. Um halb sieben. Und wissen Sie, Sie können hereinkommen, sich hinsetzen und brauchen mit niemandem zu sprechen, soviel ihrer auch dasein mögen. Aber wissen Sie, vergessen Sie nicht, Papier mitzunehmen und einen Bleistift.«

»Wozu denn?«

»Ihnen ist doch alles gleich; das ist nur eine besondere Bitte von mir. Sie werden dabeisitzen, mit keinem Menschen reden, zuhören und nur ab und zu so tun, als machten Sie sich Aufzeichnungen, na, Sie können meinetwegen auch etwas hinmalen.«

»So ein Unsinn! Wozu nur?«

»Na, ich denke, es ist Ihnen alles gleich? Sie sagen doch immer, daß Ihnen alles gleich wäre?«

»Nein. Warum?«

»Nun einfach deshalb, weil ein Mitglied der Gesellschaft, ein Revisor, nach Moskau übergesiedelt ist und ich hier einigen erklärt habe, daß uns möglicherweise der Revisor besuchen werde. Und nun werden sie denken, daß Sie dieser Revisor seien, und da Sie schon drei Wochen hier sind, werden sie sich noch mehr wundern.«

»Hokuspokus. Sie haben ja gar keinen Revisor in Moskau.«

»Na, meinetwegen auch nicht. Mag ihn der Teufel holen!

Was geht aber Sie das an, was kümmert Sie das? Sie sind ja selber ein Glied der Gesellschaft.«

»Sagen Sie ihnen, daß ich der Revisor bin. Ich werde dortsitzen und kein Wort reden. Aber das Papier und den Bleistift will ich nicht!«

»Warum denn nicht?«

»Ich will nicht.«

Pjotr Stepanowitsch wurde beinahe grün vor Wut, aber er beherrschte sich abermals, stand auf und griff nach seinem Hut.

»Ist *jener* noch bei Ihnen?« fragte er plötzlich halblaut.

»Ja.«

»Das ist gut. Ich werde ihn bald wegnehmen, haben Sie keine Angst.«

»Die habe ich nicht. Er nächtigt nur hier. Die Alte ist im Krankenhaus, die Schwiegertochter ist gestorben; ich bin seit zwei Tagen allein. Ich habe ihm eine Stelle im Zaun gezeigt, wo er die Planke herausnehmen kann. Dort kriecht er durch; kein Mensch sieht ihn.«

»Ich werde ihn bald fortnehmen.«

»Er sagt, er habe viele Stellen, wo er nächtigen könne.«

»Er lügt. Man fahndet nach ihm. Aber hier wird er vorläufig nicht bemerkt werden. Lassen Sie sich denn mit ihm in Gespräche ein?«

»Ja, die ganze Nacht. Er schimpft sehr auf Sie. Ich habe ihm noch nachts die Apokalypse vorgelesen und Tee gegeben. Er hat sehr aufgepaßt, sogar sehr, die ganze Nacht.«

»Weiß der Teufel, Sie bekehren ihn wohl gar noch zum Christentum?«

»Er ist ja schon so ein Christ. Aber haben Sie keine Angst, er wird schlachten. Wen wollen Sie denn abschlachten?«

»Nein, dazu brauche ich ihn nicht, sondern zu etwas anderem . . . Weiß Schatow etwas von diesem Fedjka?«

»Ich rede mit Schatow nicht und sehe ihn auch nicht.«

»Er ist wohl böse, was?«

»Nein, wir sind uns nicht böse, wir gehen uns nur aus dem Weg. Wir haben zu lange in Amerika nebeneinander gelegen.«

»Ich will jetzt zu ihm gehen.«

»Wie Sie wollen.«

»Stawrogin und ich werden vielleicht von dort aus zu Ihnen kommen, so gegen zehn Uhr.«

»Kommen Sie nur.«

»Ich habe mit ihm über etwas Wichtiges zu verhandeln ... Wissen Sie, geben Sie mir Ihren Ball. Wozu brauchen Sie ihn jetzt noch? Ich möchte ihn auch zu gymnastischen Zwecken haben. Ich will Ihnen meinetwegen Geld dafür geben.«

»Nehmen Sie ihn so.«

Pjotr Stepanowitsch steckte den Ball in die hintere Rocktasche.

»Aber gegen Stawrogin werde ich Ihnen nichts geben«, brummte ihm Kirillow nach, als er seinen Gast hinausließ.

Dieser sah ihn erstaunt an, sagte aber nichts darauf.

Diese Worte Kirillows verblüfften Pjotr Stepanowitsch außerordentlich; er konnte sich über deren Bedeutung durchaus nicht klarwerden. Aber schon auf Schatows Treppe bemühte er sich, seine unzufriedene Miene in einen freundlichen Ausdruck zu verwandeln. Schatow war zu Hause und fühlte sich nicht ganz wohl. Er lag auf dem Bette, übrigens in Kleidern.

»Das nenne ich Pech!« rief Pjotr Stepanowitsch schon auf der Schwelle aus. »Ernstlich krank?«

Der freundliche Ausdruck war plötzlich aus seinem Gesicht entschwunden, etwas Feindseliges blitzte in seinen Augen auf.

»Durchaus nicht!« Schatow sprang nervös auf. »Ich bin ganz und gar nicht krank, nur der Kopf ...«

Er wurde sogar verlegen. Das plötzliche Erscheinen eines solchen Gastes jagte ihm entschieden Schrecken ein.

»Ich wollte gerade eine Sache mit Ihnen verhandeln, bei der man nicht krank sein darf«, fing Pjotr Stepanowitsch eilig und gleichsam gebieterisch an. »Sie erlauben wohl, daß ich Platz nehme?« Er setzte sich. »Sie aber setzen sich nur wieder auf Ihr Bett. So. Heute werden sich unter dem Vorwand einer Geburtstagsfeier die Unsrigen bei Wirginskij versammeln. Eine andere Färbung wird die Feier nicht annehmen, dagegen sind Maßregeln getroffen worden. Ich werde mit Nikolaj Stawrogin hingehen. Ich hätte Sie natürlich nicht dahingeschleift, da ich ja Ihre jetzige Gedankenrichtung kenne ... das heißt, in dem Sinne, um Sie nicht zu quälen, nicht etwa, weil wir dächten, Sie könnten uns verraten. Aber es hat sich herausgestellt, daß Sie doch hinkommen müssen. Sie werden dort alle die treffen, mit denen zusammen wir endgültig beschließen wollen, auf welche Weise Sie aus der Gesellschaft austreten können und wem Sie das, was sich bei Ihnen noch befindet, zu übergeben haben. Wir wollen das ganz unauffällig machen, ich führe Sie dann in irgendeine Ecke; es werden eine Menge Leute dasein, aber alle brauchen das ja nicht zu wissen. Ich muß gestehen, ich habe mir Ihretwegen die Zunge zum Hals herausgeredet, aber jetzt scheinen sie einverstanden zu sein, unter der Bedingung natürlich, daß Sie die Druckerei und alle Papiere abgeben. Dann können Sie gehen, wohin Sie wollen.«

Schatow hatte finster und feindselig zugehört. Die nervöse Erschrockenheit von vorhin war ganz von ihm gewichen.

»Ich fühle mich gar nicht verpflichtet, weiß der Teufel wem alles Rechenschaft abzulegen«, sagte er mit Bestimmtheit. »Niemand kann mich freigeben.«

»Ganz so ist das nicht. Es war Ihnen vieles anvertraut worden. Sie hatten nicht das Recht, einfach abzubrechen. Und schließlich haben Sie das niemals offen erklärt, so daß Sie alle in eine verfängliche Lage gebracht haben.«

»Als ich hierherkam, habe ich es in einem Brief ganz deutlich erklärt.«

»Nein, gar nicht deutlich«, erwiderte Pjotr Stepanowitsch ruhig. »Ich habe Ihnen zum Beispiel die ‚Lichte Persönlichkeit' geschickt, damit Sie sie hier drucken und alle Exemplare bis zur Rückforderung irgendwo bei sich hier aufbewahren sollten, desgleichen zwei Proklamationen. Sie haben mir alles mit einem zweideutigen Brief zurückgeschickt, aus dem nichts zu ersehen war.«

»Ich habe es unverblümt abgelehnt, das zu drucken.«

»Ja, aber nicht unverblümt. Sie schrieben: ‚Ich kann nicht', gaben aber nicht an, aus welchem Grund. ‚Ich kann nicht', heißt doch nicht soviel als ‚ich will nicht'. Man konnte da doch denken, daß Sie es ganz einfach aus materiellen Gründen nicht könnten. So hat man es auch aufgefaßt und angenommen, Sie wären immer noch bereit, Ihre Beziehungen zu der Gesellschaft fortzusetzen, und man könnte Ihnen demnach wieder etwas anvertrauen, folglich sich möglicherweise kompromittieren. Hier sagt man, Sie hätten uns dadurch ganz einfach hinters Licht führen wollen, um uns dann zu verraten, sobald Sie nur etwas Wichtiges erfahren hätten. Ich habe Sie, so gut ich konnte, in Schutz genommen und Ihre schriftliche Antwort, die nur aus zwei Zeilen bestand, als Beweisstück zu Ihren Gunsten vorgezeigt. Aber ich mußte selber zugeben, als ich jetzt diese zwei Zeilen wieder durchlas, daß sie unklar sind und zu einem Irrtum führen konnten.«

»So sorgsam haben Sie also diesen Brief aufbewahrt?«

»Das hat nichts zu sagen, daß ich ihn aufgehoben habe, ich habe ihn auch jetzt noch.«

»Na, meinetwegen, hol ihn der Teufel!« rief Schatow grimmig. »Mögen Ihre Narren ruhig denken, daß ich sie verraten habe, was geht das mich an? Ich möchte doch einmal sehen, was Sie mir anhaben könnten!«

»Man würde Sie vormerken und beim ersten Erfolg der Revolution aufhängen.«

»Wohl dann, wenn Sie die Oberhand gewonnen und ganz Rußland unterjocht haben?«

»Spotten Sie nicht. Ich wiederhole, ich bin für Sie eingetreten. Wie dem aber auch sei, ich rate Ihnen, heute zu kommen. Warum solch eines falschen Stolzes wegen so viele unnütze Worte machen? Ist es nicht besser, sich in aller Freundschaft zu trennen? Auf jeden Fall müssen Sie die Presse und die Buchstaben sowie die alten Papiere abgeben. Aber darüber wollen wir ja gerade reden.«

»Ich komme«, brummte Schatow und ließ nachdenklich den Kopf sinken.

Pjotr Stepanowitsch schielte von seinem Platze aus zu ihm hinüber.

»Wird Stawrogin dort sein?« fragte plötzlich Schatow und hob den Kopf.

»Er wird kommen, unbedingt.«

»He-he!«

Wieder schwiegen sie einen Augenblick. Schatow lächelte verächtlich und gereizt. »So ist also Ihre elende ‚Lichte Persönlichkeit', die ich hier nicht setzen wollte, nun tatsächlich gedruckt?«

»Ja.«

»Gimnasistow behauptet, Herzen selber habe Ihnen das ins Album geschrieben?«

»Ja, Herzen selbst.«

Wieder schwiegen sie etwa drei Minuten. Endlich stand Schatow vom Bette auf.

»Machen Sie, daß Sie von mir fortkommen! Ich mag nicht mit Ihnen zusammensitzen.«

»Ich gehe schon«, versetzte Pjotr Stepanowitsch beinahe lustig und stand schnell auf. »Noch ein Wort: Kirillow wohnt wohl jetzt ganz mutterseelenallein drüben im Flügel, ohne jede Bedienung?«

»Ja. Machen Sie, daß Sie hinauskommen; ich kann mit Ihnen nicht in einem Zimmer sein.«

Na, so bist du gut! dachte Pjotr Stepanowitsch heiter, als er auf die Straße hinaustrat. Und auch heute abend wirst du gut sein, und so will ich dich gerade haben. Besser hätte ich es mir gar nicht wünschen können, gar nicht wünschen können! Da hat der russische Gott selber mitgeholfen!

7

Wahrscheinlich hatte er diesen Tag viel zu tun auf verschiedenen Gängen; doch sicher mit Erfolg – das zeigte wenigstens der selbstzufriedene Ausdruck auf seinem Gesicht, als er am Abend, pünktlich um sechs Uhr, bei Nikolaj Wsewolodowitsch erschien. Dort wurde er aber nicht sogleich vorgelassen, Nikolaj Wsewolodowitsch hatte sich soeben erst mit Mawrikij Nikolajewitsch in sein Arbeitszimmer zurückgezogen. Das gab ihm sogleich zu denken. Er setzte sich dicht neben die Tür, um zu warten, bis der Gast herauskommen würde. Man hörte, daß im Nebenzimmer gesprochen wurde, aber die einzelnen Worte waren nicht zu unterscheiden. Der Besuch dauerte nicht lange, bald vernahm man ein Geräusch, äußerst laute und scharfe Worte fielen, gleich darauf ging die Tür auf, und Mawrikij Nikolajewitsch kam heraus, ganz blaß im Gesicht. Er bemerkte Pjotr Stepanowitsch nicht einmal und ging schnell vorüber. Dieser eilte auch gleich ins Zimmer hinein.

Ich möchte die eingehende Schilderung dieser außerordentlich kurzen Zusammenkunft der beiden »Nebenbuhler« nicht umgehen, einer Zusammenkunft, die so, wie die Dinge jetzt lagen, eigentlich unmöglich schien und doch stattgefunden hatte.

Und das ging so zu: Nikolaj Wsewolodowitsch schlummerte gerade nach dem Mittagessen auf seinem Diwan, als Alexej Jegorowitsch ihm die Ankunft des unerwarteten Gastes meldete. Als ihm der Name genannt wurde, sprang er auf und wollte es kaum glauben. Aber bald huschte ein Lächeln über seine Lippen, ein Lächeln hochmütigen Triumphes, gemischt mit stumpfer, ungläubiger Verwunderung. Mawrikij Nikolajewitsch, der eingetreten war, stutzte anscheinend über den Ausdruck dieses Lächelns, jedenfalls blieb er plötzlich mitten im Zimmer stehen, unschlüssig, ob er weitergehen oder wieder umkehren sollte. Aber der Hausherr setzte augenblicklich eine andere Miene auf und ging ihm mit dem Ausdruck ernsten Erstaunens entgegen. Dieser aber ergriff die ihm entgegengestreckte Hand nicht, zog unbeholfen einen Stuhl herbei und setzte sich, ohne ein Wort zu sagen, Nikolaj Wsewolodowitsch gegenüber, ohne dessen Aufforderung abzuwarten. Dieser nahm ihm schräg gegenüber auf dem Diwan Platz, sah Mawrikij Nikolajewitsch an, schwieg und wartete.

»Wenn Sie können, so heiraten Sie Lisaweta Nikolajewna«, sagte plötzlich Mawrikij Nikolajewitsch, und was das Eigentümlichste dabei war – aus dem Tonfall seiner Stimme war ganz und gar nicht zu erkennen, was seine Worte eigentlich bedeuten sollten: eine Bitte, einen Vorschlag, einen Verzicht oder einen Befehl.

Nikolaj Wsewolodowitsch fuhr fort zu schweigen, aber der Gast hatte augenscheinlich schon alles gesagt, dessentwegen er hergekommen war, und starrte ihn in Erwartung einer Antwort an.

»Wenn ich nicht irre, übrigens ist das ja so gut wie sicher, so ist Lisaweta Nikolajewna bereits mit Ihnen verlobt«, sagte endlich Stawrogin.

»Versprochen und verlobt«, bestätigte Mawrikij Nikolajewitsch fest und klar.

»Sie ... haben sich gezankt? Verzeihen Sie die Frage, Mawrikij Nikolajewitsch.«

»Nein, sie ‚liebt und achtet' mich, das hat sie selber gesagt. Und ihre Worte sind wie Gold.«

»Daran besteht kein Zweifel.«

»Aber wissen Sie, selbst wenn sie schon in der Kirche unter der Brautkrone mit mir stünde und Sie sie riefen, so würde sie augenblicklich mich und alle verlassen und Ihnen nachfolgen.«

»Von der Trauung weg?«

»Ja, und auch nach der Trauung.«

»Irren Sie sich auch nicht?«

»Nein. Aus dem steten, aufrichtigen, maßlosen Haß, den sie Ihnen gegenüber empfindet, funkelt jeden Augenblick die Liebe und ... die Torheit, die aufrichtigste, grenzenloseste Liebe und – die Torheit. Und andrerseits wiederum, durch all die Liebe, die sie für mich empfindet, funkelt ebenfalls jeden Augenblick der aufrichtigste und stärkste Haß hindurch. Ich hätte mir früher das gar nicht vorstellen können, all diese ... Metamorphosen.«

»Aber ich wundere mich, wie Sie herkommen und über die Hand Lisaweta Nikolajewnas verfügen konnten? Haben Sie denn dazu ein Recht? Oder hat sie Ihnen Vollmacht erteilt?«

Mawrikij Nikolajewitschs Gesicht verfinsterte sich, und er ließ einen Augenblick den Kopf sinken.

»Das sind ja nur Worte Ihrerseits«, sagte er dann auf einmal, »rachsüchtige und triumphierende Worte, aber ich bin überzeugt, daß Sie auch das verstehen werden, was ich unausgesprochen lasse. Ist denn kleinliche Eitelkeit hier am Platze? Ist Ihnen das noch zu wenig der Genugtuung? Muß das noch breitgetreten, bis auf das Tüpfel auf dem i dargelegt werden? Aber ich werde es tun, wenn Ihnen meine Erniedrigung so unentbehrlich ist: ein Recht besitze ich nicht, eine Vollmacht ist unmöglich, Lisaweta Nikolajewna weiß von nichts, ihr Verlobter hat den letzten Verstand verloren, ist reif fürs Irrenhaus und kommt überdies noch selber her, um Ihnen das zu verkünden. Auf der ganzen Welt können nur Sie allein ihr Glück ausmachen und nur ich allein – ihr Unglück. Sie machen sie mir streitig. Sie verfolgen sie, und doch heiraten Sie sie nicht, ich weiß nicht, warum. Wenn das ein Streit zwischen Liebenden ist, der damals im Ausland begonnen hat, und wenn, um ihn zu beenden, ich zum Opfer gebracht werden muß, so bringen Sie mich zum Opfer. Sie ist zu unglücklich, das kann ich nicht ertragen. Ich will Ihnen mit dem, was ich sage, nichts erlauben und auch nichts vorschreiben, deshalb kann sich auch Ihre Eigenliebe dadurch nicht verletzt fühlen. Wenn Sie meinen Platz vorm Altar hätten einnehmen wollen, so hätten Sie das ja ohne jede Erlaubnis meinerseits tun können, und ich hätte nicht wie ein Wahnsinniger zu Ihnen herzukommen brauchen. Um so mehr, als auch unsere Heirat nach meinem heutigen Schritt zur Unmöglichkeit geworden ist. Kann ich elender Mensch sie denn nun noch zum Altare führen? Denn was ich jetzt tue, daß ich sie Ihnen übergebe, der möglicherweise ihr erbittertster Feind ist, ist meiner Ansicht nach eine solche Gemeinheit, wie ich sie selbstverständlich niemals überleben werde.«

»Sie wollen sich also erschießen, wenn wir getraut werden?«

»Nein, erst später. Wozu soll ich ihr Brautkleid mit meinem Blut beflecken? Vielleicht erschieße ich mich überhaupt nicht, weder jetzt noch später.«

»Damit wollen Sie mich wahrscheinlich nur beruhigen?«

»Sie? Was bedeutet das für Sie, ob ein bißchen mehr Blut fließt oder weniger?«

Er sah bleich aus, seine Augen blitzten. Ein minutenlanges Schweigen folgte.

»Verzeihen Sie, daß ich Ihnen diese Fragen vorgelegt habe«, fing Stawrogin von neuem an. »Ich war durchaus nicht berechtigt dazu. Aber zu einer anderen Frage habe ich, glaube ich, volles Recht: sagen Sie mir, welche Tatsachen haben Sie auf solche Gefühle meinerseits Lisaweta Nikolajewna gegenüber schließen lassen? Ich meine, auf einen solchen Grad dieser Gefühle, daß Sie so überzeugt hierherkommen und ... einen solchen Schritt wagen konnten?«

»Wie?« Mawrikij Nikolajewitsch fuhr ordentlich zusammen. »Haben Sie sich etwa nicht um sie beworben? Tun Sie es nicht noch oder wollen es noch tun?«

»Über meine Gefühle für diese oder jene Frau kann ich laut nur der betreffenden Frau gegenüber sprechen, nicht aber zu einem Dritten, wer es auch immer sei. Entschuldigen Sie, das ist eine Eigenart, die mir angeboren ist. Aber dafür werde ich Ihnen sonst die volle Wahrheit sagen: Ich bin verheiratet, und deshalb kann ich mich weder bewerben noch verheiraten.«

Mawrikij Nikolajewitsch war derart bestürzt, daß er gegen die Lehne seines Sessels zurücksank und Stawrogin eine Zeitlang unbeweglich ins Gesicht starrte.

»Stellen Sie sich vor, das habe ich nicht im entferntesten geahnt«, murmelte er endlich. »Sie sagten damals, an jenem Morgen, Sie wären nicht verheiratet ... und so glaubte ich denn auch, daß es so wäre ...«

Er war leichenblaß geworden. Plötzlich schlug er mit aller Gewalt mit der Faust auf den Tisch.

»Wenn Sie nach einem solchen Bekenntnis von Lisaweta Nikolajewna nicht ablassen und sie unglücklich machen, so schlage ich Sie mit dem Stock tot, wie einen Hund hinterm Zaun.«

Er sprang auf und rannte schnell aus dem Zimmer. Pjotr Stepanowitsch lief eilig hinein und fand Nikolaj Wsewolodowitsch in einer höchst unerwarteten Gemütsverfassung vor.

»Ach, Sie sind es«, sagte Stawrogin und fing laut an zu lachen; anscheinend lachte er nur über Pjotr Stepanowitsch, der mit so ungestümer Neugier hereingelaufen kam.

»Sie haben an der Tür gehorcht? Warten Sie mal, warum

sind Sie doch jetzt gekommen? Ich hatte Ihnen doch wohl etwas versprochen ... Ach ja! Ich weiß, ich weiß: zu den ‚Unsrigen'. Gehen wir! Das freut mich, Sie hätten sich nichts ausdenken können, was mir augenblicklich erwünschter gewesen wäre.«

Er griff nach seinem Hut, und beide verließen auch sogleich das Haus.

»Sie lachen schon im voraus bei dem Gedanken, daß Sie die ‚Unsrigen' sehen werden?« fragte Pjotr Stepanowitsch und scharwenzelte um Nikolaj Wsewolodowitsch herum, bald neben ihm auf dem schmalen Ziegeltrottoir einhergehend, bald auf die Straße hinunter und sogar in den größten Schmutz tretend, weil sein Gefährte ganz und gar nicht bemerkte, daß er gerade die Mitte und folglich den ganzen Fußsteig für sich allein einnahm.

»Ich lache durchaus nicht«, erwiderte Stawrogin laut und heiter. »Im Gegenteil, ich bin überzeugt, die ernsthaftesten Leute dort zu treffen.«

»‚Die finsteren Stumpfsinnigen', wie Sie sich einmal auszudrücken beliebten.«

»Nichts ist manchmal lustiger als so ein ‚finsterer Stumpfsinniger'.«

»Ah, das geht wohl auf Mawrikij Nikolajewitsch. Ich möchte wetten, daß er eben bei Ihnen war, um Ihnen die Braut abzutreten, was? Und dazu habe ich ihn indirekt getrieben, das können Sie sich denken. Hätte er sie Ihnen nicht abgetreten, so würden wir sie uns ganz einfach nehmen, nicht wahr?«

Pjotr Stepanowitsch wußte freilich ganz genau, was er aufs Spiel setzte, wenn er einen solchen Vorstoß wagte, da er aber selber sehr aufgeregt war, wollte er lieber alles riskieren als noch länger im ungewissen bleiben. Aber Nikolaj Wsewolodowitsch lachte nur.

»So beabsichtigen Sie also immer noch, mir zu helfen?« fragte er.

»Wenn Sie mich rufen werden. Aber wissen Sie, daß es einen Weg gibt, der der beste von allen ist?«

»Ich kenne Ihren Weg.«

»Aber nein, das ist vorläufig noch ein Geheimnis. Nur vergessen Sie nicht, daß dieses Geheimnis Geld kostet.«

»Ich weiß sogar, wieviel es kostet«, murmelte Stawrogin vor sich hin, beherrschte sich aber und schwieg.

»Wieviel? Was sagten Sie eben?« fragte Pjotr Stepanowitsch hastig.

»Ich sagte: Mag der Teufel Sie holen und Ihr Geheimnis dazu! Sagen Sie mir lieber, wer wird denn heute dortsein? Ich weiß nur, daß wir zu einer Geburtstagsfeier gehen, aber wer wird eigentlich dabeisein?«

»Ein höchst buntes Durcheinander. Sogar Kirillow wird dasein?«

»Alles Mitglieder von Zirkeln.«

»Teufel noch mal, haben Sie es aber eilig! Hier hat sich ja noch nicht einmal ein einziger Zirkel gebildet.«

»Wie haben Sie denn dann die vielen Proklamationen verteilen können?«

»Dort, wohin wir gehen, sind nur vier Mitglieder eines Zirkels. Die übrigen bespionieren sich vorläufig um die Wette und hinterbringen es dann mir. Ein hoffnungsvolles Völkchen. Alles Material, das man organisieren muß, dann aber heißt es, sich auf und davon machen. Übrigens haben Sie ja selber unsere Satzungen niedergeschrieben, da brauche ich Ihnen ja nichts zu erklären.«

»Nun, es geht wohl schwer voran? Es schlägt wohl nicht ein?«

»Wie es geht? Leichter, als man sich nur denken kann. Ich werde Sie zum Lachen bringen: das, was am meisten Eindruck macht, sind die zu bekleidenden Posten. Nichts zieht mehr als diese Posten! Ich habe mir daher eigens Ämter und Würden ausgedacht: ich habe Sekretäre, Geheimaufseher, Kassierer, Vorsitzende, Registratoren und deren Gehilfen – das macht den Leuten Spaß und ist ausgezeichnet aufgenommen worden. Die zweite treibende Kraft ist selbstverständlich die Sentimentalität. Der Sozialismus wird ja bei uns, wissen Sie, vorzugsweise infolge der Sentimentalität verbreitet. Das hat nur den einen Haken – und das sind die beißenden Leutnants. Das kann noch einmal übel ablaufen. Dann kommen die reinen Halunken, na, das sind ja ganz gute Leutchen und manchmal von großem Nutzen, aber sie nehmen einem viel Zeit, man muß ununterbrochen ein wachsames Auge auf sie haben. Und endlich das Hauptmoment, das Zement, das alle zusammenkittet, das ist die Scheu vor einer selbständigen Meinung. Was das für einen Einfluß hat! Und wer muß da nur vorgearbeitet haben? Was für ein ‚lieber Kerl' muß sich so abgemüht haben, daß auch nicht ein einziger selbständiger Gedanke mehr in ihren Köpfen zurückgeblieben ist? Das halten sie geradezu für eine Schande.«

»Wenn dem aber so ist, warum plagen Sie sich dann mit ihnen ab?«

»Aber wenn sie so bequem daliegen und zu allem nur den Schnabel aufsperren, warum sollte man sie da nicht mitnehmen? Als ob Sie selber nicht allen Ernstes an die Möglichkeit eines solchen Erfolges glaubten! Je nun, der Glaube ist wohl da, nur am Wollen fehlt's noch. Ja, gerade mit solchen Leuten ist ein Erfolg möglich. Ich sage Ihnen, die gehen mir durchs Feuer, ich brauche ihnen nur zuzurufen, sie wären nicht freisinnig genug. Die Schafsköpfe werfen mir hier übrigens vor, ich hätte ihnen allen mit dem Zentralkomitee und ‚seinen zahllosen Verzweigungen' nur blauen Dunst vorgemacht. Auch Sie selber haben mir das einmal zum Vorwurf gemacht, aber wie kann denn hier von einem Schwindel die Rede sein: das Zentralkomitee sind doch – ich und Sie, und Verzweigungen wird es geben, soviel man sich nur denken kann.«

»Und das ist alles nur solches Gesindel?«

»Es ist eben Material. Auch die werden zu brauchen sein.«

»Auf mich rechnen Sie also immer noch?«

»Sie sind der Anführer, Sie sind die Kraft. Ich werde Ihnen nur zur Seite stehen, als Sekretär. Wissen Sie, wir werden das Boot besteigen mit den Rudern aus Ahornholz und den Segeln aus Seide, an dessen Steuer eine schöne Jungfrau, die lichte Lisaweta Nikolajewna, sitzt ... oder weiß der Teufel, wie es in jenem Lied da heißt ...«

»Nun kann er nicht weiter«, lachte Stawrogin. »Nein, da werde ich Ihnen eine bessere Ausschmückung geben. Sie zählen da an den Fingern auf, welche Kräfte den Bund zusammenhalten? Das ist alles nur Bürokratismus und Sentimentalität – meinetwegen ein ganz guter Kleister. Aber es gibt noch einen viel besseren Kniff: bereden Sie vier Mitglieder des Komitees, das fünfte zu ermorden, unter dem Vorwand, daß jenes ein Verräter sei, und sogleich werden Sie durch das vergossene Blut alle wie mit einem Tau zusammenketten. Sogleich werden sie alle Ihre Sklaven sein, werden nicht wagen, sich zu empören oder Rechenschaft zu fordern. Ha-ha-ha!«

Warte, dachte Pjotr Stepanowitsch bei sich, diese Worte

sollst du mir bezahlen, und zwar noch heute abend. Du nimmst dir wirklich jetzt viel heraus.

So oder ähnlich mochte Pjotr Stepanowitsch wohl denken. Übrigens waren sie schon bei Wirginskij angelangt.

»Sie haben mich denen da wohl als irgendein ausländisches Mitglied hingestellt, als einen Revisor, der mit der Internationale in Verbindung steht?« fragte Stawrogin plötzlich.

»Nein, als einen Revisor nicht, der Revisor ist ein anderer. Aber Sie werden ein ausländisches Gründungsmitglied sein, dem wichtige Geheimnisse bekannt sind – das ist Ihre Rolle. Sie werden natürlich reden?«

»Wie kommen Sie darauf?«

»Jetzt sind Sie sogar verpflichtet zu reden.«

Stawrogin blieb vor Verwunderung sogar mitten auf der Straße, nicht weit von einer Laterne, stehen. Pjotr Stepanowitsch hielt seinen Blick fest und ruhig aus. Stawrogin spuckte aus und ging weiter.

»Aber Sie, Sie werden reden?« fragte er plötzlich Pjotr Stepanowitsch.

»Nein, ich werde Ihnen nur zuhören!«

»Der Teufel soll Sie holen! Da bringen Sie mich wirklich auf einen Gedanken!«

»Auf was für einen denn?« fuhr Pjotr Stepanowitsch auf.

»Ich werde dort also meinetwegen wirklich reden, aber dafür werde ich Sie dann verprügeln, und wissen Sie – fest verprügeln!«

»Da fällt mir ein: eben habe ich Karmasinow erzählt, Sie hätten von ihm gesagt, man müsse ihn verdreschen, aber nicht etwa nur wegen der Unehre, sondern einfach wie einen Bauern verdreschen, daß es weh täte.«

»Aber das habe ich doch niemals geäußert? Ha–ha–ha!«

»Das macht nichts. Se non è vero ...«

»Ich danke, ich danke herzlichst.«

»Wissen Sie, was Karmasinow noch sagte? Der Kern unserer Lehre sei die Verneinung der Ehre, und mit dem offen anerkannten Recht auf Ehrlosigkeit könne man die Russen am ehesten mitfortreißen.«

»Ein vorzüglicher Ausspruch! Das sind ja goldene Worte!« rief Stawrogin aus. »Da hat er den Nagel auf den Kopf getroffen! Das Recht auf Ehrlosigkeit – da werden sie alle herbeigelaufen kommen, da wird kein einziger zurückbleiben.

Aber hören Sie, Werchowenskij, Sie gehören doch nicht etwa zur höheren Polizei, was?«

»Wem auch immer solche Fragen in den Sinn kommen, der spricht sie doch nicht aus.«

»Ich verstehe, aber wir sind doch unter uns.«

»Nein, vorläufig gehöre ich nicht zur höheren Polizei. Aber genug, da sind wir ja. Bringen Sie Ihr Gesicht in die richtige Ordnung, Stawrogin; ich mache das immer so, wenn ich zu ihnen hineingehe. Nur so finster als möglich – mehr braucht es nicht; eine sehr einfache Sache!«

Siebentes Kapitel

Bei den Unsrigen

1

Wirginskij wohnte in seinem eignen Haus, das heißt im Haus seiner Frau, in der Murawjinaja-Straße. Das Haus war ganz aus Holz und hatte nur ein Stockwerk, außer ihnen wohnte niemand darin. Unter dem Vorwand, den Geburtstag* des Hausherrn zu feiern, waren dort etwa fünfzehn Leute zusammengekommen, aber diese Abendgesellschaft hatte ganz und gar keine Ähnlichkeit mit den Geburtstagsfeiern, wie sie sonst in der Provinz üblich sind. Schon vom Anfang seines Zusammenlebens an hatte sich das Ehepaar Wirginskij ein für allemal darüber geeinigt, daß es ganz dumm sei, zum Namenstag Gäste einzuladen, da »kein Anlaß zur Freude vorliege«. So war es ihnen jahrelang gelungen, sich gänzlich von der Gesellschaft fernzuhalten. Was ihn anbetraf, so war er zwar ein Mensch mit Fähigkeiten und durchaus nicht so ein »armseliger Wicht«, trotzdem hielten ihn aber alle aus irgendeinem Grund für einen Sonderling, der die

* In diesem Kapitel ist bald vom Geburts-, bald vom Namenstag die Rede, was auf einer in Rußland verbreiteten Sitte beruhen mag, das Kind nach den Heiligen seines Geburts- bzw. Tauftags zu benennen (Anmerkung des Übersetzers).

Einsamkeit liebe und der überdies noch »eine anmaßende Sprache führe«. Und Madame Wirginskaja stand, obgleich ihr Mann Offiziersrang hatte, schon allein deshalb so tief – ja sogar tiefer als die Popenfrau – auf der gesellschaftlichen Stufenleiter, weil sie den Hebammenberuf ausübte. Eine ihrem Berufe entsprechende Demut konnte man allerdings an ihr nicht wahrnehmen. Und nach dem albernen und unverzeihlich offenkundigen Verhältnis, das sie nur um des Prinzips willen mit diesem Schurken, dem Hauptmann Lebjadkin, gehabt hatte, hatten sich selbst unsere nachsichtigen Damen mit deutlicher Verachtung von ihr zurückgezogen. Aber Madame Wirginskaja nahm das alles so hin, als hätte sie sich das gar nicht anders gewünscht. Bemerkenswert ist nur, daß ebendieselben strengen Damen, wenn sie sich in interessanten Umständen befanden, sich doch immer nur nach Möglichkeit an Arina Prochorowna (das heißt die Wirginskaja) wandten, obgleich es noch drei andere Hebammen in unserer Stadt gab. Man ließ sie sogar auf die Güter im Umkreis holen – so steif und fest glaubte man an ihr Können, ihr Glück und ihre Geschicklichkeit in entscheidenden Augenblicken. Das Ende vom Lied war, daß sie nur noch in den allerreichsten Häusern ihren Beruf ausübte; sie liebte das Geld mit einer wahren Gier. Nachdem sie sich so ihrer Macht bewußt geworden war, legte sie sich auch in ihrem Auftreten keinerlei Zwang mehr auf. Bei ihrer Praxis in den vornehmsten Häusern erschreckte sie manchmal, vielleicht gar absichtlich, die zartbesaiteten Wöchnerinnen durch irgendein unerhörtes nihilistisches Außerachtlassen aller Anstandsregeln oder durch irgendeine Spöttelei über »alles, was heilig ist«, und zwar gerade in einem Augenblick, wo man alles Heilige am nötigsten hatte. Unser Stabsarzt Rosanow, der ebenfalls Geburtshelfer war, bezeugte sogar mit aller Entschiedenheit, daß Arina Prochorowna einmal, als eine Patientin in den Wehen geschrien und den Namen des allmächtigen Gottes angerufen habe, die Kranke durch eine solche Blasphemie »wie durch einen Flintenschuß« erschreckt und dadurch zur Beschleunigung der Entbindung beigetragen habe. Aber obgleich sie Nihilistin war, so verschmähte Arina Prochorowna doch in gegebenen Fällen keinesfalls die weltlichen, althergebrachten, im höchsten Grad abergläubischen Sitten und Gebräuche, wenn sie ihr irgendwelchen Vorteil brachten. Nicht um alles in der Welt hätte sie zum Beispiel bei der

Taufe eines von ihr zur Welt gebrachten Kindes gefehlt: da erschien sie dann immer in einem grünen Seidenkleid mit einer Schleppe und mit einem Chignon von Locken und Löckchen, während sie zu anderen Zeiten mit einer wahren Wollust ihr Äußeres vernachlässigte. Und obgleich sie auch während der heiligen Handlung immer »ihre freche Miene« beibehielt, wodurch sie die Klerisei in Verlegenheit brachte, so reichte sie doch nach der kirchlichen Feier immer eigenhändig den Champagner herum (deswegen war sie erschienen und hatte sich herausgeputzt), und da hätte nur einer probieren sollen, sich ein Glas zu nehmen, ohne ihr das übliche Geld »für Grütze« zu geben!

Die Gäste (es waren fast nur Männer), die sich heute bei Wirginskij versammelt hatten, sahen alle merkwürdig und wie durch einen Zufall zusammengekommen aus. Es gab weder etwas zu essen, noch wurde Karten gespielt. Inmitten des großen Gastzimmers, das mit alter, blauer Tapete hübsch austapeziert war, waren zwei Tische aneinandergerückt und mit einem übrigens nicht mehr ganz sauberen Tischtuch bedeckt, und auf ihnen siedeten zwei Samoware. Ein großes Brett mit fünfundzwanzig Gläsern und ein Körbchen mit gewöhnlichem französischem Weißbrot, wie für Zöglinge eines vornehmen Jungen- oder Mädchenpensionats in unzählige Scheiben geschnitten, nahmen das eine Ende des Tisches ein. Den Tee goß die Schwester der Hausfrau ein, ein dreißigjähriges Fräulein, ohne Augenbrauen und mit weißblonden Wimpern, ein schweigsames, heftiges Wesen, das ebenfalls die neuen Anschauungen teilte und das selbst Wirginskij in seinen vier Pfählen entsetzlich fürchtete. Im ganzen befanden sich nur drei weibliche Wesen im Zimmer: die Hausfrau selbst, ihre augenbrauenlose Schwester und eine Schwester Wirginskijs, ein Fräulein Wirginskaja, die soeben erst aus Petersburg angekommen war. Arina Prochorowna, eine stattliche Dame, an sich nicht häßlich, etwas zerzaust, saß in einem grünwollenen Alltagskleide da und überblickte die Gäste mit dreisten Augen, als wollte sie sagen: »Seht mich an, ich habe vor nichts Angst.« Das soeben erst angekommene Fräulein Wirginskaja, eine Studentin und Nihilistin, an sich auch nicht übel, klein, dick und kugelrund, mit hochroten Backen, hatte sich neben Arina Prochorowna gesetzt. Sie war noch fast in Reisekleidern, hatte irgendeine Papierrolle in der Hand und musterte die Gäste mit ungeduldig umherhüpfenden Augen.

Wirginskij selber fühlte sich an diesem Abend nicht recht wohl, trotzdem hatte er in einem Lehnsessel mit am Teetisch Platz genommen. Die anderen Gäste saßen auch alle, und aus dieser würdevollen Gruppierung auf Stühlen rings um den Tisch herum war zu ersehen, daß hier eine Sitzung tagte. Alle schienen auf irgend etwas zu warten und führten unterdessen zwar laute, aber nebensächliche Gespräche. Als Stawrogin und Werchowenskij erschienen, verstummten sie plötzlich alle.

Zur näheren Orientierung erlaube ich mir, einige Erklärungen abzugeben.

Ich glaube, daß alle diese Herrschaften damals wirklich in der angenehmen Hoffnung zusammengekommen waren, irgend etwas ganz besonders Interessantes zu hören, ja, daß sie sich nur auf eine solche Ankündigung hin versammelt hatten. Sie stellten die Blüte des rotesten Liberalismus in unserer alten Stadt dar und waren von Wirginskij für diese »Sitzung« sorgsam ausgewählt worden. Ich bemerke noch, daß einige von ihnen (übrigens waren es nur wenige) ihn vorher noch niemals besucht hatten. Natürlich hatte die Mehrzahl der Gäste keine klare Vorstellung davon, warum man sie hierher berufen hatte. Allerdings hielten sie damals alle Pjotr Stepanowitsch für einen aus dem Ausland zugereisten Emissär, der eine Vollmacht in Händen hätte; diese Vorstellung hatte mit einem Schlag bei ihnen Wurzel gefaßt und war ihnen natürlich sehr schmeichelhaft. Und doch befanden sich unter diesem auserwählten Häuflein von Bürgern, die hier unter dem Vorwand einer Geburtstagsfeier zusammengekommen waren, bereits einige, denen man schon ganz bestimmte Vorschläge gemacht hatte. Es war Pjotr Werchowenskij bereits gelungen, bei uns eine »Fünfergruppe« zu gründen, wie er eine ähnliche schon in Moskau und, wie es sich jetzt herausgestellt hat, auch in der Kreisstadt unter den Offizieren ins Leben gerufen hatte. Man sagt, er habe auch im Gouvernement Ch. eine solche Gruppe gebildet. Diese fünf Auserwählten saßen jetzt mit am allgemeinen Tisch und gaben sich künstlich den Anschein, als wären sie die allergewöhnlichsten Sterblichen, damit niemand sie erkennen sollte. Es waren – da das ja jetzt kein Geheimnis mehr ist – erstens Liputin, dann Wirginskij selber, dann Schigaljow mit den langen Ohren – ein Bruder von Frau Wirginskaja –, dann Ljamschin und endlich ein gewisser Tolkatschenko. Dies war ein eigentümlicher Mensch von bereits vierzig Jahren, der sich eines tiefgründigen Studiums der niederen Volksschichten, vorzugsweise des Spitzbuben- und Räubergesindels, rühmte, der sich absichtlich in Spelunken herumtrieb (übrigens nicht nur zum Studium des Volkes) und unter uns in schlechten Kleidern und Schmierstiefeln, mit schlau zusammengekniffenen Augen und volkstümlichen Kraftausdrücken paradierte. Ljamschin hatte ihn schon früher zwei- oder dreimal abends mit zu Stepan Trofimowitsch gebracht, wo er übrigens keinen besondern Eindruck gemacht hatte. In der Stadt tauchte er nur von Zeit zu Zeit einmal auf, vornehmlich dann, wenn er keine Stelle hatte, er war eigentlich Eisenbahnbeamter. Alle diese fünf Männer hatten sich zu dieser ersten Gruppe in dem festen Glauben zusammengefunden, daß sie nur eine einzige von Hunderten und Tausenden solcher über ganz Rußland verstreuten Fünfergruppen seien, die alle von einer riesigen, aber geheimen Zentrale abhingen, die wiederum ihrerseits mit der ganzen internationalen Revolutionsbewegung in Europa organisch verbunden sei. Zu meinem Leidwesen muß ich aber gestehen, daß schon damals Unstimmigkeiten unter ihnen zutage traten. Die Sache war die: zwar hatten sie Pjotr Werchowenskij, der ihnen erst durch Tolkatschenko und dann durch den später zugereisten Schigaljow angekündigt worden war, bereits seit dem Frühjahr erwartet, zwar hatten sie geglaubt, daß er Wunder wirken würde, und waren ohne alle Bedenken auf seinen ersten Ruf hin zu diesem Bund zusammengetreten, aber kaum hatten sie die Fünfergruppe gebildet, als sie sich sogleich alle beleidigt fühlten, und zwar, wie ich vermute, nur deshalb, weil sie mit ihrer Einwilligung so schnell bei der Hand gewesen waren. Selbstverständlich waren sie nur aus großmütiger Scham zusammengetreten, damit man dann nicht von ihnen sagen könnte, sie hätten es nicht gewagt. Immerhin hätte aber Pjotr Werchowenskij ihre edle Heldentat doch wenigstens anerkennen und ihnen zur Belohnung irgendein wichtiges Histörchen mitteilen müssen. Aber Werchowenskij wollte ihre gerechte Neugier in keiner Weise befriedigen, erzählte nichts, was er nicht unbedingt mußte, und behandelte sie überhaupt mit sichtlicher Strenge, ja sogar mit Geringschätzung. Das machte entschieden böses Blut, und das Mitglied Schigaljow hetzte bereits die anderen auf, »Rechenschaft zu fordern«, aber selbstverständlich nicht hier bei Wirginskij, wo so viele Fremde dabei waren.

Anläßlich dieser Fremden kommt mir auch ein Gedanke, nämlich, daß die obenerwähnten Mitglieder der ersten Fünfergruppe geneigt waren, an diesem Abend unter Wirginskijs Gästen noch Mitglieder anderer, ihnen unbekannter, aber in derselben Stadt, von derselben geheimen Organisation und von demselben Werchowenskij ins Leben gerufener Gruppen zu vermuten, so daß schließlich alle Anwesenden einander mit argwöhnischen Blicken musterten und einer vor dem andern eine würdevolle Haltung annahm, was der ganzen Versammlung ein höchst verworrenes, teilweise sogar romanhaftes Aussehen verlieh. Übrigens waren auch Leute dabei, die gar nichts vermuteten. So zum Beispiel ein aktiver Major, ein naher Verwandter von Wirginskij, ein ganz harmloser Mensch, der auch gar nicht eingeladen, sondern nur so von selbst zum Gratulieren hergekommen war, so daß man ihn unmöglich hätte abweisen können. Aber der Hausherr war seinetwegen ganz ruhig, denn der Major »konnte keinesfalls denunzieren«, er war trotz seiner Dummheit zeitlebens immer an Orten herumgekrochen, wo dem rotesten Liberalismus gehuldigt wurde; er selber teilte diese Ansichten nicht, hörte aber gerne zu. Übrigens hatte auch er etwas auf dem Kerbholz: in seiner Jugend waren ganze Packen der »Glocke«* und auch Proklamationen durch seine Hände gegangen, und wenn er diese auch nicht einmal aufzuschlagen wagte, so hätte er doch die Weigerung, sie weiterzugeben, für eine ausgemachte Niedertracht gehalten – solche Leute gibt es in Rußland sogar bis heute. Die übrigen Gäste repräsentierten entweder den Typ der zu Galle gewordenen, vornehmen Selbstliebe oder den Typ der ersten jugendlichen Sturm- und Drangperiode. Es waren auch zwei oder drei Lehrer dabei, von denen der eine, ein lahmer, schon fünfundvierzigjähriger, sehr boshafter und außerordentlich eitler Mensch, am hiesigen Gymnasium unterrichtete, und noch zwei oder drei Offiziere. Von letzteren war der eine ein noch sehr junger Artillerist, der erst dieser Tage aus einer militärischen Erziehungsanstalt hierhergekommen war, ein schweigsamer junger Mann, der noch keine Bekanntschaften hier gemacht hatte und nun plötzlich heute bei Wirginskij mit einem Bleistift in der Hand erschienen war, sich kaum am Gespräch beteiligte und nur alle Augenblicke

* Eine von Herzen im Ausland herausgegebene revolutionäre Wochenschrift (Anmerkung des Übersetzers).

etwas in sein Taschenbuch notierte. Jedermann sah das, aber aus irgendeinem Grund gaben sich alle den Anschein, als bemerkten sie es nicht. Auch der beschäftigungslose, herumbummelnde Seminarist war da, der mit Ljamschin zusammen der Bücherverkäuferin die obszönen Photographien in den Sack geschmuggelt hatte, ein derber Bursche mit ungezwungenem, aber zugleich mißtrauischem Benehmen, mit einem steten rechthaberischen Lächeln und einer Miene der triumphierenden Vollkommenheit, die in ihm selbst beschlossen war. Auch der Sohn unseres Bürgermeisters war da, ich weiß eigentlich nicht recht, warum, jener widerliche, vorzeitig verlebte junge Mann, den ich bereits erwähnt habe, als ich die Geschichte von der kleinen Leutnantsfrau erzählte. Er tat den ganzen Abend nicht den Mund auf. Und schließlich war da noch ein Gymnasiast, ein sehr heißblütiger und fahriger Junge von etwa achtzehn Jahren, der mit der finsteren Miene eines in seiner Würde gekränkten jungen Mannes dasaß und anscheinend unter seinen achtzehn Jahren litt. Dieses Bürschchen war bereits Oberbefehlshaber einer Verschwörergruppe, die sich in der obersten Klasse des Gymnasiums, wie sich später zu allgemeinem Staunen herausstellte, vollkommen selbständig gebildet hatte. Ich habe Schatow noch nicht erwähnt, er saß am untersten Ende des Tisches, hatte seinen Stuhl etwas aus der Reihe herausgerückt, starrte finster schweigend zu Boden, lehnte den Tee sowie das Brot ab und hielt die ganze Zeit über seine Mütze in der Hand, als wollte er damit zeigen, daß er nicht als Gast, sondern in geschäftlicher Angelegenheit gekommen sei und aufstehen und weggehen könne, wann er wolle. Unweit von ihm hatte auch Kirillow Platz genommen, der ebenfalls sehr schweigsam war, aber den Blick nicht zu Boden gesenkt hatte, sondern im Gegenteil jeden Redner mit seinen starren, glanzlosen Augen hartnäckig ansah und alles ohne die geringste Erregung und das geringste Staunen mit anhörte. Einige der Gäste, die ihn vorher noch niemals gesehen hatten, betrachteten ihn nachdenklich und verstohlen. Ob Madame Wirginskaja selber etwas von der Existenz der Fünfergruppe wußte, kann ich nicht sagen. Ich nehme aber an, daß sie über alles unterrichtet war, und zwar durch ihren Mann. Die Studentin dagegen war in nichts eingeweiht, aber sie hatte ihre eignen Sorgen: sie beabsichtigte, nur einen oder zwei Tage hier als Gast zu bleiben und dann weiter und weiter durch alle Universitätsstädte zu reisen, »um an den Leiden der armen Studenten teilzunehmen und sie zum Protest wachzurufen«. Sie führte einige hundert Exemplare eines lithographierten Aufrufes bei sich, den sie anscheinend selber verfaßt hatte. Merkwürdig war, daß der Gymnasiast sie vom ersten Augenblick an fast bis aufs Blut haßte, obgleich er sie zum ersten Male im Leben sah, und daß sie dasselbe Gefühl gegen ihn empfand. Der Major war ihr Onkel und sah sie heute nach zehn Jahren zum erstenmal wieder. Als Stawrogin und Werchowenskij eintraten, waren ihre Backen so rot wie Preiselbeeren: sie hatte sich soeben mit dem Onkel über die Frauenfrage gestritten.

2

Werchowenskij rekelte sich bemerkenswert nachlässig auf einem Stuhl am oberen Eck des Tisches, fast ohne irgend jemanden zu begrüßen. Stawrogin verbeugte sich höflich, aber obgleich die ganze Gesellschaft nur auf sie gewartet hatte, so gaben sich jetzt doch alle wie auf Kommando den Anschein, als hätten sie die beiden beinahe nicht bemerkt. Die Hauswirtin wandte sich in strengem Ton an Stawrogin, sobald er sich gesetzt hatte.

»Stawrogin, wünschen Sie Tee?«

»Bitte«, erwiderte dieser.

»Tee für Stawrogin!« befahl sie ihrer Schwester, die das Einschenken besorgte. »Wollen Sie auch welchen?« Dabei wandte sie sich an Werchowenskij.

»So geben Sie doch endlich etwas her und fragen Sie Ihre Gäste nicht erst groß danach! Aber ja, auch Sahne dazu; bei Ihnen gibt es immer eine solche Brühe von Tee, und noch dazu haben Sie heute Namenstagsfeier.«

»Wie, auch Sie erkennen das ‚Namenstagsfeiern' noch an?« lachte die Studentin plötzlich auf. »Wir haben soeben darüber gesprochen.«

»Eine alte Geschichte«, brummte der Gymnasiast am anderen Ende des Tisches.

»Was ist eine alte Geschichte? Vorurteile zu vergessen, selbst wenn sie die harmlosesten wären, ist gar keine alte Geschichte, sondern im Gegenteil – das muß zur allgemeinen Schande gesagt werden – bis auf den heutigen Tag noch etwas ganz Neues«, erklärte augenblicklich die Studentin und sprang fast vom Stuhl auf. »Harmlose Vorurteile gibt es übrigens gar nicht«, fügte sie erbittert hinzu.

»Ich wollte damit nur sagen«, erregte sich heftig der Gymnasiast, »daß solche Vorurteile allerdings eine alte Geschichte sind und ausgerottet werden müssen, daß aber, was diese Geburtstagsfeiern anbetrifft, doch jedermann schon weiß, daß das eine Dummheit und ein alter Zopf ist und daß man deswegen nicht die kostbare Zeit, die alle Welt ohnedies ungenutzt verstreichen läßt, darüber verlieren sollte, wo man seinen Scharfsinn doch auf nützlichere Gegenstände lenken sollte ...«

»Sie ziehen das zu sehr in die Länge, da wird kein Mensch daraus klug!« rief die Studentin dazwischen.

»Ich glaube, hier hat jeder das gleiche Recht der freien Rede, und wenn ich meine Meinung äußern will, so kann ich wie jeder andere auch ...«

»Niemand hat Ihnen das Recht der freien Rede abgesprochen«, unterbrach ihn nun scharf die Hausfrau selber. »Sie sind nur gebeten worden, nicht so unzusammenhängend zu sprechen, weil Sie sonst kein Mensch verstehen kann.«

»Sie erlauben mir aber wohl zu bemerken, daß Sie mir nicht genügend Achtung entgegenbringen. Wenn ich meinen Gedankengang nicht bis zu Ende führen konnte, so kommt das nicht etwa daher, daß ich keine Ideen gehabt hätte, sondern vielmehr aus einer Überfülle von Ideen ...« stammelte der Gymnasiast halb in Verzweiflung und verhedderte sich dabei endgültig.

»Wenn Sie nicht reden können, so halten Sie doch den Mund!« trumpfte ihn die Studentin ab.

Der Gymnasiast fuhr vom Stuhl hoch.

»Ich wollte damit nur sagen«, schrie er hochrot vor Scham und wagte niemanden mehr anzusehen, »daß Sie sich nur mit Ihrem Verstand hervortun wollten, weil Herr Stawrogin gekommen ist. Das ist alles!«

»Ihr Gedanke ist schmutzig und unsittlich und beweist, daß Ihre geistige Entwicklung gleich Null ist. Ich bitte, sich nicht mehr an mich zu wenden!« schnatterte die Studentin.

»Stawrogin«, fing jetzt die Hausfrau an, »ehe Sie kamen, wurde hier soeben über Familienrechte gestritten – besonders der Herr Major da.« Sie wies auf ihren Verwandten. »Selbstverständlich werde ich Sie nicht mit diesem alten, längst entschiedenen Unsinn belästigen. Aber woher kann man eigentlich die Pflichten und Rechte der Familie, so, wie sie jetzt als Vorurteile vor uns stehen, ableiten? Das ist die Frage. Wie denken Sie darüber?«

»Woher sie abzuleiten sind?« fragte Stawrogin zurück.

»Sehen Sie, wir wissen doch zum Beispiel, daß der Gottesaberglaube durch den Donner und den Blitz hervorgerufen worden ist«, legte nun plötzlich die Studentin wieder los und verschlang Stawrogin dabei beinahe mit den Augen. »Es ist doch allgemein bekannt, daß die Urmenschen, weil sie sich vor Donner und Blitz fürchteten, diesen unsichtbaren Feind zum Gotte erhoben und sich ihm gegenüber ihrer Schwäche bewußt wurden. Woher aber ist das Vorurteil der Familie abzuleiten? Wie hat die Familie selber entstehen können?«

»Das ist nicht ganz dasselbe«, wollte die Hausfrau ablenken.

»Ich glaube, daß die Antwort auf eine solche Frage unschicklich ausfallen würde«, versetzte Stawrogin.

»Wieso?« fuhr die Studentin auf.

Aber aus der Ecke, wo die Lehrer saßen, ließ sich ein leises Kichern vernehmen, was am anderen Ende des Tisches bei Ljamschin und dem Gymnasiasten einen Widerhall fand, worauf auch der Major in ein heiseres Gelächter ausbrach.

»Sie sollten Vaudevilles schreiben«, sagte die Hausfrau zu Stawrogin.

»Das gereicht Ihnen keineswegs zur Ehre; ich weiß nicht einmal, wie Sie heißen«, brach die Studentin mit deutlichem Unwillen das Gespräch ab.

»Steck du deine Nase nicht in alles!« polterte der Major. »Du bist ein junges Mädchen und solltest dich bescheiden zurückhalten, statt dessen benimmst du dich, als hättest du dich auf eine Nadel gesetzt.«

»Bitte schweigen Sie gefälligst und wagen Sie nicht, sich in so familiärem Ton und mit so widerwärtigen Vergleichen an mich zu wenden. Ich sehe Sie heute zum ersten Male und will von einer Verwandtschaft mit Ihnen nichts wissen.«

»Aber ich bin doch dein Onkel; habe dich schon als Säugling auf meinen Armen herumgeschleppt!«

»Was geht das mich an, daß Sie mich damals herumgeschleppt haben? Ich habe Sie seinerzeit nicht darum gebeten, folglich muß es Ihnen doch selber Vergnügen gemacht haben, Sie unhöflicher Herr Offizier! Und erlauben Sie, daß ich Sie darauf aufmerksam mache: unterstehen Sie sich nicht, mich

‚du' zu nennen, es sei denn aus politischer Brüderlichkeit. Ich verbiete Ihnen das ein für allemal.«

»Da ist eine wie die andere!« rief der Major, schlug mit der Faust auf den Tisch und wandte sich an Stawrogin, der ihm gegenübersaß. »Nein, erlauben Sie, ich habe ein bißchen Liberalismus und alles Zeitgemäße sehr gern und höre auch gern vernünftigen Gesprächen zu, doch das sage ich gleich – nur von Männern. Aber von Frauenzimmern, von diesen modernen Quatschköpfen – nein, das bringt mich um. So sitz doch nur still!« rief er der Studentin zu, die auf ihrem Stuhl nur so zappelte. »Nein, jetzt bitte ich ums Wort, ich bin beleidigt worden!«

»Sie stören bloß die andern, verstehen aber selbst nichts zu sagen«, brummte die Hausfrau unwillig.

»Nein, ich werde schon meine Meinung auszudrücken wissen«, ereiferte sich der Major und wandte sich dabei an Stawrogin. »Ich rechne dabei auf Sie, Herr Stawrogin, als neuen Ankömmling, obgleich ich nicht die Ehre habe, Sie zu kennen. Ohne uns Männer fallen sie einfach um wie die Fliegen – das ist meine Meinung. Ihre ganze Frauenfrage ist weiter nichts als ihr Mangel an Originalität. Ich versichere Ihnen, diese ganzen Frauenfragen haben ihnen auch wieder nur die Männer ausgedacht, aus Dummheit, und sich damit selber ein Kreuz aufgeladen – ich danke bloß Gott, daß ich nicht verheiratet bin. Nicht die geringste Andersgestaltung, nicht das einfachste Stickmuster können sie sich ausdenken, auch die Stickmuster müssen die Männer noch für sie erfinden. Und da kommt sie nun heute an, die ich auf den Armen getragen und mit der ich, als sie zehn Jahre alt war, Mazurka getanzt habe, kommt an, ich fliege ihr natürlich entgegen, um sie zu umarmen, sie aber erklärt mir gleich nach dem zweiten Wort, daß es einen Gott nicht gibt. Wenn sie das wenigstens erst nach dem dritten und nicht schon nach dem zweiten Wort getan hätte, aber sie hatte es doch gar zu eilig damit! Na, wenn verständige Leute nicht an Gott glauben – meinetwegen, dann tun sie das eben aus Verstand; aber du, sage ich zu ihr, du aufgeblasener Dreikäsehoch, was verstehst du denn von Gott? Das hat dich doch ein Student gelehrt. Hätte er dich gelehrt, die Lämpchen vor den Heiligenbildern anzuzünden, so würdest du eben Lämpchen anzünden.«

»Das lügen Sie alles zusammen. Sie sind ein ganz boshafter Mensch. Ich habe Ihnen vorhin nur Ihr geistiges Unvermögen beweisen wollen«, erwiderte die Studentin geringschätzig, als hielte sie es unter ihrer Würde, sich mit einem solchen Menschen des weiteren auseinanderzusetzen. »Ich habe Ihnen vorhin gerade gesagt, daß wir alle aus dem Katechismus gelernt haben: ‚Wenn du deinen Vater und deine Eltern ehrst, so wirst du lange leben und reich werden.' So steht es in den Zehn Geboten. Wenn aber Ihr Gott es für notwendig befunden hat, für die Liebe eine Belohnung auszusetzen, so ist Ihr Gott unmoralisch. Mit diesen Worten habe ich Ihnen das vorhin bewiesen, und gar nicht nach dem zweiten Wort, sondern einfach nur, weil Sie auf Ihre Verwandtenrechte pochten. Was kann ich denn dafür, daß Sie so stumpfsinnig sind und das bisher noch nicht erfaßt haben? Sie fühlen sich beleidigt und ärgern sich – darin enträtselt sich ganz eure Generation.«

»Närrin!« brummte der Major.

»Und Sie sind ein Narr!«

»Schimpf nur!«

»Aber erlauben Sie, Kapiton Maximowitsch, Sie haben mir doch selber gesagt, daß Sie nicht an Gott glauben«, zischte Liputin vom anderen Ende des Tisches.

»Was tut das, daß ich das gesagt habe – bei mir ist das etwas ganz anderes. Vielleicht glaube ich doch, aber nicht so ganz. Doch wenn ich auch nicht voll und ganz glaube, so sage ich doch immerhin nicht, daß man Gott erschießen soll. Ich habe, als ich bei den Husaren diente, über Gott nachgedacht. Es heißt zwar in allen Liedern, der Husar saufe und bummle nur – na, vielleicht habe ich auch ab und zu mal getrunken –, aber das können Sie mir glauben: ich bin nachts in Socken aus dem Bett gesprungen und habe mich vor den heiligen Bildern bekreuzt, daß Gott mir Glauben schenken möge, denn schon damals ließ mir das keine Ruhe: gibt es einen Gott oder nicht. So bitterernst war es mir damit! Morgens wurde man dann freilich wieder abgelenkt, und es war dann, als sei der Glaube wieder verlorengegangen; überhaupt habe ich bemerkt, daß am Tage der Glaube immer etwas in die Brüche geht.«

»Wird denn bei Ihnen nicht Karten gespielt?« wandte sich Werchowenskij an die Hausfrau und gähnte dabei aus vollem Munde.

»Ich kann mich dieser Frage nur anschließen, nur anschließen«, ereiferte sich die Studentin, die vor Entrüstung über die Worte des Majors feuerrot geworden war.

»Man verliert nur die kostbare Zeit, wenn man dieses dumme Geschwätz mit anhört«, sagte die Hausfrau schneidend und blickte auffordernd ihren Mann an.

Die Studentin nahm einen Anlauf: »Ich wollte die Versammlung über die Leiden und den Protest der Studenten aufklären, da aber die Zeit mit unmoralischen Gesprächen vergeudet wird ...«

»Es gibt weder etwas Moralisches noch etwas Unmoralisches!« konnte sich der Gymnasiast nicht enthalten dazwischenzurufen, sobald die Studentin nur angefangen hatte.

»Das habe ich weit früher gewußt, mein Herr Gymnasiast, als man es Ihnen eingebleut hat.«

»Und ich behaupte«, erwiderte dieser in rasender Wut, »daß Sie noch ein Kind und aus Petersburg hierhergekommen sind, nur um uns über Dinge aufzuklären, die wir bereits schon lange selber wissen. Denn daß das vierte Gebot: ‚Du sollst deinen Vater und deine Mutter ehren', das Sie nicht einmal richtig zitieren konnten, unmoralisch ist, das weiß doch ganz Rußland schon seit Belinskij!«

»Hört denn das nun nicht einmal auf?« Frau Wirginskaja wandte sich in aller Entschiedenheit an ihren Mann. Als Hausfrau schämte sie sich über dieses leere Geschwätz, besonders als sie sah, daß die neugebetenen Gäste lächelten und sogar ihren Unwillen bekundeten.

»Meine Herren«, ertönte plötzlich Wirginskijs Stimme, »wenn jemand den Wunsch hat, von etwas zu reden, was mehr zur Sache gehört, oder uns irgendeine Mitteilung machen möchte, so schlage ich vor, jetzt zu beginnen, damit wir keine Zeit verlieren.«

»Darf ich mir eine Frage erlauben«, sagte bescheiden der lahme Lehrer, der bis dahin schweigend und manierlich dagesessen hatte, »ich möchte gern wissen, ob wir jetzt eine Sitzung abhalten oder nur eine Versammlung gewöhnlicher Sterblicher bilden, die einfach zu Gaste gekommen sind. Ich frage dies mehr ordnungshalber, damit wir uns darüber klar werden.«

Diese »hinterlistige« Frage erregte einiges Aufsehen. Alle sahen einander an, als erwarte einer vom anderen die Antwort. Plötzlich wandten sich aller Augen wie auf Kommando auf Werchowenskij und Stawrogin.

»Ich schlage vor, über die Frage: Bilden wir eine Sitzung oder nicht? einfach abzustimmen«, sagte Frau Wirginskaja.

»Ich erkläre mich mit diesem Vorschlag vollkommen einverstanden«, pflichtete Liputin bei, »obgleich er etwas verschwommen ist.«

»Ich auch, ich auch!« ließen sich verschiedene Stimmen vernehmen.

»Auch ich glaube, daß dann tatsächlich mehr Ordnung herrschen wird«, bestätigte Wirginskij.

»Also gut, abstimmen!« erklärte die Hausfrau. »Ljamschin, bitte, setzen Sie sich ans Klavier; Sie können auch von dort aus Ihre Stimme abgeben, wenn man mit der Abstimmung beginnen wird.«

»Schon wieder?« rief Ljamschin. »Ich habe Ihnen doch schon genug vorgetrommelt.«

»Ich bitte Sie dringend darum. Spielen Sie! Wollen Sie sich nicht für die Sache nützlich machen?«

»Ich kann Ihnen versichern, Arina Prochorowna, daß kein Mensch horcht. Das bilden Sie sich nur ein. Und dann sind die Fenster so hoch über der Straße, wer könnte denn da etwas verstehen, selbst wenn er horchen wollte.«

»Wir verstehen ja nicht einmal selber, um was es sich hier handelt«, ließ sich eine Stimme vernehmen.

»Ich sage Ihnen aber, Vorsicht ist immer am Platz. Das tue ich nur für den Fall, daß Spione da sind«, wandte sie sich erklärend an Werchowenskij.

»Mögen sie es auf der Straße hören, daß wir Namenstag feiern und Musik machen.«

»Na, dann zum Teufel!« schimpfte Ljamschin, setzte sich ans Klavier und fing an ohne Sinn und Verstand einen Walzer zu trommeln, indem er die Tasten beinahe mit den Fäusten bearbeitete.

»Diejenigen, die wünschen, daß es eine Sitzung sein soll, werden gebeten, die rechte Hand hochzuheben«, schlug Frau Wirginskaja vor.

Einige hoben die Hand auf, andere nicht. Es gab auch welche, die erst die Hand aufhoben und dann wieder zurückzogen, zurückzogen und dann wieder aufhoben.

»Pfui Teufel! Ich habe das nicht verstanden«, rief ein Offizier.

»Ich auch nicht!« rief ein anderer.

»Doch, ich hab's!« rief ein dritter. »Wenn ‚ja' – dann Hand hoch!«

»Aber was bedeutet denn ‚ja'?«

»Das bedeutet: Sitzung.«

»Nein, das Gegenteil!«

»Ich habe für die Sitzung gestimmt«, schrie der Gymnasiast, zu Frau Wirginskaja gewandt.

»Warum haben Sie denn da die Hand nicht hochgehoben?«

»Ich habe immer auf Sie aufgepaßt: Sie haben sie nicht hochgehoben, da habe ich es auch nicht getan.«

»Wie dumm! Ich habe sie nur deshalb nicht hochgehoben, weil ich den Vorschlag gemacht habe. Herrschaften, ich schlage noch einmal das entgegengesetzte Verfahren vor: wer die Sitzung will, bleibt sitzen und hebt nicht die Hand auf, wer sie nicht will, hebt die rechte Hand in die Höhe.«

»Also wer sie nicht will?« fragte der Gymnasiast zurück.

»Das machen Sie wohl absichtlich?« rief ihm Frau Wirginskaja wütend zu.

»Nein, erlauben Sie, wer sie will oder wer sie nicht will? Das muß genauer angegeben werden«, ließen sich zwei oder drei Stimmen vernehmen.

»Wer nicht will, *nicht* will!«

»Nun ja, aber was soll der machen, der *nicht* will? Soll er die Hand aufheben oder nicht?« rief der Offizier.

»Ja, an eine Konstitution sind wir eben noch nicht gewöhnt«, bemerkte der Major.

»Herr Ljamschin, ich bitte Sie, Sie pauken derartig, daß kein Mensch ein Wort verstehen kann!« warf der hinkende Lehrer ein.

»Aber mein Gott, Arina Prochorowna, es horcht doch wirklich keiner!« rief Ljamschin und sprang auf. »Und ich will auch nicht mehr spielen! Ich bin als Gast zu Ihnen gekommen und nicht, um Klavier zu pauken.«

»Meine Herren«, schlug Wirginskij vor, »antworten Sie mir jetzt ganz einfach auf die Frage: wollen wir eine Sitzung oder nicht?«

»Eine Sitzung, eine Sitzung!« ertönte es von allen Seiten.

»Wenn es so ist, brauchen wir ja gar nicht abzustimmen, da ist es ja gut. Sind Sie damit zufrieden, meine Herren, oder müssen wir noch abstimmen?«

»Nicht nötig, nicht nötig! Wir sind einig!«

»Vielleicht ist doch noch einer gegen die Sitzung?«

»Nein, nein, wir wollen sie alle.«

»Was ist denn überhaupt eine Sitzung?« rief eine Stimme.

Es erfolgte keine Antwort.

»Wir müssen einen Präsidenten wählen«, rief man von allen Seiten.

»Den Hausherrn, selbstverständlich den Hausherrn!«

»Meine Herren, wenn es so ist«, fing der neugewählte Wirginskij an, »komme ich auf den bereits vorhin von mir gemachten Vorschlag zurück: wenn jemand den Wunsch hat, von etwas zu reden, was zur Sache gehört, oder uns irgendeine Mitteilung machen möchte, so schlage ich vor, jetzt zu beginnen, damit wir keine Zeit verlieren.«

Allgemeines Schweigen. Wieder richteten sich alle Blicke auf Stawrogin und Werchowenskij.

»Werchowenskij, haben Sie uns nichts mitzuteilen?« fragte ihn nun die Hausfrau geradezu.

»Ganz und gar nicht«, erwiderte dieser gedehnt, gähnte und lehnte sich in seinem Stuhl zurück. »Übrigens würde ich ganz gern ein Gläschen Kognak trinken.«

»Und Sie, Stawrogin, wollen Sie nicht?«

»Ich danke, ich trinke keinen.«

»Ich meine, ob Sie reden wollen oder nicht? Ich spreche doch nicht vom Kognak.«

»Reden? Worüber denn? Nein, das beabsichtige ich nicht.«

»Man wird Ihnen gleich einen Kognak bringen«, gab sie Werchowenskij zur Antwort.

Da erhob sich die Studentin. Sie war schon mehrmals auf dem Sprung gewesen. »Ich bin hierhergekommen, um von den Leiden der unglücklichen Studenten zu künden und um sie allerortens zum Protest wachzurufen ...«

Aber sie verstummte: am andern Ende des Tisches war ein Konkurrent erstanden, und alle Augen richteten sich nun plötzlich auf ihn. Der langohrige Schigaljow hatte sich mit finsterer, mürrischer Miene langsam von seinem Platz erhoben und tiefsinnig ein umfangreiches, außerordentlich eng beschriebenes Heft auf den Tisch gelegt. Er blieb stehen und schwieg. Viele betrachteten das Heft mit einiger Verlegenheit, aber Liputin, Wirginskij und der hinkende Lehrer schienen mit irgend etwas sehr zufrieden zu sein.

»Ich bitte ums Wort«, sagte Schigaljow finster und fest.

»Herr Schigaljow hat das Wort«, bestimmte Wirginskij.

Der Redner setzte sich wieder hin, schwieg einen Augenblick und fing dann mit wichtiger Stimme an: »Meine Herren! ...«

»Hier ist der Kognak!« brummte lässig und geringschätzig

die Verwandte, die den Tee eingeschenkt und nun den Kognak geholt hatte, und stellte die Flasche und das Glas, das sie ohne Teller und Tablett einfach in den Händen hereingebracht hatte, vor Werchowenskij hin.

Der unterbrochene Redner hielt mit Würde inne.

»Schon gut, fahren Sie nur fort, ich höre doch nicht drauf«, rief Werchowenskij und goß sich einen Kognak ein.

»Meine Herren, ehe ich Ihre Aufmerksamkeit und, wie Sie weiterhin sehen werden, in einem Punkte von äußerster Wichtigkeit auch Ihre Beihilfe in Anspruch nehmen werde«, fing Schigaljow wieder an, »muß ich ein paar einleitende Worte vorausschicken.«

»Arina Prochorowna, haben Sie keine Schere?« fragte plötzlich Pjotr Stepanowitsch.

»Wozu brauchen Sie denn eine Schere?« gab diese mit erstaunt aufgerissenen Augen zurück.

»Ich habe vergessen, mir die Nägel zu schneiden, obgleich ich das schon seit drei Tagen vorhabe«, sagte er und betrachtete ungeniert seine langen, unsauberen Fingernägel.

Arina Prochorowna wurde ganz rot vor Ärger, aber Fräulein Wirginskaja schien das zu gefallen.

»Ich glaube, ich habe sie vorhin hier auf dem Fenster liegen sehen«, sagte sie, stand auf, suchte die Schere und brachte sie gleich herbei.

Pjotr Stepanowitsch schenkte ihr nicht einen Blick, nahm die Schere und fing an, sich ihrer zu bedienen. Arina Prochorowna sah ein, daß dies nur nach der realistischen Art war, und schämte sich ihrer Empfindlichkeit. Die Versammelten sahen schweigend einander an. Der lahme Lehrer musterte Werchowenskij feindselig und voller Haß. Schigaljow fuhr fort: »Nachdem ich meine ganze Schaffenskraft dem Studium des Problems eines sozialistischen Aufbaues des Zukunftsstaates gewidmet hatte, womit sich ja alle modernen Menschen jetzt beschäftigen, bin ich zu der Überzeugung gelangt, daß alle Gründer sozialistischer Systeme von den ältesten Zeiten an bis auf unser Jahr 187 . . . Träumer, Phantasten und Dummköpfe gewesen sind, die sich in Widersprüche verwickelt und nicht die Spur von der Naturwissenschaft und von jenen eigenartigen Lebewesen, die wir Menschen nennen, verstanden haben. Plato, Rousseau, Fourier sind weiter nichts als Aluminiumsäulen, die vielleicht Spatzen zu tragen imstande sind, aber nicht die menschliche Gesellschaft. Da es nun aber gerade jetzt, wo wir uns endlich alle zum Handeln zusammengefunden haben, unumgänglich notwendig ist, eine Form für die künftige Gesellschaft zu finden, damit wir dann nicht weiter darüber nachzudenken brauchen, bringe ich hiermit mein eignes System einer Welteinrichtung in Vorschlag. Hier ist es!« Dabei klopfte er auf das Heft. »Ich wollte der Versammlung mein Buch in möglichst gekürzter Form zugänglich machen, aber ich sah ein, daß dann eine Menge mündlicher Erklärungen erforderlich sein würden, und so brauche ich denn zur Darlegung meines ganzen Systems ebenso viele Abende, wie mein Buch Kapitel hat, also zum mindesten zehn.« (Jemand fing an zu kichern.) »Zudem muß ich gleich von vornherein erklären, daß mein System noch nicht abgeschlossen ist.« (Wieder hörte man Lachen.) »Ich habe mich in meinen eigenen Beweisen verstrickt, und der Schluß steht in direktem Widerspruch mit der ursprünglichen Idee, von der ich ausgegangen bin. Ich bin von der uneingeschränkten Freiheit ausgegangen und schließe mit dem absoluten Despotismus. Ich füge aber dennoch hinzu, daß es außer meiner Entscheidung über die öffentliche Formel keine geben kann.«

Das Gelächter wurde immer lauter und lauter, aber es lachten hauptsächlich die jungen, sozusagen die noch wenig eingeweihten Gäste. Auf den Gesichtern der Hausfrau, Liputins und des lahmen Lehrers war deutlich ein gewisser Ärger zu erkennen.

»Wenn Sie es schon selber nicht verstanden haben, Ihr System zusammenzuschweißen, und selber daran verzweifeln, was sollen denn wir dann damit anfangen?« bemerkte vorsichtig ein Offizier.

»Sie haben recht, mein Herr aktiver Offizier«, wandte sich Schigaljow jäh nach ihm um, »und hauptsächlich deshalb, weil Sie das Wort Verzweiflung angewandt haben. Ja, ich bin tatsächlich darüber verzweifelt. Nichtsdestoweniger ist alles, was in meinem Buch steht, einfach unersetzlich; einen anderen Ausweg gibt es nicht; keiner wird sich etwas Besseres ausdenken können. Und darum möchte ich auch keine Zeit verlieren und beeile mich, die ganze Gesellschaft aufzufordern, zehn Abende lang mein Buch anzuhören und mir dann ihre Meinung zu sagen. Wenn mich die Anwesenden aber nicht anhören wollen, so wollen wir gleich von allem Anfang an auseinandergehen – die Männer wieder in den Staatsdienst zurück und die Frauen in ihre Küchen –, denn wenn Sie mein Buch ablehnen, wird Ihnen nichts anderes mehr übrigbleiben. Ganz und gar nichts anderes! Wenn Sie aber Zeit versäumen, schaden Sie sich selber, denn schließlich müssen Sie ja doch dahin kommen.«

Es entstand eine Bewegung. »Was will er? Der ist wohl verrückt? Wie?« schwirrte es durcheinander.

»Das heißt also: die ganze Geschichte dreht sich nur um Schigaljows Verzweiflung«, folgerte Ljamschin. »Und die eigentliche Frage ist die: darf er oder darf er nicht in Verzweiflung sein?«

»Schigaljows Verhältnis zur Verzweiflung ist eine rein persönliche Frage«, erklärte der Gymnasiast.

»Ich schlage eine Abstimmung vor, inwieweit Schigaljows Verzweiflung die allgemeine Sache angeht, und gleichzeitig, ob man ihn anhören soll oder nicht«, entschied der Offizier belustigt.

»Dessen bedarf es hier nicht«, mischte sich endlich der Lahme ein: er setzte immer, wenn er sprach, ein gewisses spöttisches Lächeln auf, so daß es beinahe schwer war zu unterscheiden, ob er etwas im Ernste meinte oder nur scherzte. »Dessen bedarf es hier nicht, meine Herren. Herr Schigaljow hat sich seiner Aufgabe mit zu großem Ernst hingegeben und ist dabei viel zu bescheiden. Sein Buch ist mir bekannt. Er schlägt darin als endgültige Lösung der Frage die Teilung der Menschheit in zwei ungleiche Teile vor. Ein Zehntel erhält alle persönliche Freiheit und unbeschränktes Recht über die übrigen neun Zehntel. Diese müssen ihre Persönlichkeit aufgeben, sich in eine Art Herde verwandeln und bei ewigem Gehorsam durch eine Reihe von Wiedergeburten ihre ursprüngliche Unschuld in der Art des Urparadieses zurückerlangen, obgleich sie natürlich arbeiten müssen. Die Maßnahmen, die der Verfasser vorschlägt, um diesen neun Zehnteln der Menschheit den Willen zu nehmen und sie mittels Umstellung der Erziehung durch ganze Generationen hindurch in eine Herde zu verwandeln, sind äußerst interessant, auf naturwissenschaftlicher Grundlage aufgebaut und durch und durch logisch. Wenn man sich auch mit manchen Folgerungen nicht ganz einverstanden erklären wird, so kann doch über den Verstand und die Kenntnisse des Verfassers schwerlich ein Zweifel bestehen. Schade, daß die ausbedungenen zehn Abende sich mit den Umständen unmöglich vereinbaren lassen, sonst hätten wir etwas Interessantes zu hören bekommen.«

»Ist das Ihr Ernst?« wandte sich Frau Wirginskaja ziemlich aufgeregt an den Lehrer. »Dieser Mensch weiß also nichts anderes mit der Menschheit anzufangen, als neun Zehntel davon zur Sklaverei zu verdammen? Ich hatte schon immer kein rechtes Zutrauen zu ihm.«

»Meinen Sie damit Ihren Bruder?« fragte der lahme Lehrer.

»Verwandtschaft? Sie machen sich wohl über mich lustig?«

»Und dabei sollen sie noch für die Aristokraten arbeiten und ihnen wie Göttern gehorchen – das ist eine Gemeinheit!« rief die Studentin wutentbrannt.

»Was ich fordere, ist keine Gemeinheit, sondern ein Paradies, das Paradies auf Erden, und ein anderes kann es auf der Welt niemals geben!« schloß Schigaljow erhaben.

»Statt jenes Paradieses«, rief Ljamschin, »würde ich lieber diese neun Zehntel der Menschheit hernehmen – wenn man nun schon einmal gar nicht weiß, was man mit ihnen tun soll – und sie ganz einfach in die Luft sprengen. Dann würde nur ein kleines Häufchen gebildeter Menschen zurückbleiben, die dann wie die Gelehrten herrlich und in Freuden leben könnten.«

»So kann nur ein Narr sprechen!« fuhr die Studentin auf.

»Er ist auch ein Narr, aber ein nützlicher«, flüsterte ihr Frau Wirginskaja zu.

»Vielleicht wäre das die allerbeste Lösung des Problems!« wandte sich Schigaljow erregt an Ljamschin. »Sie wissen vielleicht gar nicht, was für einen tiefen Gedanken Sie da ausgesprochen haben, Sie lustiger Herr. Da aber Ihre Idee fast unausführbar ist, so müssen wir uns eben auf das Paradies auf Erden, wie wir es nun einmal genannt haben, beschränken.«

»Ordentlicher Blödsinn!« entfuhr es Werchowenskij gleichsam unwillkürlich. Übrigens saß er ganz gleichgültig dabei, hob nicht einmal die Augen auf und fuhr fort, seine Nägel zu säubern.

»Warum soll denn das Blödsinn sein?« griff sogleich der Lahme ein, als hätte er nur auf Werchowenskijs erste Worte gewartet, um mit ihm anzubinden. »Warum denn Blödsinn? Herr Schigaljow ist teilweise ein Fanatiker der Menschenliebe; aber denken Sie daran, daß bei Fourier, in besonderem Maße bei Cabet und selbst bei Proudhon die Frage oft in weit despotischerer und fanatischerer Weise gelöst wird.

Herr Schigaljow faßt die Sache sogar bedeutend nüchterner an. Ich kann Ihnen versichern, wenn man das Buch liest, ist es einfach unmöglich, ihm in manchen Dingen nicht recht zu geben. Vielleicht entfernt er sich weniger als alle anderen vom Boden der Wirklichkeit, und sein Paradies auf Erden ist ein tatsächliches, dasselbe, über dessen Verlust sich die Menschheit nie trösten kann, wenn es wirklich einmal existiert haben sollte.«

»Na, das konnte ich mir ja denken; da habe ich mir ja etwas Schönes eingebrockt«, murmelte Werchowenskij wieder.

»Aber erlauben Sie«, ereiferte sich der Lahme immer mehr und mehr. »Gespräche und Urteile über die bevorstehende soziale Reform sind für jeden denkenden modernen Menschen beinahe zur unumgänglichen Notwendigkeit geworden. Herzen hat sich zeit seines Lebens nur damit beschäftigt. Belinskij hat, wie ich aus sicherer Quelle weiß, ganze Abende damit zugebracht, mit seinen Freunden darüber zu disputieren und schon im voraus die geringfügigsten Kleinigkeiten, sozusagen die Küchenfragen der sozialen Zukunftsordnung festzulegen.«

»Manche sollen darüber sogar den Verstand verloren haben«, bemerkte plötzlich der Major.

»Immerhin ist es noch besser, über so etwas zu reden, als sich herzusetzen mit der Miene eines Diktators und zu schweigen«, geiferte Liputin, der es nun endlich auch wagte, den Angriff zu beginnen.

»Ich habe mit dem Blödsinn nicht Schigaljow gemeint«, murmelte Werchowenskij. »Sehen Sie, meine Herren«, er hob einen Augenblick die Augen auf, »meiner Ansicht nach sind all diese Bücher von Fourier, von Cabet, dieses ganze ‚Recht auf Arbeit‘, der Schigaljowismus usw. weiter nichts als Romane, die man zu Hunderttausenden schreiben könnte. Ein ästhetischer Zeitvertreib. Mir ganz erklärlich: es ist Ihnen hier im Städtchen zu langweilig, und da stürzen Sie sich eben auf Papier und Feder.«

»Erlauben Sie«, der Lahme richtete sich ungeduldig auf seinem Stuhl empor, »wir sind zwar Kleinstädter und aus diesem Grunde bemitleidenswert, aber wir wissen doch auch, daß sich inzwischen auf der Welt nichts Neues ereignet hat, was nicht mit angesehen zu haben uns zum Weinen veranlassen könnte. Da schlägt man uns vor, durch heimlich zugesteckte Blättchen ausländischen Fabrikats, wir sollten uns zusammenschließen und geheime Gruppen bilden einzig zu dem Zweck der allgemeinen Zerstörung, mit der Begründung, was auch immer für Heilmittel man für die Welt ersinnen möge, ganz gesund könne man sie doch nicht machen, wenn man aber einmal kurzerhand hundert Millionen Köpfe abschlüge und sich dadurch Erleichterung verschaffte, so würde man dann sicherer über den Graben springen können. Zweifellos ist dieser Gedanke ausgezeichnet, aber zum mindesten ebenso unvereinbar mit der Wirklichkeit wie der ‚Schigaljowismus', über den Sie sich soeben absprechend geäußert haben.«

»Na, ich bin doch nicht hierhergekommen, um über so etwas nachzudenken«, verschnappte sich Werchowenskij, tat aber, als bemerkte er diesen Bock gar nicht, und zog das Licht näher zu sich heran, damit es heller werde.

»Schade, sehr schade, daß Sie nicht zum Nachdenken hierhergekommen sind, schade, daß Sie augenblicklich so sehr mit Ihrer Toilette beschäftigt sind.«

»Was geht Sie meine Toilette an?«

»Hundert Millionen Köpfe abzuschlagen ist ebenso schwer zu verwirklichen wie die Umwälzung einer ganzen Welt durch Propaganda allein. Vielleicht ist das sogar noch schwerer, besonders, wenn es in Rußland geschehen soll«, wagte sich wieder Liputin hervor.

»Aber auf Rußland hofft man jetzt allgemein«, bemerkte ein Offizier.

»Das haben wir auch gehört, daß auf uns alle Hoffnungen gesetzt werden«, fiel der Lahme ein. »Es ist uns bekannt, daß auf unser herrliches Vaterland ein geheimer Index hinweist als auf den Staat, der zur Erfüllung der großen Aufgabe am meisten befähigt ist. Aber da ist noch der eine Punkt: geht die Erfüllung unserer Aufgabe nach und nach und nur durch Propaganda vor sich, so ist das auch für mich persönlich weit vorteilhafter; ich brauche nur in angenehmer Weise ein bißchen zu schwatzen und erhalte dann noch obendrein wegen meiner Dienste für die soziale Sache von der neuen Obrigkeit Rang und Würden. Im andern Fall aber, wenn durch das Abschlagen von hundert Millionen Köpfen die Sache schnell und plötzlich zum Austrag käme, was für einer Belohnung könnte ich da gewärtig sein? Wenn ich dafür Propaganda machen wollte, würde man mir womöglich die Zunge abschneiden.«

»Die würde man Ihnen auch so abschneiden«, sagte Werchowenskij.

»Sehen Sie. Da aber unter den günstigsten Umständen eine solche Abschlachterei nicht vor fünfzig oder meinetwegen dreißig Jahren beendet sein kann – denn die anderen sind doch auch keine Hammel, die sich so ohne weiteres abstechen lassen –, wäre es da nicht besser, man packte seine Siebensachen zusammen und wanderte irgendwohin aus, über das stille Meer auf eine stille Insel, um dort in Frieden die Augen schließen zu können? Glauben Sie mir«, er klopfte bedeutsam mit dem Finger auf den Tisch, »durch eine solche Propaganda rufen Sie nur Emigration hervor und weiter nichts!«

Die letzten Worte sagte er mit sichtlichem Triumph. Er war einer der klügsten Köpfe des ganzen Gouvernements. Liputin lächelte hinterlistig, Wirginskij hörte etwas betrübt zu, alle übrigen aber, besonders die Damen und die Offiziere, folgten dem Streit mit gespannter Aufmerksamkeit. Es war allen klar, daß der Agent für das Abschlagen der hundert Millionen Köpfe an die Wand gedrückt war, und sie waren nun neugierig, was aus alledem noch werden würde.

»Das haben Sie übrigens ganz nett gesagt«, murmelte noch gleichgültiger als früher, ja beinahe wie gelangweilt Werchowenskij. »Emigrieren – das ist ein guter Gedanke. Aber immerhin, da sich ja trotz all diesen unbestrittenen Nachteilen, die Sie voraussetzen, von Tag zu Tag immer mehr Streiter für die allgemeine Sache einstellen, so wird man auch ohne Sie auskommen. Denn hier, Väterchen, verdrängt eine neue Religion die alte, deshalb strömen auch so viele Streiter herbei, weil es eine gewaltige Sache ist. Aber Sie emigrieren! Doch wissen Sie, gehen Sie lieber nach Dresden und nicht auf eine stille Insel. Erstens einmal hat es in dieser Stadt noch niemals irgendwelche Epidemien gegeben, und da Sie ein hochentwickelter Mensch sind, fürchten Sie sich doch sicherlich vor dem Tod. Zweitens sind Sie da hübsch nah an der russischen Grenze, so daß Sie schneller Ihre Einkünfte aus dem geliebten Vaterlande beziehen können. Drittens birgt diese Stadt eine Menge sogenannter Kunstschätze, und Sie sind doch ein ästhetischer Mensch, ein früherer Lehrer der Literatur, wenn ich nicht irre. Na, und schließlich hat Dresden noch seine eigene Schweiz im Taschenformat – das ist was für die poetische Inspiration, denn sicherlich machen Sie doch auch Verse. Kurz, ein Schatz in der Tabaksdose!«

Es entstand eine Bewegung; hauptsächlich die Offiziere

wurden unruhig. Noch einen Augenblick, und alle hätten auf einmal geredet. Aber der Lahme fiel gereizt auch gleich auf den Köder herein: »Nein, ich werde wohl die allgemeine Sache nicht so bald im Stich lassen! Das müßte doch wohl klar sein ...«

»So würden Sie also auch in die Fünfergruppe eintreten, wenn ich es Ihnen vorschlüge?« platzte Werchowenskij heraus und legte die Schere auf den Tisch.

Alle zuckten gleichsam zusammen. Dieser rätselhafte Mensch deckte zu plötzlich seine Karten auf. Sogar von der Fünfergruppe sprach er ganz offen.

»Jeder hält sich für einen anständigen Menschen und entzieht sich nicht der allgemeinen Sache«, versetzte der Lehrer.

»Nein, hier gibt es kein Aber«, unterbrach ihn Werchowenskij scharf und gebieterisch. »Ich erkläre, meine Herren, daß ich eine offene und ehrliche Antwort haben muß. Ich weiß nur zu gut, daß ich Ihnen gegenüber zu Erklärungen verpflichtet bin« (wieder eine unerwartete Enthüllung) »aus dem Grunde, weil ich Sie zusammengerufen habe und selber hierhergekommen bin. Aber diese Erklärungen kann ich keinesfalls geben, bevor ich nicht weiß, was Sie für eine Gesinnung hegen. Um alles unnötige Gerede zu vermeiden – denn wir wollen nicht wieder dreißig Jahre nur schwatzen, wie wir bisher schon dreißig Jahre verschwatzt haben –, frage ich Sie offen heraus: Was wollen Sie lieber? Den langsamen Weg, der im Niederschreiben von sozialen Romanen besteht? Soll wie bisher das Schicksal der Menschheit kanzleimäßig mit Tinte und Feder auf tausend Jahre vorausbestimmt werden? Damit Ihnen der Despotismus inzwischen die gebratenen Tauben, die Ihnen selber in den Mund fliegen könnten, wenn Sie nur wollten, vor der Nase wegschnappt? Oder sind Sie für eine schnelle Entscheidung, die, welcher Art sie auch sein möge, Ihnen doch endlich die Hände freimacht? Eine Entscheidung, die der Menschheit den Wiederaufbau auf sozialistischer Grundlage ermöglicht, und zwar in Wirklichkeit und nicht nur auf dem Papier? Da schreien sie nun: ‚Hundert Millionen Köpfe!' Vielleicht ist das noch eine Metapher, aber warum schrickt man davor zurück, wenn während unserer langweiligen, papiernen Träumereien der Despotismus in den vielen Jahren nicht hundert, sondern fünfhundert Millionen Köpfe verschlingt? Denken Sie daran, daß ein unheilbarer Kranker niemals gesund gemacht werden kann, wieviel Rezepte man ihm auch auf dem Papier verschreiben möge! Im Gegenteil, je länger sich die Sache hinzieht, um so mehr greift die Fäulnis um sich, so daß sie schließlich auch uns anstecken und alle frischen Kräfte, auf die wir jetzt noch rechnen können, verderben wird. Und das Ende vom Liede wird sein, daß wir alle miteinander zum Teufel fahren. Natürlich bin ich auch der Ansicht, daß schöne, liberale Reden zu führen eine höchst angenehme Sache, aber handeln etwas brenzlig ist ... Na, kurz und gut, ich verstehe nicht, zu reden, ich bin mit Mitteilungen hierhergekommen und bitte deshalb die verehrten Anwesenden, nicht etwa abzustimmen, sondern mir ganz einfach offen heraus zu sagen, was Ihnen vergnüglicher erscheint: mit Schildkrötentempo im Sumpf oder mit Volldampf hindurch?«

»Ich bin entschieden für eine Fahrt mit Volldampf!« schrie der Gymnasiast begeistert.

»Ich auch«, rief Ljamschin.

»Bei dieser Wahl kann natürlich gar kein Zweifel bestehen«, meinte ein Offizier. Dann stimmte noch ein anderer bei und nach diesem noch einer.

Hauptsächlich machte es auf alle großen Eindruck, daß Werchowenskij »Mitteilungen« machen wollte und selber soeben versprochen hatte zu reden.

»Meine Herren, ich sehe, daß Sie sich fast alle im Sinn der Proklamation entschieden haben«, sagte er und sah sich im Kreis um.

»Alle, alle!« riefen viele Stimmen.

»Ich muß gestehen, ich wäre mehr für eine humanere Entscheidung«, murmelte der Major, »da aber alle so denken, möchte ich mich nicht ausschließen.«

»Daraus geht hervor, daß auch Sie keinen Widerspruch erheben?« wandte sich Werchowenskij an den Lahmen.

»Nicht daß ich gerade ...« erwiderte dieser errötend, »aber wenn ich mich jetzt mit allen einverstanden erkläre, so tue ich es einzig deshalb, um nicht störend zu wirken.«

»So sind sie alle miteinander! Ein halbes Jahr lang möchten sie sich der liberalen Schönrederei zuliebe herumstreiten, und das Ende vom Lied ist dann doch, daß sie ebenso stimmen wie alle anderen. Meine Herren, denken Sie noch einmal darüber nach, ist es wahr, daß Sie alle bereit sind?« (Wozu bereit? – Die Frage war unbestimmt, aber schrecklich lockend.)

»Natürlich, alle . . .« stimmte man bei.

Doch sahen dabei alle einander an.

»Aber vielleicht fühlen Sie sich dann wieder beleidigt, daß Sie sich so schnell bereit erklärt haben? Das pflegt ja bei Ihnen fast immer der Fall zu sein.«

Man regte sich in verschiedener Hinsicht auf, man regte sich sehr auf. Der Lahme fiel wieder über Werchowenskij her.

»Erlauben Sie indessen, Sie darauf aufmerksam zu machen, daß Antworten auf solche Fragen nur unter Vorbehalt gegeben werden können. Wenn wir auch eine Entscheidung getroffen haben, so beachten Sie bitte, daß solche Fragen, auf so merkwürdige Art und Weise gestellt . . .«

»Wieso auf merkwürdige Weise?«

»Auf eine Weise, wie solche Fragen sonst nicht gestellt werden.«

»Vielleicht unterweisen Sie mich dann gefälligst darin. Übrigens, wissen Sie, war ich überzeugt, daß Sie der erste sein würden, der sich beleidigt fühlt.«

»Sie haben eine Antwort aus uns herausgepreßt, ob wir zum unverzüglichen Handeln bereit sind, aber welches Recht haben Sie eigentlich, so vorzugehen?«

»Das hätten Sie vorher fragen sollen! Warum haben Sie mir denn geantwortet? Sie haben sich einverstanden erklärt, und nun fällt Ihnen das plötzlich ein.«

»Meiner Ansicht nach bringt einen die leichtfertige Unverfrorenheit, mit der Sie uns eine so schwerwiegende Frage vorgelegt haben, auf den Gedanken, daß Sie überhaupt weder eine Vollmacht noch ein Recht dazu besitzen, sondern ganz einfach aus Neugier gefragt haben.«

»Was wollen Sie damit sagen? Was, bitte?« rief Werchowenskij, so, als ob er darüber in große Erregung geriete.

»Ich will damit sagen, daß jede Affiliation, welcher Art sie auch sein möge, zum mindesten unter vier Augen gemacht wird, aber nicht in einer Gesellschaft von zwanzig unbekannten Menschen!« platzte der Lahme heraus. Er hatte nun alles ausgesprochen, war aber noch äußerst gereizt. Werchowenskij wandte sich schnell mit vorzüglich erheuchelter Unruhe an die Anwesenden.

»Meine Herren, ich halte es für meine Pflicht, Ihnen allen zu erklären, daß dies alles nur Dummheiten waren und wir in unserem Gespräch etwas zu weit gegangen sind. Ich habe niemanden um eine Beitrittserklärung ersucht, kein Mensch hat das Recht, dies von mir zu behaupten, wir haben ganz einfach unsere Ansichten ausgetauscht. Ist es nicht so? Aber wie dem auch sei, Sie haben mich in große Unruhe versetzt«, sagte er, wieder zu dem Lahmen gewandt. »Ich habe mir doch nicht träumen lassen, daß man über solche fast unschuldige Dinge hier unter vier Augen verhandeln müsse. Sie fürchten wohl Verrat? Wäre es denn möglich, daß sich jetzt hier unter uns ein Verräter befände?«

Die Erregung wuchs maßlos. Alle redeten auf einmal.

»Meine Herren, wenn das wirklich der Fall wäre«, fuhr Werchowenskij fort, »so wäre doch ich selbst mehr als alle anderen kompromittiert. Ich fordere Sie deshalb auf, mir auf eine Frage zu antworten, natürlich nur, wenn Sie wollen. Es ist alles Ihr freier Wille.«

»Was für eine Frage? Was für eine Frage?« schwirrte es durcheinander.

»Auf eine Frage, die klarstellen wird, ob wir zusammenbleiben oder schweigend nach unseren Mützen greifen und nach allen vier Himmelsrichtungen auseinandergehen werden.«

»Fragen Sie, fragen Sie!«

»Wenn einer von uns von einem beabsichtigten politischen Mord etwas erführe, würde er dann, obgleich er alle Folgen voraussähe, hingehen und Anzeige erstatten, oder würde er zu Hause bleiben und die Ereignisse abwarten? Darüber kann man verschiedener Ansicht sein. Die Antwort auf diese Frage wird deutlich zeigen, ob wir auseinandergehen oder zusammenbleiben müssen, und das nicht nur für den heutigen Abend allein. Wenn Sie erlauben, wende ich mich zuerst an Sie«, sagte er zu dem Lahmen.

»Warum denn zuerst an mich?«

»Weil Sie zuerst von alldem angefangen haben. Tun Sie mir den Gefallen, und geben Sie mir keine ausweichende Antwort; hier hilft alle Geschicklichkeit nichts. Übrigens, wie Sie wollen. Es ist ja Ihr freier Wille.«

»Entschuldigen Sie, aber eine solche Frage ist beinahe beleidigend.«

»Nein, ich bitte um eine genauere Antwort.«

»Ein Agent der Geheimpolizei bin ich niemals gewesen«, versuchte dieser weiter auszuweichen.

»Tun Sie mir den Gefallen und antworten Sie klipp und klar! Halten Sie uns nicht auf!«

Der Lahme war so wütend, daß er sogar aufhörte zu antworten. Schweigend und kampfbereit maß er seinen Peiniger mit einem feindseligen Blick unter der Brille hervor.

»Ja oder nein? Würden Sie es anzeigen oder nicht?« schrie Werchowenskij.

»Ich würde es selbstverständlich *nicht* anzeigen!« brüllte der Lahme noch einmal so laut.

»Keiner würde das anzeigen, selbstverständlich keiner«, ließen sich viele Stimmen vernehmen.

»Darf ich mich an Sie wenden, Herr Major, würden Sie das anzeigen oder nicht?« fuhr Werchowenskij fort. »Beachten Sie wohl, daß ich mich mit Absicht an Sie wende.«

»Ich würde es nicht anzeigen.«

»Wenn Sie nun aber erführen, daß einer einen anderen totschlagen und berauben wolle, einen gewöhnlichen Sterblichen, würden Sie das anzeigen und dem vorbeugen?«

»Natürlich, das wäre ja eine private Angelegenheit, im andern Fall aber wäre es politischer Verrat. Ein Agent der Geheimpolizei bin ich niemals gewesen.«

»Das ist keiner von uns hier gewesen«, ließen sich wieder Stimmen vernehmen.

»Eine ganz müßige Frage. Darauf gibt es nur eine einstimmige Antwort. Hier sind keine Verräter.«

»Warum steht dieser Herr da auf?« fragte die Studentin.

»Das ist Schatow. Warum stehen Sie denn auf, Schatow?« rief die Hausfrau. Schatow hatte sich tatsächlich von seinem Platz erhoben. Er hielt die Mütze in der Hand und sah Werchowenskij an. Anscheinend wollte er etwas zu ihm sagen, aber er konnte sich nicht dazu entschließen. Er sah blaß und böse aus, aber er beherrschte sich, sagte kein Wort und ging schweigend hinaus.

»Schatow, das ist nicht vorteilhaft für Sie!« schrie ihm Werchowenskij in rätselhafter Weise nach.

»Um so vorteilhafter aber für dich als Spion und Schurken!« rief Schatow noch von der Tür zurück und ging dann ganz hinaus.

Wieder rief und schrie alles durcheinander.

»Das war aber eine Probe!« rief eine Stimme.

»Die hat ihren Zweck erfüllt!« rief ein anderer.

»Hat sie ihn aber nicht zu spät erfüllt?« bemerkte ein dritter.

»Wer hat ihn aufgefordert? – Wer hat ihn angenommen? –

Wer ist das denn? – Wer ist dieser Schatow? – Wird er uns verraten oder nicht?« schwirrte es durcheinander.

»Wenn er ein Verräter wäre, hätte er sich verstellt, so aber spuckt er auf den ganzen Kram und geht einfach hinaus«, bemerkte jemand.

»Jetzt steht auch Stawrogin auf! Stawrogin hat auch nicht auf die Frage geantwortet!« rief die Studentin.

Stawrogin war wirklich aufgestanden, und gleichzeitig mit ihm erhob sich am andern Ende des Tisches auch Kirillow.

»Erlauben Sie, Herr Stawrogin«, wandte sich die Hausfrau schroff an ihn. »Wir haben hier alle auf die Frage geantwortet, und Sie wollen schweigend hinausgehen?«

»Ich sehe die Notwendigkeit nicht ein, auf Fragen zu antworten, die Sie interessieren«, murmelte Stawrogin.

»Aber wir haben uns dadurch bloßgestellt, und Sie nicht!« schrien mehrere Stimmen.

»Was geht das mich an, wenn Sie sich bloßstellen?« lachte Stawrogin, aber seine Augen blitzten.

»Das ginge ihn nichts an? Wie meint er das?« riefen alle durcheinander.

Viele sprangen von ihren Stühlen auf.

»Erlauben Sie mal, meine Herren, erlauben Sie mal«, schrie der Lahme, »Herr Werchowenskij hat doch auch nicht auf die Frage geantwortet, er hat sie ja nur gestellt.«

Diese Bemerkung brachte eine überraschende Wirkung hervor. Alle sahen einander an. Stawrogin lachte dem Lahmen laut ins Gesicht und ging hinaus; Kirillow folgte ihm. Werchowenskij lief den beiden bis ins Vorzimmer nach.

»Was tun Sie mir an?« stammelte er, faßte Stawrogins Hand und preßte sie fest in der seinen.

Der entriß sie ihm schweigend.

»Seien Sie gleich bei Kirillow, ich werde kommen ... Es ist für mich unumgänglich, unumgänglich.«

»Für mich gibt es nichts Unumgängliches«, schnitt ihm Stawrogin kurz das Wort ab.

»Stawrogin wird dortsein«, schloß Kirillow ab. »Stawrogin, für Sie gibt es etwas Unumgängliches. Ich werde es Ihnen dort zeigen.«

Sie gingen hinaus.

Achtes Kapitel

Iwan der Zarewitsch

Sie gingen hinaus. Pjotr Stepanowitsch wollte sich wieder in die »Sitzung« stürzen, um das Chaos zu entwirren, ließ aber, wahrscheinlich nachdem er sich überlegt hatte, daß dies gar nicht der Mühe wert sei, alle im Stich und lief schon nach zwei Minuten den Weg entlang hinter den Fortgegangenen her. Unterwegs fiel ihm eine Seitengasse ein, durch die man schneller zu Filippows Haus gelangen konnte; bis an die Knie im Schmutz versinkend, eilte er die Gasse entlang und kam im selben Augenblick vor dem Hause an, als Stawrogin und Kirillow in den Torweg einbogen.

»Sie sind schon hier?« bemerkte Kirillow. »Das ist gut. Kommen Sie.«

»Wie können Sie sagen, daß Sie allein wohnen?« fragte Stawrogin, als er in dem Hausflur an einem bereitgestellten, schon kochenden Samowar vorüberging.

»Sie werden gleich sehen, mit wem ich zusammenlebe«, brummte Kirillow. »Treten Sie ein.«

Kaum waren sie ins Zimmer getreten, als Werchowenskij auch schon den anonymen Brief aus der Tasche zog, den er vorhin Lembke weggenommen hatte, und ihn vor Stawrogin hinlegte. Alle drei setzten sich. Stawrogin las schweigend den Brief durch.

»Nun und?« fragte er.

»Dieser Hund wird sicherlich das auch ausführen, was er schreibt«, erklärte Werchowenskij. »Da Sie ihn in Ihrer Gewalt haben, so bringen Sie ihm doch bei, wie er sich zu verhalten hat. Ich versichere Ihnen, daß er womöglich schon morgen zu Lembke gehen wird.«

»Na, mag er doch hingehen.«

»Wie? Wenn man es noch dazu verhindern kann!«

»Sie irren sich, er ist nicht von mir abhängig. Ja, und das ist mir auch ganz gleichgültig, denn mir droht er ja nicht, er droht doch nur Ihnen.«

»Ihnen auch.«

»Das glaube ich nicht.«

»Aber andere werden vielleicht nicht so glimpflich mit Ihnen verfahren, begreifen Sie das nicht? Hören Sie, Stawrogin, das ist ja alles nur ein Spiel mit leeren Worten. Tut Ihnen das Geld leid?«

»Ist dazu denn Geld nötig?«

»Unbedingt. Zweitausend Rubel oder, sagen wir, fünfzehnhundert als Minimum. Geben Sie mir das Geld morgen oder auch schon heute, und ich werde ihn morgen abend nach Petersburg befördern, wohin er ja auch selber gerne möchte. Wenn Sie wollen, mit Marja Timofejewna zusammen – beachten Sie das wohl.«

Er hatte fast vollständig den Kopf verloren und drückte sich unvorsichtig und in unbedachten Worten aus. Stawrogin sah ihn erstaunt an.

»Ich habe keinen Grund, Marja Timofejewna wegzuschicken.«

»Vielleicht wollen Sie es nicht einmal?« erwiderte Pjotr Stepanowitsch mit spöttischem Lächeln.

»Kann sein, daß ich es nicht einmal möchte.«

»Kurz und gut: geben Sie das Geld her oder nicht?« schrie er in feindseliger Ungeduld fast herrisch Stawrogin an. Der betrachtete ihn ernsthaft.

»Ich werde kein Geld dazu geben.«

»Aha, Stawrogin! Sie wissen etwas oder haben schon irgend etwas unternommen. Sie – spielen ein tolles Spiel!«

Sein Gesicht verzerrte sich, seine Lippen zuckten, und plötzlich brach er in ein lautes, völlig unbegründetes Gelächter aus.

»Aber Sie haben doch erst von Ihrem Vater das Geld für das Gut bekommen«, sagte Nikolaj Wsewolodowitsch ruhig. »Maman hat Ihnen doch sechs- oder achttausend Rubel für Stepan Trofimowitsch ausgezahlt. Da bezahlen Sie doch die fünfzehnhundert Rubel aus Ihrer Tasche. Ich habe keine Lust, immer für andere zu zahlen, ich habe auch schon so viel bezahlt, daß es beleidigend für mich ist ...« Er mußte selber über seine Worte lächeln.

»Ah, Sie fangen an zu scherzen ...«

Stawrogin stand von seinem Stuhle auf, augenblicklich schnellte auch Werchowenskij in die Höhe und stellte sich mechanisch mit dem Rücken vor die Tür, als wollte er ihm den Ausgang versperren. Nikolaj Wsewolodowitsch machte schon eine Gebärde, als wollte er ihn von der Tür wegschieben und hinausgehen, aber er hielt plötzlich inne.

»Ich trete Ihnen Schatow nicht ab«, sagte er.

Pjotr Stepanowitsch erbebte. Beide sahen einander an.

»Ich habe Ihnen schon vorhin erklärt, wozu Sie Schatows Blut nötig haben«, fuhr Stawrogin mit blitzenden Augen fort. »Sie wollen mit diesem Kitt Ihren Bund zusammenleimen. Sie haben es glänzend verstanden, Schatow hinauszujagen: Sie wußten nur zu gut, daß er niemals sagen würde: ‚Das werde ich nicht anzeigen', aber vor Ihnen etwas zusammenzulügen, hätte er für eine Gemeinheit gehalten. Und auch mich, mich haben Sie nötig – aber wozu? Seit ich aus dem Ausland zurückgekommen bin, heften Sie sich an meine Fersen. Allerdings haben Sie mir dafür Gründe angegeben, aber das waren alles nur Phantasien. Und dabei wollen Sie doch nur, daß ich Fedjka veranlassen soll, Lebjadkin zu ermorden, indem ich ihm die fünfzehnhundert Rubel gebe. Ich weiß, daß Sie denken, ich würde es gern sehen, wenn gleichzeitig auch meine Frau aus der Welt geschafft würde. Durch dieses Verbrechen wollen Sie mich an sich ketten und hoffen, mich so endlich in Ihre Gewalt zu bekommen. Nicht wahr? Aber haben Sie diese Gewalt über mich nötig? Was zum Teufel kann ich Ihnen nützen? Sehen Sie mich doch ein für allemal genauer an: bin ich denn Ihr Mann, und lassen Sie mich in Ruhe?«

»Ist Fedjka selber bei Ihnen gewesen?« fragte Werchowenskij bedrückt.

»Ja, er war bei mir. Sein Preis war ebenfalls fünfzehnhundert Rubel ... Da – er kann es ja selber bestätigen, da steht er ja ...« und Stawrogin wies mit der Hand nach der Tür.

Pjotr Stepanowitsch wandte sich hastig um. Aus dem finsteren Raum war eine neue Gestalt über die Schwelle getreten – Fedjka, im halblangen Pelz, aber ohne Mütze, ganz wie zu Hause. Er stand da und grinste und zeigte dabei seine gleichmäßigen, weißen Zähne. Seine schwarzen, gelblich glänzenden Augen huschten vorsichtig durchs ganze Zimmer und beobachteten die Herren aufmerksam. Er schien etwas nicht verstanden zu haben, augenscheinlich hatte ihn Kirillow soeben hereingerufen, und so wandte er diesem nun seinen fragenden Blick zu. Er blieb auf der Schwelle stehen, ins Zimmer hereinkommen wollte er nicht.

»Den haben Sie wahrscheinlich hier bereitgehalten, damit er unsern ganzen Handel mit anhören oder gar das Geld gleich zu sehen bekommen sollte. Nicht wahr?« fragte

Stawrogin und verließ, ohne eine Antwort abzuwarten, das Haus. Werchowenskij jagte ihm wie ein Wahnsinniger nach und holte ihn am Tor ein.

»Halt! Keinen Schritt weiter!« schrie er und packte Stawrogin am Ellbogen.

Stawrogin riß seinen Arm zurück, konnte sich aber nicht losmachen. Eine rasende Wut ergriff ihn: er faßte Werchowenskij mit der linken Hand am Schopf und schleuderte ihn mit aller Gewalt auf die Erde. Dann ging er zum Tor hinaus. Aber er war noch keine dreißig Schritte gegangen, als jener ihn schon wieder eingeholt hatte.

»Versöhnen wir uns, versöhnen wir uns!« flüsterte er ihm krampfhaft zu.

Nikolaj Wsewolodowitsch zuckte nur mit den Achseln, blieb aber nicht stehen und sah sich auch nicht um.

»Hören Sie, morgen führe ich Ihnen Lisaweta Nikolajewna zu, wollen Sie? Nein? Warum antworten Sie nicht? Befehlen Sie, was Sie wollen: ich werde es tun. Hören Sie: ich werde Ihnen Schatow abtreten, wollen Sie den?«

»So ist es also wahr, daß Sie ihn umbringen wollen?« rief Nikolaj Wsewolodowitsch aus.

»Aber was haben Sie denn an Schatow? Was kann er Ihnen sein?« fuhr Pjotr Stepanowitsch wie ein Rasender hastig und keuchend fort, indem er alle Augenblicke vorlief und Stawrogin am Ellenbogen packte, wahrscheinlich ohne das selber zu bemerken. »Hören Sie, ich werde Ihnen Schatow abtreten, versöhnen wir uns. Ihre Rechnung ist groß, aber ... versöhnen wir uns!«

Stawrogin wandte sich endlich nach ihm um und war betroffen. Das war nicht der Blick, nicht die Stimme wie sonst und wie eben noch in jenem Zimmer. Was er jetzt sah, war ein ganz anderes Gesicht. Auch der Klang seiner Stimme war ein anderer: Werchowenskij bat, flehte. Er war wie ein Mensch, dem man das Kostbarste nimmt oder schon genommen hat und der darüber noch nicht wieder zu sich gekommen ist.

»Aber was haben Sie denn?« rief Stawrogin aus.

Jener antwortete nicht, lief ihm aber nach und sah ihn mit dem gleichen flehenden und dabei unabwendbaren Blick an.

»Versöhnen wir uns!« stammelte er noch einmal. »Hören Sie, auch ich habe wie Fedjka ein Messer im Stiefel bereit, doch ich möchte mit Ihnen Frieden schließen.«

»Aber was zum Teufel haben Sie eigentlich mit mir vor?«

rief Stawrogin halb zornig, halb erstaunt. »Das ist wohl ein Geheimnis, wie? Bin ich etwa ein Talisman für Sie?«

»Hören Sie, wir werden das Volk aufwiegeln«, murmelte er hastig und fast wie im Fieber. »Sie glauben nicht, daß wir eine Empörung zustande bringen werden? Wir werden einen solchen Aufruhr erregen, daß die ganze Welt in ihren Grundfesten erschüttert werden soll. Karmasinow hat recht: nichts ist da, woran man sich noch halten könnte. Karmasinow ist sehr klug. Nur zehn solcher Gruppen noch in Rußland, und kein Häscher wird mir etwas anhaben können!«

»Wenn das lauter solche Dummköpfe sind«, entfuhr es Stawrogin unwillkürlich.

»Oh, seien Sie doch etwas dümmer, Stawrogin, seien Sie selber etwas dümmer! Wissen Sie, so klug sind Sie ganz und gar nicht, daß man das Ihnen wünschen müßte. Sie fürchten sich, Sie glauben nicht, Sie fürchten das Ausmaß. Und warum sollen jene Dummköpfe sein? Sie sind gar nicht so dumm; heutzutage hat keiner seinen eigenen Verstand. Heutzutage gibt es schrecklich wenig selbständige Geister. Wirginskij ist ein ganz und gar reiner Mensch, zehnmal reiner als wir beide, Sie und ich. Übrigens, meinetwegen, mag er es sein. Liputin ist ein Spitzbube, aber ich weiß, wo bei ihm der wunde Punkt sitzt. Es gibt keinen Spitzbuben, der nicht einen wunden Punkt hätte. Nur Ljamschin hat keinen, dafür habe ich ihn ganz in der Hand. Noch ein paar solcher Gruppen, und ich werde überall Pässe und überall Geld haben, und wenn es nur das wäre! Wenn es nur das allein wäre! Auch Schlupfwinkel werde ich haben, mögen sie mich dann nur suchen. Die eine Gruppe wird man mit allen Wurzeln ausreißen, auf eine andere wird man sich setzen, ohne es zu merken. Wir werden den Aufruhr entzünden... Oder glauben Sie etwa nicht, daß wir zwei dazu vollständig genügen werden?«

»Nehmen Sie Schigaljow, aber mich lassen Sie in Ruhe...«

»Schigaljow ist ein genialer Mensch. Wissen Sie, das ist ein Genie wie Fourier, aber verwegener als Fourier, aber stärker als Fourier. Ich werde mich mit ihm beschäftigen. Er hat die ‚Gleichheit' erdacht.«

Er hat Fieber und phantasiert; ihm muß etwas Besonderes zugestoßen sein, dachte Nikolaj Wsewolodowitsch und sah Pjotr Stepanowitsch noch einmal an. Beide gingen weiter, ohne stehenzubleiben.

»Das ist in seinem Heft schön«, fuhr Werchowenskij fort, »er redet der Spionage das Wort. Bei ihm beobachtet ein Mitglied der Gesellschaft das andere und ist zur Meldung verpflichtet. Jeder gehört allen und alle jedem. Alle sind Sklaven und in der Sklaverei gleich. Nur in äußersten Fällen Verleumdung und Mord – aber das Hauptprinzip ist die Gleichheit. Als erstes wird das gesamte Bildungsniveau gesenkt, die Wissenschaft und die Talente. Der hohe Stand der Wissenschaften und Talente ist nur für die höher Begabten erreichbar, wir aber brauchen keine höher Begabten. Die höher Begabten haben immer die Macht an sich gerissen und waren Despoten. Die höher Begabten können gar nicht anders als Despoten sein und haben immer mehr demoralisiert als Nutzen gestiftet; sie werden vertrieben oder hingerichtet. Einem Cicero wird die Zunge abgeschnitten, einem Kopernikus werden die Augen ausgestochen, und ein Shakespeare wird gesteinigt – das ist der Schigaljowismus! Sklaven müssen gleich sein. Ohne Despotismus hat es weder Freiheit noch Gleichheit gegeben, aber innerhalb der Herde muß Gleichheit sein – das ist der Schigaljowismus. Hahaha! Das kommt Ihnen wohl sonderbar vor? Ich bin für den Schigaljowismus.«

Stawrogin bemühte sich, seine Schritte zu beschleunigen, um schneller nach Hause zu kommen. Ist dieser Mensch etwa betrunken? fuhr es ihm durch den Sinn. Aber wo sollte er sich betrunken haben? Doch nicht etwa mit dem Kognak?

»Hören Sie, Stawrogin, Berge abzutragen ist ein guter Gedanke, kein lächerlicher. Ich bin für Schigaljow. Wir brauchen keine Bildung, wir haben Wissenschaft genug. Auch ohne die Wissenschaft wird das Material noch tausend Jahre vorhalten, aber den Gehorsam müssen wir einführen. In der Welt fehlt nur das eine – der Gehorsam. Der Durst nach Bildung ist ein bereits aristokratischer Durst. Dasselbe ist es beinahe auch bei der Familie und der Liebe: auch hier haben wir schon das Verlangen nach Besitz. Wir werden dies Verlangen abtöten, wir bringen Trunksucht, Klatsch, Verrat; wir bringen unerhörte Sittenverderbnis; wir werden jedes Genie im Keim ersticken. Alles wird unter einen Nenner gebracht, volle Gleichheit hergestellt. ‚Wir haben unser Handwerk gelernt, sind ehrliche Leute – weiter brauchen wir nichts', haben neulich einmal englische Arbeiter zur Antwort gegeben. Notwendig ist nur das Notwendige – das wird von nun an die Devise des Erdballs sein. Aber notwendig ist auch ein Krampfanfall; dafür werden wir, die Leiter, sorgen. Sklaven müssen doch Leiter haben. Voller Gehorsam, volle Unpersönlichkeit, aber einmal alle dreißig Jahre läßt auch Schigaljow einen Krampfanfall zu, und dann fangen auf einmal alle an, sich gegenseitig aufzufressen, bis zu einem bestimmten Grad, nur deswegen, damit es nicht zu langweilig wird. Denn Langeweile ist eine aristokratische Empfindung; im Schigaljowismus aber gibt es keine Wünsche. Wünschen und Leiden sind für uns, für die Sklaven aber der Schigaljowismus.«

»Sich selbst schließen Sie aus?« entfuhr es Stawrogin unwillkürlich.

»Und Sie. Wissen Sie, ich gedachte, die Welt dem Papste zu übergeben. Wenn er barfuß auf den Söller tritt und sich dem Pöbel zeigt: ‚Seht, bis wohin man mich gebracht hat!' so werden alle hinter ihm herströmen, sogar das Heer. Der Papst oben, wir um ihn herum und unter uns der Schigaljowismus. Allerdings müßte auch die Internationale mit dem Papst einverstanden sein, aber das wird sie schon. Das alte Männlein wird natürlich gleich zustimmen. Und einen anderen Ausweg gibt es nicht, denken Sie an meine Worte. Ha–ha–ha! Dumm, was? Sagen Sie, ist das dumm oder nicht?«

»Es langt!« brummte Nikolaj Wsewolodowitsch ärgerlich.

»Es langt! Hören Sie, ich werde den Papst über Bord werfen. Zum Teufel mit dem Schigaljowismus! Zum Teufel mit dem Papste! Wir brauchen das, was der Tag fordert, aber keinen Schigaljowismus. Denn der Schigaljowismus ist nur ein Schmuckstück, ein Ideal, etwas Zukünftiges. Schigaljow ist ein Feinarbeiter, und dazu dumm wie jeder Philanthrop. Wir aber brauchen grobe Arbeit, die Schigaljow verachtet. Hören Sie: für den Westen der Papst, aber für uns, für uns – Sie!«

»Lassen Sie mich doch in Frieden, Sie sind ja betrunken!« knurrte Stawrogin und beschleunigte seine Schritte.

»Stawrogin, Sie sind ein schöner Mensch!« rief Pjotr Stepanowitsch fast trunken aus. »Wissen Sie das, daß Sie ein schöner Mensch sind? Und das ist das Wertvollste an Ihnen, daß Sie sich dessen manchmal nicht bewußt sind! Oh, ich habe Sie studiert! Ich beobachte Sie oft von der Seite, aus der Ecke her! In Ihnen liegt sogar noch Biederkeit, Einfalt und Naivität, wissen Sie das? So ist es, so ist es! Sie leiden gewiß, Sie leiden aufrichtig, wegen dieser Einfalt. Ich liebe die

Schönheit. Ich bin Nihilist, aber ich liebe die Schönheit. Lieben denn Nihilisten die Schönheit nicht? Sie mögen nur Idole nicht, ich aber liebe ein Idol. Sie sind mein Idol! Sie haben keinen Menschen beleidigt, und alle hassen Sie; Sie sehen auf alle gleichgültig hin, und doch fürchten Sie alle, das ist gut. Zu Ihnen tritt niemand heran, um Ihnen auf die Schulter zu klopfen. Sie sind ein entsetzlicher Aristokrat. Ein Aristokrat, der sich zur Demokratie bekennt, ist bezaubernd! Ihnen macht es nichts aus, Leben zu opfern, sowohl das eigene als auch fremdes. Sie sind der Mann, den wir brauchen. Und ich, ich hauptsächlich, brauche einen solchen Menschen, wie Sie sind. Ich wüßte keinen anderen außer Ihnen. Sie sind der Führer, Sie sind die Sonne, und ich bin nur ein Wurm vor Ihnen . . .«

Und plötzlich küßte er Nikolaj Wsewolodowitsch die Hand, Kälte überlief den Rücken Stawrogins, und im Schrekken entriß er ihm die Hand. Sie blieben stehen.

»Wahnsinniger!« flüsterte Stawrogin.

»Vielleicht rede ich irre, vielleicht rede ich irre«, griff jener in hastiger Rede auf, »aber den ersten Schritt habe ich ausgedacht. Niemals wird ein Schigaljow sich den ersten Schritt ausdenken können! Es gibt viele Schigaljows. Aber nur einer, nur ein einziger Mensch in ganz Rußland hat den ersten Schritt ausfindig gemacht und weiß, wie er gemacht werden muß. Dieser Mensch bin ich! Was sehen Sie mich so an? Sie, Sie brauche ich dazu, ohne Sie bin ich eine Null. Ohne Sie bin ich eine Fliege, eine Idee im Glaskasten, ein Kolumbus ohne Amerika!«

Stawrogin stand da und sah ihm aufmerksam in die irren Augen.

»Hören Sie, zuerst rufen wir einen Aufruhr hervor«, überstürzte sich Werchowenskij und packte Stawrogin alle Augenblicke am linken Ärmel. »Ich sagte Ihnen schon, wir durchdringen das ganze Volk. Wissen Sie, daß wir schon jetzt furchtbar stark sind? Die unseren sind nicht nur jene, die da schneiden und brennen, die klassische Schüsse abgeben oder andere beißen. Solche sind nur hinderlich. Ohne Disziplin kann ich mir nichts denken. Ich bin doch ein Gauner, aber kein Sozialist, ha–ha! Hören Sie, ich habe sie alle zusammengezählt: der Lehrer, der mit den Kindern zusammen über Gott und über ihre Wiege lacht, ist schon unser. Der Advokat, der den gebildeten Mörder damit verteidigt, daß er entwikkelter sei als seine Opfer und daß er, um Geld zu bekommen, gar nicht anders könne als morden, ist schon unser. Die Schüler, die einen Bauern totschlagen, um das Gefühl, das man dabei empfindet, zu erfahren, sind unser. Die Geschworenen, die die Verbrecher durchweg freisprechen, sind unser. Der Staatsanwalt, der bei Gericht zittert, daß er auch liberal genug erscheine, ist unser, unser. Die Verwaltungsbeamten, die Literaten – oh, unser sind viele, schrecklich viele, doch selbst wissen sie es noch nicht. Andrerseits hat der Gehorsam der Schuljungen und der Dummköpfe den Höhepunkt erreicht; die Lehrer aber sind nur noch Gift und Galle; überall Eigendünkel von unermeßlichen Ausmaßen, viehischer Appetit, unerhörter ... Wissen Sie, wissen Sie, wie viele wir schon allein mit unseren fertigen Ideechen einfangen? Als ich abreiste, wütete gerade die Littrésche These: Verbrechen ist Wahnsinn; als ich wiederkam, war das Verbrechen bereits kein Wahnsinn mehr, sondern im Gegenteil ein höchst gesunder Gedanke, beinahe eine Pflicht, zum mindesten aber ein edler Protest. ‚Soll ein intelligenter Mörder etwa nicht morden, wenn er Geld braucht?‘ Aber das ist nur eine Blütenlese. Der russische Gott hat sich vor dem Fusel schon aus dem Staube gemacht. Das Volk ist betrunken, die Mütter sind betrunken, die Kinder sind betrunken, die Kirchen sind leer, bei Gericht aber heißt es: ‚Zweihundert Rutenhiebe – oder schleppe einen Eimer Branntwein her!‘ Oh, lassen Sie nur erst einmal unsere Generation heranreifen! Nur schade, daß wir zum Warten keine Zeit haben, sonst könnte man sie noch betrunkener werden lassen. Ach, wie schade, daß es keine Proletarier gibt! Aber es wird sie geben, dahin werden wir kommen ...«

»Ein Jammer auch, daß wir so dumm geworden sind«, murmelte Stawrogin und ging seinen Weg weiter.

»Hören Sie, ich selber habe ein Kind von sechs Jahren gesehen, das seine betrunkene Mutter nach Hause führte, und die beschimpfte es noch mit unflätigen Worten. Denken Sie, daß ich mich darüber gefreut habe? Wenn es in unsere Hände fällt, können wir es vielleicht noch kurieren ... wenn es nottut, treiben wir es vierzig Jahre lang in die Wüste ... Aber ein oder zwei Lebensalter der Sittenverderbnis sind jetzt nicht mehr zu umgehen. Unerhörter, gemeiner Verderbnis, so daß der Mensch zu einem ekelhaften, feigen, grausamen und selbstgefälligen Unflat wird – das ist es, was uns nottut. Und dann noch ‚ein bißchen frisches Blut', damit wir uns daran gewöhnen. Warum lachen Sie? Ich widerspreche mir nicht. Ich widerlege nur alle Menschenfreunde und Schigaljowianer, aber nicht mich selber. Ich bin ein Gauner, aber kein Sozialist. Ha–ha–ha! Nur schade, daß wir so wenig Zeit haben. Ich habe Karmasinow versprochen, im Mai anzufangen und im Oktober fertig zu sein. Ist das zu schnell? Haha! Wissen Sie, was ich Ihnen sagen werde, Stawrogin: im russischen Volke hat es bisher keinen Zynismus gegeben, obgleich es unflätige Schimpfworte im Mund führt. Wissen Sie, daß dieser leibeigne Sklave mehr Achtung gegen sich empfindet, als selbst Karmasinow gegen seine eigne Person hegt? Man hat ihn verdroschen, aber er ist für seine Götter eingestanden, Karmasinow aber hat das nicht getan.«

»Nun, Werchowenskij, ich höre Sie heute zum ersten Male so reden und höre Ihnen mit Verwunderung zu«, sagte Nikolaj Wsewolodowitsch. »Demnach sind Sie also überhaupt kein Sozialist, sondern haben nur einen gewissen politischen ... Ehrgeiz?«

»Ein Gauner, ein Gauner bin ich. Was kümmert das Sie, wer ich bin? Aber ich werde es Ihnen gleich sagen, wer ich bin, darauf will ich ja jetzt hinaus. Ich habe Ihnen doch nicht umsonst die Hand geküßt. Doch wir müssen auch das Volk davon überzeugen, daß wir wissen, was wir wollen, und daß jene ‚nur mit dem Knüppel um sich schlagen und nur ihre eignen Leute treffen'. Ach, wenn wir nur Zeit hätten! Das ist ja das ganze Elend – wir haben keine Zeit. Wir werden die Zerstörung verkünden ... warum, warum? Wieder nur, weil dies Ideechen so verlockend ist. Denn wir müssen, müssen unbedingt die Gelenke schmieren. Wir veranlassen Feuersbrünste ... wir veranlassen Legenden ... Jede noch so räudige ‚Gruppe' wird hierzu taugen. Auch Schützen werde ich Ihnen aus ebendiesen Gruppen herausfinden, die zu jedem Schuß bereit und dann noch für die Ehre dankbar sind. Na, und dann wird der Aufruhr losgehen. Ein solches Schaukeln wird das geben, wie es die Welt noch nie gesehen hat ... Verfinstern wird sich das Russenland, weinen wird die Erde nach den alten Göttern ... Nun und dann – dann werden wir ihn erscheinen lassen ... Wen?«

»Wen denn?«

»Iwan den Zarewitsch!«

»We–en?«

»Iwan den Zarewitsch! Sie! Sie!«

Stawrogin dachte eine Minute nach.

»Einen Usurpator?« fragte er plötzlich und sah den Schwärmer mit tiefer Verwunderung an. »Ah, also da ist er endlich, Ihr Plan.«

»Wir werden sagen, daß er ‚sich verbirgt'«, bemerkte Werchowenskij leise, mit einem geradezu verliebten Flüstern; er machte tatsächlich den Eindruck eines Betrunkenen. »Wissen Sie, was dieses Wörtchen bedeutet: ‚Er verbirgt sich?' Aber er wird erscheinen, er wird erscheinen. Wir erfinden eine bessere Legende als die der Skopzen. Er ist da, aber niemand hat ihn gesehen. Oh, was für Legenden kann man da in Umlauf setzen! Aber die Hauptsache ist doch – eine neue Kraft kommt. Und derer bedarf man, nach der weint man. Das liegt ja gerade im Sozialismus: die alten Kräfte zerstört er, aber neue bringt er nicht auf. Und da haben wir die Kraft, und was für eine Kraft, eine unerhörte Kraft! Wir brauchen nur ein einziges Mal den Hebel anzusetzen, um die Erde auszuheben. Alle werden sich erheben!«

»So rechnen Sie also ernsthaft auf mich?« fragte Stawrogin mit boshaftem Lächeln.

»Warum lachen Sie, und so boshaft? Jagen Sie mir keine Angst ein! Ich bin jetzt wie ein Kind, mich kann man zu Tod erschrecken mit einem einzigen solchen Lächeln. Hören Sie, ich werde Sie niemandem, niemandem zeigen – so muß es sein. Er lebt, aber keiner hat ihn noch gesehen, er verbirgt sich. Doch wissen Sie, man kann Sie auch zeigen, unter Hunderttausenden einem zum Beispiel. Und dann wird es sich wie ein Lauffeuer über die ganze Erde verbreiten: ‚Man hat gesehen, man hat gesehen!' Hat man es doch auch mit ‚eignen Augen' gesehen, wie Iwan Filippowitsch*, der Gott Zebaoth, vor allen Leuten in einem Wagen gen Himmel gefahren ist. Aber Sie sind nicht Iwan Filippowitsch, Sie sind schön und stolz wie ein Gott, sind nicht auf Ihren Vorteil bedacht, der Heiligenschein des Opfers, das sich verbirgt, wird Sie umgeben. Die Hauptsache ist die Legende. Sie werden sie besiegen, werden kommen, sehen und siegen! Er bringt der Welt die neue Wahrheit und verbirgt sich! Und dann werden wir noch zwei, drei salomonische Urteils-

* Der Messias der Geißlersekte (Anmerkung des Übersetzers).

sprüche bringen. Unsere Leute, unsere Fünfergruppen werden arbeiten – eine Zeitung brauchen wir nicht! Wenn von zehntausend Bitten nur eine einzige erhört wird, so werden alle mit Bitten kommen. In jedem Bezirk wird jeder Bauer wissen, daß es irgendwo einen hohlen Baumstamm gibt, wo alle Bittschriften niedergelegt werden sollen. Und aufstöhnen wird die Erde mit einem Stöhnen: ‚Ein neues, gerechtes Gesetz kommt!' und aufwallen wird das Meer, und zusammenstürzen die Schaubude, und dann werden wir nachdenken, wie wir einen steinernen Bau aufstellen können. Zum erstenmal! Aber *wir* werden ihn errichten, wir, allein wir.«

»Tollheit!« sprach Stawrogin vor sich hin.

»Warum, warum wollen Sie nicht? Fürchten Sie sich? Gerade darum bin ich ja auf Sie verfallen, weil Sie vor nichts Angst haben. Scheint Ihnen das unvernünftig? Aber vorläufig bin ich ja noch ein Kolumbus ohne Amerika. Kann ein Kolumbus ohne Amerika vernünftig sein?«

Stawrogin schwieg. Inzwischen waren sie schon am Hause angelangt und blieben vor der Einfahrt stehen.

»Hören Sie«, Werchowenskij beugte sich dicht an sein Ohr, »ich tue alles für Sie ohne Geld: morgen mache ich Schluß mit Marja Timofejewna ... unentgeltlich, und am selben Tag führe ich Ihnen noch Lisa zu. Wollen Sie Lisa, morgen schon?«

Sollte er tatsächlich übergeschnappt sein? dachte Stawrogin und lächelte. Die Haustür ging auf.

»Stawrogin, unser Amerika?« fragte Werchowenskij und haschte zum letztenmal nach seiner Hand.

»Wozu?« erwiderte Nikolaj Wsewolodowitsch ernst und streng.

»Also keine Lust, das wußte ich ja!« rief jener in einem Anfall rasender Bosheit. »Das lügen Sie, Sie lumpiger, hinterlistiger, wurmstichiger Herrensohn! Das glaube ich Ihnen nicht. Sie haben einen wahren Wolfshunger danach! ... Denken Sie auch daran, daß Ihre Rechnung jetzt schon zu groß ist, ich kann nicht mehr auf Sie verzichten! Es gibt auf der Welt keinen anderen als Sie! Schon im Ausland habe ich mir das für Sie ausgedacht, habe es mir ausgedacht, als ich Sie sah. Hätte ich Sie aus meinem Winkel niemals zu sehen bekommen, wäre mir der Gedanke nie in den Sinn gekommen ...«

Stawrogin gab keine Antwort und stieg die Treppe hinauf.

»Stawrogin«, schrie ihm Werchowenskij nach, »ich gebe Ihnen einen ... nein, zwei ... meinetwegen drei Tage Zeit. Mehr als drei Tage aber kann ich Ihnen nicht geben, dann aber – Ihre Antwort!«

Neuntes Kapitel

Bei Tichon (Die Beichte Stawrogins)

1

Nikolaj Wsewolodowitsch schlief diese Nacht nicht, sondern blieb auf dem Sofa sitzen, den unbeweglichen Blick auf einen Punkt in der Ecke neben der Kommode gerichtet. Die ganze Nacht brannte bei ihm die Lampe. Gegen sieben Uhr morgens schlief er im Sitzen ein, und als Alexej Jegorowitsch nach dem ein für allemal eingeführten Brauch punkt halb zehn Uhr mit einer Tasse Morgenkaffee bei ihm eintrat und ihn durch sein Erscheinen weckte, schlug er die Augen auf und schien unangenehm überrascht zu sein, daß er so lange hatte schlafen können und daß es schon so spät war. Schnell trank er den Kaffee, schnell zog er sich an und verließ eilig das Haus. Auf Alexej Jegorowitschs vorsichtige Frage, ob »er nicht irgendwelche Befehle habe«, antwortete er nichts. Er ging die Straße entlang, in tiefes Nachdenken versunken und den Blick zu Boden geheftet, und nur wenn er dann und wann den Kopf hob, zeigte sich auf seinem Gesicht eine unbestimmte, aber heftige Unruhe. An einer Straßenkreuzung, noch nicht weit von seinem Hause entfernt, stieß er auf einen Trupp Männer, es mochten wohl fünfzig oder noch mehr sein; ruhig, fast schweigend und in beabsichtigter Ordnung zogen sie dahin. Vor dem Laden, bei dem er einen Augenblick warten mußte, sagte jemand, das seien die Arbeiter aus der Schpigulinschen Fabrik. Er beachtete sie kaum. Endlich, gegen halb elf Uhr, war er am Tor unseres Bogorodskij-Klosters angelangt, das am Stadtrand in der Nähe des Flusses lag. Erst schien ihm etwas Beunruhigendes und Sorgenvolles einzufallen, er blieb stehen, tastete hastig seine Seitentasche ab und – lächelte. Dann trat er in den Vorhof und fragte den ersten Klosterdiener, auf den er stieß, wie man zu dem Bischof Tichon, der hier im Kloster im Ruhestand lebe, gelangen könne. Der Klosterdiener verbeugte sich mehrmals und ging sogleich voran. An der kleinen Außentreppe am Ende des langen, zweistöckigen Klostergebäudes schickte ein dicker, grauhaariger Mönch, den sie dort trafen, rasch und gebieterisch den Klosterdiener wieder zurück und übernahm selbst die Führung durch einen langen schmalen Korridor; auch er dienerte ununterbrochen (obgleich er sich bei seinem Leibesumfang nicht tief verbeugen konnte, sondern nur kurz und wiederholt mit dem Kopf nickte), wobei er Nikolaj Wsewolodowitsch ununterbrochen aufforderte, ihm zu folgen, was dieser ohnehin tat. Der Mönch stellte irgendwelche Fragen und sprach vom Vater Archimandriten; er erhielt aber keine Antwort, was seine Ehrerbietung nur noch vermehrte. Stawrogin merkte, daß man ihn hier kannte, obgleich er, soviel er sich erinnern konnte, nur als Kind hiergewesen war. Als sie am äußersten Ende des Korridors angelangt waren, öffnete der Mönch mit gebieterischer Gebärde eine Tür, erkundigte sich familiär bei dem herbeispringenden Zellendiener, ob man eintreten dürfe, machte, ohne eine Antwort abzuwarten, die Tür vollends auf und ließ mit einer Verbeugung den »teuren« Gast an sich vorübergehen; als dieser sich bedankt hatte, verschwand er schnell, geradezu fluchtartig. Nikolaj Wsewolodowitsch trat in ein kleines Zimmer, und fast im selben Augenblick erschien in der Tür des Nebenzimmers ein großer, hagerer Mann von etwa fünfundfünfzig Jahren in einer einfachen Soutane und vom Aussehen eines kränklichen Menschen, mit einem unbestimmten Lächeln und einem eigenartigen, gleichsam schüchternen Blick. Das war jener Tichon, über den Nikolaj Wsewolodowitsch zum erstenmal von Schatow gehört und über den er seitdem auch selbst beiläufig einige Auskünfte hatte sammeln können.

Die Auskünfte waren verschieden und entgegengesetzt, hatten aber das eine gemein, daß Tichons Freunde wie auch seine Feinde – denn auch solche gab es – sich über ihn gewissermaßen ausschwiegen, seine Feinde wahrscheinlich aus Geringschätzung, seine Anhänger aber, und sogar die glühendsten unter ihnen, aus Bescheidenheit, als wollten sie irgendeine Schwäche von ihm verheimlichen, vielleicht seine Torheit in Christo. Nikolaj Wsewolodowitsch erfuhr, daß er bereits seit etwa sechs Jahren im Kloster lebe und daß sowohl einfachstes Volk als auch angesehenste Persönlichkeiten zu ihm kämen; daß er sogar im fernen Petersburg glühende Verehrer und besonders Verehrerinnen habe. Dagegen hörte er von einem alten, würdigen Mitglied unseres Klubs, einem gottesfürchtigen alten Herrn, daß »dieser Tichon augenscheinlich verrückt sei und zweifellos trinke«. Indem ich den Dingen vorgreife, füge ich hinzu, daß das letztere entschieden Unsinn ist und daß es sich bei ihm nur um ein altes rheumatisches Fußleiden und von Zeit zu Zeit um nervöse Zuckungen handelte. Weiter erfuhr Nikolaj Wsewolodowitsch, daß der im Ruhestand lebende Bischof wegen seiner Charakterschwäche oder »wegen einer unverzeihlichen und mit seiner Würde unvereinbaren Zerstreutheit« es nicht verstanden habe, im Kloster selbst sich eine besondere Achtung zu verschaffen. Es hieß, daß der Vater Archimandrit, ein harter Mann, der streng seine Amtsobliegenheiten erfüllte und überdies durch seine Gelehrsamkeit bekannt war, sogar ein fast feindseliges Gefühl gegen ihn hege und ihn (nicht ins Gesicht, sondern indirekt) einer nachlässigen Lebensführung und fast der Ketzerei beschuldige. Auch die Klosterbrüderschaft zeigte sich dem kranken geistlichen Würdenträger gegenüber, wenn auch nicht gerade unaufmerksam, so doch sozusagen familiär.

Die zwei Zimmer, die Tichons Behausung bildeten, waren merkwürdig eingerichtet. Neben plumpen altertümlichen Möbeln mit abgeschabtem Lederüberzug standen ein paar hochelegante Einrichtungsgegenstände: ein kostbarer Ruhesessel, ein großer Schreibtisch in herrlichster Ausführung, ein prächtig geschnitzter Bücherschrank, Tischchen, Etageren, natürlich alles Geschenke. Ein kostbarer bucharischer Teppich lag neben einfachen Bastmatten. Es gab Gravüren »weltlichen« Inhalts, auch aus mythologischen Zeiten, gleich daneben aber stand in einer Ecke ein großer Schrein mit gold- und silberprangenden Ikonen, darunter eine sehr alte mit eingeschlossenen Reliquien. Auch seine Bibliothek war, wie es hieß, zu bunt und gegensätzlich zusammengestellt: neben den Werken der großen Helden und Heiligen der Christenheit standen »Theaterstücke und Romane und vielleicht sogar noch weit Schlimmeres«.

Nach den ersten Begrüßungsworten, die aus irgendeinem Grund von beiden Seiten offenkundig verlegen, schnell und sogar undeutlich gesprochen worden waren, führte Tichon den Gast in sein Arbeitszimmer, nötigte ihn eilig, auf dem Sofa hinter dem Tisch Platz zu nehmen, und setzte sich neben ihn in einen Korbsessel. Hier verlor Nikolaj Wsewolodowitsch merkwürdigerweise vollständig den Kopf. Es schien, als wollte er sich mit allen Kräften zu etwas Außerordentlichem, Unwiderruflichem, gleichzeitig aber für ihn ganz Unmöglichem entschließen. Eine Minute lang etwa sah er sich im Zimmer um, offenbar ohne etwas zu sehen, und dachte nach, vielleicht ohne zu wissen, worüber. Ihn weckte die Stille, und es schien ihm plötzlich, als schlüge Tichon mit einem ganz unnötigen Lächeln schamhaft die Augen nieder. Das erregte sofort seinen Widerwillen und empörte ihn; er wollte aufstehen und fortgehen; seiner Ansicht nach war Tichon entschieden betrunken. Da aber hob dieser plötzlich die Augen und sah ihn mit einem so festen und gedankenvollen Blick, zugleich aber mit einem so unerwarteten und rätselhaften Ausdruck an, daß er beinahe zusammenfuhr. Und plötzlich erschien ihm alles in einem ganz anderen Licht: daß Tichon bereits wisse, weswegen er hergekommen sei, daß er schon benachrichtigt worden sei – obgleich kein Mensch in der ganzen Welt den Grund wissen konnte – und daß er nur deshalb nicht als erster zu sprechen anfange, weil er ihn schone und ihn zu erniedrigen fürchte.

»Kennen Sie mich?« fragte Nikolaj Wsewolodowitsch plötzlich abgehackt. »Habe ich mich vorgestellt, als ich hereinkam, oder nicht? Entschuldigen Sie, ich bin so zerstreut . . .«

»Sie haben sich nicht vorgestellt, aber ich hatte schon vor vier Jahren einmal das Vergnügen, Sie zu sehen, hier im Kloster . . . zufällig.«

Tichon redete sehr ruhig und gleichmäßig, mit weicher Stimme, und sprach die Worte klar und deutlich aus.

»Ich war nicht in diesem Kloster vor vier Jahren«, erwiderte Nikolaj Wsewolodowitsch unnötig grob. »Ich bin nur als Kind hiergewesen, als Sie noch gar nicht hier waren.«

»Vielleicht haben Sie es vergessen?« bemerkte Tichon vorsichtig und ohne darauf zu bestehen.

»Nein, ich habe es nicht vergessen. Es wäre auch lächerlich, wenn ich das nicht mehr wüßte«, beharrte Stawrogin seinerseits ungewöhnlich eigensinnig. »Vielleicht haben Sie damals nur von mir gehört, sich eine Vorstellung von mir gemacht und sich dann eingebildet, Sie hätten mich gesehen.«

Tichon bewahrte Schweigen. Jetzt merkte Nikolaj Wsewolodowitsch, daß über sein Gesicht manchmal ein nervöses Zucken lief, das Kennzeichen eines alten Nervenleidens.

»Ich sehe nur, daß Sie heute unpäßlich sind«, sagte er, »und es wird wohl besser sein, wenn ich gehe.« Er wollte schon von seinem Platz aufstehen.

»Ja, ich hatte heute und gestern starke Schmerzen in den Beinen, auch habe ich in der Nacht nur wenig geschlafen . . .«

Tichon hielt inne. Sein Gast verfiel in eine unschlüssige Nachdenklichkeit. Das Schweigen dauerte lange, fast zwei Minuten.

»Sie haben mich beobachtet?« fragte Nikolaj Wsewolodowitsch plötzlich erregt und argwöhnisch.

»Ich habe Sie angesehen und mich der Gesichtszüge Ihrer Mutter erinnert. Obwohl Sie ihr äußerlich nicht gleichen, ist doch eine große innere, geistige Ähnlichkeit vorhanden.«

»Gar keine Ähnlichkeit ist vorhanden, besonders keine geistige. Ganz und gar keine!« erregte sich Nikolaj Wsewolodowitsch wieder unnötigerweise, ohne selber zu wissen, warum er auf seiner Meinung beharrte. »Das sagen Sie nur . . . aus Mitleid mit meiner Lage«, stieß er plötzlich hervor. »Bah! Besucht Sie denn meine Mutter?«

»Manchmal.«

»Das wußte ich nicht. Davon hat sie mir nie etwas gesagt. Oft?«

»Fast jeden Monat einmal, zuweilen auch öfter.«

»Davon habe ich noch nie, nie etwas gehört. Noch niemals.« Diese Tatsache schien ihn schrecklich zu beunruhigen. »Natürlich haben Sie da auch von ihr gehört, daß ich verrückt sei«, stieß er wieder hervor.

»Nein, daß Sie verrückt seien, das gerade nicht. Übrigens habe ich diese Ansicht aussprechen hören, aber von anderen.«

»Sie müssen ja ein sehr gutes Gedächtnis haben, wenn Sie sich solchen Unsinn merken können. Haben Sie auch von der Ohrfeige gehört?«

»Ja, etwas.«

»Das heißt alles. Sie haben ja auch schrecklich viel Zeit, solche Dinge anzuhören. Auch vom Duell?«

»Auch davon.«

»Also brauchen Sie gar keine Zeitung zu lesen. Hat Schatow Sie auf mein Kommen vorbereitet?«

»Nein. Ich kenne übrigens Herrn Schatow, habe ihn aber schon lange nicht mehr gesehen.«

»Hm ... Was haben Sie denn da für eine Karte? Ach, eine Karte des letzten Krieges! Wozu brauchen Sie die denn?«

»Ich benützte diese Landkarte zum Text. Eine hochinteressante Beschreibung.«

»Zeigen Sie einmal. Ja, die Darstellung ist nicht übel. Sonderbar jedoch, daß Sie so etwas lesen!«

Er nahm das Buch zur Hand und sah flüchtig hinein. Es war eine umfangreiche und talentvolle Darstellung der Ereignisse des letzten Krieges, talentvoll übrigens weniger in militärischer als in rein literarischer Beziehung. Nachdem er eine Weile in dem Buch geblättert hatte, warf er es plötzlich ungeduldig beiseite.

»Ich weiß gar nicht, warum ich hergekommen bin«, sagte er voller Ekel und sah Tichon gerade ins Gesicht, als erwarte er von ihm eine Antwort.

»Sie scheinen auch nicht ganz wohl zu sein.«

»Ja, wahrscheinlich.«

Und plötzlich erzählte er, übrigens nur in wenigen, abgerissenen Worten, so daß manches schwer zu verstehen war, daß er hauptsächlich nachts von einer Art Halluzination heimgesucht werde und manchmal ein boshaftes, spöttisches und »vernünftiges« Wesen neben sich sehe oder fühle, »mit verschiedenen Gesichtern und Charakterzügen, aber immer ein und dasselbe, aber ich werde immer zornig«.

Wild und verworren waren diese Enthüllungen, ganz als ob sie wirklich von einem Wahnsinnigen kämen. Dabei aber sprach Nikolaj Wsewolodowitsch mit einer so sonderbaren, an ihm nie gesehenen Offenheit, mit solch einer durchaus nicht zu ihm passenden Treuherzigkeit, daß es schien, als wäre der frühere Mensch in ihm plötzlich und unvermutet gänzlich verschwunden. Er schämte sich durchaus nicht, die Furcht zu zeigen, mit der er von seinen Gesichten sprach. Doch all das währte nur einen Augenblick und verschwand ebenso plötzlich wieder, wie es gekommen war.

»Das ist alles Unsinn«, sagte er schnell und mit verlegenem Ärger, sich fassend. »Ich werde zum Arzt gehen.«

»Das müssen Sie unbedingt tun«, bestätigte Tichon.

»Sie sagen das mit solcher Bestimmtheit ... Haben Sie denn schon Leute gesehen, die solche Gesichte wie ich haben?«

»Gewiß, allerdings sehr selten. Ich entsinne mich nur an einen einzigen solchen Menschen in meinem Leben, einen Offizier, der nach dem Tod seiner Gattin, seiner unersetzlichen Lebensgefährtin, solche Gesichte hatte. Von einem anderen habe ich nur gehört. Sie ließen sich dann beide im Ausland behandeln ... Leiden Sie schon lange daran?«

»Seit einem Jahr ungefähr, aber das ist alles Unsinn. Ich werde zum Arzt gehen. Das ist alles Unsinn, schrecklicher Unsinn. Das bin ich selber, in verschiedenen Gestalten, und weiter nichts. Da ich soeben diese ... dummen Worte hinzugefügt habe, werden Sie sicherlich denken, ich zweifelte immer noch und sei nicht völlig überzeugt, daß ich das sei und nicht wirklich der Teufel.«

Tichon sah ihn fragend an.

»Und ... Sie sehen ihn tatsächlich?« fragte er, indem er jeden Zweifel, daß dies unbedingt nur eine trügerische und krankhafte Zwangsvorstellung sei, beiseite schob. »Sie sehen tatsächlich irgendeine Gestalt?«

»Merkwürdig, daß Sie darauf bestehen, während ich Ihnen schon gesagt habe, daß ich eine sehe.« Stawrogin wurde mit jedem Wort immer mehr gereizt. »Selbstverständlich sehe ich ihn, sehe ihn so, wie ich jetzt Sie sehe ... Und manchmal sehe ich ihn und glaube es nicht, daß ich ihn sehe, obgleich ich ihn vor Augen habe ... Und manchmal wieder weiß ich nicht, was wirklich ist: er oder ich ... Unsinn ist das alles. Können Sie sich denn gar nicht vorstellen, daß das tatsächlich ein böser Geist ist?« fügte er lachend hinzu und ging fast zu schroff in einen spöttischen Ton über. »Das würde doch eher zu Ihrem Amt passen.«

»Wahrscheinlicher ist doch, daß es sich um eine Krankheit handelt, obwohl ...«

»Obwohl was?«

»Teufel gibt es ohne Zweifel, aber die Auffassung von ihnen kann sehr verschieden sein.«

»Sie senkten deswegen soeben wieder die Augen«, fiel Stawrogin spöttisch und gereizt ein, »da Sie sich für mich schämten, weil ich an den Teufel glaube, jedoch unter der Vorspiegelung, daß ich nicht an ihn glaube, Ihnen listig die Frage vorlege: Gibt es ihn oder nicht?«

Tichon lächelte unbestimmt.

»Nun, so lassen Sie sich denn gesagt sein, daß ich mich ganz und gar nicht schäme, und um Ihre Grobheit heimzuzahlen, will ich Ihnen ernst und frech sagen: Ich glaube an den Teufel, ich glaube an ihn kanonisch, an einen persönlichen Teufel, nicht an eine Allegorie, und ich brauche niemanden auszuforschen; da haben Sie alles.«

Er lachte nervös und gezwungen auf. Tichon sah ihn forschend an, mit einem etwas schüchternen, wenn auch milden Blick.

»Glauben Sie an Gott?« warf Nikolaj Wsewolodowitsch plötzlich hin.

»Ich glaube!«

»Es steht doch geschrieben: Wenn du Glauben hast und befiehlst diesem Berge, daß er sich von hinnen hebe, so wird er sich von hinnen heben ... entschuldigen Sie übrigens den Unsinn. Aber ich möchte mir dennoch die neugierige Frage erlauben: Können Sie einen Berg versetzen oder nicht?«

»Wenn Gott es befiehlt, werde ich einen Berg versetzen können«, sagte Tichon leise und zurückhaltend und senkte wieder die Augen.

»Nun, das wäre ja dasselbe, wie wenn Gott selber es täte. Nein, Sie, Sie selbst zum Lohn für Ihren Glauben an Gott?«

»Vielleicht werde ich es auch nicht können.«

»Vielleicht? Nun, auch das ist nicht übel. Sie zweifeln also immer noch?«

»Ich zweifle, weil mein Glaube unvollkommen ist.«

»Wie? Auch Ihr Glaube ist unvollkommen?«

»Ja ... vielleicht glaube ich unvollkommen«, antwortete Tichon.

»Das hätte ich nicht erwartet, als ich Sie anblickte!« Nikolaj Wsewolodowitsch musterte ihn plötzlich mit einem ganz offenherzigen Erstaunen, was durchaus nicht mit dem spöttischen Ton seiner vorhergehenden Fragen harmonierte.

»Nun, Sie glauben aber immerhin, daß Sie, wenn auch mit Gottes Hilfe, einen Berg versetzen können, und das ist doch nicht wenig. Sie wollen es wenigstens glauben. Und den Berg nehmen Sie wörtlich. Ein gutes Prinzip. Ich habe beobachtet, daß die Führenden unter unseren Leviten stark zum Luthertum neigen. Das ist immerhin mehr als das ‚très peu', das ein anderer, auch ein Erzbischof, allerdings mit dem Säbel bedroht, zur Antwort gab. Sie sind natürlich auch Christ.« Stawrogin sprach schnell, seine Worte rieselten bald ernst, bald spöttisch.

»Deines Kreuzes, Herr, werde ich mich nicht schämen«, sagte Tichon fast flüsternd, in einem sonderbar leidenschaftlichen Ton, und senkte den Kopf noch tiefer.

»Kann man an den Teufel glauben, wenn man nicht an Gott glaubt?« fragte Stawrogin lachend.

»Oh, das ist sehr gut möglich, das kommt oft vor.« Tichon hob die Augen und lächelte.

»Und ich bin überzeugt, daß Sie einen solchen Glauben immerhin mehr achten als einen völligen Unglauben ...« lachte Stawrogin auf.

»Im Gegenteil: völliger Atheismus ist höher einzuschätzen als weltliche Gleichgültigkeit«, gab Tichon augenscheinlich heiter und einfältig zur Antwort.

»Oho! So denken Sie!«

»Der vollkommene Atheist steht auf der vorletzten Stufe vor dem vollkommensten Glauben – ob er ihn nun erreicht oder nicht –, der Gleichgültige aber hat gar keinen Glauben mehr, nur eine erbärmliche Angst, und auch die nur selten, wenn er ein empfindsamer Mensch ist.«

»Hm ... Haben Sie die Apokalypse gelesen?«

»Gewiß.«

»Erinnern Sie sich an die Stelle: ‚Und dem Engel der Gemeinde zu Laodikeia schreibe ...'?«

»Gewiß.«

»Wo haben Sie das Buch?« Stawrogin geriet in eine eigentümliche Hast und Erregung und suchte mit den Augen das Buch auf dem Tisch. »Ich möchte es Ihnen vorlesen ... Haben Sie eine russische Übersetzung?«

»Ich kenne die Stelle, ich entsinne mich«, sagte Tichon.

»Wissen Sie sie auswendig? Zitieren Sie sie ...« Er schlug schnell die Augen nieder, stützte beide Hände auf die Knie und schickte sich voller Ungeduld an zuzuhören.

Tichon zitierte, sich Wort für Wort erinnernd: »‚Und dem Engel der Gemeinde zu Laodikeia schreibe: Das sagt, der Amen heißt, der treue und wahrhaftige Zeuge, der Anfang der Schöpfung Gottes: Ich weiß deine Werke, daß du weder kalt noch warm bist. Ach, daß du kalt oder warm wärest! Weil du aber lau bist und weder kalt noch warm, werde ich dich ausspeien aus meinem Munde. Du sprichst: ›Ich bin reich und habe gar satt und bedarf nichts‹; aber du weißt nicht, daß du bist elend und jämmerlich, arm, blind und bloß ...'«

»Genug«, unterbrach ihn Stawrogin. »Wissen Sie, ich liebe Sie sehr.«

»Und ich Sie auch«, erwiderte Tichon halblaut.

Stawrogin verstummte und versank plötzlich wieder in

seine frühere Nachdenklichkeit. Das kam wie ein Anfall, schon zum drittenmal. Auch das ‚ich liebe Sie' hatte er zu Tichon fast wie in einem Anfall gesagt, wenigstens ganz unerwartet für sich selbst. Es verging mehr als eine Minute.

»Zürne – zürnen Sie nicht«, flüsterte Tichon und berührte ihn mit dem Finger leicht am Ellenbogen, als scheute er sich.

Nikolaj Wsewolodowitsch fuhr zusammen und runzelte zornig die Brauen.

»Wieso erkannten Sie, daß ich mich erzürnt habe?« fragte er schnell.

Tichon wollte etwas sagen, aber Stawrogin unterbrach ihn plötzlich in unbegreiflicher Erregung.

»Warum vermuteten Sie, daß ich unbedingt ärgerlich sein müsse? Ja, ich war böse, Sie haben recht, und zwar deswegen, weil ich zu Ihnen gesagt habe: ‚Ich liebe Sie'. Sie haben recht, aber Sie sind ein roher Zyniker, Sie denken niedrig von der menschlichen Natur. Dieser Ärger hätte nicht zu sein brauchen, wenn an meiner Stelle ein anderer Mensch wäre... Übrigens handelt es sich nicht um den Menschen im allgemeinen, sondern um mich. Immerhin sind Sie ein Sonderling und ein heiliger Narr.«

Er wurde immer erregter und war seltsamerweise nicht heikel in der Wahl der Worte: »Hören Sie, ich kann Spione und Psychologen nicht leiden, wenigstens solche nicht, die mir in die Seele dringen. Ich fordere niemanden auf, in meine Seele einzudringen, ich brauche niemanden, ich kann allein fertig werden. Sie denken wohl, ich habe Angst vor Ihnen?« sagte er mit erhobener Stimme und sah ihn herausfordernd an. »Sie sind vollkommen überzeugt, ich sei hergekommen, um Ihnen ein ‚schreckliches' Geheimnis zu enthüllen, und warten darauf, mit der ganzen klösterlichen Neugier, deren Sie fähig sind. Nun, so lassen Sie sich gesagt sein, daß ich Ihnen nichts enthüllen werde, keinerlei Geheimnis, da ich ganz ohne Sie fertig werden kann.«

Tichon sah ihn fest an: »Es hat Sie erschüttert, daß das Lamm den Kalten lieber hat als den nur Lauen«, sagte er. »Sie wollen nicht nur lau sein. Ich ahne, daß Sie sich mit einer außergewöhnlichen, vielleicht entsetzlichen Absicht tragen. Ich beschwöre Sie, quälen Sie sich nicht und sagen Sie alles.«

»Sie wußten sicherlich, daß ich mit irgend etwas gekommen bin.«

»Ich ... habe es erraten«, flüsterte Tichon und schlug die Augen nieder.

Nikolaj Wsewolodowitsch war etwas blaß, seine Hände zitterten ein wenig. Ein paar Sekunden lang starrte er stumm vor sich hin, als wollte er einen endgültigen Entschluß fassen. Endlich zog er aus der Seitentasche seines Rockes ein paar bedruckte Blätter und legte sie auf den Tisch.

»Das sind Blätter, die zur Verbreitung bestimmt sind«, sagte er mit stockender Stimme. »Wenn auch nur ein einziger Mensch sie liest, so können Sie versichert sein, daß ich sie nicht mehr geheimhalten werde, sondern alle sie lesen werden. So ist es beschlossen. Ich brauche Sie gar nicht, weil ich schon alles beschlossen habe. Aber lesen Sie es ... Während Sie lesen, sagen Sie nichts, und wenn Sie es gelesen haben – sagen Sie alles ...«

»Soll ich es lesen?« fragte Tichon unschlüssig.

»Lesen Sie; ich bin ruhig.«

»Nein, ohne Brille kann ich es nicht entziffern, es ist feiner, ausländischer Druck.«

»Hier ist die Brille.« Stawrogin reichte sie ihm vom Tisch und lehnte sich im Sofa zurück. Tichon sah ihn nicht an und vertiefte sich in die Lektüre.

2

Es war in der Tat ausländischer Druck – drei bedruckte und zusammengeheftete Blättchen gewöhnliches Briefpapier kleinen Formats. Wahrscheinlich waren sie heimlich in einer ausländischen russischen Druckerei gedruckt, und sie hatten auf den ersten Blick viel Ähnlichkeit mit Flugblättern. Die Überschrift war: Von Stawrogin.

Ich füge dieses Dokument wortgetreu in meine Chronik ein. Ich habe mir erlaubt, die orthographischen Fehler zu verbessern, die ziemlich zahlreich waren und mich sogar etwas in Erstaunen setzten, da der Verfasser immerhin ein gebildeter und sogar – wenn auch nur verhältnismäßig – belesener Mann war. Am Stil jedoch habe ich trotz seinen Regelwidrigkeiten keinerlei Veränderungen vorgenommen. Jedenfalls ist es klar, daß der Verfasser vor allem kein Literat ist.

Ich möchte mir noch eine Bemerkung erlauben, obgleich ich damit vorgreife. Dieses Dokument ist meiner Ansicht nach ein krankhaftes Erzeugnis, ein Werk des Dämons, der sich dieses Herrn bemächtigt hatte. Es ist, als ob sich einer, den heftige Schmerzen quälen, in seinem Bett hin und her würfe und eine andere Lage finden wollte, um sich, wenn auch nur für einen Augenblick, Erleichterung zu schaffen. Oder nicht einmal das, sondern wenigstens auf kurze Zeit sein früheres Leiden gegen ein anderes zu vertauschen. Um Schönheit oder Vernünftigkeit dieser Lage ist es ihm dabei natürlich nicht zu tun. Der Grundgedanke des Dokuments ist das schreckliche, ungeheuchelte Bedürfnis nach einer Strafe, nach dem Kreuz, nach einer öffentlichen Hinrichtung. Und diese Sehnsucht nach dem Kreuz bei einem Menschen, der gar nicht an das Kreuz glaubt, schon das allein ist eine »Idee«, wie sich Stepan Trofimowitsch einmal, übrigens bei anderer Gelegenheit, ausgedrückt hat. Andrerseits liegt in dem ganzen Schriftstück etwas Ungestümes und Gewagtes, obgleich es anscheinend nicht in einer solchen Absicht geschrieben worden ist. Der Verfasser erklärt, daß es ihm unmöglich gewesen sei, es nicht zu schreiben, daß er dazu »gezwungen« gewesen sei, und das ist ziemlich wahrscheinlich, er wäre froh, diesen Kelch nicht zu trinken, wenn er das könnte, aber er konnte es anscheinend tatsächlich nicht und ergriff nur die günstige Gelegenheit zu neuen Exzessen. Ja, wie der Kranke sich im Bett hin und her wirft und eine Qual gegen eine andere zu vertauschen sucht, so erschien auch ihm der Kampf gegen die Gesellschaft als die leichteste Lage, und er wirft ihr die Herausforderung zu.

Und wirklich: schon die Tatsache eines solchen Dokuments läßt eine neue unerwartete und unverzeihliche Herausforderung der Gesellschaft ahnen. Nur schnell auf irgendeinen Feind stoßen!

Aber wer weiß, vielleicht war all das, das heißt die zur Veröffentlichung bestimmten Blättchen, wiederum nichts anderes als der Biß ins Ohr des Gouverneurs, nur in einer anderen Gestalt. Warum das jetzt sogar mir in den Sinn kommt, nachdem sich schon so vieles geklärt hat, kann ich nicht begreifen. Auch führe ich keine Beweise an und behaupte durchaus nicht, daß das Dokument gefälscht, das heißt nur Phantasie und Mache sei. Am wahrscheinlichsten ist die Wahrheit in der Mitte zu suchen. Übrigens habe ich schon zu weit vorgegriffen; richtiger wäre es, zum Dokument selber zurückzukehren. Tichon las folgendes:

Von Stawrogin.

Ich, Nikolaj Stawrogin, Offizier a. D., lebte im Jahre 186* in Petersburg, der Ausschweifung ergeben, an der ich kein Vergnügen fand. Ich hatte damals eine Zeitlang drei Wohnungen. In der einen wohnte ich selbst, möbliert, mit Verpflegung und Bedienung, und dort befand sich damals auch Marja Lebjadkina, meine jetzige legitime Frau. Die anderen Wohnungen mietete ich damals monatweise für meine Abenteuer: in der einen empfing ich eine Dame, die mich liebte, und in der andern ihr Stubenmädchen, und eine Zeitlang beschäftigte mich sehr der Plan, die beiden so zusammenzuführen, daß Dame und Dienstmädchen sich bei mir begegneten. Da ich die Charaktere beider kannte, versprach ich mir von diesem Scherz ein großes Vergnügen.

Während der allmählichen Vorbereitungen zu dieser Zusammenkunft mußte ich des öfteren die eine dieser beiden Wohnungen in einem großen Haus in der Gorochowaja aufsuchen, da das Stubenmädchen dorthin zu kommen pflegte. Ich hatte dort nur ein Zimmer in der vierten Etage, das ich bei russischen Kleinbürgern gemietet hatte. Sie selber wohnten in einem anderen Zimmer nebenan so beengt, daß die Tür, die uns trennte, immer offenstand, was ich auch wollte. Der Mann arbeitete in einem Kontor, ging früh weg und kam erst spätabends heim. Die Frau, eine Person von vierzig Jahren, schneiderte, arbeitete alte Sachen in neue um und ging auch häufig fort, um ihre Arbeit auszutragen. So blieb ich allein mit ihrer Tochter, die noch ganz wie ein Kind aussah. Sie hieß Matrjoscha. Die Mutter liebte das Kind, aber sie schlug es oft und schrie es, wie das bei solchen Leuten üblich ist, nach Weiberart schrecklich an. Dieses Mädchen bediente mich und hielt mein Zimmer in Ordnung. Ich muß gestehen, daß ich die Hausnummer vergessen habe. Aber ich habe mich erkundigt und erfahren, daß das alte Haus abgerissen worden ist und an der Stelle von zwei, drei alten Häusern jetzt ein neues, sehr großes steht. Auch den Familiennamen meiner Wirtsleute, der Kleinbürger, habe ich vergessen (vielleicht wußte ich ihn auch damals nicht). Ich erinnere mich nur, daß die Frau Stepanida, ich glaube, Michajlowna hieß. An ihn erinnere ich mich nicht mehr. Ich denke, daß man, wenn man ordentlich anfinge zu suchen und alle nur möglichen Nachforschungen bei der Petersburger Polizei anzustellen, ihre Spur noch finden könnte. Die Wohnung befand sich im Hof, in einem

Winkel. Die ganze Geschichte trug sich im Juni zu. Das Haus war von hellblauer Farbe.

Einmal war von meinem Tisch das Federmesser verschwunden, das ich gar nicht brauchte, es lag nur so herum. Ich sagte es der Wirtin, ohne daran zu denken, daß sie deswegen die Tochter verprügeln würde. Sie aber hatte eben erst das Mädchen angeschrien, weil irgendein Stückchen Zeug verschwunden war und weil sie argwöhnte, daß sie es stibitzt habe, und hatte sie sogar an den Haaren gezogen. Als sich das Stückchen Zeug aber dann unter dem Tischtuch fand, sagte das Mädchen kein Wort des Vorwurfes und blickte nur stumm vor sich hin. Ich merkte das und sah dabei zum ersten Male richtig das Gesicht des Mädchens, bisher war es immer nur flüchtig an mir vorübergeglitten. Sie war weißblond und sommersprossig, ihr Gesicht war alltäglich, hatte aber sehr viel Kindliches und Stilles, außerordentlich Stilles. Der Mutter gefiel es nicht, daß die Tochter ihr wegen der unverdienten Schläge keine Vorwürfe machte, und sie hob die Faust gegen sie, schlug aber nicht zu. Da kam ihr mein Federmesser gerade zupaß. Und wirklich war außer uns dreien kein Mensch in der Wohnung gewesen, und zu mir ins Zimmer kam nur die Tochter. Das Weib geriet in Wut, weil sie erst zu Unrecht geschlagen hatte, stürzte auf den Besen zu, riß ein paar Ruten heraus und schlug das Mädchen vor meinen Augen bis aufs Blut, ohne Rücksicht darauf, daß es schon zwölf Jahre alt war. Matrjoscha schrie unter den Schlägen der Rute nicht, wahrscheinlich weil ich zugegen war, schluchzte aber eigentümlich bei jedem Schlag. Und dann schluchzte sie noch eine ganze Stunde lang sehr laut.

Doch vorher hatte sich noch folgendes ereignet: in demselben Augenblick, als die Wirtin sich auf den Besen stürzte, um die Ruten herauszureißen, fand ich das Messer auf meinem Bett, wohin es auf irgendeine Weise vom Tisch gefallen sein mußte. Mir schoß sofort der Gedanke durch den Kopf, es nicht zu sagen, damit sie durchgeprügelt werde. Ich entschloß mich blitzschnell dazu. In solchen Augenblicken stockt mir immer der Atem. Aber ich will alles in bestimmteren Worten erzählen, damit nichts mehr verborgen bleibt.

Jede außerordentlich schändliche, maßlos erniedrigende, gemeine und vor allem lächerliche Lage, in die ich während meines Lebens gekommen bin, hat neben einem grenzenlosen Zorn einen unglaublichen Genuß in mir erregt. Ebenso war es in den Augenblicken eines Verbrechens oder in Augenblicken der Lebensgefahr. Wenn ich etwas gestohlen hätte, so würde ich während der Ausführung des Diebstahls in dem Bewußtsein der Tiefe meiner Niedertracht einen Rausch empfunden haben. Nicht, daß ich die Niedertracht an sich etwa liebte – in dieser Hinsicht war mein Urteil ganz gesund –, nur der Rausch infolge des quälenden Bewußtseins meiner Niedertracht gefiel mir. Ebenso wie ich jedesmal, wenn ich vor der Barriere stand und auf den Schuß meines Gegners wartete, dasselbe schimpfliche und rasende Gefühl empfand, einmal sogar in außerordentlich starkem Maße. Ich gestehe, daß ich es allerdings oft selbst gesucht habe, denn es ist die stärkste Empfindung dieser Art, die ich kenne. Als ich die Ohrfeige erhielt – und ich habe in meinem Leben deren zwei bekommen –, empfand ich trotz der entsetzlichen Wut das gleiche. Und wenn man dabei nun noch seine Wut bezwingt, so übersteigt das Lustgefühl alles, was man sich vorstellen kann. Mit keinem Menschen noch habe ich je hierüber gesprochen, auch nicht andeutungsweise, sondern habe es immer als Schimpf und Schande geheimgehalten. Aber als man mich einmal in einer Spelunke in Petersburg grün und blau schlug und mich sogar an den Haaren schleifte, empfand ich dieses Gefühl nicht, sondern nur eine unglaubliche Wut: ich war nicht einmal betrunken, hatte mich nur in eine Schlägerei eingelassen. Hätte mich aber im Ausland jener französische Vicomte niedergeworfen und an den Haaren geschleift, der mich seinerzeit ins Gesicht schlug und dem ich dafür den Unterkiefer wegschoß, so würde ich einen Rausch und vielleicht nicht einmal Wut darüber empfunden haben. So schien es mir damals.

Ich sage das alles nur, damit jeder weiß, daß dieses Gefühl nicht völlige Gewalt über mich hatte, sondern daß mir jederzeit mein vollständiges Bewußtsein blieb, ja, daß sich eben auf diesem Bewußtsein alles andere aufbaute. Und wenn es sich meiner auch fast bis zur Tollheit, fast bis zum Starrkrampf bemächtigte, so vergaß ich mich doch dabei niemals. Und wenn es auch in hellen Flammen aufloderte, so hatte ich mich doch immer vollständig in der Hand, ich konnte sogar auf dem Höhepunkt innehalten, nur wollte ich das eben selber niemals. Ich bin überzeugt, daß ich mein ganzes Leben als Mönch hätte zubringen können, trotz der tierischen Sinnlichkeit, die mir angeboren ist und die ich immer wieder aufstachelte. Ich bin immer Herr meiner selbst, wenn ich nur will. Mögen alle wissen, daß ich weder im Milieu noch in einer krankhaften Veranlagung eine Entschuldigung für meine Schandtaten suche.

Die Züchtigung war vorbei, ich steckte das Messer in die Westentasche, sagte kein Wort, ging aus dem Hause und warf es, nachdem ich ein großes Stück weiter gegangen war, auf die Straße, damit kein Mensch es je erfahre. Dann wartete ich noch zwei Tage. Das Mädchen weinte viel und wurde noch schweigsamer. Ich bin überzeugt, daß sie auf mich nicht böse war. Allerdings schämte sie sich ein bißchen, daß sie in meiner Gegenwart so bestraft worden war. Aber auch an dieser Schande gab sie, da sie ja noch ein Kind war, nur sich selbst die Schuld.

In diesen zwei Tagen legte ich mir damals einmal die Frage vor, ob ich noch von meiner vorgefaßten Absicht ablassen könne, und war mir sogleich bewußt, daß ich es jederzeit und augenblicklich könne. Ich trug mich damals aus einem krankhaften Gefühl der Gleichgültigkeit heraus immer mit Selbstmordgedanken, ich weiß übrigens nicht recht, warum. In diesen zwei, drei Tagen, die ich unbedingt warten wollte, damit das Mädchen alles vergäße, verübte ich, wahrscheinlich um mich von meinen ununterbrochenen Träumereien abzulenken oder auch nur zum Spaß, in der Pension einen Diebstahl. Es war der einzige Diebstahl meines Lebens.

In der Pension nisteten viele Leute. Unter anderem lebte da ein Beamter mit seiner Familie in zwei möblierten Zimmern; er mochte vierzig Jahre alt sein, war nicht gerade dumm, sah ziemlich anständig aus, war aber arm. Ich verkehrte nicht mit ihm, und die Gesellschaft, die mich damals umgab, flößte ihm Furcht ein. Er hatte gerade sein Gehalt von fünfunddreißig Rubel bekommen. Der Hauptantrieb für mich war, daß ich tatsächlich damals gerade Geld brauchte – obgleich ich es vier Tage später mit der Post erhalten mußte –, so daß ich gleichsam aus Not und nicht aus Scherz stahl. Ich tat es ganz frech und öffentlich, ging einfach in sein Zimmer hinein, während er, seine Frau und die Kinder in dem Nebenzimmerchen zu Mittag aßen. Hier lag auf einem Stuhl neben der Tür zusammengelegt sein Reserveuniformrock. Mir war dieser Gedanke plötzlich im Korridor in den Sinn gekommen. Ich fuhr mit der Hand in die Tasche und holte seine Geldbörse hervor. Aber der Beamte hörte ein

Geräusch und guckte aus dem Kämmerchen heraus. Es schien sogar, daß er wenigstens irgend etwas gesehen hatte, aber nicht alles, und vielleicht hatte er auch seinen Augen nicht getraut. Ich sagte, daß ich über den Korridor gegangen sei und nur einen Blick hereingeworfen hätte, um nach seiner Wanduhr zu sehen. »Die steht«, gab er zur Antwort, und ich ging hinaus.

Damals trank ich viel, und in der Pension hatte ich eine ganze Kumpanei, zu der auch Lebjadkin gehörte. Die Geldbörse und das Kleingeld warf ich fort, die Scheine aber behielt ich. Es waren zweiunddreißig Rubel, drei rote und zwei gelbe Scheine. Ich ließ gleich einen roten wechseln und schickte nach Champagner, dann noch einen zweiten roten und endlich den dritten. Vier Stunden später, schon gegen Abend, erwartete mich der Beamte auf dem Korridor.

»Als Sie vorhin zu mir hereinsahen, Nikolaj Wsewolodowitsch, haben Sie da nicht zufällig meinen Uniformrock vom Stuhl heruntergeworfen, er lag dicht neben der Tür.«

»Nein, ich entsinne mich nicht. Lag denn bei Ihnen ein Uniformrock?«

»Ja, der lag dort.«

»Auf dem Fußboden?«

»Zuerst auf dem Stuhl und dann auf dem Fußboden.«

»Und Sie haben ihn aufgehoben?«

»Ja.«

»Nun, was wollen Sie denn dann noch?«

»Wenn es so ist . . . nichts . . .«

Er wagte es nicht einmal auszusprechen, wagte es nicht einmal, im Hause jemandem zu erzählen, so verschüchtert sind diese Leute. Übrigens hatten alle im Haus vor mir Angst und brachten mir große Achtung entgegen. Daraufhin machte es mir Spaß, ihm zweimal auf dem Korridor mit den Blicken zu begegnen. Aber auch das wurde mir bald langweilig.

Nach drei Tagen kam ich wieder in die Gorochowaja zurück. Die Mutter schickte sich gerade an, mit einem Bündel irgendwohin wegzugehen, der Vater war natürlich nicht zu Hause, und so blieb Matrjoscha allein. Die Fenster standen offen. Im Haus wohnten lauter Handwerker, und den ganzen Tag hörte man aus allen Stockwerken das Klopfen von Hämmern oder Lieder. Wir hatten schon eine Stunde verbracht. Matrjoscha saß in ihrem Kämmerchen auf einer Bank, hatte mir den Rücken zugewandt und arbeitete irgend etwas mit einer Nadel. Endlich fing sie an zu singen, ganz leise, was sie bisweilen tat. Ich zog die Uhr und sah nach: es war zwei. Mein Herz fing an zu klopfen. Ich stand auf und schlich mich an sie heran. Bei ihnen in den Fenstern standen viele Geranien, und die Sonne schien schrecklich grell herein. Ich setzte mich still neben sie auf den Fußboden. Sie zuckte zusammen und wollte zuerst ihren Augen nicht trauen, dann sprang sie erschrocken auf. Ich nahm ihre Hand und küßte sie sacht, zog sie wieder auf die Bank und sah ihr in die Augen. Darüber, daß ich ihr die Hand geküßt hatte, lachte sie plötzlich wie ein Kind, aber nur einen Augenblick, dann sprang sie schnell wieder auf, nun schon in solchem Schrecken, daß ein Zucken über ihr Gesicht lief. Sie sah mich an mit Augen, die vor Entsetzen starr waren, ihre Lippen zuckten, als wollte sie weinen, aber trotzdem fing sie nicht an zu schreien. Ich küßte ihr wieder die Hand und nahm sie auf meine Knie. Da zog sie sich plötzlich ganz von mir zurück und lächelte wie verschämt, aber es war ein gleichsam unechtes Lächeln. Ihr ganzes Gesicht glühte vor Scham. Ich flüsterte ständig auf sie ein wie ein Betrunkener. Plötzlich geschah etwas Seltsames, das ich niemals vergessen werde und das mich in Erstaunen setzte: das kleine Mädchen schlang beide Arme um meinen Hals und fing plötzlich selber an, mich immer wieder und heiß zu küssen. Ihr Gesicht war ganz verzückt. Beinahe wäre ich aufgestanden und fortgegangen – so unbehaglich wurde es mir für das kleine Wesen zumute bei dem Mitleid, das ich plötzlich fühlte.

Als alles zu Ende war, war sie verwirrt. Ich versuchte gar nicht, sie zu täuschen, und liebkoste sie nicht mehr. Sie sah mich an und lächelte schüchtern. Plötzlich kam mir ihr Gesicht dumm vor. Ihre Verwirrung wurde mit jedem Augenblick größer. Endlich schlug sie die Hände vors Gesicht und blieb unbeweglich in der Ecke stehen, das Gesicht gegen die Wand gekehrt. Ich hatte Angst, daß sie wie vorhin wieder erschrecken werde, und verließ schweigend das Haus.

Ich vermute, daß ihr all das, was geschehen war, entschieden als etwas grenzenlos Unanständiges vorkommen mußte, vor dem sie einen tödlichen Schrecken empfand, und ich habe die feste Überzeugung, daß sie trotz allen russischen Schimpfwörtern und den verschiedensten, merkwürdigsten Gesprächen, die sie schon von Kind an hatte mit anhören müssen, überhaupt noch nichts begriff. Sicherlich aber glaubte sie nun letzten Endes, daß sie ein ganz unglaubliches Verbrechen begangen, sich des Todes schuldig gemacht und »Gott erschlagen« habe.

In jener Nacht hatte ich die Schlägerei in der Spelunke, die ich schon flüchtig erwähnte. Am nächsten Morgen aber wachte ich in meinem Zimmer auf, Lebjadkin hatte mich nach Hause gebracht. Mein erster Gedanke beim Erwachen war: hat sie etwas erzählt oder nicht? Ich empfand in diesem Augenblick ein wirkliches Angstgefühl, wenn es auch noch nicht sehr stark war. Ich war sehr lustig an diesem Morgen und außerordentlich gut gegen alle, so daß die ganze Bande mit mir sehr zufrieden war. Aber ich warf sie alle beiseite und ging in die Gorochowaja. Ich begegnete ihr schon unten im Hausflur. Sie kam aus einem Laden, wohin sie nach Zichorie geschickt worden war. Als sie mich sah, rannte sie in entsetzlicher Angst die Treppe hinauf. Die Mutter verprügelte sie bereits, als ich oben ankam, weil sie so Hals über Kopf in die Wohnung hereingestürmt war, wodurch der wahre Grund ihres Entsetzens verborgen blieb. So war also bisher alles ruhig verlaufen. Sie verkroch sich irgendwohin und kam die ganze Zeit, während ich dawar, nicht wieder zum Vorschein. Ich blieb eine Stunde dort und ging dann weg.

Gegen Abend empfand ich wiederum Angst, aber bereits unvergleichlich stärker. Natürlich konnte ich alles in Abrede stellen, aber man konnte mich überführen, die Katorga* stieg vor meinen Augen auf. Niemals in meinem Leben habe ich Angst empfunden, außer in diesem Fall, ich habe mich weder früher noch später jemals gefürchtet. Und vor Sibirien nun schon gar nicht, obgleich ich mehr als einmal hätte dahin verschickt werden können. Diesmal aber packte mich ein Entsetzen, ich empfand tatsächlich, ich weiß nicht warum, zum erstenmal in meinem Leben Furcht, ein äußerst quälendes Gefühl. Außerdem fühlte ich abends in meinem Zimmer einen solchen Haß gegen sie in mir aufsteigen, daß ich beschloß, sie zu töten. Vor allem haßte ich sie, wenn ich an ihr Lächeln dachte. Verachtung keimte in mir, ein unglaubliches Gefühl des Ekels, daß sie nach alledem in der Ecke gestanden und ihr Gesicht in den Händen versteckt hatte, eine unerklärliche Raserei kam über mich, dann durchrieselte mich ein kalter

* Kátorga: Zuchthaus, Zwangsarbeit in Sibirien (Anmerkung des Übersetzers).

Schauer, und als sich gegen Morgen Fieber einstellte, packte mich wieder die Angst, aber diesmal so heftig, daß ich mir eine stärkere Qual gar nicht vorstellen kann. Jetzt aber haßte ich das Mädchen nicht mehr – wenigstens nicht bis zu einem solchen Paroxysmus wie am Abend zuvor. Ich machte die Beobachtung, daß eine starke Furcht Haß- und Rachegefühle vollkommen vertreibt.

Gegen Mittag wachte ich auf, fühlte mich wohl und staunte sogar über die Stärke meiner gestrigen Empfindungen. Dennoch hatte ich schlechte Laune und fühlte mich wieder gezwungen, nach der Gorochowaja zu gehen, trotz meinem Widerwillen. Ich entsinne mich, daß ich unterwegs schrecklich gern mit irgend jemandem Streit angefangen hätte, aber nur einen ernstlichen. Als ich aber in die Gorochowaja kam, fand ich auf einmal dort in meinem Zimmer jenes Stubenmädchen, Nina Saweljewna, die mich schon seit etwa einer Stunde dort erwartet hatte. Dieses Mädchen liebte ich ganz und gar nicht, so daß sie selber etwas in Angst hergekommen war, ob ich nicht über diesen unerbetenen Besuch böse sein würde. Aber diesmal freute ich mich über sie. Sie war nicht übel, bescheiden und manierlich, wie es eben der Kleinbürger gern hat, so daß meine Wirtin sie mir gegenüber schon immer gelobt hatte. Ich fand sie beide beim Kaffeetrinken, die Wirtin äußerst befriedigt über die angenehme Unterhaltung. In einer Ecke des Kämmerchens bemerkte ich Matrjoscha. Sie stand dort und sah ihre Mutter und den Gast unbeweglich an. Als ich eintrat, versteckte sie sich nicht wie damals und lief nicht fort. Mir schien es nur, als wäre sie sehr abgemagert und als hätte sie Fieber. Ich liebkoste Nina und schloß die Tür zu den Wirtsleuten, was ich lange nicht getan hatte, so daß Nina ganz glücklich wegging. Ich brachte sie selbst fort und kam zwei Tage nicht in die Gorochowaja zurück. Die Sache langweilte mich bereits. Ich beschloß, allem ein Ende zu machen, die Wohnung aufzugeben und aus Petersburg wegzufahren.

Als ich aber hinkam, um die Wohnung zu kündigen, fand ich die Wirtin bekümmert und erregt vor: Matrjoscha war schon seit drei Tagen krank, hatte jede Nacht Fieber und phantasierte. Natürlich fragte ich, was sie denn da im Fieber zusammenrede (wir unterhielten uns flüsternd in meinem Zimmer), und sie erzählte mir leise, sie spreche immer von etwas »Entsetzlichem« und davon, daß sie »Gott erschlagen« habe. Ich erbot mich, auf meine Kosten einen Arzt zu holen, aber das wollte sie nicht: »Gebe Gott, daß es vorübergeht; sie liegt ja nicht immer, am Tag geht sie aus, eben ist sie in den Laden gelaufen.« Ich beschloß zu kommen, wenn Matrjoscha allein wäre, und da die Wirtin mir erzählt hatte, daß sie um fünf Uhr auf die Petersburger Seite gehen müsse, nahm ich mir vor, gegen Abend wiederzukommen.

Ich aß in einem Restaurant zu Mittag. Pünktlich ein Viertel nach fünf kam ich zurück. Ich öffnete immer mit meinem eignen Schlüssel. Kein Mensch außer Matrjoscha war da. Sie lag in dem Kämmerchen hinter einem Wandschirm auf dem Bett ihrer Mutter, und ich sah, wie sie herschaute, tat aber, als merkte ich es nicht. Alle Fenster standen offen. Die Luft war warm, es war sogar heiß. Ich ging umher und setzte mich dann auf das Sofa. Alles bis zum letzten Augenblick weiß ich noch. Es bereitete mir entschieden Vergnügen, nicht mit Matrjoscha zu reden, sie zu quälen, ich weiß nicht, warum. Ich wartete eine ganze Stunde, da sprang sie plötzlich selber hinter dem Schirm hervor. Ich hörte, wie ihre beiden Füße auf den Boden aufschlugen, als sie aus dem Bett sprang, dann vernahm ich eilige Schritte, und sie stand auf der Schwelle meines Zimmers. Sie blieb dort stehen und sah mich stumm an. Ich war so gemein, daß mir das Herz vor Freude darüber bebte, daß ich charakterfest gewesen war und gewartet hatte, bis sie herauskam. Sie war in diesen Tagen – ich hatte sie ja seit damals nicht ein einziges Mal in der Nähe gesehen – wirklich schrecklich abgemagert. Ihr Gesicht war ganz eingefallen, ihr Kopf glühte vom Fieber.

Die Augen wurden größer und starrten mich an, mit stumpfer Neugier, wie mir anfänglich schien. Ich saß da, sah sie an und rührte mich nicht. Und da stieg plötzlich wieder der Haß in mir auf. Aber ich bemerkte sehr bald, daß sie sich durchaus nicht vor mir entsetzte, sondern sich eher im Fieberwahn befand. Doch auch das schien nicht der Fall zu sein. Auf einmal nickte sie mir mehrmals zu, wie es naive Leute ohne Manier zum Zeichen des Vorwurfs tun, hob plötzlich ihre kleine Faust gegen mich und fing an, mir von dort aus zu drohen. Im ersten Augenblick kam mir diese Gebärde komisch vor, dann aber konnte ich sie nicht mehr ertragen. Auf Ihrem Gesicht lag solche Verzweiflung, wie sie unmöglich zu sehen ist im Gesicht eines Kindes. Ständig schwang sie ihre kleine Faust drohend gegen mich und ständig nickte sie vorwurfsvoll. Ich stand auf und ging voller Angst auf sie zu, redete vorsichtig, leise und freundlich auf sie ein, aber ich sah, daß sie mich nicht verstand. Da schlug sie plötzlich hastig beide Hände vors Gesicht, ganz wie damals, lief fort, stellte sich ans Fenster und wandte mir den Rücken zu. Ich kehrte in mein Zimmer zurück und setzte mich ebenfalls ans Fenster. Es wird mir stets unbegreiflich bleiben, warum ich damals nicht fortgegangen, sondern dageblieben bin, als wartete ich auf irgend etwas. Bald darauf hörte ich wieder ihre eiligen Schritte, sie lief zur Tür auf die hölzerne Galerie hinaus, die auch unten nach der Treppe einen Ausgang hatte. Ich eilte sofort an meine Tür, machte sie auf und sah gerade noch, wie Matrjoscha in den winzigen Bretterverschlag hineinschlüpfte, der wie ein Hühnerstall neben einem anderen Ort lag. Ein sehr interessanter Gedanke schoß mir durch den Kopf. Ich begreife heute noch nicht, warum er so plötzlich mir als erster kam, das heißt, alles deutete darauf hin. Ich schloß meine Tür und setzte mich wieder ans Fenster. Natürlich konnte ich an den so plötzlich aufgetauchten Gedanken noch nicht recht glauben – »aber dennoch« ... (Ich erinnere mich an alles, mein Herz klopfte stark.)

Nach einer Minute sah ich auf die Uhr und merkte mir so genau wie möglich die Zeit. Warum ich so genau die Zeit wissen mußte, weiß ich nicht, aber ich war imstande, es zu tun, und wollte überhaupt in jenem Augenblick alles im Gedächtnis festhalten. Darum entsinne ich mich auch jetzt an alles und sehe es vor mir, als wäre es heute geschehen. Allmählich wurde es Abend. Um mich herum summte eine Fliege und setzte sich mir immer aufs Gesicht. Ich fing sie, hielt sie zwischen den Fingern und ließ sie dann zum Fenster hinaus. Sehr laut fuhr unten in den Hof ein Wagen ein. Sehr laut (und schon sehr lange) sang am Fenster in einer Ecke des Hofes ein Handwerker, ein Schneider. Er saß über der Arbeit, ich konnte ihn sehen. Mir fiel ein, daß mich niemand getroffen hatte, als ich durch das Tor gegangen und die Treppe hinaufgestiegen war, und es so natürlich auch nicht nötig sei, daß mich jetzt jemand sähe, wenn ich wieder hinunterginge. Und vorsichtig rückte ich meinen Stuhl vom Fenster weg, so daß mich die Nachbarn nicht sehen konnten. Ich nahm ein Buch zur Hand, warf es aber wieder beiseite und starrte auf eine winzige rote Spinne an einem Geraniumblatt und verlor mich in Gedanken. Ich erinnere mich noch an alles bis zum letzten Augenblick.

Plötzlich zog ich meine Uhr. Zwanzig Minuten waren verstrichen, seitdem sie hinausgegangen war. Meine Vermutung wurde immer wahrscheinlicher. Aber ich beschloß, noch genau eine Viertelstunde zu warten. Mir kam auch der Gedanke, ob sie nicht schon zurückgekommen sei und ich es vielleicht überhört hätte; aber das konnte nicht sein, es herrschte Totenstille, und ich konnte jede Fliege summen hören. Plötzlich begann mein Herz wieder zu klopfen. Ich sah nach der Uhr: es fehlten noch drei Minuten. Ich saß sie ab, obgleich mir das Herz geradezu schmerzhaft klopfte. Dann stand ich auf, setzte den Hut auf und knöpfte den Mantel zu. Ich sah mich im Zimmer um: verrieten auch keine Spuren, daß ich dagewesen war? Den Stuhl rückte ich wieder ans Fenster, wie er vorher gestanden hatte. Endlich öffnete ich leise die Tür, schloß sie mit meinem Schlüssel von außen wieder ab und ging zum Bretterverschlag. Die Tür war angelehnt, aber nicht verschlossen. Ich wußte, daß sie nicht verschlossen war, wollte sie aber nicht öffnen. Ich stellte mich auf die Fußspitzen und spähte durch eine Ritze. In dem Augenblick, als ich mich auf die Fußspitzen hob, fiel mir ein, daß ich soeben, als ich am Fenster gesessen und gedankenverloren die rote Spinne beobachtet hatte, mir vorgestellt hatte, wie ich mich auf die Fußspitzen heben und das Auge an diese Ritze drücken würde. Indem ich diese Kleinigkeit hier einfüge, möchte ich einwandfrei nachweisen, bis zu welchem Grad ich Herr meiner geistigen Fähigkeiten war und daß ich für alles verantwortlich bin. Lange spähte ich durch die Ritze, weil es drinnen dunkel war, aber nicht ganz, so daß ich endlich das, was ich brauchte, sehen konnte ...

Endlich entschloß ich mich zu gehen. Ich traf niemanden auf der Treppe. Drei Stunden später saßen wir alle in Hemdsärmeln in meinem Zimmer, tranken Tee und spielten mit abgegriffenen Karten. Lebjadkin las seine Gedichte vor. Es wurde viel erzählt, und wie absichtlich alles lustig und ulkig und gar nicht so dumm wie sonst immer. Damals war auch Kirillow dabei. Keiner trank, obgleich eine Flasche Rum dastand, nur Lebjadkin bediente sich.

Prochor Malow ließ die Bemerkung fallen, »wenn Nikolaj Wsewolodowitsch zufrieden und nicht schlechter Laune sei, unterhalte sich die ganze Gesellschaft gleich lustig und klug«. Das fiel mir damals auf, weil ich demnach lustig, zufrieden und nicht trübsinnig gewesen sein muß. Aber das war nur

Schein. Ich entsinne mich, daß ich mir bewußt war, ich sei ein niedriger und gemeiner Feigling, hauptsächlich wegen meiner Freude über die Befreiung, und ich würde niemals wieder edel sein, weder hier noch nach dem Tode noch irgendwann. Und noch eines: an mir erfüllte sich in diesem Augenblick die jüdische sprichwörtliche Redensart: »Eigener Mist, aber er riecht nicht.« Denn obgleich ich innerlich fühlte, daß ich ein Schuft war, schämte ich mich dessen nicht mehr und quälte mich überhaupt wenig. Damals, als ich beim Tee saß und mit ihnen irgend etwas zusammenschwatzte, formulierte ich bei mir zum erstenmal im Leben klar, daß ich das Gute und das Böse weder kenne noch fühle und daß nicht nur ich das Gefühl dafür verloren habe, sondern daß es ein Gut und Böse überhaupt nicht gibt – und das war mir angenehm – und daß dies ein einziges Vorurteil ist; daß ich von jedem Vourteil frei sein kann, daß ich aber, wenn ich diese Freiheit erlangen werde, verloren sein werde. Dies kam mir zum erstenmal in dieser Form zum Bewußtsein, nämlich damals beim Tee, als ich mit ihnen zusammen log und spottete, ohne mit meinen Gedanken dabeizusein. Aber ich erinnere mich noch an alles. Alte, allen längst bekannte Vorstellungen erscheinen einem oft plötzlich in neuem Licht, manchmal sogar nach fünfzig Lebensjahren.

Dennoch wartete ich die ganze Zeit auf irgend etwas. Und es ereignete sich auch etwas: es war schon elf Uhr, da kam die Tochter des Hausknechts aus der Gorochowaja gelaufen und brachte mir von meinen Wirtsleuten die Nachricht, Matrjoscha habe sich erhängt. Ich ging mit dem Mädchen zusammen hin und sah, daß die Wirtin selber nicht wußte, warum sie nach mir geschickt hatte. Sie heulte und schlug sich vor die Brust. Es waren eine Menge Leute da, auch die Polizei. Ich blieb etwas und ging dann fort.

Man belästigte mich die ganze Zeit über gar nicht, allerdings stellte man Fragen, wie das üblich ist. Aber ich sagte nur, das Mädchen sei krank gewesen und habe Fieber gehabt, so daß ich vorgeschlagen hätte, auf meine Kosten den Doktor zu holen. Man fragte mich auch irgend etwas wegen des Messers, ich sagte, die Wirtin habe sie deswegen durchgeprügelt, aber das sei weiter nichts gewesen. Davon, daß ich am Abend noch einmal dort gewesen war, wußte kein Mensch etwas.

Acht Tage lang ging ich nicht hin. Erst als sie schon lange begraben war, ging ich wieder hin, um die Wohnung aufzugeben. Die Wirtin weinte immer noch, gab sich aber schon wieder mit ihren Lumpen und ihrer Flickerei ab wie früher. »Ich bin es gewesen, die sie so gekränkt hat wegen Ihres Messers«, sagte sie zu mir ohne besonderen Vorwurf. Ich rechnete mit ihr ab, unter dem Vorwand, daß ich nun unter keinen Umständen in einer solchen Wohnung bleiben und Nina Saweljewna hier empfangen könne. Zum Abschied lobte sie Nina Saweljewna noch einmal. Bevor ich wegging, gab ich ihr noch fünf Rubel mehr, als ich ihr für die Wohnung schuldig war.

Die Hauptsache war, das Leben ödete mich an bis zum Stumpfsinn. Nachdem die Gefahr vorüber war, hätte ich das Erlebnis in der Gorochowaja sicherlich ganz vergessen, wie alles, was damals geschah, wenn ich mich nicht noch einige Zeit voller Wut daran erinnert hätte, wie feige ich gewesen war.

Ich ließ meine Wut an jedem aus, wo ich nur konnte. In dieser Zeit kam mir ohne irgendeinen besonderen Anlaß der Gedanke, mein Leben irgendwie zu verunstalten, und zwar so widerlich wie nur möglich. Schon vor einem Jahr hatte ich mich erschießen wollen, aber es bot sich noch etwas Besseres.

Als mein Auge einmal auf die hinkende Marja Timofejewna Lebjadkina fiel, die aushilfsweise in allen Spelunken diente und damals noch nicht ganz verrückt, sondern nur eine exaltierte Idiotin und im geheimen sinnlos in mich verliebt war – die Unsrigen waren dem auf die Spur gekommen –, entschloß ich mich plötzlich, sie zu heiraten. Der Gedanke an eine Ehe zwischen einem Stawrogin und diesem letzten aller Wesen machte meine Nerven erbeben. Etwas Krasseres konnte man sich gar nicht vorstellen. Jedenfalls aber heiratete ich nicht nur infolge »einer Wette beim Wein nach einem Trinkgelage«. Meine Trauzeugen waren Kirillow und Pjotr Werchowenskij, der damals zufällig in Petersburg war, dann Lebjadkin selber und Prochor Malow, der jetzt verstorben ist. Weiter hat niemand je etwas davon erfahren, und diese haben ihr Wort gegeben zu schweigen. Dieses Schweigen empfand ich immer als ekelhaft, es ist aber bisher noch nicht gebrochen worden, obgleich ich immer die Absicht hatte, die Sache bekanntzumachen. Jetzt mache ich alles auf einmal bekannt.

Nach der Hochzeit begab ich mich damals in die Provinz zu meiner Mutter. Ich fuhr hin, um mich zu zerstreuen. In meiner Heimatstadt hinterließ ich die Vorstellung von mir, daß ich wahnsinnig sei, eine Vorstellung, die sogar bis heute noch nicht wieder auszurotten gewesen ist und mir ohne Zweifel schadet, wie ich später noch auseinandersetzen werde. Dann reiste ich ins Ausland und blieb vier Jahre dort.

Ich war im Orient, auf dem Athos, wohnte dort stehend achtstündigen Nachtgottesdiensten bei, war in Ägypten, lebte in der Schweiz, war sogar in Island und besuchte einen ganzen Jahreskurs in Göttingen. Im letzten Jahr verkehrte ich viel mit einer angesehenen russischen Familie in Paris und mit zwei russischen Damen in der Schweiz. In Frankfurt fiel mir, als ich an einem Schreibwarengeschäft vorüberging, unter den ausgelegten Photographien das Bild eines kleinen Mädchens auf, das, obwohl es ein sehr elegantes Kinderkleidchen trug, große Ähnlichkeit mit Matrjoscha hatte. Ich kaufte das Bildchen augenblicklich und legte es, ins Hotel zurückgekehrt, auf den Kamin. Hier lag es eine Woche lang unberührt, ich sah es nicht ein einziges Mal an, und als ich von Frankfurt abreiste, vergaß ich, es mitzunehmen.

Ich erwähne dies nur, um zu zeigen, bis zu welchem Grad ich Herr über meine Erinnerungen und wie unempfindlich ich ihnen gegenüber war. Ich vertrieb das ganze Heer meiner Erinnerungen mit einem Schlag, und es verschwand gehorsam, sobald ich nur wollte. Es war mir von jeher langweilig gewesen, mich an irgend etwas zu erinnern, niemals habe ich Vergangenes erörtern können, wie das doch alle tun, um so mehr, da es mir, wie überhaupt alles, was mich selbst anbetraf, verhaßt war. Was Matrjoscha anbelangte, so ließ ich sogar ihr Bildchen auf dem Kamin liegen. Als ich im Frühling vorigen Jahres durch Deutschland reiste, fuhr ich aus Zerstreutheit an der Station vorüber, von der aus ich auf meine Reiseroute zurückgelangen wollte, und kam so auf eine andere Strecke. Auf der nächsten Station setzte man mich heraus; es war drei Uhr nachmittags, ein klarer Tag. Das war ein winziges deutsches Städtchen. Man zeigte mir ein Wirtshaus. Ich mußte hier warten. Der nächste Zug fuhr erst um elf Uhr nachts. Ich war ganz zufrieden mit diesem Abenteuer, denn ich hatte durchaus keine Eile. Das Wirtshaus war erbärmlich und klein, aber ganz im Grünen gelegen und rings von Blumenbeeten umgeben. Man gab mir ein enges Zimmerchen. Ich aß ausgezeichnet, und da ich die ganze Nacht unterwegs gewesen war, schlief ich nach der Reise gegen vier Uhr nachmittags vorzüglich ein.

Ich hatte einen für mich ganz unerwarteten Traum, weil

ich noch nie etwas Derartiges gesehen hatte. In der Dresdner Galerie hängt ein Gemälde von Claude Lorrain, im Katalog heißt es, glaube ich, »Acis und Galatea«, ich aber nannte es immer, ich weiß selbst nicht, warum, »Das goldene Zeitalter«. Ich kannte es schon von früher her, hatte es mir aber vor drei Tagen auf der Durchreise noch einmal angesehen. Ich war sogar absichtlich hingegangen, um es zu sehen, ja möglicherweise nur deshalb nach Dresden gefahren. Dieses Bild erschien mir nun im Traum, aber nicht als Gemälde, sondern als eine Wirklichkeit.

Da war ein Winkel im Griechischen Archipel: blaue, schmeichelnde Wellen, Inseln und Felsen, blühende Küstenhänge, ein feenhafter Blick ins Weite, golden untergehende Sonne – mit Worten ist das nicht zu beschreiben. Hierhin verlegte der Europäer die Wiege der Menschheit, hier spielten sich die ersten Szenen der Mythologie ab, hier war das Paradies auf Erden ... Hier lebten schöne Menschen. Sie wachten glücklich und unschuldig auf und schliefen ebenso ein. Ihre fröhlichen Lieder erfüllten die Haine. Der mächtige Überschuß unvergeudeter Kräfte ging auf in Liebe und harmloser Freude. Die Sonne überflutete mit ihren Strahlen die Inseln und das Meer und freute sich über ihre herrlichen Kinder. Ein wunderbarer Traum, eine erhabene Täuschung! Der unwahrscheinlichste Traum von allen, die man nur träumen kann, aber ein Traum, dem die ganze Menschheit von alters her all ihre Kräfte geweiht, dem sie alles geopfert hat, ein Traum, für den ihre Propheten ihr Leben hingegeben und sich ans Kreuz schlagen ließen, ein Traum, ohne den kein Volk leben, ja, nicht einmal sterben kann. Es war, als ob ich all diese Empfindungen in jenem Traum durchlebte. Was mir eigentlich träumte, weiß ich nicht, aber die Felsen und das Meer und die schrägen Strahlen der untergehenden Sonne sah ich noch, als ich bereits erwachte und die Augen aufschlug, die zum erstenmal in meinem Leben buchstäblich in Tränen schwammen. Ein mir bisher unbekanntes Glücksgefühl durchdrang mein Herz, so daß ich beinahe Schmerz empfand. Es war schon vollständig Abend geworden. Durch das Fenster meines kleinen Zimmers, durch das Grün der am Fenster stehenden Blumen drängte sich ein ganzes Bündel leuchtender, schräger Strahlen der untergehenden Sonne und überflutete mich mit ihrem Licht. Ich wollte schnell wieder die Augen schließen, um mir sehnsuchtsvoll den entschwundenen Traum zurückzurufen, als mir plötzlich inmitten des grellen, grellen Sonnenlichtes ein winziger Punkt ins Auge fiel. Auf einmal nahm dieser Punkt eine bestimmte Gestalt an, und plötzlich gewahrte ich ganz deutlich eine winzige rote Spinne. Und da fiel mir auf einmal die auf dem Geraniumblatt ein, über die auch damals die untergehende Sonne ihre Strahlen ergoß. Das gab mir einen Stich durchs Herz, ich erhob mich und setzte mich aufs Bett . . .

(Das erzähle ich so, wie es sich damals zutrug!)

Ich sah sie vor mir! (Oh, nicht im Wachen! Wenn es doch eine wirkliche Erscheinung gewesen wäre!) Ich sah Matrjoscha, abgemagert und mit fieberglänzenden Augen, genauso wie damals, als sie auf meiner Schwelle stand, mit dem Kopf nickte und ihre winzige Faust gegen mich erhob. Und niemals hat mich etwas mehr gequält! Die klägliche Verzweiflung dieses hilflosen Wesens mit dem kindlichen Verstand, das mir drohte (womit? was hätte es mir antun können, o Gott!) und das selbstverständlich nur sich allein die Schuld gab. Noch niemals hatte ich etwas Ähnliches empfunden. So saß ich da, bis es Nacht wurde, rührte und regte mich nicht und vergaß die Zeit. Heißt man das Gewissensbisse oder Reue? Ich weiß es nicht und kann es auch heute noch nicht sagen. Aber unerträglich war mir nur dieses eine Bild, gerade wie sie da auf der Schwelle stand und ihre kleine Faust drohend gegen mich erhob, nur ihr damaliges Aussehen, nur jene einzige Minute, nur dieses Nicken mit dem Kopf. Das ist es, was ich nicht ertragen kann, denn seit jener Zeit sehe ich es fast täglich vor mir. Und nicht von selbst erscheint es mir, sondern ich selbst rufe es herbei und kann gar nicht anders als es herbeirufen, obgleich ich mit ihm nicht leben kann. Oh, wenn ich sie nur einmal im Wachen sähe. Obwohl es eine Halluzination wäre.

Warum ruft keine andere Erinnerung meines Lebens in mir etwas Ähnliches hervor, obgleich ich doch viele Erinnerungen habe, die nach dem Urteil der Menschen noch bedeutend schlimmer sind? Ist es vielleicht nur Haß, und auch der nur hervorgebracht durch meine jetzige Lage, während ich früher kaltblütig alles vergaß und beiseite schob?

Ich wanderte darauf das ganze Jahr ruhelos von Ort zu Ort und versuchte, mich zu beschäftigen. Ich weiß, daß ich auch Matrjoscha jetzt verbannen könnte, wenn ich wollte. Ich bin vollkommen Herr über meinen Willen, genauso wie früher. Aber das ist es ja eben, daß ich selber das niemals tun wollte, es nicht will und niemals wollen werde. So wird es ständig weitergehen, bis ich verrückt bin.

In der Schweiz fühlte ich zwei Monate später einen Anfall derselben Leiden mit einem von jenen wütenden Ausbrüchen, wie sie nur damals ganz zum Anfang vorzukommen pflegen. Ich spürte die entsetzliche Versuchung, ein neues Verbrechen zu begehen, nämlich das der Bigamie (denn ich war schon verheiratet). Aber ich floh auf den Rat eines anderen Mädchens hin, der ich fast alles entdeckt hatte, sogar das, daß ich jene, die ich so begehrte, überhaupt nicht liebte, ja, daß ich nie jemanden lieben könne. Außerdem hätte mich dieses neue Verbrechen keineswegs von Matrjoscha befreit.

So entschloß ich mich, diese Blätter drucken zu lassen und sie in dreihundert Exemplaren nach Rußland mitzunehmen. Wenn die Zeit gekommen sein wird, werde ich sie an die Polizei und an die Ortsbehörde schicken, gleichzeitig an die Schriftleitungen aller Zeitungen mit der Bitte um Veröffentlichung und an viele meiner Bekannten in Petersburg und in ganz Rußland. Desgleichen werden sie im Ausland in Übersetzungen erscheinen. Ich weiß, daß ich strafrechtlich nicht zu belangen sein werde, wenigstens nicht bemerkenswert; ich allein zeige mich an, und ich habe keine Ankläger und keinerlei oder nur äußerst wenig Beweise gegen mich. Endlich werden die unausrottbare Idee von der Zerrüttung meines Urteilsvermögens sowie sicherlich auch die Bemühungen meiner Verwandten, die sich diese Idee zunutze machen werden, jede strafrechtliche Verfolgung zunichte machen. Ich erkläre dies unter anderem, um zu beweisen, daß ich augenblicklich voll bei Verstand bin und meine Lage beurteilen kann. Aber für mich bleiben noch die übrig, die nun alles erfahren und auf mich schauen werden, und ich auf sie. Und ich will, daß alle auf mich schauen. Ob mir das Erleichterung schaffen wird – weiß ich nicht. Ich greife danach wie nach dem letzten Mittel.

Ich wiederhole: wenn die Petersburger Polizei wirklich suchte, so würde sie vielleicht etwas finden. Die Kleinbürger werden ganz sicher noch jetzt in Petersburg wohnen. Auch an das Haus wird man sich erinnern. Es war hellblau. Ich werde nicht fortgehen, sondern mich eine Zeitlang, etwa ein Jahr oder auch zwei, auf dem Gut meiner Mutter in Skworeschniki aufhalten. Wenn man mich verlangt, werde ich überall erscheinen. Nikolaj Stawrogin.

3

Das Lesen dauerte ungefähr eine Stunde. Tichon las langsam, und möglicherweise las er einige Stellen noch ein zweites Mal durch. Während der ganzen Zeit saß Stawrogin stumm und unbeweglich da. Merkwürdig, der Schatten einer Ungeduld, einer Zerstreutheit und gleichsam eines Fieberwahns, der den ganzen Morgen auf seinem Gesicht gelegen hatte, war beinahe verschwunden und hatte sich in Ruhe und eine gewisse Aufrichtigkeit verwandelt, was ihm ein fast würdiges Aussehen verlieh. Tichon nahm die Brille ab, zögerte, hob endlich die Augen zu ihm auf und begann als erster mit einiger Vorsicht: »Wäre es nicht möglich, in diesem Dokument einige Verbesserungen vorzunehmen?«

»Warum? Ich habe ganz aufrichtig geschrieben«, antwortete Stawrogin.

»Nur den Stil ein wenig ...«

»Ich hatte vergessen, Ihnen im voraus zu sagen«, unterbrach er ihn schnell und scharf, indem er sich ganz nach vorn beugte, »daß all Ihre Worte vergeblich sein werden. Ich ändere meine Absicht nicht, nehmen Sie sich nicht die Mühe, mich davon abzuhalten. Ich werde es veröffentlichen.«

»Sie hatten nicht vergessen, mir das zu sagen, schon vorhin, ehe ich anfing zu lesen.«

»Das ist ganz gleich«, unterbrach ihn Stawrogin scharf. »Ich wiederhole es noch einmal: wie stark auch Ihre Einwände sein mögen, ich werde von meinem Vorhaben nicht ablassen. Und beachten Sie, daß ich diese geschickte oder ungeschickte Bemerkung – halten Sie davon, was Sie wollen – nicht etwa mache, damit Sie nun gleich anfangen, mir mit Einwänden und Überredungsversuchen zu kommen.«

»Ich könnte Ihnen gar nicht widersprechen und vor allem Sie nicht überreden, Ihre Absicht aufzugeben. Dieser Gedanke ist so erhaben – vollkommener könnte sich der christliche Gedanke gar nicht offenbaren. Weiter als bis zu einer so merkwürdigen Tat, wie Sie sie im Sinne haben, kann Reue gar nicht gehen, wenn nur ...«

»Wenn nur was?«

»Wenn das nur wirklich Reue und wirklich ein christlicher Gedanke wäre.«

»Ich habe aufrichtig geschrieben.«

»Es ist, als wollten Sie sich absichtlich roher darstellen, als es Ihr Herz gewünscht hatte«, wagte sich Tichon immer mehr und mehr hervor. Augenscheinlich hatte das Dokument einen starken Eindruck auf ihn gemacht.

»Darstellen? Ich wiederhole Ihnen: ich habe mich gar nicht ‚dargestellt'; ich spiele kein Theater.«

Tichon schlug schnell die Augen nieder.

»Dieses Dokument geht also hervor aus dem Drang eines tödlich verwundeten Herzens – verstehe ich recht?« fragte er eindringlich und mit ungewöhnlichem Eifer. »Ja, dann ist es Reue oder das natürliche Bedürfnis danach, das den Sieg über Sie davongetragen hat. Sie haben einen großen Weg beschritten, einen unerhörten Weg. Und doch ist es, als haßten und verachteten Sie schon im voraus alle, die dieses Schriftstück lesen werden, und forderten sie zum Kampf heraus. Sie schämen sich nicht, ein Verbrechen einzugestehen, warum schämen Sie sich der Reue?«

»Schäme ich mich ihrer?«

»Sie schämen sich ihrer nicht nur, sondern Sie fürchten sich auch.«

»Fürchte ich mich?«

»Tödlich. ‚Mögen sie auf mich blicken!' sagen Sie, aber Sie selbst, wie werden Sie ihnen ins Auge schauen? Andere Stellen Ihrer Ausführungen hinwiederum sind durch Ihre Ausdrucksweise unterstrichen: Sie ergötzen sich gleichsam an Ihrer Psychologie und bekommen da jede Kleinigkeit zu fassen, nur um den Leser durch eine Empfindungslosigkeit in Erstaunen zu setzen, die Ihnen gar nicht eigen ist. Ist das etwas anderes als die hoffärtige Herausforderung eines Schuldigen seinen Richtern gegenüber?«

»Worin liegt eine Herausforderung? Ich habe mich jedes Urteils über meine Person enthalten.«

Tichon schwieg. Sogar eine Röte überzog seine blassen Wangen.

»Lassen wir das«, brach Stawrogin kurz ab. »Erlauben Sie mir, Ihnen jetzt meinerseits eine Frage zu stellen: Wir sprechen nun schon seit fünf Minuten über all dies«, er wies auf die Blätter, »und ich sehe bei Ihnen weder einen Ausdruck des Ekels noch der Scham ... Sie sehen also nicht mit Ekel ...« Er sprach nicht zu Ende.

»Ich will Ihnen nichts verheimlichen: mich hat die ungeheure überschüssige Kraft, die hauptsächlich in Abscheulichkeiten mündet, mit Entsetzen erfüllt. Was das Verbrechen selbst anbelangt, so sündigen viele in dieser Art und leben dabei mit ihrem Gewissen in Ruhe und Frieden, ja halten dies sogar für unvermeidliche Jugendsünden. Es gibt auch Greise, die diese Sünde begehen, und sogar mit Vergnügen und Koketterie. Die ganze Welt ist mit solchen Schandtaten erfüllt. Sie aber haben dies alles in seiner ganzen Tiefe empfunden, wie es sehr selten in solchem Grad geschieht.«

»Sie haben mich doch nicht zu achten angefangen nach diesen Blättern?« fragte Stawrogin, schief lächelnd.

»Darauf kann ich Ihnen keine direkte Antwort geben. Aber ein größeres und schrecklicheres Verbrechen als Ihre Schandtat an dem kleinen Mädchen gibt es selbstverständlich nicht und kann es nicht geben.«

»Lassen wir dieses Messen mit der Elle. Vielleicht leide ich nicht so, wie ich es hier beschrieben habe, vielleicht habe ich tatsächlich vieles über mich erlogen«, fügte er unerwartet hinzu.

Tichon erwiderte wieder nichts.

»Und jenes junge Mädchen«, fing Tichon wieder an, »mit der Sie in der Schweiz gebrochen haben, wenn ich fragen darf, befindet sich ... wo ist es in dieser Minute?«

»Hier.«

Wieder war Schweigen.

»Vielleicht habe ich Ihnen doch manches über mich vorgelogen«, wiederholte Stawrogin noch einmal hartnäckig. »Übrigens, was tut es, wenn ich die Menschen durch die Roheit meiner Beichte aufreize, da Sie nun einmal diese Herausforderung schon bemerkt haben. Ich zwinge sie nur, mich noch mehr zu hassen, das ist alles. Vielleicht wird mir dann leichter werden.«

»Das heißt, die Bosheit in Ihnen wird Gegenbosheit erwecken, und wenn Sie hassen, wird es für Sie leichter sein, als wenn Sie von ihnen Mitleid angenommen hätten.«

»Sie haben recht. Wissen Sie«, er lachte plötzlich auf, »vielleicht wird man mich auf dieses Schriftstück hin einen Jesuiten oder einen scheinheiligen Betbruder nennen? Ha, ha, ha! Nicht?«

»Natürlich, es wird eine solche Äußerung unbedingt geben. Gedenken Sie diese Absicht bald auszuführen?«

»Heute, morgen, übermorgen – ich weiß es nicht. Aber sehr bald. Sie haben recht: ich denke, es wird so kommen, daß ich es ganz plötzlich und gerade in einem rachedurstigen, haßerfüllten Augenblick bekanntgeben werde, gerade dann, wenn ich sie am meisten hasse.«

»Antworten Sie mir auf eine Frage, aber aufrichtig und mir allein, nur mir«, sagte Tichon plötzlich mit ganz veränderter Stimme. »Wenn nun einer Ihnen dies verzeihen würde«, er wies auf die Blätter, »nicht einer von jenen, die Sie achten oder fürchten, sondern ein Unbekannter, ein Mensch, den Sie niemals kennenlernen werden, schweigend und für sich, wenn er Ihre fürchterliche Beichte liest – würde Ihnen dieser Gedanke Erleichterung verschaffen, oder wäre Ihnen das ganz gleichgültig?«

»Erleichterung«, erwiderte Stawrogin mit halber Stimme. »Wenn Sie mir verzeihen würden, wäre mir bedeutend leichter«, fügte er hinzu und schlug die Augen nieder.

»Damit auch Sie mir verzeihen«, sagte Tichon in eindringlichem Ton.

»Eine häßliche Demut. Wissen Sie, diese Mönchsformeln sind sogar ganz unschön. Ich werde Ihnen die volle Wahrheit sagen: ich wünsche sehr, daß Sie mir verzeihen. Und mit Ihnen ein zweiter, ein dritter, aber alle – die Gesamtheit soll mich lieber hassen. Und deshalb wünsche ich es, um es in Demut zu ertragen ...«

»Das Mitleid aller aber könnten Sie nicht mit derselben Demut ertragen?«

»Vielleicht könnte ich das nicht. Warum ...?«

»Ich fühle den Grad Ihrer Aufrichtigkeit, und es ist meine Schuld, daß ich nicht besser mit Menschen umzugehen verstehe. Ich habe darin immer meine große Unzulänglichkeit gespürt«, sagte Tichon aufrichtig und herzlich und sah Stawrogin offen in die Augen. »Ich frage nur deshalb, weil ich für Sie fürchte«, setzte er hinzu. »Vor Ihnen gähnt ein fast unüberwindlicher Abgrund.«

»Ich werde es nicht aushalten? Ich werde ihren Haß nicht ertragen?« schreckte Stawrogin auf.

»Nicht nur ihren Haß.«

»Was noch?«

»Ihr Lachen«, stieß Tichon wie mit Mühe und halb flüsternd hervor.

Stawrogin geriet in Verwirrung, auf seinem Gesicht prägte sich Unruhe aus.

»Das habe ich vorausgefühlt«, sagte er. »Demnach muß ich Ihnen beim Lesen meines ‚Dokumentes' als eine sehr komische

Person vorgekommen sein. Aber beunruhigen Sie sich nicht, werden Sie nicht konfus, ich habe das erwartet.«

»Es wird allerorts ein Entsetzen geben, und natürlich mehr ein falsches als ein aufrichtiges. Denn die Leute fürchten sich in Wahrheit nur vor dem, was ihre eignen Interessen bedroht. Ich spreche nicht von den reinen Seelen. Die werden sich von selbst entsetzen und nur sich die Schuld geben. Aber sie werden unbemerkt bleiben, und zwar deshalb, weil sie schweigen werden. Doch das Gelächter wird allgemein sein.«

»Ich wundere mich, wie schlecht Sie von den Menschen denken, mit welchem Ekel«, sagte Stawrogin mit einem Anflug von Bitterkeit.

»Glauben Sie, ich urteile mehr nach mir selbst als nach anderen Leuten!« rief Tichon aus.

»In der Tat? ja, ist denn vielleicht auch in Ihrer Seele etwas, das sich hier über meine Not freut?«

»Wer weiß, vielleicht? Oh, das ist schon möglich.«

»Genug. Zeigen Sie mir, was eigentlich in meinem Schriftstück lächerlich ist. Ich weiß es ja selbst, aber ich will, daß Sie es mir mit Ihrem Finger zeigen. Und sagen Sie es mir ganz zynisch, sagen Sie es mir mit aller Ehrlichkeit, deren Sie fähig sind. Ich wiederhole Ihnen noch einmal: Sie sind ein entsetzlicher Sonderling.«

»Selbst in der Form dieser größten Reue liegt etwas Lächerliches. Aber glauben Sie nicht, daß Sie nicht siegen werden«, rief er plötzlich fast begeistert. »Auch in dieser Form«, er zeigte auf die Blätter, »werden Sie den Sieg davontragen, wenn Sie es nur ehrlich meinen. Immer hat es damit geendet, daß das schimpflichste Kreuz zu großem Ruhm und zu großer Kraft wurde, wenn die Tat nur in aufrichtiger Demut vollbracht wurde. Sogar in diesem Leben kann Ihnen noch Trost zuteil werden.«

»So finden Sie vielleicht in der Form allein das Lächerliche?« fragte Stawrogin beharrlich.

»Auch im Inhalt. Die Häßlichkeit tötet«, flüsterte Tichon und senkte die Augen.

»Die Häßlichkeit? Was für eine Häßlichkeit?«

»Des Verbrechens. Es gibt Verbrechen, die wirklich unschön sind. Verbrechen, welcher Art sie auch sein mögen, sind um so eindrucksvoller, ich möchte fast sagen, um so malerischer, je mehr Blut, je mehr Entsetzen dabei ist. Aber es gibt auch beschämende, schimpfliche Verbrechen, außerhalb jedes

Entsetzens sozusagen, weil sie eben zu garstig sind ...« Tichon sprach nicht zu Ende.

»Das heißt«, fiel Stawrogin erregt ein, »Sie hielten mich für eine ganz lächerliche Figur, als ich dem schmutzigen kleinen Mädchen die Hand küßte. Ich verstehe Sie sehr gut: Sie verzweifeln nur deshalb an mir, weil es unschön, widerwärtig, nein, nicht weil es widerwärtig, sondern beschämend, lächerlich ist, und Sie glauben, daß ich vor allen Dingen dies nicht ertragen werde.«

Tichon schwieg.

»Nun verstehe ich auch, warum Sie mich soeben gefragt haben, ob das junge Mädchen aus der Schweiz jetzt hier ist.«

»Sie sind nicht vorbereitet, nicht gestählt«, flüsterte Tichon scheu und schlug die Augen nieder, »sind vom Boden losgerissen, glauben nicht.«

»Hören Sie, Vater Tichon: ich will mir selbst verzeihen, das ist mein hauptsächliches, mein letztes Ziel«, sagte Stawrogin plötzlich mit einem düsteren Entzücken in den Augen. »Ich weiß, daß nur dann die Wahnvorstellungen verschwinden werden. Und deshalb suche ich die maßlosen Leiden, ich selbst suche sie. Schrecken Sie mich nicht davon zurück, sonst gehe ich in Bosheit unter.«

Diese Aufrichtigkeit war so unerwartet, daß Tichon aufstand.

»Wenn Sie glauben, daß Sie sich selbst verzeihen können und noch in dieser Welt durch Leiden diese Verzeihung erreichen wollen, wenn Sie sich ein solches Ziel gesteckt haben im Glauben, so glauben Sie an alles!« rief Tichon begeistert. »Wie konnten Sie da sagen, daß Sie nicht an Gott glauben?«

Stawrogin gab keine Antwort.

»Gott wird Ihnen Ihren Unglauben verzeihen, denn Sie verehren den Heiligen Geist, ohne ihn zu kennen.«

»Übrigens, wird Christus verzeihen?« fragte mit schiefem Lächeln und schnell verändertem Ton Stawrogin, und im Ton der Frage lag eine leichte Nuance von Ironie.

»Es steht doch geschrieben: ‚Wer aber ärgert dieser Geringsten einen ...' erinnern Sie sich? Nach dem Evangelium gibt es kein größeres Verbrechen ...«

»Kurz und gut, Sie wollen ganz einfach keinen Skandal und Sie stellen mir eine Falle, mein guter Vater Tichon«, sagte Stawrogin geringschätzig und ärgerlich und schickte sich an aufzustehen. »Oder noch kürzer: Sie wollen, daß ich gesetzt werde, meinetwegen heirate, mein Leben hier als würdiges Mitglied des Klubs beschließe und an jedem Festtag Ihr Kloster besuche. Nun, Kirchenbuße. Nicht wahr? Übrigens fühlen Sie als Herzenskundiger vielleicht schon im voraus, daß es zweifellos auch so kommen wird und es jetzt nur darauf ankommt, mich aus Anstand noch recht schön zu bearbeiten, damit ich selber nur so danach dürste. Nicht wahr?«

Er lachte zersprungen.

»Nein, nicht Kirchenbuße, ich habe etwas anderes für Sie im Sinn!« fuhr Tichon feurig fort, ohne dem Lachen und der Bemerkung Stawrogins die geringste Beachtung zu schenken. »Ich kenne einen Starez, nicht hier, doch nicht weit entfernt, einen Einsiedler und Schimnik*, von einer solchen christlichen Weisheit, wie wir beide sie niemals werden begreifen können. Er wird auf meine Bitten hören. Ich werde ihm alles von Ihnen erzählen. Gehen Sie hin und folgen Sie ihm nach, anfänglich auf fünf Jahre, oder auf sieben, so lange, wie Sie selber es dann für erforderlich halten. Legen Sie sich selbst ein Gelübde ab und erkaufen Sie durch dieses große Opfer alles das, was Sie ersehnen, ja sogar das, was Sie nicht erwarten, denn Sie können ja jetzt noch nicht begreifen, was Ihnen geschenkt werden wird.«

Stawrogin hörte ernst zu.

»Sie schlagen mir vor, als Mönch in jenes Kloster einzutreten?«

»Sie brauchen in kein Kloster einzutreten, Sie brauchen die Tonsur nicht zu empfangen, dienen Sie nur im geheimen, nicht öffentlich, das ist möglich, sie können dabei ganz in der Welt leben . . .«

»Lassen Sie das, Vater Tichon«, unterbrach ihn Stawrogin verächtlich und stand vom Stuhl auf. Tichon erhob sich ebenfalls.

»Was haben Sie?« rief er plötzlich und sah fast entsetzt Tichon an. Dieser stand vor ihm, hatte die flachen Hände zusammengelegt und von sich gestreckt, und ein schmerzhafter Krampf, der anscheinend von einem großen Schrecken herrührte, lief über sein Gesicht.

»Was ist mit Ihnen? Was haben Sie?« wiederholte Staw-

* Schimnik (spr. S-chimnik) oder Schimonach: Schimönch, ein in der Askese bewährter Mönch, der das Große Schima, das sog. Engelsgewand, empfangen hat; höchste Mönchsweihe (Anmerkung des Übersetzers).

rogin und stürzte auf ihn zu, um ihn zu halten. Es schien ihm, als ob jener umfalle.

»Ich sehe ... ich sehe im Wachen«, rief Tichon mit herzzerschneidender Stimme und dem Ausdruck tiefsten Kummers, »daß Sie armer, verlorener Jüngling niemals so nah vor einem neuen, noch schrecklicheren Verbrechen gestanden haben wie in diesem Augenblick.«

»Beruhigen Sie sich«, bat Stawrogin, der entschieden um ihn besorgt war, »vielleicht werde ich es noch aufschieben! ... Sie haben recht ...«

»Nein, nicht nach dieser Publikation, sondern vorher, einen Tag, eine Stunde vielleicht vor diesem großen Schritt werden Sie sich in ein neues Verbrechen stürzen, als letzten Ausweg, und werden dieses Verbrechen einzig deshalb begehen, um der Veröffentlichung dieser Blätter zu entrinnen.«

Stawrogin erbebte vor Zorn und fast auch vor Schreck.

»Verfluchter Psychologe!« stieß er plötzlich in seiner Besessenheit hervor und ging, ohne sich umzusehen, aus der Zelle.

Zehntes Kapitel

Stepan Trofimowitsch wird beschlagnahmt

Währenddessen ereignete sich ein Zwischenfall, der mich in Erstaunen und Stepan Trofimowitsch in größte Erregung versetzte. Gegen acht Uhr morgens kam seine Nastasja zu mir gelaufen mit der Nachricht, der Herr sei »beschlagnahmt« worden. Anfänglich verstand ich kein Wort, ich erfuhr nur so viel, daß die »Beschlagnahme« von Beamten vorgenommen worden sei, die gekommen seien und Papiere weggenommen hätten, die ein Soldat dann »zu einem Bündel zusammengeschnürt und auf einer Schubkarre weggefahren habe«. Das war eine tolle Nachricht. Ich stürzte gleich Hals über Kopf zu Stepan Trofimowitsch hin.

Ich fand ihn in einer erstaunlichen Verfassung vor: verstimmt und in großer Erregung, gleichzeitig aber auch mit einer gewissen triumphierenden Miene. Auf dem Tisch mitten im Zimmer kochte der Samowar, und daneben stand ein

Glas mit Tee, das noch nicht angerührt und wahrscheinlich vergessen worden war. Stepan Trofimowitsch rannte um den Tisch herum, bis in alle Ecken des Zimmers hinein, ohne selber zu wissen, was er tat. Er trug wie gewöhnlich seine rote Hausjacke, zog aber schleunigst, als er mich sah, Weste und Rock an, was er bisher noch niemals getan hatte, wenn einer seiner nächsten Freunde ihn in dieser Hausjacke überrascht hatte. Er drückte mir sogleich in großer Erregung die Hand.

»Enfin un ami!« (Ein tiefer Seufzer entrang sich seiner Brust.) »Cher, zu Ihnen als einzigem habe ich geschickt, es weiß noch kein Mensch davon. Ich muß Nastasja befehlen, daß sie alle Türen verschließt und keinen Menschen hereinläßt außer *jenen* selbstverständlich ... Vous comprenez?«

Er sah mich unruhig an, als warte er auf eine Antwort. Natürlich schickte ich mich sogleich an, ihn auszufragen, und erfuhr mit Mühe und Not aus seinen zusammenhanglosen, von Ausrufen und unnützen Zusätzen unterbrochenen Reden, daß gegen sieben Uhr morgens plötzlich ein Gouvernementsbeamter bei ihm erschienen sei ...

»Pardon, j'ai oublié son nom. Il n'est pas du pays; dieser Lembke hat ihn, glaube ich, mit hierhergebracht, quelque chose de bête et d'allemand dans la physionomie. Il s'appelle Rosenthal.«

»War es nicht Blum?«

»Blum. Richtig, so hieß er. Vous le connaissez? Quelque chose d'hébété et de très content dans la figure, pourtant très sévère, roide et sérieux. Ein Polizeimensch, der seine Pflicht tut, je m'y connais. Ich schlief noch. Und stellen Sie sich vor, er bat mich, ‚einen Blick' auf meine Bücher und Manuskripte werfen zu dürfen, oui, je m'en souviens, il a employé ce mot. Mich selber hat er nicht abgeführt, nur ein paar Bücher ... Il se tenait à distance, und als er mich über sein Kommen aufzuklären begann, setzte er eine Miene auf, als ob ich ... enfin il avait l'air de croire, que je tomberai sur lui immédiatement et que je commencerai à le battre comme plâtre. Tous ces gens du bas étage sont comme ça, wenn sie es mit einem anständigen Menschen zu tun haben. Natürlich hatte ich sofort alles durchschaut. Voilà vingt ans que je m'y prépare. Ich schloß ihm alle Kästen auf und übergab ihm alle Schlüssel. Ich gab sie ihm selbst, gab ihm alles selbst. J'étais digne et calme. Von meinen Büchern nahm er die ausländische Herzen-Ausgabe mit, dann ein gebundenes Exemplar der ‚Glocke', vier Abschriften meines Gedichtes et enfin tout ça. Dann noch einzelne Blätter und Briefe et quelques unes de mes ébauches historiques, critiques et politiques. Das alles haben sie fortgeschleppt. Nastasja sagt, ein Soldat habe es in einer Schubkarre weggefahren und mit einer Schürze zugedeckt. Oui, c'est cela, mit einer Schürze.«

Das waren wirre Reden. Wer mochte daraus klug werden? Ich bestürmte ihn von neuem mit Fragen: War Blum allein gekommen oder nicht? in wessen Namen? hatte er ein Recht dazu? wie konnte er das wagen? womit hatte er es begründet?

»Il etait seul, bien seul; übrigens, es war doch noch einer da, dans l'antichambre, oui, je m'en souviens, et puis ... Übrigens war dann, glaube ich, doch noch einer da, und im Hausflur stand eine Wache. Wir müssen einmal Nastasja danach fragen, die weiß das alles viel besser. J'étais surexcité, voyez-vous. Il parlait, il parlait ... un tas de choses; übrigens sagte er sehr wenig, das war ich, der alles sagte ... Ich erzählte ihm meine Lebensgeschichte, natürlich von jenem Gesichtspunkt aus ... J'étais surexcité, mais digne, je vous l'assure. Übrigens fürchte ich, daß ich doch, glaube ich, geweint habe. Die Schubkarre hatten sie von dem Krämer nebenan genommen.«

»O Gott, wie hat das alles nur geschehen können? Um Gottes willen, erzählen Sie mir das doch genauer, Stepan Trofimowitsch! Das ist wohl ein Traum, den Sie mir da mitteilen?«

»Cher, mir ist selber, als ob ich träumte ... Savez-vous! Il a prononcé le nom de Teliatnikoff, und ich glaube, daß dies eben jener war, der sich im Vorzimmer versteckt hielt. Ja, ich erinnere mich, er brachte noch den Staatsanwalt als Bürgen für mich in Vorschlag, und ich glaube auch jenen Dmitrij Mitritsch; qui me doit encore quinze roubles de Whist, soit dit en passant. Enfin je n'ai pas trop compris. Aber ich habe sie überlistet, was geht mich denn dieser Dmitrij Mitritsch an? Ich glaube, ich habe ihn sehr, sehr darum gebeten, die Sache geheimzuhalten, ich fürchte, daß ich mir dabei sogar etwas vergeben habe, comment croyez-vous? Enfin il a consenti ... Ja, ich erinnere mich, daß er schließlich selber sagte, es wäre besser, die Sache geheimzuhalten, weil er doch nur gekommen sei, um ‚einen Blick auf alles zu werfen', et rien de plus, und weiter nichts, nichts ... und wenn er nichts finden sollte, würde gar nichts weiter geschehen. So regelten wir die ganze Angelegenheit zu guter Letzt vollständig en amis, et je suis tout-à-fait content.«

»Aber ich bitte Sie, er hat Ihnen die in solchen Fällen gebräuchlichen Maßnahmen und Garantien vorgeschlagen, und Sie selber haben darauf verzichtet?« rief ich in freundschaftlichem Unmut aus.

»Nein, das ist viel besser ohne Garantien. Wozu erst einen Skandal erregen? Lieber wollen wir die Sache einstweilen en amis abmachen ... Sie wissen, wenn man bei uns in der Stadt erführe ... mes ennemis .. . et puis à quoi bon ce procureur, ce cochon de notre procureur, qui deux fois m'a manqué de politesse et qu'on a rossé à plaisir l'autre année chez cette charmante et belle Natalja Pawlowna, quand il se cacha dans son boudoir. Et puis, mon ami, widersprechen Sie mir nicht, und nehmen Sie mir nicht wieder allen Mut, denn nichts ist unerträglicher, als wenn einem, wenn man unglücklich ist, hundert Freunde beweisen, wie dumm man gehandelt hat. Setzen Sie sich doch und trinken Sie Tee. Ich muß gestehen, ich bin sehr angegriffen ... Sollte ich mich nicht lieber hinlegen und Essigumschläge um den Kopf machen? Was meinen Sie?«

»Unbedingt!« sagte ich. »Sogar Eisumschläge. Sie sind ja ganz verstört, sehen blaß aus, und Ihre Hände zittern. Legen Sie sich hin, ruhen Sie sich aus und erzählen Sie vorläufig nicht weiter. Ich werde mich zu Ihnen setzen und warten.«

Er konnte sich nicht recht dazu entschließen, aber ich bestand darauf. Nastasja brachte eine Tasse mit Essig herein, ich feuchtete damit ein Handtuch an und legte es ihm auf den Kopf. Dann kletterte Nastasja auf einen Stuhl und zündete in der Ecke vor der Ikone ein Lämpchen an. Ich nahm das voller Verwunderung wahr, weil früher niemals ein Lämpchen dagehangen hatte und nun plötzlich eines dort aufgetaucht war.

»Das habe ich vorhin angeordnet, als jene kaum hinausgegangen waren«, flüsterte Stepan Trofimowitsch und sah mich verschmitzt an. »Quand on a de ces choses-là dans sa chambre et qu'on vient vous arrêter, so macht das einen guten Eindruck, denn sie müssen ja melden, was sie gesehen haben ...«

Als Nastasja mit dem Lämpchen fertig war, blieb sie an der Tür stehen, stützte ihre rechte Backe in die rechte Hand und fing an, Stepan Trofimowitsch mit weinerlicher Miene anzusehen.

»Eloignez-la unter irgendeinem Vorwand«, sagte Stepan

Trofimowitsch und machte mir vom Sofa her mit dem Kopf ein Zeichen. »Ich kann dieses russische Mitleid nicht ertragen, et puis ça m'embête.«

Aber sie ging schon von selber. Ich bemerkte, daß er immer auf die Tür hinschielte und ins Vorzimmer hinaushorchte.

»Il faut être prêt, voyez-vous«, sagte er zu mir, mich vielsagend anblickend, »chaque moment ... können sie kommen, mich mitnehmen und schwupp – ist wieder ein Mensch verschwunden!«

»Mein Gott! Wer soll denn kommen und Sie mitnehmen!«

»Voyez-vous, mon cher, ich habe ihn gradeheraus gefragt, als er wegging: ‚Was wird man mit mir jetzt machen?'«

»Sie hätten lieber fragen sollen, wohin man Sie verschicken will«, rief ich abermals unwillig.

»Das wollte ich damit auch sagen, als ich ihm die Frage vorlegte, aber er ging hinaus, ohne mir eine Antwort zu geben. Voyez-vous, was nun die Wäsche, Kleidung, ja hauptsächlich die warme Kleidung anbetrifft, so muß ich das schon so machen, wie sie das selber wollen. Befehlen sie, daß ich das alles mitnehme – gut; andernfalls können sie mich auch wieder nur im Soldatenmantel fortschaffen. Aber ich habe fünfunddreißig Rubel« (fuhr er mit gedämpfter Stimme fort und schielte nach der Tür, durch die Nastasja verschwunden war) »heimlich durch ein Loch meiner Westentasche ins Futter hineingeschoben, hier, fühlen Sie einmal ... Ich denke doch, daß Sie mir die Weste nicht wegnehmen werden. Zum Schein habe ich noch sieben Rubel in meine Geldtasche gesteckt und werde sagen, daß das alles ist, was ich habe. Wissen Sie, und dann habe ich noch ein bißchen Kleingeld und ein paar Kupfermünzen auf dem Tisch liegenlassen, damit sie gar nicht auf den Gedanken kommen, daß ich Geld versteckt habe, sondern denken werden, das sei alles. Weiß der liebe Gott, wo ich bereits die heutige Nacht verbringen werde.«

Ich ließ den Kopf sinken über soviel Unverstand. Es lag auf der Hand, daß er weder abgeführt noch so durchsucht werden würde, wie er sich das ausmalte, er hatte eben ganz den Kopf verloren. Allerdings ereignete sich das ja damals, also noch vor unseren neuen, heutigen Gesetzen. Tatsache war auch, daß man ihm – wie er selber sagte – eine korrektere Abwicklung der Angelegenheit vorgeschlagen hatte, aber er hatte sie »überlistet« und darauf verzichtet ... Allerdings konnte früher, das heißt, noch ganz vor kurzem, der Gouverneur in äußersten Fällen ... Aber was für ein »äußerster Fall« konnte denn hier in Frage kommen? Das alles drehte sich wie ein Mühlrad in meinem Kopf herum.

»Wahrscheinlich haben sie ein Telegramm aus Petersburg erhalten«, sagte auf einmal Stepan Trofimowitsch.

»Ein Telegramm? Ihretwegen? Wohl weil Sie Herzens Schriften besitzen und ein Gedicht gemacht haben? Sind Sie von Sinnen? Darum sollte man Sie festnehmen?«

Ich ärgerte mich geradezu. Er schnitt ein Gesicht und war sichtlich beleidigt – nicht etwa durch meinen Ausruf, sondern durch den Gedanken, daß kein Grund vorhanden sei, ihn zu arretieren.

»Wer kann heutzutage wissen, aus welchem Grund man arretiert wird?« murmelte er rätselhaft. Ein toller, absurder Gedanke schoß mir durch den Kopf.

»Stepan Trofimowitsch, sagen Sie mir wie einem Freund«, rief ich aus, »wie einem aufrichtigen Freund, ich werde Sie nicht verraten: Gehören Sie zu irgendeiner geheimen Verbindung oder nicht?«

Und siehe da, zu meinem größten Erstaunen war er sich nicht völlig darüber klar, ob er zu irgendeiner geheimen Verbindung gehörte oder nicht.

»Ja, wie man es nimmt, voyez-vous ...«

»Wie meinen Sie das: wie man es nimmt?«

»Wenn man mit Leib und Seele dem Fortschritt angehört und ... wer kann's wissen? Man denkt, man gehört nicht dazu, sieht man aber näher hin, so stellt sich heraus, daß man doch ein wenig dazu gehört.«

»Wie ist das möglich? Hier gibt es doch nur ein Ja oder ein Nein?«

»Cela date de Pétersbourg, als ich damals mit ihr dort die Zeitschrift gründete. Hier liegen die Wurzeln. Damals sind wir mit einem blauen Auge davongekommen, und man hat uns vergessen, jetzt aber fällt ihnen das wieder ein. Cher, cher, kennen Sie mich denn nicht?« rief er schmerzlich aus. »Und nun wird man uns ergreifen, auf einen Karren laden und marsch, nach Sibirien, für alle Ewigkeit! Oder man steckt uns in eine Kasematte und vergißt uns.«

Und plötzlich begann er bitterlich, bitterlich zu weinen. Die Tränen strömten nur so. Er drückte sein rotseidenes Taschentuch an die Augen und schluchzte, schluchzte krampfhaft wohl fünf Minuten lang. Mir ging das durch und durch.

Dieser Mann, der zwanzig Jahre lang unser Prophet, unser Prediger, unser Lehrmeister, unser Patriarch, unser Kukoljnik gewesen war, der immer so hoch und erhaben über uns allen geschwebt hatte, vor dem wir uns innerlich immer gebeugt hatten, wobei wir uns geehrt fühlten – dieser Mann schluchzte jetzt, schluchzte wie ein kleiner, ungezogener Schuljunge, der sich vor der Rute fürchtet, die der Lehrer holen will. Er tat mir schrecklich leid. Von dem »Karren« war er anscheinend ebenso überzeugt wie davon, daß ich vor ihm saß, und er erwartete ihn noch am heutigen Morgen, sogleich, noch in diesem Augenblick, und das alles nur, weil er Herzens Werke besessen und ein Gedicht verfaßt hatte! Diese vollkommene Unkenntnis der Alltagswirklichkeit war rührend und abstoßend zugleich.

Endlich hörte er auf zu weinen, stand vom Sofa auf und ging wieder im Zimmer auf und ab. Er nahm auch das Gespräch mit mir wieder auf, spähte aber alle Augenblicke zum Fenster hinaus und horchte nach dem Vorzimmer hin. Unsere Unterhaltung setzte sich zusammenhanglos fort. Alle meine Überzeugungs- und Beruhigungsversuche sprangen von ihm ab wie Erbsen von der Wand. Er hörte kaum zu, trotzdem aber war es dringend notwendig, daß ich ihn beruhigte und ihm unentwegt in diesem Sinne zuredete. Ich sah, daß er jetzt einfach nicht ohne mich auskommen konnte und mich um alles in der Welt nicht fortgelassen hätte. So blieb ich denn da, und wir saßen über zwei Stunden zusammen. Im Gespräch erwähnte er, daß Blum zwei Proklamationen bei ihm gefunden und mitgenommen habe.

»Was denn für Proklamationen?« fragte ich dummerweise ganz erschrocken. »Sie sind doch nicht etwa ...«

»Ach, man hatte mir einmal zehn Stück zugeschmuggelt«, erwiderte er ärgerlich (er sprach mit mir entweder nur ärgerlich und hochmütig oder entsetzlich kläglich und kleinmütig). »Acht davon hatte ich schon wieder abgestoßen, so hat Blum nur zwei gefunden ...«

Plötzlich errötete er vor Unwillen.

»Vous me mettez avec ces gens-là! Glauben Sie denn wirklich, daß ich mit diesen Schurken, diesem lichtscheuen Gesindel und mit meinem Söhnchen Pjotr Stepanowitsch unter einer Decke stecken könnte? Avec ces esprits-forts de la lâcheté? O Gott!«

»Ja, aber vielleicht hat man Sie doch irgendwie mit jenen

in einen Topf geworfen ... Aber das ist ja Unsinn, das kann ja nicht sein!« bemerkte ich.

»Savez-vous«, entfuhr es ihm plötzlich, »ich fühle in manchen Augenblicken, que je ferai là-bas quelque esclandre. Oh, gehen Sie nicht fort, lassen Sie mich nicht allein! Ma carrière est finie aujourd'hui, je le sens. Wissen Sie, vielleicht stürze ich mich dort auf einen und beiße ihn, wie jener Leutnant ...«

Er sah mich mit einem sonderbaren, erschrockenen Blick an, der gleichzeitig auch mir einen Schrecken einjagen sollte. Er regte sich wirklich über irgend jemanden oder irgend etwas immer mehr auf, und zwar um so mehr, je später es wurde, ohne daß der »Karren« erschien, ja er wurde ordentlich wütend. Plötzlich stieß Nastasja, die aus irgendeinem Grund aus der Küche ins Vorzimmer gegangen war, dort an den Kleiderständer an und warf ihn um. Stepan Trofimowitsch fing an zu zittern und wurde auf der Stelle leichenblaß, als sich die Geschichte aber dann aufklärte, schrie er Nastasja wütend an, stampfte mit den Füßen und jagte sie in die Küche zurück. Gleich darauf sah er mich verzweifelt an und sagte zu mir: »Ich bin verloren, cher!« Er setzte sich plötzlich neben mich und sah mir wehmütig, wehmütig und unverwandt in die Augen. »Cher, ich fürchte mich nicht vor Sibirien, das kann ich beschwören, oh, je vous jure« (sogar Tränen traten ihm in die Augen), »ich fürchte etwas anderes ...«

Schon aus seiner Miene erriet ich, daß er mir jetzt endlich etwas Außerordentliches mitteilen wollte, was er bisher immer noch für sich behalten hatte.

»Ich fürchte die Schande«, stammelte er geheimnisvoll.

»Was ist denn das für eine Schande? Eher das Gegenteil! Glauben Sie, Stepan Trofimowitsch, das alles wird sich noch heute aufklären und günstig für Sie ablaufen ...«

»Sind Sie so überzeugt, daß man mir verzeihen wird?«

»Was denn ‚verzeihen'? Was für ein Ausdruck! Was haben Sie denn getan? Ich versichere Ihnen, Sie haben nichts verbrochen!«

»Qu'en savez vous? Mein ganzes Leben war ... cher ... sie werden sich an alles erinnern ... Und wenn sie nichts finden – *um so schlimmer*«, fügte er plötzlich unerwartet hinzu.

»Wieso um so schlimmer?«

»Um so schlimmer.«

»Das verstehe ich nicht.«

»Mein Freund, mein Freund, mag man mich nach Sibirien, nach Archangelsk verschicken, mag man mir die bürgerlichen Ehrenrechte nehmen – wenn man nun einmal verloren sein soll, nun gut, so ist man es eben! Aber ... ich fürchte mich vor etwas anderem« (wieder Flüstern, erschrockene Miene und Geheimnistuerei).

»Aber wovor denn, wovor denn?«

»Man wird mich durchprügeln«, sagte er und sah mich ganz verloren an.

»Wer wird Sie durchprügeln? Wo? Warum?« rief ich erschrocken aus, weil ich dachte, er hätte den Verstand verloren.

»Wo? Nun dort ... wo das immer geschieht.«

»Aber wo ist denn das?«

»Ach, cher«, flüsterte er dicht an meinem Ohr, »plötzlich teilt sich da der Boden unter unsern Füßen, man sinkt bis zum Gürtel hinunter ... das weiß doch jedes Kind.«

»Märchen!« rief ich und erriet, was er meinte. »Ammenmärchen! Glauben Sie wirklich heutigentags noch daran?« Ich fing an zu lachen.

»Märchen? Aber solche Märchen sind doch nicht aus der Luft gegriffen. Einer, der diese Strafe erlitten hat, erzählt dann keine Märchen. Ich habe mir das schon hundertmal im Geiste vorgestellt.«

»Aber warum sollte man Sie, Sie so bestrafen? Sie haben doch nichts getan.«

»Um so schlimmer. Wenn sie sehen, daß ich nichts getan habe, werden sie mich durchprügeln.«

»Und Sie glauben, man transportiert Sie deswegen nach Petersburg?«

»Mein Freund, ich sagte schon, daß mir nichts leid tut. Ma carrière est finie. Von jener Stunde in Skworeschniki an, wo sie von mir Abschied nahm, ist es mir um mein Leben nicht mehr leid ... Aber die Schande, die Schande! Que dira-t-elle, wenn sie es erfährt?«

Er sah mich ganz verzweifelt an, der Arme, und wurde über und über rot. Ich senkte ebenfalls die Augen.

»Sie wird gar nichts erfahren, weil Ihnen gar nichts geschehen wird. Mir ist, als spräche ich heute zum erstenmal in meinem Leben mit Ihnen, Stepan Trofimowitsch, so haben Sie mich jetzt in Erstaunen gesetzt.«

»Mein Freund, das ist nicht etwa Angst bei mir. Aber auch wenn sie mir verzeihen, auch wenn sie mich wieder hierher zurückführen und mir nichts tun – so bin ich trotz alledem verloren. Elle me soupçonnera toute sa vie... mich, mich, ihren Dichter, ihren Denker, einen Menschen, den sie zweiundzwanzig Jahre lang hochgeschätzt hat!«

»Aber das fällt ihr ja gar nicht im Schlaf ein.«

»Doch«, flüsterte er in tiefer Überzeugung. »Wir haben damals in Petersburg in der großen Fastenzeit, kurz vor unserer Abreise, als wir beide Angst hatten, öfter darüber gesprochen. Elle me soupçonnera toute sa vie... Und wie soll ich sie überzeugen? Es wird immer unwahrscheinlich klingen. Ja, und wer wird mir überhaupt hier im Städtchen Glauben schenken? C'est invraisemblable... Et puis les femmes... Sie wird sich freuen. Sie wird sehr betrübt sein, aufrichtig betrübt wie ein wahrer Freund, aber im geheimen – wird sie sich freuen. Ich gebe ihr dadurch fürs ganze Leben eine Waffe gegen mich in die Hand! Oh, mein Leben ist vernichtet! Zwanzig Jahre eines so reinen Glückes mit ihr... und nun!«

Er verbarg sein Gesicht in beiden Händen.

»Stepan Trofimowitsch, wollen Sie Warwara Petrowna nicht gleich von dem Vorfall in Kenntnis setzen?« schlug ich vor.

»Gott soll mich davor bewahren!« sagte er erbebend und fuhr von seinem Stuhl auf. »Nicht um alles in der Welt! Niemals! Nach alledem, was bei unserem Abschied in Skworeschniki gesagt worden ist – niemals!« Seine Augen funkelten.

Ich glaube, wir saßen noch über eine Stunde so zusammen, immer in Erwartung von irgend etwas – so völlig hatte sich dieser Gedanke schon unser bemächtigt. Er hatte sich wieder hingelegt, sogar die Augen geschlossen und lag so ungefähr zwanzig Minuten, ohne ein Wort zu sagen, so daß ich fast schon dachte, er wäre eingeschlafen oder in Träume versunken. Plötzlich richtete er sich hastig auf, riß das Handtuch vom Kopf, sprang vom Sofa auf, stürzte vor den Spiegel, band sich mit zitternden Händen ein Halstuch um, rief mit Donnerstimme nach Nastasja und befahl, ihm den Mantel, den neuen Hut und den Stock zu bringen.

»Ich kann es nicht mehr aushalten«, sagte er mit stockender Stimme, »ich kann nicht, ich kann nicht... Ich gehe selbst hin.«

»Wohin denn?« fragte ich, selbst aufspringend.

»Zu Lembke. Cher, ich muß, es ist meine Pflicht. Ich bin ein Bürger, bin ein Mann und kein Holzspan, ich habe Rechte, ich bestehe auf meinen Rechten ... Zwanzig Jahre lang habe ich meine Rechte nicht geltend gemacht, habe sie zeit meines Lebens freventlich vergessen ... jetzt aber fordere ich sie. Er muß mir alles sagen, alles. Er hat ein Telegramm bekommen. Er darf mich nicht quälen, mag er mich festnehmen, festnehmen, festnehmen!«

Seine Stimme klang fast kreischend; er stampfte mit dem Fuß auf.

»Darin muß ich Ihnen vollkommen recht geben«, sagte ich absichtlich so ruhig wie nur möglich, obgleich ich in großer Angst um ihn war. »Wirklich, das ist viel besser, als hier in solcher Ungewißheit zu sitzen, aber ich kann Ihre Stimmung nicht billigen, sehen Sie sich doch einmal an, wie Sie aussehen, und ob Sie so dahin gehen können. Il faut être digne et calme avec Lembke. Tatsächlich könnten Sie jetzt doch auf jemanden losstürzen und ihn beißen.«

»Ich werde mich selbst ausliefern. Ich werde mich geradewegs in den Rachen des Löwen begeben ...«

»Und ich werde mit Ihnen gehen.«

»Das habe ich auch von Ihnen erwartet. Ich nehme Ihr Opfer an, das Opfer eines wahren Freundes. Aber bis zum Haus, nur bis zum Haus dürfen Sie mitgehen. Sie dürfen nicht, Sie haben kein Recht, sich durch meine Gesellschaft noch weiter zu kompromittieren. Oh, croyez-moi, je serai calme! Ich fühle mich in diesem Augenblick à la hauteur de tout ce qu'il y a de plus sacré ...«

»Vielleicht gehe ich doch mit Ihnen bis ins Haus hinein«, unterbrach ich ihn. »Gestern wurde mir von diesem dummen Komitee durch Wysozkij die Nachricht überbracht, daß sie auf mich rechneten und mich aufforderten, bei der morgenden Feier so etwas wie Festordner, oder wie man das nennt, zu sein ... das heißt, einer von den sechs jungen Leuten, die das Herumreichen der Erfrischungen beaufsichtigen, den Damen den Hof machen, die Gäste auf ihren Platz führen und eine Schleife aus weißen und roten Bändern auf der linken Schulter tragen sollen. Ich wollte das ablehnen, warum sollte ich also jetzt nicht mit dorthin gehen unter dem Vorwande, das mit Julija Michajlowna selbst abzumachen ... So können wir also zusammen hingehen.«

Er hörte mir zu und nickte, anscheinend ohne etwas zu begreifen. Wir standen auf der Schwelle.

»Cher«, er wies mit der Hand auf das Lämpchen in der Ecke vor der Ikone, »cher, ich habe niemals daran geglaubt, aber ... mag sein, mag sein ...« (er bekreuzte sich). »Allons.«

Nun, um so besser, dachte ich, als wir auf die Straße hinaustraten. Unterwegs wird ihm die frische Luft guttun, wird ihn beruhigen, er wird nach Hause zurückkehren und sich schlafen legen ...

Aber ich hatte die Rechnung ohne den Wirt gemacht. Unterwegs ereignete sich ausgerechnet ein Zwischenfall, der Stepan Trofimowitsch noch mehr erschütterte und endgültig bestimmte, so daß ich, wie ich gestehe, eine solche Behendigkeit gar nicht von unserem Freunde erwartet hätte, wie er sie an jenem Morgen bewies. Armer Freund, guter Freund!

Elftes Kapitel

Die Flibustier. Der verhängnisvolle Morgen

1

Das Abenteuer, das wir unterwegs hatten, war aber auch sehr erstaunlich. Doch ich will alles der Reihe nach erzählen. Ungefähr eine Stunde bevor ich mit Stepan Trofimowitsch auf die Straße hinausgetreten war, hatte ein Trupp Arbeiter aus der Schpigulinschen Fabrik, an die siebzig Mann oder noch mehr, die Stadt durchquert, was von vielen mit Neugier wahrgenommen worden war. Sie waren ruhig und schweigend, in absichtlicher Ordnung einhergegangen. Später wurde behauptet, diese siebzig Mann seien nur die Abgeordneten der ganzen neunhundert Schpigulinschen Arbeiter gewesen und beauftragt, sich wegen Abwesenheit der Fabrikbesitzer an den Gouverneur zu wenden, um bei ihm Recht gegen den Direktor zu suchen, der bei der Schließung der Fabrik und Entlassung der Arbeiter sie alle schamlos betrogen hatte – eine Tatsache, die jetzt keinem Zweifel mehr unterliegt. Andere wieder stellen dies bis auf den heutigen Tag in

Abrede und behaupten, siebzig Mann seien für eine Deputation zuviel, es seien dies nur die am meisten beteiligten Leute gewesen, die ganz einfach gekommen seien, um für sich selber Fürbitte einzulegen, so daß von einem »allgemeinen Aufstand der Fabrikarbeiter«, von dem dann soviel Aufhebens gemacht wurde, ganz und gar nicht die Rede sein könne. Eine dritte Gruppe wieder behauptete, diese siebzig Männer seien nicht nur einfach Unzufriedene, sondern politische Aufrührer gewesen, und zwar von der gefährlichsten Sorte, die überdies durch nichts anderes als durch die heimlich verbreiteten Proklamationen aufgehetzt worden seien. Kurz, bis auf den heutigen Tag ist noch nicht bekannt, ob hier irgendein Einfluß oder eine Überredung dahintergesteckt hatte. Meine persönliche Meinung ist die, daß die Arbeiter diese Proklamationen überhaupt nicht gelesen hatten, und hätten sie sie auch wirklich gelesen, so hätten sie doch kein Wort davon verstanden, schon aus dem Grunde, weil die Leute, welche solche Sachen abfassen, bei aller Nacktheit ihres Stils doch meist im höchsten Grad unklar schreiben. Da aber die Arbeiter tatsächlich betrogen worden waren und die Polizei, an die sie sich gewandt hatten, auf ihre Beschwerde nicht hatte eingehen wollen, was war da natürlicher, als in hellen Haufen »selber zum General« zu ziehen, womöglich mit einer Bittschrift an der Spitze des Zuges, sich ehrerbietig vor seiner Haustür aufzustellen, sich, sobald er sich nur zeigen würde, vor ihm auf die Knie zu werfen und ihn heulend anzuflehen wie die Vorsehung selber? Meiner Ansicht nach bedurfte es dazu weder eines »Aufruhrs« noch einer »Deputation«, denn dies ist ein altes, historisches Mittel: das russische Volk hat nun einmal von jeher eine Unterredung »mit dem General selber« allem anderen vorgezogen, schon allein um des Vergnügens willen, möge das Gespräch ausgehen, wie es wolle.

Ich bin daher fest überzeugt, wenn auch Pjotr Stepanowitsch, Liputin und vielleicht noch jemand, möglicherweise sogar auch Fedjka sich vorher heimlich zwischen den Arbeitern herumgetrieben und mit ihnen gesprochen hatten (denn für diesen Umstand liegen tatsächlich ziemlich sichere Beweise vor), so hatten diese doch höchstens mit zwei, drei oder meinetwegen auch fünf von ihnen nur probeweise sprechen und so weiter keinen Erfolg erzielen können. Was aber den Aufruhr anbetrifft, so hätten die Arbeiter, wenn sie wirklich etwas von der Propaganda jener Leute verstanden hätten, ihnen sicherlich gar nicht zugehört, da sie das für ein dummes und für ihre Zwecke nicht geeignetes Mittel gehalten hätten. Etwas anderes war es mit Fedjka: der hatte anscheinend mehr Glück als Pjotr Stepanowitsch. Denn es hat sich jetzt einwandfrei herausgestellt, daß an der drei Tage später in unserer Stadt angestifteten Feuersbrunst außer Fedjka tatsächlich auch noch zwei Fabrikarbeiter teilgenommen hatten, und etwa vier Wochen später wurden noch drei andere frühere Arbeiter in der Umgegend ebenfalls beim Brennen und Rauben abgefaßt. Und wenn es auch Fedjka gelungen war, sie geradezu zum unmittelbaren Handeln zu überreden, so betraf das doch wiederum nur diese fünf, denn von allen anderen hat man etwas Ähnliches niemals gehört.

Wie dem nun aber auch gewesen sein mag, jedenfalls kam der ganze Haufen der Arbeiter endlich auf dem Platz vorm Haus des Gouverneurs an und stellte sich dort ruhig und schweigend auf. Dann starrten sie mit offenem Mund auf die Haustür und begannen zu warten. Kaum hatten sie sich aufgestellt, so nahmen sie auch schon, wir mir dann erzählt wurde, ihre Mützen ab, also etwa eine halbe Stunde vor Erscheinen des Gouverneurs, der in dem Augenblick ausgerechnet nicht zu Hause war. Sogleich erschien auch die Polizei auf der Bildfläche, anfänglich in einzelnen Vertretern, später aber in möglichst geschlossenem Zug. Selbstverständlich befahl sie der Menge drohend, auseinanderzugehen. Aber die Arbeiter blieben eigensinnig stehen wie eine Hammelherde vor einem Zaun und antworteten lakonisch, sie wollten zum »General selber«. Man sah, sie waren fest entschlossen. Das unsinnige Anschreien seitens der Polizei verstummte, an seine Stelle traten Nachdenken, geflüsterte Geheimanordnungen und finster besorgte Geschäftigkeit. Die Kommandierenden runzelten die Brauen. Der Polizeimeister zog vor, Lembkes Ankunft abzuwarten. Daß dieser in vollem Galopp in seiner Trojka angesaust gekommen wäre und schon vom Wagen aus den Befehl zum Prügeln erteilt habe, ist nur albernes Gerede. Allerdings liebte er es, in seinem Wagen mit der gelben Rückwand nur so dahinzusausen, und wenn dann seine »auf Tod und Teufel dahinstürmenden« Seitenpferde zum Entzücken aller Verkäufer des Gostinyj Rjad immer toller und toller zu rasen anfingen, so stand er im Wagen auf, blieb in seiner ganzen Größe darin stehen, hielt sich an einem zu diesem Zwecke eigens an der Seite angebrachten Riemen fest, streckte den rechten Arm wie eine Statue weit von sich und überschaute so die Stadt. Im gegenwärtigen Fall tat er dies aber nicht, und obgleich er sich, als er aus dem Wagen sprang, eines kräftigen Schimpfwortes nicht enthalten konnte, so tat er das doch einzig deshalb, um seine Popularität nicht einzubüßen. Noch alberner ist das Gerede, daß Soldaten mit aufgepflanzten Bajonetten aufgeboten und telegraphisch irgendwoher Artillerie und Kosaken herbeigerufen worden seien; das sind alles Märchen, an die jetzt ihre eignen Erfinder nicht mehr glauben. Unsinniges Gerede ist ferner, daß Feuerwehrkübel herbeigeschafft worden seien und man das Volk mit Wasser übergossen habe. Ilja Iljitsch hatte ganz einfach in der Hitze des Gefechts ausgerufen, es werde nicht einer von ihnen »trocken aus dem Wasser kommen«, woraus dann wahrscheinlich die Kübel entstanden sind, von denen dann auch die Zeitungsschreiber der Hauptstadt zu erzählen wußten. Die glaubwürdigste Darstellung war meiner Ansicht nach die, daß man zuerst einmal die Menge mit allen nur zu Gebote stehenden Schutzleuten umstellt hatte und dann den Polizeiaufseher des ersten Reviers als expressen Boten nach Lembke ausschickte, der dann auch im Wagen des Polizeimeisters fortsauste, da man wußte, daß Lembke vor einer halben Stunde nach Skworeschniki gefahren war.

Aber ich muß gestehen, für mich blieb trotz alledem noch die Frage offen, wie man eine unschuldige, das heißt ganz gewöhnliche Schar von Bittstellern – es waren allerdings gegen siebzig Mann – gleich von vornherein, auf den ersten Blick hin, in eine Bande von Aufrührern verwandeln konnte, die alle Grundfesten zu erschüttern drohe. Und warum auch Herr v. Lembke zu dieser Annahme neigte, als er zwanzig Minuten später, durch den expressen Boten herbeigeholt, erschien. Ich möchte vermuten (dies ist aber wiederum nur meine ganz persönliche Meinung), daß der Polizeimeister Ilja Iljitsch, der dem Direktor der Schpigulinschen Fabrik verwandt war, es sogar für vorteilhaft hielt, die Menge Herrn v. Lembke gegenüber in einem solchen Licht hinzustellen, einfach um eine nähere Untersuchung der Angelegenheit zu verhindern. Auf diesen Gedanken hatte ihn aber Herr v. Lembke selber gebracht: er hatte in den letzten zwei Tagen ein paar geheime, besondere, übrigens ziemlich verworrene Unterredungen mit ihm gehabt, aus denen aber Ilja Iljitsch immerhin ersah, daß sich sein Chef ganz und gar auf die Idee versteift hatte, die Schpigulinschen Arbeiter seien durch die Proklamationen aufgehetzt und bereiteten einen sozialen Aufruhr vor, und zwar so sehr darauf versteift, daß es ihm geradezu leid getan hätte, wenn sich seine Annahme als unrichtig erwiesen hätte. Will sich wahrscheinlich in Petersburg auszeichnen, dachte unser durchtriebener Ilja Iljitsch, als er Lembke verließ, na, meinetwegen, damit arbeitet er uns nur in die Hände.

Aber ich bin überzeugt, daß der arme Andrej Antonowitsch selbst für eine persönliche Auszeichnung den Aufruhr nicht gewünscht hätte. Er war ein äußerst gewissenhafter Beamter und hatte bis zu seiner Verheiratung in vollkommner Unschuld gelebt. Konnte er dafür, daß statt des unschuldigen staatlichen Holzes und eines ebenso unschuldigen Minchens eine vierzigjährige Fürstin ihn zu sich emporhob? Ich weiß ziemlich genau, daß seit jenem verhängnisvollen Morgen sich bei ihm die ersten Anzeichen jenes Zustandes zu zeigen begannen, die, wie man sagt, den armen Andrej Antonowitsch in jene bekannte Schweizer Privatanstalt gebracht haben, wo er jetzt angeblich neue Kräfte sammeln soll. Wenn man aber zugibt, daß gerade an jenem Morgen schon ganz deutlich »etwas« zu bemerken gewesen ist, so ist es meiner Ansicht nach ebensogut für möglich zu halten, daß schon am Tage zuvor ähnliche Fakten in Erscheinung getreten sein können, wenn auch vielleicht nicht ganz so deutlich. Durch Mitteilungen vertraulicher Art (nehmen Sie an, Julija Michajlowna habe mir später nicht mehr triumphierend, sondern *beinahe* reuig – denn *ganz* bereut ja eine Frau niemals – diese Geschichte zum Teil erzählt) ist mir also bekannt, daß Andrej Antonowitsch am Tage zuvor mitten in der Nacht, gegen drei Uhr morgens, zu seiner Gattin hereingekommen ist, sie aufgeweckt und von ihr verlangt hat, sie möchte sein »Ultimatum« anhören. Diese Forderung soll so eindringlich gewesen sein, daß sie sich doch gezwungen gesehen hatte, sich von ihrem Lager zu erheben – trotz des Unwillens im Herzen und der Lockenwickel im Haar –, um auf dem Sofa Platz zu nehmen und ihn, wenn auch mit spöttischer Geringschätzung, aber doch immerhin anzuhören. In diesem Augenblick wurde es ihr zum erstenmal klar, wie weit es schon mit ihrem Andrej Antonowitsch gekommen war, und sie erschrak innerlich. Das hätte sie freilich zur Besinnung bringen und besänftigen müssen, aber sie verbarg ihren Schreck und zeigte sich noch hartnäckiger und widerspenstiger als früher. Sie behandelte (wie anscheinend jede Gattin) ihren Mann auf eine nur ihr eigne Art, die sie schon oft erprobt und durch die sie ihn bereits mehr als einmal zur Verzweiflung gebracht hatte. Julija Michajlownas Methode bestand in einem verächtlichen Schweigen, eine Stunde oder auch zwei, einen Tag, manchmal sogar beinahe ganze drei Tage lang, sie schwieg und schwieg, was sich auch immer ereignen, was er auch sagen, was er auch tun mochte, selbst wenn er sich aus einem Fenster der dritten Etage auf den Hof hinuntergestürzt hätte – eine Methode, die für einen empfindsamen Menschen einfach unerträglich ist. Wollte Julija Michajlowna ihren Gatten für seine in den letzten Tagen geschossenen Böcke oder für seinen eifersüchtigen Neid als Stadtoberhaupt ihren verwaltungstechnischen Fähigkeiten gegenüber bestrafen? Ärgerte sie sich, daß er ihr Verhalten der Jugend und der ganzen hiesigen Gesellschaft gegenüber kritisierte und ihren feinen, weitschauenden politischen Zielen kein Verständnis entgegenbrachte? Oder kränkte sie seine sinnlose Eifersucht auf Pjotr Stepanowitsch? Wie dem auch gewesen sein mochte – jedenfalls war sie jetzt fest entschlossen, nicht nachzugeben, trotzdem es drei Uhr nachts war und Andrej Antonowitsch sich in einer noch nie an ihm wahrgenommenen Aufregung befand. Außer sich lief er im Zimmer auf und ab, nach allen Seiten hin, über die Teppiche ihres Boudoirs, legte ihr alles dar, alles, allerdings ohne jeden Zusammenhang, aber dafür alles, alles, was in ihm siedete und kochte, denn »das überschreite alle Grenzen«. Er fing damit an, daß sich alle Welt über ihn »lustig mache« und ihn »an der Nase herumführe«. »Der Ausdruck tut dabei gar nichts zur Sache!« schrie er sogleich, als er ihr Lächeln bemerkte. »Ja, an der Nase! Das ist Tatsache! Nein, meine Verehrteste, der Augenblick ist gekommen. So etwas ist nicht mit Lächeln und weiblicher Koketterie abgetan, müssen Sie wissen! Wir sind hier nicht im Boudoir einer Modedame, sondern wie zwei abstrakte Wesen auf einem Luftballon, die zusammengekommen sind, um sich die Wahrheit zu sagen« (er verwirrte sich vollständig und konnte für seine übrigens richtigen Gedanken keine zutreffenden Formulierungen finden). »Sie, Sie, gnädige Frau, haben mich aus meinem früheren Leben herausgerissen, nur Ihretwegen habe ich diese Stellung angenommen, nur Ihres Ehrgeizes wegen ... Sie lächeln sarkastisch? Triumphieren Sie nicht, das könnte übereilt sein! Denken Sie nicht etwa, gnädige Frau, denken Sie nicht etwa, daß ich mit diesem Amte nicht fertig zu werden verstünde, und nicht nur diesen Posten allein, noch zehn andere ebensolche könnte ich ausfüllen, denn ich besitze Fähigkeiten! Aber mit Ihnen, gnädige Frau, an Ihrer Seite ist das unmöglich, denn in Ihren Augen besitze ich ja überhaupt keine Fähigkeiten! Zwei Mittelpunkte können nebeneinander nicht existieren, die aber haben Sie eingerichtet: den einen bei mir, den anderen in Ihrem Boudoir, also zwei Zentren der Macht. Aber das erlaube ich nicht, das lasse ich nicht zu, das dulde ich nicht!! Im Dienst sowie auch in der Ehe darf es nur *einen* Mittelpunkt geben, unmöglich aber zwei ... Ist das Ihr Dank?« schrie er weiter. »Unsere Ehe hat einzig und allein nur darin bestanden, daß Sie mir die ganze Zeit über, täglich, stündlich bewiesen haben, daß ich ein unbedeutender, dummer und gemeiner Mensch sei, und ich habe mich somit die ganze Zeit über, täglich, stündlich auf die demütigendste Art und Weise gezwungen gesehen, wiederum Ihnen zu beweisen, daß ich durchaus nicht so unbedeutend und dumm bin und alle Welt mit meinem Edelmut in Erstaunen setze. Ist das nun nicht für beide Teile beschämend?« Hierbei stampfte er wiederholt und heftig mit beiden Füßen auf den Teppich, so daß sich Julija Michajlowna genötigt sah, sich mit finsterer Würde aufzurichten. Er stand gleich still, ging aber dafür ins Gefühlvolle über und fing an zu schluchzen (ja, zu schluchzen), schlug sich ganze fünf Minuten lang vor die Brust und geriet über das tiefe Schweigen Julija Michajlownas immer mehr und mehr außer sich. Schließlich tat er das Dümmste, was er überhaupt tun konnte, und erklärte, er sei auf Pjotr Stepanowitsch eifersüchtig. Gleich darauf bemerkte er aber seinen Fehler und fing wie ein Rasender zu toben und zu schreien an, er werde es nicht erlauben, »Gott zu verwerfen«, er werde ihren »unverzeihlichen, gottlosen Salon« auseinanderjagen, er als Haupt eines ganzen Gouvernements sei sogar verpflichtet, an Gott zu glauben, und »folglich seine Frau ebenfalls«, und er werde die jungen Leute nicht mehr dulden. »Sie, Sie, Verehrteste, müßten doch um der eignen Würde willen für Ihren Mann und dessen Fähigkeiten einstehen, selbst wenn er deren nur wenige besäße (ich aber bin durchaus nicht ohne Fähigkeiten!), statt dessen sind Sie allein der Grund, daß mich hier alle verachten, denn nur Sie haben alle so weit gebracht!« Er schrie, er werde die Frauenfrage vernichten, er werde diesen schlechten Geruch hinausräuchern, er werde dieses absurde Subskriptionsfest für die Gouvernanten – die der Teufel holen solle – noch morgen verbieten und die ganze Gesellschaft auseinandertreiben, er werde die erste Gouvernante, die ihm morgen in den Weg liefe, durch »Kosaken« zum Gouvernement hinausjagen lassen! »Und das mit Absicht, mit Absicht!« brüllte er. »Wissen Sie, wissen Sie auch, daß Ihre Taugenichtse die Arbeiter in der Fabrik aufhetzen und daß mir das bekannt ist? Wissen Sie, daß sie eigens zu diesem Zweck Proklamationen verteilt haben, eigens zu die–sem Zweck! Wissen Sie, daß ich schon vier Namen von diesen Halunken kenne, daß ich darüber den Verstand verliere, endgültig den Verstand verliere, endgültig, endgültig!!! . . .« Hier aber brach Julija Michajlowna plötzlich ihr Schweigen und erklärte streng, daß sie selber schon lange über diese verbrecherischen Absichten unterrichtet sei, daß dies aber alles nur Dummheiten seien, die er viel zu ernst nähme, und was die nichtsnutzigen Bengel anbeträfe, so kenne sie nicht nur diese vier, sondern alle miteinander (das log sie zwar), deswegen habe sie aber keineswegs die Absicht, den Verstand zu verlieren, sondern verlasse sich dabei, ganz im Gegenteil, nur noch mehr auf den ihrigen und hoffe dadurch, alles zu einem harmonischen Ende zu führen, die Jugend zu ermuntern und zur Vernunft zu bringen, ihnen plötzlich unvermutet zu zeigen, daß all ihre Absichten bekannt seien, und ihnen dann einen neuen Weg zu vernünftigerer und lichterer Tätigkeit zu weisen. Wie wurde da Andrej Antonowitsch zumute! Als er erfuhr, daß Pjotr Stepanowitsch ihn abermals hinters Licht geführt und sich in so plumper Weise über ihn lustig gemacht hatte, daß er ihr weit mehr entdeckt hatte und viel früher als ihm und daß möglicherweise endlich Pjotr Stepanowitsch selber der Haupturheber aller dieser verbrecherischen Pläne war – da kam eine rasende Wut über ihn. »Wisse, du törichtes, boshaftes Frauenzimmer«, rief er aus, als hätte er plötzlich alle Fesseln der Höflichkeit abgeworfen, »wisse, daß ich deinen unwürdigen Liebhaber sofort verhaften, in Ketten legen und ins Gefängnis abführen lassen werde, oder . . . oder ich stürze mich gleich hier vor deinen Augen noch aus dem Fenster!« Julija Michajlowna wurde bei diesem Worterguß ordentlich grün vor Wut, brach aber sogleich in ein langes, helles Gelächter aus, in ein Gelächter mit

Läufern und rollenden Passagen, ganz wie eine Pariser Schauspielerin auf dem Theater, die für hunderttausend Rubel eine Kokotte spielt, ihrem Mann ins Gesicht lacht, der sich erdreistet, auf sie eifersüchtig zu sein. Lembke wollte zum Fenster stürzen, blieb aber plötzlich wie angewurzelt stehen, kreuzte die Arme über der Brust, sah die Lachende bleich wie ein Toter mit unheilschwangerem Blick an und sagte, nach Atem ringend und mit beschwörender Stimme: »Weißt du, weißt du, Julija, daß ich mir weiß Gott etwas antun könnte?« Da aber auf diese seine letzten Worte nur ein neuer, noch stärkerer Ausbruch des Gelächters erfolgte, biß er die Zähne zusammen, stöhnte auf und stürzte sich plötzlich – nicht etwa zum Fenster hinaus, sondern mit erhobener Faust auf seine Gattin. Doch ließ er seine Faust nicht auf sie herabsinken, nein, dreimal nein; dafür aber war er augenblicklich von der Bildfläche verschwunden. Ohne die Füße unter sich zu spüren, eilte er in sein Zimmer zurück, warf sich so, wie er war, aufs Bett, hüllte sich krampfhaft vom Kopf bis zu den Füßen in die Decke ein und lag so etwa zwei Stunden lang, ohne zu schlafen und ohne zu denken, einen Stein auf dem Herzen und die Seele voll dumpfer, starrer Verzweiflung. Dann und wann durchrieselte ein quälender Fieberschauer seinen ganzen Körper. Dinge ohne jeden Zusammenhang stiegen in seinem Gedächtnis auf, Dinge, die mit seinen jetzigen Sorgen gar nichts zu tun hatten: er mußte zum Beispiel an die alte Wanduhr denken, die er vor fünfzehn Jahren in Petersburg besessen hatte, an der der große Zeiger fehlte ... und dann wieder an den lustigen Kollegen Milbois, und wie sie einmal zusammen im Alexanderpark einen Sperling gefangen und sich bei dieser Beschäftigung plötzlich unter lautem Gelächter daran erinnert hatten, daß der eine von ihnen bereits Kollegienassessor war. Gegen sieben Uhr morgens mochte er dann wohl, ohne es zu merken, eingenickt und in einen erquickenden Schlaf mit herrlichen Träumen versunken sein. Als er gegen zehn Uhr morgens erwacht war, sprang er plötzlich wie wild aus dem Bett: mit einemmal fiel ihm alles wieder ein, und er schlug sich derb mit der Hand vor die Stirn. Er frühstückte nicht, empfing weder Blum noch den Polizeimeister noch den Beamten, der ihn daran erinnern sollte, daß die Abgeordneten irgendeines Gouvernements ihn heute morgen als Vorsitzenden bei ihrer Versammlung erwarteten, er hörte auf nichts und wollte von nichts wissen, sondern lief wie ein Rasender nach der von Julija Michajlowna bewohnten Hälfte des Hauses hinüber. Dort setzte ihm Sofja Antropowna, eine adlige alte Dame, die schon lange bei Julija Michajlowna lebte, auseinander, daß diese sich schon um zehn Uhr mit einer großen Gesellschaft in drei Equipagen zu Warwara Petrowna Stawrogina nach Skworeschniki begeben habe, um die dortigen Räumlichkeiten für das künftige, nun schon zweite beabsichtigte Fest, das in vierzehn Tagen stattfinden sollte, in Augenschein zu nehmen, was sie schon vor drei Tagen mit Warwara Petrowna selber verabredet habe. Über diese Mitteilung bestürzt, kehrte Andrej Antonowitsch in sein Zimmer zurück und gab augenblicklich Befehl, den Wagen anzuspannen. Er konnte es sogar kaum erwarten. Seine Seele dürstete nach Julija Michajlowna: er wollte sie nur sehen, nur fünf Minuten in ihrer Nähe weilen, vielleicht würde sie ihm einen Blick schenken, ihn bemerken, ihm zulächeln wie früher und – verzeihen . . . Oh, oh! »Wo bleiben denn nur die Pferde?« Mechanisch schlug er ein dickes Buch auf, das auf dem Tisch lag (er befragte so manchmal die Bücher um ein Orakel, indem er eines aufs Geratewohl aufschlug und dann rechts oben die ersten drei Zeilen las). Da stand: »Tout est pour le mieux dans le meilleur des mondes possibles.« Voltaire »Candide«. Er spuckte aus und eilte hinunter, um in den Wagen zu steigen: »Nach Skworeschniki!« Der Kutscher erzählte dann später, der Herr habe ihn den ganzen Weg über nur immerzu zur Eile angetrieben, kaum aber hätten sie das Herrenhaus in Skworeschniki erreicht gehabt, so habe er plötzlich befohlen, umzuwenden und nach der Stadt zurückzufahren, und immer gerufen: »Schneller fahren, bitte, schneller fahren!« Kurz vor dem Stadtwall »befahl er mir plötzlich, wieder anzuhalten, stieg aus dem Wagen und ging ein Stück in die Felder hinein – ich dachte, er hätte vielleicht irgendein Bedürfnis –, blieb aber dann dort stehen und sah sich die Blümchen an, blieb stehen und stehen, merkwürdig, ich konnte wirklich aus alledem gar nicht klug werden«. So lautete die Aussage des Kutschers. Ich erinnere mich noch ganz genau an das Wetter an jenem Morgen: es war ein kalter, windiger, aber klarer Septembertag. Vor Andrej Antonowitsch, der auf dem Wege feldeinwärts gegangen war, breitete sich eine öde Landschaft kahler Felder aus, von denen das Getreide schon lange abgeerntet worden war. Der Wind pfiff und bog die erbärmlichen Überreste der schon halb verwelkten, gelben Feldblumen zur Erde nieder . . . Wollte er vielleicht sich und sein Schicksal mit diesen verkümmerten, in Herbst und Kälte dahinsiechenden Blumen vergleichen? Ich glaube nicht. Ich glaube es bestimmt nicht, glaube sogar, daß diese Blumen ihm nicht einmal zum Bewußtsein gekommen sind, trotz allen Aussagen des Kutschers und dem in diesem Augenblick im Wagen des Polizeimeisters heranfahrenden Polizeiaufseher des ersten Reviers, der später behauptete, er habe wirklich seinen hohen Vorgesetzten mit einem Sträußchen vergilbter Feldblumen in der Hand angetroffen. Dieser Polizeiaufseher, ein für seinen Beruf begeisterter Mann, Wasilij Iwanowitsch Flibustjerow mit Namen, war erst seit kurzem in unserer Stadt, hatte sich aber bereits ausgezeichnet und sich einen Namen gemacht durch seinen maßlosen Diensteifer, sein Draufgängertum, wenn es etwas zu vollstrecken galt, und durch einen ihm angeborenen Mangel an Nüchternheit. Er sprang aus dem Wagen, und ohne sich über die Beschäftigung oder das irre, aber überzeugte Aussehen seines hohen Chefs irgendwelche Gedanken zu machen, platzte er plötzlich mit der Meldung heraus, daß es in der Stadt unruhig sei.

»Nun? Was gibt es?« Andrej Antonowitsch wandte sich mit strenger Miene, aber ohne jede Verwunderung nach ihm um, ohne an den Wagen und an den Kutscher zu denken, ganz, als ob er sich zu Hause in seinem Arbeitszimmer befände.

»Polizeiaufseher des ersten Reviers Flibustjerow, Exzellenz. In der Stadt ist Aufruhr!«

»Von Flibustiern?« fragte Andrej Antonowitsch nachdenklich.

»Zu Befehl, Exzellenz. Die Schpigulinschen meutern.«

»Die Schpigulinschen! . . .«

Bei dem Namen der Schpigulinschen schien ihm etwas einzufallen. Er fuhr zusammen und legte den Zeigefinger an die Stirn: »Die Schpigulinschen!« Stumm und immer noch nachdenklich, aber ohne sich zu beeilen, schritt er auf seinen Wagen zu, setzte sich hinein und befahl, nach der Stadt zurückzufahren. Der Polizeibeamte fuhr in seinem Wagen hinter ihm her.

Ich nehme an, daß allerlei höchst interessante Dinge und verschiedene Gegenstände ihm unterwegs trübe zum Bewußtsein kamen, schwerlich aber hatte er wohl einen festen Plan oder irgendeine bestimmte Absicht, als er nun vor dem Gouvernementsgebäude auf dem Platz vorfuhr. Kaum aber hatte er die dort aufmarschierte und unbeweglich harrende Menge der »Aufständischen«, die Kette der Schutzleute, den machtlosen (möglicherweise absichtlich machtlosen) Polizeimeister und die allgemeine, ihm geltende Erwartung wahrgenommen, als ihm alles Blut zu Herzen schoß. Blaß stieg er aus dem Wagen.

»Mützen herunter!« sagte er, nach Atem ringend und kaum vernehmbar. »Auf die Knie!« kreischte er dann unerwartet, am unerwartetsten für sich selbst; und vielleicht lag gerade in diesem unerwarteten Ausruf die ganze weitere Entwicklung der Angelegenheit beschlossen. Das war wie zur Fastnachtszeit auf den Rutschbergen: kann man da vielleicht einen Schlitten, der vom Berg heruntersaust, unterwegs aufhalten? Wie sich selbst zum Ärger hatte sich Andrej Antonowitsch zeit seines Lebens immer durch ruhiges, klares Wesen ausgezeichnet, hatte nie jemanden angeschrien oder mit Füßen gestampft, aber für solche Menschen ist es nur um so gefährlicher, wenn es ihnen einmal zustößt, daß ihr Schlitten aus irgendeinem Grunde plötzlich den Berg hinuntersaust. Alles drehte sich vor ihm im Kreise.

»Ihr Flibustier!« brüllte er noch kreischender und unsinniger, und seine Stimme brach plötzlich ab. Er stand da und wußte noch nicht, was er tun werde, wußte und fühlte aber mit seinem ganzen Wesen, daß er jetzt augenblicklich etwas unternehmen werde.

»Herr Gott!« ertönte es aus der Menge. Ein junger Bursche bekreuzigte sich, drei oder vier Leute wollten tatsächlich niederknien, da plötzlich schob sich aber die ganze gewaltige Masse einige Schritte vor, und auf einmal fingen alle gleichzeitig zu reden an: »Exzellenz ... man hat uns für vierzig Kopeken gedungen ... der Direktor ... kannst du nicht reden ...« usw. usw. Es war nichts zu verstehen.

Und leider konnte auch Andrej Antonowitsch kein Wort von alledem verstehen. Den Blumenstrauß hatte er noch immer in der Hand. An einen Aufruhr glaubte er so steif und fest wie vorhin Stepan Trofimowitsch an den »Karren«. Und inmitten der »Aufrührer«, die kein Auge von ihm verwandten, glaubte er plötzlich Pjotr Stepanowitsch heimlich hin und her gleiten zu sehen, Pjotr Stepanowitsch, der sie »aufhetzte«, Pjotr Stepanowitsch, an den er seit gestern abend ununterbrochen hatte denken müssen, Pjotr Stepanowitsch, den von ihm so glühend gehaßten Pjotr Stepanowitsch.

»Mit Ruten auspeitschen!« schrie er plötzlich noch überraschender.

Totenstille trat ein.

So hatte also die Geschichte angefangen, nach den genauesten Mitteilungen und meinen eignen Vermutungen zu urteilen. Alle ferneren Nachrichten dagegen sind nicht so zuverlässig, desgleichen kann ich mich nicht für alle meine weiteren Vermutungen verbürgen. Übrigens stehen einige Tatsachen immerhin noch fest.

Erstens einmal erschienen die Ruten gar zu schnell auf dem Plan; sie waren offenbar von dem weitschauenden Polizeimeister in Erwartung eines solchen Befehls bereits vorbereitet worden. Bestraft wurden übrigens nur zwei oder, glaube ich, höchstens drei Mann, das möchte ich ausdrücklich betonen. Das ist pure Phantasie, daß alle oder wenigstens die Hälfte der Leute ausgepeitscht worden seien. Unsinn ist ferner, daß eine vorübergehende arme, aber adelige Dame unverzüglich aus irgendeinem Grunde ergriffen und verprügelt worden wäre, wie ich es später selber in den Mitteilungen einer Petersburger Zeitung gelesen habe. Andere behaupten wieder, das sei die Armenhäuslerin Awdotja Petrowna Tarapygina vom Gottesacker gewesen, die, von einem Besuch kommend, auf dem Rückweg nach ihrem Armenhaus über den Platz gegangen sei, sich in begreiflicher Neugier durch die Zuschauer gedrängt und beim Anblick des Vorgangs ausgespuckt und gerufen habe: »Das ist ja eine Schande!« Deswegen habe man sie ergriffen und ihr ebenfalls einen Denkzettel erteilt. Dieser Vorfall wurde nicht nur überall in den Zeitungen abgedruckt, es wurde sogar in der Stadt in der ersten spontanen Begeisterung eine Sammlung zu ihren Gunsten veranstaltet. Ich selber habe zwanzig Kopeken gezeichnet. Wie aber stand es damit in Wirklichkeit? Es hat sich jetzt herausgestellt, daß es bei uns in der ganzen Stadt eine Armenhäuslerin Tarapygina überhaupt nicht gibt! Ich selber bin auf den Gottesacker gegangen und habe mich dort im Armenhaus erkundigt: kein Mensch hatte hier je etwas von einer gewissen Tarapygina gehört, und die Leute waren überdies noch riesig beleidigt, als ich ihnen von dem umgehenden Gerücht Mitteilung machte. Ich erwähne diese nicht vorhandene Awdotja Petrowna nur aus dem Grund, weil es Stepan Trofimowitsch um ein Haar ebenso ergangen wäre wie ihr (falls sie in Wirklichkeit existiert hätte), ja möglicherweise rührt dieses ganze absurde Gerücht von dieser Tarapygina nur von ihm her, das heißt, man machte aus ihm bei der weiteren Entwicklung der Klatschgeschichte ganz einfach eine Frau Tarapygina und erzählte die Sache so weiter. Eines aber verstehe ich nicht, auf welche Weise er mir hatte entschlüpfen können, als wir kaum auf den Platz getreten waren. Nichts Gutes ahnend, wollte ich ihn im Bogen um den Platz herum gerade auf das Portal des Gouvernementsgebäudes zuführen, war aber doch selber auch neugierig und blieb einen Augenblick stehen, um den ersten besten Vorübergehenden zu befragen – und plötzlich sah ich, daß Stepan Trofimowitsch verschwunden war. Instinktmäßig suchte ich ihn sofort an der gefährlichsten Stelle, aus irgendeinem Grund hatte ich das unbestimmte Vorgefühl, »sein Schlitten müsse jetzt unbedingt bergabwärts sausen«. Und wirklich befand er sich bereits im Mittelpunkt des Gedränges. Ich entsinne mich, daß ich ihn am Arm packte, aber er sah mich ruhig und stolz und mit maßloser Würde an.

»Cher«, sagte er mit einer Stimme, auf deren Grund eine geborstene Saite zitterte, »wenn schon hier auf dem Platz vor allen Augen so ungeniert verfahren wird, was muß man da nicht von diesem da . . . gewärtig sein, wenn der Zufall es einmal will, daß er selbständig handeln darf.«

Und zitternd vor Unwillen und in dem heißen Wunsch, den Kampf aufzunehmen, zeigte er drohend und anklagend mit dem Finger auf den zwei Schritte von uns entfernt stehenden Flibustjerow, der uns mit großen Augen anstarrte.

»Von diesem da?« brüllte er, und die Augen gingen ihm über vor Zorn. »Wen meinst du mit ‚diesem da'? Wer bist du denn überhaupt?« Er trat mit geballter Faust einen Schritt näher. »Wer bist du!« brüllte er in krankhafter, verzweifelter Raserei. (Nebenbei bemerkt, kannte er Stepan Trofimowitsch recht gut.)

Einen Augenblick noch, und er hätte ihn am Kragen gepackt; zum Glück aber wandte Lembke auf einen Ruf hin den Kopf um. Scharf und erstaunt musterte er Stepan Trofimowitsch, als besänne er sich auf irgend etwas, dann aber winkte er nur ungeduldig mit der Hand ab. Flibustjerow brach sofort den Wortwechsel ab. Ich zog Stepan Trofimowitsch aus der Menge heraus. Vielleicht hatte er auch schon selber den Wunsch, sich zurückzuziehen.

»Aber nun nach Hause, schnell!« rief ich eindringlich. »Wenn wir jetzt keine Prügel bekommen haben, so haben wir das nur Lembke zu verdanken!«

»Gehen Sie, mein Freund, ich tue unrecht, Sie in mein Unglück mit hineinzuziehen. Sie haben eine Zukunft, eine Karriere vor sich, ich aber – mon heure a sonné.«

Und festen Schrittes ging er durch das Portal des Gouvernementsgebäudes. Der Pförtner kannte mich; ich erklärte ihm, wir wollten beide zu Julija Michajlowna. Im Empfangszimmer nahmen wir Platz und warteten. Ich wollte meinen Freund nicht verlassen, hielt aber jedes weitere Wort für überflüssig. Er sah aus wie einer, der sich treu dem Tode fürs Vaterland geweiht hat. Wir saßen nicht nebeneinander, sondern in verschiedenen Ecken: ich näher an der Eingangstür, er dagegen weiter weg auf der gegenüberliegenden Seite, den Kopf nachdenklich gesenkt und beide Hände auf den Stock gestützt. Seinen Hut mit der breiten Krempe hielt er in der linken Hand. So saßen wir etwa zehn Minuten.

2

Plötzlich kam Lembke in Begleitung des Polizeimeisters schnellen Schrittes ins Zimmer herein, sah uns zerstreut an und wollte, ohne uns irgendwelche Aufmerksamkeit zu schenken, eben nach rechts in sein Arbeitszimmer hinübergehen, als Stepan Trofimowitsch plötzlich aufstand und ihm den Weg versperrte. Die hohe, allen anderen unähnliche Gestalt Stepan Trofimowitschs verfehlte ihre Wirkung nicht: Lembke blieb stehen.

»Wer ist das?« murmelte er erstaunt, als wollte er sich mit dieser Frage an den Polizeimeister wenden, drehte übrigens nicht einmal den Kopf zu diesem um, sondern musterte ständig Stepan Trofimowitsch.

»Kollegienassessor a. D. Stepan Trofimowitsch Werchowenskij, Exzellenz«, antwortete Stepan Trofimowitsch und neigte würdevoll den Kopf. Seine Exzellenz fuhr fort, ihn mit einem übrigens vollständig stumpfen Blick zu betrachten.

»Sie wünschen?« fragte er kurz angebunden wie alle höheren Beamten und hielt ungeduldig und geringschätzig Stepan Trofimowitsch sein Ohr hin, da er ihn wahrscheinlich für einen gewöhnlichen Bittsteller hielt, der irgendeine Bittschrift abgeben wollte.

»Heute hat ein Beamter, der im Namen Eurer Exzellenz handelte, bei mir Haussuchung gehalten; ich möchte deshalb gerne ...«

»Ihren Namen, Ihren Namen?« fragte v. Lembke ungeduldig, als fiele ihm auf einmal etwas ein.

Stepan Trofimowitsch wiederholte noch einmal und noch würdevoller seinen Namen.

»Aha! Das ist ... das ist jene Brutstätte ... Mein Herr, Sie haben sich in gewissen Punkten ... Sie sind Professor? Professor?«

»Ich hatte früher einmal die Ehre, vor der Jugend der ...schen Universität einige Kollegs zu halten.«

»Der Jugend?« Herr v. Lembke fuhr ordentlich zusammen, obgleich ich wetten möchte, daß er noch kaum verstanden hatte, um was es sich handelte, ja vielleicht noch nicht einmal wußte, mit wem er sprach. »Das lasse ich nicht zu, mein Herr!« rief er plötzlich schrecklich wütend. »Ich dulde keine Jugend! Das sind alles nur Proklamationen. Das ist ein gewaltsamer Anschlag auf die Gesellschaft, mein Herr, das ist Seeräuberei, Flibustiertum ... Um was bitten Sie?«

»Ganz im Gegenteil, Ihre Frau Gemahlin hat mich soeben erst wieder gebeten, morgen zu ihrem Fest eine Vorlesung zu halten. Und außerdem bin ich nicht gekommen, um zu bitten, sondern um mein Recht zu suchen ...«

»Zum Fest? Es wird kein Fest stattfinden. Ich lasse eure Festlichkeiten nicht zu! Eine Vorlesung? Eine Vorlesung?« schrie er plötzlich wie rasend.

»Ich möchte doch sehr bitten, Exzellenz, daß Sie etwas höflicher mit mir sprechen, nicht mit den Füßen stampfen und mich nicht wie einen dummen Jungen anschreien.«

»Und Sie – wissen Sie auch, mit wem Sie reden?« rief Lembke, der einen roten Kopf bekommen hatte.

»Gewiß, Exzellenz.«

»Ich setze mein ganzes Wesen ein zum Schutz der Gesellschaft, und Sie wollen sie zerstören ... ja, zer–stö–ren! Sie ... Übrigens, jetzt erinnere ich mich an Sie: Sie waren doch wohl Hauslehrer im Hause der Generalin Stawrogina?«

»Ja, ich war ... Hauslehrer ... im Hause der Generalin Stawrogina.«

»Und in einem Zeitraum von zwanzig Jahren haben Sie all

das gesät, was jetzt in Unmengen aufgegangen ist ... das sind alles Früchte ... Habe ich Sie nicht auch soeben unten auf dem Platz gesehen? Nehmen Sie sich in acht, mein Herr, nehmen Sie sich in acht, Ihre Gesinnungsrichtung ist bekannt. Sie können überzeugt sein, daß ich Sie im Auge behalten werde. Und Ihre Vorlesungen, mein Herr, kann ich auf keinen Fall dulden, auf keinen Fall! Kommen Sie mir nicht mit solchen Anliegen!«

Und wieder wollte er an ihm vorübergehen.

»Ich wiederhole, daß Sie sich im Irrtum befinden, Exzellenz; es war Ihre Frau Gemahlin, die mich gebeten hat, auf dem morgigen Fest keine eigentliche Vorlesung zu halten, sondern nur etwas Literarisches vorzutragen. Aber ich trete jetzt selber davon zurück. Meine untertänigste Bitte ist nur diese, mir, wenn es irgend angeht, zu erklären, wieso, weswegen und zu welchem Zweck ich heute dieser Haussuchung unterzogen worden bin? Man hat mir verschiedene Bücher, Papiere und zahlreiche Briefe, die mir lieb und teuer waren, weggenommen und sie auf einem Schubkarren durch die Stadt gefahren ...«

»Wer hat die Haussuchung vorgenommen?« fuhr Herr v. Lembke auf, der sich plötzlich an alles erinnerte und über und über rot wurde.

Hastig wandte er sich nach dem Polizeimeister um. In diesem Augenblick erschien in der Tür die lange, gebeugte, unbeholfene Gestalt Blums.

»Da ist er ja, jener selbe Beamte!« Stepan Trofimowitsch zeigte auf Blum.

Blum trat mit schuldbewußter, aber durchaus nicht nachgiebiger Miene vor.

»Vous ne faites que des bêtises«, warf ihm Lembke ärgerlich und zornig vor; er war plötzlich wie umgewandelt und mit einem Schlag wieder ganz zu sich gekommen. »Entschuldigen Sie«, stammelte er dann außerordentlich verwirrt und wurde über und über rot, »das alles ... das alles war wahrscheinlich nur eine Ungeschicklichkeit, ein Mißverständnis ... wirklich, nur ein Mißverständnis.«

»Exzellenz«, bemerkte Stepan Trofimowitsch, »in meiner Jugend war ich einmal Zeuge eines charakteristischen Zwischenfalles. Im Korridor eines Theaters trat einmal plötzlich einer auf einen anderen zu und gab diesem vor allen Leuten eine schallende Ohrfeige. Als er aber gleich darauf gewahr wurde, daß das getroffene Gesicht gar nicht jenes, dem er die Ohrfeige zugedacht hatte, sondern ein ganz anderes war, das mit jenem nur ein wenig Ähnlichkeit hatte, sagte er ärgerlich und in Eile wie ein Mensch, der seine kostbare Zeit nicht umsonst verschwenden möchte, ganz genauso wie soeben Euer Exzellenz: ‚Ich habe mich geirrt ... entschuldigen Sie, das war ein Mißverständnis, nur ein Mißverständnis!‘ Und als der Beleidigte sich trotz alledem noch gekränkt fühlte und Lärm schlug, sagte er höchst ärgerlich zu ihm: ‚Aber ich sagte Ihnen doch, daß es ein Mißverständnis war, was schreien Sie denn da noch!‘«

»Das ... das ist ja sehr komisch ...« sagte Herr v. Lembke und lächelte gezwungen, »aber ... aber sehen Sie denn nicht, wie unglücklich ich selber bin?« Beinahe hätte er aufgeschrien und ... und, wie es schien, sein Gesicht mit beiden Händen bedeckt.

Dieser unvermutete, schmerzliche Ausruf, der beinahe wie ein Schluchzen klang, war unerträglich. Wahrscheinlich kamen ihm in diesem Augenblick zum erstenmal seit gestern alle die Ereignisse voll und klar zum Bewußtsein und lösten sogleich eine vollständige, demütige, ergebungsvolle Verzweiflung aus. Wer weiß – noch einen Augenblick, und er hätte womöglich laut durch den ganzen Saal geschluchzt.

Stepan Trofimowitsch sah ihn zuerst verständnislos an, dann senkte er plötzlich den Kopf und sagte mit tiefer, eindringlicher Stimme: »Exzellenz, beunruhigen Sie sich nicht weiter über meinen streitsüchtigen Einspruch, befehlen Sie nur, daß mir meine Bücher und Briefe zurückgegeben werden ...«

Er wurde unterbrochen. In diesem Augenblick kehrte Julija Michajlowna in Begleitung ihrer ganzen Gesellschaft ziemlich geräuschvoll nach Hause zurück. Doch das möchte ich gern möglichst ausführlich schildern.

3

Erstens einmal drängte sich der ganze Schwarm, so wie er aus den drei Equipagen ausgestiegen war, fast gleichzeitig zur Tür herein. Julija Michajlownas Gemächer hatten zwar einen besonderen Eingang links unten von der Treppe aus, aber diesmal begaben sich alle durch den Salon, und zwar, wie ich vermute, eigens aus dem Grunde, weil sich Stepan Trofimowitsch hier befand und weil alles, was mit ihm geschehen war, wie auch die ganze Geschichte von den Schpigulinschen Arbeitern, Julija Michajlowna bereits bei ihrer Ankunft in der Stadt mitgeteilt worden war. Diese Nachrichten hatte ihr Ljamschin zugetragen, den man wegen irgendeines Vergehens zu Hause gelassen und zu diesem Ausflug nicht mitgenommen hatte und der deshalb früher als die anderen alles erfahren hatte. Mit hämischer Freude war er auf einem gemieteten Kosakengaul der heimkehrenden Kavalkade mit diesen ergötzlichen Nachrichten den Weg nach Skworeschniki entgegengeritten. Ich glaube, daß Julija Michajlowna trotz ihrer erhabenen Entschlossenheit doch immerhin in einige Verwirrung geriet, als sie diese erstaunlichen Neuigkeiten vernahm, allerdings sicherlich nur für einen kurzen Augenblick. Die politische Seite der Angelegenheit konnte ihr zum Beispiel keinerlei Kopfschmerzen verursachen, da ihr Pjotr Stepanowitsch wiederholt versichert hatte, die Schpigulinschen Radaubrüder müsse man durch die Bank auspeitschen, und Pjotr Stepanowitsch war seit einiger Zeit für sie in allen Dingen maßgebend. Aber immerhin... dafür soll er mir büßen! mag sie wohl bei sich gedacht haben, wobei sich das »er« selbstverständlich auf ihren Gatten bezog. Dabei möchte ich noch ganz beiläufig erwähnen, daß Pjotr Stepanowitsch diesmal wie absichtlich ebenfalls nicht an dem allgemeinen Ausflug teilgenommen hatte und daß er den ganzen Morgen über noch von keinem Menschen gesehen worden war. Ich erwähne noch nebenbei, daß Warwara Petrowna, nachdem sie die Gäste bei sich empfangen hatte, sich mit der ganzen Gesellschaft zusammen (in einem Wagen mit Julija Michajlowna) in die Stadt zurückbegeben hatte, um anschließend der letzten Sitzung des Komitees über den morgigen Festtag beizuwohnen. Natürlich mußte sie Ljamschins Nachricht über Stepan Trofimowitsch ebenfalls interessieren, vielleicht sogar in Aufregung versetzen.

Die Abrechnung mit Andrej Antonowitsch sollte sogleich ihren Anfang nehmen. Leider fühlte er das auch sofort, sobald er nur einen Blick auf seine unvergleichliche Gattin geworfen hatte. Mit dem aufrichtigsten, bezauberndsten Lächeln trat sie rasch auf Stepan Trofimowitsch zu, streckte ihm ihre fein behandschuhte Rechte entgegen und überschüttete ihn mit den schmeichelhaftesten Begrüßungsworten – als hätte sie den ganzen Morgen über nur diese eine Sorge gehabt, so schnell wie möglich herbeizufliegen und Stepan Trofimowitsch mit Liebenswürdigkeiten zu überhäufen dafür, daß er sich endlich einmal in ihrem Hause sehen ließ. Nicht ein Wort über die Haussuchung von heute morgen, als hätte sie von alledem gar keine Ahnung. Und dabei kein Wort, keinen Blick für ihren Mann – ganz, als ob sich dieser überhaupt nicht im Zimmer befände. Und nicht genug damit, sie nahm augenblicklich Stepan Trofimowitsch vollständig für sich in Beschlag und führte ihn sogar beiseite, als hätten hier keinerlei Auseinandersetzungen mit Lembke stattgefunden oder als ob es nicht der Mühe wert wäre, sie fortzusetzen, falls solche wirklich stattgefunden hätten. Ich kann nur wiederholen, daß sich Julija Michajlowna, trotz ihrem überlegenen Ton, in diesem Fall doch eine rechte Blöße gab. Hierbei unterstützte sie ganz besonders auch Karmasinow (der auf besonderes Bitten Julija Michajlownas hin an der Ausfahrt teilgenommen und auf diese Weise, wenn auch nur indirekt, Warwara Petrowna nun endlich doch seinen Besuch gemacht hatte, wodurch diese bei ihrer berechnenden Kleinlichkeit in eitel Glück und Wonne versetzt worden war). Schon in der Tür (er kam etwas später als die anderen) fing er an zu schreien, als er Stepan Trofimowitsch sah, trippelte auf ihn zu, um ihn zu umarmen, wobei er sogar Julija Michajlowna unterbrach.

»Wie viele Sommer, wie viele Winter sind seitdem ins Land gegangen! Endlich ... Excellent ami!«

Er wollte mit ihm Küsse wechseln und hielt ihm natürlich seine Backe hin. Stepan Trofimowitsch, in seiner Verwirrung, war genötigt, diese zu berühren.

»Cher«, sagte er dann am Abend zu mir, als er sich alle Eindrücke des heutigen Tages wieder ins Gedächtnis zurückrief, »ich dachte in diesem Augenblick: Wer von uns beiden ist gemeiner? Er, der mich umarmt, um mich dadurch zu demütigen, oder ich, der ich ihn küsse, obgleich ich ihn mitsamt seiner Backe verachte, während ich mich doch hätte abwenden können ... Pfui!«

»Nun, erzählen Sie einmal, erzählen Sie einmal«, lispelte Karmasinow, wobei er die Worte endlos in die Länge zog, als könne man sein ganzes Leben hernehmen und binnen zwanzig Minuten heruntererzählen.

Aber diese alberne Oberflächlichkeit gehörte nun einmal zum vornehmsten Ton.

»Wissen Sie noch, daß wir uns zum letzten Male in Moskau bei einem Festessen zu Ehren Granowskijs gesehen haben und daß seit der Zeit schon vierundzwanzig Jahre verflossen sind?« begann Stepan Trofimowitsch ziemlich vernünftig, also gar nicht dem vornehmsten Tone entsprechend.

»Ce cher homme«, unterbrach ihn Karmasinow kreischend und familiär und klopfte ihm dabei allzu vertraulich auf die Schulter. »Aber führen Sie uns nur so bald wie möglich in Ihren Salon, Julija Michajlowna, dort soll er sich hinsetzen und uns alles erzählen.«

»Und dabei bin ich mit diesem reizbaren alten Weib niemals näher in Berührung gekommen«, fuhr Stepan Trofimowitsch, zitternd vor Wut, dann am Abend fort, sich mir gegenüber zu beklagen. »Wir waren damals beide noch junge Leute, aber schon damals fing ich an, ihn zu hassen ... ebenso wie er mich auch, selbstverständlich ...«

Julija Michajlownas Salon füllte sich schnell. Warwara Petrowna befand sich in einer ganz besonders aufgeregten Gemütsverfassung, obgleich sie sich Mühe gab, ruhig zu scheinen, aber ich fing zwei oder drei ihrer Blicke auf, die sie voller Haß auf Karmasinow und voller Zorn auf Stepan Trofimowitsch warf – es war dies ein Zorn im voraus, ein Zorn aus Eifersucht und Liebe, und wenn Stepan Trofimowitsch diesmal versagt und Karmasinow Gelegenheit gegeben hätte, ihn vor allen zu blamieren, so wäre sie, glaube ich, augenblicklich aufgesprungen und hätte ihn geschlagen.

Ich vergaß zu erwähnen, daß sich auch Lisa unter den Anwesenden befand, und noch nie hatte ich sie fröhlicher, sorglos heiterer und glücklicher gesehen. Mawrikij Nikolajewitsch war natürlich auch da. In dem Schwarm der jungen Damen und halbverbummelten jungen Herren, die für gewöhnlich Julija Michajlownas Gefolge bildeten und lockeres Leben für Frohsinn und billigen Zynismus für Geist hielten, bemerkte ich ferner zwei oder drei neue Gäste: einen soeben erst zugereisten, scharwenzelnden Polen, einen deutschen Arzt, einen robusten alten Herrn, der alle Augenblicke über seine eignen Witze dröhnend und mit Genuß lachte, und endlich irgendeinen noch sehr jungen Fürsten aus Petersburg, der in der würdevollen Haltung eines hohen Staatsbeamten dasaß, große Ähnlichkeit mit einem Automaten hatte und einen schrecklich hohen Kragen trug. Offenbar schätzte aber Julija Michajlowna diesen Gast gerade ganz besonders hoch, so daß sie sogar seinetwegen sich über ihren Salon einige Gedanken machte ...

»Cher monsieur Karmasinow«, begann Stepan Trofimowitsch, der sich malerisch aufs Sofa niedergelassen hatte und auf einmal noch ärger zu lispeln anfing als Karmasinow selber, »cher monsieur Karmasinow, das Leben eines Menschen aus unserer früheren Zeit, der noch gewissen Anschauungen huldigt, muß heutzutage einförmig erscheinen, wenn es auch immerhin einen Zeitraum von fünfundzwanzig Jahren umfaßt ...«

Der Deutsche lachte laut und ruckweise, fast wiehernd auf, offenbar glaubte er, Stepan Trofimowitsch habe etwas ungemein Komisches gesagt. Dieser sah ihn mit unverhohlener Verwunderung an, was auf den Deutschen jedoch nicht den geringsten Eindruck machte. Auch der Fürst blickte ihn an, indem er sich über die ganze Höhe seines Kragens hinweg ihm zuwandte und dazu sogar noch den Kneifer aufsetzte, doch verriet seine Miene dabei selbstverständlich keinerlei Interesse.

»... muß heutzutage einförmig erscheinen«, wiederholte Stepan Trofimowitsch absichtlich und zog dabei jedes Wort so ungezwungen wie nur möglich in die Länge. »Und so verrann denn auch mein Leben in diesem Vierteljahrhundert, et comme on trouve partout plus de moines que de raison, was ich nur voll und ganz bestätigen kann, so ist es gekommen, daß ich in den fünfundzwanzig Jahren ...«

»C'est charmant, les moines«, flüsterte Julija Michajlowna der neben ihr sitzenden Warwara Petrowna zu.

Warwara Petrowna antwortete mit einem stolzen Blicke. Aber Karmasinow konnte den Erfolg dieser französischen Phrase nicht ertragen und unterbrach Stepan Trofimowitsch mit kreischender Stimme: »Was mich anbetrifft, so bin ich in dieser Hinsicht ganz ruhig. Ich sitze nun schon das siebente Jahr in Karlsruhe fest. Und als im vorigen Jahre dort der Stadtrat über das Legen eines neuen Kanalisationsrohrs beriet, fühlte ich im innersten Herzen, daß diese Karlsruher Kanalisationsfrage mir werter und teurer war als alle Probleme meines geliebten Vaterlandes ... wenigstens jetzt in dieser Zeit sogenannter hiesiger Reformen.«

»Ich fühle mich gezwungen, Ihnen das nachzufühlen, wenn

sich mein Herz auch dagegen sträubt«, seufzte Stepan Trofimowitsch und ließ vielsagend den Kopf hängen.

Julija Michajlowna triumphierte: die Unterhaltung war nicht nur gründlich, sondern nahm auch eine bestimmte Richtung an.

»Ein Abflußrohr für Abwässer?« erkundigte sich laut der Doktor.

»Ein Kanalisationsrohr, Doktor, jawohl; ich habe ihnen damals sogar geholfen, die Anlagepläne auszuarbeiten.«

Der Doktor brach in ein schallendes Gelächter aus. Viele folgten seinem Beispiel, lachten aber dabei vielmehr dem Doktor ins Gesicht, der dies nicht einmal bemerkte und riesig zufrieden war, daß alle mitlachten.

»Gestatten Sie, da kann ich doch nicht so ganz Ihrer Meinung sein, Karmasinow«, beeilte sich Julija Michajlowna festzustellen. »Karlsruhe mag ja ganz schön sein, aber Sie lieben zu mystifizieren, diesmal aber glauben wir Ihnen nicht. Wer von allen Russen, von allen Schriftstellern überhaupt, hat so viele zeitgemäße Typen geschaffen, so viele moderne Probleme gelöst und immer gerade auf jene Hauptpunkte hingewiesen, aus denen sich der Typ unserer tatkräftigen Männer von heute zusammensetzt. Nur Sie, Sie allein und kein anderer. Und nach alledem wollen Sie uns noch von Ihrer Gleichgültigkeit der Heimat gegenüber und von Ihrem sonderbaren Interesse für das Karlsruher Kanalisationsrohr überzeugen? Haha!«

»Allerdings habe ich«, lispelte Karmasinow, »im Typ Pogoschew alle Mängel der Slawophilen und im Typ Nikodimow alle Mängel der Westler dargestellt ...«

»Als wenn er sie alle erfaßt hätte«, flüsterte leise Ljamschin.

»... aber das tue ich nur nebenbei, nur um die lästige Zeit totzuschlagen und ... nur um auf irgendeine Weise den lästigen Forderungen meiner Landsleute zu genügen.«

»Es ist Ihnen wahrscheinlich bekannt, Stepan Trofimowitsch«, fuhr Julija Michajlowna begeistert fort, »daß wir morgen den Genuß haben werden, eine entzückende Dichtung zu hören ... eine der letzten, feinsten belletristischen Inspirationen Semjon Jegorowitschs, ‚Merci' genannt. In diesem kleinen Kabinettstück erklärt er, daß er hinfüro nichts mehr schreiben werde, um keinen Preis der Welt, und wenn selbst ein Engel vom Himmel oder, besser gesagt, die ganze höhere Gesellschaft ihn anflehen sollte, seinen Entschluß zu ändern. Mit einem Wort, er legt die Feder für immer aus der Hand und wendet sich nun noch einmal mit diesem anmutigen ‚Merci' an das Publikum zum Dank für dessen stete Begeisterung, mit der es so viele Jahre hindurch sein unermüdliches Eintreten für den ehrlichen russischen Gedanken begleitet hat.«

Julija Michajlowna schwebte im siebenten Himmel.

»Ja, ich werde mich verabschieden, werde mein ‚Merci' sagen und von der Lebensbühne abtreten und dort ... in Karlsruhe ... werde ich dann meine Augen schließen«, sagte Karmasinow, dem nach und nach bei dieser Vorstellung ganz weich ums Herz wurde. Wie viele unserer großen Schriftsteller (und es gibt bei uns ja doch so viele) konnte er kein Lob ertragen und wurde dann immer gleich schwach davon, trotz seines scharfen Verstandes. Aber ich halte das für verzeihlich. Soll doch einer unserer Shakespeares bei einem Privatgespräch einmal geradeheraus gesagt haben: »Ja, bei uns *großen Männern* ist das nicht anders möglich ...« usw., ohne sich dessen überhaupt bewußt zu werden. »Dort in Karlsruhe werde ich dann meine Augen schließen. Uns großen Männern bleibt ja, wenn wir unser Lebenswerk vollbracht haben, gar nichts anderes übrig, als so bald wie möglich die Augen zu schließen, ohne auf einen Lohn bedacht zu sein. Und so werde auch ich es halten.«

»Geben Sie mir Ihre Adresse, damit ich in Karlsruhe Ihr Grab aufsuchen kann«, rief der Deutsche und wollte sich ausschütten vor Lachen.

»Jetzt werden auch Tote mit der Eisenbahn transportiert«, bemerkte unvermittelt einer von den unbedeutenden jungen Leuten.

Ljamschin quiekte nur so vor Wonne. Julija Michajlowna machte ein böses Gesicht. Da trat Nikolaj Stawrogin ins Zimmer.

»Und mir hat man erzählt, Sie seien auf die Wache abgeführt worden!« sagte er laut und wandte sich vor allen an Stepan Trofimowitsch.

»Nein, diesmal hat man mich nicht abgeführt, sondern nur angeführt«, witzelte Stepan Trofimowitsch.

»Ich hoffe aber, daß dies keinerlei Einfluß auf meine Bitte haben wird«, fing Julija Michajlowna wieder an, »und daß Sie diesem unseligen Zwischenfall, von dem ich bis jetzt noch gar keine rechte Vorstellung habe, keine Beachtung weiter schenken, uns deshalb nicht in unseren besten Hoffnungen täuschen und des Genusses berauben werden, bei der literarischen Morgenfeier Ihre Vorlesung zu hören.«

»Ich weiß nicht, ob ich . . . jetzt . . .«

»Ich bin wirklich ganz unglücklich, Warwara Petrowna, . . . stellen Sie sich vor, gerade jetzt, wo ich darauf brenne, bald einen unserer hervorragendsten, unabhängigsten russischen Geister persönlich kennenzulernen, gerade jetzt tut Stepan Trofimowitsch seine Absicht kund, sich von uns fernzuhalten.«

»Das Lob wurde so laut verkündet, daß ich es wohl gar nicht hätte hören sollen«, sagte Stepan Trofimowitsch mit scharfer Betonung. »Aber ich glaube gar nicht, daß meine armselige Persönlichkeit für Ihr morgendes Fest so unentbehrlich sein wird. Übrigens werde ich . . .«

»Sie verwöhnen ihn ja nur!« rief Pjotr Stepanowitsch, der plötzlich ins Zimmer hereingelaufen kam. »Kaum habe ich ihn unter meine Fuchtel genommen, siehe da – eines schönen Tages Haussuchung, Verhaftung, ein Polizist packt ihn am Kragen, und nun verhätscheln ihn auch noch die Damen, im Salon unseres Stadthäuptlings. Ihm muß ja jetzt jeder Knochen weh tun vor Entzücken, solch eine Theatervorstellung zu seinen Gunsten hätte er sich ja nicht im Traum einfallen lassen! Gleich wird er nun noch anfangen, die Sozialisten schlechtzumachen.«

»Das kann nicht sein, Pjotr Stepanowitsch. Der Sozialismus ist ein zu großer Gedanke, als daß Stepan Trofimowitsch ihn nicht anerkennen müßte«, trat Julija Michajlowna energisch für ihn ein.

»Ein großer Gedanke, doch die, welche ihn predigen, sind nicht immer Riesen; mais brisons là, mon cher«, schloß Stepan Trofimowitsch und erhob sich anmutig von seinem Platze.

Da aber ereignete sich ein höchst überraschender Zwischenfall. Herr v. Lembke hatte sich schon seit einiger Zeit im Salon befunden, keiner tat aber, als bemerke er ihn, obgleich alle gesehen hatten, wie er eingetreten war. Julija Michajlowna hatte sich nun einmal auf ihre Idee von vorhin versteift und fuhr fort, ihn zu ignorieren. Er stand an der Tür und hörte finster und mit ernster Miene der Unterhaltung zu. Als er die Anspielungen auf den Vorfall von heute morgen hörte, fing er an, sich nervös umzusehen, bis sein Blick starr auf dem Fürsten haftenblieb, dessen vorn abstehender, steifgestärkter Kragen sichtlich seine Aufmerksamkeit fesselte. Plötzlich aber fuhr er zusammen: er hatte Pjotr Stepanowitschs Stimme gehört und ihn hereinschwirren sehen. Und kaum hatte Stepan Trofimowitsch seinen Ausspruch über den Sozialismus beendet, als er plötzlich auf ihn zutrat, indem er Ljamschin, der gerade im Wege stand, höchst unsanft beiseite stieß. Ljamschin sprang sogleich mit einer erkünstelten Geste des Erstaunens beiseite, rieb sich die Schulter und tat, als habe man ihm schrecklich weh getan.

»Genug!« rief Herr v. Lembke und faßte den erschrockenen Stepan Trofimowitsch energisch bei der Hand, die er mit aller Gewalt zusammenpreßte. »Genug, die Flibustier unserer Zeit sind ermittelt. Kein Wort mehr! Es sind bereits Maßnahmen getroffen worden . . .«

Er sprach laut, daß es durchs ganze Zimmer schallte, und zum Schlusse sehr energisch. Seine Worte riefen einen äußerst peinlichen Eindruck hervor. Alle überkam ein gewisses Unbehagen. Ich sah, wie Julija Michajlowna blaß wurde. Ein dummer Zufall verstärkte diesen Eindruck nur noch mehr. Nachdem er erklärt hatte, daß Maßnahmen getroffen wären, drehte er kurz um und wollte schnell das Zimmer verlassen, stolperte aber nach zwei Schritten über einen Teppich, kippte nach vorn über und wäre beinahe hingefallen. Einen Augenblick blieb er stehen, starrte auf die Stelle, wo er gestolpert war, sagte dann plötzlich laut: »Das muß geändert werden!« und ging zur Tür hinaus. Julija Michajlowna lief hinter ihm her. Als sie hinausgegangen war, erhob sich ein Lärm, bei dem es schwer war, irgend etwas zu verstehen. Die einen sagten, er sei verstimmt, andere meinten, das sei schon eher krankhaft, und wieder andere tippten sich einfach mit dem Finger an die Stirn. Ljamschin hielt in einer Ecke zwei Finger wie Hörner an den Kopf. Man spielte auf gewisse häusliche Szenen an, natürlich alles nur im Flüsterton. Niemand dachte an Aufbruch, alle saßen da und warteten. Ich weiß nicht, was Julija Michajlowna hatte ausrichten können, aber sie kam nach etwa fünf Minuten zurück und gab sich die erdenklichste Mühe, ruhig zu scheinen. Sie antwortete ausweichend, Andrej Antonowitsch sei ein wenig erregt, das habe aber weiter nichts auf sich, daran litte er schon von Kindheit an, das wisse sie ja viel besser, und der morgige Festtag werde ihn schon wieder aufheitern. Dann folgten, nur um des Anstandes willen, noch ein paar schmeichelhafte Worte, an Stepan Trofimowitsch gerichtet, worauf sie mit lauter Stimme die Mitglieder des Komitees aufforderte, jetzt sogleich zu der geplanten Sitzung zusammenzutreten. Erst jetzt machten alle, die nicht zum Komitee gehörten, Anstalten aufzubrechen, aber noch waren die schmerzlichen Überraschungen dieses schicksalsschweren Tages nicht zu Ende . . .

Ich hatte bemerkt, daß im selben Augenblick, als Nikolaj Wsewolodowitsch ins Zimmer getreten war, Lisa ihn schnell und aufmerksam angesehen und lange ihren Blick nicht wieder von ihm abgewandt hatte, so lange, daß man schließlich darauf aufmerksam wurde. Ich sah, wie Mawrikij Nikolajewitsch sich von hinten zu ihr herüberbeugen und ihr anscheinend etwas zuflüstern wollte, aber er änderte dann offenbar seine Absicht und richtete sich plötzlich mit schuldbewußter Miene wieder auf. Auch Nikolaj Wsewolodowitsch erregte die allgemeine Neugier: er sah bleicher aus als gewöhnlich, und sein Blick war außerordentlich zerstreut. Nachdem er beim Eintreten Stepan Trofimowitsch die Frage hingeworfen hatte, schien er ihn im selben Augenblick auch schon wieder vergessen zu haben, und ich glaube fast, daß er sogar vergaß, die Hausfrau zu begrüßen. Auch Lisa sah er nicht ein einziges Mal an, nicht etwa, weil er es nicht wollte, sondern ich bin überzeugt, daß er sie überhaupt nicht bemerkte. Und plötzlich – inmitten des Schweigens, das der Aufforderung Julij Michajlownas, keine Zeit zu verlieren und zur letzten Sitzung zusammenzutreten, folgte, ertönte Lisas helle, absichtlich laute Stimme. Sie rief Nikolaj Wsewolodowitsch.

»Nikolaj Wsewolodowitsch, da schreibt ein angeblicher Hauptmann, Lebjadkin mit Namen, der sich für Ihren Verwandten, für den Bruder Ihrer Frau ausgibt, fortwährend unverschämte Briefe an mich, beklagt sich über Sie und will mir gewisse Geheimnisse, die Sie betreffen, mitteilen. Wenn er tatsächlich Ihr Verwandter ist, so verbieten Sie ihm doch, daß er mich beleidigt, und ersparen Sie mir diese Unannehmlichkeiten.«

Eine kühne Herausforderung lag in diesen Worten, das begriffen alle sofort. Die Anklage war so klar und deutlich, obgleich Lisa selber vielleicht dabei nur einer ganz plötzlichen Eingebung folgte. Es war, wie wenn einer fest die Augen zumacht und sich vom Dach hinabstürzt.

Aber Nikolaj Stawrogins Antwort war noch verblüffender.

Vor allem war es schon seltsam, daß er ganz und gar nicht erstaunt war und Lisa aufmerksam und mit der größten Seelenruhe zuhörte. Nicht eine Spur von Verlegenheit oder Ärger war auf seinem Antlitz zu sehen. Einfach und fest, ja sogar mit dem Ausdruck vollkommener Bereitwilligkeit beantwortete er die schicksalsschwere Frage: »Ja, ich habe das Unglück, mit diesem Menschen verwandt zu sein. Ich bin der Mann seiner Schwester, der geborenen Lebjadkina, schon seit bald fünf Jahren. Sie können versichert sein, ich werde ihm Ihr Verlangen in kürzester Zeit weitergeben, und ich stehe dafür, daß er Sie nunmehr nicht weiter belästigen wird.«

Niemals werde ich das Entsetzen vergessen, das sich in Warwara Petrownas Zügen malte. Wie eine Wahnsinnige sprang sie vom Stuhl auf und streckte wie abwehrend die rechte Hand von sich. Nikolaj Wsewolodowitsch blickte auf sie, auf Lisa, auf alle Anwesenden, und plötzlich fing er an zu lächeln in einer maßlos hochmütigen Art und Weise und verließ ruhig und ohne sich zu beeilen das Zimmer. Alle sahen, wie Lisa, sowie Nikolaj Wsewolodowitsch sich nur umdrehte, um hinauszugehen, plötzlich vom Sofa aufsprang und eine deutliche Bewegung machte, als wolle sie ihm nachstürzen, aber sie besann sich und eilte ihm nicht nach, sondern ging ganz ruhig hinaus, ebenfalls ohne ein Wort zu sagen und ohne jemanden anzusehen, natürlich in Begleitung Mawrikij Nikolajewitschs, der hinter ihr hereilte ...

Über das Geschrei und Geklatsch in der Stadt an diesem Abend will ich schon gar nicht reden. Warwara Petrowna schloß sich in ihre Stadtwohnung ein, Nikolaj Wsewolodowitsch aber soll direkt nach Skworeschniki gefahren sein, ohne seine Mutter gesehen zu haben. Stepan Trofimowitsch schickte mich gegen Abend zu »cette chère amie«, um für ihn die Erlaubnis zu erbitten, sie besuchen zu dürfen, aber ich wurde nicht vorgelassen. Er war unendlich betroffen, weinte und wiederholte fortwährend: »Eine solche Ehe! Eine solche Ehe! Wie furchtbar für die Familie!« Dann fiel ihm wieder Karmasinow ein, und er schimpfte schrecklich auf ihn. Für die morgige Vorlesung bereitete er sich energisch vor, seiner künstlerischen Natur zufolge sogar vor dem Spiegel, und rief sich alle Wortspiele und geistreichen Aussprüche seines Lebens, die er in einem eigens dazu bestimmten Heft aufnotiert hatte, ins Gedächtnis zurück, um sie morgen in der Vorlesung anzubringen.

»Mein Freund, ich tue dies nur der großen Idee zuliebe«, sagte er zu mir, anscheinend um sich zu rechtfertigen. »Cher ami, ich habe mich von dem Platze, auf dem ich fünfundzwanzig Jahre stillgesessen habe, losgerissen und mich auf die Reise gemacht – wohin, das weiß ich nicht . . . aber ich habe mich auf die Reise gemacht . . .«

DRITTER TEIL

Erstes Kapitel

Das Fest. Sein erster Teil

1

Das Fest kam also doch zustande, trotz aller Bedenken, die der »Schpigulinsche« Tag heraufbeschworen hatte. Ich glaube, selbst wenn Lembke in der Nacht gestorben wäre, das Fest hätte trotz alledem am nächsten Morgen stattgefunden, eine solche Bedeutung legte ihm Julija Michajlowna bei. Leider blieb sie bis zum letzten Augenblick in dieser Verblendung und verstand die Stimmung der Gesellschaft nicht. Am Ende glaubte niemand mehr, der feierliche Tag werde ohne irgendein kolossales Ereignis, ohne eine »Lösung des Knotens« schließen, wie sich manche ausdrückten und sich dabei schon im voraus die Hände rieben. Allerdings gaben sich viele auch Mühe, eine finsterere und politischere Miene zur Schau zu stellen, aber ganz im allgemeinen gesprochen, ergötzt sich der Russe immer ganz gewaltig an allen wirren Skandalen in der Gesellschaft. Allerdings kam da bei uns noch etwas weit Ernsteres als bloße Skandalsucht hinzu: eine allgemeine Gereiztheit, eine unerbittliche Feindseligkeit; es schien, als hätten es alle entsetzlich satt. Ein allgemeiner, wirrer Zynismus hatte den Thron bestiegen, ein Zynismus, der über aller Kraft ging und Anstrengungen kostete. Nur die Damen waren sich im klaren, aber auch nur in dem einen Punkte: in ihrem hilflosen Haß Julija Michajlowna gegenüber. Darüber waren alle Parteien unserer Damen einig. Und die Ärmste hatte von alledem keine Ahnung, sie war noch bis zum letzten Augenblick überzeugt, daß man sie umringe, daß man ihr »fanatisch ergeben« sei.

Ich erwähnte bereits, daß auf einmal bei uns die verschiedensten Leutchen auftauchten. In den trüben, schwankenden Zeiten des Übergangs pflegen solche Leutchen immer und überall wie die Pilze aus der Erde aufzuschießen. Ich rede jetzt nicht von den sogenannten »Spitzenmännern«, die immer allen voraneilen (worin ihre Hauptsorge besteht) und dabei, wenn auch oft ein törichtes, so doch immerhin ein mehr oder weniger festes Ziel im Auge haben. Nein, ich rede jetzt nur von dem Gesindel. Dieses Pack, das sich in jeder Gesellschaft findet, taucht dann immer in der Übergangszeit auf, treibt sich nicht nur ohne jedes Ziel, sondern auch ohne jede Spur eines Gedankens herum und bringt nur seine Unruhe und Ungeduld mit aller Gewalt zum Ausdruck. Und dabei gerät dann dieses Gesindel, ohne es selber zu wissen, fast immer unter das Kommando solch eines kleinen Häufleins von »Spitzenmännern«, die mit festen Zielen operieren und dann diesen ganzen Kehricht dahin lenken, wohin es ihnen beliebt, wenn sie nur selber nicht ausgemachte Idioten sind, was übrigens auch vorkommen soll. Jetzt, wo alles schon vorbei ist, behauptet man bei uns, Pjotr Stepanowitsch habe unter dem Einfluß der Internationale gestanden und Julija Michajlowna wiederum unter dem Pjotr Stepanowitschs, und jene habe dann nach dessen Befehlen dem ganzen Gesindel den Weg gewiesen. Die vernünftigsten unserer Geister wundern sich jetzt über sich selber, daß sie damals so haben danebentappen können. Worin aber der ganze Wirrwarr dieser Übergangszeit bestand und von wo aus und auf was wir eigentlich übergegangen sind – ich weiß es nicht und glaube auch, daß es niemand anderes weiß, einige fremde Gäste vielleicht ausgenommen. Und dabei gewann dieses Lumpengesindel jetzt auf einmal die Oberhand, fing an, laut über alles Heilige herzuziehen, während es früher nicht einmal gewagt hatte, den Mund aufzutun, und Leute, die an erster Stelle standen und bisher so trefflich obenauf geschwommen waren, fingen auf einmal an, auf jene zu hören und selber kein Wort mehr zu sagen, ja, manche kicherten sogar in ganz abscheulicher Weise dazu. Leute wie Ljamschin, Teljatnikow, Gutsbesitzer wie Tentetnikow*, einheimische Rotzjungen Radischtschews, wehmütig, aber hochnäsig lächelnde Jüdchen, Spaßvögel, durchreisende Fremde, Dichter mit Tendenzen aus der Hauptstadt, Dichter ohne alle Richtungen und Talente in ärmellosen Westen und Schmierstiefeln, Majore und Obersten, die sich über die Sinnlosigkeit ihres Berufes lustig machten und für einen zusätzlichen Rubel bereit waren, ihren Degen abzu-

* Typ eines trägen Schwärmers in Gogols »Die toten Seelen« (Anmerkung des Übersetzers).

legen und als Schreiber bei der Eisenbahnverwaltung unterzuschlüpfen, Generale, die zu den Advokaten übergegangen waren, mit allen Hunden gehetzte Vermittler, aufwärtsstrebende kleine Kaufleute, unzählige Seminaristen, Frauen, die die Frauenfrage verkörperten – all solche Leutchen gewannen bei uns auf einmal vollkommen die Oberhand. Und über wen? Über den Klub, über ehrenwerte Würdenträger, über Generale mit Stelzfüßen, über unsere sonst so strenge und unzugängliche Damenwelt. Wenn sogar eine Warwara Petrowna bis zu der Katastrophe mit ihrem Sohn für dieses Gesindel beinahe den Laufjungen machte, so kann man unseren anderen Minerven ihre damalige Dummheit teilweise verzeihen. Jetzt wird, wie ich schon sagte, alles der Internationale in die Schuhe geschoben. Diese Ansicht hat sich so gefestigt, daß man sogar zugereisten Fremden in diesem Sinne berichtet. Erst kürzlich hat der Rat Kubrikow, zweiundsechzig Jahre alt und mit dem Stanislausorden am Halse, ohne jede Aufforderung und mit eindringlicher Stimme erklärt, daß auch er zweifellos ganze drei Monate unter dem Einfluß der Internationale gestanden habe. Als man ihn dann bei aller Achtung seinen Jahren und seinen Verdiensten gegenüber aufforderte, sich näher zu erklären, konnte er zwar weiter keine Beweise anführen, als daß er es »mit allen seinen Gefühlen empfunden habe«, beharrte aber darum nicht weniger fest auf seiner Erklärung, so daß man ihn nicht weiter ausfragte.

Ich wiederhole noch einmal: Es blieb auch bei uns ein kleines Häufchen vorsichtiger Leute übrig, die sich von allem Anfang an abgesondert und sogar hinter Schloß und Riegel zurückgezogen hatten. Doch welches Schloß hält den natürlichen Gesetzen stand? Auch in den vorsichtigsten Familien wachsen junge Mädchen heran, die unbedingt tanzen müssen. Und so war auch bei allen diesen Persönlichkeiten das Ende vom Lied, daß sie sich für das Fest der Gouvernanten einschrieben. Der Ball sollte ja auch so glänzend und üppig werden; man erzählte Wunderdinge; es gingen Gerüchte über durchreisende Fürsten mit Lorgnetten, über zehn Festordner, junge Kavaliere mit einer Schleife auf der linken Schulter; über Initiatoren aus Petersburg; darüber, daß Karmasinow zur Erhöhung der Einnahmen zugesagt habe, sein »Merci« im Kostüm einer Gouvernante unseres Gouvernements vorzulesen; darüber, daß eine »literarische Quadrille«, ebenfalls in Kostümen stattfinden solle, wobei jede Maske eine bestimmte Richtung versinnbildlichen werde. Endlich werde aber in einem Kostüm der sogenannte »ehrliche russische Gedanke« einen Tanz aufführen – was schon an sich eine gänzliche Neuheit war. Wer hätte da nicht unterschreiben sollen? Und so unterschrieben alle.

2

Dem Programm nach war der festliche Tag in zwei Teile geteilt: erstens die literarische Morgenfeier von zwölf bis vier Uhr und dann der Ball ab zehn Uhr abends die ganze Nacht hindurch. Aber schon aus dieser Einteilung erwuchsen heimlich die ersten Unstimmigkeiten. Erstens hatte sich das Publikum von allem Anfang an auf ein Gerücht versteift, auf ein Gerücht von einem Frühstück, das gleich nach der literarischen Morgenfeier oder sogar während einer eigens zu diesem Zweck eingeschobenen Pause gereicht werden sollte, ein Frühstück mit Champagner, das natürlich kostenlos und im Programm mit einbegriffen sein sollte. Der hohe Preis der Eintrittskarten (drei Rubel) ließ dieses Gerücht um so eher Wurzel fassen. »Ich habe doch mein Geld nicht umsonst bezahlt! Wenn das Fest einen ganzen Tag dauern soll, dann muß es auch etwas zu essen geben! Die Leute kriegen doch Hunger«, so folgerte man allgemein. Ich muß gestehen, daß Julija Michajlowna dieses verderbliche Gerücht durch ihren Leichtsinn selber heraufbeschworen hatte. Vor vier Wochen, also noch im ersten Taumel ihres großen Planes, hatte sie nämlich jedem ersten besten, den sie traf, zugeraunt, daß bei ihrem Feste auch Toaste ausgebracht werden würden, und hatte diese Mitteilung sogar an eine Zeitung der Hauptstadt gesandt. Gerade diese Toaste hatten für sie etwas ungemein Verlockendes: sie wollte sie selber ausbringen und fing in der Erwartung bereits an, sie auszuarbeiten. Sie sollten unser Banner enthüllen (was für eines? – ich möchte wetten, daß die Arme nichts zusammenbrachte) und sollten dann in Gestalt von Korrespondenzen an alle Zeitungen der Hauptstadt übergehen, die oberste Verwaltung rühren und bezaubern, dann aber in alle anderen Gouvernements hinausfliegen und Verwunderung und Nacheiferung hervorrufen. Für die Toaste aber brauchte man unbedingt Champagner, und da man den

Champagner nicht in den leeren Magen hineintrinken konnte, wurde auch das Frühstück zu einer selbstverständlichen Notwendigkeit. Dann, als sich dank ihren Bemühungen bereits das Komitee gebildet hatte und man an die Sache ernsthafter herangegangen war, wurde ihr jedoch sofort klar nachgewiesen, daß, wenn man von Schmausereien träumen wollte, für die Gouvernanten herzlich wenig übrigbleiben würde, selbst bei reichlichsten Einnahmen. Es blieben demnach zwei Lösungen der Frage übrig: entweder ein Festschmaus wie bei Belsazar mit Toasten und neunzig Rubel Rest für die Gouvernanten oder die Realisierung bedeutender Einnahmen durch ein Fest, das sozusagen nur der Form nach eines war. Übrigens hatte das Komitee sie damit nur ein bißchen einschüchtern wollen, hatte sich aber eine dritte, versöhnendere und vernünftigere Lösung ausgedacht, nämlich ein in jeder Beziehung befriedigendes Fest, allerdings ohne Champagner, so daß immerhin noch eine ganz anständige Summe für die Gouvernanten übrigblieb, weit mehr als neunzig Rubel. Aber Julija Michajlowna war damit nicht einverstanden, ihrem großzügigen Wesen war die spießbürgerliche Mittelstraße zuwider. Darum machte sie auch sogleich den Vorschlag: wenn der erste Plan unausführbar wäre, solle man sich unbedingt und unverzüglich auf das strikte Gegenteil werfen, das heißt, einen so kolossalen Überschuß erzielen, daß alle anderen Gouvernements vor Neid erblassen würden. »Man muß den Leuten endlich einmal zu verstehen geben«, schloß sie ihre flammende Rede vor dem versammelten Komitee, »daß die Erreichung allgemein menschlicher Ziele etwas unvergleichlich Erhabeneres ist als diese leiblichen Augenblicksgenüsse, daß unser Fest in Wirklichkeit nur die Verkündung einer großen Idee ist und man sich deshalb mit einem durchaus sparsamen, nur allegorisch aufzufassenden deutschen Ball begnügen muß, wenn man nun schon einmal ohne diesen unausstehlichen Ball nicht auskommen kann!« So sehr war ihr auf einmal dieser ganze Ball verhaßt. Doch schließlich beruhigte man sie. Man dachte sich zum Beispiel damals die »literarische Quadrille« aus und brachte noch andere ästhetische Dinge in Vorschlag, die die leiblichen Genüsse ersetzen sollten. Damals willigte auch Karmasinow ein, sein »Merci« vorzulesen (bis dahin hatte er alle nur mit vagen Versprechungen gequält und hingehalten), und machte dadurch den bloßen Gedanken an das Essen bei unserem unenthaltsamen Publikum zunichte. So wurde der Ball also wieder zu einer großartigen Feier, allerdings in anderem Sinne. Um aber nicht ganz auf Wolken davonzusegeln, wurde beschlossen, daß bei Beginn des Balles Tee mit Zitrone und kleines, rundes Gebäck gereicht werden sollten, dann Mandelmilch und Limonade, und zum Schluß sogar Gefrorenes, weiter aber auch nichts. Für diejenigen aber, die immer und überall Hunger und vor allem Durst verspüren – für sie konnte man ja am Ende der Zimmerflucht ein besonderes Büfett aufstellen, das Prochorytsch, dem Oberkoch aus dem Klub, unterstellt werden sollte – natürlich unter strengster Aufsicht des Komitees –; dort konnte dann, was das Herz nur wünscht, verabreicht werden, selbstverständlich nur gegen besondere Bezahlung. Darauf sollte auch durch Anschläge an allen Türen noch besonders hingewiesen werden, daß das Büfett im Programm nicht einbegriffen war. Während der Morgenfeier sollte das Büfett überhaupt nicht aufgemacht werden, um die Vorlesungen nicht zu stören, obgleich besagtes Büfett fünf Zimmer vom weißen Saal entfernt lag, wo Karmasinow sein »Merci« vorzulesen gedachte. Merkwürdig war, daß dieser Vorlesung des »Merci« vom Komitee anscheinend eine beinahe kolossale Bedeutung beigemessen wurde, selbst von durchaus praktisch denkenden Menschen. Was aber die poetisch veranlagten Leute anbetrifft, so erklärte zum Beispiel die Frau Adelsmarschall Karmasinow, daß sie nach seiner Vorlesung an der Wand ihres weißen Saales sofort eine Marmortafel mit goldener Inschrift anbringen lassen werde, daß am soundsovielten des soundsovielten Jahres hier an dieser Stelle der große russische und europäische Schriftsteller die Feder niedergelegt, sein »Merci« verlesen und so zum ersten Male persönlich vom russischen Publikum, verkörpert durch die Vertreter der Stadt, Abschied genommen habe. Diese Inschrift sollten dann alle bereits zum Ball lesen können, also nur fünf Stunden nachdem er sein »Merci« vorgelesen habe. Ich weiß aus zuverlässiger Quelle, daß es vor allen Dingen Karmasinow war, der gefordert hat, man solle das Büfett morgens unter keinen Umständen eröffnen, damit er beim Lesen nicht gestört werde, trotz des Einwandes mehrerer Komiteemitglieder, daß dies gegen unsere Gewohnheiten sei.

So standen die Dinge, während man in der Stadt immer noch fortfuhr, an einen Festschmaus à la Belsazar zu glauben, das heißt also, an ein vom Komitee gestelltes Büfett, und diesen Glauben bewahrte man bis zur letzten Stunde. Sogar die jungen Damen träumten von einer Menge von Konfekt und Eingemachtem und dergleichen unerhörten Dingen. Alle wußten, daß die Einnahmen überreichlich ausgefallen waren, daß die ganze Stadt sich um die Eintrittskarten gerissen hatte, daß man sogar aus anderen Kreisen eigens dazu hergereist käme, so daß die Karten gar nicht ausgereicht hätten. Ferner war bekannt, daß über den festgesetzten Preis hinaus noch bedeutende Spenden eingegangen waren: Warwara Petrowna zum Beispiel hatte ihre Eintrittskarte mit dreihundert Rubel bezahlt und fast alle Blumen zur Ausschmückung der Säle aus ihren Gewächshäusern versprochen. Die Adelsmarschallin (Mitglied des Komitees) gab ihr Haus sowie die Beleuchtung dazu her, der Klub die Musik und die Bedienung und stellte außerdem seinen Prochorytsch für den ganzen Tag zur Verfügung. Dann waren noch andere, wenn auch nicht so bedeutende Schenkungen gemacht worden, so daß man sogar auf den Gedanken kam, den ursprünglich festgesetzten Preis der Eintrittskarten von drei Rubel auf zwei herabzusetzen. Das Komitee hatte nämlich anfangs gefürchtet, daß bei einem Eintrittspreis von drei Rubel die jungen Damen nicht kommen würden, und gewisse Familienkarten einzuführen beabsichtigt, so daß jede Familie nur für eine Tochter hätte zu zahlen brauchen, die übrigen jungen Mädchen aber, und wenn es ihrer zehn in einer Familie gewesen wären, freien Eintritt gehabt hätten. Aber diese Befürchtungen erwiesen sich als unangebracht, im Gegenteil, die jungen Damen kamen alle. Sogar die ärmsten Beamten brachten ihre jungen Mädchen mit, und es war ganz klar, daß sie selber, wenn sie keine Töchter gehabt hätten, gar nicht auf den Gedanken gekommen wären, an dem Fest teilzunehmen. Ja, ein ganz untergeordneter Sekretär kam mit allen seinen sieben Töchtern an, die Gattin selbstverständlich nicht mit einbegriffen, und brachte auch noch eine Nichte mit, und jede der jungen Damen hielt eine Eintrittskarte für drei Rubel in der Hand. Man kann sich vielleicht vorstellen, daß bei den Vorbereitungen in der Stadt das Unterste zuoberst gewälzt wurde. Man bedenke allein nur, daß infolge der Teilung des Festes in zwei Hälften jede der Damen zwei verschiedene Toiletten haben mußte – eine für die Morgenfeier und eine für den Ball! Viele aus mittleren Kreisen versetzten, wie sich später herausgestellt hat, an diesem Tage alles, sogar die Wäsche, die Bettlaken und womöglich gar auch die Matratzen bei unseren Juden, deren Zahl sich wie absichtlich seit etwa zwei Jahren in unserer Stadt entsetzlich vermehrt hatte, wobei immer mehr und mehr zuzogen. Fast alle Beamten ließen sich ihr Gehalt im voraus geben, manche Gutsbesitzer verkauften ihr unentbehrlichstes Vieh, und das alles nur, um die jungen Damen wie Marquisen ausführen zu können und nicht hinter den anderen zurückzustehen. Die Pracht der Toiletten war diesmal für unseren Ort einfach unerhört. Schon vierzehn Tage vorher war die ganze Stadt voll von Familienanekdoten, die von unseren Spottvögeln schleunigst alle Julija Michajlowna zugetragen wurden. Ganze Familienkarikaturen gingen um. Ich selber habe in Julija Michajlownas Album einige Skizzen dieser Art gesehen. Dies alles aber wurde bald nur zu gut auch denen bekannt, die der Gegenstand dieser lustigen Geschichten waren, und daraus erwuchs denn auch, glaube ich, jener große Haß, den alle Familien in letzter Zeit Julija Milchajlowna entgegenbrachten. Jetzt freilich schimpfen alle, knirschen allein bei der Erinnerung daran mit den Zähnen. Aber es lag schon vor dem Feste klar auf der Hand, daß, wenn das Komitee nicht befriedigen oder der Ball irgendwie mißlingen werde, ein noch nie dagewesener Ausbruch des Unwillens erfolgen würde. Darum wartete auch jeder im stillen auf einen Skandal, und wenn schon alle so darauf warteten, wie hätte er da nicht eintreten sollen?

Pünktlich um zwölf Uhr setzte dröhnend das Orchester ein. Ich befand mich unter der Zahl der Festordner, das heißt, unter der Zahl jener »jungen Leute mit der Schleife«, und habe so mit eignen Augen gesehen, wie dieser Tag schändlichen Angedenkens anhob. Es begann gleich mit einem maßlosen Gedränge am Eingang. Wie kam es nur, daß alles vom ersten Augenblick an schiefging und daß gleich zu Anfang die Polizei eingreifen mußte? Dem eigentlichen Publikum kann ich gar nicht einmal die Schuld geben. Die Familienväter, obgleich dem Range nach am höchsten stehend, drängten weder vor noch jemanden beiseite, im Gegenteil, sie sollen schon auf der Straße konfus geworden sein beim Anblick dieser für unsere Stadt ungewöhnlichen Menschenmassen, die den Eingang belagerten und nicht einfach hineingingen, sondern hineinstürmten. Inzwischen kam eine Equipage nach der andern angefahren, und schließlich war die Straße ganz versperrt. Heute, wo ich dies niederschreibe, kann ich, auf sichere Beweise gestützt, behaupten, daß ein Teil dieses üblen Gesindels unserer Stadt von Ljamschin und Liputin und vielleicht noch von einigen anderen, die sich ebenso wie ich unter den Festordnern befanden, einfach ohne Eintrittskarten hereingelassen wurde. Jedenfalls tauchten auf einmal lauter unbekannte Leute auf, die aus den benachbarten Kreisen oder sonstwoher gekommen waren. Diese wilde Bande hatte kaum den Saal betreten, als sie sich alle auch gleich schon einstimmig wie auf Verabredung erkundigten, wo das Büfett sei, und als sie erfuhren, daß es keines gäbe, begannen sie, ohne ein Blatt vor den Mund zu nehmen und mit einer bisher bei uns noch nicht dagewesenen Frechheit zu schimpfen. Allerdings waren einige von ihnen bereits betrunken hereingekommen. Manche, die wahrscheinlich noch nie in ihrem Leben etwas Ähnliches zu sehen bekommen hatten, staunten beim Eintreten wie die Hinterwäldler über den prächtigen Saal der Adelsmarschallin, wurden für einen Augenblick still und schauten sich mit aufgerissenem Mund im Kreise um. Dieser große Weiße Saal, obgleich ein schon alter Bau, war in der Tat großartig: von Riesenausmaß, zwei Stockwerke hoch, mit einer altertümlich gemalten und vergoldeten Decke, mit Galerien, Spiegelwänden, roten Draperien auf den weißen Wandflächen, Marmorstatuen (man frage nicht, was für welche, aber es waren doch immerhin Statuen), mit altertümlichen, schweren Möbeln aus Napoleonischer Zeit, weiß mit Gold und mit rotem Samt bezogen. Für den heutigen Tag hatte man am Ende des Saales ein hohes Podium für die vortragenden Literaten errichtet, den ganzen Saal hatte man wie das Parterre eines Theaters mit Stühlen vollgestellt, allerdings mit breiten Zwischengängen für das Publikum. Aber nach den ersten Augenblicken des Staunens wurden die sinnlosesten Fragen und Bemerkungen laut: »Vielleicht wollen wir jetzt noch gar keine Vorlesungen ... Wir haben unser Geld bezahlt ... Das Publikum ist frech betrogen worden ... Wir sind hier die Herren, und nicht die Lembkes ...« Kurz, sie schimpften so, als hätte man sie nur zu diesem Zwecke hereingelassen. Insonderheit erinnere ich mich noch eines Zwischenfalles, bei dem sich der kürzlich erst zugereiste Fürst auszeichnete, der gestern morgen in seinem hohen Stehkragen wie eine Holzpuppe bei Julija Michajlowna gesessen hatte. Auf ihre inständigen Bitten hin hatte er sich ebenfalls bereit erklärt, die Bandschleife auf seine linke Achsel zu heften und sich ebenso wie wir als Festordner zu betätigen. Nun stellte sich aber heraus, daß diese stumme Wachsfigur, wenn auch nicht zu reden, so doch auf ihre Art zu handeln verstand. Als nämlich ein ungeschlachter, pockennarbiger Hauptmann a. D., unterstützt von einem ganzen Schwarm hinter ihm her drängenden Gesindels, ihn wiederholt mit der Frage belästigte, wo sich denn das Büfett befinde, winkte er ganz einfach die Wache heran. Der Befehl wurde unverzüglich ausgeführt und der betrunkene Hauptmann zum Saal hinausbefördert; ungeachtet seines Schimpfens schleppten sie den betrunkenen Hauptmann hinaus. Inzwischen begann nun endlich auch das »wirkliche« Publikum zu erscheinen und zog sich wie drei endlose Fäden in den drei Gängen zwischen den Stuhlreihen dahin. Die fragwürdigen Elemente wurden etwas ruhiger, aber das Publikum, selbst das »anständigste«, machte ein unzufriedenes und erstauntes Gesicht, manche Damen sahen geradezu verängstigt aus.

Endlich hatten alle Platz genommen, auch die Musik verstummte. Man fing an, sich zu schneuzen, sich umzuschauen. Man wartete, und zwar mit fast zu feierlicher Miene – was schon an und für sich immer ein schlechtes Zeichen ist. Aber die Lembkes waren noch nicht da. Samt, Seide und Brillanten glänzten und leuchteten nach allen Seiten, Wohlgerüche erfüllten die Luft. Die Herren hatten alle Orden angelegt, und die ältesten hatten sogar ihre Uniformen angezogen. Endlich erschien auch die Frau Adelsmarschall, zusammen mit Lisa. Noch nie war Lisa so blendend schön und in so prächtiger Toilette erschienen wie an jenem Morgen. Ihr Haar war ganz in Locken frisiert, ihre Augen leuchteten, auf ihrem Gesicht strahlte ein Lächeln. Sie erregte sichtlich großes Aufsehen, alle sahen nach ihr hin und steckten die Köpfe zusammen. Man sagte, sie habe Stawrogin mit den Augen gesucht, aber weder Warwara Petrowna noch Nikolaj Wsewolodowitsch war da. Ich verstand damals ihren Gesichtsausdruck nicht ganz, warum lag soviel Glück, soviel Freude, soviel Energie und soviel Kraft in ihren Zügen? Ich dachte an das gestrige Ereignis und wunderte mich.

Aber die Lembkes waren immer noch nicht da. Das war schon der erste Fehler. Ich erfuhr dann, daß Julija Michajlowna bis zum letzten Augenblick auf Pjotr Stepanowitsch gewartet hatte, ohne den sie in letzter Zeit nichts unternehmen konnte, obgleich ihr das selber niemals zum Bewußtsein kam. Ich erwähne in Parenthese, daß Pjotr Stepanowitsch gestern in der letzten Komiteesitzung die Festordnerschleife zurückgewiesen hatte, wodurch sie sich so gekränkt gefühlt hatte, daß sie sogar in Tränen ausgebrochen war. Zu ihrer Verwunderung und später sogar zu ihrer außerordentlichen Bestürzung (was ich dann erklären werde) blieb er den ganzen Vormittag über verschwunden und zeigte sich bei der literarischen Morgenfeier überhaupt nicht, so daß ihn bis zum Abend kein Mensch zu sehen bekam.

Endlich fing das Publikum an, deutlich seine Ungeduld zu bekunden. Auf dem Podium zeigte sich ebenfalls kein Mensch. In den hinteren Reihen begann man zu applaudieren wie im Theater. Die alten Herren und die Damen bemerkten unmutig: »Die Lembkes machen sich offensichtlich zu wichtig!« Selbst in den Reihen des besseren Publikums setzte ein albernes Geflüster ein: das Fest werde vielleicht tatsächlich gar nicht stattfinden, Herr von Lembke wäre vielleicht tatsächlich krank geworden usw. usw. Aber Gott sei Dank, endlich erschienen Lembkes, er führte seine Gemahlin am Arme. Ich muß gestehen, ich hatte selber entsetzliche Angst, daß sie nicht kommen würden. Auf einmal fielen alle die Fabeln in sich zusammen, und die Wirklichkeit trat in ihr Recht. Das Publikum atmete auf. Lembke selber schien sich der besten Gesundheit zu erfreuen, das stellten, wie ich mich entsinne, wenigstens alle fest, und man kann sich denken, wie viele Blicke auf ihn gerichtet waren. Zur Charakteristik möchte ich noch erwähnen, daß es in unseren höchsten Gesellschaftskreisen überhaupt nur sehr wenige gab, die vermuteten, daß Lembke irgendwie nicht gesund sei, alle fanden seine Handlungsweise vollkommen normal, und das ging so weit, daß man sogar die Rutengeschichte von gestern billigte. »So hätte man gleich von Anfang an vorgehen müssen!« sagten die hohen Würdenträger. »Da kommen sie als Philanthropen an, enden aber mit dem alten Verfahren, ohne zu begreifen, daß dieses gerade für die Philanthropie notwendig ist.« So urteilte man wenigstens im Klub. Man hatte nur auszusetzen, daß er darüber in Wut geraten war: »Dabei muß man kaltblütig bleiben, na, er ist eben noch ein Neuling in solchen Sachen!« sagten die Kenner.

Ebenso neugierig richteten sich aber auch alle Blicke auf Julija Michajlowna. Kann man von mir als Erzähler wirklich alle ausführlichen Einzelheiten verlangen, was diesen

Punkt, dieses Geheimnis, diese Frau anbetrifft? Ich weiß nur das eine: gestern abend war sie zu Andrej Antonowitsch ins Arbeitszimmer gegangen und bis lange nach Mitternacht bei ihm geblieben. Andrej Antonowitsch hatte Verzeihung erlangt und war getröstet worden. Die Gatten hatten sich über alles geeinigt, alles war vergessen, und als zum Schluß der Aussprache Herr von Lembke bei der Erinnerung an die Schlußvorgänge von gestern nacht entsetzt vor ihr auf die Knie fiel, da hatten das schöne Händchen und nach ihm auch die Lippen der Gattin den glühenden Reueerguß des ritterlich zarten, aber vor Rührung ganz weich gewordenen Mannes aufzuhalten verstanden.

Alle sahen auf ihrem Gesicht das Glück. Sie kam mit offener Miene und in prachtvoller Toilette. Es schien, als habe sie den Gipfel ihrer Wünsche erreicht: das Fest – das Ziel und die Krone ihrer Politik war zur Wirklichkeit geworden. Während die Lembkes ihren Plätzen dicht vor dem Podium zuschritten, verbeugten sie sich, für die Grüße dankend, nach allen Seiten. Sie wurden sogleich umringt. Die Frau Adelsmarschall erhob sich und ging ihnen entgegen... Da aber ereignete sich ein garstiges Mißverständnis: das Orchester blies mir nichts, dir nichts einen Tusch, nicht etwa einen Marsch, sondern einen ganz gewöhnlichen Tafeltusch, so wie bei uns im Klub, wenn man bei einem offiziellen Diner auf jemandes Gesundheit trinkt. Ich weiß jetzt, daß Ljamschin dies damals in seiner Eigenschaft als Festordner veranlaßt hatte, gewissermaßen zu Ehren der eintretenden Lembkes. Natürlich konnte er sich dann immer damit herausreden, er habe es aus Dummheit oder Übereifer getan... Leider ahnte ich zu der Zeit noch nicht, daß sie es da schon gar nicht mehr für nötig hielten, sich herauszureden, und noch am heutigen Tage alles zu Ende führen wollten. Aber der Tusch war noch nicht alles: während das Publikum ein ärgerliches Befremden und spöttisches Lächeln nicht unterdrücken konnte, ertönte plötzlich am Ende des Saales von der Galerie herunter ein lautes Hurra, ebenfalls gewissermaßen zu Lembkes Ehren. Es waren zwar nur wenige Stimmen, aber ich muß gestehen, sie schrien eine ganze Weile. Julija Michajlowna bekam einen roten Kopf, ihre Augen funkelten. Lembke blieb auf seinem Platz stehen, wandte sich nach der Seite der Schreier um und überblickte streng und erhaben den Saal. Man veranlaßte ihn, sich so schnell wie möglich hinzusetzen. Mit Besorgnis bemerkte ich wieder auf seinem Gesicht jenes gefährliche Lächeln, mit dem er gestern morgen im Empfangssalon seiner Gattin gestanden und Stepan Trofimowitsch angesehen hatte, ehe er auf ihn zugeschritten war. Es kam mir vor, als zeige sein Gesicht auch jetzt wieder einen gewissermaßen feindseligen und, was noch schlimmer war, beinahe komischen Ausdruck – den Ausdruck eines Mannes, der sich selbst wohl oder übel zum Opfer gebracht, nur um den hohen Zielen seiner Ehehälfte zu genügen. Julija Michajlowna winkte mich schnell zu sich heran und flüsterte mir zu, ich möchte zu Karmasinow laufen und ihn bitten anzufangen. Kaum hatte ich mich aber umgedreht, als sich bereits ein neuer widerwärtiger Zwischenfall ereignete, der noch bei weitem garstiger als der erste war. Auf dem Podium, auf dem leeren Podium, wohin jetzt aller Augen erwartungsvoll gerichtet waren und wo man nur einen kleinen Tisch sah und dahinter einen Stuhl und auf dem Tisch ein Glas mit Wasser auf einem silbernen Brettchen – auf diesem leeren Podium tauchte plötzlich die riesige Gestalt des Hauptmanns Lebjadkin auf, mit Frack und weißer Binde. Ich war so verblüfft, daß ich kaum meinen Augen traute. Der Hauptmann schien verlegen zu werden und blieb hinten auf dem Podium stehen. Plötzlich hörte man aus dem Publikum rufen: »Lebjadkin? Du?« Die dämliche rote Fratze des Hauptmanns (er war vollständig betrunken) verzog sich bei diesem Anruf zu einem breiten, stupiden Lächeln. Er hob die Hand, wischte sich den Schweiß von der Stirn, schüttelte seinen struppigen Kopf, trat dann, wie wenn er sich zu allem entschlossen hätte, zwei Schritte vor und – platzte auf einmal mit einem Gelächter heraus, einem nicht gerade lauten, aber überquellenden, langgezogenen, beinahe glücklichen Gelächter, so daß die ganze fette Masse seines Körpers ins Schwanken geriet und seine Augen ganz klein wurden. Bei diesem Anblick brach beinahe die Hälfte der Anwesenden in ein lautes Gelächter aus, einige klatschten sogar Beifall. Die ernsteren Leute sahen sich gegenseitig finster an, doch dauerte dies alles kaum länger als eine halbe Minute. Da kamen plötzlich Liputin mit seiner Festordnerschleife und zwei Diener auf das Podium gelaufen, faßten den Hauptmann vorsichtig unter die Arme, und Liputin flüsterte ihm etwas zu. Der Hauptmann verzog das Gesicht, murmelte aber dann: »Na ja, wenn es so ist . . .« machte eine resignierte Handbewegung, drehte dem Publikum seinen mächtigen Rücken zu und verschwand mit seinen Begleitern. Gleich darauf erschien Liputin abermals auf dem Podium. Auf den Lippen spielte heute besonders süß sein ständiges Lächeln, das einen gewöhnlich an Essig mit Zucker erinnerte, und in der Hand hielt er ein Blatt Papier. Mit kleinen, eiligen Schritten ging er bis an den äußersten Rand des Podiums vor.

»Meine Herrschaften«, wandte er sich an das Publikum. »Durch Unachtsamkeit ist ein komisches Mißverständnis entstanden, das bereits beseitigt ist. Aber hoffnungsvoll habe ich den Auftrag und die tiefe, untertänigste, ehrerbietige Bitte eines unserer am hiesigen Platze ansässigen Dichter entgegengenommen ... Durchdrungen von dem humanen und hohen Ziel ... ungeachtet seines Zustandes ... von demselben Ziel, das auch uns alle vereinigt ... die Tränen der armen gebildeten Mädchen unseres Gouvernements abzuwischen ... möchte dieser Herr, das heißt, ich wollte sagen, eben jener hiesige Dichter ... unter strengster Wahrung seines Inkognitos natürlich ... gern vor Beginn des Balles seine Verse vorgelesen haben ... das heißt, ich meine natürlich vor Beginn der literarischen Vorträge. Obgleich dieses Gedicht nicht im Programm enthalten ist und es auch nicht sein konnte ... weil es erst vor einer halben Stunde abgegeben worden ist ... so will es uns« (wen meinte er mit »uns«? Ich führe seine verworrene, abgehackte Rede Wort für Wort an) »dennoch scheinen, daß dieses Gedicht wegen seiner beachtenswerten Naivität, verbunden mit ebenso beachtenswertem Humor, immerhin vorgelesen werden könne, das heißt, nicht als etwas Ernsthaftes, sondern nur als etwas, was zur heutigen Feier ... mit einem Worte, zur Idee ... paßt ... um so mehr, als es nur wenige Zeilen sind ... und ich wollte das wohlgeneigte Publikum dazu um gütige Erlaubnis bitten.«

»Vorlesen!« grölte eine Stimme aus einer Ecke des Saales.

»So soll ich es also vorlesen?«

»Vorlesen! Vorlesen!« fielen noch mehr Stimmen ein.

»Wenn die Anwesenden es erlauben, werde ich es also vorlesen«, sagte Liputin mit einer Verbeugung, immer mit demselben zuckersüßen Lächeln.

Aber es schien doch, als könnte er sich nicht recht dazu entschließen, und ich hatte sogar den Eindruck, als ob er sich in großer Erregung befände. Bei all ihrer Frechheit werden diese Leute doch manchmal ziemlich unsicher. Der Seminarist übrigens wäre wohl kaum in Verlegenheit geraten, aber Liputin gehörte eben noch der früheren Generation an.

»Ich schicke voraus, das heißt, ich habe die Ehre vorauszuschicken, daß dies nicht etwa eine Ode ist, wie sie früher für Festtage geschrieben wurden, sondern sozusagen nur ein Scherz, aber zweifellos ein gefühlvoller, verbunden mit sprudelnder Heiterkeit bei all seiner höchst realistischen Wahrheit.«

»Vorlesen, vorlesen!«

Er faltete das Blatt auseinder. Selbstverständlich konnte ihn niemand zurückhalten. Außerdem trug er ja auch die Festordnerschleife. So fing er denn mit tönender Stimme zu deklamieren an:

»Der vaterländischen Gouvernante hiesigen Platzes zu ihrem Feste von einem Dichter

Sei gegrüßt, o Gouvernantchen,
Freue dich und triumphier,
Reaktion hier – da George Sandchen,
Alles gleich, jetzt jubilier!«

»Das ist von Lebjadkin! Sicher ist das von Lebjadkin!« riefen mehrere Stimmen. Gelächter ertönte, auch wurde Beifall geklatscht, doch nicht sehr zahlreich.

»Lehrst Rotznasen buchstabieren
Auf französisch, stets bereit,
Einen Mann dir aufzuspüren,
Selbst ein Küster dich nicht reut!«

»Hurra! Hurra!«

»Doch zur Zeit der Großreformen
Hast du auch bei dem kein Glück:
Fehlt's an Summen, an enormen,
Mußt zur Fibel du zurück.«

»Richtig, ganz recht! So ist es in Wirklichkeit! Ohne Geldsummen ist nichts zu machen.«

»Doch aus Tanz- und Zecheinnahmen
Sammeln wir ein Kapital,
Eine Mitgift, meine Damen,
Senden wir aus diesem Saal.

Reaktion hier – da George Sandchen,
Alles gleich, jetzt jubilier!
Mit Moneten, Gouvernantchen,
Spuck auf alles, triumphier!«

Ich muß gestehen, ich traute meinen Ohren nicht. Das war eine so unverhohlene Frechheit, daß sogar die Entschuldigung der Dummheit für Liputin nicht mehr möglich war. Und dabei war Liputin nicht einmal dumm. Die Absicht lag klar auf der Hand, wenigstens für mich: man wollte so bald wie möglich Unordnung und Unruhe hervorrufen. Einige Verse dieses blödsinnigen Reimproduktes, wie zum Beispiel der letzte, waren derartig, daß keine Dummheit der Welt sie hätte zulassen dürfen.

Liputin schien auch selber zu fühlen, daß er zu weit gegangen war, indem er diese Heldentat vollbracht hatte. Er war über seine eigne Dreistigkeit so sehr verdutzt, daß er nicht einmal vom Podium herunterging, sondern stehen blieb, als wollte er noch irgend etwas hinzufügen. Er hatte sicherlich vermutet, daß die Geschichte anders enden werde, aber sogar die wenigen Radaubrüder, die während seines Auftretens Beifall geklatscht hatten, schwiegen plötzlich, als wären sie ebenfalls stutzig geworden. Das Allerdümmste war, daß viele diesen Auftritt vollkommen ernst nahmen und die Verse nicht als Pasquill, sondern als tatsächliche Wahrheit über die Gouvernanten, als eine Art Tendenzdichtung auffaßten. Aber die übertriebene Ungezwungenheit des Ausdrucks befremdete schließlich auch sie. Was nun das übrige Publikum anbetrifft, so fühlte sich der ganze Saal nicht nur skandalisiert, sondern sogar beleidigt. Ich glaube, ich habe mich darin nicht getäuscht. Julija Michajlowna sagte dann, es hätte noch eines Augenblicks bedurft, und sie wäre in Ohnmacht gefallen. Einer der angesehensten alten Herren reichte seiner Frau den Arm, und beide verließen den Saal, gefolgt von den erregten Blicken der Anwesenden. Wer weiß, vielleicht hätte ihr Beispiel noch andere nach sich gezogen, wenn in diesem Augenblick nicht Karmasinow selber auf dem Podium erschienen wäre, in Frack und weißer Binde und mit einem Heft in der Hand. Julija Michajlowna warf ihm einen begeisterten Blick zu, wie einem Retter aus der Not ... Ich aber lief schnell hinter die Kulissen, ich mußte Liputin sprechen.

»Das haben Sie absichtlich getan!« rief ich und hielt ihn unmutig an der Hand fest.

»Bei Gott, ich habe mir nichts dabei gedacht«, log er, wand sich vor Verlegenheit und spielte den Unglücklichen. »Soeben erst hat man mir die Verse gebracht, und ich dachte, es wäre ein lustiger Scherz ...«

»Das haben Sie ganz und gar nicht gedacht. Halten Sie vielleicht diesen stümperhaften Schund für einen lustigen Scherz?«

»Ja, gewiß.«

»Das lügen Sie ganz einfach, man hat Ihnen die Verse überhaupt nicht jetzt gebracht. Sie haben sie wahrscheinlich selber mit Lebjadkin zusammen verfaßt, schon gestern abend, und nur aus Skandalsucht. Die letzten Zeilen sind unbedingt von Ihnen, und das mit dem Küster auch. Warum ist er denn im Frack hergekommen? Das zeigt doch ganz deutlich, daß Sie ihn bereitgehalten hatten, sein Gedicht selber vorzulesen, wenn er nicht total betrunken gewesen wäre.«

Liputin sah mich kalt und höhnisch an.

»Was geht denn Sie das an?« fragte er plötzlich eigentümlich ruhig.

»Was mich das angeht? Sie tragen ebenfalls die Festordnerschleife ... Wo ist Pjotr Stepanowitsch?«

»Ich weiß nicht, vielleicht hier irgendwo. Warum denn?«

»Darum, weil ich jetzt alles durchschaue. Das ist ganz einfach eine Verschwörung gegen Julija Michajlowna, um das Fest durch einen Skandal zu vereiteln ...«

Liputin sah mich wieder von der Seite an.

»Ja, aber was geht Sie das an?« sagte er grinsend, zuckte mit den Achseln und verschwand nach der andern Seite.

Mich überlief es kalt. Mein Verdacht bestätigte sich voll und ganz. Und doch hatte ich immer noch gehofft, ich könnte mich täuschen. Was sollte ich tun? Ich dachte daran, Stepan Trofimowitsch zu Rate zu ziehen, aber der stand vor dem Spiegel, studierte sich verschiedene Arten des Lächelns ein und sah fortwährend auf einem Zettel nach, auf dem er sich Notizen gemacht hatte. Er sollte gleich nach Karmasinow auftreten und war bereits nicht mehr imstande, mit mir zu reden. Sollte ich zu Julija Michajlowna laufen? Aber für diese war es noch zu früh, da bedurfte es noch einer derberen Lektion, um ihr den Glauben an »den großen Kreis ihrer Anhänger« und deren »fanatische Ergebenheit« zu rauben. Sie hätte mir einfach nicht geglaubt und mich nur für einen Gespensterseher gehalten. Und was hätte sie auch helfen können? Ach was, dachte ich, was geht mich in der Tat die ganze Geschichte an? Ich nehme einfach meine Schleife ab und gehe nach Hause, wenn es angeht. So drückte ich mich damals aus: wenn es *angeht*; dessen entsinne ich mich noch.

Aber ich mußte doch hingehen und Karmasinow anhören. Ich sah mich noch ein letztes Mal hinter den Kulissen um und bemerkte, daß hier genug Leute, die da nichts zu suchen hatten, herumschnüffelten, daß sogar Frauen hier aus und ein gingen. Dieses »hinter den Kulissen« war ein ziemlich enger Raum, durch einen Vorhang vom Publikum fest abgeschlossen, von dem man nach hinten über einen Korridor in die anderen Zimmer gelangen konnte. Hier warteten unsere Vortragenden, bis die Reihe an sie kam. Aber in diesem Augenblick staunte ich am meisten über den Herrn, der nach Stepan Trofimowitsch auftreten sollte. Das war ebenfalls irgendeine Art Professor (ich weiß heute noch nicht genau, wer es eigentlich war), der infolge irgendeiner Studentengeschichte freiwillig aus irgendeiner Lehranstalt ausgeschieden und erst vor wenigen Tagen aus irgendwelchen Gründen in unsere Stadt gezogen war. Er war Julija Michajlowna ebenfalls empfohlen worden, und sie hatte ihn mit Ehrerbietung empfangen. Ich weiß jetzt, daß er vor der Vorlesung nur ein einziges Mal bei Julija Michajlowna gewesen war, wo er den ganzen Abend über geschwiegen und über die Scherze und den Ton der Gesellschaft, die Julija Michajlowna umgab, nur zweideutig gelächelt und durch seine hochmütige und dabei ewig beleidigte Miene einen unangenehmen Eindruck hervorgerufen hatte. Doch hatte ihn Julija Michajlowna selber darum gebeten, etwas vorzutragen. Jetzt rannte er hinter den Kulissen von einer Ecke zur anderen, murmelte ebenso wie Stepan Trofimowitsch immer etwas vor sich hin, sah aber dabei zu Boden und nicht in den Spiegel. Auch das Lächeln studierte er sich nicht ein, sondern er lächelte nur ab und zu wild vor sich hin. Es lag auf der Hand, daß auch mit dem nicht zu reden war. Er war nicht sehr groß, dem Aussehen nach etwa vierzig Jahre, hatte eine Glatze und ein graumeliertes Bärtchen und ging anständig gekleidet. Das Eigentümlichste an ihm war, daß er bei jeder Wendung die rechte Faust hochhob, sie in der Luft über seinem Haupte schüttelte und sie dann plötzlich niederfallen ließ, als wollte er damit einen Widersacher in Grund und Boden schmettern. Dieses Mätzchen wiederholte er immer und immer wieder. Mir wurde ganz bänglich zumute. Schnell lief ich fort, um Karmasinow zu hören.

3

Im Saal war wieder irgend etwas nicht ganz geheuer. Ich erkläre im voraus: ich verneige mich vor der Größe des Genies; aber warum müssen sich diese unsere Herren Genies am Ende ihrer glorreichen Lebenstage immer wie die kleinen Kinder gebärden? Warum mußte Karmasinow mit einer Grandezza auftreten, die für fünf Kammerherren ausgereicht hätte? War es überhaupt möglich, ein solches Publikum, wie das unsrige, eine ganze Stunde lang nur mit einer einzigen Abhandlung zu unterhalten? Schon im allgemeinen habe ich die Beobachtung gemacht, daß bei einem öffentlichen leichten literarischen Vortrag niemand das Interesse des Publikums länger als zwanzig Minuten ungestraft für sich in Anspruch nehmen darf, was für ein großes Genie der Vortragende auch sei. Allerdings brachte man dem auftretenden erhabenen Genie die größte Ehrfurcht entgegen, sogar die strengsten alten Herren bekundeten ihr Wohlgefallen und ihre Spannung und die Damen sogar eine gewisse Begeisterung. Zwar war das Beifallsklatschen nicht lange, nicht sehr freundlich und etwas verworren. Dafür leisteten sich aber die hinteren Reihen bis zu dem Augenblick, da Herr Karmasinow zu sprechen anfing, keinerlei Ausfälle, und auch dann ereignete sich nichts besonders Schlimmes. Es war, als herrsche ein Mißverständnis. Ich erwähnte bereits früher, daß er eine häßlich kreischende, fast weibische Stimme hatte und dazu noch in einer wirklich vornehmen, weltmännischen Art und Weise lispelte. Kaum hatte er ein paar Worte gesagt, als sich plötzlich jemand laut zu lachen erlaubte, wahrscheinlich irgendein unerfahrener Dummkopf, der noch nichts von der großen Welt gehört und gesehen hatte und dem überdies die Lachlust angeboren war. Das führte aber zu keiner weiteren Kundgebung, im Gegenteil, der Dummkopf wurde ausgezischt und war wie vernichtet. Und da fing nun Herr Karmasinow mit Geziere und Getue zu erzählen an, daß er »anfänglich gar nicht habe einwilligen wollen, etwas vorzulesen« (war das nötig, daß er das erklärte?), »daß es Zeilen gebe, die das Herz so heraussinge, daß man sie kaum in Worte fassen könne: daß man ein solches Heiligtum keinesfalls in die Öffentlichkeit tragen dürfe« (warum tat er es aber dann?), »daß man ihn aber so mit Bitten bestürmt, daß er sich doch dazu entschlossen habe, und da er überdies nun auf ewig die Feder niederlegen wolle und sich geschworen habe, nicht um alles in der Welt noch eine Zeile zu schreiben, so habe er dieses sein letztes Werk eben niedergeschrieben, und da er sich ebenfalls geschworen habe, künftig um keinen Preis je wieder etwas öffentlich vorzulesen, so werde er diese seine letzte Dichtung meinetwegen noch dem Publikum vorlesen« usw. usw., immer in derselben Art.

Aber das wäre ja alles noch gegangen. Wer kennt nicht die Vorreden der Autoren? Wiewohl ich zugeben muß, daß bei der geringen literarischen Bildung unseres Publikums und der Reizbarkeit der hinteren Reihen auch dies einen ungünstigen Einfluß ausüben mußte. Wäre es nicht besser gewesen, irgendeine kleine Novelle oder kurze Erzählung vorzulesen in der Art, wie er sie früher geschrieben hatte – das heißt, wenn auch gedrechselt und geziert, so doch mitunter ganz geistreich? Damit wäre alles gerettet gewesen. Aber nein, es war nichts Derartiges. Eine richtige salbungsvolle Epistel setzte ein. Großer Gott, was war das nicht alles! Ich kann mit Sicherheit behaupten, daß auch ein großstädtisches Publikum darüber Gähnkrämpfe bekommen hätte, und nicht nur das unsrige. Stellen Sie sich fast zwei Druckbogen voll des geziertesten, unnützesten Geschwätzes vor, das dieser Herr überdies noch mit wehmütiger Miene und von oben herab, wie aus Gnade und Barmherzigkeit vorlas, so daß es beinahe wie eine Beleidigung unseres Publikums aussah. Das Thema war ... Ja, wer hätte das herausfinden können? Es war die Wiedergabe irgendwelcher Eindrücke, irgendwelcher Erinnerungen. Aber wovon? Aber worüber? Wie sehr auch unsere guten Provinzler während der ersten Hälfte des Vortrags ihre Stirnen in Falten legten, sie konnten doch nicht mit, so daß sie die zweite Hälfte nur noch aus Höflichkeit anhörten. Allerdings war viel von Liebe die Rede, von der Liebe eines Genies zu irgendeinem Wesen, aber ich muß gestehen, das kam ziemlich ungeschickt heraus. Zu der kleinen, feisten Gestalt des genialen Schriftstellers paßte es meiner Ansicht nach nicht recht, wenn er von seinem ersten Kuß erzählte ... Und dann war es doch gewissermaßen wieder beleidigend, daß diese Küsse so ganz anders gewesen sein sollten als bei gewöhnlichen Sterblichen. Da mußte unbedingt Ginster ringsum wachsen (unbedingt Ginster oder irgend so ein Kraut, das man erst in einem Lehrbuch der Botanik nachschlagen mußte). Der Himmel mußte dabei unfehlbar eine gewisse violette Färbung aufweisen, die selbstverständlich noch niemals von einem Sterblichen wahrgenommen worden war, das heißt, alle hatten sie wohl gesehen, aber nicht in sich aufzunehmen gewußt, »ich aber«, sagte er, »sah sie und beschreibe sie euch Dummköpfen nun wie etwas ganz Gewöhnliches«. Der Baum, unter dem dieses interessante Paar Platz genommen hatte, mußte unbedingt orangefarben sein. Sie sitzen da irgendwo in Deutschland. Plötzlich sehen beide Pompejus oder Cassius am Abend vor der Schlacht vor sich, und ein kalter Wonneschauer durchrieselt sie. Eine Nixe flötet im Gebüsch. Gluck spielt im Schilf auf der Geige. Das Stück, das er spielt, heißt: En toutes lettres (allen so unbekannt, daß man es ebenfalls erst in einem musikalischen Nachschlagewerk hätte aufsuchen müssen). Inzwischen ballt sich dichter Nebel zusammen, so zusammengeballt, so zusammengeballt, daß man eher an Millionen von Kissen als an Nebel erinnert wird. Und plötzlich verschwindet das Ganze, und das große Genie überschreitet im Winter bei Tauwetter die Eisschollen der Wolga. Der Übergang dauert zwei und eine halbe Seite, und trotzdem fällt das Genie in ein Eisloch. Das Genie sinkt unter – ihr denkt wohl, es ertrinkt? Nicht daran zu denken, das alles geschieht einzig und allein darum, damit in dem Augenblick, wo es schon ganz untergesunken ist und Wasser geschluckt hat, vor seinem Auge ein Eisstückchen auftauchen kann, ein winziges Eisstückchen von der Größe einer Erbse, aber rein und durchschimmernd wie eine »gefrorene Träne«, und in diesem Eiskörnchen spiegelt sich dann Deutschland wider oder vielmehr nur der deutsche Himmel, und das Spiel der Regenbogenfarben bei dieser Spiegelung ruft ihm jene Träne ins Gedächtnis zurück, jene Träne, die, »weißt du noch, aus deinem Auge perlte, als wir unter dem smaragdenen Baume saßen und du freudig ausriefst: ‚Es gibt kein Verbrechen!' – ‚Ja', erwiderte ich unter Tränen, ‚wenn das wirklich der Fall ist, dann gibt es auch keine Gerechten.' Dann schluchzten wir und trennten uns auf ewig!« – Sie begibt sich irgendwohin an das Gestade des Meeres und er in eine unterirdische Höhle. Und drei Jahre lang steigt er in

Moskau unterhalb des Sucharewturmes immer tiefer und tiefer in die Erde hinab, bis er plötzlich im Innersten der Erde in einer Höhle ein Lämpchen findet und vor dem Lämpchen einen Mönch in dem Großen Engels-Schima. Der Schimnik betet. Das Genie beugt sich zu einem kleinen, vergitterten Fensterchen herab und vernimmt plötzlich einen Seufzer. Ihr denkt wohl, daß es der Schimnik gewesen ist, der geseufzt hat? Wohl möglich, aber was kümmert sich ein Genie um euern Schimnik! Nein, dieser Seufzer erinnert ihn ganz einfach nur an ihren ersten Seufzer vor siebenunddreißig Jahren, als wir, »weißt du noch, in Deutschland unter dem achatenen Baume saßen und du zu mir sagtest: ‚Warum liebt man sich? Sieh, ringsum wachsen ockergelbe Blüten, und ich liebe. Aber die ockergelben Blüten werden verwelken, und so wird auch meine Liebe vergehen.‘« – Da ballt sich wieder der Nebel zusammen, E. T. A. Hoffmann taucht auf, eine Nymphe pfeift ein Chopinsches Motiv, und plötzlich erscheint inmitten des Nebels über den Dächern Roms Ancus Marcius, einen Lorbeerkranz auf dem Haupte. »Ein Frösteln des Entzückens rinnt uns über den Rücken, und wir trennen uns auf ewig« ... usw. usw.

Kurz und gut, vielleicht habe ich das alles nicht ganz richtig wiedergegeben und verstehe mich auch nicht darauf, aber der Sinn des ganzen Gewäschs war ungefähr von dieser Art. Und dann diese schändliche Leidenschaft bei unseren großen Geistern für Wortspiele und Zitate »im höheren Sinn«! Der große europäische Philosoph, der große Gelehrte, der Erfinder, der emsige geistige Arbeiter und Märtyrer seiner Überzeugung – all diese Mühseligen und Beladenen sind für unser großes russisches Genie weiter nichts als Köche für seine Küche. Er ist der Herr, mögen die anderen mit der Zipfelmütze in der Hand vor ihn hintreten und auf seine Befehle warten. Allerdings spöttelt er auch hochmütig über Rußland und kennt kein größeres Vergnügen, als vor allen großen Geistern Europas zu erklären, daß Rußland in jeder Beziehung bankerott sei, was ihn aber selbst anbetrifft – bewahre, er hebt sich sogar noch über diese großen Geister Europas hinaus, sie alle liefern ihm ja nur den Stoff für seine geistreichen Bemerkungen. Er nimmt irgendeine fremde Idee, verbindet sie mit dem Gegenteil, und das Wortspiel ist fertig. Es gibt Verbrechen, es gibt kein Verbrechen, es gibt keine Wahrheit, es gibt keine Gerechten, der Atheismus, der Darwinismus, die

Moskauer Glocken ... aber leider glaubte er schon nicht mehr an die Moskauer Glocken ... Rom, Lorbeeren des Ruhmes ... aber nicht einmal an die Lorbeeren des Ruhmes glaubte er noch ... bald der obligate Anfall Byronschen Weltschmerzes, bald eine Heinesche Grimasse, dann wieder erinnert irgend etwas an Petschorin, und so redete er endlos, endlos weiter wie eine Maschine, die nun einmal aufgezogen ist ... »Aber so lobt mich doch, so lobt mich doch, das höre ich furchtbar gern; das sage ich ja alles nur so, daß ich die Feder für immer aus der Hand lege, Hunderte von Malen werde ich euch noch langweilen, daß ihr müde werdet, mich zu lesen ...«

Natürlich konnte das kein gutes Ende nehmen, schlimmer aber war, daß er daran selber schuld hatte. Schon lange hatten Scharren, Schneuzen, Hüsteln und alle anderen ähnlichen Geräusche begonnen, die immer dann sich einzustellen pflegen, wenn bei einem literarischen Vortrag der Redner, wer es auch immer sein möge, das Publikum länger als zwanzig Minuten in Anspruch nimmt. Aber der geniale Schriftsteller merkte von alledem nichts. Er lispelte ruhig weiter und zog die Worte endlos in die Länge, ohne sich auch nur im geringsten um das Publikum zu kümmern, so daß schließlich alle nur noch staunten. Da ließ sich aus den hinteren Reihen plötzlich eine vereinzelte, aber laute Stimme vernehmen:

»Gott, was für ein Blödsinn!«

Das war jemandem ganz unwillkürlich herausgefahren, und ich bin überzeugt, daß damit keinerlei Kundgebungen beabsichtigt waren. Der Mann hatte einfach genug davon. Aber Herr Karmasinow hielt inne, sah spöttisch auf das Publikum herab und lispelte plötzlich mit der Würde eines beleidigten Kammerherrn: »Anscheinend langweile ich Sie gewaltig, meine Herrschaften?«

Und dies gerade war sein Fehler, daß er als erster zu reden anfing, denn dadurch, daß er so eine Antwort herausforderte, gab er selber dem ganzen Gesindel die Möglichkeit mitzureden, und zwar sozusagen ganz mit Recht. Wäre er aber in diesem Augenblick zurückhaltender gewesen, so hätte man sich weiter geschneuzt und weiter geschneuzt, ihn aber doch vielleicht noch bis zu Ende angehört ... Vielleicht hatte er auch als Antwort auf seine Frage einen Beifallssturm erwartet, aber es klatschte niemand, im Gegenteil, alle waren wie erschrocken, duckten sich und waren ganz still.

»Sie haben Ancus Marcius überhaupt niemals gesehen, das

ist alles nur Schönrederei!« ließ sich plötzlich wieder eine gereizte, beinahe gekränkte Stimme vernehmen.

»Stimmt!« pflichtete eine andere Stimme bei. »Heutzutage gibt es keine Gespenster mehr, nur noch die Naturwissenschaften. Ziehen Sie die Naturwissenschaften zu Rate!«

»Meine Herren, alles andere hätte ich eher erwartet als einen solchen Einwand!« sagte Karmasinow maßlos erstaunt. Das große Genie war in Karlsruhe seinem Vaterlande ganz entfremdet geworden.

»In unserem Jahrhundert ist es eine Schande, noch solche Märchen zu erzählen, wie zum Beispiel, daß die Welt von drei Walfischen getragen werde«, fing plötzlich ein junges Mädchen an zu schmettern. »Sie haben gar nicht so tief in eine Höhle zu dem Einsiedler eindringen können, Karmasinow. Und überhaupt, wer redet denn heutzutage noch von Einsiedlern!«

»Meine Herrschaften, mehr als alles andere setzt mich in Erstaunen, daß sie alles so ernst nehmen. Übrigens ... übrigens haben Sie vollkommen recht. Es gibt wohl keinen Menschen, der die reale Wahrheit höher achtete als ich ...«

Zwar lächelte er dabei ironisch, war aber doch mächtig betroffen. Auf seinem Gesicht stand zu lesen: Ich bin ja gar nicht so, wie ihr denkt, bin doch auf eurer Seite, nur lobt mich, lobt mich immer mehr, lobt mich, soviel ihr könnt, das habe ich schrecklich gern ...

»Meine Herrschaften«, kreischte er endlich völlig gekränkt, »ich sehe, daß meine arme kleine Dichtung Ihren Geschmack hier nicht getroffen hat. Auch ich selber scheine Ihren Geschmack nicht getroffen zu haben.«

»Er hat auf eine Krähe gezielt und eine Kuh getroffen«*, grölte irgendein Dummkopf aus voller Kehle, der anscheinend betrunken war.

Natürlich hätte man ihm gar keine Beachtung schenken dürfen. Doch erhob sich ein respektloses Lachen.

»Eine Kuh, sagen Sie?« griff Karmasinow sogleich auf. Seine Stimme wurde immer kreischender. »Was die Krähen und die Kühe anbelangt, meine Herrschaften, so möchte ich mich darüber nicht weiter auslassen. Ich achte ein jedes Publikum, wie es auch immer sei, zu hoch, um mir solche, wenn auch unschuldigen Vergleiche zu erlauben, aber ich dachte ...«

* Russisches Sprichwort und Wortspiel (Anmerkung des Übersetzers).

»Und Sie, verehrter Herr, sollten doch nicht so...« schrie ihm jemand aus den hinteren Reihen zu.

»... aber ich dachte, weil ich doch die Feder hinlege und den Lesern Lebewohl sage, würde man mich anhören...«

»Ja, ja, wir wollen zuhören, zuhören«, ließen sich einige endlich mutig gewordene Stimmen aus den ersten Reihen vernehmen.

»Lesen Sie! Lesen Sie!« fielen nun auch ein paar begeisterte Damenstimmen ein, und endlich kam auch ein Beifallsklatschen zum Durchbruch, allerdings dünn und spärlich. Karmasinow lächelte gezwungen und stand von seinem Platz auf.

»Glauben Sie, Karmasinow, alle halten es für eine Ehre...« konnte sogar die Adelsmarschallin sich nicht enthalten zu bemerken.

»Herr Karmasinow«, ertönte plötzlich eine frische, jugendliche Stimme aus dem Hintergrund des Saales. Es war die Stimme eines noch sehr jungen Lehrers von der Kreisschule, eines prächtigen, stillen und anständigen jungen Mannes, der noch gar nicht lange bei uns war. Er war sogar von seinem Platz aufgestanden. »Herr Karmasinow, wenn ich das Glück hätte, so zu lieben, wie Sie es uns beschrieben haben, dann würde ich diese Liebe nicht in eine Abhandlung zwängen, die für einen öffentlichen Vortrag bestimmt ist...«

Er wurde sogar ganz rot dabei.

»Meine Herrschaften«, kreischte Karmasinow, »ich höre auf. Ich werde den Schluß weglassen und fortgehen. Erlauben Sie mir nur noch, Ihnen die letzten Zeilen vorzulesen!«

Und ohne sich wieder in seinen Sessel niederzulassen, nahm er das Manuskript zur Hand und las: »Ja, lieber Freund und Leser, lebewohl! Lebewohl, lieber Leser, ich bestehe nicht einmal darauf, daß wir als Freunde auseinandergehen. Warum sollte ich dich damit belästigen? Schilt auf mich, schilt nur, soviel du willst, wenn das dir Vergnügen bereitet. Das beste wäre freilich, wir vergäßen einander auf immerdar. Und wenn ihr alle, ihr Leser, plötzlich so gut wäret und vor mir auf die Knie fielet und mich unter Tränen anflehen solltet: ‚Schreibe, o schreibe für uns, Karmasinow – für das Vaterland, für die Nachwelt, damit wir Lorbeerkränze um dein Haupt winden können', so würde ich euch selbst dann – natürlich mit bescheidenem Dank – nur die eine Antwort geben können: ‚Nein und abermals nein! Zu lange schon haben wir einander nahegestanden, meine lieben Landsleute, merci! Es ist Zeit, daß unsere Wege auseinandergehen! Merci, merci, merci! « Karmasinow verbeugte sich feierlich und verschwand, feuerrot im Gesicht wie ein gekochter Krebs, hinter den Kulissen.

»Es fällt gar niemandem ein, auf die Knie zu fallen! So eine tolle Einbildungskraft!«

»Das nenne ich Eigendünkel!«

»Das ist doch nur Humor«, glaubte ein Verständigerer verbessern zu müssen.

»Na, dann verschonen Sie mich aber mit Ihrem Humor!«

»Jedenfalls ist es eine Unverfrorenheit, meine Herrschaften!«

»Wenigstens ist er nun endlich einmal fertig geworden.«

»Gott, war das langweilig!«

Doch all diese unhöflichen Ausrufe der hinteren Reihen (und nicht nur der hinteren allein) wurden erstickt durch das Beifallsklatschen der übrigen Anwesenden. Karmasinow wurde herausgerufen. Einige Damen, Julija Michajlowna und die Adelsmarschallin an der Spitze, drängten an das Podium vor. In Julija Michajlownas Händen tauchte plötzlich ein prachtvoller Lorbeerkranz auf, der auf einem weißen Samtkissen inmitten eines Kranzes frischer Rosen ruhte.

»Lorbeeren«, sagte Karmasinow mit einem feinen, etwas giftigen Lächeln. »Ich bin natürlich gerührt und nehme diesen im voraus gewundenen und noch nicht verwelkten Kranz mit lebhaftem Dank entgegen, aber ich versichere Ihnen, mesdames, ich bin auf einmal ein solcher Realist geworden, daß ich Lorbeeren heutzutage in den Händen eines Kochkünstlers weit eher angebracht fände als in den meinigen . . .«

»Ja, ein Koch ist nützlicher!« rief derselbe Seminarist, der bei Wirginskij in der Sitzung gewesen war.

Die Ordnung wurde gestört. In vielen Reihen war man aufgesprungen, um die feierliche Handlung mit dem Lorbeerkranz besser sehen zu können.

»Für einen Koch würde ich jetzt noch drei Rubel extra geben«, bemerkte eine Stimme laut, ja fast zu laut und nachdrücklich.

»Ich auch.«

»Ich auch.«

»Gibt es denn wirklich hier kein Büfett?«

»Herrschaften, das ist ja glatter Betrug . . .«

Übrigens muß ich gestehen, daß alle diese zügellosen Leutchen sich doch mächtig vor unseren hohen Beamten fürchteten und ebenfalls vor dem Polizeimeister, der im Saal anwesend war. Nach etwa zehn Minuten hatten alle wieder Platz genommen, aber die frühere Ordnung war nicht wiederhergestellt. Und gerade in diesen aufkeimenden Tumult geriet nun der arme Stepan Trofimowitsch hinein.

4

Trotzdem lief ich noch einmal zu ihm hinter die Kulissen, um ihm in größter Aufregung mitzuteilen, daß meiner Ansicht nach die ganze Sache verfahren sei und er besser täte, gar nicht aufzutreten, sondern meinetwegen Cholerine vorzuschützen und sogleich nach Hause zu fahren, ich würde dann ebenfalls die Schleife abnehmen und mit ihm gehen. Er wollte gerade das Podium betreten, blieb aber plötzlich stehen, sah mich hochmütig von Kopf bis zu Füßen an und sagte dann feierlich: »Warum halten Sie mich einer solchen Erbärmlichkeit für fähig, werter Herr?«

Ich trat zurück. Ich war überzeugt, daß es ebenso, wie zwei mal zwei vier ist, ohne eine Katastrophe für ihn nicht abgehen werde. Während ich so noch ganz niedergeschlagen dastand, tauchte vor mir abermals die Gestalt des erst kürzlich zugereisten Professors auf, der nach Stepan Trofimowitsch auftreten sollte und vorhin immer die Faust erhoben und in vollem Schwung hatte niedersausen lassen. Er ging immer noch hinter den Kulissen auf und ab und murmelte, ganz in sich versunken, etwas vor sich hin mit einem tückischen, aber triumphierenden Lächeln. Ohne irgend etwas zu beabsichtigen (es zog mich einfach zu ihm hin), trat ich auf ihn zu.

»Wissen Sie«, sagte ich, »auf Grund vieler Beispiele: wenn ein Vorlesender das Publikum mehr als zwanzig Minuten in Anspruch nimmt, so hört es ihm nicht mehr zu. Selbst große Berühmtheiten haben es nicht verstanden, eine halbe Stunde lang ...«

Er blieb plötzlich beinahe zitternd vor mir stehen, so sehr war er beleidigt. Ein grenzenloser Hochmut prägte sich auf seinem Gesicht aus.

»Beunruhigen Sie sich nicht«, murmelte er verächtlich und ging an mir vorüber.

In diesem Augenblick ertönte im Saal Stepan Trofimowitschs Stimme.

Hol euch alle der Teufel! dachte ich und lief in den Saal.

Stepan Trofimowitsch hatte auf dem Vortragssessel Platz genommen, mitten in der noch immer währenden Unordnung. In den ersten Reihen empfingen ihn sichtlich unfreundliche Blicke. (Im Klub hatte er in letzter Zeit sehr viele Sympathien verloren, und man brachte ihm weit weniger Achtung entgegen als früher.) Übrigens war es schon erfreulich, daß man nicht zischte. Eine merkwürdige Idee begleitete mich noch vom gestrigen Tag her: ich glaubte, man werde ihn sogleich auszischen, sobald er sich zeigen würde. Aber infolge der nach wie vor herrschenden Unordnung bemerkte man ihn nicht einmal sofort. Und was hatte dieser Mensch zu erwarten, wenn man schon mit einem Karmasinow so umgesprungen war? Er sah bleich aus: zehn Jahre war er nicht öffentlich aufgetreten. Ich kannte ihn nur zu gut, als daß es mir nicht klargewesen wäre, daß er in seiner Erregung sein heutiges Auftreten auf dem Podium als eine Entscheidung seines Schicksals oder so etwas Ähnliches ansah. Und das war es gerade, was ich gefürchtet hatte. Denn dieser Mensch war mir teuer. Wie aber wurde mir, als er den Mund auftat und ich seine ersten Worte vernahm!

»Meine Damen und Herren!« sagte er plötzlich, wie zu allem entschlossen, aber gleichzeitig war es, als bliebe ihm die Stimme im Halse stecken. »Meine Damen und Herren! Noch heute morgen lag eine jener kürzlich hier verbreiteten, gesetzeswidrigen Flugschriften vor mir, und ich legte mir zum hundertstenmal die Frage vor: ‚Worin besteht eigentlich ihr Geheimnis?‘«

Mit einem Schlag war es still im ganzen Saal. Alle Augen richteten sich auf ihn, manche fast erschrocken. Man konnte sagen, was man wollte, er hatte es verstanden, vom ersten Wort an das Interesse wachzurufen. Sogar aus den Kulissen streckte man die Köpfe heraus: Liputin und Ljamschin horchten begierig auf. Julija Michajlowna winkte mich wieder zu sich heran.

»Halten Sie ihn zurück, um jeden Preis, halten Sie ihn zurück!« flüsterte sie mir erregt zu.

Ich zuckte nur mit den Achseln. War es etwa möglich, einen Menschen von etwas abzuhalten, der zu allem entschlossen war? Denn leider hatte ich Stepan Trofimowitschs Absicht nur zu gut verstanden.

»Hört, hört! Er spricht von den Proklamationen!« flüsterte das Publikum; der ganze Saal wurde unruhig.

»Meine Damen und Herren! Ich habe das Geheimnis ergründet. Das ganze Geheimnis ihres Erfolges besteht in – ihrer Dummheit!« (Seine Augen fingen an zu blitzen.) »Ja, meine Damen und Herren, und wenn diese Dummheit eine beabsichtigte wäre, eine aus Berechnung erkünstelte, so wäre das schon beinahe genial. Aber um ihnen volle Gerechtigkeit widerfahren zu lassen, muß ich einräumen: ihre Dummheit ist echt! Das ist eine Dummheit ohne jedes Mäntelchen, das ist die nackteste, die einfältigste, die kurzsichtigste Dummheit, c'est la bêtise dans son essence la plus pure, quelque chose comme un simple chimique. Wäre das alles nur eine Spur klüger gesagt, so würde man sofort die ganze Fadenscheinigkeit dieser billigen Dummheit erkennen. So aber bleibt jeder verdutzt davor stehen: das glaubt ja kein Mensch, daß das alles so urdumm ist. ‚Das kann doch nicht sein, daß da weiter nichts dahintersteckt', sagt sich ein jeder, sucht nach einem verborgenen Sinn, wittert ein Geheimnis, will zwischen den Zeilen lesen und – der Erfolg ist da! Oh, noch niemals hat die Dummheit lohnendere Triumphe gefeiert, obgleich sie es doch oft verdient hätte ... Denn, en parenthèse, die Dummheit ist für das Gedeihen der Menschheit genauso nützlich wie das größte Genie ...«

»Geistesblitze aus den vierziger Jahren!« ließ sich eine übrigens ganz bescheidene Stimme vernehmen.

Doch gleich darauf löste sich die allgemeine Erstarrung: alle fingen an zu lärmen und durcheinanderzuschreien.

»Hurra! Herrschaften! Ich schlage ein Hoch auf die Dummheit vor!« brüllte Stepan Trofimowitsch in rasender Herausforderung in den Saal.

Ich stürzte zu ihm hin, unter dem Vorwand, ihm ein Glas Wasser einzuschenken.

»Um Gottes willen, Stepan Trofimowitsch, lassen Sie das! Julija Michajlowna fleht Sie an ...«

»Nein, lassen Sie mich, Sie müßiger junger Mann«, brüllte er mir aus voller Kehle zu. Ich lief weg. »Messieurs!« fuhr er fort. »Wozu die Aufregung? Was sollen die empörten Ausrufe, die ich höre? Ich komme mit dem Ölzweig in der Hand. Ich werde noch ein letztes Wort sagen, denn in dieser

Angelegenheit habe ich das letzte Wort zu sprechen – und wir werden uns versöhnen.«

»Hinaus!« schrien die einen.

»Ruhig, laßt ihn reden! Laßt ihn aussprechen!« brüllten die anderen. Besonders aufgeregt war der junge Lehrer, der, nachdem er einmal gewagt hatte, das Wort zu ergreifen, anscheinend gar nicht wieder aufhören wollte.

»Messieurs, das letzte Wort in dieser Angelegenheit ist – ein allumfassendes Verzeihen. Ich bin ein alter, überlebter Mann, aber ich erkläre feierlich, daß in unserer jungen Generation der Geist des Lebens wie früher weht und die treibende Kraft noch nicht versiegt ist. Die Begeisterung unserer heutigen Jugend ist ebenso rein und licht wie in unseren Tagen. Nur eines ist vor sich gegangen: die Umstellung der Ziele, der Ersatz einer Schönheit durch eine andere! Nur darin gehen die Meinungen auseinander, was schöner ist: Shakespeare oder ein Paar Stiefel, Raffael oder Petroleum!«

»Das ist eine Denunziation!« brüllten einige.

»Kompromittierende Fragen!«

»Agent-provocateur!«

»Ich aber erkläre«, kreischte Stepan Trofimowitsch in höchster Erregung, »ich aber erkläre, daß Shakespeare und Raffael höher stehen als die Aufhebung der Leibeigenschaft, höher als die Volksgemeinschaft, höher als der Sozialismus, höher als die ganze jüngere Generation, höher als die Chemie, ja fast höher als die ganze Menschheit zusammengenommen, denn sie sind die Frucht, die wahre Frucht der gesamten Menschheit, und vielleicht die höchste Frucht, die es überhaupt geben kann! Eine schon gewonnene Form der Schönheit, ohne deren Gewinn ich vielleicht gar nicht zu leben einverstanden bin . . . O Gott!« er schlug die Hände zusammen. »Schon vor zehn Jahren habe ich in Petersburg ebenso auf dem Podium gestanden, habe dem Publikum mit ebendiesen Worten genau dasselbe zugerufen, und sie haben mich ebenfalls nicht verstanden, haben genauso gelacht und gezischt wie Sie heute. Kurzsichtige Menschen, was fehlt euch nur, daß ihr das nicht begreifen könnt? Ja, wißt ihr denn nicht, wißt ihr denn nicht, daß die Menschheit ohne Engländer auskommen kann, auch ohne Deutschland, ohne Rußland nur zu gut, ohne die Wissenschaft, ohne Brot und nur einzig nicht ohne die Schönheit, denn dann könnte sich die Welt gleich begraben lassen. Und das ist das ganze Geheimnis, die ganze Geschichte der Welt! Sogar die Wissenschaft kann ohne Schönheit nicht bestehen – wißt ihr das auch, ihr, die ihr da lacht? –, sie würde sich in ein Lakaientum verwandeln, nicht ein Nagel würde mehr erfunden werden! ... Und davon gehe ich nicht ab!« schrie er wie ein Unsinniger zum Schluß und schlug aus allen Kräften mit der Faust auf den Tisch.

Aber während er so ohne Sinn und Verstand wütete, stürzte die Ordnung im Saal zusammen. Viele waren von ihren Plätzen aufgesprungen, andere drängten noch vor, näher an das Podium heran. Natürlich ging das alles viel schneller, als ich es hier schildern kann, und man konnte keine Maßregeln dagegen ergreifen. Möglicherweise wollte man das auch gar nicht.

»Ja, ihr habt es gut an euren Fleischtöpfen, ihr verwöhnten Muttersöhnchen!« brüllte jener Seminarist nun bereits schon vom Podium herab und zeigte grinsend Stepan Trofimowitsch seine Zähne.

Dieser bemerkte es und sprang bis an den äußersten Rand des Podiums vor.

»War ich es nicht, der euch soeben erklärt hat, daß die Begeisterung unserer jungen Generation heute noch ebenso rein und licht ist wie ehedem? Daß sie nur deshalb zugrunde geht, weil sie sich im Schönheitsideal geirrt hat? Ist euch das noch zuwenig? Und wenn man bedenkt, daß dies der Ausspruch eines tiefgebeugten, gekränkten Vaters ist, kann man denn etwa, o ihr Kurzsichtigen, kann man denn überhaupt unparteiischer und ruhiger über einer Sache stehen? Oh, ihr Undankbaren ... Ungerechten ... warum, warum wollt ihr den friedlichen Ausgleich unmöglich machen?«

Und plötzlich brach er in ein hysterisches Schluchzen aus. Mit den Fingern wischte er sich die strömenden Tränen ab. Seine Brust und seine Schultern bebten vor Schluchzen ... Er hatte alles auf der Welt vergessen.

Das Publikum bekam einen ordentlichen Schrecken, fast alle erhoben sich von ihren Plätzen. Schnell sprang auch Julija Michajlowna auf, ergriff ihren Gatten am Arm und zog ihn ebenfalls von seinem Sessel in die Höhe. Ein grenzenloser Tumult entstand.

»Stepan Trofimowitsch«, grölte der Seminarist schadenfroh, »hier in der Stadt und in der Umgegend treibt sich jetzt ein gewisser Fedjka herum, ein Sträfling, der aus dem Zuchthaus entsprungen ist. Er raubt und stiehlt und hat erst kürzlich einen neuen Mord begangen. Darf ich mir die Frage erlauben: Wenn Sie ihn vor fünfzehn Jahren nicht an die Soldaten verkauft hätten, um mit diesem Geld eine Spielschuld zu bezahlen, das heißt also ganz einfach, wenn Sie nicht im Kartenspiel verloren hätten, sagen Sie, würde er da wohl ins Zuchthaus gekommen sein? Hätte er da geraubt und gemordet wie jetzt im Kampfe ums Dasein? Was sagen Sie dazu, mein Herr Ästhetiker?«

Ich sehe davon ab, die nun folgende Szene zu schildern. Zuerst ertönte ein rasendes Beifallsklatschen. Es klatschten nicht alle, so etwa der fünfte Teil des Saales, aber diese um so toller. Alle übrigen strömten dem Ausgang zu, und da der applaudierende Teil des Publikums zum Podium vordrängte, entstand ein allgemeines Durcheinander. Die Damen hoben ein Geschrei an, einige Mädchen weinten auf und verlangten nach Hause. Lembke stand noch an seinem Platz und sah ständig wild um sich. Julija Michajlowna hatte gänzlich den Kopf verloren – zum ersten Male, seit sie unter uns weilte. Was aber Stepan Trofimowitsch anbetrifft, so schien er im ersten Augenblick durch die Worte des Seminaristen tatsächlich zermalmt zu sein, plötzlich aber hob er beide Hände, als wollte er sie gegen das Publikum ausstrecken, und rief: »Ich schüttele den Staub von meinen Füßen und verfluche ... das ist das Ende ... das Ende ...«

Und er wandte sich um und lief hinter die Kulissen, indem er drohend mit den Armen fuchtelte.

»Er hat die Gesellschaft beleidigt! ... Nieder mit Werchowenskij!« heulte die tobende Menge.

Man wollte ihm sogar nachstürzen und ihn verfolgen. Sie zu besänftigen wäre ein Ding der Unmöglichkeit gewesen, wenigstens in diesem Augenblick. Und plötzlich schlug die endgültige Katastrophe wie eine Bombe in den Saal und platzte mitten in der Gesellschaft: der dritte Vortragende, jener verrückte Mensch, der hinter den Kulissen immer die Faust geschwenkt hatte, stürmte plötzlich auf das Podium.

Er sah aus wie ein Wahnsinniger. Mit einem breiten, triumphierenden Lächeln, voll maßlosen Selbstvertrauens, überschaute er die erregte Menge und schien sich über die Unordnung zu freuen. Es verwirrte ihn ganz und gar nicht, daß er in einem solchen Hexenkessel reden sollte, im Gegenteil, es bereitete ihm offenbar Vergnügen. Das trat so deutlich zutage, daß er mit einem Schlag die ganze Aufmerksamkeit auf sich lenkte.

»Da ist noch einer?« hörte man fragen. »Wer ist denn das noch? Pst! Was will er sagen?«

»Meine Herrschaften!« brüllte dieses Individuum aus vollem Hals vom äußersten Rand des Podiums aus mit fast ebenso weibisch-kreischender Stimme wie Karmasinow, nur ohne das vornehme Lispeln. »Meine Herrschaften! Vor zwanzig Jahren, am Vorabend des Krieges mit halb Europa, stand Rußland als Ideal vor den Augen aller Staats- und Geheimräte da. Die Literatur stöhnte unter der Zensur. An den Universitäten wurde exerzieren gelehrt. Die Armee war das reine Ballett. Das Volk aber bezahlte die Steuern und schwieg unter der Knute der Leibeigenschaft. Der Patriotismus äußerte sich im Erpressen von Bestechungsgeldern bei Toten und Lebendigen. Wer keine Bestechungsgelder nahm, galt für einen Aufsässigen, der die allgemeine Harmonie störte. Die Birkenwälder wurden vernichtet, um diese Ordnung zu unterstützen. Ganz Europa zitterte ... Aber noch nie in dem ganzen sinnlosen Jahrtausend seines Bestehens hat es Rußland zu einer solchen Schmach und Schande gebracht ...« Er erhob die Faust, schwenkte sie in drohender Begeisterung über seinem Haupt und ließ sie dann plötzlich grimmig niedersausen, als wollte er alle Gegner damit in Grund und Boden schmettern. Ein wütendes Geheul ertönte von allen Seiten, ein ohrenbetäubender Beifallssturm brach aus. Fast die Hälfte des Saales brüllte jetzt Beifall, auch die Harmlosesten hatten sich mit hinreißen lassen. Hatte man doch ganz Rußland öffentlich beschimpft, wie sollte man da nicht vor Begeisterung brüllen? »Das stimmt! So ist es! Hurra! Nein, das ist doch wenigstens mal kein Ästhetiker!«

Der Manjak fuhr begeistert fort: »Zwanzig Jahre sind seit jener Zeit vergangen. Die Universitäten stehen jedermann offen, ihre Zahl hat sich vermehrt. Das Exerzieren ist zur Legende geworden. Zur Vervollständigung des Heeres fehlen Tausende von Offizieren. Die Eisenbahnen haben das ganze Kapital verschlungen und Rußland wie mit einem Spinnennetze überzogen, so daß man in fünfzehn Jahren vielleicht irgendwohin auch wird reisen können. Die Brücken brennen nur selten, die Städte aber brennen regelmäßig und in festgesetzter Ordnung der Reihe nach in der Saison der Feuersbrünste ab. An den Gerichten werden salomonische Urteilssprüche gefällt, und die Geschworenen nehmen Bestechungsgelder nur für den Kampf ums Dasein an, wenn sie nahe daran sind, Hungers zu sterben. Anstatt wie früher von den Gutsherren ausgepeitscht zu werden, verprügeln sich jetzt die freigelassenen Leibeignen gegenseitig mit der Knute. Meere und Ozeane von Schnaps werden ausgetrunken, nur um dem Budget einigermaßen auf die Beine zu helfen, und dabei errichtet man in Nowgorod gegenüber der alten, unnützen Sophienkathedrale feierlich ein Denkmal mit einer kolossalen Bronzekugel, zum Andenken an die tausend Jahre der Unordnung und Unvernunft, die wir nun schon hinter uns haben. Europa runzelt die Stirn und beunruhigt sich von neuem ... Fünfzehn Jahre der Reformen! Und dabei ist Rußland noch niemals, selbst in den lächerlichsten Epochen seiner Unvernunft nicht, so weit gekommen wie ...«

Das Beifallsgeheul der Menge machte seine letzten Worte unverständlich. Man sah, daß er wieder die Faust erhob und sie noch einmal siegreich niedersausen ließ. Die Begeisterung kannte keine Grenzen: man johlte, klatschte in die Hände, und einige Damen riefen sogar: »Aufhören! Etwas Besseres kann nicht mehr gesagt werden!« Alle waren wie trunken. Der Redner ließ seine Blicke über die Menge gleiten und verging fast im Gefühl seines eignen Triumphes. Ich sah flüchtig, wie Lembke in unaussprechlicher Aufregung irgend jemandem irgend etwas befahl. Julija Michajlowna, ganz bleich im Gesicht, redete hastig auf den Fürsten ein, der soeben auf sie zugetreten war ... Aber in diesem Augenblick stürzte schon ein ganzer Trupp, gegen sechs Mann, von mehr oder weniger offiziellem Charakter hinter den Kulissen vor und auf das Podium, ergriff den Redner und schleppte ihn hinter die Kulissen. Ich verstehe nicht, wie er sich von ihnen hat losreißen können, aber er riß sich tatsächlich los, sprang wieder auf das Podium zurück, und zwar bis zum äußersten Rande vor, und konnte gerade noch die Faust erheben und aus Leibeskräften brüllen: »Aber niemals noch war Rußland so weit gekommen ...«

Aber da schleppten sie ihn schon wieder fort. Ich sah, wie ungefähr fünfzehn Mann herbeistürzten, um ihn hinter den Kulissen wieder zu befreien, aber sie kamen nicht über das Podium, sondern von der Seite, wobei sie die leichte Barriere einrissen, so daß diese schließlich umfiel ... Ich sah noch und traute meinen Augen kaum, wie plötzlich von irgendwoher die Studentin (Wirginskijs Schwester) auf das Podium sprang mit derselben Papierrolle unter dem Arm, in demselben Kleid, ebenso rot, ebenso rundlich, und mit ihr noch zwei oder drei andere Frauenzimmer und ein paar Männer, darunter ihr Todfeind, der Gymnasiast. Ich konnte sogar noch ihre Worte hören: »Meine Herrschaften, ich bin gekommen, um von den Leiden der unglücklichen Studenten zu künden und um sie allerorten zum Protest aufzurufen.«

Da ergriff ich die Flucht. Meine Schleife steckte ich in die Tasche, und durch eine mir bekannte Hintertür stürzte ich auf die Straße hinaus. Vor allen Dingen natürlich zu Stepan Trofimowitsch.

Zweites Kapitel

Das Ende des Festes

1

Er empfing mich nicht. Er hatte sich eingeschlossen und schrieb. Endlich antwortete er auf mein wiederholtes Klopfen und Rufen hinter der Tür: »Mein Freund, ich habe mit allem abgeschlossen. Wer kann jetzt noch etwas von mir wollen?«

»Gar nichts haben Sie abgeschlossen, sondern nur dazu beigetragen, daß alles mißglückt ist. Um Gottes willen jetzt keine geistreichen Sentenzen, Stepan Trofimowitsch; machen Sie auf! Wir müssen Maßnahmen treffen: möglicherweise kommen sie noch hierher und beleidigen Sie . . .«

Ich hielt mich für berechtigt, besonders streng, ja sogar hart vorzugehen, und fürchtete, er könnte etwas noch Unvernünftigeres unternehmen. Aber zu meinem größten Erstaunen stieß ich bei ihm auf eine ungewöhnliche Festigkeit: »Sie sollten mich nicht als erster beleidigen! Ich danke Ihnen für alles Vergangene, aber ich wiederhole, daß ich mit allen Menschen abgeschlossen habe, mit den guten sowohl wie mit den bösen. Ich schreibe noch einen Brief an Darja Pawlowna, die ich die ganze Zeit über in so unverzeihlicher Weise vergessen habe. Den können Sie morgen hintragen, wenn Sie wollen. Für heute aber: merci!«

»Stepan Trofimowitsch, ich versichere Ihnen, die Sache ist ernster, als Sie glauben. Oder meinen Sie vielleicht, Sie hätten dort irgendwen in Grund und Boden geschmettert? Niemanden haben Sie zerschmettert, nur sich selbst wie ein leeres Glas!« (Oh, ich war grob und unhöflich, ich denke noch mit Kummer daran.) »An Darja Pawlowna aber haben Sie ganz und gar keinen Grund zu schreiben . . . und was wollen Sie jetzt ohne mich anfangen? Haben Sie denn eine Ahnung vom praktischen Leben? Gewiß führen Sie noch irgend etwas im Schilde? Doch Sie werden nur abermals hereinfallen, wenn Sie wieder etwas aushecken . . .«

Er erhob sich und trat dicht an die Tür heran.

»Sie sind nicht lange mit ihnen zusammengewesen, und schon haben Sie sich von ihrer Sprache und ihrem Ton anstecken lassen! Dieu vous pardonne, mon ami, et Dieu vous garde! Aber Sie haben Anlage zur Ordnung, vielleicht werden Sie sich doch noch einmal bedenken, après le temps selbstverständlich, wie wir Russen alle. Was aber Ihre Bemerkung über den Mangel an praktischem Sinn bei mir anbetrifft, so möchte ich Sie an einen meiner früheren Gedanken erinnern: daß sich bei uns in Rußland eine Masse Menschen mit Vorliebe damit beschäftigen, wütend und aufdringlich wie die Fliegen im Sommer über den unpraktischen Sinn anderer herzufallen und alle und jeden dieser Sache zu beschuldigen, nur sich selber nicht. Cher, denken Sie daran, daß ich erregt bin, und quälen Sie mich nicht. Noch einmal merci für alles! Scheiden wir voneinander wie Karmasinow vom Publikum, das heißt, vergessen wir einander so großzügig wie möglich. Das war nur eine Finte von ihm, daß er seine ehemaligen Leser so sehr darum bat, ihn zu vergessen. Quant à moi, so bin ich nicht so selbstsüchtig und verlasse mich dabei vor allem auf die Jugendfrische Ihres unerfahrenen Herzens: wozu sollten Sie sich lange an den unnützen alten Mann erinnern? ‚Leben Sie weiter', mein Freund, wie mir Nastasja zu meinem letzten Geburtstag wünschte (ces pauvres gens ont quelquefois des mots charmants et pleins de philosophie). Ich wünsche Ihnen nicht etwa viel Glück – das bekommt man über. Ich wünsche Ihnen auch keinen Kummer, sondern sage nach der Philosophie des Volkes ganz einfach: ‚Leben Sie weiter' und geben Sie sich Mühe, daß es Ihnen nicht allzu langweilig wird! Diesen letzten eitlen Wunsch füge ich von mir aus hinzu. Aber nun leben Sie wohl, im Ernst, leben Sie wohl! Bleiben Sie nicht vor meiner Tür stehen, ich mache doch nicht auf.«

Er ging fort, und ich konnte nichts weiter erreichen. Trotz seiner »Erregung« sprach er fließend, aber gemessen und gewichtig und sichtlich bemüht, Eindruck zu machen. Ganz sicher hatte er sich ein wenig über mich geärgert und wollte sich nun indirekt an mir rächen, vielleicht wegen des »Bauernwagens« oder der »Versenkung im Fußboden« von gestern. Die heute morgen vor versammeltem Publikum vergossenen Tränen, die ihm zwar zu einem gewissen Siege verholfen, hatten ihn dennoch, und das wußte er wohl, in eine etwas komische Lage versetzt, und es gab auf der ganzen Welt keinen Menschen, der auf strenge und schöne Formen seinen Freunden gegenüber mehr bedacht gewesen wäre als Stepan Trofimowitsch. Oh, ich gebe ihm keine Schuld! Aber diese Gemessenheit, diese Spottlust, die er sich trotz aller Erschütterungen bewahrt hatte, beruhigten mich damals: ein Mensch, der allem Anschein nach sich im Verhältnis zu seiner sonstigen Art kaum verändert hatte, war in diesem Augenblick zu etwas Tragischem oder Ungewöhnlichem gar nicht aufgelegt. So urteilte ich damals, aber, mein Gott, wie hatte ich mich getäuscht! Gar zu vieles hatte ich damals nicht beachtet ...

Ich greife hier den Ereignissen vor und teile die ersten Zeilen jenes Briefes an Darja Pawlowna mit, den jene wirklich am folgenden Tag erhielt.

»Mon enfant, die Hand zitterte mir, aber ich habe mit allem abgeschlossen. Sie haben meinem letzten Kampf mit den Menschen nicht beigewohnt, Sie sind nicht zu dieser ‚Vorlesung' gekommen und haben gut daran getan. Aber man wird Ihnen erzählen, daß in unserem an Charakteren armen Rußland ein mutiger Mann aufgestanden ist und ungeachtet der tödlichen Drohungen, die von allen Seiten auf ihn niederprasselten, diesen Dummköpfen einmal die Wahrheit gesagt hat, nämlich, daß sie weiter nichts als Dummköpfe sind. Oh, ce sont des pauvres petits vauriens et rien de plus, de petits Närrchen – voilà le mot. Der Würfel ist gefallen: ich werde diese Stadt auf immer verlassen und weiß noch nicht, wohin ich mich wenden werde. Alle, die ich liebte, haben sich von mir abgewandt. Aber Ihnen, Sie reines und naives Geschöpf, Ihnen, der Sanften, deren Schicksal nach dem Willen eines launischen, herrischen Herzens beinahe mit dem meinigen vereint worden wäre, Ihnen, die Sie vielleicht mit Verachtung gesehen haben, wie ich kurz vor unserer Heirat, die dann nicht zustande kam, kleinmütige Tränen vergoß, Ihnen, die Sie, wie es auch immer sei, auf mich nicht anders als auf eine komische Gestalt schauen können – oh, Ihnen, Ihnen gilt der letzte Schrei meines Herzens, Ihnen meine letzte Pflicht, Ihnen allein! Ich will bei Ihnen nicht das Andenken hinterlassen, daß ich ein undankbarer Tor, ein ungehobelter Egoist sei, wie Ihnen wahrscheinlich tagtäglich ein undankbares und grausames Herz einreden wird, das ich – o weh – nicht vergessen kann . . .«

Und so weiter, und so weiter, vier ganze Seiten großen Formates lang.

Nachdem ich als Antwort auf sein: »Ich mache doch nicht auf«, dreimal mit der Faust an die Tür gedonnert und ihm zugerufen hatte, daß er heute noch dreimal Nastasja zu mir schicken, ich dann aber nicht kommen werde, gab ich ihn auf und lief zu Julija Michajlowna.

2

Hier wurde ich Zeuge einer empörenden Szene: man log der armen Frau ganz offenkundig ins Gesicht, und ich konnte nichts dagegen tun. Was hätte ich ihr auch sagen können? Ich hatte mich schon ein wenig gesammelt und war mir darüber klar geworden, daß ich nur eine gewisse Empfindung, ein argwöhnisches Vorgefühl hatte, mehr aber nicht. Ich fand sie in Tränen, beinahe in einem hysterischen Anfall, mit Eau-de-Cologne-Umschlägen und einem Glas Wasser. Vor ihr standen Pjotr Stepanowitsch, der fortwährend auf sie einredete, und der Fürst, der schwieg, als hätte er ein Schloß vor dem Mund. Unter Tränen und plötzlichem Aufschreien warf sie Pjotr Stepanowitsch seine »Abtrünnigkeit« vor. Mich verblüffte vor allem, daß sie das ganze Mißgeschick, die ganze Schande, kurz alles, was sich an jenem Morgen ereignet hatte, nur einzig der Abwesenheit Pjotr Stepanowitschs zuschrieb.

Auch an ihm nahm ich eine wichtige Veränderung wahr: er schien über irgend etwas ziemlich besorgt, ja beinahe ernst zu sein. Für gewöhnlich erschien er niemals ernst, sondern lachte immer, sogar wenn er sich ärgerte, und das geschah ziemlich oft. Oh, auch jetzt war er schlechter Laune, sprach grob, nachlässig, ärgerlich und ungeduldig. Er versicherte, er habe den ganzen Morgen in Gaganows Wohnung, den er zufällig am frühen Morgen besucht habe, mit Kopfschmerzen und Erbrechen zugebracht. Und ach, die arme Frau wollte sich nur zu gern von ihm täuschen lassen!

Als ich kam, wurde gerade die Frage erörtert: Sollte der Ball, also die ganze zweite Hälfte des Festes noch stattfinden oder nicht? Julija Michajlowna wollte um alles in der Welt nach den »Beleidigungen von vorhin« nicht auf dem Ball erscheinen, mit anderen Worten, sie wollte mit aller Gewalt dazu gezwungen sein, und zwar ausgerechnet von ihm, von Pjotr Stepanowitsch. Sie sah auf ihn wie auf ein Orakel und hätte sich, wäre er weggegangen, sicherlich gleich ins Bett gelegt. Aber er wollte durchaus nicht weggehen: für ihn war es ebenso dringend nötig, daß der Ball heute abend stattfand und daß Julija Michajlowna unbedingt zugegen war ...

»Aber, wozu da Tränen vergießen! Müssen Sie denn unbedingt eine Szene machen? Müssen Sie Ihren Ärger an irgend jemandem auslassen? Nun, dann lassen Sie ihn an mir aus, aber so schnell wie möglich, sonst vergeht nur nutzlos die Zeit, und wir müssen doch einen Entschluß fassen. Ist die Morgenfeier mißlungen, um so schöner soll der Ball werden. Hier der Fürst ist ebenfalls dieser Meinung. Ja, wenn der Fürst nicht gewesen wäre, wie wäre die Sache wohl dann abgelaufen?«

Der Fürst war anfänglich gegen den Ball (das heißt, nur gegen Julija Michajlownas Erscheinen auf dem Ball, der Ball selber sollte auf jeden Fall abgehalten werden), aber nach zwei oder drei ähnlichen Hinweisen auf seine Meinung brummte er endlich zum Zeichen seiner Zustimmung etwas vor sich hin.

Auch der außergewöhnlich unhöfliche Ton Pjotr Stepanowitschs setzte mich in Erstaunen. Doch weise ich voller Empörung den niedrigen Klatsch zurück, der sich dann später über gewisse intime Beziehungen Julija Michajlownas zu Pjotr Stepanowitsch verbreitete. Etwas Derartiges war es nicht, konnte es auch nicht sein. Er beherrschte sie nur dadurch vollkommen, daß er von allem Anfang an ihre Träume vom Einfluß auf die Gesellschaft und das Ministerium bestärkt hatte, auf alle ihre Pläne eingegangen war, selber welche für sie entworfen, ihr grob geschmeichelt und sie von Kopf bis zu Füßen umgarnt hatte, so daß er ihr so unentbehrlich geworden war wie die Luft.

»Da, fragen Sie ihn!« rief sie mit funkelnden Augen aus, als sie mich sah.

»Er ist ebenfalls die ganze Zeit nicht von meiner Seite gewichen, genau wie der Fürst. Sagen Sie, ist es nicht klar, daß das eine Verabredung war, eine niedrige, schlaue Verabredung, um mir und Andrej Antonowitsch soviel Böses wie nur möglich zuzufügen? Oh, sie haben sich gegen uns verschworen! Sie haben einen festen Plan. Es ist eine Partei, eine ganze Partei!«

»Gründlich vorbeigeschossen, wie immer. Ewig haben Sie nur Phantasien im Kopf. Ich bin übrigens froh, daß Herr...« (er tat, als habe er meinen Namen vergessen) »gekommen ist, er wird uns seine Meinung sagen.«

»Meine Meinung«, erwiderte ich hastig, »stimmt mit der Julija Michajlownas in allen Punkten überein. Eine Verabredung liegt nur zu klar auf der Hand. Ich bringe Ihnen das Band zurück, Julija Michajlowna. Ob nun der Ball wirklich noch stattfindet oder nicht, geht mich ja weiter nichts an, ich habe darüber nicht zu entscheiden. Aber mein Amt als Festordner lege ich nieder. Verzeihen Sie meine Heftigkeit, aber ich kann nicht gegen die gesunde Vernunft und gegen meine wahre Überzeugung handeln.«

»Hören Sie, hören Sie!« Sie schlug die Hände zusammen.

»Ich höre es und kann Ihnen nur folgendes sagen«, wandte er sich an mich, »ich glaube, Sie alle haben einen Hexentrank getrunken, daß Sie soviel im Fieber phantasieren. Meiner Ansicht nach ist überhaupt nichts geschehen, wenigstens nichts, was nicht schon früher geschehen wäre und sich in der hiesigen Stadt tagtäglich ereignen könnte. Was soll denn das für eine Verschwörung sein? Ein häßlicher Zwischenfall, so dumm, daß man sich dessen schämen könnte, aber eine Verschwörung? Wo denn? Etwa gegen Julija Michajlowna? Oder gegen ihre verwöhnten Muttersöhnchen, ihre Schützlinge, denen sie unentwegt alle ihre Dummenjungenstreiche verziehen hat? Julija Michajlowna, was habe ich Ihnen seit vier Wochen ununterbrochen vorgehalten? Wovor habe ich Sie gewarnt? Wozu um alles in der Welt brauchen Sie dieses ganze Gesindel? War es nötig, sich mit diesen Leutchen einzulassen? Warum haben Sie es getan? Um die Gesellschaft zusammenzuhalten? Als ob die sich zusammenhalten ließen, ich bitte Sie!«

»Wann haben Sie mich denn gewarnt? Im Gegenteil, Sie haben mir beigestimmt, haben es geradezu gefordert... Ich muß gestehen, ich bin darüber so erstaunt... Sie selber haben die merkwürdigsten Leute bei mir eingeführt.«

»Im Gegenteil, ich habe mich mit Ihnen darüber gestritten, habe doch nicht beigestimmt. Was aber das Einführen anbetrifft, so mag das stimmen, ich habe solche bei Ihnen eingeführt, aber erst, als sie bereits zu Dutzenden von selber herbeiströmten, und auch nur in der letzten Zeit, um die literarische Quadrille zustande zu bringen, denn ohne dies Gesindel kommt man nun einmal nicht aus. Ich möchte aber wetten, daß dieses Pack heute noch Dutzende von Spießgesellen ohne Eintrittskarten eingeschmuggelt hat.«

»Ganz sicher«, bestätigte ich.

»Sehen Sie, schon geben Sie mir recht. Erinnern Sie sich aber einmal daran, was für ein Ton in der letzten Zeit hier, ich meine in unserem ganzen Städtchen, geherrscht hat. Der wandelte sich doch in eine einzige Frechheit, Schamlosigkeit; das war doch ein Skandal und ein Glockenläuten ohne Ende. Und wer hat sie aufgemuntert? Wer hat dies alles durch seine Autorität gedeckt? Wer hat allen die Köpfe verdreht? Wer hat die kleinen Leute so in die Wolle gebracht? In Ihrem Album sind die ganzen Familiengeheimnisse der Stadt verewigt worden. Haben Sie nicht selber den dichtenden und zeichnenden Künstlern zum Lohn über den Kopf gestrichen? Haben Sie sich nicht von einem Ljamschin die Hand küssen lassen? Hat nicht dieser Seminarist in Ihrer Gegenwart den Wirklichen Staatsrat beschimpft und seiner Tochter mit seinen Schmierstiefeln das Kleid verdorben? Und da wundern Sie sich noch, daß das Publikum gegen Sie ist?«

»Aber das waren doch alles nur Sie, Sie selber! Oh, mein Gott!«

»Nein, ich habe Sie immer gewarnt, wir haben uns darüber gestritten, hören Sie, gestritten!«

»Jetzt lügen Sie mir ins Gesicht!«

»Natürlich können Sie das jetzt sagen, das kostet Sie ja nichts. Sie brauchen ein Opfer, an dem Sie Ihre Wut auslassen können. Lassen Sie sie ruhig an mir aus, das sagte ich ja schon. Ich wende mich wohl besser an Sie, Herr...« (Wieder konnte er sich nicht auf meinen Namen besinnen.) »Lassen Sie es uns an den Fingern abzählen: ich behaupte, daß außer Liputin nicht ein einziger Verschwörer dagewesen ist, nicht ein ein–zi–ger! Das werde ich beweisen, aber nehmen wir erst einmal diesen Liputin unter die Lupe. Er hat ein Gedicht von diesem Esel, dem Lebjadkin, vorgetragen, und das soll Ihrer Ansicht nach eine Verschwörung sein? Wissen Sie, daß das Liputin ganz einfach für einen Witz gehalten hat? In allem Ernst für einen Witz, in allem Ernst! Er hat ganz einfach nur die Absicht gehabt, alle zu belustigen und zu erheitern, vor allen Dingen natürlich auch Julija Michajlowna, seine hohe Gönnerin – das ist alles. Glauben Sie nicht? Na, paßt das etwa nicht zu dem ganzen Ton, der in den letzten vier Wochen hier geherrscht hat? Na, und wenn ich schon alles sagen soll: bei Gott, unter anderen Umständen wäre das vielleicht noch so durchgegangen. Ein etwas derber Scherz, na, meinetwegen, etwas stark, aber doch ulkig, nicht wahr, doch ulkig?«

»Wie, Sie halten Liputins Auftreten für einen Witz?« rief Julija Michajlowna entsetzlich empört. »Eine solche Dummheit, eine solche Taktlosigkeit, diese Niederträchtigkeit, diese Gemeinheit, dieses Attentat! Oh, das sagen Sie mit Absicht! Anscheinend stecken Sie selber mit ihnen unter einer Decke!«

»Aber sicher! Ich habe im Hintergrund gesessen, habe mich versteckt und die ganze Maschine in Bewegung gesetzt. Wenn ich an der Verschwörung teilgenommen hätte – das sollten Sie doch wohl begreifen –, dann hätte die Sache nicht nur mit einem Liputinschen Verschen geendet! Demnach stecke ich wohl Ihrer Ansicht nach auch mit meinem Papachen unter einer Decke, daß er mit Absicht diesen Skandal heraufbeschworen hat? Na, aber wer ist denn schuld daran, daß man Papachen zum Vortragen zugelassen hat? Wer hat Sie noch gestern davon abhalten wollen, noch gestern, noch gestern?«

»Oh, hier il avait tant d'esprit, ich rechnete so auf ihn. Und dabei hat er soviel Lebensart, ich dachte, er und Karmasinow ... und so mußte es kommen!«

»Ja, so mußte es kommen. Aber trotz tant d'esprit hat Papachen doch die Karre in den Dreck gefahren. Hätte ich aber selber vorher gewußt, daß es so kommen würde, so hätte ich zweifellos, wenn ich wirklich zu dieser so einwandfrei festgestellten Verschwörung gegen Ihr Fest gehörte, Ihnen gestern nicht noch abgeraten, diesen Bock zum Gärtner zu machen. Nicht wahr? Indessen habe ich Ihnen noch gestern abgeraten, und zwar abgeraten, weil mir so etwas schwante. Alles bis ins einzelne vorauszusehen war natürlich nicht möglich, wahrscheinlich hat er selber einen Augenblick vorher noch nicht einmal gewußt, womit er das Feuer eröffnen werde. Haben diese nervenschwachen Greise etwa noch irgendeine Ähnlichkeit mit richtigen Menschen? Aber noch können Sie alles retten: schicken Sie morgen oder auch schon heute zur Genugtuung des Publikums zwei Ärzte in amtlichem Auftrag, aber in allen Ehren zu ihm hin, um seinen Gesundheitszustand festzustellen, und dann schleunigst in eine Kaltwasserheilanstalt mit ihm! Dann werden wenigstens alle lachen und sehen, daß sie sich umsonst beleidigt gefühlt haben. Ich werde das heute noch auf dem Ball verkünden, da ich ja der Sohn bin. Eine andere Sache ist es mit Karmasinow, der hat sich als grüner Esel herausgestellt und eine ganze Stunde lang seine Litanei heruntergebetet. Zweifellos stecke ich also auch mit dem unter einer Decke. Gewiß hat er gesagt: ‚Gestatten, daß auch ich zum Mißlingen des Festes beitrage, um Julija Michajlowna zu verderben'.«

»Oh, Karmasinow, quelle honte! Ich bin vergangen, vergangen vor Scham über unser Publikum.«

»Na, ich wäre nicht vergangen, sondern hätte lieber ihm einmal die Hölle heiß gemacht. Das Publikum hatte ganz recht. Und wer hat diesen Karmasinow auf dem Gewissen? Habe ich Ihnen vielleicht auch den aufgedrängt? Habe ich an dieser Vergötterung teilgenommen? Na, zum Teufel mit ihm! Aber dieser dritte Bruder da, der tobsüchtige Politiker, das ist schon eine andere Sorte! In dem haben wir uns alle getäuscht, und nicht allein ich und meine Verschwörer!«

»Ach, hören Sie auf, es ist entsetzlich, entsetzlich! Und ich allein bin schuld daran.«

»Allerdings, aber da muß ich Sie doch in Schutz nehmen. Soll sich da einer auskennen, mit diesen ‚Aufrichtigen'? Vor denen kann man sich selbst in Petersburg nicht genug in acht nehmen. Und er war Ihnen doch empfohlen worden, und noch dazu wie! Nach alledem müssen Sie doch zugeben, daß Sie jetzt unbedingt verpflichtet sind, sich auf dem Ball zu zeigen. Das ist doch eine ernste Sache: Sie haben ihn doch selber auf das Katheder gebracht. Und deshalb müssen Sie jetzt öffentlich erklären, daß Sie mit ihm keine gemeinsame Sache machen, daß sich dieser Held bereits in den Händen der Polizei befindet und daß man Sie auf unbegreifliche Weise hintergangen hat. Mit Entrüstung müssen Sie erklären, daß Sie das Opfer eines Verrückten geworden sind. Denn der Kerl ist doch verrückt und weiter nichts. Und so muß man auch den Bericht über ihn abfassen. Ich kann diese bissigen Hunde nicht ausstehen! Vielleicht rede ich selber noch viel übler, aber doch nicht vom Katheder herunter. Und dabei machen sie nun gerade jetzt soviel Geschrei von diesem Senator.«

»Von was für einem Senator denn? Wer macht ein Geschrei?«

»Sehen Sie, ich verstehe selber kein Wort davon. Ihnen ist also von einem Senator noch nichts bekannt, Julija Michajlowna?«

»Von einem Senator?«

»Sehen Sie, man ist überzeugt, ein Senator aus Petersburg werde hierherkommen und Sie ablösen. Das habe ich schon von vielen gehört.«

»Ich auch«, bestätigte ich.

»Wer sagt das?« rief Julija Michajlowna, hochrot vor Zorn.

»Das heißt, wer es zuerst gesagt hat? Wie soll ich das wissen? Man erzählt es sich eben. Die ganze Stadt sagt es. Besonders gestern hat man davon gesprochen. Und ganz ernsthaft sind alle dabei, obgleich man nicht recht daraus klug wird. Die Verständigeren und Kompetenteren allerdings reden nicht mit, aber auch von denen spitzen manche die Ohren.«

»Was für eine Niedertracht! Und ... wie dumm!«

»Nun, und deshalb müssen Sie auch gerade jetzt auf dem Fest erscheinen, um sich diesen Dummköpfen zu zeigen.«

»Ich gebe es zu, ich fühle es selbst, daß ich jetzt sogar dazu verpflichtet bin, aber .. wenn uns nun doch eine neue Schmach erwarten sollte? Wenn man gar nicht zusammenkäme? Denn es wird keiner kommen, keiner, keiner!«

»Ist das eine Idee! Die sollten nicht kommen? Was sollte da aus den neuen Kleidern werden, aus den Toiletten der jungen Damen? Wenn Sie das auch nur für möglich halten, spreche ich Ihnen ab, daß Sie eine Frau sind! Und das nennen Sie Menschenkenntnis?«

»Die Adelsmarschallin wird bestimmt, bestimmt nicht erscheinen.«

»Ja, was ist denn eigentlich geschehen? Warum sollen sie

denn nicht kommen?« rief er endlich in ärgerlicher Ungeduld aus.

»Unehre, Schmach – das ist geschehen. Es war, ich weiß nicht was, aber es war so, daß ich danach unmöglich hingehen kann.«

»Warum? Was können Sie denn letzten Endes dafür? Warum nehmen Sie alle Schuld auf sich? Ist nicht vielmehr das Publikum schuld, Ihre ehrbaren alten Herren, Ihre Familienväter? Die mußten diese Tagediebe und Halunken im Zaum halten – denn es handelt sich ja hier nur um Tagediebe und Halunken und nicht um ernstzunehmende Menschen. Nirgends und in keiner Gesellschaft kann die Polizei allein Ordnung schaffen. Aber bei uns verlangt jeder, wenn er hereinkommt, daß hinter seinem Stuhle ein nur für ihn bestimmter Schutzmann steht, der ihn behütet. Man begreift noch nicht, daß die Gesellschaft sich gegenseitig zu schirmen hat. Und was tun unsere Familienväter, unsere Beamten, unsere Frauen, unsere Mädchen in solchen Fällen? Sie schweigen und maulen. Und die Fähigkeit unserer Gesellschaft, aus eignem Antriebe zu handeln, reicht nicht einmal so weit, diese mutwilligen Burschen im Zaume zu halten.«

»Ja das ist die goldene Wahrheit! Sie schweigen, maulen und . . . sehen sich um.«

»Wenn das aber wahr ist, so müssen Sie es auch dort laut aussprechen, mit stolzer und strenger Stimme. Und gerade dadurch zeigen, daß Sie ganz und gar nicht niedergeschmettert sind. Gerade diesen alten Familienvätern und Müttern gegenüber. Oh, Sie verstehen zu reden, Sie haben diese Gabe, wenn Ihr Kopf klar ist. Sie werden eine Gruppe um sich scharen und dann laut, laut reden. Und später schicken wir das an ‚Die Stimme‘ und an die ‚Börsennachrichten‘. Warten Sie, ich werde die Sache selber in die Hand nehmen, werde alles für Sie einrichten. Selbstverständlich muß die Aufmerksamkeit verdoppelt werden. Das Büfett muß beaufsichtigt werden. Wir wollen den Fürsten darum bitten und hier Herrn . . . Sie dürfen uns nicht im Stich lassen, Monsieur, gerade jetzt, wo wir mit allem wieder von vorn anfangen müssen. Na, und zum Schluß müssen Sie dann erscheinen am Arme Andrej Antonowitschs. Wie geht es ihm übrigens?«

»Oh, wie ungerecht, wie falsch, wie beleidigend urteilen Sie immer über diesen Engel von einem Menschen!« rief Julija Michajlowna plötzlich in einem unerwarteten Gefühlsausbruch und beinahe unter Tränen und wischte sich mit dem Taschentuch die Augen.

Pjotr Stepanowitsch blieben im ersten Augenblick vor Verwunderung sogar die Worte im Hals stecken: »Aber ich bitte Sie ... wieso denn ... ich habe doch immer ...«

»Nein, nein! Niemals haben Sie ihm Gerechtigkeit widerfahren lassen!«

»Nie wirst du eine Frau begreifen!« brummte Pjotr Stepanowitsch mit gezwungenem Lächeln.

»Er ist der gerechteste, zartest fühlende, engelhafteste Mensch! Der beste Mensch!«

»Aber, erlauben Sie, was seine Güte anbetrifft ... seine Güte habe ich doch immer ...«

»Niemals! Aber lassen wir das. Ich bin immer nur in ungeschickter Weise für ihn eingetreten. Vorhin hat diese Jesuitin, die Adelsmarschallin, auch ein paar sarkastische Äußerungen über die gestrigen Ereignisse fallenlassen.«

»Oh, der wird heute nicht nach sarkastischen Bemerkungen über gestern zumute sein, die ist ja heute selber in aller Munde. Und warum machen Sie sich darüber Gedanken, daß sie heute nicht auf dem Ball erscheint? Natürlich wird sie nicht kommen, wenn sie in einen solchen Skandal verwickelt ist. Vielleicht ist sie nicht einmal schuld daran. Aber der Ruf! Die schmutzigen Hände!«

»Was soll denn das heißen? Das verstehe ich nicht. Warum soll sie denn schmutzige Hände haben?« Julija Michajlowna blickte ihn erstaunt an.

»Das heißt, bestimmt kann ich natürlich nichts behaupten, aber die ganze Stadt posaunt bereits aus, sie habe sie zusammengeführt.«

»Was heißt das? Wen denn zusammengeführt?«

»Ah, Sie wissen es noch gar nicht?« rief er mit trefflich gekünsteltem Erstaunen aus. »Na, Stawrogin und Lisaweta Nikolajewna!«

»Wie? Was?« riefen wir alle.

»Also Sie wissen es wirklich noch nicht? Huh! Da hat sich soeben ein tragischer Roman abgespielt: Lisaweta Nikolajewna erlaubte sich, kurzerhand vom Wagen der Adelsmarschallin in Stawrogins Equipage überzuwechseln, mit ‚welch letzterem' sie dann nach Skworeschniki durchgebrannt ist, und das am hellichten Tag. Das war vor einer Stunde, kaum einer Stunde.«

Wir waren beide starr. Selbstverständlich fielen wir sofort mit weiteren Fragen über ihn her, aber zu unserer Verwunderung konnte er nichts Näheres erzählen, obgleich er »zufällig« Zeuge dieser Szene gewesen war. Die Sache schien sich folgendermaßen abgespielt zu haben: Als die Adelsmarschallin Lisa und Mawrikij Nikolajewitsch nach den »Vorträgen« zu deren Mutter, die immer noch fußleidend war, zurückbegleitet hatte, hatte etwa fünfundzwanzig Schritte von Lisas Hause entfernt ein anderer Wagen gewartet. Lisa war an der Freitreppe ausgestiegen und direkt auf den andern Wagen zugelaufen, der Wagenschlag war aufgemacht und wieder zugeklappt worden, Lisa hatte Mawrikij Nikolajewitsch noch zugerufen: »Lassen Sie mich!« – und der Wagen war in sausender Fahrt nach Skworeschniki abgefahren. Auf unsere hastigen Fragen: »Das war wohl eine abgekartete Sache? Wer saß denn in dem Wagen?« – antwortete Pjotr Stepanowitsch, das wisse er nicht, sicherlich sei das aber eine abgekartete Sache gewesen, Stawrogin selber habe er zwar im Wagen nicht gesehen, vielleicht habe sein Kammerdiener, der alte Alexej Jegorowitsch, darin gesessen. Auf unsere Fragen: »Wie kamen Sie denn gerade dazu? Woher wissen Sie denn, daß sie nach Skworeschniki gefahren ist?« – antwortete er, das habe sich ganz zufällig gemacht, daß er dort vorbeigegangen sei, und wie er Lisa gesehen habe, sei er sogar zum Wagen hingelaufen (und trotzdem hatte er nicht gesehen, wer in dem Wagen saß, bei seiner Neugier!), Mawrikij Nikolajewitsch habe aber nicht nur auf jede Verfolgung verzichtet, sondern sogar nicht einmal versucht, Lisa davon abzubringen, habe sogar noch eigenhändig die Adelsmarschallin zurückgehalten, die aus vollem Halse geschrien habe: »Sie fährt zu Stawrogin! Sie fährt zu Stawrogin ...« Da aber riß mir die Geduld, und außer mir vor Wut schrie ich Pjotr Stepanowitsch an:

»Das hast du, Elender, alles angerichtet! So hast du auch den Morgen totgeschlagen. Du hast Stawrogin geholfen! Du bist mit dem Wagen hingefahren, du hast darin gesessen ... du, du, du! Julija Michajlowna, dies ist Ihr Feind, er wird auch Sie zugrunde richten! Nehmen Sie sich in acht!«

Und ich stürzte Hals über Kopf aus dem Hause.

Ich begreife es bis heute nicht und wundere mich selber, wie ich ihm das damals habe zuschreien können. Aber ich hatte ihn vollkommen durchschaut: fast alles war so, wie ich es ihm ins Gesicht gesagt habe, das hat sich in der Folge herausgestellt. Vor allen Dingen war die offensichtlich erkünstelte Art, mit der er uns diese Nachricht mitteilte, zu auffallend gewesen. Er hatte es uns nicht gleich, wie er gekommen war, als erste und aufsehenerregende Neuigkeit mitgeteilt, sondern getan, als wüßten wir es schon, was in so kurzer Zeit doch gar nicht möglich war. Wenn wir es aber gewußt hätten, so hätten wir doch sicherlich nicht so lange darüber geschwiegen, bis er davon angefangen haben würde. Wie konnte er auch bereits gehört haben, was man in der Stadt über die Adelsmarschallin »ausläutete«, ebenfalls in dieser kurzen Spanne Zeit? Außerdem hatte er beim Erzählen ein paarmal niederträchtig und leichtsinnig gelächelt, wahrscheinlich in der Annahme, daß er uns Dummköpfe nun doch richtig hinters Licht geführt habe. Aber was kümmerte mich er? An der Sache selbst war nicht mehr zu zweifeln, und außer mir lief ich deshalb von Julija Michajlowna fort. Die Katastrophe traf mich wie ein Stich ins Herz. Ich fühlte einen Schmerz, daß mir fast die Tränen kamen, ja vielleicht habe ich sogar wirklich geweint. Ich wußte nicht, was ich tun sollte. Ich eilte zu Stepan Trofimowitsch, aber der ärgerliche Mensch machte wieder nicht auf. Nastasja versicherte mir ehrfurchtsvoll flüsternd, er habe sich zu Bett gelegt, aber das glaubte ich nicht. Ich fragte die Dienerschaft aus in Lisas Haus, sie bestätigte die Flucht, wußte aber selber nichts weiter. Im Haus rannte und lief alles durcheinander, die kranke gnädige Frau hatte Ohnmachtsanfälle bekommen, Mawrikij Nikolajewitsch befand sich bei ihr. Es schien mir unmöglich, ihn herausrufen zu lassen. Über Pjotr Stepanowitsch wurde mir auf meine Fragen berichtet, er habe sich in den letzten Tagen viel hier im Haus herumgetrieben und sei oft zweimal am Tage hergekommen. Die Dienerschaft war sehr betrübt, sie sprachen von Lisa mit einer besonderen Hochachtung, alle hatten sie gern. Daß sie verloren war, vollständig verloren – daran zweifelte ich nicht, aber ich konnte die psychologische Seite dieser Geschichte ganz und gar nicht verstehen, hauptsächlich nach Lisas gestriger Szene mit Stawrogin. In die Stadt zu laufen und bei ihren schadenfrohen Bekannten, wo sich die Nachricht jetzt natürlich wie ein Lauffeuer verbreiten würde, Nachfrage zu halten widerstrebte mir und schien auch für Lisa erniedrigend. Und merkwürdig, ich lief zu Darja Pawlowna. Dort wurde ich zwar nicht angenommen, denn im Stawroginschen Hause wurde seit gestern niemand mehr empfangen. Ich weiß nicht, was ich zu ihr hätte sagen wollen und warum ich eigentlich hingelaufen war. Von dort aus begab ich mich zu ihrem Bruder. Schatow hörte mich finster und schweigend an. Ich bemerke, daß ich ihn in einer ungewöhnlich düsteren Stimmung antraf, er war in tiefes Nachdenken versunken, und es schien, als koste es ihm Mühe, mich anzuhören. Er sagte fast kein Wort und fuhr fort, in seiner Bude auf und ab zu gehen, von einer Ecke in die andere, wobei er mehr als gewöhnlich mit den Stiefeln aufstampfte. Als ich schon wieder auf der Treppe war, schrie er mir noch nach, ich solle doch zu Liputin gehen, dort würde ich »alles erfahren«. Aber ich ging nicht zu Liputin, sondern kehrte, nachdem ich schon ein großes Stück weitergegangen war, wieder zu Schatow zurück, machte die Tür nur halb auf und trat nicht zu ihm herein, sondern fragte kurz und ohne weitere Erörterungen, ob er nicht heute noch zu Marja Timofejewna gehen könne. Darauf fing Schatow an zu schimpfen, und ich ging wieder weg. Um es nicht zu vergessen, möchte ich gleich jetzt erwähnen, daß er an diesem selben Abend sich vorsätzlich an den Stadtrand zu Marja Timofejewna begab, die er lange nicht gesehen hatte. Er traf sie bei denkbar bester Gesundheit und Stimmung an, während Lebjadkin stockbetrunken im ersten Zimmer auf dem Sofa schlief. Es war genau neun gewesen. Das erzählte er mir selber gleich am nächsten Tage, als wir uns flüchtig auf der Straße trafen. Um zehn Uhr abends entschloß ich mich doch noch, auf den Ball zu gehen, nicht etwa in meiner Eigenschaft als Festordner (ich hatte meine Schleife ja bei Julija Michajlowna abgegeben), sondern weil mich einfach eine unwiderstehliche Neugier packte, zu hören (nicht etwa zu erfragen), was man bei uns in der Stadt im allgemeinen zu all diesen Ereignissen sagte. Auch wollte ich gern Julija Michajlowna beobachten, wenn auch nur von weitem. Ich machte mir ziemliche Vorwürfe darüber, daß ich vorhin so von ihr fortgelaufen war.

3

Diese ganze Nacht mit ihren beinahe absurden Ereignissen und der entsetzlichen »Lösung des Knotens« gegen Morgen kommt mir bis auf den heutigen Tag wie ein großer Traum, wie ein drückender Alb, vor und bildet, wenigstens für mich, den schicksalsschwersten Teil meiner ganzen Chronik. Ich kam zwar etwas spät auf den Ball, aber immerhin noch gerade zum Schluß – ein so plötzliches Ende sollte ihm vom Schicksal beschieden sein. Es war bereits elf Uhr, als ich das Haus der Adelsmarschallin erreichte, wo derselbe Weiße Saal, in dem zuvor die Vorträge stattgefunden hatten, trotz der kurzen Zeit bereits ausgeräumt und in einen Tanzsaal verwandelt worden war, um, wie man dachte, die ganze Stadt aufzunehmen. Aber wie wenig Zutrauen ich bereits heute morgen auch zu diesem Ball gehabt hatte – das hatte ich denn doch nicht erwartet: nicht eine einzige Familie der höheren Kreise war erschienen, es fehlten sogar die halbwegs angesehenen Beamten – und schon dies war ein ganz wichtiges Zeichen. Was die Damen und jungen Mädchen anbetraf, so stellte sich heraus, daß sich Pjotr Stepanowitsch mit seiner vorhin (sicher nur in hinterlistiger Absicht) geäußerten Behauptung gründlichst verrechnet hatte: es waren nur ganz wenige Damen erschienen, so daß auf vier Herren beinahe nur eine Dame kam, und noch dazu was für Damen! »Irgendwelche« Frauen einiger höherer Offiziere des Regiments, Gattinnen von Postangestellten und kleinen Beamten, drei Arztfrauen mit ihren Töchtern, zwei, drei von den ärmeren Gutsbesitzersfrauen, die sieben Töchter und die Nichte jenes Sekretärs, den ich früher schon erwähnt habe, ein paar Kaufmannsgattinnen – war das die Gesellschaft, die Julija Michajlowna erwartet hatte? Sogar von den Kaufleuten war die Hälfte nicht da. Was die Männer anbetrifft, so bildeten sie, obwohl alle Vertreter der höheren Stände fehlten, dennoch einen dichten Schwarm, der freilich einen etwas zweideutigen und verdächtigen Eindruck machte. Allerdings waren auch ein paar ruhige und ehrenwerte Offiziere mit ihren Gattinnen dabei und hier und da ein äußerst folgsamer Familienvater, wie zum Beispiel jener Sekretär, der Vater von den sieben Töchtern. Alle diese friedlichen, unbedeutenden Leutchen waren nur gekommen, »weil es sich nicht hatte umgehen lassen«, wie sich einer dieser Herren selber ausdrückte. Anderseits hatte sich aber die Menge der Streitsüchtigen und derjenigen Personen, von denen Pjotr Stepanowitsch und ich zuvor vermutet hatten, daß sie ohne Eintrittskarten durchgeschlüpft waren, gegen heute morgen anscheinend nur noch vergrößert. Sie alle saßen vorläufig am Büfett und hatten sich, gleich als sie kamen, geradewegs dorthin begeben, als hätten sie diesen Ort vorher verabredet. So kam es mir wenigstens vor. Das Büfett war am Ende der Zimmerflucht in einem geräumigen Saal aufgestellt, wo sich Prochorytsch mit allen verlockenden Angeboten der Klubküche und lecker angerichteten Gabelbissen und Getränken niedergelassen hatte. Hier fielen mir ein paar Personen in beinahe zerrissenen Röcken und höchst zweifelhaftem, ganz und gar nicht ballmäßigem Anzug auf, die man offenbar mit einiger Mühe für kurze Zeit nüchtern gemacht und Gott weiß wo aufgelesen hatte, einige vielleicht sogar von auswärts. Allerdings wußte ich, daß es Julija Michajlownas Absicht gewesen war, den Ball so demokratisch wie möglich zu halten und »sogar Kleinbürger nicht zurückzuweisen, wenn zufällig einer von ihnen sich hätte einschreiben wollen«. Diesen Ausspruch konnte sie ja getrost vor versammeltem Komitee tun, da sie ganz sicher sein konnte, daß es nicht einem einzigen Kleinbürger unserer Stadt, die fast alle bettelarm waren, in den Sinn kommen würde, sich eine Eintrittskarte zu kaufen. Trotzdem war es mir nicht recht klar, wie man diese dunklen, beinahe zerlumpten Ehrenmänner hatte hereinlassen können bei aller demokratischen Gesinnung des Komitees. Wer hatte sie aber hereingelassen und zu welchem Zweck? Liputin und Ljamschin waren ihres Festordneramtes enthoben worden (trotzdem waren sie aber zugegen und nahmen sogar an der »literarischen Quadrille« teil), aber an die Stelle Liputins war zu meiner Verwunderung jener Seminarist getreten, der durch seinen Angriff auf Stepan Trofimowitsch bei der »Morgenfeier« den meisten Skandal gemacht hatte, und an Ljamschins Stelle – Pjotr Stepanowitsch selber. Was konnte man da erwarten?

Ich gab mir Mühe, die Unterhaltung zu belauschen. Über manche Ansichten staunte ich wirklich, so seltsam waren sie. So behauptete man zum Beispiel in einer Gruppe, die ganze Geschichte mit Lisa und Stawrogin habe Julija Michajlowna eingefädelt und dafür von Stawrogin Geld genommen. Es wurde sogar die Summe genannt. Man sagte, sie habe auch das Fest nur in dieser Absicht veranstaltet, darum sei ja auch die halbe Stadt erschienen, nachdem man erfahren habe, worum es sich handle, und sogar Lembke selber sei so frappiert gewesen, daß sein »Verstand dadurch gestört« sei, und sie gebe ihn nun für einen Verrückten aus. – Es wurde auch viel gelacht, heiser, roh und auch leise für sich. Alle kritisierten den Ball entsetzlich und schimpften auf Julija Michajlowna, ohne sich ein Blatt vor den Mund zu nehmen. Überhaupt war es ein wirres, abgerissenes, trunkenes und unruhiges Durcheinanderschwatzen, so daß es schwer war, sich ein Bild zu machen und etwas daraus zu entnehmen. Hier am Büfett hatten übrigens auch Leute ihre Zuflucht gesucht, die einfach nur harmlos lustig waren, sogar einige Damen, solche, die sich über nichts mehr wundern und vor nichts mehr erschrecken, sehr liebenswürdige und übermäßig lustige Damen, größtenteils Offiziersfrauen mit ihren Männern. Sie hatten sich in kleinen Gruppen an einzelne Tische gesetzt und tranken in ausgelassenster Stimmung ihren Tee. Der Büfettsaal war für die Hälfte des zusammengeströmten Publikums eine gemütliche Zufluchtsstätte geworden. Und doch mußte sich dieser Strom in absehbarer Zeit wieder in den Saal ergießen; schon allein der Gedanke daran war schrecklich.

Inzwischen waren im Weißen Saal dank den Bemühungen des Fürsten drei erbärmliche, kleine Quadrillen zustande gekommen. Die jungen Mädchen tanzten, und die Eltern freuten sich über sie. Und schon da fingen viele dieser achtbaren Familienväter sich zu überlegen an, wie sie, nachdem ihre Töchter genug Spaß gehabt hätten, sich beizeiten drükken könnten und nicht erst, wenn »es anfinge«. Daß es aber unbedingt anfangen würde, davon waren alle fest überzeugt. Es würde mir schwerfallen, Julija Michajlownas Gemütsverfassung zu schildern. Ich kam nicht mit ihr ins Gespräch, obgleich ich ziemlich nahe an sie heranging. Meinen Gruß beim Eintreten hatte sie nicht erwidert, sie hatte mich nicht bemerkt (tatsächlich nicht bemerkt). Ihr Gesicht sah leidend aus, ihr Blick war hochmütig und verächtlich, aber unstet und erregt. Sie beherrschte sich mit sichtlicher Qual – wozu und für wen? Sie hätte unbedingt weggehen und, was die Hauptsache war, ihren Gatten fortführen müssen, aber sie blieb! Schon auf ihrem Gesicht war zu lesen, daß ihr »die Augen ganz aufgegangen« waren und sie von diesem Fest nichts mehr erwartete. Sie rief nicht einmal Pjotr Stepanowitsch zu sich heran, der sie auch selber zu fliehen schien; ich sah ihn am Büfett, er war vergnügt und ausgelassen. Aber trotz alledem blieb sie da und ließ Andrej Antonowitsch keinen Augenblick von ihrer Seite. Oh, bis zum letzten Augenblick hatte sie mit aufrichtiger Empörung jede Anspielung auf seinen Gesundheitszustand zurückgewiesen, sogar noch heute morgen. Jetzt aber mußten ihr doch die Augen auch in dieser Hinsicht aufgegangen sein. Was mich betrifft, so schien es mir auf den ersten Blick, daß Andrej Antonowitsch schlechter aussah als heute morgen. Er schien geistesabwesend zu sein und wußte offenbar nicht, wo er sich befand. Ab und zu sah er plötzlich mit unerwarteter Strenge um sich, zum Beispiel zweimal auf mich. Einmal versuchte er, über irgend etwas ein Gespräch einzuleiten, er begann laut und polternd, aber er kam nicht zu Ende, und er jagte dadurch einem friedlichen, alten Beamten, der zufällig neben ihm stand, beinahe einen Schrecken ein. Aber sogar diese friedliche Hälfte des Publikums, die sich im Weißen Saal zusammengefunden hatte, zog sich finster und ängstlich vor Julija Michajlowna zurück und warf zugleich äußerst seltsame Blicke auf ihren Gatten, Blicke, die in ihrer Festigkeit und Ungeniertheit wenig mit der sonstigen Schüchternheit dieser Leute im Einklang standen.

»Sehen Sie, dieser Zug ging mir durch und durch, und plötzlich fing ich an zu erraten, wie es mit Andrej Antonowitsch stand«, gestand mir Julija Michajlowna später selber ein.

Und wieder traf nur sie die Schuld. Wahrscheinlich war sie vorhin, als nach meinem fluchtartigen Aufbruch mit Pjotr Stepanowitsch beschlossen worden war, daß der Ball stattfinden und sie dort erscheinen müsse – wahrscheinlich war sie da wieder ins Arbeitszimmer des schon durch die »Vorträge« gänzlich »erschütterten« Andrej Antonowitsch gelaufen, hatte wieder alle Verführungskünste spielen lassen und ihn endlich mitgeschleift. Aber wie quälend mußte dieses Bewußtsein jetzt für sie sein. Und trotz alledem ging sie nicht fort. Peinigte sie der Stolz, oder hatte sie nur einfach den Kopf verloren – ich weiß es nicht. Mit demütigem Lächeln versuchte sie bei all ihrem Hochmut doch, sich mit einigen Damen zu unterhalten, diese aber wurden sofort verwirrt, machten sich mit einem einsilbigen, mißtrauischen »Ja« oder »Nein« gleich wieder frei und rissen sichtlich vor ihr aus.

Von unbestrittenen Würdenträgern unserer Stadt war auf dem Ball nur ein einziger anwesend – jener gewichtige General a. D., den ich bereits beschrieben habe, wie er nach Stawrogins Duell mit Gaganow bei der Adelsmarschallin

»der Ungeduld der ganzen Gesellschaft Tür und Tor geöffnet hatte«. Würdevoll schritt er durch alle Säle, sah sich alles an, hörte überall zu und versuchte, sich den Anschein zu geben, als ob er mehr zur Beobachtung der Sitten und Gebräuche als zum eignen Vergnügen hergekommen wäre. Schließlich gesellte er sich ganz Julija Michajlowna bei und wich keinen Schritt mehr von ihrer Seite, sichtlich bemüht, sie zu ermuntern und zu beruhigen. Zweifellos war er ein äußerst gutmütiger Mensch, sehr angesehen und dabei schon so alt, daß man sich ruhig von ihm ein wenig bedauern lassen konnte. Aber sich selbst eingestehen zu müssen, daß dieser alte Schwätzer sie zu bedauern und beinahe zu beschützen wagte und dabei noch der Ansicht war, daß er ihr durch seine Gegenwart eine Ehre erwies, war doch recht ärgerlich. Doch der General ließ nicht von ihr ab und schwatzte ununterbrochen auf sie ein.

»Es heißt immer, eine Stadt könne nicht ohne die sieben Gerechten bestehen... glaube wenigstens, daß es sieben waren, entsinne mich nicht mehr genau an die an-ge-nommene Zahl. Ich weiß nicht, wieviel von diesen sieben... zweifellos Gerechten unserer Stadt... heute die Ehre haben, Ihren Ball zu besuchen, aber trotz ihrer Anwesenheit fange ich doch an, mich hier ei-ni-ger-maßen gefährdet zu fühlen. Vous me pardonnerez, charmante dame, n'est-ce pas? Ich meine das nur al-le-gorisch, aber ich wagte mich einmal in den Büfettsaal hinein und bin heilfroh, daß ich unversehrt wieder herausgekommen bin... Unser un-be-zahl-barer Prochorytsch ist da ganz und gar nicht am Platz, und ich glaube, gegen Morgen werden sie ihm das ganze Büfett stürmen. Übrigens, macht mir Spaß, die Geschichte. Ich warte nur noch ab, wie das mit dieser ‚Li-te-ra-tur-quadrille' sein wird, dann aber schleunigst: ins Bett. Das müssen Sie mir altem, von Podagra geplagtem Manne schon verzeihen, ich gehe immer sehr früh schlafen, und auch Ihnen würde ich raten, in die ‚Heiapopeia' zu gehen, wie man so zu sagen pflegt, aux enfants. Ich bin ja eigentlich nur der hübschen jungen Mädchen wegen gekommen... die man allerdings wohl nirgends in so reicher Auswahl treffen kann wie hier... Sie sind alle von jenseits des Flusses, und dahin komme ich sonst nie. Die Frau eines Offiziers... ich glaube vom Jägerregiment... in der Tat gar nicht übel, gar nicht übel... das weiß sie auch selber. Habe mich soeben mit diesem Schalk unterhalten, ist das eine Kecke! Na, und ihre Mädelchen sind ganz frische Dinger, weiter aber auch nichts. Übrigens, hat mir doch Spaß gemacht! Da sind Knöspchen dabei... nur die Lippen sind dick. Überhaupt liegt in der russischen Schönheit des Frauengesichts wenig von jener Regelmäßigkeit... sie erinnern etwas an Pfannkuchen... Vous pardonnerez, n'est-ce pas... dabei aber immer schöne Augen... strahlende Augen. In den ersten zwei, meinetwegen auch drei Jahren ihrer Jugend sind diese Knöspchen einfach be–zaubernd, dann aber gehen sie für immer in die Breite... rufen bei den Männern jene bedauerliche Gleich–gül–tig–keit hervor, die der Entwicklung der Frauenfrage so förderlich ist... wenn ich diese... hm... Frage richtig verstanden habe. Übrigens, der Saal ist schön, die Räume sind gar nicht übel eingerichtet. Könnte schlechter sein. Die Musik könnte schlechter sein... ich sage nicht – sollte! Ein schlechter Effekt, daß so wenig Damen da sind. Von den Toiletten will ich nicht reden. Übel, daß sich der dort in den grauen Hosen so offen erlaubt, Cancan zu tanzen. Ich würde es verzeihen, wenn er es aus Übermut täte, da er doch nun mal am hiesigen Platze Apotheker ist... aber um elf Uhr – das ist selbst für einen Apotheker noch zu früh. Drüben im Büfettsaal haben sich zwei verhauen und wurden nicht hinausbefördert. Um elf Uhr müssen aber Raufbolde noch hinausbefördert werden, wie auch immer die Sitten und Gebräuche des Publikums sein mögen... ich rede nicht von drei Uhr morgens, da sind Zugeständnisse an die öffentliche Meinung unumgänglich – wenn dieser Ball die dritte Morgenstunde erleben wird. Übrigens, Warwara Petrowna hat nicht Wort gehalten, hat keine Blumen spendiert. Hm! Der wird jetzt nicht nach Blumen zumute sein, pauvre mère! Aber die arme Lisa, haben Sie es schon gehört? Man erzählt, eine geheimnisvolle Geschichte und... und wieder erscheint in der Arena Stawrogin... Hm! Ich würde mich viel lieber schlafen legen... ich nicke schon ständig ein. Wann kommt denn nun endlich diese ‚Li–te–ra–tur–quadrille'?«

Und endlich, endlich fing sie denn auch an, diese »Literaturquadrille«. Hatte man sich in letzter Zeit in der Stadt irgendwie über den bevorstehenden Ball unterhalten, so war man unfehlbar sogleich auch auf die »Literaturquadrille« zu sprechen gekommen, und da sich keiner eine rechte Vorstellung davon machen konnte, wie diese eigentlich beschaffen sein werde, so sah man ihr allgemein mit grenzenloser Spannung entgegen. Etwas Gefährlicheres konnte es für ihren Erfolg gar nicht geben – darum war es auch eine solche Enttäuschung!

Es öffneten sich die Seitentüren des Weißen Saales, die bisher verschlossen waren, und plötzlich erschienen – ein paar Masken. Das Publikum umringte sie voller Gier. Mit einem Schlag drängte sich die ganze Menge vom Büfett bis auf den letzten Mann in den Weißen Saal. Die Masken fingen an zu tanzen. Mir gelang es, mich in die erste Reihe vorzudrängen, und ich kam gerade hinter Julija Michajlowna, v. Lembke und den General zu stehen. Da sprang Pjotr Stepanowitsch, der sich bis jetzt nicht hatte blicken lassen, auf einmal auf Julija Michajlowna zu.

»Ich habe immer am Büfett gesessen und Beobachtungen gemacht«, flüsterte er ihr zu und stellte sich absichtlich wie ein Schuljunge, der ein böses Gewissen hat, um sie noch mehr zu reizen.

Julija Michajlowna wurde ganz rot vor Zorn.

»Wenn Sie mich nur wenigstens jetzt nicht mehr betrügen wollten, Sie frecher Mensch!« entfuhr es ihr fast laut, so daß es im Publikum vernehmbar war.

Pjotr Stepanowitsch sprang, höchst zufrieden mit sich selbst, wieder davon.

Schwerlich kann man sich eine jämmerlichere, plattere, unbegabtere und fadere Allegorie vorstellen als diese »Literaturquadrille«. Man hätte kaum auf etwas verfallen können, was unserem Publikum weniger gelegen hätte. Und dabei war das, wie es hieß, Karmasinows höchsteigene Idee. In Szene gesetzt hatte es allerdings Liputin im Verein mit jenem hinkenden Lehrer, der an dem Abend mit bei Wirginskij gewesen war. Aber Karmasinow hatte doch immerhin die Idee dazu geliefert und sogar, wie es hieß, sich selber verkleiden und eine bestimmte selbständige Rolle übernehmen wollen. Die Quadrille bestand aus sechs jämmerlich maskierten Paaren, die nicht einmal richtige Masken waren, denn sie gingen genauso gekleidet wie alle anderen Leute. Da tanzte zum Beispiel ein bejahrter Herr mittleren Wuchses im Frack – mit einem Wort, genauso wie alle gekleidet –, mit ehrwürdigem grauem Bart (der war angeklebt, und darin bestand sein ganzes Maskenkostüm), und drehte sich mit solidem Gesichtsausdruck an einem Platz, häufig und leicht mit den Füßen trippelnd, fast ohne sich von der Stelle zu bewegen. Mit einem mäßigen, doch heiseren Baßstimmchen stieß er ab und zu irgendwelche Laute aus, und gerade durch die Heiserkeit dieser Stimme sollte eine bekannte Zeitung* charakterisiert werden. Dieser Maske gegenüber tanzten irgendwelche Riesen X und Z, diese Buchstaben waren ihnen wenigstens auf die Fräcke genäht; was aber das X und das Z zu bedeuten hatten, blieb in Dunkel gehüllt. »Der ehrliche russische Gedanke« wurde verkörpert durch einen Herrn in mittleren Jahren, mit einer Brille, im Frack, in Handschuhen und – Fußfesseln (richtigen Fußfesseln). Unter dem Arme trug dieser Gedanke eine Aktenmappe mit irgendwelchen »Geschäftspapieren«. Aus seiner Tasche guckte ein gedruckter Brief aus dem Ausland hervor, der eine Beglaubigung der Ehrlichkeit dieses »ehrlichen russischen Gedankens« enthielt für alle die, welche sich darüber noch im Zweifel befanden. Dies alles wurde natürlich von den Festordnern mündlich erklärt, denn niemand konnte den aus der Tasche heraushängenden Brief lesen. In der erhobenen rechten Hand hielt der »ehrliche russische Gedanke« einen Pokal, als wollte er einen Toast ausbringen. Rechts und links von ihm trippelten zwei Nihilistinnen mit kurzgeschorenem Haar, ihm gegenüber aber tanzte ein ebenfalls schon bejahrter Herr im Frack, aber mit einem schweren Eichenknüppel in der Hand, der ein nicht in Petersburg erscheinendes, aber furchtbares Blatt versinnbildlichen sollte: »Ich schlage zu – ein wenig naß wird's sein.« Aber trotz seinem Eichenknüppel konnte er doch nicht den durch die Brille auf ihn gerichteten, scharfen Blick des »ehrlichen russischen Gedankens« aushalten, versuchte beiseite zu sehen, und beim pas de deux krümmte, wand und drehte er sich und wußte schließlich nicht, wohin er sich verstecken sollte – so sehr quälte ihn anscheinend das Gewissen ... Übrigens entsinne ich mich nicht mehr auf jeden dieser stumpfsinnigen Einfälle, aber sie waren alle in dieser Art, so daß ich schließlich eine quälende Scham empfand. Und dieses selbe Gefühl der Scham spiegelte sich auch auf den Gesichtern des übrigen Publikums, sogar auf den etwas düsteren Physiognomien derer, die vom Büfett aufgetaucht waren. Eine Zeitlang schwiegen alle und sahen mit verständ-

* »Die Stimme", gemäßigt liberale Petersburger Zeitung (Anmerkung des Übersetzers).

nislosem Unwillen zu. Wenn sich ein Mensch schämt, fängt er gewöhnlich an sich zu ärgern, und neigt zum Zynismus. Doch nach und nach fing das Publikum an zu brummen.

»Was soll denn das bedeuten?« knurrte in einer Gruppe ein Büfettfreund.

»Irgendwelchen Blödsinn.«

»Etwas aus der Literatur. ‚Die Stimme' wird kritisiert.«

»Was geht mich denn das an?«

Eine andere Gruppe:

»Esel!«

»Nein, sie nicht, wir sind die Esel.«

»Warum bist du denn ein Esel?«

»Ich bin kein Esel.«

»Na, wenn du nicht mal ein Esel bist, dann bin ich schon lange keiner!«

Eine dritte Gruppe:

»Man müßte ihnen saure Grütze verabreichen und dann alle zum Teufel jagen!«

»Den ganzen Saal auseinanderfegen!«

Eine vierte Gruppe:

»Daß Lembkes sich da nicht schämen zuzusehen?«

»Warum sollen die sich denn schämen? Du schämst dich doch auch nicht?«

»Doch, ich schäme mich, und er ist doch der Gouverneur.«

»Ja, und du bist nur ein dummes Schwein.«

»In meinem ganzen Leben habe ich noch nie einen so herkömmlichen Ball gesehen«, sagte eine Dame giftig in Julija Michajlownas nächster Nähe, offenbar mit dem Wunsch, gehört zu werden. Diese Dame war etwa vierzig Jahre alt, stämmig und angemalt, in grelle Seide gekleidet. Sie war stadtbekannt, aber keiner empfing sie. Als Witwe eines Staatsrates, der ihr ein kleines Holzhaus und eine magere Pension hinterlassen hatte, lebte sie auf großem Fuße und hielt sich Wagen und Pferde. Vor zwei Monaten hatte sie Julija Michajlowna zuerst einen Besuch gemacht, diese aber hatte sie nicht empfangen.

»Aber das war ja vorauszusehen«, fügte sie hinzu und sah Julija Michajlowna dabei frech ins Gesicht.

»Wenn Sie das vorausgesehen haben, warum haben Sie das Fest dann besucht?« konnte sich Julija Michajlowna nicht enthalten zu bemerken.

»Nur aus Naivität«, erwiderte augenblicklich die streitbare Dame und nahm sogleich Kampfesstellung ein, sie hatte die größte Lust, mit Julija Michajlowna aneinanderzugeraten, aber der General trat zwischen die beiden.

»Chère dame«, sagte er und beugte sich zu Julija Michajlowna hin, »Sie sollten lieber fortgehen. Wir stören diese Leute nur, sie werden sich ohne uns viel besser amüsieren. Sie haben Ihre Pflicht erfüllt, haben den Ball eröffnet, nun aber lassen Sie sie in Ruhe... Auch Andrej Antonowitsch scheint sich nicht ganz auf der Höhe zu fühlen, daß ihm nur nicht noch etwas zustößt...«

Aber es war bereits zu spät.

Andrej Antonowitsch hatte die ganze Zeit über der Quadrille mit einem gewissen ärgerlichen Staunen zugesehen, als aber dann das Gemurmel im Publikum einsetzte, fing er an, sich unruhig umzublicken. Dabei fielen ihm zum erstenmal einige jener Individuen vom Büfett auf, und sein Blick drückte eine maßlose Verwunderung aus. Plötzlich ertönte ein lautes Gelächter über eine Szene in der Quadrille: der Herausgeber des »fürchterlichen nicht in Petersburg erscheinenden Schandblattes«, der mit der Keule in der Hand tanzte, fühlte endgültig, daß er gegen die Brillengläser des »ehrlichen russischen Gedankens« nicht standhalten könne, und da er nicht wußte, wo er bleiben sollte, lief er plötzlich, in der letzten Figur der Quadrille, auf den Händen, die Beine nach oben, auf die Brillengläser zu, was das beständige Verdrehen der Tatsachen, das Auf-den-Kopf-Stellen der gesunden Vernunft dieses »fürchterlichen nicht in Petersburg erscheinenden Schandblattes« andeuten sollte. Da Ljamschin der einzige war, der auf den Händen gehen konnte, so hatte er diese Rolle mit der Keule übernommen. Von alledem hatte Julija Michajlowna keine Ahnung gehabt. »Das haben sie vor mir geheimgehalten, geheimgehalten«, wiederholte sie mir dann empört und verzweifelt. Das Gelächter des Publikums galt natürlich keineswegs der Allegorie, für die kein Mensch Interesse hatte, sondern ganz einfach dieser turnerischen Darbietung in einem Frack mit Schößen.

Lembke fuhr auf und zitterte vor Wut.

»So ein Taugenichts!« schrie er und zeigte auf Ljamschin. »Packt ihn an, den frechen Kerl, dreht ihn um... stellt ihn auf die Füße... Kopf oben... der Kopf muß oben sein... oben!«

Ljamschin sprang auf die Füße. Das Gelächter wurde noch stärker.

»Man jage alle die frechen Halunken, die da lachen, hinaus!« befahl plötzlich Lembke.

Die Menge wurde unruhig und lachte auf einmal laut auf.

»Das ist doch unmöglich, Exzellenz.«

»Das Publikum darf man nicht beschimpfen.«

»Selber ein Narr!« ertönte es plötzlich irgendwoher aus dem Hintergrunde.

»Die Flibustier!« rief jemand aus der anderen Ecke.

Lembke wandte sich schnell nach dem Schreier um und wurde ganz blaß. Ein stumpfes Lächeln zeigte sich auf seinen Lippen, als begreife er auf einmal und erinnere sich an etwas.

»Meine Herren«, wandte sich Julija Michajlowna an die herbeidrängende Menge, indem sie gleichzeitig ihren Mann mit fortzog. »Meine Herren, entschuldigen Sie Andrej Antonowitsch ... Andrej Antonowitsch ist nicht ganz wohl ... Sie werden entschuldigen ... verzeihen Sie ihm, meine Herren!«

Ich habe ganz genau gehört, wie sie sagte: »Verzeihen Sie ihm!« Die Szene spielte sich sehr rasch ab. Aber ich entsinne mich mit aller Bestimmtheit, daß ein Teil des Publikums wie erschrocken schon zu dieser Zeit aus dem Saal hinausdrängte, gerade nachdem Julija Michajlowna dies gesagt hatte. Ich entsinne mich auch, daß irgendein weibliches Wesen unter Tränen wie hysterisch aufschrie: »Ach, wieder wie heute morgen!«

Und plötzlich schlug in dieses schon beginnende Gedränge abermals eine Bombe ein, gerade »wieder wie heute morgen«.

»Feuer, Feuer! Die ganze Stadt jenseits des Flusses brennt!«

Ich weiß nicht, woher plötzlich dieser entsetzliche Schrei ertönte, ob aus dem Saal, oder ob, wie ich fast glaube, irgend jemand die Treppe heraufgestürmt und ins Vorzimmer gestürzt war – jedenfalls trat gleich darauf ein solcher Tumult ein, wie ich ihn nicht zu schildern vermag. Über die Hälfte des hier zum Ball versammelten Publikums wohnte auf der anderen Seite des Flusses, besaß dort kleine Holzhäuser oder hatte solche auch nur gemietet. Alles stürzte an die Fenster, im Nu waren die Gardinen zurückgezogen, die dünnen Vorhänge heruntergerissen. Das ganze jenseitige Ufer brannte lichterloh. Allerdings war das Feuer eben erst im

Entstehen, aber es loderte an drei ganz verschiedenen Stellen auf, und das war es, was allen einen solchen Schrecken einjagte.

»Brandstiftung! Die Schpigulinschen!« heulte die Menge.

Ich entsinne mich an ein paar charakteristische Ausrufe:

»Das habe ich im innersten Herzen geahnt, daß sie die Stadt anzünden werden; die ganzen Tage schon habe ich das geahnt!«

»Das sind die Schpigulinschen gewesen, die Schpigulinschen und weiter niemand!«

»Und uns hat man absichtlich hier versammelt, damit sie dort anzünden konnten!«

Dieser letzte, erstaunlichste Ausruf rührte von einem weiblichen Wesen her; es war der unbedachte, unwillkürliche Angstschrei einer Korobotschka, die ihre Habe in den Flammen aufgehen sieht. Alles stürzte dem Ausgang zu. Das Gedränge im Vorzimmer beim Suchen von Pelzen, Tüchern und Umhängen, das Kreischen der verängstigten Frauen, das Weinen der jungen Mädchen will ich nicht zu schildern versuchen. Irgendwelche Diebstähle sind dabei wohl kaum vorgekommen, und es war nur zu begreiflich, daß Leute, die bei diesem Mord und Totschlag ihre warmen Mäntel nicht finden konnten, einfach ohne diese wegfuhren, worüber dann lange noch in der Stadt die mannigfaltigsten Legenden kursierten. Lembke und Julija Michajlowna wurden in der Tür beinahe von der Menge erdrückt.

»Alle sind anzuhalten! Nicht ein einziger darf hinausgelassen werden!« brüllte Lembke und streckte drohend seine Hand gegen die Nachdrängenden aus. »Alle müssen strengstens untersucht werden, Mann für Mann, augenblicklich!«

Aus dem Saal regnete es Schimpfworte.

»Andrej Antonowitsch! Andrej Antonowitsch!« rief Julija Michajlowna in heller Verzweiflung.

»Die muß zuerst arretiert werden!« brüllte dieser und zeigte drohend mit dem Finger auf Julija Michajlowna, »... auch zuerst untersucht werden! Der Ball ist nur zum Zweck der Brandstiftung arrangiert worden ...«

Sie schrie auf und fiel in Ohnmacht (oh, natürlich schon in eine echte Ohnmacht!). Ich, der Fürst und der General eilten schnell zu Hilfe, auch andere halfen uns noch mit in diesem schweren Augenblick, sogar einige Damen. Wir trugen die Unglückliche aus dieser Hölle in ihren Wagen, aber sie schlug erst, kurz bevor wir ihr Haus erreichten, wieder die Augen auf, und ihr erster Aufschrei galt wieder Andrej Antonowitsch. Nachdem nun alle ihre phantastischen Pläne zerstört waren, stand vor ihr nur noch Andrej Antonowitschs Bild. Es wurde nach einem Arzt geschickt. Ich blieb eine ganze Stunde bei ihr und wartete, ebenso der Fürst. Der General wollte in einer Anwandlung von Hochherzigkeit (obgleich er selber mächtig erschrocken war) »die ganze Nacht nicht vom Bett der Unglücklichen« weichen, nickte aber bereits nach zehn Minuten, als wir noch auf den Doktor warteten, im Saal in einem Lehnstuhl ein, wo wir ihn denn auch ruhig sitzen ließen.

Dem Polizeimeister, der vom Ball aus zur Feuersbrunst eilen wollte, war es gelungen, Andrej Antonowitsch hinter uns herzuführen, und er wollte ihn in den Wagen zu Julija Michajlowna setzen, indem er Seiner Exzellenz zuredete, »sich Ruhe zu gönnen«. Ich verstehe nicht, warum er nicht darauf bestand. Allerdings wollte Andrej Antonowitsch nichts von Ruhe hören und sich durchaus nach der Brandstätte begeben, aber das war doch kein Grund. Das Ende vom Lied war, daß er ihn selber in seinem Wagen mit zur Brandstätte nahm. Später erzählte er dann, Lembke habe unterwegs heftig gestikuliert und »Dinge herausgeschrien, die wegen ihrer Absonderlichkeit unmöglich auszuführen waren«. So stand auch dann später im amtlichen Bericht, daß Seine Exzellenz in jenem Augenblick infolge des »plötzlichen Schreckes« sich bereits im Fieberwahn befunden habe.

Wie der Ball endete, brauche ich wohl nicht erst zu erzählen. Ein paar Dutzend Bummler und mit ihnen zusammen sogar einige Damen waren in den Sälen zurückgeblieben. Die Polizei war nicht mehr da. Die Musik hatte man nicht fortgelassen und diejenigen Musikanten, die weggehen wollten, einfach verprügelt. Gegen Morgen wurde Prochorytschs ganzes Büfett gestürmt, man betrank sich bis zur Besinnungslosigkeit, tanzte den Kamarinskij ohne Zensur, verunreinigte die Säle; und erst bei Tagesgrauen begab sich ein Teil dieser Bande total betrunken nach der fast niedergebrannten Feuerstätte, um hier neue Unruhe zu stiften. Die andere Hälfte aber nächtigte in stark betrunkenem Zustand in den Sälen selber, auf den Samtmöbeln oder auf dem Fußboden. Am nächsten Morgen, so zeitig wie möglich, brachte man sie auf die Beine und setzte sie auf die Straße. So endete das Fest zugunsten der Gouvernanten unseres Gouvernements.

4

Die Feuersbrunst hatte allen denen, die jenseits des Flusses wohnten, besonders deshalb einen so großen Schrecken eingejagt, weil die Brandstiftung offensichtlich war. Es war auffallend, daß mit dem ersten Ruf: »Es brennt!« gleichzeitig geschrien wurde: »Die Schpigulinschen haben Feuer gelegt!« Jetzt weiß man nur zu genau, daß tatsächlich drei Arbeiter aus der Schpigulinschen Fabrik an der Brandstiftung teilgeommen haben –, aber mehr auch nicht, alle übrigen Arbeiter der Fabrik wurden sowohl von der öffentlichen Meinung als auch vom Gericht vollkommen freigesprochen. Außer diesen drei Schuften (von denen der eine aufgegriffen wurde und alles gestand, während die beiden anderen bis auf den heutigen Tag noch flüchtig sind) hatte zweifellos auch der Sträfling Fedjka an der Brandstiftung teilgenommen. Das ist alles, was man bisher über den Ursprung des Feuers mit Genauigkeit feststellen konnte – etwas anderes ist es allerdings mit den Vermutungen. Was aber hatte jene drei Schufte zu dieser Tat veranlaßt? Waren sie dazu angestiftet worden oder nicht? Auf alle diese Fragen läßt sich nur schwer eine Antwort finden, auch jetzt noch.

Da an dem Unglückstag ein heftiger Wind wehte, die Häuser jenseits des Flusses fast durchweg nur aus Holz gebaut sind und das Feuer an drei Stellen zugleich angelegt worden war, verbreitete es sich schnell und ergriff mit unglaublicher Macht den ganzen Stadtteil. (Übrigens konnte man eigentlich nur mit zwei Stellen der Brandstiftung rechnen, am dritten Ort wurde das Feuer sogleich bemerkt und fast im selben Augenblick erstickt, als es eben aufloderte; doch davon später.) In den Zeitungen der Hauptstadt ist unser Unglück aber dann immerhin noch übertrieben worden: es brannte nicht mehr (eher noch weniger) als schätzungsweise der vierte Teil des jenseits des Flusses liegenden Stadtteiles ab. Unsere Feuerwehr, die zwar im Verhältnis zur Ausdehnung und Einwohnerzahl unserer Stadt nur schwach ist, benahm sich aber trotzdem äußerst korrekt und aufopfernd. Aber sie hätte nicht viel ausrichten können, nicht einmal bei der freundlichen Unterstützung aller Bewohner, wenn nicht gegen Morgen der Wind sich gedreht hätte, der sich gerade vor Tagesanbruch plötzlich legte.

Als ich mich kaum eine Stunde nach unserem fluchtartigen

Aufbruch vom Ball über den Fluß hinüberbegab, wütete das Feuer bereits in seiner ganzen Ausdehnung. Die ganze Straße, die am Flusse entlangführte, stand in Flammen. Es war taghell. Es erübrigt sich wohl, das Bild einer Feuersbrunst zu beschreiben: wem in Rußland wäre es wohl nicht bekannt? In allen Gassen und Gäßchen, die der brennenden Straße zunächst lagen, herrschte ein unglaubliches Hasten und Drängen. Hier rechnete man mit Sicherheit darauf, daß das Feuer übergreifen werde: die Leute hatten all ihr Hab und Gut bereits herausgeschleppt, wollten aber dabei doch nicht von ihrer Wohnung fortgehen und saßen abwartend auf ihren herausgeschleppten Kisten, Koffern und Federbetten, ein jeder vor seiner Tür. Ein Teil unserer männlichen Bevölkerung war in schwerer Arbeit begriffen, ohne Erbarmen rissen sie Holzzäune nieder und trugen sogar ganze Hütten ab, die in der Nähe des Feuers und in der Windrichtung lagen. Es weinten Kinder, die eben aus dem Schlaf gerissen worden waren, es heulten wehklagend die Frauen, die ihre Siebensachen bereits in Sicherheit hatten bringen können. Diejenigen, denen das noch nicht gelungen war, schleppten schweigend und energisch Stück für Stück heraus. Funken und brennende Holzscheite wurden vom Wind weithin getragen, man löschte sie nach Möglichkeit. Um das Feuer selbst drängten sich die Zuschauer, die aus allen Ecken und Enden der Stadt herbeigeeilt waren. Einige halfen beim Löschen, andere sahen nur zu wie Liebhaber. Ein Großfeuer in der Nacht macht immer einen aufregenden und ergötzenden Eindruck; darauf beruht auch der Reiz des Feuerwerks; bei diesem aber wird das Feuer in schönen, regelmäßigen Umrissen gehalten und ruft so bei seiner gänzlichen Gefahrlosigkeit einen spielerischen und leichten Eindruck hervor wie ein Glas Champagner. Bei einer wirklichen Feuersbrunst aber ist das eine andere Sache: hier ruft der Schreck und ein gewisses Gefühl der eignen Gefahr, ganz abgesehen davon, daß ein Feuer in der Nacht ja immer ergötzlich anzuschauen ist, beim Zuschauer (natürlich nicht bei dem, der selber abbrennt) eine gewisse Erschütterung des Marks hervor und weckt in ihm seine eignen Zerstörungsinstinkte, die ja leider in jeder Seele verborgen liegen, selbst in der des sanftmütigsten, verheiratetsten Titularrates ... Dieses dunkle Gefühl hat fast immer etwas Berauschendes. »Ich weiß wirklich nicht, ob man überhaupt ein Feuer mit ansehen kann, ohne dabei ein Vergnügen zu empfinden«, sagte Stepan Trofimowitsch einmal wörtlich zu mir, als er von einer nächtlichen Feuersbrunst zurückkehrte, deren Zeuge er zufällig geworden war, und noch unter dem ersten Eindruck des gewaltigen Schauspieles stand. Natürlich wird sich dieser selbe Liebhaber eines nächtlichen Feuers auch selber in die Flammen stürzen, wenn es gilt, ein brennendes Kind oder eine alte Frau zu retten, aber das ist eine ganz andere Sache.

Indem ich der neugierigen Menge nachdrängte, gelangte ich, ohne zu fragen, an die wichtigste und gefährlichste Stelle, wo ich endlich auch Lembke erblickte, den ich auf Julija Michajlownas Befehl suchen sollte. Seine Lage war wunderlich und außergewöhnlich. Er stand auf den Trümmern eines Zaunes; etwa dreißig Schritt links von ihm entfernt erhob sich das schwarze Skelett eines fast ganz niedergebrannten zweistöckigen Holzhauses. An Stelle der Fenster gähnten in beiden Etagen nur schwarze Höhlen, das Dach war fast ganz zusammengestürzt, und hier und da züngelte noch ein Flämmchen um einen verkohlten Balken. Hinten im Hof, etwa zwanzig Schritt von dem abgebrannten Hause entfernt, hatte ein ebenfalls zweistöckiger Seitenflügel soeben Feuer gefangen, und um diesen bemühte sich nun die Feuerwehr aus Leibeskräften. Auf der rechten Seite suchten Feuerwehrleute und anderes Volk ein ziemlich großes hölzernes Gebäude noch zu retten; es brannte noch nicht, hatte aber bereits mehrmals Feuer gefangen und schien dem wilden Element rettungslos verfallen zu sein. Lembke schrie und gestikulierte, das Gesicht dem Seitenflügel zugewandt, und erteilte Befehle, die kein Mensch ausführte. Es kam mir vor, als hätte man ihn dort stehenlassen und sich überhaupt nicht mehr um ihn gekümmert. Wenigstens hörte die dichte, bunt zusammengewürfelte Menge, die ihn umgab, worunter sich zwischen allerlei Gesindel auch ein paar Herren und sogar der Dompfarrer befanden, ihn zwar neugierig und erstaunt an, aber keiner von ihnen sagte ein Wort oder versuchte, ihn dort wegzuführen. Lembke brachte bleich und mit blitzenden Augen die wunderlichsten Dinge vor, obendrein stand er mit bloßem Kopf da, den Hut hatte er schon lange verloren.

»Das ist alles Brandstiftung! Alles Nihilismus! Wenn es irgendwo brennt, immer ist es der Nihilismus!« vernahm ich fast mit Schrecken, und obgleich ich mich eigentlich darüber nicht mehr wundern konnte, so hat doch eine Wirklichkeit, die man mit eignen Augen sieht, immer etwas Erschütterndes.

»Exzellenz«, sagte der Revieraufseher, der plötzlich neben ihm auftauchte. »Sie sollten doch versuchen, sich zu Hause etwas auszuruhen... Hier ist allein das Stehen für Eure Exzellenz schon gefährlich.«

Dieser Revieraufseher war, wie ich später erfuhr, vom Polizeimeister absichtlich in Andrej Antonowitschs Nähe aufgestellt worden, um ihn im Auge zu behalten und sich alle Mühe zu geben, ihn nach Hause zu bringen. Im Fall der Gefahr aber sollte er sogar Gewalt anwenden – ein Auftrag, den auszuführen offenbar seine Kräfte überstieg.

»Die Tränen der Abgebrannten werden getrocknet werden, aber die Stadt wird niederbrennen. Und das sind immer nur diese vier Schurken, vier und ein halber! Man arretiere dieses Scheusal. Es ist ein einziger, aber vier und ein halber wurden durch ihn verleumdet. Er drängt sich in die Ehre der Familien ein. Zum Häuseranzünden hat man sich der Gouvernanten bedient. Das ist gemein, gemein. He, was macht denn der dort?« schrie er, als er plötzlich auf dem Dache des brennenden Flügels einen Feuerwehrmann erblickte an einer Stelle, wo das Dach schon ganz weggebrannt war und ringsum die Flammen aufloderten. »Zieht ihn herunter, herunter! Er wird durchbrechen! Er wird anbrennen! Löscht ihn...! Was macht er denn da?«

»Er löscht, Exzellenz.«

»Das ist unwahrscheinlich. In den Köpfen brennt es, und nicht auf den Dächern der Häuser. Zieht ihn herunter und werft alles hin! Alles hinwerfen – das ist das beste. Das kann dann selber sehen... He, wer weint denn da? Eine alte Frau? Eine alte Frau weint, warum hat man denn die Alte vergessen?«

Und wirklich, in dem unteren Stockwerk des brennenden Flügels schrie eine alte Frau, die man vergessen hatte, eine achtzigjährige Verwandte des Kaufmanns, dem das Haus gehörte. Aber man hatte sie nicht vergessen, sie war von selbst wieder in das brennende Haus zurückgekehrt, als es noch möglich gewesen war, in der unsinnigen Absicht, aus der Eckkammer, die noch unversehrt war, ihr Federbett herauszuholen. Vom Rauch halb erstickt und schreiend vor Hitze, weil nun auch diese Kammer zu brennen anfing, bemühte sie sich dennoch aus Leibeskräften, ihr Federbett durch den Fensterrahmen, aus dem die Scheiben schon herausgeschlagen waren, mit ihren altersschwachen Händen hindurchzuzwängen. Lembke stürzte auf sie zu, um ihr zu helfen. Alle sahen, wie er zum Fenster hinlief, das Federbett am Zipfel packte und es mit aller Gewalt zum Fenster herausziehen wollte. Zum Unglück fiel gerade in diesem Augenblick ein herausgebrochenes Brett vom Dach herunter und traf den Bedauernswerten. Es erschlug ihn zwar nicht, da nur das eine Ende im Fallen seinen Hals streifte, aber dennoch war Andrej Antonowitschs Laufbahn wenigstens bei uns damit zu Ende: er verlor durch den Anprall das Gleichgewicht und stürzte besinnungslos zu Boden.

Endlich brach ein trübseliger, dunkler Morgen herein. Das Feuer war etwas zurückgegangen, auf den heftigen Wind folgte plötzlich vollkommene Stille, und gleich darauf setzte ein feiner, langsamer Regen ein, wie durch ein Sieb. Ich befand mich immer noch jenseits des Flusses, aber bereits in einer anderen Gegend, weit von der Stelle entfernt, wo Lembke umgesunken war. Da hörte ich plötzlich seltsame Reden aus der Menge. Eine sonderbare Tatsache hatte sich herausgestellt: ganz am Ende des Stadtviertels hatte auf noch unbebautem Lande inmitten von Gemüsegärten und mindestens fünfzig Schritt von den Nachbarhäusern entfernt ein kleines, erst kürzlich erbautes Holzhäuschen gestanden, und dieses einsame Häuschen hatte fast vor allen anderen zu brennen angefangen, gerade zu Beginn der Feuersbrunst. Wenn es auch niedergebrannt wäre, so hätte doch das Feuer wegen der Entfernung auf kein anderes Gebäude der Stadt überspringen können, und umgekehrt – wäre der ganze Stadtteil jenseits des Flusses abgebrannt, so hätte dieses einzige Haus allein unversehrt bleiben können, von welcher Seite der Wind auch geblasen haben mochte. Daraus ergab sich, daß es für sich und unabhängig von den anderen in Brand geraten sein mußte, und zwar nicht ohne Grund. Die Hauptsache aber war: es war nicht vollständig niedergebrannt, und in seinem Innern waren dann in der Morgendämmerung erstaunliche Dinge zutage getreten. Der Besitzer dieses neuen Häuschens, ein Kleinbürger, der in der Nachbarvorstadt wohnte, war, als er nur das Feuer gesehen hatte, schleunigst herbeigeeilt, und es war ihm gelungen, den Brand aufzuhalten, indem er den Herd des Feuers, den an einer Seitenwand des Hauses aufgestapelten Brennholzvorrat, mit Hilfe einiger Nachbarn auseinanderriß. Aber dieses Haus war vermietet – ein stadtbekannter Hauptmann mit seiner Schwester und einer alten Dienstmagd wohnte darin, und dieser Hauptmann, die Schwester und die Dienstmagd, sie alle drei waren in dieser Nacht ermordet und sichtlich auch beraubt worden. (Hierhin hatte sich auch der Polizeimeister von der Brandstätte aus begeben, gerade als Lembke das Federbett retten wollte.) Gegen Morgen zu verbreitete sich diese Schreckensnachricht, und eine gewaltige Menge von Leuten aller Art, darunter sogar Abgebrannte aus dem heimgesuchten Stadtteil, strömte über die unbebaute Fläche nach dem neuen Häuschen. Es war schwer durchzukommen, so stark war das Gedränge. Sogleich wurde mir erzählt, man habe den Hauptmann mit durchschnittener Kehle völlig angekleidet auf der Bank liegend gefunden, wahrscheinlich sei er in stockbetrunkenem Zustande ermordet worden, so daß er vorher nichts habe sehen und hören können; geblutet aber habe er wie »ein Stier«. Seine Schwester Marja Timofejewna sei mit einem Messer »durch und durch zerstochen« gewesen und habe an der Tür auf dem Fußboden gelegen, sie sei also wach gewesen und habe mit dem Mörder gerungen und gekämpft. Der Dienstmagd, die wahrscheinlich auch aufgewacht sei, habe man den ganzen Schädel zertrümmert. Der Hauswirt erzählte, der Hauptmann sei noch tags zuvor frühmorgens bei ihm gewesen in ziemlich betrunkenem Zustande, habe geprahlt und viel Geld vorgezeigt, gegen zweihundert Rubel. Die alte, abgeschabte grüne Brieftasche des Hauptmanns hatte man leer auf dem Fußboden gefunden, aber Marja Timofejewnas Truhe war unangetastet, ebenso die silberne Einfassung der Ikone, und auch die Kleider des Hauptmanns schienen noch alle dazusein. Man sah deutlich, daß der Dieb es eilig gehabt hatte und ein Mensch gewesen war, der die näheren Verhältnisse des Hauptmanns kannte, und daß er allein wegen des Geldes gekommen war und gewußt hatte, wo dieses lag. Wenn der Besitzer des Häuschens nicht rechtzeitig herbeigeeilt wäre, hätte das angezündete Brennholz sicherlich das ganze Haus in Brand gesteckt, und »von den verkohlten Leichen hätte man wohl schwerlich die Wahrheit erfahren können«.

So wurde mir die Sache dargestellt. Man fügte noch hinzu, die Wohnung habe Herr Stawrogin selber, jener Nikolaj Wsewolodowitsch, der Sohn der Generalin Stawrogina, für den Hauptmann und seine Schwester gemietet, er sei sogar zu diesem Zweck persönlich herübergekommen, habe aber dem Besitzer noch sehr zureden müssen, da dieser sein Haus nicht habe abgeben wollen, sondern zu einer Schenke bestimmt habe. Nikolaj Wsewolodowitsch sei aber mit jedem Mietpreis einverstanden gewesen und habe gleich das Geld für ein halbes Jahr vorausbezahlt.

»Das hat man nicht ohne Grund angezündet«, hörte man aus der Menge.

Aber die meisten schwiegen. Die Gesichter waren finster, aber eine größere, sichtbare Erregung konnte ich an ihnen nicht wahrnehmen. Doch die Geschichten über Nikolaj Wsewolodowitsch wollten ringsum nicht wieder aufhören. Man erzählte, die Ermordete sei seine Frau gewesen, er habe gestern aus einem ersten Hause unserer Stadt, aus dem Hause der Generalin Drosdowa, ein junges Mädchen, deren Tochter, auf »unehrenhafte Weise« entführt, man wolle deshalb eine Klage gegen ihn in Petersburg einreichen und seine Frau sei nur aus dem Grund ermordet worden – das sei doch klar –, damit er die »Drosdowsche« heiraten könne. Skworeschniki war nur zwei und eine halbe Werst von der Stadt entfernt, und ich weiß noch, daß mir der Gedanke kam, ob ich es ihn nicht wissen lassen sollte. Daß jemand die Menge besonders aufgehetzt hätte, konnte ich übrigens nicht bemerken, ich will mein Gewissen nicht mit einer Lüge beflecken, doch tauchten wieder vor meinen Augen zwei oder drei Fratzen dieser »Büfettmänner« auf, die sich gegen Morgen auf der Brandstätte eingefunden hatten und die ich sogleich erkannte. Besonders erinnere ich mich an einen großen, hageren, ausgemergelten Burschen, einen Kleinbürger, mit krausem, wie mit Ruß beschmiertem Haar, der Schlosser war, wie ich später erfuhr. Er war nicht betrunken, aber im Gegensatz zu der finster dastehenden Menge wie außer sich. Fortwährend wandte er sich an das Publikum, doch kann ich mich nicht mehr entsinnen, was er sagte. Alles, was er im Zusammenhange herausbrachte, war nicht länger als: »Brüder, was ist das? Soll das so weitergehen?« und dabei fuchtelte er mit den Armen.

Drittes Kapitel

Das Ende eines Romans

1

Von dem großen Saal in Skworeschniki aus (demselben, wo die letzte Zusammenkunft Warwara Petrownas mit Stepan Trofimowitsch stattgefunden hatte) sah man das Feuer wie auf einem Präsentierteller. Bei Tagesgrauen, gegen sechs Uhr morgens, stand an dem äußersten Fenster zur Rechten Lisa und blickte starr in die erlöschende Glut. Sie war allein im Zimmer. Sie trug dasselbe festliche Kleid wie gestern, in dem sie zu den Vorträgen erschienen war, ein hellgrünes, prächtiges Gewand, ganz mit Spitzen besetzt. Jetzt aber war es zerdrückt, auch hatte sie es nur flüchtig und nachlässig übergeworfen. Als sie bemerkte, daß es über der Brust nicht ganz geschlossen war, wurde sie plötzlich rot, brachte hastig ihr Gewand in Ordnung, nahm von einem Sessel das rote Tuch, das sie gestern beim Kommen dort abgeworfen hatte, und band es um. Ihr üppiges Haar fiel in gelösten Locken über ihre rechte Schulter. Ihr Gesicht war müde und sorgenvoll, aber ihre Augen brannten unter den finster zusammengezogenen Brauen. Wieder trat sie ans Fenster und preßte ihre glühende Stirn an die kalten Scheiben. Da ging die Tür auf, und Nikolaj Wsewolodowitsch trat ein.

»Ich habe einen Eilboten zu Pferde hingeschickt«, sagte er. »In zehn Minuten werden wir alles wissen. Vorläufig sagen die Leute, der dem Ufer zunächst liegende Teil jenes Stadtteiles rechts von der Brücke sei völlig niedergebrannt. Es soll schon seit zwölf Uhr nachts brennen, jetzt hat das Feuer bereits nachgelassen.«

Er trat nicht bis ans Fenster heran, sondern blieb etwa drei Schritte hinter ihr stehen. Sie wandte sich nicht nach ihm um.

»Dem Kalender nach müßte es bereits eine Stunde früher hell werden, und dabei ist es jetzt noch fast Nacht«, warf sie unwillig hin.

»Die Kalender lügen alle«, bemerkte er mit liebenswürdigem Spott, schämte sich aber gleich darüber und beeilte sich hinzuzufügen: »Nach dem Kalender zu leben ist langweilig, Lisa.«

Dann schwieg er gänzlich und ärgerte sich über die neue fade Bemerkung. Lisa lächelte schief.

»Sie sind in einer so schwermütigen Gemütsverfassung, daß Sie mir gegenüber nicht einmal Worte finden. Aber beruhigen Sie sich, Sie haben sehr richtig bemerkt: ich lebe immer nach dem Kalender. Jeder meiner Schritte ist nach dem Kalender berechnet. Wundert Sie das?«

Sie wandte sich jäh vom Fenster ab und setzte sich in einen Sessel.

»Bitte setzen Sie sich doch auch. Wir werden nicht lange zusammen sein, und da möchte ich gern alles sagen, was mir gefällt ... Warum sollten da nicht auch Sie alles sagen, was Ihnen gefällt?«

Nikolaj Wsewolodowitsch setzte sich ihr gegenüber und ergriff leise, fast schüchtern ihre Hand.

»Was bedeutet diese Sprache, Lisa? Woher kommt das plötzlich? Was heißt das: ‚Wir werden nicht lange zusammen sein?' Das ist schon die zweite Rätselphrase in der halben Stunde, seit du aufgewacht bist.«

»Sie fangen an, meine Rätselphrasen zu zählen?« lachte sie auf. »Wissen Sie denn nicht mehr, daß ich mich gestern, als ich kam, als eine Tote empfohlen habe? Das haben Sie für nötig gefunden zu vergessen. Zu vergessen oder nicht zu bemerken.«

»Ich erinnere mich nicht, Lisa. Warum als Tote? Man muß leben ...«

»Sie verstummen schon wieder? Sie haben Ihre ganze Beredsamkeit verloren. Ich habe mein Leben auf der Welt zu Ende gelebt, und nun ist es genug. Erinnern Sie sich noch an Christofor Iwanowitsch?«

»Nein, ich erinnere mich nicht«, versetzte er finster.

»Christofor Iwanowitsch in Lausanne? Der langweilte Sie doch so entsetzlich. Der sagte doch immer, wenn er zur Tür hereinkam: ‚Ich komme nur auf einen Sprung', und dann blieb er den ganzen Tag sitzen. Ich möchte es Christofor Iwanowitsch nicht nachmachen und nicht auch den ganzen Tag bei Ihnen sitzen.«

Eine schmerzliche Empfindung prägte sich auf seinem Gesicht aus.

»Lisa, mir tut diese geborstene Sprache weh. Diese Grimasse kostet dich selber zuviel. Warum das? Wozu?«

Seine Augen begannen zu brennen.

»Lisa«, rief er aus, »ich schwöre dir, ich liebe dich jetzt mehr als gestern, als du zu mir kamst.«

»Welch seltsames Geständnis! Wozu dies gestern und heute und das Abwägen von beiden?«

»Du wirst mich nicht verlassen«, fuhr er fast verzweifelt fort. »Wir werden zusammen fortreisen, noch heute, nicht wahr? Nicht wahr?«

»Ah, drücken Sie mir doch die Hand nicht so schmerzhaft! Wohin sollten wir denn heute zusammen reisen? Um irgendwoanders wieder ‚aufzuerstehen'? Nein, genug der Proben ... das geht mir alles zu langsam. Dazu eigne ich mich nicht. Das ist zu hoch für mich. Wenn wir reisen sollten – dann nur nach Moskau, um dort Besuche zu machen und selbst zu empfangen. Das ist mein Endziel, das wissen Sie. Ich habe Ihnen schon in der Schweiz nicht verheimlicht, wie ich darüber denke. Da es uns aber unmöglich ist, nach Moskau zu reisen und Besuche zu machen, weil Sie verheiratet sind, so wollen wir auch gar nicht weiter darüber reden.«

»Lisa, aber gestern, was war gestern?«

»Es war, was es war.«

»Das ist unmöglich! Das ist grausam!«

»Was tut es, daß es grausam ist? So ertragen Sie es doch, auch wenn es grausam ist.«

»Sie rächen sich an mir für Ihre Laune von gestern ...« murmelte er und lächelte boshaft. Lisas Zorn loderte auf.

»Was für ein niedriger Gedanke!«

»Warum schenkten Sie mir dann .. ‚soviel Glück'? Habe ich nicht ein Recht, das zu erfahren?«

»Nein, kommen Sie doch ohne Rechte aus; vollenden Sie nicht die Niedrigkeit Ihrer Vermutungen durch eine Dummheit. Es wird Ihnen heute nicht gelingen. Nebenbei bemerkt, fürchten Sie vielleicht bereits die Meinung der Welt, daß man Sie wegen ‚soviel Glück' verurteilen werde? Oh, wenn das der Fall ist, so regen Sie sich um Gottes willen nicht auf. Sie trifft dabei nicht die geringste Schuld, und Sie brauchen sich deshalb vor niemandem zu verantworten. Denn als ich gestern Ihre Tür aufmachte, wußten Sie noch nicht einmal, wer kommen würde. Das war nämlich einzig mein phantastischer Einfall, wie Sie sich soeben selber ausgedrückt haben, und weiter nichts. Sie können allen sieghaft und kühn ins Auge sehen!«

»Deine Worte, dieses Lachen, jetzt bereits seit einer Stunde, lassen mich vor Grauen schaudern. Dieses ‚Glück', von dem du in einer solchen Raserei sprichst, kostet mich... alles. Kann ich dich denn jetzt überhaupt wieder verlieren? Ich schwöre dir, noch gestern liebte ich dich nicht so wie heute. Warum nimmst du mir heute wieder alles? Weißt du auch, was sie mich gekostet hat, diese neue Hoffnung? Ich habe sie mit dem Leben bezahlt.«

»Mit Ihrem eignen Leben oder einem fremden?«

Er sprang jäh auf.

»Was soll das heißen?« stieß er hervor und sah sie starr an.

»Ob Sie es mit Ihrem oder mit meinem Leben bezahlt haben, das wollte ich damit sagen. Oder verstehen Sie mich schon gar nicht mehr?« Lisa flammte auf. »Warum springen Sie so jäh auf? Warum sehen Sie mich mit solcher Miene an? Sie erschrecken mich. Was fürchten Sie nur immer? Ich habe schon lange bemerkt, daß Sie irgend etwas fürchten, gerade jetzt, gerade in diesem Augenblick... Gott, wie bleich Sie geworden sind!«

»Wenn du irgend etwas weißt, Lisa, so schwöre ich dir, *ich* weiß nichts... und habe auch jetzt ganz und gar nicht *davon* gesprochen, als ich sagte, ich hätte es mit dem Leben bezahlt...«

»Ich verstehe Sie nicht«, sagte sie beklommen und stockte.

Da trat ein vorsichtiges, nachdenkliches Lächeln auf seine Lippen. Er setzte sich ruhig wieder hin, stemmte die Ellenbogen auf die Knie und bedeckte sein Gesicht mit beiden Händen.

»Ein schwerer Traum und Fieberphantasien... Wir sprachen beide von ganz verschiedenen Dingen.«

»Ich weiß gar nicht, wovon Sie sprachen... Aber wußten Sie gestern wirklich nicht, daß ich heute von Ihnen gehen würde? Wußten Sie es oder nicht? Sagen Sie mir die Wahrheit, wußten Sie es oder nicht?«

»Ich wußte es...« sagte er leise.

»Nun also, was wollen Sie da noch mehr? Sie wußten es und hielten sich an den ‚Augenblick'. Was gibt es da noch abzurechnen?«

»Sage mir die ganze Wahrheit«, rief er in tiefem Leid.

»Als du gestern meine Tür öffnetest, wußtest du da, daß es nur für eine Stunde sein würde?«

Sie sah ihn haßerfüllt an: »Der ernsthafteste Mensch kann wirklich manchmal die erstaunlichsten Fragen stellen. Warum beunruhigt Sie denn gerade dies? Vielleicht aus Eigenliebe, weil eine Frau Sie zuerst verläßt und nicht umgekehrt? Wissen Sie, Nikolaj Wsewolodowitsch, seit ich bei Ihnen bin, habe ich die Überzeugung gewonnen, daß Sie entsetzlich großmütig gegen mich sind, und das ist es gerade, was ich von Ihnen nicht ertragen kann.«

Er stand auf und ging ein paar Schritte durchs Zimmer.

»Gut, vielleicht mußte es so enden ... Wie aber hat dies alles kommen können?«

»Auch eine Sorge! Und die Hauptsache dabei ist, daß Sie das selber in- und auswendig wissen und es besser als alle auf der Welt begreifen und es sich auch selber ausgerechnet haben. Ich bin aus vornehmem Haus, mein Herz ist in der Oper erzogen worden, sehen Sie, damit hat es begonnen, das ist die ganze Lösung des Rätsels.«

»Nein.«

»Hierin liegt nicht das geringste, was Ihre Eigenliebe verletzen könnte, das ist alles die volle Wahrheit. Es fing an mit jenem schönen Augenblick, den ich nicht ertragen konnte. Als ich Sie vorgestern vor allen Leuten ‚beleidigte' und Sie mir darauf eine so ritterliche Antwort gaben, wurde mir, als ich dann nach Hause zurückgekehrt war, auf einmal klar, daß Sie mich nur deshalb gemieden hatten, weil Sie verheiratet sind, und nicht etwa aus Geringschätzung, was ich als eine junge Dame von Welt am meisten gefürchtet hatte. Ich verstand, daß Sie mich Unvernünftige dadurch, daß Sie vor mir flohen, hatten schützen wollen. Sehen Sie, so schätze ich Ihre Großmut! Da kam auf einmal Pjotr Stepanowitsch angestürmt und erklärte mir mit einem Schlag alles. Er offenbarte mir, daß Sie sich mit einem großen Gedanken trügen, vor dem wir alle in ein Nichts zusammensänken, daß sich aber unsere Wege trotzdem kreuzen müßten. Sich selber zählte er dabei immer mit, wollte unbedingt, daß wir zu dreien sein sollten, redete die phantastischsten Dinge zusammen von einem Boot mit Rudern aus Ahornholz, wie es in irgendeinem russischen Lied heißt. Ich lobte ihn und sagte, er wäre ein Dichter, was er auch wirklich für bare Münze hielt. Und da ich ohnehin schon wußte, daß ich nicht mehr lange zu leben haben werde, so stand mein Entschluß auch gleich fest. Das ist alles. Aber nun genug davon, alles weitere bitte ohne Kommentar! Sonst zanken wir uns am Ende gar noch. Sie haben nichts zu fürchten, ich werde alles auf mich nehmen. Ich bin schlecht, kapriziös, habe mich von dem opernhaften Boot verbleiben lassen, ich bin eine höhere Tochter ... Aber wissen Sie, trotz alledem habe ich doch gedacht, daß Sie mich entsetzlich liebten. Verachten Sie mich Törin nicht und lachen Sie nicht über dies Tränchen, das da soeben niederfiel. Ich weine schrecklich gern aus Mitleid mit mir selber. Aber genug, genug! Ich bin zu allem unfähig, und Sie sind zu allem unfähig, wir haben uns jeder einen Nasenstüber gegeben, und damit wollen wir uns trösten. Wenigstens braucht sich da die Eigenliebe auf keiner Seite verletzt zu fühlen.«

»Traum und Wahn!« rief Nikolaj Wsewolodowitsch aus und lief, die Hände ringend, im Zimmer auf und ab. »Lisa, du Arme, was hast du dir angetan?«

»Ich habe mich am Licht verbrannt und weiter nichts. Nun fangen wohl gar auch Sie noch an zu weinen? Seien Sie gesitteter, seien Sie gefühlloser ...«

»Warum, warum bist du zu mir gekommen?«

»Aber sehen Sie denn immer noch nicht ein, in was für eine komische Lage Sie sich vor der Meinung der Welt durch solche Fragen bringen?«

»Warum hast du dich zugrunde gerichtet, so häßlich und so dumm, und was willst du jetzt tun?«

»Und das ist Stawrogin, der blutdürstige Stawrogin, wie eine Dame hier, die in Sie verliebt ist, Sie nennt! So hören Sie doch, ich habe es Ihnen ja soeben schon gesagt: Ich habe mein Leben nur auf eine Stunde berechnet und bin jetzt ganz ruhig. Machen Sie es ebenso ... übrigens wozu? Sie werden ja noch viele solche Stunden und Augenblicke in Ihrem Leben haben!«

»Ebenso viele wie du; ich gebe dir mein Ehrenwort: nicht eine Stunde mehr als du!«

Er ging immer noch auf und ab und sah nicht ihren jähen, durchdringenden Blick, in dem eine plötzliche Hoffnung aufzuleuchten schien. Aber dieser Hoffnungsschimmer erlosch im selben Augenblick.

»Wenn du wüßtest, was mich meine jetzige *unmögliche* Aufrichtigkeit kostet, Lisa! Wenn ich dir nur enthüllen könnte ...«

»Enthüllen? Sie wollen mir etwas enthüllen? Gott soll mich vor Ihren Enthüllungen bewahren!« unterbrach sie ihn fast erschrocken.

Er blieb stehen und wartete voller Unruhe.

»Ich muß Ihnen gestehen, schon damals, schon in der Schweiz wurde ich den Gedanken nicht wieder los, Sie müßten etwas Entsetzliches, Schmutziges und Blutiges auf dem Gewissen haben ... etwas, das Sie aber dabei gleichzeitig unendlich lächerlich macht ... Hüten Sie sich, mir das zu enthüllen, wenn es wahr sein sollte; ich würde Sie auslachen. Ich würde mein ganzes Leben lang nur über Sie lachen ... Ah, Sie werden wieder bleich? Nein, nein, ich werde es nicht tun, ich werde gleich fortgehen ...« und mit einer Gebärde des Ekels und der Verachtung sprang sie vom Stuhl auf.

»Quäle mich, strafe mich, laß deinen ganzen Unwillen an mir aus!« rief er in Verzweiflung. »Du hast das volle Recht dazu. Ich wußte, daß ich dich nicht liebe, und habe dich zugrunde gerichtet. Ja, ‚ich habe den Augenblick festgehalten', ich hatte eine Hoffnung ... schon lange ... die letzte ... Ich konnte dem Licht nicht widerstehen, das mein Herz überflutete, als du gestern allein zu mir kamst, von selber, zuerst. Ich glaubte plötzlich ... Ja, vielleicht glaube ich es auch jetzt noch.«

»Diese edle Offenheit möchte ich mit Gleichem vergelten: ich kann nicht Ihre Barmherzige Schwester sein. Vielleicht werde ich nun wirklich Krankenschwester, wenn ich es heute nicht fertigbringe, zur rechten Zeit zu sterben. Aber wenn ich auch Schwester würde, so käme ich doch nicht zu Ihnen, obgleich Sie natürlich ebensoviel wert sind wie einer, der das Bein oder den Arm verloren hat. Ich habe mir immer eingebildet, Sie würden mich an einen Ort führen, wo eine riesige böse Spinne in Menschengröße hockt, und wir würden dann unser ganzes Leben lang sie anstarren und uns vor ihr fürchten. Und darüber würde dann unsere Liebe zueinander vergehen. Wenden Sie sich an Daschenjka, die wird mit Ihnen gehen, wohin Sie wollen.«

»Sogar jetzt konnten Sie nicht umhin, sie zu erwähnen?«

»Das arme Hündchen! Grüßen Sie sie von mir. Weiß sie auch, daß Sie sie schon in der Schweiz zur Pflegerin für Ihre alten Tage auserkoren hatten? Wie fürsorglich! Wie umsichtig! Aber wer kommt da?«

Ganz hinten im Saal war kaum merklich die Tür aufgegangen, irgendein Kopf war aufgetaucht und sogleich eilig wieder verschwunden.

»Sind Sie es, Alexej Jegorytsch?« fragte Stawrogin.

»Nein, ich bin es nur«, rief Pjotr Stepanowitsch und zeigte sich wieder zur Hälfte. »Guten Tag, Lisaweta Nikolajewna! Einen guten Morgen wünsche ich auf alle Fälle. Wußte ich's doch, daß ich Sie beide hier in diesem Saal finden würde! Ich komme nur auf einen Sprung, Nikolaj Wsewolodowitsch, bin Hals über Kopf hierhergeeilt nur auf ein paar Worte ... die unumgänglichsten ... nur auf ein paar Worte!«

Stawrogin ging hinaus, wandte sich aber nach ein paar Schritten wieder nach Lisa um.

»Wenn du etwas hören wirst, Lisa, so wisse: ich bin schuld!«

Sie erbebte und sah ihn erschrocken an; er aber ging hastig hinaus.

2

Das Zimmer, aus welchem Pjotr Stepanowitsch seinen Kopf in den Saal hineingesteckt hatte, war ein großes, ovales Vorzimmer. Hier hatte bisher Alexej Jegorytsch gesessen, aber den hatte er fortgeschickt. Nikolaj Wsewolodowitsch machte die Tür hinter sich zu und blieb abwartend stehen. Pjotr Stepanowitsch sah ihn hastig und forschend an.

»Nun?«

»Das heißt, wenn Sie es schon wissen sollten«, überhastete sich Pjotr Stepanowitsch und schien sich mit seinen Augen bis in die Seele des anderen hineinbohren zu wollen, »so ist selbstverständlich keiner von uns an irgend etwas schuld, am allerwenigsten Sie, weil das nur ein solches Zusammentreffen ... eine solche Reihe von Zufällen ist ... mit einem Wort, juristisch sind Sie nicht zu belangen, und ich bin herbeigeflogen, um Sie zu benachrichtigen ...«

»Sie sind verbrannt? Ermordet?«

»Ermordet, aber nicht verbrannt, das ist ja eben das Übel. Doch ich gebe Ihnen mein Ehrenwort, es ist nicht meine Schuld, wenn Sie mich vielleicht in Verdacht haben sollten, denn das haben Sie doch wohl, nicht wahr? Wenn Sie die ganze Wahrheit wissen wollen: allerdings ist mir mal so ein Gedanke durch den Kopf geschossen – Sie selbst haben mir ihn eingegeben, nicht etwa im Ernst, sondern nur, um mich zu necken (denn im Ernst würden Sie mir so etwas doch nicht vorschlagen) –, aber ich konnte mich nicht dazu entschließen und hätte mich auch nicht um alles in der Welt dazu entschließen mögen, nicht für hundert Rubel, denn es kam ja nichts dabei heraus, das heißt für mich, für mich...« (Er überhastete sich schrecklich und redete wie eine Plappermühle.) »Aber sehen Sie, was für ein zufälliges Zusammentreffen der Umstände: Von meinem Geld (hören Sie, von meinem eignen Geld, nicht ein einziger Rubel war von Ihnen, das wissen Sie vor allen Dingen selber) gab ich diesem betrunkenen Dummkopf, dem Lebjadkin, vorgestern gegen Abend zweihundertdreißig Rubel – hören Sie, schon vorgestern, und nicht etwa erst gestern nach den Vorträgen; beachten Sie das wohl, das ist ein äußerst wichtiges Zusammentreffen, denn ich wußte damals doch noch nichts Bestimmtes, ob Lisaweta Nikolajewna zu Ihnen gehen würde oder nicht – und ich gab ihm das Geld aus meinen eignen Mitteln nur aus dem Grund, weil Sie sich vorgestern so ausgezeichnet hatten und auf den Gedanken gekommen waren, Ihr Geheimnis vor allen zu offenbaren. Aber das geht mich ja weiter nichts an... das ist Ihre Sache... Sie haben als Ritter gehandelt... aber, ich muß gestehen, ich war so erstaunt, als hätte ich einen Schlag vor die Stirn bekommen. Da mir aber diese Tragödien wahrlich, wahrlich langweilig sind – beachten Sie wohl, ich rede im Ernst, obwohl ich archaische Ausdrücke verwende – und da dies alles letzten Endes meinen Plänen schadet, so schwor ich mir hoch und heilig, diese Lebjadkins, koste es, was es wolle, auch ohne Ihr Wissen nach Petersburg zu expedieren, um so mehr, als er selber durchaus dorthin wollte. Nur einen Fehler beging ich: ich gab ihm das Geld in Ihrem Namen. War das ein Fehler? Vielleicht war es auch keiner, was? Nun hören Sie, hören Sie jetzt, was nun aus alledem geworden ist...«

Und in der Hitze des Gesprächs war er dicht auf Stawrogin zugetreten und wollte ihn am Kragenaufschlag fassen, vielleicht sogar absichtlich. Doch Stawrogin schlug ihn mit kräftiger Bewegung auf die Hand.

»Aber was haben Sie denn... lassen Sie... Sie können einem ja die Hand abschlagen... Die Hauptsache ist ja nun, was aus alledem geworden ist«, plapperte er weiter, ohne sich im geringsten über den Schlag zu wundern. »Ich übergebe ihm also am Abend das Geld unter der Bedingung, daß er sich gleich am nächsten Morgen, noch ehe es Tag wird, mit der Schwester auf den Weg macht, und gebe diesem Schurken, dem Liputin, den Auftrag, daß er sie selber in den Zug setzt und abschiebt. Da muß dieser freche Kerl, der Liputin, auf diesen Dummenjungenstreich mit dem Publikum verfallen – vielleicht haben Sie davon gehört? Bei den Vorträgen? Also hören, hören Sie: beide kneipen zusammen und verfassen ein Gedicht, wovon die eine Hälfte Liputinsches Machwerk ist. Dann zieht dieser dem Lebjadkin einen Frack an, versteckt ihn (während er mir versichert, er habe ihn bereits am Morgen fortexpediert) irgendwo hinten in einem Kämmerchen, um ihn dann auf das Podium hinauszuschubsen. Aber schnell und unerwartet betrinkt sich der. Darauf der bekannte Skandal, darauf befördern sie ihn halbtot nach Hause, aber Liputin nimmt ihm still die zweihundert Rubel ab und läßt ihm das Kleingeld. Unglücklicherweise stellt sich aber heraus, daß Lebjadkin bereits am Morgen diese zweihundert Rubel wiederholt aus der Tasche gezogen, damit geprahlt und sie an Stellen gezeigt hat, wo er es besser gelassen hätte. Und da nun Fedjka nur darauf wartete und damals bei Kirillow irgend etwas gehört haben muß (erinnern Sie sich noch, Ihre Anspielung?), so entschloß er sich, die Gelegenheit zu nutzen. Da haben Sie den wahren Sachverhalt. Ich bin nur froh, daß Fedjka wenigstens kein Geld bei ihm gefunden hat, der Schuft hatte doch auf tausend Rubel gerechnet! Er hat es eilig gehabt und ist anscheinend selber über das Feuer erschrocken ... Glauben Sie, mich traf dieses Feuer wie ein Schlag vor den Kopf. Weiß der Teufel, was sollte das nur bezwecken? So eine Eigenmächtigkeit ... Sehen Sie, ich erwarte von Ihnen so viel, daß ich nichts vor Ihnen verbergen mag: nun ja, gewiß, in meinem Kopf war der Gedanke an ein Feuer schon lange gereift, weil das etwas so Alltägliches, etwas so Volkstümliches ist, aber ich hob ihn auf für jene kritische Stunde, für jenen kostbaren Augenblick, wo wir uns alle erheben werden und ... Und da kommt es denen plötzlich in den Sinn, eigenmächtig und ohne Befehl vorzugehen, und das ausgerechnet noch in einem Augenblick, wo man sich versteckt halten müßte und kaum zu atmen wagen dürfte! Nein, das ist eine solche Eigenmächtigkeit! ... Kurz und gut, ich weiß zwar noch nichts Genaues, man spricht da von zwei Schpigulinschen Arbeitern ... aber wenn hier wirklich welche von den Unsrigen dabeigewesen sind, wenn auch nur ein einziger seine Hand im Spiel gehabt hat – dann wehe ihm! Sehen Sie, das kommt davon, wenn man ihnen auch nur ein bißchen Freiheit läßt. Nein, dieses demokratische Pack mit seinen Fünfergruppen ist eine schlechte Stütze, hier braucht es den Willen eines Herrn, eines Götzen, eines Despoten, der zu handeln weiß, ohne sich auf etwas Zufälliges und außerhalb Stehendes zu stützen ... Dann werden auch die Fünfergruppen gehorsam den Schwanz einziehen und sich mit ihrer Kriecherei gelegentlich nützlich erweisen. Auf jeden Fall aber, wenn sie auch jetzt überall ausposaunen, Stawrogin habe seine Frau verbrennen wollen und deshalb die ganze Stadt verbrannt, so ...«

»Das wird bereits überall ausposaunt?«

»Das heißt, noch nicht; ich muß gestehen, ich habe es eigentlich noch nicht gehört. Aber was ist mit solchem Volk denn anzufangen, besonders mit den Abgebrannten? Vox populi vox dei. Läuft nicht das dümmste Gerücht gleich wie ein Lauffeuer um? Aber in Wirklichkeit haben Sie ja gar nichts zu fürchten. Vor dem Gesetz stehen Sie vollkommen rein da und vor Ihrem Gewissen ebenfalls. Sie haben es ja nicht einmal gewollt. Nicht wahr? Beweise sind nicht vorhanden, alles ist nur Zufall ... Sollte sich auch Fedjka wirklich an Ihre damalige unvorsichtige Äußerung bei Kirillow erinnern (warum mußten Sie das auch damals sagen), so beweist das noch gar nichts. Und diesen Fedjka machen wir einfach um einen Kopf kürzer. Heute noch werde ich ihn ...«

»Und die Leichen sind nicht verbrannt?«

»Keineswegs; diese Kanaille hat es nicht so, wie es sich gehört, auszuführen verstanden. Doch bin ich wenigstens froh, daß Sie so ruhig sind ... wenn Sie auch keinerlei Schuld tragen, nicht einmal in Gedanken, doch immerhin. Aber Sie müssen doch zugeben, daß dies Ihren Angelegenheiten eine vorzügliche Wendung gibt: Sie sind mit einemmal ein freier Witwer und können jeden Augenblick ein gewisses schönes junges Mädchen mit einer gewaltigen Mitgift heiraten, die sich obendrein bereits in Ihren Händen befindet. Und das alles kann ein einfaches, plumpes Zusammentreffen der Zufälle bewirken. Nicht wahr?«

»Sie wollen mir drohen, Sie Dummkopf?«

»Aber so hören Sie doch auf, hören Sie auf, jetzt fangen Sie schon mit ‚Dummkopf' an, und was ist das für ein Ton? Sie hätten doch allen Grund, sich zu freuen, Sie aber ...

Ich bin eigens hierhergeflogen, um Sie schleunigst zu benachrichtigen ... Und warum sollte ich Ihnen denn drohen? Das wäre wohl das richtige, wenn ich Ihnen drohen würde! Aus freiem Willen sollen Sie es tun, aber nicht aus Angst. Sie sind für mich das Licht, die Sonne ... Ich fürchte mich vor Ihnen grenzenlos, aber Sie nicht vor mir! Ich bin doch nicht Mawrikij Nikolajewitsch ... Stellen Sie sich vor, ich komme hier in einem Eilwagen angejagt, da steht Mawrikij Nikolajewitsch an Ihrem Gartengitter, ganz hinten am Park ... im Mantel, ganz durchnäßt, wahrscheinlich hat er die ganze Nacht dagesessen! Wunderbar! Wie weit die Leute doch in ihrem Wahnsinn gehen!«

»Mawrikij Nikolajewitsch? Ist das wahr?«

»Aber gewiß, gewiß! Er sitzt vorm Gartengitter. Von hier – von hier kaum dreihundert Schritt entfernt, glaube ich. Ich eilte, daß ich schnell an ihm vorbeikam, aber er hat mich doch gesehen. Sie wußten es nicht? Dann bin ich froh, daß ich es Ihnen nicht zu erzählen vergaß. Denn so einer kann am gefährlichsten sein für den Fall, daß er einen Revolver bei sich hat, und endlich bei Nacht und Regenwetter, bei seiner begreiflichen Gereiztheit – denn was ist das für eine Lage, in der er sich jetzt befindet, ha-ha! Was denken Sie, warum sitzt er da?«

»Selbstverständlich wartet er auf Lisaweta Nikolajewna.«

»So–o! Aber weshalb sollte sie zu ihm hinausgehen? Und ... bei diesem Regen ... so ein Dummkopf!«

»Sie wird gleich zu ihm hinausgehen.«

»Oho! Das ist aber eine Nachricht! Folglich ... Aber hören Sie, jetzt hat sich doch ihre Lage vollkommen geändert, was braucht sie nun noch Mawrikij Nikolajewitsch? Sie sind doch Witwer und frei und können sie morgen noch heiraten. Das weiß sie noch nicht – lassen Sie mich, ich werde Ihnen das gleich alles in Ordnung bringen. Wo ist sie? Man muß doch auch ihr die frohe Kunde bringen.«

»Frohe?«

»Was denn sonst? Kommen Sie!«

»Und Sie glauben, daß sie das mit den Leichen nicht erraten wird?« Stawrogin kniff auf eine besondere Weise die Augen zusammen.

»Keinesfalls wird sie es erraten«, sagte Pjotr Stepanowitsch und stellte sich ganz dumm, »denn vom juristischen Standpunkt aus ... Ach Sie! Und wenn sie es auch erraten sollte! Bei Frauen pflegt sich so etwas vortrefflich im Sande zu verlaufen, Sie kennen die Frauen noch nicht! Außerdem kann ihr doch jetzt eine Heirat mit Ihnen nur alle Vorteile bieten, denn sie hat sich doch immerhin kompromittiert. Na, und dann habe ich ihr da so etwas von einem Boot vorgeredet und habe gesehen, was das für einen Eindruck auf sie gemacht hat. Da können Sie gleich sehen, was für eine Art Mädchen das ist! Seien Sie unbesorgt, sie wird über diese Leichen hinwegschreiten, als wenn es nichts wäre, um so mehr, als Sie tatsächlich vollkommen, vollkommen unschuldig sind, nicht wahr? Sie wird die Leichen nur dazu im Gedächtnis bewahren, um sie Ihnen gelegentlich einmal vorzuhalten, aber auch erst, wenn Sie zwei Jahre verheiratet sein werden. Jede Frau wappnet sich mit so etwas aus dem Vorleben ihres Mannes, schon wenn sie zum Traualtar schreitet – aber dann ... was wird in einem Jahr sein? Ha–ha–ha!«

»Wenn Sie mit einem Wagen hierhergekommen sind, so fahren Sie sie doch gleich zu Mawrikij Nikolajewitsch. Sie hat soeben gesagt, daß Sie mich nicht leiden kann und von mir fortgehen will, aber natürlich wird sie meinen Wagen nicht annehmen wollen.«

»So–o. Sie will also tatsächlich fort? Wie hat das nur so kommen können?« Pjotr Stepanowitsch sah ihn mit einem ziemlich dummen Gesicht an.

»Sie muß heute nacht irgendwie erraten haben, daß ich sie überhaupt nicht liebe ... was sie übrigens schon immer gewußt hat.«

»Aber lieben Sie sie denn etwa nicht?« fiel Pjotr Stepanowitsch mit scheinbar grenzenlosem Staunen ein. »Wenn dem so ist, warum haben Sie sie da gestern, als sie zu Ihnen kam, bei sich behalten und ihr nicht als anständiger Mensch offen herausgesagt, daß Sie sie nicht lieben? Das ist doch entsetzlich gemein von Ihnen, und in was für ein schlechtes Licht haben Sie dadurch auch mich ihr gegenüber gebracht?«

Stawrogin lachte plötzlich laut auf.

»Ich lache über meinen Affen«, fügte er sogleich erklärend hinzu.

»Ach, jetzt geht mir ein Licht auf! Ich habe den dummen August gespielt«, und nun lachte auch Pjotr Stepanowitsch äußerst vergnügt, »nur um Sie zum Lachen zu bringen! Stellen Sie sich vor, gleich, wie Sie soeben eintraten, habe ich an Ihrem Gesicht erraten, daß es bei Ihnen ein ‚Unglück' gegeben haben mußte. Vielleicht gar ein totaler Mißerfolg, was? Ich möchte wetten«, rief er, und die Worte blieben ihm vor Wonne im Halse stecken, »daß Sie die ganze Nacht im Saal steif nebeneinander auf Stühlen gesessen und über irgend etwas Erhabenes und Edles gestritten haben die ganze kostbare Zeit über... Na, verzeihen Sie, verzeihen Sie, es geht mich ja schließlich nichts an. Aber ich habe schon gestern gewußt, daß es bei Ihnen mit einer Dummheit enden wird. Ich habe sie Ihnen nur zugeführt, um Sie zu zerstreuen und Ihnen zu beweisen, daß Sie sich nicht mit mir langweilen werden: hunderte von Malen werde ich Ihnen noch derartige Dienste leisten, ich bin überhaupt gern allen Leuten gefällig. Wenn Sie sie jetzt nicht mehr brauchen, womit ich schon gerechnet habe und weshalb ich auch hergekommen bin, so...«

»So haben Sie sie mir nur zum Zeitvertreib zugeführt?«

»Ja, wozu denn sonst?«

»Und nicht, um mich dazu zu treiben, meine Frau zu ermorden?«

»Wa–as? Haben Sie sie vielleicht ermordet? Was sind Sie für ein tragischer Mensch!«

»Das ist doch dasselbe, Sie haben sie doch ermordet.«

»Ich hätte sie ermordet? Aber ich habe Ihnen doch gesagt, daß ich auch nicht die Spur daran beteiligt bin! Sie fangen wirklich an, mich zu beunruhigen...«

»Fahren Sie fort, Sie sagten: ,Wenn Sie sie jetzt nicht mehr brauchen, so...'«

»So überlassen Sie sie mir, das versteht sich doch von selbst! Ich werde sie glänzend mit Mawrikij Nikolajewitsch verheiraten, den ich, nebenbei bemerkt, nicht etwa selber am Gartengitter aufgestellt habe, bilden Sie sich das bitte nicht auch noch ein! Ich fürchte mich jetzt sogar vor ihm. Da sagen Sie, ich soll sie in meinem Wagen zu ihm fahren, aber ich bin vorhin nur so an ihm vorbeigeschlichen... wahrhaftig, wenn er nun einen Revolver bei sich hat? Nur gut, daß ich meinen auch dabeihabe. Da ist er!« (Und er zog einen Revolver aus der Tasche, zeigte ihn vor und versteckte ihn sogleich wieder.) »Habe ihn nur mitgenommen, weil der Weg so weit ist... Übrigens, das werde ich im Handumdrehen in Ordnung bringen: ihr tut jetzt bloß das Herzchen weh wegen Mawrikij Nikolajewitschs... und das muß doch auch so sein... und wissen Sie – bei Gott, sie tut mir sogar ein bißchen leid! Führe ich sie aber Mawrikij Nikolajewitsch zu, so wird sie gleich anfangen, nur noch an Sie zu denken, wird Sie loben und auf ihn schimpfen – so sind nun einmal die Weiberherzen! Aber Sie lachen ja schon wieder? Ich freue mich riesig, daß Sie so vergnügt sind. Na, aber nun kommen Sie! Ich fange gleich von Mawrikij Nikolajewitsch an, von jenen aber, von den Umgebrachten ... wissen Sie, wollen wir es nicht jetzt lieber verschweigen? Sie wird es später ja doch erfahren.«

»Was werde ich erfahren? Wer ist umgebracht? Was haben Sie soeben von Mawrikij Nikolajewitsch gesagt?« rief Lisa, die plötzlich die Tür geöffnet hatte.

»Ah! Sie haben gehorcht?«

»Was haben Sie soeben von Mawrikij Nikolajewitsch gesagt? Er ist getötet worden?«

»Ah! Also haben Sie doch nicht gehorcht! Beruhigen Sie sich, Mawrikij Nikolajewitsch ist gesund und munter, wovon Sie sich selber überzeugen können, denn er sitzt hier am Wege, am Gartengitter ... und hat anscheinend schon die ganze Nacht dagesessen, so naß ist er, im Mantel ... Er sah mich, als ich kam.«

»Das ist nicht wahr. Sie sagten ‚umgebracht' ... Wer ist umgebracht?« beharrte sie in quälendem Mißtrauen.

»Umgebracht worden sind nur meine Frau, ihr Bruder Lebjadkin und ihre Magd«, erklärte Stawrogin fest.

Lisa fuhr zusammen und wurde entsetzlich bleich.

»Ein wilder, sonderbarer Zufall, Lisaweta Nikolajewna, ein Raubmord, ein ganz dummer Fall«, fing sogleich Pjotr Stepanowitsch an zu schnattern. »Ein Raubüberfall, weiter nichts; man hat sich das Feuer zunutze gemacht. Eine Tat des Mörders Fedjka, und auch dieser Esel, der Lebjadkin, ist schuld, weil er allen sein Geld gezeigt hat ... Ich bin mit der Nachricht nur so hergeflogen ... die Sache traf mich wie ein Stein an die Stirn. Stawrogin konnte sich kaum aufrecht halten, als ich es ihm mitteilte. Nun haben wir soeben hier beraten, ob wir es Ihnen gleich mitteilen sollten oder nicht.«

»Nikolaj Wsewolodowitsch, spricht er die Wahrheit?« stieß Lisa kaum hörbar hervor.

»Nein, es ist nicht wahr.«

»Wieso nicht wahr?« fuhr Pjotr Stepanowitsch auf. »Was soll denn das nun wieder?«

»Großer Gott, ich verliere den Verstand!« rief Lisa aus.

»Aber so begreifen Sie doch wenigstens nur, daß er augenblicklich vollständig wahnsinnig ist!“ schrie Pjotr Stepanowitsch aus Leibeskräften. »Es ist doch immerhin seine Frau, die ermordet wurde! Sehen Sie, wie bleich er aussieht... Aber er ist doch die ganze Nacht mit Ihnen zusammengewesen, hat Sie nicht einen Augenblick verlassen, wie könnte man ihn da verdächtigen?«

»Nikolaj Wsewolodowitsch, sagen Sie mir wie vor Gott, sind Sie schuldig oder nicht, und ich, das schwöre ich, werde Ihrem Worte Glauben schenken wie einem göttlichen, und ans Ende der Welt werde ich Ihnen folgen, oh, ich werde Ihnen folgen! Ich werde Ihnen folgen, wie ein Hündchen...«

»Warum quälen Sie sie denn so, Sie phantastischer Kopf!« raste Pjotr Stepanowitsch. »Lisaweta Nikolajewna, so hören Sie doch, Sie können mich in Grund und Boden stampfen, aber er ist unschuldig, unschuldig, im Gegenteil, er ist ja selber erschlagen und redet irre, wie Sie sehen. Er trägt nicht die Spur, nicht die Spur von einer Schuld, sogar seine Gedanken sind rein!... Das alles haben nur Räuber getan, die man sicherlich binnen acht Tagen fassen und mit Ruten bestrafen wird... Das ist der Sträfling Fedjka gewesen und die Schpigulinschen Arbeiter, das weiß doch schon die ganze Stadt und ich daher auch.«

»Ist das wahr? Ist das wahr?« Voller Zittern erwartete Lisa für sich den letzten Urteilsspruch.

»Ich habe sie nicht getötet und war dagegen, aber ich wußte, daß man sie töten würde, und hielt die Mörder nicht zurück. Gehen Sie von mir, Lisa«, sagte Stawrogin leise und ging in den Saal hinaus.

Lisa bedeckte das Gesicht mit beiden Händen und verließ das Haus. Pjotr Stepanowitsch wollte ihr nachstürzen, kehrte aber sogleich in den Saal zurück.

»Also so sind Sie? So sind Sie? Sie fürchten also nichts?« Wie ein Rasender fiel er über Stawrogin her, murmelte unzusammenhängende Dinge, kaum daß er Worte finden konnte; der Schaum stand ihm vor dem Mund.

Stawrogin stand mitten im Saal und sagte kein Wort. Er hatte mit der linken Hand leichthin ein Büschel Haare gefaßt und lächelte verloren. Pjotr Stepanowitsch zog ihn fest am Ärmel.

»Sie haben schon aufgegeben, nicht wahr? So haben Sie es also angefangen? Sie werden uns noch alle verraten und selber in ein Kloster oder zum Teufel gehen ... Aber ich werde Sie ja doch unschädlich machen, auch wenn Sie mich nicht fürchten!«

»Ach, das sind Sie, der hier so plappert?« sagte Stawrogin und sah sich endlich nach ihm um. »Laufen Sie«, rief er, als wäre er plötzlich wieder zum Bewußtsein gekommen, »laufen Sie ihr nach! Lassen Sie den Wagen anspannen. Verlassen Sie sie nicht ... Laufen Sie, eilen Sie ... Bringen Sie sie nach Hause, so, daß es niemand erfährt, damit sie nicht dorthin geht ... zu den Leichen ... zu den Leichen ... Setzen Sie sie mit Gewalt in den Wagen ... Alexej Jegorytsch! Alexej Jegorytsch!«

»Halt! Schreien Sie doch nicht so! Sie liegt ja jetzt bereits in Mawrikij Nikolajewitschs Armen ... Und Mawrikij Nikolajewitsch wird sich nicht in Ihren Wagen setzen wollen ... Halt! Dies hier ist jetzt kostbarer als ein Wagen!« Und wieder zog er den Revolver hervor. Stawrogin sah ihn ernst an.

»Nun ja, töten Sie!« sagte er leise, fast versöhnlich.

»Pfui Teufel, welche Lüge nimmt der Mensch auf sich!« rief Pjotr Stepanowitsch am ganzen Leibe zitternd aus. »Ich sollte Sie weiß Gott niederschießen! Wahrhaftig, sie mußte Ihnen ja ins Gesicht spucken! ... Ein schönes ‚Boot' sind Sie, Sie alter, lecker, morscher Kahn! Und wenn Sie nur aus Wut, wenigstens nur aus Wut jetzt zu sich kämen! He, ist Ihnen denn wirklich alles so gleichgültig, daß Sie sogar selber um eine Kugel in den Kopf bitten?«

Stawrogin lächelte eigen.

»Wenn Sie nicht ein solcher Narr wären, würde ich vielleicht jetzt sagen ... Wenn Sie nur eine Spur klüger wären ...«

»Ja, ich bin ein Narr, aber ich will nicht, daß Sie, meine wichtigere Hälfte, ebenfalls ein Narr sind. Verstehen Sie mich?«

Stawrogin verstand ihn, und vielleicht war dies nur ihm allein möglich. War doch sogar Schatow erstaunt gewesen, als Stawrogin ihm gesagt hatte, Pjotr Stepanowitsch sei ein Enthusiast.

»Scheren Sie sich jetzt zum Teufel, morgen werde ich vielleicht irgend etwas aus mir herausbringen. Kommen Sie morgen wieder!«

»Ja? Ja?«

»Wie soll ich das wissen?... Zum Teufel mit Ihnen, zum Teufel!«

Und er ging aus dem Saal hinaus.

»Nun, vielleicht ist das alles noch zum Besten«, murmelte Pjotr Stepanowitsch vor sich hin und steckte den Revolver ein.

3

Er stürzte Lisaweta Nikolajewna nach. Diese war noch nicht weit gegangen, sie hatte sich nur ein paar Schritte vom Haus entfernt. Alexej Jegorytsch wollte sie zurückhalten, er folgte ihr auch jetzt noch nach und hielt sich im Frack und ohne Hut in respektvoller Haltung einige Schritte hinter ihr. Er flehte sie fortwährend an, doch auf den Wagen zu warten. Der Alte war ordentlich erschrocken und weinte beinahe.

»Laufe, dein Herr hat Tee verlangt, und es ist keiner da, der ihn bringen kann«, Pjotr Stepanowitsch schob den Diener beiseite und nahm ohne weiteres Lisaweta Nikolajewnas Arm. Diese zog zwar ihren Arm nicht zurück, schien aber wie geistesabwesend zu sein, als wäre sie noch gar nicht wieder zur Besinnung gekommen.

»Erstens einmal dürfen Sie nicht dorthin«, flüsterte ihr Pjotr Stepanowitsch zu, »wir müssen nach dieser Seite gehen und nicht am Garten vorbei. Zweitens aber ist es zu Fuß auf alle Fälle unmöglich, bis zu Ihrem Haus sind es drei Werst, und Sie haben nichts überzuziehen. Sie müssen sich nur noch ein Augenblickchen gedulden. Ich habe einen Wagen hier, die Pferde stehen dort auf dem Hofe, ich werde nur einen Wink geben, Sie hineinsetzen und nach Hause fahren, ohne daß ein Mensch etwas davon sehen wird.«

»Wie gut Sie sind«, sagte Lisa freundlich.

»Aber ich bitte Sie, in einem solchen Fall würde doch jeder auf das Wohl seines Nächsten bedachte Mensch ebenso...«

Lisa sah ihn an und staunte.

»Ach, mein Gott, und ich dachte, es wäre immer noch jener alte Mann.«

»Hören Sie, ich freue mich riesig, daß Sie das so nehmen, denn schließlich ist ja das alles nur ein blödsinniges Vorurteil. Wenn es aber nun einmal so gekommen ist, wäre es da nicht das beste, ich sagte dem alten Mann, er solle den Wagen anspannen lassen? Das dauert höchstens zehn Minuten, und wir kehren inzwischen zurück und warten an der Einfahrt. Nicht?«

»Ich möchte vorher ... Wo sind die Toten?«

»Aber, was sind das für phantastische Ideen? Das fürchtete ich ja gerade ... Nein, lassen wir die nur ruhig beiseite; dort gibt es für Sie gar nichts zu sehen.«

»Ich weiß, wo sie sind. Ich kenne das Haus.«

»Na, wenn auch, wenn Sie es auch kennen! Ich bitte Sie, der Regen, der Nebel ... (da habe ich mir ja eine verdammte Pflicht auf den Hals geladen!) Hören Sie, Lisaweta Nikolajewna, eines von beiden: entweder Sie fahren mit mir zusammen im Wagen, dann warten Sie bitte und gehen keinen Schritt weiter, denn wenn Sie noch zwanzig Schritt weitergehen, muß uns Mawrikij Nikolajewitsch unfehlbar bemerken.«

»Mawrikij Nikolajewitsch? Wo ist er? Wo ist er?«

»Na, wenn Sie also mit dem gehen wollen, dann werde ich Sie meinetwegen noch ein Stück weiterführen und Ihnen dann zeigen, wo er sitzt, ich selber werde mich aber dann empfehlen. Ich möchte jetzt nicht zu ihm hingehen.«

»Er wartet auf mich! Großer Gott!« Lisa blieb plötzlich stehen, und eine tiefe Röte ergoß sich über ihr Gesicht.

»Aber ich bitte Sie, er wird doch ein Mensch sein ohne Vorurteile! Wissen Sie, Lisaweta Nikolajewna, das alles geht mich ja gar nichts an, ich stehe ja da ganz abseits, das wissen Sie ja selber, aber ich wünsche Ihnen trotzdem nur alles Gute ... Wenn das mit unserem ‚Boot' nicht geglückt ist, wenn es sich herausgestellt hat, daß es nur ein alter, morscher Kahn ist, reif zerhackt zu werden ...«

»Ach, wundervoll!« rief Lisa aus.

»‚Wundervoll', und dabei strömen Ihnen die Tränen aus den Augen. Jetzt heißt es, ein Mann zu sein. Sie dürfen hinter uns Männern in nichts zurückstehen. In unserem Jahrhundert, wenn da eine Frau ... pfui Teufel!« (Pjotr Stepanowitsch hätte beinahe ausgespuckt.) »Die Hauptsache aber ist: nur nichts bereuen, vielleicht wird alles noch ganz ausgezeichnet. Mawrikij Nikolajewitsch ist ein Mensch ... kurz und gut, ein Mensch mit Gefühl, obgleich er nicht viel Worte macht, was übrigens nur gut ist, vorausgesetzt natürlich, daß er keine Vorurteile hat ...«

»Wundervoll, wundervoll!« lachte Lisa krampfhaft.

»Aber zum Teufel ... Lisaweta Nikolajewna«, rief Pjotr Stepanowitsch plötzlich verärgert, »ich sage das doch nur Ihretwegen alles ... was geht es mich an ... Ich bin Ihnen gestern zu Diensten gewesen, als Sie es selber wollten, und heute ... Na, von hier aus können Sie Mawrikij Nikolajewitsch sehen: dort sitzt er. Er sieht uns nicht. Hören Sie, Lisaweta Nikolajewna, haben Sie ‚Polinjka Sachs'* gelesen?«

»Was ist das?«

»Das ist eine Novelle, ‚Polinjka Sachs'. Ich habe sie noch als Student gelesen ... Da läßt ein Beamter namens Sachs, der ein großes Vermögen besitzt, seine Frau wegen Untreue auf ihrem Landsitz einsperren ... Aber, zum Teufel, das sind ja alles Kindereien! Sie werden sehen, Mawrikij Nikolajewitsch macht Ihnen, noch ehe Sie nach Hause kommen, einen Heiratsantrag. Er sieht uns immer noch nicht.«

»Ach, er darf uns auch nicht sehen!« rief Lisa plötzlich wie eine Wahnsinnige. »Kommen Sie, kommen Sie! In den Wald, ins Feld!«

Und sie lief zurück.

»Lisaweta Nikolajewna, was ist das für ein Kleinmut!« rief Pjotr Stepanowitsch und rannte hinter ihr her. »Warum wollen Sie denn nicht, daß er Sie sehen soll? Im Gegenteil, sehen Sie ihm offen und stolz in die Augen ... Sollten Sie etwa *deswegen* ... wegen der Jungfräulichkeit ... so ist das doch ein solches Vorurteil, eine solche Rückständigkeit ... Aber wohin wollen Sie denn? Wohin wollen Sie denn? Ach, nun läuft sie davon! Kehren wir doch lieber zu Stawrogin zurück! Nehmen wir meinen Wagen! Aber wohin wollen Sie nur! Dort ist doch nur Feld. Gott, nun ist sie hingefallen! ...«

Er blieb stehen. Lisa flog dahin wie ein Vogel, ohne zu wissen wohin, und Pjotr Stepanowitsch war schon etwa fünfzig Schritte hinter ihr zurückgeblieben. Plötzlich stürzte sie hin, da sie über einen kleinen Erdhügel gestolpert war. In diesem Augenblick ertönte von hinten etwas abseits ein furchtbarer Schrei: es war Mawrikij Nikolajewitsch, der sie fliehen und fallen gesehen hatte und nun querfeldein auf sie

* Erzählung von Druschinin, 1847 erschienenen, die damit schließt, daß sich der betreffende Ehemann nicht für berechtigt hält, die Liebe seiner Frau zu einem anderen zu verurteilen (Anmerkung des Übersetzers).

zulief. Im Nu zog sich Pjotr Stepanowitsch ins Tor des Stawroginschen Hauses zurück, um schleunigst in seinen Wagen zu steigen.

Indessen stand Mawrikij Nikolajewitsch, zu Tod erschrocken, bereits neben der sich wieder aufrichtenden Lisa, beugte sich zu ihr herab und hielt ihre Hand in der seinen. Die unglaublichen Umstände dieser Begegnung erschütterten sein ganzes Denken, und Tränen strömten über sein Gesicht. Er hatte jene, die er anbetete, wie eine Wahnsinnige über die Felder laufen sehen, zu dieser Stunde und bei einem solchen Wetter, dazu im bloßen Kleid, in jenem prächtigen Gesellschaftskleid von gestern, das jetzt zerdrückt und vom Fall beschmutzt war ... Er konnte kein Wort hervorbringen, nahm seinen Mantel ab und legte ihn mit zitternden Händen um ihre Schultern. Plötzlich schrie er auf, er fühlte, daß sie mit ihren Lippen seine Hand berührt hatte.

»Lisa!« rief er aus. »Ich verstehe das alles nicht, aber jagen Sie mich nicht von sich!«

»O ja, gehen wir schnell von hier fort, verlassen Sie mich nicht!« und sie griff selbst nach seiner Hand und zog ihn mit sich fort. »Mawrikij Nikolajewitsch«, fuhr sie plötzlich ängstlich und mit gedämpfter Stimme fort, »ich habe doch die Mutige gespielt, jetzt aber fürchte ich mich vor dem Tod. Ich werde sterben, sehr bald sterben, aber ich fürchte mich, fürchte mich zu sterben ...« flüsterte sie und drückte krampfhaft seine Hand.

»Ach, wenn doch jemand käme!« rief Mawrikij Nikolajewitsch verzweifelt und blickte sich ringsum. »Wenn doch jemand vorüberführe! Ihre Füße sind schon ganz naß ... Sie werden den Verstand verlieren!«

»Nein, nein, das macht nichts«, ermutigte sie ihn. »Sehen Sie, mit Ihnen zusammen fürchte ich mich weniger. Nehmen Sie meinen Arm, führen Sie mich ... Aber wohin nun? Nach Hause? Nein, ich muß erst die Erschlagenen sehen. Es heißt, man habe seine Frau abgeschlachtet, und er sagt, er selber habe sie abgeschlachtet. Aber das ist doch nicht wahr, das ist doch nicht wahr? Ich will die Erstochenen selbst sehen ... für mich sind sie ... ihretwegen hat er diese Nacht aufgehört, mich zu lieben ... Ich werde sie sehen und alles erfahren. Kommen Sie schneller, schneller, ich kenne das Haus ... dort ist das Feuer ... Mawrikij Nikolajewitsch, mein Freund, verzeihen Sie mir nicht, einer Ehrlosen! Weshalb sollten Sie mir verzeihen? Warum weinen Sie? Geben Sie mir eine Ohrfeige und schlagen Sie mich tot, gleich hier auf dem Felde, wie einen Hund!«

»Niemand darf Sie jetzt verurteilen«, sagte Mawrikij Nikolajewitsch fest. »Möge Gott Ihnen verzeihen, ich am wenigsten von allen kann Ihr Richter sein.«

Es wäre sonderbar, ihr Gespräch wiederzugeben. Währenddessen gingen sie beide Arm in Arm dahin, eilig, fast laufend, wie halb von Sinnen. Sie begaben sich geradeswegs nach der Brandstätte.

Mawrikij Nikolajewitsch hatte die Hoffnung immer noch nicht aufgegeben, auf irgendein Gefährt, und wenn es nur ein Bauernwagen gewesen wäre, zu stoßen, aber ringsum war nichts zu sehen. Ein feiner, dünner Regen hüllte die ganze Umgebung ein, verwischte jedes Licht und jeden Schatten und verwandelte alles in eine neblige, bleierne, eintönige Masse. Es war schon lange Tag, und doch schien es, als wäre die Dämmerung noch nicht angebrochen. Und plötzlich löste sich aus dem dichten, kalten Nebel eine Gestalt, eine seltsame, absonderliche Gestalt, die ihnen entgegenkam. Wenn ich mir das jetzt vorstelle, möchte ich meinen, ich hätte meinen Augen nicht getraut, wenn ich an Lisaweta Nikolajewnas Stelle gewesen wäre; sie aber schrie erfreut auf und erkannte den Näherkommenden sofort: es war Stepan Trofimowitsch.

Wie er von zu Hause fortgegangen war, auf welche Weise er den unsinnigen, wirklichkeitsfremden Gedanken an eine Flucht in die Tat umgesetzt hatte – davon später. Ich erwähne nur, daß ihn an diesem Morgen bereits das Fieber ergriffen hatte, aber sogar die Krankheit konnte ihn nicht zurückhalten: festen Schrittes ging er auf der nassen Straße dahin, man sah deutlich, daß er sich ein Unternehmen ausgedacht hatte, wie es nur er bei seiner Unerfahrenheit vom grünen Tische aus hatte ersinnen können. Er war ganz »reisemäßig« gekleidet, das heißt, er trug einen weiten Mantel mit Ärmeln, der von einem breiten Lackledergürtel mit einer Schnalle zusammengehalten wurde, dazu neue, hohe Stiefel, die Beinkleider hatte er in die Schäfte gesteckt. Wahrscheinlich hatte ihm dies Bild von einem »Reisenden« schon seit langer Zeit vorgeschwebt, den Gürtel aber und die hohen Stiefel mit den Husarenschäften, in denen er kaum laufen konnte, hatte er sich erst vor ein paar Tagen angeschafft. Ein Hut mit breiter Krempe, ein wollener, fest um den Hals gebundener Schal, ein Stock in der rechten Hand und in der linken eine außerordentlich kleine, aber maßlos vollgestopfte Reisetasche vervollständigten sein Kostüm. Außerdem hielt er in der rechten Hand noch den aufgespannten Regenschirm. Diese drei Gegenstände, der Schirm, der Stock und die Reisetasche, waren die erste Werst über recht unangenehm zu tragen gewesen, bei der zweiten Werst aber fingen sie an, schwer zu werden.

»Sind Sie es wirklich?« rief Lisa aus und sah ihn mit traurigem Staunen an, das auf den ersten Ausbruch ihrer unbewußten Freude folgte.

»Lise!« rief nun auch Stepan Trofimowitsch und stürzte fast fiebernd auf sie zu. »Chère, chère, sind Sie es wirklich... in diesem Nebel? Sehen Sie: dort flammt das Morgenrot! Vous êtes malheureuse, n'est-ce pas? Ich sehe es, ich sehe es, erzählen Sie nichts, aber fragen Sie auch mich nicht weiter. Nous sommes tous malheureux, mais il faut les pardonner tous. Pardonnons, Lise, und wir werden auf ewig frei sein. Um sich mit der Welt auseinanderzusetzen und die völlige Freiheit zu erlangen – il faut pardonner, pardonner et pardonner!«

»Aber warum knien Sie sich hin?«

»Weil ich Abschied nehmen will, Abschied von der ganzen Welt, Abschied von meiner Vergangenheit in Ihrem Bilde!« Er fing an zu weinen und preßte ihre beiden Hände an seine feuchten Augen. »Ich knie noch einmal nieder vor allem, was schön war in meinem Leben, und küsse es in Dankbarkeit. Ich habe einen Strich durch mein Leben gezogen: dort, hinter mir, ist der Tor, der den Himmel stürmen wollte, vingt-deux ans! Hier aber – steht ein niedergeschmetterter, fröstelnder alter Mann, ein Hauslehrer... chez ce marchand, s'il existe pourtant ce marchand... Aber wie durchnäßt Sie sind, Lise!« rief er aufspringend, da auch er die Nässe an seinen Knien fühlte. »Und wie ist das möglich, in einem solchen Kleid?... und zu Fuß, und hier mitten auf den Feldern? Sie weinen? Vous êtes malheureuse? Ach ja, ich habe so etwas gehört... Aber wo kommen Sie denn jetzt her?« überstürzte er sich ängstlich mit Fragen und sah Mawrikij Nikolajewitsch in tiefem Staunen an. »Mais savez-vous l'heure qu'il est?«

»Stepan Trofimowitsch, haben Sie etwas davon gehört,

daß dort Leute ermordet worden sind ... Ist das wahr? Ist das wahr?«

»Diese Menschen! Ich habe die Morgenröte ihrer Taten die ganze Nacht hindurch gesehen. Anders konnte es ja gar nicht enden ...« (Seine Augen fingen wieder an zu funkeln.) »Ich fliehe aus diesem Fieberwahn, fliehe aus diesem Traum der Leidenschaften, um Rußland zu suchen. Existe-t-elle la Russie? Bah, c'est vous, cher capitaine! Niemals habe ich daran gezweifelt, daß ich Sie einmal treffen würde, irgendwo bei einer großen Tat ... Aber nehmen Sie meinen Schirm, und – warum wollen Sie nur unbedingt zu Fuß gehen? Um Gottes willen, nehmen Sie meinen Schirm, ich werde mir dort irgendwo einen Wagen mieten. Ich bin nur deshalb zu Fuß weggegangen, weil Stasie« (das heißt Nastasja) »es die ganze Straße entlanggeschrien haben würde, wenn sie gewußt hätte, daß ich fortgehe. Und ich wollte doch so unbemerkt wie nur möglich entschlüpfen. Ich weiß nicht, in der ‚Stimme' schreiben sie jetzt immer von Räubereien an allen Orten, aber ich denke, das ist doch wohl nicht möglich, daß, wenn ich mich nur auf den Weg mache, auch gleich schon ein Räuber daherkommt? Chère Lise, sagten Sie nicht soeben, es wäre jemand ermordet worden? Oh, mon Dieu, wie schlecht Sie aussehen!«

»Kommen Sie! Kommen Sie!« rief Lisa wie in Hysterie und zog abermals Mawrikij Nikolajewitsch hinter sich her. »Halt, Stepan Trofimowitsch«, sie kehrte noch einmal zu ihm zurück, »halt, Sie Armer, ich möchte Sie noch bekreuzigen. Vielleicht sollte man Sie lieber binden, aber ich will Sie doch lieber bekreuzigen. Beten auch Sie für die ‚arme' Lisa, nur ein bißchen, sehr brauchen Sie sich meinetwegen nicht zu bemühen. Mawrikij Nikolajewitsch, geben Sie diesem Kinde den Schirm zurück, geben Sie ihn unbedingt zurück. So ... nun kommen Sie! Kommen Sie!«

Ihre Ankunft bei dem vom Schicksal heimgesuchten Haus erfolgte gerade in dem Augenblick, als die dort dicht zusammengedrängte Menge bereits genügend über Stawrogin und darüber gehört hatte, wie gelegen ihm der Mord an seiner Frau jetzt komme. Aber ich wiederhole, daß der weitaus größte Teil immerhin noch fortfuhr, ruhig und unbeweglich zuzuhören. Außer sich waren nur ein paar betrunkene Schreihälse und Leute, die sich nicht beherrschen konnten, wie jener Kleinbürger, der immer mit den Armen fuchtelte. Sonst war er sogar als ein ruhiger Mensch bekannt, aber wenn ihn irgend etwas Derartiges erregte, so geriet er gleich außer sich und ging wie ein Pulverfaß in die Luft. Ich hatte Lisa und Mawrikij Nikolajewitsch nicht kommen sehen. Zuerst bemerkte ich Lisa, die starr vor Staunen weit von mir entfernt in der Menge stand, Mawrikij Nikolajewitsch aber konnte ich anfänglich überhaupt nicht sehen. Wahrscheinlich war das gerade in einem Augenblick, als er im Gedränge ein paar Schritte hinter ihr zurückgeblieben oder von ihrer Seite weggedrängt worden war. Lisa, die sich wie eine Fiebernde, die dem Krankenhaus entsprungen ist, ohne ringsum etwas zu hören und zu sehen, durch die Menge Bahn brach, zog selbstverständlich nur zu bald die allgemeine Aufmerksamkeit auf sich: man machte laute Bemerkungen und fing plötzlich an zu johlen. Jemand rief: »Das ist die Stawroginsche!« Und von der anderen Seite: »Morden ist zuwenig, auch zum Anschauen kommen sie her!« Plötzlich sah ich, wie sich über ihrem Kopf von hinten ein Arm erhob und niedersank: Lisa stürzte zu Boden. Mawrikij Nikolajewitsch stieß einen gellenden Schrei aus, eilte herbei, um ihr zu helfen, und riß mit aller Gewalt einen Menschen beiseite, der ihm im Wege stand. Aber im selben Augenblick wurde er auch schon von hinten an beiden Armen gepackt, und zwar von jenem Kleinbürger. Eine Zeitlang konnte man in dem Handgemenge, das nun folgte, nichts mehr unterscheiden. Lisa hatte sich anscheinend erhoben, aber da traf sie bereits ein neuer Schlag und wieder sank sie zu Boden. Plötzlich trat die Menge zurück und bildete einen kleinen Kreis um Lisa, die immer noch auf der Erde lag, Mawrikij Nikolajewitsch aber beugte sich blutüberströmt wie ein Wahnsinniger zu ihr nieder, schrie und weinte und rang die Hände.

Ich weiß nicht mehr genau, was dann noch alles vor sich ging, ich erinnere mich nur, daß Lisa auf einmal fortgetragen wurde. Ich lief ihr nach, sie lebte noch und war vielleicht sogar bei Bewußtsein. Der Kleinbürger und noch drei andere Leute wurden festgenommen. Die drei letzteren bestreiten bis auf den heutigen Tag, an den Ausschreitungen teilgenommen zu haben, und behaupten hartnäckig, sie seien irrtümlicherweise festgenommen worden; vielleicht haben sie sogar recht. Der Kleinbürger aber, der zwar klar überführt wurde, kann, weil er etwas wirr im Kopf ist, bis heute noch nicht erklären, wie das alles gekommen ist. Auch ich wurde, obgleich

ich ziemlich entfernt gestanden hatte, als Augenzeuge geladen und konnte nur aussagen, daß sich dies alles im höchsten Grade zufällig abgespielt habe, verursacht durch Leute, die vielleicht dazu angestiftet, aber sich selbst dessen wenig bewußt, betrunken und wie von Sinnen gewesen waren. Und an dieser Ansicht halte ich heute noch fest.

Viertes Kapitel

Der letzte Entschluß

1

An diesem Morgen hatten viele Pjotr Stepanowitsch getroffen, und alle, die ihn gesehen hatten, erinnerten sich später, daß er sich in einer außergewöhnlichen Aufregung befunden hatte. Gegen zwei Uhr nachmittags lief er zu Gaganow, der erst tags zuvor von seinem Landsitz in die Stadt gekommen war. Hier hatten sich eine Menge Gäste versammelt, und es wurde viel und lebhaft über die letzten Ereignisse hin und her geredet. Pjotr Stepanowitsch sprach mehr als alle anderen und hatte immer einen großen Kreis Zuhörer um sich geschart. Man hatte ihn bei uns immer für einen »geschwätzigen Studenten mit einem Loch im Kopf« gehalten, jetzt aber sprach er von Julija Michajlowna, und in dem allgemeinen Drunter und Drüber war das ein fesselndes Thema. In seiner Eigenschaft als ihr letzter, intimster Vertrauter teilte er die allerneuesten und unerwartetsten Einzelheiten über sie mit, führte beiläufig und scheinbar unvorsichtigerweise ein paar ihrer persönlichen Aussprüche über einige bekannte Persönlichkeiten unsrer Stadt an, wodurch er deren Eigenliebe verletzte. Das alles kam so unklar und verworren heraus wie bei einem etwas beschränkten Menschen, der sich als ehrlicher Kerl unter Qualen gezwungen sieht, mit einem Schlag einen ganzen Berg von Mißverständnissen aufklären, und in seinem harmlosen Ungeschick selber nicht weiß, wo er anfangen und wo er aufhören soll. Ziemlich unvorsichtigerweise entfuhr ihm auch, daß Julija

Michajlowna das ganze Geheimnis mit Stawrogin bekannt gewesen sei und sie selber die ganze Intrige geleitet habe. Sie habe auch ihn, Pjotr Stepanowitsch, mit hineingezogen, weil er ja selber auch in diese unglückliche Lisa verliebt gewesen sei, und habe ihn so »geschoben«, daß er Lisa *beinahe* selber in seinem Wagen zu Stawrogin gefahren habe. »Ja, ja, meine Herrschaften, Sie haben da gut lachen. Ich hätte nur wissen sollen, ich hätte nur wissen sollen, worauf die Sache hinauslief!« schloß er. Auf die vielen erregten Fragen nach Stawrogin erklärte er offen heraus, seiner Meinung nach sei die Katastrophe mit Lebjadkin ein reiner Zufall, an dem nur er, Lebjadkin, schuld sei, dadurch, daß er das Geld gezeigt habe. Und das setzte er ganz besonders klar auseinander. Einer der Zuhörer hielt ihm vor, daß er sich umsonst »verstelle«; er habe im Hause Julija Michajlownas gegessen, getrunken und beinahe geschlafen, und nun sei er der erste, der sie anschwärze, das wäre durchaus nicht so schön, wie er sich vielleicht vorstelle. Aber Pjotr Stepanowitsch verteidigte sich sogleich: »Ich habe doch dort nicht gegessen und getrunken, weil ich kein Geld hatte; was kann ich denn dafür, wenn die mich einladen? Wenn Sie erlauben, werde ich das selber beurteilen, inwieweit ich dafür dankbar sein muß.«

Im ganzen hinterließ er einen günstigen Eindruck: »Er ist ja ein verdrehter Kerl und hohler Kopf, aber was kann er schließlich für Julija Michajlownas Dummheiten? Im Gegenteil, nun stellt sich ja heraus, daß er sie sogar noch zurückgehalten hat ...«

Gegen zwei Uhr verbreitete sich auf einmal die Kunde, Stawrogin, von dem soviel geredet werde, sei plötzlich mit dem Mittagszug nach Petersburg abgefahren. Das erregte das allgemeine Interesse. Viele machten ein finsteres Gesicht. Pjotr Stepanowitsch war so überrascht, daß sich seine Gesichtszüge, wie erzählt wurde, völlig verändert und er seltsamerweise ausgerufen haben soll: »Wie hat man ihn nur fortlassen können?« Auch lief er sogleich von Gaganow fort. Doch ist er dann noch in zwei, drei anderen Häusern gesehen worden. In der Dämmerstunde fand er endlich, wenn auch mit großer Mühe, die Möglichkeit, bis zu Julija Michajlowna vorzudringen, die ihn entschieden nicht empfangen wollte. Ich erfuhr es erst drei Wochen später von ihr selbst, ehe sie nach Petersburg abreiste. Sie teilte mir nicht alle Einzelheiten mit, bemerkte nur schaudernd, er habe sie damals

»grenzenlos in Erstaunen versetzt«. Ich vermute, daß er ihr ganz einfach damit gedroht hat, sie als Helfershelferin bloßzustellen, falls sie es sich in den Sinn kommen ließe zu »reden«. Die Notwendigkeit aber, sie einzuschüchtern, hing eng mit seinen damaligen Plänen, die sie selbstverständlich nicht ahnen konnte, zusammen, und erst fünf Tage später erriet sie, warum er an ihrer Verschwiegenheit so gezweifelt und einen neuen Ausbruch ihres Unwillens so sehr gefürchtet hatte...

Um acht Uhr abends, als es schon ganz dunkel war, versammelten sich am Ende der Stadt, in der Fomingasse, in einem kleinen, windschiefen Häuschen, in der Wohnung des Fähnrichs Erkel, die *Unsern* in vollständiger Fünfergruppe. Pjotr Stepanowitsch selber hatte diese Versammlung einberufen, hatte sich aber unverzeihlicherweise verspätet, und die Mitglieder warteten schon eine Stunde auf ihn.

Dieser Erkel war jener junge, zugereiste Offizier, der an dem Abend bei Wirginskij immer mit Bleistift und Notizbuch in der Hand dagesessen hatte. Er hielt sich noch nicht lange in unserer Stadt auf, hatte sich in dieser einsamen, dumpfen Winkelgasse bei Kleinbürgern, zwei alten Schwestern, eingemietet und mußte bald wieder abreisen. Bei ihm hatten alle unbemerkt zusammenkommen können. Dieser sonderbare Bursche zeichnete sich durch außergewöhnliche Schweigsamkeit aus: er konnte wohl ein Dutzend Abende hintereinander in einer lärmenden Gesellschaft inmitten der angeregtesten Unterhaltung dasitzen, ohne selber auch nur ein Wort zu sagen. Seine Kinderaugen hingen dann nur mit gespannter Aufmerksamkeit an den Sprechenden, er hörte eben nur zu. Er hatte ein recht hübsches und sogar irgendwie kluges Gesicht. Zur Fünfergruppe gehörte er nicht, die Unsrigen vermuteten, daß er irgendwelche besonderen Aufträge auszuführen habe. Jetzt wissen alle, daß er keinerlei Aufträge gehabt hat und wohl selber seine Lage kaum recht verstanden hatte. Er vergötterte nur Pjotr Stepanowitsch, den er vor kurzem kennengelernt hatte. Wenn er mit irgendeinem frühzeitig verlotterten Subjekt zusammengetroffen wäre, das ihn unter einem sozial-romantischen Vorwand aufgestachelt hätte, eine Räuberbande zu gründen, und befohlen hätte, versuchsweise den ersten besten Bauern totzuschlagen und zu berauben, so wäre er unbedingt hingegangen und hätte gehorcht. Er hatte irgendwo eine kränkliche Mutter, der er die Hälfte seines spärlichen Einkommens schickte – wie mag sie wohl diesen armen Blondkopf geküßt, wie mag sie für ihn gezittert und gebetet haben! Ich berichte deshalb so ausführlich über ihn, weil er mich dauert.

Die Unsrigen waren in großer Erregung. Die Vorgänge der verflossenen Nacht hatten einen großen Eindruck auf sie gemacht und ihnen anscheinend Furcht eingejagt. Der einfache, wenn auch systematisch erregte Skandal, an dem sie bisher so eifrig teilgenommen hatten, fand eine für sie unerwartete Lösung. Das nächtliche Feuer, die Ermordung der Lebjadkins, die Ausschreitungen der Menge Lisa gegenüber – das alles waren Überraschungen, die in ihrem Programm nicht vorgesehen waren. Ungestüm beschuldigten sie die Hand, die sie lenkte, des Despotismus und der Unaufrichtigkeit. Mit einem Wort, während sie auf Pjotr Stepanowitsch warteten, hetzten sie sich gegenseitig so auf, daß sie wieder den endgültigen Entschluß faßten, kurz und bündig eine Erklärung von ihm zu verlangen, und wenn er auch diesmal, wie das schon manchmal der Fall gewesen war, eine ausweichende Antwort geben sollte, so wollten sie sogar die Fünfergruppe auflösen, allerdings mit dem Hintergedanken, sogleich zusammen einen neuen geheimen Bund zur »Ideenpropaganda« zu gründen, diesmal aber von sich aus und auf den Grundfesten der Gleichberechtigung und Demokratie; Liputin, Schigaljow und der Volkskenner traten ganz besonders für diesen Gedanken ein. Ljamschin schwieg, wiewohl mit zustimmender Miene. Wirginskij schwankte noch und wollte vorerst Pjotr Stepanowitsch hören. So beschloß man, Pjotr Stepanowitsch erst anzuhören, der aber kam immer noch nicht. Diese Saumseligkeit schürte die Wut nur noch mehr. Erkel verhielt sich vollkommen schweigend und beschäftigte sich damit, Tee herumzureichen, den er eigenhändig in Gläsern auf einem Servierbrett von seinen Wirtsleuten herüberholte, da er keinen Samowar aufstellen und keine Dienstboten hereinlassen wollte.

Pjotr Stepanowitsch erschien erst gegen halb neun Uhr. Mit hastigen Schritten trat er auf den runden Tisch am Sofa zu, an dem die ganze Gesellschaft Platz genommen hatte, behielt die Mütze in der Hand und lehnte den Tee ab. Er sah böse, streng und hochmütig aus. Wahrscheinlich hatte er sogleich an ihren Gesichtern gesehen, daß sie »aufrührerisch« waren.

»Ehe ich den Mund auftue, bringen Sie Ihr Anliegen vor; Sie scheinen etwas auf dem Herzen zu haben«, bemerkte er mit einem boshaften Lächeln und musterte dabei die Physiognomien der Anwesenden.

Liputin ergriff »im Namen aller« das Wort und erklärte mit vor Gekränktheit zitternder Stimme, daß, »wenn man so weitermache, man sich selber den Kopf einrennen werde«. Sie fürchteten zwar durchaus nicht für ihre Köpfe und seien sogar zur Aufopferung ihres Lebens bereit, aber einzig und allein für die allgemeine Sache. (Bewegung und Zustimmung bei den anderen.) Deshalb müsse man aber auch immer offen mit ihnen sein, damit auch sie alles im voraus wüßten, denn »was sollte denn wohl sonst daraus werden?« (Wieder Bewegung und ein paar unartikulierte Laute.) Die jetzige Handlungsweise aber sei erniedrigend und gefährlich ... Nicht etwa, daß sie sich fürchteten, wenn aber einer für sich allein handle und die übrigen nur Schachfiguren seien, so könne der eine irgend etwas zusammenlügen und dadurch alle anderen zugrunde richten. (Viele riefen: »Ja! Ja!« Allgemeine Zustimmung.)

»Aber zum Teufel, was wollen Sie denn eigentlich?«

»Was haben die kleinlichen Intrigen dieses Herrn Stawrogin«, brauste Liputin auf, »mit der allgemeinen Sache zu tun? Mag er immerhin auf irgendeine geheimnisvolle Weise zur Zentrale gehören, wenn jene phantastische Zentrale in der Tat bestehen sollte, das wollen wir gar nicht wissen. Aber inzwischen ist ein Mord begangen und die Polizei aufgescheucht worden, man wird den Faden verfolgen und so bis zum Knäuel kommen.«

»Stawrogin wird Sie mit hineinziehen und Sie dann uns«, fügte der Kenner des Volkes hinzu.

»Das bringt der allgemeinen Sache durchaus keinen Nutzen«, schloß Wirginskij niedergeschlagen.

»So ein Unsinn. Dieser Mord ist doch ein reiner Zufall, von Fedjka begangen, um Lebjadkin berauben zu können!«

»Hm! Immerhin ein seltsames Zusammentreffen ...« Liputin wand sich verlegen.

»Wenn Sie wollen, so ist das alles sogar nur Ihre Schuld.«

»Was sagen Sie? Wieso denn unsere Schuld?«

»Erstens einmal haben Sie, Liputin, selber an dieser Intrige teilgenommen, und zweitens, und das ist die Hauptsache, war Ihnen doch befohlen worden, Lebjadkin abzuschieben, und das Geld war Ihnen übergeben worden. Was aber haben Sie getan? Hätten Sie ihn abgeschoben, so wäre nichts passiert.«

»Haben Sie mir nicht selber den Gedanken eingegeben, daß es gut wäre, ihn seine Verse vorlesen zu lassen?«

»Das war doch nur ein Einfall, aber kein Befehl. Der Befehl lautete, ihn abzuschieben.«

»Befehl! Sie drücken sich ziemlich sonderbar aus ... Im Gegenteil, Sie haben mir gerade befohlen, mit dem Fortschaffen zu warten.«

»Sie täuschen sich, Sie haben sich dumm und eigenmächtig gezeigt. Der Mord aber ist ein Werk Fedjkas, den er nur des Raubes wegen begangen hat. Nun haben Sie gehört, was da zusammengeredet wird, und haben das geglaubt. Und da ist die Feigheit über Sie gekommen. Stawrogin ist nicht so dumm, und der Beweis – er ist heute mittag um zwölf Uhr nach einem Gespräch mit dem Vizegouverneur nach Petersburg abgereist; hätte irgend etwas vorgelegen, so würde man ihn nicht am hellichten Tag einfach abfahren lassen.«

»Ja, wir behaupten doch auch gar nicht, daß Herr Stawrogin den Mord selbst begangen habe«, fiel Liputin giftig ein, ohne sich irgendwelchen Zwang aufzuerlegen. »Möglicherweise hat er nicht einmal etwas davon gewußt, ebenso wie ich. Es ist Ihnen selber doch nur zu gut bekannt, daß ich von nichts gewußt habe, obgleich ich wie ein Hammel selber zur Schlachtbank gegangen bin.«

»Wen beschuldigen Sie denn?« Pjotr Stepanowitsch sah ihn finster an.

»Diejenigen, die die Stadt anzünden mußten.«

»Das Schlimmste von allem ist, daß Sie sich nun noch herauszureden versuchen. Übrigens wollen Sie bitte dies hier lesen und es auch den andern zeigen. Nur zur Kenntnisnahme.«

Und er zog Lebjadkins anonymen Brief an Lembke aus der Tasche und reichte ihn Liputin. Der las ihn durch, war sichtlich erstaunt und gab ihn nachdenklich seinem Nachbarn. Der Brief machte schnell die Runde.

»Ist dies wirklich Lebjadkins Handschrift?« fragte Schigaljow.

»Gewiß«, bestätigten Liputin und Tolkatschenko (das heißt, der Kenner des Volkes).

»Ich gebe Ihnen das nur zur Kenntnis, da ich sehe, wie

sehr Ihnen Lebjadkins Schicksal zu Herzen geht«, wiederholte Pjotr Stepanowitsch und nahm den Brief wieder an sich. »Auf diese Weise, meine Herren, hat uns dieser Fedjka ganz zufällig von einem gefährlichen Menschen befreit. Da sehen Sie, was ein Zufall manchmal zu bedeuten hat! Ist das nicht wirklich lehrreich?«

Die Anwesenden wechselten schnelle Blicke untereinander.

»Jetzt aber, meine Herren, kommt die Reihe an mich, Fragen zu stellen« Pjotr Stepanowitsch richtete sich hoch auf. »Darf ich fragen, wie Sie sich herausnehmen konnten, die Stadt ohne Erlaubnis in Brand zu setzen?«

»Was sagen Sie da? Wir hätten die Stadt angezündet? Sie sind wohl nicht ganz richtig im Kopf, wie?« rief man von allen Seiten.

»Ich begreife ja, daß Sie nun einmal schon zu sehr damit gespielt hatten«, fuhr Pjotr Stepanowitsch hartnäckig fort, »aber das ist doch etwas anderes als solch ein kleiner Skandal mit Julija Michajlowna. Ich habe Sie hierherberufen, meine Herren, um Sie darüber aufzuklären, wie groß die Gefahr ist, die Sie so törichterweise auf sich herabgezogen haben, da doch außer Ihnen noch so vieles andere bedroht ist.«

»Aber erlauben Sie, ganz im Gegenteil, wir sind es, die Sie darauf aufmerksam machen müssen, wie groß der Despotismus und Mangel an Übereinstimmung ist, daß ohne Wissen der übrigen Gruppenmitglieder solch ernste und zugleich sonderbare Maßnahmen getroffen werden konnten«, erklärte Wirginskij, der bis jetzt geschwiegen hatte, fast entrüstet.

»Wie, Sie wollen es abstreiten? Und doch behaupte ich, daß Sie die Stadt angezündet haben, Sie allein und niemand anders. Leugnen Sie nicht, meine Herren, ich habe sichere Beweise. Durch Ihr eigenmächtiges Vorgehen haben Sie sogar die allgemeine Sache in Gefahr gebracht. Sie sind nur ein Glied in der endlosen Kette und der Zentrale zu blindem Gehorsam verpflichtet. Indessen haben drei von Ihnen die Schpigulinschen Arbeiter zur Brandstiftung überredet, ohne daß Ihnen das irgendwie aufgetragen worden ist, und so ist denn der Brand auch wirklich gelegt worden.«

»Welche drei? Wer sind denn die drei von uns?«

»Vorgestern nacht gegen vier Uhr haben Sie, Tolkatschenko, diesen Fomka Sawjalow im ‚Vergißmeinnicht‘ zur Brandstiftung aufgehetzt.«

»Aber ich bitte Sie!« Tolkatschenko sprang auf. »Kaum

daß ich ein Wort zu ihm gesagt habe, und das auch noch ohne jede Absicht! Es war nur, weil sie ihn doch am Morgen ausgepeitscht hatten, aber ich habe gleich wieder davon aufgehört, als ich sah, daß er viel zu betrunken war. Wenn Sie mich jetzt nicht daran erinnert hätten, hätte ich überhaupt nicht wieder daran gedacht. Durch ein einziges Wort geht noch keine Stadt in Flammen auf.«

»Sie sind wie jener, der sich wunderte, wie durch einen winzigen Funken eine ganze Pulverfabrik in die Luft habe fliegen können.«

»Ich habe es ihm ganz leise in einer Ecke ins Ohr geflüstert, wie haben Sie das erfahren können?« fiel plötzlich Tolkatschenko ein.

»Ich habe dort unterm Tisch gesessen. Haben Sie keine Angst, meine Herren, mir sind alle Ihre Schritte bekannt. Sie lächeln boshaft, Herr Liputin? Aber ich weiß zum Beispiel auch, daß Sie vorgestern Ihre Gattin gekniffen haben, und zwar um Mitternacht, in Ihrem Schlafzimmer, als Sie sich gerade schlafen legen wollten.«

Liputin sperrte den Mund auf und wurde blaß.

(Man erfuhr später, daß er diese Heldentat Liputins von dessen Magd Agafja erfahren hatte, der er von allem Anfang an für Spionagedienste Geld bezahlt hatte, was aber erst später herauskam.)

»Darf ich eine Tatsache feststellen?« fragte Schigaljow und stand auf.

»Bitte, tun Sie das.«

Schigaljow setzte sich und sammelte sich.

»Wenn ich recht verstanden habe – und es war wohl kaum mißzuverstehen –, so haben Sie selbst im Anfang und dann später noch einmal zwar etwas zu theoretisch, aber in beredten Worten das Bild Rußlands vor uns entrollt, wie es von einer Kette mit endlosen Gliedern umschlungen ist. Jede der handelnden Gruppen solle Proselyten machen, sich durch Zweigvereine ins Endlose verbreiten und habe die Aufgabe, durch systematisch anklagende Propaganda ununterbrochen das Ansehen der Ortsbehörde herabzusetzen, überall Mißtrauen, Zynismus, Skandal und um jeden Preis Unglauben zu erwecken, die Sehnsucht nach etwas Besserem hervorzurufen und endlich sich der Brandstiftungen als eines volkstümlichen und beliebten Mittels zu bedienen, um im gegebenen Augenblick, wenn es nötig sein sollte, das Land sogar in Verzweiflung zu stürzen. Das sind doch wohl Ihre Worte? Ich habe mich bemüht, sie buchstäblich zu behalten. Ist das Ihr Aktionsprogramm, das Sie uns als Bevollmächtigter eines zentralen, aber uns bis auf den heutigen Tag vollkommen unbekannten, beinahe phantastischen Komitees mitgeteilt haben?«

»Gewiß, nur ziehen Sie die Sache zu sehr in die Länge.«

»Jeder hat das Recht aufs Wort. Indem Sie uns erraten ließen, daß die allgemeine Kette, die ganz Rußland umschlinge, schon Hunderte von Gliedern habe, und uns in der Annahme bestärkten, daß, wenn jeder seine Aufgabe mit Erfolg ausführe, ganz Rußland im gegebenen Augenblick auf ein Zeichen hin ...«

»Ach zum Teufel! Ich habe auch ohne Sie bereits den Kopf so voll!« Pjotr Stepanowitsch wand sich auf seinem Sessel ungeduldig hin und her.

»Gut, ich werde mich kürzer fassen und zum Schluß nur die Frage stellen: wir haben Skandale erlebt, haben die Unzufriedenheit der Bevölkerung gesehen, waren beim Sturz der hiesigen Verwaltungsbehörde zugegen, haben daran teilgenommen und haben zu guter Letzt mit eignen Augen eine Feuersbrunst gesehen. Womit sind Sie nun unzufrieden? Ist das nicht Ihr Programm? Wessen können Sie uns beschuldigen?«

»Der Eigenmächtigkeit!« schrie Pjotr Stepanowitsch wütend. »Solange ich hier bin, dürfen Sie sich nicht unterstehen, ohne meine Erlaubnis zu handeln. Aber genug! Die Anzeige steht unmittelbar bevor, morgen oder vielleicht schon heute nacht werden Sie verhaftet werden. Das haben Sie davon. Ich weiß es genau.«

Nun sperrten schon alle den Mund auf.

»Man wird Sie nicht nur als Brandstifter, sondern auch als Mitglieder der Fünfergruppe verhaften. Dem Verräter ist das ganze Geheimnis der Organisation bekannt. Das haben Sie sich damit eingebrockt!«

»Sicherlich Stawrogin!« rief Liputin.

»Wie? Warum Stawrogin?« Pjotr Stepanowitsch schien zu zögern. »Nein, zum Teufel«, besann er sich gleich wieder, »es ist Schatow! Ich glaube, Ihnen allen ist bereits bekannt, daß Schatow seinerzeit zu unserer Gruppe gehörte. Ich muß Ihnen die Eröffnung machen, daß ich durch Personen, die ihn, ohne daß er es argwöhnte, beobachteten, zu meiner Verwunderung erfahren habe, daß für ihn die ganze Organisation und ... mit einem Wort, das Ganze kein Geheimnis ist. Um sich vor der Beschuldigung ehemaliger Teilnahme zu retten, will er alle anzeigen. Bisher hat er immer noch geschwankt, und ich habe ihn deshalb geschont. Durch den Brand aber haben Sie seine Bedenken zersteut, er ist erschüttert, und sein Entschluß steht fest. Morgen noch werden wir als Brandstifter und politische Verbrecher festgenommen werden.«

»Ist das wahr? Woher weiß Schatow das?«

Die Aufregung war unbeschreiblich.

»Das ist alles vollkommen wahr. Ich bin nicht berechtigt, Sie in meine Wege einzuweihen und Ihnen zu erklären, wie ich das entdeckt habe, ich kann vorläufig nur das eine für Sie tun: ich kann durch eine gewisse Person auf Schatow einwirken lassen, daß er, ohne etwas zu argwöhnen, noch mit der Anzeige zurückhält, aber nicht länger als vierundzwanzig Stunden. Länger als vierundzwanzig Stunden ist es mir nicht möglich. So können Sie sich also bis übermorgen früh noch sicher fühlen.««

Alle schwiegen.

»Man sollte ihn doch zum Teufel schicken!« rief Tolkatschenko plötzlich als erster.

»Das hätte man schon lange tun sollen!« fiel Ljamschin feindselig ein und schlug mit der Faust auf den Tisch.

»Aber wie das anfangen?« murmelte Liputin.

Pjotr Stepanowitsch griff sofort den Vorschlag auf und entwickelte seinen Plan. Er bestand darin, Schatow zwecks Übergabe der geheimen Druckerei, die sich noch in seinem Besitz befand, morgen bei anbrechender Nacht an jenen einsamen Platz zu locken, wo sie vergraben war, und »dort würde man dann schon sehen«. Er ging auf viele erforderliche Einzelheiten ein, die wir jetzt weglassen, und erklärte umständlich die gegenwärtige zweideutige Stellung Schatows zum Zentralkomitee, die dem Leser bereits bekannt ist.

»Das ist alles ganz gut«, bemerkte Liputin unsicher, »wenn aber nun wieder ... ein neuer Fall von dieser Art ... so wird das die Gemüter zu sehr erschüttern.«

»Zweifellos«, bestätigte Pjotr Stepanowitsch, »aber auch das habe ich vorausgesehen. Es gibt ein Mittel, um allen Verdacht abzuwenden.«

Und er berichtete mit derselben Genauigkeit über Kirillow,

von seiner Absicht, sich zu erschießen, und daß er nur auf ein Zeichen warte und versprochen habe, sterbend einen Brief zu hinterlassen und alles das auf sich zu nehmen, was man ihm diktieren werde. (Kurz, alles das, was der Leser bereits weiß.)

»Sein unerschütterlicher Entschluß, sich das Leben zu nehmen, ein philosophisches und meiner Ansicht nach wahnsinniges Unternehmen, wurde *dort* bekannt«, fuhr Pjotr Stepanowitsch zu erklären fort. »*Dort* geht auch nicht ein Haar, nicht ein Stäubchen verloren, alles wird zum allgemeinen Besten ausgenutzt. Da man diesen Vorteil voraussah und die Überzeugung hatte, daß seine Absicht durchaus ernsthaft war, gewährte man ihm die Mittel, nach Rußland zurückzukehren (denn er wollte aus irgendeinem Grund durchaus in Rußland sterben), gab ihm einen Auftrag, den zu erfüllen er sich verpflichtete und den er dann auch erfüllte, und nahm ihm überdies noch das Ihnen schon bekannte Versprechen ab, seinem Leben erst dann ein Ende zu machen, wenn man es ihm sagen werde. Er hat alles versprochen. Beachten Sie, daß seine Zugehörigkeit zur allgemeinen Sache auf einer besonderen Basis beruht, daß er selber wünscht, sich nützlich zu machen: mehr kann ich Ihnen nicht enthüllen. Morgen, nach der Sache mit Schatow, werde ich ihm einen Brief diktieren, daß er die Schuld an Schatows Tod trägt. Das wird sehr glaubhaft sein, denn sie waren erst Freunde und sind zusammen in Amerika gewesen, dort haben sie sich gezankt, all das wird in dem Brief auseinandergesetzt werden ... und ... und den Umständen nach zu urteilen, wird man diesem Kirillow sogar noch etwas mehr diktieren können, zum Beispiel von den Proklamationen und meinetwegen auch etwas von der Brandstiftung. Das werde ich mir aber erst noch überlegen. Sie können ganz unbesorgt sein, er hat keinerlei Vorurteile, er wird alles niederschreiben.«

Mancherlei Bedenken wurden laut. Der Bericht schien doch zu phantastisch. Übrigens hatten alle schon mehr oder weniger von Kirillow gehört, Liputin natürlich am meisten.

»Er wird es sich plötzlich anders überlegen und nicht mehr wollen«, sagte Schigaljow. »So oder so, immerhin ist er doch ein Wahnsinniger, und man kann sich folglich nicht fest auf ihn verlassen.«

»Beunruhigen Sie sich nicht, meine Herren, er wird wollen«, schnitt Pjotr Stepanowitsch die Erörterungen ab. »Nach der Verabredung bin ich verpflichtet, ihn am Vorabend, also noch heute, davon in Kenntnis zu setzen. Ich fordere Liputin auf, sogleich mit mir zu ihm hinzugehen und sich zu überzeugen. Er kann dann bei seiner Rückkehr, wenn es sein muß, noch heute Ihnen, meine Herren, mitteilen, ob ich Ihnen die Wahrheit gesagt habe oder nicht. Übrigens«, unterbrach er sich plötzlich maßlos gereizt, als käme ihm auf einmal zum Bewußtsein, daß er diesen Leuten zuviel Ehre erweise, indem er sich so mit ihnen abgab, und sie so zu überzeugen versuchte, »übrigens machen Sie, was Sie wollen! Wenn Sie sich nicht entschließen können, so ist der Bund zerrissen, und zwar nur durch Ihren Ungehorsam und Treubruch. Dann trennen sich eben noch in diesem Augenblick unsere Wege. Aber Sie wissen wohl, daß Sie in einem solchen Fall außer der Schatowschen Anzeige und ihren Folgen noch einer anderen kleinen Unannehmlichkeit gewärtig sein müssen, was bei Gründung des Bundes klar ausgesprochen worden ist. Was mich anbetrifft, meine Herren, so fürchte ich Sie nicht allzusehr. Glauben Sie nicht, daß ich schon zu sehr mit Ihnen verknüpft wäre ... Übrigens ist das ja auch ganz gleichgültig.«

»Nein, wir sind entschlossen«, erklärte Ljamschin.

»Es gibt keinen anderen Ausweg«, murmelte Tolkatschenko. »Und wenn wirklich Liputin das von Kirillow bestätigt, so ...«

»Ich bin dagegen! Ich protestiere aus Leibeskräften gegen solch einen blutigen Entschluß«, rief Wirginskij und sprang von seinem Platz auf.

»Aber?« fragte Pjotr Stepanowitsch.

»Was soll das heißen: ‚aber'?«

»Sie sagten ‚aber' ... und ich warte.«

»Ich glaube, ich habe nicht ‚aber' gesagt ... Ich wollte sagen, wenn Sie sich nicht entschließen, dann ...«

»Dann?«

Wirginskij schwieg.

»Ich denke, man kann sich über die Sicherheit des eigenen Lebens hinwegsetzen«, tat plötzlich Erkel einmal seinen Mund auf, »aber wenn das die allgemeine Sache beeinträchtigt, so darf man es, glaube ich, nicht wagen, sich über die Sicherheit des eignen Lebens hinwegzusetzen ...« Er verhedderte sich und wurde ganz rot. Wie sehr sie auch alle mit sich selbst beschäftigt waren, so sah ihn doch jeder erstaunt an, so unerwartet kam es ihnen, daß auch er einmal etwas sagen konnte.

»Ich bin für die allgemeine Sache«, äußerte sich plötzlich Wirginskij.

Alle erhoben sich von ihren Plätzen. Es wurde beschlossen, morgen um die Mittagsstunde sich noch einmal gegenseitig Nachricht zu geben, ohne daß alle zusammenkämen, und sich dann endgültig zu verabreden. Der Ort wurde bezeichnet, wo die Druckerei vergraben lag, und die Rollen und Pflichten verteilt. Liputin und Pjotr Stepanowitsch begaben sich unverzüglich zusammen zu Kirillow.

2

Daß Schatow sie verraten würde, glaubten die Unsrigen sämtlich; daran aber, daß Pjotr Stepanowitsch mit ihnen spiele wie mit Schachfiguren – glaubten sie ebenfalls. Und doch wußten sie, daß sie trotzdem am nächsten Tag alle vollzählig zur Stelle sein würden und daß Schatows Schicksal eine beschlossene Sache war. Sie hatten das Gefühl, als wären sie plötzlich wie Fliegen in das Netz einer riesigen Spinne geraten, ärgerten sich darüber, aber zitterten vor Furcht.

Pjotr Stepanowitsch hatte sich zweifellos gegen sie vergangen: alles wäre friedlicher und leichter vonstatten gegangen, wenn er sich nur ein klein wenig Mühe gegeben hätte, die Tatsache zu beschönigen. Anstatt die Sache in einem geziemenden Lichte darzustellen – irgendwie auf römisch-bürgerliche oder ähnliche Art –, hatte er nur die plumpe Furcht und die Angst um die eigne Haut betont, was doch einfach unhöflich war. Allerdings trat ja der Kampf ums Dasein überall zutage, ein anderes Prinzip gab es eben nicht, das wußten alle wohl, aber trotz alledem . . .

Aber Pjotr Stepanowitsch hatte keine Zeit, die alten Römer heraufzubeschwören, er war selber ganz aus dem Geleise gekommen. Durch die Flucht Stawrogins war er wie vor den Kopf geschlagen und niedergeschmettert. Die Zusammenkunft Stawrogins mit dem Vizegouverneur hatte er erlogen, denn das war es ja gerade, daß er fortgefahren war, ohne auch nur irgend jemanden gesehen zu haben, nicht einmal seine eigne Mutter. Und es war auch wirklich sonderbar, daß man ihn so ganz in Ruhe gelassen hatte. (Darüber sollte sich die Obrigkeit späterhin noch besonders zu verantworten haben.) Pjotr Stepanowitsch hatte den ganzen Tag über herumspioniert, konnte aber nichts in Erfahrung bringen, und noch nie hatte er sich so aufgeregt. Ja, konnte er denn, konnte er denn so mit einem Schlage auf Stawrogin verzichten? Aus diesem Grund konnte er auch mit den Unsrigen nicht sehr zärtlich sein. Zu alledem hatten sie ihm nun die Hände gebunden: er war schon entschlossen gewesen, Stawrogin unverzüglich nachzusetzen, aber mittendrunter hielt ihn Schatow auf, man mußte endlich die Fünfergruppe stärken, für jeden Fall. Ich möchte sie doch nicht umsonst über Bord werfen, vielleicht ist sie doch zu gebrauchen, so mag er bei sich gedacht haben. Was aber Schatow anbelangt, so war Pjotr Stepanowitsch vollkommen überzeugt, daß dieser alle verraten werde. Er hatte zwar den Unsrigen das alles vorgelogen: niemals hatte er eine solche Anzeige gesehen oder auch nur etwas davon gehört, aber er war nun einmal von Schatows Verrat ebenso überzeugt wie davon, daß zwei mal zwei vier ist. Und zwar glaubte er gerade, daß Schatow nicht um alles den jetzigen Augenblick ertragen werde, den Tod Lisas und Marja Timofejewnas, und daß er gerade jetzt endlich sich entscheiden werde. Wer weiß, vielleicht hatte er sogar irgendwelchen Grund zu dieser Vermutung. Es ist bekannt, daß er Schatow persönlich haßte; sie hatten irgendwann einmal einen Streit miteinander gehabt, und Pjotr Stepanowitsch vergaß niemals eine Beleidigung. Ich bin sogar überzeugt, daß gerade dies der Hauptgrund war.

Die Fußsteige sind bei uns schmal, mit Ziegeln gepflastert, ebenso auch die kleinen Brücken. Pjotr Stepanowitsch ging mitten auf dem Trottoir und nahm es ganz für sich allein ein, ohne jede Rücksicht auf Liputin, der neben ihm keinen Platz mehr hatte und so gezwungen war, entweder einen Schritt hinter ihm herzulaufen oder, wenn er neben ihm gehen und sich unterhalten wollte, auf die Straße hinunter in den Schmutz zu treten. Pjotr Stepanowitsch erinnerte sich plötzlich daran, wie er erst kürzlich ganz ebenso im Schmutz einhergetrippelt war, um mit Stawrogin Schritt zu halten, der, wie jetzt er selber, in der Mitte gegangen war und dadurch den ganzen Gehsteig eingenommen hatte. Dabei fiel ihm die ganze Szene wieder ein, und die Wut raubte ihm den Atem.

Aber auch Liputin drohte das Gefühl der Beleidigung zu ersticken. Mochte Pjotr Stepanowitsch mit den Unsrigen umspringen, wie er wollte, aber mit ihm? Er *wußte* doch wohl mehr als alle anderen, stand der Sache doch wohl näher, hatte sich ihr doch hingebender als alle anderen geweiht und bisher, wenn auch mittelbar, so doch ununterbrochen an allem teilgenommen. Oh, er wußte, daß Pjotr Stepanowitsch ihn im *äußersten Falle* sogar schon jetzt vernichten konnte! Und er haßte Pjotr Stepanowitsch schon lange, nicht etwa, weil er ihn fürchtete, sondern weil dieser alle so hochmütig behandelte. Jetzt, wo ein solcher Entschluß vonnöten gewesen war, erboste er sich mehr als alle die Unsrigen zusammengenommen. Ach, er wußte nur zu gut, daß er morgen unbedingt »wie ein Sklave« als erster auf dem Platz sein und womöglich noch alle anderen herbeiziehen werde. Und wenn irgendeine Möglichkeit gewesen wäre, Pjotr Stepanowitsch bis morgen totzuschlagen, natürlich ohne sich selber zugrunde zu richten, so hätte er es unfehlbar getan. In diese Empfindungen versunken, ging er schweigend und furchtsam hinter seinem Peiniger her. Der schien ihn ganz und gar vergessen zu haben und stieß ihn nur ab und zu unhöflich und rücksichtslos mit dem Ellenbogen an. Auf einer unserer belebtesten Straßen blieb Pjotr Stepanowitsch plötzlich stehen und trat in ein Wirtshaus ein.

»Wohin wollen Sie da?« rief Liputin wütend. »Das ist doch ein Wirtshaus.«

»Ich will ein Beefsteak essen.«

»Aber ich bitte Sie, hier ist es doch immer gestopft voll.«

»Na, wenn auch.«

»Aber ... wir werden uns verspäten. Es ist bereits zehn Uhr.«

»Dorthin kommt man nie zu spät.«

»Aber für mich wird es zu spät! Sie erwarten mich doch wieder zurück.«

»Na, mögen sie doch! Sie werden doch nicht so dumm sein und noch einmal zu denen zurückgehen. Wegen dieser ganzen Schererei mit euch habe ich heute nicht zu Mittag essen können. Und je später wir zu Kirillow hinkommen, um so sicherer treffen wir ihn.«

Pjotr Stepanowitsch nahm ein besonderes Zimmer. Liputin setzte sich wütend und beleidigt in einen etwas abseits stehenden Sessel und sah zu, wie jener aß. Es verging eine halbe Stunde und noch mehr. Pjotr Stepanowitsch nahm sich ruhig Zeit, aß mit viel Appetit, klingelte, verlangte anderen Senf und dann Bier und sagte während der ganzen Zeit nicht ein Wort. Er war in tiefes Nachdenken versunken. Diese beiden Dinge konnte er vereinigen: mit Appetit essen und angestrengt nachdenken. Liputin haßte ihn schließlich so, daß er nicht mehr imstande war, von ihm loszukommen. Das kam über ihn wie ein Nervenanfall. Er zählte jeden Bissen des Beefsteaks, den er zum Munde führte, haßte ihn dafür, wie er den Mund aufmachte, wie er kaute, wie er genießerisch an den saftigeren Bissen saugte, haßte zu guter Letzt noch das Beefsteak selber. Endlich verwirrte sich alles vor seinen Augen, der Kopf begann sich leicht zu drehen; Hitze und Kälte liefen ihm abwechselnd über den Rücken.

»Sie haben nichts zu tun, lesen Sie das durch!« Pjotr Stepanowitsch reichte ihm plötzlich ein Blatt Papier.

Liputin rückte näher an das Licht heran. Das Blatt war mit schlechter Schrift eng vollgeschrieben, auf jeder Zeile war verschiedenes durchgestrichen. Als er es glücklich bewältigt hatte, bezahlte Pjotr Stepanowitsch bereits und ging fort. Draußen auf dem Gehsteig gab ihm Liputin das Blatt zurück.

»Behalten Sie es, ich komme dann darauf zurück. Doch übrigens, was sagen Sie dazu?«

Liputin bebte am ganzen Leib.

»Meiner Ansicht nach ... ist eine solche Proklamation ... weiter nichts als eine lächerliche Geschmacklosigkeit.«

Seine Wut kam zum Durchbruch, er fühlte, wie sie ihn ergriff und forttrug.

»Wenn wir uns entschließen«, fuhr er am ganzen Leibe bebend fort, »solche Proklamationen zu vertreiben, so ziehen wir uns nur die Verachtung aller wegen Dummheit und Unkenntnis der Verhältnisse zu.«

»Hm! Ich denke anders«, sagte Pjotr Stepanowitsch und ging festen Schrittes weiter.

»Aber ich denke wieder anders; haben Sie das wirklich selber verfaßt?«

»Das geht Sie nichts an.«

»Ich bin auch der Ansicht, daß das Gereimsel ‚Eine lichte Persönlichkeit' die elendesten Verse sind, die nur jemals verbrochen worden sind. Nun und nimmermehr sind die von Herzen verfaßt.«

»Das stimmt nicht, das Gedicht ist gut.«

»Ich wundere mich zum Beispiel auch darüber«, Liputin jagte immer noch keuchend nebenher, »daß man uns antreibt, so vorzugehen, daß alles zusammenstürzt. In Europa kann man sich das natürlich nur wünschen, daß alles zusammenstürzt, weil es dort ein Proletariat gibt. Wir aber sind darin meiner Ansicht nach nur Stümper und wirbeln bloß Staub auf.«

»Ich dachte, Sie wären Fourierist?«

»Fourier sagt das nicht, durchaus nicht.«

»Ich weiß, daß er nur Unsinn sagt.«

»Nein, Fourier sagt durchaus keinen Unsinn ... Entschuldigen Sie, ich kann zum Beispiel auch nicht glauben, daß im Mai bereits der Aufstand losgehen wird.«

Liputin knöpfte sogar seinen Überrock auf, so heiß war es ihm geworden.

»Na, genug davon. Aber jetzt, damit ich es nicht vergesse«, sprang Pjotr Stepanowitsch entsetzlich kaltblütig auf etwas anderes über, »dieses Blatt haben Sie eigenhändig zu setzen und zu drucken. Wir wollen heute Schatows Druckerei ausgraben, und schon morgen sollen Sie sie übernehmen. Sie werden schnellstens soviel Exemplare wie möglich hiervon setzen und abziehen und diese dann den Winter über verbreiten. Über das Wie und Wo werden Sie Anweisungen erhalten. Es werden so viele Exemplare gebraucht wie nur möglich, da man sie Ihnen auch von anderen Stellen noch abfordern wird!«

»Nein, entschuldigen Sie, das kann ich nicht übernehmen ... Ich weigere mich.«

»Und doch werden Sie es übernehmen. Ich verlange das auf Grund einer Instruktion vom Zentralkomitee, und Sie müssen gehorchen.«

»Ich aber bin der Ansicht, daß unsere ausländischen Zentralen die russischen Verhältnisse ganz und gar vergessen und jede Verbindung verloren haben und daher nur irrereden ... Und dann glaube ich sogar, daß statt Hunderten von Fünfergruppen in ganz Rußland wir allein eine einzige sind und es eine endlose Kette mit vielen Gliedern überhaupt nicht gibt«, stieß Liputin endlich atemlos hervor.

»Um so verächtlicher von Ihnen, daß Sie da trotzdem nachlaufen, auch wenn Sie nicht an die Sache glauben ... und auch jetzt hinter mir herlaufen wie ein gemeiner Straßenköter.«

»Nein, ich laufe Ihnen gar nicht nach. Wir haben das volle Recht, uns loszulösen und eine neue Gesellschaft zu gründen.«

»Dumm–mkopf!« donnerte plötzlich Pjotr Stepanowitsch drohend und mit funkelnden Augen.

Beide blieben stehen und maßen sich eine Zeitlang mit den Blicken. Dann wandte sich Pjotr Stepanowitsch um und setzte selbstbewußt seinen Weg fort.

Wie ein Blitz fuhr es durch Liputins Hirn: Ich werde umkehren und zurückgehen: wenn ich jetzt nicht umkehre, werde ich es niemals mehr tun.

So dachte er etwa zehn Schritte lang, beim elften aber flammte bereits ein neuer, verzweifelter Gedanke in seinem Kopf auf: er kehrte nicht um und ging nicht zurück.

Sie gelangten in die Nähe des Filippowschen Hauses, gingen aber nicht bis dorthin, sondern schlugen eine Seitengasse ein, oder besser gesagt, sie gingen einen versteckten Fußsteig an einem Zaun entlang und mußten eine Zeitlang an dem schroffen Abhang eines Grabens vorbeibalancieren, wo sie kaum Fuß fassen konnten und sich am Zaun festhalten mußten. An der dunkelsten Stelle dieses baufälligen Zaunes nahm Pjotr Stepanowitsch ein Brett heraus, wodurch ein Loch entstand, durch das er auch sogleich hindurchkroch. Liputin staunte, kroch aber nach, und sie fügten das Brett wieder an seiner alten Stelle ein. Dies war der geheime Zugang, durch den Fedjka immer zu Kirillow geschlichen war.

»Schatow darf nicht wissen, daß wir hiersind«, flüsterte Pjotr Stepanowitsch Liputin mit strenger Miene zu.

3

Kirillow saß, wie immer um diese Zeit, auf seinem Ledersofa und trank Tee. Er stand nicht auf, um sie zu begrüßen, fuhr aber zusammen und sah den Eintretenden erregt entgegen.

»Sie täuschen sich nicht«, sagte Pjotr Stepanowitsch, »ich komme ebendeswegen.«

»Heute?«

»Nein, nein, morgen ... um dieselbe Zeit.«

Und er setzte sich eilig an den Tisch und musterte mit einiger Unruhe den erregten Kirillow. Dieser hatte sich aber schon wieder beruhigt und sah wie immer aus.

»Die anderen wollen es nicht glauben. Sie sind doch nicht böse, daß ich Liputin mitgebracht habe?«

»Heute macht das nichts, aber morgen will ich allein sein.«

»Doch nicht, bevor ich komme, und dann in meiner Gegenwart.«

»Ich wünschte, nicht in Ihrer Gegenwart.«

»Sie erinnern sich wohl, daß Sie versprochen haben, alles das, was ich Ihnen diktieren werde, niederzuschreiben und zu unterzeichnen?«

»Mir ist alles gleich. Aber wollen Sie jetzt lange hierbleiben?«

»Ich muß mich mit jemandem treffen und eine halbe Stunde bleiben. Dann werde ich, wie Sie wünschen, fortgehen, aber die halbe Stunde werde ich noch hiersitzen.«

Kirillow schwieg. Liputin hatte inzwischen etwas abseits, unter dem Bild des Bischofs, Platz genommen. Der verzweifelte Gedanke von vorhin gewann immer mehr und mehr Macht über ihn. Kirillow schenkte ihm fast keine Beachtung. Liputin kannte Kirillows Theorie schon von früher und hatte sich immer über ihn lustig gemacht, jetzt aber schwieg er und sah sich finster um.

»Ich hätte auch gar nichts gegen ein Glas Tee«, sagte Pjotr Stepanowitsch und rückte auf seinem Stuhl hin und her. »Ich habe soeben ein Beefsteak gegessen und rechnete darauf, bei Ihnen Tee zu trinken.«

»Trinken Sie, bitte.«

»Früher boten Sie ihn selber an«, bemerkte Pjotr Stepanowitsch säuerlich.

»Das ist alles gleich. Liputin kann auch welchen trinken.«

»Nein, ich ... kann nicht.«

»Mag nicht, oder kann nicht?« fragte Pjotr Stepanowitsch und wandte sich jäh um.

»Ich werde bei ihm keinen Tee trinken«, weigerte sich Liputin mit Nachdruck. Pjotr Stepanowitsch zog finster die Brauen zusammen.

»Das riecht nach Mystizismus. Der Teufel weiß, was ihr alle für Menschen seid!«

Keiner antwortete. Sie schwiegen eine ganze Minute lang.

»Aber ich weiß nur das eine«, setzte er plötzlich schroff hinzu, »daß kein Vorurteil der Welt imstande ist, einen von uns von der Erfüllung seiner Pflicht abzuhalten.«

»Ist Stawrogin abgereist?« fragte Kirillow.

»Ja.«

»Da hat er gut daran getan.«

Pjotr Stepanowitschs Augen fingen schon an zu blitzen, aber er beherrschte sich.

»Mir ist ganz gleichgültig, wie Sie darüber denken, wenn nur jeder sein Wort hält.«

»Ich werde mein Wort halten.«

»Davon bin ich auch immer überzeugt gewesen, daß Sie als ein unabhängiger und progressiver Mensch Ihre Pflicht erfüllen werden.«

»Sie aber sind lächerlich.«

»Was tut das? Ich freue mich darüber, andere zu erheitern. Ich bin immer froh, wenn ich jemandem angenehm sein kann.«

»Es liegt Ihnen wohl viel daran, daß ich mich erschieße? Sie haben wohl Angst, ich könnte es auf einmal lassen?«

»Das heißt, sehen Sie, Sie haben selber Ihren Plan mit unseren Aktionen verquickt. Nun haben wir auf Ihren Plan gerechnet und irgend etwas unternommen, folglich können Sie gar nicht mehr zurücktreten, denn Sie haben uns dahingeführt.«

»Niemandes Recht!«

»Ich weiß schon, ich weiß, es ist Ihr freier Wille und nicht unser Recht, wenn dieser Ihr freier Wille nur auch zur Tat wird.«

»Und ich soll alle Ihre Schändlichkeiten auf mich nehmen?«

»Hören Sie, Kirillow, Sie haben doch nicht etwa Angst? Wenn Sie zurücktreten wollen, so erklären Sie das sogleich.«

»Ich habe keine Angst.«

»Ich sage das nur deshalb, weil Sie gar zuviel fragen.«

»Gehen Sie bald weg?«

»Schon wieder fragen Sie?«

Kirillow sah ihn verächtlich an.

»Sehen Sie«, fuhr Pjotr Stepanowitsch fort, der immer ärgerlicher und unruhiger wurde und nicht den rechten Ton fand, »Sie wollen, daß ich weggehe, damit Sie allein sind und sich sammeln können, aber das alles sind gefährliche Anzeichen, in erster Linie für Sie selber. Sie wollen tief nachdenken. Meiner Ansicht nach sollten Sie lieber nicht nachdenken, sondern es so tun. Wirklich, Sie beunruhigen mich.«

»Mir ist nur das eine widerwärtig, in diesem Augenblick ein solches Reptil um mich zu haben, wie Sie sind.«

»Na, das ist alles gleichgültig. Meinetwegen kann ich ja auch gleich gehen und auf der Treppe warten. Wenn Sie aber sterben wollen und dabei so wenig gleichmütig sind, so... das ist alles sehr gefährlich. Ich werde auf die Treppe hinausgehen, und dann können Sie sich ja einbilden, daß ich nichts verstehe und grenzenlos tiefer stehe als Sie.«

»Nein, nicht grenzenlos, Sie haben Fähigkeiten, aber Sie begreifen sehr vieles nicht, weil Sie ein niedriger Mensch sind.«

»Freut mich sehr, freut mich sehr. Ich sagte ja schon, daß ich immer froh bin, zur Unterhaltung beizutragen ... und in einem solchen Augenblick.«

»Sie begreifen nichts.«

»Das heißt, ich ... auf jeden Fall höre ich respektvoll zu.«

»Sie können nichts. Sie können nicht einmal jetzt Ihre kleinliche Wut verbeißen, obgleich es nicht vorteilhaft für Sie ist, sie zu zeigen. Sie werden mich noch so verärgern, daß ich plötzlich noch ein halbes Jahr haben will.«

Pjotr Stepanowitsch sah auf die Uhr.

»Ich habe niemals etwas von Ihrer Theorie verstanden, aber ich weiß, daß Sie diese nicht unsertwegen sich ausgedacht haben und sie infolgedessen auch ohne uns ausführen werden. Ich weiß ferner, daß nicht Sie die Idee verschlungen haben, sondern die Idee Sie verschlungen hat, folglich werden Sie es auch nicht hinausschieben.«

»Wie? Mich hat die Idee verschlungen?«

»Ja.«

»Und nicht ich habe die Idee verschlungen? Das ist gut. Sie haben einen kleinen Verstand. Nur, daß Sie mich reizen wollen, während ich stolz darauf bin.«

»Das ist ja schön, das ist ja ausgezeichnet. So muß es doch gerade sein, daß Sie stolz darauf sind.«

»Genug. Sie haben ausgetrunken, gehen Sie fort.«

»Hol's der Teufel, es muß wohl sein!« rief Pjotr Stepanowitsch und stand auf. »Immerhin ist es noch etwas früh. Hören Sie, Kirillow, werde ich diesen Menschen bei der Mjasnitschicha treffen, Sie verstehen? Oder hat auch sie gelogen?«

»Sie werden ihn nicht treffen, denn er ist hier und nicht dort.«

»Wieso hier? Zum Teufel noch mal! Wo denn?«

»Er sitzt in der Küche und ißt und trinkt.«

»Wie kann er es wagen?« Pjotr Stepanowitsch wurde vor Wut ganz rot. »Er war doch verpflichtet, dort zu warten ...
So ein Unsinn! Er hat doch weder einen Paß noch Geld!«

»Ich weiß nicht. Er kam her, um sich zu verabschieden, angezogen und fertig. Er will fortgehen und niemals wiederkommen. Er sagt, Sie seien ein Schurke und er wolle nicht auf Ihr Geld warten.«

»A–ah! Er hat also Angst, daß ich ... na, allerdings kann ich ihn jetzt, wenn ... wo ist er? In der Küche?«

Kirillow öffnete eine Seitentür, die in ein winziges, dunkles Zimmer führte. Aus diesem Zimmer gingen drei Stufen in die Küche hinunter, und zwar gerade in den Bretterverschlag, wo für gewöhnlich das Bett der Köchin steht. Hier in der Ecke unter den Heiligenbildern saß jetzt Fedjka an einem ungedeckten Holztisch. Vor ihm standen ein halbes Stof Branntwein, ein Teller mit Brot und eine irdene Schüssel mit kaltem Rindfleisch und Kartoffeln. Er aß mit Appetit und war schon halb betrunken, aber er saß im halblangen Pelz da und war anscheinend fertig zum Fortgehen. Hinter der dünnen Holzwand summte der Samowar, aber nicht für ihn, doch hatte ihn Fedjka selber pflichtschuldigst aufgestellt und angeblasen, was er schon seit acht Tagen oder länger jede Nacht getan hatte, »weil Alexej Nilytsch so sehr daran gewöhnt sind, nachts immer Tee zu trinken«. Ich bin der festen Überzeugung, daß, da sie keine Köchin hatten, Kirillow selber am Morgen das Rindfleisch und die Kartoffeln für Fedjka gekocht hatte.

»Was fällt dir denn ein?« rief Pjotr Stepanowitsch und eilte hinunter. »Warum hast du denn nicht gewartet, wo es dir befohlen war.«

Und mit Schwung ausholend, schlug er mit der Faust auf den Tisch.

Fedjka richtete sich würdevoll auf.

»Halt, Pjotr Stepanowitsch, halt!« erwiderte er, indem er jedes Wort stutzerhaft deutlich aussprach. »Deine erste Pflicht ist jetzt einzusehen, daß du hier auf einer ehrbaren Visite bist bei Herrn Kirillow, bei Alexej Nilytsch, dem du immer die Stiefel putzen kannst, denn er ist ein hochgebildeter Kopf im Vergleich zu dir, und du bist weiter nichts als – pfui!«

Und er spuckte affektiert zur Seite aus, daß der Speichel rund und ohne Spritzer zu Boden fiel. Man merkte deutlich seinen Hochmut, seine Entschlossenheit und eine gewisse gefährliche, gekünstelt ruhige Ausdrucksweise, die den ersten Ausbruch vorbereitet. Aber Pjotr Stepanowitsch hatte bereits keine Zeit mehr, die Gefahr zu bemerken, das hätte sich auch mit seiner Auffassung der Dinge nicht vereinigen lassen. Die Ereignisse und Mißerfolge des ganzen Tages gingen ihm wie ein Mühlrad im Kopf herum ... Liputin sah aus dem dunklen Kämmerchen neugierig die drei Stufen hinunter.

»Willst du nun noch einen richtigen Paß und gutes Geld haben und dorthin gehen, wohin man es dir befohlen hat? Ja oder nein?«

»Siehst du, Pjotr Stepanowitsch, du hast mich von allem Anfang an betrogen, und dann hast du dich vor mir als ein echter Schurke entpuppt. Ein richtiger, mistiger Lausemensch bist du – da hast du es, für was ich dich halte! Hast mir für unschuldiges Blut einen Batzen Geld versprochen und für Herrn Stawrogin heilige Eide geschworen, und was stellt sich nun heraus? Immer nur dein Mangel an Lebensart. Ich habe nicht einen lumpigen Happen abbekommen, geschweige denn anderthalbtausend Rubel, und Herr Stawrogin hat dir ein paar heruntergehauen, das wissen sogar wir schon. Und nun drohst du mir schon wieder und bietest mir Geld an, aber wofür – da hüllst du dich in Schweigen. Doch ich denke mir in meinen Gedanken, daß du mich nach Petersburg schicken willst, um dich in deiner Bosheit an Herrn Stawrogin, Nikolaj Wsewolodowitsch für irgend etwas zu rächen, und dabei auf meine Leichtgläubigkeit hoffst. Aus alledem geht hervor, daß du ein Mordbube allerersten Ranges bist. Und weißt du auch, was du wert bist, wenn man allein den Punkt nimmt, daß du in deiner verderbten Seele aufgehört hast, an Gott selbst, den wahrhaftigen Schöpfer, zu glauben? Ein Heide bist du, weiter nichts, und stehst auf einer Stufe mit den Tataren und Mordwinen. Alexej Nilytsch, der doch ein Philosoph ist, hat dir schon zu verschiedenen Malen den wahrhaftigen Gott und Schöpfer aller Dinge, die Entstehung der Welt und die künftigen Schicksale und Verwandlungen aller Kreaturen und alles Viehzeuges aus der Apokalypse erklärt. Du aber verharrst wie ein stumpfsinniges Götzenbild in deiner Taubheit und

Stummheit und hast auch den Fähnrich Ertelew schon so weit gebracht, wie jener böse Verführer, Atheist genannt...«

»Ach du betrunkene Fratze! Beraubst selber Heiligenbilder und willst mir jetzt was von Gott vorpredigen!«

»Ja, siehst du, Pjotr Stepanowitsch, ich sage dir das ganz offen, daß ich sie beraubt habe. Aber ich habe nur eine Perle herausgenommen, und woher weißt du denn, ob nicht meine eigne Träne in diesem Augenblick im Schmelzofen des Allerhöchsten für irgendeine mir zugefügte Beleidigung sich in eine Perle verwandelt hat? Denn ich bin doch nun einmal eine arme Waise auf dieser Welt und habe nicht einmal etwas, wo ich mein Haupt hinlegen kann. Du weißt wohl aus den Büchern, daß früher in alten Zeiten irgendein Kaufmann unter genau ebensolchen tränenreichen Seufzern und Gebeten der heiligen Mutter Gottes eine Perle aus ihrem Heiligenschrein entwendet hat und dann auf den Knien hingerutscht ist und ihr öffentlich die ganze Summe wieder zu Füßen gelegt hat, worauf ihn die göttliche Fürsprecherin mit der heiligen Windel gesegnet hat, was damals allgemein für ein Wunder galt, so daß die Obrigkeit sogar befahl, es Wort für Wort in den Reichsbüchern niederzuschreiben. Du aber hast eine Maus hineingesetzt, folglich hast du Gott selber geschmäht. Und wenn du nicht mein angestammter Herr wärest, den ich als kleinen Jungen oft auf meinen Armen herumgeschleppt habe, so würde ich dir hier gleich den Garaus machen, ohne erst groß die Szenerie zu wechseln!«

Pjotr Stepanowitsch geriet in maßlose Wut.

»Sprich, warst du heute bei Stawrogin?«

»Untersteh dich nicht noch einmal, mich auszufragen. Herr Stawrogin steht ganz erstaunt da und hat sich bei der ganzen Sache nicht einmal mit einem Wunsch beteiligt, und Anordnungen hat er schon gar keine gegeben und auch kein Geld. Du hast mich ganz frech übers Ohr gehauen.«

»Das Geld wirst du erhalten und die zweitausend Rubel auch, aber erst in Petersburg an Ort und Stelle, alles miteinander und vielleicht noch mehr.«

»Das schwindelst du, mein Liebster, und es ist wirklich komisch mit anzusehen, wie du mich für so leichtgläubig halten kannst. Herr Stawrogin steht hoch über dir wie auf einer Treppe, und du kläffst zu ihm herauf wie ein dummer Köter, während er oben es noch für eine Ehre für dich hält, wenn er auf dich hinunterspuckt.«

»Weißt du auch, du Schuft«, schrie Pjotr Stepanowitsch ganz außer sich, »daß ich dich nicht einen Schritt hier herauslassen und dich kurzerhand der Polizei übergeben werde?«

Fedjka sprang auf und rollte wild mit den Augen. Pjotr Stepanowitsch zog seinen Revolver heraus. Gleich darauf spielte sich eine schnelle, abscheuliche Szene ab: ehe Pjotr Stepanowitsch mit dem Revolver zielen konnte, war Fedjka im Nu zur Seite gewichen und hatte ihn mit aller Gewalt ins Gesicht geschlagen. Im selben Augenblick erdröhnte schon ein zweiter furchtbarer Schlag, dann ein dritter, ein vierter, alle ins Gesicht. Pjotr Stepanowitsch schwanden die Sinne, er riß die Augen weit auf, wollte noch etwas sagen, und plötzlich schlug er der Länge nach auf den Boden hin.

»Da habt ihr ihn, nehmt ihn!« schrie Fedjka mit der Miene eines Siegers, hatte im Nu seine Mütze und das Bündel unter der Bank ergriffen und war verschwunden.

Pjotr Stepanowitsch stöhnte bewußtlos. Liputin glaubte, er hätte ihn wirklich totgeschlagen.

Kirillow stürzte Hals über Kopf in die Küche.

»Man muß ihn mit Wasser ...« rief er, schöpfte mit einer Blechkelle Wasser aus dem Eimer und goß es ihm über den Kopf.

Pjotr Stepanowitsch rührte sich, hob den Kopf, richtete sich auf und sah sich verständnislos um.

»Nun, wie ist Ihnen?« fragte Kirillow.

Pjotr Stepanowitsch sah ihn aufmerksam an, ohne ihn noch zu erkennen. Als er aber Liputin aus der Küche heraustreten sah, lächelte er plötzlich sein garstiges Lächeln, sprang auf und griff nach seinem Revolver! »Wenn Sie etwa vorhaben, morgen davonzulaufen, wie dieser Schurke, der Stawrogin«, schrie er Kirillow wütend an, totenbleich im Gesicht, indem er die Worte mühsam und unklar hervorstieß, »so werde ich Sie am anderen Ende des Erdballs ... das sage ich Ihnen ... wie eine Fliege ... zertreten ... verstehen Sie!«

Und er drückte Kirillow den Revolver gerade auf die Stirn. Aber im selben Augenblick kam er endlich vollkommen zur Besinnung, zog die Hand zurück, steckte den Revolver in die Tasche und rannte, ohne noch ein Wort zu sagen, fort, zum Hause hinaus. Liputin lief hinter ihm her. Sie krochen wieder wie vorhin durch das Loch, liefen den abschüssigen Graben entlang und hielten sich am Zaun fest. Pjotr Stepanowitsch rannte das Gäßchen so schnell entlang, daß Liputin ihm kaum folgen konnte. An der ersten Straßenkreuzung blieb er plötzlich stehen.

»Nun?« Pjotr Stepanowitsch wandte sich herausfordernd nach Liputin um.

Liputin dachte an den Revolver und bebte noch am ganzen Leibe bei der Erinnerung an die eben erlebte Szene. Aber die Antwort kam wie von selber von seinen Lippen und ließ sich nicht zurückhalten: »Ich glaube ... ich glaube, daß man ‚von Smolensk bis nach Taschkent durchaus nicht mit solcher Ungeduld auf den Studenten wartet'.«

»Haben Sie gesehen, was Fedjka in der Küche trank?«

»Was er trank? Wodka trank er.«

»So wissen Sie, daß er zum letzten Male in seinem Leben Wodka getrunken hat. Ich empfehle Ihnen, bei ferneren Erwägungen dies nicht zu vergessen. Aber jetzt scheren Sie sich zum Teufel, bis morgen brauche ich Sie nicht mehr ... Doch hören Sie auf mich: machen Sie keine Dummheiten!«

Liputin stürzte Hals über Kopf nach Hause.

4

Er hatte sich schon vor langer Zeit einen Paß auf fremden Namen verschafft. Man kann sich kaum vorstellen, daß dieses akkurate Männchen, dieser kleinliche Familientyrann, der immerhin Beamter (wenn auch Fourierist) und vor allen Dingen Kapitalist und Zinseinnehmer war, sich schon so lange mit dem phantastischen Gedanken getragen hatte, für alle Fälle diesen Paß bereitzuhalten, um mit dessen Hilfe ins Ausland entschlüpfen zu können, *wenn* ... Also hatte er doch dieses »Wenn« für möglich gehalten, obgleich er niemals hätte formulieren können, was er sich eigentlich unter diesem »Wenn« dachte.

Jetzt aber formulierte sich das plötzlich ganz von selber, und zwar in der unerwartetsten Weise. Jene verzweifelte Idee, mit der er zu Kirillow gekommen war, nach dem »Dummkopf«, den er von Pjotr Stepanowitsch auf dem Bürgersteig hatte hören müssen, bestand darin, gleich am nächsten Morgen alles stehen- und liegenzulassen und ins Ausland zu emigrieren. Wer es nicht glauben mag, daß sich solche phantastische Dinge in unserer alltäglichen Wirklichkeit auch heutigentags noch ereignen, frage einmal nach den Lebensgeschichten aller jetzigen russischen Emigranten im Ausland. Nicht einer von ihnen ist aus klügeren, realeren Erwägungen ausgewandert. Überall dieselbe zügellose Herrschaft der Wahnvorstellungen und weiter nichts.

Zu Hause angelangt, fing er damit an, sich einzuschließen, seine Reisetasche hervorzusuchen und hastig einzupacken. Seine Hauptsorge war das Geld, und er überlegte, wieviel und auf welche Weise er es wohl hinüberretten könne. Jawohl, retten, denn nach seiner Ansicht durfte er nicht eine Stunde länger säumen und mußte sich, noch ehe es Tag wurde, auf der Landstraße befinden. Auch wußte er nicht, wie er in den Zug kommen sollte; unklar entschloß er sich, irgendwo auf der zweiten oder dritten größeren Station von der Stadt aus einzusteigen und bis dahin zu Fuß zu gehen. So quälte er sich, den Kopf voll wirbelnder Gedanken, ganz instinktiv und mechanisch mit seiner Reiseroute ab – plötzlich aber hielt er inne, ließ alles stehen und liegen und warf sich mit einem tiefen Seufzer aufs Sofa.

Er fühlte deutlich und wurde sich plötzlich bewußt, daß er fliehen wollte, wirklich fliehen, daß aber die Frage entschieden werden müsse: sollte er *vor* oder *nach* Schatow fliehen – das zu entscheiden ging über seine Kraft. Er empfand, daß er nur noch ein plumper, gefühlloser Körper, eine träge Masse war, die von einer fremden, entsetzlichen Kraft bewegt wurde, und daß er, wenn er auch einen Paß fürs Ausland hatte und vor Schatow noch davonlaufen konnte (denn warum hätte er sich sonst so beeilt?), trotzdem nicht vorher und nicht vor Schatow davonlaufen werde, sondern eben *nachher*, und daß das alles schon so beschlossen, verbrieft und versiegelt war. So verbrachte er in unerträglicher Qual, alle Augenblicke zusammenfahrend und sich über sich selber wundernd, stöhnend und halb vergehend vor Angst, hinter der verschlossenen Tür auf dem Sofa liegend, irgendwie die Zeit bis elf Uhr morgens, wo plötzlich der erwartete Anstoß erfolgte, der seinem Entschluß als Richtlinie dienen sollte.

Als er gegen elf Uhr sein Zimmer aufgeschlossen hatte und zu den Seinen hinübergegangen war, erfuhr er plötzlich von ihnen, daß der Räuber Fedjka, der entlaufene Zuchthäusler, der die ganze Umgegend in Schrecken versetzt hatte, der Kirchenräuber, der Mörder von neulich und Brandstifter, den die Polizei schon lange suchte und doch immer nicht erwischen konnte, heute morgen bei Tagesgrauen etwa sieben Werst von der Stadt entfernt, dort wo die große Landstraße und der Weg nach Sacharjino sich kreuzen, erschlagen aufgefunden worden sei und daß darüber bereits die ganze Stadt spräche. Hals über Kopf stürzte er gleich aus dem Haus, um Näheres zu hören, und erfuhr als erstes, daß Fedjka mit zerschmettertem Schädel aufgefunden und allen Anzeichen nach beraubt worden sei, als zweites, daß die Polizei bereits starken Verdacht und gewisse sichere Beweise dafür habe, daß sein Mörder der Schpigulinsche Arbeiter Fomka sei, derselbe, mit dem er zweifellos den Mord im Hause Lebjadkins begangen und das Feuer gelegt habe. Unterwegs war wohl zwischen den beiden ein Streit ausgebrochen, vielleicht deshalb, weil Fedjka das viele Geld, das er bei Lebjadkin entwendet haben mochte, verheimlicht hatte... Liputin eilte zu Pjotr Stepanowitschs Wohnung und erfuhr hier heimlich an der Hintertreppe, daß dieser zwar erst gegen ein Uhr nachts zurückgekehrt sei, dann aber die ganze Nacht bis morgens acht Uhr vorzüglich zu schlafen geruht habe. Selbstverständlich konnte kein Zweifel bestehen, daß der Tod des Räubers Fedjka etwas ganz Alltägliches war, da solche Existenzen meist ein ähnliches Ende zu nehmen pflegen, aber das Zusammenfallen der verhängnisvollen Worte: »daß Fedjka zum letzten Male an diesem Abend Wodka getrunken habe«, mit der sofortigen Verwirklichung dieser Prophezeiung war doch so eindrucksvoll, daß Liputin plötzlich zu schwanken aufhörte. Der Anstoß war gegeben, es war, als wäre ein Felsblock auf ihn herabgefallen, der ihn für immer niederdrückte.

Nach Hause zurückgekehrt, stieß er stumm die Reisetasche mit dem Fuß unter das Bett und war abends der erste, der zur festgesetzten Stunde auf dem für das Zusammentreffen mit Schatow vereinbarten Platz erschien, allerdings immer noch mit dem Paß in der Tasche...

Fünftes Kapitel

Die Reisende

1

Die Katastrophe mit Lisa und der Tod Marja Timofejewnas hatten einen niederschmetternden Eindruck auf Schatow gemacht. Ich erwähnte bereits, daß ich ihn an jenem Morgen flüchtig getroffen hatte, er schien mir damals wie von Sinnen. Unter anderem hatte er mir damals mitgeteilt, daß er am Vorabend gegen zehn Uhr (also drei Stunden vor der Feuersbrunst) bei Marja Timofejewna gewesen war. Gegen Morgen ging er dann, um sich die Leichen anzusehen, hat aber, soviel ich weiß, an jenem Vormittag sich niemandem gegenüber über irgend etwas geäußert. Als aber dann der Tag zur Neige ging, erhob sich in seiner Seele ein ganzer Sturm und ... und, so scheint es mir, ich kann mit Bestimmtheit behaupten, daß in der Dämmerstunde dann jener Augenblick kam, wo er aufstehen und hingehen und – alles erklären wollte. Was dieses »alles« zu bedeuten hatte, darüber war er sich vollkommen klar. Natürlich würde er damit nichts erreichen, würde einfach nur sich selber ausliefern. Er hatte keinerlei Beweise, um die begangene Missetat aufzuklären, hatte selber nur dunkle Vermutungen, die nur bei ihm einer vollkommenen Überzeugung gleichkamen. Aber er war bereit, sich selber ins Verderben zu stürzen, wenn er dadurch nur »diese Schurken zerstampfen« könnte, wie er sich selber ausdrückte. Pjotr Stepanowitsch hatte diesen Ausbruch bei ihm teilweise richtig vorausgesehen und wußte selber, daß er viel wagte, wenn er die Ausführung dieses neuen furchtbaren Planes bis morgen hinausschob. Dazu kam seinerseits noch ein starkes Selbstvertrauen und wie gewöhnlich die Verachtung für all diese »Leutchen« und insbesondere für Schatow. Er verachtete Schatow schon lange wegen seiner »weinerlichen Idiotie«, wie er sich über ihn schon im Ausland geäußert hatte, und hoffte bestimmt, mit diesem wenig schlauen Menschen fertig zu werden, das heißt, er wollte ihn den ganzen Tag nicht aus den Augen lassen und ihm bei der ersten Gefahr den Weg versperren. Und doch war es nur ein völlig unerwarteter, von ihnen überhaupt nicht vorausgesehener Umstand, der diese »Schurken« noch auf kurze Zeit retten sollte ...

Gegen acht Uhr abends (zur selben Zeit, als sich die *Unsrigen* bei Erkel versammelt hatten und ärgerlich und erregt auf Pjotr Stepanowitsch warteten) lag Schatow mit Kopfschmerzen und leichtem Fieber im dunklen Zimmer, ohne Licht, auf seinem Bett ausgestreckt, und quälte sich mit Zweifeln, ärgerte sich, entschloß sich, konnte sich aber doch nicht endgültig entschließen und fühlte unter Fluchen, das all dies doch zu nichts führen werde. Nach und nach versank er auf kurze Zeit in einen leichten Schlaf, und ein schwerer Traum bedrückte ihn wie ein Alb. Ihm träumte, er sei mit Stricken am Bett festgebunden, am ganzen Leib gefesselt und könne sich nicht rühren, und dabei klopfe man mit aller Gewalt an den Zaun, an das Tor, an seine Tür, an den Flügel, wo Kirillow wohnte, so daß das ganze Haus erbebte, und eine ferne, bekannte, ihn quälende Stimme rief kläglich seinen Namen. Da schlug er plötzlich die Augen auf und sprang aus dem Bett. Zu seiner Verwunderung dauerte aber das Klopfen gegen das Tor immer noch fort, obgleich es lange nicht so stark war, wie er es im Traum gehört hatte, aber es klang eilig und hartnäckig, und die seltsame, »quälende« Stimme ertönte zwar durchaus nicht kläglich, sondern im Gegenteil ungeduldig und gereizt, immer noch unten vom Tor her, vermischt mit einer anderen, ruhigeren und gewöhnlicheren Stimme. Er sprang auf, öffnete die Luftklappe und steckte den Kopf hinaus.

»Wer ist da?« rief er ganz starr vor Schreck.

»Wenn Sie Schatow sind«, ertönte es von unten schroff und bestimmt, »so haben Sie bitte die Güte, mir offen und ehrlich zu erklären, ob Sie mich hereinzulassen gedenken oder nicht.«

Also war es doch so. Er hatte diese Stimme erkannt.

»Marie! Du bist es?«

»Ja, ich. Marja Schatowa. Aber hören Sie, ich kann den Kutscher nicht länger warten lassen.«

»Gleich ... ich will nur erst Licht machen ...« rief Schatow leise zurück. Dann stürzte er fort, um die Streichhölzer zu suchen. Aber wie gewöhnlich in solchen Fällen waren die nicht zu finden. Der Leuchter mit dem Licht fiel auf den Fußboden, und als er da von unten wieder die ungeduldige Stimme hörte, ließ er alles stehen und liegen und rannte Hals über Kopf seine steile Treppe hinunter, um das Gartenpförtchen aufzuschließen.

»Tun Sie mir den Gefallen und halten Sie meine Reisetasche, bis ich mich mit diesem Ölgötzen auseinandergesetzt habe«, empfing ihn unten Frau Marja Schatowa und drückte ihm eine ziemlich leichte, billige Handtasche aus Segeltuch mit bronzierten Beschlägen, Dresdner Fabrikates, in die Hand. Sie selber drehte sich gereizt nach dem Droschkenkutscher um: »Ich kann Ihnen nur sagen, daß Sie viel zuviel verlangen. Wenn Sie mich eine ganze Stunde lang in diesen schmutzigen Straßen hier herumkutschiert haben, so ist das nur Ihre Schuld, da Sie anscheinend selber nicht wußten, wo diese dumme Straße und dieses alberne Haus sind. Nehmen Sie gefälligst Ihre dreißig Kopeken und glauben Sie mir, Sie werden nicht eine Kopeke mehr erhalten!«

»Aber gnädiges Frauchen, Sie haben doch selber nach der Wosnesenskaja gewollt, und das ist doch hier die Bogojawlenskaja. Die Wosnesenskaja ist nämlich nur eine Gasse und ganz woanders. Sie haben nur meinen Wallach in Schweiß gebracht.«

»Wosnesenskaja, Bogojawlenskaja – all diese blödsinnigen Namen müßten doch Ihnen, als hiesigem Einwohner, viel besser bekannt sein als mir. Und außerdem haben Sie gar nicht recht, ich habe Sie zu allererst nach dem Filippowschen Hause gefragt, und da haben Sie mir versichert, das kennen Sie. Meinetwegen können Sie mich morgen beim Friedensrichter verklagen, jetzt aber lassen Sie mich ungeschoren!«

»Hier, hier sind noch fünf Kopeken.« Schatow zog eilig ein Fünfkopekenstück aus der Tasche und reichte es dem Kutscher.

»Tun Sie mir den Gefallen, ich bitte Sie, und geben Sie ihm kein Geld!« wollte Frau Schatow auffahren, aber der Kutscher hatte den Wallach schon angetrieben, und Schatow faßte sie bei der Hand und zog sie zum Tor herein.

»Schnell, Marie, schnell ... das sind doch alles nur Nebensachen. Wie naß du bist! Vorsicht, hier geht es nach oben ... wie dumm, daß ich kein Licht habe ... die Treppe ist steil, halte dich fest an, fester. Na, da ist ja mein Zimmer.

Entschuldige, ich habe noch kein Licht! ... Einen Augenblick!«

Er hob den Leuchter auf, aber die Streichhölzer waren und blieben verschwunden. Frau Schatowa stand wartend mitten im Zimmer, schwieg und rührte sich nicht.

»Gott sei Dank, da sind sie endlich!« rief er erfreut und machte Licht in dem Stübchen.

Marja Schatowa musterte flüchtig den Raum.

»Man hat mir schon gesagt, daß Sie scheußlich wohnen, aber so hätte ich es mir doch nicht vorgestellt«, sagte sie geringschätzig und schritt auf das Bett zu. »Ach, wie müde bin ich!« und sie setzte sich mit erschöpfter Miene auf das harte Lager. »Bitte, legen Sie die Reisetasche hin und nehmen Sie sich einen Stuhl. Übrigens, wie Sie wollen, nur tanzen Sie mir nicht so vor den Augen herum. Ich komme nur vorübergehend zu Ihnen, bis ich Arbeit gefunden habe, denn ich bin ganz fremd hier und habe kein Geld. Wenn ich Sie aber störe, so tun Sie mir den Gefallen – ich bitte Sie noch einmal darum –, und sagen Sie mir das jetzt gleich, wie das Ihre Pflicht ist, wenn Sie ein ehrlicher Mensch sind. Ich kann immerhin morgen noch irgendwas verkaufen und davon im Gasthaus ein Zimmer bezahlen, aber Sie müssen mich dann schon selber in dieses Gasthaus bringen ... Ach, wie müde ich bin!«

Schatow zitterte am ganzen Körper.

»Du brauchst nicht in ein Gasthaus, Marie, nicht in ein Gasthaus! In was für ein Gasthaus denn? Warum, warum nur?« und flehend faltete er die Hände.

»Nun, wenn wir kein Gasthaus brauchen, so muß ich unbedingt die Lage der Dinge aufklären. Sie erinnern sich wohl noch, Schatow, daß unsere Ehe in Genf zwei Wochen und noch einige Tage gedauert hat – es ist allerdings nun schon drei Jahre her – und daß wir damals ohne besonderen Streit wieder auseinandergegangen sind. Nun glauben Sie aber nicht, daß ich zurückgekommen bin, um die früheren Dummheiten wieder von vorn anzufangen. Ich bin nur hierhergekommen, um Arbeit zu suchen, und wenn ich dazu ausgerechnet in diese Stadt gekommen bin, so geschah das nur deswegen, weil mir alles gleichgültig ist. Ich bin nicht etwa hergekommen, um irgend etwas zu bereuen. Tun Sie mir den einzigen Gefallen und bilden Sie sich nicht solche Dummheiten ein.«

»Oh, Marie, das ist gar nicht nötig, daß du das sagst, ganz und gar nicht!« murmelte Schatow undeutlich.

»Nun, wenn das so ist, wenn Sie so vernünftig sind, auch das zu begreifen, so darf ich wohl noch hinzufügen, daß ich mich jetzt teilweise aus dem Grunde direkt an Sie gewandt habe und in Ihre Wohnung gekommen bin, weil ich Sie immer keineswegs für einen Schurken, sondern für möglicherweise weitaus besser als alle die anderen ... elenden Kerle gehalten habe.«

Ihre Augen funkelten. Sie mußte wohl viel von diesen »elenden Kerlen« erduldet haben.

»Und seien Sie bitte überzeugt, daß ich mich durchaus nicht über Sie lustig gemacht habe, wenn ich Ihnen soeben erklärte, daß Sie ein guter Mensch sind. Ich spreche geradeheraus, ohne Schönrederei, so etwas kann ich nicht ausstehen. Denn das ist doch alles nur Blödsinn. Ich habe immer gehofft, daß Sie hinreichend Verstand besitzen, einem nicht bis zum Überdruß ... Ach, genug, bin müde!«

Und sie sah ihn mit einem langen, gequälten, müden Blick an. Schatow stand vor ihr, mitten im Zimmer, etwa fünf Schritte von ihr entfernt, und hörte ihr schüchtern, aber wie neu belebt und mit einem ungewöhnlichen Strahlen im Gesicht zu. Dieser starke, rauhe Mensch, der sich sonst immer so borstig zeigte, war auf einmal ganz weich geworden, und es ging wie ein Leuchten von ihm aus. In seiner Seele zitterte etwas noch nie Dagewesenes, etwas ganz Unerwartetes. Die drei Jahre der Trennung, die seit Jahren zerrissene Ehe hatten in seinem Herzen nichts auszulöschen vermocht. Und vielleicht hatte er in diesen drei Jahren Tag für Tag an jenes teure Wesen gedacht, das einstmals zu ihm gesagt hatte: »Ich liebe dich!« Ich kann wohl, da ich Schatow gut kannte, mit Sicherheit behaupten, daß er niemals auch nur zu träumen gewagt hat, daß ein Weib zu ihm sagen könne: »Ich liebe dich.« Er war keusch und schamhaft bis zur Menschenscheu, hielt sich für eine schreckliche Mißgeburt, haßte sein Äußeres und seinen Charakter und achtete sich gleich irgendeinem Monstrum, das man nur von einem Jahrmarkte zum anderen schleppen und für Geld zeigen konnte. Die Folge von alledem war, daß er nichts höher schätzte als die Ehrlichkeit und seinen Überzeugungen bis zum Fanatismus anhing. Dabei war er finster und stolz, geriet leicht in Zorn und tat nicht gern den Mund auf. Und dieses einzige Wesen in der Welt, das ihn vierzehn Tage lang geliebt hatte (daran hatte er immer, immer geglaubt), dieses Wesen, das er so unendlich hoch über sich stellte, obgleich er dessen Verirrungen mit vollkommen nüchternen Augen ansah, dieses Wesen, dem er alles, alles restlos verzeihen konnte (aber davon konnte gar keine Rede sein, im Gegenteil, seiner Ansicht nach war sogar nur er der schuldige Teil), diese seine Frau, diese Marja Schatowa war plötzlich wieder in seinem Hause, stand wieder vor ihm ... es war fast unmöglich, das zu fassen! Er war so erschüttert, dies Ereignis hatte für ihn etwas so Wunderbares und schenkte ihm zugleich so viel Glück, daß er gar nicht wieder zu sich kommen konnte, ja, vielleicht wollte er das nicht einmal und fürchtete sich sogar davor. Es war wie ein Traum. Als sie ihn aber mit jenem gequälten Blicke ansah, verstand er plötzlich, daß dieses über alles geliebte Wesen litt und beleidigt worden war. Sein Herz drohte stillzustehen. Schmerzlich betrachtete er ihre Züge: schon lange war aus diesem müden Gesicht der Glanz der ersten Jugend entschwunden. Allerdings war sie immer noch hübsch – in seinen Augen, ebenso wie früher, eine Schönheit. (In Wirklichkeit war sie eine Frau von etwa fünfundzwanzig Jahren, etwas über mittelgroß – größer als Schatow –, ziemlich starkknochig, mit dunkelblondem üppigem Haar, einem blassen ovalen Gesicht und großen dunklen Augen, die jetzt in fieberhaftem Glanze leuchteten.) Aber ihre frühere, leichtsinnige, naive und harmlose Energie, die er so gut gekannt hatte, hatte sich in eine mürrische Reizbarkeit, Lebensunlust und in eine Art Zynismus verwandelt, an den sie noch nicht gewöhnt war und der sie selber bedrückte. Doch die Hauptsache war: sie war krank, das sah er ganz deutlich. Trotz aller Scheu vor ihr trat er plötzlich auf sie zu und ergriff ihre beiden Hände:

»Marie ... weißt du ... du scheinst sehr müde zu sein, um Gottes willen, sei nicht böse ... Wenn du nur wenigstens zum Beispiel etwas Tee trinken wolltest, nicht? Tee kräftigt doch, nicht? Wenn du einverstanden wärest! ...«

»Was gibt es da einverstanden zu sein? Natürlich bin ich einverstanden. Sie sind doch noch dasselbe Kind wie früher. Geben Sie welchen her, wenn Sie können. Wie eng es bei Ihnen ist! Und wie kalt!«

»Oh, ich werde gleich Holz holen, Holz ... Holz habe ich!« rief Schatow und rannte immer hin und her. »Holz ... das heißt ... aber ... Übrigens werde ich auch gleich Tee ...« und er machte wie in verzweifelter Entschlossenheit eine Handbewegung und griff nach seiner Mütze.

»Wohin wollen Sie? Haben Sie denn keinen Tee im Hause?«

»Gleich, gleich, gleich wird alles dasein ... ich ...«

Er nahm den Revolver vom Regal.

»Ich werde gleich diesen Revolver versetzen ... oder auch nur verpfänden ...«

»Was sind das für Dummheiten! Wie lange soll denn das dauern! Da nehmen Sie Geld von mir, wenn Sie nichts mehr haben. Hier sind acht Zehnkopekenstücke, ich glaube, das ist alles, was ich habe. Es ist ja wie in einem Tollhaus bei Ihnen!«

»Ich brauche dein Geld nicht, ich brauche es nicht, ich werde gleich, in einem Augenblick ... auch ohne den Revolver ...«

Und er rannte geradewegs zu Kirillow. Das war ungefähr zwei Stunden vor Pjotr Stepanowitschs und Liputins Besuch bei diesem. Obgleich Schatow und Kirillow in einem Haus lebten, so sahen sie sich doch fast nie, und wenn sie sich wirklich einmal trafen, so grüßten sie sich nicht und sprachen auch nicht miteinander, sie hatten eben zu lange in Amerika »nebeneinander gelegen«.

»Kirillow, Sie haben doch immer Tee; haben Sie welchen und einen Samowar?«

Kirillow, der im Zimmer auf und ab ging (gewöhnlich ging er die ganze Nacht lang von einer Ecke des Zimmers in die andere), blieb plötzlich stehen und sah den eilig Eintretenden aufmerksam, übrigens ohne besondere Verwunderung an.

»Tee ist da, Zucker ist da, und ein Samowar ist da. Aber den Samowar braucht es nicht, der Tee ist heiß. Setzen Sie sich und trinken Sie einfach.«

»Kirillow, wir sind in Amerika nebeneinander gelegen ... Meine Frau ist zu mir gekommen ... Ich ... Geben Sie mir Tee ... Ich brauche den Samowar.«

»Tee ist da, Zucker ist da, und ein Samowar ist da. Aber den Samowar nachher. Ich habe zwei. Jetzt nehmen Sie die Teekanne vom Tisch. Ist heiß, kochend heiß. Nehmen Sie alles; nehmen Sie Zucker; alles. Brot ... Brot ist viel da; alles. Es ist Kalbfleisch da. An Geld ein Rubel.«

»Gib her, Freund, ich gebe es dir morgen wieder! Ach, Kirillow!«

»Ist das die Frau, die in der Schweiz war? Das ist gut. Und daß Sie gleich hereingelaufen sind, ist auch gut.«

»Kirillow!« rief Schatow aus, klemmte die Teekanne unter den Ellbogen und nahm den Zucker und das Brot in beide Hände. »Kirillow, wenn Sie ... wenn Sie sich doch nur von Ihren schrecklichen Phantasien losmachen und Ihre atheistischen Faseleien lassen könnten ... Oh, was wären Sie da für ein Mensch, Kirillow!«

»Man sieht, daß Sie Ihre Frau auch nach der Schweiz noch liebhaben. Das ist gut, daß Sie das auch jetzt noch tun. Wenn Sie Tee brauchen, kommen Sie wieder. Kommen Sie die ganze Nacht, ich schlafe überhaupt nicht. Der Samowar wird immer dasein. Nehmen Sie den Rubel, da. Gehen Sie zu Ihrer Frau, ich werde hierbleiben und an Sie und Ihre Frau denken.«

Marja Schatowa war sichtlich zufrieden, daß es so schnell gegangen war, und machte sich mit einer wahren Gier über den Tee her. Aber den Samowar herüberzuholen war nicht nötig, sie trank nicht mehr als eine halbe Tasse und verzehrte nur ein winziges Stückchen Brot. Das Kalbfleisch wies sie verächtlich und gereizt zurück.

»Du bist krank, Marie, all das ist bei dir so krankhaft ...« bemerkte Schatow schüchtern, und schüchtern machte er sich um sie zu schaffen.

»Natürlich bin ich krank, aber bitte, setzen Sie sich. Wo nahmen Sie den Tee her, wenn Sie keinen hatten?«

Schatow erzählte von Kirillow, nur so obenhin und ganz kurz. Sie hatte schon einmal von ihm gehört.

»Ich weiß, daß er verrückt ist. Aber genug davon. Bitte, gibt es etwa nicht mehr solcher Dummköpfe? So sind Sie also in Amerika gewesen? Ich hörte es schon, Sie schrieben es ja.«

»Ja, ich ... habe nach Paris geschrieben.«

»Schon gut, reden wir bitte von etwas anderem. Sind Sie überzeugter Slawophile?«

»Ich ... ich bin nicht gerade ... da es unmöglich ist, Russe zu sein, bin ich Slawophile geworden«, sagte er, gezwungen lächelnd und mit der Anstrengung eines Menschen, der zu unrechter Zeit mit aller Gewalt witzig sein möchte.

»Sie sind also nicht Russe?«

»Nein, ich bin nicht Russe.«

»Na, all das sind Dummheiten. Setzen Sie sich doch endlich, ich bitte Sie. Wozu rennen Sie immer hin und her? Sie meinen, ich rede im Fieber? Kann sein, daß ich auch noch

Fieber bekommen werde. Sie sagen, Sie wohnen hier im Hause nur zu zweit?«

»Zu zweit . . . unten . . .«

»Und beides so kluge Leute. Was heißt ‚unten'? Sie sagten eben ‚unten'.«

»Nein, nichts.«

»Wieso nichts? Ich will es wissen!«

»Ich wollte nur sagen, daß wir jetzt hier zu zweien im Hause sind, während unten früher die Lebjadkins gewohnt haben . . .«

»Sind das die, die heute nacht ermordet worden sind?« fuhr sie plötzlich auf. »Ich habe es gehört. Ich war kaum angekommen, da hörte ich es schon. Und dann hat es hier auch gebrannt?«

»Ja, Marie, ja, und vielleicht begehe ich in diesem Augenblick eine schreckliche Gemeinheit, daß ich die Schurken schone . . .« Er sprang plötzlich auf und lief im Zimmer auf und ab, indem er wie in Verzweiflung die Hände emporreckte.

Aber Marie verstand ihn nicht. Sie hörte seine Antworten zerstreut an, fragte wieder, ohne zu hören, was er sagte.

»Schöne Sachen kommen ja da bei euch vor! Ach, wie gemein das alles ist! Was sind das doch alles für Schufte! Aber so setzen Sie sich doch endlich, ich bitte Sie, Sie machen mich ja noch ganz verrückt!«

Und wie ohnmächtig ließ sie den Kopf auf das Kissen sinken.

»Marie, ich werde nicht . . . Vielleicht möchtest du dich lieber hinlegen, Marie?«

Sie antwortete nicht und schloß erschöpft die Augen. Ihr Gesicht war bleich wie das einer Toten. Sie schlief fast augenblicklich ein. Schatow sah sich rings um, brachte das Licht in Ordnung, blickte ihr noch einmal beunruhigt ins Gesicht, preßte die Hände fest zusammen und schlich dann auf den Zehenspitzen aus dem Zimmer in den Flur hinaus. Oben auf der Treppe blieb er, die Stirn in einer Ecke an die Wand gelehnt, wohl zehn Minuten stumm und unbeweglich stehen. Er würde wohl noch länger dort gestanden haben, wenn er nicht plötzlich unten leise, vorsichtige Schritte gehört hätte. Irgend jemand hastete die Treppe hinauf. Schatow fiel ein, daß er vergessen hatte, das Pförtchen zuzuschließen.

»Wer ist da?« fragte er flüsternd.

Der unbekannte Besucher gab keine Antwort und stieg ruhig weiter die Treppe hinauf. Oben angelangt, blieb er stehen, aber in der Dunkelheit war es unmöglich, ihn zu sehen. Plötzlich hörte man ihn vorsichtig fragen: »Iwan Schatow?«

Schatow nannte seinen Namen, streckte aber sogleich die Hand aus, um dem Unbekannten zu wehren. Doch dieser ergriff seine Hand. Schatow fuhr zusammen, als hätte er ein ekelhaftes Reptil berührt.

»Warten Sie hier«, flüsterte er ihm hastig zu, »treten Sie nicht ein, ich kann Sie jetzt nicht empfangen. Meine Frau ist zu mir zurückgekehrt. Ich werde das Licht herausholen.«

Als er mit der Kerze zurückkehrte, stand vor ihm ein junger Offizier, dessen Namen er nicht wußte, den er aber schon einmal irgendwo gesehen hatte.

»Erkel«, stellte sich dieser vor. »Wir haben uns bei Wirginskij gesehen.«

»Ich erinnere mich, Sie saßen da und schrieben. Hören Sie«, brauste Schatow auf, trat grimmig einen Schritt auf ihn zu, sprach aber wie vorher im Flüsterton weiter, »Sie haben mir soeben beim Händedruck ein Zeichen mit der Hand gemacht. Aber wissen Sie, ich spucke auf alle diese Zeichen! Ich erkenne sie nicht an... ich will nicht... Ich kann Sie sogleich die Treppe hinunterwerfen, wissen Sie das?«

»Nein, das weiß ich ganz und gar nicht, ich weiß überhaupt nicht, warum Sie sich so aufregen«, versetzte der Gast milde und fast harmlos. »Ich soll Ihnen nur etwas bestellen und bin deshalb gleich hergekommen, um keine Zeit zu verlieren. Sie haben, wie Sie selber wissen, eine Druckerpresse, die nicht Ihr Eigentum ist und über die Sie Rechenschaft abzulegen verpflichtet sind. Mir ist befohlen worden, von Ihnen zu fordern, daß Sie diese gleich morgen, pünktlich um sieben Uhr abends, an Liputin abgeben. Außerdem soll ich Ihnen noch mitteilen, daß man künftighin von Ihnen weiter nichts mehr verlangen wird.«

»Nichts?«

»Absolut nichts. Ihre Bitte wird erfüllt werden. Sie sind auf immer ausgeschieden. Ich bin ausdrücklich beauftragt worden, Ihnen dies mitzuteilen.«

»Wer hat Sie damit beauftragt?«

»Jene, die mir das Zeichen gegeben haben.«

»Sie kommen aus dem Ausland?«

»Das . . . ich glaube, das ist für Sie ohne Belang.«

»Zum Teufel! Warum sind Sie denn nicht früher gekommen, wenn es Ihnen doch befohlen worden war?«

»Ich habe gewisse Instruktionen befolgt und war nicht allein.«

»Verstehe, verstehe, Sie waren nicht allein. Zum Teufel! Warum ist denn Liputin nicht selber gekommen?«

»So werde ich mich also morgen abend punkt sechs Uhr bei Ihnen einstellen, und wir werden zu Fuß dorthin gehen. Außer uns dreien wird niemand dort sein.«

»Wird Werchowenskij dabeisein?«

»Nein, er nicht. Werchowenskij reist morgen früh um elf Uhr aus der Stadt ab.«

»Das dachte ich mir doch!« flüsterte Schatow grimmig und schlug sich mit der Faust auf den Schenkel. »Er reißt aus, die Kanaille!«

Erregt dachte er einen Augenblick nach. Erkel sah ihn aufmerksam an, schwieg und wartete.

»Wie wollen Sie denn die Presse fortbringen? Die kann man doch nicht so einfach in die Hände nehmen und wegtragen.«

»Das wird gar nicht nötig sein. Sie zeigen uns die Stelle, und wir werden uns nur davon überzeugen, daß sie tatsächlich dort vergraben ist. Wir wissen ja vorläufig nur, wo der Ort ist, die Stelle selber aber kennen wir nicht. Haben Sie etwa den Ort schon irgend jemandem gezeigt?«

Schatow sah ihn an.

»Und Sie, Sie, ein so junger Bengel . . . ein so dummer, kleiner Kerl, Sie sind auch mit dem Kopf da hineingerannt wie ein Hammel? Ja, solche Kräfte können sie brauchen! Na, machen Sie sich fort! Ah! Dieser gemeine Hund hat euch alle übers Ohr gehauen, und nun macht er sich aus dem Staub.«

Erkel sah ihn klar und ruhig an, aber als verstünde er ihn nicht.

»Werchowenskij fort, Werchowenskij!« knirschte Schatow grimmig vor sich hin.

»Aber er ist ja noch hier, ist noch gar nicht fort. Er fährt ja erst morgen ab«, warf Erkel sanft und begütigend ein. »Ich habe ihn noch besonders aufgefordert, als Zeuge zugegen zu sein, auf ihn deutete auch meine ganze Instruktion hin«, enthüllte er als junger, unerfahrener Mensch ganz aufrichtig. »Zu meinem Bedauern aber lehnte er das unter dem Vorwand, daß er verreisen müsse, ab und scheint es auch in der Tat sehr eilig zu haben.«

Schatow warf dem einfältigen jungen Mann noch einen mitleidigen Blick zu, dann aber machte er eine Handbewegung, als dächte er bei sich: Da lohnt sich Mitleid.

»Gut, ich werde kommen«, sagte er plötzlich kurz. »Aber jetzt packen Sie sich, marsch!«

»Also, ich komme pünktlich um sechs Uhr«, sagte Erkel mit einer höflichen Verbeugung und stieg gemächlich die Treppe hinunter.

»Dummköpfchen!« konnte sich Schatow nicht enthalten, ihm die Treppe hinunter nachzurufen.

»Wie bitte?« gab jener von unten zurück.

»Nichts. Gehen Sie.«

»Ich dachte, Sie hätten noch etwas gesagt.«

2

Erkel war einer von jenen »Dummköpfchen«, denen nur die Haupteinsicht fehlt, die Herrscherin im Kopf; im Kleinen, Untergeordneten war er gescheit genug, bis zur Schläue. Er war der »allgemeinen Sache«, im Grunde aber Pjotr Stepanowitsch, fanatisch und mit jugendlicher Begeisterung ergeben und führte alle seine Befehle aus, die er ihm damals, als in der Sitzung bei den *Unsrigen* die Rollen für den nächsten Tag vereinbart und verteilt worden waren, gegeben hatte. Pjotr Stepanowitsch war es gelungen, nachdem er ihm die Rolle eines Abgesandten zugeteilt hatte, ihn auf ein paar Minuten auf die Seite zu ziehen. Der ausführende Teil zu sein war das Bedürfnis dieser kleinen, an Urteilskraft armen, immer nach Unterordnung unter einen fremden Willen lechzenden Natur – natürlich nicht anders als für die »allgemeine« oder »große« Sache. Aber das änderte nichts an seinem Verhältnis zu Pjotr Stepanowitsch, denn solche kleinliche Fanatiker wie Erkel können sich das Wirken im Dienst einer Idee nicht anders als mit einer Persönlichkeit verquickt vorstellen, die ihrer Ansicht nach diese Idee verkörpert. Der empfindsame, freundliche und gute Erkel war vielleicht der gefühlloseste von allen Mördern, die Schatow überfielen, und nahm, obgleich er ihn persönlich keineswegs haßte, ohne mit der Wimper zu zucken, an seinem Morde teil. Ihm war zum Beispiel befohlen worden, die Umgebung Schatows gut ins Auge zu fassen, wenn er ihm den Auftrag überbringe. Als ihn nun Schatow auf der Treppe empfing und in seiner Aufregung, wahrscheinlich ohne es selber zu merken, ausschwatzte, daß seine Frau zurückgekehrt war, zeigte sich Erkel sogleich instinktiv schlau genug, nicht die geringste weitere Neugier an den Tag zu legen, obgleich in ihm die Ahnung aufblitzte, daß dieses Ereignis, die Rückkehr seiner Frau, von großem Einfluß auf den Erfolg ihres Unternehmens sein würde ...

Und so war es auch in Wirklichkeit. Nur diese Tatsache allein rettete die »Schurken« vor Schatows Absicht, sie anzuzeigen, und half ihnen dabei gleichzeitig, ihn »loszuwerden« ... Erstens war Schatow dadurch furchtbar aufgeregt und ganz aus der Bahn geworfen und seiner gewöhnlichen Vorsicht und Scharfsichtigkeit beraubt. Der Gedanke an die eigne Lebensgefahr konnte ihn jetzt weniger als sonst beschäftigen, weil er ganz andere Dinge im Kopf hatte. Im Gegenteil, er war mit Begeisterung davon überzeugt, daß Pjotr Stepanowitsch sich morgen davonmachen werde: das fiel so gut mit seinem Verdacht zusammen!

Ins Zimmer zurückgekehrt, setzte er sich wieder in eine Ecke, stützte die Ellbogen auf die Knie und verbarg sein Gesicht in beiden Händen. Bittere Gedanken quälten ihn ...

Doch da hob er schon wieder den Kopf, stand auf und schlich auf den Zehen ans Bett, um nach ihr zu sehen.

Großer Gott! Sicher wird sie morgen früh Fieber haben, vielleicht hat es schon jetzt angefangen. Wahrscheinlich hat sie sich erkältet. Sie ist an dieses fürchterliche Klima nicht gewöhnt, und diese Eisenbahnwagen hier, dazu noch dritter Klasse, und ringsum Sturm und Regen! Und was für einen dünnen Mantel sie hat und gar keine warmen Kleider ... Und da sollte ich mich von ihr abwenden, sie ohne alle Hilfe im Stich lassen! Und die Reisetasche, die Reisetasche, wie winzig und leicht die ist, nichts wie Falten, die wiegt doch kaum zehn Pfund! Die Ärmste, wie entkräftet sie ist, wieviel mag sie erduldet haben! Aber sie ist stolz, deshalb beklagt sie sich auch nicht. Und gereizt ist sie, sehr gereizt. Aber das kommt nur von der Krankheit, auch ein Engel ist gereizt, wenn er krank ist. Wie trocken und heiß ihre Stirn ist, was für schwarze Ringe sie unter den Augen hat, und ... und wie schön doch dieses ovale Gesicht und ... und dieses üppige Haar ist, wie ...

Aber er wandte jäh die Augen ab und ging schnell wieder zurück, als erschräke er darüber, auch nur in Gedanken etwas anderes in ihr zu sehen als ein unglückliches, gequältes Wesen, dem man helfen müsse. Was gibt es hier für mich zu hoffen? Oh, wie niedrig, wie gemein ist doch der Mensch! Und er ging wieder in seine Ecke, setzte sich, verbarg das Gesicht in den Händen und träumte abermals und erinnerte sich abermals ... und wieder flimmerte die Hoffnung auf.

»Ach, wie müde ich bin, wie müde!« hatte sie vorhin mit ihrer schwachen, matten Stimme gerufen. Großer Gott, und er sollte sie jetzt verlassen, wo sie nur noch achtzig Kopeken besaß, die sie aus ihrem alten, winzigen Geldbeutel gezogen hatte! Sie ist hergekommen, um sich eine Stelle zu suchen – aber was weiß sie denn von Stellen? Was weiß sie denn von Rußland? Sie ist wie ein mutwilliges Kind, malt sich alles nach eignen Phantasien aus, die sie sich selber zusammenträumt, und dann ärgert sie sich, die Arme, daß Rußland ihren ausländischen Träumereien so gar nicht ähnlich ist. Oh, wie unglücklich, wie unschuldig sie ist ... Doch, übrigens ... hier ist es wirklich sehr kalt.

Es fiel ihm ein, daß sie sich darüber beklagt und er versprochen hatte, den Ofen anzuheizen.

Holz ist da, das könnte ich holen, nur darf ich sie damit nicht aufwecken. Übrigens, das wird schon gehen. Aber was soll nun aus dem Kalbfleisch werden? Wenn sie aufsteht, wird sie vielleicht etwas essen wollen ... Na, das hat ja Zeit bis nachher, Kirillow schläft ja die ganze Nacht nicht. Womit könnte ich sie nur zudecken? Sie schläft fest, aber sicherlich friert sie, sicherlich!

Und er ging noch einmal hin, um nach ihr zu sehen. Ihr Kleid hatte sich ein wenig umgeschlagen, und das halbe rechte Bein bis zum Knie lag unbedeckt da. Da wandte er sich fast erschrocken ab, zog seinen warmen Mantel aus und deckte sie, selbst nur mehr im alten, dürftigen Rock, damit zu, indem er sich bemühte, die entblößte Stelle nicht anzusehen.

Während er Feuer machte, auf den Zehen hin und her schlich, bald nach der Schlafenden sah, bald wieder in seiner Ecke träumte, um dann gleich wieder zu ihr hinzugehen, verging die Zeit. Es mochten wohl zwei, drei Stunden verflossen sein. Und in dieser Zeit waren Werchowenskij und Liputin bei Kirillow gewesen. Endlich schlummerte auch er in seiner Ecke ein. Da ließ sich ein Stöhnen vernehmen: sie erwachte und rief ihn. Er sprang auf wie ein Verbrecher.

»Marie! Ich war am Einschlafen ... Ach, was bin ich für ein Schuft, Marie!«

Sie erhob sich, sah sich erstaunt um, als wüßte sie nicht, wo sie sich befände, und plötzlich machten sich ihr Zorn und ihre Entrüstung Luft: »Ich habe Ihr Bett eingenommen, ich bin hier vor Erschöpfung eingeschlafen, wie konnten Sie sich unterstehen, mich nicht aufzuwecken? Wie konnten Sie wagen zu denken, daß ich Ihnen zur Last fallen wollte?«

»Aber konnte ich dich denn aufwecken, Marie?«

»Sie konnten es, Sie mußten es! Es ist hier kein anderes Bett für Sie da, und ich habe das Ihrige eingenommen. Sie durften mich nicht in solch eine falsche Lage bringen. Oder glauben Sie etwa, ich bin hierhergekommen, um Wohltaten von Ihnen anzunehmen? Augenblicklich nehmen Sie Ihr Bett ein, und ich werde mich dort in der Ecke auf Stühle legen ...«

»Marie, soviel Stühle habe ich nicht und auch nichts zum Drunterlegen.«

»Nun, dann lege ich mich einfach auf den Fußboden. Sonst müßten Sie sich doch selber auf die Erde legen. Ich will auf den Fußboden, gleich, gleich!«

Sie stand auf und wollte ein paar Schritte machen, da aber nahm ein sehr starker, krampfartiger Schmerz ihr plötzlich die ganzen Kräfte und all ihre Entschlossenheit, und mit lautem Stöhnen fiel sie auf das Bett zurück. Schatow eilte herbei, aber Marie versteckte ihr Gesicht in den Kissen, griff nach seiner Hand und drückte und preßte sie mit aller Kraft. Das dauerte wohl eine Minute lang.

»Marie, Täubchen, hier ist ein Doktor Frenzel, wenn du den brauchst. Den kenne ich gut, sehr gut ... Ich werde zu ihm laufen.«

»Unsinn!«

»Wieso Unsinn? Sage, Marie, was tut dir denn weh? Sonst könnte man auch heiße Umschläge ... auf den Leib, zum Beispiel ... Das kann ich auch ohne Doktor ... Oder ein Senfpflaster.«

»Was ist das?« fragte sie sonderbar, hob den Kopf und sah ihn fast erschrocken an.

»Was meinst du denn, Marie?« fragte Schatow ohne zu verstehen. »Wonach fragst du? O Gott, ich bin ganz kopflos, Marie. Entschuldige, ich verstehe nichts.«

»Ach, lassen Sie nur, es ist auch nicht Ihre Sache, das zu verstehen. Das wäre auch sehr lächerlich...« Und sie lachte bitter. »Erzählen Sie mir irgend etwas. Gehen Sie im Zimmer auf und ab und erzählen Sie. Aber stellen Sie sich nicht immer so vor mich hin und sehen Sie mich nicht so an, das habe ich Ihnen schon fünfhundertmal gesagt!«

Schatow fing an, im Zimmer auf und ab zu gehen, sah zu Boden und bemühte sich aus allen Kräften, sie nicht anzusehen.

»Hier – sei nicht böse, Marie, ich bitte dich – hier ist noch Kalbfleisch, und der Tee ist auch nicht weit... Du hast vorhin so wenig gegessen...«

Sie machte eine verächtliche und feindselige Handbewegung. Schatow biß sich verzweifelt auf die Zunge.

»Hören Sie, ich habe die Absicht, hier in der Stadt eine Buchbinderei aufzumachen, natürlich auf den vernünftigen Grundlagen der Teilhaberschaft. Da Sie hier wohnen: was halten Sie davon? Wird es sich rentieren oder nicht?«

»Ach, Marie, bei uns werden keine Bücher gelesen, ja, es gibt gar keine. Wie soll er sich da Bücher binden lassen?«

»Wer denn: ‚er?'«

»Der hiesige Leser, der hiesige Einwohner im allgemeinen, Marie.«

»So sagen Sie das doch klarer! Da sagen Sie nun ‚er', wer er aber ist, ist unbekannt. Von Grammatik haben Sie keine Ahnung.«

»Das liegt doch im Geist der Sprache, Marie«, murmelte Schatow.

»Ach hören Sie auf mit Ihrem Geist, das hängt mir zum Hals heraus! Warum soll denn der hiesige Leser und Einwohner seine Bücher nicht einbinden lassen?«

»Weil ein Buch zu lesen und ein Buch einbinden zu lassen zwei verschiedene Stufen in der Entwicklung bedeuten, und zwar zwei gewaltige. Zuerst hat der Mensch nach und nach lesen gelernt, durch Jahrhunderte natürlich, aber er hat die Bücher zerrissen und herumgeworfen, da er sie eben noch nicht ernst genommen hat. Das Einbinden aber bekundet schon eine Achtung vor dem Buch, es zeigt, daß man nicht nur gern liest, sondern das Buch auch als einen Besitzgegenstand anerkennt. Bis zu dieser Stufe ist aber ganz Rußland noch nicht gelangt. In Europa läßt man schon lange binden.«

»Das ist zwar etwas pedantisch, aber durchaus nicht dumm gesagt und erinnert mich an die Zeit vor drei Jahren. Sie waren mitunter ziemlich witzig vor drei Jahren.«

Sie sagte dies ebenso geringschätzig wie alle ihre früheren launenhaften Aussprüche.

»Marie, Marie«, wandte sich Schatow gerührt zu ihr, »o Marie! Wenn du wüßtest, wieviel in diesen drei Jahren vergangen und verloren ist. Ich hörte dann, daß du mich wegen meiner Gesinnungsänderung verachtet hast. Von wem aber habe ich mich abgewandt? Von den Feinden des pulsierenden Lebens, von den veralteten Liberalen, die sich vor persönlicher Unabhängigkeit fürchten, von den Lakaien des Gedankens, den Feinden der Persönlichkeit und der Freiheit und von den hinfälligen Predigern des Aases und der Verwesung! Denn was findet man bei ihnen? Greisenhaftigkeit, goldene Mittelmäßigkeit, die spießigste, elendeste Unbegabtheit, eine Gleichheit, aus dem Neide geboren, eine Gleichheit ohne persönliches Wertgefühl, eine Gleichheit, wie sie ein Lakai sich denkt oder der Franzose von 1793 sich gedacht hat . . . Und dann die Hauptsache: sie sind alle Schurken, Schurken und Schurken!«

»Ja, Schurken gibt es viele«, wiederholte sie kurz und schmerzlich.

Sie lag ausgestreckt und unbeweglich da, als fürchte sie, sich zu bewegen, hatte den Kopf auf das Kissen zurückfallen lassen, ein wenig zur Seite, und starrte mit müden, aber heißen Blicken an die Decke. Ihr Gesicht war bleich, ihre Lippen wurden trocken und klebten zusammen.

»Du stimmst mir bei, Marie, du stimmst mir bei?« rief Schatow.

Sie wollte mit dem Kopf eine verneinende Bewegung machen, aber plötzlich kam derselbe Krampf wie vorhin wieder über sie. Wieder wühlte sie den Kopf in das Kissen hinein, wieder preßte sie schmerzhaft mit aller Gewalt eine Minute lang Schatows Hand, der erschrocken und kopflos herbeigeeilt war.

»Marie, Marie! Aber das ist vielleicht etwas sehr Ernstes, Marie.«

»Hören Sie auf . . . Ich will nicht, ich will nicht!« rief sie fast jähzornig und drehte das Gesicht wieder aus dem Kissen nach oben. »Unterstehen Sie sich nicht, mich anzusehen, mit Ihren mitleidigen Blicken! Gehen Sie im Zimmer auf und ab, erzählen Sie etwas, erzählen Sie . . .«

Wie verloren fing Schatow wieder an, etwas vor sich hinzumurmeln.

»Womit beschäftigen Sie sich hier?« fragte sie, ihn mit verächtlicher Ungeduld unterbrechend.

»Ich gehe zu einem Kaufmann ins Kontor. Wenn ich wirklich wollte, Marie, könnte ich hier viel Geld verdienen.«

»Um so besser für Sie . . .«

»Aber denke nicht etwa, Marie . . . das habe ich nur so gesagt.«

»Und was tun Sie noch? Was predigen Sie? Sie können doch, ohne zu predigen, nicht leben, bei dem Charakter.«

»Ich predige Gott, Marie.«

»An den Sie selber nicht glauben. Diese Idee habe ich niemals verstehen können.«

»Lassen wir das, Marie, darüber wollen wir später reden.«

»Was war denn das für eine, diese Marja Timofejewna?«

»Auch darüber wollen wir später reden, Marie.«

»Unterstehen Sie sich nicht, mir immer solche Einwände zu machen. Ist es wahr, daß ihr Tod eine Schandtat . . . dieser Leute ist?«

»Unbedingt ist es so«, entgegnete Schatow zähneknirschend.

Da hob Marie plötzlich den Kopf hoch und rief gequält aus: »Nie, nie dürfen Sie es wagen, mit mir wieder darüber zu sprechen, wagen Sie es nie, wagen Sie es nie!«

Und wieder fiel sie aufs Bett zurück in einem Anfall desselben krampfartigen Schmerzes wie vorhin. Das war nun schon der dritte; diesmal aber wurde ihr Stöhnen immer lauter und ging sogar in Schreien über.

»Oh, Sie unerträglicher, Sie unausstehlicher Mensch!« Unruhig warf sie sich hin und her und stieß Schatow, der sich über sie beugte, rücksichtslos beiseite.

»Marie, ich werde, wenn du willst . . . ich werde durchs Zimmer gehen, reden . . .«

»Aber sehen Sie denn nicht, daß es losgeht?«

»Was geht denn los, Marie?«

»Wie kann ich das wissen? Verstehe ich denn vielleicht davon etwas? Oh, ich Verfluchte! Verflucht sei alles schon im voraus!«

»Marie, wenn du nur sagen wolltest, was losgeht... dann könnte ich ... wie kann ich dich aber so verstehen?«

»Sie sind ein weltfremder, unnützer Schwätzer! Verflucht sei alles auf der Welt!«

»Marie, Marie!«

Er erwog in allem Ernst den Gedanken, ob es nicht vielleicht der Wahnsinn wäre, der bei ihr ausbräche.

»Aber sehen Sie denn noch immer nicht, daß ich mich in Geburtswehen winde?« rief sie, richtete sich halb auf und sah ihn mit entsetzlicher, krankhafter Wut an, die ihr ganzes Gesicht verzerrte. »Verflucht sei es schon im voraus, dieses Kind!«

»Marie«, rief Schatow aus, der nun endlich begriff, wie es mit ihr stand. »Marie, aber warum hast du das nicht eher gesagt?« Er kam plötzlich zu sich und griff mit energischer Entschlossenheit nach seiner Mütze.

»Habe ich es denn gewußt, als ich hierherkam? Wäre ich denn da zu Ihnen gekommen? Man hat mir gesagt, in zehn Tagen! Aber wohin wollen Sie denn? Wohin wollen Sie denn? Unterstehen Sie sich nicht!«

»Zur Hebamme. Ich werde den Revolver verkaufen, wir müssen vor allem Geld haben!«

»Unterstehen Sie sich, eine Hebamme zu holen! Nur ein einfaches Weib, eine alte Frau, ich habe noch achtzig Kopeken in meinem Beutel... Auf dem Dorfe gebären die Weiber auch ohne Hebamme... Und wenn ich verrecke, dann um so besser...«

»Gleich hole ich so ein Weib, und eine alte Frau noch dazu! Aber wie kann ich dich denn allein lassen, Marie!«

Doch er überlegte sich, daß es besser sei, sie jetzt trotz all ihrer Verzweiflung allein zu lassen als später ohne Hilfe zu sein, und stürzte, ohne auf ihr Stöhnen und ihre zornigen Ausrufe zu hören und sich ganz auf seine schnellen Füße verlassend, Hals über Kopf auf die Treppe hinaus.

3

Zuerst rannte er zu Kirillow. Es war schon gegen ein Uhr nachts. Kirillow stand mitten im Zimmer.

»Kirillow, meine Frau gebiert.«

»Wie meinen Sie das?«

»Sie gebiert, sie bekommt ein Kind!«

»Sie ... täuschen sich auch nicht?«

»O nein, nein, sie hat schon die Wehen! ... Ich brauche eine Frau, irgendein altes Weib, gleich jetzt, unbedingt ... Wo kann ich die jetzt herkriegen? Sie hatten doch so viele alte Weiber hier ...«

»Sehr schade, daß ich nicht zu gebären verstehe«, erwiderte Kirillow nachdenklich. »Das heißt nicht, zu gebären nicht verstehe, sondern es so zu machen, damit man gebiert, nicht verstehe ... oder ... Nein, ich verstehe das nicht zu sagen.«

»Das heißt, Sie können nicht selber bei der Geburt helfen. Aber deshalb komme ich ja auch nicht. Ich bitte um ein Weib, um eine alte Frau, eine Krankenwärterin, eine Magd!«

»Eine alte Frau werden wir schon auftreiben, nur vielleicht nicht gleich. Wenn Sie wollen, gehe ich mit ...«

»Oh, das geht nicht; ich will jetzt zur Wirginskaja, zur Hebamme.«

»Ein abscheuliches Frauenzimmer.«

»O ja, Kirillow, ja, doch sie ist besser als die anderen alle! Aber es wird alles ohne Ehrfurcht, ohne Freude, widerwillig und unter Geschimpfe und Gotteslästerungen vonstatten gehen – ein solch großes Geheimnis, das Erscheinen eines neuen Wesens! ... Oh, sie hat es schon jetzt verflucht! ...«

»Wenn Sie wollen, kann ich ja ...«

»Nein, nein, aber solange ich fort bin (oh, ich werde die Wirginskaja schon herbeischleppen!), könnten Sie ab und zu auf meine Treppe gehen und leise horchen. Aber gehen Sie ja nicht hinein, Sie erschrecken sie nur, gehen Sie um alles in der Welt nicht hinein, sondern horchen Sie bloß ... nur für den schlimmsten Fall. Nur wenn es zum Äußersten kommen sollte, dann können Sie hineingehen.«

»Ich verstehe. Hier ist noch ein Rubel. Ich wollte morgen ein Huhn, jetzt will ich nicht mehr. Laufen Sie schneller, laufen Sie aus allen Kräften. Der Samowar steht die ganze Nacht da.«

Kirillow hatte keine Ahnung von den Absichten Schatow gegenüber und hatte auch vorher gar nicht gewußt, bis zu welchem Grad ihm Gefahr drohte. Er wußte nur, daß er gewisse alte Rechnungen mit »diesen Leuten« zu begleichen hatte, und obgleich er selber in diese Sache zum Teil verwickelt war durch Instruktionen, die er vom Ausland her erhalten hatte (die übrigens nur ganz oberflächlich gewesen waren, denn einen näheren Anteil hatte er an der Sache niemals genommen), so hatte er doch in letzter Zeit alle Befehle außer acht gelassen, sich von allen Angelegenheiten und vor allen Dingen von der »allgemeinen Sache« vollständig zurückgezogen und sich nur noch seinen Grübeleien hingegeben. Pjotr Werchowenskij hatte in seinen Erörterungen mit Kirillow, obgleich er in der Sitzung Liputin aufgefordert hatte, Zeuge zu sein, daß Kirillow im gegebenen Augenblick »die Sache mit Schatow« auf sich nehmen werde, doch Schatow dann mit keinem Wort erwähnt, auch nicht einmal eine Anspielung darauf gemacht – wahrscheinlich hatte er das für unpolitisch und Kirillow für nicht zuverlässig gehalten und es auf den nächsten Tag verschoben, wenn die Tat bereits geschehen und Kirillow alles gleichgültig sein werde, wie wenigstens Pjotr Stepanowitsch von Kirillow dachte. Liputin war es zwar aufgefallen, daß trotz der Verabredung kein Wort über Schatow gefallen war, aber er war viel zu aufgeregt, um Einspruch zu erheben.

Wie der Wind eilte Schatow in die Murawjinaja-Straße, wobei er den weiten Weg verfluchte, der kein Ende zu nehmen schien.

Bei Wirginskij mußte er lange klopfen: alles schlief schon fest. Aber Schatow klopfte mit aller Gewalt und ohne jede Rücksicht auf den Fensterladen. Der Kettenhund auf dem Hofe rasselte und brach in ein wütendes Gebell aus. Alle anderen Hunde der Straße fielen ein, es entstand ein wahrer Höllenlärm.

»Warum klopfen Sie, und was wollen Sie denn?« ertönte endlich vom Fenster aus die sanfte und zu dieser »Herausforderung« gar nicht passende Stimme von Wirginskij selbst.

Der Fensterladen wurde aufgemacht, und auch die Luftklappe tat sich auf.

»Wer ist da? Wer ist dieser Schuft?« ließ sich die wütende Stimme der alten Jungfer, der Verwandten von Wirginskij, vernehmen, die nun schon eher zu der »Herausforderung« paßte.

»Ich bin es, Schatow. Meine Frau ist zurückgekehrt und wird gleich niederkommen ...«

»Na, mag sie doch! Scheren Sie sich zum Teufel!«

»Ich komme, um Arina Prochorowna zu holen. Ich gehe nicht ohne Arina Prochorowna!«

»Sie kann nicht zu jedem kommen. Für nachts ist eine

andre da . . . Scheren Sie sich zur Makschejewa, und unterstehen Sie sich nicht, solchen Lärm zu machen!« keifte die erboste Frauenstimme.

Es war zu hören, wie Wirginskij sie zurückzuhalten versuchte, aber die alte Jungfer stieß ihn beiseite und wich nicht von der Stelle.

»Ich gehe nicht weg!« schrie Schatow zurück.

»Warten Sie, warten Sie!« rief Wirginskij, der nun endlich doch mit der alten Jungfer fertig geworden war. »Ich bitte Sie, Schatow, warten Sie nur fünf Minuten. Ich werde Arina Prochorowna wecken. Aber bitte, klopfen und schreien Sie nicht so . . . Oh, wie schrecklich das alles ist!«

Nach fünf endlosen Minuten erschien endlich Arina Prochorowna.

»Ihre Frau ist zurückgekommen?« hörte man ihre Stimme durch die Luftklappe, und zu Schatows Verwunderung klang diese Stimme durchaus nicht böse, sondern nur herrisch wie gewöhnlich, denn anders konnte Arina Prochorowna nun einmal nicht reden.

»Ja, meine Frau, und sie kommt nieder.«

»Marja Ignatjewna?«

»Ja, Marja Ignatjewna. Selbstverständlich Marja Ignatjewna!«

Ein Schweigen entstand. Schatow wartete. Im Hause wurde getuschelt.

»Ist sie schon lange da?« fragte wieder Frau Wirginskaja.

»Heute abend um acht. Bitte kommen Sie schnell.«

Wieder hörte man tuscheln, es schien, als ob beraten würde.

»Hören Sie, haben Sie sich auch nicht geirrt? Hat sie selber nach mir geschickt?«

»Nein, sie hat nicht nach Ihnen geschickt, sie wollte nur eine Frau, eine einfache Frau haben, um mir nicht durch Ausgaben lästig zu fallen. Aber haben Sie keine Angst, ich werde alles bezahlen.«

»Gut, ich werde kommen, ob Sie nun bezahlen oder nicht. Ich habe immer Marja Ignatjewnas selbständiges Wesen zu schätzen gewußt, obgleich sie sich vielleicht nicht mehr auf mich besinnen kann. Haben Sie alles, was nötig ist?«

»Ich habe nichts, aber ich werde alles herbeischaffen, alles, alles . . .«

Auch bei diesen Leuten findet man Großmut! dachte Schatow und begab sich eilig zu Ljamschin. Die Überzeugungen und der Mensch an sich – das sind anscheinend zwei ganz verschiedene Dinge. Ich bin vielleicht sehr schuldig vor ihnen! ... Alle sind schuldig, alle sind schuldig und ... wenn davon nur alle überzeugt wären! ...

Bei Ljamschin brauchte er nicht lange zu klopfen. Zu seiner Verwunderung machte dieser augenblicklich das Klappfenster auf: er war barfuß und im Nachthemd aus dem Bette gesprungen, obgleich er dabei einen Schnupfen riskierte und sonst immer sehr ängstlich und fortgesetzt um seine Gesundheit besorgt war. Aber sein Wachen und seine Eilfertigkeit hatten einen besondern Grund: Ljamschin hatte den ganzen Abend seit der Sitzung bei den Unsrigen vor Aufregung immer nur gezittert und bis jetzt noch nicht einschlafen können, er wartete immer auf das Erscheinen gewisser ungebetener und durchaus unerwünschter Gäste. Die Nachricht, daß Schatow alle anzeigen werde, quälte ihn mehr als alles andere ... Und da plötzlich mußte ausgerechnet jemand so fürchterlich laut an sein Fenster klopfen!

Als er Schatow erblickte, bekam er eine solche Angst, daß er augenblicklich die Klappe wieder zuschlug und ins Bett zurücklief. Schatow fing wütend an zu klopfen und zu schreien.

»Wie können Sie sich unterstehen, mitten in der Nacht so zu klopfen?« rief Ljamschin drohend, aber halbtot vor Angst, nachdem er sich nach etwa zwei Minuten wenigstens noch einmal dazu entschlossen hatte, die Klappe aufzumachen, und sich überzeugt hatte, daß Schatow allein war.

»Hier ist Ihr Revolver. Nehmen Sie ihn zurück, und geben Sie mir fünfzehn Rubel.«

»Was soll das heißen? Sie sind wohl betrunken? Das ist ja ein Raubüberfall. Ich werde mich nur erkälten. Warten Sie, ich will mir ein Tuch umbinden.«

»Augenblicklich geben Sie mir die fünfzehn Rubel. Wenn Sie sie mir nicht geben, werde ich klopfen und schreien bis zum Morgen. Das ganze Fenster schlage ich Ihnen ein!«

»Und ich werde die Wache rufen, man wird Sie hinter Schloß und Riegel setzen.«

»Bin ich etwa stumm? Kann ich nicht auch die Wache herbeirufen? Ich weiß nicht, wer von uns beiden die Wache mehr zu fürchten hat, Sie oder ich.«

»Wie können Sie so gemeine Überzeugungen hegen ... Ich weiß, worauf Sie anspielen ... Halt, halt! Um Gottes willen, klopfen Sie nicht! Ich bitte Sie, wer hat denn nachts Geld im Hause? Und wozu brauchen Sie denn das Geld, wenn Sie nicht betrunken sind?«

»Meine Frau ist zurückgekehrt. Ich habe Ihnen schon zehn Rubel abgerechnet, habe nicht ein einziges Mal damit geschossen. Nehmen Sie den Revolver, nehmen Sie ihn augenblicklich!«

Ljamschin streckte mechanisch seine Hand durchs Fenster und nahm den Revolver. Dann wartete er, steckte plötzlich wieder den Kopf durch die Klappe und flüsterte, wie wenn er sich vergäße, wobei ihm ein kalter Schauer über den Rükken lief: »Sie lügen, Ihre Frau ist gar nicht zurückgekommen ... Das ist nur, weil ... weil Sie irgendwohin fliehen wollen.«

»Esel, der Sie sind! Wozu sollte ich denn fliehen? Das ist Ihr Pjotr Werchowenskij, der mag meinetwegen fliehen, aber nicht ich. Ich war eben bei der Wirginskaja, bei der Hebamme, sie war auch gleich bereit, zu mir zu kommen. Die können Sie fragen. Meine Frau quält sich, wir brauchen Geld, geben Sie es her!«

In Ljamschins verschlagenem Hirne blitzte ein ganzes Feuerwerk von Gedanken auf. Auf einmal nahm alles ein ganz anderes Gesicht an, aber immer noch ließ ihn die Furcht keinen vernünftigen Gedanken fassen.

»Aber wie ist denn das? Sie leben doch gar nicht mit Ihrer Frau zusammen?«

„Ich werde Ihnen den Schädel einschlagen für solche Fragen!"

»Ach, mein Gott, entschuldigen Sie nur, ich verstehe schon, ich bin nur so überrascht ... Doch ich verstehe schon, verstehe schon. Aber ... aber ... kommt Arina Prochorowna wirklich zu Ihnen? Sie sagten doch soeben, sie käme. Wissen Sie, das ist wieder nicht wahr. Sehen Sie, sehen Sie, sehen Sie, bei jedem Schritt sagen Sie die Unwahrheit!«

»Sie sitzt sicherlich jetzt bereits bei meiner Frau. Halten Sie mich nicht auf. Ich kann doch nichts dafür, daß Sie so dumm sind.«

»Das ist nicht wahr, ich bin gar nicht dumm. Entschuldigen Sie, aber ich kann nicht ...«

Völlig kopflos machte er zum dritten Male die Klappe zu, aber Schatow fing so an zu brüllen, daß er im Nu den Kopf wieder heraussteckte.

»Aber das ist ja weiter nichts als ein Attentat auf meine

Person! Was verlangen Sie denn von mir, was denn? So sagen Sie es doch klar heraus! Und bedenken Sie doch, bedenken Sie doch, mitten in der Nacht!«

»Fünfzehn Rubel verlange ich, Sie Schafskopf!«

»Aber ich kann vielleicht den Revolver gar nicht zurücknehmen? Sie haben gar kein Recht dazu. Sie haben das Ding gekauft – und damit basta. Sie haben gar kein Recht. Ich kann Ihnen eine solche Summe in der Nacht unter keinen Umständen geben. Wo soll ich denn eine solche Summe hernehmen?«

»Du hast immer Geld zu Hause. Ich habe dir schon zehn Rubel abgerechnet, aber du bist ja der richtige Schacherjude!«

»Kommen Sie übermorgen wieder! Hören Sie? Übermorgen vormittags, pünktlich um zwölf Uhr, dann werde ich Ihnen das ganze Geld geben, alles, einverstanden?«

Schatow donnerte zum dritten Male wie rasend an das Fenster: »Gib mir jetzt zehn Rubel und morgen ganz früh die anderen fünf!«

»Nein, übermorgen früh fünf. Morgen werde ich, bei Gott, kein Geld haben. Kommen Sie lieber nicht, kommen Sie lieber nicht.«

»So gib zehn Rubel, du Schuft!«

»Warum schimpfen Sie denn so? Warten Sie, ich muß doch erst Licht machen. Sie haben mir die ganze Scheibe herausgeschlagen ... Wer schimpft denn in der Nacht so! Hier.« Und er reichte ihm einen Schein durchs Fenster.

Schatow nahm ihn – es war ein Fünfrubelschein.

»Bei Gott, ich kann nicht mehr geben, und wenn Sie mich totschlagen, ich kann nicht, ich kann nicht. Übermorgen sollen Sie alles haben, aber jetzt kann ich nicht mehr geben.«

»Ich gehe nicht fort«, brüllte Schatow.

»Na, dann nehmen Sie, hier, sehen Sie, da ist noch etwas, aber mehr kann ich nicht geben. Und wenn Sie auch aus vollem Halse brüllen, um alles in der Welt kann ich nicht mehr geben, ich kann nicht, ich kann nicht.«

Er war ganz aufgelöst und in Verzweiflung, der Schweiß stand ihm auf der Stirn. Die zwei Scheine, die er ihm noch gegeben hatte, waren Rubelnoten. Schatow hatte also im ganzen sieben Rubel erhalten.

»Hol dich der Teufel! Ich komme morgen wieder. Ich schlage dich in Stücke, Ljamschin, wenn du die acht Rubel nicht bereit hast.«

Ich werde gerade zu Hause sein, du Dummkopf! dachte Ljamschin schnell.

»Halt, halt!« schrie er wie rasend Schatow nach, der schon fortrannte. »Halt, kommen Sie noch einmal her. Sagen Sie bitte, ist es wahr, daß Ihre Frau zurückgekehrt ist?«

»Narr!« brummte Schatow, spuckte aus und lief, so schnell er konnte, nach Hause.

4

Ich muß bemerken, daß Arina Prochorowna nichts von den Absichten wußte, die gestern in der Sitzung gefaßt worden waren. Wirginskij war matt und zerschlagen nach Hause zurückgekehrt, hatte aber nicht gewagt, ihr den gefaßten Entschluß mitzuteilen, doch hatte er es nicht aushalten können und ihr die Hälfte enthüllt, das heißt alles das, was Werchowenskij über Schatows unmittelbar bevorstehende Absicht, alle zu verraten, mitgeteilt hatte, hatte aber von sich selber aus hinzugefügt, daß er nicht so ganz an diese Nachrichten glaube. Arina Prochorowna war mächtig erschrocken gewesen. Deshalb hatte sie sich auch, als Schatow angelaufen kam, trotz ihrer großen Müdigkeit (sie hatte sich bereits die ganze vorige Nacht mit einer Gebärenden abgemüht) augenblicklich entschlossen mitzugehen. Sie war immer überzeugt gewesen, daß »ein solch minderwertiger Kerl wie Schatow zu jeder bürgerlichen Gemeinheit« fähig sei, nun aber gab die Ankunft Marja Ignatjewnas den Dingen eine andere Wendung. Schatows Angst, der verzweifelte Ton seiner Bitte, sein Flehen um Hilfe ließen einen Umschwung in den Gefühlen des Verräters erkennen: ein Mensch, der entschlossen war, sogar sich selber zu opfern, nur um andere zu verderben, hätte, sollte man meinen, anders ausgesehen und gesprochen, als es Schatow in Wirklichkeit getan hatte. Kurz, Arina Prochorowna faßte den Entschluß, sich alles mit eignen Augen anzusehen. Wirginskij war mit ihrem entschiedenen Vorgehen sehr zufrieden – es war, als fiele ihm ein Zentnerstein vom Herzen. Auch in ihm keimte wieder die Hoffnung auf: Schatows Aussehen hatte mit den Behauptungen Werchowenskijs so gar nicht zusammengestimmt!

Schatow hatte recht gehabt: als er nach Hause kam, fand er Arina Prochorowna bereits bei Marie vor. Sie war kaum angelangt, da hatte sie auch schon Kirillow verächtlich weggejagt, der unten auf der Treppe steckte, hatte sich schnell mit Marie bekannt gemacht, die sich aber nicht besinnen konnte, sie früher schon einmal kennengelernt zu haben. Sie hatte Marie in der »übelsten Verfassung« angetroffen, das heißt boshaft, zerrüttet und in einer »ganz kleinmütigen Verzweiflung«, aber keine fünf Minuten gebraucht, um alle ihre Einwände zu entkräften.

»Was lamentieren Sie denn da immer, Sie wollten keine teure Hebamme haben?« sagte sie gerade in dem Augenblick, als Schatow eintrat. »Das ist doch vollkommener Blödsinn, eine ganz falsche Ansicht, die nur von Ihrem anormalen Zustand kommt. Wenn Sie irgendeine einfache Frau, ein Weib aus dem Volk, zu Hilfe nehmen, so haben Sie alle Chancen darauf, daß die Sache schiefgeht, und dann haben Sie viel mehr Scherereien und Ausgaben als mit einer teuren Hebamme. Und woher wissen Sie denn überhaupt, ob ich teuer bin? Bezahlen Sie es später, ich werde schon nicht zuviel von Ihnen verlangen, dafür kann ich für den Erfolg garantieren: bei mir werden Sie nicht sterben, so etwas ist bei mir noch nie vorgekommen. Na, und das Kind gebe ich gleich morgen ins Asyl, und später kommt es aufs Land in Pflege, und damit ist die Sache erledigt. Und inzwischen werden Sie wieder gesund und nehmen eine vernünftige Arbeit an, und dann können Sie schon sehr bald Schatow alles wiedergeben für die Unterkunft und die Auslagen, die übrigens gar nicht so groß sein werden . . .«

»Das ist es nicht . . . Ich habe nicht das Recht, ihm zur Last zu fallen . . .«

»Eine vernünftige, gut bürgerliche Gesinnung. Aber glauben Sie, es wird Schatow so gut wie nichts kosten, wenn sich dieser phantastische Herr in einen Menschen mit nur einer Spur wirklicher Ideen verwandeln würde. Man darf ihn nur keine Dummheiten machen, nicht die Trommel rühren, nicht mit heraushängender Zunge durch die Stadt laufen lassen. Wenn man ihn nicht an der Hand festhält, so wird er womöglich bis zum Morgen alle hiesigen Ärzte aufscheuchen, wie er bei mir alle Hunde in der Straße aufgescheucht hat. Wir brauchen keinen Arzt, ich habe bereits gesagt, daß ich für alles garantiere. Eine alte Frau könnte man ja meinetwegen noch als Hilfe nehmen, das kostet nicht viel. Übrigens kann er auch selber dann und wann einmal mit zugreifen, braucht nicht immer nur Dummheiten zu machen. Das sind immerhin ein paar Hände, ein paar Füße. Er kann zum Beispiel in die Apotheke laufen, ohne daß Sie das als Wohltat aufzufassen und sich beleidigt zu fühlen brauchen. Und was für Wohltaten sind denn das, zum Teufel! Hat er Sie nicht selber in diese Lage versetzt? Hat er Sie nicht mit der Familie, wo Sie Gouvernante waren, auseinandergebracht in der egoistischen Absicht, Sie zu heiraten? Ich habe doch so etwas gehört ... Übrigens ist er ja selber vorhin wie ein Verrückter angerannt gekommen und hat die ganze Straße wachgeschrien. Ich dränge mich wahrhaftig niemandem auf und bin einzig Ihretwegen gekommen, nur aus Prinzip, weil alle *Unsrigen* zusammenhalten müssen; das habe ich ihm auch gleich, als wir aus dem Hause traten, erklärt. Doch wenn Sie glauben, daß ich hier überflüssig bin, dann kann ich ja gehen. Wenn aber nur dann kein Unglück geschieht, was so leicht zu verhindern wäre!«

Und sie stand sogar vom Stuhl auf.

Marie war so hilflos, litt so sehr und hatte, um die Wahrheit zu sagen, eine derartige Angst vor dem, was ihr bevorstand, daß sie sie nicht fortzuschicken wagte. Aber sie haßte diese Frau, immer sprach sie von etwas anderem, gar nicht von dem, was ihr so sehr am Herzen lag. Doch die Prophezeiung, daß sie in den Händen einer unerfahrenen Geburtshelferin möglicherweise sterben werde, besiegte ihren Widerstand. Dafür wurde sie von diesem Augenblicke an gegen Schatow noch anspruchsvoller, noch rücksichtsloser. Schließlich kam es so weit, daß sie ihm nicht nur verbot, sie anzusehen, sondern auch nur das Gesicht nach ihr hinzuwenden. Ihre Qualen wurden immer ärger. Sie schimpfte und fluchte immer toller.

»Ach was, wir stecken ihn ganz einfach hinaus«, entschied Arina Prochorowna. »Was er nur für ein Gesicht macht, er erschreckt Sie ja bloß! Ganz blaß sieht er aus, wie ein Toter! Aber was ist Ihnen denn bloß, sagen Sie doch, Sie närrischer Kauz? So eine Komödie!«

Schatow erwiderte nichts; er hatte sich entschlossen, keine Antworten mehr zu geben.

»Ich habe ja in solchen Fällen schon dumme Väter genug gesehen, sogar den Verstand verlieren sie. Aber die waren doch wenigstens . . .«

»Hören Sie auf, oder lassen Sie mich, damit ich verrecke.

Kein Wort weiter! Ich will nicht, ich will nicht!« schrie Marie sie an.

»Kein Wort zu sprechen ist unmöglich, das müssen Sie doch wohl zugeben, wenn Sie nicht selber den Verstand verloren haben, was ich bei Ihrer Lage übrigens begreifen könnte. Das Sachliche muß doch wenigstens besprochen werden: sagen Sie, haben Sie schon etwas vorbereitet? Antworten Sie mir darauf, Schatow, ihr ist jetzt nicht danach zumute.«

»Sagen Sie, was brauchen Sie eigentlich alles?«

»Das heißt also: es ist nichts vorbereitet.«

Sie zählte alles unumgänglich Notwendige auf und beschränkte sich dabei auf das Allernotwendigste, wie bei der größten Armut, diese Gerechtigkeit muß man ihr widerfahren lassen. Etwas fand sich bei Schatow. Marie zog einen Schlüssel hervor und gab ihn ihm, damit er auch in ihrer Reisetasche nachsuche. Da ihm die Hände zitterten, brauchte er, um das fremde Schloß zu öffnen, etwas länger. Marie geriet außer sich, als aber Arina Prochorowna hinzusprang, um ihm den Schlüssel aus der Hand zu nehmen, wollte sie ihr unter keinen Umständen erlauben, einen Blick in die Tasche zu werfen, und bestand unter eigensinnigem Schreien und Weinen darauf, daß nur Schatow allein sie aufmache.

Wegen einiger Sachen mußte man zu Kirillow laufen. Kaum hatte sich aber Schatow zum Gehen gewandt, als sie wie toll hinter ihm herzurufen begann, und sie beruhigte sich erst dann wieder, als Schatow Hals über Kopf die Treppe wieder heruntergestürzt kam und ihr erklärte, daß er nur für eine Minute fortgehe, nur um das Allernotwendigste zu holen, und gleich wieder dasein werde.

»Na, Ihnen kann man es aber schwer recht machen, meine Beste«, sagte Arina Prochorowna lachend. »Bald: Steh mit dem Gesicht zur Wand – bald: Wage es nicht, uns anzusehen – bald: Wage es nicht, dich auch nur eine Minute zu entfernen, und Sie fangen zu heulen an. Was soll er denn von alledem denken? Na, na, werden Sie nur nicht störrisch, nicht mißmutig, ich mache doch Spaß!«

»Er hat überhaupt nichts zu denken.«

»Tatata, wenn er nicht in Sie verliebt wäre wie ein Hammel, wäre er nicht jappend durch die Straßen gelaufen und hätte er nicht in der Stadt alle Hunde aufgescheucht. Er hat mir ja das ganze Fenster eingeschlagen.«

5

Schatow fand Kirillow, der noch immer in seinem Zimmer von einer Ecke in die andere ging, so zerstreut vor, daß er sogar die Ankunft von Schatows Frau vergessen hatte, ihn anhörte und nichts verstand.

»Ach ja«, erinnerte er sich plötzlich, als könne er sich nur mit Mühe und einzig auf einen kurzen Augenblick von einem Gedanken frei machen, der ihn ganz mit fortgerissen hatte, »ja ... eine Alte ... Die Frau oder eine Alte? Warten Sie, sowohl die Frau als auch eine Alte, nicht wahr? Ich erinnere mich, ich ging hin; die Alte wird kommen, nur nicht gleich. Nehmen Sie das Kissen. Noch was? Ja ... Halt, Schatow, haben Sie auch Augenblicke ewiger Harmonie?«

»Wissen Sie, Kirillow, das geht nicht, daß Sie immer nachts nicht schlafen.«

Kirillow kam plötzlich zu sich, und – merkwürdig – er sprach auf einmal viel fließender, als er sonst zu reden pflegte; augenscheinlich hatte er sich dies alles schon lange zurechtgelegt und möglicherweise sogar niedergeschrieben:

»Es gibt Sekunden, ihrer kommen im ganzen bei einem Mal nur fünf oder sechs zusammen, und man fühlt plötzlich die Gegenwart der höchsten Harmonie, die man vollkommen erreicht hat. Das ist nichts Irdisches; ich möchte nicht sagen, daß es himmlisch wäre, sondern, daß der Mensch in irdischer Gestalt es nicht ertragen kann. Er muß sich entweder physisch umwandeln oder sterben. Diese Empfindung ist klar und nicht abzuleugnen. Es ist, als fühle man plötzlich die ganze Natur und als spreche man plötzlich aus: ‚Ja, das ist recht und wahr!' Als Gott die Welt geschaffen hat, sagte er auch am Abend jedes Schöpfungstages: ‚Ja, das ist richtig, das ist gut.' Das ... das ist nicht Rührung, sondern nur so – Freude. Man verzeiht nichts, weil es nichts zu verzeihen gibt. Man liebt nicht eigentlich. Oh – da ist Höheres als Liebe! Schrecklicher als alles ist, daß es so entsetzlich klar und eine solche Freude ist, wenn es länger als fünf Sekunden dauert. In diesen fünf Sekunden durchlebe ich ein Leben, und für sie würde ich gern mein ganzes Leben hingeben, denn sie sind es wert. Um zehn solcher Sekunden ertragen zu können, müßte man sich physisch umwandeln. Ich denke, der Mensch müßte aufhören zu gebären. Wozu Kinder, wozu noch eine Entwicklung, wenn das Ziel erreicht ist? Im Evangelium ist gesagt, daß man in der Auferstehung nicht mehr gebären, sondern sein werde wie die Engel Gottes. Ein Hinweis. Ihre Frau kommt nieder?«

»Kirillow, kommt das oft über Sie?«

»In drei Tagen einmal, in der Woche einmal.«

»Haben Sie epileptische Anfälle?«

»Nein.«

»Dann werden Sie die noch bekommen. Kirillow, ich habe gehört, daß alle epileptischen Anfälle so anfangen. Mir hat einmal ein Epileptiker ausführlich das Gefühl, das den Anfällen vorausgeht, geschildert, ganz aufs Haar so wie Sie: fünf Sekunden gab er an, und er sagte, länger könne man es nicht ertragen. Denken Sie an Mohammeds Krug, der nicht einmal ausfließen konnte, während dieser auf seinem Rosse sein Paradies durchflog. Der Krug – das sind Ihre fünf Sekunden, das alles erinnert zu sehr an Ihre Harmonie, und Mohammed war Epileptiker. Nehmen Sie sich in acht, Kirillow, vor epileptischen Anfällen!«

»Die kommen zu spät«, antwortete Kirillow mit stillem Lächeln.

6

Die Nacht verging. Schatow wurde fortgeschickt, gescholten, wieder herbeigerufen. Maries Todesangst hatte den Höhepunkt erreicht. Sie schrie, daß sie »unbedingt, unbedingt leben wolle«, sie fürchte sich zu sterben, und sie wiederholte immer und immer: »Ich darf nicht sterben, ich darf nicht sterben!« Wäre Arina Prochorowna nicht gewesen, so hätte es schlimm ausgesehen. Nach und nach hatte sie die Patientin vollkommen in ihre Macht bekommen. Marie gehorchte jedem ihrer Worte, jedem ihrer Ausrufe wie ein Kind. Arina behandelte sie mit Strenge und nicht mit Freundlichkeit, arbeitete aber dafür meisterhaft. Allmählich wurde es hell. Arina Prochorowna kam plötzlich auf den Gedanken, Schatow sei soeben nur auf die Treppe hinausgelaufen, um dort zu Gott zu beten, und fing an zu lachen. Marie lachte boshaft und giftig mit, als würde ihr von diesem Lachen leichter ums Herz. Zuletzt jagten sie Schatow endgültig hinaus.

Ein feuchter, kalter Morgen brach an. Schatow stand draußen auf der Treppe in einer Ecke, das Gesicht gegen die Wand gekehrt, ganz wie er am Abend vorher dort gestanden hatte, als Erkel kam. Er zitterte wie Espenlaub und fürchtete sich zu denken, aber seine Gedanken umrankten alles, was geschehen war, wie es im Traume zu geschehen pflegt. Seine Träumereien rissen ihn unaufhörlich mit und rissen unaufhörlich ab wie morsche Fäden. Endlich hörte man aus dem Zimmer nicht mehr Stöhnen, sondern entsetzliche, rein tierhafte Schreie, unerträglich, unmöglich. Er wollte sich die Ohren zuhalten, aber er konnte nicht; er fiel auf die Knie und wiederholte nur immer besinnungslos: »Marie, Marie!« Und da ertönte plötzlich ein Schrei, ein anderer Schrei, der Schatow erbeben und aufspringen machte: der Schrei eines kleinen Kindes, schwach, geborsten. Er bekreuzte sich und stürzte ins Zimmer. In Arina Prochorownas Händen lag, schreiend und mit den winzigen Händchen und Füßchen zappelnd, ein kleines, rotes, runzliges Wesen, entsetzlich hilflos und schutzlos wie ein Stäubchen, das der erste rauhe Wind hinwegblasen konnte. Aber es schrie, schrie und tat sich kund, als hätte es ebenfalls ein volles Recht auf Leben ... Marie lag wie bewußtlos da, schlug aber gleich darauf die Augen auf und sah Schatow eigen an. Etwas ganz Neues lag in diesem Blick, etwas, was er nie zuvor gekannt hatte, und er erinnerte sich an keinen solchen Blick von ihr.

»Ein Knabe? Ein Knabe?« fragte sie mit schmerzlicher Stimme Arina Prochorowna.

»Ja, ein Bübchen!« rief diese als Antwort zurück, während sie das Kind wickelte.

Als sie es dann gewickelt hatte und es zwischen zwei Kissen quer übers Bett legen wollte, gab sie es Schatow einen Augenblick zum Halten. Da gab ihm Marie wie verstohlen, als hätte sie Angst vor Arina Prochorowna, ein Zeichen. Schatow verstand sie sofort und trug den Kleinen zu ihr hin, um ihn ihr zu zeigen.

»Wie ... niedlich!« flüsterte sie matt und lächelte.

»Hu, wie er dreinschaut!« lachte Arina Prochorowna lustig und triumphierend, als sie Schatows Miene sah. »Was machen Sie bloß wieder für ein Gesicht?«

»Lachen Sie nur, Arina Prochorowna ... Das ist ein großes Glück ...« stammelte Schatow mit einem idiotenhaft seligen Ausdruck und strahlte nach den zwei Worten, die Marie über das Kind gesagt hatte, übers ganze Gesicht.

»Wieso ist denn das für Sie eine so große Freude?« lachte

Arina Prochorowna, indem sie geschäftig umherlief, sich zurechtmachte und arbeitete wie eine Zuchthäuslerin.

»Das Erscheinen eines neuen Lebens ist ein großes, ein unerklärliches Geheimnis, Arina Prochorowna. Wie schade, daß Sie das nicht verstehen.«

Schatow murmelte wirr, trunken und verzückt vor sich hin. Es war, wie wenn etwas in seinem Kopf taumle und sich ganz von selbst, ohne sein Wollen, aus seiner Seele ergieße.

»Es waren zwei, und plötzlich ist ein dritter Mensch da, ein neuer, ganzer, vollendeter Geist, wie er aus Menschenhänden nicht hervorgeht; ein neuer Gedanke und eine neue Liebe ... das ist geradezu schrecklich ... und es gibt nichts Höheres auf der Welt!«

»Was der zusammenfaselt! Das ist doch ganz einfach die Weiterentwicklung des Organismus; da ist doch weiter gar nichts dabei, keine Spur von Geheimnis«, lachte Arina Prochorowna offen und fröhlich. »Da wäre doch jede Fliege ein Geheimnis! Aber das eine täte not: überflüssige Menschen sollten lieber nicht geboren werden. Richtet erst alles so ein, daß sie nicht überflüssig sind, und dann setzt sie in die Welt. So aber muß ich ihn nun übermorgen ins Asyl schleppen ... Übrigens muß man das ja.«

»Niemals wird man ihn von mir fort in ein Asyl bringen!« erklärte Schatow bestimmt, den Blick auf den Boden geheftet.

»Sie wollen ihn adoptieren?«

»Er ist mein Sohn.«

»Natürlich ist es ein Schatow, dem Gesetz nach ein Schatow, deshalb brauchen Sie sich noch lange nicht als Wohltäter des Menschengeschlechtes aufzuspielen. Aber ohne Phrasen geht es ja nicht. Na, kurz und gut, Herrschaften«, schloß sie, indem sie sich endlich fertig machte, »ich muß nun gehen. Ich komme im Laufe des Vormittags und, wenn es nötig sein wird, gegen Abend noch einmal her, jetzt aber, da ja alles so ausgezeichnet verlaufen ist, muß ich zu einer anderen laufen, die schon lange auf mich wartet. Sie haben sicher irgendeine alte Frau für uns, Schatow. Aber wie dem auch sei, verlassen Sie Marja Ignatjewna nicht, Sie junger Ehemann, und setzen Sie sich neben sie, Sie können sich immerhin noch nützlich machen! Marja Ignatjewna wird Sie, glaube ich, nun nicht mehr davonjagen ... Na, na, ich mache ja nur Spaß!«

Als Schatow sie bis zur Pforte brachte, sagte sie noch

zu ihm: »Sie haben mir einen Spaß fürs ganze Leben gemacht. Geld nehme ich von Ihnen nicht, werde noch im Traum über Sie lachen müssen. So etwas Komisches, wie Sie heute nacht waren, habe ich mein Lebtag noch nicht gesehen!«

Sie ging äußerst befriedigt fort. Schatows Aussehen und seine Reden bewiesen klar wie der Tag, daß er sich jetzt nur »als Vater fühlen werde und ein Waschlappen ersten Ranges war«. Sie lief absichtlich noch einmal nach Hause, obgleich sie zu ihrer anderen Patientin einen näheren Weg hätte gehen können, nur deshalb, um ihrem Mann das mitzuteilen.

»Marie, sie hat dir gesagt, du möchtest mit dem Schlafen noch eine Weile warten, aber ich sehe, das wird dir sehr schwer werden ...« fing Schatow schüchtern an. »Ich werde mich da ans Fenster setzen und auf dich achtgeben, nicht?«

Und er setzte sich an das Fenster hinter dem Sofa, so daß sie ihn nicht sehen konnte. Aber es war noch keine Minute vergangen, als sie ihn schon heranrief und ihn widerwillig bat, ihr das Kissen zurechtzurücken. Er versuchte, es in Ordnung zu bringen. Sie schaute ärgerlich zur Wand.

»So nicht, ach nicht so ... Gott, was für Hände!«

Schatow legte das Kissen anders.

»Beugen Sie sich zu mir herab!« brachte sie plötzlich rauh heraus und bemühte sich, ihn nicht anzusehen.

Er erbebte, aber er beugte sich nieder.

»Noch mehr, nicht so ... näher ...« und plötzlich umschlang ihr linker Arm leidenschaftlich seinen Hals, und auf seiner Stirn fühlte er einen kräftigen, feuchten Kuß.

»Marie.«

Ihre Lippen zitterten, aber sie nahm sich zusammen, richtete sich plötzlich halb auf und sagte mit funkelnden Augen: »Nikolaj Stawrogin ist ein Schurke!«

Und erschöpft, als hätte sie plötzlich alle Kraft verloren, fiel sie mit dem Gesicht auf das Kissen, schluchzte hysterisch und preßte Schatows Hand krampfhaft in der ihrigen.

Von diesem Augenblick an ließ sie ihn nicht mehr von ihrer Seite und verlangte, er solle sich neben sie ans Kopfende des Bettes setzen. Sprechen konnte sie nur wenig, aber sie sah ihn immer an und lächelte ihm zu wie eine Glückselige. Sie war wieder das kleine Närrchen von früher geworden. Alles war wie neugeboren. Schatow weinte bald wie ein kleiner Junge, bald schwatzte er, Gott weiß was zusammen, wild, verworren und begeistert, und küßte ihr dabei die Hände.

Sie hörte ihn mit Entzücken an, vielleicht verstand sie ihn nicht, aber sie strich ihm mit ihrer schwachen Hand liebevoll übers Haar, streichelte und bewunderte es. Er erzählte ihr von Kirillow, sagte, daß sie nun »für immer ein neues Leben anfangen wollten«, redete von Gott und davon, daß alle Menschen gut seien ... Und mitten in ihrem Entzücken holten sie dann immer wieder das Kindchen und betrachteten es.

»Marie«, rief er aus, während er das Kindchen auf den Armen trug. »Nun hat der alte Wahn und alle Schmach und Verwesung ein Ende! Wir wollen arbeiten und zu dritt einen neuen Weg finden, nicht wahr? Ja, aber, wie nennen wir ihn denn, Marie?«

»Ihn? Wie wir ihn nennen?« fragte sie erstaunt zurück, und plötzlich spiegelte sich auf ihrem Gesicht eine unendliche Traurigkeit.

Sie schlug die Hände zusammen, sah Schatow vorwurfsvoll an und warf sich mit dem Gesicht auf das Kissen.

»Marie, was hast du denn?« rief er bekümmert und erschrocken aus.

»Und Sie konnten, konnten ... Oh, Sie Undankbarer!«

»Marie, verzeih mir, Marie ... Ich fragte doch nur, wie wir ihn nennen wollen. Ich weiß nicht ...«

»Iwan, Iwan!« rief sie und hob ihr glühendes, tränenfeuchtes Gesicht empor. »Haben Sie denn wirklich denken können, wir würden ihm den anderen, furchtbaren Namen geben?«

»Marie, beruhige dich doch! Oh, wie empfindlich du bist.«

»Eine neue Roheit, daß Sie das empfindlich nennen! Ich möchte wetten, wenn ich gesagt hätte, wir wollen ihn ... mit jenem furchtbaren Namen nennen, so wären Sie sogleich einverstanden gewesen und hätten es nicht einmal gemerkt. Oh, wie undankbar, wie niedrig sind doch alle Männer, alle!«

Natürlich versöhnten sie sich gleich darauf wieder. Schatow redete ihr zu, nun zu schlafen. Sie schlief auch gleich ein, ließ aber seine Hand nicht aus der ihrigen, wachte oft auf und sah ihn an, als hätte sie Angst, er könnte weggehen, und schlief dann gleich wieder ein.

Kirillow schickte eine alte Frau, ließ »gratulieren« und außerdem noch gebratene Koteletts, Bouillon und Weißbrot für Marja Ignatjewna bringen. Die Kranke trank gierig die Bouillon und nötigte auch Schatow, ein Kotelett zu essen. Die Alte wickelte das Kind.

So verging die Zeit. Schatow schlief nun selber ganz erschöpft auf seinem Stuhl ein und legte den Kopf auf Maries Kissen. So traf sie Arina Prochorowna an, die Wort hielt und nach dem Rechten zu sehen kam. Sie weckte die beiden lachend auf, besprach mit Marie alles, was nötig war, sah das Kind an und befahl Schatow wiederum, nicht fortzugehen. Dann witzelte sie noch ein bißchen verächtlich und hochmütig über die »Ehegatten« und ging ebenso zufrieden wieder fort wie am Morgen.

Es war schon ganz dunkel, als Schatow erwachte. Er machte schleunigst Licht und lief hinaus, um die Alte zu holen. Doch kaum war er dabei, die Treppe hinabzugehen, als ihn die leisen, gemessenen Schritte eines Menschen stutzig machten, der ihm entgegen heraufstieg. Herein kam Erkel.

»Treten Sie nicht ein«, flüsterte Schatow, packte ihn ungestüm am Arm und zog ihn zur Pforte herunter. »Warten Sie hier, ich komme gleich. Ich hatte Sie vollkommen, vollkommen vergessen! Gut, daß Sie selber sich in Erinnerung bringen.«

Er hatte es so eilig, daß er nicht einmal zu Kirillow hineinging, sondern nur die Alte herausrief. Marie geriet in Verzweiflung und meinte ärgerlich, »wie er nur auf den Gedanken kommen könne, sie allein zu lassen.«

»Aber«, rief er begeistert aus, »das ist bereits der letzte Schritt! Dann liegt der neue Weg vor uns, und nie, nie wieder werden wir uns an das alte Entsetzen erinnern!«

Endlich überredete er sie irgendwie und versprach, pünktlich um neun Uhr zurückzukommen. Dann küßte er sie herzlich, küßte auch das Kind und lief schnell zu Erkel.

Sie gingen zusammen nach dem Stawroginschen Park in Skworeschniki, an dessen äußerstem Ende, dort, wo bereits der Kiefernwald anfängt, Schatow vor anderthalb Jahren an einer einsamen Stelle die ihm anvertraute Druckerei vergraben hatte. Es war ein wilder, einsamer Ort, ganz und gar abgelegen und vom Herrenhaus in Skworeschniki ziemlich weit entfernt. Vom Filippowschen Hause hatten sie drei und eine halbe Werst zu gehen, vielleicht auch vier.

»Wollen wir den ganzen Weg zu Fuß gehen? Ich werde eine Droschke nehmen.«

»Ich bitte Sie dringend, das nicht zu tun«, entgegnete Erkel. »Gerade darauf haben sie noch ausdrücklich bestanden. Ein Droschkenkutscher ist immerhin ein Zeuge.«

»Na dann ... zum Teufel! ... meinetwegen, nur ein Ende machen, nur ein Ende machen!«

Sie gingen sehr schnell.

»Erkel, Sie kleiner Junge!« rief Schatow aus. »Sind Sie schon einmal glücklich gewesen?«

»Aber Sie sind anscheinend jetzt sehr glücklich«, bemerkte Erkel neugierig.

Sechstes Kapitel

Die mühevolle Nacht

1

Wirginskij hatte im Lauf des Tages zwei Stunden damit verbracht, bei den *Unsrigen* herumzulaufen und ihnen mitzuteilen, daß Schatow sicherlich niemanden verraten werde, weil seine Frau zu ihm zurückgekehrt sei und ein Kind geboren habe, und »wer das Menschenherz kenne«, könne doch unmöglich annehmen, daß er in diesem Augenblick gefährlich sei. Zu seiner Verwunderung aber traf er, außer Erkel und Ljamschin, fast niemanden zu Hause an. Erkel hörte ihn schweigend an und sah ihm dabei klar ins Gesicht, und als er ihn dann geradeheraus fragte, ob er denn um sechs Uhr hingehen werde, antwortete er ihm mit einem ebenso klaren Lächeln: natürlich werde er hingehen.

Ljamschin lag, anscheinend ernstlich krank, zu Bett und hatte die Decke über den Kopf gezogen. Als Wirginskij eintrat, schrak er zusammen, und als dieser nun zu reden anfing, winkte er ihm hastig unter der Decke hervor mit beiden Händen ab, als flehte er ihn an, ihn in Ruhe zu lassen. Trotzdem hörte er alles über Schatow an, aber die Nachricht, daß von den Unsrigen niemand zu Hause sei, befremdete ihn aus irgendeinem Grund ungemein. Dabei kam heraus, daß er bereits über Fedjkas Tod (durch Liputin) unterrichtet war, und er erzählte das selber Wirginskij so hastig und verworren, daß dieser wiederum ganz verblüfft war. Auf Wirginskijs direkte Frage, ob man nun gehen solle oder nicht, winkte er sofort wieder flehentlich mit den Händen ab, »er stehe der Sache ganz fern und wisse von nichts, man solle ihn nur in Ruhe lassen«.

Bedrückt und in starker Erregung kehrte Wirginskij nach Hause zurück. Es lag ihm schwer auf dem Herzen, daß er es vor seiner Familie geheimhalten mußte: er war gewohnt, seiner Frau alles mitzuteilen, und wenn in seinem erhitzten Gehirn in diesem Augenblick nicht ein neuer Gedanke, ein neuer, versöhnender Plan für künftiges Handeln aufgeflammt wäre, hätte er sich vielleicht ebenso ins Bett gelegt wie Ljamschin. Aber dieser neue Gedanke gab ihm wieder Kraft, ja er erwartete nun geradezu mit Ungeduld die festgesetzte Stunde und begab sich sogar noch früher, als nötig war, an die verabredete Stelle.

Das war ein sehr düsterer Ort am Ende des Stawroginschen Parkes. Ich bin später eigens einmal hingegangen, um ihn mir anzusehen. Wie unheimlich muß es dort an jenem rauhen Herbstabend gewesen sein. Hier begann ein alter Bannforst; die riesigen hundertjährigen Föhren zeichneten sich als dunkle und undeutliche Flecken in der Finsternis ab. Es war so dunkel, daß man einander auf zwei Schritte Entfernung nicht erkennen konnte, aber Pjotr Stepanowitsch, Liputin und später auch Erkel hatten Laternen mitgebracht. Hier war vor unvordenklichen Zeiten – wann und zu welchem Zwecke weiß niemand mehr – aus rohen, unbehauenen Steinen eine ziemlich lächerlich aussehende Grotte erbaut worden. Der Tisch und die Bänke im Innern der Grotte waren schon lange verfault und auseinandergefallen. Etwa zweihundert Schritte nach rechts endete der dritte Teich des Parkes. Diese drei Teiche, von denen der erste ganz in der Nähe des Herrenhauses seinen Anfang nahm, zogen sich, einer an den andern gereiht, über eine Werst weit bis ans äußerste Ende des Parkes hin. Es war kaum anzunehmen, daß irgendein Geräusch, ein Schrei oder selbst ein Schuß, bis zu den Bewohnern des verlassenen Stawroginschen Hauses dringen konnte. Da Nikolaj Wsewolodowitsch gestern abgereist und auch Alexej Jegorytsch abwesend war, so mochten im ganzen Hause kaum mehr als fünf oder sechs Bewohner zurückgeblieben sein, sozusagen nur die Invaliden. Jedenfalls konnte man fast mit völliger Sicherheit annehmen, daß er, wenn wirklich irgendeiner von den vereinsamten Bewohnern Schreien und Hilferufe gehört hätte, höchstens

Angst bekommen hätte und daß auch nicht einer von ihnen sich von der gemütlichen Ofenbank gerührt und hinter dem warmen Herde hervorgekrochen wäre, um Hilfe zu leisten.

Zwanzig Minuten nach sechs waren bereits alle zur Stelle, außer Erkel, dem ja befohlen worden war, Schatow abzuholen. Pjotr Stepanowitsch war diesmal pünktlich, er kam mit Tolkatschenko zusammen. Tolkatschenko war finster und sorgenvoll, seine ganze gemachte, frech-prahlerische Entschlossenheit war verschwunden. Er wich Pjotr Stepanowitsch fast nicht von der Seite und schien ihm plötzlich grenzenlos ergeben zu sein; häufig und geschäftig machte er sich an ihn heran, um etwas zu flüstern, aber jener antwortete fast nie darauf, oder er brummte nur irgend etwas ärgerlich vor sich hin, um ihn loszuwerden.

Schigaljow und Wirginskij waren sogar noch etwas früher als Pjotr Stepanowitsch gekommen und traten bei dessen Ankunft sofort etwas beiseite, in tiefem und deutlich beabsichtigtem Schweigen. Pjotr Stepanowitsch hob die Laterne in die Höhe und musterte sie ohne alle Umstände mit beleidigender Aufmerksamkeit. Die wollen etwas sagen, schoß es ihm durch den Kopf.

»Ist Ljamschin nicht da?« fragte er Wirginskij. »Jemand hat gesagt, er sei krank?«

»Ich bin hier!« rief Ljamschin und trat schnell hinter einem Baum hervor.

Er hatte einen warmen Mantel an und hatte sich noch fest in ein Tuch eingewickelt, so daß man sogar mit der Laterne nur schwer sein Gesicht erkennen konnte.

»Folglich fehlt nur Liputin?«

Da trat Liputin schweigend aus der Grotte. Pjotr Stepanowitsch hob wieder die Laterne in die Höhe.

»Warum haben Sie sich dort verkrochen? Warum sind Sie nicht herausgekommen?«

»Ich denke, wir haben uns alle das Recht ... der Bewegungsfreiheit bewahrt«, brummte Liputin, der wahrscheinlich ganz und gar nicht wußte, was er sagen sollte.

»Meine Herren«, fing Pjotr Stepanowitsch mit erhobener Stimme an, zum erstenmal den Flüsterton beiseite lassend, was seine Wirkung nicht verfehlte. »Ich denke, Sie wissen alle sehr gut, daß wir hier nichts mehr zu erörtern haben. Gestern ist alles klar und deutlich gesagt und wiedergekäut worden. Aber wie ich an Ihren Gesichtern sehe, möchte doch vielleicht einer noch irgendeine Erklärung abgeben. Wenn dies der Fall sein sollte, bitte ich, es möglichst schnell zu tun. Wir haben, weiß der Teufel, sehr wenig Zeit, Erkel kann ihn jeden Augenblick anbringen . . .«

»Er wird ihn unbedingt herbringen«, fügte Tolkatschenko überflüssigerweise hinzu.

»Wenn ich nicht irre, so sollte doch wohl zuerst die Übergabe der Druckerei erfolgen?« erkundigte sich Liputin, wiederum als verstünde er nicht, warum er eigentlich diese Frage stellte.

»Na, selbstverständlich wollen wir doch die Sachen nicht einbüßen«, erwiderte Pjotr Stepanowitsch und leuchtete ihm mit der Laterne ins Gesicht. »Aber das ist ja gestern schon alles verabredet worden, daß wir sie gar nicht tatsächlich entgegenzunehmen brauchen. Mag er Ihnen nur die Stelle zeigen, wo er sie vergraben hat, ausgraben können wir sie dann selber. Ich weiß, daß die Stelle etwa zehn Schritte von irgendeiner Ecke dieser Grotte entfernt liegt . . . Aber zum Teufel, wie konnten Sie das vergessen, Liputin? Es war doch ausgemacht worden, daß Sie ihm allein entgegengehen und wir erst dann nachkommen sollten . . . Merkwürdig, daß Sie da fragen, oder tun Sie nur so?«

Liputin schwieg finster. Alle schwiegen. Der Wind wiegte die Wipfel der Kiefern.

»Ich hoffe also, meine Herren, daß jeder seine Pflicht erfüllen wird«, brach Pjotr Stepanowitsch ungeduldig ab.

»Ich weiß, daß Schatows Frau gestern zu ihm zurückgekehrt ist und ein Kind geboren hat«, fing plötzlich Wirginskij zu sprechen an, aufgeregt, hastig, die Worte kaum zu Ende sprechend und gestikulierend. »Wer das Menschenherz kennt . . . kann überzeugt sein, daß er jetzt nichts verraten wird . . . weil er glücklich ist . . . Ich war schon vorhin bei allen, habe aber niemanden angetroffen . . . So ist das möglicherweise jetzt alles gar nicht mehr nötig . . .«

Er hielt inne, der Atem stockte ihm.

»Wenn Sie, Herr Wirginskij, plötzlich sehr glücklich würden«, sagte Pjotr Stepanowitsch und trat einen Schritt auf ihn zu, »würden Sie dann, nicht eine Denunziation – davon kann hier nicht die Rede sein –, sondern irgendeine kühne politische Tat aufschieben, die Sie sich schon vor dem Glücksfall vorgenommen hätten und die auszuführen Sie für Ihre Pflicht und Schuldigkeit hielten, selbst wenn Sie Ihr Glück dabei aufs Spiel setzten?«

»Nein, ich würde es nicht aufschieben! Nicht um alles in der Welt würde ich es aufschieben!« erwiderte Wirginskij mit recht ungeschicktem Eifer und fuchtelte mit den Armen.

»Sie würden also lieber unglücklich sein als zum Schurken werden?«

»Ja, ja... Ich würde sogar ganz im Gegenteil... ich würde eher ein vollständiger Schurke... das heißt nein... durchaus kein Schurke, sondern ganz im Gegenteil vollständig unglücklich sein wollen als ein Schurke.«

»Nun, so wissen Sie denn, daß Schatow diesen Verrat als eine große politische Heldentat auffaßt, das ist seine hohe, heilige Überzeugung, und der Beweis dafür ist, daß er sich ja dabei selber teilweise vor der Regierung bloßstellt, obgleich ihm natürlich zum Dank für die Anzeige viel verziehen wird. So einer gibt nicht so leicht wieder auf, was er sich einmal vorgenommen hat. Kein Glück wird den überwinden. Am anderen Tag schon fällt es ihm wieder ein, er bereut, läuft hin und führt es aus. Übrigens kann ich gar kein solches Glück darin sehen, wenn seine Frau nach drei Jahren wieder zu ihm zurückkommt, um bei ihm ein Stawroginsches Kind auf die Welt zu bringen.«

»Aber es hat doch niemand seine Denunziation gesehen«, warf plötzlich Schigaljow mit großem Nachdruck ein.

»Ich habe sie gesehen«, schrie Pjotr Stepanowitsch. »Sie ist tatsächlich vorhanden. Aber das alles ist ja furchtbar dumm, meine Herren!«

»Aber ich«, brauste Wirginskij auf, »ich protestiere... protestiere mit aller Kraft.... Ich will... Hören Sie, was ich will: ich will, daß, wenn er kommt, wir ihm alle entgegengehen und ihn alle fragen. Ist es wahr, so soll man seine Reue gelten lassen und, wenn er sein Ehrenwort gibt, ihn freilassen. Auf jeden Fall aber fordere ich ein Verhör, ein Gericht. Nicht aber, daß wir uns hier verstecken und dann über ihn herfallen!«

»Die allgemeine Sache durch ein Ehrenwort in Gefahr bringen – das ist ja der Gipfel der Dummheit! Zum Teufel noch mal, das wird mir bald zu dumm, meine Herren! Was für eine Rolle wollen Sie denn jetzt im Augenblick der Gefahr spielen?«

»Ich protestiere, ich protestiere ...« fing Wirginskij immer wieder von neuem an.

»Schreien Sie wenigstens nicht so, sonst hören wir ja das Signal nicht. Schatow, meine Herren ... (Teufel noch mal, wie dumm das alles jetzt ist!) Ich sagte Ihnen schon, daß Schatow Slawophile ist, das heißt also, er gehört zu den allerdümmsten Menschen ... Übrigens, hol ihn der Teufel, das ist ja alles ganz gleich; ich spucke darauf. Sie bringen mich nur noch ganz um meinen Verstand! ... Schatow, meine Herren, war ein verbitterter Mensch, und da er nun einmal, ob er wollte oder nicht, zu unserer Gesellschaft gehörte, so hatte ich bis zum letzten Augenblick die Hoffnung, ihn so, wie er war, als verbitterten Menschen für die allgemeine Sache auszunützen und zu verwenden. Ich habe ihn geschützt und geschont, trotz der ausdrücklichsten Befehle ... Ich habe ihn hundertmal mehr geschont, als er es wert ist! Und doch hat er uns zu guter Letzt verraten; na, zum Teufel, ich spucke darauf! ... Aber wage einer von Ihnen, sich jetzt drücken zu wollen! Keiner hat das Recht, unsere Sache im Stich zu lassen! Sie können sich mit ihm küssen, wenn Sie wollen, aber die allgemeine Sache seinem Ehrenwort anvertrauen – dazu haben Sie kein Recht. So handeln nur von der Regierung erkaufte Schweinehunde!«

»Wer ist hier von der Regierung erkauft?« versuchte Liputin klarzustellen.

»Sie vielleicht. Sie sollten doch lieber den Mund halten, Liputin, Sie reden doch nur so, aus Angewohnheit. Erkauft sind alle diejenigen, meine Herren, die im Augenblick der Gefahr feige zurücktreten wollen. Im letzten Augenblick findet sich immer irgendein Dummkopf, der aus Angst hinläuft und schreit: ‚O weh, o weh, vergeben Sie mir, ich werde dafür alle verraten!' Aber Sie müssen wissen, meine Herren, daß Ihnen jetzt bereits nicht mehr vergeben werden kann, mögen Sie da anzeigen, was Sie wollen. Wenn auch vielleicht Ihre Strafe um zwei Grad niedriger bemessen würde, so ist doch jedem von Ihnen bereits Sibirien gewiß, und außerdem würden Sie einem anderen Schwerte doch niemals entgehen. Dies andere Schwert aber ist schärfer als das der Regierung.«

Pjotr Stepanowitsch raste vor Wut und sagte mehr, als nötig war. Schigaljow trat fest ein paar Schritte auf ihn zu.

»Seit gestern abend habe ich über die Sache nachgedacht«, fing er überzeugt und methodisch wie immer an (ich glaube, wenn die Erde unter ihm eingestürzt wäre, er hätte seine methodische Darlegung weder im Ton noch sonstwie verändert), »habe über die Sache nachgedacht und bin zu dem Schluß gekommen, daß der beabsichtigte Mord nicht nur einen Verlust an kostbarer Zeit bedeutet, die zu wesentlicheren und näherliegenden Dingen verwandt werden könnte, sondern über dies hinaus noch ein schädliches Abweichen vom normalen Weg darstellt, was immer nur für die Sache selber verderblicher gewesen ist und sie auf Jahrzehnte um ihren Erfolg gebracht hat, weil man nicht dem Einfluß reiner Sozialisten, sondern leichtfertiger Leute und politischer Streber unterworfen war. Ich bin einzig nur deshalb hier erschienen, um alle zu lehren und gegen das beabsichtigte Unternehmen zu protestieren – dann aber werde ich mich noch im selben Augenblick, den Sie, ich weiß nicht aus welchem Grund, für einen Augenblick der Gefahr für Sie bezeichnet haben, entfernen. Ich gehe nicht etwa aus Furcht vor dieser Gefahr oder aus Sentimentalität wegen Schatow weg, den ich auch durchaus nicht zu küssen beabsichtige, sondern einzig nur deswegen, weil diese ganze Sache von Anfang bis zu Ende buchstäblich meinem Programm widerspricht. Was aber eine etwaige Anzeige oder ein Erkauftwerden von der Regierung anbelangt, so können Sie, was mich betrifft, ganz ruhig sein: von mir aus wird keine Denunziation stattfinden.«

Und er wandte sich um und ging weg.

»Zum Teufel, er wird ihnen begegnen und Schatow warnen!« rief Pjotr Stepanowitsch und zog den Revolver hervor.

Man hörte das Knacken, wie er den Hahn spannte.

»Sie können überzeugt sein«, wandte sich Schigaljow noch einmal um, »wenn ich auch Schatow unterwegs treffe, so werde ich ihn vielleicht grüßen, aber niemals warnen.«

»Wissen Sie auch, daß Sie das werden bezahlen müssen, Herr Fourier?«

»Ich bitte Sie zu beachten, daß ich nicht Fourier bin. Wenn Sie mich mit diesem süßlichen, abstrakten Stümper verwechseln, so zeigen Sie dadurch nur, daß Sie mein Manuskript, wenngleich es in Ihren Händen gewesen ist, ganz und gar nicht kennen. Was aber Ihre Rache anbetrifft, so sage ich Ihnen, daß Sie Ihren Hahn ganz umsonst gespannt haben. Das wäre für Sie in diesem Augenblick nur äußerst unvorteilhaft. Wenn sich aber Ihre Drohung auf morgen oder übermorgen bezieht, so wird, auch wenn Sie mich dann erschießen, außer unnötigen Scherereien nicht viel für Sie dabei herauskommen: Sie werden mich totschlagen, werden aber früher oder später doch auf mein System zurückkommen. Leben Sie wohl.«

In diesem Augenblick hörte man aus dem Park, von den Teichen her, etwa zweihundert Schritt entfernt, einen Pfiff. Sogleich antwortete Liputin, wie gestern verabredet worden war, ebenfalls mit einem Pfiff (er hatte sich zu diesem Zweck, da er sich auf seinen zahnlosen Mund nicht allzusehr verlassen konnte, noch heute morgen auf dem Markte für eine Kopeke eine kleine Kinderpfeife aus Ton gekauft). Erkel hatte schon unterwegs Schatow darauf vorbereitet, daß gepfiffen würde, so daß keinerlei Verdacht in diesem aufstieg.

»Beunruhigen Sie sich nicht, ich werde ganz seitlich an ihnen vorbeigehen, so daß sie mich überhaupt nicht bemerken werden«, flüsterte Schigaljow noch mit Nachdruck und schlug dann, ohne sich zu beeilen und seinen Schritt zu beschleunigen, endgültig den Heimweg durch den dunklen Park ein.

Wie die entsetzliche Tat vollzogen wurde, ist heute bis auf die kleinsten Einzelheiten bekannt. Zuerst ging Liputin Erkel und Schatow bis an die Grotte entgegen. Schatow grüßte ihn nicht, gab ihm auch nicht die Hand, sondern sagte nur eilig und mit lauter Stimme: »Na, wo haben Sie denn den Spaten? Und haben Sie nicht noch eine zweite Laterne? Sie brauchen keine Angst zu haben, hier ist wirklich kein Mensch, und wenn Sie mit Kanonen schießen wollten, so würde man es in Skworeschniki nicht hören! Aber hier ist es, hier, gerade an dieser Stelle . . .«

Und er stieß mit dem Fuße auf die Erde, tatsächlich zehn Schritt von der hinteren Ecke der Grotte nach dem Walde zu. In diesem Augenblick stürzte Tolkatschenko hinter einem Baum hervor und warf sich von hinten auf ihn, und auch Erkel packte ihn von hinten an beiden Ellenbogen. Liputin warf sich von vorne auf Schatow. Alle drei schlugen ihn sofort nieder und drückten ihn an den Boden. Da sprang Pjotr Stepanowitsch mit seinem Revolver herzu. Es wird erzählt, Schatow habe noch den Kopf umdrehen, ihn ansehen und erkennen können. Drei Laternen beleuchteten die Szene. Schatow stieß plötzlich einen kurzen und verzweifelten Schrei aus, aber man ließ ihm zum Schreien gar keine Zeit: Pjotr Stepanowitsch setzte ihm genau und fest den Revolver mitten auf die Stirn, preßte ihn fest an und – drückte den Hahn ab. Der Schuß kann nicht sehr laut gewesen sein, wenigstens hat man in Skworeschniki nichts davon gehört. Gehört hatte ihn natürlich Schigaljow, der ja noch kaum dreißig Schritte gegangen war, er hatte sowohl den Schrei als auch den Schuß gehört, war aber, wie er dann später selber bezeugte, weder umgekehrt noch stehengeblieben. Der Tod trat fast augenblicklich ein. Vollständige Geistesgegenwart – Kaltblütigkeit aber wohl nicht – bewahrte sich nur Pjotr Stepanowitsch. Er kauerte nieder und durchwühlte hastig, doch mit fester Hand die Taschen des Ermordeten. Geld kam dabei nicht zum Vorschein (er hatte den Geldbeutel unter Marja Ignatjewnas Kopfkissen zurückgelassen). Sie fanden nur zwei, drei Zettel ohne jede Bedeutung: Aufzeichnungen aus irgendeinem Kontor, das Titelblatt von irgendeinem Buch und eine alte Gasthausrechnung aus dem Ausland, die er, Gott weiß warum, zwei ganze Jahre in seiner Tasche herumgeschleppt hatte. Diese Zettel steckte Pjotr Stepanowitsch in seine Tasche, und als er plötzlich gewahr wurde, daß alle wie zu Säulen erstarrt dastanden, den Leichnam ansahen und nichts taten, begann er grob und grimmig zu schimpfen und sie anzutreiben. Tolkatschenko und Erkel kamen zu sich, liefen fort und schleppten sogleich aus der Grotte zwei schon am Morgen bereitgelegte Steine herbei, von denen jeder zwanzig Pfund wog und die sie schon zurechtgemacht, das heißt, fest und dauerhaft mit Stricken umschnürt hatten. Da der Leichnam zum nächsten (also dritten) Teich gebracht und dort versenkt werden sollte, mußte man die Steine an ihm festbinden, einen an den Füßen und einen am Hals. Das Anbinden besorgte Pjotr Stepanowitsch, während Erkel und Tolkatschenko nur die Steine hielten und sie ihm zureichten. Erkel reichte seinen Stein zuerst hin, und während Pjotr Stepanowitsch knurrend und schimpfend die Füße des Leichnams mit einem Strick zusammenband und den ersten Stein an ihnen befestigte, hielt Tolkatschenko diese ganze ziemlich lange Zeit über seinen Stein vor sich in beiden Händen, wobei er sich mit dem ganzen Körper stark und wie ehrerbietig nach vorn neigte, um ihn auf den ersten Wink hin Pjotr Stepanowitsch unverzüglich hinreichen zu können, dachte aber auch nicht ein einziges Mal daran, seine Last solange auf die Erde zu legen. Und als dann endlich beide Steine angebunden waren und Pjotr Stepanowitsch sich erhoben hatte und die

Gesichter der Anwesenden musterte, ereignete sich plötzlich etwas Sonderbares, vollkommen Unerwartetes, was alle in Erstaunen setzte.

Wie schon gesagt, standen alle dabei, ohne Hand anzulegen, außer Tolkatschenko und Erkel. Wirginskij war zwar ebenfalls mit vorgestürzt, als sich alle auf Schatow warfen, hatte ihn aber nicht angerührt und nicht geholfen, ihn festzuhalten. Ljamschin aber war erst nach dem Schuß zum Vorschein gekommen. Und während der ganzen, vielleicht zehn Minuten andauernden Plackerei mit dem Leichnam hatten sie dann alle dagestanden, als hätten sie das Bewußtsein zum Teil verloren. Sie hatten sich im Kreis aufgestellt, und statt der früheren Unruhe und Aufregung empfanden sie nur noch Verwunderung. Liputin stand am weitesten vorn, dicht neben dem Leichnam. Wirginskij stand hinter ihm und blickte ihm mit einer gewissen Spannung, gleichsam mit der Neugier eines Unbeteiligten, über die Schulter und hob sich sogar auf die Zehenspitzen, um besser sehen zu können. Ljamschin hatte sich hinter Wirginskij versteckt und schaute nur selten und ängstlich hinter ihm hervor, um sich gleich wieder zu verstecken. Als die Steine nun angebunden waren und Pjotr Stepanowitsch sich erhoben hatte, erbebte Wirginskij plötzlich am ganzen Leibe, schlug die Hände zusammen und rief laut und traurig aus: »Das ist nicht das, nicht das! Nein, das ist überhaupt nicht das!«

Vielleicht wollte er diesem seinem zwar etwas verspäteten Ausruf noch etwas hinzufügen, aber Ljamschin ließ ihn nicht zu Ende reden. Plötzlich packte er ihn von hinten, preßte ihn mit aller Gewalt und brach dabei in ein unglaubliches Gekreisch aus. Es gibt Augenblicke, bei einem starken Schreck zum Beispiel, wo der Mensch plötzlich mit einer ganz fremden Stimme zu schreien anfängt, mit einer Stimme, die man vorher gar nicht bei ihm vermutet hätte, und das pflegt dann immer einen fürchterlichen Eindruck zu machen. Ljamschin schrie nicht wie ein Mensch, sondern wie ein wildes Tier. Immer fester und fester, krampfhaft und stoßweise preßte er mit seinen Armen Wirginskij von hinten zusammen, kreischte dabei fortwährend und ununterbrochen, starrte alle mit herausgequollenen Augen und weit aufgerissenem Mund an und stampfte in rasendem Tempo mit den Füßen auf den Boden, als wollte er mit ihnen einen Trommelwirbel auf der Erde schlagen. Wirginskij war so sehr erschrocken, daß er selber wie ein Wahnsinniger zu schreien begann, und suchte sich mit einer so rasenden Wut aus Ljamschins Armen zu befreien, wie man es von Wirginskij gar nicht für möglich gehalten hätte, indem er ihn, so gut er ihn von hinten erreichen konnte, mit den Händen kratzte und stieß. Endlich eilte ihm Erkel zu Hilfe und riß Ljamschin fort. Als aber Wirginskij voller Entsetzen etwa zehn Schritte beiseite gesprungen war und plötzlich Ljamschins Blick auf Pjotr Stepanowitsch fiel, fing er wieder an zu brüllen und stürzte sich nun auf den. Dabei stolperte er über den Leichnam und fiel zwischen diesem und Pjotr Stepanowitsch zu Boden. Aber er hatte Pjotr Stepanowitsch bereits so fest mit seinen Armen umfaßt, indem er dessen Kopf an seine Brust preßte, daß weder Pjotr Stepanowitsch selber noch Tolkatschenko oder Liputin im ersten Augenblick irgend etwas tun konnten. Pjotr Stepanowitsch schrie, schimpfte, schlug ihn mit den Fäusten auf den Kopf, und nachdem er sich endlich irgendwie losgerissen hatte, zog er seinen Revolver hervor und zielte direkt auf den offenen Mund des immer noch brüllenden Ljamschin, den inzwischen Tolkatschenko, Erkel und Liputin fest an den Armen gepackt hatten. Aber Ljamschin schrie weiter, trotz des Revolvers. Da knüllte Erkel sein Taschentuch zusammen und stopfte es ihm geschickt in den Mund, so daß das Schreien ein Ende hatte. Inzwischen band ihm Tolkatschenko mit dem Ende des Strickes, das übriggeblieben war, die Hände zusammen.

»Das ist höchst sonderbar«, sagte Pjotr Stepanowitsch und betrachtete mit erregtem Staunen den Tobsüchtigen.

Er war wirklich betroffen.

»Ich hatte ihn ganz anders eingeschätzt«, fügte er dann nachdenklich hinzu.

Inzwischen ließ man Erkel bei ihm zurück. Man mußte sich beeilen, den Leichnam fortzuschaffen: es war so viel Geschrei gewesen, daß man es irgendwo gehört haben konnte. Tolkatschenko und Pjotr Stepanowitsch nahmen die Laternen und packten die Leiche beim Kopf, Liputin und Wirginskij faßten an den Füßen an. So trugen sie ihn fort. Durch die beiden Steine wurde die Last bei einer Entfernung von über zweihundert Schritt recht schwer. Der Stärkste von allen war Tolkatschenko. Er gab den Rat, Schritt zu halten, aber keiner antwortete ihm, und so gingen sie, wie es gerade ging. Pjotr Stepanowitsch ging auf der rechten Seite, ganz gebückt, und trug den Kopf des Toten auf seiner Schulter, mit der linken Hand hielt er von unten den Stein. Und da es Tolkatschenko die ganze erste Hälfte des Weges gar nicht einfiel, ihm beim Halten des Steines zu helfen, so schrie Pjotr Stepanowitsch ihm das endlich mit einem Schimpfwort zu. Der Schrei war plötzlich und vereinzelt, und alle trugen wieder ihre Last schweigend weiter. Erst dicht am Teich rief wieder Wirginskij, niedergebeugt unter der Last und von ihrer Schwere völlig ermattet, mit derselben lauten und weinerlichen Stimme aus:

»Das ist nicht das, nein, nein, das ist überhaupt nicht das!«

Die Stelle, wo dieser dritte, ziemlich große Skworeschniker Teich endet und zu der sie den Leichnam hintrugen, war eine der ödesten, wenigstbesuchten des Parkes, besonders in dieser späten Jahreszeit. Der Teich war an diesem Ende, am Ufer, mit Gras überwachsen. Sie stellten die Laterne auf den Boden, schwenkten den Leichnam hin und her und warfen ihn ins Wasser. Man hörte einen dumpfen, lang anhaltenden Ton. Pjotr Stepanowitsch hob die Laterne in die Höhe, und alle stellten sich hinter ihn, um neugierig zu beobachten, wie der Leichnam untergehen werde, aber es war nichts mehr zu sehen: der Körper mit den zwei Steinen war sogleich versunken. Die starken Wellen, die über die Oberfläche des Wassers hinliefen, beruhigten sich bald wieder. Die Sache war beendet.

»Meine Herren«, wandte sich Pjotr Stepanowitsch an alle, »unsere Wege trennen sich nun. Ohne Zweifel werden Sie jetzt das stolze, freie Gefühl empfinden, das mit der Erfüllung einer freien Pflicht verbunden ist. Sollten Sie aber jetzt bedauerlicherweise für derartige Gefühle zu aufgeregt sein, so werden Sie sie zweifellos dann morgen empfinden, wo es schon eine Schande sein würde, wenn Sie es nicht täten. Ljamschins schmachvolle Erregung will ich meinetwegen als einen Fieberwahn ansehen, um so mehr, als er ja tatsächlich, wie man sagte, schon heute morgen krank gewesen sein soll. Ihnen aber, Wirginskij, wird ein Augenblick der freien Überlegung zeigen, daß man sich im Hinblick auf die Interessen der allgemeinen Sache unmöglich auf ein Ehrenwort verlassen durfte und gar nicht anders handeln konnte, als wir es getan haben. Späterhin wird es Ihnen klarwerden, daß es einen Verrat gab. Ich bin bereit, Ihre Ausrufe zu vergessen. Irgendeine Gefahr ist nicht vorauszusehen. Keinem wird es auch nur in den Sinn kommen, irgendeinen von Ihnen zu verdächtigen, besonders wenn Sie sich zu benehmen verstehen. Denn in erster Linie hängt ja das alles nur von Ihnen selber und von Ihrer Überzeugung ab, die sich, wie ich hoffe, bereits morgen wieder bei Ihnen gefestigt haben wird. Zu diesem Zweck haben Sie sich ja auch unter anderem zu einer besonderen Gruppe in der freien Vereinigung Gleichdenkender zusammengeschlossen, um im gegebenen Augenblick zugunsten der allgemeinen Sache einer mit dem anderen die Energie zu teilen, und um, wenn nötig, sich gegenseitig zu beobachten und aufeinander aufzupassen. Jeder von Ihnen ist zu strengster Rechenschaft verpflichtet. Sie sind aufgerufen, eine hinfällige Sache zu erneuern, die vom langen Stillstehen zu stinken anfängt; haben Sie dies immer vor Augen, um wachsam zu bleiben. Ein jeder Ihrer Schritte führe vorläufig nur dazu, daß alles zusammenstürze, sowohl der Staat als auch seine Moral. Dann werden nur wir übrigbleiben, die wir uns von vornherein zur Machtübernahme bestimmt haben. Die Klugen werden wir zu uns herüberziehen, auf den Dummen aber reiten wir. Das dürfen Sie nicht durcheinanderwerfen. Man muß die junge Generation umerziehen, um sie der Freiheit würdig zu machen. Uns stehen da noch viele Tausende Schatows bevor. Wir organisieren uns, um die Richtung in die Hand zu bekommen. Es wäre schmachvoll, wenn wir das, was müßig daliegt und den Mund gegen uns aufsperrt, nicht in die Hand nehmen wollten. Ich gehe jetzt zu Kirillow, und gegen Morgen wird das Dokument zur Stelle sein, worin er in Form einer Erklärung an die Regierung vor seinem Tod alles auf sich nimmt. Nichts kann wahrscheinlicher sein als eine solche Kombination. Erstens war er mit Schatow verfeindet; sie lebten zusammen in Amerika, haben also dort Zeit genug gehabt, sich zu entzweien. Es ist bekannt, daß Schatow seine Überzeugungen geändert hat, folglich kann man die Feindschaft auf diesen Überzeugungswechsel und auf Furcht vor einem Verrat zurückführen – was die unerbittlichste Feindschaft bedeutet. So soll dies alles auch niedergeschrieben werden. Zum Schluß wird erwähnt, daß bei ihm, im Filippowschen Haus, auch Fedjka gewohnt hat. Auf diese Weise wird jedweder Verdacht völlig von Ihnen abgelenkt, da all diese Schafsköpfe auf eine falsche Fährte gebracht werden. Morgen, meine Herren, werden wir uns nicht sehen; ich begebe mich auf ganz kurze Zeit in die Umgegend. Übermorgen aber werden Sie von mir hören. Ich persönlich würde Ihnen raten, den ganzen morgigen Tag zu Hause zu bleiben. Jetzt aber wollen wir alle zu zweien auf verschiedenen Wegen auseinandergehen. Sie, Tolkatschenko, bitte ich, sich um Ljamschin zu kümmern und ihn nach Hause zu bringen. Sie können auf ihn einwirken und ihm hauptsächlich auseinandersetzen, bis zu welchem Grade er sich vor allen Dingen selber durch seinen Kleinmut geschadet hat. Über Ihren Verwandten Schigaljow, Herr Wirginskij, bin ich mir, ebenso wie auch über Sie, durchaus nicht im Zweifel; er wird uns nicht verraten. Man kann seine Handlungsweise nur bedauern; aber er hat ja noch nicht erklärt, daß er aus dem Bund ausscheiden will, folglich ist es noch zu früh, ihn zu Grabe zu tragen. Na, aber nun schnell, meine Herren, das sind zwar alles nur Schafsköpfe hier, doch Vorsicht kann immerhin nichts schaden...«

Wirginskij begab sich zusammen mit Erkel fort. Bevor Erkel Ljamschin Tolkatschenko übergab, führte er ihn noch zu Pjotr Stepanowitsch und meldete, daß jener zur Besinnung gekommen sei, bereut habe, um Verzeihung bäte und gar nicht begreife, was mit ihm los gewesen sei. Pjotr Stepanowitsch ging allein weg und machte einen Umweg jenseits der Teiche am Park entlang. Dies war der weiteste Weg. Als er ihn schon halb zurückgelegt hatte, kam ihm zu seiner Verwunderung Liputin nachgelaufen.

»Pjotr Stepanowitsch, Pjotr Stepanowitsch, aber Ljamschin wird uns doch anzeigen!«

»Nein, er ist wieder zur Besinnung gekommen und weiß ganz genau, daß er der erste wäre, der nach Sibirien käme, wenn er etwas anzeigen würde! Jetzt wird uns keiner mehr verraten. Auch Sie nicht, Liputin.«

»Aber Sie?«

»Zweifellos werde ich Sie alle aus dem Wege räumen, wenn sich nur einer von Ihnen rührt und seine Überzeugung ändert, das wissen Sie ja. Aber Sie werden sie nicht ändern. Sind Sie deshalb die zwei Werst hinter mir hergelaufen?«

»Pjotr Stepanowitsch, Pjotr Stepanowitsch, wir sehen uns vielleicht niemals wieder!«

»Wie kommen Sie darauf?«

»Sagen Sie mir nur das eine!«

»Nun was denn? Übrigens wäre es mir lieb, Sie packten sich.«

»Nur eine Antwort, aber daß es ja die wahre ist: Sind wir die einzige Fünfergruppe auf der Welt, oder stimmt es, daß es deren Hunderte gibt? Ich stelle diese Frage im höchsten Sinne, Pjotr Stepanowitsch.«

»Das sehe ich daran, daß Sie außer sich sind. Wissen Sie, daß Sie gefährlicher sind als Ljamschin, Liputin?«

»Ich weiß, ich weiß, aber – die Antwort, Ihre Antwort!«

»Sie dummer Mensch! Das könnte Ihnen doch gerade jetzt, meine ich, ganz gleich sein – eine Gruppe oder tausend.«

»Das heißt, es ist eine. Das wußte ich doch!« rief Liputin aus. »Das habe ich schon die ganze Zeit über gewußt, daß es nur die eine gibt, bis auf den heutigen Tag ...«

Und ohne eine weitere Antwort abzuwarten, drehte er sich um und verschwand schnell in der Dunkelheit.

Pjotr Stepanowitsch dachte ein wenig nach.

»Nein, keiner wird etwas verraten«, murmelte er mit Bestimmtheit vor sich hin, »aber – die Gruppe muß eine Gruppe bleiben und gehorchen, sonst werde ich sie ... So ein elendes Gesindel, das!«

2

Er ging zuerst nach Hause und packte sorgfältig, ohne sich zu beeilen, seinen Koffer. Früh um sechs Uhr ging ein Sonderzug. Dieser Frühzug ging nur einmal in der Woche und war erst kürzlich eingelegt worden, vorläufig nur versuchsweise. Obgleich Pjotr Stepanowitsch den *Unsrigen* mitgeteilt hatte, daß er sich nur auf kurze Zeit in den Umkreis begeben wolle, so stellte sich doch späterhin heraus, daß er ganz andere Absichten hatte. Als er mit dem Koffer fertig war, rechnete er mit seiner Wirtin ab, die er schon vorher davon unterrichtet hatte, und fuhr in einer Droschke zu Erkel, der in der Nähe des Bahnhofes wohnte. Und dann erst, ungefähr gegen ein Uhr nachts, begab er sich zu Kirillow, bei dem er sich wieder durch Fedjkas geheimen Gang schlich.

Die Geistesverfassung Pjotr Stepanowitschs war entsetzlich. Außer anderen für ihn äußerst wichtigen Mißlichkeiten (er hatte noch nichts über Stawrogin in Erfahrung bringen können) hatte er anscheinend – denn mit Bestimmtheit kann ich es nicht behaupten – im Laufe des Tages von irgendwoher (wahrscheinlich aber aus Petersburg) eine geheime Meldung über eine Gefahr erhalten, die ihm in kürzester Zeit drohen sollte. Natürlich sind in unserer Stadt gerade über diese Zeit jetzt sehr viele Legenden im Umlauf, und sollte wirklich jemand genau darüber unterrichtet sein, so sind das dann nur diejenigen, die es von Amts wegen wissen müssen. Es ist nur meine ganz persönliche Ansicht, wenn ich vermute, daß Pjotr Stepanowitsch irgendwo außerhalb unserer Stadt in eine Angelegenheit verwickelt gewesen ist, so daß er tatsächlich eine solche Meldung hatte erhalten können. Ich bin sogar, im Gegensatz zu Liputins zynischen und verzweifelten Bedenken, davon überzeugt, daß er außer der unsrigen tatsächlich noch zwei oder drei solcher Fünfergruppen gegründet haben konnte, zum Beispiel in den Hauptstädten, und wenn es auch nicht gerade Fünfergruppen waren, so waren es doch Bünde oder Vereine, und möglicherweise recht seltsame. Denn er war kaum drei Tage aus unserer Stadt fort, als bei uns aus der Hauptstadt der Befehl eintraf, ihn unverzüglich zu verhaften, ob aber in unserer Angelegenheit oder aus anderen Gründen – das weiß ich nicht. Dieser Befehl kam damals gerade recht, um die Erregung und die fast mystische Angst zu verstärken, die sich plötzlich unserer Regierung und der bis dahin unentwegt leichtsinnig dahinlebenden Gesellschaft bemächtigt hatte, als der geheimnisvolle und aufsehenerregende Mord an dem Studenten Schatow zutage kam – ein Mord, der das Maß der Schandtaten bei uns vollmachte und der von äußerst rätselhaften Umständen begleitet wurde. Aber der Befehl kam zu spät: Pjotr Stepanowitsch befand sich damals unter fremdem Namen bereits in Petersburg, von wo aus er, als er den Braten gerochen hatte, im Nu über die Grenze schlüpfte ... Übrigens greife ich entsetzlich vor.

Als er zu Kirillow kam, sah er böse und aufgebracht aus. Er wollte anscheinend, außer der Hauptsache, Kirillow noch persönlich eins auswischen, sich irgendwie an ihm rächen. Kirillow schien sich über sein Kommen gleichsam zu freuen, er hatte sichtlich schon sehr lange und mit krankhafter Ungeduld auf ihn gewartet. Er sah bleicher aus als gewöhnlich, und der Blick seiner schwarzen Augen war schwer und starr.

»Ich dachte schon, Sie kämen nicht«, sagte er schwer von der Sofaecke aus, aus der er sich übrigens nicht rührte, um Pjotr Stepanowitsch entgegenzugehen.

Dieser stellte sich vor ihn hin und schaute ihm, ehe er ein Wort sagte, aufmerksam ins Gesicht.

»Das heißt also, es ist alles in Ordnung, und wir sind von unserem Entschlusse nicht zurückgetreten, wackerer Jüngling!« sagte er mit beleidigend gönnerhaftem Lächeln. »Na, und übrigens«, fügte er widerlich scherzend hinzu, »sollten Sie sich doch nicht beklagen, wenn ich zu spät gekommen bin: ich habe Ihnen dadurch doch noch drei Stunden geschenkt.«

»Ich will aber von Ihnen keine überflüssigen Stunden geschenkt haben. Sie können mir überhaupt gar nichts schenken . . . Sie Narr!«

»Was?« wollte Pjotr Stepanowitsch auffahren, aber er beherrschte sich gleich wieder. »So eine Empfindlichkeit! He, wir sind wohl in Wut?« fuhr er nachdrücklich und mit derselben beleidigend hochmütigen Miene fort. »In einem solchen Augenblick wäre Ruhe eher am Platz. Sie sollten sich jetzt lieber für einen Kolumbus halten und auf mich wie auf eine Maus herabsehen, die einen überhaupt nicht beleidigen kann. Den Rat habe ich Ihnen schon gestern gegeben.«

»Ich will aber nicht auf dich herabsehen wie auf eine Maus.«

»Soll das ein Kompliment sein? Übrigens, auch der Tee ist kalt – also geht alles drunter und drüber. Man kann sich doch auf niemanden verlassen. Ah, was sehe ich denn da im Fenster auf dem Teller?« (Er trat an das Fenster heran.) »Oho, eine gekochte Henne mit Reis! . . . Aber warum ist sie denn noch gar nicht angeschnitten? Demnach befinden wir uns also in einer solchen Gemütsverfassung, daß sogar eine Henne mit Reis . . .«

»Ich habe gegessen. Das geht Sie gar nichts an. Schweigen Sie.«

»Natürlich, das ist ja auch ganz gleichgültig. Nur nicht für mich in diesem Augenblick: stellen Sie sich vor, ich habe so gut wie gar nicht zu Mittag gegessen. Und da Sie, wie ich annehme, die Henne nun doch nicht mehr brauchen, nicht wahr, so . . .«

»Essen Sie, wenn Sie können.«

»Danke sehr; dann möchte ich aber auch Tee.«

Und er ließ sich augenblicklich in der anderen Sofaecke am Tisch häuslich nieder und machte sich mit einer wahren Gier über das Gericht her. Dabei ließ er aber sein Opfer keinen

Moment aus den Augen. Kirillow starrte ihn haßerfüllt und widerwillig an, als wäre er nicht imstande, sich von ihm loszureißen.

»Je nun«, rief plötzlich Pjotr Stepanowitsch aus, aß aber dabei immer weiter, »je nun, wollen wir nicht zur Sache kommen? Wir treten also nicht zurück, was? Und das Schriftstück?«

»Ich habe mir heute nacht überlegt, daß mir alles gleichgültig ist. Ich werde es niederschreiben. Über die Proklamationen?«

»Ja, auch über die Proklamationen. Ich werde es Ihnen übrigens diktieren. Ihnen ist das ja doch alles gleichgültig. Könnte Sie etwa der Inhalt in einem solchen Augenblick noch beunruhigen?«

»Das geht dich nichts an.«

»Natürlich nicht. Übrigens sind es nur ein paar Zeilen: daß Sie mit Schatow zusammen Proklamationen verbreitet haben, unter anderem auch mit Hilfe Fedjkas, der sich in Ihrer Wohnung verborgen gehalten hätte. Dieser letzte Punkt, daß Fedjka bei Ihnen gewohnt hat, ist sehr wichtig, das Wichtigste von allem. Sehen Sie, ich bin ganz offen gegen Sie.«

»Schatow? Warum denn mit Schatow? Um keinen Preis schreibe ich etwas von Schatow.«

»Aber hören Sie, was fällt Ihnen denn ein? Schaden können Sie ihm ja doch nicht mehr.«

»Seine Frau ist zu ihm zurückgekommen. Sie wachte eben auf und ließ bei mir anfragen, wo er sei.«

»Sie hat zu Ihnen geschickt und sich erkundigen lassen, wo er sei? Hm ... das ist faul. Womöglich schickt sie noch einmal her: aber es darf doch niemand wissen, daß ich hier bin ...«

Pjotr Stepanowitsch fing an, unruhig zu werden.

»Sie wird es nicht erfahren, sie schläft schon wieder. Eine Frau ist bei ihr, Arina Prochorowna.«

»So, so, und ... wird sie es auch wohl nicht hören? Wissen Sie, Sie sollten die äußere Tür zuschließen.«

»Sie wird nichts hören. Und wenn Schatow kommen sollte, werde ich Sie in jenem Zimmer dort verstecken.«

»Schatow wird nicht kommen; und Sie werden niederschreiben, daß Sie sich wegen Anzeige und Verrat gezankt hätten ... heute abend ... und schuld an seinem Tod seien.«

»Er ist tot!« rief Kirillow und sprang vom Sofa auf.

»Heute abend um acht Uhr, oder vielmehr gestern abend, denn jetzt ist es ja bereits ein Uhr.«

»Das warst du, du hast ihn getötet! ... Und das habe ich gestern vorausgesehen.«

»Da war nicht viel vorauszusehen. Hier mit diesem Revolver.« (Er zog den Revolver hervor, anscheinend nur, um ihn zu zeigen, steckte ihn aber nicht wieder ein, sondern behielt ihn in der rechten Hand, um gerüstet zu sein.) »Ein merkwürdiger Mensch sind Sie doch, Kirillow, Sie haben doch selber gewußt, daß es dieses Ende nehmen mußte mit diesem dummen Menschen. Was gab es da noch vorauszusehen? Ich habe es Ihnen zu wiederholten Malen vorgekaut. Schatow bereitete eine Denunziation vor; dem war ich auf die Spur gekommen, das konnte man auf keinen Fall zulassen. Und Sie hatten ja auch Befehl erhalten, auf ihn aufzupassen; Sie haben mir selber vor drei Wochen gesagt ...«

»Schweig! Du hast es nur deshalb getan, weil er dir in Genf ins Gesicht gespuckt hat.«

»Deshalb und noch wegen anderer Dinge. Wegen vieler Dinge noch, doch ohne jeden Haß. Aber warum springen Sie da auf? Warum nehmen Sie da so eine Pose ein? Oho! Also so sind wir! ...«

Er sprang auf und hielt den Revolver vor. Kirillow hatte nämlich plötzlich nach seinem Revolver gegriffen, den er schon am Morgen geladen aufs Fensterbrett bereitgelegt hatte. Pjotr Stepanowitsch stellte sich in Positur und erhob die Waffe gegen Kirillow. Dieser lachte feindselig.

»Gestehe nur, du Lump, daß du deinen Revolver nur deshalb herausgezogen hast, weil du Angst hattest, ich könnte dich erschießen. Aber ich werde dich nicht erschießen ... obgleich ... obgleich ...«

Und er erhob noch einmal seinen Revolver gegen Pjotr Stepanowitsch, wie um es zu versuchen, und als wäre er nicht imstande, dem Genuß zu entsagen, den er bei der Vorstellung empfand, er könne ihn erschießen. Pjotr Stepanowitsch stand fest da und wartete, wartete bis zum letzten Augenblick, ohne selber den Hahn abzudrücken, wobei er sich allerdings der Gefahr aussetzte, selber zuerst eine Kugel in die Stirn zu bekommen: diesem »Manjak« war alles zuzutrauen. Aber der »Manjak« ließ endlich die Hand sinken, stöhnte auf, zitterte am ganzen Körper und war nicht imstande zu reden.

»Sie haben Theater gespielt, genug nun«, sagte Pjotr Stepanowitsch und ließ ebenfalls die Waffe sinken. »Ich wußte ja, daß es nur Theater war, aber hören Sie, Sie haben doch viel aufs Spiel gesetzt: ich hätte abdrücken können.«

Und er setzte sich ziemlich ruhig wieder aufs Sofa und goß sich mit allerdings etwas zitternder Hand Tee ein. Kirillow legte den Revolver auf den Tisch und fing an, im Zimmer auf und ab zu gehen.

»Ich werde nicht schreiben, daß ich Schatow getötet habe ... ich werde jetzt überhaupt nichts mehr schreiben. Es wird kein Schriftstück geben.«

»Nicht?«

»Nein.«

»Wie niederträchtig und wie dumm!« Pjotr Stepanowitsch wurde grün vor Wut. »Übrigens habe ich das geahnt. Sie müssen wissen, daß Sie mich nicht überrumpeln können! Doch wie Sie wollen. Wenn ich Sie mit Gewalt dazu zwingen könnte, würde ich Sie zwingen. Übrigens sind Sie ein Schuft.« Pjotr Stepanowitsch verlor immer mehr und mehr die Gewalt über sich. »Sie haben damals Geld von uns verlangt und uns, Gott weiß was alles versprochen ... Keinesfalls werde ich aber ohne Resultat weggehen, zum mindesten will ich zusehen, wie Sie sich selber in die Stirne schießen.«

»Ich will, daß du augenblicklich fortgehst«, sagte Kirillow und blieb entschlossen vor ihm stehen.

»Nein, das geht auf keinen Fall.« Pjotr Stepanowitsch griff wieder nach seinem Revolver. »Jetzt kommen Sie womöglich aus lauter Wut und Feigheit noch auf den Gedanken, alles aufzuschreiben und morgen hinzulaufen und uns zu verraten, um wieder Geld einzustecken: dafür wird doch bezahlt. Der Teufel soll Sie holen, bei solchen Leutchen, wie Sie einer sind, muß man auf alles gefaßt sein. Aber bleiben Sie ruhig, ich habe das alles vorausgesehen. Ich weiche nicht von der Stelle, ehe ich Ihnen nicht mit diesem Revolver den Schädel zertrümmert habe wie jenem Lumpen, dem Schatow, wenn Sie selber feige sind und Ihr Vorhaben aufschieben, hol Sie der Teufel!«

»Du willst also unbedingt auch mein Blut sehen.«

»Nicht etwa aus Bosheit, verstehen Sie wohl, mir ist das ganz gleichgültig. Ich will es nur aus dem Grund, um für unsere Sache nichts mehr befürchten zu müssen. Man kann sich auf keinen Menschen verlassen, das sehen Sie ja selber.

Ich weiß nicht, wie Sie auf den Gedanken gekommen sind, sich das Leben zu nehmen. Ich habe mir das nicht für Sie ausgedacht, Sie sind selber darauf verfallen und haben das anfänglich nicht einmal mir, sondern anderen Mitgliedern im Ausland mitgeteilt. Und beachten Sie wohl, keiner von ihnen hat das aus Ihnen herausgepreßt, keiner hat Sie damals überhaupt gekannt, Sie sind von selber aus Gefühlsduselei zu uns gekommen, um Ihr Herz auszuschütten. Aber was ist nun zu machen, wenn schon damals mit Ihrer Einwilligung und auf Ihren Vorschlag hin (beachten Sie das wohl: auf Ihren Vorschlag hin!) ein gewisser Operationsplan für hier entworfen wurde, den man jetzt unmöglich ändern kann? Sie haben sich so zu uns gestellt, daß Sie jetzt viel mehr wissen, als nötig wäre. Wenn Sie sich jetzt drücken und morgen hinlaufen und uns verraten sollten, wäre das etwa für uns vorteilhaft, was denken Sie? Nein, Sie haben eine Pflicht auf sich genommen, haben Ihr Wort gegeben, haben Geld genommen. Das können Sie keinesfalls in Abrede stellen ...«

Pjotr Stepanowitsch war sehr hitzig geworden, aber Kirillow hörte schon lange nicht mehr zu. Er ging wieder in Gedanken versunken im Zimmer auf und ab.

»Mich dauert Schatow«, sagte er und blieb wieder vor Pjotr Stepanowitsch stehen.

»Mich auch, natürlich, aber konnte man ihn etwa ...«

»Schweige, Schurke«, brüllte Kirillow und machte eine furchtbare, unzweideutige Handbewegung, »– ich schlage dich tot!«

»Na ja, na ja, das war eine Lüge, ich gebe es ja zu. Er dauert mich ganz und gar nicht. Aber genug davon, genug!« Pjotr Stepanowitsch sprang ängstlich auf und hielt schirmend den Arm vor.

Kirillow wurde plötzlich still und ging wieder auf und ab.

»Ich werde es nicht aufschieben. Gerade jetzt möchte ich mich töten: alle sind Schurken!«

»Na, das ist eine Idee: natürlich sind alle Schurken, und so, wie es einen ordentlichen Menschen auf der Welt anekelt, so ...«

»Du Narr! Ich bin genauso ein Schurke wie du, wie alle, aber kein ordentlicher Mensch. Den gibt es nirgends.«

»Also endlich erraten! Haben Sie denn wirklich bei all Ihrem Verstand bis jetzt noch nicht begriffen, Kirillow, daß da einer wie der andere ist, daß es kein Besser oder Schlechter sondern nur ein Klüger oder Dümmer gibt und daß man, wenn nun einmal alle Schurken sind (was übrigens Unsinn ist), folglich gar kein Nichtschurke sein darf?«

»Ah, und du spottest wirklich nicht?« Kirillow sah ihn mit einiger Verwunderung an. »Du sprichst mit Eifer und ganz einfach... Haben denn solche, wie du einer bist, überhaupt eine Überzeugung?«

»Kirillow, ich habe niemals verstehen können, wofür Sie sich das Leben nehmen wollen. Ich weiß nur, daß es aus Überzeugung ist... aus fester Überzeugung. Wenn Sie aber das Bedürfnis empfinden, sozusagen Ihr Herz auszuschütten, so stehe ich Ihnen zu Diensten... Nur muß man die Zeit im Auge behalten...«

»Wieviel Uhr ist es?«

»Oho, genau zwei«, sagte Pjotr Stepanowitsch, nachdem er auf die Uhr gesehen hatte, und zündete sich eine Zigarette an. Scheint doch, daß ich mit ihm noch einig werde, dachte er bei sich.

»Ich habe dir nichts zu sagen«, brummte Kirillow.

»Ich entsinne mich, es war etwas von Gott... das haben Sie mir einmal erklärt, zweimal sogar. Wenn Sie sich erschießen, werden Sie Gott werden, war es nicht so?«

»Ja, ich werde Gott werden.«

Pjotr Stepanowitsch lächelte nicht einmal, er wartete. Kirillow sah ihn bedachtsam an.

»Sie sind ein politischer Betrüger und Intrigant: Sie wollen mich auf die Philosophie und in Begeisterung bringen, um eine Versöhnung herbeizuführen, um meinen Zorn zu verjagen, und wenn ich dann wieder nachgiebig gestimmt sein werde, werden Sie mich durch Bitten zu der Aufzeichnung bewegen, ich hätte Schatow getötet.«

Pjotr Stepanowitsch antwortete mit einer fast natürlichen Harmlosigkeit: »Na, mag ich auch immerhin solch ein Halunke sein, ist Ihnen das aber in diesen Ihren letzten Minuten nicht alles gleich, Kirillow? Na, worüber streiten wir uns eigentlich, sagen Sie bitte: Sie sind so einer, und ich bin so einer, was tut das aber zur Sache? Und beide sind wir obendrein...«

»Schurken.«

»Na, meinetwegen auch Schurken. Sie wissen ja, daß das nur Worte sind.«

»Mein ganzes Leben lang habe ich das nicht gewollt, daß es

nur Worte seien. Darum habe ich ja gelebt, weil ich das immer nicht wollte. Und auch jetzt wünsche ich jeden Tag, daß es nicht nur Worte seien.«

»Je nun, ein jeder sucht, wo er es besser hat. Der Fisch ... das heißt, es sucht sich eben jeder eine Art Komfort, das ist alles. Eine ganz alte Geschichte!«

»Komfort, sagst du?«

»Na, lohnt es sich, über Worte zu streiten?«

»Nein, das hast du gut gesagt; meinetwegen Komfort. Gott ist unumgänglich, deshalb muß er sein.«

»Na, schön.«

»Aber ich weiß, daß er nicht existiert und gar nicht existieren kann.«

»Das ist schon wahrer.«

»Begreifst du denn wirklich nicht, daß ein Mensch mit diesen zwei Überzeugungen gar nicht mehr am Leben bleiben kann?«

»Er muß sich erschießen, nicht wahr?«

»Begreifst du denn wirklich nicht, daß man sich schon aus diesem einzigen Grund erschießen kann? Begreifst du nicht, daß es einen solchen Menschen geben kann, einen Menschen unter euren tausend Millionen, der das nicht will und nicht erträgt?«

»Ich begreife nur, daß Sie zu schwanken scheinen ... Das ist sehr übel.«

»Stawrogin ist auch von einer Idee verschlungen worden«, sagte Kirillow, ohne Pjotr Stepanowitschs Bemerkung zu beachten, und schritt finster im Zimmer auf und ab.

»Wie?« Pjotr Stepanowitsch spitzte die Ohren. »Von was für einer Idee denn? Hat er selber irgend etwas zu Ihnen gesagt?«

»Nein, ich habe es nur erraten. Wenn Stawrogin glaubt, so glaubt er es nicht, daß er glaubt. Wenn er nicht glaubt, so glaubt er es nicht, daß er nicht glaubt.«

»Na, Stawrogin hat auch anderes, Gescheiteres im Kopf als das ...« brummte Pjotr Stepanowitsch streitsüchtig und verfolgte unruhig die plötzliche Wendung des Gespräches und den bleichen Kirillow.

Hol's der Teufel, er wird sich nicht erschießen, dachte er. Das habe ich schon immer vorausgefühlt; ein Hirngespinst und weiter nichts. Oh, dieses Lumpengesindel!

»Du bist der letzte, der mit mir zusammen ist, ich möchte

mich nicht im Bösen von dir trennen«, bot ihm Kirillow plötzlich an.

Pjotr Stepanowitsch antwortete nicht gleich. Zum Teufel, was soll das nun wieder bedeuten? dachte er abermals.

»Glauben Sie mir, Kirillow, daß ich nichts gegen Sie habe, als Menschen persönlich, und daß ich immer ...«

»Du bist ein Schurke und ein falscher Verstand. Aber ich bin auch nicht besser als du und werde mich erschießen, du aber wirst leben bleiben.«

»Das heißt, Sie wollen sagen, ich sei so gemein, daß ich weiterleben möchte.«

Er war sich noch nicht darüber klar, ob es angebracht sei oder nicht, in einer solchen Minute ein solches Gespräch fortzusetzen, und beschloß, »sich den Umständen anzupassen«. Aber der überlegene Ton Kirillows und seine stets unverhohlen gezeigte Verachtung für Pjotr Stepanowitsch, die ihn schon immer so gereizt hatten, brachten ihn jetzt aus irgendeinem Grund mehr als früher auf. Vielleicht weil ihm Kirillow, der doch in einer Stunde sterben mußte (dies behielt Pjotr Stepanowitsch immerhin im Auge), ihm nur noch wie ein halber Mensch erschien, also derart, daß man ihm Hochmut keinesfalls mehr erlauben dürfe.

»Sie brüsten sich anscheinend mir gegenüber damit, daß Sie sich erschießen wollen?«

»Ich war immer erstaunt, daß alle leben bleiben«, sagte Kirillow, ohne auf seine Bemerkung zu hören.

»Hm! Meinetwegen, diese Idee ... aber ...«

»Du Affe, du gibst mir nur recht, um mich dadurch zu unterwerfen. Schweig, davon verstehst du nichts. Wenn es keinen Gott gibt, so bin ich Gott.«

»Das ist der Punkt, den ich bei Ihnen niemals verstanden habe: warum sind dann Sie Gott?«

»Wenn es einen Gott gibt, so ist auch aller Wille sein, und aus seinem Willen kann ich mich nicht lösen, wenn nicht, so ist aller Wille mein, und es ist meine Pflicht, Eigenwillen zu zeigen.«

»Eigenwillen? Aber warum Pflicht?«

»Deswegen, weil aller Wille mein geworden ist. Wird denn wirklich niemand auf dem ganzen Planeten, der mit Gott ein Ende gemacht hat und an den Eigenwillen glaubt, es wagen, diesen Eigenwillen zu zeigen, und zwar gerade im Hauptpunkt? Das ist so, wie wenn ein Armer eine Erbschaft macht und dann erschrickt und nicht wagt, an den Geldsack heranzugehen, weil er sich für zu schwach hält, ihn in Besitz zu nehmen. Ich will Eigenwillen zeigen. Mag ich der einzige sein, aber ich tue es!«

»Nun, so tun Sie es!«

»Ich bin verpflichtet, mich zu erschießen, weil eben dies der höchste Punkt meines Eigenwillens ist, mich selbst zu töten.«

»Aber Sie töten sich doch nicht als einziger; es gibt viele Selbstmörder.«

»Mit Grund. Aber ohne jeden Grund, nur um des Eigenwillens wegen – bin der einzige ich.«

Er wird sich nicht erschießen, schoß es wieder Pjotr Stepanowitsch durch den Kopf.

»Wissen Sie was«, bemerkte er gereizt, »an Ihrer Stelle würde ich, um meinen Eigenwillen zu bekunden, einen anderen töten, aber nicht mich selber. Dadurch könnten Sie sich nützlich machen. Ich werde Ihnen zeigen, wen, wenn Sie keine Angst haben. Dann brauchen Sie sich meinetwegen heute nicht zu erschießen. Wir könnten darüber reden.«

»Einen anderen zu töten wäre der allerniedrigste Punkt meines Eigenwillens, und ganz auf diesem stehst du. Ich bin nicht du: ich will den höchsten Punkt erreichen, und ich werde mich töten.«

»Mit seinem eigenen Verstand ist er darauf gekommen«, murmelte Pjotr Stepanowitsch boshaft vor sich hin.

»Ich bin verpflichtet, meinen Unglauben zu bekunden.« Kirillow ging im Zimmer auf und ab. »Für mich gibt es keine höhere Idee als die, daß es keinen Gott gibt. Für mich spricht die Menschheitsgeschichte. Der Mensch hat auch nichts anderes getan als sich einen Gott ausgedacht, um leben zu können, ohne sich zu töten. Darin besteht die ganze Weltgeschichte bis auf den heutigen Tag. Ich als einziger in der ganzen Weltgeschichte habe zum erstenmal keine Lust gehabt, mir einen Gott auszudenken. Sollen sie das nun ein für allemal erfahren.«

Er wird sich nicht erschießen, dachte Pjotr Stepanowitsch ängstlich.

»Wer soll es erfahren?« feuerte er ihn an. »Hier sind ich und Sie. Etwa Liputin?«

»Alle sollen es erfahren; alle werden es erfahren. Es gibt

kein Geheimnis, das nicht offenbar würde. Das hat *Er* einmal gesagt.«

Und in fieberhafter Verzückung zeigte er auf das Bild des Heilands, vor dem ein Lämpchen brannte. Pjotr Stepanowitsch wurde ganz erbost.

»An Ihn glauben Sie also immer noch; und das Lämpchen haben Sie angezündet; wohl ‚für alle Fälle'?«

Der andere schwieg.

»Wissen Sie, meiner Ansicht nach glauben Sie vielleicht noch mehr als ein Pope.«

»An wen? An *Ihn*? Höre!« Kirillow blieb stehen und blickte starr und verzückt vor sich hin. »Höre die große Idee: es war auf Erden *ein* Tag, da standen mitten auf der Erde drei Kreuze. Einer am Kreuze glaubte so sehr, daß er zu dem andern sagte: ‚Heute noch wirst du mit mir im Paradiese sein.' Der Tag ging zur Neige, beide starben, gingen hin und fanden weder ein Paradies noch eine Auferstehung. Sein Ausspruch bewahrheitete sich nicht. Höre: Dieser Mensch war der höchste auf der ganzen Erde, er stellte das dar, um dessentwillen sie zu leben hat. Der ganze Planet mit allem, was auf ihm ist, ist ohne diesen Menschen – ein einziger Wahnsinn. Weder vor noch nach ihm hat es einen solchen gegeben, niemals, es grenzt geradezu an ein Wunder. Darin liegt das Wunder, daß es einen solchen Menschen nicht gegeben hat und nicht geben wird. Wenn dem aber so ist, wenn sich die Naturgesetze nicht einmal *dieses* Menschen erbarmt, nicht einmal ihres eignen Wunders erbarmt, sondern auch *Ihn* gezwungen haben, inmitten der Lüge zu leben und für eine Lüge zu sterben, dann folgt daraus, daß der ganze Planet eine Lüge ist und auf Lüge und dummem Hohn beruht. Dann sind selbst die Gesetze dieses Planeten Lüge und diabolisches Vaudeville. Wozu lebt man dann? Antworte, wenn du ein Mensch bist.«

»Das ist die andere Seite der Sache. Mir scheint, Sie haben jetzt zwei verschiedene Prinzipien durcheinandergeworfen; das ist aber sehr unzuverlässig. Doch erlauben Sie, wie nun, wenn Sie Gott sind? Wenn jetzt die Lüge ein Ende hat und Sie erraten haben, daß alle Lüge nur daher kam, daß es den früheren Gott gab?«

»Endlich hast du es verstanden!« rief Kirillow begeistert aus. »Folglich kann man es verstehen, wenn schon Leute wie du es verstehen. Verstehst du jetzt, daß es die ganze Erlösung für alle bedeutet – allen diesen Gedanken zu beweisen? Wer wird beweisen? Ich! Ich begreife nicht, wie bis auf den heutigen Tag ein Atheist hat wissen können, daß es keinen Gott gibt, ohne sich sofort zu töten. Das Bewußtsein, daß es keinen Gott gibt, ohne das gleichzeitige Bewußtsein, daß man selber zum Gott geworden ist – ist eine Ungereimtheit, andernfalls tötet man unbedingt sich selbst. Wenn man es erkannt hat, so ist man Herrscher und tötet sich selbst nicht mehr, sondern man wird im glänzendsten Ruhme leben. Nur einer, der, welcher der erste ist, muß sich selbst unbedingt töten, denn wer sonst sollte denn beginnen und beweisen? Und so werde ich mich denn unbedingt töten, um den Anfang zu machen und den Beweis zu führen. Noch bin ich nur notgedrungen ein Gott, und ich bin unglücklich, da ich *verpflichtet* bin, Eigenwillen zu zeigen. Alle sind deswegen unglücklich, weil sie alle sich fürchten, Eigenwillen zu zeigen. Darum ist auch der Mensch bis auf den heutigen Tag so unglücklich und arm, weil er sich fürchtete, den Hauptpunkt des Eigenwillens zu zeigen, und peripher eigenmächtelte, wie ein Schuljunge. Ich bin entsetzlich unglücklich, denn ich fürchte mich entsetzlich. Die Angst ist der Fluch der Menschen ... Doch ich werde meinen Eigenwillen bekunden. Ich bin verpflichtet, glauben zu machen, daß ich nicht glaube. Ich werde Anfang und Ende machen, ich werde die Tür öffnen. Ich werde erlösen. Nur dies eine wird alle Menschen erlösen und in der folgenden Generation physisch umwandeln; denn in der jetzigen physischen Gestalt ist es, denke ich, für den Menschen unmöglich, ohne den früheren Gott zu leben. Ich habe drei Jahre lang das Attribut meiner Gottheit gesucht und es gefunden! Das Attribut meiner Gottheit ist – Eigenwille! Das ist alles, wodurch ich im Hauptpunkt Ungehorsam und meine neue, furchtbare Freiheit zeigen kann. Denn sie ist ganz furchtbar. Ich töte mich, um meinen Ungehorsam und meine neue, furchtbare Freiheit zu zeigen.«

Sein Gesicht war unnatürlich bleich, sein Blick unerträglich schwer. Er war wie im Fieber. Pjotr Stepanowitsch dachte schon, er müsse jeden Augenblick umfallen.

»Gib die Feder her!« rief plötzlich Kirillow ganz unerwartet in entschiedener Begeisterung. »Diktiere, ich werde alles niederschreiben. Auch daß ich Schatow getötet habe, werde ich unterschreiben. Diktiere, solange es mich lächert. Ich fürchte nicht die Gedanken eingebildeter Sklaven! Du wirst selbst sehen, daß alles Geheime offenbar werden wird. Du aber wirst zermalmt werden ... Ich glaube daran! Ich glaube!«

Pjotr Stepanowitsch sprang auf, reichte ihm im Nu Tinte und Papier und begann zu diktieren, den günstigen Augenblick ergreifend und um den Erfolg zitternd.

»Ich, Alexej Kirillow, erkläre ...«

»Halt! Das will ich nicht. Wem erkläre ich etwas?«

Kirillow zitterte wie im Fieber. Diese Erklärung und irgendein besonderer unvermittelter Gedanke darüber schien ihn plötzlich ganz in Anspruch zu nehmen, als wäre hier irgendein Ausweg, auf den sein gepeinigter Geist, wenn auch nur für einen Augenblick, sich gierig stürzte.

»Wem erkläre ich das? Ich will wissen, wem!«

»Niemandem, allen, dem ersten, der es liest. Wozu das bestimmen? Der ganzen Welt.«

»Der ganzen Welt? Bravo! Und daß nichts von Reue darin vorkommt! Ich will nicht bereuen; und ich will nicht an die Obrigkeit schreiben.«

»Aber nein doch, das ist gar nicht nötig, zum Teufel mit der Obrigkeit! Aber so schreiben Sie doch, wenn es Ihnen ernst ist! ...« schrie ihm Pjotr Stepanowitsch hysterisch zu.

»Halt! Ich will darüber eine Fratze malen, mit herausgestreckter Zunge.«

»Eh, Unsinn«, erboste sich Pjotr Stepanowitsch. »Auch ohne Zeichnung kann man das ausdrücken, allein durch den Ton.«

»Durch den Ton? Das ist gut. Ja, durch den Ton, durch den Ton! Diktiere in diesem Ton!«

»Ich, Alexej Kirillow«, diktierte Pjotr Stepanowitsch fest und gebieterisch, über Kirillows Schulter gebeugt, und verfolgte jeden Buchstaben, den jener mit vor Erregung zitternder Hand niederschrieb, »ich, Kirillow, erkläre, daß ich heute, am ... ten Oktober, abends acht Uhr, den Studenten Schatow getötet habe, für seinen Verrat, im Park, und für die Anzeige betreffs der Proklamationen und betreffs Fedjkas, der bei uns beiden im Hause Filippows zehn Tage lang gewohnt und übernachtet hat. Ich töte mich heute mit meinem Revolver nicht deshalb, weil ich Reue empfände oder euch fürchtete, sondern weil ich bereits im Ausland die Absicht hatte, meinem Leben ein Ende zu machen.«

»Nur das?« rief Kirillow erstaunt und unwillig aus.

»Nicht ein Wort mehr!« Pjotr Stepanowitsch fuchtelte mit der Hand, in der Absicht, ihm das Dokument zu entreißen.

»Halt!« Fest legte Kirillow die Hand auf das Blatt. »Halt, das ist Unsinn! Ich will erwähnen, mit wem ich getötet habe. Wozu Fedjka? Und die Feuersbrunst? Ich will alles, und dann will ich tüchtig schimpfen in dem Ton, in dem Ton!«

»Es ist genug, Kirillow, ich versichere Ihnen, es ist genug!« rief Pjotr Stepanowitsch fast flehentlich, davor zitternd, daß jener das Blatt zerreißen könnte. »Damit sie es glauben, muß man es so dunkel wie möglich halten, eben gerade so, eben nur so in Andeutungen. Man darf von der Wahrheit nur ein Zipfelchen zeigen, gerade nur so viel, um sie zu reizen. Immer schwindeln die selber noch mehr zusammen als wir und glauben dann natürlich sich selber mehr als uns, und das ist doch viel besser, viel besser. Geben Sie her, das ist so ganz ausgezeichnet! Geben Sie her, geben Sie her!«

Und er bemühte sich dauernd, ihm das Blatt zu entreißen. Kirillow starrte ihn mit aufgerissenen Augen an, hörte zu und bemühte sich, es sich vorzustellen, hatte aber anscheinend aufgehört zu begreifen.

»Zum Teufel!« rief plötzlich Pjotr Stepanowitsch wütend. »Er hat ja noch gar nicht unterschrieben! Was reißen Sie denn die Augen auf, unterschreiben Sie!«

»Ich will schimpfen . . .« murmelte Kirillow, aber er nahm die Feder und unterschrieb. »Ich will schimpfen . . .«

»Schreiben Sie drunter: Vive la république, und genug.«

»Bravo!« Kirillow brüllte fast vor Begeisterung. »Vive la république démocratique sociale et universelle ou – la mort! . . . Nein, nein, so nicht. Liberté, égalité, fraternité ou la mort. Das ist besser, das ist besser!« Und mit Genuß schrieb er das unter seinen Namenszug.

»Genug, genug!« wiederholte ständig Pjotr Stepanowitsch.

»Halt, noch eine Kleinigkeit . . . Weißt du, ich schreibe noch einmal auf französisch drunter: ‚de Kiriloff, gentilhomme russe et citoyen du monde.' Ha–ha–ha!« Er brach in ein Gelächter aus. »Nein, nein, nein, halt, ich habe noch etwas Besseres gefunden, heureka: Gentilhomme-séminairiste russe et citoyen du monde civilisé. Das ist das Allerbeste . . .« und er sprang vom Sofa auf, riß jäh mit einer schnellen Bewegung den Revolver vom Fenster, stürzte damit ins Nebenzimmer und machte die Türe fest hinter sich zu. Pjotr Stepanowitsch stand eine Minute unentschlossen da und sah nach der Tür.

Wenn gleich – so wird er sich wohl erschießen, fängt er aber an zu denken – dann wird nichts daraus.

Er nahm inzwischen das Blatt, setzte sich und sah es noch einmal durch. Die Form der Erklärung gefiel ihm sehr.

Was ist vorläufig nötig? Man muß sie zuerst für eine Weile ganz verdreht machen und von jenen ablenken. Der Park? In der Stadt ist kein Park, da werden sie von selber darauf verfallen, daß der Park in Skworeschniki gemeint ist. Bis sie darauf kommen, vergeht Zeit, bis sie anfangen zu suchen, vergeht wieder Zeit, aber sie werden die Leiche finden – das heißt, es stimmt das Niedergeschriebene; also ist auch alles wahr, also ist auch das über Fedjka wahr. Aber was ist mit Fedjka? Fedjka – das ist der Brand, das sind die Lebjadkins: das heißt, alles ist von dort, vom Filippowschen Haus auch ausgegangen, sie aber haben nichts gesehen, sie aber haben alles übersehen – das wird ihnen vollends die Köpfe verdrehen! Die *Unsrigen* kommen ihnen dann gar nicht in den Sinn. Schatow und Kirillow, und Fedjka, und Lebjadkin; und warum die einander erschlagen haben – das ist noch eine nette Frage. Eh, zum Teufel, kein Schuß zu hören! . . .

Obgleich er das Blatt immer wieder durchlas und sich an der Fassung ergötzte, horchte er doch alle Augenblicke in quälender Unruhe auf und – geriet plötzlich in Wut. Erregt sah er nach der Uhr. Es war schon reichlich spät. Seit Kirillow das Zimmer verlassen hatte, waren bereits zehn Minuten vergangen. Er ergriff das Licht und trat an die Tür des Zimmers, in das sich Kirillow zurückgezogen hatte. Dicht an der Tür bemerkte er plötzlich, daß das Licht schon ganz heruntergebrannt war, und überlegte sich, daß es kaum noch zwanzig Minuten brennen werde, ein anderes Licht war aber nicht da. Vorsichtig nahm er die Klinke in die Hand und horchte: nicht der geringste Laut war zu hören. Rasch öffnete er die Tür und hob das Licht hoch: da brüllte plötzlich etwas auf und warf sich ihm entgegen. Mit aller Gewalt schlug er die Tür zu und lehnte sich abermals gegen sie: aber schon war alles ruhig – wieder Totenstille.

Lange stand er so unentschlossen da mit dem Licht in der Hand. Während der Sekunde, da er die Tür geöffnet hatte, hatte er nur wenig sehen können. Doch war Kirillows Gesicht, der hinten im Zimmer am Fenster stand, blitzschnell vor ihm aufgetaucht, und er hatte die tierische Wut gesehen, mit der dieser auf ihn zugestürzt war. Pjotr Stepanowitsch erbebte. Schnell stellte er das Licht auf den Tisch, machte seinen Revolver schußbereit und sprang auf den Zehen in die entgegengesetzte Ecke des Zimmers, so daß, wenn Kirillow die Tür geöffnet und sich mit dem Revolver auf den Tisch zugestürzt hätte, er ihm noch hätte zuvorkommen und früher als Kirillow den Hahn abdrücken können.

An einen Selbstmord glaubte Pjotr Stepanowitsch jetzt schon gar nicht mehr. Er stand mitten im Zimmer und überlegte, so schoß es ihm blitzschnell durch den Kopf. Und dazu das dunkle, entsetzliche Zimmer ... Er brüllte auf und stürzte auf mich zu – da gibt es nur zwei Möglichkeiten: entweder habe ich ihn gerade in dem Augenblick gestört, wo er den Hahn abdrücken wollte, oder ... oder er stand da und überlegte, wie er mich ermorden könne. Ja, so ist es, das wird er sich überlegt haben ... Er weiß, daß ich nicht weggehen werde, ohne ihn getötet zu haben, wenn er selber zu feige dazu ist – das bedeutet, er muß mich zuerst töten, damit ich ihn nicht töte. Und wieder, wieder diese Totenstille. Es ist furchtbar: plötzlich macht er die Tür auf ... Die Schweinerei liegt darin, daß er an Gott mehr glaubt als ein Pope ... Nicht um alles wird er sich erschießen! ... Solche, die ‚durch ihren Verstand dahin kommen', sind jetzt sehr verbreitet. Lumpengesindel! Pfui Teufel, das Licht, das Licht! In einer Viertelstunde wird es unfehlbar niedergebrannt sein ... Dem muß ein Ende gemacht, um jeden Preis ein Ende gemacht werden ... Was denn, man kann ihn jetzt umbringen ... Nach dem Zettel da wird keiner denken, daß ich ihn umgebracht habe. Man kann ihn so hinlegen und auf dem Boden zurechtrücken, mit dem abgeschossenen Revolver in der Hand, daß sie unbedingt glauben, er habe sich selber ... Aber zum Teufel, wie kann ich ihn denn töten? Mache ich die Tür auf, wird er sich wieder auf mich stürzen und früher schießen als ich. Eh, zum Teufel, selbstverständlich schießt er daneben!

So peinigte er sich, zitternd vor der Unentrinnbarkeit des Vorhabens und wegen seiner eigenen Unentschlossenheit. Endlich ergriff er das Licht und ging wieder zur Tür. Mit der rechten Hand hob er den Revolver und hielt ihn schußbereit, die linke, mit der er das Licht trug, legte er auf die Klinke. Aber er machte es ungeschickt, das Schloß knackte und verursachte ein kreischendes Geräusch. Gleich schießt er! blitzte es in Pjotr Stepanowitschs Hirn auf. Gewaltsam stieß er die

Tür mit dem Fuß auf, hob das Licht hoch, hielt den Revolver vor – aber kein Schuß, kein Schrei ... Das Zimmer war leer.

Er erbebte. Das Zimmer war kein Durchgangsraum, es hatte keinen anderen Ausgang, ein Entfliehen war nicht möglich. Er hob das Licht noch höher und sah sich noch aufmerksamer um: es war wirklich kein Mensch da. Halblaut rief er Kirillows Namen und dann noch einmal lauter: niemand antwortete.

Ist er etwa durchs Fenster enflohen?

Tatsächlich stand an dem einen Fenster die Luftklappe auf. Ach Unsinn, er kann doch nicht durch die Luftklappe kriechen! Pjotr Stepanowitsch ging quer durchs Zimmer, gerade auf das Fenster zu. Ganz unmöglich! Plötzlich wandte er sich jäh um, etwas Ungeheuerliches ließ ihn zusammenfahren.

An der den Fenstern gegenüberliegenden Wand stand rechts von der Tür ein Schrank. Rechts von dem Schrank in dem engen Raum, der zwischen der Wand und dem Schrank frei blieb, stand Kirillow, und zwar in einer erschreckend merkwürdigen Weise: unbeweglich und gestrafft, die Hände an die Hosennähte gedrückt, den Kopf erhoben und den Nacken fest an die Wand gepreßt, ganz in der Ecke; es schien, als wollte er sich ganz unsichtbar machen und ganz verbergen. Allen Anzeichen nach hatte er sich versteckt, aber irgendwie konnte man das nicht glauben. Pjotr Stepanowitsch stand dieser Ecke etwas schräg gegenüber und konnte nur die hervorstehenden Teile seiner Gestalt sehen. Und doch mochte er sich noch immer nicht dazu entschließen, etwas mehr nach links zu gehen, um das Rätsel zu lösen. Sein Herz schlug laut. Plötzlich aber packte ihn vollkommene Raserei, er riß sich von seinem Platz los, erhob ein Geschrei, stampfte mit den Füßen und stürzte wütend auf die furchtbare Stelle zu.

Als er aber dicht herangekommen war, blieb er wieder wie festgenagelt stehen, vom Entsetzen noch mehr überwältigt. Am meisten verblüffte ihn, daß die Gestalt, ungeachtet seines Geschreis und seines rasenden Anlaufs, sich nicht bewegt und nicht ein Glied gerührt hatte, ganz so, als wäre sie versteinert oder aus Wachs. Die bleiche Gesichtsfarbe war unnatürlich, die schwarzen Augen waren ganz unbeweglich und blickten auf irgendeinen Punkt in der Ferne. Pjotr Stepanowitsch hielt das Licht nach oben und nach unten und wieder nach oben und beleuchtete und betrachtete dieses Gesicht von allen Seiten. Da bemerkte er plötzlich, daß Kirillow, obwohl er irgendwo vor sich hinblickte, ihn doch seitlich sah und womöglich sogar beobachtete. Und es kam ihm der Gedanke, diesem »elenden Kerl« das Feuer gerade ans Gesicht zu halten, es anzusengen und zu sehen, was er tun werde. Da schien es ihm plötzlich, als ob Kirillows Kinn sich bewegte und als ob über seine Lippen ein spöttisches Lächeln huschte – ganz so, als hätte er seinen Gedanken erraten. Er zuckte zusammen und packte, seiner selbst nicht mehr mächtig, Kirillow fest an der Schulter.

Da geschah etwas so Häßliches und Schnelles, daß Pjotr Stepanowitsch später keineswegs vermochte, in seine Erinnerungen irgendeine Ordnung zu bringen. Kaum hatt er Kirillow berührt, als dieser den Kopf beugte und ihm mit dem Kopf das Licht aus der Hand schlug. Der Leuchter fiel klingend zur Erde; die Kerze erlosch. Im selben Augenblick verspürte er einen entsetzlichen Schmerz im kleinen Finger seiner linken Hand. Er begann zu schreien, und er erinnerte sich später nur, daß er Kirillow, der über ihn hergefallen war und ihn in den Finger gebissen hatte, außer sich, mit aller Gewalt dreimal mit dem Revolver auf den Kopf geschlagen hatte. Endlich riß er ihm den Finger aus dem Munde und stürzte Hals über Kopf davon, um aus dem Haus zu laufen, obgleich er in der Dunkelheit kaum den Weg fand. Hinter ihm her aus dem Zimmer drangen fürchterliche Schreie: »Sofort, sofort, sofort, sofort!«

Wohl zehnmal. Aber er lief immer weiter und war bereits im Flur, als er plötzlich einen lauten Schuß vernahm. Da blieb er mitten auf dem Flur in der Dunkelheit stehen und überlegte wohl fünf Minuten lang. Endlich kehrte er um und ging ins Zimmer zurück. Aber er mußte sich das Licht wieder verschaffen. Er brauchte nur den ihm aus der Hand geschlagenen Leuchter rechts vom Schrank auf dem Fußboden zu suchen; aber womit sollte er den Lichtstumpf anzünden? Da tauchte plötzlich vor ihm eine dunkle Erinnerung auf: ihm fiel ein, daß er tags zuvor, als er in die Küche hinuntergestürzt war, um über Fedjka herzufallen, dort in der Ecke auf einem Regal flüchtig eine große rote Streichholzschachtel gesehen hatte. Tastend tappte er nach links, zur Küchentür hin, fand sie, durchschritt den Vorraum und ging die Stufen hinab. Auf dem Regal, gerade an derselben Stelle, die ihm soeben im Gedächtnis vorgeschwebt hatte, fand er im Dunkeln eine volle, noch nicht angerührte Schachtel mit Streichhölzern. Ohne das Licht anzuzünden, kehrte er hastig nach oben zurück, und erst als er dicht vor dem Schrank, an derselben Stelle stand, wo ihn Kirillow gebissen und er ihn mit dem Revolver geschlagen hatte, fiel ihm plötzlich sein verletzter Finger wieder ein, und im selben Augenblick empfand er einen fast unerträglichen Schmerz. Die Zähne zusammenbeißend, zündete er, so gut er konnte, den Lichtstumpf an, steckte ihn wieder in den Leuchter und sah sich rings um: vor jenem Fenster mit der offenen Luftklappe lag, mit den Füßen nach der rechten Zimmerecke zu, der Leichnam Kirillows. Der Schuß war in die rechte Schläfe eingedrungen, und die Kugel war oben auf der linken Seite herausgegangen und hatte den Schädel zertrümmert. Man sah Blut- und Gehirnspritzer. Der Revolver war in der zu Boden gesunkenen Hand des Selbstmörders geblieben. Der Tod mußte augenblicklich eingetreten sein. Nachdem er sich alles ganz genau angesehen hatte, richtete sich Pjotr Stepanowitsch wieder auf, schlich auf den Zehen hinaus, machte die Tür zu, stellte das Licht im ersten Zimmer auf den Tisch, dachte einen Augenblick nach und beschloß, es nicht auszulöschen, nachdem er sich vergewissert hatte, daß dadurch nichts in Brand geraten konnte. Dann warf er noch einen Blick auf das Schriftstück, das auf dem Tisch lag, lächelte mechanisch und ging dann, immer noch auf den Fußspitzen, aus dem Hause. Er kroch wieder durch Fedjkas Eingang und machte ihn sorgfältig hinter sich zu.

3

Punkt zehn Minuten vor sechs Uhr gingen Pjotr Stepanowitsch und Erkel auf dem Bahnhof an der ziemlich langen Reihe der Waggons auf und ab. Pjotr Stepanowitsch fuhr ab, und Erkel verabschiedete sich von ihm. Das Gepäck war bereits aufgegeben und die Reisetasche in einem Abteil zweiter Klasse auf den gewählten Platz niedergelegt. Das erste Glokkenzeichen war schon vorüber, man wartete auf das zweite. Pjotr Stepanowitsch sah sich offen nach allen Seiten um und musterte die in die Wagen einsteigenden Fahrgäste. Nähere Bekannte fand er darunter nicht, nur zwei- oder dreimal nickte er jemandem zu: einem Kaufmann, den er flüchtig kannte, und einem jungen Landgeistlichen, der nur zwei Stationen weit in seine Gemeinde fuhr. Erkel wollte anscheinend in diesen letzten Augenblicken gern noch von wichtigen Dingen sprechen – obgleich er vielleicht selber nicht wußte, wovon überhaupt; er wagte aber nicht anzufangen. Es schien ihm ständig, als wäre seine Gegenwart Pjotr Stepanowitsch lästig und als erwartete er mit größter Ungeduld die übrigen Glockenzeichen.

»Sie sehen sich so offen um«, bemerkte er schüchtern, als wollte er ihn warnen.

»Warum denn nicht? Noch brauche ich mich nicht zu verstecken. Dazu ist es noch zu früh. Haben Sie keine Angst. Nur das eine fürchte ich, daß uns der Teufel etwa Liputin in die Quere schickt; er wird es ausschnüffeln und gelaufen kommen.«

»Pjotr Stepanowitsch, die sind nicht zuverlässig«, sagte Erkel entschieden.

»Liputin?«

»Alle, Pjotr Stepanowitsch.«

»Unsinn, jetzt sind sie durch das Gestrige alle zusammengekettet. Nicht einer wird uns verraten. Wird sich denn jemand ins offenkundige Verderben stürzen, wenn er nicht den Verstand verloren hat?«

»Aber sie haben den Verstand verloren, Pjotr Stepanowitsch.«

Dieser Gedanke war anscheinend auch Pjotr Stepanowitsch schon durch den Kopf gegangen, und deshalb reizte ihn die Bemerkung Erkels nur noch mehr.

»Fangen nun auch Sie noch an, feige zu werden, Erkel? Und auf Sie hatte ich mehr als auf alle anderen gebaut. Jetzt sehe ich aber, was ein jeder wert ist. Sagen Sie ihnen heute alles mündlich, ich vertraue sie Ihnen geradezu an. Gehen Sie heute morgen von einem zum anderen. Meine schriftliche Instruktion lesen Sie ihnen dann morgen oder übermorgen vor, in einer Versammlung, wenn sie wieder fähig sein werden, Ihnen zuzuhören . . . Aber glauben Sie mir, schon morgen werden sie dazu imstande sein, weil sie furchtbar feige sind. Sie werden Ihnen gehorchen, werden sein wie Wachs . . . Die Hauptsache ist, daß Sie selber nicht den Mut sinken lassen.«

»Ach, Pjotr Stepanowitsch, es wäre besser, Sie führen nicht weg!«

»Aber das sind doch nur ein paar Tage; ich komme doch gleich wieder zurück.«

»Pjotr Stepanowitsch«, sagte Erkel vorsichtig, aber fest, »selbst wenn Sie nach Petersburg führen, weiß ich doch ganz genau, daß Sie nur das für die allgemeine Sache Notwendige tun werden.«

»Etwas Geringeres habe ich von Ihnen auch nicht erwartet, Erkel. Wenn Sie aber erraten haben, daß ich nach Petersburg fahre, so können Sie vielleicht verstehen, daß ich gestern abend, in jenem Augenblick, denen doch nicht sagen konnte, daß ich so weit fortfahre, um sie nicht zu erschrecken. Sie haben ja selber gesehen, in was für einer Verfassung sie waren. Aber Sie werden verstehen, daß ich es der Sache wegen, der großen, wichtigen, der allgemeinen Sache wegen tue, und nicht etwa, um zu entwischen, wie solche Kerle wie Liputin vermuten.«

»Und wenn Sie ins Ausland gingen, Pjotr Stepanowitsch, ich würde es verstehen. Ich begreife, daß Sie Ihre Person in Sicherheit bringen müssen, denn Sie sind alles, und wir – nichts. Das kann ich verstehen, Pjotr Stepanowitsch.«

Dem armen Jungen bebte sogar die Stimme.

»Ich danke Ihnen, Erkel ... Au, Sie haben meinen verletzten Finger berührt.« (Erkel hatte ihm ungeschickt die Hand gedrückt. Der verletzte Finger war sorgfältig mit schwarzem Taft umwickelt.) »Aber ich kann Ihnen nur noch einmal mit aller Entschiedenheit sagen, daß ich in Petersburg nur ein bißchen herumschnüffeln will, vielleicht nur einen Tag, und dann gleich zurückkehren werde. Wenn ich dann wiederkomme, werde ich zum Schein zu Gaganow aufs Land übersiedeln. Sollten Sie sich aber von irgendeiner Gefahr bedroht glauben, so werde ich als erster an der Spitze gehen und sie mit Ihnen teilen. Sollte ich wirklich etwas länger in Petersburg bleiben, so lasse ich es Sie augenblicklich wissen ... auf dem bewußten Weg ... und Sie teilen es ihnen dann mit.«

Da ertönte das zweite Glockenzeichen.

»Ah, also noch fünf Minuten bis zur Abfahrt. Wissen Sie, ich möchte nicht, daß die hiesige Gruppe auseinanderfiele. Für mich fürchte ich nichts, meinetwegen brauchen Sie sich nicht zu beunruhigen. Ich habe zwar genug solcher Glieder in der großen Kette und brauche deshalb nicht so besonderen Wert darauf zu legen, aber ein Glied mehr kann nie etwas schaden. Übrigens bin ich Ihretwegen ganz ruhig, obgleich ich Sie mit diesen Mißgeburten hier fast ganz allein zurücklasse. Seien Sie ganz unbesorgt, die werden nichts verraten, werden es nicht wagen ... Ah, Sie fahren heute auch?« rief er plötzlich mit ganz veränderter, lustiger Stimme einem sehr jungen Manne zu, der heiter auf ihn zutrat, um ihn zu begrüßen. »Ich wußte nicht, daß Sie auch mit dem Sonderzug fahren wollten. Wohin denn? Zur Mama?«

Die Mutter des jungen Mannes war eine sehr reiche Gutsbesitzersfrau im Nachbargouvernement, der junge Mann selber aber ein entfernter Verwandter von Julija Michajlowna, der vierzehn Tage in unserer Stadt zu Besuch gewesen war.

»Nein, ich will noch weiter, ich fahre nach R. Acht Stunden Eisenbahnfahrt stehen mir bevor. Und Sie fahren nach Petersburg?« sagte lachend der junge Mann.

»Wie kommen Sie denn darauf, daß ich ausgerechnet nach Petersburg fahren soll?« lachte Pjotr Stepanowitsch noch ungenierter.

Der junge Mann drohte ihm mit seiner behandschuhten Rechten.

»Nun ja, Sie haben es erraten«, flüsterte Pjotr Stepanowitsch geheimnisvoll. »Ich habe Briefe von Julija Michajlowna und muß dort bei drei, vier – Sie wissen schon – gewissen Persönlichkeiten herumlaufen. Offen gestanden, ich wünsche sie alle zum Teufel. Ein verfluchter Auftrag.«

»Aber wovor, sagen Sie bloß, hat sie denn so eine Angst?« fragte nun auch der junge Mann im Flüsterton. »Gestern hat sie mich nicht einmal vorgelassen. Meiner Ansicht nach braucht sie doch für ihren Mann gar nichts zu fürchten, im Gegenteil, es hat doch einen guten Eindruck gemacht, daß er auf der Brandstätte umgefallen ist, wo er, sozusagen, sein Leben eingesetzt hat.«

»Na, sehen Sie«, lachte Pjotr Stepanowitsch, »sie fürchtet offenbar, daß sie bereits von dort aus geschrieben haben ... das heißt, gewisse Herrschaften ... kurz, vor allem natürlich Stawrogin, das heißt, der Fürst K. Das ist natürlich eine ganze Geschichte, ich werde Ihnen unterwegs einiges erzählen, natürlich, soweit es mir die Ritterlichkeit erlaubt ... Mein Verwandter, Fähnrich Erkel, aus dem Kreis.«

Der junge Mann streifte Erkel mit einem flüchtigen Blick und berührte leicht seinen Hut; Erkel gab den Gruß zurück.

»Wissen Sie, Werchowenskij, acht Stunden Eisenbahnfahrt ist das Entsetzlichste, was einem passieren kann. Da fährt in der ersten Klasse mit uns ein gewisser Oberst Berestow, ein ulkiger alter Herr, Gutsnachbar von mir; er ist mit einer geborenen Garina verheiratet (née de Garine) und, wissen Sie, ein durch und durch anständiger Kerl. Hat sogar eigne Ideen. Ist nur auf zwei Tage hier gewesen. Ein passionierter Whistfreund, wollen wir da nicht ein Spielchen machen, was? Nach einem vierten Manne habe ich mich schon umgesehen, das ist der Kaufmann Pripuchlow mit dem Barte aus T., ein Millionär, das heißt, ein richtiger Millionär, sage ich Ihnen... Ich werde Sie bekannt machen, ein interessanter Geldsack ist das und gutmütig dabei, wir werden was zu lachen haben.«

»Whist spiele ich mit Vorliebe und besonders gern in der Eisenbahn. Aber ich fahre zweiter Klasse.«

»Ach was, ich bitte Sie, unter keinen Umständen! Setzen Sie sich zu uns. Ich werde gleich Ihr Gepäck in die erste Klasse hinübertragen lassen. Der Zugführer wird schon auf mich hören. Was haben Sie, eine Reisetasche? Ein Plaid?«

»Wunderbar, gehen wir!«

Pjotr Stepanowitsch ergriff die Tasche, das Plaid und das Buch und stieg sogleich mit der größten Bereitwilligkeit in die erste Klasse um. Erkel half ihm dabei. Da ertönte das dritte Glockenzeichen.

»Na, Erkel«, sagte Pjotr Stepanowitsch und reichte ihm mit geschäftiger Miene zum letzten Male die Hand aus dem Wagenfenster, »nun werde ich mich gleich hinsetzen und mit ihnen Karten spielen.«

»Aber warum mir das erklären, Pjotr Stepanowitsch, ich verstehe doch, ich verstehe alles, Pjotr Stepanowitsch.«

»Na, dann auf ein angenehmes...« doch Pjotr Stepanowitsch wandte sich schnell um, da ihn der junge Mann gerufen hatte, um ihn mit seinen Partnern bekannt zu machen. Und Erkel sah seinen Pjotr Stepanowitsch niemals wieder.

Ganz schwermütig kehrte er nach Hause zurück. Nicht daß er etwa gefürchtet hätte, Pjotr Stepanowitsch habe sie plötzlich im Stich gelassen, aber ... aber er hatte sich so schnell von ihm abgewandt, als ihn dieser junge Geck gerufen hatte... Und dann hätte er ihm doch wohl auch etwas anderes als dieses: »Na, dann auf ein angenehmes ...« zum Abschied sagen oder ... oder etwas kräftiger die Hand drücken können. Und gerade das letzte war die Hauptsache. Doch noch etwas anderes fing an, an seinem armen Herzen zu nagen, was er selber noch nicht recht verstand, was aber mit dem gestrigen Abend zusammenhing.

Siebentes Kapitel

Stepan Trofimowitschs letzte Reise

1

Ich bin überzeugt, daß Stepan Trofimowitsch sich sehr fürchtete, als er den Zeitpunkt für sein unsinniges Vorhaben näher rücken fühlte. Ich bin überzeugt, daß er unter dieser Furcht sehr gelitten hat, hauptsächlich in der vorhergehenden Nacht, in jener Schreckensnacht. Nastasja erinnerte sich später, daß er sich spät zu Bett gelegt, aber geschlafen habe. Doch das beweist gar nichts; zum Tode Verurteilte schlafen, wie man sagt, sehr fest in der Nacht vor der Hinrichtung. Obgleich er erst fortging, als es bereits anfing, Tag zu werden, also zu einer Zeit, da der nervöseste Mensch wieder Mut faßt (der Major, der Verwandte von Wirginskij, hörte sogar auf, an Gott zu glauben, kaum daß die Nacht vorübergegangen war), so bin ich doch überzeugt, daß er früher nie ohne Entsetzen sich selbst allein auf der großen Landstraße und in einer solchen Lage hätte denken können. Freilich, etwas verzweifelt Tollkühnes in seinen Gedanken schwächte wahrscheinlich für ihn zunächst die ganze Gewalt jener schrecklichen Empfindung unvermittelter Vereinsamung ab, die ihn plötzlich überkam, als er Stasie und das warme Nest, in dem er zwanzig Jahre gesessen, kaum verlassen hatte. Aber alles war gleichgültig: wäre er sich auch noch so klar aller Schrecken bewußt gewesen, die ihn dort erwarteten, er wäre doch hinausgegangen auf die große Landstraße und auf ihr gewandert. Es lag ein gewisser Stolz in diesem Gefühl, der ihn begeisterte, trotz alledem. Oh, er hätte Warwara Petrownas großzügiges Anerbieten annehmen und bei ihr bleiben können, von ihrer Gnade abhängig, »comme un gewöhnlicher Schmarotzer«! Aber er hatte sie nicht angenommen und war nicht geblieben. Er selber verläßt Warwara Petrowna und erhebt die »Fahne der großen Idee« und geht, um für sie auf der großen Landstraße zu sterben. So nämlich muß er dies empfunden haben; so nämlich muß seine Handlungsweise sich ihm dargestellt haben.

Öfters als einmal habe ich mir noch die Frage gestellt:

warum er denn gerade ging, das heißt, buchstäblich zu Fuß ging und sich nicht ganz einfach einen Wagen nahm? Anfänglich erklärte ich es mir aus seiner schon fünfzigjährigen unpraktischen Art und der phantastischen Neigung seiner Ideen, unter dem Einfluß einer starken Empfindung. Mir schien, als sei ihm der Gedanke an eine Postkutsche und an Pferde (selbst wenn sie Glöckchen gehabt hätten) viel zu alltäglich und zu prosaisch vorgekommen, die Pilgerschaft dagegen, wenn auch mit dem Regenschirm, weitaus schöner und der Rache eines Liebenden würdiger. Heute aber, wo alles vorüber ist, nehme ich an, daß dies alles damals viel einfacher zuging. Erstens fürchtete er sich, Pferde zu nehmen, weil Warwara Petrowna es dann erfahren und ihn mit Gewalt hätte zurückhalten können, was sie ganz sicher auch getan hätte, und er hätte sich sicherlich gefügt und – dann lebe wohl auf ewig, große Idee! Zweitens aber, wenn man die Post nahm, mußte man zum mindesten wissen, wohin man fahren wollte. Aber das war es ja gerade, was er nicht wußte und was ihm augenblicklich den größten Schmerz bereitete: er war nicht imstande, irgendeinen Ort anzugeben oder zu bestimmen. Denn hätte er sich für irgendeine Stadt entschieden, so wäre ihm augenblicklich sein Unternehmen in seinen eignen Augen ungereimt und unmöglich erschienen, das fühlte er sehr wohl voraus. Und warum wollte er denn ausgerechnet in diese Stadt und nicht in eine andere? Wollte er ce marchand suchen? Aber was für einen marchand denn? Und da tauchte schon diese zweite, noch fürchterlichere Frage auf. In Wirklichkeit war ihm nichts schrecklicher als ce marchand, den er sich nun so plötzlich Hals über Kopf zu suchen anschickte, obgleich er selbstverständlich nichts mehr fürchtete, als ihn tatsächlich zu finden. Nein, da war schon besser einfach die große Landstraße, so einfach hinauszuwandern, immer weiter und weiter, und an nichts zu denken, solange es nur irgend anging. Die große Landstraße – das ist etwas Langes, Langes, von dem man kein Ende sehen kann – genau wie das menschliche Leben, genau wie der menschliche Traum. Die große Landstraße umschließt eine Idee, die Postkutsche aber, wo liegt da die Idee? Die Postkutsche ist das Ende der Idee ... Vive la grande route, und dann komme, was Gott gibt!

Nach dem plötzlichen und unerwarteten Zusammentreffen mit Lisa, das ich bereits geschildert habe, schritt er in tiefer

Selbstvergessenheit weiter. Die Landstraße führte in einer Entfernung von einer halben Werst an Skworeschniki vorbei – und merkwürdig, er hatte anfänglich gar nicht bemerkt, daß er diesen Weg eingeschlagen hatte. Gründlich zu überlegen oder etwas klar zu erkennen war für ihn in diesem Augenblicke unausführbar. Der feine Regen hörte bald auf, bald setzte er wieder ein; aber er bemerkte auch den Regen nicht. Und ebensowenig bemerkte er, daß er sich die Reisetasche über die Schulter geworfen hatte und infolgedessen leichter gehen konnte. So mochte er wohl eine oder anderthalb Werst gegangen sein, als er plötzlich stehenblieb und sich umsah. Die alte, schwarze, tief ausgefahrene Landstraße zog sich wie ein endloser Faden vor ihm hin, von Weiden eingefaßt; zur Rechten lag eine kahle Fläche, längst abgeerntete Felder, zur Linken Gestrüpp und weiter hinten ein Wäldchen. Und ganz, ganz in der Ferne die kaum noch wahrnehmbare, querlaufende Linie der Eisenbahn und darüber das Rauchwölkchen irgendeines Zuges, von dem aber nichts mehr zu hören war. Stepan Trofimowitsch wurde etwas mutlos, aber nur für einen Augenblick. Unwillkürlich seufzte er auf, stellte seine Reisetasche neben eine Weide und setzte sich hin, um ein wenig auszuruhen. Als er sich setzte, lief ihm ein kalter Schauer über den Rücken, und er hüllte sich fest in sein Plaid ein. Jetzt bemerkte er auch, daß es regnete, und spannte den Schirm auf. So saß er ziemlich lange da, lispelte ab und zu mit den Lippen und hielt den Schirmgriff fest in seiner Hand. Mannigfaltige Bilder zogen in fieberhaftem Schwarm, rasch einander abwechselnd, in seinem Geist vorüber. Lise, Lise, dachte er, und mit ihr ce Maurice ... sonderbare Menschen ... Aber was redeten sie da Seltsames von einer Feuersbrunst und irgendwelchen Ermordeten? ... Ich glaube, Stasie hat es noch nicht bemerkt und erwartet mich nun zum Kaffee ... Beim Kartenspiel? Habe ich denn etwa Menschen verspielt? Hm ... bei uns in Rußland, zur Zeit der sogenannten Leibeigenschaft ... Ach, mein Gott, und Fedjka?

Er fuhr hoch vor Schreck und sah sich rings um. Was nun, wenn hierherum hinter einem Busch dieser Fedjka sitzt? Er soll doch irgendwo auf der Landstraße eine ganze Räuberbande befehligen. O Gott, dann werde ich ... Dann werde ich ihm die ganze Wahrheit sagen, daß ich schuldig bin ... und daß ich *zehn* Jahre lang seinetwegen gelitten habe, mehr gelitten habe als er bei den Soldaten und ... und ich werde ihm meinen Geldbeutel geben. Hm! J'ai en tout quarante roubles; il prendra les roubles et il me tuera tout de même.

Aus lauter Angst – ich wüßte nicht warum – machte er den Regenschirm zu und legte ihn neben sich hin. In der Ferne, auf dem Wege von der Stadt her, tauchte ein Wagen auf; er beobachtete ihn mit großer Unruhe.

Grâce à Dieu, es ist ein Bauernwagen, und – er fährt im Schritt, da kann es nichts Gefährliches sein. Diese hiesigen, ausgehungerten Pferdchen ... Ich habe schon immer von dieser Rasse gesagt ... Übrigens war das Pjotr Iljitsch, der im Klub von dieser Rasse sprach, ich hatte ihn damals bête gemacht, et puis ... aber was ist denn das hinten? Und ... da scheint ein Weib auf dem Wagen zu sitzen? Ein Weib und ein Bauer – cela commence à être rassurant. Die Frau hinten und der Mann vorn – c'est très rassurant. Hinten an den Wagen haben sie eine Kuh mit den Hörnern angebunden, c'est rassurant au plus haut degré.

Der Wagen kam näher, ein richtiger, solider Bauernwagen. Die Frau saß auf einem dick vollgestopften Sack und der Bauer auf dem Rand des Wagens, so daß seine Beine nach der Seite des Weges herunterhingen, wo Stepan Trofimowitsch saß. Hinterher trottete in der Tat eine rote Kuh, die man an den Hörnern festgebunden hatte. Der Bauer und das Weib sahen Stepan Trofimowitsch mit weit aufgerissenen Augen an, und Stepan Trofimowitsch sah sie genauso an, aber als er sie schon gegen zwanzig Schritt an sich hatte vorüberfahren lassen, stand er plötzlich hastig auf und eilte ihnen nach. Die Nähe dieses Bauernwagens schien ihm natürlich sicherer, aber als er ihn eingeholt hatte, vergaß er ihn und alles andere wieder und sank sogleich in seine zerrissenen Gedanken und Vorstellungen zurück. Er schritt weiter und ahnte natürlich nicht, daß er in diesem Augenblick für den Bauersmann und seine Frau das rätselhafteste und interessanteste Wunder darstellte, das sie auf der Landstraße nur hatten treffen können.

»Sie, was für einer sind Sie denn, das heißt, wenn es nicht unhöflich ist zu fragen?« konnte sich die Frau schließlich nicht enthalten Stepan Trofimowitsch anzureden, als dieser sie einmal mit zerstreuten Blicken ansah. Die Frau war ungefähr siebenundzwanzig Jahre alt, voll und rotbäckig, mit schwarzen Augenbrauen und freundlich lächelnden roten Lippen, zwischen denen weiße, gleichmäßige Zähne hervorblitzten.

»Sie ... Sie wenden sich an mich?« stammelte Stepan Trofimowitsch betrübt und verwundert.

»Wird wohl ein Kaufmann sein«, meinte der Bauer selbstsicher. Das war ein kräftiger Mann von etwa vierzig Jahren, mit breitem, gar nicht dummem Gesicht und rotem Backenbart.

»Nein, ich bin nicht eigentlich ein Kaufmann, ich ... ich ... moi c'est autre chose«, wehrte Stepan Trofimowitsch unbestimmt ab, blieb aber für alle Fälle etwas zurück, bis zum hinteren Teil des Wagens, so daß er bereits neben der Kuh ging.

»Muß wohl einer von den Herren sein«, entschied der Bauer, nachdem er die nichtrussischen Worte gehört hatte, und munterte das Pferdchen auf.

»Ja, ja, so sehen Sie auch aus, ganz so, als wenn Sie bloß spazierengingen?« fragte wieder neugierig die Frau.

»Das ... das fragen Sie mich?«

»Wenn Ausländer reisen, dann fahren sie mit der Eisenbahn, aber Sie haben solche Stiefel ...«

»Das sind Militärstiefel«, warf selbstbewußt und wichtig der Bauer ein.

»Nein, ich bin nicht etwa beim Militär, ich ...«

So ein neugieriges Frauenzimmer! ärgerte sich Stepan Trofimowitsch. Und wie sie mich genau ansieht ... mais enfin. Es ist doch sonderbar, daß ich mir vor ihnen wie schuldig vorkomme, und ich habe doch ihnen gegenüber gar keine Schuld auf dem Gewissen.

Das Frauchen flüsterte dem Bauer etwas zu.

»Wenn Sie es nicht für ungut nehmen, so würden wir Sie meinetwegen mitnehmen, wenn es nur angenehm wäre.«

Stepan Trofimowitsch kam plötzlich zu sich.

»Ja, ja, meine Freunde, mit großem Vergnügen, denn ich bin sehr müde. Nur, wie soll ich da hinaufkommen?«

Das ist doch wunderbar, dachte er bei sich, da bin ich nun immer neben der Kuh hergegangen und auch nicht ein einziges Mal auf den Gedanken gekommen, sie zu bitten, mich zu ihnen setzen zu dürfen ... Dieses Wirklichkeitsleben hat doch tatsächlich recht charakteristische Züge.

Aber der Bauer hielt sein Pferd noch nicht an.

»Ja, wohin wollen Sie denn?« erkundigte er sich etwas mißtrauisch.

Stepan Trofimowitsch begriff nicht sogleich.

»Wohl nach Chatowo?«

»Zu Chatow? Nein, nicht gerade zu Chatow ... Ich bin mit ihm überhaupt nicht bekannt, obwohl ich schon von ihm gehört habe.«

»Das Dorf, Chatowo, ein Kirchdorf, neun Werst von hier entfernt.«

»Ein Dorf? C'est charmant, davon muß ich doch wohl schon gehört haben ...«

Doch Stepan Trofimowitsch ging immer noch nebenher, sie hatten ihn noch nicht aufsitzen lassen. Da blitzte eine geniale Vermutung in seinem Kopfe auf. Vielleicht denken Sie, daß ich ... Ich habe einen Paß und bin – Professor, das heißt Lehrer, wenn Sie wollen ... aber ein höherer. Ich bin ein höherer Lehrer. Oui, c'est comme ça qu'on peut traduire. Ich werde Ihnen dafür ein halbes Stof Branntwein kaufen.

»Geben Sie uns einen halben Rubel, Herr, der Weg ist schlecht.«

»Und das schon ist eine rechte Zumutung für uns«, fügte das Frauchen hinzu.

»Einen halben Rubel? Nun gut, einen halben Rubel. – C'est encore mieux, j'ai en tout quarante roubles, mais ...«

Der Bauer hielt an, und Stepan Trofimowitsch wurde mit vereinten Kräften hinaufgezogen und in den Wagen gesetzt, neben die Frau auf den Sack. Aber die Gedanken schwirrten ihm noch ebenso wirr durch den Kopf. Ab und zu hatte er selber das Gefühl, daß er schrecklich zerstreut sei und gar nicht an das denke, was notwendig war, und wunderte sich darüber. Das Bewußtsein dieser krankhaften Geistesschwäche lastete in manchen Augenblicken recht schwer auf ihm und kränkte ihn sogar.

»Das ... das ist gewiß eine Kuh dahinten?« fragte er plötzlich von selber die Frau.

»Na freilich, Herr, als wenn Sie noch keine gesehen hätten!« lachte die Frau.

»Die haben wir in der Stadt gekauft«, mischte sich der Bauer ein. »Unser ganzes Vieh ist uns im Frühjahr verreckt, an der Seuche. Ringsum in der ganzen Gegend ist alles Vieh eingegangen, nicht die Hälfte ist übriggeblieben, es ist zum Heulen!«

Und er peitschte wieder das Pferdchen, das auf dem tief ausgefahrenen Wege beinahe steckenblieb.

»Ja, das kommt bei uns in Rußland vor ... überhaupt wir Russen ... nun ja, es kommt vor ...« Stepan Trofimowitsch kam nicht weiter.

»Wenn Sie Lehrer sind, was wollen Sie denn da in Chatowo? Oder fahren Sie noch weiter?«

»Ich ... das heißt, ich will eigentlich nicht gerade weiter ... C'est à dire, ich will zu einem Kaufmann.«

»Also wohl nach Spasow?«

»Ja, ja, gerade nach Spasow. Übrigens ist das ja ganz gleich.«

»Wenn Sie nach Spasow wollen, zu Fuß, da wären Sie in Ihren Stiefelchen da acht Tage lang gelaufen!« lachte die Frau.

»So, so, aber das ist ja alles gleich, mes amis, ganz gleich«, brach Stepan Trofimowitsch ungeduldig das Gespräch ab.

Ein entsetzlich neugieriges Volk! Übrigens redet die Frau besser als er. Wie ich bemerke, hat sich seit der Aufhebung der Leibeigenschaft ihre Ausdrucksweise etwas gebessert und ... was geht es sie nur an, ob ich nun nach Spasow will oder nicht nach Spasow? Ich bezahle sie doch, warum sind sie da so aufdringlich?

»Wenn Sie nach Spasow wollen, so müssen Sie dann mit dem Dampfschiff fahren«, ließ der Bauer nicht locker.

»Ja, das ist schon so«, warf die Frau lebhaft ein, »denn wenn Sie mit dem Wagen am Ufer entlangfahren, machen Sie einen Umweg von dreißig Werst.«

»Das werden wohl vierzig sein.«

»Da werden Sie morgen um zwei gerade noch den Dampfer in Ustjewo erwischen«, stellte die Frau fest.

Aber Stepan Trofimowitsch schwieg hartnäckig. Da hörten endlich auch die Fragegeister auf. Der Bauer trieb das Pferd an, und die Frau tauschte noch ab und zu eine kurze Bemerkung mit ihm aus. Stepan Trofimowitsch schlummerte ein. Er war maßlos verwundert, als ihn die Frau lachend anschubste und er sich plötzlich inmitten eines ziemlich großen Dorfes vor dem Eingang einer dreifenstrigen Hütte sah.

»Sie sind eingeschlafen, Herr?«

»Was ist das? Wo bin ich? Ach, nun ja! Nun ... es ist ja alles gleich«, seufzte Stepan Trofimowitsch und stieg vom Wagen hinunter.

Traurig sah er sich um. Sonderbar und furchtbar fremd erschien ihm plötzlich der Anblick eines Dorfes. »Ach, den halben Rubel, den hatte ich vergessen!« wandte er sich an den Bauern mit einer Hast, die der Sache gar nicht entsprach.

Er fürchtete sich sichtlich davor, sich von ihnen zu trennen.

»In der Stube rechnen wir ab, bitte sehr«, lud ihn der Bauer ein.

»Da drinnen ist es ganz schön«, ermunterte ihn die Frau.

Stepan Trofimowitsch stieg die wackligen Treppenstufen hinauf.

»Wie ist das möglich«, flüsterte er ernstlich und ängstlich zweifelnd, trat aber doch in die Hütte ein. Elle l'a voulu, fuhr es ihm plötzlich wie ein Stich ins Herz.

Und wiederum vergaß er alles um sich herum, sogar, daß er in eine Hütte eingetreten war.

Es war ein helles, ziemlich sauberes Bauernhaus mit drei Fenstern und zwei Zimmern, kein richtiges Wirtshaus, sondern eben nur eine Bauernhütte, wo nach alter Gewohnheit vorüberfahrende Bekannte abstiegen. Stepan Trofimowitsch ging, ohne in Verlegenheit zu geraten, gleich in die vordere Ecke, vergaß zu grüßen, setzte sich hin und versank in Gedanken. Inzwischen floß ein wohliges Wärmegefühl über seinen ganzen Körper hin; er war duch den dreistündigen Weg in dem naßkalten Wetter ganz ausgefroren gewesen. Sogar der kalte Schauer, der ihm zuweilen kurz und jäh über den Rücken lief, wie das im Fieber bei besonders nervösen Leuten immer vorkommt, bei einem plötzlichen Übergang vom Kalten ins Warme, berührte ihn jetzt eigentümlich angenehm. Er hob den Kopf, und der liebliche Duft heißer Pfannkuchen, die die Wirtin im Ofen buk, kitzelte seine Geruchsnerven. Er lächelte wie ein Kind, reckte sich nach der Seite hinüber, wo die Wirtin stand, und stammelte plötzlich: »Was ist denn das? Das sind wohl Pfannkuchen? Mais ... c'est charmant.«

»Wollen Sie vielleicht welche, Herr?« bot ihm die Wirtin sogleich höflich an.

»Ja, gewiß, das möchte ich, und ... wenn ich noch um Tee bitten dürfte«, entgegnete Stepan Trofimowitsch lebhaft.

»Soll ich den Samowar aufstellen? Aber mit größtem Vergnügen, Herr!«

Auf einem großen Teller mit bäurischem blauem Muster

erschienen gleich darauf die Pfannkuchen – die berühmten, dünnen, mit heißer Butter übergossenen, leckeren Bliny aus Halbweizenmehl, wie man sie nur auf dem Lande zu backen versteht. Stepan Trofimowitsch kostete mit einem wahren Hochgenuß davon.

»Wie lecker und fett sie sind! Wenn es nun noch möglich wäre, un doigt d'eau de vie . . .«

»Wollen Sie nicht vielleicht ein Schnäpschen dazu, Herr?«

»Ja, ja, ein ganz klein wenig, un tout petit rien.«

»Also für fünf Kopeken vielleicht?«

»Ja, für fünf – für fünf – für fünf – für fünf, un tout petit rien«, bestätigte Stepan Trofimowitsch mit glückseligem Lächeln.

Bittet man einen einfachen Mann aus dem Volke, irgend etwas für einen zu tun, so wird er, wenn er kann und will, bereitwillig und gern zuspringen; bittet man ihn aber, Branntwein zu holen, so verwandelt sich seine gewöhnliche, ruhige Bereitwilligkeit augenblicklich in eine gewisse hastige, freudige Diensteifrigkeit, ja sie steigert sich fast bis zu verwandtschaftlicher Fürsorge. Obgleich jeder, der den Branntwein holt, weiß, daß der andere ihn trinken wird und nicht er selber, so ist es doch, als empfinde auch er dabei im voraus schon einen Teil des Genusses mit . . . Es dauerte keine drei, vier Minuten (der Ausschank war nur wenige Schritt vom Hause entfernt), da stand auch schon vor Stepan Trofimowitsch auf dem Tische eine Flasche mit Schnaps und ein großes, grünliches Glas.

»Das ist alles für mich?« fragte er außerordentlich erstaunt. »Ich hatte doch immer Schnaps im Haus, aber ich wußte nicht, daß man für fünf Kopeken so eine Menge bekommt.«

Er schenkte ein Glas voll ein, stand auf und ging mit einiger Feierlichkeit quer durchs Zimmer in die andere Ecke, wo seine Reisegefährtin, das schwarzäugige Frauchen, das neben ihm auf dem Sack gesessen und ihn unterwegs so mit Fragen gepeinigt hatte, Platz genommen hatte. Das Frauchen wurde verlegen, wollte zuerst ablehnen, sagte alles, was der Anstand unter solchen Umständen erfordert, stand aber zu guter Letzt doch auf und trank bescheiden in drei Schlucken, wie Frauen zu trinken pflegen, das Glas aus, gab es ihm mit künstlich, wie in Abscheu verzerrtem Gesicht wieder zurück und verbeugte sich vor Stepan Trofimowitsch. Er erwiderte diese Verbeugung mit wichtiger Miene und kehrte fast stolz an seinen Tisch zurück.

Dies alles tat er, einer plötzlichen Eingebung folgend: einen Augenblick vorher hatte er selber noch nicht gewußt, daß er hingehen und die Bauersfrau traktieren werde.

Ich verstehe glänzend, glänzend mit dem einfachen Volk umzugehen, das habe ich ihnen doch immer gesagt, dachte er selbstzufrieden und goß sich den Rest aus der Flasche ein. Obgleich das Glas nicht ganz voll wurde, so brannte ihm doch der Schnaps belebend in der Kehle und stieg ihm sogar etwas zu Kopf.

Je suis malade tout à fait, mais ce n'est pas trop mauvais d'être malade.

»Wollen Sie vielleicht etwas kaufen?« ertönte plötzlich neben ihm eine sanfte weibliche Stimme.

Er hob die Augen und sah zu seiner Verwunderung plötzlich eine Dame vor sich stehen – une dame et elle en avait l'air –, wohl über dreißig Jahre alt, von sehr bescheidenem Äußeren, städtisch gekleidet, in einem dunklen Kleid, mit einem großen, grauen Tuch um die Schultern. In ihrem Gesicht lag etwas ungemein Freundliches, was Stepan Trofimowitsch sogleich gefiel. Sie war eben erst wieder in die Hütte eingetreten, wo sie ihre Sachen auf der Bank zurückgelassen hatte, gerade neben dem Platz, den Stepan Trofimowitsch eingenommen hatte. Es war unter anderem eine Brieftasche, die er, wie er sich erinnerte, beim Eintreten neugierig betrachtet hatte, und ein nicht allzu großer Wachstuchsack. Aus diesem Sack zog sie zwei schön gebundene Bücher mit eingepreßten Kreuzen hervor und reichte sie Stepan Trofimowitsch.

»Eh ... mais je crois que c'est l'Evangile; mit dem größten Vergnügen ... Oh, jetzt verstehe ich ... Vous êtes ce qu'on appelle eine Bibelverkäuferin. Ich habe da kürzlich gelesen ... Einen halben Rubel?«

»Fünfunddreißig Kopeken das Stück«, antwortete die Bücherverkäuferin.

»Mit dem größten Vergnügen, je n'ai rien contre l'Evangile, et ... ich wollte schon immer einmal wieder darin lesen ...«

In diesem Augenblick fiel ihm ein, daß er wenigstens dreißig Jahre lang nicht im Neuen Testament gelesen und sich nur vor etwa sieben Jahren anläßlich der Lektüre von

Renans Vie de Jésus an ein paar Stellen daraus erinnert hatte. Da er kein Kleingeld besaß, zog er seine vier Zehnrubelscheine heraus – alles, was er noch hatte. Die Wirtin nahm das Geld, um es zu wechseln, und erst da bemerkte er, als er aufblickte, daß sich inzwischen in der Hütte eine Menge Volk versammelt hatte und daß ihn alle schon lange beobachteten und anscheinend über ihn sprachen. Sie schwatzten auch über die Feuersbrunst in der Stadt, vor allem der Besitzer des Wagens und der Kuh, weil er ja doch eben aus der Stadt gekommen war. Man sprach von Brandstiftung und von den Schpigulinschen Arbeitern.

Mir gegenüber hat er nichts vom Feuer erwähnt, als er mich herfuhr, aber über alles hat er geredet, dachte Stepan Trofimowitsch bei sich.

»Väterchen Stepan Trofimowitsch, sind Sie es wirklich, sehe ich recht? Das hätte ich ganz und gar nicht erwartet! ... Sie erkennen mich wohl gar nicht?« rief ein kleiner Alter, vom Aussehen eines altmodischen herrschaftlichen Dieners, mit rasiertem Bart und gekleidet in einen Mantel mit langem, aufgeschlagenem Kragen. Stepan Trofimowitsch schrak zusammen, als er seinen Namen nennen hörte.

»Entschuldigen Sie«, stammelte er, »ich kann mich gar nicht entsinnen ...«

»Haben mich aus dem Gedächtnis verloren! Aber ich bin doch Anisim, Anisim Iwanow. Habe doch bei dem verewigten gnädigen Herrn Gaganow in Diensten gestanden und habe Sie, gnädiger Herr, soundso oft mit Warwara Petrowna bei der verewigten Awdotja Sergejewna gesehen. Sie hat mich auch mehrmals mit Büchern zu Ihnen geschickt, und ein paarmal habe ich Ihnen auch Konfekt aus Petersburg von ihr überbringen müssen ...«

»Ach ja, jetzt erinnere ich mich an dich, Anisim«, sagte Stepan Trofimowitsch lächelnd. »Lebst du jetzt hier?«

»In der Nähe von Spasow, beim W–schen Kloster, auf dem Land, bei Marfa Sergejewna, der Schwester von Awdotja Sergejewna, die, wie Sie sich vielleicht erinnern werden, das Bein gebrochen hat, als sie auf den Ball fahren wollte und aus dem Wagen sprang. Jetzt lebt sie in der Nähe des Klosters auf dem Land und ich bei ihr. Heute aber will ich, sehen Sie, in die Gouvernementsstadt fahren, um die Meinigen zu besuchen ...«

»Nun ja, nun ja.«

»Ich freute mich so, als ich Sie sah; Sie waren immer so wohlwollend gegen mich«, sagte Anisim und lächelte begeistert. »Aber wo wollen Sie denn hin, gnädiger Herr, daß Sie sich, wie es scheint, so ganz mutterseelenallein aufgemacht haben? ... Sie sind doch wohl sonst nie so allein fortgefahren?«

Stepan Trofimowitsch sah ihn ängstlich an.

»Doch nicht etwa gar zu uns nach Spasow?«

»Ja, ich will nach Spasow. Il me semble que tout le monde va à Spasof ...«

»Doch nicht etwa zu Fjodor Matwejewitsch? Der würde sich aber freuen! Der hat Sie ja früher immer so sehr verehrt, hat sich oftmals an Sie erinnert ...«

»Ja, ja, auch zu Fjodor Matwejewitsch.«

»So muß es sein, so muß es sein! Und da staunen die Bauern hier, gnädiger Herr, daß man Sie zu Fuß auf der Landstraße getroffen hat. Ein dummes Volk.«

»Ich ... ich habe das ... Weißt du, Anisim, ich habe eine Wette gemacht wie ein Engländer, daß ich den Weg zu Fuß gehen werde und ich ...« Der Schweiß perlte ihm von der Stirn und von den Schläfen.

»So muß es sein, so muß es sein!« rief Anisim, der mit unbarmherziger Neugierde zuhörte. Aber Stepan Trofimowitsch konnte es nicht länger aushalten. Er war so verwirrt, daß er am liebsten aufgestanden und hinausgegangen wäre. Da aber wurde der Samowar gebracht, und im selben Augenblick kehrte die Bücherverkäuferin, die wieder hinausgegangen war, ins Zimmer zurück. Wie ein aus schwerer Gefahr Erretteter wandte er sich ihr zu und bot ihr Tee an. Anisim trat zurück und ging hinaus.

Tatsächlich waren zwischen den Bauern Bedenken laut geworden: »Was ist das für ein Mensch? Man hat ihn zu Fuß auf der Landstraße getroffen? Er sagt, er sei Lehrer? Gekleidet geht er wie ein Ausländer, aber dem Verstand nach ist er wie ein kleines Kind, antwortet unzusammenhängend! So, als wäre er irgend jemandem davongelaufen, aber Geld hat er!« Man kam schon auf den Gedanken, die Ortsbehörde zu benachrichtigen, »da es ja ohnehin in der Stadt nicht ganz ruhig sei«. Aber Anisim zerstreute im Nu alle diese Bedenken. Nachdem er in den Flur hinausgetreten war, teilte er jedem, der es nur wissen wollte, mit, daß Stepan Trofimowitsch kein richtiger Lehrer sei, sondern »ein sehr großer

Gelehrter, der sich mit den hohen Wissenschaften beschäftige, er sei früher selber Gutsbesitzer in der Gegend gewesen und lebe nun schon seit zweiundzwanzig Jahren bei der Vollgeneralin Stawrogina, in deren Haus er die Hauptperson sei, und die ganze Stadt achte ihn außerordentlich. Im adligen Klub habe er an einem einzigen Abend manche Banknote verspielt, dem Rang nach sei er Rat, was dasselbe sei wie Oberstleutnant beim Militär, also stehe er nur eine Stufe tiefer als ein richtiger Oberst. Und Geld habe er, weil er das doch von der Generalin Stawrogina bekomme, so viel, daß es gar nicht auszurechnen sei«, und so weiter und so weiter.

Mais c'est une dame et très comme il faut, dachte Stepan Trofimowitsch, nachdem er sich von Anisims Ansturm einigermaßen erholt hatte, und betrachtete mit angenehmer Neugier seine Nachbarin, die Bücherverkäuferin, die übrigens den Tee aus der Untertasse trank und den Zucker dazu abbiß. Ce petit morceau de sucre ce n'est rien ... Sie hat etwas Nobles und Selbständiges und dabei doch so etwas Stilles. Le comme il faut tout pur, nur in einer etwas anderen Art. Bald erfuhr er von ihr, daß sie Sofja Matwejewna Ulitina heiße und eigentlich in K. wohne, wo ihre Schwester, die Witwe eines Kleinbürgers, lebe. Sie selber sei ebenfalls Witwe, ihr Mann habe sich vom Feldwebel zum Feldwebelleutnant heraufgedient, sei aber dann bei Sewastopol gefallen.

»Aber Sie sind doch noch so jung, vous n'avez pas trente ans.«

»Doch, ich bin vierunddreißig«, erwiderte Sofja Matwejewna lachend.

»Wie, Sie verstehen Französisch?«

»Ein bißchen; ich habe nachher vier Jahre lang in einem sehr vornehmen Hause gelebt und dort von den Kindern einiges gelernt.«

Und sie erzählte, daß sie schon mit achtzehn Jahren Witwe geworden sei, danach noch einige Zeit in Sewastopol als Schwester geblieben sei, dann an verschiedenen Orten gelebt habe und jetzt herumreise und Evangelien verkaufe.

»Mais mon Dieu, das waren doch nicht etwas Sie, da ist in unserer Stadt eine sonderbare, höchst sonderbare Geschichte passiert?«

Sie wurde rot; es stellte sich heraus, daß sie es gewesen war.

»Ces vauriens, ces malheureux! ...« fing er mit vor Entrüstung bebender Stimme an; eine schmerzliche, verhaßte

Erinnerung wachte quälend in seinem Herzen auf. Einen Augenblick war es, als ob er sich selbst vergäße.

Bah, sie ist schon wieder fort, dachte er, als er wieder zu sich kam und sie nicht mehr neben sich sah. Sie geht oft weg und muß irgendwie beschäftigt sein; auch habe ich beobachtet, daß sie sogar erregt ist ... Bah, je deviens égoïste!

Er hob die Augen auf und erblickte wieder Anisim, aber diesmal in höchst bedrohlicher Gesellschaft. Die ganze Hütte war voll von Bauern, die offenbar Anisim alle herbeigeschleppt hatte. Auch der Wirt war dabei, ebenso der Bauer mit der Kuh, dann noch zwei andere, Fuhrleute, wie sich herausstellte – und endlich noch ein kleiner, halbbetrunkener Kerl, bäuerlich gekleidet, zugleich aber glattrasiert, ähnlich einem versoffenen Kleinbürger, von allen der Geschwätzigste. Und alle diese Leute unterhielten sich nur über ihn, über Stepan Trofimowitsch. Der Bauer mit der Kuh bestand auf seiner Ansicht und suchte die anderen zu überzeugen, daß die Fahrt am Ufer entlang ein Umweg von vierzig Werst sei und daß der Herr unbedingt den Dampfer nehmen müsse. Der halbbetrunkene Kleinbürger aber und der Wirt redeten eifrig dagegen: »Darum, wenn es, mein Brüderchen, für Seine Hochwohlgeboren natürlich mit dem Dampfer über den See näher wäre; das ist so; aber der Dampfer wird jetzt womöglich gar nicht mehr gehen.«

»Er geht, er geht, noch eine ganze Woche lang wird er gehen«, ereiferte sich Anisim noch mehr als alle anderen.

»Das ist, wie's ist. Der Dampfer kommt unregelmäßig, weil es schon so spät ist im Jahr, und da kann man manchmal drei Tage lang in Ustjewo sitzen und warten.«

»Morgen kommt er aber, morgen um zwei Uhr wird er pünktlich dasein. Und noch vorm Abend werden Sie pünktlich in Spasow sein, gnädiger Herr«, beteuerte Anisim ganz aufgeregt.

»Mais qu'est-ce qu'il a, cet homme?« fragte sich Stepan Trofimowitsch schaudernd und erwartete voller Angst sein Schicksal.

Nun traten auch die Fuhrleute vor und wollten sich verdingen. Sie verlangten bis Ustjewo drei Rubel. Die anderen schrien, das sei nicht zu viel, das sei eben der Preis, für drei Rubel habe man den ganzen Sommer über von hier nach Ustjewo gefahren.

»Aber ... hier ist es doch auch schön ... Ich will doch gar

nicht ...« murmelte Stepan Trofimowitsch zwischen den Zähnen.

»Ganz richtig, gnädiger Herr, da haben Sie recht; bei uns in Spasow ist es sehr schön, und Fjodor Matwejewitsch wird sich so freuen.«

»Mon Dieu, mes amis, das kommt mir alles so unerwartet.«

Endlich kam auch Sofja Matwejewna zurück. Aber sie sank ganz zerschlagen und unglücklich auf die Bank nieder.

»Ich komme nun doch nicht mehr nach Spasow«, sagte sie zur Wirtin.

»Wie? Auch Sie wollen nach Spasow?« fragte Stepan Trofimowitsch erregt.

Es stellte sich heraus, daß eine Gutsbesitzersfrau, Nadeschda Jegorowna Swetlizyna, ihr noch gestern gesagt hatte, sie solle in Chatowo auf sie warten, und versprochen, sie wolle sie dann bis Spasow mitnehmen. Nun aber war sie nicht gekommen.

»Was soll ich jetzt nur anfangen?« sagte Sofja Matwejewna immer wieder.

»Mais, ma chère et nouvelle amie, ich kann Sie doch ebenso dorthinbringen wie die Gutsbesitzersfrau, nach diesem ... wie heißt es doch gleich? nach diesem Dorf, wohin ich mir einen Wagen gemietet habe, und morgen – nun, und morgen fahren wir dann zusammen nach Spasow?«

»Ja, wollen Sie denn auch nach Spasow?«

»Mais que faire, et je suis enchanté! Es wird mir ein ganz besonderes Vergnügen sein, Sie mitzunehmen. Die wollen es ja so, und ich habe auch schon einen gemietet ... Wen von euch habe ich denn gemietet?« Stepan Trofimowitsch wollte auf einmal schrecklich gern nach Spasow.

Nach einer Viertelstunde saßen sie bereits in einer verdeckten Kutsche, er sehr animiert und vollkommen zufrieden, sie mit ihrem kleinen Sack und einem dankbaren Lächeln auf den Lippen. Anisim war ihnen behilflich.

»Angenehme Fahrt, gnädiger Herr!« wünschte Anisim und lief geschäftig um die Kutsche herum. »Wie habe ich mich gefreut über das Wiedersehen!«

»Leb wohl, leb wohl, mein Freund, leb wohl!«

»Besuchen Sie ja Fjodor Matwejewitsch, gnädiger Herr ...«

»Gewiß, mein Freund, gewiß ... auch Fjodor Petrowitsch ... und lebe wohl!«

2

»Sehen Sie, meine Freundin – ich darf mich doch wohl Ihren Freund nennen, nicht wahr?« fing Stepan Trofimowitsch hastig an, als sich der Wagen kaum in Bewegung gesetzt hatte. »Sehen Sie, ich ... J'aime le peuple, c'est indispensable, mais il me semble que je ne l'avais jamais vu de près. Stasie ... Cela va sans dire qu'elle est aussi du peuple ... mais le vrai peuple, das heißt, das wirkliche Volk, das Volk der großen Landstraße, scheint nur eine Sorge zu haben, und die ist, wohin ich eigentlich reise ... Aber lassen wir alles Trübe beiseite. Ich glaube, ich rede da allerlei durcheinander, aber das kommt wohl, weil das alles so schnell ging ...«

»Sie sind anscheinend nicht ganz wohl?« Sofja Matwejewna sah ihn prüfend, aber ehrerbietig an.

»Nein, nein, nein, ich muß mich nur etwas einwickeln, es weht überhaupt so ein frischer Wind, sehr frisch sogar ... aber vergessen wir das. Und was die Hauptsache ist, das wollte ich gar nicht sagen. Chère et incomparable amie, ich glaube, ich bin jetzt fast glücklich, und schuld daran sind – nur Sie. Aber Glück ist für mich nicht vorteilhaft, weil ich dann unverzüglich allen meinen Feinden vergebe ...«

»Aber was wollen Sie denn, das ist doch nur gut?«

»Nicht immer, chère innocente. L'Evangile ... Voyez-vous, désormais nous le prêcherons ensemble, und ich werde mit Vergnügen Ihre schönen Büchlein verkaufen. Ja, ich fühle, daß das am Ende ein Gedanke ist, quelque chose de très nouveau dans ce genre. Das Volk ist religiös, c'est admis, aber es kennt das Evangelium noch nicht. Ich werde es ihm auslegen ... Bei einer mündlichen Auslegung kann man die Fehler dieses bemerkenswerten Buches verbessern, dem gegenüber ich übrigens die größte Achtung zu zeigen bereit bin. Und so werde ich mich auch auf der großen Landstraße nützlich erweisen. Ich habe mich stets nützlich gemacht, das habe ich *ihnen* auch immer gesagt, et à cette chère ingrate ... Oh, laßt uns vergeben, vergeben, vor allen Dingen vergeben, allen und auf immer ... Dann dürfen wir hoffen, daß auch uns vergeben werde. Denn wir alle ... ein jeder ist vor dem anderen schuldig. Wir sind alle Sünder! ...«

»Mir scheint, das haben Sie sehr schön gesagt.«

»Ja, ja ... Ich fühle, daß ich gut rede. Ich werde sehr

schön zu ihnen sprechen, aber was wollte ich in der Hauptsache sagen? Ich verliere immer den Faden und entsinne mich nicht mehr ... Werden Sie mir wohl erlauben, daß ich mich nie mehr von Ihnen trenne? Ich fühle, daß Ihr Blick und ... ich staune über Ihre ganze Art: Sie sind so treuherzig, zwar sprechen Sie nicht gut und gießen den Tee in die Untertasse ... und auch das mit dem Zucker ... Aber Sie haben so etwas Reizendes, und ich sehe in Ihren Zügen ... Oh, erröten Sie nicht, und fürchten Sie mich nicht als Mann. Chère et incomparable, pour moi une femme c'est tout. Ich kann nicht leben, wenn ich nicht eine Frau in der Nähe habe, nur in der Nähe ... Ich bin entsetzlich, entsetzlich verwirrt ... Ich weiß absolut nicht mehr, was ich sagen wollte. Oh, glückselig der, dem Gott immer eine Frau schickt und ... und ich glaube sogar, daß ich so etwas wie Verzückung empfinde. Auch auf der Landstraße gibt es höhere Gedanken! Sehen Sie, das, das wollte ich sagen, von den Gedanken, jetzt entsinne ich mich wieder, aber soeben konnte ich nicht darauf kommen. Und warum haben sie uns nur durchaus weiterfahren wollen? Dort war es doch auch sehr schön, hier aber – cela devient trop froid. A propos, j'ai en tout quarante roubles et voilà cet argent, nehmen Sie es, nehmen Sie es, ich verstehe das nicht, ich werde es verlieren, oder man wird es mir abnehmen, und ... Am liebsten würde ich, glaube ich, jetzt einschlafen, in meinem Kopf dreht sich etwas. Ja wirklich, es dreht sich, dreht sich, dreht sich. Oh, wie gut Sie sind, womit decken Sie mich denn zu?«

»Sie haben sicherlich ein richtiges Fieber. Ich habe Sie nur mit meinem Tuch zugedeckt. Wegen des Geldes möchte ich lieber ...«

»Oh, um Gottes willen, n'en parlons plus, parce que cela me fait mal. Oh, wie gut Sie sind!«

Ganz plötzlich hörte er auf zu sprechen und versank außerordentlich schnell in einen fieberhaften, von Frösteln unterbrochenen Schlaf. Der Landweg, auf dem sie die siebzehn Werst zu fahren hatten, war nicht gerade einer der besten, und der Wagen stieß entsetzlich. Stepan Trofimowitsch wachte oft auf, hob jäh den Kopf von dem kleinen Kissen, das ihm Sofja Matwejewna untergeschoben hatte, griff nach ihrer Hand und fragte: »Sind Sie noch da?« als fürchte er, daß sie fortgehe. Dann wieder versicherte er ihr, er habe im Schlaf einen weit aufgerissenen Rachen mit spitzen Zähnen gesehen, das sei sehr ekelhaft gewesen. Sofja Matwejewna war seinetwegen sehr beunruhigt.

Der Kutscher fuhr gerade auf ein großes, vierfenstriges Bauernhaus zu, das auf dem Hof noch ein paar Nebengebäude hatte. Stepan Trofimowitsch wachte auf und eilte hastig in das zweite, das beste und geräumigste Zimmer des Hauses hinein. Sein verschlafenes Gesicht nahm einen sehr geschäftigten Ausdruck an. Ohne weiteres erklärte er der Wirtin, einem großen, starken Weib von etwa vierzig Jahren – sie war ganz schwarzhaarig, und es fehlte ihr nicht viel zu einem Schnurrbart –, daß er das ganze Zimmer für sich beanspruche »und daß man das Zimmer abschließen und keinen Menschen weiter hereinlassen solle, parce que nous avons à parler. Oui, j'ai beaucoup à vous dire, chère amie. Ich werde Ihnen alles bezahlen, alles bezahlen!« winkte er der Wirtin ab.

Obgleich er sich in einer großen Hast befand. konnte er doch nur schwer die Zunge bewegen. Die Wirtin hörte unfreundlich zu, schwieg aber zum Zeichen ihrer Zustimmung, in der übrigens etwas Drohendes fühlbar wurde. Doch er bemerkte das nicht und forderte eilig (er befand sich in einer schrecklichen Hast), sie solle hinausgehen und möglichst schnell das Mittagessen auftragen, »ohne im geringsten zu zögern«.

Da konnte die Frau mit dem Schnurrbart nicht mehr an sich halten: »Das hier ist kein Gasthaus, mein Herr, wir geben kein Mittagessen an Durchreisende ab. Krebse kann ich Ihnen kochen und auch einen Samowar aufstellen, aber weiter können Sie bei uns nichts haben. Frischen Fisch gibt es erst morgen.«

Aber Stepan Trofimowitsch winkte ihr nur mit der Hand ab und wiederholte in zorniger Ungeduld: »Ich werde alles bezahlen, nur schnell, schnell!« Endlich einigte man sich auf Fischsuppe und ein gebratenes Huhn; die Wirtin erklärte, daß im ganzen Dorf kein Huhn aufzutreiben sein werde, doch ließ sie sich dazu herbei, eins suchen zu gehen, aber mit einer Miene, als erwiese sie ihnen damit eine außerordentliche Gefälligkeit.

Kaum war sie hinausgegangen, nahm Stepan Trofimowitsch auf dem Sofa Platz und bat Sofja Matwejewna, sich neben ihn zu setzen. Im Zimmer standen Sofa und Lehnstühle, aber in entsetzlichem Zustand. Überhaupt stellte die ganze Stube, die ziemlich geräumig war (ein Stück davon, wo das Bett stand, war durch eine halbhohe Wand abgetrennt), mit alten, gelben, zerrissenen Tapeten, mit schauderhaften mythologischen Lithographen an den Wänden, mit einer langen Reihe von Ikonen und Kupferschreinen in der vorderen Ecke, mit seinem sonderbaren zusammengetragenen Mobiliar, ein stilloses Gemisch eines städtischen und eines traditionell bäurischen Geschmackes dar. Aber Stepan Trofimowitsch sah das alles nicht; er blickte auch nicht durchs Fenster und sah nicht den gewaltigen See, der etwa dreißig Schritt vom Haus entfernt seinen Anfang nahm.

»Endlich sind wir allein, und wir werden niemanden hereinlassen. Ich will Ihnen alles, alles erzählen, ganz von Anfang an.«

Aber Sofja Matwejewna unterbrach ihn in großer Unruhe: »Wissen Sie auch, Stepan Trofimowitsch ...«

»Comment, vous savez déjà mon nom?« fragte er mit einem glücklichen Lächeln.

»Ich hörte ihn vorhin von Anisim Iwanow, als Sie mit ihm sprachen. Aber wenn ich wagen darf, meinerseits zu bemerken ...«

Und nachdem sie einen Blick auf die geschlossene Tür geworfen hatte, ob auch niemand horche, flüsterte sie ihm hastig zu, es sei ein wahres Elend mit diesem Dorfe hier. Die Bauern im Ort seien zwar alle Fischer, hätten es aber ganz besonders darauf angelegt, den Durchreisenden jeden Sommer so viel Geld abzunehmen, wie es ihnen nur einfalle. Das Dorf liege nicht an der Durchgangsstraße, sondern abseits, und Fremde kämen nur deshalb hierher, weil der Dampfer hier hielte. Käme der Dampfer aber nicht – und das sei immer der Fall, wenn das Wetter nur einigermaßen schlecht wäre –, so sammelten sich hier in ein paar Tagen so viele Leute an, daß alle Hütten im ganzen Dorfe besetzt seien. Darauf würden die Leute aber nur warten, um dann für jedes Ding das Dreifache zu fordern, und der Wirt des Hauses, in dem sie abgestiegen seien, sei stolz und eingebildet, weil er der reichste Mann am Platze sei; ein einziges seiner Netze koste allein tausend Rubel.

Stepan Trofimowitsch sah Sofja Matwejewna fast vorwurfsvoll in das außerordentlich erregte Gesicht und machte ein paarmal eine Bewegung, als wollte er sie unterbrechen. Aber sie ließ sich nicht davon abbringen und erzählte ihm noch zum Beweis, sie sei einmal im Sommer mit einer »sehr vornehmen Dame« aus der Stadt hier gewesen und habe auch hier übernachtet. Da sei das Dampfschiff zwei ganze Tage lang nicht gekommen, und sie hätten Dinge erlebt, daß die Erinnerung daran schrecklich sei. »Und da haben Sie nun, Stepan Trofimowitsch, dieses Zimmer ganz allein für sich gefordert ... Ich sage das nur, um Sie zu warnen ... Nebenan im Zimmer sind auch schon Reisende, ein älterer und ein jüngerer Mann und eine Dame mit Kindern, und bis morgen um zwei Uhr wird das ganze Haus voll sein, denn da der Dampfer zwei Tage lang nicht dagewesen ist, wird er bestimmt morgen kommen. Da wird sie nun für ein besonderes Zimmer und dafür, daß Sie Mittagessen von ihr verlangt haben und die übrigen Reisenden nun schlechter wegkommen, so viel von Ihnen fordern, daß es selbst für eine Großstadt unerhört wäre.«

Aber er litt darunter, litt wahrhaftig:

»Assez, mon enfant, ich flehe Sie an; nous avons notre argent, et après – et après le bon Dieu. Es nimmt mich sogar wunder, daß Sie mit Ihrer hohen Auffassung der Dinge ... Assez, assez, vous me tourmentez«, rief er krankhaft erregt aus. »Vor uns liegt unsere ganze Zukunft, und Sie ... Sie machen mich ängstlich vor dieser Zukunft ...«

Und sogleich fing er an, ihr seine ganze Lebensgeschichte darzulegen, überhastete sich aber so, daß er anfänglich sogar schwer zu verstehen war. Das zog sich sehr, sehr in die Länge. Die Fischsuppe wurde aufgetragen, dann das Huhn, und schließlich wurde auch noch der Samowar aufgestellt, er aber redete und redete und redete immer noch ... Es kam etwas sonderbar und krankhaft bei ihm heraus, denn er war doch wirklich krank. Es war ein plötzliches letztes Zusammenraffen all seiner Geisteskräfte, das bei seinem schon wie zerschlagenen Organismus gleich darauf – das sah Sofja Matwejewna während der ganzen Zeit seiner Erzählung bekümmert voraus – zu einem ausgesprochenen Verfall dieser Kräfte führen mußte.

Er fing fast mit den Kinderjahren an, »als er noch mit frischer Brust über die Felder sprang«, und es verging eine ganze Stunde, bis er endlich zu seinen beiden Ehen und dem Berliner Leben kam. Übrigens wage ich nicht, mich darüber lustig zu machen. Es war für ihn tatsächlich etwas Hohes oder, um mich eines zeitgemäßen Ausdrucks zu bedienen, fast wie ein Kampf ums Dasein. Er sah die Gefährtin vor sich, die er sich nun für seinen künftigen Weg auserkoren hatte, und beeilte sich, sie gewissermaßen zu weihen. Seine Genialität durfte ihr nicht länger ein Geheimnis bleiben... Vielleicht hatte er Sofja Matwejewna stark überschätzt, aber er hatte sie schon auserwählt. Ohne eine Frau konnte er nicht sein. Er konnte an ihrem Gesicht deutlich sehen, daß sie ihn überhaupt nicht verstand, sogar in den Hauptpunkten nicht.

Ce n'est rien, nous attendrons; vorläufig wird sie es nur ahnend erfassen, dachte er bei sich.

»Meine Freundin, ich brauche von allem nur Ihr Herz allein«, rief er, seine Erzählung unterbrechend, aus. »Nur Ihr Herz und diesen lieben, bezaubernden Blick, mit dem Sie mich soeben ansehen. Oh, erröten Sie nicht. Ich sagte Ihnen ja schon...«

Ganz besonders schleierhaft wurde die Geschichte für die arme Sofja Matwejewna, die gar nicht wußte, wie ihr geschah, in dem Augenblick, als seine Erzählung eine wahre Dissertation darüber wurde, wie ihn, Stepan Trofimowitsch, niemals ein Mensch habe verstehen können und »wie bei uns in Rußland die großen Talente zugrunde gehen«. – »Das war lauter so kluges Zeug«, erzählte sie später gerührt. Sie hörte mit sichtlicher Teilnahme zu und sah ihn dabei mit großen Augen an. Als sich Stepan Trofimowitsch dann aber auf den Humor und geistreiche Spöttereien über unsere »Leithammel und Häuptlinge« warf, versuchte sie aus ihrem Kummer heraus als Antwort auf sein Lachen auch zwei-, dreimal zu lächeln, was aber noch ungeschickter herauskam als ihre Tränen, so daß Stepan Trofimowitsch sogar letzten Endes selber verlegen wurde und nun mit um so größerer Heftigkeit und Wut gegen die Nihilisten und »neuen Männer« zu Felde zog. Aber auch damit jagte er ihr nur einen Schrecken ein, und sie atmete schon auf – allerdings hatte sie sich getäuscht: sie sollte noch nicht so bald erlöst werden –, als der eigentliche Lebensroman begann. Eine Frau bleibt immer eine Frau, mag sie auch eine Nonne sein. Sie lächelte, wiegte den Kopf, wurde dabei sehr rot und senkte die Augen, wodurch sie Stepan Trofimowitsch in solche Begeisterung und Verzückung versetzte, daß er sogar noch manches dazulog. Warwara Petrowna wurde zu einer »hinreißenden Brünette, die ganz Petersburg und alle Hauptstädte Europas bezaubert habe«, und ihr Mann war gestorben, »dahingerafft von einer

Kugel in Sewastopol«, einzig aus dem Grund, weil er sich ihrer Liebe unwert gefühlt habe, und um sie seinem Nebenbuhler, das heißt also ihm, Stepan Trofimowitsch, abzutreten ...

»Werden Sie nicht verlegen, meine sanfte Christin!« rief er Sofja Matwejewna zu, selber fast an alles das glaubend, was er ihr erzählte. »Das war etwas so Hohes, so Zartes, daß wir beide unser ganzes Leben lang nicht ein einziges Mal daran gerührt haben.«

Als Ursache für die jetzige Lage der Dinge tauchte im weiteren Verlauf der Erzählung nun eine Blondine auf (wenn das nicht Darja Pawlowna war, so weiß ich wirklich nicht, wen Stepan Trofimowitsch damit gemeint haben könnte). Diese Blondine war der brünetten Dame zu großem Dank verpflichtet; als entfernte Verwandte von ihr war sie in ihrem Haus groß geworden. Als nun die Brünette endlich die Liebe der Blondine zu Stepan Trofimowitsch bemerkte, zog sie sich ganz in sich selbst zurück. Aber auch die Blondine sah die Liebe der anderen zu Stepan Trofimowitsch und zog sich nun ebenfalls in sich selber zurück. Und so schwiegen sie denn alle drei zwanzig Jahre lang, ganz erschöpft aus gegenseitiger Großmut, und zogen sich in sich selber zurück.

»Oh, was war das für eine Leidenschaft, was war das für eine Leidenschaft!« rief er in aufrichtiger Begeisterung aus. »Ich sah die volle Blüte ihrer Schönheit« (der Brünetten), »sah sie mit blutendem Herzen Tag für Tag an mir vorübergehen, als schämte sie sich ihrer Schönheit.« (Einmal sagte er: »Als schämte sie sich ihrer Fülle«.) Und so war er denn geflohen, hatte diesen zwanzigjährigen Fiebertraum abgeschüttelt. – Vingt ans! Und nun war er auf der Landstraße... Und endlich begann er mit völlig erhitztem Hirn Sofja Matwejewna zu erklären, was diese ihre heutige »zwar zufällige, aber doch so schicksalsschwere Begegnung« von Ewigkeit zu Ewigkeit für sie beide zu bedeuten habe.

Schließlich sprang Sofja Matwejewna in schrecklicher Verlegenheit vom Sofa auf, denn schon machte er Anstalten, vor ihr auf die Knie zu fallen, so daß sie zu weinen begann. Die Dämmerung war schon sehr vorgeschritten, sie hatten mehrere Stunden zusammen in dem verschlossenen Zimmer verbracht ...

»Nein, lassen Sie mich jetzt lieber in das andere Zimmer hinübergehen«, stammelte sie. »Was sollen denn wohl sonst die Leute denken!«

Endlich riß sie sich los. Er ließ sie gehen, mußte ihr aber noch sein Wort geben, sich sogleich schlafen zu legen. Als er von ihr Abschied nahm, klagte er darüber, daß er entsetzliche Kopfschmerzen habe. Sofja Matwejewna hatte, schon als sie gekommen war, ihre Reisetasche und ihre Sachen im ersten Zimmer gelassen, in der Absicht, mit den Wirtsleuten zusammen zu schlafen. Aber sie sollte nicht zur Ruhe kommen.

In der Nacht bekam nämlich Stepan Trofimowitsch seine mir und allen seinen Freunden so wohlbekannte Cholerine, die bei ihm alle Nervenanspannungen und Gemütserschütterungen abzulösen pflegte. Die arme Sofja Matwejewna schlief die ganze Nacht nicht. Da sie nun den Kranken pflegen und ziemlich oft ein und aus gehen mußte, durch das Wirtszimmer hindurch, wo die übrigen Reisenden und die Wirtsleute schliefen, murrten diese und fingen schließlich sogar zu schimpfen an, als sie gegen Morgen auf den Gedanken kam, den Samowar aufzustellen. Stepan Trofimowitsch war während der ganzen Zeit seines Anfalls nur halb bei Bewußtsein: einmal kam es ihm vor, als würde ein Samowar aufgestellt, ein andermal, als müsse er irgend etwas trinken (Himbeerwasser), und dann wieder fühlte er einen warmen Umschlag auf dem Magen, auf der Brust. Aber er empfand fast jeden Augenblick, daß *sie* um ihn war, daß sie es war, die kam und ging, ihm aufstehen half und ihn wieder bettete. Gegen drei Uhr morgens fühlte er sich etwas besser, richtete sich auf, ließ die Beine zum Bett heraushängen und fiel plötzlich, ohne sich dabei etwas zu denken, vor ihr nieder. Das war nicht ein Kniefall wie vorhin, er fiel ihr einfach zu Füßen und küßte den Saum ihres Kleides ...

»Nicht doch, nicht doch, das bin ich doch gar nicht wert«, stammelte sie, bemüht, ihn wieder aufs Bett zu heben.

»Meine Retterin«, sagte er und faltete andächtig vor ihr die Hände. »Vous êtes noble comme une marquise! Ich ... ich bin ein Nichtswürdiger! Oh, mein ganzes Leben lang bin ich ein Ehrloser gewesen ...«

»Beruhigen Sie sich doch!« bat Sofja Matwejewna.

»Ich habe Ihnen das vorhin alles vorgelogen, um mich zu brüsten, um auszuschmücken, auszuschmücken, aus Eitelkeit – alles, alles bis auf das letzte Wort! Oh, ich Nichtswürdiger, ich Nichtswürdiger!«

Die Cholerine ging nun in ein anderes Stadium über, in das Stadium der krankhaften Selbstbeschuldigung. Ich habe diese Art Anfälle bereits erwähnt, als ich von seinen Briefen an Warwara Petrowna sprach. Plötzlich fiel ihm Lise wieder ein und seine Begegnung mit ihr am vorhergehenden Morgen.

»Oh, das war so furchtbar und – sicherlich ist da ein Unglück geschehen, und ich habe nicht gefragt, habe es nicht erfahren! Ich dachte nur an mich! Oh, was war mit ihr, wissen Sie nicht, was mit ihr gewesen ist?« flehte er Sofja Matwejewna an.

Dann schwor er, daß er keinen Treubruch begehen und zu *ihr* (das heißt zu Warwara Petrowna) zurückkehren werde.

»Wir wollen Tag für Tag an ihre Tür gehen« (also immer mit Sofja Matwejewna zusammen) »und ganz still zuschauen, wie sie in den Wagen steigt, um ihre Morgenspazierfahrt zu machen ... Oh, ich will, ich will, daß sie mich noch auf die andere Wange schlägt, das wird mir ein wahrer Genuß sein! Ich werde ihr meine andere Wange hinhalten, comme dans votre livre! Jetzt, erst jetzt verstehe ich, was es heißt, auch die andere Wange noch hinzuhalten. Früher habe ich das nie verstanden!«

Für Sofja Matwejewna brachen nun die zwei furchtbarsten Tage ihres Lebens an, noch jetzt denkt sie nur mit Schaudern daran zurück. Stepan Trofimowitsch wurde so ernstlich krank, daß er nicht mit dem Dampfer weiterfahren konnte, der diesmal ausgerechnet sehr pünktlich um zwei Uhr nachmittags anlegte, und sie brachte es nicht übers Herz, ihn im Stich zu lassen und allein nach Spasow zu fahren. Wie sie später erzählte, freute er sich sogar riesig, als der Dampfer weggefahren war.

»Nun, das ist ja schön, das ist ja herrlich!« murmelte er im Bett. »Habe mich doch immer davor gefürchtet, daß wir fortfahren müßten. Hier ist es so hübsch, besser als überall ... Sie werden doch nicht von mir gehen? Oh, Sie haben mich nicht verlassen!«

Indessen war es »hier« gar nicht so hübsch. Von all den Hindernissen, die man ihr in den Weg legte, wollte er nichts wissen, sein Kopf war nur von phantastischen Ideen erfüllt. Die Krankheit hielt er für vorübergehend und geringfügig, dachte gar nicht an sie, sondern immer nur daran, wie sie dann zusammen weiterziehen und »diese Büchelchen« verkaufen würden. Er bat sie, ihm aus dem Neuen Testament vorzulesen.

»Ich habe lange nicht mehr darin gelesen ... im Original.

Wenn mich nun einer fragt und ich es nicht genau weiß; man muß sich doch immerhin etwas vorbereiten!«

Sie setzte sich neben ihn und schlug das Buch auf.

»Sie lesen ausgezeichnet«, unterbrach er sie nach den ersten Zeilen. »Ich sehe, ich sehe, ich habe mich nicht getäuscht«, fügte er undeutlich, aber begeistert hinzu.

Überhaupt befand er sich ununterbrochen in einem Zustand höchster Begeisterung. Sie las ihm die Bergpredigt vor.

»Assez, assez, mon enfant, es ist genug ... Denken Sie nicht auch, daß *diese Stelle* genügt?«

Und kraftlos schloß er die Augen. Er war sehr matt, hatte aber das Bewußtsein noch nicht verloren. Sofja Matwejewna wollte aufstehen, als sie sah, daß er schlafen wollte. Doch er hielt sie zurück.

»Mein Freund, ich habe mein ganzes Leben lang gelogen. Selbst dann, wenn ich die Wahrheit sagte. Ich habe nie der Wahrheit zuliebe, sondern nur mir selber zuliebe geredet, das wußte ich früher nicht, aber jetzt sehe ich es ... Oh, wo sind sie, jene Freunde, die ich mit meiner Freundschaft ein ganzes Leben lang getäuscht habe? Und sie alle, alle! Savez-vous, vielleicht lüge ich sogar jetzt noch, sicherlich lüge ich auch jetzt noch. Das Schlimmste aber ist, daß ich mir selber glaube, wenn ich lüge. Denn das ist das Schwerste von allem, ein Leben zu leben und nicht zu lügen ... und ... und an die eignen Lügen nicht zu glauben, ja, ja, das eben ist es! Aber warten Sie, von nun an wird das alles ... Wir werden zusammen, zusammen ...« fügte er begeistert hinzu.

»Stepan Trofimowitsch«, fragte Sofja Matwejewna schüchtern, »soll ich nicht den Arzt aus der Gouvernementsstadt holen lassen?«

Er war über alle Maßen erstaunt.

»Wozu denn? Est-ce que je suis si malade? Mais rien de sérieux. Wozu fremde Leute? Dann werden sie womöglich erfahren, daß ich hier bin und – was dann? Nein, nein, kein Fremder soll herkommen! Wir wollen allein, allein bleiben!«

»Wissen Sie«, sagte er nach kurzem Stillschweigen, »lesen Sie mir noch etwas vor, so aufs Geratewohl, wohin Ihr Auge eben fällt.«

Sofja Matwejewna schlug das Buch auf und begann zu lesen.

»Dort, wo Sie aufschlagen, ganz zufällig aufschlagen«, wiederholte er.

»Und dem Engel der Gemeinde zu Laodikeia schreibe . . .«

»Was ist das? Was? Wo steht das?«

»Das ist aus der Apokalypse.«

»O, je m'en souviens, oui, l'Apocalypse. Lisez, lisez, ich möchte aus dem Buche unsere Zukunft erraten. Ich möchte wissen, was da herauskommt. Lesen Sie von dem Engel, von dem Engel . . .«

»Und dem Engel der Gemeinde zu Laodikeia schreibe: Das saget Amen, der treue und wahrhaftige Zeuge, der Anfang der Schöpfung Gottes. Ich weiß deine Werke, daß du weder kalt noch warm bist. Ach, daß du kalt oder warm wärest! Weil du aber lau bist und weder kalt noch warm, werde ich dich ausspeien aus meinem Munde. Du sprichst, ich bin reich und habe gar satt und bedarf nichts, und weißt nicht, daß du bist elend und jämmerlich, arm, blind und bloß.«

»Das . . . das steht in Ihrem Buch!« rief er mit blitzenden Augen und richtete sich in den Kissen auf. »Ich habe diese erhabene Stelle noch gar nicht gekannt! Hören Sie: lieber kalt, ganz kalt, als lau, als *nur* lau! Oh, ich werde es beweisen. Nur gehen Sie nicht von mir, lassen Sie mich nicht allein! Wir werden es zusammen beweisen, zusammen.«

»Aber ich werde Sie doch nicht verlassen, Stepan Trofimowitsch, niemals werde ich Sie verlassen!« Sie ergriff seine Hand, drückte sie in der ihrigen, preßte sie an ihr Herz und sah ihn mit Tränen in den Augen an. (»Er tat mir in diesem Augenblick so leid«, erzählte sie später.)

Seine Lippen fingen krampfhaft an zu zucken.

»Aber, Stepan Trofimowitsch, was soll denn nun werden? Wollen wir es nicht doch irgendeinen von Ihren Bekannten oder auch Verwandten wissen lassen?«

Doch darüber erschrak er so, daß es ihr leid tat, noch einmal davon angefangen zu haben. Zitternd und bebend flehte er sie an, es niemanden wissen zu lassen und nichts zu unternehmen, und nahm ihr das Wort ab und überredete sie: »Niemanden, niemanden! Wir wollen allein sein, allein bleiben. Nous partirons ensemble.«

Unangenehm war nur, daß die Wirtsleute ebenfalls anfingen, unruhig zu werden, brummten und Sofja Matwejewna zusetzten. Zwar bezahlte sie alles und gab sich Mühe zu zeigen, daß noch mehr Geld dawar, und das besänftigte sie dann wieder auf einige Zeit. Aber sie wollten Stepan Trofimowitschs Paß sehen. Der Kranke wies mit hochmütigem

Lächeln auf seine kleine Reisetasche, in ihr fand Sofja Matwejewna eine Bescheinigung darüber, daß er in den Ruhestand getreten war, oder etwas Derartiges, was ihm zeitlebens als Ausweis gedient hatte. Der Wirt beruhigte sich damit nicht und sagte, »man müsse ihn irgendwo aufnehmen, denn bei ihm sei doch kein Krankenhaus, und was sollte denn werden, wenn er etwa stürbe, da hätte er dann doch nur Scherereien«. Sofja Matwejewna sagte ihm auch, sie wolle einen Arzt holen lassen, aber es stellte sich heraus, daß in die Stadt zu schicken so teuer werden würde, daß man jeden Gedanken an einen Arzt aufgeben mußte. Betrübt kehrte sie zu ihrem Kranken zurück. Stepan Trofimowitsch wurde immer schwächer und schwächer.

»Nun lesen Sie mir noch die eine Stelle vor ... von den Schweinen ...« sagte er plötzlich.

»Was?« fragte Sofja Matwejewna ganz erschrocken.

»Von den Schweinen ... das ist da, wo ... ces cochons ... ich entsinne mich, die Teufel fuhren in die Schweine und ertranken alle im Meer. Das müssen Sie mir unbedingt vorlesen, ich sage Ihnen nachher, warum. Ich möchte mir die Stelle wörtlich ins Gedächtnis zurückrufen. Wörtlich muß ich sie hören.«

Sofja Matwejewna kannte das Neue Testament sehr genau und fand sogleich bei Lukas jene Stelle, die ich meiner Chronik als Motto beigegeben habe. Ich führe sie hier noch einmal an:

»Es war aber daselbst eine große Herde Säue an der Weide auf dem Berge. Und sie baten Ihn, daß Er ihnen erlaubte, in dieselbigen zu fahren. Und Er erlaubte es ihnen.

Da fuhren die bösen Geister aus von dem Menschen und fuhren in die Säue, und die Herde stürzte sich von dem Abhang in den See und ersoff.

Da aber die Hirten sahen, was da geschah, flohen sie und verkündigten es in der Stadt und in den Dörfern.

Da gingen sie hinaus, zu sehen, was da geschehen war, und kamen zu Jesu und fanden den Menschen, von welchem die bösen Geister ausgefahren waren, sitzend zu den Füßen Jesu, bekleidet und vernünftig, und erschraken.

Und die es gesehen hatten, verkündeten es ihnen, wie der Besessene war gesund geworden.«

»Meine Freundin«, sagte Stepan Trofimowitsch bewegt, »wissen Sie, daß diese wunderbare ... diese absonderliche

Stelle zeitlebens ein Stein des Anstoßes für mich gewesen ist ... dans ce livre ... so daß ich sie von Kind an im Gedächtnis behalten habe? Und nun ist mir der Sinn aufgegangen: une comparaison. Es kommen mir überhaupt jetzt schrecklich viel solcher Gedanken. Sehen Sie, das ist ganz wie in unserem Rußland. Diese Teufel, die aus dem Besessenen heraus und in die Säue fahren – das sind alle die Seuchen, alle die Miasmen, alle die Unsauberkeiten, alle Dämonen und Teufelchen, die sich in unserem großen, lieben Kranken angehäuft haben, in unserem Rußland, seit Jahrhunderten und Jahrhunderten. Oui, cette Russie, que j'aimais toujours. Aber ein großer Gedanke und ein großer Wille wird es von der Höhe aus beschatten ganz wie jenen unvernünftigen Besessenen, und alle diese Teufel, diese Unsauberkeiten, all diese faulen Gewebe, die eiternd aus seinem Innern herausschwären – das alles wird aus unserem heiligen Rußland ausfahren, ja es wird selber darum bitten, in die Säue fahren zu dürfen. Und vielleicht ist die Zeit schon gekommen! Wir sind es, wir und jene und Petruscha ... et les autres avec lui, und ich vielleicht vor allen an der Spitze, und wir werden uns wie jene Tollen und Besessenen von den Felsen herabstürzen ins Meer und alle untergehen, alle. Dorthin führt unser Weg, denn nur dazu reichen unsere Kräfte. Der Kranke aber wird genesen und ‚zu Jesu Füßen sitzen' ... und alle werden verwundert schauen ... Meine Liebe, vous comprendrez après, jetzt regt mich das zu sehr auf ... Vous comprendrez après ... Nous comprendrons ensemble.«

Er kam ins Phantasieren und verlor schließlich das Bewußtsein. Das dauerte noch den ganzen nächsten Tag. Sofja Matwejewna saß neben ihm und weinte, drei Nächte schon hatte sie fast überhaupt nicht mehr geschlafen. Sie vermied es, den Wirtsleuten unter die Augen zu kommen, die, wie sie ahnte, bereits irgend etwas unternommen hatten. Doch erst nach drei Tagen sollte sie erlöst werden.

Am Morgen wachte Stepan Trofimowitsch auf, erkannte sie und streckte ihr die Hand entgegen. Voller Hoffnung bekreuzte sie sich. Er wollte durchaus zum Fenster hinaussehen.

»Tiens, un lac«, sagte er. »Ach, mein Gott, den hatte ich noch gar nicht gesehen ...«

In diesem Augenblick fuhr vor dem Bauernhaus donnernd eine Equipage vor, und im Hause rannte alles kopflos durcheinander.

3

Es war Warwara Petrowna selber, die mit zwei Dienern und Darja Pawlowna im Viererzug ankam. Dies Wunder war höchst einfach zustande gekommen: Anisim, der vor Neugierde fast vergangen war, hatte, als er in der Stadt war, am anderen Tag im Hause Warwara Petrownas vorgesprochen und vor der Dienerschaft ausgeschwatzt, daß er Stepan Trofimowitsch allein in einem Dorf getroffen habe, daß ihn Bauern allein und zu Fuß auf der Landstraße aufgelesen hätten und daß er nun über Ustjewo nach Spasow reisen wolle, bereits zu zweien, zusammen mit Sofja Matwejewna. Da sich nun Warwara Petrowna ihrerseits schon schrecklich aufgeregt und ihren entlaufenen Freund, so gut sie konnte, überall hatte suchen lassen, so meldete man ihr sofort, was Anisim gesagt hatte. Als sie ihn angehört und hauptsächlich nachdem sie die näheren Umstände seiner Abreise nach Ustjewo in einem Wagen, zusammen mit einer gewissen Sofja Matwejewna, erfahren hatte, war sie im Nu zur Abfahrt bereit und jagte ihm auf der frischen Fährte nach Ustjewo nach. Von seiner Krankheit hatte sie natürlich noch keine Ahnung.

Da ertönte auch schon ihre strenge, herrische Stimme, so daß sogar die Wirtsleute Angst bekamen. Sie hatte nur halten lassen, um zu fragen und sich zu erkundigen, da sie glaubte, daß Stepan Trofimowitsch schon längst in Spasow sei. Als sie nun erfuhr, daß er noch hier sei und krank sei, trat sie erregt ins Haus ein.

»Nun, wo ist er? Ah, du bist das also?« rief sie, als sie Sofja Matwejewna erblickte, die gerade in diesem Augenblick auf die Schwelle des zweiten Zimmers trat. »Ich sehe es an deinem schamlosen Gesicht, daß du es bist. Hinaus, Elende! Daß sie augenblicklich das Haus verläßt! Jagt sie hinaus, oder ich lasse dich, meine Verehrteste, zeitlebens hinter Schloß und Riegel setzen. Sperrt sie einstweilen in einem anderen Haus ein. Sie hat schon in der Stadt einmal im Gefängnis gesessen, nun wird sie wieder sitzen müssen. Ich bitte dich, Wirt, niemanden hereinzulassen, solange ich hier bin. Ich bin die Generalin Stawrogina und miete dein ganzes Haus. Du aber, meine Werte, wirst mir über alles Rechenschaft ablegen müssen.«

Die bekannten Laute ließen Stepan Trofimowitsch erbeben.

Er fing an zu zittern. Aber schon war sie hinter die Scheidewand getreten. Mit blitzenden Augen stieß sie mit dem Fuß einen Stuhl herbei, setzte sich zurückgelehnt hin und rief Dascha zu: »Geh solange hinaus und bleibe bei den Wirtsleuten. Was ist das für eine Neugierde? Und mach die Tür fest hinter dir zu!«

Dann betrachtete sie eine Zeitlang schweigend und fast mit Raubtierblicken sein erschrockenes Gesicht.

»Nun, wie geht es Ihnen, Stepan Trofimowitsch? Haben Sie einen Ausflug gemacht?« fragte sie plötzlich mit beißender Ironie.

»Chère«, stammelte Stepan Trofimowitsch ganz kopflos, »ich habe das russische Wirklichkeitsleben kennengelernt ... Et je prêcherai l'Evangile ...«

»Oh, Sie schamloser, Sie undankbarer Mensch!« rief sie auf einmal aus und schlug die Hände zusammen. »Nicht nur, daß Sie mir diese Schande zufügen mußten, nun haben Sie obendrein noch dieses Verhältnis angefangen ... Oh, Sie alter, schamloser Wüstling!«

»Chère ...«

Die Stimme blieb ihm im Halse stecken, und er konnte kein Wort herausbringen. Er sah sie nur mit vor Entsetzen weit aufgerissenen Augen an.

»Was ist denn das für eine?«

»C'est un ange ... C'était plus qu'un ange pour moi, sie hat die ganze Nacht ... Oh, schreien Sie sie nicht an, erschrecken Sie sie nicht, chère, chère ...«

Warwara Petrowna sprang plötzlich polternd vom Stuhl auf, und man hörte ihr entsetzliches Schreien: »Wasser, Wasser!« Er kam zwar sofort wieder zur Besinnung, aber sie zitterte immer noch vor Angst am ganzen Körper und starrte bleich in sein entstelltes Gesicht. Jetzt erst erriet sie zum erstenmal die Ausmaße seiner Krankheit.

»Darja«, flüsterte sie Darja Pawlowna zu, »laß augenblicklich den Doktor Salzfisch holen, Jegorytsch soll sofort fahren. Er kann sich hier Pferde mieten und in der Stadt dann einen anderen Wagen nehmen. Nur daß er bis zum Abend wieder hier ist!«

Dascha eilte hinaus, um den Befehl auszuführen. Stepan Trofimowitsch hatte immer noch diesen erschrockenen, fast entgeisterten Blick, seine farblosen Lippen bebten.

»Warte, Stepan Trofimowitsch, warte, mein Täubchen«,

redete sie ihm wie einem Kinde zu. »Warte nur, warte, Dascha wird gleich wiederkommen und ... Ach, mein Gott, Wirtin, Wirtin, komm du doch wenigstens her, Mütterchen!«

Und in ihrer Ungeduld lief sie selber zur Wirtin.

»Schnell, augenblicklich *jene* wieder zurückrufen! Man soll sie zurückholen, schleunigst zurückholen!«

Glücklicherweise war Sofja Matwejewna noch nicht weit fort vom Hause, sie war gerade mit ihrem Sack und ihrem Bündel zum Tor hinausgegangen. Man holte sie zurück. Sie war so erschrocken, daß ihr sogar Hände und Füße zitterten. Warwara Petrowna stürzte auf sie zu wie der Habicht auf ein Küchlein, packte sie am Arm und zog sie ungestüm zu Stepan Trofimowitsch hin.

»Hier haben Sie sie. Ich habe sie nicht aufgefressen. Sie dachten natürlich, ich würde sie mit Haut und Haaren auffressen.«

Stepan Trofimowitsch ergriff Warwara Petrownas Hand und preßte sie an seine Augen. Er brach in Tränen aus und schluchzte schmerzlich und krampfhaft.

»Na, beruhige dich nur, beruhige dich nur, mein Täubchen, mein Alterchen! Aber, großer Gott, so be–ru–hi–gen Sie sich doch nur!« schrie sie ihn auf einmal wütend an. »Oh, mein Peiniger, mein Peiniger, mein ewiger Peiniger!«

»Meine Liebe«, stammelte endlich Stepan Trofimowitsch und wandte sich an Sofja Matwejewna, »bleiben Sie noch dort, meine Liebe, ich möchte hier noch etwas sagen ...«

Sofja Matwejewna beeilte sich sogleich, hinauszugehen.

»Chèrie ... chèrie ...« sein Atem ging schwer.

»Warten Sie mit dem Reden, Stepan Trofimowitsch, warten Sie noch ein wenig, bis Sie sich erholt haben. Hier ist Wasser. Aber so war–ten Sie doch!«

Sie setzte sich wieder auf den Stuhl. Stepan Trofimowitsch preßte fest ihre Hand. Lange erlaubte sie ihm nicht, zu sprechen. Er führte ihre Hand an seine Lippen und küßte sie. Sie biß die Zähne fest aufeinander und starrte irgendwohin in eine Ecke.

»Je vous aimais«, stieß er endlich hervor. Noch nie hatte sie ein solches Wort von ihm gehört, noch nie hatte er so gesprochen.

»Hm!« murmelte sie zur Antwort.

»Je vous aimais toute ma vie ... vingt ans!«

Sie schwieg immer noch, zwei, drei Minuten lang.

»Als er sich aber für Dascha zurechtmachte, da hat er sich parfümiert ...« erwiderte sie endlich in schrecklichem Flüsterton.

Stepan Trofimowitsch erstarrte förmlich.

»... und auch ein neues Halstuch umgebunden ...«

Wieder folgte ein minutenlanges Schweigen.

»Wissen Sie noch, die Zigarre? ...«

»Mein Freund«, lispelte er voller Entsetzen.

»Die Zigarre, an jenem Abend, am Fenster ... der Mond schien ... nach dem Beisammensein in der Laube ... in Skworeschniki? Weißt du noch, weißt du noch?« Sie sprang plötzlich vom Stuhl auf, ergriff sein Kopfkissen an beiden Enden und schüttelte es mitsamt dem Kopf. »Weißt du das noch, du leerer, ehrloser, kleinmütiger, ewig, ewig leerer Mensch?« zischte sie mit ihrem grimmigen Flüstern, wobei sie sich zwang, nicht aufzuschreien. Endlich ließ sie ihn wieder los, sank auf den Stuhl zurück und bedeckte ihr Gesicht mit beiden Händen. »Genug!« brach sie ab und richtete sich steif auf. »Zwanzig Jahre sind vergangen und kehren niemals zurück. Auch ich war eine Närrin.«

»Je vous aimais«, wiederholte er und faltete die Hände.

»Wozu nun immer dieses aimais, aimais! Genug nun!« Sie sprang plötzlich auf. »Wenn Sie nun aber nicht gleich einschlafen, werde ich ... Sie brauchen Ruhe, Schlaf! Sofort schlafen Sie! Machen Sie gleich die Augen zu! Ach, mein Gott, vielleicht will er etwas frühstücken? Was wollen Sie essen? Was darf er denn essen? Ach, mein Gott, wo ist denn die? Wo ist die nur?«

Ein Wirrwarr hatte begonnen. Aber Stepan Trofimowitsch flüsterte mit schwacher Stimme, daß er in der Tat jetzt gern etwas schlafen würde, une heure, und dann – un bouillon, un thé ... enfin, il est si heureux. Er legte sich zurück und tat wirklich, als ob er schliefe (wahrscheinlich stellte er sich nur so). Warwara Petrowna wartete noch eine Weile und schlich sich dann auf den Zehen hinaus.

Sie setzte sich in das Zimmer der Wirtsleute, jagte diese hinaus und befahl Dascha, *jene* zu ihr hereinzuführen. Nun begann ein strenges Verhör.

»Nun, meine Liebe, erzähle mir alles ganz ausführlich. Setze dich hier neben mich. So. Nun?«

»Ich traf Stepan Trofimowitsch ...«

»Halt! Schweig! Ich mache dich darauf aufmerksam, daß,

wenn du lügen oder mir irgend etwas verheimlichen solltest, ich dich selbst aus der Erde hervorgraben werde. Nun?«

»Ich traf Stepan Trofimowitsch ... als ich eben erst nach Chatowo gekommen war ...« Sofja Matwejewna blieben fast die Worte im Halse stecken.

»Halt! Schweig! Warte! Nur nicht gleich so lostrommeln. Sage mir vor allem einmal, was du selber für ein Vogel bist.«

Darauf erzählte ihr jene, übrigens nur in ganz kurzen Worten, irgend etwas von sich selber und fing bei Sewastopol an. Warwara Petrowna saß kerzengerade auf ihrem Stuhl, hörte schweigend zu und sah der Erzählenden streng und unverwandt in die Augen.

»Warum bist du denn so ängstlich? Was siehst du immer auf die Erde? Ich liebe die, die mir fest ins Gesicht sehen und mit mir streiten. Fahre fort!«

Sie erzählte von ihrem Zusammentreffen, von den Büchern, davon, daß Stepan Trofimowitsch das Bauernweib mit Schnaps traktiert habe ...

»So ist's recht, vergiß auch nicht die kleinsten Einzelheiten«, ermunterte sie Warwara Petrowna.

Schließlich erzählte sie, wie sie dann zusammen hierhergefahren waren und wie Stepan Trofimowitsch schon unterwegs »so ganz krankhaftes Zeug« zusammengeredet, hier aber dann ihr seine ganze Lebensgeschichte ganz von Anfang an erzählt habe, mehrere Stunden lang.

»Erzähle mir diese Lebensgeschichte.«

Sofja Matwejewna fing plötzlich an zu stottern und bekam einen ganz roten Kopf.

»Das kann ich ganz und gar nicht wiedererzählen«, stieß sie endlich fast weinend hervor. »Ich habe ja fast kein Wort davon verstanden.«

»Das lügst du. Das ist gar nicht möglich, daß du kein Wort davon verstanden hast.«

»Er erzählte von einer schwarzhaarigen, sehr vornehmen Dame ...« Sofja Matwejewna wurde entsetzlich rot, als sie bemerkte, daß Warwara Petrownas blondes Haar ganz und gar nicht mit der »brünetten Schönheit« übereinstimmte.

»Schwarzhaarig? Was sagte er von ihr? Nun, sprich weiter!«

»Er sagte, daß diese vornehme Dame sehr verliebt in ihn gewesen sei, ihr ganzes Leben, zwanzig Jahre lang, daß sie aber nicht gewagt habe, es ihm zu entdecken und sich vor ihm geschämt habe, da sie schon sehr vollschlank gewesen sei ...«

»Dummkopf«, sagte Warwara Petrowna nachdenklich, aber bestimmt.

Sofja Matwejewna weinte schon ganz und gar.

»Das verstehe ich alles nicht gut zu erzählen, weil ich doch immer in einer so großen Angst um ihn war und ihn gar nicht verstehen konnte, weil er doch so ein gescheiter Mensch ist ...«

»Über seinen Verstand kann solch eine Krähe wie du nicht urteilen. Hat er um dich geworben?«

Die Erzählerin zitterte.

»Hat er sich in dich verliebt? Sprich! Hat er um deine Hand angehalten?« fuhr Warwara Petrowna sie an.

»Es wird wohl fast so gewesen sein«, stieß sie weinend hervor. »Nur habe ich das alles nicht ernst genommen, weil er doch so krank war«, setzte sie mit fester Stimme hinzu und hob die Augen.

»Wie heißt du, Vor- und Vatersnamen?«

»Sofja Matwejewna.«

»So wisse denn, Sofja Matwejewna, daß er das erbärmlichste, leerste Menschlein ist ... O Herr! O Herr! Nun hältst du mich wohl für eine Nichtswürdige?«

Jene riß verwundert die Augen auf.

»Für eine Nichtswürdige, für eine Tyrannin, die ihm das Leben vergällt hat?«

»Wie wäre das möglich, da Sie doch jetzt selber weinen?«

Und wirklich standen Warwara Petrowna die Tränen in den Augen.

»Nun, setze dich nur, setze dich nur und fürchte dich nicht. Sieh mir noch einmal in die Augen, ganz offen. Warum wirst du rot? Dascha, komm einmal her und sieh sie an! Glaubst du, daß sie ein reines Herz hat?«

Und zu Sofja Matwejewnas Erstaunen – aber vielleicht noch mehr zu ihrem Schreck – tätschelte sie ihr plötzlich die Wangen.

»Nur schade, daß du dumm bist. Unverhältnismäßig dumm für deine Jahre. Gut, meine Liebe, ich werde mich mit dir beschäftigen. Ich sehe, daß es alles nur Unsinn war. Bleibe vorläufig hier in der Nähe, ich werde das Quartier für dich bezahlen und auch die Beköstigung und alles andere ... inzwischen werde ich mich erkundigen ...«

Sofja Matwejewna wollte erschrocken einwenden, daß sie schleunigst weiterreisen müsse.

»Du hast jetzt nirgends hinzureisen. Deine Bücher kaufe ich dir alle ab, und du bleibst eben hier. Schweig, ohne Widerrede! Wenn ich nun nicht gekommen wäre, hättest du ihn ja doch wohl auch nicht im Stich gelassen?«

»Um keinen Preis hätte ich ihn verlassen«, sagte Sofja Matwejewna ruhig und fest und wischte sich die Augen.

Es war schon spät in der Nacht, als Doktor Salzfisch endlich kam. Dies war ein ehrbarer alter Herr und ziemlich erfahrener Praktiker, der erst kürzlich bei uns infolge eines ehrgeizigen Streites mit seinem Vorgesetzten seine amtliche Stelle verloren hatte. Von diesem Augenblick an hatte ihn Warwara Petrowna aus Leibeskräften zu »protegieren« angefangen. Er untersuchte den Kranken gewissenhaft, stellte verschiedene Fragen und teilte dann Warwara Petrowna schonend mit, daß der Zustand des Patienten infolge hinzugetretener Komplikationen höchst bedenklich sei und daß man sich auf des Schlimmste gefaßt machen müsse. Warwara Petrowna, die seit zwanzig Jahren zu denken gewöhnt war, daß alles das, was Stepan Trofimowitsch persönlich anging, niemals etwas Endgültiges war und ernstgenommen zu werden verdiente, war tief erschüttert und sah ganz bleich aus.

»Ist denn gar keine Hoffnung mehr?«

»Nicht daß ganz und gar keine Hoffnung mehr wäre, aber ...«

Sie legte sich die ganze Nacht nicht schlafen und konnte mit Mühe den Morgen erwarten. Kaum aber hatte der Kranke die Augen aufgeschlagen und war zu sich gekommen (er war bisher immer bei Bewußtsein gewesen, obgleich er von Stunde zu Stunde schwächer wurde), als sie auf ihn zutrat und in entschlossenem Ton sagte: »Stepan Trofimowitsch, man muß immer vorausdenken. Ich habe nach einem Priester geschickt. Sie haben eine Pflicht zu erfüllen ...«

Da sie seine Überzeugung kannte, fürchtete sie sehr, er könne sich weigern. Er sah sie ganz erstaunt an.

»Das ist ja Unsinn, Unsinn!« rief sie, da sie glaubte, er lehne es bereits ab. »Jetzt ist nicht die Zeit für solche Streiche. Dummheiten haben Sie genug gemacht.«

»Aber ... bin ich denn so krank?«

Nachdenklich willigte er ein. Überhaupt konnte ich mich nicht genug wundern, als ich später von Warwara Petrowna erfuhr, daß er sich gar nicht vor dem Tod gefürchtet habe. Vielleicht hat er es auch einfach nicht geglaubt und seine Krankheit weiterhin für ungefährlich gehalten.

Er beichtete und kommunizierte ganz bereitwillig. Alle, auch Sofja Matwejewna und selbst die beiden Diener, kamen herein und wünschten ihm zum Empfang der heiligen Sakramente Glück. Beim Anblick seines welken, erschöpften Gesichtes und seiner farblosen, zuckenden Lippen weinten alle still vor sich hin.

»Oui, mes amis, und ich wundere mich nur, daß ihr alle so ... in Sorge und Unruhe seid. Morgen werde ich wahrscheinlich aufstehen und dann ... werden wir reisen ... Toute cette cérémonie ... der ich natürlich alle schuldige Hochachtung zolle ... war doch nur ...«

»Ich bitte Sie, ehrwürdiger Vater, unbedingt noch hier bei dem Kranken zu bleiben«, hielt Warwara Petrowna den Priester zurück, der seinen Ornat bereits ablegen wollte. »Wenn dann der Tee hereingebracht wird, bitte ich Sie, unverzüglich ein religiöses Gespräch einzuleiten, um seinen Glauben zu befestigen.«

Der Priester versprach es. Alle standen oder saßen um das Bett des Kranken herum.

»In unserer sündigen Zeit«, begann der Geistliche, die Teetasse in der Hand, in fließendem Ton, »ist der Glaube an den Allerhöchsten die einzige Zuflucht des Menschengeschlechtes in allen Trübsalen und Versuchungen des Lebens, ebenso wie in der Hoffnung auf die ewige Seligkeit, die den Gerechten verheißen ist.«

Stepan Trofimowitsch wurde auf einmal ganz lebhaft, und ein feines Lächeln huschte über seine Lippen.

»Mon père, je vous remercie, et vous êtes bien bon, mais ...«

»Durchaus kein mais, überhaupt kein mais!« rief Warwara Petrowna und schnellte vom Stuhl auf. »Väterchen«, wandte sie sich an den Geistlichen, »das ist ein solcher Mensch, ein solcher Mensch ... er wird innerhalb einer Stunde noch einmal beichten müssen! Ein solcher Mensch ist das!«

Stepan Trofimowitsch lächelte still.

»Meine Freunde«, sagte er dann, »Gott ist mir schon allein aus dem Grunde unentbehrlich, weil er das einzige Wesen ist, das man ewig lieben kann ...«

Ob er nun tatsächlich glaubte oder ob die erhabene Zeremonie beim Empfang der heiligen Sakramente ihn nur erschüttert und die künstlerische Empfänglichkeit seiner Natur wachgerufen hatte – jedenfalls äußerte er mit Festigkeit und, wie man sagte, auch mit großem Gefühl ein paar Worte, die seinen früheren Überzeugungen geradezu widersprachen.

»Meine Unsterblichkeit ist schon deswegen notwendig, weil Gott kein Unrecht begehen und das Feuer der Liebe nicht ganz auslöschen wollen wird, das in meinem Herzen für Ihn entbrannt ist. Und gibt es etwas Kostbareres als die Liebe? Die Liebe ist höher als das Sein, die Liebe ist die Krone des Seins, und wie wäre es also möglich, daß ihr das Sein nicht untertan sein sollte? Wenn ich Liebe zu Ihm gefaßt und an dieser Liebe mich erfreut habe – ist es da möglich, daß Er mich und meine Freude auslöschte und uns in eine Null verwandelte? Wenn es einen Gott gibt, so bin auch ich unsterblich. Voilà ma profession de foi.«

»Es gibt einen Gott, Stepan Trofimowitsch, glauben Sie mir, es gibt einen Gott!« sagte Warwara Petrowna beschwörend. »Widerrufen Sie alle Ihre Dummheiten und lassen Sie sie wenigstens einmal im Leben beiseite.« (Anscheinend hatte sie seine profession de foi nicht ganz verstanden.)

»Mein Freund«, fuhr er, immer lebhafter werdend, fort, obgleich die Stimme ihm oft versagte, »mein Freund, als ich dieses ... Darreichen der anderen Backe ... verstand, da ... wurde mir auch noch etwas anderes klar. J'ai menti toute ma vie, mein ganzes, ganzes Leben lang! Ich möchte gern ... übrigens morgen ... Morgen werden wir alle abfahren.«

Warwara Petrowna fing an zu weinen. Er suchte jemanden mit den Augen.

»Da ist sie. Sie ist hier«, griff Warwara Petrowna seinen Wunsch auf und führte ihm Sofja Matwejewna zu. Er lächelte gerührt.

»Oh, wie gern möchte ich noch einmal leben!« rief er, und seine ganze Energie schien ihn noch einmal zu überfluten. »Jede Minute, jeder Augenblick des Lebens muß für den Menschen eine Seligkeit sein ... das muß es, unbedingt muß es das! Es ist die Pflicht eines jeden Menschen, das so einzurichten. Das ist ein Gesetz für ihn – ein geheimes, aber unbedingt vorhandenes ... Oh, ich möchte Petruscha sehen ... sie alle ... und Schatow!«

Ich bemerke, daß noch niemand etwas von Schatow wußte, weder Darja Pawlowna noch Warwara Petrowna, sogar

Salzfisch nicht, der doch als letzter aus der Stadt gekommen war.

Stepan Trofimowitsch wurde immer lebhafter, aber in einer krankhaften Weise, weit über seine Kräfte hinaus.

»Schon allein der stete Gedanke daran, daß etwas unermeßlich Gerechteres und Glücklicheres existiert, als ich bin, erfüllt mich ganz mit unermeßlicher Rührung und – Herrlichkeit, wer ich auch sei und was ich auch getan haben möge! Weit notwendiger als Glück ist es für den Menschen, zu wissen und jeden Augenblick daran zu glauben, daß es irgendwo ein vollkommenes und ruhiges Glück gibt ... für alle und für jeden ... Das ganze Gesetz des menschlichen Seins besteht nur darin, daß der Mensch sich immer vor dem unermeßlich Großen beugen kann. Nimmt man den Menschen das unermeßlich Große, so werden sie nicht mehr leben, sondern in Verzweiflung sterben. Das Unermeßliche und Unendliche ist für den Menschen ebenso notwendig wie dieser kleine Planet, auf dem er haust ... Ihr meine Freunde, alle, alle: es lebe der Große Gedanke! Der ewige, unvergeßliche Gedanke! Jeder Mensch, wer es auch sei, muß sich davor beugen, daß der Große Gedanke vorhanden ist. Und selbst der dümmste Mensch braucht wenigstens etwas Großes. Petruscha ... Oh, wie gern möchte ich sie alle wiedersehen! Sie wissen nicht, sie wissen nicht, daß auch in ihnen derselbe ewige Große Gedanke ist!«

Doktor Salzfisch war nicht bei der Abendmahlsfeier dabeigewesen. Als er nun plötzlich eintrat, entsetzte er sich und jagte die Versammlung auseinander, indem er immer wieder versicherte, man dürfe den Kranken nicht aufregen.

Stepan Trofimowitsch starb drei Tage darauf, aber schon in vollkommener Bewußtlosigkeit. Er erlosch sanft, ganz so wie ein niedergebranntes Licht. Warwara Petrowna ließ den Trauergottesdienst in Ustjewo singen, die sterblichen Überreste ihres armen Freundes aber nach Skworeschniki überführen. Sein Grab auf dem Kirchhof deckt bereits eine Marmorplatte. Inschrift und Gitter sollen im Frühjahr angebracht werden.

Im ganzen war Warwara Petrowna nur acht Tage lang aus der Stadt abwesend gewesen. Mit ihr zusammen, im Wagen neben ihr sitzend, kehrte auch Sofja Matwejewna zurück, anscheinend, um auf immer zu ihr zu ziehen. Ich bemerke, daß Warwara Petrowna, als Stepan Trofimowitsch kaum das Bewußtsein verloren hatte (und das war noch am selben Morgen), sogleich Sofja Matwejewna wieder hinausgeschickt hatte, aus dem Hause, und den Kranken selber ganz allein bis zu seinem Ende gepflegt hatte. Und nur, als er dann den Geist aufgegeben hatte, ließ sie Sofja Matwejewna wieder herbeirufen. Über Warwara Petrownas Vorschlag oder, besser gesagt, Befehl, für immer nach Skworeschniki überzusiedeln, war Sofja Matwejewna zu Tod erschrocken, aber Warwara Petrowna wollte auf keine einzige ihrer Einwendungen hören.

»Das ist alles Unsinn! Ich selber werde mit dir gehen und deine Evangelien verkaufen. Ich habe jetzt niemanden mehr auf der Welt.«

»Aber Sie haben doch einen Sohn«, bemerkte Salzfisch.

»Ich habe keinen Sohn«, brach Warwara Petrowna kurz ab und – sie hatte wörtlich prophezeit.

Achtes Kapitel

Schluß

Alle begangenen Schändlichkeiten und Verbrechen kamen außerordentlich schnell an den Tag, weit schneller, als Pjotr Stepanowitsch angenommen hatte. Es fing damit an, daß die arme Marja Ignatjewna in der Nacht, in der ihr Mann ermordet wurde, noch vor Tagesgrauen aufwachte, an ihn dachte und in unbeschreibliche Aufregung geriet, als sie ihn nicht neben sich sah. Die von Arina Prochorowna für sie als Nachtwache gedungene alte Frau konnte sie gar nicht wieder beruhigen und lief, als es nur einigermaßen hell geworden war, selber zu Arina Prochorowna, nachdem sie der Kranken versichert hatte, jene wisse sicherlich, wo ihr Mann sei und wann er zurückkehren werde.

Inzwischen war Arina Prochorowna ebenfalls nicht weniger in Sorge gewesen: sie hatte bereits von ihrem Manne erfahren, was diese Nacht in Skworeschniki geschehen war. Er war schon gegen elf Uhr nachts nach Hause zurückgekehrt, in einer entsetzlichen Verfassung seines Inneren und Äußeren; die Hände ringend, warf er sich mit dem Gesicht aufs Bett und wiederholte ständig, von konvulsivischem Schluchzen geschüttelt: »Das ist nicht das; das ist ganz und gar nicht das!« Natürlich endete die Sache damit, daß er Arina Prochorowna, die zu ihm trat, alles beichtete, übrigens nur ihr allein im ganzen Hause. Diese veranlaßte ihn, im Bett liegen zu bleiben, und schärfte ihm streng ein, daß »er ins Kissen schluchzen solle, wenn er durchaus heulen müsse, damit es niemand höre; er sei ein Dummkopf, wenn man ihm morgen irgend etwas ansähe«. Dann dachte sie ein wenig nach und fing nun sogleich an, für alle Fälle Vorkehrungen zu treffen: sie versteckte alle überflüssigen Papiere, Bücher und vielleicht auch Proklamationen oder vernichtete sie vollständig. Nach allem, was sie gehört hatte, war sie der Ansicht, daß ihr persönlich sowie ihrer Schwester, ihrer Tante, der Studentin und vielleicht auch ihrem langohrigen Bruder keine große Gefahr drohe. Als gegen Morgen die Nachtwache zu ihr gelaufen kam, ging sie ohne Bedenken mit ihr zu Marja Ignatjewna hin. Übrigens wollte sie auch schrecklich gern so bald wie möglich erkunden, ob es wahr sei, daß Pjotr Stepanowitsch zum Besten der allgemeinen Sache auf Kirillow gerechnet hatte, wie ihr gestern ihr Mann erschrocken und irr wie im Fieber zugeflüstert hatte.

Aber sie kam zu Marja Ignatjewna schon zu spät. Diese hatte, nachdem sie die Wärterin fortgeschickt hatte und allein zurückgeblieben war, es nicht länger ausgehalten, war vom Bett aufgestanden, hatte sich von Kleidungsstücken, was ihr gerade in die Hand gekommen war (wahrscheinlich viel zu Leichtes und für die Jahreszeit Unpassendes), übergeworfen und war dann selber in den Flügel zu Kirillow hinübergelaufen, weil sie dachte, daß er ihr sicherlich noch eher als die anderen etwas über ihren Mann mitteilen könne. Man kann sich vorstellen, wie das, was sie dort sah, auf die Wöchnerin wirkte. Merkwürdig war nur, daß sie den Brief, den Kirillow vor seinem Tode geschrieben hatte und der doch so sichtbar auf dem Tisch lag, nicht las, wahrscheinlich hatte sie ihn in ihrem Schreck ganz übersehen. Sie stürzte in ihr Zimmer zurück, raffte ihr Kind auf und lief mit ihm auf die Straße hinaus. Es war ein feuchter Morgen, dichter Nebel lagerte zwischen den Häusern. Vorübergehende traf sie in dieser einsamen Straße nicht. Sie lief immer weiter, atemlos, durch den kalten, sumpfigen Schmutz, und begann endlich, an die Häuser zu klopfen. Im ersten Haus öffnete ihr niemand, vor dem zweiten mußte sie lange warten, da lief sie voller Ungeduld auf ein drittes Haus zu. Das war das Haus unseres Kaufmanns Titow. Dort verursachte sie großen Wirrwarr: sie heulte und versicherte zusammenhanglos, man habe »ihren Mann erschlagen«. Bei den Titows kannte man Schatow und seine Geschichte teilweise, doch waren alle vor Entsetzen starr, daß sie, wie sie erzählte, das Kind erst vor vierundzwanzig Stunden zur Welt gebracht hatte und nun bei einer solchen Kälte so bekleidet durch die Straßen lief, mit dem kaum verhüllten Kindchen auf dem Arme. Zuerst dachten sie, sie spräche nur im Fieber, um so mehr, als niemand daraus klug werden konnte, wer nun eigentlich ermordet war, Kirillow oder ihr Mann. Als sie merkte, daß man ihr keinen Glauben schenkte, wollte sie wieder hinausstürzen und weiterlaufen, aber man hielt sie mit Gewalt zurück, so daß sie, wie man erzählte, fürchterlich schrie und um sich schlug. Darauf begab man sich zum Hause Filippows, und nach zwei Stunden wußte die ganze Stadt, daß Kirillow sich das Leben genommen und was er noch vor seinem Tode niedergeschrieben hatte. Die Polizei begab sich zu der Wöchnerin, die noch bei Bewußtsein war, dabei stellte sich aber heraus, daß sie Kirillows Brief gar nicht gelesen hatte; woraus sie aber geschlossen hatte, daß auch ihr Mann ermordet worden war, konnten sie von ihr nicht erfahren. Sie schrie nur immer: »Wenn jener ermordet ist, dann ist auch mein Mann ermordet; sie sind zusammengewesen.« Gegen Mittag verlor sie das Bewußtsein, das sie auch nicht wiedererlangte, und drei Tage darauf verschied sie. Das Kind, das sich zu Tode erkältet hatte, starb noch vor ihr.

Arina Prochorowna wollte, als sie Marja Ignatjewna und das Kind nicht angetroffen und gemerkt hatte, daß es schlimm stand, anfänglich wieder nach Hause laufen, blieb aber dann doch vor dem Tor stehen und schickte die Wärterin, »bei dem Herrn im Flügel nachzufragen, ob Marja Ignatjewna dort sei und ob er nicht wisse, was mit ihr sei.« Laut schreiend, daß die ganze Straße es hören mußte, kehrte die Botin zurück. Arina Prochorowna überredete sie, kein Geschrei zu machen und niemandem etwas zu sagen, mit dem berühmten Argument, man werde sie verdächtigen, und stahl sich dann davon.

Natürlich wurde sie noch am selben Morgen behelligt, da sie doch als Hebamme bei der Wöchnerin gewesen war, aber sie brachten nicht viel aus ihr heraus. Sie berichtete sehr sachlich und kaltblütig, was sie selber bei Schatow gesehen und gehört hatte, erklärte aber, nichts von dem Geschehenen zu wissen oder zu begreifen.

Man kann sich vorstellen, was für eine Aufregung in der Stadt herrschte. Eine neue »Geschichte«, wieder ein Mord! Aber jetzt trat noch ein anderes Moment hinzu: es wurde auf einmal klar, daß es tatsächlich einen Geheimbund von Mördern, Brandstiftern, Revolutionären und Verschwörern gab. Lisas furchtbarer Tod, der Mord an Stawrogins Frau, Stawrogin selber, die Brandstiftung, der Ball für die Gouvernanten, Julija Michajlownas ausgelassener Kreis – sollte das nicht alles irgendwo zusammenhängen? Sogar in Stepan Trofimowitschs Verschwinden wollte man unbedingt etwas Rätselhaftes sehen. Aber über Nikolaj Wsewolodowitsch wurde unendlich, unendlich viel getuschelt. Gegen Abend erfuhr man auch Pjotr Stepanowitschs Abwesenheit, doch sprach man darüber merkwürdigerweise am wenigsten. Am meisten sprach man damals vom »Senator«. Vor dem Filippowschen Hause stand den ganzen Vormittag über eine dichte Menge. Tatsächlich wurde die Behörde durch Kirillows Brief irregeführt. Man war überzeugt von Kirillows Mord an Schatow und von dem Selbstmord des »Mörders«. Übrigens hatte die Behörde den Kopf zwar etwas, aber doch nicht ganz verloren. Das Wort »Park« zum Beispiel, das in Kirillows Brief absichtlich unbestimmt angegeben war, brachte niemanden in Verlegenheit, wie Pjotr Stepanowitsch berechnet hatte. Die Polizei begab sich sogleich nach Skworeschniki, nicht nur deshalb, weil dort ein Park war und es bei uns sonst keinen gab, sondern einfach aus einem gewissen Instinkt heraus, weil alle Greueltaten der letzten Tage entweder vollständig oder teilweise mit Skworeschniki zusammenhingen. So vermute ich wenigstens. (Ich bemerke, daß Warwara Petrowna frühzeitig, ohne von irgend etwas eine Ahnung zu haben, weggefahren war, um Stepan Trofimowitsch zu suchen.) Gewissen Spuren folgend, fand man noch am selben Tage gegen Abend den Leichnam im Teich, man hatte am Orte des Verbrechens selber Schatows Mütze gefunden, die die Mörder in grenzenlosem Leichtsinn dort vergessen hatten. Die polizeiliche und medizinische Untersuchung des Leichnams und gewisse Vermutungen ließen vom ersten Augenblick an den Verdacht aufkeimen, daß Kirillow Helfershelfer gehabt haben müsse.

Man vermutete einen Schatow-Kirillowschen Geheimbund, der mit den Proklamationen in Zusammenhang stand. Aber wer waren die Helfershelfer? Von den *Unsrigen* kam ihnen damals auch nicht ein einziger in den Sinn. Man wußte, daß Kirillow wie ein Einsiedler und so für sich gelebt hatte, daß dieser Fedjka, der überall so sehr gesucht worden war, viele Tage unbemerkt mit ihm hatte zusammenwohnen können, wie er ja selber in seinem Brief erklärt hatte ... Am meisten quälte und peinigte aber alle der Umstand, daß man aus diesem ganzen Wirrwarr von Tatsachen nichts Ganzes und Zusammenhängendes folgern konnte. Man kann sich nur schwer vorstellen, zu welchen Schlüssen und bis zu welchem Aufruhr der Gedanken unsere von einem panikartigen Schrecken erfaßte Gesellschaft schließlich noch gelangt wäre, wenn sich nicht plötzlich schon am nächsten Tag alles mit einem Schlag aufgeklärt hätte, und zwar durch Ljamschin.

Er ertrug es nicht. Es geschah mit ihm das, was sogar Pjotr Stepanowitsch am Ende geahnt hatte. Von Tolkatschenko und dann von Erkel betreut, hatte er fast den ganzen folgenden Tag, anscheinend friedlich, im Bett gelegen, hatte das Gesicht zur Wand gekehrt und kein Wort gesagt, kaum geantwortet, wenn sie mit ihm sprachen. Auf diese Weise hatte er den ganzen Tag über nichts von alledem erfahren, was sich inzwischen in der Stadt ereignet hatte. Da fiel es Tolkatschenko, der alle Vorgänge ganz genau kannte, gegen Abend ein, die ihm von Pjotr Stepanowitsch auferlegte Rolle bei Ljamschin aufzugeben und aus der Stadt in den Bezirk zu entschlüpfen, das heißt ganz einfach wegzulaufen: sie hatten eben wirklich alle den Verstand verloren, wie Erkel von ihnen allen vorausgesagt hatte. Bei dieser Gelegenheit bemerke ich, daß auch Liputin an diesem Tag, sogar noch am Vormittag, aus der Stadt verschwand. Bei diesem aber traf es sich irgendwie, daß die Behörde sein Verschwinden erst am nächsten Tag gegen Abend erfuhr, als man sich anschickte, seine Familie zu vernehmen, die wegen der Abwesenheit des Vaters ganz verängstigt war, aber aus Furcht bisher geschwiegen hatte. Doch ich fahre über Ljamschin fort. Kaum war er allein geblieben (Erkel hatte sich auf Tolkatschenko verlassen und war noch früher nach Hause gegangen), als er sogleich zum Hause hinauslief und selbstverständlich sehr bald erfahren hatte, wie die Dinge lagen. Er kehrte nicht einmal nach Hause zurück, sondern rannte aufs Geratewohl weiter. Aber die Nacht war so dunkel und sein Vorhaben so fürchterlich und mühevoll, daß er nur zwei, drei Straßen weiter kam und dann nach Hause zurückkehrte und sich die ganze Nacht fest einschloß. Gegen Morgen soll er dann einen Selbstmordversuch unternommen haben, der ihm aber mißlang. So saß er hinter verschlossenen Türen fast bis zum Mittag, dann aber lief er plötzlich – zur Polizei. Er soll förmlich auf den Knien dahin gerutscht sein, geschluchzt und gewinselt, den Fußboden geküßt und geschrien haben, er sei nicht einmal wert, die Stiefel des vor ihm stehenden Beamten zu küssen. Man beruhigte ihn und redete ihm sogar freundlich zu. Das Verhör soll drei Stunden lang gedauert haben. Er bekannte alles, alles, erzählte die geringfügigsten Kleinigkeiten, alles, alles, was er wußte, mit allen Einzelheiten; er griff vor und konnte gar nicht schnell genug alles gestehen, wobei er sogar Unnötiges mit wiedergab, wonach man ihn gar nicht gefragt hatte. Aber es zeigte sich, daß er doch recht viel wußte und die Sache auch ganz leidlich darzustellen verstand: die Tragödie mit Schatow und Kirillow, die Feuersbrunst, den Tod der Lebjadkins und all das andere behandelte er mehr nebensächlich, während er Pjotr Stepanowitsch, den Geheimbund, die Organisation und das ganze politische Netz in den Vordergrund rückte. Auf die Frage, wozu man denn soviel Totschläge, Skandale und Greueltaten verübt habe, antwortete er mit glühendem Eifer, das geschehe, »um systematisch alle Grundfesten zu erschüttern, um systematisch die ganze Gesellschaft und alles von alters her Bestehende zu zersetzen, um alle zu entmutigen und alle in einen Topf zu werfen, um dann das so zermürbte, kranke, zerschlagene, zynisch und ungläubig gewordene Volk, das aber dennoch eine unendliche Sehnsucht nach irgendeiner führenden Idee und nach Selbsterhaltung habe, plötzlich in die eigne Hand zu nehmen, die Fahne des Aufruhrs zu erheben, gestützt auf eine ganze Kette solcher Fünfergruppen, die inzwischen gewirkt, geworben und in der Praxis alle Einfallspunkte und schwachen Stellen, wo man anpacken könne, ausfindig gemacht hätten«. Zum Schluß erklärte er noch, Pjotr Stepanowitsch habe hier in unserer Stadt nur die erste Probe einer solchen systematischen Unordnung gemacht und damit sozusagen das Programm für weitere Aktionen und sogar auch für alle die anderen Fünfergruppen aufgestellt, das seien aber seine eignen (Ljamschins) Gedanken und Vermutungen und man solle unbedingt

»dessen eingedenk sein und sich vergegenwärtigen, bis zu welchem Grade er die Sache offen und anständig dargelegt habe, und daß er folglich sehr zu gebrauchen sei und der Behörde auch in Zukunft manchen Dienst leisten könne«. Auf diese grundlegende Frage, ob es denn viele solcher Fünfergruppen gäbe, antwortete er, es seien ihrer eine unendliche Masse, ganz Rußland sei von ihnen wie von einem Netz umsponnen, und wenn er dafür auch keine Beweise anführen konnte, glaube ich doch, daß es ihm mit dieser Antwort vollkommen ernst war. Vorzeigen konnte er nur ein im Ausland gedrucktes Programm der Gesellschaft sowie ein Projekt für die Entwicklung des Systems und weiterer Aktionen, zwar nur im Konzept, aber von Pjotr Stepanowitsch eigenhändig geschrieben. Dabei stellte sich heraus, daß Ljamschin das mit »der Erschütterung aller Grundfesten« buchstäblich aus diesem Zettel zitiert hatte, ohne auch nur einen Punkt oder ein Komma wegzulassen, obgleich er doch versichert hatte, daß das alles nur seine eignen Ideen wären. Über Julija Michajlowna äußerte er sich erstaunlich höhnend, griff wieder vor und erklärte, ohne gefragt zu sein, »sie sei unschuldig, man habe sie nur zum Narren gehalten«. Merkwürdig war nur, daß er Nikolaj Stawrogin jede Teilnahme an dem Geheimbund sowie jedes Einverständnis mit Pjotr Stepanowitsch vollkommen absprach. (Von den hochfliegenden, höchst lächerlichen Hoffnungen Pjotr Stepanowitschs auf Stawrogin hatte Ljamschin natürlich keine Ahnung.) Der Mord an den Lebjadkins war, seiner Aussage nach, nur von Pjotr Stepanowitsch als einzigem ins Werk gesetzt worden, ohne jede Teilnahme Nikolaj Wsewolodowitschs, mit dem schlauen Hintergedanken, diesen in das Verbrechen mit hineinzuziehen und infolgedessen von sich abhängig zu machen. Aber statt der Dankbarkeit, auf die Pjotr Stepanowitsch zweifellos und leichtsinnigerweise gerechnet habe, habe er in dem »edlen« Nikolaj Wsewolodowitsch nur ausgesprochene Entrüstung und sogar Verzweiflung hervorgerufen. Zum Schluß machte er noch in aller Eile und wieder ungefragt über Stawrogin die offenbar überlegte Bemerkung, das sei ein ungemein wichtiger Vogel, doch stecke da ein Geheimnis dahinter, er habe bei uns sozusagen nur inkognito gelebt, habe geheime Aufträge gehabt und es sei sehr leicht möglich, daß er aus Petersburg (Ljamschin war überzeugt, daß Stawrogin in Petersburg war) wieder hierher zurückkomme, dann aber in einer ganz anderen Gestalt und Umgebung und mit einer ganzen Suite von Persönlichkeiten, von denen man wohl in Bälde bei uns hören werde. All das habe er von Pjotr Stepanowitsch, »dem geheimen Feind Nikolaj Wsewolodowitschs«, gehört.

Hierzu möchte ich eine Bemerkung machen. Zwei Monate später gestand Ljamschin ein, daß er Stawrogin absichtlich herausgeredet habe, weil er durch dessen Protektion in Petersburg eine Herabsetzung seiner Strafe um zwei Stufen sowie eine Geldunterstützung und Empfehlungsbriefe bei seiner Verschickung erhofft habe. Aus diesem Geständnis ist zu ersehen, daß er tatsächlich eine grenzenlos hohe Meinung von Nikolaj Stawrogin hatte.

Am selben Tag wurden selbstverständlich auch Wirginskij und im ersten Eifer auch seine ganze Familie verhaftet. (Arina Prochorowna, ihre Schwester, die Tante und auch die Studentin sind jetzt schon längst wieder auf freien Fuß gesetzt; es heißt sogar, daß man auch Schigaljow in kürzester Zeit unbedingt freilassen würde, da er eigentlich in keine einzige Kategorie der Beschuldigten gehöre; aber das ist vorläufig weiter nichts als Gerede.) Wirginskij gestand sofort alles ein, er lag krank im Bett und hatte Fieber, als man ihn festnahm. Es heißt, er habe sich beinahe darüber gefreut; »es sei ihm ein Stein vom Herzen gefallen«, habe er gesagt. Man hörte über ihn, er habe seine Aussagen ganz offen, doch mit einer gewissen Würde gemacht, habe dabei aber auch nicht eine seiner »lichten Hoffnungen« aufgegeben, verfluche nur den politischen Weg (im Gegensatz zum sozialen), zu dem er sich so unversehens und leichtsinnig durch »den Wirbelsturm hereinbrechender Ereignisse« habe hinreißen lassen. Sein Verhalten bei der Ausführung des Mordes soll ihm als mildernder Umstand angerechnet werden, so daß er also anscheinend auch auf eine gewisse Nachsicht bei seiner Verurteilung hoffen darf. Wenigstens behauptet man das bei uns.

Doch es wird kaum möglich sein, Erkels Schicksal zu erleichtern. Seit er festgenommen worden ist, hat er nur immer geschwiegen oder die Wahrheit nach Möglichkeit entstellt. Nicht ein Wort der Reue hat man bisher aus ihm herausbekommen können. Und dabei hat er selbst bei den strengsten Richtern eine gewisse Sympathie für sich wachgerufen – durch seine Jugend, seine Schutzlosigkeit, durch die offenkundige Tatsache, daß er nur das fanatische Opfer eines politischen Verführers gewesen ist; und vor allem durch sein jetzt bekanntgewordenes Verhalten gegen seine Mutter, der er immerfort die Hälfte seines kärglichen Gehaltes schickte. Seine Mutter ist jetzt hier, es ist eine schwache, kranke Frau, die viel älter aussieht, als sie ist; sie weint fortwährend und wälzt sich buchstäblich zu Füßen der Richter, um Gnade für ihren Sohn zu erbitten. Was auch immer aus ihm werden möge, jedenfalls tut Erkel sehr vielen von uns leid.

Liputin wurde erst in Petersburg verhaftet, wo er ganze vierzehn Tage verlebt hatte. Mit ihm geschah etwas fast Unglaubliches, was sich nur schwer erklären läßt. Wie man sagt, soll er ja einen Paß auf falschen Namen und beträchtliche Geldsummen bei sich getragen, also die volle Möglichkeit gehabt haben, ins Ausland zu entschlüpfen – trotzdem ist er aber in Petersburg geblieben und nirgendshin gereist. Eine Zeitlang soll er Stawrogin und Pjotr Stepanowitsch gesucht und dann plötzlich zu trinken angefangen und sich Ausschweifungen hingegeben haben, ohne Maß und Ziel, wie ein Mensch, der jeden gesunden Verstand und das Bewußtsein seiner Lage vollkommen verloren hat. Man nahm ihn in Petersburg irgendwo in einem Bordell in ganz betrunkenem Zustand fest. Den Gerüchten nach soll er ganz und gar nicht den Mut verloren haben, ganz verlogene Aussagen machen und sich mit einer gewissen Feierlichkeit und Zuversicht (?) auf die bevorstehende Gerichtsverhandlung vorbereiten. Er beabsichtigt sogar, vor Gericht eine Rede zu halten.

Tolkatschenko wurde zehn Tage nach seiner Flucht irgendwo in unserem Landkreis festgenommen. Er tritt ungleich bescheidener auf, lügt nicht, verschleiert nichts, sagt alles, was er weiß, ohne sich zu rechtfertigen, nimmt die Schuld in aller Bescheidenheit auf sich, neigt aber ebenfalls dazu, schöne Reden zu halten, spricht überhaupt viel und gern, und wenn er auf die Kenntnis des Volkes und seiner revolutionären (?) Elemente zu reden kommt, verfällt er sogar in Posen und Effekthascherei. Er soll, wie ich gehört habe, ebenfalls die Absicht haben, bei der Verhandlung eine längere Rede zu halten. Überhaupt sind Liputin und er nicht sehr verschüchtert, und das ist sogar sonderbar.

Ich wiederhole, die Verhandlungen sind noch nicht abgeschlossen. Jetzt, nach drei Monaten, hat unsere Gesellschaft endlich wieder aufgeatmet, sich beruhigt und gefaßt und hat sich eine eigne Meinung gebildet, die darauf hinausläuft, daß manche sogar Pjotr Stepanowitsch selbst fast für ein Genie oder wenigstens für einen Menschen mit genialen Fähigkeiten halten. »Das nenne ich Organisation!« sagen die Herren im Klub und heben den Zeigefinger in die Höhe. Übrigens ist das alles sehr harmlos, denn es sind nur wenige, die so reden. Andere dagegen sprechen ihm zwar eine gewisse höhere Begabung nicht ab, schreiben ihm aber eine vollkommene Unkenntnis der Wirklichkeit zu, verbunden mit einem schrecklich abstrakten Denken, mit einer abnormen und stumpfen Entwicklung nach einer Seite hin und einem davon herrührenden außerordentlichen Leichtsinn. Über seine moralischen Eigenschaften sind natürlich alle einig; darüber kann ja auch gar kein Streit sein.

Ich weiß wirklich nicht, wen ich noch erwähnen muß, um niemanden zu vergessen. Mawrikij Nikolajewitsch ist für immer irgendwohin abgereist. Die alte Frau Drosdow ist ganz kindisch geworden... Übrigens bleibt mir noch eine düstere Geschichte zu erzählen übrig. Ich werde mich dabei nur auf Tatsachen beschränken.

Warwara Petrowna war nach ihrer Rückkehr in ihrem Stadthaus abgestiegen. Mit einem Schlag stürmten nun alle die Nachrichten von den Ereignissen, die sich inzwischen zugetragen hatten, auf sie ein und erschütterten sie entsetzlich. Sie wollte allein bleiben und schloß sich ein. Es war schon Abend, alle waren müde und legten sich zeitig schlafen. Am nächsten Morgen übergab das Zimmermädchen Darja Pawlowna mit geheimnisvoller Miene einen Brief. Wie sie sagte, war dieser Brief schon gestern abend gekommen, aber ganz spät, als alle bereits schliefen, so daß sie Darja Pawlowna nicht aufzuwecken gewagt habe. Er war nicht mit der Post gekommen, sondern von einem unbekannten Mann bei Alexej Jegorytsch in Skworeschniki abgegeben worden. Darauf hatte Alexej Jegorytsch ihn noch gestern abend persönlich hergebracht und ihr übergeben, er selber war dann gleich wieder nach Skworeschniki zurückgekehrt.

Darja Pawlowna sah klopfenden Herzens den Brief lange an und wagte nicht, ihn aufzumachen. Sie wußte, von wem er war. Das war Nikolaj Stawrogins Hand. Sie las die Aufschrift auf dem Umschlag: »An Alexej Jegorytsch zur Übergabe an Darja Pawlowna. Geheim.«

Hier ist dieser Brief, Wort für Wort, ohne die geringste

Verbesserung aller Fehler im Stil dieses russischen Junkers, der trotz all seiner europäischen Bildung die Grammatik seiner Muttersprache niemals richtig zu beherrschen gelernt hat:

»Liebe Darja Pawlowna.

Sie wollten einmal als Krankenwärterin zu mir und nahmen mir das Versprechen ab, Sie zu rufen, wenn es nötig sein werde. Ich reise in zwei Tagen ab und komme niemals wieder. Wollen Sie mit?

Ich habe im vorigen Jahre, wie Herzen, das Bürgerrecht des Kantons Uri erworben, und dies weiß niemand. Dort habe ich schon ein kleines Haus gekauft. Ich habe noch zwölftausend Rubel; wir wollen hinfahren und für immer dort leben. Ich möchte dann niemals wieder irgendwohin ausreisen.

Die Gegend ist trübselig, eine Schlucht; die Berge beschränken Blick und Gedanken. Sehr düsterer Ort. Nur weil das kleine Haus gerade zu verkaufen war. Wenn es Ihnen nicht gefällt, werde ich es wieder weggeben und ein anderes in einem andern Ort kaufen.

Ich bin krank, aber ich hoffe, daß die dortige Luft mich von meinen Halluzinationen heilen wird. Das ist physisch; moralisch aber wissen Sie alles; nur ob vollständig?

Ich habe Ihnen viel aus meinem Leben erzählt. Aber nicht alles. Sogar Ihnen nicht alles! Bei dieser Gelegenheit möchte ich bestätigen, daß ich vor meinem Gewissen an dem Tod meiner Frau schuldig bin. Ich habe Sie seitdem nicht mehr gesehen, deshalb bestätige ich es hier. Schuldig bin ich auch vor Lisaweta Nikolajewna; aber das wissen Sie, das haben Sie ja alles fast vorausgesagt.

Besser ist es, Sie kommen nicht. Daß ich Sie jetzt rufe, ist eine entsetzliche Gemeinheit. Ja, und wozu sollten Sie Ihr Leben mit mir begraben? Mir sind Sie lieb, und mir war es im Kummer immer wohl neben Ihnen: nur Ihnen allein gegenüber konnte ich laut von mir selber sprechen. Daraus folgt nichts. Sie haben sich selber zu meiner ‚Krankenwärterin' bestimmt – das ist Ihr eigner Ausdruck; wozu ein solches Opfer bringen? Prägen Sie sich auch ein, daß ich kein Mitleid mit Ihnen habe, wenn ich Sie rufe, und Sie nicht achte, wenn ich Sie erwarte. Trotzdem aber rufe und erwarte ich Sie. Auf jeden Fall brauche ich aber eine Antwort von Ihnen, denn ich muß sehr bald abfahren. Andernfalls fahre ich allein.

Von Uri hoffe ich nichts; ich gehe einfach hin. Nicht mit Absicht habe ich diesen unfreundlichen Ort gewählt. An Rußland fesselt mich nichts – ich fühle mich hier ebenso fremd wie überall. Allerdings habe ich hier weniger gern gelebt als anderswo, habe aber auch hier gegen nichts Haß empfinden können.

Ich habe überall meine Kraft erprobt. Sie rieten es mir, um ‚mich selber kennenzulernen'. Bei all den Proben, die ich teils für mich, teils nur zur Schau angestellt habe, hat sie sich, wie schon früher in meinem ganzen Leben, stets als unbegrenzt erwiesen. Vor Ihren Augen habe ich die Ohrfeige Ihres Bruders hingenommen. Ich habe meine Ehe öffentlich bekannt. Wozu ich aber diese Kraft gebrauchen soll – das habe ich niemals eingesehen, das sehe ich auch jetzt nicht ein, ungeachtet Ihres aufmunternden Zuredens in der Schweiz, an das ich glaubte. Ganz wie früher kann ich auch jetzt noch wünschen, etwas Gutes zu tun und dabei eine Genugtuung empfinden; daneben aber wünsche ich auch das Böse und empfinde darüber ebenfalls Genugtuung. Aber sowohl das eine als auch das andere Gefühl ist wie früher immer zu schwach und niemals sehr stark. Mein Wünschen ist viel zu kraftlos, es kann mich nicht leiten. Auf einem Balken kann man über einen Fluß schwimmen, aber auf einem Span nicht. Das sage ich nur, damit Sie nicht etwa denken sollen, ich ginge mit irgendwelchen Hoffnungen nach Uri.

Wie immer schreibe ich niemandem eine Schuld zu. Ich habe es mit maßlosen Ausschweifungen versucht und meine Kräfte dabei erschöpft; aber ich mag und will dieses ausschweifende Leben nicht. Sie sind auf dem laufenden über das, was ich in letzter Zeit getan habe. Wissen Sie, daß ich sogar auf die alles verneinenden Unsrigen mit Bosheit, mit Neid auf ihre Hoffnungen gesehen habe? Aber Ihre Angst war umsonst, ich konnte nicht deren Genosse sein, ich hatte keinen Teil an ihnen. Und bloß zum Spott, aus Bosheit, konnte ich es auch nicht, nicht etwa, weil ich das Lächerliche gefürchtet hätte – das Lächerliche kann mich nicht schrecken –, sondern weil ich immerhin noch die Gewohnheiten eines anständigen Menschen habe und mir dies zum Ekel war. Wenn ich aber mehr Haß und Neid gegen sie empfunden hätte, so wäre ich vielleicht mit ihnen gegangen. Urteilen Sie, bis zu welchem Grad es leicht für mich gewesen wäre, und wie ich mich gedreht und gewendet habe.

Mein lieber Freund, Sie zärtliches und großmütiges Wesen, das ich ganz erraten habe. Vielleicht träumen Sie davon, mir so viel Liebe zu schenken und so viel Schönes aus Ihrer schönen Seele auf mich auszugießen, daß Sie hoffen, mir dadurch endlich ein Ziel aufzurichten? Nein, seien Sie lieber vorsichtiger: meine Liebe wird unbedeutend sein wie ich selber und Sie unglücklich. Ihr Bruder hat einmal zu mir gesagt, wer den Zusammenhang mit seiner Heimat verliert, der verliert auch seine Götter, das heißt, alle seine Ziele. Darüber läßt sich endlos streiten; aber aus mir ist immer nur die Negation geströmt, ohne jede Großmut und ohne jede Kraft. Und auch die Verneinung ist nicht geströmt. Alles an mir ist seicht und schlapp. Der hochherzige Kirillow konnte seine Idee nicht ertragen und – erschoß sich; aber ich sehe doch, daß er deshalb so hochherzig war, weil er nicht bei gesundem Verstande war. Ich kann niemals den Verstand verlieren und niemals so an eine Idee glauben wie er. Ich kann mich nicht einmal in einem solchen Maße mit einem Gedanken beschäftigen. Niemals, niemals werde ich mich erschießen können!

Ich weiß, daß ich mich töten, mich wie ein elendes Insekt von der Erde wegfegen müßte; aber ich habe Angst vor dem Selbstmord, weil ich mich fürchte, hochherzig zu scheinen. Ich weiß, daß das noch ein Betrug wäre – der letzte Betrug in einer endlosen Kette von Betrügereien. Warum sich aber selber betrügen, nur um den Hochherzigen zu spielen? Entrüstung und Scham kann es bei mir niemals geben, folglich auch keine Verzweiflung.

Verzeihen Sie, daß ich soviel schreibe. Ich bin zur Besinnung gekommen, und das ganz zufällig. Dafür sind hundert Seiten zuwenig und zehn Seiten zuviel. Aber zehn Zeilen hätten genügt, um eine ‚Krankenwärterin' herbeizurufen.

Ich wohne, seit ich abgereist bin, auf der sechsten Station beim Bahnhofsinspektor. Ich lernte ihn in der tollen Zeit vor fünf Jahren in Petersburg kennen. Daß ich hier bin, weiß keiner. Schreiben Sie an seinen Namen. Ich lege die Adresse bei.

Nikolaj Stawrogin«

Darja Pawlowna ging sogleich zu Warwara Petrowna und zeigte ihr den Brief. Diese las ihn durch und bat dann Dascha hinauszugehen, damit sie ihn noch einmal allein durchlesen könne; aber sie rief sie schon sehr bald wieder herein.

»Wirst du fahren?« fragte sie fast schüchtern.

»Ich werde fahren«, erwiderte Dascha.

»Mach dich fertig! Wir fahren zusammen!«

Dascha blickte sie fragend an.

»Was soll ich jetzt hier noch anfangen? Ist nicht alles ganz gleich? Ich werde mich ebenfalls im Kanton Uri einschreiben und mit in dem engen Tale leben ... Aber habe keine Angst, ich werde euch nicht stören.«

Eilig trafen sie alle Vorbereitungen, um rechtzeitig den Mittagszug erreichen zu können. Aber es war noch keine halbe Stunde verstrichen, als plötzlich Alexej Jegorytsch aus Skworeschniki kam. Er meldete, Nikolaj Wsewolodowitsch sei heute morgen »plötzlich« mit dem Frühzug eingetroffen und befinde sich jetzt in Skworeschniki, aber »in einem solchen Zustand, daß er auf Fragen keine Antwort gebe, durch alle Zimmer gelaufen sei und sich jetzt in seinen Gemächern eingeschlossen habe ...«

»Ich hielt es für meine Pflicht, auch ohne Anweisungen herzufahren und das zu melden«, fügte Alexj Jegorytsch sehr eindringlich hinzu.

Warwara Petrowna sah ihn durchdringend an und fragte ihn nicht weiter aus. Sie ließ sofort anspannen und fuhr mit Dascha nach Skworeschniki. Unterwegs soll sie sich oft bekreuzigt haben.

In »seinen Gemächern« standen alle Türen offen, aber Nikolaj Wsewolodowitsch war nirgends zu sehen.

»Vielleicht ist der Herr im Halbgeschoß?« meinte Fomuschka vorsichtig.

Auffallend war, daß einige Diener Warwara Petrowna bis in »seine Gemächer« hinein folgten, während die übrigen im Saal warteten. Niemals hätten sie es früher gewagt, so gegen die Etikette zu verstoßen. Warwara Petrowna bemerkte es und schwieg.

Man stieg auch in das Halbgeschoß hinauf. Dort waren noch drei Zimmer, aber in keinem fand man ihn.

»Ob der Herr vielleicht dahinauf gegangen sind?« Jemand zeigte auf die Tür zur Bodenkammer.

Tatsächlich war die sonst stets verschlossene Tür zur Bodenkammer jetzt offen und stand sperrangelweit offen. Man mußte eine hohe, sehr schmale und furchtbar steile Holztreppe hinaufsteigen. Dort oben befand sich ebenfalls noch eine Art Stübchen.

»Dahinauf gehe ich nicht. Wozu sollte er denn dort hinaufgestiegen sein?« fragte Warwara Petrowna, erschreckend bleich im Gesicht, und blickte sich nach den Dienern um. Die sahen sich an und schwiegen. Dascha zitterte.

Da eilte Warwara Petrowna die Stiege hinauf. Dascha folgte ihr. Kaum aber hatte sie die Bodenkammer betreten, als sie aufschrie und bewußtlos umsank.

Der Bürger des Kantons Uri hing dort gleich hinter der Tür. Auf einem Tischchen lag ein Zettel, darauf stand mit Bleistift geschrieben: »Niemanden beschuldigen, ich selber tat es.« Auf dem Tischchen lagen ferner noch ein Hammer, ein Stück Seife und ein großer Nagel, den er anscheinend für alle Fälle zurechtgelegt hatte. Die starke Seidenschnur, mit der sich Nikolaj Wsewolodowitsch erhängt hatte, war offenbar vorher zu diesem Zweck besorgt und ausgewählt worden; sie war dick eingeseift. Alles deutete auf Vorbedacht und Überlegung bis zum letzten Augenblick.

Unsere Ärzte stellten nach der Obduktion des Leichnams eine Geisteskrankheit vollkommen und entschieden in Abrede.

PERSONENVERZEICHNIS

Stepán Trofímowitsch Werchowénskij, ehemaliger Hochschuldozent
Pjotr Stepánowitsch (Petrúschka, Pierre), sein Sohn
Antón Lawréntjewitsch G-w, Staatsangestellter, sein Freund und Vertrauter
Nastásja, seine Magd

Warwára Petrówna Stawrógina, Generalleutnantswitwe
Nikoláj Wséwolodowitsch Stawrógin, auch Nikólenjka, Nicolas oder Prinz Harry genannt, ihr Sohn
Dárja Páwlowna (Dáscha, Dáschenjka, verächtlich: Dáschka) Schátowa, ihre Pflegetochter
Iwán Páwlowitsch Schátow (Kosename: Schátuschka), deren Bruder, Sohn eines ehemaligen Leibeigenen der Frau Stawrógina
Márja Ignátjewna (französisch: Marie) Schátowa, seine zweite Frau
Alexéj Jegórowitsch (Jegórytsch), Kammerdiener Frau Stawróginas
Fómuschka, Diener in ihrem Hause
Agáscha, ihre Lieblingszofe

Praskówja Iwánowna Drosdówa, Generalswitwe
Jelisawéta (Lisawéta) Nikolájewna Tuschiná, französisch Lise genannt, ihre einzige Tochter aus erster Ehe
Mawríkij Nikolájewitsch Drosdów (Maurice), Artilleriehauptmann, Neffe des verstorbenen Generals Drosdów

Iwán Ósipowitsch, Oberst, der ehemalige Gouverneur
Aljóscha Teljátnikow, sein Sekretär
Andréj Antónowitsch von Lembke, der neue Gouverneur

Júlija Michájlowna von Lembke, seine Frau
Andréj Antónowitsch von Blumer, auch Blum genannt, sein Kanzleibeamter

Tíchon, Bischof im Ruhestand

Semjón Jákowlewitsch, Gottesnarr mit prophetischer Gabe

Artémij Páwlowitsch Gagánow, Oberst und Gutsbesitzer
Páwel Páwlowitsch Gagánow, Vater desselben
Semjón Jegórowitsch Karmasínow, Schriftsteller

Alexéj Nílytsch Kiríllow, Bauingenieur
Ignát Lebjádkin, Hauptmann a. D.
Márja Timoféjewna Lebjádkina, seine Schwester
Sergéj Wasíljewitsch Lipútin, Beamter
Agáfja, seine Magd
Wirgínskij, Beamter
Arína Próchorowna Wirgínskaja, Hebamme, seine Frau
Schigaljów, sein Schwager
Kapitón Maxímowitsch, Major, Verwandter von Frau Wirgínskaja
Ljámschin, kleiner jüdischer Postbeamter
Tolkatschénko, Bahnbeamter
Fédjka (Fjodor Fjodorowitsch), entsprungener Zuchthäusler
Erkel, Fähnrich
Sófja Matwéjewna, Bibelverkäuferin

ANHANG

NACHWORT

Dostojewskij lieferte mit der Reihe seiner fünf großen Romane, die mit »Schuld und Sühne« (1866) beginnt und mit den »Brüdern Karamasow« (1879/80) ein Ende nimmt, monumentale Momentaufnahmen der gesellschaftlichen Entwicklung Rußlands zwischen 1865 und 1875. Diesem einen Jahrzehnt gilt Dostojewskijs ganze Aufmerksamkeit. Sein schriftstellerisches Tun wird dabei von einem einzigen Interesse gespeist: von der Sorge um die Zukunft Rußlands.

Mit den »Dämonen« (1871/72), dem dritten Roman innerhalb der Reihe der großen fünf, erreicht Dostojewskijs Diagnose der geistigen Situation seiner Zeit den Tiefpunkt an Hoffnungslosigkeit. Die beklemmenden Visionen eines Goya nehmen hier literarische Gestalt an, und mit der Bosheit eines Swift wird die Hölle der russischen Provinz zelebriert. Massenhysterie, Mord und Selbstmord sind die Wahrzeichen des herrschenden Weltzustands. Es ist die Feuersbrunst des Nihilismus, die hier wütet und nicht zu löschen ist, weil sie in Wahrheit ›nicht auf den Dächern‹, sondern ›in den Köpfen‹ stattfindet, – so formuliert es in einer Krise geistiger Klarsicht der ansonsten vollkommen negativ gezeichnete Gouverneur von Lembke. Wie kein anderes Werk lassen die »Dämonen« das Diktum de Vogüés gerechtfertigt erscheinen, wonach Dostojewskij als der ›Shakespeare der Irrenhäuser‹ zu gelten habe.

Und doch geht vom Schreckbild dieser ›Besessenen‹ eine geradezu ungestüme Vitalität aus. Der Blick ins Chaos vermittelt eine durch nichts gedämpfte Lust am Untergang. Das Vordringen ins Herz der Finsternis läßt eine archaische Bejahung des Lebens in all seinen Möglichkeiten freiwerden. Es scheint, als wolle sich der Text am liebsten gegen den Strich seiner so deutlich vernehmbaren Botschaft gelesen sehen. Aus verschiedensten Gründen bieten die »Dämonen« einer angemessenen Deutung nicht unerhebliche Schwierigkeiten.

Es scheint kein Zufall zu sein, daß sich die bisherige Forschung mit Vorliebe der Aufschlüsselung zeitgenössischer Anspielungen gewidmet hat. Diese sind hier allerdings besonders zahlreich, denn es war das erklärte Ziel Dostojewskijs, ein politisch brisantes Pamphlet zu schreiben.

Mehr als jedes andere Werk Dostojewskijs animieren die »Dämonen« dazu, wie ein historisches Dokument gelesen zu werden. Das Kernstück der Handlung, die Ermordung Schatows, geht auf tatsächliche Geschehnisse zurück. Das Resultat ist indessen weit davon entfernt, als ›Tatsachenbericht‹ gelten zu dürfen, wie etwa Truman Capotes Roman »In Cold Blood«. Auf welchem Prinzip Dostojewskijs Verwendung von ›Tatsachen‹ zur Veranschaulichung des ›Typischen‹ beruht, dazu wird sogleich noch ein besonderes Wort nötig sein. Zunächst sei festgehalten, daß Dostojewskij in den »Dämonen« jene Aktionen Netschajews verarbeitete, die 1869 in Moskau mit der Ermordung des Studenten Iwanow ihr Ende und ihre allseits mit Bestürzung vernommene Aufdeckung erfuhren. Sergej Netschajew (1847–1882) suchte die Maximen des berüchtigten »Katechismus des Revolutionärs« in die Tat umzusetzen. Diese Anweisungen zum politischen Umsturz wurden, so vermutet man, von Netschajew zusammen mit Bakunin in der Schweiz verfaßt. Allerdings sah sich Bakunin alsbald veranlaßt, sich vom Treiben seines fanatischen Adepten zu distanzieren. Zunächst jedoch fand Netschajew die volle Zustimmung Bakunins. Im September 1869 kehrte Netschajew aus der Schweiz nach Rußland zurück, versehen mit einem Ermächtigungsschreiben Bakunins, das ihn, Netschajew, als Beauftragten der »Russischen Abteilung des revolutionären Weltbundes« auswies und im Siegel die abenteuerlichen Worte mitführte: »Alliance révolutionnaire européenne. Comité général«. All das, wovon hier die Rede war, existierte allerdings nur in der Einbildung Bakunins. Ganz offensichtlich müssen wir Albert Camus recht geben, wenn er die Vermutung ausspricht, Bakunin habe dieses Schreiben in einem Anfall von Geistesverwirrung verfaßt.[1] Netschajew indessen gründete unverzüglich und voller Unternehmungslust den Geheimbund »Das Strafgericht des Volkes«, dessen ›Fünfergruppen‹ den Weisungen eines, allerdings imaginären, ›Zentralkomitees‹ unterstanden. Es gelang Netschajew tatsächlich, den Glauben an eine landesweite, ja europäische konspirative Vereinigung zu wecken, bis schließlich mit der Ermordung Iwanows, eines allzu eigenwilligen Mitstreiters, der Schwindel aufflog. Netschajew setzte sich

[1] Vgl. Albert Camus: L'homme révolté (1951). Deutsch: Der Mensch in der Revolte (Reinbek bei Hamburg 1969), S. 132.

in die Schweiz ab, sah dem Prozeß gegen seine Kampfgenossen und ihrer Aburteilung aus der Ferne zu, bis er selber schließlich 1872 von den Schweizer Behörden an die russische Regierung ausgeliefert wurde. Man verurteilte ihn mit entsprechender Härte, und er stirbt 1882 im Zuchthaus.

Netschajew ist das empirische Vorbild für Pjotr Werchowenskij. In Dostojewskijs Entwürfen zu den »Dämonen« ist bezeichnenderweise immer nur von ›Netschajew‹ die Rede: der Name der Romangestalt stellte sich erst allmählich ein. Ein Vergleich mit dem empirischen Vorbild läßt allerdings auch wesentliche Unterschiede hervortreten. So entstammt Pjotr Werchowenskij nicht den unteren Volksschichten. Zudem ist im Roman der Ort des Geschehens die russische Provinz. Dennoch hat Dostojewskij die historische Bedeutung Netschajews ins Bild gehoben.

Es ist bezeichnend, daß die Tat, mit der Netschajews politischer Abstieg einsetzt, nicht gegen einen Repräsentanten des zum absoluten Gegner deklarierten Staates gerichtet ist, sondern gegen einen Opponenten aus den eigenen Reihen. Netschajews Bedeutung liegt darin, die Militarisierung der revolutionären Bewegung in Angriff genommen zu haben. Er ist der Theoretiker und zugleich der Praktiker einer eisernen Parteidisziplin. Nicht nur das: Netschajew spricht den Führern der Revolution ganz unverhohlen das Recht zu, Gewalt und Lüge anzuwenden, um die Untergebenen zu lenken. Alle staatliche Ordnung wird verteufelt, alles Elend in den unteren Volksschichten begrüßt, denn so wächst der Unwille, so aktiviert sich die ›Welt der Räuber‹, so mehrt sich das Material für die ›Führer‹ der Revolution. Nur eine einzige ›Wissenschaft‹ wird bejaht: die ›Wissenschaft der Zerstörung‹. Netschajews »Katechismus« beginnt mit den Worten: »Ein Revolutionär ist ein todgeweihter Mensch. Er kennt weder persönliche Interessen noch persönliche Geschäfte, weder persönliche Gefühle noch persönliche Bindungen, er hat nichts, was ihm gehört, nicht einmal einen Namen. Alles in ihm wird von einem einzigen Interesse beherrscht, von einer einzigen Leidenschaft: der Revolution.«

Indem Netschajew zu einer nachhaltig diskutierten Realität des öffentlichen Lebens werden konnte, sieht Dostojewskij seine schlimmsten Befürchtungen angesichts der revolutionären Bewegung bestätigt. Seit Beginn der sechziger Jahre beobachtet Dostojewskij im Denken der russischen Radikalen eine Entwicklung, die für ihn das wahre Wesen des Sozialismus zutage treten läßt. Der rationale Egoismus, wie ihn etwa Tschernyschewskij im Namen eines vernünftigen Gemeinwesens propagiert, führt zwangsläufig, so folgert Dostojewskij, zu Haltungen elitärer Willkür derer, die sich im Besitz der besseren Einsicht fühlen. Als die zentrale Brutstätte solcher Verführungen durch die instrumentelle Vernunft betrachtet Dostojewskij den Liberalismus der vierziger Jahre. Im Februar 1873 schreibt Dostojewskij an A. A. Romanow, den späteren Zaren Alexander III.: »Die Belinskijs und Granowskijs würden es nicht glauben, wenn man ihnen sagen könnte, daß sie die unmittelbaren Väter der Netschajews sind.«

Netschajews Denken und Tun sind für Dostojewskij in ihrer beirrenden Mischung aus operettenhafter Romantik und eiskaltem Fanatismus der vollendete Beleg dafür, was durch den Liberalismus wahrhaft an die Macht gebracht wurde. Es sei in solchem Zusammenhang vermerkt, daß Günther Stökl Netschajew zu den geistigen Ahnen der Parteilehre und Parteipraxis Lenins rechnet. Allerdings sei Netschajew heute ›sorgsam ins historische Unterbewußtsein verdrängt‹ worden.[2]

Eine andere zentrale Gestalt der »Dämonen«, die zunächst ausschließlich unter dem Namen des empirischen Vorbilds die Entwürfe beherrscht, ist Stepan Werchowenskij, dessen Zeichnung im wesentlichen auf den Historiker Timofej Granowskij (1813–1855) zurückgeht, den auch die soeben zitierte Briefstelle eigens nennt. Granowskij, Professor an der Universität Moskau, zählte zu den prominentesten Gegnern der russischen Slawophilen. Dostojewskijs maßgebende Informationsquelle ist hier die Granowskij-Biographie von A. Stankjewitsch (Moskau 1869), auf die ihn eine Rezension Strachows aufmerksam gemacht hatte. Allerdings sind bei der vollen Entfaltung der Gestalt Stepan Werchowenskijs auch Züge anderer Persönlichkeiten vergleichbarer politischer Orientierung eingeflossen.

[2] Vgl. Günther Stökl: Russische Geschichte (2. Aufl., Stuttgart 1965), S. 573.

Die Gestalt des ›großen Schriftstellers‹ Semjon Karmasinow ist ganz und gar an Iwan Turgenjew (1818–1883) ausgerichtet. Zwar schildert uns Dostojewskij Karmasinow als einen ›sehr kleinen‹ Herrn, während Turgenjew überdurchschnittlich groß gewesen ist, doch ist solche Abweichung offensichtlich als Hinweis auf das wahre Format des so erfolgreichen Zeitgenossen gemeint. Der Name leitet sich von ›Karmesin‹ ab und unterstellt Turgenjew schamlose Anbiederungsversuche bei der ›roten‹ Jugend. Mehrere Werke Turgenjews werden in den »Dämonen« zum Ziel der Satire, so der Roman »Rauch« (1867), die Erzählungen »Gespenster« (1864) und »Genug« (1865), die Schilderung der »Hinrichtung Troppmanns« (1870) und eine essayistische Nachbemerkung »Zum Roman ›Väter und Söhne‹« (1869). Verärgert und empört erkannte sich Turgenjew in Karmasinow wieder und schreibt am 15. Dezember 1872 aus Paris an Frau M. A. Miljutina: »Dostojewskijs Vorgehen hat mich keineswegs überrascht. Er hat mich damals schon gehaßt, als wir beide jung waren und am Anfang unserer literarischen Laufbahn standen, obwohl ich mit nichts diesen Haß verdient habe; aber die grundlosen Leidenschaften, so sagt man, sind die stärksten und die dauerhaftesten ... Anstatt mich zu verleumden, hätte er lieber das Geld zurückzahlen sollen, das er sich bei mir geliehen hat ... Ich kann nur bedauern, daß er sein nicht zu bezweifelndes Talent zur Befriedigung solch häßlicher Gefühle einsetzt ...«[3]

Wenn derart offenkundig Pjotr Werchowenskij auf Netschajew verwies, Stepan Werchowenskij auf Granowskij, Semjon Karmasinow auf Turgenjew, so ist es nicht verwunderlich, daß sich die Forschung veranlaßt sah, möglichst zu sämtlichen Gestalten der Fiktion das empirische Vorbild zu ermitteln. So weiß man, daß Dostojewskij bei der Zeichnung Schatows auf die religiösen und moralischen Ansichten Konstantin Golubows zurückgriff, eines eigenwilligen philosophischen Autodidakten, der in polemischer Reaktion auf

[3] Vgl. Turgenjew: Pisma v 13 tt. [Briefe], Bd. 10 (Moskau und Leningrad 1965), S. 39. Zum Detail vgl. insbesondere: Ju. A. Nikolskij: Turgenev i Dostoevskij. Istorija odnoj vraždy (Sofia 1921) und A. S. Dolinin: Turgenev v »Besach«. In: F. M. Dostoevskij. Stat'i i materialy, hrsg. von A. S. Dolinin. Bd. 2 (Leningrad und Moskau 1924), S. 119–136.

die Gedanken Ogarjows zwischen ›innerer‹ und ›äußerer‹ Freiheit unterschied und alle Revolution von außen ablehnte. Auch ist bekannt, wer die Vorbilder zu Tolkatschenko und Erkel gewesen sind. Gleichzeitig ist aber zutage getreten, daß nicht nur unmittelbares Zeitgeschehen in die »Dämonen« Eingang fand. So lassen sich in der Gestalt Pjotr Werchowenskijs auch Eigenheiten jenes Petraschewskij entdecken, dessen revolutionärer Zirkel Dostojewskij in den vierziger Jahren zum Schicksal wurde. Zudem ist mittlerweile erhärtet worden, daß für Stawrogin die geheimnisvolle und dämonische Persönlichkeit Nikolaj Speschnjows (1825–1855) maßgebend gewesen ist. Speschnjow spielte im Kreis um Petraschewskij eine wichtige Rolle und hat ganz offensichtlich den jungen Dostojewskij stark beeindruckt.[4] Als Ort des Geschehens, der ja im Roman namenlos bleibt (›unsere Stadt‹), hat man Twer ermittelt, wobei allerdings auch Eigenheiten aus der Gegend um Staraja Russa erkennbar sind.

Mit einem Wort: Dostojewskij hat feste Zuordnungen gezielt vermieden. Es ist festzustellen, daß zuweilen Züge verschiedener ›realer‹ Personen an einer einzigen ›literarischen‹ Person auftreten, andererseits werden Eigenheiten einer bestimmten ›realen‹ Person auf verschiedene ›literarische‹ Personen verteilt. So ist zwar Karamasinow auf Turgenjew ausgerichtet, gleichzeitig aber wird Turgenjews Beziehung zu Pauline Viardot-Garcia in der Beziehung Stepan Werchowenskijs zu Warwara Stawrogina parodiert.

Die Aufzählung solcher Forschungsergebnisse ließe sich noch beträchtlich fortsetzen. Das Aufspüren der verschiedensten Anstöße, die Dostojewskij aus dem ›wirklichen Leben‹ erhalten hat, ist, wie es scheint, zu einer regelrechten Manie geworden. Selbst Zweifelhaftes findet Gehör, wenn es nur provokativ genug ist. So wurde die These Leonid Grossmans, mit Stawrogin sei Bakunin gemeint, zwar zurückgewiesen, aber dennoch aufwendig diskutiert.[5]

Es ist zu fragen, was mit derartigen philologischen Suchaktionen, auch wo sie nachweislich ›Richtiges‹ ermitteln, für

[4] Zu Petraschewskij und Speschnjow vgl. neuerdings Joseph Frank: Dostoevsky. The Seeds of Revolt, 1821–1849 (Princeton, New Jersey: Princeton University Press 1976).

[5] Zum Detail des zeitgeschichtlichen Hintergrunds vgl. vor allem den kritischen Kommentar zur Ausgabe: Dostoevskij, Polnoe sobranie sočinenij v 30 tt. (Leningrad 1972 ff.), Bd. 12, S. 161–373.

eine Deutung des literarischen Textes gewonnen wird. Führen solche Spurensicherungen nicht eher aus dem Text hinaus als in ihn hinein? Wäre die Gestalt eines Pjotr Werchowenskij weniger ›verständlich‹, wenn es einen Netschajew niemals gegeben hätte? Oder, anders gefragt: Wird mit einem Karmasinow Turgenjew wirklich ›getroffen‹?

Mit anderen Worten: Auch die exaktesten Kenntnisse bezüglich der Herkunft des Materials, das Dostojewskij benutzte, erweisen sich, recht besehen, nur als Anekdoten zur Psychologie des Schaffens. Zwar sind die »Dämonen« mehr als jedes andere Werk Dostojewskijs geprägt von der Lust am tagespolitischen Detail; und so mag es manchem legitim erscheinen, daß die Anlässe für die Gestaltung in die Diskussion des Textes miteinbezogen werden. Dennoch sind die »Dämonen« kein politischer Traktat, sondern ein Roman: Eine sachgerechte Interpretation kann hier niemals durch eine noch so kenntnisreiche Abhandlung der zeitgeschichtlichen Realia ersetzt werden.

Der angemessene Zugang zu den »Dämonen« wird des weiteren dadurch erschwert, daß hier ungewöhnlich hohe Anforderungen an die Rezeptionsfähigkeit des Lesers gestellt werden. Nicht nur sind die Inhalte von einer verwirrenden Vielfalt und Mehrschichtigkeit; die Art der Darbietung ist zudem mit der gezielten Unterschlagung aller Übersichtlichkeit ganz und gar darauf angelegt, den Leser zu überwältigen, ihn gleichsam zu überfluten.

Dostojewskijs Spannungstechnik erreicht hier einen deutlich erkennbaren Gipfel. Die erzähltechnischen Mittel werden mit einer Virtuosität eingesetzt, die bis an die Grenze des Zumutbaren vorstößt. Innerhalb der Geschichte des Romans sind es vor allem Andrej Belyjs »Petersburg« (1913/14) und William Faulkners »Absalom, Absalom!« (1936), die in jenem Grenzbereich weitere Radikalisierungen vornehmen, während Dostojewskij in dieser Hinsicht insbesondere die Erzählpraxis des englischen Schauerromans weiterentwickelt hat, wie sie, in jeweils entsprechender Dosierung, bereits von E. T. A. Hoffmann, Edgar Allan Poe, Balzac oder Eugène Sue genutzt worden war. Dostojewskijs fünf große Romane haben als Experimente mit den Möglichkeiten des Erzählens ihre eigene ›Geschichte‹. Von »Schuld und Sühne« (1866) bis zum »Jüngling« (1875) läßt sich eine systematische Steigerung der Virtuosität in der provokatorischen Handhabung mehrsträngiger Handlungen feststellen. Erst mit den »Brüdern Karamasow« (1879/80) setzt, nicht nur in technischer Hinsicht, eine Beruhigung ein.

Die »Dämonen« (1871/72) sind innerhalb der Reihe der großen fünf Romane Dostojewskijs der dritte. Im Unterschied zu den beiden vorhergehenden Romanen, nämlich zu »Schuld und Sühne« (1866) und zum »Idioten« (1868/69), wird in den »Dämonen« der Ermittlungsvorgang selber Thema der Darstellung. Der Erzähler tritt zwar auch im »Idioten« verschiedentlich wie eine Person vor unseren Blick, doch sehen wir erst in den »Dämonen« einen ›Chronisten‹ regelrecht bei der Arbeit. Die Eigenart seines Erzählens besteht nun darin, daß er niemals die Pointen der zu schildernden Geschehnisfolgen vorwegnimmt. Dies geht so weit, daß wir so gut wie nie Hinweise darauf erhalten, wer von den Personen unsere besondere Aufmerksamkeit verdient. So ist etwa der ersten Erwähnung Pjotr Werchowenskijs nicht anzusehen, daß hier eine Hauptperson in unseren Horizont gebracht wird. Hinweise auf den Ausgang der Geschichte bleiben allgemeinster Art: »Dieser ›morgige Tag‹, das heißt eben jener Sonntag, an dem das Schicksal Stepan Trofimowitschs sich unwiderruflich entscheiden sollte, war einer der bedeutungsvollsten Tage meiner Chronik. Es war ein Tag der Überraschungen, an dem frühere Knoten gelöst und neue geschürzt wurden, ein Tag greller Aufklärungen und noch ärgeren Wirrwarrs« (S. 173). – Aus solcher Perspektive gewinnt alles Dargebotene, trotz der rigorosen Abrichtung auf einen Überraschungseffekt, eine regelrecht lyrische Präsenz. Man könnte sagen: Dostojewskij läßt zwei einander ausschließende ›Einstellungen‹ miteinander konkurrieren: die Ruhe der autonomen Impression und die Unruhe des gedanklichen Vorauseilens und Rückschließens. Paradox formuliert: Der Text ist so dicht, daß wir ihn verstehen können, ohne ihn zu ›verstehen‹. Es spricht zweifellos für den künstlerischen Rang eines Textes, wenn er den Leser dazu animiert, sich im Unverstandenen und Dunklen einzurichten und aufzuhalten.

Nichts wäre verfehlter als die Annahme, daß die Wirrnis der Informationen, in die uns der Chronist der »Dämonen« hineinstellt, auf erzähltechnischer Nachlässigkeit beruht. Zwar stellt uns Dostojewskij seinen Erzähler als einen im Schreiben ungeübten Mann vor, doch gehört solches Eingeständnis zum Gestus des Erzählens selber, ist Kunstmittel. In bemerkenswertem Gegenzug zu der oft gehörten Meinung, wonach Dostojewskijs Romanen ein kalkulierter Aufbau abgehe, hat William Somerset Maugham bereits 1917 in einer Tagebuchnotiz folgendes festgestellt: »Ich wünschte, jemand würde Dostojewskijs Technik analysieren. Ich habe den Eindruck, daß seine Wirkung vor allem auf seiner eigenartigen Methode beruht, obwohl die Leser dies nicht bemerken. Manche sagen, daß seine Erzähltechnik unbedeutend sei, aber dieses Urteil trifft nicht zu, er ist zweifellos ein vorzüglicher Erzähler und wendet bestimmte Kunstgriffe mit großem Geschick an. Einer seiner Lieblingstricks, den er ständig anwendet, besteht darin, daß er die Hauptfiguren seiner Geschichte zusammenbringt und sie über ein Geschehnis so erregt diskutieren läßt, daß man nichts versteht ... Diese langen Gespräche sind von einer atemberaubenden Spannung, und er steigert diesen Reiz durch eine ingeniöse List: Die Erregtheit seiner Charaktere steht im Mißverhältnis zu dem, was sie sagen; er zeigt sie uns zitternd vor Aufregung, grün im Gesicht oder bleich vor Angst, von Entsetzen gelähmt, so daß die gewöhnlichsten Worte eine dem Leser unbegreifliche Bedeutung annehmen; und unversehens gerät der Leser derart in den Bann dieser extravaganten Gesten, daß seine Nerven bis zum Zerreißen gespannt sind und er so weit ist, einen echten Schock zu erleiden, wenn etwas passiert, was ansonsten kaum sein Gemüt bewegt hätte. Eine unerwartete Person tritt ein, eine Nachricht wird überbracht ...«[6]

Man denke nur an die große Skandalszene im Hause der Stawrogina, mit der der erste Teil der »Dämonen« endet, um zu sehen, wie treffend hier Dostojewskijs Vorgehen beschrieben wird. Maugham zeigt, daß Dostojewskij das Verstehen als Vorgang dramatisiert hat. Dies bedeutet eine ausgeklügelte Behinderung des Informationsflusses. Der Leser wird immer wieder dazu gebracht, regelrecht den Hals zu recken, da ihm ständig etwas gezeigt und gleichzeitig etwas vorenthalten wird.

Die Art, wie Dostojewskij seinen Erzähler in den »Dämonen« einsetzt, erfordert hohes Kunstverständnis, um nicht wegen angeblicher Inkonsequenzen getadelt zu werden. Zu-

[6] Vgl. W. Somerset Maugham: A Writer's Notebook (1949). Jetzt: Harmondsworth 1967 (= Penguin Books), S. 153.

nächst wird uns der Erzähler ganz und gar ›realistisch‹ präsentiert: Was er erzählt, beruht entweder auf Augenzeugenschaft oder auf penibel nachgewiesenen Hinterbringungen. Die »Dämonen« bringen die Wirklichkeit des Gerüchts zur Entfaltung. Personen treten aus der Bodenlosigkeit des Geredes vor unser Auge und können beliebig ihr Aussehen verändern. So heißt es über Stawrogin bei seinem ersten Auftritt: »Ich hatte erwartet, ein schmutziges, zerlumptes, durch Ausschweifungen verbrauchtes, nach Branntwein riechendes Individuum vor mir zu sehen. Er aber war ganz im Gegenteil der eleganteste Gentleman, den ich je gesehen habe . . .« (S. 52/53). Das Prinzip belegter Zeugenschaft wird jedoch von Dostojewskij an wesentlichen Stellen durchbrochen. So werden plötzlich ganze Szenen im Wortlaut wiedergegeben, die der Erzähler weder belauscht, noch anderweitig in Erfahrung gebracht haben kann. Man denke an die programmatische Unterredung zwischen Stawrogin und Werchowenskij (»Iwan der Zarewitsch«, S. 474–483) oder an jene Geschehnisfolge, die im Selbstmord Kirillows ihren Gipfel hat (»Die mühevolle Nacht«, S. 733–752). Das heißt: Sobald die Inhalte es erfordern, läßt Dostojewskij seinen Erzähler zu einem ›phantastischen Stenographen‹ werden. Der Text sieht mithin nicht vor, daß man die Position des Erzählers ›realistisch‹ durchdenkt. Man könnte sagen: Der Erzähler der »Dämonen« nimmt nur zum Schein ›Gestalt‹ an. Er ist ganz und gar Instrument für die Herstellung des Interessanten.

Diese Feststellung gilt auch für die weltanschauliche Konturierung des Erzählers. Die ›Haltungen‹ dieses jungen Mannes, der uns ja nachdrücklich als einer der ›Unsrigen‹ vorgestellt wird, sind, recht besehen, Attitüden: Er möchte sich seinem vorausgesetzten Publikum weltmännisch geben, sein Urteilen steht selber in der Dimension des ›Geredes‹. Er ist schlau und beschränkt zugleich. Dostojewskij schiebt hier einen Gewährsmann vor, der seine eigenen Pointen nicht versteht. Der Leser sieht sich dadurch vor die Aufgabe gestellt, gegenüber dem Sarkasmus und dem Sentiment dieses Erzählers stets wachsam zu bleiben. Das heißt: Der Maßstab, an dem sich die Ereignisse gemessen sehen wollen, muß erschlossen werden. Dostojewskij läßt ihn nirgends explizit werden.

Und schließlich sei noch ein letzter Grund genannt, der die Aneignung gerade dieses Textes so schwierig werden läßt: nämlich die tiefe Anrüchigkeit der vermittelten Inhalte.

Was dieser Roman im Leser anrührt, widersetzt sich offensichtlich der öffentlichen Diskussion. Anders ausgedrückt: Die »Dämonen« suchen den Interpreten immer wieder auf die Ebene der moralisch-didaktischen Argumentation abzudrängen. Wer hätte sich bislang zu einem Pjotr Werchowenskij bekannt? Wer hätte sich den Standpunkt Stawrogins wirklich zu eigen gemacht? Die Forschung hat gegenüber diesen Bösewichtern regelrechte Beschwörungsformeln entwikkelt. Künstlerisch gesehen fällt auf, daß immer da, wo der radikalste Antityp zum sittlichen Menschen in der Aktion vorgeführt wird, das Prinzip der Vermittlung herrschend wird. So erleben wir Mr. Kurtz in Joseph Conrads »Heart of Darkness« (1902) aus der Perspektive Marlows, so erleben wir Thomas Sutpen in William Faulkners »Absalom, Absalom!« (1936) aus der Perspektive Quentin Compsons. Das Unaussprechliche macht offensichtlich gewisse Vorkehrungen notwendig, um wirksam ausgesprochen werden zu können. Das zutiefst Beunruhigende wird gleichsam im Prisma der Verdrängung vorgeführt.

Zusammenfassend sei jetzt festgestellt, daß die »Dämonen« in stärkerem Maße als jedes andere Werk Dostojewskijs den Interpreten einer Reihe von Beirrungen aussetzen, die nur durch strengste methodische Besinnung gebannt werden können. Als Vorstöße zu einer sachgerechten Deutung seien hier insbesondere die, allerdings äußerst knapp gehaltenen, Essays von R. P. Blackmur und Irving Howe genannt.[7]

Es sei nun, wenn auch in aller Kürze, versucht, das Grundgerüst der Thematik der »Dämonen« nachzuzeichnen. Dostojewskij entwirft auch hier eine Theorie des Bösen. Er zeigt, unter welchen Bedingungen eine verwerfliche Wirklichkeit zustande kommt. Kernstück solcher Demonstration ist die Ermordung Schatows. Der unmittelbare Mörder Schatows ist Pjotr Werchowenskij. Er handelt ›als der Sohn‹ Stepan Wer-

[7] Vgl. R. P. Blackmur: In the Birdcage: Notes on »The Possessed« of Dostoevsky. In: Hudson Review 1 (1948), S. 7–28; und Irving Howe: Dostoevsky: The Politics of Salvation. Zuerst in: Howe, Politics and the Novel (New York 1957), jetzt in: René Wellek (Hrsg.), Dostoevsky. A Collection of Critical Essays (Englewood Cliffs, New Jersey 1962). Des weiteren sei auf die Ausführungen Edward Wasioleks (Dostoevsky: The Maior Fiction, Cambridge, Mass., 1964) und Ludolf Müllers (Dostoevskij, Tübingen 1977) verwiesen.

chowenskijs ›im Sinne‹ Stawrogins. Seine Tat ist zwar ganz ›seine‹ Tat, für die er allein verantwortlich ist, dennoch stellt Dostojewskij sie als Resultat verschiedener Faktoren dar. Betrachten wir näher, was das heißt.

Pjotr Werchowenskij, ein junger Mann ›von ungefähr siebenundzwanzig Jahren‹, ist von allen ›Besessenen‹ der gefährlichste. Er geht als einziger nicht unter: Er hält seine Besessenheit aus. Das heißt: er hält sein Verbrechen aus. Darin ist er Raskolnikow und Swidrigajlow in »Schuld und Sühne«, Rogoschin im »Idioten« und Smerdjakow in den »Brüdern Karamasow« überlegen. Pjotr Werchowenskij ist taub gegen den Urteilsspruch des ›inneren Richters‹, und er entkommt dem Zugriff der Polizei. Allerdings sieht er sich gezwungen, Rußland zu verlassen. Er geht ins Ausland und verläßt damit, im Sinne Dostojewskijs, den Ort der Sittlichkeit. Doch könnte er, so impliziert es die Handlung, sofort wiederkommen, wenn sich die Gelegenheit böte.

Pjotr Werchowenskij erstrebt eine Terrorherrschaft über ganz Rußland. Er will zunächst die Anarchie herstellen und dann mit eiserner Parteidisziplin die absolute Despotie errichten. Zur Zeit fühlt er sich wie ein ›Columbus ohne Amerika‹. Das Gemeinwesen wird nach den Prinzipien Schigaljows eingerichtet werden. »Alle sind Sklaven und in der Sklaverei gleich«. »Als erstes wird das gesamte Bildungsniveau gesenkt«. »Die höher Begabten haben immer die Macht an sich gerissen.« Deshalb werden sie ›vertrieben oder hingerichtet‹. »Einem Cicero wird die Zunge abgeschnitten, einem Kopernikus werden die Augen ausgestochen, und ein Shakespeare wird gesteinigt – das ist der Schigaljowismus! ... Ich bin für den Schigaljowismus!« (S. 476).

Hellsichtig und bestechend analysiert Pjotr Werchowenskij die geistige Situation der Zeit. Der Sozialismus wird begrüßt und verachtet: ›die alten Kräfte zerstört er, aber neue bringt er nicht auf‹. Das Zersetzungswerk, das der Sozialismus betreibt, muß gefördert werden, damit der allgemeine Notstand heraufzieht: »... wir bringen Trunksucht, Klatsch, Verrat; wir bringen unerhörte Sittenverderbnis; wir werden jedes Genie im Keim ersticken.« »Verfinstern wird sich das Russenland, weinen wird die Erde nach den alten Göttern.« Und dann wird die Zeit reif sein für den neuen ›Usurpator‹, für die Herrschaft Stawrogins.

Überall zeigen sich schon die potentiellen Anhänger des

vollendeten Schigaljowismus: ». . . der Lehrer, der mit den Kindern zusammen über Gott und über ihre Wiege lacht, ist schon unser . . . Die Geschworenen, die die Verbrecher durchweg freisprechen, sind unser. Der Staatsanwalt, der bei Gericht zittert, daß er auch liberal genug erscheine, ist unser, unser.« Die Analysen des Pjotr Werchowenskij gipfeln in dem sonderbaren Refrain: »Ich bin ein Gauner, aber kein Sozialist« (S. 478/79). Dostojewskij geht davon aus, daß der Sozialismus der philanthropische Totengräber jeglicher Freiheit ist. »Notwendig ist nur das Notwendige – das wird von nun an die Devise des Erdballs sein.« Die zwangsläufigen Nutznießer dieser Entwicklung sind die Techniker der Macht vom Schlage des Pjotr Werchowenskij.

Die Maximen, die innerhalb dieses programmatischen Gesprächs mit Stawrogin ›Theorie‹ sind, werden mit der Ermordung Schatows in die Tat umgesetzt. Aus einigen besonders willigen Gefolgsleuten bildet Pjotr Werchowenskij eine elitäre ›Fünfergruppe‹. Sie besteht aus Liputin, Wirginskij, Schigaljow, Ljamschin und Tolkatschenko (»Bei den Unsrigen«, S. 442–470). Um diese Gruppe und ihre Anhänger konspirativ zusammenzuschweißen, stürzt Pjotr Werchowenskij sie in eine gemeinsame Schuld. Er bezichtigt den eigenwilligen Mitstreiter Schatow des Verrats und bringt ihn unter aktiver Mithilfe der ›fünf‹, sowie des Mitläufers Erkel, in einer kalten Herbstnacht um (»Die mühevolle Nacht«, S. 719 bis 756).

Kennzeichnend für Dostojewskijs Konzeption des Verbrechens ist es, daß sich Schatow, das Opfer, im Zustand der völligen Wehrlosigkeit befindet. Tolkatschenko, Liputin und Erkel schlagen Schatow nieder und »drückten ihn an den Boden. Da sprang Pjotr Stepanowitsch mit seinem Revolver herzu. Es wird erzählt, Schatow habe noch den Kopf umdrehen, ihn ansehen und erkennen können. Drei Laternen beleuchteten die Szene. Schatow stieß plötzlich einen kurzen und verzweifelten Schrei aus, aber man ließ ihm zum Schreien gar keine Zeit: Pjotr Stepanowitsch setzte ihm genau und fest den Revolver mitten auf die Stirn, preßte ihn fest an und – drückte den Hahn ab« (S. 726/27).

Solche Konstruktion, die das freiheitliche Tun des Täters zum Ausdruck bringt, wendet Dostojewskij immer wieder an. In »Schuld und Sühne« sind beide Opfer Raskolnikows im Moment der Tat vollkommen wehrlos, und in den »Brüdern Karamasow« beugt sich Fjodor Karamasow gerade zum Fenster hinaus, als ihm Smerdjakow hinterrücks mit einem gußeisernen Briefbeschwerer den Schädel einschlägt.

Pjotr Werchowenskij gerät angesichts seiner Tat in keinerlei Gewissenskonflikt. Dostojewskij drückt dies durch ein sonderbares Merkmal aus: Pjotr Werchowenskij ist zur Krankheit unfähig. Betrachten wir sein Äußeres: »Sein Kopf ist nach hinten verlängert und wie von beiden Seiten zusammengedrückt, so daß sein Gesicht spitz erscheint. Seine Stirn ist hoch und schmal, aber die Gesichtszüge unbedeutend; die Augen sind scharf, die Nase klein und spitz, der Mund breit und die Lippen schmal. Das Gesicht hat einen krankhaften Ausdruck, aber das scheint nur so. Eine harte Falte auf den Wangen neben den Backenknochen verleiht ihm das Aussehen eines nach schwerer Krankheit Genesenden. Und doch ist er völlig gesund und bei Kräften und ist nie krank gewesen« (S. 205). Indem hier eine kriminelle Persönlichkeit konzipiert wurde, die mit ihrem falschen Bewußtsein ungestört und vital lebt, mußte der entsprechende ›somatische‹ Ausdruck zum bloßen Schein werden. Pjotr Werchowenskijs wirkliche Krankheit gefriert sozusagen zum puren Ornament. Ganz ähnlich ist es mit der ›Schönheit‹ Stawrogins, die zur Maske erstarrt. Beidemal drückt Dostojewskij die Ferne zum ›lebendigen Leben‹ aus.

An Schatows Ermordung fällt die vollkommene Willkürlichkeit auf. Pjotr Werchowenskij will nichts anderes als Macht demonstrieren. Daß Schatow kein Verräter ist, weiß er nur zu genau. Die Besessenen handeln nur, um ihre Besessenheit zu betreiben. Man beachte, daß der Gedanke, eine gemeinsame Schuld als das Verbindende herzustellen, von Stawrogin ausgeht. Es wird jetzt die gesellschaftstypische Allegorik des zentralsten Ereignisses deutlich: Unterwegs zur Selbstfindung wird der Proletarier (Schatow) vom machthungrigen Intellektuellen (Pjotr Werchowenskij), dem Sohn eines liberalen Vaters (Stepan Werchowenskij), auf Anraten des dekadenten Adels (Stawrogin) umgebracht.

Rußland ist so weit gekommen, für die Verführung durch einen Pjotr Werchowenskij reif zu sein. Gleichzeitig läßt sich sagen: Erst der Liberalismus eines Stepan Werchowenskij ›erzeugt‹ einen Pjotr Werchowenskij. In einer wichtigen Szene erkennt Stepan Werchowenskij seinen Sohn nicht wieder: »Pierre, mon enfant, ich habe dich ja gar nicht erkannt!«

(S. 206). Das Französisch zeigt die objektive Distanz Stepan Werchowenskijs zum Positiven an. Zwar hat er nicht ›gewollt‹, was aus Pjotr wurde, doch ist er der ›Vater‹. Verwandtschaftsverhältnisse werden von Dostojewskij sämtlich allegorisch besetzt. Wenn Stawrogins Kind, das Schatows Frau zur Welt bringt, stirbt, so heißt das, daß die von Stawrogin gelebten Prinzipien keine Zukunft haben, nicht lebensfähig sind.

Der Zustand des Gemeinwesens wird durch die Zustände privatester Partnerschaften ausgedrückt. Es gibt in den »Dämonen« keine intakte Partnerschaft: die einzige, die sich anbahnt, nämlich zwischen Schatow und seiner zurückgekehrten Frau, wird durch Pjotr Werchowenskij zerstört. Die realisierte Herrschsucht der Frauen, man denke an Warwara Stawrogina und Julia von Lembke, ist Ausdruck der falschen Machtverhältnisse. Überall nur ›zufällige‹ Familien!

Wie also sieht die Genese des Bösen aus, das mit der Ermordung Schatows zum inneren Höhepunkt gelangt? Der Debattier-Klub des liberalen ›Hochschullehrers‹ läßt alle nur denkbaren Ideen freiwerden als ›schönes Gerede‹. Der Erzähler stellt das so dar: »Eine Zeitlang hieß es von uns in der Stadt, unser Kreis sei eine Pflanzstätte der Freigeisterei, der Ausschweifung und der Gottlosigkeit, und dieses Gerücht verstärkte sich immer mehr. Und dabei plauderten wir doch nur auf ganz unschuldige, liebenswürdige, echt russische, lustige und liberale Art miteinander. Der ›höhere Liberalismus‹ und der ›höhere Liberale‹, nämlich ein Liberaler ohne jedes Ziel, sind ja nur in Rußland möglich« (S. 42). Was hier unter dem politischen Kennwort des ›Liberalismus‹ beschrieben wird, ist in Wahrheit eine ästhetische Lebenseinstellung. Alles wird bejaht, nämlich ›verstanden‹. Typisch für solches Verstehen ist die folgende Episode. Von Stepan Werchowenskij heißt es: »Seine Vorträge über die primitiven Menschen und Völker waren interessanter als arabische Märchen. Lisa hörte wie gebannt zu, äffte aber zu Hause Stepan Trofimowitsch in höchst drolliger Weise nach. Er erfuhr davon und ertappte sie einmal unversehens dabei. Lisa war so verwirrt, daß sie sich ihm in die Arme warf und in Tränen ausbrach, auch Stepan Trofimowitsch fing an zu schluchzen, aber vor lauter Entzücken ...« (S. 85).

Wo eine Gesellschaft im Geiste eines solchen ›Liberalismus‹ erzogen wird, ist sie reif für die ›Dämonen‹. Der Debattier-

Klub bringt, gleichsam unter der Hand, die soziale Wirklichkeit hervor. Der Gouverneur von Lembke und seine Frau Julia herrschen plötzlich. Dichtung verkommt ins Sentimentale: »Eine Nixe flötet im Gebüsch. Gluck spielt im Schilf Geige«, so referiert der Erzähler das verlesene Werk des ›großen Schriftstellers‹ Karmasinow. Was als Selbstdarstellung der herrschenden Klasse in schöner Festlichkeit gedacht war, schlägt um in allgemeines Chaos. Asoziales Gesindel bricht in die gute Stube der Gesellschaft ein. Pjotr Werchowenskij tritt seine Herrschaft an.

Doch der wirkliche Herrscher ist Nikolaj Stawrogin. Er lebt die Maximen seines Mentors Stepan Werchowenskij wahrhaft zu Ende. Er setzt total in die Tat um, was unter der Ägide Stepan Werchowenskijs ›nur‹ gedacht und gesagt wurde. Edelste Heldentat und gemeinste Untat können mit derselben Lust begangen werden. Die höchsten Reize markieren nur das ziellose Unterwegs auf der Straße der schlechten Unendlichkeit. Stawrogin tritt uns in der letzten Phase seiner Entwicklung entgegen. Er ist neunundzwanzig Jahre alt und handelt jetzt nicht mehr, denn alle seine ›Ideen‹ sind verwirklicht, nämlich in den ›Besessenen‹, an deren Spitze Pjotr Werchowenskij, Schatow und Kirillow stehen. Alles Geschehen ist von Stawrogin inspiriert. Das Verständnis für die »Dämonen« steht und fällt mit dem Verständnis für Stawrogin.

Stawrogin ist, um recht verstanden zu werden, auf dem Hintergrund der europäischen Dekadenz zu sehen. Er ist der vollendete Dandy, er ist, mit Rainer Gruenter gesprochen, ein ›ornamentaler Mensch‹. Das heißt: sein Bewußtsein ist von der Art, daß es alle Inhalte ornamentalisiert. Es entsteht so »innerhalb des menschlichen *contrat social* eine Nicht-Person, eine Abstraktion, das Ornament perfekter Weisen des Verhaltens, das nicht auf Menschen und Dinge bezogen ist, sondern auf sich selbst als Kult-Figur einer auf ihre Formen reduzierten Selbstvervollkommnung. So bietet der *dandy* den Anblick eines *Hercule sans emploi*, eines Herkules ohne Beschäftigung«.[8] Solche Beschreibung trifft, wie man sieht, ohne Einschränkung auf Stawrogin zu. Alles Engagement zieht sich, sobald es gesichtet und vollzogen wird, in die Di-

[8] Vgl. Rainer Gruenter: Jugendstil in der Literatur (Darmstadt: Deutsche Akademie für Sprache und Dichtung 1976), S. 25.

stanz des ›Ornamentalen‹ zurück.[9] Man könnte sagen: Stawrogin ist ein König Midas der Ideen. Was er berührt, wird ihm unbrauchbar.

Selbst die ernstgemeinte Selbstbezichtigung, Stawrogins ›Beichte‹ vor Tichon, dem hier die Rolle des Psychiaters zukommt, verflüchtigt sich unaufhaltsam zur ›Idee‹. Aus solcher Sicht muß der Selbstmord zum letzten und schönsten Ornament werden. Stawrogin erdrosselt sich mit einer Seidenschnur. Sein Schicksal war es, niemals den Verstand verlieren zu können. Stawrogins Bewußtsein fühlt sich beleidigt angesichts der durchschauten Schöpfung. Indem er zum Veranstalter des Bösen wird, übernimmt er die Welt, die er verachtet. Die Lust am Untergang ist die Antwort auf den Ekel am Dasein. Aber auch sie erstarrt schließlich ganz zum Ornament.

Inzwischen beginnt man mit Recht die sonderbare Ähnlichkeit zwischen Stawrogin und Myschkin zu diskutieren.[10] Beide Fürsten überwinden das Engagement und damit das Leben. Beide haben, so will es Dostojewskij, keine Zukunft. Selbstmord und Wahnsinn sind die Endstationen ihrer Sehnsucht. Beide enthalten sich der normalen Reaktion: Weder Stawrogin noch Myschkin schlagen zurück, wenn man sie schlägt. Beide widerrufen die Schöpfung, indem sie zur höchsten Vollkommenheit des gelebten Lebens streben. Beide sind dekadent.

Solche Überlegungen mögen deutlich machen, wie wenig sich mit einer moralisch-didaktischen Reduktion für die Interpretation der »Dämonen« gewinnen läßt. Wenn Dostojewskij seine Welt ganz am Sittengesetz orientiert, so wird gerade dadurch Stawrogins ›unsittliche‹ Befindlichkeit zur höchsten Wirkung gebracht.

[9] Man denke insbesondere an Stawrogins Verhalten im Duell mit Gaganow. Vgl. hierzu Christine Scholle: Das Duell in der russischen Literatur. Wandlungen und Verfall eines Ritus (München: Sagner 1977. Arbeiten und Texte zur Slavistik 14). Stawrogins Verhältnis zu den Frauen behandelt Reinhard Lauth: Friedrich Heinrich Jacobis »Allwill« und Fedor Michajlovič Dostoevskijs »Dämonen«. In: Russian Literature 4 (1973), S. 51–64; Stawrogins Verhältnis zur ›Idee‹ diskutiert Wolfgang Müller-Lauter: Dostoevskijs Ideendialektik (Berlin und New York 1974).

[10] Vgl. Robert Lord: Dostoevsky. Essays and Perspectives (Berkeley: University of California Press 1970), S. 82 f.

Die »Dämonen« beginnen mit Stepan Werchowenskij und enden mit Stawrogin. Das heißt, sie beginnen mit dem Ästhetiker des Denkens und enden mit dem Ästhetiker der Tat: Alle Zwecke sind in solchen Einstellungen verschwunden. Dostojewskij hat mit den »Dämonen« das Drama der ästhetischen Welteinstellung geschrieben. Das politische Drama ist darin, als gefährlichste Implikation, enthalten.

Es ist festzustellen, daß dieser Roman fast ausschließlich ›politisch‹ gewirkt hat, was, wie nun klar wurde, seine Bedeutung verengt. Aufschlußreiche Parallelen zu Joseph Conrads »The Secret Agent« (1907) wurden von Ralph E. Matlaw geltend gemacht.[11] Im deutschen Sprachraum nimmt Heimito von Doderer mit seinem Roman »Die Dämonen« (1956) ausdrücklich auf Dostojewskij Bezug, wenn er das Wien der Jahre 1926 und 1927 mit dem ›Cannae der österreichischen Freiheit‹ schildert.

Gustave Le Bon sieht in Dostojewskijs Roman seine tiefsten Einsichten in die »Psychologie der Massen« (1895) bestätigt.[12] Joseph Goebbels stellt seiner Dissertation über »Wilhelm von Schütz als Dramatiker« (1921)[13] ein Geleitwort aus den »Dämonen« voran: »Vernunft und Wissen haben im Leben der Völker stets nur eine zweitrangige, eine untergeordnete, eine dienende Rolle gespielt – und das wird ewig so bleiben! Von einer ganz anderen Kraft werden die Völker gestaltet und auf ihrem Wege vorwärts getrieben, von einer befehlenden und zwingenden Kraft, deren Ursprung vielleicht unbekannt und unerklärlich bleibt, die aber nichtsdestoweniger vorhanden ist.«[14] Das sind die Worte Schatows, eingegeben von Stawrogin! Wie Goebbels-Biograph Helmut Heiber kommentiert, hat Goebbels diese Sentenz des russischen Dichters sein Leben lang beherzigt.[15] Sartre kommt in

[11] Vgl. Ralph E. Matlaw: Dostoevsky and Conrad's Political Novels. In: American Contributions to the Fifth International Congress of Slavists. Sofja, September 1963. Vol. II: Literary Contributions (Den Haag: Mouton 1963), S. 213–230.

[12] Vgl. Gustave Le Bon: Psychologie der Massen (Stuttgart: Kröner 1961), S. 50.

[13] Vgl. Paul Joseph Goebbels: Wilhelm von Schütz als Dramatiker. Ein Beitrag zur Geschichte des Dramas der Romantischen Schule (Phil. Diss., Heidelberg 1921).

[14] Vgl. den genaueren Wortlaut in dieser Ausgabe S. 284/85.

[15] Vgl. Helmut Heiber: Joseph Goebbels (1962), jetzt: München 1974 (= dtv 271), S. 21–23.

seiner Schrift »Ist der Existentialismus ein Humanismus?«[16] nachdrücklich auf Dostojewskij zu sprechen, und Camus konzipiert seine großen Abhandlungen »Der Mythos von Sisyphos« (1942) und »Der Mensch in der Revolte« (1951) ganz im Bannkreis der ›Besessenen‹. In einer Vorbemerkung zu seiner berühmten Dramatisierung des Romans (1959) schreibt Camus: »Lange Zeit hat man Marx für den Propheten des 20. Jahrhunderts gehalten. Heute weiß man, daß, was er prophezeite, auf sich warten läßt. Und wir erkennen, daß Dostojewskij der wahre Prophet war. Er hat die Herrschaft der Großinquisitoren und den Triumph der Macht über die Gerechtigkeit vorausgesehen.«[17] Man darf ohne Übertreibung sagen, daß Dostojewskijs »Dämonen« mit ihrer politischen Problemformulierung noch über hundert Jahre nach ihrem Erscheinen nichts an Aktualität eingebüßt haben. Allerdings ist dadurch ein Diskussionszusammenhang vorherrschend geworden, der die Interpretation der »Dämonen« als ›Roman‹ nachweislich zu kurz kommen ließ.

Horst-Jürgen Gerigk

[16] Vgl. Jean-Paul Sartre: Drei Essays (Berlin 1960), S. 16.
[17] Vgl. Albert Camus: Dramen (Hamburg 1959), Vorwort S. 13.

ZEITTAFEL

1821 Fjodor Michailowitsch Dostojewskij am 11. November als Sohn eines Armenarztes in Moskau geboren.

1837 Am 11. März Tod der Mutter durch Schwindsucht.

1838–43 Besuch der Ingenieurschule der Petersburger Militärakademie. Lektüre und erste dichterische Versuche; besondere Begeisterung für Schiller und Puschkin.

1839 Ermordung des Vaters durch Leibeigene auf seinem Landgut.

1842 Ernennung zum Leutnant.

1843 Anstellung als technischer Zeichner im Kriegsministerium.

1844 Entschluß, als freier Schriftsteller zu leben; Aufgabe der Stellung im Ministerium.

1845 Bekanntschaft mit den Dichtern Nekrassow und Turgenjew und dem Literaturkritiker Wissarion Belinskij.

1846 Dostojewskijs Erstling, der Briefroman *Bednye ljudi* (dt. *Arme Leute*), erscheint mit triumphalem Erfolg in Nekrassows *Petersburger Almanach*. Unter dem Einfluß Belinskijs erster Kontakt zu der revolutionären Geheimgesellschaft um Petraschewskij und Durow.

1847 Novelle *Die Wirtin*. Bruch mit Belinskij.

1848 Mehrere Erzählungen, darunter *Weiße Nächte*, *Das schwache Herz*, *Der ehrliche Dieb*.

1849 Am 5. Mai Verhaftung Dostojewskijs und aller anderen Mitglieder der Petraschewskij-Gruppe. Im September Prozeß mit Todesurteil, dessen Umwandlung zu vier Jahren Zwangsarbeit und vier Jahren Militärdienst in Sibirien erst auf dem Richtplatz verkündet wird. In der Untersuchungshaft Abfassung der Erzählung *Ein kleiner Held*.

1850–54 Strafhaft in der Festung Omsk (Sibirien). Dort Auftreten der ersten schweren epileptischen Anfälle.

1854–56 Militärdienst in Semipalatinsk in Sibirien.

1856 Beförderung vom Unteroffizier zum Fähnrich.

1857 Am 14. Februar Eheschließung mit Marja Dmitrijewna Isajewa.

1859 Rückkehr nach Rußland. Der Roman *Das Dorf Stepantschikowo und seine Bewohner* erscheint.

1861 Bekanntschaft mit Gontscharow, Tschernyschewskij, Dobroljubow, Ostrowskij und Saltykow-Schtschedrin. Beginn der leidenschaftlichen Liebe zu Apollinarija (»Polina«) Suslowa. Die *Aufzeichnungen aus einem toten Hause*, Darstellungen der sibirischen Wirklichkeit, und der Roman *Die Erniedrigten und Beleidigten* erscheinen.

1861–63 Mit seinem Bruder Michail Herausgeber der Zeitschrift *Wremja*. Zusammenarbeit mit Nikolai Strachow und Apollon Grigorjew.

1862 Erste Europareise: Berlin, Dresden, Paris, London, Genf, Florenz, Mailand, Venedig, Wien. In London Zusammentreffen mit dem exilierten russischen Publizisten und Revolutionär Alexander Herzen sowie mit Bakunin.

1863 Zweite Europareise, z. T. in Begleitung Polinas. In Wiesbaden erstmals am Roulett-Tisch. Große Spielverluste in Baden-Baden und Bad Homburg. Im April Verbot der *Wremja*. Veröffentlichung des Berichts über die erste Europareise: *Winterliche Aufzeichnungen über sommerliche Eindrücke*.

1864 Am 27. April Tod seiner Frau Marja Dmitrijewna. Am 22. Juli Tod des Bruders Michail. Die *Aufzeichnungen aus einem Kellerloch* erscheinen.

1865 Dritte Europareise (Wiesbaden, Kopenhagen). Erneutes Zusammensein mit Polina. Wieder große Spielverluste.

1866 Der Roman *Prestuplenie i nakasanie* (dt. *Schuld und Sühne, Rodion Raskolnikow*) erscheint in der Zeitschrift *Russkij westnik*. Der in 26 Tagen niedergeschriebene Roman *Der Spieler* erscheint im Verlag Stellowskij.

1867 Am 27. Februar Eheschließung mit Anna Grigorjewna Snitkina. Im April Flucht beider vor den Gläubigern ins Ausland.

1867–71 Dauernder Aufenthalt in Westeuropa, überwiegend in Deutschland. Unüberwindliche Spielsucht; ständige Verluste. In Baden-Baden Zusammenkunft mit Turgenjew; endgültiger Bruch.

1868 Am 5. März in Genf Geburt der Tochter Sonja; am 24. Mai Tod des Kindes. *Der Idiot* erscheint.

1869 Am 26. September in Dresden Geburt der Tochter Ljubow.

1871 Im Juli Rückkehr nach St. Petersburg, wo der Sohn Fjodor geboren wird. Der Roman *Besy* (dt. *Die Dämonen*) beginnt in der Zeitschrift *Russkij westnik* zu erscheinen. Neuer literarischer Ruhm.

1873 Dostojewskij übernimmt für 15 Monate die Schriftleitung der Zeitschrift *Grashdanin*.

1875 Geburt des zweiten Sohnes Aljoscha (gest. 1878). Wegen eines Lungenemphysems Kuraufenthalt in Bad Ems. Der Roman *Der Jüngling* erscheint in *Otetschestwennye Sapiski*.

1876–77 Herausgeber und alleiniger Autor der Monatsschrift *Tagebuch eines Schriftstellers*.

1877/78 Aufnahme in die Kaiserliche Akademie der Wissenschaften als korrespondierendes Mitglied.

1879–80 *Die Brüder Karamasow* erscheinen in der Zeitschrift *Russkij westnik.*

1880 Am 20. Juni Ansprache anläßlich der Enthüllung des Puschkin-Denkmals in Moskau (*Puschkin-Rede*).

1881 Dostojewskij stirbt am 9. Februar an den Folgen eines Blutsturzes in St. Petersburg. Beisetzung im Alexander-Newskij-Kloster.

1882–83 *Polnoe sobranie sotschinenij*, 14 Bde. (St. Petersburg).

1906–19 *Sämtliche Werke*, 22 Bde., übers. v. E. K. Rahsin (München).

(Die Daten der Zeittafel sind nach dem Kalender neuen Stils angegeben.)

LITERATURHINWEISE

BIBLIOGRAPHIEN

Muratova, K. D. (Hrsg.): Istorija russkoj literatury XIX veka. Bibliografičeskij ukazatel'. Moskau/Leningrad 1962.

Seduro, Vladimir: Dostoyevski in Russian Literary Criticism 1846–1956. New York 1957.

Ders.: Dostoevski's Image in Russia Today. Belmont, Massachusetts : Nordland 1975.

F. M. Dostoevskij. Bibliografija proizvedenij F. M. Dostoevskogo i literatury o nem: 1917–1965. Hrsg. von A. A. Belkin, A. S. Dolinin, V. V. Kožinov. Moskau 1968.

Kampmann, Theoderich: Dostojewski in Deutschland. Münster 1931.

Setschkareff, V.: Dostojevskij in Deutschland. In: Zeitschrift für slavische Philologie, 22, 1954, S. 12–39.

Gerigk, Horst-Jürgen: Notes Concerning Dostoevskii Research in the German Language after 1945. In: Canadian-American Slavic Studies, VI, 1972, 2, S. 272–285.

Neuhäuser, Rudolf (Hrsg.): Bulletin of the International Dostoevsky Society, I–VI, 1972–1976. [Vertrieb durch: Douglas Freeman, University of Tenessee Library, Knoxville, Tenn. USA 37916.]

AUSGABEN

Besy. Erstdruck in der Monatsschrift »Russkij vestnik«, Januar–November 1871, November und Dezember 1872. Revidierte Buchausgabe Petersburg 1873. – Das Kapitel »Bei Tichon (Die Beichte Stawrogins)« [Teil II, Kap. 9] wurde von der Redaktion des »Russkij vestnik« zurückgewiesen. Dostojewskij selbst nahm es jedoch auch in die Buchveröffentlichung nicht auf. Erst 1922 wurde es in zwei Versionen publiziert. Überliefert sind Dostojewskijs Fahnenkorrekturen, sowie eine abweichende Abschrift Anna Dostojewskijs. Teildruck bereits in: Dostojewskij, Werke, Petersburg 1904–1906, Bd. 8. Seit 1922 wird das Kapitel in manchen Ausgaben dem Text des Romans eingegliedert. Die maßgebende textkritische Ausgabe führt es indessen nicht als Bestandteil des Romans auf: Bde. 10, 11 und 12 in: F. M. Dostoevskij, Polnoe sobranie sočinenij v 30 tt. Chudožestvennye proizvedenija tt. 1–17 [Werke] Leningrad: AN SSSR 1972–1976.

Besy. Moskau 1957 (= Sobranie sočinenij [Werke]. Hrsg. v. L. Grossman u. a.; 10 Bde. Moskau 1956–1958, Bd. 7).

Die Besessenen. Übers. v. H. Putze. 3 Bde. Dresden 1888. [Dt. Erstausg.].

Die Dämonen. Übers. v. E. K. Rahsin. München 1906 (= Sämtliche Werke. Unter Mitarbeit von Dmitri Mereschkowski hrsg. v.

Arthur Moeller van den Bruck. 22 Bde. München 1906–1919, Bde. 5, 6); zahlreiche Neuaufl. und Einzelausg. revid. Neuausg. 1953, zuletzt 1975.

ZU LEBEN UND WERK

Dostoevskaja, Anna G.: Vospominanija, hrsg. von L. P. Grossman. Moskau/Leningrad 1925. Deutsch: Die Lebenserinnerungen der Gattin Dostojewskis, hrsg. von René Fülöp-Miller und Friedrich Eckstein. München 1925.

Nötzel, Karl: Das Leben Dostojewskis. Leipzig. 1925. Reprint Osnabrück 1967.

Carr, Edward Hallet: Dostoevsky. A new biography. London 1931. Neuaufl. 1949.

Lauth, Reinhard: »Ich habe die Wahrheit gesehen«. Die Philosophie Dostojewskis in systematischer Darstellung. München 1950.

Grossman, L. P.: Dostoevskij-chudožnik. In: Tvorčestvo Dostoevskogo, hrsg. von N. L. Stepanov. Moskau 1959.

Onasch, Konrad: Dostojewski-Biographie. Zürich 1960.

Kovalevskaja, Sonja V.: Vospominanija i pis'ma. Moskau 1961. Deutsch: Sonja Kowalewski: Jugenderinnerungen. Frankfurt am Main 1968.

Rehm, Walther: Jean Paul – Dostojewski. Eine Studie zur dichterischen Gestaltung des Unglaubens. Göttingen 1962.

Magarshak, David: Dostoevsky. New York 1962. Reprint: Westport, Connecticut: Greenwood Press 1976.

Wellek, René (Hrsg.): Dostoevsky. A Collection of Critical Essays. Englewood Cliffs, New Jersey: Prentice Hall 1962.

Bachtin, Michail: Problemy poetiki Dostoevskogo. 2. Aufl., Moskau 1963. Deutsch in: Michail Bachtin: Literatur und Karneval. Zur Romantheorie und Lachkultur. München: Hanser 1969.

Lavrin, Janko: Fjodor M. Dostojevskij. Reinbek b. Hamburg 1963.

Troyat, Henri: Dostojewski. Freiburg i. B. 1964.

Dolinin, A. S. (Hrsg.): F. M. Dostoevskij v vospominanijach sovremennikov. 2 Bde., Moskau 1964.

Fanger, Donald: Dostoevsky and Romantic Realism. Cambridge, Mass.: Harvard University Press 1965.

Holthusen, Johannes: Prinzipien der Komposition und des Erzählens bei Dostojevskij. Köln und Opladen 1969.

Thieß, Frank: Dostojewski. Realismus am Rande der Transzendenz. Stuttgart 1971.

Schmid, Wolf: Der Textaufbau in den Erzählungen Dostoevskijs. München 1973.

Braun, Maximilian: Dostojewskij. Das Gesamtwerk als Vielfalt und Einheit. Göttingen 1976.

Müller, Ludolf: Dostoevskij. Tübingen 1977 (= Skripten des Slavischen Seminars der Universität Tübingen, 11).

Wolynski, A. L.: Das Buch vom großen Zorn. Frankfurt am Main 1905. Zuerst russisch: A. L. Volynskij, Kniga velikogo gneva. Petersburg 1904.

Iwanow, Wjatscheslaw: Dostojewskij. Tragödie – Mythos – Mystik. Tübingen 1932. Teildruck russisch in: V. Ivanov, Borozdy i meži. Moskau 1916.

Meier-Graefe, Julius: Dostojewskij, der Dichter. Berlin 1926.

Camus, Albert: Der Mythos von Sisyphos (1942). Hamburg 1959 (= rde 90).

Blackmur, R. P.: In the Birdcage: Notes on »The Possessed« of Dostoevsky. In: Hudson Review 1 (Spring, 1948), S. 7–28.

Rahv, Philip: Dostoevski in »The Possessed«. In: Rahv, Image and Idea. Fourteen Essays on Literary Themes. Norwalk, Conn. 1949.

Katkov, G.: Steerforth and Stavrogin: on the Sources of »The Possessed«. In: Slavonic and East European Review (1949), Nr. 5, S. 25–37.

Guardini, Romano: Religiöse Gestalten in Dostojewskijs Werk. München 1951, S. 290–353.

Camus, Albert: Der Mensch in der Revolte (1951). Hamburg 1953.

Lauth, Reinhard: Die Bedeutung der Schatow-Ideologie für die philosophische Weltanschauung Dostojewskijs. In: Festgabe für Paul Diels. München 1953 (= Veröffentlichungen des Osteuropa-Instituts München, 4).

Howe, Irving: Dostoevsky: The Politics of Salvation (1957). Jetzt in: Dostoevsky. A Collection of Critical Essays, hrsg. von René Wellek. Englewood Cliffs, New Jersey 1962 (= Spectrum books 16).

Stenbock-Fermor, Elizabeth: Lermontov and Dostoevski's Novel »The Devils«. In: Slavic and East European Journal 17 (1959), S. 215–230.

Evnin, F. I.: Roman »Besy«. In: Tvorčestvo Dostoevskogo, hrsg. von N. L. Stepanov. Moskau 1959.

Stepun, Fedor: Dostojewskijs prophetische Analyse der bolschewistischen Revolution. In: F. S.: Dostojewskij und Tolstoi. München 1961, S. 51–79.

Leer, N.: Stavrogin and Prince Hal: The Hero in Two Worlds. In: Slavic and East European Journal 6 (1962), Nr. 2, S. 99–116.

Matlaw, Ralph E.: Dostoevskij and Conrad's Political Novels. In: American Contributions to the Fifth International Congress of Slavists, Sofia, September 1963, Vol II: Literary Contributions. Den Haag: Mouton 1963.

Wasiolek, Edward: Dostoevsky. The Major Fiction. Cambridge, Mass. 1964.

Wasiolek, Edward (Hrsg.): The Notebooks for »The Possessed«. Translated by Victor Terras. Chicago und London: The University of Chicago Press 1968.
Stief, Carl: Den russiske Nihilisme. Baggrunden for Dostoevskijs roman »De Besatte«. Kopenhagen 1969.
Staedtke, Klaus-Dietrich: Teuflische Zeit und Goldenes Zeitalter. Abbild und Gleichnis in Dostojevskijs »Dämonen«. In: Zeitschrift für Slawistik 16 (1971), S. 844–870.
Lauth, Reinhard: Friedrich Heinrich Jacobis »Allwill« und Fedor Michajlovič Dostoevskijs »Dämonen«. In: Russian Literature 4 (1973), S. 51–64.
Lary, N. M.: Dostoevsky and Dickens: A Study of Literary Influence. London and Boston 1973.
Gretzmacher, Bernd-Volker: Die Gestalt des Stavrogin in dem Roman »Die Dämonen« von F. M. Dostoevskij. Tübingen 1974 (= Skripten des Slavischen Seminars der Universität Tübingen, 3).
Müller-Lauter, Wolfgang: Dostoevskijs Ideendialektik. Berlin und New York 1974.
Černý, Václav: Dostoevsky and His Devils. Aus dem Tschechischen. Ann Arbor: Ardis Press 1975.
Jackson, Robert Louis: Dostoevsky and the Marquis de Sade. In: Russian Literature 4 (1976), 1, S. 27–46.
Linnér, Sven: Bishop Tichon in »The Possessed«. In: Russian Literature 4 (1976), 3, S. 273–284.
Scholle, Christine: Das Duell in der russischen Literatur. Wandlungen und Verfall eines Ritus. München: Sagner 1977 (= Arbeiten und Texte zur Slavistik, 14).

INHALT

ERSTER TEIL

ZWEITER TEIL

DRITTER TEIL

ANHANG